卡拉马佐夫兄弟

上

БРАТЬЯ
КАРАМАЗОВЫ

Ф. М. Достоевский

〔俄罗斯〕陀思妥耶夫斯基◎著
徐振亚 冯增义◎译

民主与建设出版社
·北京·

图书在版编目（CIP）数据

卡拉马佐夫兄弟 . 上 /（俄罗斯）陀思妥耶夫斯基著 ；徐振亚，冯增义译 . -- 北京 ：民主与建设出版社，2025.6. -- ISBN 978-7-5139-4982-8

Ⅰ. I512.44

中国国家版本馆 CIP 数据核字第 2025VK1140 号

卡拉马佐夫兄弟（上）

KALAMAZUOFU XIONGDI（SHANG）

著　　者	〔俄罗斯〕陀思妥耶夫斯基
译　　者	徐振亚　冯增义
责任编辑	唐　睿
版式设计	姚梅桂
出版发行	民主与建设出版社有限责任公司
电　　话	（010）59417749　59419778
社　　址	北京市朝阳区宏泰东街远洋万和南区伍号公馆 4 层
邮　　编	100102
印　　刷	长沙鸿发印务实业有限公司
版　　次	2025 年 6 月第 1 版
印　　次	2025 年 7 月第 1 次印刷
开　　本	870 毫米 × 1230 毫米　　1/32
印　　张	12.5
字　　数	390 千字
书　　号	ISBN 978-7-5139-4982-8
定　　价	98.00 元（上下册）

注：如有印、装质量问题，请与出版社联系。

译序

长篇小说《卡拉马佐夫兄弟》是世界文学中的一部名著。它的作者陀思妥耶夫斯基于19世纪40年代中期登上俄国文坛，他的早期作品大都取材于小人物并以心理分析见长，如成名作《穷人》和中篇小说《同貌人》。1849年陀思妥耶夫斯基因参加彼得拉舍夫斯基小组和在集会上宣读别林斯基给果戈理的信而受到沙皇政府的迫害，被判四年苦役、四年兵役。50年代末陀思妥耶夫斯基从西伯利亚回到圣彼得堡。60年代初俄国农奴制改革前后，他积极参与了当时的社会思想斗争并恢复了文学创作活动。这时，他已公开摒弃了空想社会主义思想，但仍然执着地探索着俄国前途、人类命运等问题，作家的这种探索充满矛盾并在作品中有鲜明的体现。他60年代以及后来的主要作品有《死屋手记》《地下室手记》，长篇哲理小说《罪与罚》《白痴》《群魔》《少年》等。《卡拉马佐夫兄弟》是陀思妥耶夫斯基的压卷之作，充分体现了作家创作的思想和艺术的特点，在俄国乃至世界文学史上都具有巨大影响。

《卡拉马佐夫兄弟》描写的是俄国外省的一个贵族家庭。陀思妥耶夫斯基原来打算以阿廖沙·卡拉马佐夫为主人公写两部小说：第一部写“他青春时代的一刹那”，是“十三年前发生的事”；第二部才写“我们的时代，即我们目前的活动”，是主要部分。作家于1880年11月写完第一部小说，即《卡拉马佐夫兄弟》后不久便与世长辞了。虽然这只是作家构思中的两部曲中的一部，但仍然不失为一部完整的艺术作品。

卡拉马佐夫一家是陀思妥耶夫斯基称为“偶合家庭”的典型。在俄国由农奴制转向资本主义的过渡时期，贵族家庭原来的优雅外观逐渐丧失，联结家庭的道德纽带已不复存在。家庭成员之间互相不理解，各自追逐自己的目标，钩心斗角。这是处于瓦解过程中的贵族家庭。在描写这类题材方面，陀思妥耶夫斯基与他的同时代人谢德林不同。谢德林在长篇小说《戈洛夫廖夫老爷们》中，写出了一个贵族家庭衰亡的全过程，淋漓尽致地表现了贵族地主的贪婪、自私、道德堕落、寄生腐朽。而陀思妥耶夫斯基在《卡拉马佐夫兄弟》中，着力刻画的是这个家庭中成员各自的生活立场，他们对外部世界的态度和思考，通过他们之间的思想碰撞，探讨各种思想立场对个人命运的影响，进而探讨俄国的命运和人类的前途。这样，思想就成了这部小说主要的艺术描绘对象。

贯穿在这部小说中的一个主要思想便是“上帝存在，灵魂永生”。在谈到陀思妥耶夫斯基创造的思想形象时，巴赫金指出：“这些思想是他在现实生活当中发现的、听到的，有时是猜到的；也就是说这是已经存在或进入生活的富于力量的思想。陀思妥耶夫斯基有一种天赋的才能，可以听到自己时代的对话，或者说得确切些，是听到作为一种伟大对话的自己的时代……”[①]因此陀思妥耶夫斯基“从来不是无中生有，从来‘不是杜

① 巴赫金：《陀思妥耶夫斯基诗学问题》，白春仁、顾亚铃译，生活·读书·新知三联书店，1988，第135—136页。

撰它们’”[①]，甚至可以指出这些思想在现实中的“原型”。上帝是否存在，灵魂能否永生也正是陀思妥耶夫斯基“有意无意为之苦恼了一辈子的问题”[②]。

在小说中作家没有直接描写这一思想产生的渊源，虽然读者在作品中完全可以感受到产生这种思想的现实氛围。这便是俄国农奴制改革后资本主义在各方面的渗透：金钱作用增长，道德沦丧，社会分化，人民贫困等。小说中的许多场面都反映了这样的氛围，例如：老卡拉马佐夫从事各种经营，积累起十万卢布的资产；德米特里向商人萨姆索诺夫、富农“猎狗”借钱（一个贵族向商人告贷在农奴制时代是不可思议的！）；霍赫拉科娃劝德米特里去找金矿，成为企业家；旅店老板特里丰·鲍里瑟奇残酷剥削农民；斯涅吉廖夫一家生活在贫困之中；儿童遭受着种种苦难；等等。总之，正像作家在手稿中指出的那样：“……不能不意识到俄罗斯糟透了……”“世界走上了邪道……”[③]但所有这一切现象都化为了主人公的行为、经历、感受，与思想共存在同一平面上，而这一思想却朝着横向拓展。一个有无上帝和灵魂能否永生的问题，竟然与人能否爱人，是否相信人的自由个性，会不会无视道德原则为所欲为，与社会主义、无政府主义有什么关系，对俄国的未来甚至人类的未来构想有何影响等伦理道德、社会政治、哲学等问题联系了起来，几乎包括了十九世纪六七十年代俄国的主要问题。作者在谈到这部小说与现实的联系时，曾明确指出：“您把四个人物（指卡拉马佐夫一家父子四人）综合起来，就会看到对俄国现实，对我们俄国当代知识分子的描绘，虽然已经缩小了

---

① 巴赫金：《陀思妥耶夫斯基诗学问题》，白春仁、顾亚铃译，生活·读书·新知三联书店，1988，第135—136页。

②《陀思妥耶夫斯基书信选》，人民文学出版社，1986，第247页。

③ 道里宁编：《陀思妥耶夫斯基》（材料与研究），苏联科学院，1935，第151、161页。

一千倍。”[①]

在《卡拉马佐夫兄弟》中，作为艺术描绘对象的思想并不是以个别思想或以无人称真理形式出现，而是与思想载体——人物相结合。思想是他世界观的核心，是他观察世界、认识世界的原则，与他最隐秘的感情融合在一起，支配着他的个性。只能在思想中并通过思想看到人物，也只能在人物身上并通过人物看到思想。一个思想意味着一个人的完整的观点和立场，也可以说表现出了整个人。《卡拉马佐夫兄弟》的主人公便是这种“思想的人”，无论是伊凡、德米特里，还是阿廖沙、佐西马，甚至老卡拉马佐夫，都生活在自己的思想领域，都有“伟大的却没有解决的思想”。但他们都不囿于自身，而是竭力向别人讲述自己的思想，希望被人理解，听到不同的声音，从其他立场的回答。一个“思想的人”的存在也就是对话，是不同意识之间的对话交流，思想就是在不同意识对话中上演的事件，只有在对话中才能迫使“思想的人”讲出自己最隐秘的思想。对于作家来说，描绘思想也就是描绘处于对话中的“思想的人”和他们的事件。因此读者在小说中看到的是主人公们怀着没有解决的思想问题在紧张地进行一场没有终结的对话以及他们的种种事件。在小说中，卡拉马佐夫一家的成员围绕着有无上帝和灵魂永生的问题，各自道出了自己心灵深处的奥秘，表现出自己的生活立场，显露出“人身上的人”。

费奥多尔·巴夫洛维奇·卡拉马佐夫出身贵族，年轻时是一个寄人篱下的食客，常常扮演小丑的角色，后来依靠妻子的嫁妆起家，成了富有的地主和高利贷者。这三者的结合，再加上不信上帝，形成了他丑恶畸形的灵魂。他身上几乎集中了一切卑劣的欲望：好色、自私、专横、冷酷、

① 《陀思妥耶夫斯基全集》（30 卷版），（俄）科学出版社，1972—1990，第 15 卷第 435 页。

厚颜无耻。他生活糜烂，好嘲弄、亵渎神圣高尚的一切，向周围的人发泄年轻时所受到的侮辱。他曾两次结婚，都是出于谋求财产、地位或满足自己的私欲；妻子死后，全然不顾教养孩子的义务，任凭他们由命运摆布；他侵占长子的财产，与他争夺格鲁申卡；甚至奸污一个疯女丽萨维塔。但他也不无矛盾。他自知作孽太多，害怕坠入地狱，因此他也思索有无上帝和灵魂永生的问题，他对阿廖沙说："不管我有多蠢，这个问题我还是考虑的，还是考虑的，当然是有时候想想，不是一直在想。"他真诚地爱阿廖沙，因为阿廖沙是"世界上唯一不责备"他的人。他有能力欣赏美，对自己的恶行也可以自我谴责。他生命力旺盛，拼命攒钱，指望女人在他年老时能自愿投入他的怀抱。他基本的生活信条是"在这世界上尽量多活几天""我愿意一辈子过这种腐朽糜烂的生活"，至于上帝和来世生活，他是不相信的。他的所作所为引起儿子们的极端蔑视和憎恨。在他身上集中体现了"卡拉马佐夫气质"，正如高尔基指出的那样："这无疑是俄罗斯的灵魂，无定形的，光怪陆离的，既怯懦又大胆的，但主要是病态而又恶毒的灵魂……"[①]

他的大儿子德米特里·卡拉马佐夫是一个退伍军官，性格暴躁，生活放荡。他的内心充满了信仰和无信仰的矛盾，是一个集崇高与卑鄙于一身的人物。他在向阿廖沙坦露心迹时说："魔鬼与上帝在进行搏斗，而搏斗的战场便是人心。"这也是对他自己内心世界中矛盾斗争的真实写照。他曾企图利用金钱占有卡捷琳娜·伊凡诺芙娜；他为了财产和格鲁申卡与父亲发生激烈冲突，甚至扬言要杀死父亲；他粗暴地凌辱了斯涅吉廖夫上尉。另一方面，他内心却是高尚的，他说："虽然我可恶，我下流，我卑鄙……但是上帝啊，我毕竟也是你的儿子……"因而他那堕落的灵魂时而

① 高尔基：《论文学（续集）》，人民文学出版社，1979，第 179 页。

迸发出善良的火花。与他原来的意图相反，他慷慨地帮助了卡捷琳娜·伊凡诺芙娜，使她保住了自己的清白和家庭的名誉（因此他成为她的未婚夫）；他真诚地爱格鲁申卡，同情她的遭遇；他为自己对斯涅吉廖夫的行为感到羞耻；他在狂怒中克制了自己，没有对父亲行凶。他所考虑的不只是肉欲生活，他内心在追求美和高尚，思索着人间的苦难。他对弟弟阿廖沙说："人在世界上经受的痛苦实在太多了，遭到的灾难实在太多了！你别以为我只是个衣冠禽兽，只知道喝白兰地和糟蹋女人。兄弟啊，我几乎一直在思考这件事，在思考人们受的屈辱。"父亲被害后，他被误认为凶手，因此心灵受到极大的震撼。审判前他梦见由焚毁的农舍、干瘦黝黑的母亲、嗷嗷待哺的婴儿所构成的凄凉贫困图景。由于他身上具有"圣母玛利亚的理想"，相信上帝，这个象征着人间苦难的梦使他意识到人间的残忍和自己的卑劣，因此他虽然没有弑父，却甘愿承受刑罚，他将"通过受苦来洗净自己"，净化自己的灵魂，忏悔自己的"罪行"。从此，他开始了精神上的"复活"。但"复活"并没有最后完成。判刑以后，他还没有"背负十字架"的充分准备。他打算在押解途中逃往美国，虽然他知道逃离西伯利亚并不是去寻找快乐，而是去服另一种苦役。

伊凡是卡拉马佐夫家的第二个儿子。他完成了大学学业，是个评论家。在小说中，以老卡拉马佐夫与德米特里之间的调停人的身份出现，是小说的主要人物之一。

伊凡和他哥哥德米特里不同，他崇尚理智，研究自然科学，善于分析、思考，力求理解生活的意义；他不相信灵魂永生，否定上帝，是个无神论者和唯物主义者。作为无神论者他不承认上帝创造的世界，认为这个世界不合理，浸透了"血和泪"；他特别不能容忍儿童所遭受的种种苦难。在"叛逆"一章里，伊凡激动地向阿廖沙描述了异族入侵者虐杀儿童、地主用猎狗将农奴的孩子撕成碎片、父母虐待自己孩子的种种暴行之后问道："如果人人都需要受苦受难，用苦难换取永恒的和谐，那么这跟孩子有什么关系呢？……我一点儿也不明白……为什么连他们也要用苦难去换取和谐？……”他表示不能接受上帝创造的世界，哪怕以后真的出现和谐。伊凡的声明被阿廖沙称为“叛逆”。

伊凡的“叛逆”否定了上帝及其创造的世界，表达了他对现存社会秩序的抗议，但他并没有信心去改造这个世界；他渴望生活，却缺乏生活的信念。在他看来，人类美好的理想早已被埋葬了，而且它从来也没有实现过，他在历史上看到的只有暴力和奴役。他对人类前途的悲观看法充分体现在他杜撰的故事《宗教大法官》里：16世纪西班牙有个宗教大法官，他认为人是“软弱和低贱的”，他们没有道德，叛逆成性，永远不会合理分配“自由”和“面包”。他们一旦获得自由，便会无所适从，善恶不分，互相争斗，引起纷扰和痛苦，而“巴比伦高塔”则永远也不会建成。最后会把“自由”放到强者脚下，乞求他们施舍面包，心甘情愿受他们统治。强者则用“恺撒的宝剑”，或换一种说法，以“奇迹、神秘和权威”这三种力量去统治他们，维持安定和保障他们的面包和幸福。宗教大法官还认为，这种统治必须以基督的名义进行，以便蒙蔽人们，为此不得不撒谎，虽然这样做内心不无痛苦，但他深信，一度向往的自由、基督的爱等崇高理想是永远不会实现的。因此，当基督再度降临人间时，宗教大法官请他不要妨碍他的事业，把他撵走了。伊凡杜撰的宗教大法官是暴力和奴役的象征，他完全抹杀人的自由的个性，认为人不可能自由地选择善恶和信仰，承受不了“自由选择”的沉重负担，只能接受强权统治，对偶像顶礼膜拜。实质上他把人分成了两类，芸芸众生只配受奴役，而强者可以为所欲为。伊凡的思想与宗教大法官完全一致。但正如作家指出的那样：“伊凡·费奥多罗维奇是深刻的，这不是当代的无神论者，他们的无信仰只说明世界观的狭隘和才智的平庸呆板。”[①]伊凡不信上帝，但又怀疑自己的结论，向往获得信仰。总之，在信仰问题上，伊凡的内心已经分裂。他从

---

①《陀思妥耶夫斯基论艺术》，冯增义、徐振亚译，漓江出版社，1988，第387页。

同情人类苦难的人道主义立场出发，走上了无视任何道德准则的极端个人主义的道路，陷于矛盾的泥淖而非常痛苦，这是他的悲剧。因此，一方面，他从“一切都可以做”这一原则出发，对父兄之间的矛盾听之任之，甚至希望“一条毒蛇咬死另一条毒蛇”；他明知斯梅尔佳科夫有行凶打算而不加阻止；他不信上帝，傲慢、虚荣，爱过舒适的生活，在气质上最像老卡拉马佐夫……另一方面，当他了解了斯梅尔佳科夫根据他的思想杀害了他的父亲后，他感到震惊，认为自己是思想上的凶手，这表明他的言行并不完全一致，并非要坚决地实行自己信奉的原则。他在法庭上承认自己是凶手也不等于他认罪悔悟，彻底抛弃了原来的思想。伊凡在法庭上的供认颇多戏谑调侃，充满了对人的蔑视和仇恨。他的供认和精神失常只是表明他个人主义思想的破产，并不意味着他思想的最后转变。正如阿廖沙所说，他面临着两种可能性：“他不是在真理之光照耀下站起来，就是……在仇恨中毁灭，因为，他曾效力于他所不相信的东西，为此他要向自己和大家报复。”

值得注意的是德米特里和伊凡都从人类的苦难出发，考虑世界性的问题，前者获得了精神上的复活，后者在精神上完全堕落，主要原因是德米特里心中有个上帝，而伊凡是个无神论者，必然投入“魔鬼”的怀抱。这两人不同的结局反映了作家的思想及其局限。

佐西马长老与伊凡相对立。他出身贵族，年轻时是一名军官，过着放荡的生活。终于有一天他突然领悟到自己生活在污泥之中，意识到每个人应该为大家承担罪过。从此以后他的生活发生了转折：他主动向被他殴打过的勤务兵忏悔，不顾社会舆论与决斗的对手和解，辞去军职，进修道院当了教士。他出现在小说中时，已经是一座著名修道院的长老。丰富的阅历、坚定的信念、过人的智慧甚至使他蒙上了先知的光环。他虽年老体衰，但仍然虔诚地履行长老的职责。他为众人祈祷、祝福，接受信徒的忏悔，与受苦受难的人谈话，以爱去抚慰他们的心灵，时时刻刻在宣扬基督的思想。他赞美上帝和他的一切造物，认为“生活就是天堂”，深信地上的天堂将会实现，人们最终还会选择对上帝的信仰；他要求人们用爱去改造自己的精神，“以一种无所不包的普遍的爱来爱整个世界”；要相信人们的思想感情与“上天的崇高世界”有神秘的联系；他劝说人们主动承受苦难，在苦难中戒除多余的需要，遏制骄傲情绪，分清善恶；他声称每个人都应该为别人的罪过承担责任，因为如果你是正义的，别人也许就不犯罪了；每个人也要尽量“做大家的仆人”，在精神上人人平等，这样才能出现“人类的伟大团结”。他特别强调只有“人民能够拯救俄罗斯”，因为人民心中有上帝，保持着信仰和谦恭，没有奴性，他的精神力量能使无神论者产生信仰。因此，如果抛弃人民和上帝去“公正地安排生活”，必将“血流成河，因为流血只能招来流血，动剑的人必将被剑戕害”。

佐西马的思想同样也充满了矛盾。他企图消除人间的苦难，追求合理的社会——一个人间的天堂，但又否定变革社会的道路，只寄希望于基督的爱、与另一世界的神秘联系和对上帝的信念，这与宗教大法官所提出的“奇迹、神秘和权威”并没有实质上的差别，依靠他的思想要达到“人类伟大的团结”，建成“地上的天堂”也无非是一种空想，是与社会发展背道而驰的，因此引起当时进步思想界的严厉抨击。但佐西马的思想中又有许多地方与正统教会和宗教大法官相对立。他与宗教大法官不同，相信人有能力自由选择自己的信仰，在善恶之间做出抉择；人和人之间能达到精神上的平等，人类发展最终会达到和谐的境界，生命就是欢乐，地上的天堂能够实现，而唯一的依靠力量是人民。这些体现了人道精神的思想也引起正统卫道士的猛烈批评。列昂季耶夫根据正统的教义指出：“在这部长篇小说中**真正神秘的感情**表现得很弱，而一个教士所表达的人道主义理想却非常强烈和十分详细。”[①]“《圣经·新约》确实为了拯救个人来世的

①《论宗教大法官》(文集)，苏联“青年近卫军”出版社，1991，第51、52、184页。

灵魂而提倡博爱和仁慈，但《圣经》中没有一处说过，人们通过这种仁慈能够获得和平和幸福，基督没有向我们承诺过……”[①]“……佐西马的教义是错误的，他谈话的风格是虚伪的。”[②]

佐西马的思想自然是作家同意的，类似的思想和观点在他的其他作品中，尤其是他的政论中曾反复出现过。在小说中佐西马是作为一个人物与其他人物进行平等的对话，虽然作家有意在众多的意识和声音中把他作为一个最崇高、最有权威、被众人仰慕和向往的形象来描绘，却显得抽象，他的理想缺乏现实基础，难以使人信服。就现实性和逻辑力量而言，佐西马的说教根本无法与“叛逆”和“宗教大法官”相比拟。陀思妥耶夫斯基自己在谈到小说的这两章时，称它们为全书的“高潮”，曾不无自豪地说：“在欧洲，无神论表现这样的力量是没有的，也未曾有过。”[③]也许正因这种明显的矛盾，这部小说才引起当时思想界左、右两方面的批评，但都无法否认其中的人道主义思想。

卡拉马佐夫家的小儿子阿廖沙是作家构思中的最主要的主人公。作家根据“圣徒传”的模式来描绘他的经历。他的基本特点是信仰上帝，纯洁、谦恭、羞怯，对个人利益持淡漠态度。由于一般人对他不理解，他常被人家当作一个“怪人”。他仰慕长老佐西马，为了摆脱“世俗仇恨”和追求爱的理想进修道院当了见习修士，但他的思想尚未定型，他的血管里流的毕竟是卡拉马佐夫家族的血。他要侍奉上帝还必须经受一系列的考验。当佐西马长老逝世后没有出现“奇迹”，尸体反而腐烂发臭时，阿廖沙的信仰发生了危机，虽然他没有放弃对上帝的信仰，但他抱怨上帝不公正，让长老的遗体发臭，损害了长老的形象，以致长老受到比他低下得多

---

①《论宗教大法官》（文集），苏联“青年近卫军”出版社，1991，第51、52、184页。

②同上书。

③《陀思妥耶夫斯基论艺术》，冯增义、徐振亚译，漓江出版社，1988，第390页。

的人的指责；他听了伊凡的谈话后，“那种模糊、痛苦而憎恶的印象现在又突然在他心中活跃起来”。他怀着模糊不清的意图到了格鲁申卡家里……但作家很快使阿廖沙恢复了内心的平静。格鲁申卡的坦诚与善良使他深受感动，驱散了他内心的怀疑；他在跪拜长老灵柩后走到院子里，扑倒在地，拥抱大地，突然有了领悟。“他倒地的时候还是个软弱的少年，而站起来的时候已经成了终生威武不屈的战士。”似乎阿廖沙这个人物的发展已经完成。这样的变化实在过于迅速，也违背了作家自己的塑造人物的原则——“确认主人公的独立性，内在的自由，未完成性和未论定性”。

在小说中阿廖沙并不处于矛盾中心，甚至可以说游离于基本情节之外，但条条线索都汇总到他这里，几乎所有的主人公都向他吐露真情，把他当作检验自己立场的一种尺度，他没有积极的行动，似乎只是事件的旁观者，并不左右事态的发展，但他被大家信任和喜爱，对伊凡也有很大吸引力。他曾向阿廖沙表白要用他来“治疗自己”。但有信仰的阿廖沙却提不出有力的论据来反驳伊凡对上帝和世界的看法，根本不可能治愈伊凡的“病症”。

阿廖沙在小说中唯一的行动是与孩子们交朋友，和他们一起帮助伊柳沙一家。伊柳沙一家的苦难自然说明社会的不合理，但作者还有另一层寓意。作家力图通过对伊柳沙和他一家的苦难、阿廖沙和孩子们对他们真挚的同情和帮助表明：人间苦难并非如伊凡所说的那样是一种荒谬，毫无意义。人在苦难中将更为深刻地认清善与恶，意识到自己对别人的苦难负有责任，从而激发起伟大的感情——同情和爱，只有这样的感情才能把人们联系起来。阿廖沙和十二个孩子便由这种感情联结在一起。在陀思妥耶夫斯基看来，阿廖沙和孩子们（包括伊柳沙在内）的关系是建立人类未来幸福大厦的基石。这样，作家便陷入了矛盾的怪圈：一方面要消除人间苦难，另一方面又肯定所谓苦难的积极意义。

在这部小说中，陀思妥耶夫斯基只写了阿廖沙“他青春时代的一刹那”，在第二部中将描写他离开修道院以后的生活经历，经过种种磨难后获得坚定信仰的全过程。因此他虽然是善的象征，但在《卡拉马佐夫兄弟》中还是一个“捉摸不透，并不明确的活动家”。

斯梅尔佳科夫是疯女丽萨维塔被老卡拉马佐夫奸污后生的孩子，由卡拉马佐夫家的仆人格里戈里·库图佐夫抚养长大，后来成为卡拉马佐夫家的厨子。这是一个肮脏卑鄙的灵魂，恶的象征。他亵渎圣物，仇恨一切俄国的东西，公然声称为了个人利益可以背叛自己的信仰。他不仅怯懦，而且狠毒、贪婪；无论从社会地位或心理素质来看，他都是一个奴才。在小说的形象体系中他与阿廖沙相对立，却是伊凡的“同貌人”。他实践了“为所欲为”的原则——为了取得钱财，杀害了老卡拉马佐夫并嫁祸于德米特里，在审理这一案子的前夜他向伊凡讲述了他谋杀的经过以后就自杀了。

小说情节的主线是弑父、错判和查明真正的凶手。从侦查和刑事方面来说，这类情节与侦探、惊险小说的情节相似，但《卡拉马佐夫兄弟》的情节与它们又有本质的差别，它的发展不是以查出凶手为最终目标，而是找出凶杀的真正动因，结果情节的深入发展与一系列伦理道德、社会政治、哲学等问题联系了起来，深化了情节的思想内涵。

小说情节发展迅速。叙述人描述了悲剧发生前三天和后三天里的事情，包括尾声中的一天，前前后后总共不过一周，时间的跨度也不大，从八月底到十一月（包括悲剧发生后有一大段的间歇）。在情节的时空处理上，陀思妥耶夫斯基的基本原则是将众多的事件或各条线索集中在同一时间内，在同一层面上平行展开，使不同的人物在不同的情势下用不同的声音唱着同一种调子，形成多声部性或复调。在小说中，卡拉马佐夫一家在修道院聚会之后情节的几条主要线索同时平行展开，有些事件在时间上是重叠的：如斯梅尔佳科夫杀害老卡拉马佐夫的时候，德米特里正去找费妮娅打听格鲁申卡的下落，然后再到佩尔霍金那儿赎回手枪，准备去莫克罗耶见到格鲁申卡之后自杀；伊凡在去莫斯科的路上；阿廖沙从格鲁申卡家里回到修道院，解决了自己的信仰危机。这些同时进行的情节互相呼应，即通常所说的“对立”：如德米特里的“一颗火热的心在忏悔”，伊凡的“叛逆”“宗教大法官”，阿廖沙编写的长老传略和他的谈话。在情节展开的过程中，主要人物直接或间接地环绕有无上帝和灵魂永生的问题进行对话。这些对话是哲理性的，似乎游离于情节之外，实际上却决定着人物的行动，特别是说明发生凶杀的思想动因。

《卡拉马佐夫兄弟》的主要人物，无论是伊凡，或是德米特里，都具有较强的自我意识，反对对他们“背后议论”，做出确定的评语，认为自己有能力从内部变化，而且只要还活着，他们还没有完成自己的发展，还没有说出自己的最终见解。他们不是作者的传声筒，在对话中可以直抒己见，将自己的思想发挥到极致。如伊凡在“叛逆”和“宗教大法官”这两章中，似乎他的声音压倒了作者的声音，甚至连保守的自由主义批评家戈洛温也指出：“……‘宗教大法官’这一神话使读者困惑不解，作者到底认为谁更正确——是代表尘世利益，不信仰宗教的人，还是创立了宗教的基督呢？……无论救世主的形象引发的爱是如何温暖，读者总是摆脱不了这样的想法：施舍非尘世仁爱的他终究是不对的，因此赎罪的事业失败了。只要叙述在继续，两只秤盘处于绝对平衡状态，您不会获得基督的仁爱完全胜利的宽慰印象。”[①]这是因为作家对主人公采取了一种全新的立场，把他们作为具有充分自由和独立的个性，与他们平等地对话。当然，主人公的声音强化到与作家的声音相当，具有同等价值，也只能在相对的意义上接受。事实上，主人公的“独立性”始终受到作者的制约，正如巴赫金所说：“我们确认主人公的自由，是艺术构思范围内的自由。从这个意义上说，他的自由如同客体性的主人公的不自由一样，也是被创造出来

① 戈洛温：《俄国长篇小说和社会》，波罗霍夫希科夫印厂，1897，第 322 页。

的。但是创造并非意味杜撰。”[1]显然，主人公的独立性以及他声音的独立价值都是相对的，无非是强调在艺术构思范围内作家必须根据人物本身的逻辑发展进行创造，而不是杜撰，而作家作为创作主体，不管在小说中以何种形式出现，总是通过各种手段，表达自己的声音，起着制约作用，就以“叛逆”和“宗教大法官”为例，作家也是通过种种艺术手段竭力否定伊凡的说法，或暗示他的叙述是魔鬼的诱惑。

《卡拉马佐夫兄弟》的主要人物都具有两重性。作家总是将对立的两极集于人物一身，使之互相映衬，在复杂、微妙的境遇中，在紧张的对话中发生碰撞、显露，出现交替和更新。不仅伊凡、德米特里，女主人公卡捷琳娜、格鲁申卡也都是这样。卡捷琳娜大胆果敢，富于自我牺牲精神。为了挽救父亲的声誉，她不惜冒险去见德米特里。她对德米特里的“帮助”既感激，又意识到自己受到了侮辱和伤害。因此她甘愿做他的未婚妻，用加倍的补偿，在精神上进行报复。对所爱的人伊凡百般折磨（也是自我折磨），强迫自己扮演一个忠实的未婚妻的角色。她对德米特里和伊凡的爱与恨是混合在一起的。在法庭上以及审判以后明显地表现出她对德米特里和伊凡在感情上的变化和爱与恨的交替。格鲁申卡原来是个善良、热情的少女，被一名波兰军官欺骗和遗弃，后又为家庭所不容，几乎流落街头，最后被富商萨姆索诺夫收留，成了他的情妇。不幸的遭遇和难以弥合的创伤在她心底滋生了一种要向社会报复的情绪，因此她那善良的本性又渗透着仇恨的心理，这种矛盾的性格常常左右着她的言行——她时而羞怯、温顺、善良，时而大胆、凶狠、恶毒。她出于报复心理，挑逗、耍弄卡拉马佐夫父子；但当悲剧发生后，她立刻承认自己是祸根，为自己过去

① 巴赫金：《陀思妥耶夫斯基诗学问题》，白春仁、顾亚铃译，生活·读书·新知三联书店，1988，第105页。

的行为而真诚地忏悔，德米特里真诚的爱终于使她发生很大的变化，主要是她的内心矛盾趋于平复，她的善良本性得到了充分的显露。

在陀思妥耶夫斯基的小说中，复杂的两重性格都有与其相对应的“同貌人”。《卡拉马佐夫兄弟》中的伊凡便有几个“同貌人”：他们是拉基京、斯梅尔佳科夫、魔鬼，甚至老卡拉马佐夫；这些同貌人是伊凡思想可能发展的几个阶段，但作家不是把它们放在时间的流程中，而是放在横向的平面上加以描绘，使伊凡和他的“同貌人”互相映衬，更为深刻地揭示出伊凡的两重性格。

与作家的前几部小说相类似，《卡拉马佐夫兄弟》的心理分析仍然是以刻画具有强烈自我意识的个性在特殊事件或在事件的旋涡中，在与其他思想意识的交往和对话中的种种复杂而又痛苦的内心感受，特别是两重人格的心理为主。但在表现手段上，在最后一部小说中作家主要运用人物的对话或场面的描绘来表现人物的心理，而作家的直接叙述或分析，甚至对白化了的内心独白都使用得比较少。如因父亲受到凌辱而感到痛苦、不平、愤怒又无法雪恨的伊柳沙的心理是通过他父亲斯涅吉廖夫在与阿廖沙谈话时转述父子俩的对话以及伊柳沙如何抱住他痛哭的场面来表现的；斯涅吉廖夫遭到的深重的伤害，又因自己的贫困而难以维护的自尊心在他将阿廖沙送给他的二百卢布扔在地上，用脚去踩踏并大声叫喊“你们的钱……”的这一场面中获得了极为强烈的反映；德米特里与老卡拉马佐夫和卡捷琳娜的矛盾，由此而引起的他内心的折磨和难以忍受的痛苦，他的两种理想的激烈斗争是他向阿廖沙坦露心迹时直接叙述出来的；卡捷琳娜对德米特里和伊凡的感情，她过去所受到的精神创伤，对德米特里的长期积怨在法庭上以证词的形式做了尽情的宣泄。对上述的场合作家并不对人物心理作详细说明，完全是人物通过对话或自己的叙述来展现自己“心灵深处的奥秘”的。小说中对人物下意识的描绘尤为精彩，独具匠心。描绘下意识的心理活动虽然离不开作者的说明，但仍以对话为主，在小说第二部第五卷第六、七章《暂时还很不清楚的一章》和《“跟聪明人谈谈也是有趣的”》中，斯梅尔佳科夫在谈话中已经暗示他将利用老卡拉马佐夫和德米特里的矛盾假象杀害老卡拉马佐夫，劝伊凡早日离开，而伊凡对这种暗示不置可否，只是告诉斯梅尔佳科夫他明天将去莫斯科。这次谈话已经使伊凡感觉到父亲可能被害，但尚未明确意识到或不敢明确。第二天在去莫斯科的火车上，他心中“突然笼罩上一层阴影，油然升起一股哀愁，这是他一生中从来没有过的事”。他承认自己是“下流坯”。当时，伊凡并不完全理解产生这种情绪的原因，因为支配着他的是潜伏在下意识中的思想——一切都可以做，弑父也行，只要我不直接卷入。只是在案发以后伊凡回忆和分析当时的情景，通过与斯梅尔佳科夫的三次谈话（见第四部第十一卷第六、七、八章）才明确他当时的言行所含有的真实思想，即默许了斯梅尔佳科夫的图谋。这里对话在揭示伊凡下意识活动的作用是十分明显的。尤为典型的是伊凡的内心矛盾和思想冲突化为了两种声音，以两个人的对话形式表现出来，这便是伊凡和魔鬼的对话（见第四部第十一卷第九章）。在对话中魔鬼将伊凡某一方面的思想和感情——用伊凡的话来说，“最卑鄙愚蠢的思想感情”，即他的无信仰，否定一切，犬儒主义，人就是“人神”，可以为所欲为，以及他的犹豫不决、良心上的磨难等，表现得淋漓尽致。

陀思妥耶夫斯基早在60年代初就向往19世纪能出现一部“艺术巨著”，它不仅体现“基督的思想”，即“恢复……堕落的人的本来面目”，“为社会上被侮辱和唾弃的毫无权利的人辩护”，而且“将充分而永久地表达自己时代的追求和特征”[①]。19世纪60年代末托尔斯泰的《战争与和平》发表后，更引发了陀思妥耶夫斯基创作现代史诗性小说的想法。他所理解的现代史诗性小说面向俄国的现在和将来，主人公不是传统

①《陀思妥耶夫斯基论艺术》，冯增义、徐振亚译，漓江出版社，1988，第102—103页。

的贵族，而是历尽生活磨难，最后获得信仰的现代俄国人。为了实现这一想法，他在70年代初构思了《无神论者》《大罪人传》，但都没有实现。这些构思的部分内容分别写入了《群魔》《少年》《卡拉马佐夫兄弟》。前两部作品基本上还没有突破传统长篇小说的框架，只是在最后一部作品中作家才实现了创作现代史诗性长篇小说的愿望。在这里作家将一个家庭的历史和当代重大的政治、社会、宗教、伦理、哲学问题相结合，将种种难以相容的场面汇合在一起：家庭的争吵，爱情和财产的纠葛，卑劣的情欲和崇高的追求，哲理的对话和神话，教士的生平和说教，心灵的煎熬与忏悔，朱门的狂欢豪饮与穷人的悲惨生活，谋杀与侦破，法庭上的起诉与申辩，等等，引入了史诗、悲剧、宗教神秘剧、哲理、惊险小说等因素。因此就小说体裁特点而言，有的评论家称《卡拉马佐夫兄弟》是“综合性的长篇小说”[①]。

《卡拉马佐夫兄弟》是陀思妥耶夫斯基最重要的一部作品，充分体现了作家创作的思想、艺术特点。在这部小说中作家力图证明，在俄国从农奴制转向资本主义的过渡时期，传统道德观念已经瓦解，人民遭受着深重的苦难，处于畸形人际关系中的人们难免一个悲剧性的命运。“卡拉马佐夫气质”便是这种不合理的社会的产物，在这样的环境下必然会产生否定上帝、否定现存社会制度、要求变革的种种思潮，可是无神论、“社会主义”（实际上作家指的是空想社会主义或无政府主义）又会带来新的祸害，而陀思妥耶夫斯基提出的解决这一矛盾的答案中又暴露出企图从苦难中求得新生，以宽恕、爱、信仰上帝来建立互相团结、和谐幸福的人间天堂，反对革命暴力的空想。但是作家在小说中提出的人生意义、无神论和“社会主义”、宗教信仰和伦理道德、“社会主义”和个性、人性中的善

① 格罗斯曼：《陀思妥耶夫斯基传》，王健夫译，外国文学出版社，1987，第720页。

与恶、个人命运和俄国前途等问题以及对资产阶级道德的批判却表明了这部作品内容的深度。

《卡拉马佐夫兄弟》在俄国和世界文学史上具有重要地位。陀思妥耶夫斯基的作品，尤其是他最后一部长篇小说影响了许多作家，不难从他们的作品发现与他的渊源关系，如扎米亚京的反乌托邦小说《我们》中的救世主就会使人想起《卡拉马佐夫兄弟》中的宗教大法官；托马斯·曼自己承认，他在创作长篇小说《浮士德博士》的过程中曾一再阅读伊凡·卡拉马佐夫与魔鬼谈话的篇章；像罗曼·罗兰那样的著名作家，谈到俄国文学的影响时都会提到《卡拉马佐夫兄弟》。弗洛伊德称："《卡拉马佐夫兄弟》是迄今为止最壮丽的长篇小说。小说里关于宗教大法官的描写是世界文学中的高峰之一，其价值之高是难以估量的。"①

冯增义

① 弗洛伊德：《弗洛伊德论美文选》，张唤民、陈伟奇译，知识出版社，1987，第150页。

献给

安娜·格里戈里耶芙娜·陀思妥耶夫斯卡娅

我实实在在地告诉你们：一粒麦子不落在地里死了，

仍旧是一粒；若是死了，就结出许多籽粒来。

（《圣经·新约·约翰福音》第十二章第二十四节）

作者的话

当我着手叙述我的主人公阿列克谢[1]·费奥多罗维奇·卡拉马佐夫生平的时候，心里不免有点惶惑。也就是说，尽管我把阿列克谢·费奥多罗维奇称作我的主人公，然而我自己也知道，他根本不是什么大人物，因此我预料读者肯定会提出这样一些问题：您的阿列克谢·费奥多罗维奇究竟有什么出类拔萃的地方，居然被您选作自己的主人公？他有什么了不起的作为？他在哪些人中间、凭什么而闻名？我作为读者为什么要花费时间去研究他的生平事迹？

最后一个问题最要命了，对此我只能这样回答："也许您自己会从小说中找到答案的。"可是如果大家读了小说之后还是看不出或者并不认为我的阿列克谢·费奥多罗维奇有什么出众之处，那怎么办呢？我之所以这样说，是因为我事先伤心地预见到了这一点。对我来说，他是个杰出人物，但我非常担心自己能否向读者证明这一点。原因是：他也许是个活动家，但还是个尚未定型、尚未明朗化的活动家。不过话又要说回来，在我们这样的时代，要求人家面目清楚也未必合乎情理。不过有一点也许是没有疑问的：他是个奇特的人，甚至是个怪物。然而，奇特与古怪虽然令人瞩目，却会带来害处，尤其在大家都力图把个别凑成整体、从普遍的混乱

① 即阿廖沙。

中寻找哪怕某种共同点的时候更是如此。在大多数情况下，怪物往往是一种个别和特殊的现象。是不是这样？

如果您不同意最后这种说法并且回答说“并非如此”或者“并非永远如此”，那么我也许会鼓起勇气对我的主人公阿列克谢·费奥多罗维奇的意义加以肯定了。因为怪物不仅“并非永远”是个别和特殊的现象，恰恰相反，怪物有时候体现了整体的核心部分，而跟他同时代的其余人不知什么原因一个个都暂时离开了他，好像被一阵狂风卷走了似的……

我本来无须做出这种极其乏味而又含糊的解释，可以开门见山，直奔主题。反正只要您喜欢，总会把它读完的。可糟糕的是，我的传记只有一份，而小说却有两部。第二部小说是重点，主要写我的主人公在当代即目前的活动。第一部小说的情节发生在十三年前，几乎不成为小说，而仅仅是我的主人公少年时代的某个瞬间。我无法绕过第一部小说，否则第二部小说的许多内容便难以理解了。可是这样一来，我就更加为难了：既然连我这个传记作者都认为给这样一个微不足道而又捉摸不定的主人公写一部小说尚属多余，那何必要奉献两部小说？我又如何解释这种自以为是的态度呢？

我不知道怎样解决这些问题，所以干脆回避，不做任何解释。不用说，洞察一切的读者早就猜到我从一开始就有这种打算了，只是怪我为何白白浪费笔墨和宝贵的时间。对此我可以做出明确的答复：我之所以白白浪费笔墨和宝贵的时间，首先是出于礼貌，其次是我想要点滑头，因为我可以推托说，反正我已经有言在先了。不过，我甚至为我的小说在保持“整体一致”的情况下自然而然地分成两个故事而感到高兴。读者看了第一个故事之后便能自行确定，第二个故事是否值得一读。当然，谁也没有非读不可的义务，即使只翻了第一个故事的一两页，就可以扔在一边，再也不用打开。不过要知道也有这样一些客气的读者，他们是一定要从头至尾读完的，从而做出不偏不倚的评价，譬如说，俄国的批评家都是这样的谦谦君子。正是在这些人面前，我的心情总要轻松些：尽管他们兢兢业业，一丝不苟，但我还是要让他们有名正言顺的理由在读完小说的第一段之后就不愿再读下去。好了，序言到此为止。我完全同意说它是多余的，不过既然写好了，那就让它留在卷首吧。

现在言归正传。

卡拉马佐夫兄弟 上册

目 录

第一部

第一卷 一个家庭的历史

第二卷 不合时宜的聚会

第三卷　好色之徒

第二部

第四卷　折磨

第五卷　赞成与反对

第六卷 俄罗斯教士

第一部

第一卷
一个家庭的历史

一　费奥多尔·巴夫洛维奇·卡拉马佐夫

阿列克谢·费奥多罗维奇·卡拉马佐夫是我县地主费奥多尔·巴夫洛维奇·卡拉马佐夫的第三个儿子。他父亲十三年前就死了，死得很惨，也很蹊跷，当时闹得满城风雨（直到如今我们县里还经常提到他）。这件事我在适当时候会告诉大家的。现在我要说的是，这位"地主"（我们县里的人这样称呼他，尽管他几乎一辈子都没在自己的田庄里住过）是个脾气古怪，但在生活中又可以经常遇到的那种人，他不仅心地卑劣、行为放荡，同时又是头脑糊涂的典型。不过好像也只有这种头脑糊涂的人，在经营自己的财产方面倒是十分高明的。就拿费奥多尔·巴夫洛维奇来说吧，开始的时候他几乎一无所有，仅仅是个小得不能再小的地主，到处混饭吃，千方百计地充当食客，可是到临死的时候已经积攒了一笔高达十万卢布的巨款。尽管如此，他一辈子都是我们县里最糊涂最蛮横的人之一。我要再说一遍：他并不愚蠢，那些蛮不讲理的人大多数相当聪明、相当狡猾——他只是糊涂罢了，而且又是特别的、带有民族特色的糊涂。

他结过两次婚，有三个儿子，长子德米特里·费奥多罗维奇是第一个妻子生的，其余两个，伊凡·费奥多罗维奇和阿列克谢·费奥多罗维奇是第二个妻子生的。费奥多尔·巴夫洛维奇的第一个妻子出身于名门贵族，是我县地主米乌索夫的女儿。至于这样一位年轻漂亮、聪明活泼并且又有嫁资的姑娘怎么会嫁给这个被大家叫作“窝囊废”的男人，我不想详细解释。这种事情在我们现在这一代人中间并不罕见，但从前也曾经有过。我就认识一位姑娘，她属于过去的“浪漫”一代。她跟一位先生莫名其妙地恋爱了几年之后，照理可以太太平平结婚的，可是结果她自己想象出了许许多多无法克服的障碍，最后在一个狂风暴雨之夜，从悬崖般陡峭的河岸上跳进冰凉湍急的河里自杀了。她的死完全应该归结于她的古怪脾气，完全是为了模仿莎士比亚的奥菲莉亚[①]。假如那个她早就看中并且十分喜爱的悬崖并非风景如画，假如那是一段缺乏诗意的平坦的河岸，那么她也许根本不会自杀。这是一件真实的事情，而且应该看到，在我们俄国的生活中，在最近的两代人中间，这种事情或者类似的事情屡见不鲜。阿杰莱达·伊凡诺芙娜·米乌索娃的行为显然属于这一类，无疑是受了外界风气的影响，也是流行思想刺激的结果。也许她想显示女子的独立性，反对社会环境，向宗族和家庭的专制抗争，而乘虚而入的幻想又使她相信，哪怕是在一瞬间相信，费奥多尔·巴夫洛维奇虽然是名食客，但他却是那个日趋进步的过渡时期最勇敢、最喜爱调侃嘲笑的人，其实他只是个凶恶的小丑而已，别无所长。更耸人听闻的是这件事最终以私奔而告终，这又使阿杰莱达·伊凡诺芙娜感到非常得意。费奥多尔·巴夫洛维奇对于这样的艳福即使从他的社会地位来说当时也是求之不得的，因为他迫切希望自己有一个锦绣前程，为此可以不择任何手段。攀上这样一门好亲并且得到一份丰厚的嫁妆，确实是一种极大的诱惑。至于双方的爱情，那么无论从新娘还是从他这一方面来看，根本不存在，尽管阿杰莱达·伊凡诺芙娜颇有几分姿色。可以说，这件事也许是费奥多尔·巴夫洛维奇一生中唯一的特殊情况，因为他一辈子都沉湎于女色。任何一个女人只要向他招招手，他就可以立即拜倒在她的石榴裙下。然而唯独这个女人在性欲方面没有给他留

① 奥菲莉亚，莎士比亚悲剧《哈姆雷特》中的女主人公。

下什么特殊的印象。

阿杰莱达·伊凡诺芙娜跟他私奔之后马上就看清了他的真面目。她对自己的丈夫只有轻蔑，并无其他感情。所以，这桩婚姻的恶果马上暴露出来了，尽管她家里不久就默认了这件事，并且给了私奔的女儿一笔嫁资，但是夫妇之间的生活变得一团糟，开始没完没了的争吵。据说年轻的妻子在这方面显得很大度很高尚，是费奥多尔·巴夫洛维奇无法比拟的。现在才知道，她当时刚得到二万五千卢布现款，就立即被他全部偷走了，因此这笔数以万计的钱款对她来说从此石沉大海，无影无踪了。她的嫁妆还包括乡下的一座庄园和城里一幢相当不错的房子，他一直都在处心积虑地想通过某种合法的手续把这两处财产转到自己名下，他每时每刻都厚着脸皮跟妻子硬磨软泡，苦苦哀求，以期引起妻子对他的蔑视和讨厌，最后惹得她心烦意乱，只要能摆脱他的纠缠，就同意答应他的要求。他这一手本来肯定能得逞的，但幸亏这时候阿杰莱达·伊凡诺芙娜的娘家出来干涉了，才使这个贪得无厌的家伙有所收敛。大家都知道他们夫妇俩经常打架，据说动手的不是费奥多尔·巴夫洛维奇，而是阿杰莱达·伊凡诺芙娜这个脾气暴躁泼辣、身强力壮、皮肤黝黑的女人。最后，她终于抛弃了这个家，离开费奥多尔·巴夫洛维奇，跟一个穷困潦倒的神学校教师私奔了，留给费奥多尔·巴夫洛维奇一个三岁的儿子米佳[1]。费奥多尔·巴夫洛维奇马上把一大群姘妇领到家里，毫无节制地酗酒作乐，抽空还跑遍全省各处，向碰到的每个人哭哭啼啼地诉苦，把抛弃他的阿杰莱达·伊凡诺芙娜数落一番，同时还详详细细告诉大家那些做丈夫的羞于启齿的床笫琐事。这主要是因为在众人面前扮演受气丈夫的可笑角色并且大肆渲染自己所受屈辱的各种细节，似乎使他感到愉快甚至引以为荣。那些喜欢嘲弄的人对他说："您真行啊，费奥多尔·巴夫洛维奇，尽管您很伤心，可您升了官发了财，所以您很得意。"许多人甚至补充说，他乐意充当一名面目焕然一

---

① 德米特里的昵称。

新的小丑角色，为了使人们笑得更加痛快，还故意装出对自己可笑的处境满不在乎的样子。不过谁知道呢，也许这是他真情的流露。后来他终于发现了那私奔女人的踪迹。那个不幸的女人跟随自己的神学校教师辗转来到了彼得堡，并在那儿肆无忌惮地投身于最彻底的妇女解放运动了。费奥多尔·巴夫洛维奇立即忙碌起来，准备到彼得堡去。至于为什么要去，那连他自己也不知道。当然，他本来要立即动身的，可是做出这样的决定之后他马上觉得为了壮胆在出发前特别需要纵酒豪饮一番。就在这个时候，他妻子的娘家得到了她在彼得堡去世的消息。她好像是在一个阁楼里突然死去的，有人说她死于伤寒，也有人说她死于饥饿。费奥多尔·巴夫洛维奇得悉妻子去世的消息时正喝醉了酒，据说他跑到街上，高兴地举起双臂大声喊道："这下可好了！"也有人说他像孩子似的号啕大哭，哭得死去活来，简直看着他都觉得可怜，尽管大家都讨厌他。很可能两种说法都有根据，也就是说，他既为自己得到了解脱而高兴，又为使他获得自由的女人而痛哭，两者兼而有之。多数情况下，所有的人，甚至坏蛋，也要比我们一般想象的更加天真幼稚，更加质朴善良。包括我们自己也是这样。

二 打发长子

这种人怎样当父亲和教育者，当然可想而知。在他这种父亲身上，该发生的事情终于发生了。他把自己跟阿杰莱达·伊凡诺芙娜生的孩子彻底抛弃了，倒不是因为恨孩子或者因为夫妻反目感到委屈，而仅仅是因为他把孩子忘得干干净净。当他哭哭啼啼到处诉苦因而惹得众人讨厌，而他又把自己的家变成一座淫窟的时候，他家的义仆格里戈里担当起了抚养这个三岁男孩的责任。要不是当初他关心，那么也许没有人会替孩子换一件衬衫。况且孩子母亲面上的亲戚一开始似乎也把他给忘了。他的外祖父，阿杰莱达·伊凡诺芙娜的父亲米乌索夫先生已经去世，他的遗孀，米佳的外祖母已经移居莫斯科并且得了重病，他们的几个女儿也陆续出嫁，因此几乎整整一年米佳只能待在仆人格里戈里家里，住在仆人住的小木屋里。不过话又说回来，即使这位好爸爸想起了自己的孩子（事实上他不可能不知道他的存在），那么他还会重新把他送回小木屋的，因为孩子肯定会妨碍他淫荡的生活。后来发生了新的情况，就是已故的阿杰莱达·伊凡诺芙娜的堂兄，彼得·亚历山德罗维奇·米乌索夫从巴黎回来了。此人后来在国外一连住了好多年，可是当初还很年轻，在米乌索夫家族中显得与众不同，非常开明，颇有京城气派和外国风度，是个一辈子崇尚欧洲文明的西欧派，晚年又成了四五十年代的自由派。在他一生的经历中，他跟那个时代国内外的许多最具自由思想的人物有过广泛的联系，跟蒲鲁东和巴枯宁有过直接交往，在他的漂泊生涯快结束的时候还特别喜欢回忆和讲述一八四八年巴黎二月革命三天里的情形，还暗示说他几乎亲身参加了巷战。这是他青年时代最愉快的回忆之一。他拥有独立的财产，照以前的算法，大约相当于一千个农奴。他那富饶的领地就位于我们这座小城的郊外，跟我们闻名遐迩的修道院的土地毗连。早在年轻时，彼得·亚历山德罗维奇刚得到这份财产就为了在河里捕鱼或在树林里砍伐的权利而跟修道院打起没完没了的官司。这场官司的是非曲直我不清楚，但他甚至认为跟这些“教权主义者”打官司是一种公民的义务和文明人的职责。他可能还记得阿杰莱达·伊凡诺芙娜，以前曾经关注过她，因此听说了她的所有情况并得知还留下一个米佳之后，他义愤填膺，对费奥多尔·巴夫洛维奇充满了蔑视，但还是插手干预了这件事。这时候他才第一次同费奥多尔·巴夫洛维奇见面。他直截了当地向他宣布自己很想担当起抚养孩子的责任。后来他经常对别人说，他提到米佳的时候，对方一度装作一点儿也不明白是指哪一个孩子，甚至显得很惊讶，他家里居然还有个年幼的孩子。即使彼得·亚历山德罗维奇的话有点夸张，但毕竟道出了某些实情。费奥多尔·巴夫洛维奇一辈子都喜欢装腔作势，他会无缘无故地在您面前扮演某种料想不到的角色，虽然有时候完全没有这种必要，甚至对他自己不利。譬如这一次就是如此。不过，这种特征是许多人，甚至是相当聪明的人所固有的，更不用说费奥多尔·巴夫洛维奇了。彼得·亚历山德罗维奇热心地着手办这件事，甚至与费奥多尔·巴夫洛维奇一起被指定为孩子的监护人，因为孩子的母亲死后毕竟还留下了一份小小的财产——一幢房子和一处地产。米佳也真的住到了这位堂房舅舅那儿，可这位堂舅没有成家，他本人刚处理完田产的事务并得到收益的保障后又立即匆匆赶往巴黎，准备在那儿长期居留，于是把这孩子委托给了自己的堂婶，一位莫斯科的太太。结果他在巴黎住得习惯了，尤其是那场令他大为震惊并且终生难忘的二月革命来临的时候，早把孩子的事忘得一干二净。接着，莫斯科那位太太死了，于是米佳又住到她的一个已经出嫁的女儿家里。后来他似乎又第四次改换过门庭。这些事现在我不打算详谈。因为有关费奥多尔·巴夫洛维奇这位头生子的情况将要详细叙述，现在只谈些有关他的最必不可少的情况，否则我这部小说就无法开头。

第一，在费奥多尔·巴夫洛维奇三个儿子中唯独德米特里·费奥多罗维奇从小就相信自己还多少拥有一点儿财产，成年[①]后就可以独立自主了。他的少年和青年时代是在混乱中度过的：中学没读完就进了一所军事学校，接着又突然到高加索担任军职，深得上司器重，因参与决斗而被降职，后来又重新得到赏识，他成天过着花天酒地的生活，糟蹋了不少钱财。直到成年之后他才从费奥多尔·巴夫洛维奇那里得到一些钱，在此之前他到处借钱，债台高筑。他第一次跟自己的父亲费奥多尔·巴夫洛维奇相识和见面是在成年之后，那次他是特意到我们这儿来跟父亲清算自己的财产。大概当初父亲就没有博得他的好感，他在父亲家里待的时间不长，从父亲那儿得到了一笔不大的钱款并且就今后田产收益跟他商定了一个办法以后就匆匆忙忙离开了。至于这些田产有多少收益，本身价值多少，那一次他始终无法从费奥多尔·巴夫洛维奇口中得到确切的回答（这是个值得注意的事实）。费奥多尔·巴夫洛维奇一开始就指出（这一点也得记住），米佳对于自己的财产抱着夸大的不正确的想法。费奥多尔·巴夫洛

① 按俄国法律规定，年满 20 岁便可独立支配财产。

维奇对此十分满意，因为他另有打算。他断定这年轻人性格轻浮，脾气暴躁，欲望强烈，缺乏耐心，热衷于吃喝玩乐，只要抓到点什么，就立刻会平静下来，当然，平静的时间不长。费奥多尔·巴夫洛维奇马上开始利用这一点，即给他一些小恩小惠，不时寄点钱去敷衍他。最后发生了这样的事情：四年后米佳终于失去了耐心，再次来到我们这座小城，准备跟父亲彻底清算财产，可是他万万没有想到自己已经一无所有，甚至都难以结算了，他从父亲那儿取走了相等于自己全部财产价值的钱财，甚至还欠着他。根据他某年某月自愿具结的某项契约，他已完全失去了进一步提出任何要求的权利。年轻人感到十分惊讶，怀疑自己上当受骗了，气得几乎失去理智。正是这个情况导致了一场悲剧，而描述这场悲剧便成了我这第一部序幕性小说的内容，或者说得更确切些，成了这部小说的框架。但在着手叙述这件事情之前，还需要谈谈费奥多尔·巴夫洛维奇另外两个儿子，即米佳的两个弟弟，并且说明他们的来历。

三　第二次结婚以及第二个妻子生的两个孩子

费奥多尔·巴夫洛维奇把四岁的米佳从身边打发走之后又马上第二次结婚了。这第二次婚姻持续了大约八年时间。他娶的第二位妻子索菲亚·伊凡诺芙娜也非常年轻，那是他与犹太人合伙到外省承包某项小工程时认识的。费奥多尔·巴夫洛维奇虽然醉心于吃喝玩乐，放浪形骸，可是从来没有停止过投资生财，而且始终把事情办得十分顺利，尽管几乎每一次的手法都有点卑鄙。索菲亚·伊凡诺芙娜是位孤女，从小失去父母，她父亲是个性格忧郁的教堂执事，但是她却在一个富裕的家庭中长大成人。收养她的恩人是沃罗霍夫将军的遗孀，这位年迈的很有名望的将军夫人经常折磨她。详细情况我不得而知，只是听说这位向来温柔善良、逆来顺受的养女曾在储藏室的钉子上系了绳子打算上吊自尽，结果被人救了下来，可见她是多么难以忍受将军夫人的古怪脾气和没完没了的指责。其实那老妇人并不凶恶，只是因为养尊处优而蛮横到令人无法忍受的地步。费奥多尔·巴夫洛维奇前去求婚，人家一听他的来历就把他赶走了。于是又像第一次婚姻一样，他提议姑娘跟他私奔。倘若她能及时了解他的底细，那她也许无论如何都不会跟他私奔的。可事情发生在另外一个省份，此外像她这样一个宁愿投河自杀也不肯留在养母家里的十六岁女孩又懂得些什么呢？这苦命的姑娘逃出了狼穴，却又落入了虎口。这一次费奥多尔·巴夫洛维奇分文没有到手，因为将军夫人盛怒之下什么也没给，不仅如此，还把他们俩诅咒了一番。不过他本来也没有指望能捞到什么，令他垂涎三尺的是这位少女的非凡美貌，更重要的，她那天真无邪的模样使他这个至今只知道追逐粗俗女性的好色之徒惊叹不已。“那双天真无邪的眼睛当时像剃刀那样在我心上划了一刀。”后来他常常这样恬不知耻地笑着说。不过对于一个淫棍来说，这也只是情欲冲动而已。费奥多尔·巴夫洛维奇没有捞到任何实惠，对待妻子的态度变得肆无忌惮了。借口她有愧于他，似乎是他从“吊绳上”把她救下来的，此外，还利用她那少有的温顺和逆来顺受的性格，他连夫妇间应有的最起码的体面也不顾了。一些坏女人聚集到他家里，当着他妻子的面纵酒作乐，胡作非为。我还要告诉大家一个特殊情况，那就是格里戈里这个阴沉、愚蠢、顽固、喜欢唠叨的义仆，他跟原来的太太阿杰莱达·伊凡诺芙娜是死对头，这一次却站在新太太一边，处处保护她，为了她甚至用一种对仆人来说几乎不允许的方式跟费奥多尔·巴夫洛维奇吵架。有一次他硬是把前来纵酒作乐、为非作歹的荡妇们统统赶走了。这个从小就被吓得战战兢兢的不幸的少妇后来得了一种神经性妇女病，这种病在乡下女人身上经常可以见到，患者通常叫作疯癫女人。得了这种病，往往会歇斯底里发作，甚至昏厥过去。不过她还是为费奥多尔·巴夫洛维奇生了两个儿子，第一个儿子伊凡是在结婚当年生的，第二个儿子阿列克谢是三年以后生的。她死的时候阿列克谢才三岁多，虽然说来奇怪，可我知道他后来一辈子都记得母亲，当然恍如梦中一般。母亲一死，两个孩子的遭遇就跟他们的哥哥米佳一模一样：他们完全被父亲彻底遗忘了。弟兄俩都落到格里戈里手里，也都住进了他的小木屋。那位年迈而蛮横的将军夫人，他们母亲的恩人和养母，就是在小木屋里找到了他们。她当时还健在，整整八年来她始终无法忘记她受到的屈辱。有关她的“索菲亚”的情况，八年来她随时都掌握着最精确的情报。听说索菲亚生了重病，过着非人的生活，有两三次她对自己的那些食客大声说：“她这是活该，她忘恩负义，上帝才这样惩罚她。”

索菲亚·伊凡诺芙娜死后刚过了整整三个月，将军夫人突然亲自来到我们城里，直奔费奥多尔·巴夫洛维奇的住处。她在城里总共才待了将近半个小时，可做的事情却不少。当时已是傍晚时分，八年来她没见过面的费奥多尔·巴夫洛维奇喝得醉醺醺地出来迎接她。据说，她见了他也不做任何解释，上去就狠狠给了他两记响亮的耳光，接着一把揪住他的头发往下按了三次，然后又一声不响地直接到小木屋去找两个小外孙。她第一眼就发现他们满面污垢，衣衫褴褛，便马上扇了格里戈里一个耳光并向他宣布，她要把两个孩子带回自己家里，然后搀着他们走出小木屋，将他们裹进一条方格毛毯，抱上马车，带回自己家里。格里戈里作为一名忠实的奴仆挨了这记耳光，没说一句粗鲁的话，还送老夫人到马车跟前，向她深深鞠了个躬，大声说：“这样照顾孤儿，上帝一定会报答的。”“你是个混蛋！”将军夫人临走前冲着他吼道。费奥多尔·巴夫洛维奇仔细盘算了一下，认为这是件好事，因此后来在具结两个孩子由将军夫人抚养的正式文件时他没有拒绝过任何一项条款。至于那两记耳光，他自己还在全城到处宣扬呢。

此后不久，将军夫人就死了。但她在遗嘱里指定给孩子们每人一千卢布“作为教育费用，这笔钱必须全部花在他们身上，直到他们成年为止，因为这笔款项对于这样的孩子来说已经绰绰有余，假如有人愿意慷慨解囊，那就请便”。我自己没有见过这份遗嘱，但听说确实有这类奇怪的内容，其表述的方式颇为独特。老太太的主要继承者叶菲姆·彼得罗维奇·波列诺夫倒是个老实人，担任那个省的贵族长。他跟费奥多尔·巴夫洛维奇通了一次信之后一下子就猜到，要他掏钱抚养自己的亲生儿子是不可能的事（尽管他从来不会直截了当地一口拒绝，碰到这种情况他就采取拖延的办法，有时候甚至说得娓娓动听），于是波列诺夫亲自照顾两个孩子，尤其喜欢小的那个阿列克谢。阿列克谢有很长时间甚至就是在他家里长大的。我请读者从一开始就注意这一点。如果说这两位年轻人之所以能够受到教育和培养而应该一辈子感谢什么人的话，那就是叶菲姆·彼得罗维奇这个极其高尚、极其富于人道主义精神的人，像这样的人如今很少见了。他分文未动将军夫人留给孩子们的每人一千卢布，到他们成年时加上利息，竟达到了两千卢布。他是用自己的钱供养他们的，花费在他们身上的数目当然远远超过每人一千卢布。他们的青少年时代，暂时我也不打算详谈，我只提一下几个最重要的情况。关于哥哥伊凡，我只想告诉大家，他从小就是个忧郁、内向的孩子，虽然远非胆小怕事，但似乎从十岁起就懂得他们毕竟寄人篱下，靠了别人的恩惠才得以成长，而他们的父亲又是那种说出来都嫌丢人的人，等等。这孩子很早，几乎从婴儿时代起（至少传说是这样的）就开始显露出非凡的研究学问的才能。确切的情形不太清楚，但他在十三岁的时候就离开了叶菲姆·彼得罗维奇的家，进了莫斯科一所中学，寄住在叶菲姆·彼得罗维奇少年时代的朋友——一位很有经验、当时很有名望的教育家家里。后来伊凡自己说这都是由于叶菲姆·彼得罗维奇"急公好义"，因为他有一个想法，就是天才的孩子应该跟天才的教育家学习。不过，当这位年轻人中学毕业进大学的时候，无论叶菲姆·彼得罗维奇还是那位天才的教育家，都已经去世。因为叶菲姆·彼得罗维奇生前没有交代清楚，伊凡理应得到的那笔由专横的将军夫人留下的款项，虽然加上利息已达两千之巨，但由于我们这儿种种不可避免的手续和拖拉而迟迟无法得到，所以这位年轻人在大学的头两年既要养活自己又要学习，日子过得十分艰难。应该指出的是，他当初就根本不想跟父亲通信，也许由于高傲，由于瞧不起他，也许经过冷静理智的思考后明白了从父亲那儿绝不会得到任何接济。不管处境多么艰难，年轻人丝毫没有惊慌失措，迷失方向，最后终于找到了一份工作，先是授课，继而又用"目击者"的笔名写些街头新闻之类的小文章分头送到各家报社发表。据说这些十来行字的小文章构思巧妙，趣味盎然，以致很快就风行起来，仅此一端就足以说明这位青年人在实际能力以及智力方面远远超过我们这里为数众多、永远贫困和不幸的那部分男女青年学生。那些学生踏破了京城各家报社和杂志社的门槛，一天到晚苦苦哀求给他们翻译法文作品或者抄写之类的工作，除此以外他们再也想不出更好的办法了。伊凡·费奥多罗维奇结识了好几家报社的编辑之后，始终没有中断过跟他们的联系。到了大学最后几年，开始发表涉及各种专题的颇有才气的书评，甚至在文学圈内也小有名气了。不过，直到最近他才偶然在更为广泛的读者圈子里突然引起了特别的注意，许多人因此而一下子发现并记住了他。这是个相当有趣的现象。正当伊凡·费奥多罗维奇大学毕业，打算动用自己的两千卢布到国外游历的时候，他在一家大报上刊登了一篇奇特的文章，即使不是专家的人也注意到了这篇奇文。更主要的是，论述的对象对他来说显然是完全陌生的，因为他学的专业是自然科学，这篇文章却是针对当时到处都在议论的宗教法庭问题而写的。他分析了对这个问题现有的种种观点，同时也阐述了自己个人的见解。关键是他文章的语气以及精彩而出奇的结论。许多宗教界人士完全把他看作了自己人，而那些非宗教界人士，甚至连无神论者也从自己的角度大加赞赏，拍手称快。最后，有些机灵的人终于悟出了这整篇文章只是一种嘲弄、一出大胆的闹剧而已。我之所以要特别提醒大家注意这个事件，是因为这篇文章及时地传到了位于我们城市郊外的一家很有名气的修道院。那里对于沸沸扬扬的宗教法庭问题是十分注意的——文章传进了修道院并且使大家感到困惑不解。大家知道了作者的姓名之后，又打听到他是我们城里的人，“就是那个费奥多尔·巴夫洛维奇的儿子”。正巧在这时候作者本人又突然出现在我们城里。

伊凡·费奥多罗维奇当时到我们这儿来干什么？记得我当时就怀着几分担忧给自己提出过这样的问题。这次不祥的并且造成了极其严重后果的来访，后来很长时间甚至始终令我捉摸不透。一般来说，像他这样既有学问，看上去又很高傲谨慎的年轻人居然走进一个十分丑恶的家庭，投奔这样的父亲，岂非咄咄怪事？他父亲一辈子都没有把他放在心上，不了解也不记得他，即使儿子向他要钱，他也绝不会给他一个子儿，然而还是一辈子提心吊胆，唯恐两个儿子，伊凡和阿列克谢，有朝一日会突然来向他讨钱。但这位年轻人居然住进了这位父亲家里，而且一住就是一两个月，彼此相处得再和睦不过了。他们这样和睦相处不仅使我，也使其他许多人感到惊讶。彼得·亚历山德罗维奇·米乌索夫，就是我在上面提到过的费奥多尔·巴夫洛维奇前妻的远亲，当时恰巧也从长期定居的巴黎回到我们这儿，住在城郊他自己的庄园里。我记得，米乌索夫比任何人都感到惊奇。他认识了这位对他也极感兴趣的年轻人，有时不免怀着痛苦的心情与他唇枪舌剑一番。“他非常高傲，”当时他对我们说，“任何时候都能挣到钱，现在他手头的钱就足够去国外。那么他究竟为什么要待在这儿呢？大家都知道他到父亲这儿不是为了钱，因为他父亲在任何情况下都绝不会给他的。他不贪杯也不贪色，然而老人已经离不开他了，两人相处得非常融洽！”实际情况也确实如此，年轻人甚至对老头儿产生了明显的影响，尽管老头儿非常任性，甚至无理取闹，但有时候似乎还肯听他的话，有时候甚至变得守规矩了……

直到后来才搞清楚，伊凡·费奥多罗维奇之所以回来，部分原因是长兄德米特里·费奥多罗维奇请他来帮助处理事情。几乎就在这个时候，在这次回家以后，伊凡·费奥多罗维奇才有生第一次认识并且见到了德米特里·费奥多罗维奇，不过为了一件跟德米特里·费奥多罗维奇有关的重要事情，他还在离开莫斯科到此地来之前就已经跟他通过信了。至于究竟是怎么回事，读者以后自然会详细知道的。尽管我当时就已经知道了这个特殊的情况，但我还是觉得伊凡·费奥多罗维奇是个神秘莫测的人，他到我们这儿来的意图还是难以解释。

我还要补充一句，就是伊凡·费奥多罗维奇当初似乎充当了父亲和长兄德米特里·费奥多罗维奇之间的中间人和调解人角色，因为德米特里·费奥多罗维奇当时与父亲吵得不可开交，甚至正式提出了诉讼。

我再说一遍，这个家庭当初是第一次团聚，有几个人还是生平第一次互相见面，只有小儿子阿列克谢·费奥多罗维奇比两位兄长来得早些，他在我们这儿已经住了将近一年光景。关于这个阿列克谢的情况，在把他推上小说舞台之前，很难在我这个序幕性质的叙述中加以介绍。但我又不能不说几句，至少先要说明一个非常奇特的情况，那就是我只能让读者看到我这位未来主人公在第一幕开始时就是穿着修士的长袍登上小说舞台的。是的，当时他在我们这儿的修道院里已经住了一年左右，而且看样子还打算在里边隐居一辈子。

四　第三个儿子阿廖沙

当时他才二十岁，而他的二哥伊凡已快二十四岁，大哥德米特里已经过了二十七岁。首先我要声明，阿廖沙这个年轻人绝不是宗教狂，至少据我看来，甚至也不是神秘主义者。让我先把自己的全部观点告诉大家：他只是个早熟的博爱者罢了。他之所以遁入空门，那只是因为当初唯有这条路才能打动他，向他提供一种理想的归宿，使他的灵魂摆脱尘世仇恨的黑暗而进入爱的光明。这条道路之所以能打动他，只是因为他在这里遇到了一个据他认为是非同寻常的人物——我们修道院里德高望重的佐西马长老，他那颗如饥似渴的心灵怀着初恋般的炽烈感情迷上了这位长老。不过我并不反对这样一种说法，即当时他就已经是个非常奇特的人，甚至从摇篮时代开始就显得与众不同了。顺便说一句，我在上文已经提到，他母亲去世的时候他才三岁多一点儿，可是他却一辈子记住了她，记住了她的面容、她的爱抚，“简直活生生地站在我面前”。众所周知，年纪再小的孩子，哪怕是两岁多的幼儿，也能保留这种记忆，只不过在以后的一生中仅仅是作为黑暗中的几个亮点出现的，就好比从一幅巨画中撕下的一角，整幅画已经暗淡无光，甚至消失，唯独这一角依然光彩夺目。他的情况就是这样。他记得在一个寂静的夏日傍晚，夕阳的斜晖照进敞开的窗户（这斜晖他记得特别清晰），房间的一角有尊圣像，圣像前点着圣灯，她母亲跪在圣像前痛哭，歇斯底里似的大喊大叫，双手把他紧紧搂在怀里，勒得他都感到疼了。她双手捧着他，送到圣像前，她替他向圣母祈祷，似乎在祈求圣母庇护……突然，奶妈跑进来，惊恐万分地把他从母亲手里夺走了。真是太奇怪了！阿廖沙在那一瞬间记住了母亲的脸。据他记忆，他说那是一张麻木迟钝却又非常美丽的脸。不过他不太愿意把这回忆告诉别人。在童年和少年时代，他的感情很少外露，甚至不太愿意说话，这倒不是由于不信任别人，也不是由于胆小或者生性孤僻，恰恰相反，完全是由于别的原因，由于某种纯粹个人的内心忧虑，这种忧虑跟别人毫无关系，而对他自己则至关重要，以致似乎忘记了别人。不过他对人们却怀着一颗爱心，似乎他一辈子都绝对信赖别人，而其他人也从来没有把他当作一个头脑简单或者天真幼稚的人，他身上似乎有一种东西在告诉并暗示大家（以后一辈子都是这样）：他不想充当人们的裁判，他不愿意也决不会去谴责别人，他甚至会容忍一切，丝毫没有谴责的意思，尽管内心经常感到悲伤。不仅如此，在这方面他甚至到了任何人都无法使他惊讶和惧怕的地步。这情形在他步入青年时代的时候就已经开始了。他二十岁那年去看望父亲，走进那个名副其实的肮脏的淫窟，这位纯洁无邪的青年到了实在看不下去的时候才默默地离开，然而却没有丝毫轻蔑或责备任何人的神色。他父亲原来是寄人篱下的食客，所以对屈辱特别敏感，特别计较，见了他起初心存疑虑，神色阴郁（说他“嘴上一声不吭，可肚子里鬼点子多着呢”），可是过后不久，不到两个星期，便开始经常拥抱他、亲吻他了，尽管是流着醉醺醺的眼泪，出于酒后的冲动，但显然是真心诚意地、打心眼里爱他了，当然，他这种人还从来没有这样爱过任何人……

不论这年轻人到哪儿，大家都喜欢他，他从小就是个人见人爱的孩子。他到了抚养他的恩人叶菲姆·彼得罗维奇·波列诺夫家里，便博得了全家的喜欢，大家都把他当成了自己家里的孩子。而他进入这个家庭时还是个幼儿，那种年龄的孩子无论如何不会耍什么心计，不可能掌握讨好迎合、巴结奉承的技巧或者迫使别人喜欢自己的本领。他身上就有这种特别招人喜爱的天赋，即所谓来自天性，没有丝毫的做作，显得十分自然。他在学校里也是这样。尽管像他这样的孩子似乎会引起同学们不信任，有时候会招来讥笑，甚至憎恨——譬如说，他经常陷入沉思，似乎不怎么合群，他从小就喜欢躲在角落里看书——但是同学们都非常爱他，他在校期间可以说始终是大家共同的宠儿。他难得淘气，甚至难得快活，可是只要看他一眼，马上就会发现这并不是因为他生性忧郁，恰恰相反，他的心情始终很平静很开朗。在同龄人中间他从来不愿意显得与众不同。也许正是由于这个原因，他从来不惧怕任何人，而男孩子们马上会明白他丝毫没有因为自己无所畏惧而自以为了不起，他的神情看上去好像他根本不知道自己十分勇敢、无所畏惧似的。他从来不记恨。往往有这样的情形：他受了委屈，一小时之后就会搭理欺侮他的人，或者主动跟那人说话，态度十分诚恳，内心不存丝毫芥蒂，仿佛两人之间根本没有发生什么事似的。这时候他的神态不像是偶尔忘记了他受到的委屈或者故意原谅了对方，而纯粹是他并不认为这是什么委屈。正是这一点令孩子们彻底佩服他。他还有一个特点，就是全校各个年级，自低年级直到高年级的所有同学都要取笑他，但这不是恶毒的嘲笑，而仅仅是因为他们感到这样做好玩。他身上的这个特点便是一种古怪而强烈的害羞心理和纯洁感情。他不愿去听那些关于女人的众所周知的言论，不幸的是，这种“众所周知”的言论在学校里并未杜绝。那些心灵纯洁的男孩，几乎还是小孩子，经常喜欢在教室里私下甚至公开谈论那些连大兵们都说不出口的事情，那些具体的场面和情状。不仅如此，我们有知识的上流社会的青少年在这方面熟悉的东西有许多是大兵们不知道也无法理解的。这也许还算不上道德败坏，也算不上厚颜无耻，算不上真正的深入骨髓的腐化堕落，而仅仅是一种表面的恬不知耻，然而正是这种表面的无耻行为往往被他们当作体面、微妙、洒脱，值得仿效的东西。他们发现“阿廖沙·卡拉马佐夫”听到别人说起“这种事”的时候就赶快用手捂住耳朵，于是有时候故意围住他，强行扳开他的手，对着他的两只耳朵喊脏话。他拼命摆脱他们，一屁股坐到地板上或者闭起眼睛躺下来，对他们的恶作剧毫无怨言，也不骂他们一声，默默地听任他们欺负。不过到最后他们也就不再欺负他，不再讥笑他是“黄毛丫头”了，反倒可怜起他来。顺便说一句，他在学习上一直是班里的优等生，但从来没有得过第一名。

叶菲姆·彼得罗维奇死后，阿廖沙在省城的中学里又待了两年。悲伤不已的叶菲姆·彼得罗维奇的夫人在丈夫死后立即带着由清一色的女性组成的全家到意大利定居，阿廖沙则到了另外两位太太家里。这两位太太他以前从来没有见过，是叶菲姆·彼得罗维奇的远房亲戚，至于她们为什么要收养他，连他自己都不知道。他从来不过问自己靠谁的钱生活，这也是他的一个特点，甚至是非常突出的特点。在这方面他跟自己的二哥伊凡·费奥多罗维奇截然不同，他二哥在大学读书的头两年吃尽了苦头，只能靠自己的劳动养活自己，从小就痛心地意识到自己寄人篱下，受人恩惠。不过阿列克谢的这个性格特征似乎不应该受到过分严厉的责备，因为任何一个对他稍有了解的人，如果出现这类疑问，就立即会相信，阿列克谢肯定是这样一种傻里傻气的青年，即使他突然拥有了一大笔资产，那么他也会毫不犹豫地送给任何一个向他要钱的人，或者捐给慈善事业，或者也许会随随便便送给一名狡猾的骗子，如果那骗子向他伸手的话。总而言之，他好像一点儿也不知道金钱的价值，当然不是指字面上的意义。他从来没有讨过零用钱，有时候给他点零用钱，那么他一连几个星期都不知道这些钱该怎么花，或者根本不加珍惜，转眼间便分文不剩了。彼得·亚历山德罗维奇·米乌索夫是个把金钱和资产阶级的信誉看得很重的人，他仔细观察了阿列克谢之后，有一次对他做了这样一个深中肯綮的评价："像他这样的人也许是世界上独一无二的，即使突然把他放到一个有百万人口的陌生城市的广场上，他身上不名一文，那他也绝不会丧命，绝不会饿死或者冻死，因为别人会马上供他吃喝，马上会给他提供住处。如果不给他安排，那么他自己会安顿的，而且他可以不费一点儿力气，不会忍受屈辱，而照顾他的人也绝不会感到是一种累赘，也许恰恰相反，甚至认为这是一种乐趣。"

他在中学里没能结束自己的学业。离毕业还有整整一年，可他突然对那两位太太说，他想回到父亲那儿去办一件事。两位太太非常怜惜他，舍不得放他走。路费很便宜，他想当掉自己的怀表——那是他的恩人一家出国前送给他的礼物，两位太太不允许他这样做，给了他一笔充裕的盘缠，甚至给了他新的内衣和外衣。但是他把其中一半的钱还给她们，说是他决定坐三等车厢回去。他一回到我们城里，他父亲劈头就问："为什么不等毕业就回来了？"他一句话也没回答，听说当时他显得心事重重。不久便发现他原来是要寻找自己母亲的坟墓。当时他自己也承认他回来就是为了这个目的。但是，他此行的全部目的未必仅限于此。很有可能当时连他自己都不知道甚至无法解释清楚，究竟是什么原因使他心血来潮，并且不可抗拒地把他吸引到一条陌生却又难以避免的新路上。费奥多尔·巴夫洛维奇无法向他指出埋葬第二位妻子的地点，因为自从棺材入土之后他再也没有去过墓地，时间一长，连当时埋葬在何处也完全记不得了……

顺便谈谈费奥多尔·巴夫洛维奇的情况吧。在这之前很长一段时间他没有住在我们城里。第二个妻子死后过了三四年，他前往南俄，最后到了敖德萨，在那儿一直住了好几年。据他自己说，起初结识了“许多男男女女老老少少的犹太佬”，到后来不仅那些做小商小贩的“犹太佬”，就是有脸面的犹太人也接待他了。应该承认，他一生中正是在这个阶段充分发挥了那种赚钱捞钱的特殊本领。他重新回到我们这个小城市，不过是阿廖沙到来之前两三年的事。他原来的那些熟人发现他衰老得十分厉害，尽管按他的年龄还不该这么衰老，至于他的行为举止，非但没有变得高尚些，反而更加卑鄙无耻了。譬如说，这个原来的小丑萌生了一种无耻的需要——把别人装扮成小丑。他从前就喜欢跟女人胡搞，现在似乎变本加厉，更加恶劣了。不久，他在全县各处开了许多新的酒馆。显然，他的家产也许达到十万卢布，或者略为少些。不久便有许多城里和县里的居民向他告贷，当然喽，要有极可靠的抵押。最近以来他似乎老态毕露，失去了平衡和精明，陷于浮躁状态，做事丢三落四，有始无终，并且三天两头喝得烂醉如泥，倘若没有那个一直服侍他的仆人格里戈里——这时候他也十分老迈，有时候几乎像家庭教师那样侍候他——那么费奥多尔·巴夫洛维奇的生活不免会碰到种种特别的麻烦。阿廖沙的到来似乎在道德方面也对他产生了影响，这个早衰的老人久已枯寂的心里似乎有什么东西苏醒过来了。“你知道吗，”他常常一边端详着阿廖沙一边对他说，“你像她，像那个疯疯癫癫的女人！”他这样称呼自己已经去世的妻子，阿廖沙的母亲。“疯疯癫癫的女人”的坟墓最后还是由格里戈里指给阿廖沙看的，他把他领到我们城市的公共墓地，在一个偏僻的角落里指给他看一块价钱不贵但还算体面的铁铸墓碑，墓碑上甚至刻着死者的姓名、身份、年龄和死亡日期，墓碑下方还刻有四行类似诗歌的文字，那是从一般中等人家坟墓上常用的古体悼亡诗中选取的。奇怪的是，这块墓碑是格里戈里竖的，他自掏腰包，亲手在可怜的“疯癫女人”的坟墓上竖了这块碑，那是在他反复多次向费奥多尔·巴夫洛维奇提起这个坟墓，最后终于惹得主人厌烦而离开此地前往敖德萨之后的事。主人不仅对这个坟墓不顾不问，而且不愿意回忆过去的事。阿廖沙在自己母亲的墓地里没有说过一句特别动情的话，他只是仔细倾听了格里戈里郑重其事而又合情合理地叙述立墓碑的过程，便垂着脑袋站了一会儿，然后默默地离开了，从此以后他甚至整整一年都没有去过他母亲的墓地。不过对于费奥多尔·巴夫洛维奇，这个细小的情节也发生了作用，而且这作用非同寻常。他突然拿了一千卢布送到我们的修道院用作追祭妻子的亡灵，但不是追祭第二位妻子——阿廖沙的生母——那个疯癫女人的亡灵，而是第一位妻子，就是那位经常揍他的阿杰莱达·伊凡诺芙娜的亡灵。那天晚上他喝得酩酊大醉，当着阿廖沙的面把修士大骂一通。他自己远不是信教的人，他也许永远不会买五戈比[①]的蜡烛放到圣像面前。他这种人往往会莫名其妙地迸发出种种出人意料的感情，冒出出人意料的想法。

我已经说过，他显得十分衰老，他的外貌再清楚不过地说明了他前半辈子生活的特征和本质。除了他那永远流露着蛮横、无耻、怀疑和讥讽的小眼睛底下两坨肥大的眼袋，除了那张胖胖的小脸上多而深的皱纹，尖削的下颌下还挂着一个硕大的喉结，肉鼓鼓的，像一只椭圆形的钱袋，这更给他增添了一种令人厌恶的色眯眯的模样。再加上一张食肉兽似的长嘴，两片厚厚的嘴唇，嘴里露出一片黑乎乎的残牙。他一开口说话就唾沫横飞，不过他自己也喜欢嘲弄自己那副嘴脸，虽然他对自己的长相还是满意的。他特别欣赏自己那个虽然不太大但很细巧的高高隆起的鼻子。他炫耀说：“这是真正的罗马式鼻子，再配上喉结，就是地地道道的衰落时期古罗马贵族的尊容[②]。”他似乎引以为豪。

---

① 1 卢布 =100 戈比。

② 古罗马帝国衰落时期社会风气败坏，道德沦丧，当时的俄国与之相似。

阿廖沙找到母亲坟墓不久，突然向父亲宣布说，他想进修道院，而修士们也愿意接收他当见习修士。他还解释说，这是他的迫切愿望，因此想征得父亲的正式同意。老人早就知道，在本地修道院里修行的佐西马长老对他这个“不声不响的孩子”产生了特别深刻的影响。

“这位长老当然是他们中间最诚实的一位修士。”他沉默着若有所思地听阿廖沙说完之后做了这样的表示，不过对儿子的请求几乎一点儿也不感到惊讶。“嗯，原来你是想到那儿去啊，我的不声不响的孩子！”他处于半醉状态，可脸上突然露出了笑容，那笑容保持了好久，虽然带着几分醉意，却不无狡猾和酒后的诡谲。“嗯，我早就预感到你会有这种结局，这一点你能想象吗？那地方是你一直向往的。好吧，你去吧。你名下不是有两千卢布吗，那就是给你的陪嫁。我的天使，我是永远不会抛弃你的，现在我就可以为你支付全部必需的费用，如果那儿向你提出这种要求的话。不过，如果他们不提出来，那我们何必硬要送上门去，是吗？你花钱省得就像金丝雀，一星期才吃两粒米……嗯。你知道吗，有一座修道院在城外专门拥有一座小镇，那儿的人都知道，小镇上住的全是‘修士的老婆’，大家都这么叫她们，我估摸有三十来个……我去过那儿，你知道吗，挺有意思，就是别有风味，我是指可以尝到各种各样的味道。糟糕的只是俄国味太浓，缺少法国女人，本来是可以有的，钱绰绰有余。只要宣传一下，她们就会来的。这里的修道院倒没什么，这里没有修士的妻子，修士倒有二百来名。修士都挺老实，全是吃素的。我得承认……嗯。那么你真的想去当修士吗？我真舍不得你，阿廖沙，真的，你信不信，我已经喜欢上你了……不过，这倒也是个合适的机会，你可以替我们这些有罪的人祈祷，我们在这里作孽太多了。我一直在想，今后有谁能替我祈祷呢？世界上有没有这样的人？我亲爱的孩子，在这方面我愚蠢透了，也许你不相信？真是蠢透了。你瞧，不管我有多蠢，这个问题我还是考虑的，还是考虑的，当然是有时候想想，不是一直在想。我想，我死了魔鬼总不至于忘了用钩子把我钩去。我在想：是用钩子吗？它们的钩子是哪儿来的？用什么做的？铁做的吗？又是在哪里打的呢？难道它们也有铁厂吗？修道院里的修士们一定以为地狱里，譬如说，有天花板。而我可以相信有地狱存在，不过地狱里没有天花板。它的模样似乎应该比较雅致，比较文明，就像路德教派所主张的那样。实际上有没有天花板不都是一回事吗？不过，这个可恶的问题就在这里！假如没有天花板，那就不会有钩子，假如没有钩子，那一切都不存在，这么说来，问题又搞不清楚了，到时候谁用钩子来把我拖走呢？如果不把我拖走，那么到时候又会怎么样呢？这世界上的真理在哪儿？*应该制造出*[①]这种钩子，特意为我，为我一个人制造，因为你要知道，阿廖沙，我是个恬不知耻的人！……”

“那儿确实没有钩子。”阿廖沙凝视着父亲，一本正经地轻轻说道。

“是的，是的，只有钩子的影儿，我知道，我知道。有一位法国人曾经描写过地狱：*我看是马车夫的影儿，用刷子的影儿，擦马车的影儿！*[②]亲爱的孩子，你怎么知道没有钩子呢？你到修士们中间待一段时间以后，就不会这样说了。不过，你去吧，等你找到了真理再回来告诉我，因为如果确实弄清了阴间是怎么回事，那么到那个世界去的时候心情毕竟要轻松些。再说你到修士们那儿总比在我这儿，跟我这个老酒鬼和一群黄毛丫头混在一起要体面些……虽然这里不会对你这个天使产生任何影响，兴许那里也不会对你产生任何影响。正是由于这个原因，我才答应你去的，我就是抱着这最后一个希望。你的智慧不是让魔鬼吃掉的。你像一把火，烧一阵之后就会熄灭，你治好了病就会回来的。我等着你，我觉得你是世界上唯一不责备我的人，我亲爱的孩子，这一点我有所感觉，我不会感觉不到的！……”

他甚至抽抽噎噎地哭了起来，他是个非常容易动感情的人。他既凶狠又多愁善感。

---

① 原文为法文。

② 同上。

五　长老们

也许有的读者认为，我说的这位年轻人生来就有病态的、狂热的、不够健全的天性，是个平庸的幻想家，无精打采、羸弱委琐的人。实际情况恰恰相反，阿廖沙当时还是个十九岁的青年，身材匀称，脸色红润，目光炯炯。那时候他甚至非常英俊，个儿不高不矮，体态端庄，深褐色的头发，一张略长却又不失端正的鹅蛋脸，一双分得很开但很明亮的深灰色眼睛，神态深沉而安详。也许有人会说，红润的脸颊并不妨碍他成为狂热分子或神秘主义者，但我觉得阿廖沙甚至比任何一个现实主义者更清醒。当然喽，他在修道院里完全相信各种奇迹，不过依我看来，奇迹永远不会使现实主义者感到不安，也并非奇迹才能使现实主义者接受信仰。真正的现实主义者，即使没有信仰，也始终会在自己身上找到不相信奇迹的力量和能力，而如果奇迹出现在他面前，成为无法否认的事实，那么他宁愿不相信自己的感觉，也不会承认事实。即使承认事实，也只是把它看作一种自然的事实，只是在此之前他不知道罢了。现实主义者身上的信仰并非来自奇迹，相反，倒是信仰产生奇迹。现实主义者一旦有了信仰，那么根据自己的现实主义他势必要承认奇迹。使徒多马说，在没有亲眼看见之前他是决不会相信的，但是他看到之后便说："我的主，我的上帝！"[①]是不是奇迹使他有了信仰呢？很可能不是，他之所以相信仅仅是因为他愿意相信，而且也许在说"没有看到之前决不相信"这话的时候内心深处就已经完全相信了。

有人也许会说，阿廖沙生性迟钝，缺乏教养，连中学也没毕业，如此等等。他中学没毕业，那倒是事实，可是说他迟钝或者愚蠢，那就太不

① 耶稣复活后，多马表示除非亲手摸着耶稣的伤痕，否则决不相信奇迹。耶稣随即显现，令他抚摸伤痕。详见《圣经·新约·约翰福音》第20章。

公道了。我把上面说过的话再说一遍：他之所以走上这条道路，仅仅是因为当时只有这条路才能打动他，在他看来这是他的心灵摆脱黑暗走向光明的必由之路。此外，还请诸位考虑以下情况，即他已经多少有点我们这个时代青年的特征了，也就是说，他本性诚实，向往真理，探索真理，信仰真理，而一旦信仰了真理，就要身体力行，要迅速建立功勋，甘愿为此牺牲一切，即使献出生命也在所不惜。不幸的是，这些青年往往不明白，在许多情况下牺牲生命也许是最容易不过的事情，而从自己青春勃发的生命中牺牲五六年时间去从事艰苦的学习，钻研科学，其目的哪怕只是为了大大增强自身的力量，以便服务于真理，服务于自己所钟爱并打算建立的功勋，那么对他们许多人来说要做出这样的牺牲几乎是绝对办不到的。阿廖沙无非是选择了一条与大家截然相反的道路而已，只不过内心怀着那种尽快完成功勋的渴望罢了。他经过一番认真的思索之后，立即对于灵魂不朽和上帝产生了坚定的信念，自然而然地对自己说："我要为了灵魂不朽而活着，决不采取模棱两可的态度。"同样，假如他认为不存在上帝和灵魂不朽，那他也会毫不犹豫地立即成为一名无神论者或社会主义者（因为社会主义不仅仅是工人阶级的问题，或者所谓的第四等级的问题，而首先是无神论的问题，无神论在当代具体化的问题，是巴比伦塔的问题——建筑这座高塔不需要依靠上帝，也不是将人间变成天堂，而是要把天堂搬到人间）。阿廖沙甚至觉得再像从前那样生活是荒诞和不可能的了。《圣经》上说："你若愿意做个完人，可去变卖你所有的，分给穷人……你还要来跟从我。"[①]阿廖沙则对自己说："我不能只拿出两个卢布以代替'一切'，也不能够只做弥撒以代替'跟从我'。"他幼年的回忆中，也许还保留着我们城外那座修道院的影子，当初他母亲经常带他到那儿去做弥撒，也许圣像前夕阳的斜晖对他产生了影响——他那患癫痫病的母亲往往把他举到神像面前。他这一次心事重重地到我们这儿来，也许就是为了看

① 详见《圣经·新约·马太福音》第 19 章第 21 节。

一看：这里是否舍弃了“一切”或者仅仅舍弃了两个卢布——于是他在修道院里遇到了这位长老……

这位长老，我在上面已经交代过，就是佐西马长老。但是这里还得略为谈一谈我们修道院里的“长老”究竟是怎么回事，可惜我对这些事情并不十分通晓，没有太大把握。尽管如此，我还想尝试一下用三言两语做些肤浅的介绍。首先，据一些行家说，长老和长老制度出现在我们俄罗斯的修道院里为时不久，还不到一百年，可是整个信奉正教的东方，尤其在西奈[①]和阿索斯[②]，却已存在一千多年了。他们肯定地说，古时候，我们俄罗斯也有过长老制，或者说照理应该存在过，可是俄罗斯发生了种种灾难，由于鞑靼人的入侵，由于一次次战乱，由于君士坦丁堡被征服后中断了跟东方原有的联系，这种制度便在我们这儿被遗弃了，长老也绝迹了。但从18世纪末起，一位叫作“伟大的苦行者”的巴伊西·维里契科夫斯基[③]及其门徒又重新恢复了这个制度，但是直到如今，甚至过了将近一百年，尚未在多数修道院内实行，有时候甚至作为一件俄罗斯从未听说过的新鲜事而遭到压制。在我们俄罗斯，只有在一个非常偏僻但又非常著名的科泽尔县奥普基纳修道院[④]里，这个制度才特别兴旺发达。至于我们城外那个修道院里的长老制，是什么时候、由谁建立的，那我就说不清了，可是已经传到第三代，而佐西马长老则是第三代的最后一人，但他衰弱多病，气数也快尽了。将来由谁来代替他，目前还不知道。这个问题对我们这座修道院来说是至关紧要的，因为我们的修道院迄今为止还没有什么特别著名的地方，里面既没有圣徒的遗骸，也没有显灵的神像，甚至没有与俄国历史有关的光荣传说，也谈不上对我们的祖国做出过什么历史性的丰功伟绩。它的

---

① 指西奈半岛南部山区。

② 半岛名，位于希腊东北部爱琴海北岸。

③ 巴伊西·维里契科夫斯基（1722—1794），俄国东正教活动家，长期在阿索斯修行。

④ 著名修道院，位于卡卢加省科泽尔县。

兴盛并且名闻全俄，完全是长老的缘故。为了亲眼看到并聆听他们布道，人们不远千里，成群结队地从俄罗斯的四面八方拥到我们这里。那么，长老究竟是怎么回事呢？长老就是把你的灵魂和意志纳入他的灵魂和意志中去的人。您选定了一位长老，就得放弃自己的意志，把自己的意志交给他，彻底放弃自己的意志。对于决心放弃自己意志的人来说，他要自觉自愿地经受这种考验，进入这种可怕的人生炼狱。他希望通过这种长期磨炼来战胜自己，把握自己，以便通过终生的修行最终获得完全的自由，即自我解脱，避免那些活了一辈子却未能在自己身上找到自我的人的命运。这种发明，也就是长老制——并非理论性的创造，而是来源于东方的实践，这种实践至今已有上千年了。对长老承担的义务不同于我们俄罗斯修道院中常见的那种“修炼”，这里规定所有跟随长老进行修炼的人必须永远向他忏悔，师徒之间应保持一种牢不可破的联系。据说有这么一个例子，有一次，那是在基督教的早期，有一位见习修士，他没有完成长老交给他的某项修炼任务，便离开修道院到了另一个国家，从叙利亚到了埃及，在那里经过长期而艰苦的修炼之后，终于熬尽磨难，殉道而死。教会尊他为圣者，为他举行葬礼。正当教堂执事大声喊着“未曾受洗的人请离开！”的时候，那棺材连同躺在里面的殉难者突然离开原地，移出了教堂，这样接连重复了三次。后来终于发现，这位殉教的圣者破坏了修炼的规矩，擅自离开了长老，因此未经长老解除是无法获得宽恕的，即使他有伟大的功德也不行。直到把长老请来解除了他的修炼之后，他的葬礼才得以完成。当然，这仅仅是古代的传说，但是有一件前不久发生的事情：我们当今的一位修士在阿索斯修行，这地方他非常喜欢，把它当作栖隐之地。突然，他的长老命令他离开阿索斯，先到耶路撒冷朝拜圣地，然后返回俄国，回到北方的西伯利亚去：“那里才是你该去的地方，而不是这里。”那修道士听了十分震惊，也十分伤心，于是垂头丧气地到君士坦丁堡求见总主教，央求免除他的修炼。总主教回答说，不但他总主教无法解脱他，而且天底下没有也不可能有解除他修炼的权力。既然长老已经规定了他的修炼，那就只有长老本人拥有这样的权力。这样，在某些情况下长老被赋予了一种无限的不可思议的权力。这就是长老制在我国许多修道院里几乎受到压制的原因。不过，在老百姓中间，长老们备受尊敬。譬如说，不仅普通老百姓，就连那些最有地位的人也纷纷到我们修道院里向长老们顶礼膜拜，向他们忏悔自己的罪孽，倾诉自己的疑惑和痛苦，请他们给予忠告和谕示。反对长老制的人们看到这种情况后便进行种种责难，大叫大嚷说这样一来忏悔的圣礼被蛮横而轻率地贬低了。其实，见习修士和俗人向长老忏悔，他们并没有把它看作一种圣礼。尽管如此，长老制最后还是站稳了脚跟，并且逐渐在俄国的修道院里盛行开来。至于这件使人只在道德上从奴役走向自由、走向自我完善又历经千年沧桑的武器，可能会变成一把双刃利剑，使某些人非但没有走向驯服和彻底的自我克制，恰恰相反，会导致他们恶魔般的狂傲，也就是说，不是获得自由，而是套上锁链，这种情况也许确实存在的。

佐西马长老已经六十五岁了，他出身于地主家庭，年轻时曾是一名军人，在高加索当过尉官。毫无疑问，他是以自己心灵上某种超凡的魅力使阿廖沙折服的。阿廖沙就住在长老的修道室里——长老十分喜欢他，让他住进自己的修道室。值得一提的是，当初阿廖沙住在修道院里的时候还不受任何约束，他可以随便外出，即使离开好几天也没有关系，他穿修道服也完全出于自愿，只是为了在修道院里不至于显得有什么特殊。当然，他自己也喜欢这样。也许是长老始终拥有的那种力量和声誉对阿廖沙年轻的思想产生了强烈的影响。许多人说佐西马长老多年来接待了所有前来向他忏悔自己心灵并渴望得到他忠告和解救的人——他内心容纳的剖白、痛悔是如此之多，以至于他最后具备了洞察一切的能力，他一眼就可以看出陌生人为什么要到他这儿来，有什么要求，甚至能猜到是什么痛苦在折磨着他的良心。前来求他的陌生人还没有开口，他就知道了对方内心的秘密，这使人惊讶、羞愧，有时候几乎使人害怕。可是阿廖沙几乎始终能够看到，许多人，几乎所有的人，第一次跟长老单独密谈，他们进去的时候怀着恐惧和不安，而从他那儿出来的时候，差不多一个个都变得开朗和舒畅，布满阴霾的脸也会洋溢着幸福。令阿廖沙特别惊讶的是长老的态度一点儿也不严厉，恰恰相反，他待人接物一向十分和善。修士们说他心里牵挂的就是那些罪孽比较深重的人，谁的孽债最深重，他就最爱谁。直到长老大限将近的时候，修士中间还有忌恨他的人，不过这种人已经不多，他们只能保持沉默，虽然其中也包括修道院里几位相当有名望的重要人物，例如那位以沉默和持斋著称的老修士。不过，大多数人毕竟拥戴佐西马长老，许多人甚至全心全意地、热烈而真诚地爱他，有些人简直成了他狂热的崇拜者。这些人虽然还不敢公开宣扬，但在私下里却直截了当说他是位圣人，说这是没有疑问的事。他们看到长老的生命行将结束，因此期待着很快会出现奇迹，而他所在的修道院在最近的将来也会获得巨大的声誉。对于长老会显示奇迹的能力，连阿廖沙都深信不疑，正如他完全相信棺材会从教堂里不翼而飞的故事一样。他亲眼看到许多人带着有病的孩子或者成年的亲属来央求长老抚摸他们的额头，为他们祈祷，过了不久这些人又回来了，有的甚至头天刚走，第二天就又回来了，跪在长老面前，泪流满面地感谢他的救治。至于是否真的治好了毛病或者病情有些好转，那么这个问题对阿廖沙来说根本不存在，因为他完全相信自己的师父具有这种精神力量，师父的声望似乎成了他自己的胜利。每当长老出来接待那些恭候在修道院大门口的朝拜者的时候，他心情就特别激动，特别兴奋。这些朝拜者都是平民百姓，他们从俄国各地专程赶到这儿来想见一见这位长老并且求他赐福；他们匍匐在他面前哭泣，吻他的脚，吻他脚下的土地，大声喊叫，女人们把自己的孩子举到他面前，把害癫痫病的女人领到他面前。长老和他们说话，简短地为他们祈祷，为他们祝福，然后让他们回去。近来长老经常发病，身体日渐虚弱，有时候连走出自己修道室的力气也没有，于是朝拜的人在修道院要接连等好几天才能见到他。至于他们为什么这样爱长老，他们为什么跪在他面前，为什么见到他就感动得流下眼泪，阿廖沙简直不会提出这样的问题。啊，他太了解俄国的普通老百姓了！他们温顺的灵魂被劳累和悲伤，更主要的是被普遍存在的不公和罪孽（自身的和普天下的）折磨得痛苦不堪，他们最大的要求和安慰莫过于找到一处圣地或一位圣人，向他顶礼膜拜。“尽管我们这儿有罪孽，有谎言，有诱惑，但是在世界的某个地方毕竟还有圣人，还有高人；他有真理，他知道真理；这样看来，真理并没有在世界上消亡，也许什么时候还会来到我们身边并会像给我们许诺的那样降临到全世界。”阿廖沙知道，老百姓正是这样感觉的，甚至是这样考虑的，他明白这一点。而在老百姓眼里，长老正是这样一位圣人，正是上帝和真理的捍卫者。对此他没有丝毫的怀疑，如同那些哭泣的农夫，那些把自己的孩子捧到长老面前的患病的女人一样。关于长老死后会给修道院带来无上荣光的信念主宰着阿廖沙的心，这信念也许比修道院里的任何人更牢固。总之，近来有一种深刻而热烈的喜悦之情如火焰一般在他内心越烧越旺。至于眼前这位长老是否是绝无仅有的个别现象，这一点并没有使他感到丝毫的不安："不管怎么说，他是圣人，他心里蕴藏着能使所有人获得新生的秘密，他是一种能使真理最终在全世界确立的力量，到那时候大家都会成为圣徒，相互友爱，再也不分贫富，没有贵贱，大家都是上帝之子，真正的基督的天国将会降临人间。"这就是阿廖沙梦寐以求的理想。

两位兄长的到来似乎给阿廖沙留下了极其深刻的印象——在此之前他根本不认识他们。他跟德米特里·费奥多罗维奇的关系要比同母所生的胞兄伊凡·费奥多罗维奇更亲密些，虽然德米特里·费奥多罗维奇回来得最晚。他很想跟二哥伊凡亲近，二哥回来已经两个月了，他们也经常见面，可就是怎么也合不来；阿廖沙本来就寡言少语，他似乎在期待着什么，似乎有点腼腆，而伊凡呢，尽管阿廖沙起初也觉察到二哥好奇的目光长时间地注视着他，然而过了不久似乎就不把他放在心上了。阿廖沙发现了这种情况之后，不免有些困惑。他认为二哥对他冷淡是由于年龄上的差异，尤其是文化程度不同。阿廖沙也有过另外的想法：伊凡对自己如此冷漠也许出于某种自己根本不知道的原因。不知为什么，他总觉得伊凡有什么重要的心事，在努力追求某种目的，也许是很难达到的目的，因此顾不上他，这就是伊凡对他心不在焉的唯一原因。阿廖沙还想过：这位满肚子学问的无神论者是不是瞧不起他这个傻乎乎的见习修士？他完全知道他二哥是位无神论者。如果二哥确实瞧不起他，那他也不会因此而感到难过的。不过他还是怀着一种连他自己也说不清的不安和惶惑期待着二哥来亲近他。大哥德米特里·费奥多罗维奇说起二哥伊凡的时候总是怀着极大的尊敬和特殊的激情。正是从他那儿阿廖沙才知道了近来使两位兄长关系密切起来的那件重要事情的来龙去脉。德米特里如此称赞二哥，这使阿廖沙更加觉得大哥德米特里跟二哥伊凡相比简直是个毫无教养的人。如果把他们俩放在一起，那么无论是个性还是禀赋，都成了鲜明的对照，也许再也无法想象比他们两人之间的差异更加悬殊的了。

就在这时候，这个混乱家庭的全体成员在长老的修道室里团聚了，或者说得更准确些，召开了一次家庭会议。这次家庭会议对阿廖沙产生了异乎寻常的影响。召开这次家庭会议的借口，实际上是硬想出来的。当时德米特里·费奥多罗维奇和父亲费奥多尔·巴夫洛维奇之间正在为遗产和财务闹纠纷，显然到了不可开交的地步。两人关系紧张，一触即发。好像是费奥多尔·巴夫洛维奇半开玩笑似的首先提出了全家到佐西马长老修道室里聚会的想法，即使不用长老直接出面调解，总还可以用比较体面的方式达成一致，更何况长老的职务和面子也可能起点促进和解的作用。德米特里·费奥多罗维奇从来没到过长老那儿，甚至没有见过他的面，当然认为他们无非是想用长老来吓唬他。但是他近来跟父亲的争吵中有过许多特别出格的举动，他为此而感到内疚，于是也接受了这个建议。顺便要指出的是，他不像伊凡·费奥多罗维奇那样住在父亲家里，而是单独住在城市的另一头。正巧当时住在我们城里的彼得·亚历山德罗维奇·米乌索夫特别赞成费奥多尔·巴夫洛维奇的这个主意。他这位四五十年代的自由派，自由思想分子和无神论者，也许出于无聊，也许为了取乐，非常积极地参与了这件事情。他突然心血来潮，要想看一看修道院和“圣人”。因为他跟修道院之间旷日持久的争执还在继续，涉及双方划分地界、砍伐树林、河里捕鱼之类的诉讼尚未了结，所以他想抓紧时间利用这个机会，借口说他很想独自跟修道院长进行谈判，看看是否能用友好的方式来结束他们的争执。怀着这样良好的愿望前去拜访修道院的人，比起普通的好奇的游客，当然会受到更加周到殷勤的接待。基于这些考虑，修道院内部也许对近来病得几乎一直没有离开过修道室，甚至拒绝接见一般来访者的长老施加了某种影响。最后长老竟同意了，还确定了具体日期。“是谁让我去替他们分割财产的？”他只是微笑着这样问阿廖沙。

阿廖沙听说了聚会的事，心里非常不安。如果说诉讼和争执双方有谁认真看待这次聚会的话，那无疑只有大哥德米特里一个人；其他人全部抱着轻率的，对长老来说也许是带侮辱性的目的——这就是阿廖沙的想法。如果二哥伊凡和米乌索夫要来参加的话，那是出于好奇，也许是出于极不礼貌的好奇，至于他的父亲，也许是为了表演一下小丑的角色，制造一个滑稽的场面。阿廖沙尽管嘴里不说，但对父亲的了解却是全面而深刻的。我要重复一遍，这孩子完全不像大家认为的那样单纯。他怀着沉重的心情等待着约定的这一天。毫无疑问，他内心非常希望所有这些家庭纠纷能够早日结束。但他最关心的还是长老：他一直在为长老，为长老的名誉而提心吊胆，生怕长老受到侮辱，尤其害怕米乌索夫巧妙而有礼貌的嘲笑以及学问高深的伊凡居高临下、阴阳怪气的话语。这一切他都想到了。他甚至想冒昧地预先提醒长老，向他介绍一下这些可能前来参加聚会的人；但他考虑了一下，还是打消了这个念头。直到在约定的那一天的前夕，他才通过一位熟人转告大哥德米特里，说他很爱他，并且期待着他信守自己的诺言。德米特里想了好久，怎么也记不起向他许下了什么诺言，于是给他回了一封信，说他面对“卑鄙行为”一定尽最大努力克制自己，还说他虽然深深敬仰长老和伊凡兄弟，但还是坚信这里为他设置了一个圈套，或者是一场卑劣的闹剧。“但是我宁愿咬破自己的舌头，也决不冒犯你如此敬仰的圣人。”德米特里在信的末尾这样写道。这封信并没有使阿廖沙受到很大的鼓舞。

第二卷
不合时宜的聚会

一 来到修道院

这是八月末的一天，天气很好，晴朗而暖和。跟长老的会面定在早弥撒之后，在十一点半左右。然而我们这几位客人没来做弥撒，他们抵达修道院时弥撒刚结束。他们分乘两辆马车：第一辆十分漂亮，套着两匹名贵的马，彼得·亚历山德罗维奇·米乌索夫坐在里面，身边还带了一位非常年轻的远房亲戚，二十来岁的彼得·福米奇·卡尔加诺夫，这位年轻人正打算上大学，不知为什么他暂时住在米乌索夫家里，米乌索夫百般怂恿他跟随自己一起出国，到苏黎世或耶拿去上大学，完成学业。年轻人还没有最后拿定主意。他爱沉思，似乎有点漫不经心的样子。他有一张好看的脸，身材魁梧。如同所有心不在焉的人那样，他的目光中常常流露出一种奇怪的呆滞的神色，他有时候会盯着你看好久，可是却视而不见。他沉默寡言，举止有点拙笨，然而跟谁单独相处的时候，又往往会突然变得特别健谈，特别冲动，特别爱笑，无缘无故就笑。不过，他这种活跃来得突然去得也快。他的衣着始终整齐，甚至十分考究。他已经拥有一份能独立支配的财产，而且可望得到更大的份额。他跟阿廖沙是好朋友。

另一辆相当破旧、吱吱嘎嘎发响然而却十分宽敞的马车里坐着费奥多尔·巴夫洛维奇和他的儿子伊凡·费奥多罗维奇，这辆套着两匹灰红色老马的出租马车远远落在米乌索夫他们后面。早在前一天就已经把具体时间通知了德米特里·费奥多罗维奇，可他还是迟迟未到。客人们把马车停在围墙外的客舍边，走进修道院的大门。除了费奥多尔·巴夫洛维奇，其余三人似乎从来没有见过修道院，而米乌索夫三十多年来似乎连教堂的门都没进过。他东张西望，带着几分好奇，却又装出漫不经心的样子。对他这样一位善于观察的人来说，除了一些极其平常的教堂建筑和生活设施外，修道院内部并没有任何值得一看的东西。最后一批信徒正摘下帽子，画着十字，陆续走出教堂。在一群平民中间，还夹杂着几位比较上层的人物：两三位贵妇人，一位年迈的将军。他们都住在客舍里。乞丐们呼啦一下子围住了我们这几位客人，可是谁也没有给他们施舍。唯独彼得·卡尔加诺夫从钱包里掏出一枚十戈比的银币，不知为什么，他像做了亏心事似的赶紧塞给一名乡下女人，匆匆说了一句："拿去分吧。"其实与他同行的几个人谁也没有注意这件事，他完全用不着不好意思；可是觉察到这一点之后，他反而更加不好意思起来。

按理说他们应该受到欢迎，甚至隆重的礼遇。因为他们中间有一位前不久还布施过一千卢布；另一位则是富甲一方的地主，很有学问，而且根据诉讼可能出现的结果，修道院能不能在河里捕鱼在一定程度上还取决于他呢。可是很奇怪，修道院里没有一个头面人物出来接待他们。米乌索夫漫不经心地望着教堂旁边一块块墓碑，本来想说把坟墓选在这样的"圣地"肯定要花费很多钱，可是他没有说出来：他脸上的表情起了变化，通常那种自由派的讥讽几乎成了愤怒。

"见鬼，在这乱七八糟的地方去问谁……这问题要解决，时间不早了。"他突然自言自语地说。

突然，一位穿着宽大的夏季大衣、长着一对甜腻腻的小眼睛、头发略秃的老先生向他们走来。他稍稍举起帽子，口齿不清地向大家自我介绍说他是图拉的地主马克西莫夫。他马上就明白了我们这些客人要打听些什么。

"佐西马长老就住在隐修室，隐修室与外界隔绝，离修道院四百来步，要穿过小树林，穿过小树林……"

“我也知道要穿过小树林，”费奥多尔·巴夫洛维奇回答说，“就是不记得路怎么走，我们好久没来了。”

“进这个大门，再直接穿过小树林……穿过小树林，咱们走吧，我来带路……我亲自带你们去……往这儿走，往这儿走……”

他们穿过大门，朝一片小树林走去。地主马克西莫夫已经六十上下，他似乎不是在走，可以说是一路小跑，一边跑一边还怀着急不可耐的好奇心从一旁仔细打量他们。他那双眼睛仿佛都鼓了出来。

“您知道吗，我们是为私事来找长老的，”米乌索夫一本正经地说，“也可以说我们是来‘拜见’这位长老的。我们十分感谢您的一番好意，但我们不会请您跟我们一起进去的。”

“我去过了，去过了，我已经去过了……名副其实的骑士[①]。”这位地主说着朝空中打了个响指。

“谁是骑士？”米乌索夫问。

“长老啊，杰出的长老，长老……修道院的光荣和骄傲。佐西马，一位了不起的长老。”

这时候一名小修士追了上来，打断了他这番前言不搭后语的话。那小修士身材瘦小，戴着高筒修士帽，脸色极其苍白。费奥多尔·巴夫洛维奇和米乌索夫停下脚步。小修士极有礼貌地鞠了一个几乎九十度的躬，说道：

“院长请诸位先生拜访结束之后到他那儿用膳。时间是一点钟，请不要迟到。请您也去。”他转身对马克西莫夫说。

“我一定遵命！”费奥多尔·巴夫洛维奇大声说道，他听到院长的邀请十分高兴，“一定去。您知道吧，我们大家都保证在这儿按规矩办事……彼得·亚历山德罗维奇，您去吗？”

“怎么能不去呢！要不是为了参观他们这儿的种种习俗，我到这儿来干什么呢？只是有一件事使我感到为难，那就是我现在必须陪着您，费奥

---

① 原文为法文。

多尔·巴夫洛维奇……”

“是啊，德米特里·费奥多罗维奇还没有来。”

“要是他不来倒也好了，难道我乐意看你们争争吵吵，还要一直陪着你们吗？午饭前我们一定赶到。请您替我们感谢院长。”他对小修士说。

“不，我还得带诸位去见长老呢。”小修士回答。

“既然这样，那我就直接到院长那儿，现在就去。”地主马克西莫夫嘟囔说。

“院长现在正忙着呢，不过您看着办吧……”小修士迟疑不决地说。

“这小老头真讨厌。”待地主马克西莫夫回修道院之后，米乌索夫出声说道。

“他真像冯·佐恩[①]。”费奥多尔·巴夫洛维奇突然冒出了这么一句。

“您就只知道这些……他怎么像冯·佐恩呢？您亲眼见过冯·佐恩吗？”

“我见过他的相片。虽然脸型不同，但有一种说不出的相似之处，完完全全是冯·佐恩的翻版。只要看面孔我就能看得出来。”

“也许是这样，您在这方面是行家。不过有一点，费奥多尔·巴夫洛维奇，您刚才自己提到我们保证要守规矩的，这您可得记住。我要告诉您，您得把握住自己。要是您再充当小丑的角色，那我不想让人家把我也看作跟您一样的货色……您看，他就是这么个人。”他对小修士说，“我就怕跟他一起去见规规矩矩的人。”

小修士苍白得没有血色的嘴角上露出一丝不无狡黠的微笑，但他什么也没回答，很明显，他保持沉默是出于自尊。米乌索夫眉头皱得更紧了。

“嘿，真见他妈的鬼，这些家伙表面上装得道貌岸然，骨子里却是尔虞我诈，为非作歹！”他脑子里这样想。

“这就是隐修室，我们到了！”费奥多尔·巴夫洛维奇大声喊道，

---

① 1870 年彼得堡发生了一起命案，冯·佐恩在市中心一处淫窟被害。

“围墙挡道，大门紧闭。”

他走过去对着画在大门上方和两侧的圣像画起十字来。

“进了修道院就得遵守修道院的规矩。”他说。“这里有二十五位圣徒在修行，他们整天你看着我，我看着你，吃素斋戒，女人一概不得入内，这真了不起。事实也确实如此。不过我听说长老也接见太太们，有这么回事吗？”他突然问小修士。

“现在这里就有平民妇女，您瞧，就在那边的回廊里躺着，等待接见。这里还为上流社会的太太们预备了两个小房间，就在回廊上，在围墙外面，瞧，那几扇窗户就是。长老身体好的时候就打里面的通道出来接见她们，也就是说中间隔着一道围墙。现在就有一位太太，一位来自哈尔科夫的女地主，霍赫拉科娃太太带着自己瘦弱不堪的女儿在等待接见。大约长老已经答应要接见她们，虽然近来他身体十分虚弱，很少公开露面。”

“这么说来，从隐修室到太太们那儿还保留了一条通道。神甫，您别以为我在含沙射影，我只是随便说说罢了。您知道吗，在阿索斯，您听说过没有，不仅禁止妇女朝圣，甚至连雌性的动物都不允许存在，什么母鸡啦，母火鸡啦，母牛啦，都不允许存在……”

“费奥多尔·巴夫洛维奇，我要回去了，让您一个人留在这儿吧。我不在的时候他们会架着您把您轰走的，这我可要预先警告您。”

“我碍您什么事啦，彼得·亚历山德罗维奇！您瞧瞧，”他突然高喊着，一步跨进了修道院的围墙，“您瞧瞧，他们简直住在玫瑰花的海洋里。”

确实，尽管现在没有玫瑰花，可还有许许多多罕见的艳丽夺目的秋季鲜花，凡是能栽花的地方都栽满了花。这些花显然由富有经验的人在精心照料。教堂的围墙旁，周围的墓地里，到处散布着一个个花坛。长老修道室所在的那幢带门廊的木结构平房周围，也栽满了鲜花。

“以前瓦尔索诺菲长老在世时，有没有这些鲜花？听说他不喜欢美的东西，见了女人就会光火，甚至还用手杖去揍她们。”费奥多尔·巴夫洛维奇登上台阶时说道。

“瓦尔索诺菲长老有时候确实有点疯疯癫癫，但是大家也说得太离谱了。他从来没有用手杖打过什么人。”小修士回答说。“现在，先生们，请你们稍等片刻，我先去通报一声。”

“费奥多尔·巴夫洛维奇，您听着，我最后一次提醒您：您的言行要检点，不然我可要对您不客气。”米乌索夫再一次警告说。

“真不明白您为什么这样激动，”费奥多尔·巴夫洛维奇讥讽道，“也许您是害怕犯下的罪孽吧？听说只要看人的眼睛就能知道这个人要来干什么。可您为什么对他们的意见看得那么重要呢？您这位长住巴黎的人士真使人感到惊讶！”

米乌索夫还没来得及对他的讥讽做出反应，已经有人来请他们进去了。他进去的时候心里还窝着火……

“嗯，我知道自己窝了一肚子火，会跟他们争起来的，可是我一发火就会贬低自己，贬低自己的理想。”他脑海中闪过这个念头。

二　老丑角

他们几乎是跟长老同时走进房间的。长老一看见他们就立即从自己那个小小的卧室里走了出来。在修行室里，两位比他们早到的隐修司祭已经在等候长老了，其中一位是管理图书的神甫，另一位是有病的巴伊西神甫，他年纪不大，但据说很有学问。此外，还有一位年轻小伙子站在角落里等候（后来他一直站在那儿）。这小伙子看上去二十一岁光景，穿一件文职人员的常礼服，是神学校学生，未来的神学家，不知什么原因受到修道院和修士团的照顾。他个子很高，脸色红润，颧骨高突，一对细小的栗色眼睛聪明而专注，脸上露出谦恭的表情，但很得体，并无唯唯诺诺的样子。客人进门时他甚至没有鞠躬致意，尽管他的身份跟他们并不平等，相反，他还处于从属依附的地位。

佐西马长老在阿廖沙和一名见习修士的陪同下走了出来。两位司祭站起来，深深地向他鞠躬致意，手指触到地面，接受长老祝福，并吻了吻他的手。长老为他们表示祝福之后也手指触到地面，向他们同样报以深深的鞠躬，并且请他们每人都为自己祝福。整个仪式自始至终都相当认真，几乎带着感情，完全不像日常的例行公事。不过米乌索夫觉得这一切都是故意装出来的。他站在和他一起走进房间的几位同伴的最前面。按理说，尽管信仰不同，但即使出于最一般的礼貌（这里的习惯就是这样），也应该走上前去求长老祝福，如果不吻他的手，那至少应该接受祝福。这一点，昨天晚上他已经考虑过了。但是现在见到两位司祭这样鞠躬，吻他的手，他立即改变了主意：他郑重其事地按世俗方式深深鞠了个躬，然后走到椅子跟前。费奥多尔·巴夫洛维奇像猴子似的完全模仿米乌索夫，也这样做了。伊凡·费奥多罗维奇也郑重其事彬彬有礼地鞠了个躬，双手贴着裤缝，并没有触地。而卡尔加诺夫慌张得忘了鞠躬。长老放下已经举起准备向他们祝福的手，再一次向他们鞠了个躬，然后请大家坐下。阿廖沙双颊通红。他感到惭愧，他原来的种种不祥的预感应验了。

长老在一张款式非常古老的红木皮沙发上坐下，请客人们，除了两位司祭，都坐到对面靠墙的四把黑色包皮已经磨损的红木椅子上，四个人互相紧紧挨着。两位司祭分坐两侧，一位靠门，另一位挨窗。神学校学生、阿廖沙和见习修士依然站着。整个修道室十分狭小，透着颓败的气息。家具陈设相当粗糙、寒碜，都是些必不可少的东西。窗台上放着两盆花，墙角里挂着许多圣像，其中有一幅很大的圣母像，大约画于教派分裂之前。圣母像前点着长明灯，旁边还有另外两幅身穿鲜亮长袍的圣像，再旁边是雕刻的小天使、瓷蛋、象牙制成的天主教十字架和怀抱十字架的悲伤的圣母像[①]以及几幅临摹前几个世纪意大利艺术大师的外国版画。这些精巧珍贵的版画旁边还有几幅色彩鲜艳的圣徒、殉道者、大主教之类的画像，这些

---

① 原文为拉丁文。

极其普通的俄国画像在任何一个市场上只要花几个戈比都能买到。还有几张俄国现任和历任大主教的画像，不过挂在另外几面墙上。米乌索夫迅速地浏览了一遍这些“千篇一律”的东西，然后用专注的目光打量着长老。他非常相信自己的眼力。如果考虑到他已年过半百，那么他这个弱点至少是可以原谅的，因为到了这种年龄，一般富裕而聪明的上流人物总是会变得越来越自以为是，有时候甚至是身不由己的。

从一开始他就不喜欢长老。确实，长老的脸上有一种不仅使米乌索夫而且也使许多人不喜欢的东西。他身材矮小，佝偻着腰，两条细腿，虽然才六十五岁，可是因为有病，看上去要苍老得多，至少比实际年龄大十岁。他那干瘦的脸上布满了细密的皱纹，眼睛周围特别多。他的眼睛不大，但眼珠很明亮灵活，炯炯有神，就像两个熠熠发亮的光点。只有两鬓还剩几根白发，一撮稀疏细小、呈楔子状的胡子，两片时常露着微笑的嘴唇薄得像两条线。鼻子不算长，可是尖得像小鸟的嘴。

“从各种迹象来看，这是个凶狠、傲慢而渺小的灵魂。”米乌索夫的脑海中掠过这样的想法。总之，他心里很不痛快。

报时的钟声帮助他们开始了这场谈话。墙上那只廉价的带悬锤的小挂钟很快敲了整整十二下。

“约定的时间到了，”费奥多尔·巴夫洛维奇大声喊道，“可我的儿子德米特里·费奥多罗维奇还没有来。我替他向您道歉，神圣的长老！（阿廖沙听到他说‘神圣的长老’，不由得浑身哆嗦了一下）我本人向来都是遵守时间的，一分钟也不差，我牢记准时是国王的礼貌[①]……”

“不过，您总还不是国王吧。”米乌索夫忍不住说道。

“对，是的，我不是国王。但您知道，彼得·亚历山德罗维奇，这我自己也清楚，真的！您瞧，我说话总是说不到点子上！我尊敬的导师！”他一下子激昂慷慨起来，“您看，站在您面前的是一个名副其实的小丑！

---

① 法兰西国王路易十八（1814—1824 年在位）的名言。

我就是这样自我介绍的。唉，是老习惯了！有时候不合时宜地乱说一通，那是故意的，想逗大家发笑，让大家开心。应该讨人喜欢，对吗？七八年前我到一个小城市去办点事情，在那儿结识了几位商人，我们一起去见警察局长，我们有事求他，想请他跟我们一起吃饭。警察局长出来了，他是个又高又胖、浅黄头发、脸色阴沉的人。在这些事情上，碰到这种家伙往往最难对付，他们肝火很旺，脾气暴躁。我径直走到他面前，您知道吗，用上流人士那种满不在乎的口气对他说：‘警察局长先生，请您做我们的纳普拉甫尼克[①]！’他问：‘什么纳普拉甫尼克？’我一看事情糟了。他板着脸站在那儿。于是我就说：‘我只是想开个玩笑罢了，让大家乐一乐，纳普拉甫尼克先生是我们俄国著名的乐队指挥，为了使我们的事情协调起见，我们似乎也需要这样一位指挥……’我这样解释和比喻是很有道理的，对吗？他说：‘我是警察局长，决不允许把我的职务编成俏皮话。’说完他就转身走了。我追上去大声喊道：‘是的，是的，您是警察局长。您不是纳普拉甫尼克！’他说：‘不，既然这么说了，那我就是纳普拉甫尼克。’您瞧，我们这笔生意就这么黄了！我老是这样，永远是这样。好心永远不得好报。有一次，那是很多年以前的事了，我对一位很有势力的人说：‘大人，您太太是个非常敏感的女性。’我的意思是指她在名誉方面，也就是在贞操方面不允许别人碰一碰。他马上反问我：‘那您碰过她吗？’我忍不住突然想说句俏皮话：‘是的，大人，我碰过她。’于是他马上狠狠揍了我一顿……不过，这件事发生在很久以前，所以说出来也不怕大家见笑。我老是自讨没趣！”

“您现在也是这样。”米乌索夫厌恶地低声说。

长老默默地注视着他们俩。

“好像是的。您瞧，彼得·亚历山德罗维奇，这一点我自己也明白。

---

① 纳普拉甫尼克（1839—1916），俄国作曲家。1869年起任彼得堡马里剧院首席指挥。俄语读音与“警察局长”一词近似。

您知道吗，我一开始说话就预感到自己会这样，您知道吗，我甚至预感到您会第一个向我指出来。当我发现我的笑话不成功的一刹那，尊敬的长老，我的两颊会紧紧贴住下面的牙床，就像抽筋似的，这种情况我年轻时在贵族人家吃闲饭混日子的时候就开始了。尊敬的长老，我生来就是个地道的小丑，就跟那种生来就是疯疯癫癫的人一样。我不否认，我身上附着魔鬼，只不过是个小鬼而已，大鬼会附到别人身上，但绝不会附到您身上，彼得·亚历山德罗维奇，您也不是什么大人物。但我有信仰，我相信上帝。我只是近来才开始怀疑，但现在还坐在这里等待着重要的训导。尊敬的神甫，我就像哲学家狄德罗。神甫，您知不知道哲学家狄德罗是怎样去见叶卡捷琳娜时代的大主教普拉东的？他一进去就开门见山地说：‘没有上帝。’大主教举起手指回答说：‘连疯子心里也装着上帝。’狄德罗听了叭的一声跪下来，大声说道：‘我信上帝，我愿意接受洗礼。’他马上受了洗。达什科娃公爵夫人是他的教母，波将金是他的教父……”

“费奥多尔·巴夫洛维奇，这简直无法容忍！您自己也明明知道这是胡扯，您那个愚蠢的笑话也纯属无稽之谈，那为什么还要装疯卖傻？”米乌索夫已经完全无法控制自己，连说话的声音都在发抖。

“我早知道这都是无稽之谈！”费奥多尔·巴夫洛维奇兴致勃勃地喊道，“不过先生们，我要对你们说句真话：长老是伟人！请原谅，最后那件事，狄德罗受洗那件事是我刚才临时编出来的，信口胡诌，在这之前脑子里从来没有想到过。是为了逗乐才编出来的。彼得·亚历山德罗维奇，我是为了讨人喜欢才装疯卖傻。不过，有时候我自己也不知道究竟为什么这样做。至于狄德罗的事，那么我不止二十次地听本地的地主们说他是‘十足的疯子’，我年轻时就在那些地主家当食客。彼得·亚历山德罗维奇，我从您姑妈玛芙拉·福米尼什娜那儿也听到过类似的话。他们直到如今还坚信，不信上帝的狄德罗去见普拉东大主教就是为了跟他辩论有没有上帝……”

米乌索夫站了起来，他不但失去了耐心，甚至失去了理智。他气得发抖，而且也意识到自己的样子一定显得十分可笑。事实也是如此，眼前修道室里发生的事情简直令人难以置信。四五十年来，早在原先几位长老在世的时候，四面八方的来客聚集到这间修道室里，他们始终怀着深深的敬仰，绝无其他想法。那些受到接见的人进入这间修道室的时候几乎全都明白这是给予他们的一种极大的恩典。许多人自始至终匍匐在地上不肯起来。许多“上层”人物，连那些学问高深的人，甚至一些自由思想分子，他们出于好奇或其他原因而随着大家进入修道室或者获得单独接见时，无一例外地把表示崇敬和礼貌自始至终当作自己的首要任务，更何况这里规定不收费用，一方只是出于仁爱和慈悲，另一方是为了忏悔和急于解决灵魂方面的某个难题或者消解内心生活的危机。因此，费奥多尔·巴夫洛维奇突然表现出来的那种与他所处环境截然不相适应的小丑作风使在场的目击者，至少使他们中间的一部分人感到困惑和惊讶。但是两位司祭依然不动声色，神情严肃地注视着长老会有什么反应，不过他们似乎也像米乌索夫那样准备站起来了。阿廖沙低着脑袋站在那儿，几乎要哭出来。最令他奇怪的是，他唯一指望的能对父亲施加影响并制止其胡闹的二哥伊凡·费奥多罗维奇现在居然低着头，几乎一动不动地坐在椅子上，显然怀着一种想看个究竟的好奇心在等待着这一切将如何结束，好像他在这儿完全是个局外人。至于拉基京，阿廖沙非常熟悉甚至非常亲近的那个神学校学生，阿廖沙连看都不敢看一眼；拉基京的所有想法他都知道——全修道院也只有阿廖沙知道他的想法。

“请原谅……”米乌索夫对长老说，“也许您认为我也参与了这个不成体统的玩笑。我的错误在于，我相信即使像费奥多尔·巴夫洛维奇这样的人，在拜访令人肃然起敬的人物时总会明白自己的责任……我真没有想到，只是因为自己跟他同来而不得不向您表示歉意……”

彼得·亚历山德罗维奇没把话说完就已经惭愧得想离开了。

“请您别担心。”长老突然支着两条无力的细腿站起来，他拉住彼得·亚历山德罗维奇的双手，让他重新坐到原来的位置上。“您放心好了，我特别希望您做我的客人。”说完他鞠了个躬，转过身重新回到自己那张小沙发上。

“伟大的长老，请您说一句话，我这样随便是不是玷污了您的身份？”费奥多尔·巴夫洛维奇突然大声问道，双手紧紧抓住椅子的扶把，那架势好像要根据长老的回答随时准备从椅子里跳起来似的。

“我恳请您别担心，也别感到拘束，”长老庄重地对他说，“您不要拘束，就像在家里一样随便，主要的是您不要自惭形秽，因为一切皆由此而来。”

“完全像在家里一样？也就是保持本色吗？啊，这未免过分了，太过分了——不过我还是非常乐意听您的劝告！您要知道，崇高的神甫，请您别让我保持本色，您别冒这个险，连我自己也不敢完全恢复原貌。这一点我要事先告诉您，也是为了您好，而其余的一切，暂时还不得而知，尽管有些人想尽量丑化我。这话我是对您说的，彼得·亚历山德罗维奇，至于您，神圣的长老，那我要说：我非常非常地高兴。”他欠起身，举着双手说道，“‘怀你胎的肚皮，喂你奶的奶头都是有福气的，特别是喂你奶的奶头更加有福气！’[①]您刚才对我说：‘不要自惭形秽，因为一切皆由此而来！’您这句话击中了要害，触到了我的痛处。我跟别人交往的时候，我就有这样的感觉，总觉得自己比谁都卑鄙，大家都把我当作小丑，于是我想：‘那就让我真的扮演一个小丑的角色吧，反正我不怕你们说三道四，因为你们全都比我更卑鄙！’这样，我就成了一名小丑，因为自惭形秽而成了小丑，伟大的长老，完全因为自惭形秽，我这样胡闹也是因为多疑。假如我跟别人交往时确信大家会立即把我当作一个极其可爱、极其聪明的人，天哪，那我肯定成了一个非常善良的人！师父！”说着他突然跪到地上，“我怎样才能得到永生呢？”

这时候仍然很难断定：他究竟是在开玩笑呢，还是真的深受感动？

长老抬头望着他，微笑说：“您早就知道该做些什么，您是相当聪明的，您不要酗酒，不要信口开河，不要迷恋女色，尤其不要贪图钱财，您要关闭您那些酒馆，如果不能关闭全部，那至少也得关闭两三家。主要的，最主要的是别撒谎。”

---

① 原文为：“怀你胎的和乳养你的有福了。”见《圣经·新约·路加福音》第 11 章第 27 节。费奥多尔·巴夫洛维奇将这句话庸俗化了。

“是不是指狄德罗的事？”

“不，不是指狄德罗那件事。主要的，最主要的是不要对自己撒谎。凡是对自己撒谎并且相信自己谎言的人，往往会落到不分是非的地步，既分不清自己的是非，也分不清外界的是非，因而不尊重自己，也不尊重别人，由于不尊重任何人，因而就不再有爱。既然缺乏爱心，为了消遣取乐便放纵淫欲，作恶多端，最后沦为畜生，这一切都是因为对人对己撒谎。对自己撒谎的人比任何人更容易受委屈，有时候也乐意受委屈，对吗？他知道没有人欺负他，凭空想象自己受了天大的委屈，为了面子谎话连篇，为了哗众取宠又夸大其词，喋喋不休，小题大做，把一粒豌豆说成一座大山——这些他都知道，可还是动辄就要装出饱受委屈的样子，这样心里就舒服了，甚至感到莫大的满足，最后真的会产生怨恨。您起来吧，坐到椅子上，我求您了，要知道这一切同样都是虚伪的做作……”

“我的好人！让我吻您的手。”费奥多尔·巴夫洛维奇一跃而起，迅速地吻了吻长老消瘦的手，“确实这样，受了欺负确实觉得舒服。您说得真好，我还从来没有听别人这样说过。确实这样，我一辈子都觉得自己受委屈，可心里又感到很舒服，我是为了快感才受委屈的，因为受人欺负不但心里感到舒坦，有时候会觉得很光彩。伟大的长老，您忘了说：很光彩！我要把这句话记在本子上！是的，我撒谎，一辈子都在撒谎，天天在撒谎，每时每刻在撒谎。我本身就是谎言，是谎言之父！不过也许不是谎言之父，我老是用词不当，我是谎言之子，那也足够了！只不过……我的天使……关于狄德罗的那些话有时候还是可以说的！说狄德罗不会有什么害处，可别的话就有害处。伟大的长老，我差点给忘了，从前年起我就一直想打听一下，就是想到这里问清楚一件事。不过请您别让彼得·亚历山德罗维奇打断我。伟大的长老，我要问的是有没有这回事：《日课经文月书》里说有一位显灵的圣徒因为信仰而受难，最后被砍去了脑袋，这时候他站起来，捡起脑袋‘亲吻’。他走了很久，一边走还一边捧着脑袋‘亲吻’。究竟有没有这回事，诸位诚实的神甫？”

“没有这回事。”长老说。

“《日课经文月书》里根本没有这类内容，您说的是哪一位圣徒？”

管理图书的司祭问。

“我自己也不知道是哪一位。我不知道也不清楚。是人家说的，我受骗了。我听别人说过。你们知道是谁说的吗？就是这个彼得·亚历山德罗维奇·米乌索夫，他刚才还为狄德罗而生气，可这件事就是他说的。”

“我从来没有跟您说过这样的事，而且我从来不跟您说话。”

“对，您没有单独对我说，而是当着许多人的面说的，当时我也在场，那还是三年前的事。我之所以提起这件事，彼得·亚历山德罗维奇，是因为您这个令人发笑的故事动摇了我的信仰。这个情况您不知道，您不了解，我是怀着被动摇的信仰回到了家里，从此以后我就越来越动摇了。是的，彼得·亚历山德罗维奇，您是促使我堕落的根源！这跟狄德罗没有关系！”

费奥多尔·巴夫洛维奇说得慷慨激昂，虽然大家都明白他又在演戏了。不过米乌索夫还是被他这番话深深地刺痛了。

“真是胡说八道，”他嘟囔着说，“也许我以前确实说过这样的话……但不是对您说的。我自己也是听别人说的。我这是在巴黎听一位法国人说的，似乎我们这儿做弥撒的时候都要读《日课经文月书》中的这个故事……那个法国人很有学问，专门研究俄国的统计……在俄罗斯住了很长时间……我自己没有读过《日课经文月书》……也不想读……饭桌上闲聊的话题还嫌少吗？当时我们在吃饭……”

“是啊，当时您在吃饭，可我却丧失了信仰！”费奥多尔·巴夫洛维奇挖苦说。

“您的信仰关我什么事！”米乌索夫本想冲着他大喊，突然又控制住自己，只是轻蔑地说道：“什么事给您一搅和，就变得一团糟。”

长老突然站起来。

“请原谅，先生们，我暂时离开一会儿。”他对所有来访的客人说，“比你们早来的人还在等着我呢。您还是别撒谎吧。”他对费奥多尔·巴夫洛维奇说，脸上露着笑容。

他走出修道室。阿廖沙和一名见习修士跑过去扶他走下台阶。阿廖沙喘着粗气。他为自己能离开而感到高兴，他也为长老没有生气，反而心情愉快而高兴。长老朝回廊走去，他要为等候他的人祝福。可是费奥多尔·巴夫洛维奇还是在修道室的门口拦住了他。

“大善人哪！”他充满感情地喊道，“请允许我再一次吻您的手！是的，跟您还可以说话，可以相处！您以为我一直在撒谎，一直在充当小丑吗？您该知道，我这样做是故意的，为了试探您才这样装疯卖傻。我一直在试探您，看是不是可以跟您相处？您的高傲是否允许我的恭顺占有一席之地？现在我要给您颁发一份奖状：跟您是可以相处的！现在我要保持沉默，始终不说话。我这就坐到椅子上，不再开口。彼得·亚历山德罗维奇，现在该您说话了，现在您是这儿最主要的角色……时间是十分钟。”

三　虔诚的乡下女人

紧挨着院墙外侧的木回廊下面，这时候聚集着一群妇女，二十来个乡下女人。她们已经被告知，长老最后总会来接见她们的，因此她们都等在那儿。女地主霍赫拉科娃也来到了回廊里，她也在等候长老，不过是在一间专门为贵客准备的房间里。她们是母女俩。母亲霍赫拉科娃太太很有钱，衣着打扮向来十分高雅，她还相当年轻，模样十分标致，脸色略显苍白，有一对灵活的黑眼睛。她至多不超过三十三岁，可守寡已经五年。她那可怜的十四岁女儿双脚瘫痪，已经有半年不能行走了，只能坐在又长又稳的轮椅上让人推来推去。她的小脸蛋长得很美，虽然由于疾病而略显消瘦，可始终乐呵呵的。她的眼睫毛很长，眼睛又黑又大，闪着调皮的光芒。早在春天的时候母亲就打算把她带到国外去，可到了夏天又因为安排田庄上的事情耽误下来了。她们在我们城里已经住了将近一个多星期，主要是为了处理事务，其次才是为了朝圣。不过三天前已经见过一次长老。现在她们又突然来了，尽管知道长老几乎不再接待任何人，她们还是苦苦哀求，希望能再一次“有幸见到伟大的治病者”。

母亲坐在轮椅旁的椅子上等候长老出来，离她两步远的地方站着一位年老的修士，他不是这个修道院的人，而是从遥远的北方一座名不见经传的小修道院来的。他也想请长老祝福。长老来到回廊，首先径直向众人走去。人们朝门廊拥挤，那门廊的三级台阶将低矮的回廊和空地连在一起。长老站到最上面的那级台阶上，披上肩带，开始替那些拥挤在他身旁的女人们祝福。一位疯疯癫癫的女人被人抓住双手，拉到长老面前。那女人一见长老便突然莫名其妙地尖叫起来，喉咙哽噎，浑身颤抖，就像产妇惊厥似的。长老把肩带放在她头上，为她念了一段简短的祷文，那女人立即安静下来，不再叫闹了。我不知道现在怎么样，反正我小时候在乡下和修道院里经常见到这种疯疯癫癫的女人，也经常听到她们的叫喊。她们被带到教堂做弥撒，她们尖声号叫，或者像狗叫似的闹得整个教堂不得安宁。可是当端上圣餐，人们把她们带去领受圣餐时，“疯癫”立即停止，这些病人总能安静一段时间。这种变化常常使我这个孩子感到惊讶。不过，当时我听另外一些地主，尤其是城里的教师们回答我的问题时说，这一切都是假装出来的，其目的是不想干活，只要采取必要的严厉措施，随时都可以根治。为了证明这一点，他们还讲了各种各样的笑话。可是后来我从医学专家那儿惊讶地了解到，这里根本没有丝毫假装的成分，这是一种可怕的妇女病，主要发生在我们俄罗斯，这说明我国乡下女人的命运特别悲惨。这病是因为在缺乏任何医疗条件的痛苦的难产之后马上从事繁重的体力劳动引起的，除此之外，还因为难以排解的悲伤、挨打等等。有些女人天生无法像大多数人那样忍受这些折磨。只要把这些处于癫狂状态乱喊乱叫的女人带到圣餐面前，她们的病往往一下子会奇怪地消失。人们向我解释说这是假装出来的，甚至说是“教派分子”玩弄的花招。其实，这也许是极自然的事情。那些带病人去领受圣餐的乡下女人，主要是病人自己，全都像坚信颠扑不破的真理那样相信：如果把病人带去领受圣餐，那么附在病人身上的魔鬼无论如何也会坚持不住的。因此，当神经和心理上有病的女人领受圣餐的那一刻，她们整个机体一定会经受剧烈的震荡，引起这种现象的原因是她们完全坚信并且期待着一定会出现治愈的奇迹，于是，这种奇迹果然出现了，尽管只持续了一分钟。现在的情况正是这样，长老刚把肩带放到病人身上，奇迹马上就出现了。

挤在长老身边的许多女人被一时的效果感动得流下了欣喜的眼泪，另外一些女人挤过去哪怕是吻一吻他的衣角也感到满足，也有人不知为什么在那儿哭泣。长老为大家祈祷祝福，还跟一部分人交谈。那个疯疯癫癫的女人他已经认识，她就住在附近，离修道院六俄里①的那个村庄里，再说以前她家里的人领她到这儿来过。

“你是远道而来啊！”他指着一位年纪不大，但形容枯瘦的女人说。那女人脸色发黑，但不像是被太阳晒的。她跪在地上，眼睛直勾勾地望着长老，她的目光中似乎有一种呆滞麻木的神色。

“大老远来的，长老，大老远来的，离这儿三百俄里。大老远来的，长老，大老远来的。”那女人不知为什么慢慢地摇晃着脑袋，一只手托着腮帮子，拖长了声音说道。她说话的腔调就像哭泣似的。老百姓中间有一种沉默无言的一忍再忍的悲伤，这悲伤只埋藏在心底，永远不会流露出来。但也有一种外露的悲伤，有时候通过眼泪加以宣泄，从而变成嘤嘤啜泣。这种情况女人居多，其悲伤的程度并不亚于默默无言的悲伤。嘤嘤啜泣不仅无法给人以慰藉，反而更加撕心裂肺。这种悲伤也不希望别人去安慰，它全靠无法排解的感觉而滋长。嘤嘤啜泣只不过是一种不断刺激创伤的手段罢了。

“你是城里人吧？”长老问道，好奇地打量着她。

“我们是城里人，长老，城里人，出生在乡下，住在城里，是城里人。我到这儿来是为了见一见你。我们听说了你的情况，长老，听说了。我埋葬了小儿子就出来求上帝了。我到过三个修道院，他们指点我说：‘娜斯塔茜娅，你上那儿去吧。’就是到您这儿，亲爱的，到您这儿。这样我就来了，昨天住了一宿，今天就上您这儿来了。”

“你有什么伤心的事吗？”

---

① 俄国旧制，1 俄里 =1.0668 公里。

“可怜我那小儿子，长老，才三岁，差两三个月就满三岁。我想儿子想得好苦啊，长老。我就剩这么个儿子，我跟尼基图什卡生了四个孩子，可一个都没能活下来，亲爱的，一个都没能活下来。我埋葬了前面三个孩子，也没有太伤心，可埋了这最后一个，心里怎么也忘不掉。就好像他还站在我面前，不肯离去，我的心都碎了。一见到他贴肉穿的衬衫衬裤，一件小衬衫或者一双小靴子，我就忍不住要大哭一场。我把他死后留下的东西翻出来，一面看一面哭，我对我丈夫尼基图什卡说，当家的，你让我去求上帝吧！我丈夫是马车夫，我们并不穷，长老，我们不穷，我们有马也有车，全是自己的，可我们这些家当现在有什么用处呢？只要我不在，我的尼基图什卡就会生病的，这是肯定的，以前就是这样：我一转身，他就没有力气了。现在我也不去牵挂他，我离家已经三个月了，我什么都不记得了，全忘了，什么也不愿想了。现在我跟他在一起还有什么意思？我跟他之间已经没有牵挂了，跟所有的人都无牵无挂了。现在我不想再看见自己的房子、自己的家产，我什么也不想看见！”

“我要告诉你这当母亲的，”长老说道，“古代一位伟大的圣徒有一次在教堂里看到一位像你一样哭哭啼啼的母亲，她也因为唯一的孩子让上帝召唤去了而心痛万分。圣徒对她说：‘也许你不知道，这些孩子在上帝的宝座前面是多么勇敢。天国里甚至没有比他们更勇敢的了。他们对上帝说：“主啊，你赐予了我们生命，可我们刚开始领略生的乐趣，你马上又收回去了。”他们那么大胆地向上帝请求，上帝只好立即赐予他们天使的头衔。’圣徒接着说：‘所以你这当母亲的应该高兴，不必哭泣，你的孩子成了上帝的一名天使。’这就是古时候圣徒对一位哭泣的女人所说的话。他是一位伟大的圣徒，不可能说假话，所以你这当母亲的也应该知道，你的孩子现在正站在上帝的宝座面前，他很高兴，也很快活，还在为你向上帝祈祷。所以你也不必哭泣，应该高兴才是。”

女人手托着面颊，低着头听长老开导。她深深地叹了口气。

“尼基图什卡也这样安慰我，说的话也一模一样，‘你这傻女人，’他说，‘你哭什么呢，我们的儿子现在肯定在主那儿，跟天使一起唱赞美诗。’他说这话的时候自己也哭了，我见他跟我一样也在哭。我说：‘尼基图什卡，这我知道，我们的孩子不在上帝身边又能在哪儿呢！不过他现在不在我们这儿，尼基图什卡，不在我们身边，不像从前那样坐在我们面前！’我真想看他一眼，哪怕只要再看他一眼也好，我可以不走到他跟前，可以一声不吭，躲在角落里，只要能看他一会儿，听他怎样在院子里玩耍，像从前那样回来奶声奶气地叫一声‘妈，你在哪儿’，我只想听听他迈着小腿在房间里走动的声音，听听他笃笃的走路声，我记得他常常这样跑到我身边，又是喊又是笑。我只想听一听他的脚步声，我一听就能听出来！可是他不在了！长老，不在了，我再也听不到他的声音了！你看，这是他的腰带，可他人不在了，现在我怎么也见不到他了，听不到他的声音了！”

她从怀里掏出孩子的一条镶着金银饰边的小腰带，刚看了一眼就哭得浑身哆嗦起来，她用手指捂着眼睛，泪水突然从指缝里像泉水一样涌出来。

“而这就是，”长老说，“这就是古代的‘拉结哭他的儿女，不肯受安慰，因为他们都不在了。’①你们这些当母亲的在世上的命运注定就是这样。你别安慰自己，你也不需要安慰自己，你别安慰自己，你尽管哭好了，但每次哭的时候都一定要想到你儿子现在成了上帝的一名天使，他从天国望着你，也能看到你，看到你的眼泪他很高兴，还把你的眼泪指给上帝看。伟大的慈母之泪你还要流很久，但这眼泪最后将使你转忧为喜，你那伤心的眼泪将成为暗自激动的眼泪，成为能够脱离罪恶、净化心灵的眼泪。我要为你的孩子祈祷安息，他叫什么名字？”

“阿列克谢，长老。”

“这名字真可爱。取自圣徒阿列克谢的名字吗？”

“是的，长老，是用了圣徒阿列克谢的名字！”

“他是个多好的圣徒！我一定为你的孩子祈祷，也要为你这当母亲的

---

① 见《圣经·新约·马太福音》第2章第18节。

悲伤和你丈夫的健康祈祷，只不过你抛弃丈夫是一件罪孽，你要回到丈夫身边，精心照料他。如果你的孩子从天国看到你抛弃了他的父亲，他会为你们而伤心得哭起来的。你为何要破坏他的安宁呢？要知道他还活着，还活着，因为灵魂是永生的，尽管他不在家里，但他还在你们身边，只是看不见罢了。你说你恨自己的家，那他怎么能回家呢？如果他回家见到自己的父母不在一起，那他又去找谁呢？现在你经常梦见他，你心里感到痛苦，将来他会让你做各种美好的梦。回到你丈夫身边去吧，今天就回去。”

“我这就回去，亲爱的，我听你的话，我回去。你把我的心思琢磨透了。尼基图什卡，我的尼基图什卡啊，你等着我，亲爱的，你等着我吧！”女人说着哭了起来，但长老已经转过身跟另一位年迈的老妇人说话了。那老妇人的穿着打扮不像朝圣者，而像城里人。从她的目光中可以看出她有什么心事，她来是要诉说什么。她自称是士官的遗孀，住得也不远，就在我们城里。她的儿子瓦辛卡在政府部门当差，后来到西伯利亚的伊尔库茨克去了，他从那里来过两三封信，但最近快一年没有信来了。她曾经打听过他的消息，不过说实在的，她也不知道该上哪儿去打听才好。

“不过前几天斯捷潘尼达·伊里伊尼什娜·别特里亚金娜对我说，她是做买卖的，很有钱，她说，你把你儿子的名字写进追荐册，送到教堂里，祈祷他的灵魂安息。她说他的灵魂会想念你，这样，他就会给你写信。斯捷潘尼达·伊里伊尼什娜说，这肯定灵验，这办法试过多次了，每次都见效。不过我只是有点怀疑……亲爱的，这话是真是假？这样做好不好？”

“别信这一套，连提这样的问题也是可耻的。怎么能为一个活着的人做安息祈祷呢，况且这样做的又是他亲生母亲！这是极大的罪孽，就跟施妖术一样。但是因为你无知，尚可饶恕。你最好还是求救苦救难的圣母保佑你儿子健康，求她饶恕你的邪念。我还要告诉你，普罗霍罗芙娜：你儿子或者会很快回到你身边，或者一定会写信给你。你去吧，从今以后你就放心好了。我告诉你，你儿子还活着。”

“亲爱的，愿上帝赐福给你，你是我们的恩人，你替我们大家祈祷，饶恕我们的罪孽……”

长老已经注意到在人群中有一个神情疲惫，好像害痨病的年轻农妇，她那两道燃烧似的目光正盯着他。她一声不响地望着他，那眼神在请求着什么，但她又不敢走上前。

“你有什么事，亲爱的？”

“请你饶恕我的灵魂吧，亲爱的。”她不慌不忙地轻轻说道，跪下来向他磕头。

“我犯了罪，亲爱的长老，我害怕自己的罪孽。”

长老坐到最下面的一级台阶上，那女人跪着将身体挪到他身边。

“我守寡两年多了，”她悄悄地说，浑身像在发抖，“我出嫁以后日子难过，丈夫是个老头子，经常把我打得死去活来。后来他病倒了，躺在床上，我瞅着他那模样，心里想：要是他病好了，重新起床怎么办？当时我就生出了那个念头……”

“等一等。”长老说着把自己的耳朵凑到她嘴边，女人继续悄悄地说着，几乎什么也听不清。她一会儿就说完了。

“两年多了吗？”

“两年多了。起初不觉得什么，现在开始闹病了，心烦意乱。”

“你是远道来的吗？”

“离这儿一千里地。”

“忏悔的时候你说过没有？”

“说了，每次说两遍。”

“让你领过圣餐没有？”

“领过了，我害怕，我怕死。”

“什么也不用害怕，永远不用害怕，也不用发愁，只要你不断忏悔，上帝会饶恕一切的，只要你真正忏悔了，那么世上就没有也不可能有上帝无法饶恕的罪孽。一个人也不可能犯下那种连博大的上帝之爱都无法宽容的弥天大罪。难道有什么超出上帝之爱的罪孽吗？你只管不停地忏悔，根本用不着害怕。你要相信，上帝是爱你的，爱得出乎你的想象。尽管你犯了罪，罪孽在身，上帝还是爱你的。上帝对一个忏悔的人比对十个规规矩矩的人还喜欢，这是句老话。你去吧，不要害怕。不要迁怒于他人，受了委屈不要生气。你死去的丈夫侮辱过你，你心里要饶恕他，你要真心诚意地跟他和解。你忏悔了，就会有一颗仁爱的心。你有了爱心，你就是上帝的人了……爱能赎回一切，拯救一切。既然连我这样跟你同样有罪的人都能怜悯你，那上帝就更能怜悯你了。爱是无价之宝，你用爱可以赎回整个世界，不仅可以赎你的罪，还可以赎别人的罪。你去吧，别害怕。”

他为她画了三次十字，从自己脖子上摘下一枚小圣像，戴到她身上。她默默地向他磕了个头。他欠起身，高兴地看着另一个怀抱婴儿的健壮妇人。

“我是从维舍戈里耶来的，亲爱的。”

“离这儿十二里地，抱着孩子来去不容易啊。你有什么事吗？”

“我来看看你。我到你这儿来过几次，你不记得了？要是把我都给忘了，那你的记性真的不太好。我们村里的人说你病了，我心里就想：好吧，让我亲自去看看他吧。现在我见到了你，哪有什么病啊？你还能活二十年，真的，上帝保佑你！为你祈祷的人还会少吗？生病会轮得上你吗？”

“谢谢你的一片好心，亲爱的。”

“顺便我还有个小小的请求，这儿是六十戈比，亲爱的，你把这些钱送给比我还穷的人。我到这儿来的路上想：最好还是让他去给吧，他知道应该给谁。”

“谢谢，亲爱的，谢谢，好心的人。我爱你，我一定照办。你手里抱的孩子是个女孩吗？”

“是女孩，亲爱的，丽扎维塔。”

“愿上帝赐福予你们母女俩，赐福予你和你的丽扎维塔。你让我心里感到非常快活，亲爱的。再见了，亲爱的人们，再见了，可敬可爱的人们。”

他为所有的人祝福，向大家深深地鞠躬。

四 信仰不坚的太太

远道而来的地主太太看着长老与平民百姓谈话并为他们祝福的整个场面，禁不住默默流下了一串串眼泪，不时用手帕擦着。她是位多愁善感、真诚善良的上流社会的太太。当长老最后走到她身边的时候，她兴奋异常地迎上去说："看着这动人的场面，我真是百感交集……"她激动得说不下去了。"啊，我知道人民爱您，我自己也爱人民，我愿意爱他们，怎么能不爱人民呢，不爱我们优秀、淳朴、伟大的俄罗斯人民呢？"

"您女儿的身体怎么样？您还想跟我谈话吗？"

"啊，我坚决请求，我恳切请求，我愿意跪下来，我情愿在您面前哪怕跪三天，只要您放我进来。我们到您这儿来，是要向您这位包治百病的高手表示衷心的谢意。您治好了我的丽莎的病，完全治愈了。用什么办法治好的呢？就是星期四那天您为她做了祈祷，把您的手放在她头上。我们急着赶来吻您的双手，表达我们的感激和崇敬之情！"

"怎么能说治好了呢？她不是还躺在轮椅上吗？"

"可是夜间热病的症状完全消失了，从星期四到现在已经整整两天两夜没犯病了，"那太太神经质地匆忙说道，"不仅如此，她的两条腿也有力气了。今天早晨她起床的时候身体很好，她睡了一整夜，您看看她那红润的脸色，看看她那明亮的眼睛。以前老是哭个不停，现在却笑声不断，又快活又高兴。今天她硬是要求让她站一会儿，她居然独自站了足足一分钟，没有什么帮衬。她跟我打赌，说两星期后能跳'卡德里尔舞'。我请来了本地的赫尔岑斯图勃医生，他耸了耸肩说：我感到惊讶，感到不可思议。难道您不希望我们来打扰您，不希望我们急匆匆赶来感谢您吗？丽莎，你谢啊，道谢啊！"

丽莎那可爱的喜气洋洋的小脸蛋突然变得严肃起来，她尽量从轮椅上稍稍坐起来，眼睛望着长老，双手合在胸前，可忍不住又突然哈哈大笑起来……

“我这是笑他，笑他！”她指着阿廖沙说，她因为忍不住笑出了声在生自己的气。假如这时候有谁看一眼站在长老背后一步之遥的阿廖沙，那一定能发现他的脸一下子涨得通红通红，他的眼睛闪亮了一下又连忙低垂下来。

“阿列克谢·费奥多罗维奇，她有东西要交给您……您身体好吗？”丽莎的母亲突然转身问阿廖沙，并把自己保养得极好的手伸给他。长老回过头来，突然朝阿廖沙仔细看了一眼。阿廖沙走到丽莎跟前，脸上露出奇怪的微笑，也把自己的手伸给她。丽莎装出一本正经的样子。

“卡捷琳娜·伊凡诺芙娜托我把这交给您。”她递给他一封短柬，“她特别请您到她那儿去一次，越快越好，不要骗她，一定要去。”

“她请我去一次？让我到她那儿……为什么？”阿廖沙深为惊讶地说道，他的脸上突然露出疑惑的神情。

“啊，这全是因为德米特里·费奥多罗维奇以及最近发生的几件事情。”丽莎的母亲匆匆解释道，“卡捷琳娜·伊凡诺芙娜现在拿定了一个主意。为这件事她一定要见您……为什么？我当然不知道，可是她请您尽快去。您会这样做的，肯定会这样的，基督徒的感情也要求您这样做。”

“我总共才见过她一次。”阿廖沙还是困惑不解。

“啊，她是个多么崇高、多么完美的人！……即使单凭她受的那些苦难……您想想，她经受过多少苦难，她现在还在经受什么样的苦难，您想想她面临的困难……这一切真可怕！真可怕！”

“好的，我一定去。”阿廖沙匆匆浏览了那封神秘的短柬后说，短柬里除了坚决请他前去，没有任何解释。

“啊呀，您这样做是多么友好，多么高尚！”丽莎突然兴奋地大声喊道，“可我还对妈妈说，他是绝对不会去的，他正在修行呢。您真好，真好！我一直认为您是个大好人！我现在对您说这话，心里真高兴！”

“丽莎！”她妈妈严厉地喝住她，不过随即脸上又露出了笑容。

“您把我们都给忘了，阿列克谢·费奥多罗维奇，您根本就不想上我们家，可丽莎一再对我说，只有跟您在一起她才感到快活。”阿廖沙抬起低垂的眼睛，突然又脸红了，连他自己也不知道为什么，突然又笑了笑。不过，长老已经不再注意他。他在跟那位远道而来的修士说话，那位修士，我们上面已经说过，正站在丽莎的轮椅旁边等待着长老出来。很显然，他是那种最最一般的修士，也就是他地位卑微，眼界狭隘，思想偏执，但是他信仰坚定，意志顽强。他自称来自遥远的北方，来自奥勃多尔的圣西尔维斯特尔修道院——总共只有九名修士的穷修道院。长老为他祝福并邀请他方便的时候到他的修道室去。

“您怎么敢做这样的事情？”修士严肃地指着丽莎突然问道。他这是指长老为她“治病”的事。

“当然，说痊愈还为时尚早。减轻病情并不等于彻底治愈，而且这也可能是由于其他原因造成的。如果说有什么好转，那么除了上帝的旨意，谁也没有这个力量。一切都取决于上帝。请您来看望我，神甫，”临末他对修士说，“我不能随时接待客人：我经常生病，我知道自己的日子已经屈指可数了。”

“啊，不，不，上帝不会把您从我们身边夺走的，您还会活很久很久，”丽莎的母亲大声喊道，“再说您有什么病？您看上去是那么健康，快活，幸福。”

“今天我感到好多了，但我知道这是暂时的现象。我现在对自己的病知道得非常清楚，如果您觉得我非常快活，那么再也没有比您刚才说的话更加能使我高兴了。因为人是为幸福而生的。谁真正幸福了，谁就有资格对自己说：‘我在这世界上履行了上帝的预言！’所有恪守清规的人，所有圣者，所有神圣的殉道者都是幸福的。”

“啊，您说得多好，您的话是多么大胆、多么高尚！”丽莎的母亲喊道，“您的话说到了我的心坎里去了。可是幸福，幸福，它又在哪儿呢？有谁可以说自己是幸福的？啊，既然您是那么善良，今天允许我们再次见您，那么我把上次没有说完、没有勇气说的话，把我长期以来感到痛苦的一切统统告诉您吧！我痛苦的是，请原谅，我痛苦的是……”她神情激动地合拢双手伸到他面前。

“什么事使您这么痛苦？”

“我的痛苦是没有信仰……”

“不信上帝？”

“啊，不，不，这是我连想也不敢想的，可是我觉得来世是个谜！谁也无法解开这个谜，没有人能解开！您听我说，您能医治百病，您洞察人们的心灵，我当然不敢希望您完全相信我，但是我可以向您郑重保证，我现在绝不是信口开河，关于来世的想法使我痛苦不安，甚至害怕和恐惧……我也不知道该去问谁，我一辈子都不敢……现在我鼓起勇气来问您……天哪，您现在会把我当成什么人啊！”她激动地双手一拍。

“您不用担心我会怎么看，”长老回答说，“我完全相信您的烦恼是真诚的。”

“啊，我该怎样感谢您啊！您看，我闭上眼睛在心里想：如果大家都有信仰，那么这信仰是怎么产生的呢？人们说，这一切起初来自对可怖的自然现象的恐惧，实际上这一切都是不存在的。我想，我相信了一辈子，可是我一旦死去，一切都马上不存在了，‘坟墓上只会长出牛蒡草’，就像一位作家说的那样①。这真可怕！用什么办法，怎样才能恢复信仰呢？不过，我也只是小时候才相信，机械的，没有动过脑子……用什么，究竟是用什么来证明这一点呢？我现在就是来向您请教这个问题的。如果我错过了眼前这个机会，那么我这一辈子就没有人能回答我的问题了。用什么来证明？怎么能使我相信？唉，我真不幸！我发现周围的人，几乎所有的人都觉得无所谓，现在谁也不去考虑这件事，只有我一个人无法忍受。这太可怕了，太可怕了！”

“毫无疑问，这很可怕。可这是无法证明的，只能相信。”

---

① 指屠格涅夫的小说《父与子》中主人公巴扎罗夫临死前说的话。

“怎样才能相信？根据什么可以相信？”

“就靠化为实际行动的爱的经验。您要尽量爱您亲近的人，这爱要付诸行动，要坚持不懈。您在爱的方面做出的成绩越大，您就会越来越坚信上帝的存在，相信您灵魂的永生。如果您对亲近的人爱到可以做出自我牺牲的地步，那么您肯定会得到坚定的信仰，任何怀疑都不会侵蚀您的灵魂。这是最可靠也是最正确的办法。”

“付诸实际行动的爱？这又产生了一个问题，而且是个很重要的问题！您看：我很爱人类，您相信吗，有时候我幻想着要抛弃一切，甚至所有的一切，离开丽莎，去当护士。我闭上眼睛，心里在想，在幻想，这时候我感到自己身上有一股不可战胜的力量。任何创伤，任何脓疮都不会使我害怕。我会亲手去包扎，去清洗，我可以看护那些痛苦不堪的病人，我准备亲吻这些疮疤……”

“您能这样考虑，而不想别的，这已经很好，很不容易了。有时候您真的会不知不觉地做一件好事。”

“是的，可我怎么能长久地忍受这样的生活呢？”这位太太激烈到近于疯狂地继续说道，“这才是最主要的问题！这是最折磨人的问题。我闭上眼睛问自己：你在这条路上能长期坚持下去吗？假如有一位病人，我为他清洗伤口，他非但不知恩图报，反而用种种任性的言行来折磨你，对你充满爱心的服侍不加珍惜，不予重视，冲着你大喊大叫，提出粗鲁的要求，甚至向上司告你的状（这种情况在痛苦难耐的病人身上是经常发生的），那时候你怎么办？你的爱能不能继续下去？您看我已经胆战心惊地预料到：如果说有什么东西能使我对人类这种‘付诸实际行动’的爱立即冷却下去的话，那便是忘恩负义。一句话，我做了事情是要求报答的，我要求马上得到报答，也就是要夸奖我，用爱来报答我的爱，否则我不可能爱任何人！”

她处在最真诚的自我鞭策的激情中，说完便带着挑衅般的坚决神情看了看长老。

“有一位医生跟我说过完全一模一样的话，只不过那是很久以前的事了。”长老说，“他已经上了年纪，无疑是个聪明人。他像您一样说得十分坦率，尽管带有玩笑的性质，但那是一种伤心的玩笑。他说，我爱人类，但自己觉得奇怪的是我对整个人类爱得越深，却对个别人，也就是一个个单独的人，就爱得越少。他说，我往往在头脑中幻想着要热情地为人类服务，为了他们也许真的愿意走上十字架，假如突然需要这样做的话。但是经验证明，我无法跟任何人在一个房间里住上两天。只要看到别人接近我，那么他的个性就会压抑我的自尊，束缚我的自由。不出一昼夜，即使最好的人我也会恨得要命：恨这个吃饭吃得慢，恨那个伤风了不停地擤鼻涕。他说，只要别人稍稍招惹我一下，我就会成为他们的仇敌。然而事情往往会这样：我对个别的人恨得越深，我对整个人类的爱就越炽烈。”

“可怎么办呢？这种情况下该怎么办呢？这时候应该绝望吗？”

“不，既然您为这件事感到十分难过，这就足够了。您要力所能及地去做，而且您一定能得到报偿。您能这样深刻和真诚地反省自己，说明您已经做了许多，如果您刚才这样真诚地跟我说话仅仅是为了让别人像我一样夸奖您的真诚，那么您在爱的行动方面肯定不会做出任何成绩，一切将停留在您的幻想中，您的一生也就只能像幻影般消逝。这样的话，您对来世的问题也会忘得一干二净，最后会糊里糊涂地感到心安理得了。”

“您完全击中了我的要害！刚才，也就是此时此刻，我方才明白，当我对您说我无法容忍忘恩负义的时候，就像您所说的那样，我确实在期待着您夸奖我的真诚。您用我自身的例子来提示我，开导我，而且用我自身的例子向我解释清楚了！”

“您说的是真心话吗？那么现在，您这样坦率地承认之后，我相信您的话是真诚的，您的心是善良的。即使您达不到幸福的境界，那您也要永远记住，您走的是一条正确的道路，千万不要离开这条正路。主要的是您要避免撒谎，时时刻刻都要提防自己撒谎，对自己对别人都要避免提出苛刻的要求。如果您觉得自己身上有卑劣的东西，只要您自己觉察到了，那就说明已经在排除了。您要避免恐惧，尽管恐惧是任何谎言引起的必然结果。永远不要害怕在将爱化为行动的过程中所表现出来的胆怯，即使这时候做出错误的行为也不必过分害怕。我很遗憾，我不能对您说些令人高兴的话，因为比起停留在幻想中的爱，积极的爱是件残酷而令人望而却步的事情。幻想式的爱渴望迅速获得成功，立即得到满足，并引起众人的注意。有时候甚至愿意献出生命，但千万不能旷日持久，而要立竿见影，就像舞台上演戏那样立即见出分晓，只求引起大家的注意和喝彩。至于积极的爱，那是一项工作，是一种毅力的考验，对有些人来说也许是一门深奥的学问。不过我要预先告诉您，当您看到自己尽了最大努力却没有接近目标反而远离目标因而感到气馁的时候，我要预先告诉您，这时候您会突然达到目的，您会清楚地看到冥冥中上帝奇迹般的力量，那永远爱您、永远在暗中引导您的上帝的力量。请原谅，我不能再跟您多说了，他们还在等我。再见了。”

那位太太哭了。

“丽莎，丽莎，请您也为我的丽莎祝福，为她祝福吧！”她突然激动得像展翅欲飞的鸟。

“她是不值得爱的，我看到她一直在那儿淘气。”长老开玩笑说，“您为什么总要取笑阿列克谢？”

丽莎确实一直在耍小孩脾气。她早就发现，上一次就发现，阿廖沙见到她就害羞，并且尽量不去看她。这使她感到非常有趣，她专心致志地等待着捕捉他的目光。阿廖沙抵挡不住那紧盯着他的目光，自己也会情不自禁地，在一股难以克制的力量驱使下时不时偷偷瞟她一眼。这时她的脸上立即漾起得意的微笑，眼睛直勾勾地望着他。阿廖沙更加羞得无地自容。最后，他索性转过脸躲到长老的背后去了。过了几分钟，在那股不可抑制的力量的驱使下，他又回头看看她是不是还在注视他，他发现丽莎从轮椅上几乎探出了整个身子，从侧面望着他，迫不及待地等着他看她。当她捕捉到他的目光之后，便哈哈大笑起来，以致长老都忍不住问道：

“你这淘气鬼，为什么要这样羞他？”

丽莎突然完全出人意料地涨红了脸，眼睛里闪过一道亮光，神情严肃得可怕，突然用一种激动而恼恨的语气，神经质地飞快说道：

“他为什么把一切都忘了呢？我小时候他抱过我，我们一起玩耍，他还来教我读书识字，这您知道吗？两年前，他临走时说他永远不会忘记我们是好朋友，永远永远是好朋友！可他现在突然怕我了，难道我会把他吃了，还是怎么的？为什么他不愿意走近我？为什么他不跟我说话？为什么他不愿意上我们家？难道是您不放他来吗？我们知道他可以随便行动。我不好意思叫他，他首先应该想起来，如果没有忘记的话。是啊，他现在要拯救自己的灵魂呢！您干吗给他穿上这件修道长袍……他一跑就会绊倒的……”

突然，她忍不住用手蒙住了脸，不可抑止地大笑起来，这是一种长长的、神经质的、颤抖而无声的笑。长老微笑着听她说完后充满温情地为她祝福。她开始吻他的手，猛地把他的手按在自己眼睛上，哭了起来。

“您别生我的气，我是傻瓜，一钱不值……也许阿廖沙做得对，他不愿理睬我这样可笑的人，这样做是很对的。”

“我一定让他到您那儿去。”长老说得很果断。

五　必定如此，必定如此！

长老离开修道室有二十五分钟左右。已经过了十二点半，可德米特里·费奥多罗维奇依然不见踪影。大家就是为了他才聚集到这儿的，可是好像都把他给忘了。长老重新回到修道室，看到客人们正在热烈地交谈。谈兴最浓的是伊凡·费奥多罗维奇和两位司祭。看样子米乌索夫也热烈地参与了谈话，不过他又不走运，显然处于次要地位，大家甚至很少理睬他，也许这新的情况使他憋在肚子里的火气越来越大。事情是这样的，在这之前他就跟伊凡·费奥多罗维奇在见识方面有过一番较量，他不能无动于衷地忍受对方的那种不屑一顾的态度。他内心想道：“直到如今我至少一直站在欧洲的进步立场上，可这新的一代人根本不把我们放在眼里。”

费奥多尔·巴夫洛维奇暗暗下了决心要安安稳稳地坐在椅子上保持沉默。他也确实沉默了一段时间，不过他还是脸带嘲笑地注视着自己的邻座彼得·亚历山德罗维奇。看到他在光火，显然有点幸灾乐祸。由于某种原因，他早就想报复他一下，因此现在不愿错过这个机会，最后终于按捺不住，凑近邻座的肩膀，悄悄地再次逗引他：“刚才‘热情地吻手’之后您为什么没有离开，而愿意留在这伙不体面的人中间呢？那是因为您觉得受了欺凌和侮辱，留下来想进行报复，想显示一下自己的聪明才智。在没有向大家显示自己的智慧之前，现在您是不会走的。”

“您又来这一套了？恰恰相反，我马上就走。”

“要走您也走得比任何人都迟！”费奥多尔·巴夫洛维奇又刺了他一句。这时候正好长老回来了。

争论停止了一会儿，长老坐到原来的位置上，扫了大家一眼，似乎客气地请大家继续谈下去。对长老的几乎每一种面部表情都深有研究的阿廖沙清楚地看到，他已经疲惫不堪，但还在勉强支撑着。自从生病以来，他常常因为虚弱而晕倒。现在，他脸上又出现了晕倒前的那种苍白，嘴唇没有一点儿血色。可是他显然不想让大家散去。看样子他有他的目的。究竟是什么目的呢？阿廖沙目不转睛地注视着他。

“我们正在议论他那篇非常有趣的文章，”管理图书的约瑟夫司祭指着伊凡·费奥多罗维奇对长老说，“他提出了许多新的见解，但他的中心思想似乎可以有两种解释。关于宗教社会法庭及其权力范围这个问题，有位宗教界人士曾经写过整整一本书，他在杂志上刊登的文章就是回答那位教会人士的……”

“遗憾的是我没有拜读过您的大作，不过我听人说起过。”长老回答说，锐利的目光盯着伊凡·费奥多罗维奇。

“他的观点很有意思，”管理图书的司祭继续说道，“在宗教社会法庭问题上他似乎坚决反对教会和国家分离。”

“这很有意思。但是从什么意义上否定的呢？”长老问伊凡·费奥多罗维奇。

他终于回答了长老的问话，但态度并不像阿廖沙头天担心的那样倨傲，而是谦虚谨慎，彬彬有礼，绝无含沙射影的意味。

“我的依据是，混淆两种因素，即混淆教会和国家根本性质的现象将会长期存在，虽然这两者不能混为一谈，也绝对不可能使这两者处于正常的或者哪怕是起码的协调状态，因为这样做从根本上说就隐藏着虚伪。依我之见，国家和教会之间要在司法这类问题上实行妥协，就其纯粹的全部实质而言，是绝对不可能的。我的论敌，那位宗教界人士断言，教会在国家中应有明确的地位。而我则反驳他说，恰恰相反，教会本身应该包括整个国家，而不是仅仅在其中占据一席之地。如果说现在由于某些原因还难以做到，那么无疑应当成为基督教社会今后进一步发展的直接的首要目标。”

“完全正确！”巴伊西神甫，那位沉默寡言、学问渊博的司祭坚决而神经质地说。

“这是彻头彻尾的教权无限论！”米乌索夫喊道，不耐烦地把一条腿架到另一条腿上。

“咳，可我们这里根本没有什么山[①]啊！”约瑟夫神甫扬声道，接着又对长老说：“请注意，他还反驳了自己的论敌，那位宗教人士这样一些‘基本的实质性的’观点。第一，‘无论哪一个社会团体不可能也不应该谋取支配其成员民事和政治权利的权力’。第二，‘刑事和民事诉讼权不应该属于教会，这与教会的本质是不相容的，因为教会是神的机构，是人们为了宗教目的而组成的团体’。第三，‘教会是世外的天国’……”

---

① 教权无限论是指发端于15世纪、广泛流行于19世纪的一种学说，认为教会应绝对服从教皇，而教皇有权干预各国内政。“教权无限论”一词源于拉丁语，意为“在山后面”，故有此说。

“教会人士这样玩弄词句未免太无聊了！”巴伊西神甫忍不住又打断他说。“我读过您所反驳的那本书，”他对伊凡·费奥多罗维奇说，“我对这位教会人士居然说出‘教会是世外的天国’这样的话感到惊讶。既然是世外，那么也许就根本不可能在人间存在。福音书里‘世外天国’这句话也不是这个意思。玩弄这些辞藻是不行的。我们的主耶稣基督来到人间就是要在地上建立教会，天国自然不在人间，而在天上，但是只有通过人间的教会才能进入天国，因此在这个意义上使用世俗的双关语是不应该也是不合适的。教会才是真正的天国，注定要成为主宰，最终无疑将成为人间的天国——这是我们的夙愿……”

他突然沉默了，似乎克制住了自己。伊凡·费奥多罗维奇恭恭敬敬地仔细听完了他的话，然后怀着异常平静的心情，依然愉快而坦率地对长老说：

“我那篇文章的中心思想是这样的：在古代，基督教最初的三个世纪里，基督教仅仅是作为一种宗教而出现在世界上，而且也只是一种宗教而已。但是当异端的罗马帝国想成为基督教国家的时候，必然出现这样的情况：这个国家虽然成了基督教国家，但只是把教会包括在自身之内，在许多方面依然是异端的国家。其实，出现这种情况是必然的，不可避免的。但是罗马作为一个国家，依然保留了许许多多异端的文明和智慧，甚至连国家的目的和基础这些东西都保存下来了。而基督教会进入国家之后，当然不可能再从自己的基础、从自己赖以存在的基石上后退半步，它必然要追求上帝已经明确提出并指明的那些目的：把整个世界——当然也包括那个古代的异端国家——变成教会。因此，作为未来的目的，并非像我所反驳的那位作者所说的那样，应该由教会这个‘社会团体’或者‘人们为了宗教目的组成的联盟’在国家中谋取一个位置，恰恰相反，世界上的任何一个国家理所当然地要完全演变成教会，并且也只能成为教会，而不是别的，要放弃与教会相左的种种目的。这一切丝毫不会降低它的地位，不会剥夺它作为一个大国的荣誉，影响它的统治者的显赫声名，只会使它离开异端的邪路，走上唯一能引向永恒目的的光明大道。所以，《宗教社会法庭原理》一书的作者在探讨并提出这些原理的时候，假如能把它们仅仅看作一种临时的、对我们这个罪孽深重的尚未结束的时代来说必不可少的折中办法，而没有别的意思，那么他的判断是正确的。可是只要这些原理的制造者敢于宣称他现在所提出的这些原理——其中有一部分刚才已被约瑟夫神甫列举过了——是不可动摇的，合乎自然的，永恒不变的，那就是直接反对教会及其神圣的、永恒的、不可动摇的使命。这就是我那篇文章的全部内容。”

“简而言之，”巴伊西神甫一字一顿地说，“根据其他一些在我们十九世纪阐述得已经十分清楚的理论，教会应该演变成国家，就像从低级形态上升为高级形态，让位于科学、时代精神和文明，然后完全消失。如果它不情愿或者抗拒，那只能在国家中留给它一个小小的角落，而且还要加以监督——这种情况在当代的欧洲各国都是普遍存在的。但根据俄国人的理解和希望，却不是让教会演变为国家，从低级形态上升为高级形态，恰恰相反，国家最终应该成为教会，而不是别的。将来必定如此，必定如此！”

“我得承认，现在您多少给我增添了一点儿勇气。”米乌索夫冷冷一笑，两条腿又替换了一下位置，“据我的理解，这也许是要实现某种无限遥远的、基督第二次降生时才能实现的理想。反正怎么说都行。这是一种再也没有战争、没有外交官、没有银行等等的极其美妙的乌托邦幻想。在某些方面甚至有点像社会主义。而我原来还以为这一切都是要认真实行的，譬如说，教会**现在**就要审理刑事案件，判处鞭刑和苦役，也许还有死刑。”

“假如现在只有一个宗教社会法庭，那么教会也不会把人送去服苦役或者送上绞刑架。罪行以及对罪行的看法到时候无疑会发生变化，当然是渐渐地改变，不是突变，也不是现在马上就变，但是速度相当快……”伊凡·费奥多罗维奇说，平静得连眼睛也不眨一下。

“您是认真说的？”米乌索夫盯着他说。

“假如一切都变成了教会，那么教会就会把犯了罪的人和不服从的人开除出去，而不是去砍他们的脑袋。”伊凡·费奥多罗维奇继续说道，“我问您，被开除的人出路何在？要知道那时候他们不但应该像现在这样远离人群，而且要离开基督。他们犯罪不但意味着他们跟人类作对，而且也是跟基督教为敌。当然，严格说来，现在也是如此，但毕竟没有明确宣布，因此现在的罪犯常常这样自欺欺人：‘我偷了东西，但不是冒犯宗教，我不是基督的敌人。’现在的罪犯经常这样安慰自己，但是教会一旦取代了国家，那时候他就很难这样安慰自己了，除非他否定世间的整个宗教：‘大家都犯错误，大家都搞歪门邪道，大家都是假基督徒，只有我这个杀人凶手和窃贼才代表真正的基督徒。’这种话是很难说出口的，这需要特殊的条件，需要百年不遇的环境。现在请您从另外一个角度重新审视宗教本身对犯罪的看法：难道不应该抛弃现在那种近乎异端的观点吗？难道不应该改变如今通行的那种为了保护社会而机械地开除腐败分子的做法，彻底地而不是虚伪地转变成拯救人、复活人的观念吗？……”

“此话怎讲？我又不明白了。”米乌索夫打断说，“又是一种幻想，一种模糊的东西，而且无法理解。什么叫开除？开除是什么意思？我怀疑，伊凡·费奥多罗维奇，您简直是在开玩笑。”

“实际上现在就是这样。”长老突然说道，大家一下子把脸都转向他，“假如现在没有基督教会，那么罪犯作恶就没有任何阻拦，事后也不会对他进行惩罚。这里指的惩罚是真正的惩罚，并非他们刚才所说的那种表面的、在多数情况下只能刺激心灵的惩罚，而是真正的惩罚，唯一有效、唯一令人生畏、使人安分、能唤醒良知的惩罚。”

“请问，这是为什么呢？”米乌索夫十分好奇地问道。

“这是因为，”长老开始解释，“流放、苦役以及从前的鞭刑等办法，都不可能改造任何人，更主要的是几乎不可能使任何一名罪犯感到害怕，因此犯罪的人数非但不会减少，相反会越来越多。这一点您不得不承认。最后的结果是，社会根本得不到保护，虽然犯罪分子被机械地开除了，而且被流放到远方，眼前清静了，但是马上会有另外一名甚至两名罪犯来代替他的位置。如果说在我们这个时代还有什么东西能够保护社会，甚至改造罪犯本人，使罪犯重新做人，那就是体现在人的良知中的基督的法则。只有意识到自己作为基督社会即教会的儿子犯下了罪孽，他才会承认自己对社会即教会犯下了罪孽。因此，现代的罪犯只能在教会面前，而不是在国家面前，承认自己有罪。假如法庭从属于作为教会的社会，那么社会就应该知道把什么人从放逐中接回来，重新吸收他成为自己的成员。可现在呢，教会没有任何有效的法庭，只能从道义上进行审判，因而自行放弃了对罪犯卓有成效的惩罚。教会不能把罪犯开除出去，只能不断地给予他慈父般的教诲。不仅如此，教会甚至应该努力跟罪犯保持所有宗教事务的联系：让他参加礼拜，允许他领圣餐，赐予他礼物，待他像俘虏一样，而不是把他当作罪犯。假如连基督的社会即教会也像民法那样排斥他，抛弃他，那么，天哪，罪犯会怎么样呢？假如在国法惩罚罪犯之后教会每一次立即再用开除的办法惩罚他，那会造成什么结果呢？除了绝望，不可能有更好的结果，至少对俄国的罪犯来说是这样，因为俄国的罪犯毕竟还信奉上帝。但是谁知道呢，也许那时候会发生更可怕的事情——罪犯那颗绝望的心灵可能失去对上帝的信仰。到时候怎么办呢？教会就应该像一位慈祥的充满爱心的母亲，放弃积极的惩罚，因为即使没有她的惩罚，罪犯受到国家法庭的惩罚已经够严厉的了。总得有人怜悯他吧。之所以要放弃惩罚，主要是因为宗教法庭是唯一拥有真理的法庭，因而甚至不可能与任何其他的法庭在本质上或道义上结合起来，也不可能实行暂时的妥协。这方面不能做交易。据说外国的罪犯很少有忏悔的，因为即使那些最现代的学说都竭力使他相信，他的罪行不是罪行，而是对横行霸道的压迫势力的反抗。社会依靠那股制服他的势力，用完全机械的方式强行将他排除出去，同时对他还怀着仇恨（至少欧洲人自己这么说的），对这位亲兄弟今后的命运漠不关心。在这些事情上教会没有表示丝毫的怜悯，因为多数情况下已经根本不存在什么教会，只剩下那些教职人员和富丽堂皇的教堂，教会本身早已热衷于从低级形态转化为高级形态，转化为国家，以便最终完全消融在国家里面。至少在那些信奉路德教的国家里情况就是这样。至于罗马，公开宣布国家取代教会已经有一千年的历史了。因此，罪犯本人已经不再意识到自己是教会的一员，被开除以后，就陷于绝望之中。即使重新回到社会，内心往往还怀着强烈的仇恨，以致认为社会与他格格不入。最后会出现怎样的结局，你们自己可以做出判断。在许多情况下，我们这里的情况也大致如此。但问题在于，除了已经设立的那些法庭，还存在着教会，教会永远不会跟罪犯断绝联系，始终把罪犯当作自己可爱的宝贝儿子，不仅如此，至少在思想上也还保留着教会的法庭，虽然这法庭目前还缺少行动，但为了未来还依然存在——哪怕只存在于幻想之中，而且这教会的法庭已经被罪犯本人所承认，被他心灵的本能所承认。刚才这里所说的话颇有道理，如果真的出现了教会的法庭，而且拥有全部权力，也就是说整个社会变成了教会，那么教会的法庭能够以前所未有的力量促进罪犯的改造，甚至犯罪的数量也会大大减少。毫无疑问，教会对于未来的罪犯和未来的罪行的理解，在许多情况下也会跟现在大不一样，而且能使被开除的人重返社会，使图谋不轨的人得到警告，使堕落的人获得拯救。当然（长老苦笑了一下），基督教社会本身目前尚未成熟，仅仅依靠七名圣徒才得以存在；但是既然这些圣徒人数不会减少，所以教会便不可动摇地依然存在，等待着社会从几乎带有异端特征的团体彻底演变成全世界统一的、主宰一切的教会。这一定会实现，哪怕要等待千百年也一定会实现，因为这是注定要实现的！也大可不必为了时间和期限的漫长而苦恼，因为时间和期限的奥秘在于上帝的智慧，在于他的预见和他的爱。如果按照人类的企盼尚需漫长的岁月，那么按照上帝的预见也许已经处于来临的前夜，已经走近它的门槛了。这必定如此，必定如此！”

“必定如此，必定如此！”巴伊西神甫虔诚而庄严地附和说。

“奇怪，太奇怪了！”米乌索夫说。他的口气并不激动，但似乎隐含着愤怒。

“究竟什么东西使您感到这样奇怪？”约瑟夫神甫小心翼翼地问。

“这究竟是怎么回事？”米乌索夫突然怒气冲冲地大声问道，“取消人世间国家，让教会上升到国家的地位！这不但是教皇权力无限论，简直是超级教皇权力无限论！这是格里高利教皇七世[①]做梦也没有想到的！”

“您的理解完全相反了！”巴伊西神甫严肃地说，“不是教会变成国家，这一点您要明白。那是罗马和它的幻想。那是魔鬼的第三次诱惑[②]！恰恰相反，国家应该变成教会，应该上升到教会的地位并成为全世界的教会——这跟教皇权力无限论，跟罗马，跟您的理解是截然相反的，这只不过是正教在世界上的伟大使命。这颗灿烂的明星将从东方升起。”

米乌索夫威严地沉默着。他的整个姿态全部表示出一种非同寻常的自尊感。他嘴边浮起一种居高临下却又宽宏大度的微笑。阿廖沙怀着一颗狂跳不已的心注视着这里发生的一切。这场谈话自始至终使他浑身感到激动不安。他偶尔看了拉基京一眼，拉基京一动不动地站在门口原来的那个位置上，全神贯注地在倾听和观察，虽然他低垂着双眼。可是从他脸颊上飞起的一阵阵红晕来看，阿廖沙猜到连拉基京也激动万分，其程度并不亚于他自己。阿廖沙知道他为何这样激动。“先生们，请允许我给诸位讲一段小小的趣闻。”米乌索夫突然一本正经地说道，神情显得特别严肃，“我在巴黎的时候，那是好几年以前的事了，就在十二月政变[③]之后不久，有一次去拜访一位非常重要的当时还握有大权的人物，在他的家里碰到一位非常有趣的先生。这家伙不仅本人是个密探，好像还是一大批政治密探的头目——在某种意义上说这也是个权力相当大的人物。出于极大的好奇，我乘机跟他聊了一番。他不是主人的朋友，而是作为一名下属官员前来汇报工作，所以他看见我受到他上司的接待，便跟我谈得比较坦率——当然喽，这种坦率只限于一定程度，与其说是坦率，倒不如说是出于礼貌，法国人本来就很讲究礼貌，更何况他见我是个外国人。但是我非常明白

---

① 格里高利于1073—1085年任罗马教皇，主张教皇权力至高无上。

② 详见《圣经·新约·马太福音》第4章第8—10节。

③ 指1851年12月2日路易·波拿巴发动军事政变，建立独裁政权。

他的意思。话题是关于当时正受到搜捕的社会革命党人。现在我把谈话的实质撇开不谈，只说说这位先生突然脱口而出的那些非常有趣的话：‘那些形形色色的社会主义者，什么无政府主义者啊，无神论者啊，革命党啊，我们倒并不十分害怕，我们监视他们，他们的动向我们都掌握，可是他们中间有些人，虽然数量不多，但很特别，他们信奉上帝，是基督徒，同时又是社会主义者。我们怕就怕这些人，这是些十分可怕的人！既是社会主义者又是基督徒的人比不信上帝的社会主义者更可怕。’这些话当时就令我十分惊讶，现在我听了你们的话，先生们，不知为什么又突然想起来了……”

“这么说来，您想把这些话强加到我们头上，认为我们也是社会主义者吗？”巴伊西神甫没有转弯抹角，直截了当地喊道。可是还没等彼得·亚历山德罗维奇回话，门突然开了，姗姗来迟的德米特里·费奥多罗维奇走了进来。大家似乎真的不再等他了，他的突然出现在最初的一刹那间使大家甚至感到有点惊讶。

六 这种人活着有什么用！

德米特里·费奥多罗维奇是个二十八岁的青年，中等身材，一张端正的脸，不过看上去比实际年龄要大得多。他肌肉发达，可以想见他的力气很大，但是他脸上似乎有一种病态。他的脸相当消瘦，两颊陷了下去，带一点儿不健康的灰黄色。一双黑色的大眼睛向外鼓着，虽然显得坚定而固执，但多少有点游移不定。即使他情绪激动、怒气冲冲说话的时候，他的目光也并不服从他内心情绪的指挥，往往流露出另外的、有时候跟他的情绪完全不一致的神色。“猜不透他在想些什么。”跟他说话的人有时候会这样议论他。有的人看到他目光中流露出沉思和忧郁的神色，可往往会被他突如其来的笑声弄得莫名其妙，这笑声说明正当他眼神中露出忧郁的时候，他脑子里恰恰想着快活有趣的事情。不过，他脸上的某种病态在目前倒是可以理解的：大家都知道或者听说过，最近他在我们这儿正沉湎于那种令人担忧的“荒淫无度”的生活。同样，大家也都知道，他跟他父亲为了一笔有争议的钱款而大动肝火。关于这件事，全城都在流传不少笑话。其实，他生来就容易发火，正如我们这儿调解法官谢苗·伊凡诺维奇·科恰尔尼科夫在一次会上一针见血指出的那样：“他容易冲动，神经不正常。”他走进来的时候衣着十分讲究，无可挑剔，常礼服的纽扣全都扣着，戴着一双黑手套，拿着一顶高筒礼帽。作为一名退役不久的军人，他蓄着唇须，深褐色的头发理得很短，两边的鬓角向前翘着。他走路迈着果断的大步，颇有军人风度。他在门口站了片刻，用目光朝大家扫了一遍，他猜想长老是这里的主人，便径直向他走去。他深深地向长老鞠了一躬，请求为他祝福。长老站起来为他祝福。德米特里·费奥多罗维奇恭恭敬敬地吻了吻他的手，然后激动异常地、几乎气恼地说道：

“请您多多原谅，让您久等了。不过，关于时间的问题，我反复问过父亲派来的仆人斯梅尔佳科夫，他两次毫不含糊地回答说，约定在一点整。现在我才知道……”

“别担心，”长老打断他说，“没关系，迟到了一会儿，没什么大不了的……”

“非常感谢您，我知道您一向是宽容大度的。”德米特里·费奥多罗维奇打断他说，接着又深深鞠了个躬，然后突然转过身向自己的父亲也恭恭敬敬地深鞠一躬。很显然，这样鞠躬他事先早已仔细考虑过，而且也是出于真心，认为自己有责任用这样的方式表示自己的敬意。费奥多尔·巴夫洛维奇虽然一时间有点不知所措，但立即用自己的方式找到了应付的办法：为了向德米特里·费奥多罗维奇还礼，他从椅子上一跃而起，也向儿子郑重其事地鞠了个躬。他脸上的表情突然变得一本正经，不过这反而使他显得十分凶狠。德米特里·费奥多罗维奇接着向所有在场的人都鞠了个躬，然后迈着果断的大步走到窗前，在离巴伊西神甫不远处唯一空着的椅子上坐下，整个身子向前倾着，准备倾听刚才那场被他打断了的谈话。

德米特里·费奥多罗维奇的出现只占去了不到两分钟时间，因此谈话自然而然地恢复了。但是对于巴伊西神甫提出的那个固执的近于恼怒的问题，彼得·亚历山德罗维奇现在认为无须回答了。

“请允许我撇开这个话题，”他用社交场合那种漫不经心的口吻说道，“况且这话题也太深奥了。你们瞧，伊凡·费奥多罗维奇正在笑我们呢，也许他对这个问题的见解令人感兴趣，不妨听听他的高见吧。”

“我没什么要说的，只有一个小小的意见。”伊凡·费奥多罗维奇马上回答说，“一般说来，欧洲的自由派，甚至我们俄国的那些一知半解的自由派，早就把社会主义和基督教的最终目标混为一谈了。这种粗暴的结论当然是他们的一种特征。不过，把社会主义和基督教混为一谈的不仅仅有自由派以及一知半解的自由派，在许多情况下还包括宪兵，当然是外国的宪兵。您说的发生在巴黎的那个笑话是很有代表性的，彼得·亚历山德罗维奇。”

“这个话题请您不必再谈了。”彼得·亚历山德罗维奇再次重申道，“我倒想给诸位讲一个关于伊凡·费奥多罗维奇本人的笑话，非常有趣也非常典型。就在前不久，四五天之前吧，在这里的一次多半是女士参加的聚会上，他在争论中郑重宣布，全世界绝对没有任何东西能使人爱自己的同类，根本不存在那种‘人爱人类’的自然法则，如果说世界上曾经有过，并且至今还存在着爱，那并不是由于这样的自然法则，而仅仅是因为人们相信自己的永生。伊凡·费奥多罗维奇还补充说，整个自然法则便是这样，因此人类对自己永生的信念一旦遭到毁灭，那么不仅爱，甚至连尘世生活得以继续的种种活力也将立即消失。不仅如此，那时候也就无所谓什么道德不道德了，人们可以为所欲为，甚至吃人肉喝人血的事情也是允许的了。这样说他还嫌不够，最后结束时还断言，对于每一个像我们现在这样既不信上帝又不信自己永生的个人来说，自然的道德原则应该立即变成与以前那种宗教法则截然相反的东西；而利己主义，即使是达到了暴行程度，不仅应该得到允许，而且被认为是摆脱困境的一条最合理、几乎是最高尚的必由之路。先生们，根据这种荒谬的说法，你们完全可以想象我们这位可爱的滑稽演员和奇谈怪论的高手伊凡·费奥多罗维奇所宣扬和打算宣扬的其他种种理论了。”

“且慢，”德米特里·费奥多罗维奇突然出人意料地大声说，“不知道我有没有听错。‘暴行不仅应该得到允许，而且被认为是任何一个不信上帝的人摆脱困境的最聪明的必由之路！’是不是这样说的？”

“正是这样。”巴伊西神甫说。

“我一定牢记。”

说完，德米特里·费奥多罗维奇又突然沉默不语了，跟刚才他插话时一样突然。大家好奇地看着他。

“难道您真的坚信人们丧失了灵魂不死的信念就会产生那种后果吗？”长老突然问伊凡·费奥多罗维奇。

“是的，我是这样说的，没有灵魂不朽，便没有道德。”

“既然您有这样的信念，那您会感到十分愉快，或者非常不幸！”

“为什么不幸？”伊凡·费奥多罗维奇笑着问。

“因为很显然，您自己既不相信您灵魂不死，甚至也不相信您写的关于教会和教会问题的文章。”

“也许您说得对！不过我不完全是开玩笑……”伊凡·费奥多罗维奇突然奇怪地承认，但马上脸红了。

“您不完全是开玩笑，那倒是真的。这观念在您内心还没解决，因此在折磨您的良心，但是受折磨的人有时候喜欢拿自己的绝望来解闷，就像因为绝望而寻开心一样。您现在正是由于绝望才在杂志上写文章，在社交场合与别人争论，以此取乐，您自己不相信自己的论证，而且怀着痛楚的心情在暗中加以嘲笑……这个问题在您内心没有得到解决，您最大的悲哀就在这里，因为这是非解决不可的……”

“这问题在我内心能解决吗？能朝着肯定的方向解决吗？”伊凡·费

奥多罗维奇奇怪地问道，脸上依然带着一种捉摸不透的微笑望着长老。

“如果不能朝肯定的方向解决，那么也永远不会朝否定的方向解决，对您自己心灵的这个特征您是知道的，您内心的全部痛苦就在这里。但是您应该感谢造物主给了您一颗高尚的心，能感受这般痛苦，能‘思考并探索天上的事物，因为我们的住所在天上’。愿上帝保佑您能在人间解除心灵的疑虑，祝福您的前程！”

长老举起手准备在座位上为伊凡·费奥多罗维奇画十字，可伊凡·费奥多罗维奇突然从椅子上站起来，走到他跟前，接受了他的祝福，吻了吻他的手，又默默地回到自己的座位上。他的态度非常坚决非常认真。他的这个举动，以及在此之前出乎大家意料的跟长老的那番谈话，都因为令人费解甚至带点庄严的意味而使大家惊讶得暂时停止了谈话，而阿廖沙脸上则露出了近乎惊恐的神色。米乌索夫突然耸了耸肩膀。费奥多尔·巴夫洛维奇则从椅子上突然站起来。

“神圣的长老！”他指着伊凡·费奥多罗维奇说，“这是我的儿子，我的亲生骨肉，我最心爱的骨肉。这是我最最受人尊敬的卡尔·穆尔[①]，而刚才进来的儿子德米特里·费奥多罗维奇，也就是我要求您加以管教的这个儿子，他是最最不受人尊敬的弗兰茨·穆尔，他们俩都是席勒的《强盗》中的人物，而我呢，我自己在这种场合就成了掌权的冯·穆尔伯爵！[②]请您评评理，拯救我们！我们不仅需要您的祈祷，还需要您的预言。”

“您说话不要装腔作势，也不要一开始就侮辱自己的家人。”长老用微弱无力的声音回答说。他显然累了，越来越累，越来越没有力气。

“一场卑鄙的闹剧，我到这儿来的路上就预感到了！”德米特里·费

---

① 卡尔和弗兰茨分别是穆尔伯爵的长子和次子。卡尔因弗兰茨的离间而被父亲逐出家门，做了强盗。

② 原文为德文。

奥多罗维奇同样从椅子上跳起来，气愤地大声说道。“对不起，神甫，”他转身对长老说，“我是个粗人，甚至不知道该怎样称呼您，但是您上当了，您太善良了，居然允许我们聚在您这儿。我父亲需要的只是吵架，至于为什么——那只有他心里有数。他始终有他自己的打算。不过我现在也好像知道是为什么了……”

“他们全都责怪我，一股脑儿地责怪我！”费奥多尔·巴夫洛维奇也大声喊道，“连彼得·亚历山德罗维奇也责怪我。您责怪我了，彼得·亚历山德罗维奇，您责怪我了！”他突然转身对米乌索夫说，虽然米乌索夫不想打断他，“他们责怪我，说我把孩子们的钱藏到靴子里，侵吞了一半。但是请问，难道就没有王法了吗？法院会给您搞清楚的，德米特里·费奥多罗维奇。根据您的收据、信件和契约，可以算出您总共有多少，花掉了多少，还剩多少！为什么彼得·亚历山德罗维奇避而不谈呢？对他来说德米特里·费奥多罗维奇又不是陌生人。这是因为大家联合起来反对我，而说到底德米特里·费奥多罗维奇还欠我的呢，而且不是什么小数目，有好几千呢。这我有全部凭证！他的荒淫无耻闹得满城风雨！在他原先服役的那地方，他不惜花一两千卢布去勾引良家姑娘。这些事情，德米特里·费奥多罗维奇，我们连最秘密的细节都知道，我可以证实……神甫，您相不相信：他使一位出身名门、品行高尚的姑娘爱上了他。那姑娘的父亲是他原来的上司，一位功勋卓著、脖子上挂着带剑安娜奖章的上校。他向姑娘求婚，因而损害了她的名声。现在他的未婚妻成了孤儿，眼下就在这城里，可他倒好，就在这姑娘的眼皮底下跟这里一位出卖色相的女人往来。虽然这个出卖色相的女人跟一位尊敬的人物同居，可她具有独立的人格，对大家来说是座攻不破的堡垒，完全像一位合法的妻子，她品行高尚，是的，神甫，她品行高尚！而德米特里·费奥多罗维奇想用金钥匙打开这座堡垒，所以他现在跟我胡搅蛮缠，想从我身上刮一笔钱，到目前为止他在这女人身上已经花掉了好几千卢布，为了这个目的，他不断地借债，顺便说一句，您知道这钱是向谁借的？要不要说出来，米佳？”

“闭嘴！”德米特里·费奥多罗维奇吼道，“等我出去了您再说也不迟，不许您当着我的面侮辱一位高贵的女士……只要您再胆敢提到她一句，对她就是一种侮辱……我决不允许！”

他喘着粗气。

“米佳啊，米佳！”费奥多尔·巴夫洛维奇带点神经质地喊道，同时还挤出了几点眼泪，“您连父亲的祝福也不当回事吗？如果我诅咒你，那会怎么样呢？”

“无耻！虚伪！”德米特里·费奥多罗维奇在狂怒中吼道。

“他居然这样咒骂自己的父亲！自己的父亲！对别人更不知道会怎样呢！先生们，请你们想象一下：这里有位贫困然而受人尊敬的退伍大尉，他遭到了不幸，被开除了公职，不过没有公开，没有经过法院审理，还保留着所有的名誉。他家里人口多，负担重。而在三个星期之前，我们的德米特里·费奥多罗维奇在酒馆里一把抓住他的胡子，揪着他的胡子把他拖到街上，当众把他痛打了一顿，就因为他担任了我一件小买卖的不公开的代理人。”

“完全是胡说！表面上像真的一样，实际上都是假的！”德米特里·费奥多罗维奇气得浑身发抖，“爸爸！我不想为自己的行为辩护。是的，我可以当众承认：我对这位大尉的态度粗暴得跟野兽一样，现在我也为自己像野兽那样发怒而感到后悔，并且讨厌自己，可您的那位大尉，您的那位代理人居然到您所说的那位以色相勾引男人的女士那儿代表您向她提出建议，由她收下我那些保留在您手里的票据，如果我过分坚持就财产问题跟您算账的话，就由她向法院起诉，让法院根据这些票据把我关进监狱。您现在指责我拼命追求这个女人，可是您自己却又唆使她来勾引我！这是她当面对我讲的，是她亲口告诉我的，一面说还一面嘲笑您呢！您想把我送进监狱，这完全是因为您为了这个女人而忌妒我，因为您自己也开始向这个女人求爱。这情况我也一清二楚，这也是她告诉我的，也是一面说一面还嘲笑您呢——您听见没有，她还嘲笑您呢。各位神甫，在你们面前的就是这样一个人，就是这样一个指责浪荡儿子的父亲！各位见证人，请你们原谅我肝火太旺，但是我预感到，这个诡计多端的老头把你们大家召集到这儿的目的就是为了吵架。我来此地的目的就是为了饶恕他，假如他肯把手伸给我，我就饶恕他，也请他饶恕我！可是因为他一上来不仅侮辱了我，而且侮辱了那位高贵的女士——出于对这位女士的崇拜，连她的名字我都不敢无缘无故地提起，所以才下决心当众彻底揭穿他这一套把戏，尽管他是我的父亲！……”

他再也说不下去了，他两眼冒火，呼吸急促。修道室的人一个个都很激动。除了长老，所有的人都赶忙站起来。两位司祭神色严峻，但还在等待长老表态。长老坐在那儿，脸色煞白，不过并非由于激动，而是因为病体虚弱。他嘴上闪动着央求的微笑，他不时举起一只手，似乎想让狂怒的人们安静下来，当然，他的一个手势就足以使这出戏收场。可他自己也似乎在期待着什么，专心致志地观察着，似乎有什么事情自己还不明白，希望进一步弄清楚。最后，彼得·亚历山德罗维奇·米乌索夫终于彻底感到自己受了侮辱，大丢面子。

“对于刚才发生的这场争吵我们大家都有责任！”他激昂慷慨地说，“不过我到这儿来的路上没有料到会这样，虽然知道是在跟什么人打交道……这件事应该马上结束！尊敬的长老，请您相信，对于刚才这里揭露出来的种种细节原来不太清楚，也不愿意相信这些事情，直到现在我才第一次听说……当父亲的为了一个行为放荡的坏女人而吃儿子的醋，而自己又跟那畜生合谋把儿子送进监狱……现在我又被迫跟这一伙人到这儿来……我受骗了，我向大家声明，我上的当不比别人小……”

“德米特里·费奥多罗维奇！”费奥多尔·巴夫洛维奇突然吼叫起来，连声音都变了，“假如您不是我儿子，我会立即找您决斗……用手枪，距离三步……蒙上手帕！蒙上手帕！”说到最后他连连跺脚。

那些一辈子都在演戏的撒谎老手，往往会完全投入角色，真的会激动得浑身颤抖，热泪盈眶，尽管就在这一刹那，或者一秒钟之后，他们会对自己说：“这是在撒谎呀，你这不要脸的老东西，你现在还是在演戏，尽管你是在‘神圣的’时刻发泄‘神圣的’愤怒。”

德米特里·费奥多罗维奇脸色铁青，怀着难以形容的轻蔑看了父亲一眼。

“我原来想……我原来想……”不知道为什么他说话声音很轻，语气也很克制，“带着我心灵的天使，我的未婚妻，回到家乡是要给他的晚年增添一点儿乐趣，可现在看到的只是一个淫荡的色鬼和卑鄙的小丑！”

“决斗！”老头儿又大喊大叫，喘着粗气，唾沫横飞，“而您，彼得·亚历山德罗维奇·米乌索夫，您该知道，先生，你们那个家族中间过去和现在还从来没有比这女人更高尚更诚实——听见没有——更诚实的人了，而您刚才居然胆敢骂她是畜生！而您，德米特里·费奥多罗维奇，居然想用您的未婚妻来换取这个‘畜生’，那您自己肯定认为您的未婚妻还不如她的一只脚后跟，这就是你们所说的‘畜生’的身价！”

“可耻！”约瑟夫神甫忍不住脱口而出。

“真是没羞没臊！”一直默不作声的卡尔加诺夫突然用激动得发抖的少年所特有的声音喊道，他的整个脸都涨得通红。

“这种人活着有什么用！”德米特里·费奥多罗维奇闷声闷气地吼道，他气得近乎发狂，不知为什么两只肩膀耸得老高，因而身体几乎佝偻着。“请问，还能让他玷污大地吗？”他用手指着老头，看了看大家，一字一顿地说。

“听见没有，修士们，你们听见没有，这逆子居然想杀死亲生父亲！”费奥多尔·巴夫洛维奇冲着约瑟夫神甫吼道，“这就是对您所说的‘可耻’的回答！有什么可耻？那‘畜生’，那‘品行恶劣’的女人也许比你们这些修行的司祭先生们更圣洁！也许她年轻时受环境的影响曾经堕落过，可她有‘广博的爱’，而博爱的女人是连基督也会饶恕的……”

“基督不会宽恕这种爱……”向来温和的约瑟夫神甫也憋不住突然冒出了这句话。

“不，是这种爱，正是这种爱，修士们，就是这种爱！你们在这里吃素修行，自以为品行高洁！你们吃鮈鱼，每天吃一条，就认为可以用鮈鱼买通上帝了！”

“太不像话了，太不像话了！”只听见从修道室的四面八方发出一片喊叫。

然而这个荒唐的场面却以一种最出乎意料的方式结束了。长老突然从位置上站起来。阿廖沙刚才因为替长老也替大家担心而几乎不知所措，这时候赶紧上前挽住他的胳臂。长老朝德米特里·费奥多罗维奇走去，一直走到他跟前，在他面前跪下来。阿廖沙起初还以为他是由于虚弱而跪下的，其实不然。长老双膝下跪，向德米特里·费奥多罗维奇行了一个一丝不苟、完全清醒的大礼，额头都触到地面了。阿廖沙惊讶得连他站起来的时候都没来得及去扶他一把。长老的嘴上微微露出一丝笑容。

“宽恕吧！宽恕一切！”说着他向四周的客人鞠躬。

德米特里·费奥多罗维奇一时间站在那儿完全呆住了。向他下跪——这是怎么回事？最后他终于突然喊了一声：“天哪！”接着又双手捂住脸，从房间里冲了出去。所有的客人尴尬得都没向主人鞠躬告辞便随着他蜂拥而出，只有两位司祭再次上前请求祝福。

“他干吗要下跪？这是不是一种象征？”情绪略为平静的费奥多尔·巴夫洛维奇不知为什么突然试图开始交谈，但他不敢直接问谁。这时候大家已经走出修道院的围墙。

“我对疯人院和疯子不负责任。”米乌索夫马上恶狠狠地说，“但是我要离开你们这一伙人，费奥多尔·巴夫洛维奇，请您相信，永远离开。刚才那位修士到哪里去了？……”

“那位修士”，就是刚才邀请他们到院长那儿去吃饭的那一位，并没有让他们久等。客人们刚走下长老修道室的台阶，他马上迎上前去，仿佛一直在等候他们似的。

“劳您大驾，尊敬的神甫，请向院长转达我深深的敬意，并代我米乌索夫向尊敬的院长请求原谅，由于突然发生了未能预见的种种情况，我无论如何也不能出席他的宴请了，虽然我十分真诚地希望赴宴。”彼得·亚历山德罗维奇气呼呼地对修士说。

“您说的未能预料的事情，当然是指我喽！”费奥多尔·巴夫洛维奇马上接茬说，“您听见了没有，神甫，彼得·亚历山德罗维奇不愿跟我一起留下来，不然他马上就会去了。您去吧，彼得·亚历山德罗维奇，您到院长那儿去吧——祝您吃得痛快。您该知道，需要回避的不是您，而应该是我。回家，回家，回家去吃。留在这里我觉得不合适。彼得·亚历山德罗维奇，我亲爱的亲戚。”

“我不是您亲戚，从来不是，您这下贱的东西！”

“我是故意这样说的，叫您听了生气，因为您不承认这门亲戚，但是不管您怎样拒不承认，您总还是我的亲戚，我可以根据教历找到证据。伊凡·费奥多罗维奇，待一会儿我会派车来接您的，要是愿意的话，你也留下吧。至于您，彼得·亚历山德罗维奇，即使出于礼貌现在也该到院长那儿去，应该为咱们刚才的胡闹表示道歉……”

“您真的要走吗？您不会撒谎吧？”

“彼得·亚历山德罗维奇，出了这种事情我怎么还敢撒谎呢！先生们，请大家原谅，是我一时糊涂，一时糊涂！再说，我也十分惊讶！十分惭愧！先生们，有些人的心像亚历山大·马其顿，有些人的心像小狗菲德里卡。我的心就像小狗菲德里卡，我吓怕了！闹出了这种乱子我哪有面子再去赴宴，再去狼吞虎咽修道院的佳肴呢？真不好意思，我不能去，请原谅！”

“见鬼，他真会骗人！”米乌索夫沉思着停住了脚步，用困惑的目光注视着渐渐远去的小丑。那小丑回头看到彼得·亚历山德罗维奇正在注视他，便向他送去一个飞吻。

“您去院长那儿吗？”米乌索夫气呼呼地问伊凡·费奥多罗维奇。

“为什么不去呢？再说昨天我收到了院长的特别邀请。”

“不幸的是我确实感到自己几乎非去参加这次倒霉的宴会不可，”米乌索夫依然用那种苦涩的愤怒口气继续说道，甚至不理会那小修士就在一边听着，“至少要为我们在这里的行为去表示歉意，并解释清楚，这不怨我们……您看怎么样？”

“是的，应该解释清楚，这不能怪我们。再说父亲也不会到场。”伊凡·费奥多罗维奇说。

“要是您父亲在场就糟了！这顿饭肯定不欢而散！”

不过大家还是都去了。小修士不声不响地在一旁听着，直到经过一片树林的时候才告诉他们院长已经等了好久，大家已经迟到了半个多小时。谁也没有搭理他。米乌索夫愤愤地看了伊凡·费奥多罗维奇一眼。

"他居然若无其事地去赴宴！"他想，"真是木头脑袋加上卡拉马佐夫式的良心。"

七 野心勃勃的神学校学生

阿廖沙把长老搀进卧室，让他坐到床上。这是一个很小的房间，几件必不可少的家具，狭窄的铁床，床上没有褥子，只铺着毛毡，屋角的圣像旁摆着诵经台，诵经台上放着十字架和福音书。长老无力地坐到床上。他的眼睛闪闪发亮，有些气喘。坐定之后，他目不转睛地看了看阿廖沙，似乎在思考着什么。

"你走吧，亲爱的，走吧。我有波尔菲里就行了，你赶快去吧。那儿需要你，到院长那儿去吧，去侍候他们用膳。"

"您让我留在这儿吧。"阿廖沙央求说。

"那里更需要你。那里不会太平的。你去侍候一下有好处。魔鬼一抬头，你就念祷词。你要知道，孩子（长老喜欢这样称呼他），这里也不是你的久留之地。你要记住这句话，年轻人。一旦上帝把我召去，你就马上离开修道院，彻底离开。"

阿廖沙哆嗦了一下。

"你怎么啦？眼下这里不是你待的地方。我祝福你到俗界去完成伟大的功德。你应该四处游历，还应该结婚，应该结婚。在你重新回来之前，应该经历种种磨炼。有许多事情需要你去做。我信得过你，所以才派你出去。基督与你同在。你爱护他，他也会保佑你。你将看到深巨的苦难，并在苦难中获得幸福。你应该在苦难中寻找幸福，这便是我留给你的遗言。你要好好干，不知疲倦地干。从今以后你要牢记我的话，虽然我还会跟你谈话，但是我活在世上的日子已经屈指可数。不是以天数计算，而要论钟点了。”

阿廖沙脸上的表情又变得紧张起来。他的嘴角在颤抖。

“你又怎么啦？”长老微微一笑，“俗界的人用眼泪为死者送行，而我们这里为神甫升天感到高兴，高高兴兴地为他祈祷。你走吧。我该祈祷了，你赶快走吧。到你哥哥身边去吧，不是一位哥哥，而是到两位哥哥的身边。”

长老举手祝福。阿廖沙非常想留下来，但不能违背长老的意愿。他还想提一个问题：“向德米特里·费奥多罗维奇跪拜是什么意思？”话到了嘴边，他却没有勇气问。他知道，如果可以的话，不用他问长老自己会向他解释的。他显然不愿意解释。但这样跪拜的确使阿廖沙惊讶万分。他盲目地相信，其中必有神秘的含义，神秘的，也许是可怕的含义。当他走出隐修室的围墙，想赶在院长宴请开始之前进入修道院（当然仅仅是为了在餐桌旁服侍宾客）的时候，他心里突然难受得好像被人狠狠揪了一把，于是他站住了：他耳边似乎回响着长老预言自己不久就要死去的那句话。长老的预言，说得那么准确，肯定会应验的，阿廖沙对此深信不疑。可是没有长老，他怎么办呢？见不到长老的面，听不到长老的话，那他怎么办呢？他又该上哪儿去呢？长老嘱咐他不要哭泣，并且要离开修道院。天哪！阿廖沙已经很久没有感到这样苦恼了。他赶紧朝那片分隔隐修室和修道院的树林走去。他甚至无法忍受萦绕在脑际的种种沉重的念头，于是开始察看林间小道两侧的千年古松。这一段路并不长，才五百来步，不会再多。这种时候一般不会碰到什么人，可是在小道的第一个拐弯处，他看到了拉基京。拉基京正在等候什么人。

“你是在等我吗？”阿廖沙走到他身边的时候问道。

“就是等你。”拉基京笑着说，“你是忙着到院长那儿去吧？我知道，院长今天请客，自从那次接待主教和巴哈托夫将军以来，你记得吗，还没有这样宴请过呢。我不到那儿去，你去吧，帮着端个汤递个菜什么的。你告诉我，阿列克谢，这该怎么解释呢？我想问的就是这件事。”

“你指的是什么？”

“就是向你哥哥德米特里·费奥多罗维奇磕头的事呗。而且还磕了个响头！”

“你是说佐西马长老吗？”

“是的，是佐西马长老。”

“磕响头？”

“啊，这样说有失恭敬！算了，失敬就失敬吧。总之，这到底是什么意思？”

“我不知道是什么意思，米沙。”

“我早知道他不会给你解释的。当然，这也没什么奥妙，无非又在故弄玄虚。不过这把戏是故意做给人看的。现在那些善男信女会把这件事闹得满城风雨：‘这究竟是什么意思？’再在全省到处传播。依我看，老人的确嗅觉灵敏，他闻到了刑事犯罪的气息。你们家散发着一股臭味。”

“什么样的刑事犯罪？”

拉基京显然要想说什么。

“这起刑事犯罪将发生在你们家庭里。发生在你两位哥哥和你那有钱的父亲之间。所以佐西马长老才叩了响头，那是为了以防万一。今后一旦出了什么事，大家就会说：‘哎呀，这不是神圣的长老早就说过的吗？这不是他早就预言过的吗？’其实叩个响头又算得上什么预言呢？可是人们偏要说这是一种象征，一种寓意，鬼知道还有别的什么。人们会颂扬他，永远记住他，说什么他预见到了犯罪，也指出了犯人。迷狂的人都是这样的：对着酒馆画十字，却朝教堂扔石头。你那位长老也是这样：用棍棒驱赶品行端正的人，却朝杀人凶手下跪磕头。”

“什么罪行？哪一个杀人凶手？你说些什么呀？”阿廖沙木头似的站住了，拉基京也停下脚步。

“哪一个？好像你不知道似的！我敢打赌，你自己已经想过这件事。

说起来也挺有意思：阿廖沙，你老是脚踩两条船，可你从来都是说实话的呀。现在你回答我：你到底想过这件事没有？”

“想过。”阿廖沙的声音很轻，连拉基京也有点尴尬了。

“你怎么啦？难道你真的想过？”他大声喊道。

“我……我倒不是真想过，”阿廖沙嘟囔说，“是你刚才莫名其妙地谈起了这件事，我才觉得自己好像也真的想过。”

“你瞧你说得多明白，你瞧！今天你看到父亲和米佳大哥那德行，是不是想到了犯罪？也许我没说错吧？”

“你等等，等等，”阿廖沙惊慌地打断他，“你是怎么看出来的？……更重要的是你对这件事为什么这样感兴趣？”

“这两个问题没有联系，但又是很自然的。让我来分别回答吧。为什么我看出来了？要不是今天我一下子彻底了解了你大哥德米特里·费奥多罗维奇，一下子认清了他的为人，那么我是什么也看不出的。根据某种特征，我一下子抓住了他的全部本质。这种十分直率却又十分好色的人有一条界线，而这条界线是千万不能超越的。一旦越过这条界线，那他甚至可以用刀子捅死自己的父亲。你父亲又是个酒色无度的放荡之徒，从来不懂得分寸——一旦两人失去控制，那么扑通一声，会双双掉进泥坑……”

“不，米沙，不，如果仅仅这样的话，那你倒让我放心了。事情还不至于闹到那种地步。”

“那你干吗浑身发抖呢？你知道其中的奥秘吗？虽然米佳是个诚实的人（他愚蠢，但诚实），但他是个好色之徒。这就是他的特征，也是他的全部内在实质。这种卑劣的好色性格是他父亲遗传给他的。阿廖沙，只有你才使我感到奇怪：你怎么还保留着童男之身？你不也是卡拉马佐夫家的人吗？在你们这个家庭里，性欲旺盛到了燃烧的地步。你看这三个好色之徒现在正虎视眈眈地互相盯着……靴子里藏着刀。三个人的脑袋撞到了一块儿，而你也许是第四个。”

“你对那个女人的看法是错误的，德米特里对她……是瞧不起的。”阿廖沙说，不知为什么浑身在发抖。

“你是指格鲁申卡吧？不，老弟，不是瞧不起她。既然他公然抛弃自己的未婚妻而去追求她，那么他不会瞧不起她。这里面……这里面，老弟，有些事情你还不懂，要是男人爱上了什么美的东西，爱上了女人的身体，甚至仅仅是女人身体的某个部分（这是好色之徒能理解的），那么他愿意为之出卖自己的亲生儿女，出卖自己的父母，出卖俄罗斯，出卖祖国。本来是老实的，会去偷东西；本来是温顺的，会去杀人；本来是忠诚的，会叛变。女人玉腿的歌手普希金在自己的诗篇里为女人的大腿大唱赞歌；有的人并没有啧啧赞扬，但一见到女人小巧玲珑的玉腿便禁不住浑身颤抖。而且不仅仅限于女人的大腿……老弟，在这方面单单瞧不起是没有用的，即使他真的瞧不起格鲁申卡。既瞧不起她，但又离不开她。”

“这我明白。”阿廖沙突然脱口而出。

“真的吗？既然你一开口就说你明白，那也许你是真的明白。”拉基京幸灾乐祸地说，“你这是情不自禁说出来的，是脱口而出的。这样的承认就显得更加宝贵了，也许这是你熟悉的一个题目，这件事你已经想过，想过情欲的事了。你啊，还说你是童男子呢！阿廖沙，你这人不声不响，你圣洁，这我承认，虽然你不声不响，可是鬼知道你肚皮里还想过什么，鬼知道还有什么事你不明白！一个童男子，可已经考虑得这样深——我早就在观察你了。你本来就是卡拉马佐夫家的人嘛，你是地地道道的卡拉马佐夫家的人。这样看来，血统作用还真不小呢。从父亲那儿遗传了好色的性格，而从母亲方面遗传了古怪的脾气。你干吗发抖？是不是给我说对了？你知道吗，格鲁申卡求我：‘你把他带来（也就是指你），让我把他的修道服剥下来。’她求我的时候反复说：你千万千万要把他带来。我当时只是想：为什么她对你这么感兴趣？你知道吗，她也是个不寻常的女人！”

“请代我向她致意，就说我不去。”阿廖沙撇了撇嘴，冷冷一笑，“你接着说，米哈伊尔，你把话说完，然后我把自己的想法告诉你。”

“还有什么可说的，不是都清楚了吗？老弟啊，这都是老生常谈。如果连你也是个好色的情种，那你的同胞兄弟伊凡·费奥多罗维奇就更不用说了。他也是卡拉马佐夫家的人。你们卡拉马佐夫家的全部问题就在于：

人人都是好色之徒，人人都贪婪钱财，人人都有怪脾气。你二哥伊凡本人是无神论者，却不知出于什么愚蠢的考虑，莫名其妙地发表神学文章，在那儿开玩笑，可你的伊凡自己完全知道这样做是卑鄙的。不仅如此，他还想把他哥哥米佳的未婚妻夺过去，这个目的看样子他能达到。他手段高明，显然取得了米佳本人的同意，米佳为了摆脱未婚妻并尽快投入格鲁申卡的怀抱，情愿把自己的未婚妻让给他，这一切又都是在崇高无私的名义下进行的，请你注意这一点。这种人最容易惹事了，鬼知道你们是些什么人，自己意识到卑鄙，却偏要往卑鄙里钻！听我说下去，现在你父亲这老头儿又要出来跟米佳作对了。你父亲突然发疯似的迷上了格鲁申卡，一看见她就口水直流。刚才他在修道室里大吵大闹的唯一原因就是米乌索夫骂了她是淫荡的畜生。他追女人的劲头赛过野猫叫春。从前她只靠帮他干些非法勾当或者为他的酒馆办些事而赚点工钱，可现在他突然把她看透了，摸准了她的脾气，胆子便大了起来，向她提出各种建议——当然不可能是光明正大的建议。这样一来，他们父子俩就成了狭路相逢的冤家对头，而格鲁申卡两边都没答应，暂时还在摇摆，逗引着父子俩，她在权衡究竟跟哪一个更有好处，因为尽管可以从老的身上捞到许多钱，可是他绝不会娶她，最后还会像犹太人那样把钱袋子扎得紧紧的。在这种情况下米佳有自己的长处，他没有钱，可是会娶她，一定会娶她的！他会抛弃自己的未婚妻，富裕的贵族小姐和上校的女儿，美丽无比的卡捷琳娜·伊凡诺芙娜，去娶那个本城的头面人物、荒淫而粗鲁的老商人萨姆索诺夫的姘妇格鲁申卡。这一切的确可能导致一场刑事纠纷。你二哥伊凡恰恰在等待着这样的结局：鹬蚌相争，渔翁得利。既能把自己苦苦思念的卡捷琳娜·伊凡诺芙娜搞到手，又能捞一笔六万卢布的陪嫁。作为第一步，这对他这样的小人物和穷光蛋来说是求之不得的。你还得注意，这样做不仅不会得罪米佳，反而会让他感激一辈子呢。我确切地知道，还在上星期，米佳在小酒馆里跟几个茨冈女人喝得醉醺醺时，他亲口大声说他配不上自己的未婚妻卡捷琳娜·伊凡诺芙娜，而他弟弟伊凡跟她正好般配。至于卡捷琳娜·伊凡诺芙娜，那她对伊凡·费奥多罗维奇这样迷人的男子到最后也不会加以拒绝的。况且她现在已经在他们兄弟俩之间摇摆呢。这个伊凡有什么魅力让你们对他佩服得五体投地呢？他却在一旁看你们的笑话，仿佛在说：你们争得不亦乐乎，我坐收渔翁之利。”

“这些事你怎么全知道？为什么你说得这么肯定？”阿廖沙突然皱着眉头，厉声问道。

“为什么现在你要这样问我，而且事先就害怕我的回答呢？这样看来，你自己也承认我说的是实话。”

“你不喜欢伊凡。伊凡不贪图金钱。”

“真的吗？那么卡捷琳娜·伊凡诺芙娜的美貌呢？这里不单单是钱的问题，尽管六万卢布也是一笔令人垂涎的数目。”

“伊凡的目标更远大，几千几万卢布是不会使他动心的。伊凡追求的不是金钱，也不是太平，他追求的也许是苦难。”

“你这话又怎样解释？唉，你们……真是改不了贵族脾气！”

“米沙，他的灵魂纷乱不安，他的头脑受了迷惑。有一个重要的问题他没有解决，他属于那种不需要百万家产，而要解决思想问题的人。”

“阿廖沙，你这是在剽窃。你在套用长老的话。这是伊凡给你们出的一个谜语！”拉基京恶狠狠地说。他的脸色都变了，嘴角也扭歪了。“而且这是个愚蠢的谜语，不用煞费苦心去猜，稍稍动一下脑筋就能明白。他的文章既可笑又荒唐。刚才还听了他那套谬论：‘既没有灵魂的永生，也不存在什么道德，一切都是允许的。’还记得吗，你大哥米佳听了这句话就大声说：‘我会记住的！’对那些无耻之徒来说，这种理论很有诱惑力——我骂人了，这不好……不是无耻之徒，应该说是那些满脑袋装着‘无法解决的深刻思想’，夸夸其谈的学究。他是个说大话的家伙。全部实质就在于：‘一方面不能不承认，另一方面又不能不意识到。’他那套理论可以概括为两个字：卑鄙。人类一定会在自己身上找到一种力量，为美德而生活，即使不相信灵魂不朽也无妨！在自由、平等和博爱中找到力量……”

拉基京激动得几乎难以自制。突然，他似乎想起了什么，又停止不说了。

“好吧，不说了。”他撇了撇嘴，露出一丝苦笑，“你笑什么？你以为我是个庸俗的人吗？”

“不，我从来不认为你是个庸俗的人，你很聪明，但是……你别在意，我只是随便笑了一下。我知道你容易激动，米沙，你这样感兴趣，我猜想你自己对卡捷琳娜·伊凡诺芙娜也不是无动于衷的吧，老兄，我早就有怀疑了，所以你才不喜欢我二哥伊凡。你是忌妒他吗？”

“最好你再加一句：我还眼红她有钱呢！是这样吗？”

“不，金钱方面的事我是一句也不会提的，我不想惹你生气。”

“既然你这样说了，那我相信你。尽管如此，你跟你二哥伊凡还是见鬼去吧！你们谁也不会明白，即使没有卡捷琳娜·伊凡诺芙娜的事他也不招人喜欢。凭什么我要喜欢他？真是见鬼了！他骂了我，为什么我就没有权利骂他呢？”

“我可从来没有听他说过你，好话坏话都没说过。”

“不过我倒是听说前几天他在卡捷琳娜·伊凡诺芙娜家里把我痛骂了一顿——你看他对鄙人是多么关心啊。既然这样，老兄，我真不知道究竟是谁忌妒谁！据他说，如果在不远的将来我不同意担任大司祭的职务并且下不了削发的狠心，那么我肯定要去主持彼得堡的一家大杂志的笔政，写上十几年的文章，先把这家杂志盘到自己手里，然后再重新发行，而且一定带有自由派和无神论的倾向，带上社会主义色彩，甚至带点社会主义气派，但做得十分谨慎，也就是说实质上两边都不得罪，只是遮人耳目罢了。根据你哥哥的解释，我最终的野心是：尽管有社会主义色彩，但这并不妨碍我把预订杂志的钱款存入银行，并在适当时候在某个犹太人指导下将这笔款子用作周转资金，最后在彼得堡盖一座大楼，把编辑部也迁进去，将剩下的几层楼面租给房客。他连大楼的位置也指定好了，就在涅瓦河上的新石桥旁边，听说彼得堡正在筹建这样一座连接铸造厂大街和维堡大街的桥……”

“哎呀，米沙，这一切也许真的都会应验的，丝毫不差！”阿廖沙突然忍不住笑着说。

“连您也来讥笑我了，阿列克谢·费奥多罗维奇。”

“不，不，我是说着玩的，请原谅，我脑子里想的却完全是另一回事。请问，是谁把这些细节都告诉你的？你是听谁说的呢？他这样说你的时候，你本人总不可能在卡捷琳娜·伊凡诺芙娜家里吧？”

“我不在场，可是德米特里·费奥多罗维奇在场，我是亲耳听他说的。如果你想知道的话，那我可以告诉你，不是他直接告诉我，而是我偷听到的，当然是在无意间听到了，因为德米特里·费奥多罗维奇在隔壁房间的时候，我一直坐在格鲁申卡的卧室里不敢出来。”

“哟，我差点给忘了，她是你的亲戚……”

“亲戚？格鲁申卡是我的亲戚？”拉基京突然大声说道，脸涨得通红，“你是不是疯了？脑子出了毛病？”

“怎么？难道不是亲戚吗？我听说是这样的……”

“你这是从哪儿听说的？不，你们卡拉马佐夫家的各位先生硬说自己是世袭的大贵族，可你父亲原来是寄人篱下供人取乐的一名小丑，靠主人的恩典才能在厨房里有一席之地。尽管我是神甫的儿子，在你们贵族面前微不足道，但请你不要这样幸灾乐祸而又肆无忌惮地侮辱我，我也有自己的人格，阿列克谢·费奥多罗维奇。我不可能是格鲁申卡的亲戚，她是娼妓。请你明白这一点！”

拉基京气愤异常。

“看在上帝分上，请原谅我吧，我怎么也没想到你会生这么大的气。再说，她怎么是娼妓呢？难道她是这样的人吗？”阿廖沙突然脸红了，“我跟你再说一遍，我真的听说她是你亲戚，你经常到她那儿去，你自己对我说跟她没有恋爱关系……我从来没想到你会这样瞧不起她！难道她真的该受歧视吗？”

“如果我去拜访她，那么我自有原因，这你不用管。至于亲戚关系，那你哥哥或者你父亲倒很有可能使你，而不是我，跟她成为亲戚。好了，我们到了，你最好还是到厨房去吧。哟！这是怎么回事？这是怎么啦？是不是我们来迟了？他们总不至于吃得这么快吧？是不是你们卡拉马佐夫家的人又闹出了什么乱子？肯定是这样的。我看那是你父亲，伊凡·费奥多罗维奇就跟在他后面。他们是从院长那儿赌气冲出来的。你看伊西多尔神甫正站在台阶上冲着他们背后叫喊呢。你父亲也在挥舞双手大喊大叫，肯定是在骂人。糟了，你看米乌索夫坐上马车走了，你看他已经走了。你看连地主马克西莫夫也跟着跑。肯定出事了。看样子，这顿饭没吃成！他们会不会把院长给揍了？或者他们挨了打？真是活该！……”

拉基京这样大惊小怪不是没有道理的：的确发生了一场争吵，一场闻所未闻、出人意料的争吵。事情的起因全在于“灵感”。

八　争吵

米乌索夫和伊凡·费奥多罗维奇走进院长住处的时候，彼得·亚历山德罗维奇这个真正体面而正派的人，内心很快经历了一个微妙的变化过程。他开始为自己失态而感到惭愧。他内心觉得，对费奥多尔·巴夫洛维奇这种丑类理该嗤之以鼻，大可不必像刚才在长老的修道室里那样失去理智，那样沉不住气。“至少修士们没有任何责任，”他站在院长室的门口突然想到，“既然他们都是些正派的人（尼古拉院长看样子也是贵族出身），那对他们的态度为什么不能和蔼、亲切、客气些呢？……我不会再争论了，甚至可以附和他们，用亲热博得他们的好感；并且……并且……最后向他们证明，我跟那个伊索，那个小丑，那个插科打诨的戏子不是一路货，我跟他们一样完全是受骗上当的……”

至于有争议的砍伐森林和捕鱼问题（具体地点连他自己也不知道），他决定向他们完全让步，今天就一劳永逸地解决，再说这些东西也值不了多少钱。对修道院提出的所有诉讼也一律停止。

当他们进入院长餐厅之后，所有这些善良的打算变得更加坚定了。其实院长根本就没有餐厅，因为整幢房子总共只有两个房间，当然比长老的那间要宽敞舒适得多。可房间里的陈设同样也没有什么特别舒适的地方：包着皮的红木家具都是二十年代的旧款式，连地板也没有上油漆。然而所有的家具都揩得干干净净，一尘不染，窗台上放着许多名贵的花卉。不过此刻最大的奢侈品自然要数那张豪华的餐桌了，尽管这也是相对的：洁白的台布，锃亮的餐具，三种烤得很好的面包，两瓶葡萄酒，两瓶修道院自产的出色的蜂蜜，一只玻璃大罐里装着修道院自制的闻名遐迩的克瓦斯。但没有伏特加酒。据拉基京后来说，这顿饭准备了五道菜：第一道是鲟鱼汤和鱼肉包；第二道是做得十分精致的清蒸鱼；然后是红鱼丸子、冰激凌和什锦水果；最后一道是类似牛奶杏仁酪的果子羹。这都是拉基京忍不住特意到院长的厨房里转了一圈之后打听到的。他跟厨房也有关系，他到处有熟人，到处有人为他提供消息。他有一颗很不安分很容易忌妒的心。他完全意识到自己颇有能力，可是因为自命不凡，往往神经质地夸大了这种能力。他认定自己将来要干一番轰轰烈烈的大事业，但是使十分欢喜他的阿廖沙苦恼的是他的这位朋友很不诚实，而且缺乏自知之明，反而认为自己总不至于去偷桌子上的钱，因此觉得自己是最最诚实的人。在这方面，不仅阿廖沙，任何人都无法改变他。

拉基京是小人物，当然不会受邀赴宴。不过约瑟夫神甫和巴伊西神甫以及另一名司祭都受到了邀请。彼得·亚历山德罗维奇、卡尔加诺夫和伊凡·费奥多罗维奇走进餐厅的时候，他们已经等在院长的餐厅里了。站在一旁等候的还有地主马克西莫夫。院长站在餐厅中央迎接宾客。院长是个又高又瘦，但还很结实的老头，黑发中间夹着几缕银丝，一张阴沉严肃的长脸。他默默地向客人们一一鞠躬致意，但他们这一次却纷纷上前请他祝福。米乌索夫突然想吻他的手，但院长不知为什么及时把手缩了回去，因而没有吻成。不过伊凡·费奥多罗维奇和卡尔加诺夫这一次却完整地行了个祝福礼，也就是像普通老百姓那样诚心诚意地咂咂有声地吻了他的手。

“我们应该向您表示深深的歉意，尊敬的院长。”彼得·亚历山德罗维奇开始说道，脸上露出亲切的笑容，可是口气依然一本正经、恭恭敬敬。“请您原谅，我们没有跟我们的同伴、受到您邀请的费奥多尔·巴夫洛维奇一起前来。他不得不辞谢您的盛情，而且不无原因。刚才在尊敬的佐西马长老的修道室里，他跟自己的儿子发生了不幸的争执，在气头上说了些很不恰当的话……总而言之，说了些有失体面的话。关于这件事（他朝几位司祭看了一眼），尊敬的院长，想必您已经知道了。因此，他自己意识到做错了事，深感后悔和惭愧，因此请我们，我和他儿子伊凡·费奥多罗维奇，向您转达他真诚的遗憾、痛心和忏悔……总而言之，他希望并且愿意今后设法补救，而现在他恳求您不计前嫌，为他祝福……”

米乌索夫沉默了。说完这一大段话之后，他对自己非常满意，刚才心里那股怒火已荡然无存。他又全心全意地爱人类了。院长严肃地听完他的话，微微低下头，回答道：

“对他的缺席我深表遗憾。假如他跟我们一起用膳也许会爱我们的，就像我们会爱他一样。请吧，诸位，请入席。”

他站到圣像面前开始朗读祷文。大家恭恭敬敬低下头。地主马克西莫夫甚至特意向前跨了一步，双手合十，显得格外虔诚。

就在这时候，费奥多尔·巴夫洛维奇又使出了最后怪招。应该指出，他确实想离开，也确实感到自己在长老修道室丢人现眼之后再也不可能若无其事地到院长那儿去赴宴了。这倒不是说他感到十分惭愧和内疚，也许恰恰相反。但他毕竟感到要是去赴宴总有些不好意思。可是，当那辆马车吱吱嘎嘎地驶到客舍门口来接他，而且他正要登上马车的时候，他又突然停住了。他情不自禁地想起了自己在长老那儿说的话：“无论我走到哪里，我总觉得自己比谁都卑贱，大家也都把我当作小丑——那好吧，让我真的扮演一下小丑的角色，因为你们人人都比我更愚蠢，更卑鄙。”他要为自己的丑恶行径向大家报复。现在他又突然偶尔想起，有一次，那还是从前的事，人们问他：“您为什么这样恨这个人？”当时他用厚颜无耻的小丑腔调信口回答说：“我恨他的原因是：他确实没做过什么对不起我的事，可我却做了一件非常对不起他的事，刚做完我就立即为此而恨他了。”现在回想起这件事，他在片刻的沉思中恶狠狠地冷笑了一下。他的眼睛闪出亮光，连嘴唇也哆嗦起来。“既然开了头，那就一不做二不休。”他突然下了狠心。此刻他内心深处最隐秘的感觉可以用这样几句话来表述：“反正现在我也不可能替自己恢复名誉了，那就让我不顾廉耻地再向他们吐唾沫吧：在你们面前，我不会感到可耻的，就是这么回事！”他吩咐车夫稍等片刻，而自己很快回到修道院，径直去找院长。他暂时还不太清楚自己会做出什么举动，但他知道已经无法控制自己了。只要外力稍稍推动一下，马上可以干出某种卑劣之极的事情，不过也仅仅是卑劣而已，绝不是什么犯罪行为或者会受到法律制裁的出格举动。到关键时刻他始终善于把握自己，有时候连他自己对这种自控能力也会感到惊讶。他在院长餐厅里出现的时候祈祷刚结束，大家正在陆续入席。他站在门口，打量了大伙一眼，便发出一阵无耻而凶恶的狂笑，边笑边肆无忌惮地盯着大家。

“他们还以为我走了呢，可我就在这里！”他对着整个大厅喊道。

一刹那间，大家都目瞪口呆地看着他，谁也没有说话。过了一会儿，大家才突然意识到马上会出现一种令人厌恶的荒唐局面，肯定会有一番激烈的争吵。彼得·亚历山德罗维奇的情绪立即从宽宏大量转变为怒不可遏。他内心本来已经平息的怒火呼啦一下子又蹿了上来。

“不，这我无法容忍！”他大叫起来，“绝对不能容忍……无论如何不能容忍！”

他浑身的血液直往脑门冲去。他甚至有点语无伦次了。可现在已经顾不上这些，他一把抓起自己的帽子。

“什么事他不能容忍啊？”费奥多尔·巴夫洛维奇大喊大叫，“他说的‘绝对不能容忍，无论如何不能容忍’，到底是什么事呀？尊敬的院长，能让我进来吗？您能招待我一起用餐吗？”

“衷心地欢迎您！”院长回答。“先生们！是否允许我，”他突然补充了一句，“恳请诸位抛弃前嫌，在用这顿便饭的过程中恢复友爱和亲戚之间的和睦，并且祈祷上帝……”

“不，不，不可能。”彼得·亚历山德罗维奇大声喊道，显得有点失态。

“既然彼得·亚历山德罗维奇不可能，那么我也不可能，我也不想留下来。我本来就不打算留下来吃饭。现在我要随时随地跟彼得·亚历山德罗维奇在一起：彼得·亚历山德罗维奇，您走我也走，您留我也留。院长，您刚才提到要恢复亲戚之间的和睦，这句话特别刺痛了他的心，他拒不承认是我的亲戚！是这样吗，冯·佐恩？冯·佐恩也在这里，你好，冯·佐恩。”

“您……这是在说我吗？”地主马克西莫夫莫名其妙地嘟囔说。

“当然是说你了。”费奥多尔·巴夫洛维奇喊道，“不说你又说谁呢？总不至于说院长是冯·佐恩吧！”

“可我也不是冯·佐恩啊，我是马克西莫夫。”

“不，你就是冯·佐恩。尊敬的院长，您知道冯·佐恩是怎么回事吗？曾经审理过这么一个刑事案件：在一个淫窟里——你们这儿好像就是这样称呼那种场所的吧——他被谋杀了，钱物也被抢劫一空，尽管他已经到了受人尊敬的年龄，但他的尸体还是被钉进箱子，密封后装在行李车上从彼得堡运到莫斯科，箱子上还编了号码。装箱的时候那些荡妇又是唱歌又是弹竖琴，噢不，弹的是钢琴。这位就是冯·佐恩本人。他是死后复活了，是这样的吗，冯·佐恩？”

“这究竟是怎么回事？怎么会这样呢？”只听得司祭们在议论纷纷。

“咱们走吧！”彼得·亚历山德罗维奇对卡尔加诺夫喊道。

“不行，别走！”费奥多尔·巴夫洛维奇冲着他尖声叫道，又朝膳堂里跨了一步，“请让我把话说完。刚才在修道室里他们败坏我的名声，说我有不敬行为。其实，不就是我说了句鮈鱼的话嘛。我的亲戚彼得·亚历山德罗维奇说话喜欢‘崇高多于真诚’[①]，而我恰恰相反，我说话喜欢‘真诚多于崇高’[②]，我对‘崇高’[③]嗤之以鼻。是这样吗，冯·佐恩？对不

① 原文为法文。
② 同上。
③ 同上。

起，院长，我虽然是名小丑，扮演小丑角色，可我却是维护荣誉的骑士，我要表明自己的看法。是的，我是维护荣誉的骑士，而彼得·亚历山德罗维奇一心只想着自尊受到了伤害，别的什么也不关心。刚才我到这儿来就是想看一看，说出我的意见。我儿子阿列克谢在这儿修行，我这当父亲的关心他的命运，这也是应该的嘛。我一直在听，在装小丑，同时也在悄悄地观察。现在我把自己最后的结论告诉你们。我们这儿是怎么个情况呢？我们这里，凡是跌倒了的就只能躺着，我们这儿一旦跌倒了，就永世不得翻身。这样不行！我想站起来，神甫们，我对你们的行为非常气愤。忏悔是一项伟大的圣礼，对这样的圣礼连我也万分崇敬，顶礼膜拜。可是刚才大家跪在修道室里大声地忏悔。难道可以大声忏悔吗？按规定忏悔要凑到耳朵边悄悄地进行，只有这样忏悔才算得上伟大的圣礼，自古以来就是这样的。要不当着众人的面我怎么向他解释，我做了什么什么事……也就是做错了什么事，明白吗？因为有时候不好意思说出来，说出来就乱套了！不行，神甫们，跟你们在一起说不定会被拉入鞭身教的……只要有机会，我要上书东正教事务管理局，还要把我的儿子阿列克谢带回家去……”

这里有个情况需要说明。费奥多尔·巴夫洛维奇曾经听到过一些流言蜚语。有人居心叵测地造谣说长老过于受到尊重，甚至损害了院长的地位，还说长老滥用忏悔的圣礼，等等。这些谣言不但传到了我们修道院，还传到了其他一些已经建立起长老制的修道院，甚至传到了大主教的耳朵里。当然这些都是无稽之谈，渐渐地，谣言不攻自破，在我们这里和其他地方都自行消失了。可是愚蠢的魔鬼抓住了费奥多尔·巴夫洛维奇，并且引诱他沿着神经质的思路越滑越远，最后陷入了一个可耻的深渊。魔鬼把那些曾经流传过的无端指责偷偷告诉了费奥多尔·巴夫洛维奇，而此人对这些流言蜚语没有丝毫的分辨能力。他本来就不善于有条不紊的表达，再加上这一次谁也没有跪在长老的修道室里大声忏悔，因此费奥多尔·巴夫洛维奇不可能目睹类似的场面，只能凭着勉强记得的一些流言蜚语胡诌一通。可是他说完一堆蠢话之后又觉得自己说得过于离奇，于是又想向在场的人，首先是向自己证明，他绝对不是在胡说八道。虽然他非常清楚，他的话无非是越说越荒唐越说越离谱罢了。他已经无法控制自己，就像一块石头从山上滚落下来，一发不可收拾了。

“真可耻！”彼得·亚历山德罗维奇喊道。

“对不起，”院长突然说，“自古以来都有这样一种说法，‘假如有人说我坏话，甚至把我说得一无是处，那我听了之后心里应该这样想：这是耶稣的惩戒，是医治我虚荣心的一服良药。’因此我们对您表示衷心感谢，尊贵的客人！”

他向费奥多尔·巴夫洛维奇深深鞠了一躬。

“得啦，得啦！虚伪的老一套！老调子，老手法！老一套的假仁假义，千篇一律的点头哈腰！我们知道这种点头哈腰是什么意思！‘口蜜腹剑’，就像席勒在《强盗》中写的那样。诸位神甫，我不爱虚伪，我只要真理！但真理不在鮈鱼之中，这我已经公开说过了！修士们，你们为什么要吃斋？为什么你们希望用这种办法得到上天的赏赐？为了得到这样的赏赐，我也可以去吃斋！不，神圣的修士，你不该关在修道院里吃现成饭，不要坐等上天的赏赐，而应该立身行善，造福社会——这要困难得多。院长，你看我不是也能说得头头是道吗？今天他们准备了些什么？”他走到餐桌前问，“波尔多陈葡萄酒，叶里谢耶夫兄弟公司的散装蜜酒。哎呀，神甫们！这跟鮈鱼可不好比呀！神甫们摆出了顶呱呱的好酒！嘿——嘿——嘿！可这些东西是谁提供的呢？是俄国的老百姓，是那些卖苦力的人提供的，是他们把那几个用长满老茧的双手辛辛苦苦挣来的钱送到这里的，是他们硬从自己家里和国库中抠出来的！神甫们，你们吃的是民脂民膏啊！”

“您说这种话太不成体统了。”约瑟夫神甫说。巴伊西神甫始终一声不吭。米乌索夫从房间里冲了出去，卡尔加诺夫紧随其后也冲了出去。

“好了，神甫们，我也要跟彼得·亚历山德罗维奇一起走了！我再也不到你们这儿来了。哪怕你们跪下来求我，我也不来了。我已经给你们捐过一千卢布，现在你们眼巴巴地盼着我再捐。嘿——嘿——嘿！不，我再也不捐了。我要为失去的青春，为我受到的侮辱报仇雪恨！”他拍着桌子，假装情绪异常激动，“你们这个小小的修道院对我的一生有过很大的影响！它曾经使我流过许多痛苦的眼泪！你们唆使我那个犯癫痫病的妻子来反对我。你们在大大小小的宗教会议上诅咒我，你们到处败坏我的名声！够了，神甫们，如今是自由派的时代，是轮船和铁路的时代！别说一千卢布，就是一百卢布，一百戈比你们也别想再从我手里拿去！”

这里还有一个情况需要说明。我们这个修道院对他的一生从来没有起过任何特别的影响，他也从来没有因为修道院而流过一滴伤心的眼泪。可是他太陶醉于自己硬挤出来的几滴眼泪，以致一时间几乎连自己都相信这是真的，甚至感动得差一点儿要哭出来。但是就在这一刹那，他又感到这出戏该收场了。院长听了他这番恶毒的谎言，低着头，郑重其事地说：

“古人还说：‘要容忍别人的侮辱，要为诅咒你的人祝福，为凌辱你的人祈祷。’我们也要照这样去做。”

“得啦，得啦！又是什么自我反省之类的废话！你们去反省吧，我可要走了。我要行使我当父亲的权利，把我的儿子阿列克谢带回去，永不再来。伊凡·费奥多罗维奇，我可敬的儿子，请允许我命令您跟我回去！冯·佐恩，你留在这儿干什么？马上跟我回城里去，我家里才快活呢。总共才二里地，我不会让你吃素油，我要给你吃乳猪米饭，咱们好好吃一顿。先喝白兰地，再喝蜜酒，还有悬钩子酒……喂，冯·佐恩，不要放弃大饱口福的机会啊！”

他指手画脚地离开了膳堂。拉基京一看见他出来，便指给阿廖沙看。

“阿列克谢！”费奥多尔·巴夫洛维奇也发现了他，从远处喊道，“你今天就给我搬回来住，全搬回来，把枕头、褥子什么的都给我搬回来，今后永远不许你再来。”

阿廖沙一下子呆住了，默默地、目不转睛地注视着这场面。费奥多尔·巴夫洛维奇登上马车，伊凡·费奥多罗维奇闷闷不乐地跟在父亲后面，甚至没有回头跟阿廖沙告别，正打算坐到马车里。可就在这时候，发生了一个滑稽得几乎不可思议的小插曲。地主马克西莫夫突然出现在马车的踏脚旁边，他怕迟到，是气喘吁吁跑来的。拉基京和阿廖沙都看到了他那上气不接下气、慌慌张张的模样。他非常着急，伊凡·费奥多罗维奇的左脚还没离开踏板，他已经迫不及待地把一只脚伸了过去，双手紧紧抓住车身，准备跳上马车。

“我也去，我跟你们一起回去！”他嚷着，一面往上跳，一面快活地嘻嘻笑着，脸上露出得意的神色和不顾一切的决心，“把我也带上吧！”

“我不是说过了吗，”费奥多尔·巴夫洛维奇得意扬扬地喊道，“他就是冯·佐恩！他就是道道地地的死里逃生的冯·佐恩！你是怎么从那儿逃出来的？你这个冯·佐恩在那儿干了些什么勾当？又怎么能逃掉这顿饭的？这要有个铜脑袋才行啊！我也有个硬脑壳，可是老弟，我还是佩服你的铜脑袋啊！跳，快跳啊！让他上来，瓦尼亚，有了他更快活。就让他躺在我们脚下，你愿意躺着吗，冯·佐恩？要不让他往车夫身边挤一下？……冯·佐恩，你往车夫座位上跳！”

已经稳稳坐在座位上的伊凡·费奥多罗维奇突然一声不响地朝马克西莫夫当胸狠狠推了一把。马克西莫夫飞出去一丈远。如果说他没有摔倒在地，那纯属偶然。

“快走！”伊凡·费奥多罗维奇恶狠狠地对马车夫喝道。

“你干吗？你干吗这样？你为什么这样推他？”费奥多尔·巴夫洛维奇气势汹汹地责问道，可是马车已经驶走了。伊凡·费奥多罗维奇没有理睬父亲。

“唉，你啊！”费奥多尔·巴夫洛维奇沉默了两分钟，然后又开口说道，眼睛斜睨着儿子。

“到修道院来是你自己的主意，你自己怂恿的，又是你自己赞成的，现在你发什么脾气啊？”

“你说废话也说得够多的了，歇一会儿吧。”伊凡·费奥多罗维奇严厉地打断他。

费奥多尔·巴夫洛维奇又沉默了两分钟光景。

“现在最好来点白兰地！”他劝谕似的说。伊凡·费奥多罗维奇还是没有理睬他。

“回家你也喝点。”

伊凡·费奥多罗维奇始终沉默不语。

费奥多尔·巴夫洛维奇又等了约莫两分钟。

“我还是要把阿廖沙从修道院接回来，尽管你会不高兴，尊敬的卡尔·冯·穆尔！”

伊凡·费奥多罗维奇轻蔑地耸了耸肩，转过身望着前面的道路，一直到家门口两人都没有说话。

第三卷
好色之徒

一　在仆人房里

费奥多尔·巴夫洛维奇·卡拉马佐夫的住宅既不在市中心，也不在市郊。房子很旧，但外观赏心悦目：平房，带一间阁楼，灰色外墙，红色铁皮屋顶。这房子还可以维持很久，而且十分宽敞，又很舒适，有各种各样的贮藏室，各种各样的暗间和七拐八弯的楼梯。房子里老鼠成群，不过费奥多尔·巴夫洛维奇并不十分讨厌它们："晚上独自在家也不至于太寂寞。"他的确有这样一个习惯：夜里让仆人回厢房，而自己整夜关着门一个人留在正房里。厢房在院子里，宽敞而坚固。费奥多尔·巴夫洛维奇把厨房安排在那里，虽然正房里也有厨房。他不喜欢闻厨房油烟味儿，无论冬夏，一日三餐都从院子里端来。这住宅本来是为人员众多的大家庭所建的，能容纳比现在多五倍的主仆。但是我们这段故事发生的那个时候，正房里只住着费奥多尔·巴夫洛维奇和伊凡·费奥多罗维奇父子俩，而供下人居住的厢房里总共才住着三名仆人：格里戈里老人和他的老伴玛尔法，再加上年轻的男仆斯梅尔佳科夫。关于这三名仆人，有必要做略为详细的介绍。格里戈里·瓦西里耶维奇·库图佐夫这位老人的情况，我们已经说得够多了。他是个性格坚强、脾气固执的老汉，只要他认准了一个理儿，不管是多么不合逻辑，他也会不屈不挠地一条道走到底。总而言之，他忠厚老实，刚正不阿。他的老伴玛尔法·伊格纳季耶芙娜虽然一辈子都无条件服从丈夫的意志，有时候不免也会纠缠不清，譬如农奴解放[①]后她立即要求离开费奥多尔·巴夫洛维奇到莫斯科去做点小生意（他们多少积攒了一点儿钱）。可格里戈里当时不容分说地断定，这娘们儿是在胡说八道，“因为娘们儿个个都是缺德鬼”，不管原来的主人是好是坏，反正不该离开，“因为这是他们现在应尽的义务”。

“你懂不懂什么叫义务？”他问玛尔法·伊格纳季耶芙娜。

“义务的事我不懂，格里戈里·瓦西里耶维奇，不过我们现在有什么义务要留在这儿呢？我真不明白。”玛尔法·伊格纳季耶芙娜坚定地回答。

“也用不着你明白，事情就这样定了，不许你多嘴。”

结果果然如此，他们没有离开，费奥多尔·巴夫洛维奇给他们定了工钱，数目不多，但能按时支付。再说格里戈里知道自己对主人具有一种无可争辩的影响力。他感觉到了这一点，而这也是合情合理的：费奥多尔·巴夫洛维奇这个阴险狡诈、刚愎自用的小丑，真像他自己所说的那样，“在生活中的某些事情上”是很坚强的，可是连他自己也觉得奇怪，在另外一些“生活中的事情”上，往往显得很软弱。他自己心里明白，究竟是哪些事情，正因为他明白，所以才害怕。在生活中的有些事情上，应该保持高度警惕，这时候如果身边没有一个可靠的人，那是很困难的，而格里戈里恰恰是个非常可靠的人。费奥多尔·巴夫洛维奇的一生中多次出现过挨打甚至被痛打的危险，这时候格里戈里总是挺身而出，及时解救，虽然事情过后这位老仆每次总要数落他一番。当然仅仅挨打还不至于使费奥多尔·巴夫洛维奇那么害怕，往往还会出现更为严重甚至更为微妙复杂的情况，这时候连费奥多尔·巴夫洛维奇自己都说不清楚，他是多么迫切需要一个忠实可靠的亲信，而这种需要常常是他在突然之间莫名其妙地感

---

① 指1861年废除农奴制。

觉到的。这是一种近乎病态的现象：费奥多尔·巴夫洛维奇是个极其放荡的人，在情欲方面往往淫暴得像一头凶猛的野兽，有时候喝醉了酒会突然感到一种精神上的恐惧和道德上的震动，这种震动在他内心会产生一种生理性的反应。有时候他说："这时候我的心哆嗦得提到了嗓子眼里。"在这种时刻，他真希望自己身边，即使不在他的房间里那至少在厢房里，有个忠实可靠的人。这个人应该跟他截然不同，毫不荒唐，即使目睹了他的种种丑恶行径，也知道他的所有秘密，但由于忠诚却能容忍这一切，不加反对，更重要的是不予指责，对他的今生或者来世都不说一句威胁的话，需要的时候还能出来保护他，使他免遭某个可怕而危险的陌生人的攻击。关键在于身边一定要有另外一个人，一个上了年岁、态度和善、在他痛苦的时候能招之即来的人。叫他来的目的无非是想看看他的脸，也许还跟他说几句话，甚至完全无关紧要的话。如果对方没有什么反应，并不生气，那他心情也许会轻松些，如果对方生气了，那么他的心情要忧郁些。曾经有过这样的情形（当然非常偶然的）：费奥多尔·巴夫洛维奇深更半夜起来到厢房里喊醒格里戈里，要格里戈里到他房间里去一会儿。格里戈里去了，费奥多尔·巴夫洛维奇跟他扯些鸡毛蒜皮的琐事，过了一会儿又打发他回到厢房里去，有时候甚至嘲笑他，跟他开玩笑，而自己却啐一口唾沫之后便上床睡觉，完全像没事似的无牵无挂，安然入睡。阿廖沙回来以后，费奥多尔·巴夫洛维奇也曾有过类似情况，阿廖沙"深深打动了他的心"，因为他跟父亲"住在一起，什么都看到了，但没有一句责备的话"。不仅如此，他还带来了一样从未有过的东西：对待他这个老人丝毫没有轻蔑的意思，恰恰相反，始终对他表现出一种亲热周到的态度和真诚自然、他受之有愧的依恋。对他这样的老色鬼和老光棍来说，这一切完全是意外的礼物，是他这个迄今为止只爱"卑鄙下流"的人万万没有料到的。阿廖沙离开之后，他承认自己明白了一些在此之前不想弄明白的事情。

我在故事的开头已经提到过，格里戈里非常憎恨费奥多尔·巴夫洛维奇的第一位妻子，长子德米特里·费奥多罗维奇的母亲阿杰莱达·伊凡诺芙娜，而又百般袒护他的第二位妻子，犯癫痫病的索菲亚·伊凡诺芙娜，他坚决不让自己的主人欺负她，甚至不许任何人说她一句坏话，哪怕是一句轻率的话。他对这位不幸的女人的同情变成了某种神圣的情感，以致二十年以后他还无法容忍别人说她一句坏话，即使旁敲侧击也不行，他会马上出来反驳诋毁她的人。从外表看，格里戈里是个冷漠而威严的人，不爱多说话，说出来的话却很有分量。譬如说，乍一看也很难断定他到底爱不爱自己那个温顺驯服的妻子，而实际上他是爱她的，做妻子的心里当然也明白。玛尔法·伊格纳季耶芙娜这女人非但不笨，也许比自己的丈夫更聪明，至少在处理日常生活方面比他通情达理，但是从结婚那一天起，她就毫无怨言地顺从他，并且因为他在精神气质方面胜过自己而绝对尊重他。值得指出的是，除了谈些最最必不可少的日常琐事，老两口一辈子都很少商量，傲慢威严的格里戈里始终独自考虑所有需要自己操心的事情，因此玛尔法·伊格纳季耶芙娜早就彻底明白了，他根本不需要跟她商量任何事情。她觉得丈夫非常欣赏她的沉默，甚至认为这正是她的聪明之处。他从来没有真正打过她，只有一次是例外，但也打得不重。阿杰莱达·伊凡诺芙娜嫁给费奥多尔·巴夫洛维奇的第一年，有一次在乡下，当时还都是农奴身份的乡下大姑娘和小媳妇聚在地主家的院子里唱歌跳舞，大家跳起了"草地舞"。突然，玛尔法·伊格纳季耶芙娜——当时她还是个少妇——一下子冲到合唱队面前，用一种特别的姿势跳起了"俄罗斯舞"，她没有像其他村妇那样按照乡下的规矩跳，而是按照当初在富裕的地主米乌索夫家当使女时跟他们的家庭剧团学来的姿势跳，那地主的家庭剧团有一位从莫斯科聘请来的舞蹈教师专教演员们跳舞。格里戈里看到自己妻子跳法与众不同，过了一小时便在自己家的木屋里轻轻揪住她的头发教训了一顿。不过殴打的事情也就这么一回，后来一辈子再也没有发生过，而玛尔法·伊格纳季耶芙娜发誓从此以后不再跳舞了。

上帝没有赐给他们孩子，有过一个男孩也夭折了。格里戈里显然很喜欢孩子，甚至并不掩饰这一点，也就是说，即使流露出来也不觉得有什么不好意思。阿杰莱达·伊凡诺芙娜跑了以后，他把才三岁的德米特里·费奥多罗维奇抱回家里照看了将近一年，亲自用小梳子为他梳头，甚至亲自在澡盆里为他洗澡。后来，他又照料过伊凡·费奥多罗维奇，也照料过阿廖沙，为此他还挨了一记耳光。不过这些事我已经交代过了。至于自己的孩子，只是在玛尔法·伊格纳季耶芙娜怀孕期间，他也曾经空欢喜过一场。等到孩子生下来，反倒使他又伤心又害怕了，因为这孩子生下来就有六个手指。格里戈里见了气得差点昏过去，直到洗礼那天他都没有说过一句话，而且还故意躲到园子里生闷气。那时候是春天，他在菜园里埋头挖了三天菜畦。第三天要为婴孩洗礼了。格里戈里当时已经想好了主意。等到神甫和客人聚集到他的小木屋里，最后连费奥多尔·巴夫洛维奇也以教父身份到场以后，他突然走进来当众声明："孩子根本用不着受洗。"他声音不高，话也不多，是慢慢地一个字一个字吐出来的，一边说一边还呆呆地望着神甫。

"这是为什么？"神甫问，他觉得既好笑又好奇。

"因为这是……是条龙……"格里戈里支支吾吾地说。

"怎么是龙？什么样的龙？"

格里戈里沉默了片刻。

"老天爷出了差错……"他嘟囔着说，虽然口齿含糊不清，口气却很坚决，显然不愿再做进一步解释。

大家笑了一阵，过后当然还是为那可怜的孩子举行了洗礼仪式。格里戈里也在圣水盆旁边认认真真做了一番祈祷，但他对新生婴儿的看法依然没有改变。不过他倒也没有采取任何干涉的行动，完全抱着听之任之的态度，在那有病的男婴活着的两个星期之内，他几乎看都没有看过他一眼，甚至连看也不想看，多半时间都不在家。过了两个星期孩子患鹅口疮死了，他亲手替他入殓，怀着深深的悲伤望着他的遗容。大家开始往那个又浅又小的墓穴里填土的时候，他跪下来，朝那小坟叩了个头。从那时起，多年来他一次也没有提到过自己的孩子，连玛尔法·伊格纳季耶芙娜也从来没有在他面前提过孩子的事，即使偶尔跟别人谈起自己的"小宝贝"，那也是压低了嗓门悄悄说的，虽然格里戈里·瓦西里耶维奇并不在场。根据玛尔法·伊格纳季耶芙娜的观察，自从埋葬孩子以后，他主要在钻研"神的学问"，阅读《使徒行传》，多半是独自默读，每次都要戴上那副又大又圆的银边眼镜。除了大斋戒，他很少出声朗读。他喜欢读《约伯记》，还不知从哪里搞到一本“我们那位代表神意的伊萨克·西林神甫”的布道讲演录，坚持不懈地读了好几年，虽然不解其意，但因此更加珍惜并喜爱这本书。最近，一个偶然的机会，在邻居那儿接触到了鞭身教，于是开始留意并研究起来。他显然受到了很大的震动，但他认为不应该皈依另一种新教派。他在“神学”方面的广博知识自然又给他增添了几分目空一切的傲气。

也许，他本来就倾向于神秘主义。事有凑巧，六指婴儿的降生和夭折恰恰又跟另外一件非常奇特的出乎意料的怪事连在一起了。那件蹊跷的事，正如他后来自己所说的，在他心里留下了深刻的“烙印”。就在六指婴儿下葬的那天，玛尔法·伊格纳季耶芙娜半夜醒来，好像听到了新生婴儿的啼哭。她吓得连忙推醒丈夫。丈夫仔细听了听，说很有可能是什么人在呻吟，“好像是个娘们儿”。他起来穿好衣服。那是个相当暖和的五月之夜。他走到门口，清晰地听到呻吟声是从花园里传来的。但花园四周有道又高又结实的围墙，从院子通往花园的门夜间是上锁的，除了这扇门，没有别的通道可以进入花园。格里戈里回到屋里，点了一盏灯，拿了花园的钥匙，也不去理睬妻子歇斯底里的大喊大叫（她咬定她听到的是孩子的哭声，而且肯定是她的孩子在哭，在呼喊她），一声不响地朝花园走去。这时候他清楚地听到呻吟声来自离小门不远的澡堂，而且呻吟的确实是一个女人。他推开澡堂门，眼前的景象一下子使他呆住了：那个流浪街头、全城闻名、绰号叫臭丽萨维塔的疯女人，钻到他们家的澡堂里，刚刚生下一个孩子。那孩子就躺在她身边，而她自己已经奄奄一息。她连一句话也说不出来，因为她是哑巴，根本不会说话。但是这些情况最好要加以特别的说明。

二 丽萨维塔·斯梅尔佳夏娅

眼前这个特殊的场面使格里戈里大为震惊，并且彻底证实了他原来那个不愉快的令人恶心的怀疑。这个绰号叫臭丽萨维塔的姑娘身材十分矮小，只有“两俄尺高”，就像我们城里许多进香的老婆子在她死后感叹时所形容的那样。她二十岁，健康、红润、宽阔的脸上露着十足的痴呆相，她的眼神虽然温顺，却呆滞而令人不快。无论严冬酷暑，她一年四季都赤脚走路，只穿一件麻布衬衫。一头特别浓密的黑发鬈曲得像绵羊的毛，盖在头上像顶大帽子。此外，她头发里永远沾着泥土、树叶、草茎、木屑之类的东西，肮脏不堪，因为她始终睡在肮脏的泥地里。她父亲伊里亚原是个小市民，破产后成了无家可归的流浪汉，他身体有病，成天喝得醉醺醺的，多年来一直在我们城里一些殷实的小市民家里当雇工。丽萨维塔的母亲早死了。每次丽萨维塔回到家里，常年患病、脾气凶暴的伊里亚就惨无人道地把她毒打一顿，不过她很少回家，全城的人看到她生来就是疯子，都会给她吃的。伊里亚的东家，伊里亚本人，以至城里许多可怜她的人，主要是那些经商的老板和老板娘，不止一次地想给丽萨维塔穿得像样些，不让她老穿那一件破衬衫，到了冬天总要给她穿上皮袄，脚上套上靴子。她照理乖乖地听任别人给她穿这穿那，但过后又躲到一个地方，多半在教堂的门廊下，把施舍给她的东西——头巾啦，裙子啦，皮袄啦，靴子啦——统统脱下来放在地上，赤着脚，穿一件衬衫悄然离去。有一次新任省长来视察我们这座小城，他本来心情极佳，可见到丽萨维塔后非常生气，虽然下属向他报告说是个“疯子”，但他还是警告说，一个年轻姑娘只穿一件衬衫到处游荡，这有碍观瞻，今后必须杜绝此类现象。省长一走，丽萨维塔还是老样子。后来她父亲死了，她成了孤女，城里的善男信女更可怜她了。的确，大家似乎都喜欢她，连那些男孩也不去逗弄她，欺负她。我们这里的男孩，尤其是那些学生，都是些捣蛋鬼。她走进陌生人家里，谁也不会赶她，相反，人人都会给她点爱抚，给她几个小钱。别人给她钱，她收下以后马上拿去放进教堂或监狱的捐钱罐。在集市上别人给她面包卷或面包，她一定拿去送给迎面碰到的第一个小孩，或者拦住某个我们这儿最有钱的太太，把面包送给她，而太太们竟然也会高高兴兴收下来。而她自己却只用黑面包和水充饥。有时候她走进一家有钱的店铺坐下来，身边就是贵重的商品，还有现金，可掌柜的从来用不着提防她，他们知道哪怕当着她的面掏出几千卢布忘了收起来，她也绝不会拿一个戈比。她很少进教堂，可晚上就睡在教堂门口的台阶上，或者翻过篱笆（直到如今我们这儿还有很多人家用篱笆代替围墙）睡到人家的菜园里。她大约每星期回一次家，也就是到她父亲在世时打短工的那些东家家里，到了冬天就每天回去，但也只住一宿，就睡在过道里或牛棚里。大家都觉得奇怪，她居然能这样生活，可是她却习惯了。她个子矮小，可是身体非常结实。我们这里有些老爷硬说她这样做仅仅因为高傲，可是这又从何说起呢！她连一句话都不会说，只是偶尔转动舌头吼叫几声——这哪里是高傲呢！后来发生了这么一件事：有一次，那是很久以前了，在一个温暖明亮的九月之夜，皓月当空，按我们这里的说法也已经很晚了，有一群喝得醉醺醺的家伙，我们城里的几个游手好闲的少爷，五六个浪荡公子，从俱乐部出来后抄小路回家。胡同两边都是篱笆，篱笆后面是附近人家一个挨一个的菜园。胡同的尽头有座小桥，桥下面是一条长长的臭水沟，我们这儿有时候习惯把它叫作小河。这帮家伙看到丽萨维塔就睡在篱笆旁边的荨麻和牛蒡草丛里。这些喝得醉醺醺的少爷嘻嘻哈哈地走到她旁边，说出一些极其下流的笑话。有一位少爷突然心血来潮，提出一个十分古怪的问题："有没有谁能把这畜生当女人，现在就对她如此这般？"大家都带着一种高傲的厌恶心理断定说，这是不可能的。当时费奥多尔·巴夫洛维奇恰巧也在这伙人中间，他顿时跳出来十分肯定地说，可以把她当女人，而且是十足的女人，甚至还别有风味，等等。其实，那时候他在我们这儿故意把自己装扮成小丑的角色，喜欢自告奋勇地出来逗老爷们发笑，表面上自然是平等的，实际上在他们面前完全是个低三下四的贱人。这件事恰恰发生在他刚从彼得堡得到了他原配妻子阿杰莱达·伊凡诺芙娜的噩耗的时候。当时他帽子上正戴着黑纱，却照常狂嫖滥饮，城里有些人，包括那些最最荒淫无耻的家伙见了他都感到恶心。这伙浪荡公子听了他出乎意料的话，不由得哈哈大笑起来，其中有一个家伙甚至对费奥多尔·巴夫洛维奇说了些挑唆怂恿的话，但是其余人听过也就算了，根本没当回事，虽然还是嘻嘻哈哈乐不可支。最后大家终于各自回家了。事后费奥多尔·巴夫洛维奇指天画地发誓说，当时他也和大家一起离开了。也许确实如此，这件事谁也不能确定，也永远不可能知道。可是过了六个月，城里的人都怒不可遏地开始谈论丽萨维塔怀孕的事。大家纷纷打听并追究，这究竟是谁作的孽？是谁侮辱了她？就在这时候，一个可怕的流言突然传遍了全城，说欺侮她的就是这个费奥多尔·巴夫洛维奇。这传闻是从哪里来的呢？那帮夜游的浪荡鬼中间当时只有一个人还留在城里，那人是个正当壮年受人尊敬的五等文官，他有妻室和几个成年的女儿，即使确有其事，他也绝对不会大肆张扬的，而其余五个参与者当时早已远走高飞了。但是传闻的矛头直指费奥多尔·巴夫洛维奇，而且一直针对着他。费奥多尔·巴夫洛维奇本人对此并不十分在意，他不屑于搭理那些商人和小市民。当时他对一般人的态度十分傲慢，只有在官员和贵族的圈子里才谈笑风生，讨他们的欢心。就在这关键时刻，格里戈里挺身而出，不遗余力地捍卫自己老爷的名誉，不但为他辩护，驳斥种种流言蜚语，甚至为他跟别人争吵相骂，结果真的使许多人不再相信这些流言蜚语，都怪她这个贱货自己不好。他十分肯定地说，欺侮她的不是别人，恰恰就是“带螺丝刀的卡尔普”——卡尔普是全城皆知的一个凶恶的逃犯，他从省监狱逃出来以后就隐匿在我们城里。这种猜测似乎合情合理，大家都记得卡尔普，记得他就在那几个初秋的夜晚在城里四处流窜，而且还抢劫过三个人。但这件事以及各种各样的猜测不仅没有减弱大家对这可怜的疯姑娘的同情，相反，大家更加爱护她关心她了。女商人康特拉季耶娃，一个有钱的寡妇，甚至做出了这样的安排：在四月底就把丽萨维塔接到自己家里，分娩之前不让她出来，日夜派人照看她。丽萨维塔尽管受到精心照料，结果还是在最后一天晚上偷偷地从康特拉季耶娃家里逃了出来，神不知鬼不觉地到了费奥多尔·巴夫洛维奇家的花园里。至于她身怀六甲怎么能翻过又高又厚的花园围墙，始终是个谜。有的认为她是被人“抬进去的”，也有的说是“借助神的力量飞进去的”。但最大的可能还是：这一切虽然令人费解，但实际上是很自然的事，丽萨维塔本来就善于翻越篱笆到人家菜园里过夜，这一次虽然有孕在身，但还是设法爬上了费奥多尔·巴夫洛维奇家的围墙，也不顾可能受到伤害，便冒险从围墙上跳了下来。格里戈里赶快回去叫玛尔法·伊格纳季耶芙娜，让她去帮助丽萨维塔，而自己跑去叫接生婆。幸好接生婆就住在附近。孩子得救了，可丽萨维塔却在天亮前死了。格里戈里把婴儿抱回家里，让妻子坐好，再把婴儿放到她腿上，让她搂在怀里："孤儿是上帝的孩子，大家都要爱他，咱们就更不用说了。这孩子是咱们死去的儿子送来的，是魔鬼的儿子和圣女生的，你就喂养他吧，以后别再哭哭啼啼了。"就这样，玛尔法·伊格纳季耶芙娜开始抚养这个孩子。给他洗了礼，起名叫巴威尔，至于父名，大家竟不约而同地叫他费奥多罗维奇。费奥多尔·巴夫洛维奇也未加任何阻拦，甚至认为这一切都很有趣，尽管矢口否认跟他有任何关系。城里的人觉得他收留了一个弃婴，是做了件好事。后来费奥多尔·巴夫洛维奇还给弃婴取了个姓：就叫斯梅尔佳科夫，因为孩子母亲的绰号就叫丽萨维塔·斯梅尔佳夏娅[1]。这个斯梅尔佳科夫长大后就成了费奥多尔·巴夫洛维奇的第二个男仆，跟格里戈里和玛尔法老两口一起住在厢房里。他担任厨子。本来应该专门给他介绍几句，但是为这种极其普通的仆人而长时间地分散读者的注意力，我未免有点不好意思，所以还是言归正传。好在跟着故事的进展，自然还会讲到斯梅尔佳科夫的。

---

① 斯梅尔佳夏娅，原意为浑身发臭的女人。

三 一颗火热的心在忏悔（诗歌）

阿廖沙听到父亲离开修道院时在马车上对着他大喊大叫，命令他立即回去，一时间感到莫名其妙。倒不是说他站在那儿呆住了，他还不至于这样。相反，他尽管内心十分不安，但还是马上到院长的厢房里去打听父亲刚才到底干了些什么。然后，他才动身到城里去，希望在回城的路上能解决令他烦恼的难题。首先要说明：对于父亲的大喊大叫以及要他“带上枕头褥子”搬回家住的命令，他是一点儿不怕的。他再清楚不过了，父亲当众命令他搬回去，而且还装模作样地大喊大叫，完全是出于一种“爱好”，可以说是为了面子。就像前不久他们城里的一个喝得醉醺醺的市民，在庆祝自己命名日的宴会上，因为不让他再喝伏特加而当着众多宾客的面大为光火，猛摔自家的碗碟，撕破自己和妻子的衣服，砸坏自己的家具，最后敲碎自家的玻璃，这些举动也只是为了面子。现在他父亲当然也是这样。那位酩酊大醉的小市民第二天清醒过来之后，看到摔破的碗碟就觉得心疼了。阿廖沙知道，老人明天也肯定会重新放他回修道院，甚至今天就会放他回去。再说阿廖沙完全相信，父亲即使想欺侮别人，也决不会欺侮他。阿廖沙深信，世界上绝不会有人想欺侮他，不仅没有这样的愿望，也没有这种可能。对他来说这是一条不容置疑、永恒不变的公理。因为抱着这样的信念，他才勇往直前，毫不动摇。

但是，此刻他心头萦绕的是性质完全不同的另一种恐惧，由于连他自己都说不清楚，因而更加令他痛苦。其实就是惧怕女人，具体说就是惧怕卡捷琳娜·伊凡诺芙娜。卡捷琳娜·伊凡诺芙娜前不久托霍赫拉科娃太太转交给他一张字条，恳求他务必到她那儿去一次。她的这个要求以及非去不可的坚决态度立即在他心中注入了某种烦恼。整整一上午，他内心的这种感觉变得越来越强烈，即使后来在修道院以及在院长室里接二连三发生的争吵和意外事件都没有冲淡这种感觉。他害怕的倒不是她会跟他说些什么以及该怎样回答自己心中没底，也不是因为她是女人他才害怕。当然，他不了解女人，但他毕竟从小到大，直到进修道院之前，始终都跟女人生活在一起。可他就是怕这个女人，就是怕卡捷琳娜·伊凡诺芙娜。自从第一次见到她就怕她。他跟她总共才见过一两次面，也许是三次，只有一次才偶尔跟她讲过几句话。在他的记忆中，她是个美丽、高傲、威严的姑娘，但令他烦恼的并非她的美貌，而是别的东西。正因为他的这种恐惧无法解释才更增加了他内心的恐惧。这姑娘的用意是极其高尚的，这一点他知道。她要竭力挽救他的大哥德米特里，尽管大哥做了对不起她的事，她这样做完全是出于宽宏大量。现在，他虽然意识到这一点，对她美好的愿望和宽阔的胸怀给予公正的评价，但是当他走进她住所的时候，他脊背上还是一阵阵发凉。

他估计在她那儿不会遇到跟她关系密切的二哥伊凡·费奥多罗维奇，伊凡现在肯定跟父亲在一起。至于德米特里，那更不会遇到了。他也猜到大哥为什么不会在那儿。因此，他们的谈话很可能单独进行。他真希望在这次至关紧要的谈话之前能见到大哥德米特里或者去找他一次。他不想把这封信交给他看，但可以跟他谈一谈。可是大哥德米特里住得很远，而且现在肯定不在家。他站了一会儿，最后终于下定了决心。他习惯地匆匆画了个十字，不知为什么又微微一笑，接着便迈开坚定的步伐朝他心目中的那个可怕的女郎家走去。

她的家他是认识的。要是走大街，再穿过广场什么的，那就相当远。我们这个小城非常散漫，各处间的距离往往相当远。再说父亲正在等他，也许还没忘记自己的命令，没准会发一通脾气，因此要抓紧时间，争取两边都不耽误。考虑到这些情况，他才决定抄近路，缩短距离，而对城里的这些小路他简直了如指掌。所谓小路，其实并没有路，需要顺着一道道荒凉的围墙，有时候甚至要翻越人家的篱笆，穿过人家的院子，不过那些人家都认识他，见了面都跟他打招呼。他抄这条近路到大街，距离可以缩短一半。有一段路他要经过离父亲房子很近的地方，也就是要在父亲邻居家的花园旁边走过。那邻居家的房子又小又破，只有四个窗户，都已经倾斜了。这座小房子据阿廖沙所知是本城的一位小市民，一个断了腿的老妇人的财产。她跟女儿住在一起，她女儿原来在京城当使女，很有教养，前不久还在几位将军家做过事，因为母亲生病，大约一年前回到老家，至今还常常穿着漂亮的裙子在人前炫耀。不过这母女俩如今陷入了可怕的贫困境地，以致每天都到邻居费奥多尔·巴夫洛维奇家的厨房里讨菜汤和面包吃。玛尔法·伊格纳季耶芙娜很乐意救济她们。那女儿虽然穷得落到乞讨的地步，可那些裙子却总也舍不得卖掉，其中一条还拖着长长的裙裾呢。当然，这个情况是阿廖沙偶然有一次从对城里的事情无所不晓的拉基京那儿听说的，阿廖沙听过之后很快就忘记了。可是现在走过邻居家的花园，他突然想起了裙裾的事，于是迅速抬起了正在沉思的低垂的脑袋，突然……碰到了一个最最出人意料的情况。

他大哥德米特里·费奥多罗维奇站在邻居家花园的篱笆后面，脚下不知垫着什么，正探出半个身子使劲地向他打着手势，招呼他过去，显然是怕别人听见，不仅不敢大声喊他，甚至都不敢出声说话。阿廖沙立即朝篱笆跑去。

“幸亏你自己抬头看到了，不然我差点要大声喊你了。”德米特里·费奥多罗维奇高兴而匆忙地说道，“你爬过来！快！啊，你来得正好！我刚才还在想你呢……”

阿廖沙也很高兴，只是不知道怎样翻过这道篱笆，于是米佳用大力士般的手抓住他的胳臂，帮他跳过去。阿廖沙撩起修士服，一下子跳了过去，灵巧得犹似城里一名赤脚的顽童。

“好了，咱们走吧！”米佳忍不住兴奋地低声说。

“上哪儿去？”阿廖沙也悄声说，同时朝四周张望了一下，发现自己置身于一个空旷的花园里，除了他们兄弟俩，周围一个人也没有。花园虽小，但主人家的房子离他们毕竟有五十步左右。“这里一个人也没有，你说话干吗鬼鬼祟祟？”

“干吗鬼鬼祟祟？唉，真是见鬼了！”德米特里·费奥多罗维奇突然放开嗓子大声说道，“我干吗要小声说话呢？你看，老天爷在乱弹琴。我偷偷躲在这里，我在监视一个秘密。这我以后告诉你。我想这是秘密，所以我也鬼鬼祟祟的，连说话都像傻瓜似的压低了嗓子，其实根本用不着这样。走吧！到那边去！暂时别说话。我真想吻一吻你！

赞美人世间的上帝，
赞美我心中的上帝！……

这是你来之前，我坐在这儿反复唱的……”

花园的面积大约一公顷，也许略大些，可是只沿着四周的围墙栽了一圈树木——苹果树、槭树、菩提树和白桦树。花园中央是一片空旷的草地，到夏天可收割几普特干草。开春以后女主人便把花园租给别人，收取几个卢布。园子里也种些覆盆子、醋栗、茶藨子，不过都在围墙旁边。紧靠着房子有几畦蔬菜，那是前不久才栽的。德米特里·费奥多罗维奇把客人带到一个离房子最远的角落。在密密的菩提树和古老的醋栗、接骨木、绣球花、丁香之类的灌木丛中，突然冒出一个废弃多年的凉亭，原来的绿色变成黑乎乎的了，带栅栏的墙壁已经倾斜，上面有个顶子，尚能避雨。这凉亭天知道建于何年何月，据传说是五六十年前由当时这房子的主人——退伍中校亚历山大·卡尔洛维奇·冯·史密特修建的。如今一切都已腐朽，地板霉烂了，每一块木板都已经松动，木头都散发出一股霉味。亭子里有一张固定在地上的绿色木桌，桌子周围有一圈绿色的长凳，上面还可以坐人。阿廖沙刚才觉得大哥的情绪相当兴奋，走进凉亭后才看到，原来小桌上放着半瓶白兰地和一只酒杯。

“这是白兰地！”米佳哈哈大笑起来，“你看到了准会说‘他又在酗酒了’吧？你不要捕风捉影。

不要相信空虚而虚伪的人们，
请你忘却自己的怀疑……[①]

我没有酗酒，只是在‘品尝佳酿’，就像拉基京那头蠢猪说的。拉基京将

① 引自俄国诗人涅克拉索夫的诗篇《走出迷茫的阴影……》。

来会当个五品文官，尽说些‘品尝佳酿’之类的话。你坐下。阿廖沙，我真想一把抱起你，紧紧搂在怀里，搂得你骨头都散架，因为在整个世界上，我真正……真……正……（你要明白！你要明白！）爱的只有你一个人！”

这最后一句话，他是在近乎疯狂状态中说的。

“只爱你一个，还有个‘下贱女人’，我迷上了她，自己也就彻底完蛋了。但迷上不等于爱。出于憎恨也可以迷上的。你要记住！现在我暂时还可以痛痛快快地说话。你坐下，就靠着这桌子，我挨着你，我就一面看着你一面跟你说话。你别说话，让我一直说下去，因为期限到了。不过你知道吗，我认为的确要小声说话，因为这里……这里可能有人偷听。我会把什么都说给你听的，刚才不是说过待会儿要把一切都告诉你吗？为什么这几天我急着要见你，巴不得马上见到你？我在这儿已经等候了整整五天。因为我要把一切都告诉你，只对你一个人说，因为需要这样做，因为我需要你，因为明天我就要从天上掉到地下，从幻想回到现实，因为明天生命就要结束，或者重新开始，你有没有体验过或梦见过从山上掉进泥坑的情景？你看，眼下我真的在迅速坠落，不是在做梦。不过我并不害怕，你也别怕。其实我是害怕的，不过我觉得很舒服，其实也不是舒服，而是兴奋……去他妈的！不管是什么，反正都一样！坚强的精神，软弱的精神，娘们儿的精神——反正都一样。让我们赞美大自然吧：你看，阳光多么灿烂，天空多么晴朗，树叶碧绿青翠，整个儿还是夏天的景象，下午三点多钟，一片宁静！你刚才要到哪里去？”

“到父亲那儿，顺道先去看看卡捷琳娜·伊凡诺芙娜。”

“你到她那儿，再到父亲那儿！嘿，真是巧极了！你知道我为什么叫你来？为什么盼望你来？为什么如饥似渴地、打心底里盼望你来吗？就是要你代表我到父亲那儿，再到卡捷琳娜·伊凡诺芙娜那儿。就此跟她也跟父亲一刀两断。我要派一位天使去。本来可以随便派一个人，可我一定要派一位天使。正巧你自己两边都要去。”

“难道你真的想派我去吗？”阿廖沙脱口而出，脸上露出痛苦的表情。

“得了，你心里明白。我看得出，你一下子全都明白了。不过你别说，暂时别说，你不要怜悯，也不要流泪！”

德米特里·费奥多罗维奇站起来，仔细想了想，手指按着额头说：

“她一定是自己叫你去的，她给你写了封信，或者用什么别的办法通知了你，所以你才到她那儿去，不然，你会去吗？”

“你看这字条！”阿廖沙从口袋里掏出一张字条。米佳匆匆看了一遍。

“你这是抄近路啊！上帝啊！我真要感谢上帝让他抄近路，让他自己走到我这儿，就像童话里的金鱼自己游到愚蠢的渔夫面前一样。你听我说，阿廖沙，听我说，弟弟。现在我已经打算把一切都告诉你，因为总得说给什么人听的。我已经给天上的天使说过了，还得给人间的天使说一说。你是人间的天使。你听完了会做出评判，你会宽恕我的……而我就是要让高尚的人宽恕我。听我说，要是两个人突然想挣脱尘世的一切，飞向一个不平常的地方，至少两人中间有一个是这样，而他在离开或者毁灭之前去对另一个人说：请你替我做一件事，这种事情是任何时候也绝不会求任何人做的，只有在临死之前才可以提出这样的请求，那个人如果是朋友，是兄弟，难道他会不去做吗？……”

“我会做的。但是你得告诉我是怎么回事，快说。”阿廖沙说。

“快说……嗯，别着急，阿廖沙。我看你心里是又着急又慌张。现在不必那么着急。现在世道变了。唉，阿廖沙，真可惜，你还不理解欢乐！不过，我怎么跟你说这些呢？你怎么会不理解呢！我这傻瓜，还在说什么：

> 人啊，你应该高尚！①

这是谁的诗句？”

阿廖沙决定等待。他明白，他现在该做的事情也许就是待在这儿。米佳一只胳臂支着桌子，手掌托着脑袋，沉思了片刻。两人都没说话。

“阿廖沙，”米佳说，“只有你一个人不会笑话我！我原来打算开

---

① 引自德国诗人歌德的诗篇《神圣》。

始……我的忏悔……用席勒的《欢乐颂》，《欢乐颂》①！但我不懂德文，我只知道《欢乐颂》②这几个字，你别以为我是喝醉了说胡话。我一点儿没醉。白兰地确实是白兰地，我要喝两瓶才醉。

面孔通红的赛利纳斯，
骑着一头趺趺撞撞的驴子。③

我连四分之一瓶都没喝完，所以也不是赛利纳斯④，我不是赛利纳斯，却是条硬汉子，因为我做出了一个决定，而且决不后悔。请原谅我说了句双关语，许多事情今天你都得原谅我，更不用说这句双关语了，你别担心，我不是在瞎说，我说的是正经事，我马上就要转入正题，我不会故意卖关子的。慢着，那首诗是怎么说的……”

他抬起头想了想，突然激昂慷慨地背诵起来：

赤裸、野蛮而胆怯的原始人，
躲藏在山岩的洞穴里，
放牧的人到处漂泊，
将田野变成一片荒芜。
狩猎的人手持标枪弓箭，
威风凛凛地出没在森林里。
打鱼的人被风浪抛到荒岸，
无处藏身，命运凄凉！

---

① 原文为德文。
② 同上。
③ 引自俄国诗人迈科夫的诗篇《浮雕》。
④ 希腊神话中的酒神。在俄文中与“硬汉”谐音。

失去女儿的母亲西莉兹，
从奥林匹斯山上下来，

寻找被劫走的普罗赛潘，
眼前是个野蛮的世界，
没有栖身之处，没有食物提供。

女神只能受饥挨冻，
虽有教堂存在，
却无对神的崇拜。
盛大的宴会上，
不见五谷杂粮和香甜的瓜果。
鲜血淋漓的祭坛上，
唯有牺牲的遗骸在冒热气。
西莉兹悲伤的目光，
不论投向何方。
但见整个人类
处在深深的屈辱中！①

米佳突然失声痛哭。他紧紧抓住阿廖沙的手。

“朋友，朋友，人们至今还处在屈辱中，处在屈辱中啊！人在世界上经受的痛苦实在太多了，遭到的灾难实在太多了！你别以为我只是个衣冠禽兽，只知道喝白兰地和糟蹋女人。兄弟啊，我几乎一直在思考这件事，在思考人们受的屈辱。我说的是真心话。上帝保佑，我没有撒谎，也不是自我吹嘘，我一直想着受屈辱的人，因为我自己就是这种人：

① 引自德国诗人席勒的诗篇《祭神节》。

为了洗刷卑污的灵魂，
成为顶天立地的巨人，
他与古老的大地母亲，
应该结成永久的同盟。[①]

问题在于：我怎样才能与大地结成永久的同盟？我不去亲吻大地，也不会剖开它的胸膛。怎么，难道要我去当农夫或者牧人？我只顾朝前走，却不知道自己走进了污秽和耻辱，还是走进了光明和欢乐。你看糟就糟在这里，因为世界上的一切都是个谜！每当我陷入荒淫无耻的深渊（我尽干这类勾当），我总是读这首咏叹西莉兹女神和人类的诗篇。这首诗能使我改邪归正吗？绝对不会！因为我是卡拉马佐夫。如果我跌进无底深渊的话，那也是头朝下脚朝天径直掉下去，而且感到心满意足，因为正是在这种屈辱的状态中堕落的，甚至认为这姿势很优美。就在这种耻辱中，我突然唱起颂歌。虽然我可恶，我下流，我卑鄙，但是也得让我亲吻一下我的上帝身上那长袍的衣角。虽然与此同时我追随着魔鬼，但是上帝啊，我毕竟也是你的儿子，上帝啊，我同样爱你，同样感受到欢乐，没有这种欢乐，世界也就无法存在，难以支持。

永恒的欢乐滋润着
上帝子民的心灵，
它用强大的神秘力量
使生命辉煌灿烂，
它指引小草追求光明，
它使宇宙脱离混沌，
它向四周蔓延，充斥太空，

① 引自德国诗人席勒的诗篇《祭神节》。

连星占家也难以统计，

在大地母亲的怀抱里，
凡能呼吸的一切都把欢乐痛饮；
它以自己的魅力吸引着
所有的造物，所有的民族；
它使我们在不幸中得到朋友，
它送来美酒鲜花；
它赋予虫豸以情欲……
天使——站在上帝面前。[①]”

“不用再背诗句了！我已经热泪盈眶，你就让我哭个痛快吧。虽然这很愚蠢，大家会笑话我，可你是不会笑话我的。你瞧，你的眼睛也在燃烧。没有必要再背诵诗句了。现在我想跟你说说‘虫豸’的事，就是上帝赋予了情欲的那些‘虫豸’。

上帝赋予虫豸以情欲！”

“兄弟，我就是这样的一条虫子。这句话是专门针对我说的。我们卡拉马佐夫家的人都是这样的虫，连你这天使身上也有着这样的虫，而且在你的血液中掀起风暴。的确是风暴，因为情欲本身就是风暴，甚至比风暴还厉害。美是一种非常可怕的东西。说它可怕，是因为无法捉摸，说它无法捉摸，是因为上帝设下的都是些谜。这里，两条对立的河岸可以合拢，各种矛盾可以同时并存。兄弟，我才疏学浅，可对这个问题想得很多。神秘的东西实在太多了！许许多多的谜压得全世界的人都喘不过气来。你尽

① 引自席勒的《欢乐颂》。

管去解开这些谜吧，看你能不能做到出污泥而不染。唉，美啊！我最不忍心看到一个心灵高尚、头脑聪明的人，以圣母玛利亚的理想开始，却又以所多玛城[①]的理想告终。更可怕的是，有人心里怀着所多玛的理想，却又不否定圣母玛利亚的理想，这理想甚至使他的心灵燃烧，真的燃烧，就像在天真无邪的青年时代那样真正地燃烧。是的，人是复杂的，太复杂了，我真想让他简单些。鬼知道是怎么回事！理智认为是可耻的，感情却觉得是美好的。难道美在所多玛城吗？你得相信，对于绝大部分人来说，美就在所多玛城——你知不知道这个秘密？可怕的是，美不仅是种可怕的东西，又是一种神秘莫测的东西。这里，魔鬼与上帝在进行搏斗，而搏斗的战场便是人心。可是话又要说回来，谁身上有什么毛病，谁就忍不住偏要说它。你听着，现在我就要转入正题了。”

四　一颗火热的心在忏悔（故事）

“我这个人的确荒唐。刚才父亲说我为了勾引女人，往往一掷就是几千卢布。这完全是卑鄙的捏造，根本没那回事。其实，干‘那种事’根本就不用花钱。我的钱是舞台上的布景和道具，是心灵的火焰，是一种氛围。今天她是我的意中人，明天就有一名街头妓女来顶替她的位置。不管是哪一个，我都尽量让她们开心。我大把大把花钱，听音乐，雇茨冈女郎，唱歌跳舞，热闹得很。需要的时候，我也给她们钱，因为她们也要钱，拼命要钱，这一点应该承认，她们收了钱很满意，很感激。太太们也爱我，当然并非所有的太太，但常常有这样的情形。可是我始终喜欢小胡

① 《圣经》中的城市，因其居民罪孽深重，被天火焚毁。见《圣经·旧约·创世记》。

同，偏僻阴暗的小巷，在广场后面——那里有奇遇，有料想不到的事情，那里有落在污泥中的璞玉。兄弟，我这是譬喻。我们城里没有这种有形的小胡同，但精神上的无形的小胡同是存在的。假如你是我，那你就会明白这样的小胡同是指什么。我喜欢淫荡，也喜欢淫荡带来的耻辱。我喜欢残忍；难道我不是臭虫，不是一条凶恶的虫吗？早已有言在先——我是卡拉玛佐夫家的人嘛！有一次，我们很多人分乘七辆马车去郊外野餐，那时候是冬天，我在雪橇上趁着黑暗握住身边一位小妞的手，硬跟她接吻，那小妞是位官员的女儿，既可怜又可爱，既温柔又驯顺，在黑暗中她听任我摆布，听任我做出许多放肆的举动。那可怜的小妞还以为我第二天会去向她求婚呢（当初大家都把我看作理想的未婚夫）。可是打那以后我再也没跟她说过一句话，整整五个月连半句话也没说过。跳舞的时候（我们那儿经常举行舞会）我发现她那双眼睛从大厅的角落里死死盯着我，看到那双眼睛在喷射火星——温和的愤怒的火星。这种恶作剧只是逗引一下盘踞在我内心的那条毒虫的情欲罢了。五个月之后，她嫁给了一位官员并且离开了那个地方……她恨我，也许还爱着我。现在他们的生活幸福美满。请注意，这件事我没有告诉过任何人，也没有说过她一句坏话，虽然我的欲望卑下，也喜欢下流的事，可我这个人还讲点人格。瞧，你脸红了，眼睛也发亮了。这点丑事你就受不了啦，这算不上什么，保罗·柯克[①]的故事才开了个头，尽管那条毒虫已经长大，已经占据了我的全部灵魂。兄弟，这类事情回想起来多得数也数不清。但愿上帝保佑这些可爱的女人身体健康。我跟她们断绝关系的时候不喜欢吵吵嚷嚷。我从来没有出卖过谁，从来没有说过有损她们名誉的话。好了，我不说这些了。难道你以为我把你叫来仅仅是为了讲这些丑事吗？不，我要告诉你的事情比这还有趣呢。但是你不要因为我跟你讲这些事情不但不以为耻，反以为荣而感到奇怪。”

“你看到我脸红才这样说的吧，”阿廖沙突然说，“我脸红并不是因

---

①保罗·柯克（1793—1871），法国作家。

为你说了那些话，也不是因为你做了那些事，而是因为我跟你完全一模一样。”

“你？你说得也太过分了。”

“不，不过分。”阿廖沙激动地说（这个想法他早已有之），“我们都处在同一座阶梯上，我在最下面一层，而你在上面，大约在十三层吧。我就是这么看的。实际上是一回事，完全一样。谁跨上了最低一层，结果总要登上最高一层的。”

“也许根本就不必跨上去？”

“谁有能耐，就完全可以不跨上去。”

“那你行吗？”

“看来不行。”

“别说了，阿廖沙，别说了，亲爱的。我听了大受感动，真想吻吻你的手。格鲁申卡这调皮鬼很会揣摩人，有一次她对我说，迟早她要把你给吃了。我不说了，不说了！让我们从这些肮脏的事，从苍蝇成堆的地方转到我的悲剧上，转到同样苍蝇成堆也就是充满卑鄙龌龊的地方。事情是这样的，老头子胡说什么我勾引了良家妇女，其实，在我的悲剧里，也确有其事，尽管只有一次，而且没有成功。老头子捏造事实指责我，可这件事他根本不知道。我从来没跟谁说过，现在我首先告诉你，当然伊凡是例外，他什么都知道。他比你早知道，不过伊凡守口如瓶。”

“伊凡会守口如瓶？”

“是的。”

阿廖沙听得十分仔细。

“我在那边防营里说起来是个准尉，其实就像流放的犯人那样受到监视。可城里的人待我特别好。我大把大把地花钱，大家以为我很有钱，连我自己也这样认为。不过我能博得他们的喜爱也许还有别的原因。尽管只是点头之交，可他们真的都喜欢我。我的上司，那位中校老头，突然不喜欢我了，尽找我的碴。我有靠山，再说全城的人都支持我，因此他也不能拿我怎么样。也怪我自己不好，故意不尊重他。我也太骄傲了。这老头儿脾气倔强，可人不坏，心地善良，热情好客，曾经娶过两个妻子，可都死了。第一个妻子出身平民，给他留下一个女儿，也是个老实的姑娘。我见到她的时候已经二十三四岁，跟父亲和姨妈——她去世母亲的妹妹——住在一起。姨妈是寡言少语的老实人，而外甥女，中校的长女，是伶俐活泼的老实人。一想起她，我喜欢说句好话：我还从来没有见过脾气这样好的姑娘。她的名字叫阿加菲娅，你瞧，多好听的名字——阿加菲娅·伊凡诺芙娜。她的模样也不错，符合俄国人的口味——身材高大，体态丰满，眼睛极美，脸可以说带点粗相。她还没有出嫁，尽管有两家求婚的，但她都拒绝了，也没有因此而烦恼。我跟她成了朋友——不是那种关系，纯粹是友谊。我跟女人交朋友常常没有坏心眼，纯粹友好相处。我跟她闲扯些非常露骨的事情。咳！她听了只是嘻嘻地笑。你可知道，许多女人喜欢听露骨的话，何况她还是个姑娘，这使我感到十分有趣。还有，怎么也不能说她是贵族小姐，她和姨妈住在她父亲家里，似乎甘愿降低自己的身份，不愿跟上层社会的人处于同等地位。大家都喜欢她，也需要她，因为她是个很有名气的裁缝，她有这方面的天赋。替别人做衣服也不收钱，只讲交情，但别人送她礼物，她也不拒绝。可中校呢，那就完全不同了！中校是我们这里的头面人物。他讲究排场，乐意招待全城的客人，常常设晚宴办舞会。我刚到那儿加入边防营的时候，全城都在纷纷议论，说是中校的二女儿不久就要从京城回来了。他的二女儿是美人中的美人，刚从首都的一所贵族女子学院毕业。这位千金就是卡捷琳娜·伊凡诺芙娜，是中校的第二位妻子生的。那第二位妻子也已经去世，她倒是位大家闺秀，将军的后代，不过据我所知，她也没有给中校带来什么钱财。也就是说，她只有高贵的门第，仅此而已，也许还有希望今后能得到些财产，但现款是一点儿也没有的。这位女学生一回来（她是来做客的，并非久住），我们这个小城的面貌简直焕然一新。我们城里几位最高贵的太太——两位将军夫人和上校夫人——以及其他所有的人都纷纷出来为她捧场，争先恐后地邀请她，为她安排娱乐活动，选她当舞会和野餐会的皇后，组织为家庭女教师募捐的演出。可我一声不吭，只顾自己纵酒作乐。就在这时候我玩了个花招，结果闹得满城风雨。有一天，在炮兵连长家里，我发现她打量了我一眼，可是我并没有走过去向她献殷勤，意思是不屑于结识她。我走到她跟前已经是后来的事。也是在一个晚会上，我跟她说话，她爱理不理地看了我一眼，轻蔑地噘起了嘴唇。我心里想，你等着瞧吧，我一定要报复的！当时在大多数场合我的行为举动极其粗野，我自己也感到这一点。更重要的是我感到'卡捷卡'并非那种天真烂漫的女学生，而是个有性格的女性。她高傲，但品德确实高尚，更重要的是，她天资聪慧，教养有素，可我既不聪明也无教养。你以为我想向她求婚吗？丝毫没有这个意思，仅仅想报复罢了，因为我毕竟是个很棒的小伙子，可她却毫不理会。我继续酗酒胡闹。最后，中校终于关了我三天禁闭。恰巧，这时候父亲给我汇来了六千卢布。在这之前我给他寄了一份财产已经结算完毕的字据，就是说我们之间'谁也不欠谁'了，我再也不会向他提出任何要求了。当初我什么也弄不清楚，兄弟，直到我来这儿之前，甚至直到最近这几天，也许直到今天我都一点儿不清楚我和父亲之间在钱款方面的那些争执。但这些事不去管它，以后再说。当时我收到六千卢布之后，我从朋友给我的信中突然确切地了解到一件对我来说非常有趣的事情，那就是上级对我们这位中校并不满意，怀疑他有不法行为，总之一句话，他的死对头正准备找他的麻烦。不久师长突然来狠狠训了他一顿，过了没几天便命令他辞职。我不想详细告诉你这件事情的来龙去脉，反正他的确有几个冤家对头，城里的人突然对他和他们全家非常冷淡，大家全都回避他们。这时候我就玩了第一个把戏。我遇见了一直跟我保持友谊的阿加菲娅·伊凡诺芙娜，对她说：'你父亲手里亏空了公家的四千五百卢布。''您这是什么意思？您为什么这样说？前几天将军刚来过，那时候钱都在的……''当时还在，可现在没了。'她听了吓坏了。'您别吓唬我，您这是听谁说的？''您放心好了，我不会告诉任何人。您知道，在这种事情上我守口如瓶，不过为了以防万一起见，我还是要补充一句：一旦要您父亲交出四千五百卢布，而他又拿不出这笔款子，那么与其让他出庭受审，这么一大把年纪了再降为列兵，还不如把你们那位女学生偷偷给我送来。我刚巧收到一笔汇款，也许我能给她四千五百卢布而且严守秘密！''唉，您真卑鄙！（她就是这么说的。）您真是个可恶的无赖！您怎么敢这样放肆！'她怒不可遏地走了。我朝她背后又大声说了一句：我保证严守秘密。这两个女人，也就是阿加菲娅和她姨妈，我得事先声明，在这件事情上是纯洁的天使，她们确实崇拜这位清高的妹子卡佳，在她面前低声下气，甘愿充当她的使女……我盼着阿加菲娅马上把这件事，就是我们之间的谈话传给她。后来我知道，她没有隐瞒，我呢，当然巴不得这样。

“一位新少校突然来接任营长职务。正当他办理接收手续的时候，原来的中校突然病得不能行动了，在家里躺了两天两夜，没有交出那笔公款。我们的军医克拉夫钦说他真的有病。但是我从秘密渠道得到消息，而且早就知道，每当上司查过账目之后，这笔公款就会暂时消失一阵子，这种情况已经连续出现了整整四年。中校把这笔钱借给一个极其可靠的商人，戴金丝眼镜、留大胡子的老光棍特里丰诺夫。特里丰诺夫把这笔钱拿到集市上周转一次，然后马上如数归还给中校，同时从集市给他带一些礼物回来，礼物再加上利息。不过这一次特里丰诺夫从集市回来以后一分钱也没有归还。（这件事情我完全是偶然从特里丰诺夫的儿子那儿听说的，他那个儿子兼继承人还是个流口水的半大孩子，可已经荒淫到极点。）中校马上赶到他家里，可得到的回答是：‘我从来没有拿过您一分钱，而且也不可能拿到。’这样一来，我们的中校只能躲在家里，他用毛巾包住自己的脑袋，她们三个女人在他额头上敷上冰块。突然，传令兵带着签收簿送来一道命令：‘务必在两小时内交出公款。’他签完字（他的签名后来我在签收簿上看到过），站起来推说要去换军服，便迅速跑出自己的卧室，取出自己那支双筒猎枪，装上了弹药，把一颗军用子弹推上膛，脱掉右脚的靴子，把枪口顶住自己的胸膛，开始用脚趾扣动扳机。阿加菲娅记着我当初说的那些话，她早已有了怀疑。她悄悄地走过去，恰巧发现了这个情况，于是一下子冲进去，从后面抱住他。子弹飞向天花板，谁也没有伤着。其余的人也跑进来拉住他，夺过猎枪，按住他的手……这件事情的详细情况我是后来才知道的。当时我在家里，已经是傍晚了，我原来就打算出门，因此换上了衣服，梳好了头发，往手帕上洒了香水，刚拿起军帽，门突然开了——卡捷琳娜·伊凡诺芙娜出现在我面前，来到了我的住所。

“也真有这样的怪事：当时街上没有人发现她悄悄溜到了我这儿，因此城里的人对此一无所知。我的房东是两位令人尊敬的、丈夫都当过官的老太。她们还负责伺候我，对我言听计从。按照我的吩咐，她们俩事后没露过一点儿风声。不用说，当时我一下子全明白了。她走进来，直愣愣地看着我，一双乌黑的眼睛射出果断甚至无畏的目光，可是我看到她唇边嘴角却透着犹豫和疑惑。

“‘姐姐告诉我，您能借四千五百卢布，条件是必须由我来取……亲自到您这儿来。现在我来了……请给钱吧！……’她再也控制不住自己，喘着粗气，紧张得连话都说不出来。嘴角和嘴唇都在哆嗦。阿廖沙，你在听我说还是睡着了？”

“米佳，我知道你会说出全部实情的。”阿廖沙激动地说。

“我就是要把全部实情告诉你。要说就把事情原原本本说出来，决不怜惜自己。当时的第一个念头就是卡拉马佐夫式的。兄弟，有一次我被蜈蚣咬了一口，害得我躺在床上发了整整两个星期的烧。你瞧，这一次我的心突然被蜈蚣咬了一口，那蜈蚣可毒得很，你明白我的意思吗？我打量了她一下，你见过她没有？她长得真美！可当时她的美并不在于外表。在那一刻，她的美在于她的高尚，而我却是个无赖。她甘愿为父亲慷慨牺牲而显得伟大，而我不过是只臭虫。现在，她**整个儿**都得受我这臭虫和无赖支配，由我支配她的一切，包括她的灵魂和肉体。她算彻底完了。我坦率告诉你，这个念头，蜈蚣的念头，牢牢地攫住了我的心，使我这颗心难受得都快要碎了。看来，不可能有半点犹豫了，只能像臭虫，像毒蜘蛛那样行事，心狠手辣，不讲任何怜悯……我紧张得简直连气都喘不过来。你要知道，我虽然可以第二天就去向她求婚，用那种所谓的最体面的方式圆满解决，那样的话，任何人不知道也不可能知道这件事。因为我这个人虽然心地肮脏，但还算老实。在这一刹那间，好像有人凑到我耳边悄悄说：等到明天您去求婚的时候，这种女人根本不会出来见您，她会吩咐马车夫把您轰出去。这等于说：‘随你到全城造谣中伤，我才不怕你呢？’我看了这位姑娘一眼，心想刚才那个人说得不错。当然，肯定会出现那种情况，肯定会架着脖子把你赶出来。这从现在她的面部表情就可以断定。这时候我心里涌起一股恶意，突然想起要耍一个极其卑鄙、无耻、奸商式的手腕：先嘲弄地看她一眼，然后趁她还站在你面前，马上用那种奸商才使用的腔调吓唬她。

“‘这可是四千五百卢布啊！那是我说着玩的，您怎么当真了？小姐，您也太容易轻信了。二百卢布吗，我也许可以借给您，甚至还很乐意、很高兴借给您。至于四千五百卢布，小姐，那不是一笔小数目，不能随随便便扔出去。您白跑了一趟。’

“你瞧，这样一来，她会跑掉，我的算计就会全部落空，但是报复的目的达到了，这比什么都值得。也许要后悔一辈子，但现在可以痛痛快快地要弄她！你信不信，我还从来没有对哪一个女人像当初一刹那间怀着那么强烈的仇恨！——我可以对天发誓：当时我怀着极大的仇恨看了她三秒钟或者五秒钟，从这种恨到爱，到最疯狂的爱，这中间只隔着一根头发丝！我走到窗前，把额头贴在结了冰的玻璃上，我记得，冰凉的玻璃像火一样燃灼着我的额头。不过你别着急，我没有在那儿停留太久。我转过身，走到桌子旁，打开抽屉，取出一张面额五千卢布，利息五厘的不记名票据（夹在我的一本法文词典中）。我默默地给她看了一下，然后折好，交给她，亲自替她打开通往外间的门，又后退一步，毕恭毕敬、真心诚意地向她深深鞠了个躬。你得相信，我真的这样做了！她浑身哆嗦了一下，目不转睛地看了我一秒钟，脸色白得像桌布。她默默地、不慌不忙地、动作轻盈地跪在我脚下——额头碰到地面，不像女学生那样，完全按俄罗斯的方式！接着又突然站起来跑了。等她出去以后，我拔出身上的剑，真想立即自杀。为什么——我自己也不知道，当然是极愚蠢的想法，不过也许是出于狂喜。你知道吗，有时候狂喜会导致自杀。但我没有自杀，只是吻了吻剑，然后重新把它插入剑鞘——这件事本来不必跟你提起，就连刚才讲到的那些心灵冲突，我为了炫耀自己，大概也有点夸大了。但是不去管它，所有窥视人心的家伙统统见鬼去吧！这就是我跟卡捷琳娜·伊凡诺芙娜的一件‘往事’，这件事现在只有伊凡弟弟知道，还有你，只有你们俩知道！”

德米特里·费奥多罗维奇站起来，激动不安地向前跨了几步，掏出手帕，擦了擦额头上的汗，接着又坐了下去，但没有坐到原来的位置上，而坐到对面靠墙的长椅上，阿廖沙不得不转过身体对着他。

五　一颗火热的心在忏悔（“脚跟朝上”）

“现在，”阿廖沙说，“这件事情的前半段我已经知道了。”

“前半段你明白了，那是一出正剧，是在那边演的。后半段却是一出悲剧，就要在这里上演了。”

“后半段的事情至今我还一点儿也不明白。”阿廖沙说。

“那么我呢？难道我就明白吗？”

“等等，德米特里，这里有句关键的话，你得告诉我：你是未婚夫，现在还是未婚夫吗？”

“我没有马上成为未婚夫，而是在这件事情发生之后过了三个月才成了未婚夫。这事件发生之后的第二天，我就对自己说：这件事情到此为止，不会再有下文了。要是去向她求婚，那我觉得这样做太卑鄙了。而她呢，后来又在我们城里住了六个星期，却始终没有跟我通过半点消息。当然有个情况属于例外。她来访后的第二天，她的一名女仆溜到我那儿，一声不响地交给我一封信，信封上写着：某某人收。我打开一看——里面放着五千卢布汇票兑现后剩下的余款。她总共需要四千五百卢布，那张五千卢布汇票兑换时损失二百多卢布。她给我送回来二百六十卢布，大约是这个数，我记不清楚了，而且只有这笔钱，没有附条，没有只言片语，没有任何说明。我在信封上寻找有没有铅笔做的记号——什么也没有！这样也好，我暂时就用这些剩下的钱纵酒作乐，闹得新上任的少校最后不得不把我训斥了一顿。至于中校呢，他顺顺当当地交出了这笔公款，这使大家都觉得意外，因为谁都没有料想到他那笔钱居然分文不少。他把钱交出来以后就一病不起，在床上躺了三四个星期，后来又突然得了大脑软化病，五天后就死了。葬礼是按军人礼节进行的，因为他还没有来得及收到退职通知。卡捷琳娜·伊凡诺芙娜、她姐姐和姨妈在父亲葬礼过后十多天便出发到莫斯科去了。直到她们离开前夕，就在她们离开的那一天（我没有见过她们，也没有去送她们）我才收到一封小小的蓝色的信，一张带花纹的小纸条，上面只有一行铅笔字：‘我将给您写信，请您等着。卡。’就这些。

“现在我三言两语给你说明一下。到了莫斯科，她们的情况变得像闪电那么快，像阿拉伯神话那样出人意料。那位将军夫人，她的主要亲戚，一下子失去了两位最亲近的继承人，两个最亲近的侄女——姐妹俩在一个星期之内都被天花夺去了生命。深受打击的老人见到了卡佳喜欢得就像见到了亲生女儿，盼到了救星似的，连忙拉住她，修改遗嘱，指定她为继承人，不过那是后来的事情，而当时一下子就给了她八万现款，说这是给你做陪嫁的，你爱怎么花就怎么花。那是个歇斯底里的女人，后来我在莫斯科对她进行了观察。你瞧，那时候我突然收到了从邮局汇来的四千五百卢布，当然感到不可思议，惊讶得目瞪口呆。三天之后，我收到了她答应给我的信。这封信现在就在我这儿，我一直把它带在身边，到死也要带着它——要不要我给你看？你一定要读一读：她提出要做我的未婚妻，是她主动表示的。‘我爱您，’她说，‘爱到发疯的程度，即使您不爱我，——那也无所谓，只要您做我的丈夫就行。您不必害怕——我决不会使您受到任何拘束，我愿意成为您的家具，成为供您踩踏的地毯……我要永远爱您，我要让您彻底改变自己……’阿廖沙，我甚至不配用我卑鄙的语言，用我那种永远无法改变的卑鄙的腔调来转述这几行文字！这封信直到今天还深深刺痛着我的心，难道我现在心里好受吗？难道我今天心里好受吗？当时我立即给她回了封信——我实在无法亲自到莫斯科去。那封信我是用眼泪写的。只有一件事使我永远感到惭愧，就是我提到她现在有钱了，有一笔陪嫁，而我却是个大老粗，穷光蛋——我居然提到了钱的事！本来应该避而不谈的，可不知道怎么糊里糊涂就说上了。当时我还立即给莫斯科的伊凡写了封信，把事情的来龙去脉尽可能地向他说了，一共写了六张纸，还让伊凡到她那儿去。你干吗这样看着我？是的，伊凡爱上了她，现在还爱着她，这我知道，在你们这些上流人物看来，我做了一件蠢事，不过也许这件蠢事现在还能拯救我们大家呢！唉！难道你没见她是多么敬重他，多么佩服他吗？难道她把我们俩比较之后，尤其是这里发生了这些事情之后，还能爱我这样的人吗？”

“可我坚信她爱的就是你这样的人，而不是他那样的人。”

“她所爱的是自己高尚的品德，而不是我。”德米特里·费奥多罗维奇情不自禁地、几乎恶狠狠地脱口而出，说着他笑了起来，可在一刹那间，他的眼睛里闪过一道亮光，脸涨得通红，还用拳头狠狠砸了一下桌子。

“我发誓，阿廖沙，”他大声说道，他打心底里痛恨自己，“信不信由你，这事就跟上帝神圣、基督是神一样不容怀疑，我敢发誓，我刚才虽然嘲笑她的高尚感情，可我明白，我的灵魂比她要卑贱一百万倍，她那些高尚的感情像天使般纯洁！悲剧就在于我对这一点知道得十分清楚。一个人稍稍卖弄一下又有什么关系呢？难道我就没有卖弄过吗？要知道我是真诚的，十分真诚的。至于伊凡，那我也能理解，像他那样的聪明人现在该会怎样地诅咒造化了！什么人给选中了？选中的是个恶棍。这个恶棍已经是未婚夫了，居然在众目睽睽之下还无法收敛自己的荒唐行为——而这些荒唐事又是在未婚妻的眼皮子底下干的！你看，像我这样的人给选中了，而他却淘汰了。这究竟是为什么呢？就是因为这位姑娘出于报恩，情愿强行改变自己的生活和命运！真荒唐！这一层意思我还从来没有跟伊凡说过，当然，他也从来没有跟我提过半句，连小小的暗示都没有。但是命中注定的事情一定会出现。当之无愧的人最终会得到应有的位置，受之有愧的人最后会永远躲进小胡同——那个他十分钟爱、十分习惯的肮脏小胡同，然后就在污秽和臭气中，心甘情愿、高高兴兴地结束自己的生命。我好像在胡说，尽说废话，好像在信口开河，但事情肯定会像我说的那样。我将在小胡同里沉沦，而她会嫁给伊凡。”

“哥哥，你停一下。”阿廖沙惴惴不安地再次打断他，“有一个情况你到现在还没有向我解释清楚，要知道你是她的未婚夫，不管怎么说你总还是她的未婚夫吧？既然你的未婚妻不愿意，你怎么能跟她断绝关系呢？”

“我是她的未婚夫，受过祝福的名正言顺的未婚夫。这一切都是在莫斯科办的，我到了那里以后就举行了隆重的仪式，还动用了圣像，搞得挺体面。将军夫人为我们祝福，你信不信，她甚至还向卡佳表示祝贺，说你选的对象好，他这个人我了解得很透彻。你信不信，她不喜欢伊凡，也没有祝贺他。在莫斯科的时候我跟卡佳谈了好多次，我把自己的情况老老实实原原本本真心诚意地跟她谈了。她都听了。

> 她可爱的脸上露出娇羞，
> 她的话语充满了柔情……

当然，她也说了些傲慢的话，她当时硬迫着我立下坚决改过自新的保证，我也答应了。可现在……”

“现在怎么啦？”

“你看今天——记住，是今天——我把你叫到这儿来，是要让你今天，就是今天，去见卡捷琳娜·伊凡诺芙娜并且……”

“干什么？”

“告诉她，我永远不会再到她那儿去了，你就说我要你向她致意。”

“这样行吗？”

“正因为不行，我才派你代我去说，我自己怎么跟她说呢？”

“那你打算上哪儿去呢？”

“去小胡同。”

“你是要去找格鲁申卡！”阿廖沙惊讶地双手一拍，伤心地大声说道，“难道真的给拉基京说对了吗？我还以为你到她那儿去几次也就完了。”

“订了婚的人能去她那儿吗？在这样的未婚妻面前，在众目睽睽之下，难道能这样做吗？我总还有点良心吧。我到了格鲁申卡那儿，也就不成其为未婚夫和老实人了，这点我心里明白。你干吗这样看着我？你知道吗，我一开始是去揍她的。我已经打听到，现在掌握了真凭实据，那个上尉，父亲的代理人，把我的一张借据转交给了格鲁申卡，让她出面追还，以此迫使我就范。他们想要挟我。于是我就去揍她。在这之前我也曾见过她，她没有特别动人的地方。那个老商人的情况我也知道，现在他病得奄奄一息，躺在床上，不过会给她留下一笔可观的遗产。我还知道她贪财，喜欢捞钱；她放高利贷，是个心狠手辣、诡计多端的坏女人。我去揍她，结果却留在了她身边。暴风雨从天而降，瘟疫突然暴发，我受到了传染，至今没有恢复。我知道一切都完了，绝不可能有另外的结局。严寒和酷暑的交替已经完成，这就是我的情况。当时我这个穷光蛋的口袋里刚巧有三千卢布。我就带着她离开这儿到了五十里外的莫克罗耶，我找来了一帮茨冈男女，还买了香槟酒招待那儿的乡下人，让所有的男男女女喝得酩酊大醉，凭着那几千卢布我大耍威风。三天之后我分文不剩，却成了一名英雄。你以为英雄总达到了什么目的吧？没有，她甚至连一点儿暗示都没有。我告诉你：女人的魅力在于曲线。格鲁申卡这妖精身上有一种曲线，这曲线也体现于她的腿上，甚至她左脚的小脚趾上也有反应。我见过，也吻过，不过仅此而已——我敢发誓！她说：‘要是你愿意，我就嫁给你。你可是个穷光蛋。要是你答应不打我，让我爱干什么就干什么，那我也许会嫁给你。’——说着她笑了！她现在也还在笑呢！”

德米特里·费奥多罗维奇狂躁地站起来，像突然喝醉了似的。他的眼珠突然充满了血丝。

“那你真的想娶她吗？”

“要是她愿意，那我就马上娶她。要是她不愿意，那我留在她那儿，给她看院子。你……你……阿廖沙……”他突然站到他面前，抓住他的双肩，突然使劲摇晃他，“你明白吗，你这天真的孩子，这一切全是胡扯，不可思议的胡扯，因为这是一场悲剧！你该知道，阿列克谢，我可以做个下贱的人，内心怀着荒淫无耻的欲望，可是我德米特里·卡拉马佐夫决不会去做贼，做小偷，做掏人口袋的扒手。但是我现在还要告诉你，我已经当了小偷，成了掏口袋的扒手！恰巧就在我打算去揍格鲁申卡之前，就在那天上午，卡捷琳娜·伊凡诺芙娜把我叫去了。为了不让任何人知道，极其秘密地（究竟为什么，我不知道，显然她自有原因）要我到省城去一趟，在省城通过邮局往莫斯科给阿加菲娅·伊凡诺夫娜寄三千卢布。之所以到省城去汇款，就是不想让这儿的人知道。当时我口袋里就是装着这三千卢布到了格鲁申卡那儿，用这笔钱到莫克罗耶去了一次。事后我又装作已经去过省城，可是没有把汇款收据交给她，我骗她说钱已汇出，收据以后一定给她送去，可是直到今天还没送，忘了。现在，你看怎么样，你今天就去跟她说：‘他吩咐我向您致意！’要是她问你：‘钱呢？’你不妨对她说：‘他是个下流的色鬼，是个无法控制感情的卑鄙家伙。他当时根本就没有把钱汇出去，全给他花光了，因为他像畜生一样缺乏自制能力。’不过你还可以补充一句：‘但他不是贼，您那三千卢布，他会还给您的。您就自己去把钱汇给阿加菲娅·伊凡诺芙娜吧。他要我向您转达问候。’要是她突然问：‘钱在哪里？’”

“米佳，你很不幸，确实很不幸！但还没有像你想象的那么不幸——你不要绝望，不要绝望到痛不欲生的地步！”

“怎么，你以为我因为还不出这三千卢布就会自杀吗？问题就在于我不会自杀，目前还不至于，以后也许会的。现在我就到格鲁申卡那儿……别的我都顾不上了！”

“找她干什么？”

“做她丈夫，堂堂正正结为夫妻。要是她的情人来了，我就让出来，自己到别的房间。我可以为她的相好擦洗套鞋，端汤倒水……”

“卡捷琳娜·伊凡诺芙娜会理解这一切的。”阿廖沙突然郑重其事地说，“她能彻底理解这一切不幸并且会原谅的。她是个聪明人，她自己会看出来的。再也没有比你更不幸的了。”

“并非所有的事情她都能原谅。”米佳咧开嘴笑了，“兄弟啊，有些事情是任何女人都不会原谅的。你知道最好的办法是什么吗？”

“什么办法？”

“把三千卢布还给她。”

“从哪儿去弄这笔钱呢？你听我说，我有两千，伊凡再凑一千，总共三千，你就拿去还给她吧。”

“你那三千卢布什么时候凑齐呢？再说你还没有成年，而今天你一定要替我向她告别，不管有钱没钱，非去不可。事情到了这个地步，我再也不能拖了。明天就晚了，晚了。我让你到父亲那儿去一次。”

“到父亲那儿？”

“是的，到她那儿去之前先去找父亲。向父亲要三千卢布。”

“米佳，他是不会给的。”

“怎么会给呢，我知道他不会给的。你知道吗，阿列克谢，什么叫绝望？”

“我知道。”

“你听我说：在法律上他什么也不欠我。从他那儿该拿的我都拿了，这我知道。可是在道义上他还欠我的，是不是这样？因为他用母亲的两万八千卢布作本钱，赚了十万。让他从两万八千卢布拿出三千，只要三千就够了，这样既可以把我的灵魂从地狱中解救出来，还可以替他还清许多罪孽！我向你保证，我只要这三千卢布就可以跟他一笔勾销。从此以后再也不去找他的麻烦了。我给他最后一次机会尽父亲的责任。你去告诉他，这是上帝亲自赐给他的一次机会。”

“米佳，说什么他也不会给的。”

“我知道他不会给的，绝对不会给的，现在更加不会给了。另外，我还知道，最近，就在这几天，也许就在昨天吧，他才正式听说（注意“正式”这两个字），格鲁申卡也许真的不是开玩笑，可能真的会嫁给我。他了解她的性格，了解这只猫的脾气，现在他自己被她迷得神魂颠倒，他怎么还肯再给我一笔钱来促成这件事呢？不仅如此，我可以再告诉你一件事：我知道他在五六天之前就已经取出了三千卢布，换成一百卢布一张的钞票，装进一个大信封，盖了五个图章，外面还用红绸带捆好。你看我知道得多么详细！封套上写着：‘此款赠予我的天使格鲁申卡，只等她来领取。’这几个字是他背着人偷偷写的，因此除了他的仆人斯梅尔佳科夫谁也不知道他手头保留着这笔现金。他对斯梅尔佳科夫的忠诚完全信得过，相信他就像相信自己一样。他已经等了格鲁申卡三四天了，盼望她来取这笔钱。他已经托人转告她，而她也表示‘也许会来取’。要是他真的到老头子那儿去了，那我还能娶她吗？现在你该明白了，我为什么要偷偷守在这里。”

“守候她吗？”

“是的，福马向这儿的房东……两个邋遢女人租了一个小房间。福马是我们那儿的人，在我们部队当过兵，眼下他给她们当用人，夜里当看守，白天去打松鸡，以此为生。我就躲在他这儿守着。他和主人都不知道这秘密，不知道我守候在这里。”

"只有斯梅尔佳科夫知道吗？"

"只有他一个人。要是格鲁申卡到老头子那儿，他就通知我。"

"那一沓钞票是他告诉你的吗？"

"是的，这是绝对秘密的，连伊凡都不知道这笔钱，一点儿都不知道。老头子想把伊凡支开，让他到契尔马什尼亚去两三天。有一位买主愿出八千卢布砍伐那片树林，老头子求伊凡说：'你帮个忙，亲自去一次。就两三天工夫。'他这是想趁伊凡不在家的时候让格鲁申卡来。"

"这么说，他今天就在等候格鲁申卡吗？"

"不，有迹象表明今天她不会来，肯定不会来！"米佳突然大声说道，"斯梅尔佳科夫也这样认为。父亲现在正在喝酒，跟伊凡弟弟一起喝。你去一次，阿列克谢，向他要三千卢布……"

"米佳，我亲爱的，你怎么啦？"阿廖沙惊叫着一跃而起，眼睛死死盯着激动异常的德米特里·费奥多罗维奇，一刹那间，他简直以为德米特里发疯了。

"你干吗这样？我没有发疯。"德米特里·费奥多罗维奇目不转睛地，甚至有点庄严地看着他说，"别紧张，既然我派你到父亲那儿，我就知道自己在说些什么。我相信奇迹。"

"奇迹？"

"上帝安排的奇迹，上帝知道我的心，看到我的全部绝望，这个情况他都看到了。难道他会听任这种可怕的事情发生吗？阿廖沙，我相信奇迹。你去吧！"

"我这就走，我问你，你等在这儿吗？"

"我会等的，我知道事情不会那么快，不可能一开口就提出这个要求。他现在喝醉了，我可以等上三个小时，四小时，五小时，六小时，七小时，但是你要记住：哪怕深更半夜，**不管你有没有取到钱**，你无论如何要去对卡捷琳娜·伊凡诺芙娜说：'他吩咐我向您致意。'我就是要你说这句话：'他吩咐我向您致意。'"

"米佳！万一格鲁申卡今天突然来了呢？……今天不来，那明天或者后天来了呢？"

“格鲁申卡？只要被我暗中看到，我就冲出去加以阻止……”

“假如……”

“假如真那样，我就杀人，我无法忍受。”

“你要杀谁？”

“杀老头子。我不杀格鲁申卡。”

“哥哥，你说些什么呀！”

“我不知道，真的不知道……也许我不杀他，但说不定会杀他。我怕到那时候他那副嘴脸会引起我的憎恶。我恨他那个喉结，恨他那个鼻子，恨他那双眼睛，恨他那无耻的嘲笑。看见他这个人我就感到恶心。我怕就怕这个，就怕控制不住自己……”

“我走了，米佳，我相信上帝会安排妥当的，绝不会发生可怕的事情。”

“我就坐在这里等待奇迹。但如果奇迹不出现，那么……”

阿廖沙忧心忡忡地动身到父亲那儿去了。

六　斯梅尔佳科夫

他进去的时候，父亲果然还在吃饭，虽然家里有一间正式的餐室，但按照平常的惯例，餐桌摆在客厅里。这客厅是整幢房子里最大的一间屋子，布置得古色古香，古老的白色家具，蒙着半丝质的红色旧料子。窗户间的墙壁上镶嵌着几面镜子，白底描金的镜框式样古朴，雕刻精致，糊着白色墙纸，但多处已经裂开的墙上赫然挂着两幅硕大的肖像——一幅是三十年前曾经担任本地总督的一位公爵的肖像，另一幅是故世多年的某主教肖像。正对门厅的一角供着几尊圣像，夜里就在圣像前点上油灯……这与其说是出于敬仰，不如说为了夜间的照明。费奥多尔·巴夫洛维奇每天晚上睡得很晚，凌晨三四点才上床，睡前总在房间里踱步，或者坐在椅子上沉思。这已经成了习惯，他往往把仆人都打发到厢房里，独自一人睡在这所房子里。而在多数情况下仆人斯梅尔佳科夫留在他身边过夜，就睡在前屋里的长柜上。阿廖沙进去的时候午饭已经结束，刚端上果酱和咖啡。费奥多尔·巴夫洛维奇喜欢饭后吃点甜食，喝点白兰地。伊凡·费奥多罗维奇这时也坐在餐桌旁喝咖啡。格里戈里和斯梅尔佳科夫这两名仆人站在一旁，主仆显然都处在高度兴奋的状态。费奥多尔·巴夫洛维奇在高声大笑，阿廖沙还在外屋里就已经听到了那尖厉的、他早已熟悉的笑声，根据这笑声他立即断定父亲喝得正在兴头上，还远远没有到喝醉的地步。

“瞧，他也来了，他也来了！”费奥多尔·巴夫洛维奇大声嚷道。他见到阿廖沙非常高兴。“你快坐下，跟我们一起喝杯咖啡吧——咖啡没加牛奶，又热乎味道又好！白兰地就不叫你喝了，你是吃素的人。你要来点吗？想喝点吗？不，我看最好给你来点蜜酒，上等的！斯梅尔佳科夫，你把酒柜里的蜜酒拿来，在第二格，靠右面。这是钥匙，快去！”

阿廖沙表示不喝。

“反正总要拿来的，你不喝，那我们喝，”费奥多尔·巴夫洛维奇容光焕发地说，“等一等，你吃饭了没有？”

“吃过了。”阿廖沙说，其实他在院长的厨房里只吃过一块面包，喝了一杯克瓦斯，“热咖啡倒是很想喝一杯。”

“好孩子！乖孩子！他要喝杯咖啡。要不要热一热？不用了，现在还滚烫的呢。咖啡煮得好极了，斯梅尔佳科夫的手艺。煮咖啡做烤饼，我的斯梅尔佳科夫都是好把式，熬的鱼汤也好喝。什么时候你来喝鱼汤，事先你打个招呼……噢，等一等，等一等，我不是吩咐过你，今天就带上被褥和枕头彻底搬回来住吗？被褥带回来了没有？嘻，嘻，嘻！……”

“没有，没带回来。”阿廖沙也苦笑了一下。

“吓坏了吧，刚才吓坏了吧，吓着了没有？你啊，好孩子，我总不能让你受委屈。你知道吗，伊凡，我不能看他这样死死盯着人发笑的模样，我不能。看到他那模样，我就忍不住要发笑。我真喜欢他！阿廖沙，让我向你表示父亲的祝福。”

阿廖沙站起来，可是费奥多尔·巴夫洛维奇突然改变了主意。“不，不必了，我现在只想画十字为你祝福，就这样。你坐下。一会儿就会让你高兴的，恰巧是你喜欢的话题。你可以笑个痛快。我们这头‘巴兰驴’[①]开始说话了，他说得真好，真有趣！”

所谓“巴兰驴”原来就是指仆人斯梅尔佳科夫。他还是个年轻小伙子，才二十四岁，他这人特别孤僻，沉默寡言。倒不是说他脾气古怪或者怕难为情，不是的，恰恰相反，他生性高傲，似乎对谁都瞧不起。说到这里，我们也不能不提一句。他是由玛尔法·伊格纳季耶芙娜和格里戈里·瓦西里耶维奇抚养大的，但他从小到大，正像格里戈里·瓦西里耶维奇所说的那样，对他们的养育之恩“没有一点儿感激之情”。他养成了孤僻性格，好像躲在角落里冷眼看着这个世界。小时候他就喜欢把猫活活吊死，然后举行葬礼，他披上被单当法衣，口中念念有词，对着死猫挥舞手里的东西，仿佛那就是牧师手中的香炉。这一切都是背着人偷偷干的。有一次格里戈里撞见他正在干这种勾当，就用鞭子狠狠教训了他一顿。有一个多星期，他躲在角落里，对人侧目而视。“他不喜欢咱们，这坏小子。”格里戈里对玛尔法·伊格纳季耶芙娜说。“他谁也不喜欢。你算是人吗？”他突然冲着斯梅尔佳科夫吼道，“你不是人，你是从澡堂的脏水里蹦出来的，你就是这样的货色……”事后证明，斯梅尔佳科夫对这几句话一直耿耿于怀。格里戈里教他学会了认字。他十二岁那年又开始教他读《圣经》。但这件事很快就告吹了。有一天，那是刚教第二课或第三课的时候，这孩子突然发出一声冷笑。

“笑什么？”格里戈里问，透过眼镜狠狠瞪了他一眼。

“没什么。上帝第一天创造世界，太阳、月亮和星星是第四天创造

---

① 巴兰受摩押王派遣骑驴去诅咒以色列，途中被天使阻挡，驴不肯前行，巴兰用杖打驴，驴突然开口说话，指责巴兰违背天意。详见《圣经·旧约·民数记》第22章。

的，那第一天的亮光是从哪儿来的呢？”

格里戈里呆住了。学生嘲弄似的看着老师。他的目光中甚至带着傲慢的神色。格里戈里火了。“就是从这儿来的！”他吼叫着狠狠打了学生一个耳光。这孩子挨了揍连一句分辩的话也没说，只是又躲在角落里生了几天闷气。恰好过了一个星期，他生平第一次犯了羊痫风，这病后来一辈子都没断过。费奥多尔·巴夫洛维奇听说了这件事以后，似乎突然改变了对这孩子的态度。从前他对这孩子很冷淡，虽然从来没有责骂过，见了他总还要给他一个戈比，碰到心情好的时候还把饭桌上的甜食送一点儿给他。可当他知道孩子得病之后，马上对他关心起来，请来医生为他治病，但事实证明这种病是无法治愈的。他的羊痫风平均每月发作一次，发作的时间有长有短。发作的程度也不同，有时候轻些，有时候很厉害。费奥多尔·巴夫洛维奇严格禁止格里戈里体罚孩子，还允许他进自己的房间，暂时也不让教他读任何书。但是有一次，这孩子已经十四五岁了，费奥多尔·巴夫洛维奇发现他在书橱前徘徊，隔着玻璃橱门在念书名。费奥多尔·巴夫洛维奇的书相当多，有一百多册，但谁也没见他读过书。他立即把书橱的钥匙交给斯梅尔佳科夫。“你看书吧，今后这些书归你管，与其在院子里闲逛，不如坐下来读点书，你把这本书看一遍。”费奥多尔·巴夫洛维奇为他抽出一本《狄康卡近乡夜话》[①]小伙子看了，却不满意，没有会心地笑过一次，看到后来反而皱起了眉头。

“怎么样？不好笑吗？”费奥多尔·巴夫洛维奇问。

斯梅尔佳科夫一声不吭。

“你说啊，傻瓜。”

“嘿，写的都是些不真实的事。”他冷笑着嘟囔道。

---

①《狄康卡近乡夜话》是果戈理（1809—1852）的早期作品，以浪漫主义情调和幽默风格著称。

“见你的鬼去吧，你这奴才坯子。等一等，给你这本斯马拉格多夫的《世界通史》，里边全是真人真事，你读一读。”

但斯马拉格多夫的这本书斯梅尔佳科夫连十页也没读完。他觉得枯燥乏味。于是书橱重新锁了起来。过了不久，玛尔法和格里戈里向费奥多尔·巴夫洛维奇禀报说，斯梅尔佳科夫身上渐渐出现了一种可怕的洁癖·坐卜来喝汤的时候先拿起勺子在汤里东翻西找，低着头仔细观察，舀一勺放在亮光里看。“是不是有蟑螂？”格里戈里常常这样问。

“没准是苍蝇吧。”玛尔法说。

爱清洁的小伙子从来不做回答，但无论啃面包，吃肉，或者吃其他食物，他都要这么来一下，先用叉子叉起一块放在亮光下像照显微镜似的细细观察一番，犹豫半天之后才塞到嘴里。“瞧，咱们家出了个少爷！”格里戈里嘟囔着说，眼睛看着他。费奥多尔·巴夫洛维奇听说斯梅尔佳科夫具有这种特点之后，马上断定他应该当厨师，便派他到莫斯科去学手艺。他学了几年，回来的时候脸部有了很大的变化。突然显得十分老相，皱纹又多又深，跟他的年龄极不相称，脸色发黄，完全像个阉人。在性格方面，他回来的时候跟去莫斯科之前几乎没有什么两样。还是那么孤僻，觉得没有必要跟任何人交往。后来听人说即使在莫斯科他也落落寡合，连莫斯科这样的花花世界似乎也很少有吸引他的地方，因此他在那儿也许学到了一点儿东西，而对其余的事却未加注意。有一次甚至到戏院里看过戏，可是又闷闷不乐地回来了。然而他从莫斯科回到我们这儿的时候衣服穿得笔挺，常礼服和内衣干干净净，一天两次用刷子仔仔细细把衣服刷一遍，特别喜欢用特制的英国鞋油擦那双用小牛皮做的时髦靴子，擦得像镜子般光亮。他成了一名手艺高超的厨师。费奥多尔·巴夫洛维奇给他开了工资，斯梅尔佳科夫把这份工资几乎全用来买衣服、雪花膏和香水之类的东西。但是对女性他似乎跟对男人同样蔑视，对她们态度庄重得体，几乎有点傲慢。费奥多尔·巴夫洛维奇开始对他另眼相看。原来他的羊痫风发作得更厉害了，逢到他犯病的时候，就由玛尔法·伊格纳季耶芙娜做饭，她做得一点儿也不合费奥多尔·巴夫洛维奇的口味。

“你犯病的次数怎么越来越频繁了？”有时候他斜着眼看这位新厨

师，仔细打量着他的脸，“你最好娶个老婆，要是愿意，我给你找一个怎么样？……”

斯梅尔佳科夫听了这些话只是气得脸色发白，一句话也不回答。费奥多尔·巴夫洛维奇挥挥手，无可奈何地走了。最主要的是他相信他的诚实，对他从来没有怀疑，相信他绝不会做偷偷摸摸的事情。发生过这么一件事，有一次费奥多尔·巴夫洛维奇喝醉了酒，把刚收到的三张一百卢布的钞票掉在自家院子的泥地里，直到第二天才想起来，赶紧去摸自己的口袋，结果发现那些钞票早已摆在他的桌子上。哪儿来的呢？是斯梅尔佳科夫捡到的，昨天就送来了。“好，小伙子，像你这样的人我还没见过。”费奥多尔·巴夫洛维奇当时这样夸奖他，还赏了他十个卢布。还需要补充一句，他不但相信他诚实，而且不知为什么甚至还喜欢他，尽管小伙子对他也像对其他人一样侧目而视，整天不言不语，难得开口说话。假如这时候有人看着他，突然想问：这小伙子究竟对什么感兴趣？他脑子里经常在想什么？那么，即使你盯着他看，也无法做出判断。然而有时候在家里，在院子里，或者在大街上，他会停下来沉思默想，站在那儿想十来分钟，会相面的人端详他之后可能会说，他既不在沉思，也不在默想，而是在旁观。写生画家克拉姆斯科依[①]有一幅题为《观察者》的名画，画面是冬日的森林，林中小道上孤零零地站着一位衣衫褴褛、脚穿树皮鞋、在茫茫林海中迷失了方向的农民，他站在那儿好像在沉思，实际上他不在思索，而在“观察”。假如上去推他一下，他会打个哆嗦，大梦初醒似的看着你，却什么也不明白。自然，他会马上清醒过来。假如问他站在那儿想些什么，他肯定会什么也记不起来，但是他内心肯定深藏着他在观察时得到的那种印象。这些印象对他十分宝贵，他肯定会不知不觉地甚至无意识地把它们积累起来——至于为了什么，有什么目的，他当然也不知道，也许在多年积累储存这些印象之后，他会突然抛弃一切，千里迢迢到耶路撒冷修

① 伊·尼·克拉姆斯科依（1837—1887），俄国著名画家。

行，也许会突然放火焚烧家乡的村庄，也许两者都会发生。老百姓中间有相当多的观察者。斯梅尔佳科夫是这些观察者中间的一个，他肯定也在贪婪地积累自己的印象，至于为什么这样做，连他自己也不知道。

七 争论

“巴兰驴”突然开口说话了。话题十分奇特：格里戈里上午在商人卢基扬诺夫的店铺里购物时，听说有一名俄国士兵在遥远的边境某地被亚洲人掳去，他们强迫他放弃基督教改信伊斯兰教，不然立即将他折磨至死。但是他甘愿承受酷刑也不答应改变自己的信仰，最后被剥去身上的皮，临死还在颂扬基督——当天收到的报纸上刚好刊登了这位士兵的英勇事迹。格里戈里在吃饭时谈起了这事，费奥多尔·巴夫洛维奇本来就喜欢在饭后吃甜食的时候说几句笑话，甚至跟格里戈里聊一阵。而今天他的心情格外轻松愉快，他慢慢地品尝着白兰地，听了这段新闻后说，这样的士兵应该立即尊为圣徒，他的皮应该送到修道院：“前来瞻仰的人会蜂拥而至，钱也会滚滚而来。”格里戈里看到费奥多尔·巴夫洛维奇非但没有受到丝毫感动，反而按通常的习惯开始亵渎神圣，于是便皱起了眉头。站在门口的斯梅尔佳科夫突然冷笑一声。以前也常常让斯梅尔佳科夫站在饭桌旁侍候，自然是在快吃完饭的时候。自从伊凡·费奥多罗维奇来到我们这个城市之后，他几乎每次都到饭桌旁伺候。

“你笑什么？”费奥多尔·巴夫洛维奇问，他立刻注意到了这声冷笑并且明白是针对格里戈里的。

“我是在想，”斯梅尔佳科夫突然出人意料地大声说，“虽然这位士兵值得赞扬，他的事迹非常了不起，但是依我看，假如碰到这种意外情况而背弃上帝和自己的洗礼，以此保全自己的性命，但以后多多行善，积多年的善行弥补自己的胆怯，那么也算不上是什么罪孽。”

“怎么不是罪孽呢？你胡说些什么啊！你说这话就得下地狱，然后把你放到火上像烤羊肉那样烤。”费奥多尔·巴夫洛维奇说。

就在这个时候，阿廖沙走了进来。费奥多尔·巴夫洛维奇正如我们已经知道的那样，看到阿廖沙非常高兴。

“正好是你感兴趣的话题，你的话题。”他一面乐不可支地嘿嘿笑着，一面让阿廖沙坐下来听他们争论。

“烤羊肉的事是不会有的，绝不会为了这句话把你放到火上烤。说句公道话，也不应该这样。”斯梅尔佳科夫一本正经地说。

“怎么扯到了公道不公道呢？”费奥多尔·巴夫洛维奇叫得更起劲了，还用膝盖碰了碰阿廖沙。

“他是个混蛋！”格里戈里破口大骂。他气得瞪了斯梅尔佳科夫一眼。

“是不是混蛋，请您先别下结论，格里戈里·瓦西里耶维奇。”斯梅尔佳科夫镇定而克制地反驳说，“您最好仔细想一想，假如我落到了折磨基督徒的人手里，当了他们的俘虏，他们要求我诅咒上帝并且放弃自己的神圣的洗礼，那么我完全有权利根据自己的思考行事，这谈不上是什么罪孽。”

“这话你已经说过了，用不着再来添油加醋，你要拿出根据来！”费奥多尔·巴夫洛维奇喊道。

“臭厨子！”格里戈里轻蔑地嘟囔了一句。

“您也先别骂臭厨子。请您不要骂人，心平气和地仔细想想，格里戈里·瓦西里耶维奇。我只要对折磨我的那些人说：‘好的，我不再是基督徒了。我诅咒我真正的上帝。’那么我立即会受到上帝最严厉的裁判，受到下地狱的诅咒，而且完全像异教徒那样被神圣的教会革出教会。就在那一瞬间——不是刚要开口说话的那一瞬间，而是心里刚想要说的一瞬间，甚至在四分之一秒钟都不到的时间内，我就已经被开除了。是不是这样，格里戈里·瓦西里耶维奇？”

他很得意地问格里戈里·瓦西里耶维奇，实际上是在回答费奥多尔·巴夫洛维奇的问题。他自己心里也十分清楚，可是故意装得好像这些问题是格里戈里向他提出来的。

“伊凡！”费奥多尔·巴夫洛维奇突然喊道，“你把脑袋伸到我耳朵旁边。他这些话都是说给你听的，想让你夸奖他。你就夸他几句吧。”

伊凡·费奥多罗维奇非常认真地听完了父亲这些兴高采烈的话。

“等一等，斯梅尔佳科夫，暂时别说了。”费奥多尔·巴夫洛维奇又大声说道，“伊凡，你再把脑袋伸到我耳朵边。”

伊凡·费奥多罗维奇再一次认认真真地把脑袋伸过去。

“我爱你，就像爱阿廖沙一样。你别以为我不爱你。要不要来点白兰地？”

“来一点儿吧。”伊凡·费奥多罗维奇仔细地打量了一下父亲，心想：“不过你自己喝得也够多了。”至于斯梅尔佳科夫，他始终怀着极大的好奇心在观察他。

“就是现在你也该下地狱。”格里戈里大发雷霆，“你这混蛋怎么还敢胡说八道，要是……”

“不要骂人，格里戈里，不要骂人！”费奥多尔·巴夫洛维奇打断他。

“请您耐心点，格里戈里·瓦西里耶维奇，稍稍等一会儿，听我把话说完，我还没有说完呢。就在我被上帝诅咒的那一刻，就在那个最严厉的时刻，我反正已经成了一名异教徒，我原来的洗礼已经在我身上解除，不再具有任何效力了——是不是这样？”

“说出你的结论，小伙子，快把你的结论说出来。”费奥多尔·巴夫洛维奇催促道，津津有味地呷了口酒。

“既然我已经不再是基督徒，那么那些折磨我的人问我是不是基督徒的时候，我并没有对他们撒谎，因为当我有了那种想法，在我还没来得及开口向折磨者说出我的意见之前，我已经被上帝亲自取消了我的基督教教籍。既然我已经被开除了教籍，那么到了地狱里他们究竟凭什么，根据什么理由要把我当作一名基督徒来追究背叛基督的罪责呢？我不是仅仅因为在背叛之前有了这种想法就被解除了我的洗礼吗？既然我已经不再是基督徒，那就意味着我不可能背叛基督，因为那时候我已经没有什么可以背叛的了。格里戈里·瓦西里耶维奇，即使在天堂里又有谁因为可恶的鞑靼人生来不是基督徒而去追究他的罪行呢？又有谁会因此而惩罚他呢？谁都知道从一头牛身上剥不下两张皮。即使万能的上帝本人在鞑靼人死后要追究他的罪责，那么我认为对他的惩罚也是最最轻微的（总不能完全不惩罚他），因为上帝知道，不洁的父母生下不洁的儿子，这毕竟不是儿子的过错，上帝总不至于硬把鞑靼人抓起来，说他本来就是个基督徒吧？那样就意味着万能的上帝也会说假话。难道统揽天上人间的上帝也会撒谎，哪怕仅仅说一句谎话吗？”

格里戈里听得愣住了，瞪大了眼睛望着这位雄辩家。尽管他并不完全明白这些话的意思，但从这些胡说八道中他突然领会了什么，因此站在那儿就像当头挨了一棒。费奥多尔·巴夫洛维奇一口气喝光了杯里的白兰地，发出刺耳的大笑。

“阿廖沙，阿廖沙，你瞧！咳！你这诡辩的家伙！伊凡，他肯定是在哪儿加入了耶稣会。哼，你这臭耶稣会员是谁教你的？不过你这诡辩家，全在胡说，一派胡言乱语！别难过，格里戈里，我们可以一下子把他驳得体无完肤。你这头驴子，我倒要问你：就算在那些折磨你的人面前你是对的，但你在内心已经背叛了自己的信仰，你自己也承认在那一刻应该诅咒你下地狱，假如你一下子到了地狱，那么总不至于因为你背信弃义而受到特别的优待吧？关于这件事你是怎么考虑的，我的出色的耶稣会会员？”

“我在内心已经背叛了上帝，这是毫无疑问的，但毕竟没有什么特别的罪孽，即使有的话，那也是最最平常、最最微小的罪孽。”

“还说是最平常的呢！”

“胡说，你这该死的！”格里戈里咬牙切齿地骂道。

“您自己仔细想想，格里戈里·瓦西里耶维奇。”斯梅尔佳科夫冷静而慎重地继续说道，他意识到自己驳倒了对方，因此似乎要对击败的对方表示宽容，“您自己仔细想想，格里戈里·瓦西里耶维奇，《圣经》上不是说，只要你有了信仰，哪怕是对于一粒小小的芥菜籽有了坚定的信仰，那么只要你一声令下，就可以让高山马上移到大海里去。格里戈里·瓦西里耶维奇，既然我没有信仰，而您的信仰又那么坚定，以至要不停地责骂我，那么请您试着对高山说一声，暂且不要让它移到大海里，因为大海离我们这儿很远，就让它移到我们花园后面的那条臭水沟里。结果您自己马上就会看到，什么也不会移动，一切都会原封不动地留在那儿，无论您怎么喊叫都没用。这就表明，格里戈里·瓦西里耶维奇，您的信仰也没有那么坚定，只不过是想寻找一切机会责骂别人罢了。我们还是用这件事做例子。在我们这个时代不仅您做不到，任何人，从最伟大的天才到最渺小的庄稼汉，谁也无法使高山移到大海里，天底下只有一个人至多两个人是例外，而他们也许隐藏在埃及的沙漠里，在秘密地修行，因此根本无法找到他们——既然如此，既然其余的人都没有信仰，那么除了一两个在沙漠里修行的隐士之外，所有其他人，也就是世界上的所有公民，难道都要遭到上帝的诅咒吗？难道以仁慈著称的上帝连他们中间的一个人也不会宽恕吗？所以我相信，尽管我产生过动摇，但只要痛哭流涕表示忏悔，那么我是会得到宽恕的。”

“等一等！”费奥多尔·巴夫洛维奇狂喜地尖声叫起来，“那么，你还是认为一两个能够移山填海的人毕竟存在的喽！伊凡，你要用斧子刻个记号，你要写下来：俄国人的全部本质都体现在这里！”

“您说得完全正确，这就是人民在信仰方面的一个特点。”伊凡·费奥多罗维奇脸带赞许的微笑表示同意。

“你同意我的观点！既然同意了，那就是说，的确是这么回事！阿廖沙，你说是吗？这不就是地道的俄国人的信仰吗？”

“不，斯梅尔佳科夫的信仰根本不是俄国人的信仰。”阿廖沙严肃而干脆地说。

“我不是指他的信仰，我是指那个特点，指一两个沙漠里的隐士，仅仅指那个小小的特点：那不纯粹是俄罗斯的，地地道道的俄罗斯特点吗？”

“是的，这个特点纯粹是俄罗斯的。”阿廖沙微微一笑。

“你这句话值十个金卢布，驴子，今天我就赏给你。至于其他的话，你尽是胡说，一派胡言！你要知道，傻瓜，我们这儿大家不信上帝只是因为轻浮，是因为没有时间：第一，事情忙；第二，时间少，上帝每天只给了二十四小时，因此不但没有时间忏悔，连充足的睡眠时间也没有。至于你吗，你在折磨者面前放弃信仰，是因为当时除了信仰再也没有别的可以考虑，而且当时又逼着你非说出自己的信仰不可。是这么回事吗？小伙子，我说得对不对？”

“事情倒是这样的，不过您仔细想想，格里戈里·瓦西里耶维奇，正因为这样，才更减轻了罪过。假如当初我像虔诚的信徒那样真心诚意地信仰上帝，并没有为了自己的信仰而受到折磨，却改信了可恶的伊斯兰教，那倒真的是一桩罪孽了。但是事情也不至于会到受折磨的地步，因为只要我对高山说一声快去把折磨者压死，而高山立即会像压死一只蟑螂那样把折磨者压死的话，那么我完全可以像没事那样大摇大摆地离开，边走还边颂扬上帝。假如就在那一刻我把这些都试验了一遍，故意对着高山喊，快去把那些折磨者压死吧，可是高山却不去压他们。那么请问，在这样一个可怕的生死关头，我怎么能不产生动摇呢？即使没有动摇，那我也已经知道，我不可能完全升入天国（因为高山没有听从我的命令而移动位置，这就表明天国对我的信仰并不十分相信，那儿也没有太大的奖赏在等待我），那我为何还要白白地让别人剥我身上的皮呢？即使从我背上已经剥去了半张皮，那么高山也并不因为我说了一句话或者喊叫了一声就移动位置。况且在那种时刻，不但会产生怀疑，甚至会吓得失去理智，因此也就根本不可能仔细思考。这样说来，无论在人间或天国，我看都得不到任何好处和奖赏，那么我保留自己一层皮又有什么特别的过错呢？因此，我非常相信上帝的仁慈，我希望能得到完全的宽恕……”

八　喝白兰地的时候

争论结束了，可奇怪得很，刚才还是兴高采烈的费奥多尔·巴夫洛维奇到最后又突然皱起了眉头。他愁眉苦脸地一口喝干了白兰地。这一杯已经完全是过量了。

“你们这些耶稣会员，都给我滚出去！”他冲着仆人吼道，“斯梅尔佳科夫，你出去。我答应你的十个卢布，今天就给你。格里戈里，你别伤心，你回到玛尔法那儿，她会宽慰你，让你躺下睡觉的。”仆人遵命立即离开后，他竟然恼怒地说：“这两个混蛋，就是不让人饭后太太平平坐一会儿。斯梅尔佳科夫现在每次开饭的时候总要钻到这儿来。他对你很感兴趣，你使了什么花招让他跟你这么亲热？”他问伊凡·费奥多罗维奇。

“什么花招也没有，”伊凡·费奥多罗维奇回答，“是他突然想起要尊敬我的。他是个奴才和下流坯。不过话说回来，时候一到，他倒可以充当打冲锋的炮灰。”

“打冲锋？”

“当然也会有另外一种比他好点的人，但是这种人肯定会有的。开始冲在前面的就是这些人，然后才是好点的人。”

“什么时候会出现这种情况？”

“信号弹会亮起来的，而且也许不会熄灭。老百姓暂时还不太爱听这些厨子的话。”

“原来是这样，孩子，怪不得这头‘巴兰驴’老是在想呀，想呀，鬼知道他能想出什么名堂。”

“他会积累起许许多多的想法。”伊凡冷笑了一下。

“你瞧，我知道他连我也看不顺眼，对所有的人都看不顺眼，对你也一样，尽管你觉得他‘突然想起了要尊敬你’。阿廖沙就更不要说了，他瞧不起阿廖沙，不过，他不偷东西，不会造谣，不会多嘴，也不会把家里的丑事张扬出去。他能烤一手好馅饼。别的管他个屁。老实说，有必要去议论他吗？”

“当然不值得。”

“至于他脑子里在想些什么，那么总的说来俄国的庄稼汉都应该挨打，我一直是这么主张的。我们的农民全是骗子，用不着去怜悯他们，好在现在有时候还可以揍他们一顿。俄罗斯大地之所以结实，就因为桦树多。要是把树木都砍光了，那么俄国的土地也就完蛋了。我赞成聪明人的办法，我们不再殴打农民，这是很聪明的办法，而他们还在继续自己打自己，这样很好。这就叫‘你们用什么量器量给人，也必用什么量器量给你们’[①]或者别的什么说法……总而言之，以样学样。俄罗斯是个肮脏的猪圈。我的朋友，你要知道我是多么憎恨俄罗斯……不是恨俄罗斯，而是恨所有这些罪恶……也许也恨俄罗斯。这一切都肮脏不堪[②]。你知道我喜欢什么吗？我喜欢俏皮话。”

“您又喝了一杯。最好别喝了。”

“别忙，我还要喝一杯，接下来再喝一杯，以后就不喝了。不，你别忙，你打断了我的话头。我路过莫克罗耶的时候，问过一位老头，他对我说：‘我们最喜欢揍那些受责罚的姑娘，我们都是让小伙子们去动手。小伙子今天刚把那姑娘揍了一顿，第二天就会娶她当老婆。所以我们这儿的姑娘还挺乐意挨揍呢。’这不就像德·萨德侯爵[③]笔下那些人物吗？不管怎么说，还是挺风趣的。咱们最好到那儿去看看，怎么样，阿廖沙？你脸红了吗？别害臊，孩子。可惜我刚才没在院长那儿坐下来吃饭，也没有把莫克罗耶姑娘们的故事说给修士们听。阿廖沙，我刚才得罪了你的院长，你别为这件事生气。孩子，那是我在气头上说的。假如上帝是有的，确实存在的，那我当然错了，甘愿受罚。假如根本没有上帝，那还要你那些神甫

---

① 见《圣经·新约·路加福音》第 6 章。

② 原文为法文。

③ 德·萨德（1740—1814），法国作家，专写淫秽小说。

干什么？那样的话，就是把他们的脑袋砍下来也不解恨，因为他们妨碍进步。你信不信，伊凡，这个问题一直搅得我心神不安。不，你不相信，我看你的眼睛就知道你不相信。你相信别人的话，认为我只是个小丑而已。阿廖沙，你相信我不仅仅是个小丑吧？”

“我相信你不仅仅是个小丑。”

“我相信你是相信的，你说的是真心话。你真心实意地这样认为，真心实意地这样说。可伊凡不是这样。伊凡很傲慢……尽管如此，我还是恨不得毁掉你那个修道院，恨不得一下子把所有这些神秘的东西从俄国土地上消灭干净，让所有的傻瓜彻底醒悟。到时候会有多少金子银子进入造币厂！”

“为什么要消灭呢？”伊凡问。

“为了让真理尽快大放光芒。就是为了这个目的。”

“要是这个真理大放光芒，那么您首先第一个就会被抢劫一空……然后被消灭。”

“啊，也许你说得有道理。唉，我真是头蠢驴。”费奥多尔·巴夫洛维奇突然喊道，轻轻地拍了拍自己的额头，“好吧，阿廖沙，既然这样，那就让你的修道院保留下来吧，而我们这些聪明人就坐在暖和的房间里舒舒服服地喝白兰地。你知道吗，伊凡，这肯定是上帝自己故意这样安排的。伊凡，你告诉我，到底有没有上帝？先别急着回答，你要说得很肯定，不能含糊！为什么你又笑了？”

“我感到好笑，因为刚才斯梅尔佳科夫说他相信有两位长老能够移动高山的时候，您说过很机智的话。”

“难道现在的情况跟刚才有什么相似的地方吗？”

“非常相似。”

“这么说来，我也是俄罗斯人，我身上也有俄罗斯人的特征，而在你这位哲学家身上也可以找到类似情况。要是你愿意，我可以找出来。咱们来打个赌，明天我就可以找出来。不过你还得告诉我：到底有没有上帝？你要认真说！我现在要你说真话。”

“没有，上帝是没有的。”

"阿廖沙，有上帝吗？"

"上帝是有的。"

"伊凡，那么有没有灵魂不朽这回事，哪怕是很小的，极小的一部分？"

"灵魂不朽也是不存在的。"

"绝对没有？"

"绝对没有。"

"你是说绝对的零还是有那么一点儿？也许总还有那么一点儿吧？总不至于一点儿也没有吧？"

"绝对的零。"

"阿廖沙，有没有灵魂不朽这回事？"

"不仅有上帝，也有灵魂不朽。有了上帝就有灵魂不朽。"

"嗯，很可能伊凡是对的。天哪，你们只要想一想，人们献出了多少信仰，为这个理想白白花费了多少心血，而且已经这样做了几千年。究竟是谁在嘲弄人类？是伊凡吗？我最后一次十分明确地问你们：到底有没有上帝？我这是最后一次问你们！"

"我也是最后一次回答说没有。"

"那么究竟是谁在嘲弄人类呢，伊凡？"

"也许是魔鬼吧。"伊凡·费奥多罗维奇冷冷一笑。

"那有没有魔鬼呢？"

"没有，也没有魔鬼。"

"可惜。真见鬼了，要是这样，看我怎样收拾那个首先想出上帝的人。就是把他吊死在苦杨树上也还便宜了他。"

"假如没有想出上帝来，那就根本不会有文明。"

"不会有文明？你是说没有上帝就没有文明？"

"是的。连白兰地也不会有。不过没有办法，这瓶白兰地只能从您这儿拿走了。"

"等一等，等一等，等一等，亲爱的，让我再喝一杯。我刚才得罪了阿廖沙，你不生气吧，阿列克谢？我亲爱的阿列克谢，我的好孩子！"

"不，我不生气。我知道您的想法。您的心肠比头脑好。"

"我的心肠比头脑好吗？天哪，这话又是谁说的呀？伊凡，你爱阿廖沙吗？"

"我爱他。"

"你要爱他（费奥多尔·巴夫洛维奇已经醉得很厉害了）。你听我说，阿廖沙，我刚才对你的那位长老态度粗暴了点，当时我太激动了。这位长老挺机智的，你说是吗，伊凡？"

"也许是这样。"

"是的，是的，*有点皮龙的味道*[①]。他是耶稣会教士，当然是俄国式的。作为一个高尚的人，他心里一定在暗暗痛恨自己必须演戏……必须披上一件神圣的外衣。"

"可他是相信上帝的呀！"

"一点儿也不相信。难道你不知道？这是他亲口对大家说的，当然不是对所有人，而是对所有到他那儿去的聪明人说的。他对省长舒尔茨坦率地说，*我有信仰*[②]，但不知道信仰什么。"

"不见得吧？"

"正是这样说的。但我尊敬他，他这人有点靡菲斯特的味道，或者说得正确些，像《当代英雄》的那个……阿尔贝宁[③]还是叫别的什么来着……也就是说，他是个好色之徒。简直色胆包天，如果我的女儿或妻子到他那儿去忏悔，我真会替她们担忧的。你知道他一说起那些事情就眉飞色舞……前年他让我们去喝茶，顺便还喝蜜酒（太太们常给他送些蜜酒），他大谈特谈过去的事，把我们的肚子都笑破了……特别有趣的是他详细描述了自己怎样治好了一名体质十分虚弱的女人！他说：'要不是两条腿有

---

① 原文为法文。皮龙（1689—1773），法国诗人、讽刺作家。

② 原文为拉丁文。

③ 阿尔贝宁是莱蒙托夫的剧本《假面舞会》中的主人公。《当代英雄》的主人公是毕巧林。

病，我真可以给你们跳一个舞！’怎么样，他真有两下子吧？他说：‘我这一辈子荒唐事干了不少！’他从商人杰米多夫手里得到了六万卢布。”

“怎么，是偷的吗？”

“那商人把他当成好人，把钱送到他手里，说：‘你替我保管一下，老兄，明天他们要来搜查我的家。’于是他就收下来替他保管。后来他却说：‘这钱是捐给教会的！’我对他说：你真卑鄙。他说，不，这不是卑鄙，这是豪放……不过这不是他说的……这是另外一个人说的，我把这两个人搞混了……我没有发现。给我再来一杯，喝完就不喝了。伊凡，你把酒瓶拿走。我在胡说，你干吗不制止我，伊凡……干吗不告诉我在胡说？”

“我知道您自己会停下来的。”

“你撒谎，你这样做是因为恨我，完全是因为恨我。你瞧不起我。你回到我这儿，住在我家里，却又瞧不起我。”

“我会离开的。你这是喝白兰地喝多了。”

“我以上帝基督的名义请你到契尔马什尼亚去……两天。可你就是不去。”

“既然您坚持要我去，那我明天就走。”

“你不会去的，你要留在这儿监视我，这就是你的想法。你不怀好意，所以你不愿意去，是吧？”

老头儿喋喋不休。他已经醉得很厉害了，即使平时安分守己的人这时候也会大发酒疯，耍一番威风的。

“你干吗这样看我？瞧你那双眼睛！你的眼睛看着我，那目光在对我说：‘瞧你这副醉鬼的嘴脸。’你的眼睛在表示怀疑，你的眼睛在表示轻蔑……你到这儿来有自己的打算。你看阿廖沙也瞅着我，可他的眼睛闪闪发亮。阿廖沙并没有瞧不起我，阿列克谢，你别爱伊凡……”

“您不要生哥哥的气！也别再惹他生气。”阿廖沙突然坚决地说。

“那好吧，算了。唉，我头疼。伊凡，把白兰地拿走，我这是说第三遍了。”他沉思了一会儿，脸上又突然露出长久而狡猾的笑容，“伊凡，你别跟我这糟老头子怄气。我知道你不喜欢我，但不管怎么样，你不要生我的气。我确实也没有什么值得你爱的地方。你到契尔马什尼亚去一趟，我随后就来，给你带点小礼物。我要让你看一个小妞，我早就已经看中了她。她暂时还赤着脚。不要嫌赤脚的小妞，不要瞧不起她们——她们是珍珠……”

他咂的一声吻了吻自己的手。

“对我来说，”一接触到喜欢的话题，他突然浑身活跃起来，仿佛一下子清醒过来了，“对我来说……咳，你们呀，还只是孩子！娃娃！小猪仔……对我来说，甚至一辈子都没有觉得哪一个女人是难看的，这就是我的准则。你们能理解这一点吗？你们又怎么能理解呢？你们血管里流的不是血，而是奶。你们还是没有钻出蛋壳的雏儿！根据我的准则，任何一个女人身上都可以找到一种极其有趣的东西，这在其他女人身上是无论如何找不到的——但是要善于发现，这是关键！这是一种天才！对我来说根本就不存在丑陋的女人；只要她是女人，那事情就成功了一半……你们哪里能明白这其中的奥妙呢！即使是那些老处女，在她们身上有时候你也能找到种种妙处，而且你会感到奇怪：那些傻瓜怎么白白让她们人老珠黄，居然至今没有发现她们！对赤脚的女人和丑陋的女人，首先第一步要使她们惊讶——要对她们下手，一开始就得采取这个办法。这你就不知道了吧？她看到突然还有一位老爷爱上她这样的丑八怪，那她一定会惊讶到狂喜、心悸、害羞的地步。好在世界上永远有奴才和主子，永远有擦地板的丑陋女人，永远有玩弄她的老爷，而为了享受人生的幸福就需要这样的安排！等一等……阿廖沙，你听我说，你那死去的母亲，我总是使她感到惊讶，不过用的是另一种办法。我平时从来不跟她亲热，可是遇到合适的机会，我会突然瘫倒在她面前，跪着爬过去吻她的脚，总是——我至今还记得清清楚楚，总是能引她发出一阵阵轻轻的笑声。那笑声不高，但很清脆，带点神经质，却又别有韵味。只有她才会发出那样的笑声。我知道，她这么一笑，过后就要开始犯病了，第二天就会大喊大叫地犯起癫痫病，而眼前她发出的这一阵阵笑声并不意味着真正的快感。尽管仅仅是假象，但总还是一种愉悦吧。这就是善于在每个人身上发现特点的本领！我们这儿有位富裕的美男子别里亚夫斯基追求她，常常到我家来，有一次就在我家里，又当着她的面，他突然打了我一记耳光。她平时驯顺得像头绵羊，可这时候却对我大发雷霆，我甚至以为她要动手打我了。她冲着我大喊大叫：‘你这窝囊废，饭桶，竟让他打耳光！你把我出卖给他了……他居然敢当着我的面打你！从今以后不许你挨近我，绝对不许！你得立即去找他决斗……’为了使她安静下来，当时我就把她带到修道院，让神甫们开导开导她，可是平心而论，阿廖沙，我从来没有欺负过那疯癫女人！最多只有一次，那还是在结婚第一年，当时她对祷告十分虔诚，尤其在圣母节期间严格遵守教规，把我赶到书房里睡觉。我就想：让我打掉她身上那种神秘的观念！我说：‘你瞧，你瞧，这是你的圣像，你看我把它取下来。你看着，你以为它可以创造奇迹，可我要当着你的面啐它，我照样没事！……’她看着我这样做了，我还以为她会来跟我拼命的，可是她却猛地站了起来，惊讶地举起双手拍了一下，接着又突然用双手捂住脸，浑身哆嗦，倒在地上……就这样瘫倒了……阿廖沙，阿廖沙！你怎么啦，你怎么啦！”

老头儿吓了一跳。自从父亲谈起母亲以后，阿廖沙的面色就开始变了。他满脸通红，眼睛发亮，嘴唇哆嗦……喝醉了酒的老头只顾自己唾沫横飞地大谈往事，居然毫无察觉，直到刚才谈到那癫痫女人犯病情形的时候才注意到阿廖沙出现了某种非常奇怪，与他母亲一模一样的症状。阿廖沙突然从饭桌旁站起来，完全像他母亲当初那样，举起双手拍了一下，然后又用双手捂住脸，像一茎砍断的草那样瘫倒在椅子上，歇斯底里地浑身抽搐，眼睛里突然扑簌簌滚出一串串无声的泪珠。这种与他母亲极其相像的症状使老头儿大吃一惊。

“伊凡，伊凡！赶快给他喷水！这跟他母亲当时的症状完全一模一样！你用嘴往他脸上喷水，我当时对他母亲就是这样做的！他这是替他母亲难受，替他母亲……”他嘟囔着对伊凡说。

“我想他的母亲也是我的母亲吧，您说呢？”伊凡突然怀着难以抑制的愤怒和轻蔑说道。他那冒火的目光使老头不寒而栗。可这时候发生了一件非常奇怪的事情，尽管只是一刹那的时间：老头儿似乎真的失去了思考能力，忘记了阿廖沙的母亲也是伊凡的母亲……

“怎么是你母亲？”他莫名其妙地嘟囔着，“你怎么说这样的话？你说的是哪个母亲？难道她……咳，真见鬼了！她的确也是你母亲！咳，真是见鬼了！我这是一时糊涂，以前从来没有这样糊涂过……对不起，孩子，我还以为，伊凡……嘿——嘿——嘿！”他停住不说了。那一声长长的醉醺醺的傻笑将他的脸舒展开来。就在这一刹那间，厢房里突然传来一阵可怕的喧闹和巨响。随着一阵疯狂的喊叫，只听得砰的一声门打开了，德米特里·费奥多罗维奇冲进了客厅。老头儿吓得朝伊凡扑去。

“他要杀人啦，要杀人啦！别让他杀我，你拦住他！”他大声喊了起来，双手紧紧拽住伊凡·费奥多罗维奇。

九 色鬼

格里戈里和斯梅尔佳科夫也紧随着德米特里·费奥多罗维奇冲进客厅。刚才厢房里就是他们在阻拦德米特里·费奥多罗维奇，不让他进来（这是几天前费奥多尔·巴夫洛维奇亲自向他们下达的命令）。趁着德米特里·费奥多罗维奇闯进客厅停下来向四周打量的一瞬间，格里戈里连忙绕过餐桌，关上了正门对面那两扇通往内室的门，叉开双手堵住门口，摆出死守的架势，就像通常所说的，准备战斗到流尽最后一滴血。见到这阵势，德米特里不是一般的喊叫，简直是尖声号叫着向格里戈里扑过去。

“看样子，她在里面！把她藏起来了！滚开，混蛋！”他想揪住格里戈里，可是被对方推开了。德米特里盛怒之下抡起拳头拼命向格里戈里打去。老人像一根割断的草那样倒了下去。德米特里从他身上跳过去，一下子冲进门里。斯梅尔佳科夫留在客厅的另一头，脸色苍白，浑身颤抖，紧紧地护着费奥多尔·巴夫洛维奇。

“她在这儿。”德米特里·费奥多罗维奇喊道，“我刚才亲眼看到她拐了进来，只是我没追上。她在哪儿？她在哪儿？”

德米特里刚才那一声“她在这儿”的喊叫，对费奥多尔·巴夫洛维奇产生了不可理喻的作用：他的全部恐惧一下子消失得无影无踪。

“抓住他！抓住他！”他咆哮着去追赶德米特里·费奥多罗维奇。这时候格里戈里已经从地上爬起来，但是似乎还没有清醒过来。伊凡·费奥多罗维奇和阿廖沙跑过去追赶父亲。只听得第三个房间里突然有什么东西掉到地上，哐啷一声碎了：那是放在大理石底座上的一只玻璃大花瓶（不很值钱的那种），被德米特里·费奥多罗维奇冲进去的时候撞倒了。

“抓住他！”老头儿声嘶力竭地喊着，“救命啊！”

伊凡·费奥多罗维奇和阿廖沙最后终于追上了老头儿，硬把他拉回到客厅里。

“您干吗去追他呢！他真的会把您杀死的！”伊凡·费奥多罗维奇冲着父亲发火。

“瓦涅奇卡，廖舍奇卡，没准她真的在这里，格鲁申卡就在这儿，他说他亲眼看到她跑进来的……”

他气都喘不过来了。他没有料到格鲁申卡这时候会来，现在突然听说她在这儿，一下子就失去了理智。他浑身哆嗦，好像发了疯似的。

“您不是自己也看到她没有来吗！”伊凡吼道。

“说不定是从后门进来的呢？”

“后门是锁着的，钥匙在您手里……”

德米特里突然又出现在客厅里。他发现后门上了锁，而门锁的钥匙确实在费奥多尔·巴夫洛维奇的口袋里。所有房间的窗户都紧紧关着，格鲁申卡无论从哪儿都进不来，也出不去。

“抓住他！”费奥多尔·巴夫洛维奇见到了德米特里，又立即尖声叫起来，“他把我卧室里的钱偷走了！”他挣脱了伊凡，再次向德米特里扑去。德米特里举起双手，突然抓住老头仅有的两绺鬓发，使劲一推，把他摔倒在地上。接着又上去用脚跟在倒下的父亲脸上踹了两三下。老头发出撕心裂肺的惨叫。伊凡·费奥多罗维奇虽然不像哥哥德米特里那样有力气，可还是双手抱住他，用尽全身的力气把他从老头儿身上拉走了。阿廖沙竭尽全力地帮助伊凡从前面抱住大哥。

“你这疯子，你这样要闹出人命的！”伊凡喊道。

“这是他活该！”德米特里气喘吁吁地喊道，“这次没打死他，下次还要来打死他。你们防不住的。”

“德米特里！马上离开这儿！”阿廖沙威严地喊道。

“阿列克谢！你得告诉我，我只相信你一个人：刚才她到底有没有来过？我亲眼见她沿着篱笆从胡同里溜到这边来了。我喊了一声，她就跑了……”

“我敢向你发誓，她没到这儿来过，这儿也根本没有人在等她！”

“可我看见她……她肯定……我马上能打听到她在哪儿……再见，阿列克谢！关于钱的事情现在一句话也别跟伊索①提起。但卡捷琳娜·伊凡诺芙娜那里，你一定要立刻就去：‘他吩咐我向您致意，向您致意，致意！致意并告别！’你把刚才的场面也详细告诉她。”

这时候伊凡和格里戈里已经把老头儿扶了起来，让他坐到了软椅上。他满脸是血，可神志清醒，贪婪地倾听着德米特里的喊叫。他依然认为格鲁申卡真的躲在这座房子的某个地方。德米特里·费奥多罗维奇临走时还狠狠地瞪了他一眼。

“我并不后悔让你流了血！”他大声说，“当心点，老东西，收起你的梦想，因为我也有自己的梦想！我亲口诅咒你，跟你彻底断绝关系……”

他从房间里跑了出去。

“她在这里，她肯定在这里！斯梅尔佳科夫，斯梅尔佳科夫！”老头儿一面用嘶哑、微弱得几乎难以听清楚的声音说，一面伸出一只手指招呼斯梅尔佳科夫。

“她不在这儿，不在，您这疯老头儿。”伊凡恶狠狠地冲着他喊道，“瞧，他晕过去了！拿水来，毛巾！快去，斯梅尔佳科夫！”

斯梅尔佳科夫跑去取水。最后终于给老头儿脱掉了衣服，抬进卧室，放到床上，用湿毛巾裹住他的脑袋。他刚喝过白兰地，感情上经历了强烈

---

① 伊索，古希腊寓言作家。此处指言行古怪的老卡拉马佐夫。

的震动，又挨了一顿毒打，身体十分虚弱，因此头刚挨着枕头就立即闭上眼睛昏昏入睡了。伊凡·费奥多罗维奇和阿廖沙回到客厅里。斯梅尔佳科夫在收拾打碎的花瓶碎片，而格里戈里垂头丧气地站在桌子旁边。

“要不要给你头上也裹块湿毛巾？到床上躺一会儿？”阿廖沙问格里戈里，“我们会在这儿照看他的。哥哥刚才打你也打得够狠的……往你的脑袋上打。”

“他竟敢打起我来了！”格里戈里阴沉着脸，一字一顿地说。

“他连父亲也‘敢打’，不要说你了！”伊凡·费奥多罗维奇撇着嘴说。

“我给他在洗衣盆里洗过澡……他竟敢打我！”格里戈里又说了一遍。

“见鬼，要不是我把他拉开，说不定真把他打死了。伊索经得起打吗？”伊凡·费奥多罗维奇悄悄对阿廖沙说。

“上帝保佑！”阿廖沙大声说。

“干吗要保佑？”伊凡恶狠狠地撇了撇嘴，依然压低了声音说，“一条毒蛇咬死另一条毒蛇，这是他们两人应得的下场！”

阿廖沙听了一愣。

“当然，我决不允许闹出人命案子，就像刚才那样。你留在这儿，阿廖沙，我到外面院子里走一走。我头疼。”

阿廖沙到父亲的卧室里，在屏风后面的床头边坐了约莫一小时。老头突然睁开眼睛，长久而默默地望着阿廖沙，显然是在回想并思考什么。突然，他脸上出现了一种异乎寻常的激动表情。

“阿廖沙，”他提心吊胆地低声说道，“伊凡在哪儿？”

“在院子里，他头疼。他在替我们望风。”

“把小镜子递给我，瞧，就在那儿放着。递给我！”

阿廖沙把放在衣柜上的一面可折叠的小圆镜递给他。老头照了照镜子，只见鼻子肿得很厉害，额头左侧眉毛上方有一大块明显的紫血印。

“伊凡说了什么？阿廖沙，亲爱的，我唯一的儿子，我怕伊凡，最怕他，比怕那家伙还厉害，只有你一个人我不怕……”

“您也别怕伊凡。伊凡生气了，可是他会保护您的。”

“阿廖沙，那家伙呢？肯定去找格鲁申卡了！可爱的天使，你给我说实话：刚才格鲁申卡到底来过没有？”

“谁也没有看见她。那是一场误会，她没来过！”

“米佳那家伙打算娶她，想跟她结婚！”

“她不会嫁给他的。”

“不会的，不会的，不会的，不会的，绝对不会的！……”老头儿高兴得浑身来了精神，仿佛这是此刻最能使他振奋的消息。他欣喜若狂地抓起阿廖沙的手，紧紧地贴在自己胸口，他的眼睛里甚至闪动着喜悦的泪花。“那个圣像，就是前几天我跟你说过的圣母像，你拿去吧，把它带走吧！就是回修道院的事，我也答应你……刚才我是说着玩的，你别生气。我头疼，阿廖沙……阿廖沙，你得帮我去掉这块心病，行行好，跟我说实话！”

“您说的还是她究竟有没有来过这件事吧？”阿廖沙伤心地问。

“不，不，不，我相信你，我指的是另一件事：你亲自到格鲁申卡那儿去一次，或者想办法见一见她。你快去问个明白，越快越好，你用自己的目光判断一下：她究竟愿意跟谁，跟我还是跟他。这样行吗？怎么样？你能不能办到？”

“要是我见到她，那一定问她。”阿廖沙不好意思地支吾着说。

“不行，她不会告诉你的。”老头儿打断他，“她是个不安分的女人，她也会亲吻你，说她愿意嫁给你。她是个骗子，是个没羞没臊的女人。不行，你不能到她那儿去，不能去！”

“我去也不合适，爸爸，很不合适。”

“他刚才临走的时候高喊‘你去一次’，他这是要你去哪儿？”

“他让我到卡捷琳娜·伊凡诺芙娜那儿。”

“去取钱吗？向她要钱吗？”

“不，不是为了钱。”

“他没有钱，一个子儿也没有。听我说，阿廖沙，让我躺一个晚上，仔细想一想，现在你走吧。也许还能碰到她……只是明天早上你一定要到我这儿来，一定要来。明天我要给你说句要紧的话。你来吗？”

“来。”

“要是你来的话，你就装作是自己来的，是来探望我的，对任何人也别说是我叫你来的，对伊凡也一句别说。”

“好的。”

“再见，我的天使。刚才你出来保护我，我一辈子也不会忘记的。明天我要对你说一句话……不过还需要考虑一下……”

“现在您觉得身体怎么样？”

“明天，明天我就可以起来走动了，完全健康，完全健康，完全健康！……”

走过院子的时候，阿廖沙看到二哥伊凡坐在大门边的长椅上。他在那儿正用铅笔往记事本上记着什么。阿廖沙告诉伊凡，老人醒了，神志清楚，让他回修道院睡觉。

“阿廖沙，我很想明天早上跟你见个面。”伊凡欠起身，非常客气地说道，客气得完全出乎阿廖沙的预料。

“我明天要到霍赫拉科娃家去。”阿廖沙回答，“要是今天见不到卡捷琳娜·伊凡诺芙娜，那明天也许还要去一次……”

“现在你不是要到卡捷琳娜·伊凡诺芙娜那儿去吗？这是去跟她‘告别’吧？”伊凡突然微微一笑。阿廖沙十分尴尬。

“刚才争争吵吵的那些话，我好像都明白了，以前的那些事情多少也明白了一点儿。德米特里大概是要你去向她转告，说他……嗯……嗯……总而言之，向她告别，对不对？”

“哥哥！父亲和德米特里之间这种可怕的冲突会闹出什么结果啊？”阿廖沙感慨说。

“难以预料。也许什么结果也没有，事情会慢慢过去的。那女人是头野兽。不管怎么说，应该把老头儿关在家里。也不能放德米特里进这个家门。”

“哥哥，请允许我再问你个问题：难道任何人都有权利决定别人配不配活下去吗？”

“为什么要扯到谁配谁不配这个问题呢？这问题往往是在人们内心

解决的，完全不是根据谁好谁坏这标准，而是根据另外一些更加现实的原因。至于说到权利，那谁没有表示愿望的权利呢？”

“总不至于希望别人死吧？”

“即使希望别人死又怎么样呢？既然大家都这么活着，而且也许不可能有别的活法，那么何必要自欺欺人呢？你这是指我刚才说的‘两条毒蛇互相咬死’那句话吧？既然这样，那我也问你一句：你是不是认为我跟德米特里一样，也能让伊索流血，也就是杀死他？”

“你这是什么话，伊凡！我从来没有过这种想法！就是德米特里我也并不认为……”

“就凭你这句话我也得谢谢你。”伊凡笑了笑，“告诉你，我始终会保护他的。至于我内心的愿望，那我保留充分的自由。明天见。你别责备我，也别把我看成坏蛋。”他微笑着补充了一句。

他们互相紧紧地握了握手，这是从来没有过的事。阿廖沙觉得是哥哥首先主动向他靠拢了一步。他这样做是有目的的，肯定有某种用意。

十　两个女人在一起

阿廖沙从父亲家里出来，心情比刚才进来的时候更加忧郁和懊丧。他的思想似乎被碾成了一堆零乱的碎片，同时他又害怕把这些碎片拼凑起来，从今天所经历的种种痛苦的矛盾中清理出一个头绪。阿廖沙内心有一种近乎绝望的感觉，这是以前从来没有过的。有个至关紧要却又无法解决的重要问题像座大山那样压在他心头：为了这个可怕的女人，父亲和德米特里哥哥之间会闹出什么结果呢？现在他自己成了他们争风吃醋的见证人。刚才他自己也在场，亲眼看见了那种你死我活的场面，但是，最不幸、最倒霉的只能是德米特里哥哥，一场不可避免的灾难正等着他。还有许多其他人也牵连了进去，他们卷入的程度也许比阿廖沙想象的还要深得多。甚至出现了某种神秘的事情。伊凡哥哥主动向他靠近了一步，这本来是阿廖沙早就盼望的，可现在却不知为什么觉得这接近的一步使他感到惧怕。至于那两个女人呢？事情真奇怪：刚才他到卡捷琳娜·伊凡诺芙娜那儿去的时候心里觉得特别别扭，可现在这种感觉一点儿也没有了，甚至恰恰相反，他自己急着要去找她，仿佛期待着得到她的指教。不过，要向她传话显然比刚才更困难了：那三千卢布的事已成定局，德米特里哥哥现在认为自己已经名誉扫地，再也不抱任何希望，当然会在堕落的道路上越滑越远。更何况他还吩咐要把发生在父亲家里的那场戏转告给卡捷琳娜·伊凡诺芙娜呢。

阿廖沙前往卡捷琳娜·伊凡诺芙娜那儿的时候已经七点钟，天快黑了。卡捷琳娜·伊凡诺芙娜租的那座十分宽敞舒适的房子位于大街上，阿廖沙知道她跟两位姨妈住在一起。不过一位姨妈只是姐姐阿加菲娅·伊凡诺芙娜的姨妈，在父亲家里她是一声不吭的角色，卡捷琳娜·伊凡诺芙娜从学校回家以后，这位姨妈和她姐姐就一起服侍她。另一位姨妈虽然也是贫寒出身，却是一位很有风度、神态傲慢的莫斯科太太。听说她们俩对卡捷琳娜·伊凡诺芙娜百依百顺，陪伴在她身边只是为了礼仪的需要，而卡捷琳娜·伊凡诺芙娜只听命于自己的恩人，也就是那位将军夫人。将军夫人因病留在莫斯科，卡捷琳娜·伊凡诺芙娜必须每星期写两封信向她详细报告自己的情况。

正当阿廖沙走过前室，请为他开门的女仆进去向主人通报的时候，客厅里的人显然已经知道他来了（也许从窗口里看到的），不过阿廖沙还是听到里面突然响起一阵忙乱的声音：女人奔跑的脚步声和衣裙摆动的窸窣声，好像有两三个女人跑了出去。阿廖沙感到非常奇怪，他的到来竟会引起这样的慌乱。尽管如此，他还是立即被引到了客厅里。这是一个很大的房间，陈设高雅，丝毫没有外省的俗气。放置了许多大大小小的沙发、茶几和躺椅，墙上挂着几幅画，桌子上放着花瓶和台灯，花瓶里插满了鲜花，窗台前还有一只金鱼缸。暮色之中房间里显得有点暗。阿廖沙看到沙发上摊着一件丝绸长袍，显然刚才有人在那儿坐过。沙发前的茶几上有两杯尚未喝完的巧克力茶，几片饼干，一个水晶玻璃盘里放着绿莹莹的葡萄干，另一个盘里放着糖果。看样子在招待什么客人。阿廖沙猜到他正巧碰到人家在招待客人，不由得皱起了眉头。就在这时候，门帘掀起，卡捷琳娜·伊凡诺芙娜急匆匆快步走了进来。她春风满面地朝阿廖沙伸出双手。这时候女仆拿着两支点燃的蜡烛走进来放到桌子上。

"谢天谢地，您终于来了！整整一天我都在求上帝让您到我这儿来！您请坐。"

卡捷琳娜·伊凡诺芙娜的美貌早就使阿廖沙感到惊讶，那还是在三个星期之前，德米特里按照卡捷琳娜·伊凡诺芙娜本人的强烈要求第一次带他去跟她见面和认识。可是那次见面，他俩没怎么说话。卡捷琳娜看到阿廖沙非常腼腆，所以好像故意怜悯他，一直在跟德米特里说话。阿廖沙没有插嘴，但许多事情他都看出来了。令他惊讶的是这位傲慢女郎那种盛气凌人、目空一切、自以为是的态度。而这一切都是明白无疑的。阿廖沙觉得自己并没有夸张。他发觉她那双又大又黑、闪闪发亮的眼睛非常美，跟她那张苍白的甚至略微带黄的鹅蛋脸特别般配。但是这双眼睛，就像她那美妙的棱角分明的嘴唇一样，蕴藏着一种可以使德米特里一见倾心然而却又无法长久陶醉的东西。那次拜访卡捷琳娜·伊凡诺芙娜之后，德米特里硬是缠住他，再三恳求他不要隐瞒见了他未婚妻后所得到的印象。当时他几乎直截了当地把自己的想法告诉了德米特里。

"你跟她会幸福的，但是也许……不会太平。"

"你说得很对，老弟，有些人的性格是不会改变的。他们永远不会向命运屈服，那么你认为我永远不可能爱她？"

"不是的，也许你会永远爱她，但是你跟她在一起也许不会永远幸福……"

阿廖沙当时说出自己看法的时候脸涨得通红，他怪自己顶不住哥哥的再三恳求，说出了这些"愚蠢的"想法。因为他当时把这些想法刚一说出口，立即就觉得自己的看法愚蠢到了极点。况且对于一个女人发表这种武断的看法，他也觉得不好意思。正因为如此，现在他看到卡捷琳娜·伊凡诺芙娜向他匆匆跑来的时候，他怀着更加惶恐的心情感到自己当初的看法也许是十分错误的。这一次她脸上洋溢着毫无造作的淳朴和善良，不加掩饰的热情和真诚，原来那种曾经使阿廖沙十分惊讶的“傲慢和骄横”如今却成了一种勇敢而高尚的毅力和强烈而明确的自信。从见到她的第一眼开始，从听她说第一句话开始，阿廖沙立即明白，她所深深爱恋的那个男人给她造成的悲剧性处境，对她来说完全不是秘密，她也许什么都知道了，而且知道得非常详细。尽管如此，她的神色依然那么开朗，对前途充满了信心。阿廖沙突然感到在她面前好像是个有意犯了严重过失的人。他一下子被征服了，迷住了。除此以外，从她说的最初几句话开始，他就发觉她处于一种高度兴奋状态，兴奋到近乎狂喜的程度——这在她身上也许是非常少有的。

“我这样急切地盼望您来，是因为我只有从您一个人口中才能了解到全部的真实情况——别人绝不会跟我说实话！”

“我是来……我……他派我来……”阿廖沙语无伦次地喃喃说道。

“噢，是他派您来的，这我早就有预感了。现在我全明白了，全明白了！”卡捷琳娜·伊凡诺芙娜大声说道，两眼突然炯炯发亮，“请您等一等，阿列克谢·费奥多罗维奇，让我先告诉您，我为什么这样盼望你来。您瞧，我知道的情况也许比您还要多得多，我不是要从您这里打听什么消息。我从您这儿需要了解的是这么一件事：我想知道您本人对他的最终印象。我希望您能用最坦率的、不加任何修饰的，甚至是粗鲁的方式（噢，不管怎样粗鲁都行！）详细告诉我——今天您跟他见面后，您本人现在怎样看他，怎样看待他的处境？这也许比我自己跟他面谈更好，因为他现在再也不愿上我这儿来了。您明白我要您做什么吗？现在您告诉我，他为什么要派您来（我早就知道他会派您来的！），——请您说得简单扼要，拣最重要的说……”

“他吩咐我向您……致意，说他再也不到您这儿来了……向您致意！”

“致意？他是这么说的吗？这是他的原话吗？”

“是的。”

“也许是随便说的，无意中说的，是用词不当吧？”

“不，他就是这么吩咐我的，他要我转达的就是‘致意’这个词儿，为了让我不要忘记转达，他连说了三遍。”

卡捷琳娜·伊凡诺芙娜的脸一下子涨得通红。

“现在请您帮个忙，阿列克谢·费奥多罗维奇，现在我正需要您帮忙。我把自己的想法告诉您，而您就只要对我说一声：我的想法对不对。您听着，假如他是随随便便地吩咐向我致意，没有坚持要您原原本本地加以转达，没有强调这个词，那么一切都完了……一切都无可挽回了！但是假如他特别坚持要您转达这句话，假如他特别叮嘱您不要忘记代他向我**致意**，那么他也许是由于一时的冲动，也许是因为无法控制自己。他做出了决定，但又被这决定吓坏了！他不是迈着坚定的脚步离开我的，而是从山上跌下去的！强调这个词儿只能说明他要硬充好汉！……”

“是这样，是这样！”阿廖沙热烈地加以肯定，“现在我自己也这样认为。”

“既然如此，那他还不是无可救药！他只是处在绝望中，我还能救他。请等一等：他有没有要您转告有关钱的事，三千卢布的事？”

“他不仅说了，而且这件事也许最使他痛苦不堪了。他说他现在已经名誉扫地，对什么都无所谓了。”阿廖沙热心地回答说，他打心底里感到自己心中又升起了一线希望，他大哥真的还有一条出路，真的还有救，“可是难道您……知道这笔钱的下落吗？”他补充了一句，又突然不说下去了。

“我早就知道了，而且知道得很清楚。我打电报问过莫斯科，早知道这笔钱没收到。他没有把钱寄出，可我没有吭声，最近一个星期我得知他又急需一笔钱……我这样做的唯一的目的是想让他知道，究竟应该回到谁身边，谁是他最忠诚的朋友。不，他不愿意相信我是他最忠诚的朋友，他不想真正了解我，他只把我当一般女人看待。整整这一个星期我一直在煞费苦心地思考：用什么办法才能使他不至于因为挥霍了这三千卢布而在我面前感到羞愧？也就是说让他在所有人面前感到羞愧，也为自己感到羞愧，但不要在我面前感到羞愧。因为他向上帝忏悔的时候总不至于感到羞愧吧。为什么直到如今他还不知道我为了他什么都可以忍受呢？为什么他不了解我？经过了以往种种事情之后他怎么还不了解我呢？我想永远拯救他。让他忘记我是他的未婚妻！可他却在我面前为自己的名誉扫地感到担忧！阿列克谢·费奥多罗维奇，他总不至于不敢对您说实话吧？那为什么我至今还没有这个资格呢？”

最后这句话她是噙着眼泪说的，泪水从眼睛里夺眶而出。

“我必须告诉您，”阿廖沙说话的声音也颤抖了，“刚才他跟父亲之间发生了什么事。”于是他一五一十地说了刚才那场争论，详细说了他怎样被派去取钱，哥哥德米特里怎样突然闯了进来，怎样把父亲打了一顿，后来又怎样特别坚决地再次要求他阿廖沙去向她“致意”……“他到那个女人那儿去了。”阿廖沙轻轻地补充了一句。

“难道您以为那个女人我就无法忍受了吗？他以为我无法忍受吗？但是他不会娶她的。”她突然神经质地哈哈大笑起来，“难道卡拉马佐夫家的人能永远保持这种火一般炽烈的感情吗？这不是爱情，而是情欲。他不会娶她的，因为她不会嫁给他……”卡捷琳娜·伊凡诺芙娜突然又奇怪地冷笑一声。

“他也许会娶的。”阿廖沙垂着眼睛忧伤地说。

“我可以告诉您，他不会娶她的！那姑娘是天使，这您知道吗？您应该知道！”卡捷琳娜·伊凡诺芙娜突然热情异常地扬声说道，“她是最最奇特的人物！我知道她非常迷人，但我也知道她非常善良、坚强、高尚。您为什么这样看我，阿列克谢·费奥多罗维奇？也许您对我这些话感到奇怪，也许您不相信我？阿格拉费娜·亚历山德罗芙娜，我的天使！”她突然大声喊人，眼睛望着另一个房间，“请您过来，这是阿廖沙，一个可爱的人。咱们的事情他全知道，请您出来见他！”

“我在门帘后面正等着您叫我呢。”一个温柔的甚至略带甜腻的女人声音说道。

门帘一掀，只见……格鲁申卡本人笑嘻嘻乐呵呵地走到桌子跟前。阿廖沙愣了一下。他的目光紧紧地盯着她，再也无法移开了。啊，这就是她！就是那个可怕的女人——那头“野兽”，就像半小时前伊凡哥哥谈起她的时候脱口所说的那样。可是出现在他面前的这个女人，初看上去似乎极普通极平常——善良而可爱，即使漂亮，那么也跟所有其他漂亮而又“平常”的女人一模一样！她的确很美，甚至非常美——俄罗斯式的美，使许多人为之倾倒的美！这个女人身材高挑，不过比卡捷琳娜·伊凡诺芙娜略矮些（卡捷琳娜·伊凡诺芙娜是名副其实的高个子），体态丰满，动作轻盈，温柔到特别甜美的程度，就像她的声音一样，她走进来的时候不像卡捷琳娜·伊凡诺芙娜那样迈着有力的朝气勃勃的步伐，恰恰相反，几乎悄无声息，她的脚踩在地上一点儿声音也没有，她轻轻地坐到圈椅上，轻轻地带动那条蓬松的黑色长绸裙发出窸窣声，娇弱无力地将一条名贵的黑色羊毛围巾裹住白嫩、丰满的脖子和宽阔的肩膀。她二十二岁，她的容貌焕发着青春气息，白皙的脸上浮着两朵淡淡的红晕。她的脸部轮廓似乎过于宽阔了些，下颏甚至有点向外突出。上嘴唇薄，下嘴唇微微翘起，比上唇丰润一倍，看上去似乎有点浮肿。然而那头漂亮的深褐色浓发，那两道乌黑的眉毛，那美妙的长睫毛，那蓝灰色的眸子，一定会使任何人，哪怕是最无动于衷、最漫不经心的人，即使在拥挤的人堆里，在熙熙攘攘的游艺会上，在摩肩接踵的人海中，也会在这张脸面前突然驻足，而且久久无法忘怀。最使阿廖沙惊讶的是这张脸上那种孩子般天真无邪的神情。她看人的目光像孩子，她高兴的模样像孩子，她兴冲冲走到桌子跟前的时候，完全像孩子那样怀着急切而又轻信的好奇心理期待着什么。她的目光可以愉悦人的心灵——阿廖沙感到了这一点。她身上还有某种说不清道不明，也许已经不知不觉地对他产生了影响的东西，那便是她一举一动间那种轻盈和温柔，以及行动时猫一般的悄无声息。尽管如此，她的躯体却是强壮而丰满的。围巾下面隐约可见那宽阔浑圆的肩膀以及高耸的乳房。这躯体也许预示着将会再现米罗的维纳斯女神的风姿，虽然现在就可以断定其比例略微失调——这是可以预感到的。深谙俄罗斯女性美的行家看了格鲁申卡之后可以准确无误地预言，这位鲜嫩的、洋溢着青春气息的美女到三十多岁的时候便会失去和谐，逐渐发胖，脸上的皮肤变得松弛、粗糙，并且呈现出暗红色斑，眼角和额头会很快出现皱纹，——总而言之，这是一种短暂的美，瞬息即逝的美，那种只有在俄罗斯女人身上才能看到的美。阿廖沙自然没有想到这一层，虽然她的美貌使他迷醉，但他还是怀着一种不舒服的甚至惋惜的感觉问自己：她说话何必要这样拉长声调？不可以说得自然些吗？她显然认为这样拉长声调娇声嗲气说话是一种美。这当然只是一种醉心于不良风度的坏习惯，无非说明教养低下以及从小养成了对于高雅的庸俗理解罢了。不过，阿廖沙觉得这样说话的腔调跟她脸上那种天真烂漫的乐呵呵表情，跟她那婴儿般宁静、幸福、明亮的目光几乎形成了无法调和的矛盾！卡捷琳娜·伊凡诺芙娜立即把她安排在阿廖沙对面的软椅上坐下，兴高采烈地一连数次吻她那嬉笑着的嘴唇，仿佛爱上了她似的。

“我们这是初次见面，阿列克谢·费奥多罗维奇，”卡捷琳娜·伊凡诺芙娜兴奋地说，“我想认识她，见见她，想去找她，可是她一听说我有这个愿望，就亲自来了。我早就知道，我和她可以解决所有问题，一切问题！我心里早就有这种预感……大家劝我不要走这一步，可我预感到了结果，而且果然没错。格鲁申卡把什么都向我解释清楚了，把她所有的打算都告诉我了，她像善良的天使那样飞到了这儿，带来了安宁和欢乐……”

“您没有嫌弃我，可爱而高尚的小姐。”格鲁申卡拉长了声音说，脸上一直挂着那种亲切、愉快的笑容。

“千万别跟我说这种话，我可爱的会施魔法的美人儿！您这样的人哪能嫌弃呢？让我再吻一下您的下嘴唇，您的下嘴唇似乎有点肿，就让它肿得更厉害些吧，更厉害些，更厉害些……您看，阿列克谢·费奥多罗维奇，她笑得多可爱，看着这样的天使，真是打心眼里高兴……”阿廖沙的脸渐渐红了，浑身不易察觉地微微颤抖。

“您这是宠爱我，亲爱的小姐，也许我根本就不配消受您的爱。”

“怎么不配！她怎么不配！”卡捷琳娜·伊凡诺芙娜依然用充满热情的语气大声说道，“您要知道，阿列克谢·费奥多罗维奇，我们都有一颗富有幻想的头脑，我们都有一颗任性而高傲的心灵！我们高尚，我们宽容，阿列克谢·费奥多罗维奇，这您知道吗？我们只是遭受了不幸，我们过于仓促地准备为一个不体面的或者也许是轻率的人做出牺牲。有一个人，也是一位军官，我们爱上了他，我们为他做出了一切牺牲。这是很久以前的事，五年以前的事，而他却把我们忘了，他跟另一个女人结婚了。现在他死了妻子，写信说要到这儿来——您该知道，迄今为止我们只爱他一个并且爱了他一辈子。他一来，格鲁申卡就会重新获得幸福，而这五年她是不幸的。可又有谁能指责她呢？谁能夸耀自己得到过她的青睐呢？只有那个瘸腿的老头儿，那个商人，——但他不如说是我们的父亲，我们的朋友，我们的保护人。他遇到我们的时候，我们正处在绝望之中，处在痛苦之中，当时被我们真心相爱的那个人抛弃了……要知道当时她甚至想投河自尽，是那个老头儿救了她，救了她的命！”

“您这是过于袒护我了，亲爱的小姐，您做什么事都过于性急了！”格鲁申卡又拖长了声调说。

“我袒护您？用得着我们来袒护吗？再说我们敢袒护吗？格鲁申卡，我的天使，请把您的手伸给我。阿列克谢·费奥多罗维奇，请您看一看这只饱满的美丽的小手，您看见没有，是这只手给我带来了幸福，使我获得了第二次生命。我现在就要吻这只手，吻手背，吻手心，就这样，这样，这样！”她仿佛陶醉似的接连三次吻了格鲁申卡这只确实很美，但也许过胖的手。而那一位呢，她伸出一只手，神经质地发出清脆悦耳的笑声，注视着“亲爱的小姐”。显然，她因为自己的手被人这样不断地亲吻而感到愉快。“也许过于兴奋了吧？”——阿廖沙脑海里闪过这个想法。他脸红了，不知道为什么他内心一直极度不安。

“亲爱的小姐，您这样当着阿列克谢·费奥多罗维奇的面吻我的手，岂不是让我感到惭愧吗？”

“难道我这样做是要让您感到惭愧吗？”卡捷琳娜·伊凡诺芙娜略感奇怪地说，“啊，亲爱的，您太不理解我了！”

“可是您也许同样没有完全理解我，亲爱的小姐，我也许比您从表面上看到的要坏得多！我心眼不好，我任性，我当初把可怜的德米特里·费奥多罗维奇迷住，仅仅是想捉弄他。”

“可现在您会拯救他。您已经答应了。您会使他恢复理智，您会跟他说清楚的，您爱的是另一个人，而且早就爱上了，那个人正在向您求婚……”

“啊，不，我没有这样答应过您。这都是您自己说的，我没有答应过。”

“也许我没有领会您的意思，”卡捷琳娜·伊凡诺芙娜轻声说道，脸色有些发白，“您答应……”

“啊，不，天使小姐，我什么也没答应过您。”格鲁申卡不慌不忙地轻声打断她，脸上依然是那种快活的天真无邪的神情，“现在可以看得很清楚了吧，高贵的小姐，在您面前我是个多么可恶、多么蛮横的女人。我想干什么就干什么。刚才我说不定曾经答应过您什么，可现在再一想：要是我又突然喜欢上米佳呢——有一次我可是真的非常喜欢他，喜欢过将近整整一个小时呢。您看，我也许会马上就去找他，而且马上告诉他，让他从今天开始就留在我那儿……您看我多么反复无常……”

“刚才您说的……完全不是这样。”卡捷琳娜·伊凡诺芙娜好不容易才挤出了这样一句话。

“唉，什么刚才不刚才！我是个软心肠的蠢女人。您想一想，他为我受了多少罪！要是我回到家里又突然可怜起他呢——那怎么办？”

“我没料到……”

“哎呀，小姐，您对待我是多么善良，多么高尚。可现在，您也许因为我这样的脾气而不再爱我这个傻瓜了。请把您那可爱的小手伸给我，天使小姐。”她娇滴滴地请求道，似乎怀着尊敬的心情抓起了卡捷琳娜·伊凡诺芙娜的手，“亲爱的小姐，现在让我握住您的手并且亲吻它，就像您刚才那样，您吻了我三遍，那我要吻上三百遍才能报答您。就这么办，以后的事就交给上帝安排，也许我会完全成为您的奴隶，心甘情愿为您效劳。上帝怎样安排，我们都照办。我们之间根本不用任何协商和许诺。您的手，您的手真可爱，您的手美极了！小姐您可爱极了，漂亮极了，漂亮得难以想象！”

她轻轻地把那只手拉到自己嘴边，真的出于一个奇怪的目的，用亲吻进行“报答”。卡捷琳娜·伊凡诺芙娜没有抽回手，她怀着一线微弱的希望听完了格鲁申卡最后那句十分奇怪的甘愿奴隶般为她“效劳”的诺言。她神色紧张地凝视着格鲁申卡的眼睛：她发现她的目光依然充满了那种坦诚和信任，那种明显的喜悦……“也许她太天真了！”卡捷琳娜·伊凡诺芙娜心中闪过一线希望。这时候，似乎被那“可爱的小手”所陶醉的格鲁申卡慢慢地把它举到自己的嘴边。可是就在快要接触到嘴唇的时候，她又突然停了两三秒钟，好像在犹豫什么。

“您听我说，天使小姐，”她突然柔声细气地说，“是这么回事，我偏偏不想吻您的手了。”她乐不可支地轻轻笑了起来。

“随您的便……您怎么啦？”卡捷琳娜·伊凡诺芙娜突然愣住了。

“我要让您好好记住：您吻了我的手，可我没有吻过您的手。”她的眼睛突然闪过一道亮光。她目不转睛地盯着卡捷琳娜·伊凡诺芙娜。

“无耻！”卡捷琳娜·伊凡诺芙娜突然说道，她似乎一下子明白了什么，脸涨得通红，从座位上一跃而起。格鲁申卡也不慌不忙地站了起来。

“我这就去告诉米佳，说您怎样一遍遍地吻我的手，可我呢，一次也没吻过您的手。他肯定会哈哈大笑的！”

“贱货，滚！”

“哎呀，我的小姐，您也不嫌害臊，哎呀，您真的不嫌害臊。您说这样的话不是有失身份吗？亲爱的小姐！”

“滚出去，你这出卖肉体的畜生！”卡捷琳娜·伊凡诺芙娜吼道。她那气得变了形的脸上，每一根线条都在哆嗦。

“就算我出卖肉体吧，可您这位千金小姐自己不也是在天黑以后跑到男人那儿去讨钱，去出卖自己的色相，您以为我不知道吗？”

卡捷琳娜·伊凡诺芙娜尖叫着向她扑去。阿廖沙硬把她拦住了。

“一步也别动！一句话也别说！不要说话，什么也不要回答，她会离开的，马上就会离开的。”

这时候卡捷琳娜·伊凡诺芙娜的两位亲戚听到了喊叫声也跑了过来，连女仆也赶来了，大家都奔到她身边。

“我这就走。”格鲁申卡说着从沙发上拿起长袍，“阿廖沙，亲爱的，你送送我！”

“您走吧，您快走吧！”阿廖沙交叉着双手拦住她，央求道。

“亲爱的阿廖沙，你送送我吧！待会儿到路上我有一句非常重要的话要告诉你！我是为了你才演这场戏的，你送送我吧，宝贝，以后你会喜欢的。”

阿廖沙转过身，不停地绞着手。格鲁申卡笑着跑了出去。

卡捷琳娜·伊凡诺芙娜气得几乎丧失了理智。她号啕大哭，浑身抽搐。大家围着她忙作一团。

“我早就提醒过您，”大姨妈对她说，“我劝您别走这一步……您也太冲动了……怎么可以走这一步呢！您不了解这些畜生，人家都说这女人最坏……是的，您太任性了！”

“她是吃人的母老虎！”卡捷琳娜·伊凡诺芙娜吼道，“您干吗拦住我，阿列克谢·费奥多罗维奇，我真想狠狠揍她，揍扁她！”

在阿廖沙面前她无法控制自己，也许也不想控制自己。

“应该用鞭子抽她，送上断头台，让刽子手来对付她，在大庭广众面前！……”

阿廖沙向门口退去。

“天哪！”卡捷琳娜·伊凡诺芙娜突然举起双手大声嚷道，“这是他干的！这种不讲信誉、不讲人性的事他是干得出来的！是他把那件在倒霉的、永远值得诅咒的那一天发生的事情告诉给这畜生的！‘是您送上门去出卖色相的，亲爱的小姐！’她知道了！您哥哥是混蛋，阿列克谢·费奥多罗维奇。”

阿廖沙真想说点什么，但是他找不到合适的话。他的心难受得一阵阵抽搐。

“您走吧，阿列克谢·费奥多罗维奇！我感到耻辱，我感到可怕！明天……我要跪下来求您，明天您一定要来。您别指责我，您要饶恕我，我自己都不知道下一步怎么办！”

阿廖沙来到街上，仿佛脚步也变得踉踉跄跄的了。他真想像她那样痛哭一场，突然，女仆追了上来。

“小姐忘了把霍赫拉科娃太太的这封信转交给您。这封信中午的时候就放在小姐那儿了。”

阿廖沙机械地接过一个粉红色的小信封，几乎下意识地塞进了自己的口袋。

十一　又一个丧失了名誉的人

从城里到修道院不过两里多路，阿廖沙急匆匆地沿着这时候已经阒无人的大路向前走去。天快黑了，二十步开外已经看不清东西了。半路上有个十字路口。就在十字路口那棵孤零零的爆竹柳下，远远看去隐隐约约有个人影。阿廖沙刚走到十字路口，那人影突然离开原地向他冲过来，大喝一声：

“把钱包交出来，不然就要你的命！”

“原来是你啊，米佳！”阿廖沙被他吓得直打哆嗦。

“哈——哈——哈！你没想到吧？我心里一直在捉摸：上哪儿等你呢？在她家附近吗？那儿有三条路，一不小心会错开的。最后终于决定等在这儿，心想他肯定要经过这儿，回修道院没有别的路可走。好了，你就把实话告诉我吧，不管结果有多糟糕，我都认了……你怎么啦？”

“没什么，哥哥……我这是给吓的。唉，德米特里呀！刚才你把父亲打得血流满面。”阿廖沙哭了。其实他早就想哭了，现在心里好像有什么东西突然崩裂了。“你差点没把他打死……还诅咒他……可现在……刚才……你还开玩笑……把钱包交出来，不然就要你的命！”

“那有什么？不像话，是吗？不成体统，是吗？”

“不……我只是……”

“等一等，你瞧今晚这天气，你没见天空阴沉沉的，满天的乌云，还刮起了大风！我躲在这儿的柳树下等你，忽然心想（上帝可以做证！）我干吗还要活在这世上？还等什么呀？瞧，这儿就有一棵柳树，有围巾，有衬衫，马上可以拧成一根绳子，还可以再加一条背带——世界上不就少了一个累赘，我再也用不着为自己无耻的行径而丢人现眼了吗！正在这时候我听到你走过来了——天哪，真好像有什么东西一下子使我清醒过来：这不是还有一个我所爱的人吗！他这不是来了吗，我亲爱的小兄弟！这世界上我最爱的就是他，我只爱他一个人！我深深地爱上了你，在这一刻我是多么的爱你，我甚至想：让我马上扑过去搂住他的脖子！这时候出现了一个愚蠢的想法：让我跟他开个玩笑，吓唬吓唬他！于是我像傻瓜那样大喝一声：‘把钱包交出来！’请你原谅我的愚蠢行为——这不过是胡闹罢了，可我心里……还是挺明白的……算了，你还是说说那边的情况怎么样。她说了些什么？不管结果有多糟，你都告诉我，别怕我受不了！她气疯了吧？”

“不，不是那么回事……根本不是那么回事，米佳。那儿……我在那儿一下子遇到了她们俩。”

“哪两个人？”

“格鲁申卡在卡捷琳娜·伊凡诺芙娜家里。”

德米特里·费奥多罗维奇听了目瞪口呆。

“不可能！”他大声嚷道，“你这是说梦话！格鲁申卡能去她那儿？”

阿廖沙把他走进卡捷琳娜·伊凡诺芙娜家以后发生的所有事情都一五一十说了一遍。他谈了十分钟左右，不能说他谈得从容不迫，有条有理，但是他把事情说清楚了，抓住了最主要的话、最主要的动作，甚至还三言两语转述了自己的感受。德米特里哥哥听了一声不响，两只眼睛死死盯着他，但是阿廖沙心里很清楚，他已经什么都明白了，领会了事情的实质。不过，越往下讲，他的脸色变得越厉害，不但阴沉，而且非常可怕。他皱着眉，咬着牙，那直愣愣的目光似乎变得更加呆滞、固执、可怕……尤其出人意料的是，他的整个脸，原来露出愤怒和凶狠的脸，突然间完全变了，变化的速度快得不可思议。德米特里·费奥多罗维奇咧开紧紧闭着的嘴唇，突然发出一阵绝对无法控制、绝对没有做作的大笑，这是名副其实的纵声大笑，笑得很久都说不出话来。

“她真的没有吻她的手！真的没吻，就这么跑了！”他终于带着病态的狂喜——也可以说是无耻的狂喜，如果这狂喜并非假装的话——喊叫起来，“那位真的敢骂她是老虎！她确实是只老虎！她说应该把她送上断头台？对，对，应该，应该，我自己也是这样认为的，早就该这么办了！你瞧，弟弟，就算送上断头台，那也得先恢复健康。我了解这个最最无耻的女人，她就是这德行，她的本质在吻手这件事上暴露出来了，这女魔！她是世界上所有能够想象出来的女魔中间的魔王！这也能让我感到一种特殊的痛快！这么说，她跑回家了？那我马上……啊，我这就去找她！阿廖沙，你别怪我，我也认为掐死她还不解恨……”

“那么卡捷琳娜·伊凡诺芙娜呢？”阿廖沙伤心地大声说道。

“那一位我也了解，那一位我也了解得非常透彻，比任何时候更加透彻！这简直等于发现了世界上的四大洲，噢，说错了，是五大洲！她居然迈出了这一步！这只有书生气很重的卡佳才干得出来！她出于拯救父亲这样一个好心的想法，冒着遭受奇耻大辱的风险，竟敢跑到一个粗野荒唐的平民家里！可她是我们的骄傲，她敢于冒险，敢于向命运挑战，向无底深渊挑战！你说她姨妈阻拦她？你知道吗，那位姨妈本人就是个专横的女人！她就是那位莫斯科将军夫人的亲姐姐，原先她比将军夫人更加目中无人，可是后来她丈夫侵吞公款的事情败露了，失去了一切，失去了田产和所有财产，傲慢的太太这才突然降低了调门，从此以后就一蹶不振了。那么是她曾经阻拦过卡佳，可卡佳没听她。她准会说：‘我能战胜一切，一切都得听我的指挥。只要我愿意，我可以制服格鲁申卡！’她太自信，太自负了。这又能怪谁呢？你以为她是故意主动去吻格鲁申卡的手，是出于狡猾的意图吗？不，她是真心诚意的，她真心诚意地迷上了格鲁申卡，我说错了，不是迷上了格鲁申卡，而是迷上了自己的幻想、自己的白日梦——因为这也是我的幻想，我的白日梦！亲爱的阿廖沙，你是怎样摆脱她们的，怎样摆脱那两个女人的？是不是撩起修士长袍，拔腿就溜了？哈——哈——哈！”

“哥哥，你好像根本没有注意到你使卡捷琳娜·伊凡诺芙娜多么伤心，因为你把那天的事告诉了格鲁申卡。格鲁申卡刚才就当面骂她：‘您自己偷偷跑到男人那儿去出卖色相。’哥哥，还有比这更令人伤心的事吗？”尤其使阿廖沙伤心的是，哥哥简直为卡捷琳娜·伊凡诺芙娜受了侮辱而感到高兴，虽然事实上这是不可能的事。

“哟！”德米特里·费奥多罗维奇突然紧皱眉头，使劲拍了拍自己的脑袋。虽然阿廖沙刚才一股脑儿把卡捷琳娜·伊凡诺芙娜怎么委屈、怎么大骂“您哥哥是混蛋”等等全都讲了，但他直到现在才注意到那件事。“对，可能真的是我把卡佳所说的在那‘倒霉的日子’里发生的事情告诉了格鲁申卡。是的，是这样，我说了，我想起来了！那还是在莫克罗耶的时候，当时我喝醉了，叫了几个茨冈女人唱歌……当时我哭了，我自己也哭了，跪在地上，向我心目中卡佳的圣像祷告，格鲁申卡也明白我的心思。当时她什么都明白了，我记得她也哭了……唉，真见鬼！现在能不这样吗？当时她哭了，可现在……现在就‘往心窝里捅刀子’！女人都是这个德行！”

他低下头，沉思起来。

“是的，我混蛋！毫无疑问是个卑鄙的混蛋！”他突然伤心地说，“不管我哭了没有，反正都是混蛋。以后请你转告她，我接受这个称呼，如果这能解她心头之恨。好了，再见吧，没什么可谈的！没有令人高兴的事情。你走你的路，我走我的路。我再也不想见到你，除非到某个关键的时刻。再见了，阿列克谢！”他紧紧握了握阿廖沙的手，依然低眉垂眼，头也不抬，突然像挣脱了锁链似的快步向城里走去。阿廖沙望着他逐渐远去的背影，简直不相信他会这样突然离开。

“等一等，阿列克谢，还有件事情要告诉你，只告诉你一个人！”德米特里·费奥多罗维奇突然又折回来了，“你看着我，仔细看着我：你瞧，就在这儿，就在这儿——正在酝酿一件可怕的不名誉的事情。”德米特里·费奥多罗维奇说“就在这儿”的时候，用拳头捶着自己的胸脯，那模样很怪，仿佛不名誉的事情就保存在他胸口的什么地方，可能在口袋里，或者缝好以后挂在脖子上。“你已经知道我是什么样的人：混蛋，一致公认的混蛋！但是你该知道，我过去、现在或将来所做的一切，跟我眼前，就是此刻我心里想做的这件不名誉的事情相比，简直算不上卑鄙。这件卑鄙透顶的事情就在这儿酝酿，准备实行，我也完全能够加以制止，我可以制止或者实行，这一点你要记住！不过我要告诉你，我一定要实行，我不会加以制止。我刚才什么都跟你说了，就是没说这件事，因为连我自己也还没有卑鄙无耻到这种地步！我还可以悬崖勒马。要是就此止步，那我明天就可以挽回一大半失去的名誉，但是我不可能悬崖勒马，我一定要实现这可耻的阴谋。请你事先当个证人，证明我事先就跟你说清楚了！毁灭和黑暗！没必要加以解释，到时候你会知道的。一条恶臭的胡同和一个女魔！永别了。你不要为我祈祷，我不配，再说也完全没有这个必要，完全没有必要……我根本不需要！走吧！……”

说完他突然走了，这一次再也没有回来。阿廖沙朝修道院走去。“我怎么会再也见不到他了呢？怎么会呢？他这话是什么意思？”他觉得非常奇怪，“明天我无论如何要见他，要找到他，千方百计要找到他。他这话是什么意思？……”

他绕过修道院，穿过松树林，径直走进隐修室。虽然这时候已经不再放任何人进入，但还是有人给他开了门。走进长老修道室的时候，他的心在颤抖：为什么，为什么他要出去？为什么长老要打发他到俗界去？这儿一片宁静，这儿是神圣的地方，可那儿——却混乱不堪，那儿一片黑暗，会使人立即迷失方向，误入歧途……

见习修士波尔菲里和司祭巴伊西神甫还在长老的修道室。巴伊西神甫从早到晚每隔一小时就要来了解一下佐西马长老的病情。阿廖沙惊恐地得悉，长老的病情恶化，连平时与修士们的晚间谈话今天也无法进行了。按例每天晚上，做完功课之后，临睡之前，修道院的全体修士都集中到长老的修道室，每人要出声地向长老忏悔当天的过失，有罪的幻想、念头、诱惑甚至相互间的争吵，如果确实发生过这类争吵的话。有的修士还跪着忏悔。长老则予以宽恕、调解、训示、祝福或强令悔过，然后放他们回去。长老制的敌人竭力反对的就是这种修士的“忏悔”。他们说这是把忏悔这种圣礼歪曲了，简直是亵渎神明，虽然实际上根本不是这么回事。他们甚至上告到教区主管方面，说这样的忏悔非但不能达到良好的目的，而且确实会有意地把人们引导到罪孽和诱惑中去。他们说许多修士本来不愿意到长老那儿去，但因为大家都去，所以也勉强去了，否则要被别人说成骄傲或者有反叛的想法。他们还说有些修士晚上去忏悔的时候，彼此事先约定：“我说今天早晨跟你发了脾气，到时候你就给我证实一下。”这无非是无话找话，敷衍敷衍罢了。阿廖沙知道，有时候确实发生过这类事情。他还知道，修士中间还有人对另外一件事也大为不满，那就是他们收到的家信照例都要先送到长老那儿，由长老首先拆阅。原来设想这应该出于自愿，出于真心诚意，没有强迫的意思，目的是自觉自愿地自我克制并接受训诫，拯救灵魂，可实际结果却并非如此，有时候不是出于真心诚意，反而显得做作和虚伪。不过那些年岁比较大、经验比较丰富的修士则坚持说：“凡是真心诚意地进修道院拯救自己灵魂的人，都认为这些修持和苦行能使他们得救，对他们大有裨益。相反，凡是认为这是一种负担并且表示不满的人，那么他们就不成其为修士，他们本来就不该进修道院，他们应该留在俗界。罪孽和魔鬼，不论在俗界还是在修道院，都是无法回避的，因此对它们不该姑息迁就。”

“他非常虚弱，一直昏昏沉沉的，”巴伊西神甫为阿廖沙祝福后悄悄告诉他，“很难把他叫醒，不过也不必叫醒他。刚才他醒过五分钟，请求向修士们转达他的祝福，还请修士们为他做晚祷，他还打算明天再行一次圣餐礼，他还提起你呢，阿列克谢，问你出去了没有。我们回答说你在城里。‘我正是这样祝福他的，那里才是他应该待的地方，现在不该留在这里。’——这便是他说的话。他说到你的时候总是流露出爱意和关心。你知道这是多大的荣幸吗？不过他为什么决定让你暂时留在俗界？这意味着他对你的命运已经有所预见了！你要明白，阿列克谢，即使你回到俗界，那也是去完成长老交托给你的一项任务，不是要你去胡作非为，去享受俗界的欢乐……”

巴伊西神甫出去了。长老已经不行了，至多只能拖一两天，阿廖沙对这一点是没有疑问的。虽然阿廖沙曾答应还要去见父亲、霍赫拉科娃母女、哥哥和卡捷琳娜·伊凡诺芙娜，但他决定明天说什么也不离开修道院，一直守在长老身边，直到他去世为止。他心中燃起一股爱的烈火，他痛心疾首地责怪自己刚才在城里的时候居然一时忘记了那个自己最最崇拜，却被他遗弃在修道院听任死神折磨的人。他走进长老的卧室，跪下来向正在昏睡的老人磕头。长老静静地、一动不动地睡着，呼吸均匀得几乎难以觉察。他的脸很平静。

阿廖沙回到另一个房间——就是长老每天早晨接见客人的那个房间——只脱去靴子，几乎和衣躺在那张又硬又窄的皮沙发上。很久以来他每天晚上就一直躺在这张沙发上，只加一个枕头。他父亲刚才嚷嚷讨的那条褥子，他早就忘了铺垫。他一般只脱下修士长袍盖在身上代替被子。今晚临睡前，他急匆匆跪下来祈祷了很长时间，在热烈的祷词中，他不求上帝为他排忧解难，而是渴望得到一种强烈的愉悦。赞美颂扬上帝之后（这往往是他临睡前祈祷的全部内容），他的内心就会出现这种愉悦的感觉。这种愉悦感觉逐渐把他带进轻松平静的梦乡。现在他也这样祈祷着。他突然无意间在口袋里摸到了刚才由卡捷琳娜·伊凡诺芙娜的女仆追上来转交给他的那封小小的粉红色的信。他感到非常尴尬，但还是坚持念完了祷词。然后，经过一番犹豫，他打开了信封。里面装着一封给他的短信，用法文署着丽莎的名字——就是早上当着长老的面讥笑他的那个小女孩，霍赫拉科娃太太的小女儿。

她在信中写道：

阿列克谢·费奥多罗维奇！我瞒着所有人，也瞒着妈妈，偷偷给您写这封信。我知道这样做很不好，可是如果我不把自己心里产生的想法告诉您，那我就无法活下去。这些想法，除了咱们俩，事先不能让任何人知道。可是我这些迫切地想告诉您的话又怎么能跟您说呢？人们说，纸张是不会脸红的，可我要告诉您，这是不对的，纸张也会脸红的，就像我现在这样。亲爱的阿廖沙，我爱您，我从小就爱您，早在莫斯科的时候就爱上了您，那时您还完全不像现在这样。我一辈子都爱您。我的心选择了您。我要跟您结合在一起，白头到老，同生共死。当然有个先决条件，就是您得离开修道院。至于我们的年龄，那可以一直等到法律规定的时间。到那时候我一定能恢复健康，可以走路，可以跳舞，这是不用说的。

您看，我什么都考虑过了，只有一件事情还想不出来：您看了这封信之后对我会怎么想？我爱笑，淘气，刚才还惹您生气了，可是请您相信，刚才在我提笔写信之前，我对着圣母像做了祷告，现在还在祷告，几乎要哭出来了。

我的秘密就掌握在您手里。明天您来了以后我真不知道会怎样看您。阿列克谢·费奥多罗维奇，要是明天我还像今天这样看着您，像傻瓜似的忍不住笑起来怎么办？您一定会认为我是个喜欢讥笑别人的坏姑娘，您一定不会相信我这封信。因此我恳求您，亲爱的，如果您对我还有同情心的话，那么明天您来了以后就别盯着我看，因为我遇到您的目光，也许会突然哈哈大笑的，况且您还穿着这样的长袍……想到这一点，我现在就不寒而栗，所以您走进来以后暂时别朝我看，您就看妈妈或者看窗外……

您看我居然给您写了情书。天哪，我这是怎么啦！阿廖沙，请您不要瞧不起我，即使我做过什么很不好的事，惹您生气了，那么请您原谅我。现在，那也许使我永远失去了名誉的秘密就掌握在您手里。

我今天一定会哭的。再见，到那个**可怕的**时刻再见！

丽莎

又及。阿廖沙，您一定要来，一定，一定！

丽莎

阿廖沙不胜惊讶地读完了信，反复读了两遍，想了想，突然轻轻地、甜甜地笑了起来。他不禁打了个寒战，他觉得这笑声是有罪的。可是过了一会儿，他又笑了，笑得还是那么轻，那么幸福。他慢慢地把信装进信封，画了十字，躺下睡觉。他内心的纷扰忽然消失了。“主啊，你饶恕大家吧，你保佑这些脾气暴躁的不幸的人吧，你给他们指引方向吧！你就引导他们走上正道，拯救他们吧！你就是爱。你也给大家带来欢乐！”阿廖沙喃喃地说，画着十字，逐渐沉入安静的梦乡。

第二部

第四卷
折磨

一　费拉蓬特神甫

一清早，天还没亮，阿廖沙就被叫醒了。长老醒来感到十分虚弱，但是还想下床坐到软椅上。他神志很清醒，脸色虽然憔悴，却依然明朗，几乎带着喜悦，眼神也是愉快、和蔼的。“看来我熬不过今天了。”他对阿廖沙说。接着他想忏悔并立即领受圣餐。这些事向来都是由巴伊西神甫负责的。这两项举礼结束后，便开始举行临终涂油礼。几位司祭都到齐了，修道室里渐渐挤满了来自隐修院的修士。这时候天已大亮，修道院里的修士也陆续来了。这两项圣礼都完成后，长老想跟大家告别，便一一同他们亲吻。修道室太拥挤，先来的人只好出去，把位置让给别人。长老又回到软椅上。阿廖沙就站在他身边，长老还是尽可能地跟大家谈话、讲道，他的声音虽然微弱，但相当坚定：“我给你们讲道讲了那么多年，也就是出声说话说了那么多年，因此说话成了我的习惯，而一说话就要给你们讲道，不说话就难受，即使现在，亲爱的神甫们和修士们，我这样虚弱，还是改不了老脾气。”他开玩笑说，亲切地环视着挤在他身边的人们。阿廖沙后来一直记着他当时说的那些话。他说话的口气相当坚定，也大致能听清，但他的话很不连贯，断断续续。他谈了许多，似乎想在临死前把一生中来不及说的话全部说出来，也不单单是为了说教，仿佛是渴望着跟大家共同分享他内心的喜悦和欢乐，再次向大家倾吐自己的心里话……

“你们要彼此相爱，神甫们，”长老教导说（仅据阿廖沙后来的回忆），“要爱上帝的子民，我们并不因为自己来到了这里并且关在这院子里修身养性而比俗界的人更神圣，恰恰相反，凡是来到这里的人，单凭着他要进修道院就说明他意识到自己不如俗界的人，不如世界上所有的人……修士在这院子里修行的时间越长，就越能深切地感受到这一点，否则他就根本没有必要到这里来。只有当他意识到自己不如所有俗界的人，而且在所有人面前，对人类的所有罪恶，无论是全体的还是个人的，都负有责任，只有到那时候我们才算达到了修炼的目的。你们应该知道，亲爱的，我们每一个人对世界上所有的人和所有的事都是有罪的，这是毫无疑问的。这不但是因为我们都参与了整个世界的罪恶，而且每个具体的人对于世界上所有的人和每个人都是有罪的。这种认识不仅是每一个修士，也是世界上每一个人在人生道路上的终极目标，因为修士实际上并非什么特殊的人，他们只不过做了世界上所有人应该做的事。只有到那时候，我们的心才能悲天悯人，才能拥有一份广博无垠、包罗万象、不知餍足的爱。到那时候你们每个人都能够用爱去获得整个世界，用自己的眼泪洗尽世界的罪恶……你们人人应该省察自己的良心，人人应该不断地自我忏悔。你们不要怕自己的罪恶，即使意识到是罪恶也不用害怕，只要悔过就行，但不能跟上帝讲条件。我再说一遍，你们不要骄傲。在小人物面前不要骄傲，在大人物面前也不要骄傲。不要憎恨那些排斥你、侮辱你、谩骂你、诽谤你的人。不要憎恨那些无神论者、教唆犯和唯物主义者，不仅对他们中间那些善良的人，就是对那些凶恶的人也不要憎恨，因为他们中间也有许多好人，尤其在我们这个时代。你们为他们祈祷的时候要这样说：主啊，救救所有那些无人替他们祷告的人吧，救救那些不愿意向你祈祷的人吧。而且还应该马上补充说：主啊，我这样祈祷并不是出于高傲，因为我自己比所有人都要卑劣……你们要爱上帝的子民，不要让外来人夺走羊群，因为如果你们沉湎于怠惰并自命清高，尤其是一味追求私利，那么四面八方的人会来夺走你们的羊群。你们要不断地向人们讲解福音书……不要贪图钱财……不要贪图金银，不要敛财……要信奉上帝，举起旗帜。要高高举起旗帜……”

长老说的话比起这里转述的和阿廖沙追记的要凌乱得多。有时候他说着说着会突然停下来，似乎要歇一下，喘口气，但情绪好像一直处于亢奋状态。大家津津有味地听他讲话，虽然许多人对他的话感到莫名其妙，如同坠入了云雾之中……后来大家都回想起了这些话。阿廖沙中间偶尔离开了一会儿，他对于那些把修道室里里外外围得水泄不通的修士们普遍的激动和期待感到惊讶。有些人的期待几乎带着惶恐不安，而另外一些人则显得庄严肃穆。大家全都期待着长老升天后会出现某种伟大的奇迹。这种期待从某种观点来看几乎是轻率的，可是连那些最严肃的神甫也不免受到了这种影响。司祭巴伊西神甫的脸色比谁都严肃。阿廖沙之所以离开修道室，是因为拉基京让一位修士悄悄把他叫了出去。拉基京从城里带回来一封霍赫拉科娃太太写给阿廖沙的奇怪的信。霍赫拉科娃太太告诉阿廖沙一个非常有趣且及时的消息。事情是这样的：昨天那些来向长老膜拜、请求他祝福的平民女教徒中间有一位住在城里的老太太，是一位士官的寡妇，名叫普罗霍罗芙娜。她的儿子瓦夏因为公务到遥远的西伯利亚的伊尔库茨克去了，她已经一年没有得到他的任何音讯。她问长老：是不是可以为她儿子举行追祭仪式，祈祷他的亡灵安息。长老严肃地回答说，这是绝对不允许的，这种做法无异于妖术。但接着原谅了她的无知，最后还像“算命那样”（霍赫拉科娃太太信上是这么说的）安慰她：“她的儿子瓦夏肯定还活着，不是他本人很快就要回来，就是会很快写信回来，她应该回家等着。”结果怎么样呢？霍赫拉科娃太太兴奋异常地补充说：“长老的预言一字不差地应验了，甚至比预言得还要好。”老太太刚回家，人家马上把一封早就等候着她的西伯利亚来信交给了她。这还不算，瓦夏告诉母亲，说他正随一位官员返回俄罗斯，这封信是在中途从叶卡捷琳堡发出的，接到此信三星期后“他指望能拥抱母亲”。霍赫拉科娃太太热情而坚决地请求阿廖沙马上把这新出现的“预言奇迹”告诉修道院院长和全体修士。“这件事一定要让大家知道，让所有人都知道！”她在信的末尾感叹说。她这封信写得匆忙急促，字里行间洋溢着写信人的激动心情。但是阿廖沙已经不用通知修士们了，因为大家已经全都知道了：拉基京打发一名修士找阿廖沙的时候还托他“恭恭敬敬地禀报巴伊西神甫阁下，说他拉基京有事相告，因为事情重要，他一分钟也不敢耽搁，因此万望原谅他的冒昧”。小修士在通知阿廖沙之前已经把拉基京的请求报告了巴伊西神甫，所以阿廖沙看完信回到原地之后，他要做的事情仅仅是立即把这封信作为一份证据交给巴伊西神甫。连这位神色严峻、从不轻信的人皱着眉读完关于“奇迹”的报告之后也完全无法抑制内心的激动。他的眼睛发亮，嘴角忽然漾起庄重而由衷的微笑。

“这种事也能预见吗？”他好像情不自禁地脱口而出。

“能预见到这种事！能预见到这种事！”周围的修士们纷纷附和说。但巴伊西神甫又皱起眉，请大家暂时不要把这件事向其他任何人声张。“现在还有待于进一步证实，因为俗界中轻率的事情太多了，而且这件事也可能是自然而然发生的。”他谨慎地补充了一句，好像是为了留有余地，但连他自己也不太相信自己的保留意见。这是旁边听的人也都看得很清楚的。此刻“奇迹”已经传遍了整个修道院，甚至连许多到修道院来做弥撒的人也都知道了。对这个奇迹最为惊讶的要数昨天刚从遥远的北方、从奥勃多尔圣西尔维斯特尔修道院来的那位小修士。昨天他还站在霍赫拉科娃太太旁边向长老膜拜，曾经指着那位太太的“被治愈”的女儿真诚地问他：“你怎么有胆量做这种事情？”

现在他真的有点困惑莫解，几乎不知道该相信什么了。还在昨天晚上，他已经到蜂房后面那间单独的修道室拜访过修道院的费拉蓬特神甫，这次拜访使他大为惊讶，给他留下了非常可怕的印象。费拉蓬特神甫就是我们上面已经提到过的那位虔诚持斋的老年修士，他反对佐西马长老，更主要的是反对长老制，他认为长老制是一种轻率而有害的新花样。这位反对长老制的神甫虽然沉默寡言，几乎不跟任何人说话，但却是个极其危险的人物。说他危险，主要是因为许多修士都同情他，连到这里来的世俗人士中间也有很多人把他奉为伟大的持斋者和德行高尚的人，尽管同时也把他看作一个十分古怪的人，但是古怪自有迷人之处。这位神甫从来不到佐西马长老那儿去。他虽然住在隐修院，但是大家也不怎么用隐修院的种种规章制度去要求他，原因也还在于他的行为举止十分古怪。他已经七十五岁，也许还不止。他一直住在墙角落里蜂房后面的那间几乎快要倒塌的木头修道室里。这间修道室是在多年以前，早在上个世纪，为一位名叫约纳的神甫修建的。这位约纳神甫也是个伟大的持斋者和沉默寡言的人，他活了一百零五岁，有关他苦行的事迹，至今还在修道院以及周围地区流传着种种有趣的故事。七年前，费拉蓬特神甫终于如愿以偿，住进了这间最最僻静的修道室。这修道室简直像一间农舍，但又很像一座小小的教堂，里面有许多捐献的圣像，圣像前一年到头点着许多捐献的长明灯，费拉蓬特神甫似乎是专门派去照管这些神灯，使它们长明不灭的，据说他三天只吃两磅面包，不会再多——这的确是事实。每隔三天为他送面包的是那个住在养蜂房里专事养蜂的修士，但即使跟这个服侍他的养蜂人，费拉蓬特神甫也难得说一句话。四磅面包连同礼拜天晚弥撒后院长准时派人送来的圣饼便是他一星期的全部食粮。每天还给他换一杯水，他也难得出来做弥撒。到修道院来膜拜的人们看到他整天目不旁视地坐在那儿祈祷。即使偶尔跟他们交谈，那也是三言两语，缺乏连贯，言辞古怪，而态度始终十分粗暴。不过，在极其偶然的情况下，他也会跟到修道院来的人高谈阔论一番，但多半是讲道，而且说得十分玄乎，始终给听的人留下难解的谜，不论人家怎样请求，他也不做任何解释。他没有教职，只不过是个普通的修士，但是在一些愚昧无知的人中间流传着一种奇怪的说法，似乎费拉蓬特神甫跟天上的神有交往，而且他只跟天神交谈，因此不愿跟人说话。来自奥勃多尔修道院的那个小修士找到了养蜂房之后又根据那个同样寡言少语、神情忧郁的养蜂修士的指点，朝着位于院墙角落里的费拉蓬特神甫的修道室走去。养蜂的修士事先提醒他：“也许他会跟你这个外来人说话，也许他什么也不会说。”小修士走近那间修道室的时候，正如他后来自己所说的那样，心里非常害怕。时间已经很晚了。费拉蓬特神甫坐在修道室门外一张低矮的长椅上，一棵粗大的老榆树在他头顶上簌簌作响，夜晚寒气逼人。奥勃多尔修道院的小修士跪在这位脾气古怪的神甫面前，请求为他祝福。

“修士，你要我也跪在你面前吗？”费拉蓬特说，“起来吧！”

小修士站起来。

“替别人祝福也就是替自己祝福。坐到我旁边来吧。从哪儿来？”

最令这位可怜的小修士吃惊的是费拉蓬特神甫尽管常年持斋，年逾古稀，外表却依然魁梧硬朗，腰背笔直，毫无龙钟之态，虽然面庞消瘦却依然精神矍铄。毫无疑问，他身上还蕴藏着相当充沛的精力。他有大力士般的体格，虽然年事已高，可是原先乌黑的须发却尚未全白，还很浓密。他那双灰色的眼睛又大又亮，可是往外凸得厉害，怪吓人的。说话的时候“噢”这个音发得特别重。他穿着一件长长的红褐色粗呢上衣，是用那种以前叫作囚衣料的粗呢做的，腰间系一根粗绳，脖子和胸脯袒露着。粗呢上衣里露出一件几个月没换洗的几乎完全发黑的粗麻布衬衫。听说他在粗呢大褂里面挂着三十磅重的铁链，穿一双破鞋子。

“从奥勃多尔的一座小修道院来，圣西尔维斯特尔修道院。”远方来的小修士恭恭敬敬地回答，滴溜溜地转动着一双好奇而畏怯的眼睛打量着这位苦行者。

“我到你的西尔维斯特尔那儿去过几次，住过一段时间。西尔维斯特尔身体好吗？”

小修士不知如何回答。

“你们都是些木头疙瘩！你们是怎样守斋的？”

“我们是根据古代的修道院规则戒斋的，大斋期间每逢星期一、三、五不开饭，星期二、四大家吃白面包、蜜汁水果羹、野云莓或者腌白菜加燕麦粥。星期六吃白菜汤、豌豆面条和麦片粥，全部放油。星期天吃白菜汤加鱼干和稀粥。复活节前一星期，从星期一到星期六，一连六天只吃面包和水，不煮任何熟食，即使面包和水也要有节制。也不是每天都可以进食，就像大斋的第一个星期那样。星期五绝对禁止进食，星期六持斋到两点，然后才可以吃少量面包和水，喝一杯葡萄酒。星期四吃不放油的菜，喝点酒或吃点干粮。洛迪基亚宗教会议[①]对大斋期的星期四有明确规定：

① 教会于公元360（或370）年在小亚细亚洛迪基亚城召开会议，其决议成了教会法规。

‘在大斋的最后一个星期内不得放松持斋，否则将玷污整个大斋节。’我们那儿的持斋情况就是这样。但怎么能跟您相比呢，伟大的神甫！”小修士壮着胆补充说，“您一年到头只吃面包和水，连复活节的时候也是这样，我们两天吃的面包够您吃一周了。您这样刻苦修行真是令人敬佩。”

“那蘑菇呢？”费拉蓬特神甫突然问，他把蘑菇这个词的音都发得走了样。

“蘑菇？”小修士惊讶地反问道。

“是呀，我可以不吃他们的面包，根本不需要面包，哪怕到森林里，也可以靠蘑菇或野果活下来。可他们在这里却离不开面包，肯定是被魔鬼缠住了。如今那些不洁的人说什么根本不必吃斋，他们的这种说法是傲慢的，也是犯禁忌的。”

“是啊！”小修士感叹道。

“你在他们那儿见过鬼没有？”费拉蓬特神甫问。

“他们是谁？”小修士怯生生地问。

“去年圣灵降临节我到院长那儿去过一次，后来再也没有去过。那次我看到有个鬼附在一个人的胸脯上，身子藏在修士服里面，只有两只角露在外面，还有个鬼躲在另一个人的口袋里，眼睛骨碌碌往外张望，见了我害怕。还有个鬼住在一个人的肚皮里，就住在那人肮脏的肚皮里，还有个鬼就紧紧吊在一个人的脖子上，而那个人看不见鬼，却把它带来带去。”

“您……看见了？”小修士问。

“我说我能看到，看得清清楚楚。我离开院长往外走的时候，看见有个鬼藏在门背后躲着我，那鬼个子很高，有一俄尺半，也许还不止，深褐色的尾巴又粗又长，尾巴尖留在门缝里，我又不傻，马上把门一关，夹住了它的尾巴。它突然尖叫起来，使劲挣扎，我朝它画十字，连画三次，终于把它镇住了。它像一只被掐死的蜘蛛似的，当场咽了气。现在没准在角落里腐烂发臭了，可他们那些人却看不见，闻不出。我已经一年没去了，我只告诉你一个人，因为你是从外地来的。”

“您的话太可怕了！伟大而崇高的神甫。”小修士的胆子越来越大，“听说您的名声很大，连远地方的人都知道您跟天神一直有来往，这是真的吗？”

“有时候他会飞下来。”

“怎么会飞？是什么样子？”

“像鸟一样。”

“天神变成鸽子吗？”

“天神能变，圣灵也能变。圣灵不一样，圣灵还能变成别的鸟下凡：有时变成燕子，有时变成金丝雀，有时变成山雀。”

“您怎样把圣灵跟一般的山雀区分开来呢？”

“他能说话。”

“怎么说的？说哪种话？”

“人话。”

“他跟您说什么？”

“今天他就告诉我，有一个傻瓜会来找我，提些无聊的问题。你想知道的事情太多了，修士。”

“您的话真可怕，神圣高贵的神甫。”小修士摇摇头。他那双惊恐的眼睛里流露出不信任的神情。

“你有没有看到这棵树？”费拉蓬特神甫沉默了片刻后问道。

“看到了，高贵的神甫。”

“你看到的是一棵榆树，可我看到的却是另一种景象。”

“什么样的景象？”修士在陡然的等待中沉默了片刻后问道。

“那景象往往在夜里出现，你看见这两根树枝了吗？到夜里就变成了基督的一双手向我伸过来，用这双手摸索我，我看得清清楚楚，吓得浑身直打哆嗦，可怕，真可怕！”

“既然是基督，那有什么可怕的？”

“他会抓住你，把你带走。”

“活活带走吗？”

“难道你没听说过以利亚的心知能力[①]吗？他会抱住你把你带走……”

虽然这位来自奥勃多尔修道院的小修士在这次谈话后回到指定给他与另一位修士合住的修道室的时候还感到相当困惑，可是他的心无疑更倾向于费拉蓬特神甫，而不是佐西马长老。这位奥勃多尔的小修士最赞成持斋，所以对于像费拉蓬特神甫这样伟大的持斋人“能看见奇迹”也就不觉得奇怪。当然他的那些话听起来似乎很荒唐，但是上帝知道这些话是什么意思，况且那些敬仰上帝的修士的言行往往比这更荒唐。至于夹住鬼尾巴的那些话，那么无论是隐喻还是直意，他是打心底里乐意相信的。此外，还没有来到这儿的修道院之前，他本来就对长老制抱有极大的成见，虽然在此之前他只听别人说过，却已经跟许多人一样完全认为长老制是一种有害的新花样。经过仔细观察，他已经发现，有几个轻浮的、不赞成长老制的修士在底下发牢骚。再说他生性机灵，爱管闲事，对一切都抱着极大的好奇心，所以传说长老创造了“新奇迹”的重大消息使他茫然不知所措。阿廖沙后来才想起，在挤到长老身边以及围在他修道室门外的修士们中间，这位奥勃多尔客人的身影在他跟前闪现过好多次——他在人堆里钻来钻去，对什么都留心观察，对什么都仔细打听。不过当时他对他未加注意，只是过后才回想起来……他当时也没心思去理会他：佐西马长老又感到累了，重新躺到了床上，刚要闭上眼睛的时候忽然想起了阿廖沙，要他到自己跟前，阿廖沙立即跑过去。当时在佐西马长老身边的只有巴伊西神甫、司祭约瑟夫神甫和见习修士波尔菲里。长老睁开疲倦的双眼，目不转睛地看着阿廖沙，突然问他：

“你家里的人在等着你吗，孩子？”

阿廖沙不知如何回答。

---

① 指《圣经·新约·路加福音》第 1 章第 17 节中的这几句话：“他必有以利亚的心知能力，行在主的前面。叫为父的心转向儿女，叫悖逆的人转从义人的慈悲，又为主预备合用的百姓。”

“他们是不是需要你？你昨天有没有答应过谁今天再回去？”

“答应过……父亲……两位哥哥……还答应过别人……”

“你看。你一定要去。别难过，你该知道，在没有把我在世上最后一句话亲口告诉你之前，我是不会死的。我要把这句话告诉你，孩子，把这句话当作遗嘱留给你。只留给你，亲爱的孩子，因为你爱我。现在你先到你答应过的那些人那儿去吧。”

阿廖沙马上听从了他的吩咐，尽管离开这儿心里很难过，但是长老答应把自己在世上的最后一句话说给他听，更主要的是，把这句话当作最后遗言留给阿廖沙，这使他深受感动，兴奋无比。他急着要走，想把城里的事情办完后立即赶回来。恰巧巴伊西神甫也给他说了几句临别赠言，这些话对他产生了出乎意料的强烈印象。这发生在他们俩都已经走出长老修道室的时候。

“你要经常记住，小伙子，”巴伊西神甫直截了当地说，“世间的科学汇成了一股巨大的力量，把《圣经》告诉我们的那些天国的事情都分析得清清楚楚，尤其在最近这个世纪更加如此。经过世界各国学者的残酷分析之后，以前一切神圣的东西已经荡然无存，但学者们仅仅对个别内容逐一加以分析，却把整体忽略了，简直盲目到令人惊讶的程度，但是整体依然不可动摇地屹立在他们跟前，连地狱之门也无法制服它。这整体不是已经存在了整整十九个世纪，不是直到如今还存在于每个人心灵里和民众的行动中吗？即使在那些破坏一切的无神论者的心灵中，这整体照样不可动摇地存在着！即使那些背弃了基督教并且反对基督教的人，实际上内心依然一成不变地保留着基督的形象，无论是他们的智慧还是他们的热情，至今都无法创造出另外一个比基督早就指明的形象更加高尚和道德的形象。尽管做过种种尝试，但结果也只是制造出了一些畸形的怪物。年轻人，你要特别记住这一点，因为你那即将去世的长老指派你要到俗界去。也许当你回想起今天这个重大的日子的时候，你也不会忘记我这些发自内心的临别赠言，因为你还年轻，而俗界的种种诱惑很强大，你很难抵挡得住。现在你去吧，我的孤儿。”

说着巴伊西神甫又为他祝福。阿廖沙走出修道院，仔细揣摩这些出人意料的话，这时候他突然领悟到，这个一向对他十分严肃的修士如今出乎意料地成了他的一位新朋友和热爱他的新导师——仿佛长老临终前把他托付给他了。“也许他们之间确实有过这样的安排。”阿廖沙突然想到。他刚才听到的那番议论虽然出乎意料，却都很有见地，正是这番议论而不是别的什么话，恰恰证明了巴伊西神甫那颗火热的心：巴伊西神甫急于要把少年的头脑武装起来，以便跟种种诱惑进行斗争，并且用一道比他自己想象的还要更加坚固的围墙将上帝托付给他的少年的心灵保护起来。

二 在父亲家里

阿廖沙先到父亲那儿。快到门口的时候，他想起昨天父亲曾坚持要他设法避开伊凡哥哥，悄悄进去。“这是为什么呀？”阿廖沙现在不由得突然想到，“如果父亲有什么话要私下告诉我一个人，那也用不着叫我偷偷地进来啊？肯定是他昨天情绪激动的时候本来要想说一句别的什么话，可没来得及说。”他得出了这样的结论。但是，当玛尔法·伊格纳季耶芙娜（格里戈里病了，正躺在厢房里）出来替他打开院门并回答他说伊凡·费奥多罗维奇已经出去两个多小时的时候，他心里还是非常高兴。

“父亲呢？”

“起来了，正在喝咖啡。”玛尔法·伊格纳季耶芙娜回答说，口气似乎有点冷淡。

阿廖沙走了进去。老人独自坐在桌旁，穿着软鞋和旧外套，为了解闷正在查看账目，但并不十分专心。偌大的一幢房子里只有他一个人（斯梅尔佳科夫也出去采购午饭的食品了）。不过他的心思不在账目上。虽然他一大早就起床了，还尽量振作起精神，可他的模样还是显得疲惫而虚弱。他的额头上一夜之间鼓起了几个紫色的大疱，用一块红手帕包着。鼻子也在一夜之间肿得很厉害，上面也有几块紫色的血斑。虽然不大，却使整个脸增添了一种特别凶狠和恼怒的神色。老人自己也知道这一点，见到阿廖沙进来，便很不友好地看了他一眼。

“咖啡是冷的。”他厉声说道，“我也不叫你喝了，老弟，今天我自己也只吃素鱼汤，不邀请任何人。你来干什么？”

“看看您身体怎么样。”阿廖沙说。

“嗯。昨天我自己也吩咐你今天来。可那都是瞎说的。让你白跑了一趟。不过我知道你准会来的……”

他说话的口气极不友好，一边说一边站起来对着镜子仔细地看了看自己的鼻子（也许这是他今天早上第四十次照镜子）。他又动手把裹在额头上的红色手帕扶得雅观些。

“红的好看些，白的像在医院里。”他的话颇似格言，“你那边的情况怎么样？长老好些了吧？”

“他的情况很糟，也许今天就会死的。”阿廖沙回答。可他父亲竟然没听清楚，他甚至已经忘记了自己问的问题。

“伊凡走了。”他突然说道，“他千方百计地想夺走米佳的未婚妻。他住在这儿也是为了这个目的。”他恶狠狠地补充了一句，撇了撇嘴，看了阿廖沙一眼。

“难道这是他自己对你说的吗？”阿廖沙问。

“是的，早就说了。说了快三个星期了。你想，他到这儿来总不至于暗杀我吧？他来这儿总有什么目的吧？”

“您怎么啦？您怎么能这样说呢？”阿廖沙窘迫异常。

“他没有向我要钱，这是事实。不过他即使向我讨我也决不会给他一个子儿。亲爱的阿列克谢·费奥多罗维奇，您要知道，我想在这世界上尽量多活几天，所以每一个戈比我都需要，我活得越久，就越需要它！”他继续说道，从房间的这个角落踱到另一个角落，双手插在那件用黄色粗麻布夏装料子做成的宽松的、油迹斑斑的外套的口袋里。“现在我总还算是个男子汉，才五十五岁，我还想在男子汉的行列里再待二十年，等到我老了——就会变得丑陋不堪，她们也就不会心甘情愿地来找我，到那时候我的钱就会派上用场了。所以我现在要拼命为自己攒钱，攒得越多越好，我亲爱的儿子阿列克谢·费奥多罗维奇，您要明白这一点。因为我愿意一辈子过这种腐朽糜烂的生活。您要明白这一点。腐烂的生活更加有滋味，大家都咒骂它，可人人都在过这种生活，只不过大家是偷偷地干，而我是公开地干。正因为我坦率，那些腐败分子就大肆攻击我。阿列克谢·费奥多罗维奇，我不想进你的天堂，这一点你得明白，即使真有天堂，那么正派人到那儿去也未必合适。依我看，一觉睡过去再也醒不来，一切就完了。您愿意的话就为我办个葬后宴，不愿意的话也就算了。这就是我的哲学。昨天伊凡在这里就说得很好，尽管大家都喝醉了。伊凡喜欢吹牛，其实他什么学问也没有……也没有什么教养，老是一声不响地看你的笑话——他就这么点能耐。”

阿廖沙只是听他说，自己一声不吭。

“为什么他不跟我说话？即使说起话来也总是装腔作势的，你哥哥伊凡是个卑鄙的家伙！只要我愿意，马上就可以娶格鲁申卡。只要有钱，你想干什么都可以，阿列克谢·费奥多罗维奇，什么都能办到。伊凡就怕我这样做，所以处处提防着我，生怕我娶她，为此还唆使米佳娶格鲁申卡，他想用这个办法叫我放弃格鲁申卡。（好像我不娶格鲁申卡就会把钱留给他！）另一方面，如果米佳娶了格鲁申卡，那么伊凡就可以把他那有钱的未婚妻搞到手。你看他的如意算盘打得多精！你的伊凡真是个卑鄙的家伙！”

“您的火气也太大了。您这是对昨天的事还耿耿于怀。您最好去躺一会儿。”阿廖沙说。

“这话是你说的，”老人突然说，仿佛第一次才想起来似的，“因为是你说的，我不生你的气。要是伊凡给我说这个话，我准会火冒三丈。只有跟你在一起的时候，我才会心平气和，平常我可是个凶狠的人。”

“您人不凶，就是脾气不好。”阿廖沙笑着说。

“你听我说，今天我真想把米佳这强盗送进大牢里，不过到现在我还没有拿定主意。当然喽，在目前这个摩登时代，普遍认为父母存有偏见，但是从法律上来说，即使在我们这个时代，好像也不允许在家里拽住老父亲的头发使劲往地板上按，再用脚后跟猛踹他的脸，甚至还扬言要来杀死他——这一切都是在众目睽睽之下干的！只要我愿意，就可以让他吃不了兜着走，为昨天的事可以马上送他进大牢。”

“那么您不打算上诉了，是吗？”

“伊凡劝我别上诉，其实我也可以不理伊凡那一套，但有一件事我心里明白……”

于是他凑到阿廖沙耳边，压低了声音，诡秘地继续说道：

“要是我把他这个卑鄙的家伙送进大牢，她听说是我把他送进去的，那她马上会倒向他。可要是她今天一听说他把我这个衰弱的老头儿打得半死，那么她说不定会甩掉他。马上来看望我……你瞧，我们天生都是这么个脾气——总爱对着干。我对她了解得可透彻呢！怎么样，不喝点白兰地吗？来一杯冷咖啡，我再给你掺上小半杯酒，老弟，这样味道好。”

“不，不必了，谢谢。要是您肯给，我就拿上这个面包。”说着阿廖沙拿起一个三戈比的法国式小面包放进修士服的口袋里，“白兰地您也最好别喝。”他望着老人的脸，畏怯地劝道。

“你说得对，可这话听了只能让人光火，不会带来平静。再说我只喝一小杯……再说我的酒锁在小柜里……”

他用钥匙打开“小酒柜”，斟了一小杯，一口气喝下去，然后又锁上小酒柜，重新把钥匙放进口袋。

“这就够了，喝一杯送不了命。”

“现在您显得平静多了。”阿廖沙微微一笑。

“嗯！不喝白兰地我也爱你，跟那些卑鄙的家伙在一起我自己也成了卑鄙的人。伊凡不愿到契尔马什尼亚，那是为什么？他想刺探消息：如果格鲁申卡来的话，我也不会给她很多钱。都是些卑鄙的家伙！我就根本不承认伊凡是我的儿子。这样卑鄙的家伙不知从哪儿冒出来的！他的心思跟我们完全不一样。他以为我真的会给他留下什么，我连遗嘱也不留给他，这一点你要知道。至于米佳，那我会像碾死蟑螂那样碾死他。夜里我就用便鞋踩死黑蟑螂，一脚踩上去就发出吱吱的声音。你的米佳也会吱吱叫的，我说你的米佳，因为你爱他。你爱他，可我并不担心你爱他，要是伊凡爱他，那我就会替自己担心了。可伊凡谁也不爱。伊凡不是我们的人。伊凡那种人，老弟，跟我们不一样，那是飞扬的灰尘……只要一刮风，灰尘就会消失的……昨天我吩咐你今天来一次的时候，我头脑里出现过一个愚蠢的念头，我想通过你了解一下米佳的消息：假如我立即付给他一千卢布，甚至两千卢布也行，他这个乞丐和混蛋会不会同意离开这儿，离开五六年，最好离开三十五年，不把格鲁申卡带走，彻底和她分手，嗯？”

“我……我问问他……”阿廖沙支支吾吾道，“要是三千卢布全给他，他或许会……”

“别胡说！现在没必要去问他，没有任何必要！我已经改变了主意。那是我昨天的胡思乱想，我什么也不给他，一个子儿也不给他。我的钱我自己要用。”老人挥了挥手，“不给钱我也要像碾死蟑螂那样碾死他。你什么也别跟他说，不然他又会抱一些希望的。你在我这儿没什么事可干，你走吧。他那个未婚妻，那个被他藏得严严实实、不让我看见的卡捷琳娜·伊凡诺芙娜会不会嫁给他呢？昨天你好像到她那儿去过了吧？”

“她无论如何也不肯离开他。”

“那些温情脉脉的小姐就喜欢这样的浪荡鬼和混账东西！我告诉你，那些娇滴滴的小姐都是贱骨头，要是……哼！要是我像他那么年轻，保持当年那样的相貌（我在二十八岁那时候长得比他漂亮），那我也会像他那样情场得意的。他是个骗子！可不管怎么样，格鲁申卡他是搞不到手的，肯定搞不到……我非让他丢丑不可！”

说到最后几句话，他又变得怒不可遏了。

“你也去吧，今天你在我这儿没什么事可干了。”他厉声说道。

阿廖沙上前告别，吻了吻他的肩。

“你干吗这样？”老人有点奇怪，“我们还会见面的，你以为我们不会再见面了吗？”

“完全不是这个意思。我这是无意的。”

“我也是随便说说，没有什么特别的意思……”老人盯着他看，“你听着，你听着，”他朝着他背后喊道，“你抽空到我这儿来一次，尽早来，来喝鱼汤，我给你喝鱼汤，特别的，跟今天的不一样，你一定要来呀！最好明天就来，听见没有，明天就来！”

阿廖沙刚出门，他又走到酒柜前，一口气又喝了半杯。

“再也不喝了。”他自言自语地说，清了清嗓子，重新锁上酒柜，重新把钥匙放进口袋，然后回到卧室，疲惫不堪地躺到床上，一会儿就睡着了。

三 和小学生们相遇

“谢天谢地，他总算没有问我格鲁申卡的事。”阿廖沙离开父亲前往霍赫拉科娃太太家的时候，心里想道，“不然也许会把昨天遇见格鲁申卡的事告诉他。”阿廖沙痛心地感到，隔了一夜，争斗的双方都积蓄了新的力量，而随着白天的来临，他们的心肠变得更硬了，“父亲既恼火又凶狠，他已经想出了什么主意，而且非干不可。德米特里又怎么样呢？他在一夜之间同样养精蓄锐，肯定也是又恼火又凶狠，自然也想出了什么花招……啊，今天我无论如何要找到他……”

然而阿廖沙无法仔细深入地思考下去：他在途中突然遇到了一件尽管表面上看来无关紧要却使他大为惊讶的事情。他刚走过广场，拐进胡同，准备到与大街并行、中间只隔一条小渠（我们城里到处都是这种纵横交错的小渠）的米哈伊洛夫大街的时候，看到下面的小桥边上有一群小学生，他们人数不太多，全是低龄孩子，小的九岁，大的不超过十二岁。他们正放学回家，有的双肩背着布书包，有的单肩斜挎着皮书包；有的穿外套，有的穿大衣，有的穿着腿筒打褶的高筒靴，那种靴子是有钱人家娇生惯养的孩子用来出风头的。这些孩子你一言我一语地讨论得正热闹，看样子是在商量什么事。以往阿廖沙打孩子身边经过的时候从来不会无动于衷，在莫斯科的时候他经常关心他们，虽然他特别喜欢三岁左右的孩子，但十一二岁的小学生他也很喜欢。因此，尽管现在他心事重重，可还是想拐到他们那儿跟他们聊聊。他走上前去，仔细看着他们红润活泼的小脸蛋，突然发现孩子们一个个手里都拿着石子，有的甚至拿着两块石子。小渠对岸，大约离这群孩子三十步的地方，在围墙脚下，站着一个小男孩，也是一名小学生，身上也背着一个书包，看他的个头，至多才十岁，甚至还小些。他脸色苍白，一副有病的模样，一对乌黑的眼睛闪闪发亮。他全神贯注地盯着那六名小学生，看样子是跟他一起走出校门的同学，但他显然跟他们有什么仇恨。阿廖沙上前打量了一下那个长着淡黄鬈发脸色红润穿黑色外套的男孩，说道："以前我也背你们这样的书包，但我们背在左边，这样右手马上可以取东西，而你们背在右边，取东西不方便。"

阿廖沙没有绕什么弯子，直截了当地说出了这个有实用价值的意见。成年人如果想要一下子取得孩子的信任，尤其是一群孩子的信任，那么非这样做不可。开始的时候一定要采取认真的、一本正经的、完全平等的态度。阿廖沙本能地懂得这个道理。

"他是个左撇子。"另外一个健壮的十一二岁男孩抢着回答说。其余五个男孩眼睛一眨不眨地望着阿廖沙。

"他扔石块也用左手。"第三个男孩说。就在这时候，有一块石子正巧飞到了这群孩子中间，稍稍擦着了那个左撇子男孩，又飞到一边去了。应该说，扔得还是很准，很用力的。这石子是小渠对岸的那个男孩扔的。

"狠狠揍他，瞄准他扔，斯穆罗夫！"大家高喊着。但斯穆罗夫（那个左撇子）不用大家喊叫也马上做出反应，他立即进行回击：他把一块石子朝小渠对岸的男孩扔去，可没有打中，石子啪的一声落在地上。小渠对岸的男孩马上又往人群里扔来一块石头，这一次直接对准了阿廖沙。石块打中了阿廖沙的肩膀，相当疼。小渠对岸的男孩口袋里装满了事先准备好的石子。他的大衣口袋鼓鼓的，在三十步外都看得很清楚。

"他这是扔您哪，他是故意朝您扔的！因为您是卡拉马佐夫家的人。您是卡拉马佐夫家的吗？"孩子们哄笑着问。"注意，大家一起向他扔，放排炮！"

于是六块石子一齐从人群里飞了出去，一块石子正巧击中那孩子的脑袋，他倒了下去，可又马上站了起来，发疯似的开始用石块还击。双方展开了一场持续的对攻战。这群孩子中间有好几个人的口袋里也装着事先准备好的石块。

“你们这是干什么！不害臊吗，先生们！六个打一个，你们会把他打死的！”阿廖沙大声喊道。

他一个箭步冲过去，迎着飞来的石块站在那儿，想用自己的身体保护小渠对岸的男孩。三四个男孩暂时停止了进攻。

“是他自己先扔的！”穿红衬衫的孩子用气呼呼的童音喊道，“他真不要脸，刚才在教室里用铅笔刀把克拉索特金扎得流血了。克拉索特金只是不愿意去告密，但这小子该揍……”

“为什么？你们一定先惹了他吧？”

“瞧，他又朝您扔石块了。他认识您。”孩子们嚷道，“他现在是要扔您，不是扔我们。喂，大家再一起朝他扔，别打偏了，斯穆罗夫！”

双方又开始对扔，这一次打得更凶了。一块石子打在小渠对岸那男孩的胸口，他尖叫着哭了起来，然后向山坡上的米哈伊洛夫大街方向跑去。男孩们乱叫乱嚷：“哈哈，他害怕了，逃了，这树皮擦子。”

“您还不知道，卡拉马佐夫，他太坏了。打死他还便宜了他。”穿短褂的男孩眼睛里冒着火，看样子他年龄最大。

“他怎么样？”阿廖沙问，“是不是告了你们的状？”

孩子们你看着我，我看着你，似乎都在暗暗发笑。

“您也是到米哈伊洛夫大街去吗？”那个男孩问他，“那您追上他……您瞧，他又站住了，等在那儿看着您呢。”

“他在看着您呢，看着您呢！”孩子们附和道。

“您就去问他喜不喜欢澡堂里的树皮擦子。听见没有，您就这样问他。”

孩子们哄然大笑。阿廖沙望着孩子们，孩子们也望着他。

“别去，他会伤害你的。”斯穆罗夫大声警告他。

“先生们，我不会去问他树皮擦子的事，你们大约用这绰号招惹了他，但是我要向他了解，为什么你们这样恨他……”

“您去问他吧，去问他吧。”孩子们笑了。

阿廖沙经过小桥，沿着围墙走上山坡，径直向那个孤立无援的孩子走去。

“您要小心。”孩子们在他背后大声警告说，“他不会怕您的，他会冷不防用刀子扎您……就像扎克拉索特金一样。”

那男孩站在原地等着他。阿廖沙走到他跟前的时候，发现这孩子至多不过九岁，身材矮小，椭圆形的脸蛋苍白瘦削，一双乌黑的大眼睛恶狠狠地盯着他。他穿着一件破破烂烂的旧大衣，因为过于短小而显得十分难看。双手露出袖子一大截。裤子的左膝上打着一大块补丁，右脚靴子头部大脚趾的地方有个大窟窿，显然用墨水使劲涂过。两只鼓鼓囊囊的大衣口袋里塞满了石子。阿廖沙在离他两步远的地方站住，疑惑地看着他。男孩根据阿廖沙的眼神立即断定他不想打他，于是也收起了气势汹汹的架势，甚至自己先开了口。

“我一个人，可他们有六个……我一个人能把他们全打败。”他突然说，眼睛里闪着亮光。

“有一块石子大约把您打得很疼吧。”阿廖沙说。

“可我打中了斯穆罗夫的脑袋！”男孩大声喊道。

“他们刚才告诉我，您认识我，那为什么您要用石头扔我？”阿廖沙问。

男孩神色阴郁地看了他一眼。

“我不认识您，难道您认识我吗？”阿廖沙追问道。

“别缠着我！”男孩突然气呼呼地大声说，可还是一动不动地站在原地，好像在等待什么，眼睛里又露出凶光。

“好吧，我走。”阿廖沙说，“不过我不认识您，也不想惹您。他们告诉我用什么办法惹您生气，可我不想惹您。再见吧。”

“穿绸裤子的修士！”男孩喊道，依然用那种凶狠而挑衅的目光注视着阿廖沙。他以为阿廖沙现在肯定会向他冲过去，因此摆好了架势，可是阿廖沙转过身看了他一眼便走开了。没等他走出三步，男孩从口袋里掏出一块最大的卵石狠狠地砸在他背上。

“您就是这样背后算计别人？他们说您背地里算计别人，看来这话不假。”阿廖沙又回过身，可那孩子又用石块狠狠地扔阿廖沙，这一次已经直接对准了他的脸，阿廖沙赶紧用手挡住，石块正巧打在他胳膊上。

“您怎么不害臊？我做了什么对不起您的事？”他大声喊了起来。

男孩一声不吭，只是摆出一副好斗的姿势等待着，他以为这次阿廖沙肯定会向他扑过去，可当他看到阿廖沙还是没有向他扑去的时候，他完全气疯了，像一头野兽似的跳起来向阿廖沙冲过去。没等对方反应过来，那凶狠的男孩伸出双手使劲抓住他的左手，一低头狠狠咬住了他的中指。他狠命地咬，过了十来秒钟还不松口。阿廖沙疼得叫了起来，用尽全力抽出手指。男孩最后终于放开他，退了回去，保持着原来的距离。手指被咬破了，伤口就在指甲边上，很深，一直伤到骨头，血流如注。阿廖沙掏出手帕，紧紧地扎住受伤的手。他几乎包扎了整整一分钟，这时候男孩一直站在那儿等着。阿廖沙最后抬起头，平静地看着他。

“行了。”他说，“您看，您把我咬得多疼。您不再咬了，是吗？现在请您告诉我，我做了什么对不起您的事？”

男孩奇怪地看了他一眼。

“尽管我一点儿也不认识您，这是第一次见到您，”阿廖沙说，语气依然十分平静，“但是我肯定有过什么对不起您的地方——不然您也不会这样无缘无故地折磨我。那么我究竟做了什么对不起您的事，您能告诉我吗？”

男孩没有回答，反而突然放声大哭起来，然后又突然从阿廖沙身边跑开了。阿廖沙慢慢地跟随着他朝米哈伊洛夫大街走去。他久久地望着那男孩，只见他头也不回地大步跑去，也许一边跑一边还在大哭。他打定主意，只要有时间就一定要找到他，并且一定要解开这个使他大惑不解的谜。但是现在他没有工夫。

四 在霍赫拉科娃家

不一会儿，他来到了霍赫拉科娃家门口。这是一幢石头建成的漂亮的两层楼私宅，是我们城里最好的房子之一。虽然霍赫拉科娃太太大部分时间住在拥有大片地产的另一个省里，或者住在拥有私邸的莫斯科，但在我们城里她也有一幢祖传的私宅。她在我们县里拥有的地产是她三处地产中最大的，然而迄今为止她很少到我们省里。阿廖沙刚进外房，她就跑着迎了出来。

“您收到了没有？收到了那封关于新奇迹的信没有？”她神经质地急忙问道。

“是的，收到了。”

“有没有告诉别人？有没有给大家看过？他让一位母亲重新得到了儿子！”

“他今天就要死了。”阿廖沙说。

“我听说了，我知道，啊，我多么想跟您谈谈。跟您或者随便什么人谈谈所有这些事情，不，我要跟您谈，跟您谈！可惜我怎么也没法见到他！全城的人都很兴奋，大家都在期待着。可现在……您知道吗，卡捷琳娜·伊凡诺芙娜现在就坐在我们家里。”

“啊，这太好了！”阿廖沙惊叹道，“我可以在您这儿见到她了。昨天她吩咐我今天一定要到她那儿去。”

“我全知道，全知道。我已经详详细细听说了昨天在她家里发生的事情……以及那……贱货干的种种坏事，简直令人发指[①]。假如换了我——真不知道会干出什么事！怎么样！不过您哥哥德米特里·费奥多罗维奇这个人也真是——唉，我的天哪！阿列克谢·费奥多罗维奇，真把我弄糊涂

① 原文为法文。

了，请您想象一下：您哥哥现在坐在那儿，不是昨天那个，不是那个可怕的家伙，而是另外一位，伊凡·费奥多罗维奇，正坐在那儿跟她谈话，他们的谈话非常严肃……您简直无法相信他们之间现在发生的事情——那真是可怕，我告诉您，这简直是折磨，是一则令人难以置信的可怕神话：两人都在无缘无故地毁灭自己，他们心里都很明白，可偏偏乐意这样干。我在等您！我渴望您来！主要是我无法忍受这件事。我等一会儿把一切都告诉您，可现在要说另外一件事，最最要紧的事——咳，我甚至忘记了这是件最要紧的事：请您告诉我，丽莎为什么会歇斯底里？一听说您来了，她立即就歇斯底里！”

“妈，您才歇斯底里呢，我可没犯。”丽莎的声音忽然从隔壁房间透过门缝传了过来。门缝非常狭小，她的声音有些颤抖，就像特别想笑出来而又竭力忍住似的。阿廖沙马上看到了这道狭小的门缝，想必丽莎正坐在轮椅上从门缝里偷偷望着他，只是他看不见。

“这不奇怪，丽莎，这不奇怪……你这样调皮捣蛋，真的会使我歇斯底里的。不过她的确病得很厉害，阿列克谢·费奥多罗维奇，她又是发烧，又是呻吟，闹了整整一夜！我好不容易熬到天亮，叫来了赫尔岑斯图勃医生。他说他一点儿也不明白是怎么回事，还得观察些时候。这位赫尔岑斯图勃医生每次来总是说他一点儿也不明白。您一来，她就大叫一声犯了病，还硬要别人把她转移到原来的房间里……”

“妈，我根本不知道他要来，我根本不是为了他才要到这个房间里。”

“这不是实话，丽莎，尤莉亚跑来告诉您阿列克谢·费奥多罗维奇来了，她一直守着你。”

“亲爱的妈妈，您这样说可是太不明智了。要是您想纠正并马上说几句非常聪明的话，那么，亲爱的妈妈，您不该告诉刚才进来的这位阿列克谢·费奥多罗维奇先生，尽管昨天发生了那件事，尽管大家都笑话他，可他今天还是决心上我们家，单凭这一点就可以证明他不太机灵。”

“丽莎，你也太放肆了，我要告诉你，我迟早要对你采取严厉的措施。谁会笑话他？他来了我非常高兴，我需要他，非常需要他。唉，阿列克谢·费奥多罗维奇，我太不幸了！”

“您究竟怎么啦，我的好妈妈？”

“唉，你这样胡闹，丽莎，这样反复无常，你的病，你发了一夜的高烧，还有那个可怕的一成不变的赫尔岑斯图勃医生，主要的是他老是说这么几句话，总说那么几句话，老是那么几句话！还有，一切的一切……最后，那奇迹！啊，那奇迹使我多么惊讶，多么震动，亲爱的阿列克谢·费奥多罗维奇！还有现在客厅里的那场悲剧，我无法忍受，我受不了，我事先向您声明，我受不了。也许是场喜剧，而不是悲剧。请问，佐西马长老还能活到明天吗？能挺住吗？啊，我的天哪！我这是怎么啦？我一闭上眼睛就看到这全是胡闹，全是胡闹。”

“我想请您给我一块干净的布。”阿廖沙突然打断他，“包扎一下手指。我弄伤了手指，现在疼得很厉害。”

阿廖沙打开被咬伤的手指，手帕上沾满了鲜血。霍赫拉科娃太太尖叫着闭起了眼睛。

“天哪，伤得多厉害，真可怕！”

丽莎刚从门缝里看到阿廖沙的手指，马上一把拉开了门。

“进来，到我这儿来。”她用命令式的坚决口气喊道，“现在别说蠢话了！天哪，刚才您为什么站在那儿一直不吭声？妈妈，他会失血过多的！您这是怎么搞的？先拿水来，拿水来！应该把伤口洗一洗，直接伸进冷水里止疼，浸在水里，一直浸着……快，快拿水来，妈妈，倒在洗涮缸里，快呀！”她心慌意乱地喊着。她吓坏了，阿廖沙的伤把她吓坏了。

“要不要把赫尔岑斯图勃叫来？”霍赫拉科娃太太问。

“妈妈，您真把我急死了。您那位赫尔岑斯图勃来了也只是说他什么也不明白！水，拿水来！妈妈，看在上帝分上，您就亲自去催一催尤莉亚吧，她老是磨磨蹭蹭，从来不会很快回来的！您快去呀，妈妈，不然我要急死了……”

“这又不是什么大不了的事！”阿廖沙被她们的惊慌失措吓坏了，连忙大声解释。

尤莉亚端着水跑来了。阿廖沙把手指放进水里。

“妈妈，看在上帝分上，您去把棉纱团[1]拿来，棉纱团，还有那种治刀伤的浑浊刺鼻的药水，那叫什么来着？我们家里有的，有的，有的……妈妈，您自己知道那瓶子放在什么地方，就在您卧室靠右边的柜子里，那儿有个大玻璃瓶和棉纱团……”

“我马上去把这些东西都拿来，丽莎，只是你别嚷嚷，别着急。你看阿廖沙在不幸面前表现得多坚强。您这是在哪儿受了这么严重的伤害，阿列克谢·费奥多罗维奇？”

霍赫拉科娃太太出去了。这正是丽莎所盼望的。

“首先请回答我的问题，”她急忙对阿廖沙说，“您这是在哪儿受的伤？然后我再跟您谈另外一件事。快说呀！”

阿廖沙本能地感觉到在她母亲回来之前的这一段时间对她来说是极其宝贵的，因此他赶紧简单扼要地，然而却准确明了地对她说了他与小学生们奇怪的相遇情形。丽莎听了惊讶得双手一拍说：

“您怎么可以，怎么可以跟小学生们掺和在一起呢？尤其是您还穿着这身衣裳！”她怒气冲冲地责问他，仿佛拥有支配他的权力似的，“您这样做说明您自己也是个孩子！不过您一定要想办法替我打听到那个坏孩子，然后详详细细地告诉我，因为这里面一定有什么秘密。现在谈第二件事，不过先要回答我一个问题：阿列克谢·费奥多罗维奇，您疼得这样厉害，还能不能谈完全无关紧要的事情，而且要谈得有条有理？”

“完全可以，再说我也不觉得特别疼了。”

“这是因为您的手指浸在水里了。一会儿就该换水了。因为水温很快会升高的。尤莉亚，快到地窖里拿一块冰来，再去端一盆水来。好了，现在她走开了，我来谈正事：亲爱的阿列克谢·费奥多罗维奇，快把我昨天寄给您的那封信还给我——快拿出来，妈妈一会儿就要回来了，可我不愿意……”

---

① 旧时从破布上撕下棉纱，代替棉花用来裹伤。

“信不在我身边。”

“不对，信就在您身边。我早就料到您会这样回答的。信就在您这个口袋里。我为自己这样愚蠢的玩笑后悔了整整一夜。请把信立即还给我，马上给我！”

“信留在那边了。”

“我在信里开了这样愚蠢的玩笑之后，您不能再把我当成一个小女孩，一个很小很小的小女孩！我请求您原谅我这愚蠢的玩笑，但是您一定要把信还给我，如果现在真的不在您身边的话——今天就送来，一定要送来，一定要送来！”

“今天无论如何也不行了，因为我要回修道院去，两三天之内，也许四天之内我没法来你们家，因为佐西马长老……”

“四天，简直胡闹！我问您，您是不是笑话我了？”

“一点儿也没笑话您。”

“为什么？”

“因为我完全相信这一切。”

“您这是在侮辱我！”

“一点儿也没有。我看了信之后立即认为这一切都会如愿以偿的。一旦佐西马长老死了，我就马上离开修道院。然后继续学业，通过考试。到了法定年龄，我们就结婚。我会爱您的。尽管我没有时间仔细考虑，但我想我再也找不到比您更好的妻子了。而长老吩咐我一定要结婚……”

“可我是个废人啊，行动要靠别人用轮椅推着！”丽莎笑了起来，双颊涨得绯红。

“我自己用轮椅推您，不过我坚信，到那时候您会恢复健康的。”

“您真是个疯子。”丽莎神经质地说，“从一句玩笑居然得出了这么个荒唐的结论！……哎呀，妈妈来了，也许来得真是时候。妈妈，您怎么老是磨磨蹭蹭的，怎么会耽搁那么久呢！瞧，尤莉亚把冰也拿来了！”

“唉，丽莎，别嚷嚷，主要的是你别嚷，你这么一嚷嚷我就……我有什么办法呢，是你自己把棉纱团塞到别处了……我找来找去……我甚至怀疑你是故意这样做的！”

“我总不可能知道他会带着一只受伤的手指来吧？要真是那样的话，也许会故意这样做。我天使一般的好妈妈，您现在也说起聪明过头的话了！”

“就算聪明过头吧，可阿列克谢·费奥多罗维奇的手指以及其他种种事情使我多么担心哪！哎呀，亲爱的阿列克谢·费奥多罗维奇，叫我难受得要命的不是某种个别的事情，也不是什么赫尔岑斯图勃医生，而是所有的事情，所有这一切的总和，这才是我无法忍受的。”

“得了，妈妈，别再提赫尔岑斯图勃了。”丽莎快活地笑了，“快把棉纱团给我，妈妈，还有药水。这叫醋酸铅治伤药水，阿列克谢·费奥多罗维奇，我现在想起了这个药名，这是一种非常有效的治伤药水。妈妈，您能想象吗，他来的路上跟几个孩子在街上打了一架，这是一个男孩把他咬伤的，您瞧，他自己不也是一个孩子，一个小孩子吗？妈妈，他这种样子能结婚吗？妈妈，您能猜想吗，他还想结婚呢。您想想，他结婚不是一件很可笑很可怕的事吗？”

丽莎边说边神经质地笑个不停，狡黠地望着阿廖沙。

“怎么扯到结婚的事呢，丽莎？你干吗说这些？你说这种话太不合适了……那男孩也许是疯了。”

“哎呀，妈妈！难道孩子也会发疯吗？”

“怎么会没有呢，丽莎，好像我说的是蠢话似的。您说的那个男孩被疯狗咬了，他就成了疯孩子。这疯孩子可能再去咬伤周围的人。瞧，她给您包扎得多好啊，阿列克谢·费奥多罗维奇，我可没有这样的本领，现在您还疼吗？”

“现在不太疼了。”

“您怕水吗？”丽莎问道。

“得了吧，丽莎。也许我刚才关于疯孩子的那些话确实说得过于随便了，而你却马上借题发挥。阿列克谢·费奥多罗维奇，卡捷琳娜·伊凡诺芙娜一听说您来了，就立即向我奔过来，她非常希望见到您，非常希望见到您。”

“哎哟，妈妈，您一个人先去吧。他现在不能去，他疼得太厉害了。”

“我一点儿也不疼，我完全可以去……”阿廖沙说。

“怎么！您想走？您怎么能这样？怎么能这样？”

“那有什么？那边的事情一办完我就回来，我们可以再谈，谈多久都行。我很想尽快见到卡捷琳娜·伊凡诺芙娜，因为我今天无论如何要尽早回到修道院。”

“妈，您赶快把他带走。阿列克谢·费奥多罗维奇，您见了卡捷琳娜·伊凡诺芙娜之后，也不必劳驾再到我这儿来了，直接回您的修道院吧，那里才是您的归宿！而我想睡觉了，昨天一晚上我都没睡。”

“哎哟，丽莎，你尽开玩笑。不过要是您真的想睡一会儿，那再好没有了！”霍赫拉科娃大声说道。

“我不知道哪里得罪了她……那我就再待三分钟，要是您愿意，甚至五分钟也行。”阿廖沙嘟囔说。

“甚至五分钟！妈妈，您赶快把他带走，他是个怪物！”

“丽莎，你疯了。我们走吧，阿列克谢·费奥多罗维奇，她今天太任性了，我怕惹她生气。唉，阿列克谢·费奥多罗维奇，跟一个神经质的女孩在一起真够受的！也许有您在身边她真的想睡觉了。您怎么能够很快使她产生了睡意呢——真是幸运得很！”

“哎呀，妈妈，您说话真动听，好妈妈，为此我要吻您。”

“我也要吻你，丽莎。你听我说，阿列克谢·费奥多罗维奇，”霍赫拉科娃太太与阿廖沙出去的时候，用神秘而严肃的口气急促地低声说，“我不想给您做任何暗示，也不想去揭这个底，但是您一进去就可以亲眼看到那儿所发生的一切，真可怕，简直是一出离奇的喜剧：她爱的是您二哥伊凡·费奥多罗维奇，可硬要使自己相信爱的是您大哥德米特里·费奥多罗维奇。这太可怕了！我跟您一起进去，如果他们不赶我走，那我等着看最后的结局。”

五　客厅里的折磨

但是客厅里的谈话已经快结束了。卡捷琳娜的情绪非常激动，虽然表面显得十分平静。阿廖沙和霍赫拉科娃太太走进去的那一刻，伊凡·费奥多罗维奇正站起来准备出去。他的脸色有点苍白，阿廖沙不安地看了他一眼。因为阿廖沙心里的一个疑团，相当一段时间以来始终折磨着他、令他忧虑不安的一个谜，现在就要解开了。早在一个月之前，各方面的人多次向他暗示，他的哥哥伊凡爱上了卡捷琳娜·伊凡诺芙娜，而更主要的是他确实打算把她从米佳手里“夺过来”。直到最近，阿廖沙还觉得这是无稽之谈，虽然同时也感到十分不安。他爱两位兄长，因此害怕他们之间出现这样的竞争。但是德米特里·费奥多罗维奇昨天突然直截了当地亲口向他宣布说，他甚至对伊凡参与竞争感到高兴，还说这对他德米特里本人倒是帮了大忙。帮什么忙？帮他娶格鲁申卡吗？阿廖沙认为这样做未免太放肆太糟糕了。此外，阿廖沙显然直到昨天晚上还坚信卡捷琳娜·伊凡诺芙娜本人热烈而执着地爱着他的大哥德米特里——他也只是在昨天晚上之前才这样相信。不知为什么，他总觉得她不可能爱伊凡这样的人，她爱的是他的大哥德米特里，爱的就是他的真实面貌，尽管这种爱荒唐透顶。但就在昨天，亲眼看见了格鲁申卡演的那一幕之后，他似乎突然产生了另外一种想法。刚才霍赫拉科娃太太说的“折磨”这两个字几乎使他愣了一下，因为就在昨天夜里，天亮前他似醒非醒的时候，好像对自己做的梦做出反应似的，他也曾经说过“折磨！折磨！”这样的话。昨天夜里他一直梦见白天在卡捷琳娜·伊凡诺芙娜家里发生的那一幕。现在霍赫拉科娃太太又突然直率而固执地坚持说卡捷琳娜·伊凡诺芙娜爱的是伊凡哥哥，只是为了演戏，为了“折磨”，才故意自欺欺人，而且为了报答德米特里的恩情故意用一种虚假的爱来折磨自己。她这番话使阿廖沙深为震惊：“是的，也许这些话说得完全正确！”如果真是这样，那伊凡哥哥的处境又怎样呢？阿廖沙凭着某种本能感到，像卡捷琳娜·伊凡诺芙娜这样的性格是要发号施令的，而她只能对德米特里这样的人发号施令，而绝不是伊凡这样的人。也只有德米特里才能为了“自己的幸福”（这甚至是阿廖沙所盼望的）而最终对她俯首听命（也许要过很长时间）；可伊凡却不同，伊凡决不会听命于她，即使听命于她也不会给她带来幸福。不知什么原因，阿廖沙不禁对伊凡有了这样一种看法。就在他刚才跨进客厅的一刹那间，所有这些疑惑和想法都在他脑海中飞闪而过。突然，他脑海里不禁又闪过另一个想法：“要是她谁也不爱，既不爱这一个，又不爱那一个呢？”需要指出的是，阿廖沙似乎因为自己有这些想法而感到羞愧。最近一个月以来，当这些想法在脑海中出现的时候，他就责怪自己：“我对爱情和女人又懂得什么？我怎么会得出这样的结论？”每当出现类似的想法或猜测时他总是这样责备自己，但是又不能不想。他凭着本能知道，譬如说……现在对他两位哥哥的命运来说，这种竞争太重要了，许多问题都取决于它。“一条毒蛇咬死另一条毒蛇。”昨天伊凡在气愤中就是这样说父亲和德米特里哥哥的。这样看来，德米特里哥哥在他心目中就是一条毒蛇，也许早就认为他是条毒蛇了？是不是自从伊凡哥哥认识卡捷琳娜·伊凡诺芙娜之后就这样认为了？这句话当然是伊凡哥哥无意中脱口说出来的，但正因为是无意的，那不更说明问题了吗？假如事情果真如此，那么和解又从何谈起？相反，这岂不是给他们家庭中的仇恨和敌意火上浇油吗？重要的问题是他阿廖沙该同情谁呢？希望他们各自采取什么步骤呢？他们两个他都爱，当他们之间产生这种可怕的冲突的时候，他又能希望他们各自做些什么呢？面对这一团乱麻，真不知道怎样才好。而阿廖沙的内心又无法忍受这种暧昧的态度，因为他的爱始终要求采取积极的行动。他不能消极地爱，既然爱了，他就要立即予以帮助。要这样做首先就必须确定一个目标，必须明确地知道他们每个人需要什么，喜欢什么，只有确信目标正确无误之后，接下去才能帮助他们每一个人。可现在一切都缺乏明确的目标，只有乱麻一团，现在只能说是一种“折磨”！即使是“折磨”，他又懂什么呢？对这团乱麻，他可以说是一窍不通！

卡捷琳娜·伊凡诺芙娜看到阿廖沙进来，赶紧兴冲冲地对从座位上站起来准备离开的伊凡·费奥多罗维奇说：

“等一会儿！请稍留片刻！我想听听这个人的意见，我对他是绝对信赖的。卡捷琳娜·奥西波芙娜，请您也别走。”她又对霍赫拉科娃太太说。她让阿廖沙坐到自己身边，而霍赫拉科娃则在她对面坐下，与伊凡·费奥多罗维奇并排。

“在座的各位都是我的朋友，这世界上我仅有的几位密友。”她动情地开始说道，闪着真诚的痛苦的泪花。阿廖沙内心又一下子倒向她。“您，阿列克谢·费奥多罗维奇，您昨天亲眼看见了那个可怕的场面，也看到了我是怎样的人。您没看到，伊凡·费奥多罗维奇，而他看到了。他昨天对我怎么看——我不知道，我只知道一点，那就是如果今天，现在，重新发生昨天那样的事情，那么今天我还会表达与昨天同样的感情——流露同样的感情，说同样的话，采取同样的行动。您一定记得我的行动，阿列克谢·费奥多罗维奇，您自己还阻止我采取一个行动……（说到这里，她的脸上飞起一片红晕，眼睛闪闪发亮）我向您声明，阿列克谢·费奥多罗维奇，我绝对无法忍受这一切。您听我说，阿列克谢·费奥多罗维奇，我甚至不知道现在我是否爱他，我开始可怜他，这可是爱情的一个不祥征兆。假如我现在还爱他，继续在爱他，那么也许我现在不会怜悯他，恰恰相反，我会恨他……”

她的声音在颤抖，泪珠在她的睫毛上闪烁。阿廖沙心里不由得哆嗦了一下。“这姑娘是真诚而直率的，”他想，“看来……她再也不爱德米特里了。”

“是这样！是这样！”霍赫拉科娃太太大声说道。

“且慢，亲爱的卡捷琳娜·奥西波芙娜。我还没有说出最要紧的话，还没有说出昨天晚上我最后的决定。我觉得，我的决定对我自己来说也许是可怕的，但是我预感到这决定我绝对不会改变，无论如何不会改变，一辈子都不会改变，肯定是这样。我亲爱的、善良的、始终不渝的、洞察人心的顾问和我在这世界上唯一的朋友伊凡·费奥多罗维奇，他完全支持我并称赞我的决定……他知道我的决定。”

“是的，我赞成这个决定。”伊凡·费奥多罗维奇说，声音很轻，但很坚决。

“但是我希望，阿廖沙（哎呀，阿列克谢·费奥多罗维奇，请原谅我随便地管您叫阿廖沙），我希望阿列克谢·费奥多罗维奇现在当着我两位朋友的面告诉我——我这样做对不对？我有一种本能的预感，阿廖沙，我亲爱的兄弟——因为您是我亲爱的兄弟，”她又兴奋地说，用自己滚烫的手抓住他冰凉的手，“我预感到，您的决定，您的赞同，不管我有多少痛苦，将会给我带来平静，因为听了您的意见我就会平静下来，会服从的——我有这种预感！”

“我不知道您会问我什么。”阿廖沙满脸通红地说，“我只知道我爱您，此刻我只希望您比我更幸福！……可是对这些事情我是一窍不通的……”不知为什么他突然赶忙补充了一句。

“在这些事情上，阿列克谢·费奥多罗维奇，在这些事情上现在最重要的是名誉和义务，我不知道还需要什么，也许还需要某种崇高的东西，甚至比义务更崇高的东西。我的良心常常提醒我不能忘记这种不可抑止的感觉，这种感觉也不可避免地在吸引着我。不过这一切可以用一句话说清楚，那就是我已经下定了决心，如果他决意要跟那个……贱货结婚，”她郑重其事地说，“娶那个我永远永远也不会饶恕的贱货，那么**我也绝对不会抛弃他**！从今以后，我绝对绝对不会抛弃他。”她说话的口气显得紧张而兴奋，“这并不等于我要跟在他后面，时刻盯住他不放，去折磨他，不，我要离开这里到另外一个城市，随便哪一个城市都行，但是我要一辈子，一辈子不知疲倦地关注他。一旦他感到和那女人在一起是一种不幸，这种情况很快就会出现的，那就让他到我身边，他肯定会得到一位朋友、姊妹……当然仅仅是姊妹而已，而且永远如此，但他最终会确信，这是他真正的姊妹，是爱他并且为他奉献了一生的姊妹。我一定要达到这个目的。我一定要坚持这样做，让他最终知道我是怎样一个人，并且把一切都毫无羞愧地告诉我。”她几乎疯狂地大声喊道，“我将成为他的上帝，让他永远向我祈祷——这至少是他背叛我以及昨天使我受了侮辱而欠我的一笔债。让他一辈子都看到，我终生都对他忠贞不渝，并且信守向他许下的诺言，虽然他并不忠诚，背叛了我。我将……我将成为他幸福的一种手段，怎么说呢，成为他幸福的一种工具，一架机器，而且终生不渝，终生不渝，让他今后一辈子都看到这一点！这就是我的决定！伊凡·费奥多罗维奇完全赞成我的决定。”

她说得气喘吁吁。也许她本来想把自己的想法表达得更加得体、优雅、自然些，结果却说得过于仓促，过于直露了，许多地方带有年轻人的冲动，许多话是因为昨天的余怒未消而引起的，是为了表示一下自己的清高，这一点连她自己都感觉到了。她的脸突然阴沉下来，眼神也变得暗淡无光。阿廖沙马上觉察了这一切，一种怜悯之心不禁油然而生。偏偏这时候伊凡哥哥又在旁边添油加醋说了一通。

“我只是表示了自己的想法。”他说，“假如换了任何一个别的女人，这一切会显得矫揉造作，而您却不一样。别的女人这样做是不对的，是没有道理的，而您这样做是对的。我不知道该怎样加以证明，但我知道您完全出于真诚，因而您是正确的……”

“不过这仅仅是现在一时的想法……一时的想法又算得了什么呢？无非是昨天受了侮辱——这才有一时冲动的想法！”霍赫拉科娃太太突然忍不住说道，显然她不想插嘴，但又按捺不住，终于冷不防说出了这个非常正确的想法。

“是的，是的。”伊凡突然烦躁地截住她的话头，显然，他对别人打断他说话感到恼火，“是的，不过换了别的女人，这种想法仅仅是昨天的余波，而且仅仅是一时而已。而对卡捷琳娜·伊凡诺芙娜这样的性格来说，这一时却要持续整整一辈子。对别的女人来说仅仅是一种许诺，那么对卡捷琳娜·伊凡诺芙娜来说却是一种永恒的、沉重的，也许是不愉快的然而却是始终不渝的义务。她将用这种履行义务的感觉来维持生命！您的一生，卡捷琳娜·伊凡诺芙娜，从今以后将要在痛苦地咀嚼自己的感情、自己的苦行、自己的忧伤中度过，但是这种痛苦最后终将减弱，您的余生将成为甜蜜的回味，您彻底实现了一项果断而值得自豪的计划，这计划确实值得自豪，至少是极其大胆的，但被您实现了，这种感觉最终会给您带来最大的满足并使您容忍其余的一切。”

他这一番话显然带着某种恶意，看来是故意这样说的，甚至不想隐瞒自己的意图，即故意要嘲笑她。

"天哪，根本不是这么回事！"霍赫拉科娃太太又大声嚷了起来。

"阿列克谢·费奥多罗维奇，您倒是说呀！我非常想知道您会对我说什么！"卡捷琳娜·伊凡诺芙娜大声说道，突然泪流满面。阿廖沙从沙发上站起来。

"这没关系，没关系！"她一边哭，一边继续说道，"这是因为情绪激动，因为昨天夜里受了刺激，但我身边有您和您哥哥这样两位朋友，我感到自己还是坚强的……因为我知道……你们俩永远不会抛弃我……"

"很不幸，我也许明天就要去莫斯科，要离开您很长一段时间……不幸的是这件事已经无法改变……"伊凡·费奥多罗维奇突然说。

"明天，去莫斯科！"卡捷琳娜·伊凡诺芙娜的脸色马上大变，"不过……我的天哪，这太幸福了！"她大声喊道，在一刹那间她的声音完全变了，她的眼泪也在一刹那间消失得无影无踪。她身上这种奇怪得令阿廖沙惊讶不已的变化的确是在一刹那间发生的。刚才还是感情冲动、饱受委屈、哭哭啼啼的可怜姑娘，转眼间变成了一个镇定自若、春风得意、喜不自胜的女人。

"噢，我说的幸福不是指您要离开我，当然不是指这个。"她突然脸带社交场合那种可爱的微笑更正道，"像您这样的朋友是绝不会有这种想法的。恰恰相反，我失去您太不幸了（她突然迅速地跑到伊凡·费奥多罗维奇跟前，抓住他的双手，热烈地握着）。我说的幸福是指您自己将有可能在莫斯科把我的处境、我眼前的种种可怕遭遇亲口告诉姨妈和阿加莎，您可以如实地告诉阿加莎，但您要尽力顾怜我亲爱的姨妈。您无法想象我昨天和今天早上是多么不幸，我真不知道该怎样给她们写这样一封可怕的信……因为这件事情在信里是无论如何也说不清楚的……现在我写这封信就容易多了，因为您将亲自到她们那儿去并且把一切都当面解释清楚。啊，我太高兴了！不过使我高兴的也只是这件事，再一次请您相信我的话。您自己对我来说当然是无法替代的……我马上就去写这封信。"她突然结束道，甚至已经向前跨了一步，准备走出这个房间。

"那么阿廖沙呢？阿列克谢·费奥多罗维奇的意见呢？您不是很想听听他的意见吗？"霍赫拉科娃太太高声叫道。她的话流露出挖苦和愤怒。

“我没有忘记这件事。”卡捷琳娜·伊凡诺芙娜突然停住了，“您在这种时刻为什么还跟我作对，卡捷琳娜·奥西波芙娜？”她用一种心酸而热烈的责备口吻说道，“我说话总是算数的。我迫切需要听他的意见，不仅如此，我还需要他的决定！他怎么说，我就怎么做——瞧我多么渴望听到您的意见，阿列克谢·费奥多罗维奇……您这是怎么啦？”

“我从来没有想到，也无法想象会有这样的事！”阿廖沙突然伤心地大声说道。

“什么？什么？”

“他要到莫斯科去，而您却说您很高兴——您是故意这样说的！接着您又马上开始解释您高兴的不是这件事，相反，您感到惋惜……您失去了一位朋友——不过这也是您故意装出来的……就像在舞台上演戏一样！……”

“在舞台上？怎么样？……这是什么意思？”卡捷琳娜·伊凡诺芙娜惊讶得大叫起来，满脸通红，紧皱眉头。

“尽管您再三向他说明，您为失去他这个朋友而感到惋惜，但您还是当着他的面反复强调他离开这儿对您是一种幸福……”阿廖沙不知为什么上气不接下气地说。他站在桌子旁边，没有坐下。

“您说什么啊，我真不明白……”

“连我自己也不知道……我好像恍然大悟似的……我知道我这样说不好，但我还是要把一切都说出来。”阿廖沙继续说道，声音还是那么颤抖，那么断断续续，“我突然意识到您也许根本不爱德米特里哥哥……从一开始就这样……而德米特里也许也根本不爱您……从一开始就这样，只是尊敬您……真的，我不知道我怎么会有勇气把这一切都说出来，但总得有人说实话……因为这里谁也不想说实话……”

“什么实话？”卡捷琳娜·伊凡诺芙娜高喊道，她的声音有一种歇斯底里的味道。

“听我说，”阿廖沙含糊不清地说，那模样就仿佛刚从屋顶上掉下来似的，“您马上把德米特里叫来——我能找到他——让他到这儿来，拉着您的手，再拉着伊凡哥哥的手，把你们的手联结起来。您在折磨伊凡，仅仅是因为您爱他……您折磨他是因为您强迫自己爱德米特里……不是真正的爱……因为您强迫自己相信您是爱他的……”

阿廖沙突然说不下去了，沉默着。

“您……您……您是个小疯子……您就是这种人！”卡捷琳娜·伊凡诺芙娜突然说道，她的脸色煞白，嘴都气歪了。伊凡·费奥多罗维奇突然大笑着从座位上站起来，帽子已经拿在手里。

“你错了，我的好心的阿廖沙。”他说话时脸上的那种神态阿廖沙还从来没有见过。那是一种年轻人所固有的真诚、强烈、坦率得无法掩饰的神态。“卡捷琳娜·伊凡诺芙娜从来没有爱过我！她始终知道我爱她，尽管我从来没有向她提过一句我爱她的话，她知道，但她并不爱我。我也从来不是她的朋友，一天也不是：高傲的女人不需要我的友谊。她让我待在她身边是为了不断地报复。她报复我，在我身上报复她长期以来从德米特里那里受到的所有侮辱，从他们初次见面以来她所受到的全部侮辱……因为就是他们的初次见面也作为一种侮辱而留在了她心头。这就是她的内心世界！我始终只听到她说如何爱他。我现在就要走了。但是您要知道，卡捷琳娜·伊凡诺芙娜，您确实只爱他，他越是侮辱您，您越是爱她。这就是您的难言之隐。您爱的就是他那种人，爱他现在这种样子，他侮辱您，您却爱她。假如他改过自新了，那么您马上会甩掉他，一点儿不再爱他，但是现在您需要他，以便不停地欣赏自己忠贞不渝的丰功伟绩并且指责他背信弃义。而这一切完全是因为您傲慢，是的，您为此受了很多委屈和侮辱，但这一切的根源全在于您的傲慢……我年纪太轻，爱您太深。我知道我不该说这些，对我来说，干脆离开您才是上策，您也不至于觉得太委屈。我就要远走他乡，而且永不回来。这是永别……我不想看着别人受折磨……我的话也许不中听，但我把要说的都说了……永别了，卡捷琳娜·伊凡诺芙娜，您没有理由生我的气，因为我受到的惩罚比您厉害百倍，今生今世我再也见不到您了，单单这一点就够我受的了。永别了，我不想跟您握手。您这样处心积虑地折磨我，此刻我无法原谅您。将来我会原谅的，但现在不想跟您握手。

女士，我不需要赏赐！[1]”

他苦笑着引了这句诗，完全出乎意料地证明了他也能把席勒的诗歌背得滚瓜烂熟。倘若在以前，这是阿廖沙无法相信的。他从房间里走了出去，甚至没有跟女主人霍赫拉科娃太太辞别。阿廖沙惊讶得举起双手拍了一下。

“伊凡！”他惊慌失措地在他身后喊道，“回来，伊凡！嘿，他现在无论如何也不会回来了！”他好像又恍然大悟似的，伤心地喊道，“这都怪我不好，是我起的头！伊凡的话很刻毒，很难听。既不公正，又很刻毒。”阿廖沙发了疯似的大喊大叫。

卡捷琳娜·伊凡诺芙娜突然走到另外一个房间。

“您没做什么错事，您的行为非常出色，简直像天使一样。”霍赫拉科娃太太兴奋地对懊悔不已的阿廖沙说，声音又轻又急，“我要尽量不让伊凡·费奥多罗维奇离开……”

她脸上洋溢着喜悦，这使阿廖沙感到十分伤心，但卡捷琳娜·伊凡诺芙娜又突然回来了。她手里拿着两张一百卢布的钞票。

“我有一件事情要拜托您，阿列克谢·费奥多罗维奇。”她直接对阿廖沙说道，口气显得沉着而平静，仿佛刚才真的什么事也没发生，“一个星期之前，是的，好像是一个星期之前，德米特里·费奥多罗维奇在盛怒之下干了一件蠢事，很丢人。这儿有个名声不佳的地方，一家小酒馆，他在那儿遇见了一位退休军官，就是您父亲派他办事的那个上尉。德米特里·费奥多罗维奇不知为什么对那个上尉大发雷霆，一把揪住了他的胡子，当着众人的面用这种有损人格的方式把他拖到外面，到了街上还拖着他走了很长一段路，听说那上尉的儿子，就是在本城一所小学读书的一个小男孩，见了这场面就一直跟在他们后面，号哭着替父亲求情，几次三番

---

① 原文为德文，引自席勒的叙事诗《手套》。

跑到围观的人面前求他们出来劝阻，可大家都站在那儿看笑话。请原谅，阿列克谢·费奥多罗维奇，一想起他居然干出这种可耻的事，我就不能不感到气愤……这种事也只有德米特里·费奥多罗维奇在生气的时候……在感情冲动的时候才干得出来！这种事我都没法说，说不清楚……我都说得语无伦次了。我打听了一下这个受了侮辱的人的情况，知道他很穷。他的名字叫斯涅吉廖夫。他因为犯了什么过失被开除公职，这些事我说不清楚，反正现在他一家都很不幸，孩子害病，妻子好像发疯了，他们那个家庭陷入了可怕的贫困。他在这个城里已经住了很久了，有点活干，在什么地方当抄写员，可现在突然不给他工资了。我看了您一眼……不，是我心里在想——不知道是怎么回事，我说得前言不搭后语了——我想劳驾您，阿列克谢·费奥多罗维奇，我心地特别善良的阿列克谢·费奥多罗维奇，到他那儿去一次，找个借口，到他们家里去，就是到那个上尉家里去——天哪，我说话都颠三倒四的——用一种体面而谨慎的方式——这只有您一个人才能办到（阿廖沙突然脸红了）——把这笔救济款子，就是这二百卢布交给他。他可能会接受的……就是说要劝说他收下来……啊，不，怎么说呢？您知道，这不是要他和解、不去告状的代价（他好像要去告状），仅仅出于一种同情，出于帮助他的愿望，是我给的，我给的，德米特里·费奥多罗维奇的未婚妻给的，而不是他自己给的……总而言之，您能办到……本来我打算自己去，但是您可以做得比我好得多。他住在湖滨街，租的是女市民卡尔梅科娃的房子……看在上帝分上，阿列克谢·费奥多罗维奇，您一定要替我办妥这件事，现在……现在我有点……累了。再见……”

她突然迅速转过身，又消失在屏风后面，使阿廖沙都没来得及说一句话，——而他本来是很想说几句话的。他很想请求她原谅，责备他几句——总之想要说点什么，因为他有满肚子的话要说，不说出来他是绝对不愿离开这个房间的。但是霍赫拉科娃太太却抓住他的手，亲自把他拉了出去。到了前室，她又像刚才那样让他站住。

“她很高傲，完全是自寻烦恼，但她善良、高尚、厚道！”霍赫拉科娃太太压低了声音赞叹道，“啊，我是多么爱她，特别在某些时候，现在，我对一切，对所有的事情又感到非常高兴！亲爱的阿列克谢·费奥多罗维奇，这件事您还不知道，告诉您吧，我们——我和她的两位姨妈，总之所有的人，甚至包括丽莎，整整一个月来我们都在盼望并且祈祷，但愿她跟您所喜欢的德米特里·费奥多罗维奇分手，因为他根本不想理解她，一点儿不爱她，但愿她嫁给有知识有教养爱她胜过世界上一切的好青年伊凡·费奥多罗维奇。我们私底下还制订了一整套计划，也许就是为了这件事我才一直留在这里，没有离开……”

“可她受了侮辱之后还哭过呢！”阿廖沙大声说道。

“您不要相信女人的眼泪，阿列克谢·费奥多罗维奇——这类事情上我一直站在男人一边，而不赞成女人。”

“妈妈，您这是在害他。”从门背后传来丽莎尖细的声音。

“不，这一切都是我引起的，都怪我不好！”懊丧不已的阿廖沙反复说道，他因为自己闯了祸而惭愧得无地自容，甚至用双手捂住了脸。

“恰恰相反，您简直就像天使，像天使！这句话我可以重复一千遍，一万遍。”

“妈妈，为什么他的行为像天使？”又传来了丽莎的声音。

“看到眼前这一切，”阿廖沙继续说道，似乎没有听到丽莎的话，“不知为什么我突然觉得她是爱伊凡的，所以我才说了这些蠢话……现在会出什么事呢？”

“你们说的是谁？是谁？”丽莎大声问道，“妈妈，您让我急死了。我问您——可您不回答我。”

就在这时候女仆急匆匆跑了进来。

“卡捷琳娜·伊凡诺芙娜情况很糟……她在哭……犯歇斯底里了，浑身抽搐。”

“怎么回事？”丽莎惊慌地大声问，“妈妈，犯歇斯底里的是我，而不是她。”

“丽莎，看在上帝分上，您别大喊大叫，不要烦我。你还小，大人的事情你用不着全知道。一会儿我就过来，凡是能告诉你的全告诉你，噢，天哪！我马上就去，马上就去……犯歇斯底里——这是个好兆头，阿列克谢·费奥多罗维奇，她犯歇斯底里是再好不过的事，理应如此。在这方面我始终不赞成女人，不赞成这种歇斯底里和女人的眼泪，尤莉亚，快去告诉她，我马上就到。至于伊凡·费奥多罗维奇这样走了，那得怪她自己。但他是不会离开的。丽莎，看上帝分上，你别大声嚷嚷，噢，对了，你没有大声嚷嚷，这是我在大声嚷嚷，请原谅你妈妈吧。但我高兴极了，高兴极了，高兴极了！您有没有发现，阿列克谢·费奥多罗维奇，刚才伊凡·费奥多罗维奇走出去的时候完全像个血气方刚的年轻小伙子，一说完那些话就马上气呼呼地走了！我原来以为他是个有学问的人，是位大学者，可他一下子显得那么冲动，直率，年轻气盛，缺乏经验，这样很好，很好，就像您一样……还背了一句德文诗，跟您一模一样！我马上要走了，我就要走了。阿列克谢·费奥多罗维奇，您赶快去办托您的那件事，快去快回。丽莎，你没什么事吧？看在上帝分上，你一分钟也别耽搁阿列克谢·费奥多罗维奇，他一会儿就会来看你的……"

霍赫拉科娃太太终于走了。阿廖沙临走前想开门到丽莎那儿。

"千万别进来！"丽莎喊道，"现在千万别进来！您就这样隔着门说话吧。为什么您成了天使？我只想知道这件事。"

"因为我干了一件可怕的蠢事，丽莎！再见了。"

"不许您就这样走了！"丽莎喊道。

"丽莎，我非常痛苦！我一会儿就回来，但我心里非常非常痛苦。"

说着，他从房间里跑了出去。

六　小木屋里的折磨

他内心确实非常痛苦，这种痛苦他以前很少体会到。他冒冒失失地跳出来"干了件蠢事"。而且不是在别的方面，偏偏在爱情这种问题上闯了祸。"这方面我懂得些什么？这种事情我能搞得清楚吗？"他第一百次问自己，羞得满脸通红，“单单羞愧倒也罢了，那是我应得的惩罚。糟糕的是，因为我的原因无疑将造成一系列新的不幸……长老派我出来是要我进行调解，使大家团结起来。难道这样能让大家团结吗？”这时候他又突然想起他是怎样让大家“握手言欢”的，于是又羞愧得无地自容，“虽然我这样做完全出于一片真心，但是往后应该学聪明些。”他突然得出了这样一个结论，对于这个结论也并不觉得可笑。

卡捷琳娜·伊凡诺芙娜委托的那件事情需要到湖滨街去办，而德米特里哥哥就住在离湖滨街不远的一条胡同里，恰巧是顺路。阿廖沙决定在到上尉家之前无论如何先要到他那儿去一次，虽然他预感不会碰到他。他怀疑德米特里哥哥现在也许会故意避而不见——但不管怎么样，一定要找到他。时间十分紧迫。从他离开修道院的那一刻开始，他心里无时无刻不在惦记着即将离开人世的长老。

卡捷琳娜·伊凡诺芙娜托他办的这件事有一个情况突然在他脑海中闪过，并引起了他的极大的兴趣。卡捷琳娜·伊凡诺芙娜刚才提到那个小男孩，小学生，上尉的儿子，跟在父亲后面一边跑一边哭，当时阿廖沙就已经闪过一个念头：这小男孩想必就是刚才阿廖沙问他什么事情得罪了他以后狠狠咬了阿廖沙手指的那个小学生。现在阿廖沙对这一点几乎确信无疑了。虽然他自己还不知道究竟为了什么。就这样，他用考虑不相干事情的办法排遣自己的心事，并且决心不再去“想”刚才闯下的祸，不再用悔恨来折磨自己，而要着手办事，至于结果怎样那就随它去。这么一想，他的精神又完全振作起来了。他拐进德米特里哥哥住的那条胡同的时候，感到饿了，便从口袋里掏出从父亲那儿拿的圆面包，边走边吃。这又给他增添了力量。

德米特里不在家。那幢小房子的主人一家——一位老木匠，他的儿子和年迈的妻子——甚至带着怀疑的神色望着阿廖沙。“已经有三个晚上没回来了，没准上哪儿去了。”老人这样回答阿廖沙的再三追问。阿廖沙明白，他这是遵照预先的嘱咐回答的。他问：“他是不是在格鲁申卡那儿？或者又躲到福马那里了？”（阿廖沙故意挑明了说）房东一家听了之后甚至用惊恐的目光看着他。“看样子他们喜欢他，还护着他，”阿廖沙想，

“这很好。”

他终于在湖滨街找到了小市民卡尔梅科娃的房子。这是一幢破破烂烂、东倒西歪的小房子，临街只有三扇窗，肮脏的院子中央孤零零地站着一头母牛。从院子进去是厢房，厢房的左侧住着房东太太和她的女儿——也是个老太婆。看样子母女俩都是聋子。他反复问了好几遍上尉住在哪儿，其中一个老太太终于明白问的是房客，这才伸出手指点了点厢房外面院子里的一间整洁的小木屋。上尉的住所真的只是一间简陋的小木屋。阿廖沙伸手抓住门上的铁把手正准备推门进去，可屋子里异乎寻常的寂静，突然使他感到奇怪。他曾听卡捷琳娜·伊凡诺芙娜说过，退伍上尉是个有家室的人，于是想道：“也许他们全家正在睡觉，或者听见我来了，正等着我开门进去。我还是先敲门吧。”他敲了几下。里边有人应了一声，但不是马上就应的，而是几乎过了十多秒钟。

“谁啊？”有人喊道，声音很响，显得特别生气。

阿廖沙推开门，跨进门槛。他来到了一间虽然相当宽敞但挤满了人和各种家什的小木屋里。左边有一个很大的俄式炉子。炉子与左边的窗户之间系着一根贯穿整个房子的绳子，绳子上挂满了各种各样的破烂衣服，左右两侧挨墙各放着一张床，床上铺着编织的被子，左边那张床上高高地堆着四个花布枕头，一个比一个小。右边那张床上只看见一个很小的枕头。靠门口有一小块地方不知用布幔还是被单隔着，布幔搭在横过房子一角的绳子上。布幔后面也有一张由连着墙壁的长板子和一把椅子拼成的床。简陋的农家用的四方木桌从门口正上方移到了中间靠近窗户的位置。房子三扇窗，每一扇镶着四小块霉点斑斑的绿玻璃，光线很暗，而且关得严严实实，因此屋子里显得又闷又黑。桌子上放着一只平底锅，锅里残留着吃剩的煎鸡蛋，桌上还有一片啃过的面包，此外还有一只小瓶，瓶底里剩下一点点酒。靠左边床铺的椅子上坐着一个女人，穿着花布衣服，模样像贵妇人。她的脸又瘦又黄，深陷的两颊使人一看就知道她有病。但是最使阿廖沙惊讶的还是这位可怜的太太的眼神——充满疑问，同时又非常傲慢。阿廖沙向男主人说明来意的时候，这位太太没有说话，只是用那双充满傲慢和疑问的栗色大眼睛不停地在他身上扫来扫去。在这位太太身边，靠左边窗户的地方，站着一位年轻姑娘，她相貌很难看，火红色的头发稀稀拉拉，衣着虽然整洁，却很寒酸。她厌恶地仔细打量着走进来的阿廖沙。右面床边还坐着一位女人。那是个十分可怜的人，也是个年轻姑娘，二十上下，驼背，瘸腿，他们后来告诉阿廖沙，她的双腿瘫痪了。她的两根拐杖就放在旁边的角落里，在床和墙壁之间。这可怜的姑娘的一双异常美丽而善良的眼睛带着一种平静而温顺的神色望着阿廖沙。方桌子旁边坐着一位四十五岁光景的先生，正在吃剩下的煎鸡蛋。他瘦小羸弱，火红色的头发，稀疏的火红色胡子像一把蓬乱的洗澡用的树皮擦子（阿廖沙后来回想起，不知为什么他一看到这把胡子，脑子里立即出现了这个比喻，尤其是“树皮擦子”这个词儿）。显然，刚才从门后大声问“谁啊？”的就是这位先生，因为房间里没有别的男人。可是阿廖沙走进去的时候，他仿佛从方桌旁边的长椅上一下跳了起来，赶紧用一块有破洞的餐巾擦着嘴，飞快地跑到阿廖沙跟前。

“修士替修道院化缘，你可找对了地方！”这时候站在右边角落里的那姑娘大声说道。

但跑到阿廖沙跟前的那位先生刷地向她转过身，激动地断断续续对她说：“不，瓦尔瓦拉·尼古拉耶芙娜，不是这么回事，您没有猜对！让我来请教他。”他突然又转身问阿廖沙：“什么事情劳您拜访……这个穷窝？”

阿廖沙仔细打量着他，他是第一次见到这个人。这人的态度好像有点生硬，性子急，肝火旺。尽管看样子他刚才喝过酒，但没有醉。他脸上的表情极端蛮横同时却又明显地胆怯——这很奇怪。他很像那种长期唯唯诺诺、逆来顺受，但突然跳出来想表现一下自己的人。或者说得更确切些，就像那种很想打您，但又很怕被您打的人。从他的话语和相当尖细的声调里可以听出一种疯疯癫癫的调侃味，时而气势汹汹，时而畏畏葸葸，以致显得有点结结巴巴。他吐出“穷窝”这个词的时候，仿佛浑身在颤抖，他瞪大了眼睛，一个箭步冲到阿廖沙面前，使他不由自主地往后退了一步。这位先生穿的那件深色的劣质土布大衣，打满了补丁，油渍斑斑。他身上那条早没有人穿的颜色很淡的方格裤子，料子很薄，皱巴巴的裤脚往上缩了一大截，就好像孩子长大了还穿着又短又小的衣服。

“我……我是阿列克谢·卡拉马佐夫……”阿廖沙回答。

“我非常明白，”这位先生立即打断他，以此表示他不用问也知道对方是什么人，“我是退伍上尉斯涅吉廖夫。但我还是想知道究竟什么事情要劳您大驾……”

“我只是顺便来看一看，当然，我自己也有话想对您说……如果您允许的话……”

“既然这样，这儿有椅子，请就座吧，这是古代喜剧里常说的‘请就座’……”说着，他迅速地搬起一把空椅子（一把农家用的简陋的白木椅子），放到屋子正中央。接着，又给自己搬了一把同样的椅子，在阿廖沙对面坐下来，依然贴得很近，两人的膝盖都快碰到一块了。

“尼古拉·伊里奇·斯涅吉廖夫，前俄国骑兵上尉，虽然因过失蒙受了羞辱，但毕竟还是上尉。不应该说是斯涅吉廖夫上尉，而应该说低三下四上尉，因为我后半辈子说话变得低三下四了。在屈辱中养成了低三下四说话的习惯。”

“您说得很对，”阿廖沙微微一笑，“但究竟是在不知不觉中养成的，还是故意养成的？”

“上帝可以做证，这是无意间养成的。原来说话一直没有低三下四，一辈子都没有低三下四，突然栽了个跟头，爬起来就开始低三下四了。这是上帝的安排。我看得出您对现代的种种问题很感兴趣。但为什么您对我也这么感兴趣呢？您看我居住的环境就无法招待贵客。”

“我到这里来……是为了那件事情……”

“哪件事情？”上尉迫不及待地打断他。

“就是您和我哥哥德米特里·费奥多罗维奇相遇的那件事。”阿廖沙尴尬地说。

“这是哪一次相遇？是不是那次相遇？就是跟树皮擦子，洗澡用的树皮擦子有关的一次？”他突然把身体往前移了移，这次他的膝盖真的碰到阿廖沙了。他把嘴唇紧紧地抿成一条线。

“什么树皮擦子？”阿廖沙嗫嚅着问。

“爸爸，他是来向你告状的！”阿廖沙熟悉的一个声音在布幔后面的角落里大声说道，说话的就是他前不久遇见的那个男孩，“是我咬了他的手指！”布幔拉开了，阿廖沙看到前不久敌视他的那个男孩躺在墙角里圣像下由椅子拼成的床铺上，身上盖着自己的那件小大衣和一条旧棉被。很显然，他身体不舒服，从那双火一样灼人的眼睛看来，他正在发烧。他看着阿廖沙，毫无惧色，好像在说：“我在家里，现在你不敢拿我怎样了。”

“咬了什么手指？”上尉从椅子上欠起身，“他咬了您的手指，先生？”

“是的，咬我了。刚才在街上他跟一群孩子互相扔石块，他们六个人打他一个，我走到他跟前，可他竟向我扔石块，接着又把另一块石块扔到我头上。我问他：我做了什么对不起他的事？他突然冲过来狠狠地咬了我的手指，我不知道是为什么。”

“我这就揍他，先生！马上就揍，先生。”上尉已经从椅子上跳了起来。

“我可不是来告状的，我只是把情况说了一说……我根本不是要您去揍他。再说他现在好像在生病……”

“您以为我真的会揍他吗？您以为我为了让您完全满意会马上把伊柳沙拖出来，当着您的面狠狠揍他一顿吗？您要我马上这样做吗？”上尉突然转身对阿廖沙说，那架势就像要向他扑过来似的，“先生，我为您的手指感到遗憾，但您是否要我在揍伊柳沙之前，为了让您称心满意，先当着您的面立即砍掉我自己的四个指头，就用这把刀子砍？为了满足您报仇的愿望，我想砍四个指头够了吧，先生？用不到再砍第五个了吧？……”他突然停住了，好像喘不过气似的。他脸上的每一个部位都在抽搐，目光带着异乎寻常的挑衅神色。他像发疯了似的。

“现在我好像一切都明白了，”阿廖沙忧伤地轻声回答说，继续坐在那儿，“看来您儿子是个好孩子，他爱父亲。他咬我是因为我哥哥欺负了您……这件事现在我明白了。”他犹豫地重复了一句，“但是我哥哥德米特里·费奥多罗维奇现在对自己的行为感到后悔，这我知道，假如他能上您家来，或者最好在原来那个地方跟您重新见面，那么他会当众向您道歉的……如果您愿意的话。”

“就是说先揪胡子，再请求原谅……事情就此了结，双方满意，是这样吗，先生？”

“不，恰恰相反，无论您要他做什么，您要他怎样做，他都会做的！”

“这么说来，假如我要他阁下在那个小酒馆——那酒馆叫京都酒馆——或者在广场上向我下跪，那么他会下跪吗？”

“是的，他会下跪的。”

“这太使我感动了，先生，太使我感动了，太感动了，我这个人很容易动感情。现在请允许我向您全面介绍一下：这是我一家人，两个女儿和一个儿子——我的亲骨肉。要是我死了，有谁去顾惜他们呢？我活着的时候，除了他们，又有谁来照顾我这糟老头呢？上帝为每一个像我这样的人都做好了安排，这是件了不起的事情。因为像我这样的人，总得有人照顾啊……”

“说得太对了！”阿廖沙赞叹道。

“得了吧，别像小丑那样演戏了。要是有一个傻瓜进来，您会使我们丢脸的！”窗户边上那姑娘突然用一种厌恶和蔑视的口气对父亲大声说道。

“别着急，瓦尔瓦拉·尼古拉耶芙娜，让我说下去。”父亲对她说，尽管口气是命令式的，但看着她的目光中却流露出赞赏。“这是我们家的性格，先生！”他又转身对阿廖沙说。

> “世上的万物他一概不信，
> 也不愿意表示任何祝福。[1]

噢，对了，应该用阴性代词：她不愿意表示任何祝福。不过还是让我把我

① 这是普希金诗篇《恶魔》（1823）中的最后两句。

的夫人向您介绍一下：这是阿里娜·彼得罗芙娜，没有腿的女人，四十三岁，两条腿勉强能动弹，先生。平民出身，先生。阿里娜·彼得罗芙娜，别愁眉苦脸的。这位是阿列克谢·费奥多罗维奇·卡拉马佐夫。请您站起来，阿列克谢·费奥多罗维奇。”说着他拉住他的手，突然把他从座位上拽了起来，力气大得出乎意料，“您和太太见面，应该站起来，他不是那个卡拉马佐夫，孩子他妈，不是那个……嗯……是他的弟弟，温柔善良的大好人。请允许我，阿里娜·彼得罗芙娜，请允许我，孩子他妈，请允许我先吻吻您的手。”

他恭恭敬敬地，甚至充满温情地吻了吻他太太的手。窗口旁边的那姑娘愤怒地背过脸，不愿看这场面，那太太傲慢、疑惑的脸上顿时变得和蔼可亲。

“您好，请坐，切尔诺马佐夫先生。”她说。

“卡拉马佐夫，孩子他妈，是卡拉马佐夫。——我们是平民，先生。”他又悄悄地提醒了一句。

“好吧，管他是叫卡拉马佐夫还是别的什么，我总觉得他叫切尔诺马佐夫……请坐，他何必让您站起来呢？他说我没有腿，腿是有的，可肿得像水桶，我上身都干瘪了。以前我很胖，现在您看，好像吞下了一根针……”

“我们是平民出身，先生，平民出身，先生！”上尉再次提示说。

“爸爸，唉，爸爸！”在这之前一直坐在椅子上一声不吭的驼背姑娘突然叫道。接着又突然用手帕掩住了眼睛。

“小丑。”窗口的那姑娘脱口说道。

“您看，我们家的情况就是这样！”母亲摊开双手，指着两个女儿，“就好像一团乌云飘过，云一散，我们家的天空又明朗了。以前我们在军队里的时候，经常有许多这样的客人来拜访我们。孩子他爹，我可不是瞎说的。谁喜欢什么样的人，就让他喜欢好了。那时候教堂助祭太太来说：‘亚历山大·亚历山德罗维奇是个心肠极好的人，而娜斯塔西娅·彼得罗芙娜是地狱里的魔鬼。’我回答说：‘各人有各人的爱好，你总改不了嚼舌头的臭脾气。’她说：‘你呀，你别那么放肆。’我对她说：‘你这臭嘴，用得着你来教训我吗？’她说：‘我给你带来点新鲜空气，你身上有股臭味。’我说：‘你去问问所有的军官先生，我身上的气味臭不臭？’从那时候起，我心里一直恼记着这件事。不久前，我像现在这样坐在家里，看到从前常来我家过复活节的将军走进我们家。我问他：‘大人，可以对一位体面的太太说给她带点新鲜空气进来这种话吗？’他回答：‘是的，你们家里最好把气窗或门打开，因为你们这儿空气不新鲜。’瞧，都是这副德行！我的气味关他们什么事？死人的气味要难闻得多。我说：‘我不想弄脏你们的空气，我要定做一双鞋，我要离开这里。’亲爱的，你们别责怪亲生母亲！尼古拉·彼得罗维奇，孩子他爹，是不是我不讨你喜欢了？可我还有伊柳沙。他放学回家，他爱我。昨天还带回来一个苹果，请原谅，亲爱的，请原谅，宝贝，原谅亲生母亲，原谅我这孤苦伶仃的女人。为什么你们讨厌我身上的气味？”

这可怜的女人突然放声大哭，眼泪像泉水一样奔涌而出。上尉赶紧跑到她跟前。

“孩子他妈，孩子他妈，宝贝，别这样！别这样！你不孤单，大家都爱你，非常爱你！”他又开始吻她的两只手，用手掌温柔地抚摸她的脸。他抓起一条餐巾，替她擦去脸上的泪水，阿廖沙甚至觉得他自己的眼睛都闪着泪花。“怎么样，先生，您都看见了吧？您都听见了吧，先生？”他突然狂怒似的向他转过身，用手指着那可怜的疯女人。

“我都看见了，也听到了。”阿廖沙嘟囔说。

“爸爸，爸爸！你干吗跟他……别理他，爸爸！”小男孩突然大声说，从床上欠起身，用那火一般灼人的目光望着父亲。

“您别装小丑了，您这样装腔作势永远不会有好结果的……”瓦尔瓦拉·尼古拉耶芙娜依然坐在那个角落里喊道，她真的生气了，甚至还跺了跺脚。

“您这次发脾气完全是有道理的，瓦尔瓦拉·尼古拉耶芙娜，我可以马上满足您的要求。请您戴上您的帽子，阿列克谢·费奥多罗维奇，我这就去拿帽子——咱们走吧，有一句重要的话要跟您说，不过不是在这屋子里。您瞧这位坐着的姑娘，她是我女儿，先生，尼娜·尼古拉耶芙娜，先生，我忘了向您介绍——她是天使的化身……天使下凡……您要明白这一点……”

“瞧他浑身哆嗦的样子，简直跟犯了抽风一样。”瓦尔瓦拉·尼古拉耶芙娜怒气冲冲地说。

“那刚才朝我跺脚，骂我小丑的那个姑娘，也是天使的化身，她骂我骂得对。咱们走吧，阿列克谢·费奥多罗维奇，该了结了，先生……”

他抓住阿廖沙的手，带着他走出房间，径直来到大街上。

七 空气清新的室外

“这儿空气真新鲜，可我家里的空气确实浑浊，无论从哪一种意义上来说都是如此。咱们慢慢往前走吧，先生。我非常希望我的话能让您感兴趣，先生。”

“我本人也有一件要紧的事要跟您说……”阿廖沙说，“只是不知道从何谈起。”

“我怎么会不知道您找我有事，先生？假如没有事您是绝不会来找我的。其实您来是要告我儿子的状吧，先生？当然这是不可能的，先生。顺便我给您谈谈我儿子：刚才在家里我不便对您细说，先生，现在在这里我可以把那个场面详细告诉您，先生。您看见么，这把‘树皮擦子’原来要浓密些，先生，那还仅仅是一个星期之前的事——我这是指我的这把胡子，先生。您哥哥揪住我的胡子，把我从酒馆里拉到了广场上，正巧这时候小学生们放学回家，伊柳沙也跟他们在一起。他一看见我这副模样，立即向我扑过来，大声喊着：‘爸爸！爸爸！’他紧紧抓住我，搂着我，想把我拉开，他对欺侮我的那个人喊道：‘放开他，放开他，他是我爸爸，您饶了他吧！’他就是这么说的。‘您饶了他吧。’他用那双小手拉住他，拉住他，拉住他的手，就是这只手，还吻了他呢，先生……当时他那小脸蛋的模样我记得清清楚楚，先生，没有忘记，先生，也永远忘不了，先生！……”

“我敢起誓，”阿廖沙大声说，“我哥哥一定会用最真诚的方式，最完满的方式表示自己的悔过，哪怕在那个广场上当众下跪也行……我一定会让他这样做的，否则他就不是我的哥哥。”

“噢，原来如此，这还仅仅是一种设想。不是他的本意，仅仅出于您的一片好心，先生。您早该把话说清楚了，先生。好的，既然这样，那就请允许我把您哥哥十足的骑士风度和军官的高尚行为统统告诉您吧，因为当时他表现得淋漓尽致，先生。后来他不再揪住我的‘树皮擦子’往前拖，把我放了，他说：‘你是军官，我也是军官，如果能找一个决斗的证人，找个正派人，那你就派他来向我提出决斗，我一定会同意的，虽然你是个混蛋。’他就是这么说的，先生。真正的骑士风度！当时我和伊柳沙就离开了，但这景象就像世代相传的家谱图那样永远铭刻在伊柳沙的记忆中。不，我们哪里再配摆贵族的威风呢，先生。请您自己想想，先生，您刚才到我家里去过了——您看见了什么？三个女人坐在那里，先生，一个是没腿的疯子，另一个是缺腿的驼背，第三个有腿，可是太聪明，上过高等女校，一直想着要重返彼得堡，在涅瓦河畔寻找俄国妇女的权利。至于伊柳沙，我就不说了，先生，他才九岁。我一个人单枪匹马，要是我死了——这一家子大大小小怎么办呢？我就只问您这件事。如果我提出来跟他决斗，他马上会把我打死，那时候会怎么样呢？这一家老小怎么办呢？如果他不把我打死，只把我弄成个残废，那就更糟了，干活儿不能干了，却留下一张嘴，到时候谁来养我，我靠什么糊口，谁来养一家老小呢，先生？是不是让伊柳沙辍学，天天出去讨饭呢？找他决斗的结果就是这样，这是一句蠢话罢了，先生，仅此而已，先生。”

“他会向你赔罪的，他会在大庭广众面前向您下跪的。”阿廖沙再次喊道，他的目光在燃烧。

“我本来打算去法院告他，”上尉继续说道，“但是请您去翻一翻我们的法典，我受了人身侮辱又能得到多少赔偿呢，先生？这时候阿格拉费娜·亚历山德罗芙娜把我找去，冲着我吼道：‘看你敢告！要是你到法庭去告他，我就有办法让全世界都知道，他揍你是因为你干了欺骗的勾当，到时候反而把你自己送上法庭受审。’只有上帝知道，这欺骗的勾当是谁让干的？我这样的小角色是按照谁的命令干的？……不就是奉了她本人和费奥多尔·巴夫洛维奇的命令吗？她还威胁说：‘我还要永远永远把你赶走，以后别想在我这儿挣到一分钱。我还要告诉我的买卖人（她就是这样称呼那老头儿的：我的买卖人），让他也把你赶走。’我心里想，假如那买卖人也赶我走，到时候我上哪儿去挣钱！要知道现在我只能靠他们两人了，您父亲费奥多尔·巴夫洛维奇不仅由于一个不相干的原因而不再信任我，先生，而且想利用我写下的收据把我送上法庭。由于这些原因，我只能忍气吞声，先生。再说您也看到了我家那个穷窝，先生。现在请您告诉我，伊柳沙他刚才咬您手指咬得很疼吗？在家里我当着他的面不敢细问。”

“是的，很疼。他当时很生气。因为我是卡拉马佐夫家的人，他要替您报仇，这是我现在明白的。不过您没看见他跟那帮同学互相扔石块的场面！那非常危险，他们真会把他打死的，他们都是孩子，不懂事，一块石头飞过来会打破他脑袋的。”

“已经打中了，先生，虽然没打中脑袋，却打中了胸部，先生，在心脏上面，先生，是今天被石头打的，一片青紫，先生，一回家就哭，哇哇直喊疼，后来就病了。”

“您知道吗，当时是他先扔那些同学的，他要替您报仇，他们说他前不久用削笔刀扎了一个叫克拉索特金的男孩的腰部……”

“听说过这件事，先生。克拉索特金的父亲是本地一位官员，也许还会有麻烦的……”

“我劝您暂时别让他上学，”阿廖沙热心地继续道，“等他心里平静下来，等他的这股怒火消了以后再上学……”

“是怒火，先生，”上尉接过话头说，“正是怒火，先生。这件事的来龙去脉您不知道，先生。让我详详细细告诉您。情况是这样的，自从发生了那件事之后，他那些同学开始讥笑他，叫他‘树皮擦子’。学校里的那些孩子都不懂得同情，分开来看，一个个都是天使，可凑到一块儿，尤其在学校里，他们就往往没有一点儿同情心了。他们讥笑伊柳沙，惹他生气了，换了个一般的孩子，性格懦弱的孩子，也就忍气吞声了，只会为父亲而感到惭愧。可这孩子为了替父亲报仇，居然敢于独自一人去跟大家作对，他要捍卫父亲，捍卫真理，先生，捍卫正义，先生。因为当初他吻您哥哥的手，向他高喊‘饶了我爸吧，饶了我爸吧’的时候，他心里那种滋味只有上帝和我才知道，先生。您看，我们的孩子——不是你们的孩子，而是我们的孩子，先生，我们这些受人歧视但心灵高尚的穷人家的孩子，先生，总共九岁就懂得了人间的真理，先生。有钱人家的孩子哪能懂呢？他们一辈子也达不到这样的深度，可我的伊柳沙在广场上吻您哥哥的手的那一刻，就在那一刻已经透彻地懂得了真理，先生。”上尉慷慨激昂地甚至带点狂热地说，还把右手握成拳，往左手的手掌里一击，仿佛想用这种形象的动作表示“真理”是怎样击倒了他的伊柳沙的。“当天我的伊柳沙就发高烧了，先生，说了一夜的胡话。那天他很少跟我说话，甚至一声都不吭，但是我注意到他在角落里一直盯着我看，身体越来越靠近窗口，装出做功课的样子，可我发现他脑子里想的根本不是功课，第二天我喝酒了，许多事情都不记得了，先生，我真是个有罪的人，先生，借酒消愁，先生。他妈妈当时还哭了，先生——我很爱他妈妈，先生——我心里难受，就把最后一文钱也拿去喝酒了。先生，请您不要瞧不起我，在我们俄国喝醉的人是最善良的。我们这儿善良的人就是那些醉得最厉害的人。那天我躺在床上，醉得连伊柳沙的情况都记不大清楚了，而就在那一天，那些孩子在学校里从早上就开始嘲笑他，他们大声高喊：‘树皮擦子！你父亲被人揪住树皮擦子往酒馆外拖，而你在旁边一面跑一面求饶。’第三天他放学回家，我一看：他面无人色，脸色灰白，我问他怎么啦？他不吭声。在家里当然不便谈话，他妈妈和两个姐姐会马上掺和进来——况且我两个女儿什么都知道了，甚至在第一天就都知道了。瓦尔瓦拉·尼古拉耶芙娜已经开始唠唠叨叨地说：‘你们这些小丑，你们能干出什么好事？’我说：‘说得对，瓦尔瓦拉·尼古拉耶芙娜，我们又能做出什么好事？’那天我就这样把事情敷衍过去了，到了傍晚的时候，我就带着他去散步。您要知道，以前我也每天带他出去散步，就是沿着我们现在走的这条路，从我们家门口到那块巨石，就是那块孤零零地躺在篱笆旁边路上的巨石，那巨石就是本市牧场的起点。这地方又空旷又美丽，先生，我和伊柳沙正走着，我像往常那样拉着他的手。他的手很小，手指很细，冰凉冰凉的，因为他胸部有病。‘爸爸！爸爸！’他叫我。‘怎么啦？’我问他，看到他的眼睛正在冒火。‘爸爸，他太欺负人了，爸爸！’我说：‘有什么办法呢？’‘不能跟他和解。爸爸，不能和解。同学们说，他为这件事给了你十个卢布。’我说：‘没有，伊柳沙，现在我说什么也不会拿他的钱！’他听了浑身发抖，一把抓住我的双手吻起来。他说：‘爸爸，爸爸，你要跟他决斗。同学们讥笑我，说你是胆小鬼，不敢跟他决斗，只能向他讨十个卢布。’‘我不能去跟他决斗，伊柳沙。’我回答说，还简单地把刚才跟您说的那些道理告诉了他。他听完了我的话说：‘爸爸，爸爸，千万别跟他和解，我长大后就跟他决斗，我一定要杀死他！’他的两只眼睛冒着火花，好像在燃烧。不管怎么样，我总是父亲，应该跟他说实话。我说：‘杀人是有罪的，就是决斗也一样。’他说：‘爸爸，爸爸，我长大了一定要把他摔到地上，用我的剑砍掉他的剑，我冲上去把他打倒在地，用剑在他头上挥舞，还要告诉他：我本来可以马上杀死你，但我饶了你，你滚吧！’您瞧，那两天他脑袋里想的尽是这些，他日日夜夜想的就是用剑报仇雪恨的事，也许夜里说梦话也说这件事，先生。从此以后，他放学回家的时候总是被打得鼻青脸肿，这些事我是前天才知道的。您说得对，先生，我再也不让他到那个学校去了。我一听说他一个人跟全班同学作对，一个人向大家挑衅，自己变得十分凶狠，心里憋着一团火——我当时就为他非常担忧。我们重新出去散步。‘爸爸，’他问我，‘爸爸，是不是有钱人比世界上所有的人都厉害？’‘是的，’我说，‘伊柳沙，世界上没有比有钱人更厉害的了。’他说：‘爸爸，我一定会发财的，我要去当军官，把敌人统统打败，沙皇会给我奖赏的，等我回来的时候谁也不敢欺侮我了。’他沉默了一会儿，他的嘴唇依然在哆嗦，接着说：‘爸爸，我们这个城市真不好，爸爸。’‘是啊，伊柳沙，’我说，‘我们这个城市是不太好。’他说：‘爸爸，咱们搬到别的地方，到一个好的城市去，那儿的人都不认识我们。’‘一定搬，’我说，‘一定搬，伊柳沙，只要积攒起一笔钱就搬。’对于这样一个能够使他摆脱阴暗思想的机会我感到非常高兴，于是我们开始幻想怎样搬到另一个城市。‘我们买一匹马，一辆大车，让妈妈和两个姐姐坐到车上，给她们加个顶篷，咱们爷儿俩就在一边走，偶尔也让你上去坐一会儿，我就在一边走，因为要爱惜自家的马，总不能全家都坐上去。今后我们就照这样的办法搬走。’他对这个计划非常赞成，当然主要是因为他将有一匹马，自己可以骑马了。您知道，俄国的男孩生来都是爱马的。我们谈了很久。我想，谢天谢地，我总算转移了他的注意力，使他平静下来了。这是前天的事，可昨天情况又变了。早上他去那个学校上学，放学回来的时候一副闷闷不乐的样子，脸色非常难看。傍晚，我拉着他的手，带他出去散步，可他一声不吭，保持沉默，这时候起了风，太阳隐没了，透出一股秋天的凉意，况且天也渐渐黑了——我们走着，两人的心情都很忧郁。我说：‘孩子，我们将来怎样动身？’我想把他引到昨天的话题上。可他还是沉默不语。我只感到他的细小的手指在我手里哆嗦。唉，糟了，我想，又有什么新的情况了。我们走到这块巨石旁边，就像现在这样，我坐在巨石上。天空中陆续出现了一两只风筝，发出嗡嗡的声音，可以看到三十来只风筝。现在正是放风筝的季节，先生。我说：‘伊柳沙，我们也该把去年那只风筝拿出来放了，我先修一下，你把它藏在哪儿了？’我那孩子没有回答，眼睛看着旁边，侧身对着我。这时候风突然呼啸起来，刮得满天都是沙子……他突然向我扑过来，两只小手拽住我的脖子，紧紧地抱住我。您知道，那些平时寡言少语的高傲的孩子，往往能够长时间地把眼泪憋在肚里，可是一遇到特别伤心的事情，就会一下子爆发出来，这时候眼泪就像泉水那样喷涌了，而不是一般的流淌，先生。他那滚滚的热泪沾湿了我的整个脸。他像抽风似的号啕大哭，浑身发抖，紧紧地抱住我，而我坐在石头上。他哭喊着：‘爸爸，爸爸，亲爱的好爸爸，他太欺负你了！’我听了也忍不住放声痛哭，我们父子俩紧紧搂着，坐在一起浑身哆嗦。他喊我：‘爸爸！爸爸！’我叫他：‘伊柳沙，伊柳沙！’当时谁也没有看见我们，先生，只有上帝看到了，没准还会记在我的履历表上。请您感谢您的哥哥德米特里·费奥多罗维奇。不，先生，我决不会为了满足您的要求而揍我的孩子！”

说到最后，他的口气又像刚才那样带着一种凶狠和疯狂的意味。不过，阿廖沙已经感到，这个人对他是信任的，要是换了别人，是不会这样跟他“谈话”的，也许不会把刚才那些事情说出来。这使阿廖沙备受鼓舞，他的心灵也感动得颤抖起来。

“啊，我多么想跟您的孩子和解！”他大声说，“假如您能安排……”

“当然可以，先生。”上尉喃喃地说。

“不过现在先不谈这个，完全不谈这个，您听我说，”阿廖沙继续大声说道，“您听我说！有人托我一件事：我那位大哥，就是德米特里，也侮辱了他的未婚妻，一位非常高尚的姑娘，您一定听说过她。我有权把她受到的侮辱告诉您，我甚至必须这样做，因为她知道您受了委屈，听说了您的不幸处境，刚才委托我……马上给您送点补助来……不过这只是她自己的一点儿心意，不代表抛弃她的德米特里，完全不代表他，也不代表我，不代表他的弟弟，不代表任何别的人，只代表她自己！她恳求您接受她的帮助……你们俩受了同一个人的欺负……她受了与您相同的（就程度而言）委屈之后就想到了您！这等于妹妹来帮助哥哥，她就这样委托我一定要说服您收下这二百卢布，就像收下妹妹给的那样。这件事任何人都不知道，绝不会出现任何的流言蜚语……这是二百卢布。我发誓，您一定要收下，否则……否则世界上的人都只能互相仇视了！但是世界上毕竟还有兄妹之情……您有一颗高尚的心灵……您应该明白这一点，应该明白！……”

于是阿廖沙递给他两张花花绿绿的一百卢布新钞票。他们俩当时正站在那块巨石旁边，在篱笆附近，周围一个人也没有。这两张钞票对他似乎产生了可怕的影响：他一下子愣住了。但起初好像只是感到诧异，他做梦也没有想到会有这样的事情，他从来没有料到会出现这样的结局。他连做梦也没想到会有人向他提供帮助，况且又是这么大的一笔款子。他接过钞票，一时间都不知道说什么才好，脸上掠过一种全新的表情。

“这是给我的，给我的，先生，这么多钱，整整二百卢布！天哪！我已经整整四年没见过这么多钱了，天哪！还说是妹妹送的——这是真的吗？是真的吗？”

“我向您发誓，我对您说的全是真话！”阿廖沙大声说道。上尉的脸红了。

“您告诉我，我的宝贝，您听我说，要是我收下来，那我不就成了下流坯了吗？在您眼里，阿列克谢·费奥多罗维奇，不成了下流坯了吗？不，阿列克谢·费奥多罗维奇，您听我把话说完，听我把话说完，先生。”他慌慌张张地说，两只手不时地触摸阿廖沙，“您现在劝我收下这笔钱，说是妹妹送的，要是我真的接受了，您内心，您暗地里不会轻视我吧，先生？”

“不会的，肯定不会！我以我的修行向您发誓，不会的！永远不会有人知道，除了我们：您、我、她，还有一位太太，她的知心朋友……”

“什么太太！您听我说，阿列克谢·费奥多罗维奇，您听我把话说完，到了眼前这样的时刻，您该让我把话说完，因为您甚至无法理解，这两百卢布对我意味着什么。”这可怜的人继续说道，逐渐进入近乎迷狂的兴奋状态。他似乎失去了控制，说话又急又快，仿佛担心别人不让他把话说完似的。“除了这是神圣而敬爱的妹妹送来的，除了这是光明正大得到的以外，您知道我现在可以用这笔钱来为我老伴和我女儿尼娜——那驼背天使——治病了！赫尔岑斯图勃医生到我家来过，他心肠好，为她们俩整整检查了一小时，他说：‘我一点儿也不明白。’不过他的处方上开的那种本地药房里能买到的矿泉水肯定有疗效，他还要她用药水泡脚。矿泉水三十戈比一瓶。总共也许要喝四十瓶，我只能把药方摆在圣像下的木架上，至今还放在那儿。他让尼娜用一种药水洗澡，掺在热水里洗，一天早晚两次。这叫我们怎么治啊，先生？我们家里既没有女佣，也没有别人帮忙，既没有澡堂，也没有热水。尼娜奇卡全身患风湿病，这我还没告诉您，每天夜里她整个右半身疼痛难熬，但是您信不信，我那天使为了不打扰我们，硬是咬紧牙关挺着，为了不吵醒我们，她连哼都不哼一声。我们家往往有什么吃什么，她总是拿最后一片只能喂狗的面包：‘我不配吃这面包，我是从你们口中夺粮，我成了你们的累赘。’她那天使般的目光要想表达的就是这个意思。我们服侍她，她反而感到难受：‘我不值得你们服侍，我不配，我是个没有用的废人，一点儿用处也没有。’她怎么会不配呢！她用那颗天使般温顺的心替我们全家向上帝祈祷，要是没有她，没有她那些柔言细语，我们家简直就是一座地狱。她甚至使脾气暴躁的瓦尔瓦拉也变得温柔些了。至于瓦尔瓦拉·尼古拉耶芙娜，请您也不必指责她，她也是一位天使，她也有委屈。今年夏天她回家的时候身边剩了十六个卢布，那是她当家教挣来的，留着当路费，准备在九月份，也就是现在，用这些钱返回彼得堡。我们拿了她这些钱用作生活费花掉了，现在她要回去没有钱了。您看弄成了这个样子，先生。再说她也不能回去了。因为她像一名苦役犯似的替家里干活，我们把她当作一匹马，给她驾上了辕，让她替全家拉车，什么缝缝补补啦，洗衣服、擦地板啦，都要她干，还要扶着妈妈上床，她妈脾气反复无常，动不动就流眼泪，神经不正常！……现在好了，我可以用这二百卢布雇个女佣。您知道吗，阿列克谢·费奥多罗维奇，现在我可以给我的亲人治病了，可以让大学生重返彼得堡了，先生，可以买点牛肉了，先生，可以改善改善伙食了，先生。天哪，这简直是梦想！”

阿廖沙真是喜出望外，想不到他给这个不幸的人带来这么大的幸福，而且他竟然愿意接受这份幸福。

“且慢，阿列克谢·费奥多罗维奇，且慢。”上尉突然冒出了一个新的想法，于是像连珠炮似的说道，“您知道吗，我和伊柳沙的梦想也许真的能实现，我们买一匹马，一辆车，马要黑马，他一定要我买黑马，我们动身离开这里，就像我们前天策划的那样。我在K城有位熟悉的律师，先生，从小是朋友，他曾托一个可靠的人转告我，说是如果我到他那儿，他可以在自己的律师事务所给我一个书记员的位置，谁知道他呢，也许会给的……这样就可以让他妈坐到车上，让尼娜也坐到车上，让伊柳沙赶车，我就在一边步行，徒步走，这样就可以把全家拉走，先生……天哪，只要现在能收回那笔长期拖欠不还的借款，也许还真的能办到呢！”

“能办到，能办到！”阿廖沙大声说，“卡捷琳娜·伊凡诺芙娜还可以再给您送来，您要多少都可以。您知道吗，我自己也有钱，您要多少就拿多少，作为一个兄弟，一个朋友的心意，以后再还……（您一定会发财的，一定会发财的！）您知道吗，除了搬到别的省，您无论如何再也想不出更好的办法了！只有这样您才能得救，而主要的是对您的儿子有好处。听我说，这件事要办得越快越好，最好在冬季来临之前，在天冷之前。您可以给我们通信，我们就成了兄弟……不，这不是幻想！”

阿廖沙想拥抱他，他内心满意极了，可是他看了对方一眼又突然停住了：只见上尉站在那儿伸长了脖子，噘着嘴唇，脸色呆滞而苍白，嘴唇微微翕动，仿佛想说什么，但没有发出声音，嘴唇却一直在动，显得十分古怪。

“您怎么啦？”阿廖沙不知为什么哆嗦了一下。

“阿列克谢·费奥多罗维奇……我……您……”上尉断断续续地嘟囔说，用一种奇怪而迷狂的目光直勾勾地看着他，那模样就像一个下决心要从悬崖上往下跳的人，然而嘴唇却似乎还在微笑。“我，先生……您，先生……要不要我马上给您变个小小的戏法！”他突然轻轻地说，语气急促而坚定，他的话也不再断断续续了。

“什么戏法？”

“戏法，一种巧妙的戏法。”上尉依然轻轻地说。他的嘴歪到左边，左眼眯缝着，目不转睛地盯着阿廖沙看，那目光仿佛死死固定在他身上。

“您这是怎么啦？什么戏法？”阿廖沙惊恐地喊道。

“就是这样的戏法，请看！”上尉突然尖叫道。

他举起刚才谈话时一直用右手大拇指和食指捏住一角的两张一百卢布钞票，在阿廖沙面前晃了晃，突然恶狠狠地一把捏住，揉成一团，紧紧攥在右手拳头里。

“看见了吧，先生，看见了吧，先生！”他向阿廖沙尖声喊道，脸色煞白，充满了疯狂的神情，突然举起拳头，使劲挥动手臂把两张揉皱的钞票扔到沙地里。“看见了吧，少爷？”他又尖声叫道，手指指着钞票，“就是这样，少爷！……”

突然，他又抬起右脚，狂怒地冲上去用脚跟恶狠狠地踩那两张钞票，每踩一下，就气喘吁吁地叫一声。

“这就是你们的钱，少爷！你们的钱，少爷！你们的钱，少爷！你们的钱，少爷！”突然他往后跳了一步，昂首挺胸地站在阿廖沙面前。他的整个模样显示出一种无法形容的骄傲。

“请告诉派您来的那些人，‘树皮擦子’决不出卖自己的人格！”他一边喊一边举起一只手。接着，他猛地转过身，飞快地向前跑去。但还没有跑出五步，突然又转过身，向阿廖沙做了个飞吻的手势，但跑了不到五步，又回过头来。不过这是最后一次，这一次再也没有苦笑的样子，相反，挂满泪水的脸在抽搐。他哽咽着，断断续续地急促喊道：

“假如我因为受了侮辱而拿你们的钱，叫我怎么去向我的孩子交代？”说完，他又飞快地向前跑去，这一次再也没有回头。阿廖沙怀着无法形容的惆怅望着他渐渐远去的背影。唉，他明白，上尉到最后一刻也想不到自己会把钞票揉成一团扔掉。那个飞跑而去的人再也没有回头，阿廖沙知道，他不会再回来了。他不想追赶他，也不想喊住他，他知道这是为什么。那人从视野中消失之后，阿廖沙从地上捡起两张钞票。那两张钞票仅仅是被揉皱、被压扁、被踩进了沙里而已。阿廖沙将它们摊开抹平以后，依然完好无损，甚至像新票子那样发出啪啪的声音。他将它们抚平，折好，塞进口袋，就动身到卡捷琳娜·伊凡诺芙娜那里向她报告她托他办的这件事情的成绩。

第五卷
赞成与反对

一　婚约

首先出来迎接阿廖沙的又是霍赫拉科娃太太。她非常着急，因为出现了一个严重情况：卡捷琳娜·伊凡诺芙娜犯歇斯底里昏厥了过去，接着又出现了“非常可怕的虚弱症状，她闭着眼睛躺在那儿，开始说胡话。现在正发高烧，已经派人去请赫尔岑斯图勃医生了，还派人去叫两位姨妈。两位姨妈已经到了，可赫尔岑斯图勃还没有来。大家都坐在她房间里等着。她正处在昏迷中。就怕出什么事。要是害了热病就糟了”！

霍赫拉科娃太太这么大呼小叫的时候，显得非常惊慌，每说一句话，最后都要加上：“事情很严重，非常严重！”好像她以前碰到的都是不严重的事情。阿廖沙愁容满面地听她说完，刚要把自己的奇遇告诉她，可没说几句就被她打断了，她顾不上听他介绍，她请他到丽莎房间里坐一会儿，在丽莎那儿等她。

“丽莎，亲爱的阿列克谢·费奥多罗维奇，”她几乎凑到阿廖沙的耳边悄悄说，“刚才丽莎真使我奇怪，又使我感动，所以我心里对她什么都不计较了。您想想，您刚离开，她就真心诚意地感到后悔了，说昨天和今天不该嘲笑您。实际上她并没有嘲笑您，只是开开玩笑罢了。可她一本正经地表示后悔，差点没哭出来，这真使我惊奇。以前她经常嘲笑我，可从来没有真正后悔过，总是装出开玩笑的样子。您是知道的，她时时刻刻要取笑我。可这一次她真的懊悔了，这一次是一本正经的。她非常尊重您的意见，阿列克谢·费奥多罗维奇，假如可以的话，请您别生她的气，请您多多包涵。我自己也总是可怜她，因为她是个非常聪明的孩子——您信不信？刚才她说，您是她童年时代的朋友——'我童年时代最好的朋友'。您想想，您是最好的朋友，那我呢？在这方面，她那些非常真实的感情，甚至对往事的回忆，尤其是这些话，这些出人意料的话，是谁也想不到的，可突然间会冒出来。譬如前几天关于松树的那句话就是这样。在她很小的时候，我们家的花园里原先有棵松树，也许现在还在，所以不用说原先。松树跟人不一样，长时间内是不会有什么变化的，阿列克谢·费奥多罗维奇。她说：'妈妈，我记得这棵松树，像在睡梦中一样！'——噢，对了，她是说，'睡眼惺忪见古松'——不，她不是这么说的，这句话很拗口。松树这个词儿很一般，可她说了句非常雅致的话，我怎么也学不上来，而且我都忘了。好了，再见了。我很激动，简直快要发疯了。唉，阿列克谢·费奥多罗维奇，我这一辈子发过两次疯，每次都进行了治疗。您到丽莎那儿去吧。您要使她精神振作起来，在这方面您是很有本事的。丽莎，"她走到门口喊道，"我把受了您欺负的阿列克谢·费奥多罗维奇给你带来了，可我告诉你，他一点儿也不生气，恰恰相反，他对您有这样的想法感到奇怪！"

"谢谢你，妈妈[1]。请进来吧，阿列克谢·费奥多罗维奇。"

阿廖沙走进去。丽莎不好意思地看了他一眼，突然满脸通红。她果然感到有点惭愧，于是像一般人在这种场合下通常所做的那样，马上谈起了毫不相干的事情，好像此刻她只对这些无关紧要的事才感兴趣。

"阿列克谢·费奥多罗维奇，妈妈刚才跟我谈了二百卢布的事以及委托您……到那个可怜的军官那儿去……的事，还从头至尾谈了他受侮

① 原文为法语。

辱的情形，尽管妈妈说得颠三倒四，一点儿没有条理……可我听了还是流泪了。怎么样？有什么结果？这钱您给他了没有？这可怜的人现在怎么样？……”

“问题就出在他没有收下，这事说来话长。”阿廖沙回答说，他心里好像一直惦记着那笔钱的事。但是丽莎清楚地看到他眼睛望着别处，显然也在想尽量说些不相干的事。阿廖沙在桌子旁坐下后，便开始详细介绍。不过刚说了几句，就完全不再感到拘束了，丽莎也聚精会神地听着。阿廖沙还处在强烈的感情冲击和刚才的深刻印象影响下，因此他的叙述绘声绘色，有条不紊。从前住在莫斯科的时候，那时候丽莎还小，他就喜欢到她家，有时候跟她讲自己刚才遇到的事情，有时候告诉她从书上看到的事情，有时候回忆他们童年生活，有时候两人甚至一起幻想，共同编造两个人的故事。当然多半是愉快可笑的故事。现在他们两人仿佛突然又回到了过去，回到了两年前居住在莫斯科的那段岁月。丽莎听了他的叙述大受感动。阿廖沙怀着强烈的感情向他描述了伊柳沙的形象。当他最后详细谈了那个可怜的军官践踏钞票的那个场面时，丽莎抑制不住内心的激动，举起双手一拍，大声说道：

“这么说来，您没有把钱交给他！您眼巴巴地看着他跑了！天哪，您至少应该跟着他，追上去……”

“不，丽莎，我没有追赶他是对的，这样更好。”阿廖沙说着从椅子上站了起来，忧心忡忡地在房间里踱了一圈。

“为什么更好？好什么？现在他们没吃的了，会饿死的！”

“不会饿死的，因为这两百卢布迟早会到他们手里的。反正他明天会收下的。明天肯定收下。”阿廖沙说，若有所思地踱着步。“您知道吗，丽莎？”他突然在她面前停住了脚步，“我自己当时犯了个错误，但这错误会引出好的结果。”

“什么样的错误？为什么会引出好的结果？”

“事情是这样的，那人胆小，性格懦弱。他走投无路，但又非常善良。我现在在想：他为什么突然生气了，还用脚去踩这些钱？我来告诉您吧，因为直到最后一刻他也没有想到要狠命去踩这些钱。但是我觉得许多事情都使他生气了……处在他那个地位，也不能不生气……首先，他见了这笔钱就在我面前显得欣喜若狂，对我丝毫不加掩饰，这已经使他生气了。假如只是高兴但不显得过分，或者不流露出来，就像别人那样一面拿钱，一面装模作样地摆出为难的样子，那倒说不定还能勉强接受，可是他那种高兴劲儿表现得太露骨了，这是很难堪的。唉，丽莎，他是个老实而善良的人，遇到这种情况，他的性格成了他不幸的全部根源！他刚才说话的时候声音一直很轻，有气无力，但说得极快，还发出一种轻轻的嬉笑，或呜咽……是的，他哭了……他是那么地兴奋……谈到了他的两个女儿……谈到了另一个城市有人给他提供一份差事……他刚把心里话统统倾倒出来，突然又因为袒露了真情而感到惭愧，这就是他现在恨我的原因。他是那种很怕丢面子的可怜人。最使他感到不好意思的是他马上把我当成了朋友，马上向我缴械投降了。刚才还在冲我发脾气，威胁我，可一见到这些钱又开始拥抱我。他真的拥抱了我，不停地用手触摸我。正因为这样，他才觉得丢了面子，恰巧这时候我犯了个错误，非常严重的错误：我突然对他说，如果他搬迁到另一个城市的费用不够，那么还会给他的，甚至我也会拿出自己的钱给他，要多少给多少。正是这句话使他大吃一惊：为什么我也自告奋勇帮助他？您知道吗，丽莎，对一个受了侮辱的人来说最难堪的是大家摆出一副好心的面孔……这我听说过，长老跟我说起过。我不知道怎样形容，但我自己经常看到这种情形。而且我自己也有亲身体验。主要的是他直到最后一刻还想不到会去践踏钞票，但他毕竟有这种预感，这是毫无疑问的。正因为他有预感，所以才这样欣喜若狂……虽然这件事情结果很糟糕，但还是能朝好的方面发展的。我甚至想，这样最好，再好也没有了……”

“为什么？为什么再好也没有了？”丽莎大声问道，惊讶不已地望着阿廖沙。

“丽莎，因为假如他不去践踏这些钱，反而收下了，那么回到家里，一小时之后就会为这件丢脸的事而痛哭流涕的。结果肯定会这样，一定会痛哭流涕，也许明天天一亮就会到我这儿，也许会把这些钱扔到我面前，还要像刚才那样狠狠踩上几脚。现在他怀着非常自豪和得意的心情回去了，虽然他知道对他是个损失。现在，最迟不超过明天，你让他收下这两百卢布也许是最容易不过的事情，因为他已经表示了自己的人格尊严，钱也扔过了，践踏过了……他践踏钱的时候不可能知道这些钱第二天还会给他送来。但他又十分需要这些钱。虽然他现在感到非常自豪，但是甚至就在今天，他会想到自己失去了一笔多么宝贵的援助。到了晚上他的这种想法会更加强烈，甚至做梦也会梦见的，明天一早也许就打算跑到我这儿来请求原谅了。那时候我正巧出现在他面前：'您是个有骨气的人，您已经证实了这一点，现在请您收下吧，请原谅我们。'他准会马上收下！"

阿廖沙说"他准会马上收下"这句话的时候非常得意，丽莎也拍手称赞。

"哎呀，您说得对，哎呀，我现在一下子明白了！啊呀，阿廖沙，这些事情您怎么都知道？您那么年轻就已经洞察人心了……我是无论如何也想不出来的……"

"现在主要的是要让他相信，虽然他拿了我们的钱，他和我们所有人都是平等的。"阿廖沙颇为得意地继续说道，"不仅平等，而且比我们还高出一头……"

"'高出一头'，阿列克谢·费奥多罗维奇，说得太妙了。您说下去，说下去！"

"'高出一头'……这话我说得不够妥当，不过没关系，因为……"

"唉，没什么，没什么，当然没什么！请原谅，阿廖沙，亲爱的……您知道吗，在这之前我几乎不尊重您……噢，不对，尊重是尊重的，但是从平等的角度，现在却要从您高人一筹的角度来尊敬您……亲爱的，请您别见怪，我说话尖刻！"她激动地马上接过话头，"我是个可笑的孩子，而您，您……听我说，阿列克谢·费奥多罗维奇，我们这样议论，噢，不，您这样议论……不，最好还是说我们这样议论他，议论这个不幸的人，是不是有点瞧不起他的意思……我们现在这样分析他的心灵，是不是有点居高临下的意味，嗯？我们现在又这样肯定他一定会收下这笔钱，是不是有点瞧不起他，嗯？"

"不，丽莎，没有瞧不起他。"阿廖沙回答得很坚决，好像对这个问题早已胸有成竹似的，“我到这儿来的路上，自己也考虑过。您想想，既然我们跟他都一样，那怎么会瞧不起他呢？要知道我们跟他是一样的，不会更好。假如说我们比他好，那只是因为能设身处地为他着想……我不知道您是怎么想的，丽莎，可我从心底里认为自己的灵魂在许多方面是卑鄙的，可是他的灵魂并不渺小，恰恰相反，非常崇高……不，丽莎，这样做对他没有任何轻视的意味！您知道吗？丽莎，我的长老有一次这样说：对待人应当像侍候孩子那样，而对有些人更应当像侍候医院里的病人一样……”

“啊，阿列克谢·费奥多罗维奇，啊，亲爱的，让我们像对待病人一样对待人吧！”

“好的，丽莎，我准备这样做，只是我准备得还不够充分。有时候我非常缺乏耐心，有时候缺乏眼力。可您就不同了。”

“咳，我不信！阿列克谢·费奥多罗维奇，我多么幸福啊！”

“您这样说真令人高兴，丽莎。”

“阿列克谢·费奥多罗维奇，您真好，不过有时候带点书呆子气……但是再仔细一看，完全不是书呆子。请您到门口去看一看，轻轻打开门，看看妈妈是不是在那里偷听。”丽莎突然用一种神经质的急促口气悄悄说道。

阿廖沙走过去稍稍打开门张望了一下，告诉她没有人在偷听。

“您过来，阿列克谢·费奥多罗维奇，”丽莎继续说道，脸越来越红，“把手伸给我，好，就这样。您听我说，我应该向您彻底坦白：昨天我给您写的那封信不是开玩笑，而是当真的……”

她用手捂住了眼睛。显然，她这样承认是很不好意思的。突然，她抓住他的手迅速地吻了三下。

“啊，丽莎，这太好了！”阿廖沙高兴地大声说，“我可是完全坚信您的信是当真的。”

“还坚信呢，亏您说得出来！”突然，她推开了他的手，但没有完全放开，脸通红通红，轻轻地发出幸福的笑声，“我吻他的手，可他却说‘这太好了’。”不过她这样责备他是没有道理的。阿廖沙内心同样极度慌乱。

“我真希望始终得到您的喜欢，丽莎，可我不知道怎么做才好。”他喃喃地说，脸也红了。

“阿廖沙，亲爱的，您的心真是又冷又狠，您瞧，选了我当您的夫人，就此心安理得了！就坚信我写信是当真的了。这不是狠心又是什么？”

“我这样坚信，难道有什么不好吗？”阿廖沙突然笑了起来。

“啊，阿廖沙，恰恰相反，好极了。”丽莎幸福得满腔柔情地看着他。阿廖沙站在那儿始终没有把自己的手从她手里抽回来。突然，他俯身吻了吻她的嘴唇。

“这是怎么回事？您怎么啦？”丽莎大声喊道。阿廖沙完全不知所措了。“那请您原谅我冒昧……也许我太愚蠢了……您说我冷淡，我就吻您了……看来这样做是很愚蠢……”

丽莎笑了，用手捂住脸。

“穿着这身衣服还干这样的事！”她笑着说，但突然又不笑了，变得一本正经，甚至有点严厉。

“阿廖沙，等以后我们再接吻吧，因为我们俩都还不会做这种事，我们还得等很长时间。”突然，她不说下去了，“最好告诉我，您这样聪明，这样有头脑、有眼力的人为什么要我这样一个傻瓜，一个有病的小傻瓜？啊，阿廖沙，我太幸福了，我根本配不上您！”

“配得上的，丽莎。过几天我就要彻底离开修道院。还俗以后就得结婚，这我知道，长老也是这样吩咐我的。我能娶到比您更好的人吗？……除了您，谁肯嫁给我呢？这件事我已经仔细考虑过了。第一，您从小了解我。第二，您有许多我所不具备的能力。您性格比我开朗，而主要的是您比我纯洁，我已经玷污了许许多多美好的东西……唉，您知道我也是卡拉马佐夫家的成员呀！至于您爱笑，爱开玩笑，喜欢嘲笑我，那又有什么关系，正相反，您尽管嘲笑吧，我喜欢这样……您像小姑娘那样爱笑，可心里却像殉道者那样思考问题……”

“像殉道者？这是怎么回事？”

“是的，丽莎，刚才您问：我们这样剖析那个不幸的人的心灵，是不是瞧不起他——这就是殉道者提的问题……您看，这件事我怎么也说不清楚，不过，凡是想到这些问题的人，本身也常常会感到痛苦。您一直坐在轮椅上，肯定思考过许许多多问题……”

“阿廖沙，把您的手伸给我，您为什么要把手缩回去？”丽莎用一种幸福得娇弱无力的声音说道，“我问您，阿廖沙，您离开修道院之后穿什么衣服？哪种式样？您别笑，也别生气，这对我来说非常非常重要。”

“穿什么衣服，丽莎，我还没想过，但是您要我穿什么我就穿什么。”

“我希望您穿深蓝色天鹅绒上衣，白哔叽坎肩，戴灰色软绒帽……您告诉我，刚才我否认昨天那封信的时候，您是不是真的相信我不爱您？”

“不，不相信。”

“唉，您这个人真叫我受不了，真是不可救药！”

“瞧，我就知道您……好像爱着我，但是我假装相信您不爱我，让您……觉得自在些……”

“这样更糟！可以说最糟，也可以说最好。阿廖沙，我非常非常爱您。刚才您进来的时候我心里正在算卦：我向他要回昨天那封信，要是他无动于衷地掏出来还给我（他很可能会这样做），那说明他根本不爱我，没有一点儿感情，只不过是一个愚蠢的一文不值的孩子，而我也就算完了。可是您把信留在修道室里，这使我受到了鼓舞：您预感到我会向您讨回来，所以把信留在修道室不打算还给我，真是这样吗？是这样吗？是这样，对吗？”

“哎呀，丽莎，根本不是这样，这封信现在在我身边，刚才也在我身边，就在这个口袋里，喏，就在这儿。”

阿廖沙笑嘻嘻地掏出信，远远地给她看了看。

“不过我不会还给您的，您要看就让我拿在手里。”

“怎么？这么说来您刚才是在撒谎，您这修士居然也撒谎？”

“也许是撒了谎，”阿廖沙也笑了，“因为不想把信还给您，这才撒了谎。这封信对我非常宝贵。”他突然动情地补充了一句，脸又红了，“这是永久的纪念，我决不会给任何人！”

丽莎喜出望外地看着他。

“阿廖沙，”她又悄悄叫他，“您到门口去看一看，妈妈是不是在偷听？”

“好的，丽莎，我去看一下。不过最好还是别看了吧，嗯？何必怀疑您母亲会干这种卑鄙的事情？”

“怎么是卑鄙的呢？卑鄙在什么地方？她偷听女儿说话是她的权利，没什么卑鄙的。”丽莎的脸涨得通红，“您要知道，阿列克谢·费奥多罗维奇，等到我自己当了母亲，有了像我这样的女儿，我肯定也会去偷听她的。”

“真的吗，丽莎？这可不好。”

“唉，我的天哪，这有什么卑鄙呢？假如这是一般社交场合的谈话，我去偷听，那才是卑鄙，而现在亲生女儿跟一个年轻小伙子关在房间里……您听我说，阿廖沙，您该知道，咱们一结婚，我还要监视您呢，我还要告诉您，您所有的信我都要拆开来看……这一点您得有思想准备……”

“那当然，如果……”阿廖沙支吾着，“不过这样做不太好……”

“唉，多么清高！阿廖沙，我们别一开始就吵嘴，我最好还是把实话全告诉您吧，偷听当然是很不好的事情，我这样做当然是不对的，您说得对，但是我还要偷听。”

“那您就偷听吧。反正您发现不了我有什么要隐瞒的。”阿廖沙笑了。

“阿廖沙，您将来会顺从我吗？这件事也要预先商量好。”

“十分愿意，丽莎，一定会的，但不是在最重要的问题上。在最主要的问题上如果您不同意我，那我还是会按照义务所要求的那样去做的。”

“应该这样。不过我告诉您，我恰恰相反，不仅在重要的问题上准备服从您，在所有的问题上我都会向您让步，现在我就向您发誓，无论大事小事，我一辈子都听您的。”丽莎激动地大声说，“这样做我还会感到幸福，很大的幸福！不仅如此，我向您保证，我决不会偷听您说话，一次也不会，永远不会，而且不会偷看您的信，一封也不会，因为您是对的，我是不对的。尽管以后我会非常想偷听您谈话，这我心里明白，但我还是不会偷听的，因为您认为这不是高尚的行为。现在您简直成了我的天神……我问您，阿列克谢·费奥多罗维奇，这几天您为什么这样忧伤，昨天和今天都是这样。我知道您有许多烦恼，许多不幸，但我看得出，除了这些，您还有一种特别的忧伤，也许是一种难以启口的忧伤，嗯？”

“是的，丽莎，是难以启口。”阿廖沙阴郁地说，“您既然猜到了，那说明您是爱我的。”

“究竟有什么伤心事？为什么伤心？可以告诉我吗？”丽莎怯生生地恳求道。

“以后告诉您，丽莎……以后……”阿廖沙不好意思地说，“现在说出来也许您也不会明白的，也许连我自己也说不清楚。”

“我知道，您两位哥哥，您父亲都让您烦心吧？”

“是的，还有两位哥哥。”阿廖沙似乎心事重重地说。

“阿廖沙，我不喜欢您二哥伊凡·费奥多罗维奇。”丽莎突然说道。

阿廖沙对这句话感到有点惊奇，但没有流露出来。

“他们在自己作践自己。”他继续说道，“父亲也是这样。他们害了自己，也害了别人。这是卡拉马佐夫家族的本能在作怪，正如巴伊西神甫说的那样，是一种原始的、疯狂的、野蛮的本能……我不知道这种本能是不是受到神灵的支配，我只知道我自己也是卡拉马佐夫家的一员……我是修士，我是修士吗？我是不是修士，丽莎？您刚才不是说我是修士吗？”

“是的，我说过。”

“可我也许连上帝都不信。”

“您不信上帝？您这是怎么啦？”丽莎小心翼翼地轻声问道。但阿廖沙没有回答。在这句突然冒出来的话里，有一种过于神秘、过于主观的东西，这东西也许连他自己也不太清楚，但无疑在折磨着他。

“除了这一切，现在我的一位知心朋友，这世界上最好的一个人就要离开我们，离开这个世界了。您要知道，丽莎，您要知道，我跟这个人多么心心相印，多么融洽！如今只剩下我一个人了……我会到您这儿来的，丽莎……今后我们要在一起……”

“是的，在一起，在一起！从今以后永生永世在一起。听我说，您来吻我一下吧，我允许您。”

阿廖沙吻了吻她。

“好了，现在您走吧，愿耶稣保佑您（她画了个十字）。您快到他那儿去吧，趁他现在还活着。我看我让您耽搁得太久了。我今天就为他祈祷，也为您祈祷。阿廖沙，我们一定会幸福的！我们会幸福的，是吗？”

“好像是的，丽莎。”

阿廖沙走出丽莎的房间，他不想到霍赫拉科娃太太那儿，打算不辞而别，径自离开她家。可是他刚打开门，走到楼梯口，霍赫拉科娃太太不知是从什么地方钻出来的，突然站在他面前。她一开口阿廖沙就猜到她是存心等候在这里的。

“阿列克谢·费奥多罗维奇，这太可怕了，这全是幼稚的儿戏，全是胡闹。我希望您不要胡思乱想……愚蠢，愚蠢，愚蠢！”她一股脑儿冲着他喊道。

“只是请您不要跟她说这些话，”阿廖沙说，“不然她会激动的，这样对她身体不利。”

“这才像一个通情达理的青年人说的聪明话。您的话是不是可以这样理解，您只是因为怜悯她有病，不想因为拒绝她而惹她生气，所以才同意的，是这样吗？”

“不，完全不是，我跟她说的话完全是认真的。”阿廖沙坚决地声明。

“不可能认真，也难以想象。第一，从今以后我永远不会再接待您了；第二，我要离开这里，把她带走，您要明白这一点。”

“何必呢。”阿廖沙说，“这又不是近在眼前的事，也许还要等上一年半载。”

“唉，阿列克谢·费奥多罗维奇，这话有道理，一年半载这段时间你们会吵嘴吵上一千次，最后两人分手。可我是多么不幸，多么不幸呀！就算这是儿戏，但还是使我十分伤心。现在我的结局好像成了法穆索夫，您是恰茨基，她是索菲娅[①]，而且您想我是特地跑到楼梯口等您的，要知道，

① 法穆索夫、恰茨基和索菲娅，均为俄国剧作家格里鲍耶陀夫（1795—1829）的喜剧《智慧的痛苦》（又译《聪明误》）中的主人公。

那戏里的一切不幸的事都发生在楼梯口。我都听到了，听了差点没晕过去。昨天夜里发生的种种可怕的事情和原来的歇斯底里发作现在都可以找到解释了！女儿有了爱情，母亲却死路一条，只能躺进棺材里去了。现在再说第二件事，也是最重要的事，她写给您那封信是怎么回事？马上给我看，马上！”

“不，不必了。请问卡捷琳娜·伊凡诺芙娜身体怎么样？我很想知道。”

“仍旧躺在那儿说胡话，昏迷不醒。她的两个姨妈已经来了，她们只会唉声叹气，还对我摆架子。赫尔岑斯图勃过来一看就吓瘫了，我都不知道拿他怎么办，怎样救他，我甚至想请别的医生来给他瞧瞧。最后还是用我的马车把他送走了。这些事情还没处理完，您这里又突然冒出了这封信的事情。当然，这是一年半载以后的事。看在神明分上，看在您那垂死的长老分上，阿列克谢·费奥多罗维奇，请您把这封信给我看，给我这个当母亲的看一下！要是您愿意，您就把信拿在手里好了，我从您手上看。”

“不，我不能给您看。卡捷琳娜·奥西波芙娜，即使她同意，我也不能给您看。明天我再来，要是您愿意的话，我们再详细谈一谈，而现在我要走了，再见！”

阿廖沙跑下楼梯，来到街上。

二 斯梅尔佳科夫弹吉他

他实在没有时间。还在跟丽莎道别的时候，他脑海里就闪过一个念头：怎样用最巧妙的办法尽快逮住显然正在回避他的德米特里哥哥？时间已经不早，已是下午两点多了。阿廖沙一心想着要尽快赶回修道院，回到快要死去的“伟大的”长老身边，但是必须见到德米特里哥哥的愿望压倒了一切。阿廖沙越来越坚信肯定会发生一场可怕的灾难。至于究竟是一场什么样的灾难，此刻他究竟想对哥哥说什么，也许连他自己也无法确定。“即使我的恩人在我不在他身边的时候死去，但至少将来我不至于一辈子责怪自己因为急于回去而在可以挽救的时候未加挽救。我现在这样做是遵照了他的指示……”

他的计划是要出其不意地逮住大哥德米特里，具体的打算是：像昨天那样翻过篱笆，进入花园，守在那个凉亭里。“要是他不在那儿，”阿廖沙想，“那就不必跟福马和两位女房东说，自己埋伏在凉亭里，哪怕一直等到天黑。如果他还像原来那样偷偷监视着格鲁申卡的行踪，那他很可能会到凉亭里的……”不过阿廖沙并没有过多考虑计划的种种细节，但他决心已定，哪怕今天回不了修道院也要实现这个计划……

事情的进展十分顺利：他差不多就在昨天那个老地方翻过了篱笆，偷偷溜进凉亭。他不希望被人发现，因为女房东和福马（如果他在那儿的话）可能都会站在哥哥一边并且听从他的命令而不放阿廖沙进入花园，或者事先向哥哥通风报信说有人在找他。凉亭里空无一人。阿廖沙坐到昨天那个位置上，开始等候。他打量了一下凉亭，不知为什么，他现在觉得它比昨天更加破旧，简直不堪入目。不过天气还像昨天一样晴朗。绿色的桌子上有圈渍痕，大约是昨天那杯白兰地溢出来留下的。种种不相干的无聊念头接二连三地钻进脑袋，就像在无聊等待中经常发生的那样，譬如说，为什么他一来恰恰就坐到了昨天坐过的那个位置上？为什么没有坐到别的地方？最后，他心情变得十分忧愁，由于不知道会发生什么情况而担忧发愁。但是他坐了还不到一刻钟，突然听到附近有人在弹吉他。那人就坐在离他二十来步的树丛里，不会再远，或许那人刚坐下来。阿廖沙突然想起，昨天离开哥哥从凉亭里出来的时候，他看到围墙左边的树林里有一张矮矮的绿色的花园长椅，或者说他眼前曾经隐约闪过。看样子，那人现在就坐在那张长椅上。是谁呢？一个男人的声音突然唱起一支甜腻腻的小曲，自己弹着吉他为自己伴奏：

一股抑制不住的力量，
使我迷恋着可爱的姑娘。

愿上帝赐福——
给我又给她！
给我又给她！
给我又给她！

歌声停止了。这是一种男仆式的高音，男仆式的怪腔调。接着，另一个声音，一个女人的声音，娇滴滴、怯生生，但又十分造作地说道：“您怎么好久没有上我们家了，巴维尔·费奥多罗维奇，您怎么老是瞧不起我们？”

“没有的事。”男人的声音回答，虽然很客气，但一听就知道带着一种毫不含糊的尊严。显然，男的占着上风，女的在奉迎他。“这男的好像是斯梅尔佳科夫，”阿廖沙想，“至少从声音听起来像他。那女的大概就是这幢房子的女主人的女儿，就是从莫斯科回来，穿着曳地长裙，经常到玛尔法·伊格纳季耶芙娜那里取汤的那个……”

“我真喜欢各种各样的诗歌，只要押韵的都喜欢。”女人的声音继续说道，“您怎么不接着唱下去？”

男人的声音又唱了起来：

不稀罕沙皇的宝座，
只求我心上人平安。
愿上帝赐福——
给我又给她！
给我又给她！
给我又给她！

“上次您唱得还要好听，”女人的声音说，“唱到沙皇的宝座时您是这样唱的：‘只求我的心肝平安。’这样听起来更温柔。今天您大约忘了。”

“诗歌全是胡扯。”斯梅尔佳科夫不客气地打断她。

“啊不，我非常喜欢诗歌。”

“诗歌嘛，完全是胡扯。您自己想想，世界上有哪一个人说话是押韵的？假如我们说话都要押韵，哪怕是奉了上司的命令，那我们又能说多少话？诗歌不是正经事，玛丽娅·康德拉季耶芙娜。”

“您怎么这样聪明，样样精通？”女人的声音越来越温柔。

“要不是我从小命苦，我的本领不止这一点，我懂得的事情也不止这些。有人说我没有父亲，是臭女人养的，骂我是下流坯，我真想找他决斗，用手枪打死他。在莫斯科的时候他们就是指着我的鼻子这样骂我。这都是格里戈里·瓦西里耶维奇从这儿散布出去的。格里戈里·瓦西里耶维奇责备我当初赖在娘肚皮里不肯出来，他说：‘你把你娘的子宫都顶破了！’顶破子宫算什么，只要能不降生到这个世界上，我甚至情愿被扼杀在娘肚皮里。集市上有人说，连您妈也不客气地跟我大谈什么我娘头发乱得像团麻，个子只有两俄尺多一点点，别人都说‘多一点儿’，为什么她偏要说多‘一点点’？她有意说得肉麻些。这就是乡下人的那种肉麻劲儿，乡下人的感情，俄国的乡下人能比有教养的人更有感情吗？他们没有知识，不可能有什么感情。我从小一听到‘一点点’就气得要往墙上一头撞死。我憎恨整个俄罗斯，玛丽娅·康德拉季耶芙娜。”

“要是您当了陆军士官或者神气的骠骑兵，您就不会说这个话了，到那时候您会拔出剑来保卫整个俄罗斯了。”

“我不想当什么军官，玛丽娅·康德拉季耶芙娜，恰恰相反，我想取消所有军队。”

“要是敌人来了，那谁来保护我们呢？”

“根本用不着保护。一八一二年的时候法国皇帝拿破仑一世，就是现在当政的那个皇帝的父亲，大举进攻俄罗斯，要是那些法国人把我们征服了，那才好呢：聪明的民族吞并一个非常愚蠢的民族。那就完全是另外一种局面了。”

“他们在国内难道比我们的人好些吗？哪怕用三个英国年轻小伙子来换我们一个美男子我也不干。”玛丽娅·康德拉季耶芙娜嗲声嗲气地说，大概一面说一面还在做媚眼。

“各有所爱嘛。”

“您自己就像外国人，说句不怕丢人的话，您完全像个高贵的外国人。”

“要是您想知道的话，那我告诉您，外国人跟我们俄国人一样淫荡，大家都是骗子，不同的只是外国人穿着油光锃亮的皮鞋，而我们那些混蛋穷得浑身发臭，而且还满不在乎。俄国人理该挨揍，昨天费奥多尔·巴夫洛维奇说得很对，虽然他们爷儿几个都是疯子。”

“您自己说过，您很尊敬伊凡·费奥多罗维奇。”

“可他们把我当成臭仆人。他们认为我会起来造反的。可他们错了。假如我口袋里有一笔钱，我早就不在这里了。德米特里·费奥多罗维奇的行为、智力都不如任何一名仆人，也比他们穷，他什么也不会干，可是却受到大家尊敬。我虽然只会做肉冻，但是只要运气好，就可以在莫斯科彼得罗夫大街开一家咖啡馆兼营餐馆，因为我能做特色菜，可是在莫斯科，除了外国人谁也不会做这样的特色菜。德米特里·费奥多罗维奇是个穷光蛋，不过如果他提出要跟一位最高贵的伯爵少爷决斗，那少爷肯定会跟他决斗的。可是他究竟比我好在哪里呢？好就好在他笨得不能和我相比。他白白糟蹋了不知多少钱。”

“我想，决斗是挺有趣的。”

“怎么有趣？”

“又可怕又勇敢，特别是如果两个年轻军官为了争夺一个女人，举起手枪互相射击的场面，那简直精彩极了。唉，要是允许姑娘们观看就好了，我真想去看一看。”

“你自己瞄准别人的时候当然感觉很好，可是别人把枪口对准你脑袋的时候你就会觉得这太愚蠢了。您会拔腿逃走的，玛丽娅·康德拉季耶芙娜。”

“难道说您也会逃走吗？”

斯梅尔佳科夫没有搭理她。沉默片刻后，又响起了吉他的声音，男高音唱起最后一段歌词：

无论你怎样劝说阻挡，
我一定要远走他乡，
到京城去寻找生活的欢乐！
从此不再烦恼悲伤，
我决不会烦恼悲伤，
我也不愿烦恼悲伤！

这时候发生了一件意外的事情：阿廖沙突然打了个喷嚏。坐在长椅上的那两个人一下子安静下来。阿廖沙站起来，朝那个方向走去。那人果然是斯梅尔佳科夫，衣服穿得整整齐齐，头发上抹了油，似乎还烫卷过，皮鞋擦得锃亮。吉他放在长椅上。那女的就是女主人的女儿玛丽娅·康德拉季耶芙娜。她穿着淡蓝色的连衣裙，裙裾足有两俄尺。这姑娘年纪还很轻，长得不算难看，一张圆圆的脸，雀斑多得吓人。

“德米特里哥哥快回来了吧？”阿廖沙尽量装得若无其事地说。

斯梅尔佳科夫慢慢地从长椅上站起来，玛丽娅·康德拉季耶芙娜也欠身起来。

“我怎么会知道德米特里·费奥多罗维奇的事情呢？假如我是他的保镖，那就是另外一回事了。”斯梅尔佳科夫用一种平静而轻蔑的口气一字一顿地回答。

“我只是问一声，您知不知道。”阿廖沙解释道。

“我根本不知道他在哪里，我也不想知道。”

“可是哥哥恰恰对我说，家里发生的所有事情都是您告诉他的，您还答应等到阿格拉费娜·亚历山德罗芙娜来了就通知他。”

斯梅尔佳科夫不动声色地慢慢抬起眼睛看着他。

“您刚才是怎么进来的？这里的大门一个小时之前就已经上锁了。”他问，目不转睛地望着阿廖沙。

“我是从胡同里翻过围墙直接到凉亭里的。我希望您能原谅我。”他对玛丽娅·康德拉季耶芙娜说，“我必须尽快找到哥哥。”

“哎呀，我们哪能生您的气呢。”玛丽娅·康德拉季耶芙娜拉长了声音说。阿廖沙的道歉使她的自尊心得到了满足。“德米特里·费奥多罗维奇也经常用这种方式到凉亭里来。我们一点儿都没发觉，可他已经坐在凉亭里了。”

“现在我急于要找他，我急于见到他或者从您这儿知道他现在在哪里。请相信我，有一件对他非常重要的事情。”

“他没告诉我们。”玛丽娅·康德拉季耶芙娜嗫嚅说。

“我是到这儿来串门的。”斯梅尔佳科夫又开始说道，“可他倒好，到这里不近人情地再三盘问我老爷的事情：他怎么啦？谁来了？谁走了？能不能告诉他什么别的消息？有两次甚至用死来威胁我。”

“怎么用死来威胁？”阿廖沙感到奇怪。

“对他来说这能算一回事吗？他就是那脾气，这您昨天都亲眼看见了。他说，要是我把阿格拉费娜·亚历山德罗芙娜放进来，让她在这里过夜，那首先要我的命。我怕他，非常怕他，要不是怕他报复，我早就到官府去告他了。天知道会闹出什么乱子来。”

“前几天还对他说：‘我要把你放在石臼里捣成粉。’”玛丽娅·康德拉季耶芙娜帮腔说。

“放在石臼里捣成粉这句话，也许他是随口说说罢了……”阿廖沙说，“假如我现在能见到他，我也可以跟他谈谈这件事……”

“我唯一能告诉您的是，”斯梅尔佳科夫好像突然拿定了主意似的说道，“我常常到这里来，因为我们是邻居，一直很熟悉，我能不来吗？另外，今天天刚亮伊凡·费奥多罗维奇就派我到湖滨路德米特里·费奥多罗维奇的住处，没有带信给他，只是口头请他一定要到广场的那家酒馆一起吃午饭。我去了，可德米特里·费奥多罗维奇不在家，那时候已经八点了。房东说：‘他刚才还在，现在出去了。’他们事先好像串通好了。说不定现在正和他弟弟伊凡·费奥多罗维奇坐在酒馆里，因为伊凡·费奥多罗维奇没回家吃午饭，而费奥多尔·巴夫洛维奇一个钟头之前就一个人吃过饭了，现在正睡觉呢。但是我求您千万不要提到我，也不要提起我告诉您的事。什么也别说，不然他会杀死我的。”

“伊凡哥哥今天叫德米特里上酒馆去吗？”

"是的。"

"是广场上的那家酒馆吗？"

"就是那家。"

"这是非常可能的！"阿廖沙激动异常地大声说，"谢谢您，斯梅尔佳科夫，这是个重要的消息，我这就到那里去。"

"您可别出卖我。"斯梅尔佳科夫在他背后说。

"不会的，我假装是偶然去的，您放心好了。"

"您这是往哪儿走啊，我来给您开门。"玛丽娅·康德拉季耶芙娜喊道。

"不用了，这儿近，我还是翻篱笆吧。"

这消息使阿廖沙大为震惊。他急急忙忙往酒馆跑去。他穿着这身修士服进酒馆是不合适的，但可以到楼梯口打听一下，把他们叫出来。他刚走近酒馆，一扇窗户突然打开了，伊凡哥哥从窗口里探身向他喊道：

"阿廖沙，你能不能到我这儿来一下？你来我就太感谢你了。"

"当然可以，但我穿着这身衣服不知道是不是可以进来。"

"我正好在单间雅座，你就到大门口，我马上来接你……"

不一会儿，阿廖沙就坐在哥哥身边了，原来伊凡是一个人在那儿吃饭。

三　兄弟俩互相了解

伊凡所在的并不是单间雅座。这只是一处靠近窗口、用屏风遮挡的地方，但旁人毕竟无法看到坐在屏风里的人。这是进门的第一间，靠墙有一个酒柜。酒馆的伙计不时从这里进进出出。这里只有一名顾客，是个退伍的小老头，坐在角落里喝茶。但在其他几个房间里，呈现出一般酒馆里常有的那种忙乱景象，只听得聒耳的喊叫声、打开啤酒瓶的噼啪声、弹球的撞击声、呜呜的风琴声此起彼伏，一片嘈杂。阿廖沙知道，伊凡几乎从来没有到这家酒馆来过，而且一般也不喜欢上酒馆。他今天所以到这里来，也许就是为了跟德米特里哥哥约会，但德米特里哥哥又不在。

“我给你叫一份鱼汤或别的什么，你总不至于单靠喝茶过日子吧。”伊凡大声说道，看样子他因为拉住了阿廖沙而感到十分高兴。他自己已经吃完饭，正在那儿喝茶。

“来一份鱼汤，等一会儿再来一杯茶，我饿坏了。”阿廖沙高兴地说。

“要不要来点樱桃酱？这里有。你还记得吗，你小时候最爱吃波列诺夫家的樱桃酱了。”

“这你还记得？那就再来点樱桃酱吧，我现在还爱吃。”

伊凡按铃叫来了侍者，要了鱼汤、茶和樱桃酱。

“我都记得，阿廖沙，你十一岁以前的情形我都记得。那时候我十五岁。十五和十一，兄弟俩相差这个年龄，一般不会成为兴趣相同的好朋友。我甚至不知道那时候是不是喜欢你。后来我到了莫斯科，头几年我根本没想到还有你这个弟弟。后来你自己也到了莫斯科，我们好像只在什么地方见过一次面。我在这儿已经住了三个多月，可直到现在我们俩还没正式谈过一次话。我明天就要离开这里了，刚才我坐在这里在想，我怎么能见到他，跟他告别。正巧这时候你在旁边走过。”

“你很想见到我吗？”

“非常想，我想彻底了解你，也让你了解我。然后大家分手。我觉得在离别前最容易达到相互了解。我发现这三个月来你一直在观察我，你目光中有一种无尽的期待，这真使我受不了，所以我没有接近你。但是到最后我还是学会了尊重你。我在心里说：这孩子挺坚定。你要知道，虽然现在我在笑，但说话是认真的。你很坚定，是吗？我就喜欢坚定的人，不管他们坚守什么立场，哪怕是像你这样的小孩子。你那期待的目光最后终于不再使我讨厌，相反，最后终于使我开始喜欢你期待的目光……不知什么原因，你好像还喜欢我，是吗，阿廖沙？”

“我爱你，伊凡。德米特里哥哥说你伊凡守口如瓶，而我说你伊凡是个谜，即使现在，对我来说你还是个谜，但我对你已经有所理解了，这是从今天早晨开始的！”

“这是什么意思？”伊凡笑道。

“说出来你不会生气吧？”阿廖沙也笑了。

“说吧。”

“你跟一般的年轻人，跟其他二十三岁的年轻人一模一样，同样是那种生气勃勃、活泼可爱的年轻小伙子，实际上还是那种乳臭未干的毛孩子！怎么，你听了不太生气吧？”

“相反，真是巧得出奇！”伊凡欢快热情地说，“你信不信，自从昨天我们在她那儿见面以来，我心里就一直在琢磨这件事。我想我还是二十三岁的黄口小儿，而你现在猜得很准，并且就从这件事谈起。我刚才坐在这里，你知道我心里在想什么吗？我在想：即使不再相信生活，不再相信心爱的女人，不再相信世间万物的规律，甚至反而坚持认为一切都是混乱的，可诅咒的，也许是魔鬼般的混乱不堪，即使我灰心失望，万念俱灰——但我仍然愿意继续生活下去，既然我捧起了这杯酒，那么在喝完之前我是决不会放弃的！不过，到了三十岁我也许会扔掉这杯酒，就是没喝完也会离开的——至于到什么地方，那我不知道。但我确切知道，在三十岁之前我的青春活力将战胜一切——各种各样的失望，对生活的各种各样厌恶。我多次问自己：世界上有没有那样一种失望，足以战胜我内心对生活疯狂的，也许有失体面的渴望呢？最后我断定：好像不存在这样的失望，当然，这是指三十岁之前，至于过了三十岁，那连我自己也不会再有这种强烈的渴望了，我是这样认为的。有些害痨病的没出息的道德家，尤其是诗人，往往把这种对生活的渴望说成是一种卑鄙的东西。的确，在某种程度上是卡拉马佐夫家族固有的特征，不管怎么说，你身上肯定有这种渴望。但为什么这是卑鄙的呢？在我们这个星球上，阿廖沙，向心力还是强大的。我渴望生活，所以我活着，虽然这违背逻辑。尽管我不信世间万物的规律，但我珍惜春天萌发的新芽嫩叶，珍惜蔚蓝的天空，珍惜某些人，你信不信，连自己也不知道为什么会爱那些人，还珍惜人类的某些业绩，对这些业绩也许早已不再相信，但依然记忆犹新，由衷敬仰。瞧，鱼汤端来了，你多吃点，这鱼汤味道很好，做得不错。我想到欧洲去一趟。阿廖沙，我就从这儿直接动身。我知道这不过是走向坟墓，然而是最最宝贵的坟墓，就是这么回事！那儿躺着千金之躯，每块墓碑上记载着他们往昔的辉煌，记载着他们对自己的业绩、自己的真理、自己的奋斗和自己的良知所抱的狂热信仰，我早知道自己肯定会跪下去亲吻这些碑石，为它们哭泣，与此同时，我内心却深信这一切早已成为坟墓，仅仅是坟墓而已。我哭泣并不是由于绝望，而是因为我自己的泪水能使我感到幸福，为自己的伤感而陶醉。我爱春天的新绿，我爱蔚蓝的天空，就是这么回事！这不是理智，不是逻辑，而是发自心底、发自肺腑的爱，是爱自己初次迸发出来的青春活力……阿廖沙，你是否多少能理解我这些谬论？或者说没有理解？”伊凡突然笑了起来。

“我太理解了，伊凡，渴望那种出自心底发自肺腑的爱——你这话说得好极了。我非常非常高兴，你那么强烈地渴望生活。”阿廖沙赞叹道，“我认为，这世界上大家首先应该热爱生活。”

“爱生活本身超过爱它的意义，是吗？”

“一定要这样。首先要热爱，而不去管什么逻辑，就像你说的那样，无论如何不要去管什么逻辑，只有这样我才能理解生活的意义。我早就隐隐约约地感到了这一点，你爱生活，伊凡，这就表明你的事情已经完成了一半，得到了一半。现在你要努力去完成另一半，那样你就能得救了。”

“我也许还没有毁灭，可你已经要拯救我了！你所说的另一半是什么呢？”

“就是要使你的那些死者复活，他们也许根本就没有死。喝茶吧，我很高兴我们能这样交谈，伊凡。”

“我看你很兴奋。我最喜欢像你这样的……见习修士坦率地谈论自己的信仰[①]。你是个坚定的人，阿列克谢。你打算离开修道院，这是真的吗？”

“是真的。我的长老要我回到俗界。”

---

① 原文为法文。

“这么说来，我们也许还会见面的，在俗界相遇，到我三十岁开始放弃那杯酒之前还会见面的。父亲到七十岁还不愿放弃那杯酒，甚至到八十岁还不想放弃，这是他自己说的，虽然他是个小丑，但这话是一本正经说的。他把情欲当成了生活的基石……不过三十岁之后，除此以外也许真的没有什么可以作为立足点了……可是到七十岁总不免显得有点卑鄙，最好在三十岁之前：这样还可以自欺欺人地保留一点儿‘高尚的色彩’。你今天有没有见到德米特里？”

“没有，没有见到，但斯梅尔佳科夫见过他。”于是阿廖沙赶紧把自己遇到斯梅尔佳科夫的详细情况告诉了二哥。伊凡当然听得很仔细，甚至还追问了几句。

“不过他要求我别告诉德米特里哥哥他谈起过他。”阿廖沙补充了一句。

伊凡皱着眉沉思起来。

“你是因为斯梅尔佳科夫才这样愁眉苦脸的吧？”阿廖沙问。

“是的，是因为他。让他见鬼去吧。德米特里我倒的确想见一见，不过现在不必了……”伊凡不乐意地说。

“你真的很快就要离开这儿吗，哥哥？”

“是的。”

“那父亲和德米特里怎么办呢？他们的事会有什么样的结局呢？”阿廖沙担心地问。

“你怎么老是说这些废话！这跟我有什么关系？我是德米特里大哥的保镖吗？”伊凡气恼地打断他说，但是不知为什么突然又苦笑了一下，“这好像是该隐杀了自己的兄弟之后回答上帝的问话吧[①]？也许此刻你正是

① 该隐是亚当和夏娃的儿子，因妒忌而杀死弟弟亚伯。上帝问该隐：“你兄弟亚伯在哪里？”该隐回答：“我不知道，我岂是看守我弟弟的吗？”详见《圣经·旧约·创世记》第4章。

这样想的吧？真见鬼了，我总不能留在这儿当他们的保镖吧？一旦事情了结，我就出发。你是不是以为我在跟德米特里争风吃醋，以为这三个月来我一直要夺走他的美人卡捷琳娜·伊凡诺芙娜？去你的吧，我有我自己的事情。现在事情已经了结，我就要走了。事情刚才已经了结，你是见证人。”

“你是指发生在卡捷琳娜·伊凡诺芙娜那儿的那件事吧？”

“是的，是在她那儿。一下子彻底解决了。怎么？德米特里跟我又有什么关系？这件事跟德米特里完全无关。我和卡捷琳娜·伊凡诺芙娜之间完全是我们自己的事情。可你自己也知道，情况恰恰相反，德米特里的行为好像是我跟他有预谋似的。其实我丝毫没有要他这样做，是他自己煞有介事地要把她转让给我，还为我们祝福，这简直是笑话。不，阿廖沙，不，你真不知道我现在感到多么轻松！所以我现在悠闲地坐在这儿吃饭，你信不信，我还想要瓶香槟酒，庆祝我们刚才得到的自由。唉，几乎拖了半年时间，可突然一下子又彻底解决了。你瞧，昨天我甚至还怀疑这件事可以这么容易解决！”

“你说的是你自己的爱情吧，伊凡！”

“如果你愿意这样说，那就算是爱情吧。是的，我爱上了一位小姐，爱上了一位女学生。为她受了折磨，她也折磨我。我苦苦地恋着她……突然一切都化为泡影了。不久前我还慷慨激昂地说了一通，可一出门就哈哈大笑起来——我说的是实话。是的，我说的完全是实话。”

“现在你跟我谈这件事不是也挺高兴吗。”阿廖沙端详着他那真的突然变得快活起来的脸说道。

“我哪里知道我根本不爱她呢！哈——哈！事实上我真的一点儿不爱她，可以前她是多么讨人喜欢！就是刚才我大发议论的时候，我还十分喜欢她。你知道吗，此时此刻我还非常非常喜欢她，可是要离开她的时候心里却又十分轻松。你以为我是夸大其词吗？”

“不。不过这也许本来就不是爱情。”

“阿廖沙，”伊凡笑道，“你别再大谈爱情了！你还不够格。刚才，刚才你已经说过了，真是的！我还忘了为此要吻你呢……她把我折磨得好苦啊！我真是痛苦不堪。唉，她知道我爱她！她爱的也是我，而不是德米特里。”伊凡快活地坚持说，“德米特里只会制造痛苦。我刚才对她说的全是千真万确的大实话。但问题在于，最主要的是她也许要过十五年或者二十年之后才能觉悟到她根本不爱德米特里，她只爱被她苦苦折磨的我。是的，她也许永远也不会觉悟，尽管有了今天的教训。这样更好：我可以一走了事。顺便问一句，她现在怎么样？我走了以后有什么事吗？”

阿廖沙给他说了她歇斯底里发作的情形，说她大概至今还不省人事，说着胡话。

“不会是霍赫拉科娃在瞎说吧？”

“好像不会。”

“应该打听一下。不过，从来还没有人因为歇斯底里而死去的。就让她歇斯底里去吧，上帝出于爱才把犯歇斯底里派给了女人。我绝对不会到她那儿去的。何必再去自讨没趣呢。”

“可是你刚才不是对她说，她从来没有爱过你吗。”

“那是我故意说的。阿廖沙，我再要一瓶香槟，为我的自由干一杯吧。嘿，你真不知道我心里有多高兴！”

“不，哥哥，咱们还是别喝。”阿廖沙突然说，“再说我心里正发愁呢。”

“是的，你早就在发愁了，这我早就看出来了。”

“那么明天早晨你非走不可吗？”

“早晨？我没说早晨……不过，也许是早晨。你信不信，我今天在这儿吃饭的唯一目的是不愿跟老爷子一起吃饭，他太使我讨厌了。要不是别的原因，我早就想离开他了。你为什么要担心我走？在我离开之前，咱们有的是时间。很长很长的时间，无穷无尽！”

“你明天就要走了，怎么会是很长很长时间呢？”

“这跟你我有什么关系？”伊凡笑了，“我们总还来得及谈一谈自己的事情，谈一谈我们到这里来要谈的事情，是不是？你干吗这样奇怪地看着我？你回答我：我们到这里来干什么？是为了谈卡捷琳娜·伊凡诺芙娜的爱情？谈老爷子和德米特里？谈外国？谈俄国的悲惨现状？谈拿破仑皇帝？是为了谈这些吗？”

“不，不是为了这些。”

“这么说来你自己也明白，究竟为了什么。别人谈别人的，我们谈我们的，我们这些黄口小儿首先需要解决那些永恒的问题，这才是我们所关心的。现在俄国的所有青年只谈永恒的问题。正当老一辈的人突然忙着解决实际问题的时候，青年人恰恰要探讨永恒的问题。这三个月来你为什么一直用期待的目光盯着我呢？你是想要追问我：‘你究竟信仰什么？或者没有任何信仰？’您这三个月来的目光是不是可以归结成这样一个问题，阿列克谢·费奥多罗维奇，是不是这样？”

“也许是这样，”阿廖沙微微一笑，“你现在不是在嘲笑我吧，哥哥？”

“我在嘲笑你？我不想让三个月来一直对我有所期待的弟弟伤心。阿廖沙，你瞧：我自己跟你一样都是幼稚的小孩子，唯一的差别在于我不是修士。俄国的年轻小伙子，我指的是他们中间的一部分人，直到如今还在干些什么呢？举例说吧，这里是个肮脏的小酒馆，他们从四面八方聚到这里，躲在一个角落里。在这之前他们彼此间从来不认识，一出酒馆的门，又是四十年见不了面，可那又有什么关系。现在他们抓住了在酒馆暂时相见的机会，你看他们在议论什么呢？他们不谈别的话题，谈的都是些世界范围的问题：有没有上帝？有没有灵魂不朽？那些不信上帝的，就谈社会主义和无政府主义，谈用新的方式改造全人类，实际上这是一回事，是同一个问题的两个方面。许许多多别出心裁的小伙子当前只在做一件事，那就是空谈种种永恒的问题，难道不是这样吗？”

“是的，对于真正的俄国人来说，有没有上帝，有没有灵魂不朽，或者像你所说的，从另一个角度提出的这些问题，自然是重要的至高无上的问题，这也是应该的。”阿廖沙说，他依然脸带平静而探究的微笑，目不转睛地望着哥哥。

“你知道，阿廖沙，做个俄国人有时候并非聪明的选择，但是目前俄国的年轻人所干的那些事更是愚蠢得简直难以想象。但是我非常喜欢一个俄国小伙子，那就是你阿廖沙。”

“你这结论太妙了。”阿廖沙突然笑了。

"那你说应该从哪儿谈起？我听你吩咐。从上帝谈起？上帝是不是存在，行吗？"

"你愿意从哪里谈起就从哪里谈起吧，即使从'另一头'谈起也可以。昨天你在父亲那儿不是声明没有上帝吗？"阿廖沙探究似的看了看哥哥。

"昨天在老爷子那儿吃饭的时候我故意用这话来逗你，我看到你的眼睛都冒火了。但是现在我不反对跟你好好谈一谈，我说这话是绝对认真的。我想跟你交个知心朋友，因为我没有朋友，我想试一试。你设想一下，也许我也能接受上帝，"伊凡笑了起来，"这你没料到吧？"

"当然是的，但愿你现在不是开玩笑。"

"开玩笑？昨天在长老那儿他们才说我爱开玩笑。你知道吗？亲爱的，十八世纪有一位有罪的老人曾经说过，假如没有上帝，那就应该把他造出来[①]。而人真的造出了一个上帝。假如上帝确实存在，那倒没什么奇怪，没什么稀奇，稀奇的是这种想法——非有上帝不可的想法——居然能钻进像人这样野蛮而凶恶的动物的脑袋里，而这种想法又是多么神圣，多么动人，多么聪明，给人带来多大的荣誉。至于我自己，那我早就决定不去思考究竟是人创造了上帝还是上帝创造了人。当然也不会去仔细研究俄国小伙子们关于这个问题的种种时髦原理——那都是从欧洲的假设中引申出来的。在欧洲是假设，到了俄国小伙子手里却马上成了原理。不仅俄国小伙子，就连他们的教授也是这样，因为现在俄国的教授往往也跟俄国小伙子一模一样，因此我撇开这个假设不谈。咱们现在的任务是什么？那就是让我尽快向你说清楚我的本质，也就是我是怎样的人，我信仰什么，期望什么，是这样吗？所以我声明，我是直接地、不加任何条件地接受上帝的。不过同时要指出：如果有上帝，如果上帝的确创造了世界，那么正如我们十分了解的那样，他是按照欧几里得几何学来创造这个世界的，而他

---

① 原文为法文。法国作家伏尔泰（1694—1778）说过这样的话。

所创造的人类头脑只有三维空间的概念。但是以前有过，甚至现在也还有这样一些几何学家和哲学家，甚至是非常杰出的几何学家和哲学家，他们怀疑整个宇宙，甚至怀疑的范围更加广泛，怀疑整个存在是否按照欧几里得几何学创造的，他们居然异想天开地要让两条根据欧几里得原理永不相交的平行线在无限遥远的地方相交。亲爱的，因此我断定：如果我连这一点也无法理解，那我怎么能理解上帝的事情呢。我老老实实承认，我完全没有解决这些问题的能力，我的头脑是欧几里得式的，世俗的，怎么能解决非世俗的问题呢。我也劝你永远不要去想这些问题，我的朋友阿廖沙，尤其不要去想有没有上帝这个问题，这些问题对于生来只有三维空间概念的头脑来说完全是力不胜任的。所以，我不但乐意接受上帝，而且接受我们根本无法了解的上帝的聪明才智和他的目的，我也相信秩序，相信生命的意义，相信据说我们将来会融合其间的永恒的和谐，相信全宇宙所向往的，'与上帝同在的'本身就是上帝的道[①]，等等，不一而足。诸如此类的话编造得够多的了。我好像已经走上正道了。是吗？但是你知道，归根结底，我无法接受上帝创造的这个世界，尽管我知道它确实存在，但还是根本无法接受。我不是不接受上帝，你要明白这一点，我是不接受上帝创造的世界，不接受上帝的世界，而且无法同意接受。我附带说明一下，我像婴儿那样深信不疑：创伤终将愈合平复，种种可气可笑的人类矛盾犹如海市蜃楼，犹如原子般弱小的欧几里得式的人脑挖空心思虚构出来的种种幻影最后终将消失，而在世界的尽头，在永恒的和谐来临之际，终将产生并出现某种极其珍贵的东西，足以慰藉所有人心，平抑所有愤怒，弥补人们所犯的一切罪恶和所流的全部鲜血，足以宽恕并谅解人间发生的一切——但是即使这些情形都将发生和出现，我依然无法接受也不想接受！即使两条平行线相交，我亲眼看见了它们相交，即使我看到并且承认平行线确实相交，但

① 参见《圣经·新约·约翰福音》第1章第1节："太初有道，道与上帝同在，道就是上帝。"

我还是不会接受的。这就是我的本质，阿廖沙，这就是我的信条。这话我是认真对你说的。我故意用最最愚蠢的方式开始我们这场谈话，但最后还是导致了我的自白，因为你正需要听我的自白。你不需要讨论上帝，你只需要知道你心爱的哥哥安身立命的基石。现在我已经说出来了。”

伊凡突然怀着一种出乎意料的特殊感情结束了这番长篇大论。

“为什么你要用‘最愚蠢的方式’开始谈呢？”阿廖沙若有所思地望着他。

“第一，至少是为了体现俄罗斯的特色，俄国人谈论这类话题始终采用最愚蠢的方式；第二，越愚蠢越接近事实，越愚蠢越明白。愚蠢就是简捷质朴，而聪明则是圆滑晦涩。聪明等于卑鄙，而愚蠢等于直率。我把话说到底了，我说得越愚蠢对我越有利。”

“你能给我解释为什么‘你不接受世界’吗？”阿廖沙说。

“当然可以解释，这又不是什么秘密，我本来就是要往这方面谈的。我的老弟，我不想使你腐化堕落，使你离开自己的立足点，也许我想用你来治好我的病。”伊凡突然微微一笑，完全像个温柔的小孩。阿廖沙还从来没有见过他这样笑过。

四　叛逆

“我应该向你承认，”伊凡开始说道，“我始终不能明白，怎么能爱自己亲近的人。依我看，就是不可能爱关系亲近的人，只能爱关系疏远的人。有一次我在什么地方读过《好心的约翰》这个故事，约翰是位圣徒。有一次他家里来了一位又饿又冷的过路人，请求给他暖和暖和，他就跟那过路人一起躺到床上，搂着他朝他嘴里呼气，而那人的嘴巴因为患了一种可怕的疾病正在溃烂。我坚信他这样做是出于一种勉强的虚伪，出于一种受义务硬性规定的爱，出于一种强迫自己赎罪的动机。若要爱一个人，就得让他躲起来，否则，只要他一露脸——爱也就消失了。”

“这话佐西马长老说过不止一遍。”阿廖沙说，“他也说，一个人的脸往往会妨碍许多对爱缺乏经验的人去爱他。但人类仍然有许多爱，几乎类似于基督的爱，这是我亲身体验到的，伊凡……”

“可是我暂时还没有体会，也无法理解，而且像我这样的人多得不可胜数。问题在于这是不是因为人们的品质恶劣还是他们的本性如此。依我看，基督对人的爱在某种意义上是一种人间不可能出现的奇迹。诚然，他是救世主。但我们不是救世主。比方说，假定我能经受深刻的痛苦，可是别人无法了解我痛苦到何种程度，因为他是别人，而不是我。此外，很少有人愿意承认别人是受难者，好像受难者也是个头衔似的。你知道他们为什么不肯承认？就因为，譬如说，我身上有股臭味，因为我的脸长得丑，因为从前我曾经踩过他的脚。再说痛苦与痛苦也不尽相同。那种带屈辱性的、使我失去尊严的痛苦，例如饥饿，那我的恩主还能承认，但是只要稍稍高尚一些的痛苦，例如为了理想而痛苦，那就不会承认了。这种情况他是很少会承认的，因为，譬如说，他朝我看一眼，突然发现我的脸跟他想象中的那种为理想而受苦的人应该有的脸截然不同，于是他会立即收回赐予我的种种恩惠，甚至完全不是出于恶意。乞丐，尤其是品德高尚的乞丐，千万不要抛头露面，最好通过报纸乞求施舍。可以抽象地爱关系亲近的人，有时候甚至可以从远处爱他，但离得很近就绝对不可能爱他。假如一切都像在舞台上，像在芭蕾舞中那样，乞丐出场时穿着丝绸的破衣，披着裂开口的花边，用优雅的舞姿进行乞讨，那还可以欣赏他们。不过也只是欣赏而已，绝不是爱。行了，不谈这些了。我只要让你了解我的观点就行了。我本来想谈一谈人类普遍的痛苦，但最好还是只谈孩子的痛苦吧。这会使我的论据减少十分之八九。但还是只谈孩子吧。显然，这对我是不利的。但是，第一，可以爱近处的孩子，哪怕他们蓬头垢面，外貌丑陋（不过我觉得孩子的面貌从来不会丑陋）。第二，我所以不愿谈成年人，除了他们令人讨厌，不值得爱以外，还因为他们遭到了报应：他们偷吃了禁果，像上帝一样能知道善恶。现在他们还在偷吃禁果。但孩子们什么也没吃过。暂时还没有任何过错。你爱小孩吗，阿廖沙？我知道你是爱孩子的，所以你会明白为什么我现在只想谈他们。如果他们在这世界上也遭受巨大的痛苦，那显然是因为受了父辈的连累，代替偷吃禁果的父辈在受惩罚——但这是非尘世的推论，是无法被尘世间的人心所理解的。决不能让无辜的人替他人受苦，何况又是这样一些无辜的孩子！你肯定会觉得我这人很怪，阿廖沙，我也很爱孩子。孩子，当他们还是孩子的时候，比如说在七岁之前，与大人有着天壤之别：他们仿佛完全是另一种生物，有着另一种天性。我认识一个关在监狱里的强盗，他那个行当往往在夜间闯入民宅，抢劫杀人，连孩子也不放过。可他蹲监狱的时候却又出奇地爱孩子。他从铁窗里看着在监狱院子里玩耍的孩子，他让一个小男孩常常走到他的面前，那小男孩跟他成了好朋友……阿廖沙，你知道我为什么说这些？我有点头疼，心里难受。”

“你说话的神态很奇怪。”阿廖沙不安地说，“你的精神好像有点失常。”

“顺便告诉你一件事，前不久一位保加利亚人在莫斯科告诉我，”伊凡·费奥多罗维奇继续说道，仿佛对弟弟的话听而不闻似的，“土耳其人和契尔克斯人因为害怕斯拉夫人一个个都起来造反，所以在保加利亚境内为非作歹，奸淫烧杀，把人抓起来，用铁钉把他们的耳朵钉在围墙上，一直折磨到第二天早晨，然后再把他们绞死，如此等等，简直惨不忍睹。有时候形容一个人残酷得像‘野兽’，其实这是极不公正的，委屈了野兽。野兽绝不可能像人那么残忍，残忍得那么巧妙，那么精致。老虎只会撕咬，它也只有这种本领，它根本想不到把人的耳朵用铁钉整夜地钉在那儿，即使它能这样做也不会去做的。而这些土耳其人却津津有味地折磨孩子，从用匕首剖开孕妇的肚皮挖出胎儿，一直到当着母亲的面把吃奶的孩子抛向空中，再用刺刀接住。他们最大的乐趣就是当着母亲的面干这些暴行。不过还有一个场面特别引起我的注意。你想象一下：一位浑身哆嗦的母亲怀抱着一个吃奶的孩子，四周围着一群闯进来的土耳其人。他们想出了一个寻欢作乐的办法：他们嘻嘻哈哈地逗弄婴儿，想引他发笑。结果成功了，婴儿咯咯咯地笑了起来。就在这时候，一个土耳其人在离孩子的脸四俄寸的地方举起手枪朝他瞄准。孩子快活地笑着，伸出两只小手去抓手枪。突然，那演戏的家伙对准孩子的脸扣动扳机，把他的小脑袋打得粉碎……很有艺术性，是不是？顺便提一句，据说土耳其人很喜欢吃甜食。”

“哥哥，你干吗说这些？”阿廖沙问。

“我在想，如果魔鬼并不存在，而是人创造出来的，那肯定是人按照自己的模样创造的。”

“这么说来，这跟创造上帝是一样的。”

“你真会搬弄字眼，就像《哈姆雷特》中的波洛纽斯[①]所说的那样。”伊凡笑了起来，“你把我这句话给抓住了。这没什么，我很高兴。既然上帝是人按照自己的模样创造的，那你的上帝还能好到哪里去！你刚才问我，干吗说这些话？你知道吗，我喜欢打听并收集某些事例。你信不信，我从报纸上，从人们的交谈中，不管来源如何，都要把各种奇闻轶事记录并收集起来。现在我已经收集得不少了。土耳其人的事当然也收进去了，但他们都是外国人。我还有本国的事例，甚至比土耳其人的更精彩。你知道，我们这里更多的是鞭打，是树条和鞭子，这是我们的民族特色[②]。我们这里用铁钉钉耳朵是不可思议的事，我们毕竟是欧洲人，可树条和鞭子却是我们的特色，别人无法掠美。国外现在好像完全不打人了，也许是社会风气变淳朴了，也许是制定了禁止打人的法律。但是他们用另一种东西加以弥补，像我们这儿一样，那种东西是纯粹民族化的，而且民族化到了我们几乎难以想象的程度，不过我们这里好像也在流行，尤其在我国上流社会的宗教运动以后流行更广了。我有一本绝妙的小册子，是从法文翻译过来的，里面说，就在不久以前，五年前吧，在日内瓦处决了一名坏蛋和杀人凶手，他叫理查，好像才二十三岁，临上断头台之前他表示忏悔并皈依了基督教。这个理查是私生子，五六岁就被父母送给了瑞士山区的牧

---

① 莎士比亚的悲剧《哈姆雷特》中的人物。

② 沙皇俄国于18世纪50年代取消死刑，但囚犯被鞭打致死的现象时有发生。

民。牧民抚养他，目的是要当作劳动力使用。他在牧民家像头小野兽那样渐渐长大，牧民什么本领也不教他。相反，七岁就派他去放牧，风雪天也得去，几乎不给他穿，也不给他吃。他们这样做没有任何顾忌，也不感到内疚，相反，他们认为完全有权这样做，因为理查是作为一样东西赠送给他们的，他们甚至认为没有必要抚养他。理查自己证实，那些年他像福音书里的浪子那样特别想吃，哪怕猪食也要吃。但是连猪食他也得不到，他偷吃了还挨打。就这样度过了整个童年和青年时代，一直到他长大成人，有了力气，自己出去偷盗为止。这野种到日内瓦打零工，挣来的钱全部买酒喝，像恶棍那样混日子，最后杀了一位老人，把他的财物洗劫一空。他被抓住了，经过审讯判了死刑。这种事情是不讲什么温情的。在监狱里，他立即被牧师、各种基督教组织的成员、乐善好施的太太以及诸如此类的人团团围住。他们在监狱里教他读书写字，向他宣讲福音书，感化他，说服他，软硬兼施，最后终于使他真正意识到自己犯了罪。他受了洗礼。他自己上书法院，说他是坏蛋，最后有幸获得了上帝赐予的光明和恩惠。这件事轰动了日内瓦，轰动了日内瓦的慈善界、宗教界。所有高尚的有教养的人士都争先恐后地拥到他的监狱里。他们亲吻理查，拥抱他：‘你是我们的兄弟，上帝赐福予你了！’理查自己也感动得热泪盈眶。‘是的，天福降临到我身上了！从前小时候，我为能吃到猪食而高兴，而现在天福也降临到我身上，我将在主的怀里死去。’‘是的，是的，理查，你应该在主的怀里死去。你杀了人，应该在主的怀里死去。尽管你是无辜的，当初你羡慕猪食，因为偷吃猪食而挨打（你这样做很不好，因为偷窃是不允许的）的时候完全不知道上帝——但是你杀了人就应该偿命。’最后的日子来临了。身体虚弱的理查泪流满面，不断地反复说：‘这是我最好的日子，我要到主那儿去了！’牧师、法官、乐善好施的太太们叫道：‘是的，这是你最幸福的日子，因为你要到上帝那儿去了。’他们有的坐着马车，有的步行，全都跟在押解理查的囚车后面，朝断头台走去，最后终于来到了断头台前面。‘你死吧，我们的兄弟。’人们向理查喊道，‘死在主的怀抱里，因为天福已经降临到了你身上！’接着，在饱受了兄弟们的亲吻之后，理查兄弟被拉上了断头台，按在铡刀下，最后因为他也获得了上帝赐予的天福而被兄弟般地砍下了他的脑袋。是的，这件事很有特色。这本小册子由上流社会路德教派的慈善家们译成俄文并随同报纸和其他出版物免费分发，以便教化俄国人民。理查这件事好就好在具有民族特色。我们这里如果只是因为他成了我们的兄弟，因为天福降临到了他身上而砍他的脑袋，那未免显得荒唐。不过我要再说一遍，我们这里也有我们自己的东西，几乎毫不逊色。我们这里用殴打的办法折磨别人会使你得到一种历史性的、直接的和最配胃口的享受。涅克拉索夫有一首诗，讲到一个农民用鞭子抽打马的眼睛，抽打那双'温顺的眼睛'。这种场面谁都见过，这是俄国特产。他描写一匹羸弱的瘦马，拉着负载过重的大车，陷进泥坑拉不出来了。农民用鞭抽它，狠命地抽，喝醉了似的不停地猛抽。最后抽得连自己也不明白在干什么了，'你没有力气也要拉，就是死了也要拉！'那驽马竭力挣扎着，他就开始抽打这匹毫无防卫能力的马，抽打它那双流着泪水的'温顺的眼睛'，它发疯般地用尽全身力气往前一冲，终于拉出来了。它浑身哆嗦，喘着粗气，歪扭着身体，跌跌撞撞地用一种极勉强、极难看的姿势向前拉着——涅克拉索夫的这段描写真可怕。但这不过是一匹马，上帝赐给我们马就是要让我们抽打。鞑靼人这样开导我们，并且把鞭子赠送给我们留作纪念。然而也可以抽打人。一位有知识有教养的先生和他的太太用树条抽打亲生女儿，七岁的孩子——这件事我记得十分详细。小女孩的父亲看到树枝上带节疤很高兴，他说，抽起来带劲。于是他就开始'带劲地'抽打亲生女儿。我确切地知道，有些人打起来越打越有劲，简直到了虐待狂的地步。十足的虐待狂，每打一下，快感跟着强烈。一分钟，五分钟，十分钟，时间越来越长，力量越来越大，速度越来越快，伤痛越来越深。小女孩哭喊着，最后喊不出来了，喘着粗气求饶：'爸爸，爸爸，好爸爸，好爸爸！'这件事情由于一个偶然的原因不体面地闹到了法庭。雇了一名律师，俄国老百姓早就把我们的律师叫作'被钱雇用的良心'。律师声嘶力竭地为雇主辩护：'父亲打女儿，这是很普通很平常的家务事，居然还闹到了法庭，这真是我们这个时代的耻辱！'心悦诚服的陪审员们退庭，做出了无罪的判决。旁听的人们因为宣判折磨小孩的父亲无罪而欢呼雀跃。唉，当时我不在场，不然我会提议设立一项奖金，专门用来表彰这位折磨者！……绝妙的场面。但是关于孩子的情况，我还有更精彩的材料。阿廖沙，我收集了许许多多关于俄国孩子的材料。有一个小女孩，才五岁，却遭到‘受人尊敬、有官衔、有文化、有教养的’父母的仇视。你看，我再一次肯定地说，许多人有个与众不同的特点，那就是喜欢折磨孩子，专门折磨孩子。这些虐待狂对其他人显得宽厚、谦恭，很像有教养讲人道的欧洲人，可是特别喜欢虐待孩子，从这个意义上说，他们甚至也爱孩子。正是孩子的柔弱娇嫩引诱着那些虐待狂，而孩子的孤立无告和天使般的轻信又使虐待狂的卑鄙血液沸腾起来。当然，每个人身上都潜伏着野兽——容易激怒的野兽，听到受折磨的牺牲品的叫喊而情欲勃发的野兽，挣脱锁链横冲直撞的野兽，因为放荡而染上了痛风、肝炎等疾病的野兽。这两位有教养的家长对五岁的可怜小女儿进行了五花八门的摧残。他们用棒打，用鞭抽，用脚踢，连自己也不知道为什么，弄得她浑身青一块紫一块。最后居然挖空心思地想出了新的花样：在天寒地冻的大冷天，在厕所里把她关上一夜，怪她夜里不叫大小便（好像一个睡得天使般香甜的五岁女孩，这么小年纪就能半夜醒来说要大小便似的），把她拉的屎涂到她脸上，还硬逼着她吃屎——而逼她的正是母亲，母亲！夜里听着可怜的孩子在厕所里痛苦呻吟，这位母亲居然还能睡觉！你能明白吗，这小生命甚至不明白究竟要拿她怎样，她在厕所里，在黑暗和寒冷中，用小拳头捶打胸部，流着温柔善良的血泪，求‘上帝爷爷’保护她——你明白这种荒唐事吗，我的朋友，我的兄弟，我的虔诚驯服的小修士？你明白吗，为什么干出这种荒唐事？据说，不这样做，人就无法活在这世界上，因为那样就无法分辨善恶了。如果分辨善恶要付出这么大的代价，那何必要去分辨这孩子的善恶呢？哪怕认识了整个世界也抵不上孩子向‘上帝爷爷’哭诉的一滴眼泪。我不谈大人们的痛苦，他们偷吃了禁果，那是咎由自取，让他们统统见鬼去吧。可这些孩子，这些孩子！我这是在折磨你，阿廖沙，你的情绪有点不对头。要是你不想听，那我就不说了。”

“没什么，我就想折磨自己。”阿廖沙嘟囔说。

“还有一个场面，再说一个场面，也是我出于好奇才收集到的，很有特色，主要的是从一本古文献集子中看到的，不知道是《文献》还是《文物》，需要查对一下，我甚至忘了是在哪儿读到的了。这事情发生在农奴制最黑暗的年代，在本世纪初——农民的解放者万岁[①]！本世纪初有那么一位武夫，他既是神通广大的将军，又是广有田产的地主，属于那种告老还乡以后认为凭着自己的功劳完全有权任意处置下属生死的人，当然，即使在当时，这样的人已经为数不多，但毕竟还存在。这位将军住在自己拥有两千农奴的领地里，横行霸道，把邻近的那些小地主当作食客和逗他开心的小丑。狗舍里豢养着数百条狗，照料狗的仆人几乎有一百名，他们一个个穿着制服，人人都备有马。有一个农奴的孩子，很小的男孩，才八岁，有一次玩耍的时候不小心扔了一块石子，打伤了将军一条爱犬的腿。‘我那爱犬的腿怎么瘸了？’他厉声问道。有人向他禀报说，就是这个小男孩扔石块给砸伤了。‘噢，是你啊。’将军打量了他一眼，‘把他抓起来！’于是把小男孩抓走了，硬是从他的母亲手里夺走了，在私牢里把他关了整整一夜。第二天天刚亮，将军威风凛凛地准备去打猎，他骑着马，周围簇拥着食客、狗监、猎人，全都骑着马，全体家奴被集中起来听训诫，站在最前面的是那个闯了祸的孩子的母亲。男孩从私牢里被带出来。那是个阴森森、冷飕飕、雾茫茫的秋日，这样的天气正适宜打猎。将军下令扒下男孩的衣服，于是他被剥得精光。孩子浑身打着哆嗦，吓得魂飞魄散，连叫也不敢叫一声……将军下令：‘赶他！’‘快跑，快跑！’狗监们朝小男孩吆喝。小男孩向前跑去……‘追！’将军吼叫着放出全部猎狗向小男孩扑去。男孩的母亲眼睁睁看着一大群猎狗咬住她儿子，把他撕成了碎片……后来这位将军好像被判应受监护。嗯……拿他怎么办呢？枪毙吗？为了满足道德感而枪毙他吗？你说说看，阿廖沙！”

“枪毙！”阿廖沙低声说道，抬眼看了看哥哥，苍白的脸上掠过一丝尴尬的苦笑。

---

① 指1861年下令取消农奴制的沙皇亚历山大二世。

“好极了！”伊凡兴奋地大声说，“既然你这么说了，那就等于……唉，你这小修士啊！原来你心底里也潜藏着一个小小的魔鬼，阿廖沙·卡拉马佐夫！”

“我说了荒唐话，但是……”

“你这‘但是’后面大有文章啊……”伊凡大声说道，“你要知道，我的修士，这世界太需要荒唐了，这世界就建立在荒唐之上，没有荒唐，这世界也许就根本不会有什么事了。但有些事情我们还是知道的！”

“你知道什么？”

“我什么也不明白，”伊凡梦呓似的继续道，“我现在也根本不想弄明白，我只想依靠事实。我早就决定不再去弄明白。如果我要想弄明白什么，那就立即会背叛事实，而我决心依靠事实……”

“你干吗这样折磨我？”阿廖沙伤心地喊道，“你到底告诉不告诉我？”

“当然会告诉你的，刚才谈的只是引子，最后会告诉你的，你对于我是很宝贵的，我不想失掉你，也不会把你转让给你的佐西马。”

伊凡沉默了片刻，他的神情一下子变得十分忧伤。

“听我说：我只谈孩子，目的就是为了使事情一目了然。至于人间的其他血泪，把整个地球从地表到地心都浸透的那些血泪，我一句也不提，我故意缩小话题。我是一只臭虫，我老老实实承认自己无法理解这一切为什么会这样。看来，只能怪人们自己不好：给了他们天堂，他们却要地狱；他们明知道自己会遭到不幸，却又从天上偷来火种。也就是说，他们自作自受，因此用不着怜悯他们。唉，依我看，依我这可怜的、凡俗的、欧几里得式脑袋的理解，我只知道有苦难，但没有造成苦难的罪人，一切都相辅相成，互为因果，一切都自行调整，取得平衡——但这是欧几里得式的胡言乱语。这我自己也知道，我总不至于靠这些胡言乱语生活吧！仅仅知道没有罪人有什么用呢？我需要的是报复，不然我宁肯毁了自己。实现这报复也并非在某个无限遥远的地方和时间，而就在这地球上，我能亲眼看见，对此我坚信不疑，我希望自己能看到。如果到那时候我已经死了，那就让我复活，因为如果这一切发生的时候我不在，那未免太扫兴了。我受苦受难的目的绝不是为了把我自己、我的罪行和痛苦当作为他人培育未来的和谐的肥料。我希望亲眼看到驯鹿睡在猛狮身边，看到被害人站起来拥抱凶手。我希望在大家突然明白为什么这一切是这样的时候我自己也在场。世界上所有的宗教都建立在这种愿望之上，所以我也信仰上帝，不过，问题在于到时候我怎么向这些孩子交代呢？这是我无法解决的问题，因为我想要说的意思尽在其中，再清楚不过了。你听我说，如果人人都需要受苦受难，用苦难换取永恒的和谐，那么这跟孩子有什么关系呢？请你告诉我，我一点儿也不明白，为什么连他们也要受苦？为什么连他们也要用苦难去换取和谐？为什么连他们也要充当物质，变成肥料，为他人培育未来的和谐？对罪恶人们应当共同负责，这我明白，对于复仇也应当共同负责，这我也明白，但是总不至于要求孩子也一起对罪恶负责吧？假如他们应该与父辈一起对父辈的所有罪行负起责任确实是一条真理，那么这真理显然不是来自这个世界，这我就无法理解了。有些喜欢开玩笑的人也许会说，反正小孩会变成大人，他们要犯罪以后还来得及。但问题是他还没有长大，他才八岁就被一群狗撕成碎片了。啊，阿廖沙，我并不是在亵渎神明，我也明白，当天上人间齐声称颂，所有活着的和死去的高声赞美‘主啊，你真英明，因为你指引的道路畅通了！’的时候，整个宇宙将为之震动。当母亲和那个驱赶猎狗撕碎她儿子的凶手互相拥抱，两人流着泪高呼‘主啊，你真英明’的时候，人们自然会茅塞顿开，一切都将得到解释。但这里恰恰出现了一个难题，这也是我无法接受的。只要我活在这世界上，我就会抓紧时间采取措施。你要知道，阿廖沙，也许真的会发生这种情况——假如我自己能够活到那一天，或者在那一天死而复生，亲眼看见那个场面，那么我看着母亲和残害她儿子的凶手相互拥抱，自己也许会和大家一起高呼‘主啊，你真英明’——但不到那时刻我是不愿意赞美的。趁着还有时间，我要赶紧独善其身，所以我坚决拒绝最高和谐。这种和谐还抵不上那个受尽折磨、用拳头捶打自己胸脯、在臭气熏天的厕所里向‘上帝爷爷’祈祷的女孩的一滴眼泪，抵不上的原因在于她的眼泪是无法抵偿的。她的眼泪理应得到抵偿，否则不可能有和谐。你用什么，究竟用什么去抵偿呢？难道这能抵偿吗？难道用报复的办法吗？可是报复对我有什么用呢？把凶手打入地狱对我有什么用呢？那些孩子受尽折磨已经死了，地狱又能改变什么呢？既然是地狱，哪里还有什么和谐可言？我愿意宽恕，愿意拥抱，但我不希望再有苦难。如果孩子的苦难是为了凑满赎买真理所必需的苦难总数，那我预先声明，整个真理抵不上这样的代价。最后，我也不希望母亲和唆使一群猎狗撕碎她儿子的凶手相互拥抱！她不应该宽恕他！要是她愿意，她可以宽恕自己，让她宽恕凶手给她这个当母亲的带来的无边苦难，但是她那惨死的孩子的苦难，她没有权利宽恕，她不应该宽恕凶手，哪怕孩子自己宽恕了也不行！既然如此，既然他们无权宽恕，那么和谐又在哪里呢？全世界有没有一个能够而且有权宽恕的人？我不要和谐，出于对人类的爱我不希望和谐。我情愿保留未经报复的痛苦，最好还是保留我那未经报复的痛苦和我那未经平抑的愤怒，哪怕**我错了也心甘情愿**。再说大家对和谐的价值估计得也太高了，我们完全支付不起这张过于昂贵的入场券。所以我要赶紧退还这张入场券，只要我是个诚实的人，那就应该尽快退还。我现在做的就是这件事。我不是不接受上帝，阿廖沙，我只是恭恭敬敬地把入场券还给他。”

“这是叛逆。”阿廖沙低着头轻声说道。

“叛逆？我真不希望从你嘴里听到这句话。”伊凡异常真诚地说，“靠叛逆能活下去吗？可我想活下去。你直截了当地亲自告诉我，我要你回答：假如为了造福人类，为了给他们和平和安宁，你自己正在建造一座人类命运的大厦，但是为了这个目的，不可避免地要残害一个小生命，就是那个用拳头捶打自己胸脯的小女孩，用她未经报复的眼泪作为这座大厦的基石，根据这些条件，你能答应担任这座大厦的建筑师吗？你说实话，不要撒谎！”

“不，不会答应的。”阿廖沙轻声说。

“你能不能容忍这样一种想法，就是你为他们建造大厦的那些人会答应在一个备受折磨的小孩的无辜血泪之上享受自己的幸福，而且永远感到幸福？”

“不，我无法容忍。哥哥，”阿廖沙的两只眼睛突然闪出亮光，“你刚才问：全世界有没有一个能够宽恕而且有权宽恕的人？这样的人是有的，他可以宽恕一切，宽恕所有的人和**所有的事**，因为他自己为了所有的人和所有的事献出了自己清白无辜的鲜血。你忘记了这个人，大厦正是建筑在他身上的，人们正在向他呼喊：‘主啊，你真英明，因为你指引的道路畅通了！’”

“啊，这就是‘唯一无罪的人’以及他流的鲜血！不，我没有忘记他，相反，我一直感到奇怪，那么长时间了你怎么还不把他抬出来，因为在争论中你们这些人往往会首先把他抬出来的。知道吗，阿廖沙？你别见笑，我写过一部长诗，那是大约在一年前。要是你愿意再为我浪费十分钟时间，那我可以讲给你听。”

“你写过一部长诗？”

“啊，不，没有写出来。”伊凡笑了，“我这一辈子还从来没有写过哪怕一两行诗。这部长诗是我杜撰的，还把它记住了。一时心血来潮编出来的，你是我的第一位读者，不，是第一位听众。作者怎么会错过哪怕一名听众呢？”伊凡微笑着说，“要不要讲？”

“我很想听。”阿廖沙说。

“我的长诗叫作《宗教大法官》，是一篇荒唐的东西，可我很想讲给你听。”

五　宗教大法官

“这里免不了要来段开场白，就是那种带文学色彩的序言，不然能算长诗吗？”伊凡笑了，“瞧我这个作家！你知道吗，我这个故事发生在十六世纪，那时候在诗歌里把天神引向人间刚巧成为一种时尚，这一点你在学校里也早知道了。且不说但丁，即使在法国，法院职员、修道院的修士都演出整本的戏剧，把圣母、天使、圣徒、基督和上帝本人搬上舞台。

那时候这一切都演得很朴实。维克多·雨果的《巴黎圣母院》[1]描写了路易十一时代为庆祝法国太子的生辰在巴黎市政厅向公众免费演了一场训诫性质的戏，名字叫《至圣至爱的圣母玛利亚的英明裁决》[2]。圣母玛利亚亲自出场，宣布她‘英明的判决’[3]。在我们莫斯科，在彼得大帝以前的时代，也常常演一些几乎类似的戏，尤其是取材于《旧约》的戏。除了演戏之外，当时全世界还流行许多小说和‘诗歌’[4]，这些作品里必要的时候也出现圣徒、天使和全体天神。我国许多修道院也翻译、传抄甚至创作这类叙事长诗，即使在鞑靼人统治的年代也没有中断。譬如说有一部修道院搞的长诗（当然是从希腊文翻译的），名字叫《圣母游地狱》，场面之精彩、手法之大胆绝不亚于但丁。圣母亲临地狱，由天使长米哈伊尔替她引路。她看到了有罪的人和他们所受的种种苦刑。当时有一些被扔进滚烫的湖水里的罪人特别引人注目：他们中间有些人被扔进湖底，再也无法浮上来了。‘那些人已经被上帝遗忘了’——这句话非常深刻有力。圣母大为惊讶，流着眼泪跪在上帝的宝座前，请求赦免地狱里的所有人，不加甄别地赦免她在那儿见到的所有人。她跟上帝的谈话非常有趣。她苦苦哀求，不肯离开，上帝指给她看钉在十字架上的她儿子的双手和双脚，问她：我怎么能宽恕折磨他的人？于是她吩咐全体圣徒、殉道者、天使和天使长跟她一起跪下恳求上帝。最后她终于求得上帝每年从耶稣受难日到三一节停刑，地狱里的罪人立即感谢上帝，大声对他说：‘主啊，你的裁决真英明！’如果我这首长诗在那时候出现，肯定也是这类内容。我的作品里他

---

① 原文为法文。《巴黎圣母院》中描写的是弗兰德尔使团前来为法国王太子和弗兰德尔公主玛格丽特缔结婚约，并非为法国王太子庆祝生辰，详见《巴黎圣母院》第1卷第1章。

② 原文为法文。

③ 同上。

④ 指伪经和民间圣诗。

也出场，当然他在长诗里没有说过一句话，仅仅是出来过个场。自从他许下三一节众天神下凡的诺言迄今已有十五个世纪了，早在十五个世纪之前，他的预言者就有这样的记录：‘我必快来。’[①]‘至于在哪一天，哪个时辰来，连儿子也不知道，唯有我的天父知道。’[②]这是他还在人间时说的话。但是人类依然满怀着当年的信仰和当年的感动心情在等待着他。啊，他们的信仰甚至更强烈，因为人们已经整整十五个世纪没有得到来自天上的保证了：

> 既然听不到来自天上的保证，
> 那就相信心灵的提示。[③]

“只相信心灵的提示！诚然，那时候出现过许多奇迹。有些圣徒能奇迹般地治好病人，据有些使徒传的记载，天上的女皇还曾亲自下凡看望过他们呢。但是魔鬼并没有打瞌睡，人们已经开始怀疑这些奇迹的真实性。正巧那时候在北方，在德国，出现了一种新的可怕的邪教[④]。一颗巨星犹如明亮的火炬（指教会）‘陨落在水源上，水就变苦了’[⑤]。那些邪教徒开始亵渎上帝，否认奇迹。但是虔诚如初的教徒们对上帝的信仰变得更加炽烈了。人类的眼泪依然为他流淌，等待着他，爱他，寄希望于他，渴望为他受苦，为他而死，像以前一样……你看人类怀着火一般炽烈的信仰祈祷了多少个世纪：‘主啊，快降临吧。’[⑥]人类向他呼吁了多少个世纪，最后

---

① 见《圣经·新约·启示录》第3章第11节。

②《圣经》原文为：“但日子那时辰没有人知道，连天上的使者也不知道，子也不知道。唯有父知道。”详见《圣经·新约·马可福音》第13章第32节。

③ 引自席勒的诗篇《希望》（1801）。

④ 指16世纪波及西欧各国的宗教改革运动。

⑤ 详见《圣经·新约·启示录》第8章第10—11节。

⑥ 见《圣经·圣诗》第117首第27行，字句略有改动。

他终于怀着无限的怜悯之情降临到祈求者面前。在这之前，他也曾经降临过人间，看望过当初还活着的圣徒、殉道者和苦行圣徒，这在他们的《传记》中有过记载。我们的丘特切夫深信自己的诗句道出了真理，他曾宣告：

背负着沉重的十字架，
身上穿着奴隶的衣裳，
主从天上降临人间，
到处为你祝福，亲爱的大地。[①]

我可以告诉你，事情的确如此。他想在大众面前——在受苦受难、罪孽深重，但婴儿般爱他的百姓面前——出现哪怕片刻时间。我的故事发生在西班牙的塞维尔，在宗教裁判制度最猖獗的时代，为了上帝的荣耀，全国各地每天都燃起了火堆。

无比壮观的烈焰，
烧死凶恶的邪教徒。[②]

“啊，那当然不是上帝降临人间，不是他根据自己的诺言在世界末日带着天上的荣耀，突然像‘自东向西一闪而过的闪电’[③]来到人间。不，他只是想看一眼他的孩子们，看一看架起火堆活活烧死异教徒的那个地方。出于无限的慈悲，他再一次走遍人间，再一次显现为人形，就像十五个世纪之前他在人间活动了三年时一样。他降临到那个南方城市‘烈火熊熊的

---

① 引自丘特切夫的诗篇《这些贫穷的村庄……》（1855）。
② 引自俄国诗人波列扎耶夫的诗篇《科里奥兰》（1834），字句略有改动。
③ 出自《圣经·新约·马太福音》第 24 章第 27 节。

广场’上，而恰恰就在那里，就在前一天，在国王、王室成员、骑士、红衣主教和美丽非凡的宫廷女官在场的时候，在‘无比壮观的烈焰’中，为了上帝的荣耀[①]，一下子活活烧死了上百个异教徒。他悄悄地不知不觉地来到广场，但是很奇怪，大家马上认出了他。这是我长诗中最精彩的篇章，就是为什么大家都认出他的那一节。人们势不可当地纷纷向前拥去，将他团团围住。他周围的人越聚越多，大家都跟着他走。他默默地在他们中间走过，脸上挂着无限同情的宁静的微笑。爱的太阳在他心中燃烧，光明、智慧和力量的光辉从他眼中闪射出来，照耀着人们，震撼着他们的心灵，向他们报以深情厚爱。他向他们伸出双手，为他们祝福。只要一碰到他，甚至只要碰到他的衣服，病痛顿时就会消失[②]。人群中有一位从小失明的老人，他激动地大声说：‘主啊，治好我的眼睛吧，让我也能看见你。’突然，好像有一片鱼鳞从他眼睛里脱落下来，瞎子立刻看见了他。人们哭泣，吻着他走过的土地。孩子们向他抛鲜花，唱赞歌，向他欢呼：‘和撒那！’[③]‘这是他，是他本人！’大家反复说着，‘这肯定是他，只能是他！’他在塞维尔教堂前面的台阶上停下来的时候，刚巧有人哭哭啼啼地把一口尚未盖起来的装殓孩子的白色小棺材抬进教堂。棺材里躺着一名七岁的女孩，一位名人的独生女。女孩躺在鲜花丛中。‘他会使你的孩子复活！’人群里有人对哭哭啼啼的母亲喊道。出来迎接棺材的神甫困惑莫解地看着，皱起了眉头。只听得死者的母亲号啕大哭起来，她跪在他脚下：‘如果真是你，那就让我的孩子复活吧！’她高喊着向他伸出双手。出殡的队伍停下来，把棺材放到台阶上，就放在他脚下。他慈悲地看着孩子，嘴里轻轻说了两遍：‘塔里法，库米’——那意思就是：起来吧，孩子。

① 原文为拉丁文。耶稣会在这口号下践踏人类道德，大肆镇压宗教改革运动。

② 详见《圣经·新约·马太福音》第9章第20—22节。

③ 基督教的赞叹语或欢呼语。希伯来文原意为“求你施救”。详见《圣经·新约·马太福音》第21章第8—9节。

小女孩在棺材里仰起身子，坐了起来，睁开那双惊讶的眼睛，笑嘻嘻地东张西望。她双手捧着刚才她躺在棺材里的时候握在手里的那束白玫瑰。人群骚动起来，喊声哭声乱成一片。就在这时候，担任宗教大法官的红衣主教本人突然沿着广场走过教堂。这是个将近九十岁的老人，高个子，腰板笔直，一张干瘪的脸，眼眶深陷，但目光炯炯，犹如两颗火星。啊，他没有穿那身昨天烧死罗马教的敌人时在大庭广众前炫耀的主教服，不，他此刻穿的只是一件粗糙的旧教士服。他那些脸色阴沉的助手、奴仆和'神圣的'卫队跟在他后面，中间保持着一定的距离。他在人群面前停下脚步，从远处观察着。他什么都看到了，看到怎样把棺材停在那个人脚下，看到小女孩怎样复活。他的脸笼上了一层阴影。他皱起白色的长眉，眼睛射出凶光。他伸出一只手指，指挥卫队把他抓起来。你看，他多么威风，老百姓见了他一个个都诚惶诚恐，十分恭顺，立即为卫队让开一条通道，而卫队则在突然降临的一片寂静中架着他把他带走了。大家齐刷刷地一下子跪在大法官面前向他磕头，他就默默地替大家祝福，然后走了过去。卫队把犯人押到宗教法院那幢古老大楼里的一间带穹顶的狭小而阴暗的牢房里，把他关了起来。白天过去了，黑暗而闷热得'喘不过气来'的塞维尔的夜晚来临了。空气中飘逸着'月桂和柠檬的香味'。在一片漆黑中，牢房的铁门打开了，年迈的宗教大法官亲自提着灯，慢慢地走进监狱。他独自一人，铁门在他身后又立刻关上了。他在门口停下脚步，久久地，足足有一两分钟，仔细打量着犯人的脸。最后，他轻轻地走到他跟前，把灯放在桌子上，对他说：

"'真是你吗？是你吗？'他没有听到回答，便赶紧补充了一句：'别回答，保持沉默。你又能说什么呢？我知道你会说什么，你也没有权利对自己说过的话再增添什么新内容。你为什么妨碍我们？你是来妨碍我们，这你自己也清楚。但是你知道明天会怎么样吗？我不知道你是什么人，我也不想知道你真的是他或者仅仅像他，但我明天就要审判你，并且把你作为最凶恶的异教徒活活烧死。明天只要我一招手，今天吻你脚的那些人就会跑过来往你的火堆上添加柴火，这你知道吗？是的，也许你知道。'他在沉思中补充了一句，专注的目光始终也没有离开囚犯。"

“我不太明白，伊凡，你这是什么意思？”一直在默默听他说话的阿廖沙微微一笑，“这是不着边际的幻想，还是老年人常犯的毛病，老糊涂了[①]？”

“就算是后者吧，”伊凡哈哈大笑起来，“如果当代的现实主义把你娇惯坏了，使你无法忍受任何幻想的东西——你说是老糊涂，那就算老糊涂吧。你说得也对。”伊凡又笑了，“老头九十岁了，他那死脑筋可能早就错乱了，那囚犯的外表就可能使他吓坏了，最后，也可能只是一个九十岁老人临死前的梦魇和胡话，何况头天烧死一百名异教徒使他变得更加狂躁了。不过老糊涂也罢，不着边际的幻想也罢，对咱们来说不都是一样吗？这里的问题仅仅在于老人需要把自己的意见说出来，最终把憋在心里九十年的话大声说出来。”

“那囚犯也没说话吗？看着他没说一句话吗？”

“不论在什么情况下，囚犯本来就应当这样的。”伊凡又笑了起来，“老头自己对他说，他没有权利对过去说过的话再增添任何新的内容。要是你愿意，那么这就是罗马天主教的最基本特征，至少依我看是这样。‘既然你把一切都交给了教皇，现在一切都在教皇手里，那你现在完全没有必要再来了，至少暂时不要来妨碍。’这类话他们不仅嘴上说，甚至还写成书，至少耶稣会教士就是这样做的。这是我自己从他们的神学家写的书里看到的。‘你有没有权利告诉我们哪怕是那个世界的秘密？’那位老人问他，然后又自己代替他回答：‘没有，你没有权利对你过去已经说过的话再增添任何新的内容，你没有权利剥夺人们享受当初你在人间坚持捍卫过的自由。如果你还要增添什么新内容，那将侵犯人们的信仰自由，因为这些新东西将作为奇迹出现，而早在一千五百年前你就把信仰自由看得比一切都宝贵。当初你不是经常说：“我希望使你们自由。”现在你看到了这些“自由的人”。’老人突然带着深思熟虑的微笑补充说，‘是的，

---

① 原文为拉丁文。

为此我付出了昂贵的代价。’他继续说道，严厉地看着他，‘但我们最后还是以你的名义做到了这一点。为了这自由我们经受了十五个世纪的苦难，不过现在已经结束，彻底结束了。你不相信彻底结束了吗？你温和地看着我，是你不愿赐予我愤怒吗？但是你要知道，现在，就是目前，这些人比任何时候更加坚信自己是完全自由的，而实际上是他们亲自把自己的自由交给我们，服服帖帖地把它放在我们脚下。但这件事是我们完成的，不知道这是不是你所希望的？是不是你要的那种自由？’”

“我又不明白了，”阿廖沙打断他，“他这是在挖苦，嘲笑吗？”

“完全不是。他真的认为他自己和手下那帮人的功劳就在于他终于压制了自由，而他们这样做的目的就是使人们幸福。‘因为只是到了现在（他显然是指宗教裁判制的时代）才第一次可以考虑人的幸福。人生来就是叛逆者。难道叛逆者能幸福吗？事先已经警告过你，’他对他说，‘对你的警告和指示的次数不能算少了，但是你却一次次不听警告，你放弃了那条唯一可以使人幸福的道路。幸好你离开的时候把这件事交托给了我们。你许下诺言，你做出了保证，你给了我们捆绑和松绑的权利，当然，现在你休想从我们手中夺走这个权利。你为什么要来妨碍我们？’”

“‘受到的警告和指示不能算少’是什么意思？”阿廖沙问。

“这正是老人想说的主要内容。

“‘有个可怕而聪明的魔鬼，自我毁灭和隐形的魔鬼，’老人继续说，‘伟大的魔鬼曾经在旷野里跟你谈过话，据书上记载，他好像“诱惑”过你。是这样吗？他在三个问题中向你提出而又被你拒绝、《圣经》里称为“诱惑”的那些东西不都是千真万确的吗？不过，如果说人世间真的出现过什么伟大的奇迹，那么就在那一天，就在提出三个诱惑的那一天。提出这三个问题本身就是一个奇迹。如果我们作一个假设，当然仅仅是打个比方，或者做个试验，假如那恶魔提出的三个问题在《圣经》里已经不留痕迹地消失了，而现在需要重新恢复，需要挖空心思重新想出来，编出来，为此召集世界上所有的贤者——掌权者、最高主教、学者、哲学家、诗人——并交给他们一项任务：请大家构想并编造三个问题，这些问题不仅要符合事情的原状，而且要用三句话，只用三句人类的语言说清楚世界和人类的未来，那么你是否认为全世界所有的聪明人通力合作之后能够提出三个问题，它们在力度和深度上跟当初那个聪明能干的魔鬼向你提出的那三个问题不相上下呢？单凭这三个问题，就可以知道你不是在跟现有全部的人类智慧打交道，你碰到的是永恒的抽象的智慧。因为这个问题似乎把人类未来的整个历史集合成一个整体，并且预告了它的前途，同时也出现了三个形象，它们囊括了全世界人类本性中所有无法解决的矛盾。这在当时不可能看得很清楚，因为未来的情形还无法知道。但是现在，过了十五个世纪之后，我们看到这三个问题所包含的一切已经被认识、被预告、被证实了，再也不能增添或删减任何内容了。'

"'现在请你自己判断一下，究竟谁说得有道理？是你还是当时向你提出问题的那个魔鬼？你回想一下第一个问题，虽然不能做到一字不差，但大意是这样的："你想到人间去，而且又是赤手空拳，只带着给予自由的诺言，但是他们由于单纯和与生俱来的卑劣的天性，不可能正确理解自由，他们对自由感到害怕和恐惧。因为对人类和人类社会来说从来没有什么东西比自由更加无法容忍！你没有看见这片光秃秃的被烤得滚烫的沙漠里的那些石头吗？只要你把石头变成面包，那么人类就会像羊群那样跟你走，对你感恩戴德，俯首听命，尽管永远有些战战兢兢，生怕你缩回自己的手，不再供他们面包！"但是你不想让人失去自由，你拒绝了他的建议，因为照你的判断，如果驯服是用面包换来的，那还有什么自由可言呢？你反驳说，人不可能单靠面包活着。但你可知道，地上的魔鬼为了这面包可以起来反对你，跟你交战，并且战胜你，而大家会跟着他跑，赞美他："谁能比得上这野兽，他给我们从天上取来了火种！"你可知道，几百年后，连人类也会通过自己贤达和科学的嘴宣布，不存在犯罪，也无所谓罪孽，只有饥肠辘辘的人。"先填饱他们的肚皮，然后再叫他们讲道德！"这就是他们举起的那面用来反对你、摧毁你圣殿的旗帜上的口号。在你圣殿的废墟上将耸立起一座新的大厦和可怕的巴比伦塔，尽管这座高楼永远无法建成，就像原先那座一样，但是你总还可以劝阻人们去建造它，从而使人们避免经受一千年的痛苦。他们因此塔而历尽千年痛苦之后，最终还是要来找我们的！那时候他们会重新在地底下，在地下避难所找到我们（我们躲藏在那里是因为我们重新遭到驱逐和迫害），他们找到我们以后会向我们哭诉："给我们面包吃吧，那些答应给我们从天上取下火种的人，并没有给我们面包！"到那时候他们的高塔可以由我们来建成，因为谁能给他们面包，谁就能建成高塔，而只有我们才能给他们面包。以你的名义，或者假借你的名义。啊，他们离开了我们就永远永远无法养活自己！他们享有自由的时候，任何科学绝不会向他们提供面包，结果他们把自己的自由送到我们脚下并且对我们说："你们尽管奴役我们吧，只要给我们面包吃就行。"他们自己终究会明白，自由和面包两者不可兼得，因为他们彼此间永远永远不善于平均分配！他们终究会彻底相信他们永远不可能是自由的，因为他们软弱、渺小、不讲道德、叛逆成性，你许诺给他们天上的面包，但是我再重复一遍，在这些软弱、渺小、无德无行、不义不仁之辈的心目中，天上的面包能跟地上的面包相比吗？假如为了天上的面包有几千几万个人跟着你跑，那么还有几百万人却不能为了天上的面包放弃地上的面包，那他们怎么办呢？难道只有那几万个伟大的强者你才认为是宝贵的，而其余的芸芸众生，那些不可胜数的同样爱你的弱者，他们只能充当强者手中的材料吗？不，我们也珍惜弱者，虽然他们不讲道德，叛逆成性，但最终会变得驯服的。他们会对我们感到惊讶，会把我们奉为神明，因为我们充当他们的领袖，同意承担自由并统治他们——在他们看来当自由的人实在是件可怕的事情！但是我们要说，我们服从你，我们假借你的名义进行统治。我们要重新欺骗他们，因为我们不再让你到我们这儿来。我们的痛苦就在于要进行这种欺骗，因为我们不能不欺骗。这就是旷野里的第一个问题的含义，这也就是你用至高无上的自由的名义加以拒绝的东西。然而，这个问题包含着这世界上一个最高的秘密，假如你接受了"面包"，那你就解决了无论是对每一个人还是全人类来说都是普遍而永恒的烦恼——那就是"崇拜谁"的问题。人一旦获得了自由，就要尽快找到崇拜的对象——这是一件令人最最烦恼的事情。但是人们所要寻找的应该是无可争辩的崇拜对象，应该是大家一下子普遍崇拜的对象。这些可怜的生物所关心的不仅是要找到一个我自己或者别人必须崇拜的对象，而且要找到一个可以使大家共同信仰并且崇拜的对象。正是需要大家共同崇拜这一点才构成了有史以来每一个人也是全人类的最重要的痛苦。为了这种共同的崇拜，他们互相残杀。他们制造了各自的上帝，并且彼此挑衅："抛弃你们的上帝，来崇拜我们的上帝，不然就要杀死你们，杀死你们的上帝！"这种现象一直会继续到世界末日，甚至继续到各自的上帝在世界上彻底消灭的那一天：人们总是需要向偶像顶礼膜拜。你本来就知道，而且不可能不知道人性的这个主要秘密，但是你却拒绝了希望你举起的这面可以迫使大家无条件地崇拜你的唯一的绝对的旗帜——地上的面包的旗帜，你却为了自由和天上的面包而加以拒绝了。你看你还做了些什么！而且又都是用了自由的名义！我告诉你吧，人的最大烦恼莫过于要找到一个合适的对象，以便尽快把这个可怜虫的那份与生俱来的自由转交给他。但是，谁能够安慰他们的良心，谁就能够掌握他们的自由。本来已经把一面无可争议的旗帜连同面包交到了你手上：只要你拿出面包，人们就会崇拜你，因为面包是最最无可争辩的东西。这时候如果有人未经你的同意而占有了他们的良心，那么他们甚至会扔掉你给他们的面包，去追随那个迷惑了他们良心的人。在这方面你是对的。因为人生的秘密不仅在于活着，还在于为什么活着。如果一个人对自己为什么活着缺乏坚定的信念，他是绝不会愿意活着的，他宁可自杀，也不愿留在这世界上，尽管他周围堆满了面包。这是对的，可结果又怎样呢？你非但没有控制人们的自由，反而增加了他们的自由！难道你忘了，对于人来说，安静乃至死亡比获得分辨善恶的自由更为珍贵吗？对于人们来说再也没有比良心的自由更具魅力的了。你不去提供可以一劳永逸地安慰人类良心的坚实基础，反而选择了种种不寻常的颇费猜测的难以确定的东西，选择了人们力不胜任的东西，所以你这样做似乎完全不是出于对他们的爱。这是谁干的呢？是特意前来为他们献出自己生命的人！你不去限制人们的自由，反而纵容了他们的自由，使人的心灵世界永远遭受自由的折磨。你希望人们能够自由地爱，希望他们受到你的吸引，受到你的迷惑之后自由地追随你。今后人们将用自己自由的心取代严格的古代法律[①]，以你的形象为指导，自行决定什么是善什么是恶。但是难道你没有想过，假如选择的自由成了他们一种可怕的负担而压得他们喘不过气来，那么他们到最后会放弃甚至反对你的形象和你的真理。他们最后会大喊大叫说真理不在你那里，因为你给他们留下那么多的烦恼和无法解决的难题，你使他们陷于一种最最尴尬最最痛苦的境地。所以，你这是自毁天国，你不能怪罪任何人。再说，真的要你这样做吗？世界上有三种力量，只有这三种力量才能永远征服并俘虏这些软弱无能的叛逆的良心，使他们得到幸福——这三种力量就是奇迹、神秘和权威。你把这三者都否定了，你自己开了这样的先例。当初那可怕而聪明的魔鬼把你放在圣殿之巅，对你说："如果你想知道是不是上帝的儿子，那就往下跳吧，因为据说天使们会托起你，扶着你，你不会摔死，到那时候你就会知道自己是不是上帝的儿子，而且会证明你对天父的信仰是多么坚定。"但是你听完后拒绝了这个建议，没有听他的话往下跳。唉，当时你那样做自然是一种值得自傲的高尚行为，跟上帝一样，可是那些人，那软弱而又叛逆成性的人类——难道他们也是上帝吗？当时你就明白，只要跨出一步，只要做出往下跳的姿势，那你就是在考验上帝，就会马上失去对他的信仰，就会掉到你想前来拯救的地上，摔得粉身碎骨，而那个引诱你的聪明的魔鬼会欣喜若狂。但是我还要重复一遍，像你这样的人多吗？难道你真的认为，哪怕在一刹那间认为，人们也能经受这样的考验吗？人类的天性真的能够拒绝奇迹，并且在生命的紧要关头，面对最可怕、最根本、最痛苦的心灵问题，只靠心灵的自由就能解决这些问题吗？你知道你的功绩将彪炳史册，流芳百世。你希望人们只要效法你，就能永远与上帝同在，再也不需要奇迹了。但是你不知道，人一旦抛弃了奇迹，同时也就抛弃了上帝。因为人寻找的与其说是上帝，不如说是奇迹。因为人不能离开奇迹而存在，所以他会给自己制造种种新的

① 此处指详细规定古犹太人生活准则的《圣经·旧约》。

奇迹，自己给自己制造奇迹，去崇拜神汉的奇迹，去崇拜巫婆的妖术，尽管他自己也曾当过一百次的叛徒、邪教徒和无神派。当初人们讽刺你、嘲笑你，对你大喊“你从十字架上走下来，我们就会相信这就是你”的时候，你没有从十字架上走下来，你没有走下来的原因还是因为你不想用奇迹征服人，你渴望自由的信仰，而不是奇迹的信仰，你渴望的是自由的爱，而不是奴隶面对将他吓得永远胆战心惊的强权而表现出来的那种奴隶式的狂喜。在这方面你也过高估计了人，虽然人生来具有叛逆的天性，但他们毕竟是奴隶。你看看周围，你想一想，十五个世纪过去了，你去看看他们：你使哪一个人达到了你的高度？我敢发誓，人比你想象的更加软弱更加卑贱！你做到的他能做到吗？能做到吗？你这样抬举他，实际上不再对他表示同情了，因为对他提出了过高的要求。是谁向他提出了这么高的要求？是那个爱他胜过爱自己的人提出来的！假如对他少一点儿尊重，对他的要求低一些，这样反倒离爱近一些，因为他的负担也会轻一些。他很软弱，很卑贱。至于他现在到处反抗我们的权力，并为自己的叛逆而感到骄傲，这是怎么回事呢？这是孩子和小学生的骄傲，他们是一些在课堂上造反，轰走了教师的孩子。但这些孩子迟早要倒霉的，那时候他们将为此付出沉重的代价。他们将捣毁神殿，使大地血流成河。这些愚蠢的孩子最后终将明白，他们虽然是造反派，却是一些软弱的造反派，连自己的造反都无法忍受。他们最后终会痛哭流涕地承认，造物主使他们生来具有叛逆性格，这无疑是对他们的一种捉弄。他们在绝望中会说出这一类话，而他们说出来的这些话将是对上帝的亵渎，为此他们将变得更加不幸，因为人类的本性无法容忍亵渎上帝的言行，最后总要对这些言行进行报复的。因此，尽管你为他们的自由遭受了那么多苦难，但人们目前的命运依然是不安、惊慌和不幸。你那位伟大的预言家在幻想中隐喻说，他看到了第一次复活的全体参加者，其中每个部族均有一万二千人。既然是这么多人，那他们已经仿佛不是人，而是神了。他们背负着你的十字架，几十年来在荒凉的沙漠里忍饥挨饿，单靠蝗虫和草根充饥——当然你可以自豪地指给大家看这些自由的儿女，自由的爱的儿女，为了你而自愿做出重大牺牲的儿女。但是不要忘记，他们总共才数千人，而且他们又都是神，那么其余的人呢？其余那些无法忍受强者所经受过的种种磨难的弱者，他们又有什么错呢？无力接受那么多可怕礼物的灵魂又有什么错呢？难道你真的只是为了那些经过挑选的人而专程来的吗？如果是这样，那就是神秘了，我们无从理解。如果这是神秘，那么我们也有权利来宣扬这种神秘，并且开导他们说，重要的不是他们心灵的自由选择，也不是爱，而是他们必须盲目地甚至违心地服从的神秘。我们已经这样做了。我们纠正了你的行为，把你的行为置于奇迹、神秘和权威的基础之上。人们都很高兴，因为他们又像羊群似的被领走了，那份给他们造成了无数痛苦的可怕负担最后终于从他们心头卸掉了。我们这样开导他们，我们这样做，你说究竟对不对？我们心平气和地对待人类的软弱，充满爱心地减轻他们的负担，甚至允许他们软弱的天性犯一点儿过失，你能说我们不爱人类吗？为什么你现在来妨碍我们？你为什么一声不吭，只用你那双温顺的眼睛盯着我看？你可以生我的气，但我不需要你的爱，因为我自己也不爱你。我何必要向你隐瞒呢？难道我不知道是在跟谁说话吗？我对你所说的话你早就知道了，这从你的眼睛里可以看出来。我能把我们的秘密向你隐瞒吗？也许你是希望亲耳听到从我嘴里说出这个秘密吧？那你就听着：我们拥护的不是你，而是他。这就是我们的秘密！我们早就不拥护你，而拥护他了。已经八个世纪了！整整八个世纪之前，我们从他那里接受了被你愤然拒绝的东西，接受了他把人间的各个国家指给你看以后准备赐予你的那份最后礼物：我们从他那儿接受了罗马和恺撒的宝剑①，并且宣布自己是人间的王，唯一的王，虽然直到如今我们还来不及最后完成我们的事业。但这是谁的过错呢？啊，这项事业至今还刚开了个头，但已经开始了。完成这项事业还需要等待很长时间，大地还要经受许多苦难，但我们一定要达到目的，一定会成为恺撒，到那时候我们才会考虑全世界人民的幸福。不过，当时你本来就可以拿起恺撒的宝剑。你为什么要拒绝这最后的一份礼物呢？假如你听从了伟

---

① 指建立以罗马为中心的神权国家，罗马教皇获得世俗的权力。

大的魔鬼的第三个劝告，你就满足了人类在地上追求的一切，那就是：崇拜谁？把良心交给谁？通过什么方式大家才能最后结成一个没有争吵、和睦一致的蚂蚁窝？因为全世界团结一致的要求正是令人们痛苦的第三个也是最后一个问题。整个人类始终追求全世界的联合。许多伟大的民族具有光荣的历史，但这些民族越伟大，也就越不幸，因为他们比别的民族更加强烈地意识到全人类联合的必要性。那些伟大的征服者，帖木儿和成吉思汗们，他们像狂飙一样席卷大地，妄图征服整个世界。但是他们也体现了人类对于全世界普遍联合的伟大要求，虽然是不自觉的。假如你接受了全世界和恺撒的紫袍，你本来可以建立起一个全世界的王国，给全世界带来安宁。因为能掌握人类的，不就是那些掌握了他们的良心、手里握着他们的面包的人吗！于是我们拿起了恺撒的宝剑，既然拿起了这把剑，理所当然地要抛弃你，跟着他走了。啊，自由思想、他们的科学和人吃人的现象还要猖獗好几个世纪，因为如果没有我们，他们将要着手建造自己的巴比伦高塔，而结果就会出现人吃人的局面。但到那时候，野兽就会爬过来舔我们的脚，我们的脚会溅满它的血泪[①]。我们将骑到野兽身上，举杯庆祝，那杯上写着“奥秘！”两个大字[②]。但是到那时候，只有到了那时候，才会出现人类安宁和幸福的王国。你为你那些经过挑选的人而感到骄傲，但是你只拥有那些经过挑选的人，而我们却要使所有人获得安宁。况且还有这样的情况：在那些经过挑选的人中间，在那些供你挑选的强者中间，许多人等你等得疲倦了，他们已经或者将要把自己精神的力量和心灵的热忱转移到另外一个领域，最后举起你那自由的旗帜来反对你。不过，这面旗帜是你自己竖起来的。在我们这里，人人都将得到幸福，不再造反，也不再互相残杀，就像在你的自由旗帜下到处发生的那样。啊，我们会使他们相信，只要他们为我们放弃自由并且服从我们，那时候他们才能

---

① 详见《圣经·新约·启示录》第13、17章。

② 同上书，第17章。

成为自由的人。怎么样，我们说得有没有道理？是不是在撒谎？他们自己会相信我们说得有道理，因为他们会回想起你的自由使他们陷入了奴役和混乱的可怕境地。自由、自由思想和科学将把他们引进使人迷失方向的密林，使他们面对种种奇迹和无法解释的神秘现象，以致他们中间一部分倔强而暴躁的人将走上自我毁灭的道路，另一部分倔强而软弱的人将相互残杀，剩下的其余那些软弱而不幸的人将会爬到我们的脚下，大声向我们哀求："是的，你们是对的，只有你们才掌握了他的秘密。现在我们回到你们这里，求你们把我们从自己手里拯救出来吧！"他们从我们这里得到面包的时候，当然会清楚地看到，我们从他们那里取来他们用自己的双手得到的面包，然后再分给他们。没有出现任何奇迹，他们将看到我们没有把石头变成面包，他们是从我们手里得到了面包，他们为此而感到高兴，确实比单单得到面包这件事更加高兴。因为他们记得太清楚了，从前没有我们，他们自己得来的面包在他们自己手中只会变成石头，但是他们回到我们这里来之后石头却变成了面包。永远服从具有何等的价值，这一点他们知道得很清楚，非常非常清楚！人们没有理解这一点之前，他们将是不幸的。你说，是谁妨碍了这种理解？是谁驱散了羊群，把它们赶到了陌生的路上？但是羊群会重新聚拢，重新驯服，而且再也不会分散了。那时候我们就给他们宁静温和的幸福，只配弱者享受的幸福——而他们生来就是这样的弱者。啊，我们最终要说服他们不要骄傲，因为你抬举他们，因而使他们学会了骄傲。我们将向他们证明，他们是些软弱的人，只是一些可怜的孩子，但是孩子的幸福比任何幸福更甜蜜。他们将会变得胆怯，将会战战兢兢地看着我们，紧紧地偎依在我们身边，就像小鸡偎依在母鸡身边一样。他们将为我们感到惊讶惧怕，并且感到骄傲。因为我们是这样强大、这样聪明，足以制服这个狂暴的由数十亿头羊组成的羊群。他们见到我们发怒将会两腿发抖、浑身哆嗦，他们的脑子不会再胡思乱想，他们的眼睛将会像孩子和女人那样容易落泪，但是只要我们一抬手，他们很快就会高兴万分，马上破涕为笑，兴高采烈地唱起儿歌。是的，我们要强迫他们干活，但是劳动之余的空闲时间，我们会把他们的生活安排得像小孩子游戏一样，让他们背儿歌、练合唱、跳天真烂漫的舞蹈。啊，我们甚至允许他们犯罪，他们软弱无能，他们会像孩子那样爱我们，因为我们允许他们干坏事。我们要告诉他们，任何一桩经过我们同意的罪行，都可以赎回。我们之所以允许他们犯罪，是因为我们爱他们，至于这些罪行应受的惩罚，就由我们承担。我们也一定会承担的，他们将把我们当作在上帝面前为他们承担罪责的恩人而倍加爱戴。他们再也不会向我们隐瞒任何秘密。我们可以允许或者禁止他们跟妻子或情妇同房，是否生育孩子——这全看他们听话不听话。他们将高高兴兴、心甘情愿地服从我们。压在他们良心上的种种最折磨人的秘密，一切烦恼和痛苦，他们都会向我们倾吐，而我们能使他们的一切问题迎刃而解，他们会欣然相信我们的解决方法，因为这种解决方法可以使他们摆脱极大的烦恼，摆脱目前由他们本人自行解决时产生的种种可怕痛苦。这样，所有的人，千千万万的芸芸众生，除了数十万管理他们的人，都将得到幸福。因为只有我们，只有我们这些保守秘密的人，才会不幸。将会出现数十亿幸福的孩子和十万个背负着不辨善恶的恶名的受难者。他们将悄无声息地死去，为了你而无声无息地消失，在棺材后面找到的只能是死亡。但是我们将为他们保守秘密，为了他们的幸福，我们将用天国的永恒奖赏来迷惑他们。因为在另一个世界即使有什么奖赏的话，那当然不会给他们这种人。有一种传说，有一种预言，说你会再次降临人间，重新取得胜利，与你同行的还有那些经过你挑选的人，那些骄傲的强者[①]。但是我们要说，他们拯救的仅仅是他们自己，而我们拯救的却是所有人。据说，骑在野兽身上、手中掌握着秘密的那个荡妇将要遭受羞辱，那些软弱无能的人将再次造反，将要撕碎她的紫袍，让她露出“可憎的”肉体[②]。但是到那时候，我会起来指给你看数十亿幸福的不知罪孽为何物的孩子。我们这些为了他们的幸福而主动承担他们罪行的人会站到你面前对你说：“你审判我们吧，如果你有这个能力和勇气的话。”你要知

① 详见《圣经·新约·启示录》第 12 章第 7—11 节。

② 同上书，第 17 章第 15—16 节。

道，我不怕你。你要知道，我也曾经在沙漠里待过，我也曾经吃过蝗虫和草根，我也曾经像你祝福人们自由那样祝福过自由，我也曾经准备加入经你挑选过的人的行列，渴望在强者的行列中“充个数”[①]。但是我醒悟了，不想为疯狂而效力。我迷途知返，加入到**纠正你事业**的行列中。我离开了骄傲的人们，为了温顺的人们的幸福，回到了温顺的人们身边。我现在对你说的话必将应验，我们的王国必将建成。我对你再说一遍，明天你就会看到，只要我一抬手，这群驯顺的羊就会冲过来把燃烧的柴火扔到你的火堆上。我用这堆火把你活活烧死，因为你来妨碍我们。如果说什么人最应该受这火刑，那么这个人就是你。明天我就烧死你。我说完了[②]。’”

伊凡不再说下去。他刚才慷慨激昂，兴致勃勃，可临结束的时候又突然露出了微笑。

阿廖沙自始至终在默默地听他说，他心情非常激动，屡次想打断哥哥的话，但显然是克制住了自己，最后却忍不住一跃而起，突然说道：

“但是……这太荒唐了！”他脸红耳赤地大声说，“你的长诗是对耶稣的赞美，而不是指责……像你原来打算做的那样。关于自由的那些话，谁会相信你呢？怎么能这样理解自由呢？怎么能这样理解呢！东正教是这样理解的吗？……这是罗马天主教的理解，而且罗马天主教也不完全是这样理解的。这是谎言——这是最恶劣的天主教徒、宗教法官、耶稣会教士编造的谎言！……像你的宗教大法官那样的角色是绝对没有的。替人类承担责任的罪行是什么样的罪行？那些为人类幸福而遭受诅咒、保守秘密的人是什么样的人？什么时候见过这样的人？我们知道有那么一些耶稣会教士，他们的名声不好，你说的就是那些人吗？他们完全不是那样的人，完全不是的……他们只不过是为建立未来的世界王国而组成的一支罗马军团，为首的是皇帝——罗马教皇……这就是他们的理想，并没有任何神秘

---

① 详见《圣经·新约·启示录》第6章第9—11节。

② 原文为拉丁文。

之处和忧天下之心……仅仅是权欲而已，希望攫取肮脏的人世的利益，奴役人民……就好像未来的农奴制，由他们充当地主……这便是他们的全部目的。他们也许根本就不信上帝。你那位受苦受难的宗教大法官无非是一种幻想罢了……”

“且慢，且慢。”伊凡笑了，“你太激动了，你说是幻想，就算是吧！当然是幻想。但是请问：难道你真的认为最近几个世纪的整个天主教运动实际上只是为了攫取肮脏的世俗利益的一种愿望吗？是不是巴伊西神甫这样教你的？”

“不，不，相反，巴伊西神甫有一次说过跟你类似的话……不过，当然不一样，完全不一样。”阿廖沙赶忙改口说。

“不过这是个十分宝贵的信息，虽然你加了一句‘完全不一样’。我就是要问你：为什么你那些耶稣会教士和宗教法官仅仅为了肮脏的物质利益才纠集到一起呢？为什么他们中间就不可能出现一位热爱人类、被巨大的不幸所折磨的受难者呢？请你作个假设：在所有这些只企图攫取肮脏的物质利益的人中间，总能找出哪怕一个像我的宗教大法官那样的人。为了使自己成为一个自由完美的人，他在沙漠里吃过草根，发疯似的克制自己肉体的欲望，尽管一生爱着人类，可是突然领悟到而且亲眼看到，其余的千千万万的上帝子民只不过是继续充当被嘲弄的角色，他们永远无法正确利用自己的自由，从这些可怜的叛逆中间永远不会产生能够建成高塔的巨人，而伟大的理想家所追求的和谐并非为了这些笨鹅——这样的话，即使获得了彻底的自由，道德上的满足感也是有限的。他明白了这一切之后，就回来加入到……聪明人的行列中去了。难道这种情况不可能发生吗？”

“加入到什么人的行列？是些什么样的聪明人？”阿廖沙几乎在狂热中大声问道，“他们中间没有一个人具有这样聪明的头脑，也没有这样的秘密……仅仅是不信上帝而已，这便是他们的全部秘密。你的那位宗教大法官不信上帝，这便是他的全部秘密！”

“就算是这样吧！你终于猜到了。事情确实如此，全部秘密确实就在这里。但是难道这不是痛苦吗？即使对于像他这样为了修行而在沙漠里度过了一生，却还是无法抛弃对人类的爱的人来说，这不也是一种痛苦吗？直到垂暮之年他才明确地意识到，只有伟大而可怕的魔鬼的劝告才可以为这些软弱无能的叛逆者——创造出来专供嘲笑、尚未完成的试验品——建立一种尚能容忍的秩序。你瞧，他确信这一点之后便发现，应该沿着那聪明的魔鬼，那可怕的死亡和毁灭的魔鬼所指点的方向前进，为此就应该采用许诺和欺骗的方法，有意识地引导人们走向死亡和毁灭，而且一路上要不断地欺骗他们，使他们不至于发觉要把他们引向何处，让这些可怜的瞎子哪怕在途中还认为自己是幸福的。请注意，这欺骗是以他的名义，以老人终身信奉其理想的那个人的名义进行的！难道这不是一种不幸吗？假如这样一个人在无意间充当了率领这支仅仅为了肮脏的利益而渴望权力的军队的首领，哪怕这样的人仅仅只有一个，那么这个人难道就不足以导致一场悲剧吗？不仅如此，单单这样一个担任首领的人就足以最终袒露包括所有军队和耶稣会会员在内的罗马天主教会的整个灵魂和最高理想。我坦率地告诉你，我坚信，在领导这个运动的首领中间，永远不会缺乏这样的人。谁知道呢，也许在前前后后的罗马教皇中不乏这样的人。谁知道呢，也许这位可恶的老头，那么顽固、那么独特地热爱人类的人，至今尚存，只不过是以许多这样的个别老人所组成的整整一批人的形式出现的，而且绝非偶然，相反，已经达成了一种默契，成了一个建立已久的秘密联盟，其目的是要保守秘密，不让不幸而软弱的人们知道这个秘密，以便使他们成为幸福的人。这种情况肯定存在，而且理所当然地应该存在。我隐隐约约感到，甚至在共济会会员身上，骨子里也有类似这种秘密的东西，而天主教徒之所以那么憎恨共济会员，就是因为看到他们是自己的竞争对手，看到了统一的理想遭到了破坏，而这时候恰恰需要统一的羊群，恰恰只需要一个牧人……不过我在为我的想法辩护的时候，我的样子简直像一个被你批驳得体无完肤的作者。算了，别谈这些了。”

“也许你自己就是个共济会员！”阿廖沙忍不住脱口而出，“你不信上帝。”他又添了一句，但神情却非常忧伤。他觉得哥哥看着他的目光中带着嘲弄的意味。“你的长诗准备怎样结尾呢？”他突然问，眼睛望着地下，“或者已经结束了？”

“我打算安排这样一个结尾：宗教大法官说完后等了一会儿，看那囚犯怎样回答。囚犯的沉默使他感到难受，他发觉囚犯自始至终都在仔细地平心静气地听他说，两眼定定地望着他，显然不想说一句反驳的话。老人十分希望他说点什么，哪怕是刺耳可怕的话。但是他突然一声不响地走到老人身边，轻轻地吻他那九十岁老人没有血色的嘴唇。这便是他的全部回答。老人不禁打了个寒战。他的嘴唇抽搐了一下，他走到门口，打开门，对囚犯说：‘你走吧，再也别来了……千万别来了……永远，永远！’说着便放他到‘城里的黑暗的大街上’。于是囚犯就离开了。”

“那老人呢？”

“那一吻在老人心头燃烧，但他依然坚持原来的想法。”

“你也同意他的想法吗？你也赞成吗？”阿廖沙忧伤地大声问道。伊凡笑了起来。

“这是胡编乱造，阿廖沙，这是一个愚蠢的大学生瞎编的一部愚蠢的长诗。他连两行正正经经的诗都没有写过呢，你干吗这么当真？你是不是认为我现在就要直接去找耶稣会的人，加入到纠正他行为的行列中去？天哪，这关我什么事！我可是跟你说过了，我只想熬到三十岁，然后就把人生的酒杯往地上一摔！”

“那些嫩枝绿叶呢？那些宝贵的坟墓呢？那蔚蓝的天空呢？那心爱的女人呢？你将怎样生活呢？你怎样去爱这些呢？”阿廖沙哀叹道，“你内心和头脑里藏着这么一个地狱，怎么能活下去呢？对了，你准备离开这里的目的就是要加入到他们的行列中去……不然，你就会自杀，你是无法忍受的！”

“有一种力量能忍受一切！”伊凡冷笑着说。

“什么力量？”

“卡拉马佐夫式的力量……卡拉马佐夫式的下流行为的力量。”

“这就是沉湎于荒淫无耻的生活，使灵魂腐化堕落，是吗？是这样吗？”

“也许是的，这……只是在三十岁之前，也许我能避免，往后嘛……”

“你怎么能避免得了呢？用什么方法避免呢？既然你有那些想法，要避免是不可能的。”

“还是用卡拉马佐夫式的方法。”

“那不是‘为所欲为’吗？什么都允许做，是这样吗？是这样吗？”

伊凡皱起了眉，脸色突然莫名其妙地变得苍白起来。

“噢，你这是抓住了昨天那句使米乌索夫十分生气的话……就是德米特里哥哥十分天真地跳出来抢着说出的那句话，是不是？”他撇着嘴苦笑了一下，“是的，既然已经那么说了，也许就是‘为所欲为’这句话。我不否认。况且米佳这样说也没错。”

阿廖沙默默地注视着他。

“弟弟，我打算离开的时候心里在想，这世界上我至少还有你这样一个人。”伊凡突然很有感触地说，“但是现在我发现，你心中也没有我的位置。我亲爱的修士。我不否认‘为所欲为’这个公式，结果怎么样呢，为此你要跟我决裂，是吗？是这样吗？”

阿廖沙站起来走到他身边，默默地轻轻吻了吻他的嘴唇。

“你这是剽窃！”伊凡大声说，突然变得高兴起来，“你这是剽窃我的长诗！不过我要谢谢你。起来，阿廖沙，咱们走吧。我该走了，你也该走了。”

他们走出房间，但又在酒馆的门口停下了。

“听我说，阿廖沙，”伊凡的口气很坚决，“如果以后我真有闲情逸致去欣赏那些嫩枝绿叶，那只有在想起你的时候才会去爱它们。只要你还在某个地方活着，那我就感到满足了，我也就不会不想活下去。这你满意了吧？要是你愿意，这话至少可以当作爱的表白。现在你我各奔东西——不谈这些了，听见没有，不谈了。就是说假如明天我不走（我觉得我肯定要走），我们再见面的话，那么你别再跟我提起这些话题，一句话也别提。这是我坚决的请求。至于德米特里哥哥的事也一样，我特别请求你，今后任何时候你也别跟我提他的事。”他突然气呼呼地补充了一句，“一切都谈完了，一切都谈够了，是这样吗？作为交换条件，我也答应你一件事：到了三十岁，当我想把生命的酒杯摔到地上的时候，那么不论你在什么地方，我一定会来跟你畅谈一次……哪怕从美国赶来，这一点你要记住。我要特地来看你。到那时候再看看你成了什么样的人，那肯定是很有意思的。你瞧，我这诺言够郑重其事了吧？我们也许真的要分别六七年，甚至十年。好了，现在你到塞拉芬神甫[①]那儿去吧，他不是快要死了吗？如果他死的时候你不在他身边，说不定你又要生我的气了，因为是我耽误了你的时间。再见了，再吻我一下，就这样，你走吧……”

伊凡突然一转身，头也不回地走了。这跟昨天德米特里哥哥离开阿廖沙的情形很相像，只不过昨天是另外一回事。这个奇怪的小小的发现此刻像箭一样在阿廖沙充满了忧伤和悲哀的脑海里一闪而过。他等了一会儿，目送着哥哥渐渐远去。不知为什么，他突然发现伊凡走路时有点摇摆，从后面望去他的右肩好像比左肩低些。从前他没有注意到这个情况。不过，他自己也突然转过身，几乎奔跑似的向修道院走去。天色已经黑得厉害，他几乎有点害怕了。他心中那种新的难以名状的感觉变得越来越强烈。天空中像昨天一样刮起了大风。当他走进修道室那片树林的时候，前后左右的千年古松发出凄厉的呼啸声。他简直在奔跑了。“‘塞拉芬神甫’——这名字不知从哪儿听到的？究竟听谁说的？”阿廖沙脑海里闪过这念头，“对了，是伊凡，可怜的伊凡说的，今后什么时候我还能见到他呢……好了，修道室到了，谢天谢地！是的，是的，只有他，只有这位塞拉芬神甫才能拯救我……使我永远不受他的影响！”

后来，他一生中好几次回想起来都觉得奇怪：他刚才和伊凡分手之后，怎么突然把德米特里哥哥忘得精光了呢？就在今天早晨，仅仅在几个小时之前，他还决定无论如何要找到他，找不到就不回去，即使今天晚上回不了修道院也不在乎。

---

① 原文为拉丁文。即创立了方济各会的意大利圣方济各，此处指佐西马长老。

六　暂时还很不清楚的一章

伊凡·费奥多罗维奇跟阿廖沙分手后，就动身回家。但奇怪的是，一阵难以忍受的烦恼突然向他袭来，而且每走一步，离家越近，这烦恼也就越厉害。奇怪的倒不在于烦恼本身，而在于伊凡·费奥多罗维奇无法确定这烦恼究竟是怎么回事。以前他也常常有烦恼的时候，此刻出现烦恼也不值得大惊小怪，因为明天他准备跟原先吸引他到这里来的一切一刀两断，重新来个急转弯，踏上前途未卜的新路，重新成为一个完全孤独的人，像从前一样，怀抱着种种希望，却又不知道希望些什么，对生活有着许许多多的期待，却连自己也说不清究竟期待什么，甚至说不清自己究竟想要干什么。尽管他内心确实有一种新的莫名的烦恼，但此刻折磨他的却完全不是这种烦恼。“是不是讨厌父亲这个家呢？”他暗自想道。“好像是的，实在令人讨厌，尽管我今天是最后一次踏进这个肮脏的门槛，但还是感到讨厌……不，这也不是原因。那么是不是跟阿廖沙分手了，还有刚才那番谈话？”多少年来我没有跟世界上任何人深谈过，也不屑于跟他们交谈，今天突然说了那么一大堆废话。的确，这只能是年轻人的天真幼稚和年轻人的虚荣心引起的年轻人的懊丧心情，这只能怪自己不善于充分表达思想，而且谈话的对象又是像阿廖沙这样的人，对阿廖沙他心里无疑抱着很大的希望。当然，这也是事实，也就是说这种懊丧的心情是存在的，甚至是肯定无疑的，但这也不是原因，不全是这个原因。“烦恼到厌恶的程度，然而却无法弄清自己究竟想干什么。还是不去想它吧……”

伊凡·费奥多罗维奇试图“不去想它”，可是这也没有用。关键是这种令人懊丧、令人生气的烦恼具有某种偶然的、完全是表面的形式。这能隐隐约约地感觉到。他觉得在某个地方，有一个人或者有一样东西老是矗立在那儿，就好像有时候某种东西老戳在你眼皮底下一样，当你做事或者热烈交谈的时候你好久都不会注意它，但是你又显然会感到生气，几乎感到痛苦，到最后你终于会明白要除掉那个无用的东西，往往是某个极其无聊可笑的物体，某件被遗忘的不在原处的东西，比如掉在地上的一块手帕，没有放进书橱的一本书，等等。伊凡·费奥多罗维奇在心情极端恶劣和气恼的情况下最后终于走到了父亲的家门口。突然，就在离开围墙门约莫十五步的地方，他抬头向大门一望，终于一下子明白了刚才如此折磨他、如此使他心神不宁的东西究竟是什么。

仆人斯梅尔佳科夫坐在大门口的长椅上乘凉，伊凡·费奥多罗维奇从见到他的第一眼起就立即明白了，原来仆人斯梅尔佳科夫盘踞在他心底里，他的心灵无法忍受的正是这个人。一切都豁然开朗，变得清清楚楚。刚才，还在阿廖沙谈到他遇见斯梅尔佳科夫的时候，一种阴暗的令人厌恶的东西一下子扎进他的心窝，并且立即引起了恼怒的反应。后来，在跟阿廖沙谈话的过程中，斯梅尔佳科夫暂时被忘记了，但仍然留在他心里。他跟阿廖沙刚一分手，独自回家的时候，那被忘却的感觉突然又迅速冒了出来。“难道这下贱的混蛋竟会使我这样心神不宁吗？”他不禁怒气冲冲地想道。

问题在于最近一段时间，尤其是这几天，伊凡·费奥多罗维奇确实非常讨厌这个人。甚至他自己都开始觉察到对这个人抱着一种日益强烈的憎恨的态度。也许，憎恨所以变得如此强烈，恰恰是因为伊凡·费奥多罗维奇刚到我们这里来的时候情况完全相反。那时候伊凡·费奥多罗维奇对斯梅尔佳科夫抱着某种特别的同情，甚至认为他是个很独特的人，他主动教斯梅尔佳科夫养成跟他说话的习惯，但是对他的糊涂思想，或者说得更确切些，对他的胡思乱想感到奇怪，不明白究竟是什么东西使“这个旁观者”如此心神不宁。他们还谈论过哲学问题，甚至讨论过这样一个问题：既然太阳、月亮和星星是第四天才创造出来的，那为什么第一天就有了光？对这问题应该怎样理解？但伊凡·费奥多罗维奇很快就确信，问题根本就不在于太阳、月亮和星星，虽然这是个有趣的话题，但对斯梅尔佳科夫来说却是极其次要的，他需要的完全是另一种东西。不管怎么说，一种无限的自尊，而且是受过伤害的自尊心逐渐显现和暴露出来。伊凡·费奥多罗维奇对这一点很不喜欢。他的厌恶心理也由此而产生了。后来家里发生了争吵，格鲁申卡出现了，德米特里哥哥闹起了纠纷，种种麻烦接踵而来——他们也谈过这些事，但是尽管斯梅尔佳科夫谈起这些事的时候心情异常激动，却始终弄不明白他自己对这些事情究竟抱什么态度。有时候他会情不自禁地流露出某些愿望，但这些愿望始终十分模糊，紊乱而不合逻辑到令人吃惊的地步。斯梅尔佳科夫老想刨根究底，提出种种旁敲侧击的、显然经过深思熟虑的问题，但究竟为了什么目的——他并不加以解释，而且往往在打听得最起劲的时候突然住口了，或者扯到别的完全不相干的事情上去。不过最后使伊凡·费奥多罗维奇大为光火并且产生强烈厌恶的主要原因，还是斯梅尔佳科夫开始对他表现出一种特别令人讨厌而且越来越明显的亲昵态度。倒不是说他怎么放肆无礼，相反，他说话的时候始终毕恭毕敬，但是问题在于斯梅尔佳科夫不知为什么显然认为自己在某些方面跟伊凡·费奥多罗维奇好像是互相支持的，说话的口气好像他们两人之间私下有什么秘密的约定，而且只有他们俩知道，而他们周围那些忙忙碌碌的凡人是无法理解的。但是伊凡·费奥多罗维奇好久都不明白引起自己日益增长的厌恶的真正原因，直到最近才终于猜到是怎么回事。现在，他怀着鄙视和气恼的心情打算一声不响地径直走过，不朝围墙小门旁的斯梅尔佳科夫看一眼。可是斯梅尔佳科夫从长椅上站起来，伊凡·费奥多罗维奇单凭这个动作就立刻猜到他想跟他进行一次特殊的谈话。伊凡·费奥多罗维奇看了他一眼，停下了脚步。他突然站住，并没有像一分钟之前希望的那样径直走过。这件事本身就使他气得发抖。他满怀愤怒和厌恶地看着斯梅尔佳科夫那张像阉割派教徒般瘦削的脸，用梳子理齐的鬓角和一小撮隆起的头发。斯梅尔佳科夫眨动着略微眯缝的左眼，露出一丝嘲笑，仿佛在说："你干吗一直走啊，你不会不停下来的。你瞧，咱们两个聪明人有话要说呢！"伊凡·费奥多罗维奇气得直发抖。

"给我滚，混账东西，我跟你不是一路货，笨蛋！"这话眼看就要脱口而出，可令他不胜惊讶的是，从他嘴里说出来的却完全是另一番话：

"父亲怎么样，在睡觉还是已经醒了？"他说话的语气平静而温和得完全出乎他自己的意料，接着他又突然在长椅上坐了下来，这同样出乎他的意料。事后回想起来，当初一刹那间，他几乎感到有点害怕了。斯梅尔佳科夫面对他站在那儿，倒背着双手，充满自信、近乎严厉地望着他。

"还在睡觉，少爷。"他不慌不忙地说（他好像是要说：首先开口说话的是你，而不是我），“我觉得你真奇怪，少爷。”他沉默了片刻之后补充了一句，还装模作样垂下眼睛，伸出右脚，玩耍似的来回划动漆黑的鞋尖。

“我有什么可让你奇怪的？”伊凡·费奥多罗维奇竭力控制着自己，严肃地一字一顿说。但在厌恶的同时，他又突然感到自己正怀着一种强烈的好奇。在这种好奇得到满足之前，他是无论如何不会离开的。

“为什么你不去契尔马什尼亚，伊凡？”斯梅尔佳科夫突然抬起眼睛，亲昵地微笑着说。而他那略微眯缝的左眼似乎在说：“既然你是个聪明人，就该明白我为什么要笑。”

“为什么我要到契尔马什尼亚去？”伊凡·费奥多罗维奇感到奇怪。

斯梅尔佳科夫又沉默了片刻。

“费奥多尔·巴夫洛维奇老爷为这事亲自求过你。”他终于不慌不忙地说，似乎连他本人对自己的回答也不怎么当回事，只是随便找个次要的理由搪塞一下，无非为了说点什么。

“嘿，你这鬼东西，说明白些，你究竟想干什么？”伊凡·费奥多罗维奇终于气呼呼地喊了起来，语气也由温和变为粗暴。

斯梅尔佳科夫把右脚靠近左脚，挺直了身子，继续望着他，神态依然那么镇定，脸上依然带着那种微笑。

“没什么要紧的事，少爷……随便聊聊……”

又出现了冷场，双方沉默了几乎有一分钟。伊凡·费奥多罗维奇知道，他这时候应该马上站起来发一通脾气，而斯梅尔佳科夫站在他面前，似乎也在等着他发脾气。“我倒要看一看，你究竟会不会发脾气？”至少伊凡·费奥多罗维奇是这样想的。他终于晃动了一下身子，准备站起来。斯梅尔佳科夫适时地抓住了这个机会。

“我的处境太可怕了，伊凡·费奥多罗维奇，我都不知道该怎么办才好。”他突然语气坚定地一字一句说道，说到最后一句的时候还叹了口气。伊凡·费奥多罗维奇马上又坐了下去。

“他们俩完全在胡闹，两人都在耍小孩脾气。”斯梅尔佳科夫继续道，“我说的是您父亲和您哥哥德米特里·费奥多罗维奇。现在费奥多尔·巴夫洛维奇只要一起床，就立即缠着我一个劲儿地问：‘她怎么还没来？为什么没有来？’这样一直到半夜，甚至过了半夜还是这样。要是阿格拉费娜·亚历山德罗芙娜没来（也许她就根本不想来），那第二天早晨准会冲着我喊：‘她为什么没来？她干吗不来？什么时候来？’她不来好像是我的过错。另一方面呢，也是同样的腔调。天刚黑，甚至天还没黑，你哥哥就拿着枪出现在附近，对我说：‘给我看着点儿，你这骗子，你这只会煮汤的厨子，要是不留神给我放过了她，她来了你不告诉我——我就先宰了你！’过了一夜，第二天一早，他像费奥多尔·巴夫洛维奇一样，又开始拼命折磨我：‘为什么她没来？快来了吧？’那位太太不来好像又是我的过错。他俩火气一天比一天大，一小时比一小时旺，吓得我有时候真想自杀。少爷，我拿他们真是没有办法。”

“你干吗自己要牵扯进去？当初你为什么要给德米特里·费奥多罗维奇当探子？”伊凡·费奥多罗维奇生气地说。

“我怎么能不牵扯进去呢？假如你想知道事情的真相，那我就根本不想牵扯进去。我从一开始就保持沉默，不敢说个不字，而他硬要我做他的奴仆，做他的利喀斯[①]。从那时候起他就只知道翻来覆去说一句话：‘要是你不留神放过了她，我就杀了你这骗子！’我觉得，我明天肯定会犯一次长时间的癫痫。”

“什么长时间的癫痫？”

“犯病时间很长的那种，持续时间非常长，一连几个小时，也许一整天，甚至持续到第二天。有一次我连续犯了将近三天，当时还从阁楼上摔了下来。抽风停了又发，发了又停，反复了好多次，整整三天没醒过来。费奥多尔·巴夫洛维奇派人去请本地的医生赫尔岑斯图勃，他用冰块敷在我头上，还用另外的方法治疗……我差一点儿没死去。”

“不过听说什么时候要犯癫痫病预先是没法知道的，你怎么说明天会

① 希腊神话中大力士赫居里斯的仆人。

犯呢？”伊凡·费奥多罗维奇又气恼又好奇地问道。

“这确实是无法预知的。”

“再说当时你从阁楼上摔了下来。”

“阁楼我天天爬，说不定明天也会从阁楼上摔下来。不是从阁楼上摔下来，就是掉进地窖。地窖我也是天天去的，非去不可。”

伊凡·费奥多罗维奇盯着他看了好久。

“我看你这是在胡扯，我真有点不明白你。”他声音很轻，但似乎带点威胁，“你是不是想从明天起假装发三天癫痫？嗯？”

斯梅尔佳科夫眼睛望着地下，重新玩起右脚的鞋尖，接着又收回右脚，伸出左脚，抬起头，冷笑着说：

“假如我真的能玩这套把戏，也就是说会装假——这对一个有经验的人来说，没有什么困难，那我完全有权利采用这个办法来救自己的命，因为当我生病躺在床上的时候，即使阿格拉费娜·亚历山德罗芙娜到了你父亲那儿，他也不可能再去问一个生病的人：‘为什么你没有向我报告？’他自己也会感到不好意思的。”

“嘿，真见鬼了！”伊凡·费奥多罗维奇突然冲着他吼道，他的脸也气得扭曲了，“你怎么老是担心自己的性命！德米特里哥哥这些威胁的话只是气头上说的，没有别的意思。他不会杀你的。他要杀的不是你！”

“他杀人就像捻死一只苍蝇那样不当回事，首先要杀的就是我。我最怕的倒是另外一件事：如果他对自己的父亲做出什么荒唐的举动，千万别把我当作他的同谋。”

“为什么要把你当作他的同谋？”

“我把极秘密的暗号告诉了他，所以会把我当作同谋。”

“什么暗号？告诉了谁？见你的鬼，说明白些！”

“我得老老实实地承认，”斯梅尔佳科夫用学究式的镇静慢腾腾地说，“我跟费奥多尔·巴夫洛维奇有个秘密。您自己也知道（要是您想知道的话），已经有好几天了，一到夜里，甚至天刚黑下来，他就立刻从里面反锁上大门。您每次都很早回到楼上的房间里，昨天就根本没有下楼，所以您也许不知道他现在每天夜里都把门锁得紧紧的。就是格里戈里·瓦西里耶维奇来，他也要凭声音断定是他之后才开门。不过，现在格里戈里·瓦西里耶维奇也不来了，因为现在只有我一个人在房间里侍候他老人家——这是他跟阿格拉费娜·亚历山德罗芙娜勾搭上以后亲自规定的，而且现在根据他的吩咐，夜里我也离开他到厢房里过夜，但又不准我在半夜前睡觉，叫我守夜，时不时起来到院子里查看，等阿格拉费娜·亚历山德罗芙娜来，因为他像发了疯似的已经连续等她好几天了。他是这样说的：她怕他，就是怕德米特里·费奥多罗维奇（他鄙夷地叫他米坚卡），要是她来了，那你就立即跑到门口敲我的门，或者到花园里敲我的窗户，先轻轻敲两下，就这样——'笃、笃'，然后再连敲三下，速度要快——'笃、笃、笃'。他说，这样我马上就会明白是她来了，我会悄悄给你开门。一旦出现什么紧急情况，他还告诉我另外一个暗号：先很快敲两下，笃、笃，停一停，再重重地敲一下。他就会明白这是发生了意外情况，我必须见到他，这样他也会给我开门，我就进去向他报告。这样做就是为了防备阿格拉费娜·亚历山德罗芙娜自己不能来而派人送什么消息。另外，德米特里·费奥多罗维奇也可能会来，所以也得向他报信，说他已经到了附近。他很怕德米特里·费奥多罗维奇，所以即使阿格拉费娜·亚历山德罗芙娜已经来了，他跟她两人关起门躲在房间里，而德米特里·费奥多罗维奇这时候在附近出现的话，那么我也必须马上向他报信，敲三下门。第一个暗号敲五下就表示：'阿格拉费娜·亚历山德罗芙娜来了。'第二个暗号敲三下表示：'有急事要报告。'他还好几次亲自做样子教我，向我详细解释。因为天底下只有我跟他两个人知道这些暗号，所以他会毫不犹豫地不声不响地给我开门（他很怕喊出声音）。现在这些暗号德米特里·费奥多罗维奇也知道了。”

“他怎么会知道的？是你告诉他的吧？你怎么能告诉他呢？”

“就是因为害怕啊，少爷，我怎么敢瞒着他？德米特里·费奥多罗维奇天天逼我：'你是不是在骗我？你有事情瞒着我吗？看我打断你的腿！'我只好把这些暗号告诉了他，让他至少感到我对他像奴才一般忠诚，因此相信我没有骗他，相反——有什么消息我会立即向他报告的。”

“如果你认为他会利用这些暗号进去，那你别放他进来。”

“即使我明知道他这个人十分蛮横，不放他进来，那么如果我自己犯了病躺在床上，我又怎么能不放他进来呢？”

“嘿，见你的鬼去吧！为什么你这样自信一定会犯病呢，你这鬼东西？你是不是想嘲弄我？”

“我哪里敢嘲弄你呢？我怕得要死，哪里还顾得上嘲笑？我预感到会犯病的，我有这种预感，单单惊吓就会把我吓出病来。”

“嘿，去你的吧！如果你病倒在床上，那么格里戈里会把守的。你事先通知格里戈里，他也就不会放他进来了。”

“没有老爷的命令我是无论如何也不敢把这些暗号告诉格里戈里的，至于要格里戈里·瓦西里耶维奇听到他来了不放他进来，那么昨天他刚巧病倒了，玛尔法·伊格纳季耶芙娜正打算明天给他治病呢。刚才大家这样商量好了。他们治病的方法也挺有趣：玛尔法·伊格纳季耶芙娜会配一种药酒，平时一直备着，那是挺厉害的烈性酒，里面浸着一种草药——这还是秘方呢。他们就用这秘方给格里戈里·瓦西里耶维奇治病，一年治三次，格里戈里·瓦西里耶维奇每年总要犯上三次病，犯病的时候腰背一点儿也不能动弹，跟瘫痪了似的。玛尔法·伊格纳季耶芙娜拿一块毛巾，蘸上药酒，再上上下下擦他的背，擦半小时，擦干为止，甚至擦到皮肤全部发红、发肿，再把瓶里剩下的酒给他喝，还念几句祷词，但不让他全喝光，因为她趁这难得的机会也留一点儿自己喝。我告诉您，他们俩平时不喝酒，所以一喝就醉，呼呼地大睡一觉。格里戈里·瓦西里耶维奇一觉醒来，毛病几乎全好了，而玛尔法·伊格纳季耶芙娜醒了以后总要头疼。您瞧，要是玛尔法·伊格纳季耶芙娜明天照这老办法治病，他们不一定能听到德米特里·费奥多罗维奇来并且不让他进屋。他们正呼呼大睡呢。”

“真是一派胡言！你犯癫痫，而他们老两口又睡得昏昏沉沉，这些事情好像都特意凑到一块儿了。”伊凡·费奥多罗维奇大声喊道。“是不是你自己故意这样安排的？”他突然脱口而出，威严地皱起眉头。

“我怎么能这样安排呢，少爷？……又何必这样做呢？现在所有的事情都取决于德米特里·费奥多罗维奇一个人，取决于他怎么想……他想干什么就干什么。要是他不想干，我总不至于硬把他拉过来，把他推进他父亲的房间里吧。”

“既然你说阿格拉费娜·亚历山德罗芙娜根本不会来，那他为何还要到父亲那儿，而且还要偷偷摸摸地去呢？”伊凡·费奥多罗维奇继续说道，他气得脸都发白了。“这是你自己说的，而且我住在这里的时候，始终相信老头只不过是幻想罢了。那女人是绝不会到他那儿去的。既然她不会去，那德米特里为什么硬要闯到老头那儿？你说！我倒要听听你的想法。”

“您自己知道他为什么要来，何必要问我的想法呢？他要来是因为恨他呀，或者我犯病可能会引起他的怀疑，他有了怀疑就会迫不及待地到各个房间里寻找，就像昨天那样问我：‘她来了没有？有没有瞒着我偷偷溜了进来？’他也完全知道费奥多尔·巴夫洛维奇准备好了一个大信封，里面装了三千卢布，封口上打了三个火漆印，用缎带捆得结结实实，上面亲笔写着：‘如愿光临，即以三千卢布聊作薄礼献给我的天使格鲁申卡。’过了三天之后又添了几行字：‘献给我的小鸡。’你瞧，这也是可疑的地方。”

“胡说！”伊凡·费奥多罗维奇几乎发狂似的吼道，“德米特里决不会来抢这些钱，更不会为了这些钱而杀死父亲。昨天他像气疯的傻瓜似的，也许为了格鲁申卡会杀死父亲，但是他绝不会来抢这些钱！”

“他现在很需要钱，需要到了极点。伊凡·费奥多罗维奇。你简直不知道他需要到什么程度。”斯梅尔佳科夫态度镇定、口气明确地解释道，“再说这三千卢布他认为简直就是他自己的钱，他亲口对我这样说：‘父亲还欠我整整三千卢布！’除了这些以外，伊凡·费奥多罗维奇，您得考虑另外一件明摆着的事情。应该说，这几乎是肯定无疑的了：只要阿格拉费娜·亚历山德罗芙娜自己愿意，她肯定会让他，也就是费奥多尔·巴夫洛维奇老爷娶她，只要她自己愿意，说不定她还真的愿意呢。我说她不会来的，那也只是说说罢了。而她也许非常愿意，不只愿意，简直还想做老爷明媒正娶的太太呢。我知道她那位商人萨姆索诺夫十分坦率地对她本人说过，这种买卖的确不错，一边说还一边笑呢。她自己也不傻。她绝不会嫁给像德米特里·费奥多罗维奇那样的穷光蛋。好了，您把这个因素也考虑进去，您想想，伊凡·费奥多罗维奇，到那时候，无论是德米特里·费奥多罗维奇，还是您和弟弟阿列克谢·费奥多罗维奇，父亲死后什么也不会留给你们，一个卢布也不剩了。因为阿格拉费娜·亚历山德罗芙娜肯嫁给他的目的就是要把他的财产全部归她，把所有资产都转到她名下。如果这种情形暂时还没有发生而你父亲现在死了，那么你们每人就能马上分到四万卢布，甚至他恨得咬牙切齿的德米特里·费奥多罗维奇也能分到，因为他还没有立下遗嘱……这些事情德米特里·费奥多罗维奇都一清二楚……”

伊凡·费奥多罗维奇的脸似乎抽搐了一下，突然变得通红。

“既然这样，”他突然打断斯梅尔佳科夫，“那你为什么还劝我到契尔马什尼亚去？你这话是什么意思？我一走，你们这里就会出事的。”伊凡·费奥多罗维奇上气不接下气地说。

“您说得完全正确。”斯梅尔佳科夫审慎地轻轻说道，但是目光却紧紧盯着伊凡·费奥多罗维奇。

“什么完全正确？”伊凡·费奥多罗维奇反问道，他竭力控制自己，眼睛里冒着怒火。

“我这样说是因为同情您。要是我处在您的位置，那我就什么都撒手不管……干吗掺和进去……”斯梅尔佳科夫回答说，神色泰然地望着伊凡·费奥多罗维奇闪闪发亮的眼睛。两人沉默了片刻。

“看来，你是个十足的白痴，当然……也是个可怕的坏蛋！”伊凡·费奥多罗维奇从椅子上一跃而起。接着，他又打算马上走进院门，但又突然站住了，朝斯梅尔佳科夫转过身。这时候出现了一种奇怪的情形：伊凡·费奥多罗维奇突然像抽筋似的咬住了嘴唇，握紧拳头，那架势好像马上就要向斯梅尔佳科夫扑过去。此刻，对方至少发觉了这一点，浑身哆嗦了一下，身子往后一仰。但这一刹那对斯梅尔佳科夫来说总算平安无事地过去了。伊凡·费奥多罗维奇一声不响但又好像有点茫然不知所措地转身向院门走去。

“我要到莫斯科去了，如果你想知道的话——明天一早就走——事情到此结束！”他突然恶狠狠地一字一顿地大声说道。事后他自己都感到奇怪，当初有什么必要对斯梅尔佳科夫说这些话。

“这样再好也没有了，少爷。”斯梅尔佳科夫马上表示赞同，仿佛他就盼着他这句话，“不过要是这里出了什么事，还会发电报到莫斯科麻烦您的。”

伊凡·费奥多罗维奇又一次站住了，又一次迅速地朝斯梅尔佳科夫转过身，跟原先一模一样。斯梅尔佳科夫那种亲昵和漫不经心的神情顷刻间消失了，他的整个脸上露出专心致志和迫切期待的表情，但这已经是畏怯和卑顺的表情，好像在说：“你也许还有什么话要说吧？是不是要补充点什么？”从他那紧紧盯住伊凡·费奥多罗维奇的目光中可以看出这个意思。

“要是出了这样的事情……难道就不会把我从契尔马什尼亚叫回来吗？”伊凡·费奥多罗维奇突然吼叫起来，他不知道为什么突然可怕地提高了嗓门。

“即使您到了契尔马什尼亚……也会麻烦您的……”斯梅尔佳科夫几乎耳语似的喃喃说道，一副茫然若失的样子，但依然目不转睛地望着伊凡·费奥多罗维奇。

“只是莫斯科远些，契尔马什尼亚近些，你坚持要我去契尔马什尼亚是怕我多花路费吗？或者是可怜我，怕我绕个大圈子吗？”

“一点儿不错，少爷……”斯梅尔佳科夫哆哆嗦嗦地说，低三下四地赔着笑脸，同时又战战兢兢地做好了及时向后倒退的准备。但是使斯梅尔佳科夫惊讶的是，伊凡·费奥多罗维奇突然放声笑了起来，一边笑一边疾步走进了院门。这时候假如有人看一眼他的脸，那肯定会得出这样的结论：他完全不是因为心里快活才放声大笑。甚至连他自己也无论如何说不清楚在那一瞬间他到底怎么了。他的动作和走路的样子简直跟抽筋一模一样。

七 “跟聪明人谈谈也是有趣的”

他连说话也像抽筋似的。他刚走进客厅，就遇见了费奥多尔·巴夫洛維奇，于是挥舞双手冲着他大声嚷道：“我上楼回自己房间去，不是找您的，再见。”说着便走了过去，甚至尽量不看父亲一眼。很可能此刻他觉得老头儿实在太可恨了。但他这样肆无忌惮地流露出敌对情绪连费奥多尔·巴夫洛维奇都感到突然。而老头儿看样子也真的想告诉他什么，所以才特意到客厅来迎接他。一听到他这种亲切的话语，老头儿一声不响地站住了，带着嘲笑的神色目送着可爱的儿子登上楼梯走进阁楼，直到看不见为止。

“他这是怎么啦？”他连忙问跟着进来的斯梅尔佳科夫。

“大约在生气吧，谁知道是怎么回事。”斯梅尔佳科夫躲躲闪闪地嘟囔说。

“真见鬼！让他去生气吧！快把茶端进来，然后给我滚出去，快滚。有没有什么消息？”

接下来便是一连串的盘问，问的就是刚才斯梅尔佳科夫向伊凡·费奥多罗维奇抱怨的那些内容，全是有关他期待的那个女人来不来的问题，这里我们不再啰唆。过了半小时，整座房子都上了锁，老头儿独自一人疯疯癫癫地在房间里走来走去，提心吊胆地等待着那敲门的暗号，不时朝黑洞洞的窗外张望，但除了茫茫的夜色，他什么也看不见。

时辰已经不早了，但伊凡·费奥多罗维奇还没有睡，一直在那里思考。这天夜里他睡得很晚，直到凌晨两点左右才躺下。我们不打算转述他的整个思想活动，而且现在也不是深入探究他内心世界的时候，这留待以后分析。即使我们现在要尝试一番，那恐怕也很难做到，因为那不是几个想法，而是一些非常模糊的，更重要的是令人心神不定的东西。他自己感到心乱如麻。各种各样奇特的几乎完全出乎意料的愿望也在折磨着他，比方说，已经过了半夜，可是他又突然迫切而坚决地想到楼下去，打开门到厨房里把斯梅尔佳科夫痛打一顿。假如您问他为什么，连他自己也说不出个所以然，只觉得这个仆人特别可恨，是世界上最最惹人生气的人。另一方面，这天夜里有一种无法解释的有失尊严的怯懦揪住了他的心。他自己也感到，正是这种怯懦使他浑身没有一点儿力气。他的头脑发胀发晕。一种憎恨的感觉在刺激着他的心灵，仿佛他要对谁进行报复似的——想起刚才跟阿廖沙的那番谈话，他甚至恨阿廖沙，有时候也非常恨自己。至于卡捷琳娜·伊凡诺芙娜，他几乎忘记了去想她，对这一点他事后也感到十分奇怪，尤其是他自己还记得很清楚，还在昨天早上，他在卡捷琳娜·伊凡诺芙娜面前若无其事地夸口说他明天就要到莫斯科去了，可心里却在嘀咕："这是胡说，你不会走的，要割断关系并非像你吹的那样容易。"很久以后，每当回忆起这天夜里的情景的时候，伊凡·费奥多罗维奇总要怀着特别厌恶的心情想起他怎样时不时突然从沙发上站起来，生怕有人在监视他似的，悄悄地打开门，走到楼梯口，倾听楼下房间里的动静，听着费奥多尔·巴夫洛维奇怎样在楼下不时来回走动，每次倾听的时间很长，足有五分钟，而且怀着特别的好奇，凝神屏息，心怦怦直跳，而为什么要这样做，为什么要偷听——当然连他自己也不知道。这个"行为"后来他一辈子都称为"卑鄙行为"，而且一辈子都认为——当然是在内心深处，在自己心灵隐蔽的角落里——这是他一生中最可耻的行为。对父亲本人，当时他并没有感到任何仇恨，却不知道为什么一味地觉得好奇：想知道他在楼下怎样走动，现在大约该做些什么，推测并想象他怎样在楼下朝漆黑的窗外张望，怎样突然站在房间中央一直等着，盼望着有人来敲门。伊凡·费奥多罗维奇为偷听下面的动静到楼梯口去了两三次，直到半夜两三点钟一切归于寂静、费奥多尔·巴夫洛维奇上床睡觉之后，伊凡·费奥多罗维奇才躺下，并且希望赶快入睡，因为他感到疲劳极了。果然，他一会儿就呼呼睡着了，连梦也没有做，但很早就醒过来了。七点钟光景，天已经大亮了。他一睁开眼睛，突然奇怪地感到自己精力异常充沛，于是从床上一跃而起，迅速穿好衣服，接着拖出自己的箱子，立即开始匆匆忙忙地整理起来。所有的内衣恰好昨天早上就已经从洗衣妇那里取来了。想到一切都那么凑巧，那么顺当，没有任何事情耽误他早早离开，他不由得发出了微笑。这次离开确实显得仓促。虽然伊凡·费奥多罗维奇昨天还说过（对卡捷琳娜·伊凡诺芙娜和阿廖沙，后来还对斯梅尔佳科夫说过）他明天要走了，但他记得很清楚，就在昨晚上床睡觉的时候他还没有想过离开的事，至少没有想过第二天醒来的第一件事就是赶紧整理行装。箱子和行李终于准备停当。已经快九点了，玛尔法·伊格纳季耶芙娜上楼像平时每天那样问道："您在哪儿喝茶，在这儿还是到楼下？"伊凡·费奥多罗维奇下了楼，他的神态几乎是快活的，虽然在他身上，在他的谈话中，在他的动作中，似乎显得有点忙乱和仓促。他亲切地向父亲道过早安，甚至还特地问了他的身体情况，但没等父亲说完，他突然宣布过一小时他就要离开这里到莫斯科去，再也不回来了，并且请他打发人去备好马车。老人听了这个消息一点儿也不觉得惊奇，甚至极其不近人情地忘了说几句舍不得儿子离开之类的话，反而想起了自己一件要紧的事情，便慌慌张张地说：

"唉，你啊！昨天怎么没说呢……不过没关系，现在也可以安排妥当的。劳驾帮个忙，我的小祖宗，顺道到契尔马什尼亚去一次，你只要从犍牛镇车站往左一拐，再走那么十二俄里，一会儿就到了契尔马什尼亚。"

"对不起，我不能去：从这儿到火车站八十俄里，到莫斯科的火车晚上七点开出——我刚刚来得及赶上。"

"那你就赶明天的火车，要不就赶后天的火车，今天就拐到契尔马什尼亚去一次。你不花什么力气就可以让我这当父亲的放心！要不是这儿有事，我早就去了，因为那边的事很急也很重要，而我这里现在又走不开……你知道，我在那儿有两片树林，一片在别吉契沃，另一片在贾契舍诺，都是荒地。商人马斯洛夫父子只肯出八千卢布就想砍伐这两片树林，可去年有一个买主肯出一万二千卢布，不过他不是本地人，问题就在这里。因为本地的商人找不到销路：马斯洛夫父子是大户，十万富翁，他们开什么价就什么价，本地商人谁也不敢跟他们竞争。而伊里莫斯基神甫上星期四突然来信说戈尔斯特金来了，那也是个商人，我认识他，好就好在他不是本地人，而是波格列鲍夫人，就是说他不怕马斯洛夫父子，因为他不是本地人。他说这片树林他肯出一万一千卢布，你听见没有？神甫信上说，他在那儿只待一个星期。所以你最好去一次，跟他拍板……”

“那您就写信告诉神甫，请他去拍板。”

“他没这个本领，问题就在这里，这位神甫不会看人。他是个好人，我马上可以把两万卢布交给他保存，连收据也不要他开，可是他不会看人，仿佛不食人间烟火似的，连乌鸦也能把他骗了。你真想不到，他还是个有学问的人。那个戈尔斯特金模样像乡下人，穿件蓝褂子，但脾气性格完全是个下流坯，这是我们共同的不幸：他满口谎言，问题就在这里。有时候他撒谎撒得让人感到奇怪，何必要这样呢。前年他撒谎说他老婆死了，又重新讨了一房，可是根本没有这回事。你想：他老婆根本没死，现在还活得好好的，而且每隔三天就揍她一顿，所以现在要弄明白，他说肯出一万一千卢布把树林买下来，他这话是真的还是假的？”

“我在这方面一点儿也不行，我也不会看人。”

“你等等，别忙啊，你行的，我会把戈尔斯特金的特征都告诉你的。我跟他打交道的时间已经很长了。你得注意看着他的胡子。他的胡子是棕黄色的，又稀又难看。要是他那把胡子在哆嗦，说话时火气很大——那就行了，他是在说实话，是想做买卖，要是他用左手捋着胡子，嘴里嘻嘻哈哈的，那就表明他想骗你，在耍滑头。千万别盯着他的眼睛看，根据他的目光你什么也猜不透的，深奥莫测，真是个骗子，你要看他的胡子！我替你写张条子给他，你给他看。他叫戈尔斯特金，其实大家不叫他戈尔斯特金，而叫他‘猎狗’，可你当面别叫他‘猎狗’，他会生气的。要是跟他谈妥了，一切很顺利，那就马上往这儿写封信。就写这几个字：‘他没有撒谎。’你坚持要一万一，可以减去一千，再减就不行了。你想想，八千和一万一，相差三千呢，这三千就算是白捡的。这样的买主不容易找到，我急着等钱用呢。你只要让我知道，这件事是当真的，那我马上就去了结，我想办法抽个时间。如果这一切都是神甫编出来的，那我去干什么？

好了，你去还是不去？”

“唉，我没时间，你饶了我吧。”

“咳，你就帮父亲一把吧，我会记住的！你们都是没良心的，就是这么回事！一两天工夫对你来说有什么关系？现在你想去哪儿？去威尼斯吗？你的威尼斯两天之内是不会毁灭的。我本想派阿廖沙去，但是阿廖沙能办这种事情吗？你是聪明人，这才派你去，难道我看不出来吗？虽然你不做木材生意，可你有眼光。现在只要你去看一看：那人说话是不是当真。我告诉你，只要看他的胡子：胡子哆嗦，就证明他是当真的。”

“您这是硬逼着要我到那可恶的契尔马什尼亚去吗？”伊凡·费奥多罗维奇提高嗓门喊道，气恼得苦笑了一下。

费奥多尔·巴夫洛维奇没有看到或者不愿看到他气恼的表情，但听到了他的笑声。

“这么说你答应去了，答应去了？我这就给你写张便条。”

“我不知道能不能去，现在我不知道，上了路再决定吧。”

“干吗要上了路再决定呢，现在就定下来。亲爱的，现在就定下来吧！你去谈妥了就给我写两行字，交给神甫，他会马上派人给我送来的。接下来我就不再耽误你了，你尽管到威尼斯去。神甫会用自己的马车送你回犍牛镇车站的……”

老人简直欣喜若狂，他写了张便条，吩咐仆人去备马车并端上酒菜。老人一遇到高兴的事，总是无法控制自己的感情。可这一次他似乎有所克制。譬如说，德米特里·费奥多罗维奇的事他一句也没有提起，对于离别更是无动于衷，甚至找不出什么话可说。伊凡·费奥多罗维奇非常清楚地觉察到了这一点。“我惹他讨厌了。”他心里想道。直到送儿子出门口的时候，老人似乎才有点动情，他想过去和他吻别。但是伊凡·费奥多罗维奇赶紧伸出手跟他握别，显然不愿意亲吻。老人立即明白了他的意思，便马上克制住自己。

“好吧，愿上帝保佑你，愿上帝保佑你！”他站在台阶上反复说。“你将来总会回来的吧？回来吧，我永远欢迎你。好了，愿基督与你同在！”

伊凡·费奥多罗维奇登上马车。

“再见了，伊凡。你可别骂我呀！”父亲最后一次大声说道。

所有在家的人——斯梅尔佳科夫、玛尔法和格里戈里——都出来送行。伊凡给他们每人十个卢布。当他已经在马车里坐定之后，斯梅尔佳科夫跑过去为他整理垫在脚下的毯子。

“你看……我要到契尔马什尼亚去了……”伊凡·费奥多罗维奇不知为什么突然脱口而出，又像昨天那样在不知不觉中迸出了这句话，而且还伴以一阵神经质的笑声。后来他常常想起这件事。

“看来人们说得很对，跟聪明人谈谈也是有趣的。”斯梅尔佳科夫坚定地回答，热烈地望着伊凡·费奥多罗维奇。

马车出发了，飞驰向前。这位踏上旅途的人心中纷乱不堪，但是他贪婪地望着周围的田野、山冈、树木和在他头顶上方的晴空中飞过的雁群。他的心情一下子变得快活起来。他试着和车夫谈话，车夫的回答引起了他的极大兴趣，可是转眼之间他又发觉自己根本就没有听车夫说话，实际上没有明白车夫在说些什么。他不再吭声，这样也好：空气清新凉爽，晴空万里。他脑海中闪过阿廖沙和卡捷琳娜·伊凡诺芙娜的形象。但是他微微一笑，轻轻往这两个可爱的幻影上吹了口气，于是他们便迅速消失了。“以后有时间再去想他们吧！”他在心里说。很快就到了一个驿站，换了马便直奔犍牛镇车站。“为什么跟聪明人谈谈也是有趣的？他这话是什么意思？”他突然喘不过气来，“我为什么要告诉他去契尔马什尼亚呢？”最后终于到了犍牛镇车站。伊凡·费奥多罗维奇从马车上下来，一群车夫立即将他团团围住。双方谈妥了到契尔马什尼亚的价钱，乘私人马车走十二俄里乡间小道。他吩咐套车。他刚走进驿站的屋子，朝四周打量了一下，瞥了一眼驿站长的妻子，突然又回到门口的台阶上。

“不用到契尔马什尼亚去了。伙计们，七点钟赶到火车站还来得及吗？”

“包管您赶得上，要不要套车？”

“快套上！你们中间有没有人明天去城里？”

“怎么没人去呢！米特里就要去。”

“米特里，你能不能帮个忙？你顺便到我父亲费奥多尔·巴夫洛维奇·卡拉马佐夫那儿去一次，你告诉他，说我没到契尔马什尼亚去，行吗？”

“为什么不行，去就是了。费奥多尔·巴夫洛维奇我早就认识了。”

“这是给你的小费，他也许不会给你的……”伊凡·费奥多罗维奇快活地笑了起来。

“这倒不假，他老人家是不会给的。”米特里也笑了，“谢谢，少爷，一定照办……”

晚上七点，伊凡·费奥多罗维奇登上火车，到莫斯科去了。“让过去的事情都过去吧，和以前的世界一刀两断，再也不想听到它的任何消息，任何反应。到一个新的世界，新的地方，永不回头！”但他心头并不感到舒畅，反而突然笼罩上一层阴影，油然升起一股哀愁，这是他一生中从来没有过的事。他想了整整一夜。火车隆隆向前飞驰，直到黎明快到莫斯科的时候，他才似乎突然清醒过来。

“我是个下流坯！”他在心里说。

费奥多尔·巴夫洛维奇送走儿子之后，心里非常满意。有整整两个小时他觉得自己是幸福的人，时不时喝上几口白兰地。可是家里突然发生了一件令大家非常恼火、非常不愉快的事，一下子使费奥多尔·巴夫洛维奇感到心烦意乱。斯梅尔佳科夫到地窖里不知取什么东西，不小心从扶梯上摔了下去。幸好玛尔法·伊格纳季耶芙娜在院子里及时听到了。她没有看到他摔下去，但听到了他的喊叫声。那声音很特别，很奇怪，但她早就熟悉——那是癫痫病人犯病时发出的喊叫声。至于是不是他沿着扶梯往下走的时候癫痫突然发作，因而在神志昏迷的情况下摔下去的，还是相反，先摔下去，然后因为受了震荡才使这个出了名的癫痫病人犯病的——这就无法弄清楚了。但发现他的时候他已经躺在地窖里不停地抽搐，打滚，嘴里吐着白沫。一开始大家还以为他肯定跌坏了，不是断了胳臂就是折了腿，可是正像玛尔法·伊格纳季耶芙娜说的那样，“上帝保佑了他”，伤筋动骨的事没有发生。但是很难把他从地窖里抬到地面上来。于是请邻居来帮忙，总算把他抬了出来。费奥多尔·巴夫洛维奇自己当时也从头至尾都在场，他也亲自动手帮着一起抬，他显然吓得有点不知所措了。不过病人还是没有恢复神志，虽然症状暂时消失了，但接着又重新发作了，大家得出结论说情况跟去年他从阁楼上摔下来的时候一模一样。大家想起当初曾经用冰块敷在他的头上。还真的在地窖里找到了一块冰，于是玛尔法·伊格纳季耶芙娜照老办法给他头上敷了冰块。傍晚的时候费奥多尔·巴夫洛维奇派人去请赫尔岑斯图勃医生，医生一会儿就到了。他是个上了年纪、受人尊敬的小老头儿，本省最认真最细致的医生，他仔细检查了病情，断定这次发作是异乎寻常的，“也许会有危险”，但他——赫尔岑斯图勃医生——暂时还没有完全弄清病情，不过要是到明天早晨现在用的药还不见效，那就要另想办法。病人被抬到厢房的一间小屋里，就在格里戈里和玛尔法·伊格纳季耶芙娜隔壁。后来这整整一天，费奥多尔·巴夫洛维奇接二连三地碰上了倒霉的事：午饭由玛尔法·伊格纳季耶芙娜做，可她做的汤与斯梅尔佳科夫的相比“简直像泔脚水”，而鸡块又炸得太老，怎么也嚼不动。听了老爷这些令人伤心却又不无道理的指责，玛尔法·伊格纳季耶芙娜反驳说，小鸡本来就已经很老了，再说她又没有学过烹饪。傍晚的时候，又添了一件麻烦事：费奥多尔·巴夫洛维奇被告知，前天就已经生病的格里戈里偏偏这时候病得几乎完全起不了床，腰像断了一般。费奥多尔·巴夫洛维奇早上喝完了茶，独自一人关在房间里。他处在可怕而心神不定的期待之中。这天晚上，他刚巧要等格鲁申卡来，而且他几乎相信她肯定会来，至少今天一大早他就听到斯梅尔佳科夫几乎向他保证过“她答应一定来”。这个不安分的老头的心怦怦直跳，自个儿在空荡荡的房间里走来走去，不时侧耳细听。应该竖起耳朵保持警惕：德米特里·费奥多罗维奇可能在什么地方等着她，只要她一敲门（斯梅尔佳科夫前天就向费奥多尔·巴夫洛维奇保证过，他已经告诉她该敲哪扇门窗了），那就尽快给她开门，千万不能让她在过道里白白耽误哪怕一秒钟。上帝保佑，千万别把她吓跑了。费奥多尔·巴夫洛维奇坐立不安，可他的心从来没有像现在这样充满了甜蜜的希望。简直可以肯定地说，这一次她一定会来！……

第六卷
俄罗斯教士

一　佐西马长老和他的客人们

阿廖沙怀着痛苦不安的心情走进长老修道室的时候，几乎惊呆了：他原来估计长老已经处于弥留状态，甚至失去了知觉，但是现在突然看到他坐在安乐椅上，脸色虽然虚弱疲惫，却显得精神抖擞，十分快活，他正在跟身边的几位客人平静而清醒地谈话。其实，他是在阿廖沙回来前一刻钟才起床的。客人们早就聚集在他的修道室，等着他醒过来，因为巴伊西神甫十分肯定地说："师父一定会起来的，他要跟心爱的人们再谈一次话，这是他今天早晨亲口答应的。"对于不久于人世的长老这个诺言以及任何一句话，巴伊西神甫是深信不疑的，即使看到长老已经完全失去了知觉，甚至停止了呼吸，只要他答应过还会起来跟他诀别，那么也许就决不会相信他已经死了，还会等待死者醒来履行诺言。就在今天早晨，佐西马长老蒙眬入睡之际还肯定地对他说："在没有再次充分享受跟你们这些心爱的人谈话的乐趣之前，在没有再看你们这些可爱的面孔一眼之前，在没有再次向你们倾吐我的衷肠之前，我是决不会死去的。"前来聆听长老也许是最后一次谈话的，都是多年来最忠诚于他的朋友。他们总共四个人：司祭约瑟夫神甫，司祭巴伊西神甫，司祭米哈伊尔神甫——隐修院的住持，年岁不太大，学问并不高深，平民出身，但性格刚强，抱着坚定而纯朴的信仰，看上去很严肃，但内心充满了深情，尽管他有意掩饰甚至羞于流露这片爱心。第四位客人是一位老迈而憨厚的修士安菲姆神甫，出身于极端贫困的农民家庭，几乎没有文化，平时寡言少语，甚至难得跟谁说话，是驯服的人中间最驯服的人，那模样好像是受过什么大的惊吓，但永远无法理解那件可怕的事情。佐西马长老十分喜欢这个好像总是战战兢兢的人，而且一辈子对他怀着非同寻常的尊敬，但一辈子跟他说的话也许比谁都少，尽管他们俩曾经一起在神圣的俄罗斯各地云游多年。那还是很久以前，将近四十年前的事，那时候佐西马长老刚到卡斯特罗马一个贫穷而又没有名气的小修道院里开始修行，不久便跟随安菲姆神甫云游四方，为他们贫穷的卡斯特罗马修道院募捐。现在宾主一起聚集在长老的第二个屋子，就是放着他床铺的那间屋子里，前面已经说过，这是一间非常狭小的屋子，所以四个人（除了侍立一旁的波尔菲里修士之外）全部勉强挤在长老安乐椅周围从第一间屋子里搬来的椅子上。天色开始黑下来，屋子里就靠长明灯和圣像前的几支蜡烛照着。长老看到阿廖沙进来局促不安地站在门口，便向他露出快活的微笑，并把手伸给他。

“你好，文静的孩子，你好，亲爱的，你来了。我知道你会回来的。”

阿廖沙走到他跟前，跪下来哭了。有什么东西在他心头翻滚，他的心灵在颤抖，他真想大哭一场。

“你怎么啦？等一会儿再哭吧。”长老微笑着把右手放到他头上，“你瞧，我不是坐在这儿说话吗，也许我还能活二十年，就像昨天那位来自维舍戈里耶、抱着女儿丽扎维塔的善良可爱的太太祝愿的那样。愿上帝赐福予那位母亲和她的女儿丽扎维塔！（他画了个十字）波尔菲里，你把她的捐款送到我说的那个地方去了吗？”

他这是想起了昨天那快活的女信徒捐献的六十戈比，那是要请他送给“比我还穷的女人”。这样的捐款被信徒们看作一种自愿承担的惩罚，而且一定是凭自己劳动挣来的钱。长老在傍晚前就派波尔菲里把钱送给本地一个前不久遭了火灾的女市民，那是个寡妇，带着几个孩子，遭了火灾以后只能以乞讨为生。波尔菲里赶紧向他汇报，说事情已经办妥，而且把这笔钱交到她手里的时候就像所吩咐的那样，说是“一个不知姓名的女施主捐的”。

“起来吧，亲爱的。”长老继续对阿廖沙说道，“让我来看看你。有没有回家，有没有见到你那位哥哥？”

阿廖沙感到奇怪，长老竟然这样肯定而明确地问起他的一位哥哥——究竟是哪一位呢？这么说来，长老昨天和今天把他打发走也许就是为了这位哥哥。

“看到了两位哥哥当中的一个。”阿廖沙说。

“我说的是昨天那个，大的，我向他磕头的那个。”

“昨天我见过大哥，可今天怎么也找不到他。”阿廖沙说。

“你要赶快找到他，明天再去找，要赶紧去找，把别的事都放下，赶紧把他找到。也许还来得及制止某种可怕的事情。我昨天是向他将要遭受的大难磕头。”

他突然沉默了，仿佛在深入思考什么。他说的话也很奇怪。约瑟夫神甫，昨天长老一躬到地的目击者，与巴伊西神甫交换了一下眼色。阿廖沙忍不住了。

“师父，”他激动异常地说，“您的话太含糊了……什么样的灾难在等待着他？”

“别多问。昨天我似乎预感到会发生某种可怕的事情……他昨天的眼神就预示了他一生中的命运……他的目光那么一闪……我心里马上为这个人正在酝酿的事情感到害怕。我一生中只有一两次在某些人脸上见过这样的表情……这种表情仿佛预示了那些人一生的命运，可惜全都应验了。我派你到他那儿去，阿列克谢，是因为考虑到你那充满手足之情的形象或许能帮助他。但是一切都取决于上帝，我们的命运也是如此。‘一粒麦子不落在地里死了，仍旧是一粒；若是死了，就结出许多籽粒来。’你要记住这句话。阿列克谢，我这一生中有许多次在心里默默地为你的容貌祝福。这一点你也得记住。”长老微笑着说，“你的事我是这样考虑的：你应该离开这里，以修士的身份去过尘世的生活。你会有很多敌人，可连你的敌人也会爱你。生活将带给你许多不幸，但是你会因此而得到幸福。你会感谢生活，也会促使他人感谢生活——这比什么都重要。你就是这样的人。

诸位神甫和师父，”他脸带亲切的笑容对客人们说，“迄今为止我还从来没有说过，甚至也没跟他说过，为什么这年轻人的容貌使我的心灵感到如此亲切。现在我要告诉你们：他的容貌对我来说，好像是一种提示和预言，在我生命的初期，当我还是个小孩的时候，我有过一位哥哥，我眼看着他年纪轻轻就死了，才十七岁。后来，随着一年年长大，我渐渐确信，我这位哥哥在我一生的命运中仿佛是上天的一种指示和事先的安排，因为假如他在我生活中不出现，假如他根本不存在，那么我想也许永远不会当修士，永远不会踏上这条宝贵的道路。那是我童年时代遇到的第一次奇遇，如今，在我生命即将结束的时候，仿佛又在我眼前出现了。真奇怪，诸位神甫和师父，阿廖沙的容貌跟我哥哥并非一模一样，只是有点相像罢了，可是在精神方面我觉得像极了，我简直把他当成了那个年轻人——我的哥哥。在我垂暮之年，他又神秘地来到我面前，以便勾起某种回忆和深情，所以我甚至对自己、对自己这种奇怪的幻想感到惊讶。你听见了吗，波尔菲里？”他转身问平时一直伺候他的那位见习修士，“我好多次看到你脸上流露出苦恼的神色，因为你觉得我爱阿列克谢胜过爱你。现在你知道了吧，为什么会这样。但你要知道我也是爱你的，见到你不高兴我也常常觉得伤心。亲爱的客人们，现在我想把这位青年，我哥哥的情况讲给你们听，因为在我一生中再也没有比这种显现更宝贵、更令人感动、更富有预言的意义了。我的心潮澎湃，百感交集。此刻，我反思我的一生，仿佛从头至尾重新再活一次……”

这里我应该说明一下，长老跟那几位在他生命的最后一天看望他的客人进行的最后一次谈话，有一部分用记录的形式保存下来了。这是阿列克谢·费奥多罗维奇·卡拉马佐夫在长老死后不久凭回忆追记的。但这是当时的原话，或者阿廖沙把师父以前几次跟他谈话的内容也加了进去，这一点我无法肯定。况且记录里长老的整个谈话似乎从未间断，好像在用故事的形式向朋友们讲述他的一生，但是根据以后几次叙述来看实际上并非如此。因为那天晚上的谈话是大家共同参与的，尽管客人们很少打断主人的谈话，但毕竟发表了自己的看法，参与了谈话，也可能谈了各自的情况，再说长老的叙述也不可能一口气不停地讲下去，因为长老有时候虚弱得喘不过气来，发不出声音，甚至需要躺到自己床上歇一会儿，虽然他没有睡着，客人也没有离开。谈话中间有一两次还被巴伊西神甫诵读《圣经》所打断。有意思的是，他们中间谁也没有想到他当夜就会死去，更何况在他生命的最后一个夜晚，经过白天的酣睡以后，他好像突然获得了一种新的力量，使他能从头至尾坚持与朋友谈话。这好像是他最后一次的感情迸发，使他保持了一种难以置信的活力，但时间不长，因为他的生命突然中止了……不过这是后话。现在我只想事先声明，我不准备把谈话的细节一一转述，而仅限于阿列克谢·费奥多罗维奇·卡拉马佐夫所记录的长老的叙述。这样可以简短些，不至于那么令人疲倦，虽然我要重复一遍，许多内容取自以前的几次谈话，是阿廖沙加进去的。

二 已故司祭佐西马长老的生平（传略），阿列克谢·费奥多罗维奇·卡拉马佐夫根据他的自述编写

1.佐西马长老的哥哥

各位亲爱的神甫和师父，我出生在遥远的北方某省B城，父亲是贵族，但他既没有什么名望，也没有当过什么大官。他去世的时候我才两岁，我一点儿也不记得他的模样了。他留给我母亲一座不大的木头房子，还有一点儿资产，虽然不多，却足以维持孤儿寡母的生活，不致挨饿。母亲只生了我们弟兄俩：我哥哥马尔克尔和我季诺维。哥哥比我大八岁，他脾气暴躁，容易激动，但心地善良，从不嘲弄人，沉默得出奇，尤其在家里，不爱跟我、母亲和仆人说话。他在学校里成绩优秀，但跟同学们合不来，不过也不吵架，至少母亲是这样说的。他死的时候才十七岁，在死前半年，他经常去拜访我们城里一个离群索居的人，此人好像是名政治犯，因为有

自由思想，从莫斯科流放到了我们这座城市。那流放犯是位大学者和著名哲学家，原在大学教书。不知为什么，他喜欢上了马尔克尔，开始接待他。年轻人在他那儿一坐就是一个晚上，这样持续了一个冬天，直到那位流放犯被召回彼得堡并担任政府公职，那是因为他自己提出了这样的请求，并且得到了他的靠山的帮助。大斋节开始了，马尔克尔不愿守斋，他又是骂又是嘲笑："这全是胡闹，根本就不存在什么上帝。"他的言行把母亲和仆人们吓坏了，连我小小年纪也不例外，当时我才九岁，听了他这些话也害怕得要命。我家的仆人都是农奴，总共才四名，全都是从我们认识的一位地主名下买来的。我还记得，后来母亲把其中一个上了年纪的瘸腿老厨娘阿菲米娅以六百卢布纸币的价钱卖掉了，重新雇了一名自由的农妇来代替她。就在大斋节后的第六个星期，我哥哥突然病了，他身体本来就不太好，胸间常常作痛，体质虚弱，看上去像有痨病。他个子不算矮，但很瘦，不过脸倒长得十分秀气。他可能受了点风寒，但医生来看了看就悄悄对母亲说他得的是急性肺病，活不到春天了。母亲哭了，开始婉转地（主要是怕吓着他）劝哥哥到教堂里做戒斋祈祷并受圣礼，因为那时候他还能起床走动。哥哥听了非常恼火，大骂上帝的殿堂，但心里却开始认真思考：他马上猜到自己的病相当凶险，所以母亲才要他趁现在还有力气的时候到教堂去祈祷并行圣礼。不过，他早就知道自己有病，还在以前，有一次吃饭的时候他就不动声色地对我和母亲说："我活不长了，也许连一年都熬不到。"这不，给他不幸而言中了。过了三四天，复活节前的第一周来临了。哥哥从星期二早上开始就去教堂祈祷。"妈妈，我这样做完全是为了您，我要让您高兴，使您得到安慰。"他对妈妈说。母亲悲喜交加，哭了起来："他转变得这样突然，看来离死不远了。"可是他到教堂去了没有几次便卧床不起了。只能在家里为他祈祷和行圣礼。那年的复活节来得晚，那几天天气很好，阳光灿烂，空气中飘逸着芬芳的气息。我记得他整夜地咳嗽，睡不好觉，第二天总是穿好衣服尽量坐到软椅上。我牢牢地记住了他的模样：他不声不响地坐在那儿，神态安详，面带微笑，虽然是个病人，可脸上的神情却显得活泼开朗。他在精神上整个儿变了——他身上突然出现了令人惊讶的变化！年迈的奶妈走进他房间里说："宝贝，让我也给你在圣像前点起神灯吧。”而以前他是不允许点的，即使点了也要吹灭的。“点上吧，亲爱的，点上吧，以前我不让你们点，真是混账透了。你点上神灯向上帝祈祷，而我要高高兴兴地为你祈祷。这么说来，我们都在向同一个上帝祈祷。”我们觉得他这些话很奇怪，母亲回到房间偷偷地哭个不停，只是在走进他房间的时候才擦干眼泪装出快活的样子。“妈妈，别哭了，亲爱的，”他常常这样说，“我还要活好久呢，跟你们一起快快活活地过日子，而生活，生活是欢乐愉快的！”“唉，我的宝贝，你整夜发烧，咳嗽咳得胸脯都快裂开了，哪里还有什么欢乐啊！”他回答说：“妈妈，你别哭，生活就是天堂，我们大家都在天堂里，但我们不愿意知道这一点，假如愿意知道的话，那么明天全世界就会变成天堂了。”大家对他的话感到纳闷，他说得是那么奇怪，那么坚决。大家感动得都哭了。熟悉的朋友来看望我们，他就说：“心爱的亲人们，我有什么值得你们爱的地方，为什么你们爱我这样的人，以前我是多么不懂得珍惜啊！”他对进去服侍他的仆人说：“我心爱的亲人们，为什么你们这样服侍我，我配得上你们这样服侍吗？假如上帝开恩让我活下去，那我会亲自服侍你们，因为大家应该互相服侍。”妈妈听了摇头说：“我亲爱的，你因为有病才这样说。”他说：“妈妈，亲爱的妈妈，既然不可能没有主仆之分，那我就当我仆人的仆人，就像他们当我的仆人那样。我还要告诉你，妈妈，我们中间的每一个人在众人面前都是有罪的，而我的罪孽比谁都大。”妈妈一听甚至笑了，一面哭一面笑：“为什么你在众人面前比谁的罪孽都大？那是些杀人犯、强盗，你什么时候做过这类坏事，以至于认为自己的罪孽比谁都大呢？”“妈妈，我的亲妈妈，我的好妈妈（他突然喜欢说这些亲热的话），你要知道，每个人在众人面前对所有人和所有事都是有罪的。我不知道怎样才能给你解释清楚，但是我深深地感觉到，确实是这样的。以前我们生活，我们生气，可怎么就是一点儿也不懂得这个道理呢？”他每天醒过来的时候心情变得越来越激动，兴奋，心中充满了爱。医生一来——那德国老头儿艾森斯密特经常来——他就跟医生开玩笑：“怎么样，大夫，我还能在这世界上再活一天吧？”“别说是一天，还能活好几天呢，”医生这样回答，“还能再活几个月、几年呢。”“干吗要几年、几个月？”他大声嚷道：“何必计算日子呢？一个人要体会全部幸福，一天时间就绰绰有余了。我亲爱的人们，我们干吗要争吵、互相炫耀、彼此记仇呢？我们应该到花园里，一起散步，游玩，相亲相爱，互相夸奖，互相亲吻，感谢我们的生活。”母亲送医生到门口的时候，医生悄悄地对她说：“您的儿子活不长了，他因为生了这种病神经有点失常了。”哥哥房间里的窗户对着花园，我们家的花园绿荫如盖，古木参天，树上绽满春芽，报春的鸟儿栖息在枝头，叽叽喳喳叫个不停，对着他的窗户一展歌喉。他看着这些小鸟，欣赏着它们美妙的歌声，突然也请求它们饶恕：“上帝的小鸟，快活的小鸟，请你们也原谅我吧，因为我在你们面前也犯下了罪孽。”这话我们谁也不明白，可他高兴得哭了。“是啊，这小鸟，这树木，这草地，这天空，我周围全是上帝的荣耀。只有我一个人生活在耻辱中，玷污了周围的一切，完全没有发现美和荣耀。”“你怎么能把许多罪恶都归到自己身上呢！”妈妈常常噙着眼泪对他说。“妈妈，亲爱的好妈妈，我流泪是因为高兴，而不是因为伤心。我真想向它们认错，只是我无法向你解释清楚，因为我不知道应该怎样去爱它们。虽然我在众人面前是有罪的，但是大家会原谅我的，这就是天堂。难道现在我不是在天堂里吗？”

还有许多诸如此类的事情，我已经记不起来，也无法全部记下来。只记得有一次我独自走进他的房间里，他看见我进去便朝我招了招手。我走到他跟前，他双手抓住我的肩膀，充满深情和爱心地盯着我看，一句话也没说，就这样看了我大约一分钟，然后说：“好了，现在你出去玩吧，你代替我活下去！”当时我就走出他房间，到外面去玩耍了。后来，在我的一生中，我多次含着眼泪回想起他吩咐我代替他活下去的情景。他还说过许多这样奇怪而美好的话，可惜当初我们无法理解。他是在复活节过后第三个星期去世的，死的时候神志清醒，虽然已经不能说话，但神态直到最后一刻也没有改变：快活地望着周围，眼睛里流露出喜悦，目光在寻找我们，向我们微笑，呼唤我们。对他的死，甚至全城的人都议论纷纷。这一切当时使我受到震动，但不是特别强烈，尽管埋葬他的时候我哭得很伤心。那时候我年纪还小，完全是个孩子，但这一切在心中留下了难以磨灭的印象，有一种感情深深地藏到了心底里。但是到适当的时候就必定会重新复苏，做出反响。后来，这种情形果然发生了。

2.《圣经》与佐西马长老的一生

那时候就只剩下了我们母子两人。不久，有些好心的朋友劝导她说，现在你只有一个儿子了，你们不穷，又有资产，为什么不像别的人家那样把您的儿子送到彼得堡呢？您让他留在这里，很可能会断送他的美好前程。他们还给母亲出了个主意，让她把我送到彼得堡武备中学，以便今后加入皇帝近卫军。母亲犹豫了好久，她怎么舍得跟唯一的儿子分离呢。但为了我的幸福，最后还是下了决心，虽然流了不少眼泪。她把我带到了彼得堡，而且安排我进了武备中学。从此以后我就再也没有见过她的面：三年以后她自己也因为思念我们弟兄俩而忧郁成疾，离开了人世。我从自己家里带走的只有珍贵的回忆，因为一个人最珍贵的莫过于在父母身边度过的幼年时代所留下的回忆，只要这个家庭里还有那么一点点的爱和和谐，那就永远如此。即使最恶劣的家庭，也能留下珍贵的回忆，只要你的心灵善于找到珍贵的东西。我把对于圣经故事的回忆也包括在家庭回忆中。在父母的家里，虽然我还是个小孩，但我已经非常想知道这些故事了。当时我有一本书，一本圣经故事，带精美的插图，书名叫《新旧约故事一百零四则》，我就是用这本书来学习认字的。现在这本书还放在这里的书架上，我把它当作珍贵的纪念保存着。但是我记得，早在我识字之前，我八岁时候，我第一次体会到了某种灵感。在复活节前的星期一，母亲带我一个人到教堂去做弥撒（我不记得哥哥当时到哪里去了）。那天天气晴朗。现在回想起来，好像再次看到缕缕香烟从香炉里袅袅升起，而阳光透过拱顶上狭窄的小窗倾泻到我们头上。缭绕的香烟迎着阳光渐渐上升，仿佛融化在阳光中。我心情激动地看着这个景象，我的心灵第一次自觉地接受了上帝启示的第一颗种子。一位少年手捧一本大书走到教堂中央——那本书大得我当时觉得捧着都很吃力——他把书放在诵经台上，打开后开始诵读。这时候我突然第一次有所领悟，一生中第一次明白了教堂里读的究竟是什么书。在乌斯地区有个正直的、敬畏上帝的人，他很富裕，有许许多多的骆驼、驴子和羊，他的子女终日吃喝玩乐。他很爱他们，替他们向上帝祷告：他们这样吃喝玩乐也许是犯下了罪孽。有一次魔鬼随同神的众子一起来到上帝面前，对上帝说，他已经走遍了地上和地下。“你有没有见到我的仆人约伯？”上帝问他。上帝向魔鬼夸奖约伯，说他是个神圣伟大的仆人。魔鬼听了上帝这番话，冷笑一声说：“你把他交给我，你就可以看到你的仆人会发出怨言并且诅咒你。”于是上帝把他所心爱的敬畏上帝的人交给了魔鬼，魔鬼杀害了他的子女和他的牲畜，毁了他的财产，一切都那么突然，好像遭到了神的霹雳。约伯撕碎自己的衣服，扑倒在地上，大声说道：“我赤条条从娘胎里出来，又赤条条回归大地。上帝赐予了，上帝又取了回去。愿上帝的英名世世代代永受祝福！”诸位神甫和师父，请你们原谅我现在的眼泪，因为我的幼年时代似乎又重新出现在我面前，现在我仿佛又像八岁那年用幼弱的胸脯呼吸，又像当初那样感到惊奇、慌张和喜悦。当时那些骆驼引起了我多么丰富的想象，还有那敢于同上帝说话的撒旦，还有那把自己的仆人交出来让他毁灭的上帝以及他那大喊“不管你怎样惩罚我，你的英名将永受祝福”的仆人——还有教堂里那悠扬悦耳的颂歌声“愿我的祈祷变成现实”，最后又是那从神甫的香炉里袅袅上升的香烟以及跪地的祈祷！从那时候起，我就不能不含着热泪诵读这个无比神圣的故事——甚至昨天我还拿来重读了一遍。这故事包含了多少伟大、神秘、难以想象的东西！后来我也曾听到过一些嘲弄、非难的话，傲慢的话：上帝怎么可以把自己喜爱的一名圣徒交给魔鬼供它取乐？还夺去他的孩子，使他从头到脚生满毒疮，而他只能用一块瓦片刮去疮口的脓血。为什么要这样做？无非是要向撒旦夸耀：“你瞧，我的圣徒为了我可以忍受多大的苦难！”但伟大之处正在于这里有个秘密，那就是来去匆匆的凡人形象与永恒真理结合在一起了。永恒真理在尘世真理面前显示自己的威力。就像在创世的最初几天夸耀“我创造的都很好”一样，现在造物主看着约伯，再次夸耀自己的造物。而约伯赞美上帝的时候不仅在为上帝效劳，而且也在为上帝千秋万代的造物效劳，因为那是他的使命。主啊，这是一本多好的书！给了我们多少宝贵的教训！《圣经》真了不起！它赋予人多么神秘的奇迹和多么巨大的力量！简直就是全世界和人类以及人类天性的楷模，里面什么都提到了，也指出了亘古不变的真理。有多少奥秘得到了解决和揭示：上帝重新恢复了约伯的地位，重新赐予他财富，过了许多年之后他又有了新的子女，另外一些子女，而且他也爱他们。天哪！他原来的那些子女已经没有了，他失去了他们，那他又怎么能爱这些新的子女呢？现在他跟新的子女在一起，尽管这些子女也很可爱，但是当他想起以前那些子女的时候，难道他会感到真正的幸福吗？然而这是可能的，可能的，旧的创伤可以通过人生的沧桑巨变逐渐转化为宁静而感人的欢乐，年轻人沸腾的热血将被老年人的谦和和睿智所取代：我祝福每天的日出，我的心依然颂扬日出，但是我更爱日落，更爱那长长的斜晖，以及随之而来的宁静、温和、感人的回忆，更爱我漫长而幸福的一生中那些可爱的形象——而居于这一切之上的便是上帝的真理，那令人感动、给人安慰、宽恕一切的真理！我的生命即将结束，已经接触到另一种崭新的、无边无际的、无法预料，但又会很快降临的生命，当我预感到这新生命的时候，我的灵魂因为狂喜而颤抖，我的理智闪射出光芒，我的心因为高兴而哭泣……诸位朋友和师父，我不止一次听到，近来听得更多了，说什么我们的神甫，尤其是乡村里的那些神甫，到处哭哭啼啼地抱怨自己薪俸太少地位太低，公开声称，甚至写成文章——我自己就读到过——说现在他们似乎已经无法向老百姓讲解《圣经》，因为他们薪俸太少，如果现在路德教派和异教徒前来抢夺羊群，那就让他们抢走好了，因为我们的薪俸实在太少。我在心里想，主啊，他们把薪俸看得那么重要，那你就多给一些吧，他们的抱怨也是有道理的。但是我要说句实话：如果这件事上谁有过错的话，那么有一半的错在我们自己身上。因为即使没有时间，即使他们所说的一直被工作和圣礼压得透不过气来是事实，但总不至于时时刻刻都是这样忙碌，一星期至少可以用一个小时来想上帝吧，总不至于一年忙到头吧。你可以把人们召集到自己家里，每星期一次，在晚上，开始只召集一些孩子——他们的家长听说了以后也会来的。做这件事用不着去建造什么宫殿，你在自己家里的小木屋里接待就行了。你也用不着害怕，他们不会把你家闹得天翻地覆的，因为总共才一小时。你只要打开书本读给他们听就是了，不要讲大道理，不要装腔作势，不要居高临下，态度要亲切，口气要温和，你自己应该为他们亲自诵读，而且应该为他们能听你诵读、能理解你而感到高兴。你自己应该喜欢你所读的那些内容，你只要偶尔停下来把普通老百姓不易理解的话解释清楚，你也别着急，他们什么都会明白的，东正教徒的那颗心会理解一切的！你给他们读亚伯拉罕和萨拉的故事[①]，伊萨和利伯加的故事[②]，雅各怎样去见拉班[③]，怎样在梦中与上帝搏斗[④]，并说“这地方何等可畏”。这样你一定能使敬畏上帝的普通老百姓的头脑受到极大的震动。你要给他们，尤其给孩子们读那一段故事：兄弟数人怎样把他们的亲弟弟，一个可爱的少年，一个经常在梦中预知未来的约瑟卖给别人当奴隶，而对父亲却说，他的儿子被野兽撕成碎片了，还给他看那件血衣[⑤]。你还要给他们读那个故事：兄弟数人到埃及购买粮食，那时约瑟已经当上了大宰相，但没有被兄弟们认出来，他折磨他们，治他们的罪，扣留了本雅明，而他这样做完全是出于爱：“我爱你们，因为爱而折磨你们。”因为他一辈子都忘不了当初在酷热的草原上，在一口井旁边，他被卖给了商人，他死死地拉着他们，边哭边求哥哥们不要把他卖到外乡当奴隶。现在多少年过去了，他又见到了他们，重新无限热爱起他们来，但是又使他们受苦受难，而这样做又是出于爱。最后，他自己无法忍受内心的痛苦，从他们身边走开了，扑到自己床上放声痛哭。他擦干眼泪，高高兴兴出来对他们说：“各位兄长，我就是约瑟，你们的弟弟！”接着再往下读，老父亲雅各听说他可爱的小儿子还活着，不禁喜出望外，迫不及待地要到埃及去，背井离乡，最后死在异国，在遗嘱里说出了他在温顺胆怯的心中秘密地深藏了一辈子的那句伟大预言：在他这个犹太民族中间将出现全世界的伟大希望，全世界的调解人和救星[⑥]！各位神甫和师父，请

---

① 详见《圣经·旧约·创世记》第 11 章第 29—31 节，第 12—18 章，第 20—23 章。

② 同上书，第 24—27 章。

③ 同上书，第 28—32 章。

④ 同上书，第 32 章。

⑤ 同上书，第 37 章，第 39—50 章。

⑥ 同上书，第 49 章第 10 节。

你们原谅，不要生气，我像小孩一样谈那些你们早已知道的故事，这些故事你们讲起来要比我动听百倍。我是因为兴奋才讲这些的，也请你们原谅我的眼泪，因为我太喜欢这本书了！让他，上帝的牧师，也放声大哭吧，他将看到，那些人听了他的诵读之后内心会受到巨大的震动。只需要一粒小小的种子，把它撒到老百姓的心里，它就不会死去，在他心里将会存活一辈子，在黑暗和他犯下的种种罪孽的污秽中像一线光明，像一种伟大的提示，永远埋藏在他心里。完全没有必要多加解释和训诫，老百姓自会理解一切的。你们是不是认为老百姓理解不了？你们可以试一试再给他们读一段感人的故事，关于美丽的以斯帖和骄傲的瓦实提的故事[①]，或者先知约拿在鲸鱼肚子里的奇妙故事[②]。也别忘了读神的寓言，尤其是《路加福音》里的内容（我就是这样做的），接下来读《使徒行传》中扫罗的谈话（这是一定要读的，非读不可！）。最后不妨从《每月必读》[③]中选取神人阿列克谢的行述，以及最最伟大的快活的殉难者、神的目击者、来自埃及的圣母玛利亚的生平——你这些朴实的故事一定会打动他们的心。一个星期中总共才那么一小时，虽然你的薪俸很少，但只要挤出一小时就够了。你自己将会发现，我们的老百姓是厚道的，知恩图报的，他们会给予百倍的报答。他们记住了牧师的关怀和他那些感人肺腑的话，一定会心甘情愿地帮他干地里的活，也会帮他干家务活，而且比以前更加尊敬他——这样他的薪俸也就增加了。事情是这样简单，有时候我们简直不敢说出来，因为别人会笑话你，但事实的确如此！凡是不相信上帝的人，他也不会相信上帝的子民。凡是相信上帝子民的人，他就能发现上帝的神明，虽然在这之前他对此完全不相信。唯有人民及其未来的精神力量才能改变那些脱离了故土的无神论者。没有实例，基督的话有什么用？要是没有上帝的启

① 参见《圣经·旧约·以斯帖记》。

② 参见《圣经·旧约·约拿书》。

③ 供东正教徒每日阅读，每月一册的宗教书籍，主要内容为信徒言行录。

示，人民就完了，因为他们的心灵渴望上帝的启示和各种美好的感觉。我年轻的时候，那是很久以前的事，差不多四十年前，我和安菲姆神甫为了替修道院募捐，走遍了俄国各地。有一次在一条可以通航的大河的河岸上和渔民们一起过夜，一位英俊的小伙子凑过来和我们坐在一起，他是农民，看样子已有十八岁，第二天要赶到一个地方给货船拉纤。我发现他用一种动人而清澈的目光望着前方。七月的夜晚显得明亮、宁静而温暖，河面宽阔，水汽蒸腾，给我们带来阵阵凉爽，偶尔有鱼儿蹿出水面，溅起点点水花，鸟儿停止了啾啁，万籁俱寂，景色美妙。万物都在向上帝祈祷。只有我们俩，我和那小伙子，没睡，我们兴致勃勃地谈论着上帝的世界的美妙以及它的伟大秘密。每一棵小草，每一只小虫，蚂蚁，黄蜂，虽然不会思考，却清清楚楚知道自己应走的道路，证实着上帝的秘密，而且自己也不断地实现这秘密。我看到这可爱的小伙子心中有一团烈火在燃烧。他告诉我，他爱树林，爱林中的鸟，他善于捕鸟，他听得懂它们的每一声鸣叫，只要他一声口哨，任何鸟儿都会向他飞来。他说再也没有比在树林里更美妙的了，其实，一切都是美妙的。我回答他说："确实，一切都是美妙的，因为一切都是真理。你瞧那些马，那和人十分亲近的伟大的动物，或者那些牛，它们为人提供营养、替人干活，低着头沉思，你看一看它们的脸：对人多么温顺，多么依恋，而人却经常无情地鞭打它们，它们的脸是多么憨厚，充满了信任，它们的脸美极了，它们没有犯过任何罪孽，因为一切都完美无缺，除了人之外，一切都没有罪过，远在我们之前基督就和它们同在了，即使知道了这一点也足以使人感动不已。"小伙子问我："难道它们也有基督吗？"我说："怎么会没有呢？因为上帝的启示是针对万物的，上帝创造的一切，所有的动物，每一片树叶都渴望着聆听上帝的启示，赞美上帝的荣耀，为基督哭泣，凭着自己清白无辜的一生的秘密不自觉地实现上帝的启示。你瞧那头可怕的在树林里到处乱闯的熊，样子凶恶，脾气暴躁，但它在这方面没有一点儿过错。"接着我就给他讲了一个故事。有一次一头熊闯到了一个在森林里一间小修道室修行的圣徒那儿，伟大的圣徒可怜它，毫不畏惧地出来迎接它，给了它一块面包："去吧，基督与你同在。"那凶狠的野兽居然服服帖帖地走开了，一点儿也没伤害他。小伙子听了那头熊一点儿也没伤害圣徒就走开了，而且基督也与它同在这些话，不禁异常感动。“啊，这太好了，上帝创造的一切太美好了！”他坐在那儿静静地甜蜜地沉思起来。我看得出，他领悟了。接着他就在我身边无忧无虑、纯洁无邪地睡着了。愿主为青春祝福！我蒙眬入睡之前，亲自为他祈祷。主啊，你把和平和光明赐予你的子民吧！

3.佐西马长老回忆弃俗前的青少年时代。决斗

我在彼得堡武备学校里待了很久，几乎有八年时间。新的教育使我对少年时代的印象淡漠了不少，虽然一点儿也没忘却。我接受许许多多新的习惯，甚至新的看法，以致变成了一个近乎野蛮、残酷和乖僻的人。在掌握法语的同时，我也学会了一套交际场合的繁缛礼节。我们把在武备学校伺候我们的士兵完全当作畜生看待，我也毫不例外，也许比别人更厉害，因为我在全体同学中对所有的事情最为敏感。我们毕业后当上了军官，大家都做好了准备，一旦我们团的荣誉受到玷污，就不惜流血牺牲。至于什么是真正的荣誉，我们中间几乎谁也不知道，即使有人知道的话，我自己肯定会首先嘲笑一番。酗酒，争吵，几乎成了我们引以自豪的资本。我并不认为人人都是坏蛋，所有这些小伙子都是好人，但行为恶劣，我尤其如此。主要的是我自己手头有了可以任意支配的钱，所以开始讲究享受，染上了青年人的一切不良嗜好，没有节制，挥霍无度。但是说来也真奇怪：当时我还看些书，甚至看得津津有味。唯独《圣经》那时候从来没有翻过，但始终带在身边。这本书我确实十分珍惜，“每年每月，每时每刻”都珍惜它，连我自己也不知道是怎么回事。我这样服役四年，最后来到我们团的驻地K城。这个城市的社交界人数众多。各种人物都有，他们热情好客，而且都很有钱，会寻欢作乐。我到处受到盛情款待，因为我从小生性乐观，而且大家都知道我也并非囊中羞涩之辈，这在社交界可是个很重要的条件。当时出现了一个情况，并且由此引发了一连串的事情。我看中了一位年轻美貌的女郎，她聪明端庄，性格开朗，气质高雅，出身名门。父母并非等闲之辈，有财有势，对我和蔼可亲，热情有加。我觉得这女郎内心也对我颇有好感——于是我想入非非，热血沸腾。直到事后我才明白，才完全意识到，当时我也许就根本没有爱得那么深，只是仰慕她的聪慧和高贵气质罢了。不过我的自尊心当时却又妨碍了我向她求婚：我年纪轻轻，手里又有钱，而要抵挡住自在放荡的独身生活的种种诱惑又是件困难而可怕的事。当然，我也做过一些暗示。不管怎么说，我把采取任何决定性的步骤暂时推迟了。这时候突然我又奉命到外县出差了。过了两个月我回来后突然得知那女郎已经结婚。嫁给了城郊的一位富裕地主。那人虽然比我年长好几岁，但还算年轻，在京城和上层有靠山，那是我所没有的，他知书达理，而我却不学无术。听到这个出乎意料的消息，我惊得目瞪口呆，连脑子也糊涂了。主要问题在于我马上打听到这位年轻的地主早就是她的未婚夫了，我自己也多次在她家遇见过他，却什么也没有留心，我被自己的优越感迷了心窍。恰恰正是这一点使我特别难受，几乎人人都知道，而我还蒙在鼓里。究竟是怎么回事？我突然感到一种难以容忍的怨恨。我面红耳赤地回想起，我几乎多次向她表白了自己的爱情，而她没有制止也没有警告，所以我得出结论：说不定她在嘲弄我。当然，后来我才想起来，她一点儿也没有嘲弄我的意思，相反，她曾经用开玩笑的方式打断这类谈话，扯到别的话题上——可当时我无法意识到这一点，一心一意想着要报复。现在想起来都觉得奇怪，这种报复和愤怒的心情当时连我自己都感到极其难受和厌恶，因为我生来一副软心肠，对谁也不可能有积怨，因此我好像是在故意煽动自己的情绪，结果变得十分荒唐可笑。我终于等到了一个机会。有一次在大庭广众之中突然借一个完全不相干的由头侮辱了我的“情敌”。他当时正在对一重大事件（这事发生在一八二六年）发表意见，我便对他的意见嘲笑了一番，据大家说，我的嘲笑显得十分巧妙机智。接着我又硬逼着他进一步做出详细解释，我在听他解释时态度又蛮横无理，以致他不得不接受我决斗的挑战，尽管我们彼此差距悬殊，相比之下我年轻幼稚，人微言轻，官卑职小。事后我才确凿地知道，他接受我的挑战似乎也出于对我的嫉妒：他以前就曾为了他的妻子（当时的未婚妻）而嫉妒我，而现在则认为，如果他妻子知道他对我的侮辱忍气吞声，没有胆量接受我决斗的挑战，那么她自然会蔑视他，她的爱情也会发生动摇。我很快找到了自己的证人，是我们团里的同事，一位中尉军官。虽然那时候对决斗严加追查，但在军人中间依然是一种时尚——粗野的偏见有时候可以达到根深蒂固的程度。那是在六月末，我们定于第二天早晨七点在郊外进行决斗——但这时候我确实遇到了一件仿佛是命中注定的事。晚上回到家里，我情绪恶劣透顶，无缘无故地对我的勤务兵阿法纳西大发脾气，用尽全身力气狠狠打了他几个巴掌，打得他血流满面。他伺候我还不久，以前我也曾经打过他几次，可从来没有这样残忍得像一头野兽似的。你们信不信，亲爱的，事情已经过去了四十年，可现在一想起来就感到惭愧和痛苦。我躺下睡了三个小时，起来一看，天已经亮了。我突然下了床，不想再睡了，走过去打开窗子——我的窗口对着花园——只见太阳正在冉冉升起，天气暖和，景色美丽，鸟儿在施展银铃般的歌喉。这是怎么回事，我心里想，我的心灵里怎么好像有一种耻辱和卑鄙的感觉？是不是因为要去杀人？不，我想，好像也不是由于这个原因。是不是因为怕死，怕被打死？不，完全不是，根本不是……我突然一下子恍然大悟：因为昨天晚上我把阿法纳西痛打了一顿！当时的情景突然重新展现在我面前，仿佛重演了一遍：他站在我面前，我扬起巴掌对着他的脸狠命打去，他像立正似的双手紧贴裤缝，头正颈直，眼睛睁着，每挨一下打便哆嗦一次，甚至不敢伸手挡住脸——人居然到了这种地步，人居然可以打人！真是作孽啊！好像有一根针穿透了我的心灵，我站在那里呆住了，但是朝阳金光灿烂，树叶在欢跳闪烁，鸟儿在赞美上帝……我用双手捂住脸，扑倒在床上，放声痛哭起来。这时候我想起了我的哥哥马尔克尔以及他临死前对仆人们说的话，“我心爱的亲人们，你们为什么伺候我？你们为什么爱我？我配得上受你们服侍吗？”是的，“我配得上吗？”这句话突然跳进我的脑海。是啊，我有什么资格要让别的人跟我一模一样的人来伺候我？那时候这个问题是我有生以来第一次钻进我的脑袋。“妈妈，我的好妈妈，每个人在众人面前真的负有罪责，只是人们不知道这一点罢了，假如知道的话，那么天堂立即就会出现！”我一面哭一面在想：天哪！难道这不是真理吗？我也许的确对众人犯有比任何人更重的罪孽，而且比世界上任何人都坏！全部的真理突然一下子清清楚楚地呈现在我面前：我这是要去干什么？我是要去杀死一个善良、聪明、高尚、丝毫没有对不起我的人，因而也永远剥夺了他妻子的幸福，使她受尽折磨后死去。我就这样趴在床上，脸埋进枕头，一点儿没注意到时间是怎么过去的。突然，我的同事，那位中尉，拿着手枪来找我：“很好，你已经起床了。时间到了，我们去吧。”这时候我心慌意乱，完全不知所措。但后来我们还是出门上了马车。我对他说：“你在这儿等一会儿，我去去就来。忘了带钱包。”我独自一人重新跑回家，径直冲进阿法纳西的那间小屋对他说：“阿法纳西，昨天我打了你两记耳光，请你原谅我。”他猛地一愣，仿佛非常害怕似的，盯着我看。我发现这样做还不够，很不够，就这样穿着整齐的制服，啪地跪到他脚下，额头触地，对他说：“饶恕我吧！”这时候他完全惊呆了：“长官，大人，老爷……您怎么……我配吗……”他突然放声大哭起来，就像我刚才一样，双手捂着脸，转身对着窗口，泪流满面，浑身颤抖。我转身跑到同事那儿，飞快地跳上马车，大声喊道：“走吧。你见过得胜的人吗？瞧，他就在你面前！”我心里高兴极了，一路上不停地说呀，笑呀，说呀，自己都不记得说了些什么。他盯着我看：“得了，老兄，你是好样的，我看你一定能保持军人的荣誉。”就这样我们到了约定的地点，他们已经在那里等我们了。我们俩分开站在两头，中间相隔十二步，由他先放枪——我高高兴兴地站在他面前，脸对着脸，眼睛一眨也不眨，充满爱心地望着他，我知道自己该怎么做。他放了一枪，只擦破了我一点点脸皮，擦伤了耳朵。我大喊道：“感谢上帝，没杀死人！”说完就抓起自己的手枪，往后一转身，把手枪往上一抛，扔进了树林里，随口还说了句：“去你的吧！”我转身对仇人说：“先生，请原谅我这个愚蠢的年轻人，怪我不好，我得罪了您，现在又迫使您向我开枪。我本人比您坏十倍，也许十倍也不止。请您把这些话转告给您在这世界上最敬重的那位太太。”我刚说完这句话，他们三人都叫起来。“对不起，”我的仇人说，甚至大为恼火，“既然您不想决斗，那何必要挑衅呢？”“昨天我还很愚蠢，可今天变得聪明些了。”我快活地这样回答他。“您所说的昨天的情况我相信，但是今天的事，我很难得出跟您相同的结论。”“说得好！”我拍手叫道，“我同意您的看法，您骂得对！”“先生，您还想不想向我开枪？”“我不想了，要是您愿意，那就再向我开一枪，不过最好您也别再开枪。”两位证人也大声嚷嚷起来，尤其是我那位，叫得特别响：“在决斗场上求饶，简直把我们的脸都丢尽了。早知道这样我就不干了！”我站到他们面前，敛起笑容，一本正经地说：“各位先生，难道在目前这个时代遇到一个对自己愚蠢的举动表示忏悔并且当众认错的人，居然值得这样大惊小怪吗？”“但是在决斗场上绝对不能这么干。”我那位公证人又大声嚷道。我回答他们说：“问题就在这里，这才是值得奇怪的，因为我本来应该一到这里，在他开枪之前就向他道歉的，那样就不至于使他犯下滔天大罪，但是我们自己在这世界上立下了种种荒唐透顶的规矩，以致这样做简直是不可能的。因为只有在他离开十二步地方向我开枪之后我这些话对他才有分量。假如在开枪之前，刚到这里就这样做，那大家就会骂我是胆小鬼，见了手枪就吓坏了。大家绝不会听我的。先生们，”我突然真心诚意地大声说道，“请你们看看周围那些上帝的恩赐：明朗的天空，清新的空气，柔嫩的小草，可爱的小鸟，大自然美妙无邪，而我们，也只有我们这些愚蠢、不信上帝的人才不理解生活就是天堂，因为只要我们愿意理解，那么美妙的天堂就会出现在我们面前，我们会相互拥抱，放声痛哭……”我还要继续说下去，但是不行，我连气也喘不过来了，浑身充满了甜蜜的青春活力，而心里感到一种有生以来从未体验过的幸福。“这一切显得既明智又虔诚！”我的仇人对我说，“总之，您这个人很有个性。”“您尽管笑吧，”我也笑着对他说，“但以后您会夸我的。”他说：“就是现在我也准备夸您，请允许我把手伸给您，因为看来您确实是个诚实的人。”“不，现在不必握手，等到以后我变得好些，值得您尊敬的时候，您再把手伸给我，那就更好了。”我们打道回府，我那位公证人骂了我一路，而我却吻了他一路。同事们全都听说了这件事，当天晚上就聚在一起指责我：“他玷污了军人的荣誉，让他打辞职报告。”也有人出来为我辩护：“他毕竟经受住了子弹的考验。”“是的，但他因为害怕继续挨子弹，所以才求饶的。”为我辩护的人则反驳说：“如果他害怕继续挨子弹，那么在求饶之前自己可以先开枪，可是他把子弹上膛的手枪扔到了树林里。不，这是另一码事，是件新鲜事。”我一边听一边看着他们，心里很快活。“各位亲爱的朋友和同事，要我辞职的事请你们别费心，因为我已经这样做了，今天早晨我已经递了辞呈，一经批准，我马上进修道院。我提出辞职就是为了这个目的。”我这么一说，大家都哈哈大笑起来：“您一开始早就该说了。好了，现在事情都弄清楚了，修士是不应该受责备的。”他们笑得前仰后合。那完全不是嘲笑，而是亲切舒畅的笑。大家突然都爱起我来，连那些指责得最厉害的人也不例外。在以后的整整一个月中，在辞呈被批准之前的那段时间，大家简直把我捧在掌心里呵护。“啊，你这修士！”他们这样说。人人都会对我说一句亲切的话，他们开始挽留我，甚至为我感到可惜。“你何必自讨苦吃呢？”他们说，“不，他是个勇敢的人，他经受了许多的考验，本来他是可以还击的，但他在头天晚上做了个梦，要去当修士，所以才那么做。”同样的情形也出现在城里的社交界。以前他们对我没有特别注意，只是乐意招待罢了，现在他们听说以后都争先恐后邀请我去做客。他们都笑我，但又都爱我。这里我要说明一个情况，尽管我们决斗的事情闹得满城风雨，但上司把这件事瞒过去了，因为我的对手跟我们的将军是近亲，既然事情过去了，又没有流血，似乎只是开个玩笑罢了，再说我已经主动递交了辞呈，所以真的当玩笑处理了。于是我就开始无所顾忌地高谈阔论，也不管他们怎样笑我，因为他们的笑是善意的，而不是恶意的。这样的公开议论多数是在晚间太太们的圈子里进行的，她们当时更喜欢听我说，而且也逼着男人们听我说。“怎么可以让我替大家承担罪责呢？”人人都当面笑着问我。“比方说，难道我可以代您受过吗？”我回答他们说：“当整个世界陷入歧途，把不折不扣的谎言当成了真理，并且也要求别人一起说谎的时候，你们哪里能懂得这一点呢？你们瞧，我一生中做了一件诚实的事情，结果怎样呢，你们大家都认为我是个疯子。虽然你们都爱我，但都嘲笑我。”“像你这样的人怎么能不爱呢？”女主人笑着对我说，当时她家里聚集了许多客人。突然，我看见一位年轻的太太从人群里站了起来。她就是不久以前还被我当作未婚妻，并且为了她而提出决斗的那个人，而我没发觉她今天也来出席晚会了。她站起来走到我跟前，向我伸出手说：“请允许我向您声明，我第一个不嘲笑您，恰恰相反，我含着眼泪感谢您，并且为了您当时高尚的举动而表示敬意。”这时候她丈夫也走过来，接着大家都突然拥到我身边，几乎都要亲吻我。我高兴极了，但我特别注意到有一位上了年纪的先生向我走来。虽然以前我也知道他的名字，但从未跟他打过交道，直到那天晚会之前还没有跟他说过一句话。

4.神秘的来访者

他在我们城里的政府部门供职已经很久，占据着显要的位置。他广有钱财，深孚众望，乐善好施，为救济院和孤儿院捐过不少钱。此外，他做了许多善事也不留名，不声张，直到死后才被人发现。他五十光景，外表近乎严肃，寡言少语，结婚不超过十年，太太年纪还轻，有三个子女，都还年幼。就在第二天晚上，我正坐在自己家里，门忽然开了，这位先生走了进来。

需要说明的是，当时我已经不再住在原来的寓所里了。自从递交辞呈之后我便搬了家，向一位年迈的老妇人，一位官员的遗孀，租了房子，并由她的仆役负责照料我的起居饮食。我这次搬家完全只是因为决斗那天一回家我就把阿法纳西打发回连队去了，因为前几天我那样对待他，现在连看到他都觉得惭愧——一个缺乏修养的俗人即使做了一件合情合理的大好事也会感到惭愧的。

“我已经在不少人家里怀着极大的兴趣连续好几天听过您的谈话，”那位先生一进来便对我说，“最后终于想跟您当面认识一下，以便跟您详细谈一谈。亲爱的先生，您能赏脸吗？”我说：“我十分乐意，而且感到十分荣幸。”但心里却非常害怕，因为他一开始就使我大吃一惊。虽然大家也都听我侃侃而谈，表示出浓厚的兴趣，但是谁也没有这样严肃认真、诚心诚意地对待过我，而这一位却居然亲自登门拜访。他坐定后接着说：“我看您的性格非常刚强，因为您敢于在这种容易被大家轻蔑的事情上毫无畏惧地坚持真理。”“您也许太过奖了。”我说。“不，我没有夸大其词。”他回答我说，“您要相信我，做出这样的行为比您所想象的要困难得多。正是这一点才使我感到惊讶，才使我来拜访您。假如您不嫌我多管闲事，假如您还记得的话，那么是否给我详细描述一下当初您在决斗场上下决心请求对方饶恕的那一刻的具体感受？请您不要把我提出这样的问题当作轻率的举动，相反，我提出这样的问题自有我的隐衷，如果上帝愿意使我们两人的关系进一步接近的话，那么将来我也许会向您做出解释的。”

他说话的时候，我一直凝视着他，突然对他产生了一种强烈的信任感，同时也产生了一种异乎寻常的好奇心，因为我开始感到他内心也隐藏着某种特殊的秘密。

“既然您问我在向仇人请求宽恕的那一刻究竟有什么感受，”我回答他说，“那我最好还是从头至尾讲一讲我还从未向别人讲过的事情。”于是我一五一十地把我和阿法纳西之间发生的事以及向他磕头的情形都告诉了他。最后我对他说：“从中您可以看到，决斗的时候我的心情已经比较轻松了，因为我在家里就已经开了个头，而一旦踏上了这一条路，越往后就越容易，甚至会感到轻松愉快。”

他听完后友善地看着我说：“这一切太有意思了，以后我将一次又一次地不断来拜访您。”打那以后他几乎每天晚上都到我这儿来。假如他也跟我谈谈自己的情况，那我们也许会成为深交的。可是他对自己的情况只字不提，却对我的情况问个没完没了。尽管如此，我还是很喜欢他，把我自己内心的所有感受统统跟他说了，因为我想：我何必要知道他的秘密呢？反正我已经看出他是个正直的人。况且像他这样与我年龄相差悬殊的重要人物居然屈尊登门拜访我这个年轻人，丝毫没有嫌弃我的意思，这已经很不容易了。而且我向他学到了许多有益的东西，因为他有很高的才智。“关于生活就是天堂这个问题，”他突然对我说，“我早就开始考虑了。”接着又突然补充了一句：“而且我考虑的也始终是这个问题。”他脸带微笑地看着我说：“我比您更加确信这一点，至于为什么，您以后会知道的。”我听他这么一说，心里开始捉摸：“他一定是想告诉我什么事。”他说：“天堂就藏在我们每个人心里，现在我心里就藏着天堂。只要我愿意，明天它真的就会来临，而且一辈子再也不会消失。”我发现他说这些话的时候真的动了感情，还神秘地望着我，仿佛在询问我。“至于每个人除了对自己的罪行负责以外还应承担众人的所有罪行，这一点您也说得完全正确。奇怪的是您怎么能够一下子充分把握了这个思想，一旦人们明白了这个思想，那么对他们来说天国就不是在幻想中降临，而是在现实中降临，这也是千真万确的。”“这种情形什么时候能出现呢？”这时候我伤心地感叹道，“今后还能出现吗？会不会这仅仅是一种理想呢？”“您瞧，您自己就不相信。您虽然宣扬这种思想，可自己却不相信。您应该知道，您所说的这种理想一定会实现，但不是现在，因为任何事情都有自己的规律。这是属于心灵方面，属于心理方面的事情。要让世界旧貌变新颜，首先就应该使人们自己在心理上改弦易辙。在人们互相成为兄弟之前，四海之内皆兄弟的局面是不会出现的，无论凭借什么科学，无论给予什么利益，人们永远不会心平气和地共同分享自己的财产和权利。人人都会嫌少，人人都会不断地抱怨、嫉妒并且互相残杀。您问我这种情形什么时候才能出现，出现是肯定会出现的，但首先必须经历一个人类**孤立**时期。”“这是一种什么样的孤立？”我问他。“就是现在到处占统治地位的那种，在我们这个世纪尤其突出，但是这个阶段尚未完全结束，它的末日尚未来临。因为目前每个人都在争取最大限度地远离别人，想在自己内心体验生命的充实完整，然而经过一番努力之后，最终得到的不是生命的充实完整，反而走向了完全的四分五裂。因为人们未能充分肯定自身，反而陷入了完全的孤立。因为我们这个世纪的人全都分散成了个体，人人都龟缩在自己的洞穴中，人人都在疏远别人，躲藏起来，把自己拥有的东西都隐匿起来，结果即使自己与人们隔离开来，同时又把别人从自己身边推开。他独自一人在那儿积聚财富，心里在想：现在我多么强大，多么有保障。可这疯子却不知道，财富聚敛得越多，他在孤立无援的自我毁灭的泥坑里陷得越深。因为他已经习惯于把希望仅仅寄托在自己一个人身上，个人已经离开了整体，他使灵魂习惯于不相信他人的帮助，既不相信个人也不相信整个人类，只是提心吊胆地害怕失去钱财和已经得到的权利。如今人类的智慧开始普遍地令人可笑地不再理解，一个人真正的安全不在于他个人独自的努力，而在于人类普遍的完整一致。但是这种可怕的孤立总有一天会结束，大家最后会突然醒悟过来，意识到分离是一件多么不自然的事。一旦形成这样的社会风气，人们将会对自己长期处于黑暗不见光明而感到惊讶。那时候人子耶稣的旗帜也会在天空出现[①]……但在此之前还是应该珍惜这面旗帜，哪怕单枪匹马地突然做出榜样，把灵魂从独处引向合群，哪怕这样做要承担疯子的恶名。这样做的目的是要使这伟大的思想不至于消亡……”

我们两人就在这种慷慨激昂的交谈中度过了一个又一个夜晚。我甚至放弃了社交，很少外出访友，另外，议论我的那股时髦风气也开始平息。我说这些并没有责备的意思，因为大家依然喜欢我，欢迎我。不过毕竟要承认，时髦风气在社交界确实是股不小的能起主宰作用的力量。对于这位神秘的来访者，最后我竟崇拜得五体投地，因为除了欣赏他非凡的智慧，我开始预感到他心中隐藏着某种意图，也许准备干一番轰轰烈烈的伟业。我表面上对他的秘密丝毫没有流露出好奇，无论是直截了当还是旁敲侧击，我都没有问起过，也许他对此感到高兴。但我注意到，到最后连他自己也迫不及待地想向我透露某种秘密。至少在他开始造访我大约一个月之后，这种心情已经变得十分明显了。“您知道吗，”有一次他问我，“城里的人们对我们俩感到十分好奇，并且对我经常拜访您感到奇怪，但是随他们去吧，因为**一切都将很快水落石出了**。”有的时候他会突然激动异常，遇到这种情况，他几乎总要马上站起来回家的。有时候他会长时间地望着我，仿佛要一眼把我看透似的——于是我心里想：“他马上要说什么了。”可是他又突然改变主意，开始说些人所皆知的寻常事。他还常常抱怨他有头疼毛病。不过有一次，他慷慨激昂地说了一大通之后，我出乎意料地发现他脸色发白，面部肌肉在抽搐，而眼睛直愣愣地望着我。

“您怎么啦？”我问他，“身体不舒服吗？”

以前他经常说他有头疼的毛病。

“我……您知道吗……我……杀过人。”

说完他笑了，可脸色苍白如纸。他为什么要笑？在我还没弄明白是怎

---

① 详见《圣经·新约·马太福音》第24章第30节，此处指耶稣复活。

么回事之前，这个想法一下子钻进了我的脑子里。我的脸也发白了。

“你说什么？”我对他高喊。

“您知道吗，”他依然面无人色地笑着对我说，“我开这个口是多么不容易，现在我说了，也就是踏上了这条路，我还要继续往前走。”

我很久都无法相信他的话，后来也不是一下子就相信的，直到他连续三天到我这里把事情详详细细告诉我之后才相信的。起初我还以为他是疯了，后来才终于相信这是事实，但内心显然感到极度的悲伤和惊讶。他犯了一件令人毛骨悚然的血案。十四年前，他杀死了一位年轻漂亮的太太，她是个守寡的女地主，广有财产，在我们城里就有她的一幢私宅，她进城的时候就住在那里。他深深地爱上了她，向她表白了自己的爱慕之心，并且向她求婚。但是她的心已经另有所属，她所爱的是一位出身高贵、地位显赫的军官。当时那军官正在远征，她期待着他不久就会回到她身边。她拒绝了他的求婚，并且请求他不要再到她家里。从此他不再去找她，但是他熟悉她家，有一天夜里他冒着被发觉的危险，胆大包天地从花园爬上屋顶，偷偷溜了进去。正如经常发生的那样，凡是铤而走险犯下的罪行反而容易得逞。他从天窗爬进阁楼，又顺着阁楼的梯子来到下面她居住的房间里，因为他知道梯子下面那扇门由于仆人疏忽往往不上锁。他指望这一次仆人也忘了上锁，恰巧他就遇上了这种情况。他溜进主人的正房，摸着黑闯进了她那间亮着神灯的卧室。说来也是凑巧，她的两名侍女没有向主人禀报便偷偷溜出去参加本街邻居家的命名日宴会了。其余的男女仆人则睡在楼下的下房和厨房里。他一见熟睡的意中人，不由得欲火中烧，接着，一股渴望报复的嫉恨又牢牢占据了他的心。他像喝醉了酒似的完全失去了理智，上前用匕首猛刺她的心窝，她连叫都没来得及叫一声就死了。然后他又狡猾地伪造现场，企图嫁祸于仆人，故意拿走了她的钱包，从她枕头底下取出钥匙打开衣柜，从中拿了几样东西，装作是目不识丁的仆人干的，只拿现钱，却留下有价证券，专挑大的金器拿，却忽略了那些贵重数十倍但体积较小的东西。随手还拿了别的东西留作纪念——但这留待以后再说。干完这件可怕的事之后，他又沿原路逃离了。无论是事发后的第二天，还是后来他一生中的任何时候，谁也没有怀疑过他是真正的凶手！再说谁也不知道他爱过她，因为他的性格一向沉默寡言，不爱交谈，没有一个可以推心置腹的朋友。大家只认为他是死者的朋友，但关系不太密切，因为最近两个星期他就根本没去过她家。人们立即怀疑到了她的农奴仆人彼得身上。而许多情节又非常吻合，这就更加证实了怀疑是有根据的，因为这名仆人知道，而且女主人生前也没隐瞒过，她准备把他送去当兵，因为她的农奴中间有一个当兵的名额。而他单身一人，品行又不太好，听说有一次他喝醉了酒，曾经在酒店里恶狠狠地扬言要杀死她。就在她被害前两天，他逃走了，躲在城里某个秘密的地点。凶杀案发生的第二天，发现他烂醉如泥躺在城门外的大路上，口袋里有一把匕首，右手的手掌上不知为什么沾满了血迹。他自己说血是从鼻子里流出来的，可大家都不相信他。两名侍女承认自己曾经擅自出去赴宴，在她们回来前大门没有上锁。此外还有许多诸如此类的迹象。于是这位无辜的仆人被抓了起来。他被逮捕并受到审讯，可是过了一个星期犯人恰巧得了热病，昏迷后死在了医院里。案子就这样不了了之，大家把一切归结为天命。所有的人，包括法官、上司和整个上流社会，一致认为死去的仆人就是凶犯。从此以后，惩罚就开始了。

这位神秘的客人，现在已经是我的朋友，告诉我说，起初他甚至一点儿也没有感到良心的谴责。他痛苦了好久，但不是因为受到良心的谴责，而仅仅是由于感到遗憾。因为他杀死了心爱的女人，她再也不存在了，杀死她也就等于杀死了自己的爱情，而情欲之火却依然在他的血液里燃烧。但是对于双手沾满无辜者的血这一事实，当时他几乎没有考虑过。一想到他的牺牲品居然会成为别人的太太，他就觉得无法容忍，所以很长时间他一直坚信自己这样做是出于不得已。自那名仆人被捕之初也多少曾经使他感到不安，但被捕者暴病身亡又使他放心了。那人的死亡显然不是由于坐牢或者恐惧，而是由于他逃跑在外喝醉了酒，在潮湿的路上躺了整整一夜着了风寒造成的（当时他就是这样想的）。他偷到的那些东西和现钱也没有使他感到不安，因为他偷窃的动机不是为了钱财，而是为了转移目标（他依然这样想）。偷窃的数目也不大，他又很快把这笔钱款全部捐献给了城里的救济院，而且还增添了相当大的一笔数目。他是故意这样做的，目的是要安慰自己的良心。当时他一心扑在繁重的公务上，主动要求去完成一项艰巨而麻烦的差使，这差使花去了他两年时间。由于他性格坚强，差不多忘却了过去的事情，即使想起来的时候，他也尽量避免去想它。他又投身于慈善事业，在我们城里创办并资助过许多慈善机构，还到京城活动，在莫斯科和彼得堡被选为当地各种慈善团体的理事。但最后还是不堪重负，怀着痛苦的心情开始深刻反思了。这时候他爱上了一位年轻漂亮而明白事理的姑娘，不久就娶了她。他希望结婚能驱散孤独的痛苦，在踏上新路、认真履行丈夫和父亲的义务之后，便能摆脱昔日的回忆。结果却事与愿违。就在新婚燕尔之际，有一个想法开始不断来困扰他："妻子这样爱我，但是假如她知道了真相会怎么样？"妻子怀上了第一个孩子并把这喜讯告诉他的时候，他突然感到惭愧了："现在我制造了一个生命，以前却亲手毁灭了另一个生命。"孩子一个接一个地诞生了。"我杀过人，我怎么有勇气再去爱他们、教育他们、抚养他们，怎么有勇气要求他们讲道德呢？"孩子们一个个长得十分可爱，真忍不住要去爱抚他们。"但是我不敢正视他们天真无邪、眉清目秀的脸，我没有这个资格。"后来，那被害者的鲜血，她那被毁灭的年轻生命，渴望报仇雪恨的热血，经常出现在他眼前，令他不安和痛苦。他开始做各种噩梦。但他是个铁石心肠的人，能长时间地经受痛苦的煎熬："我将用默默忍受隐痛的方式来赎回自己的罪孽。"可是他的这个希望也落空了。时间越长，痛苦越厉害。大家尽管惧怕他那严肃阴沉的性格，却又因为他乐善好施而十分尊敬他。可是越尊敬，他就越受不了。他好几次向我承认，他甚至产生过自杀的念头。但是他没有自杀，另外一个幻想开始萦绕在脑际——起初他认为这是缺乏理智无法实现的，但最后这幻想在他心里牢牢扎下了根，再也无法摆脱了。他的幻想是这样的：挺身而出，走到大庭广众面前宣布自己杀过人。他怀着这幻想度过了三年时光，这个幻想以各种不同的形式出现在他跟前。最后他终于真诚地相信，只要当众宣布自己的罪行，就一定能治好心病，得到永久的安宁。他这样说服自己之后，又感到惧怕：如何实现呢？恰巧这时候突然发生了我在决斗场上请求原谅的事。“我要向您学习，现在我已经下定了决心。”他说。我望着他。

“真的吗？”我拍手惊呼，“这么一件小事居然会使您下这么大的决心吗？”

“我这决心已经酝酿了三年。”他回答说，“您的行为仅仅是一种推动力。跟您一比，我就责怪自己，也嫉妒您。”他甚至十分严肃地对我说。

“大家不会相信您的。”我向他指出，“事情已经过去了十四年了。”

“我有证据，确凿的证据。我会出示这些证据的。”

这时候我哭了，不断地吻他。

“不过有一件事请您帮我解决，只有一件事。”他对我说（仿佛现在一切都取决于我似的），“妻子和子女！妻子也许因为悲伤而死去，子女虽然不会被剥夺贵族的身份和财产，但将永远成为流放犯的后代。我将给他们的心灵留下多大的创伤啊！”

我沉默不语。

“就这样跟他们骨肉分离，永远离开他们？这可是生离死别啊！”

我坐在那儿默默地祈祷。最后我站起身，心里觉得十分可怕。

“怎么样？”他望着我。

“您应该去向大家当众承认。”我说，“一切都会过去，唯有真理永存。子女们长大后会明白您的决定体现了宽阔的胸怀。”

那次他离开我的时候似乎确实已经下定了决心。接着两个星期他依然到我这儿来，每天晚上都来。一直准备付诸行动，却又一直下不了决心。我的心被他折磨着。有时候他态度坚决而且充满深情地对我说：

“我知道，对我来说天堂即将降临，只要我当众承认，天堂就会立即来临。十四年来我一直待在地狱里，我想受点苦。我要忍受苦难并开始真正的生活。假如你靠谎言度过一生，但一旦醒悟，那就追悔莫及。现在我不仅没有勇气爱自己最亲近的人，而且也不敢爱自己的孩子。主啊，孩子们也许最终会明白我为这苦难付出了多大代价，因而不会再来责备我。上帝不在强权之中，而在真理之中。”

“大家都会理解您的高尚德行，”我对他说，“即使现在不理解，将来会理解的，因为您献身于真理，献身于最高的非尘世的真理……”

他每一次离开我的时候似乎已经得到了安慰，可第二天来的时候又是脸色苍白，一副怒气冲冲的样子，嘲弄似的说：

“每次我进来的时候您总是好奇地看着我，好像在问：‘又没有去当众承认吧？’请您别着急，也不要太蔑视我。做这件事并不像您想象的那么容易。也许我就根本不会那样做。到时候您不会去告我吧？”

实际上我非但没有怀着不恰当的好奇盯着他看，甚至连看都不敢看他一眼。我痛苦得像生了一场大病，内心充满了眼泪，晚上甚至都失眠了。

“我刚从妻子那儿来。”他继续说道，“您知道什么叫妻子吗？临走的时候孩子们大声对我说：‘再见，爸爸，早点回来给我们念《儿童读物》。’不，您不理解这一点！别人的不幸是无法理解的。”

他的眼睛冒火，嘴唇哆嗦，突然用拳头猛击桌子，以致桌子上的东西都跳了起来——这个一向温文尔雅的人第一次发这么大的脾气。

“有必要吗？”他吼道，“有必要这样做吗？谁也没有被判罪，谁也没有因为我而遭流放罚苦役，那仆人是生病死的。为杀人的事我已经受到了痛苦的惩罚。再说人家绝对不会相信我的话，我提供的任何证据他们都不会相信的。有必要当众承认吗？有这个必要吗？为杀人的事我宁愿一辈子受苦，但不能让妻子和孩子受惊吓。让他们跟我一起毁灭能说是公正的吗？真理何在？人们会不会认识这个真理，会不会珍惜它，会不会尊重它？”

“天哪！”我心里暗自想道，“到了这种时刻还考虑别人会不会尊重真理！”当时我非常可怜他，好像只要能减轻他的痛苦，我可以分担他的命运。我看他完全发呆了。当我不仅用理智，而且用心灵领会了他下这决心要花出多大的代价之后，我不由得害怕起来。

“请您决定我的命运！”他吼道。

“您得当众承认。”我低声对他说，我无法大声说话，但语气还是十分坚定的。我从桌子上拿过一本福音书，是俄文译本，翻到《约翰福音》

第十二章二十四节给他看：

“我实实在在地告诉你们：一粒麦子不落在地里死了，仍旧是一粒；若是死了，就结出许多籽粒来。”在他来访之前我刚读过这一节。

他读了一遍，苦笑着说：“有道理。”沉默了片刻后又说：“是的，在这本书里读到这样的内容简直可怕。把这本书硬塞到人家鼻子底下是很容易的一件事，这些书究竟是谁写的？难道是人写的吗？”

“是圣灵写的。”我说。

“您随便说说当然容易。”他又苦笑了一下，但几乎已经怀着怨恨了。我又拿起《圣经》，翻到另外地方，指给他看《希伯来书》第一章三十一节。他读了：

“落在永生上帝的手里，是可怕的。”

他看完便气呼呼地把书扔在一边，甚至浑身颤抖起来。

“这一节真可怕，”他说，“没说的，您真会挑选。”他从椅子上站起来。“好了，再见吧。也许我再也不会来了……我们将来在天堂里再见吧。这么说来，我‘落在永生的上帝手里’已经十四年了——瞧，这十四年居然是这么过的。明天我就要请求这双手放了我……”

我真想去拥抱他，吻他，可是我不敢这样做——他的脸抽搐得厉害，目光中充满了痛苦。他出去了。“主啊，他真的要这样做了！”我立即跪在圣像前，含着眼泪替他向圣母，向救苦救难的圣母祈祷。我含着眼泪跪在那儿祈祷了约莫半个小时。时间已近深夜，将近十二点了。门突然开了，只见他又回来了。我惊讶不已。

“您刚才到哪儿去了？”我问他。

“我……”他说，“我好像忘记了什么……好像把手帕……忘在这儿了……也许什么也没忘，不过您还是让我坐一会儿吧……”

他在椅子上坐下。我站在他面前。“您也坐下。”他说。我们坐了两三分钟，他目不转睛地看着我，突然又苦笑了一下，这笑容我永远忘不了。接着他站起来，紧紧地拥抱我，吻我……

“你要记住，”他说，“记住我再次回到了你这儿。听见没有，你要记住！”

他第一次用“你”称呼我。说完他就走了。我想：“明天……”

事情果真发生了。那天晚上我还不知道第二天正巧是他的生日。那几天我自己一直没有出门，所以没听人说起过。以往每年到这一天他家门前总是车水马龙，宾客如云。这一次也不例外。就在午宴结束之后，他走到大厅中央，手里捧着一张纸——给上司的正式呈文。而他的上司当时就在场，所以他立即向所有在场的人高声宣读了呈文，其中详细描述了犯罪的全部事实。“我把自己当作一名歹徒开除出人群，因为我犯了大罪。我甘愿忍受苦难！”呈文的结尾部分这样写道。接着又一股脑儿把保存了十四年、自认为可以证明自己罪行的全部证据拿出来摆到桌子上：为了转移目标而偷走的被害人的几件金器，从死者脖子上摘下的上面嵌有她未婚夫相片的鸡心项链和十字架，还有一本记事簿和两封信（一封是未婚夫告诉她很快就要回来的信，另一封是她的复信——她刚开了个头，还没有来得及写完，放在桌子上准备第二天写完了再寄出去）。他把这两封信都拿走了，为了什么目的？为什么他没有销毁这些罪证，反而保存了整整十四年？当时出现了这样的情形：大家都十分惊讶和害怕，但谁都不愿相信这是真的。虽然大家都怀着异乎寻常的好奇心听完了他的自述，不过都当作是病人说的胡话，而且过了几天之后大家一致断定这个不幸的人发疯了。上司和法院不得不立案侦查这件事，但不久也停止了：虽然提供的这些金器和信件值得考虑，但他们认为，即使这些证据是确凿的，那么单凭这些证据也不能指控他。因为他作为她的朋友，她出于信任，也可能把这些东西交给他保存。不过我听说，经过死者的许多朋友和亲属鉴定，这些东西确实是原物，对此没有任何疑问。但这案子注定要不了了之。五六天之后，大家获悉这个受苦的人得了重病，性命危在旦夕。他究竟得了什么病，我说不清，据说是心律失常，但后来知道，根据他夫人坚决要求而组成的医疗委员会还检查了他精神方面的状况，最后得出结论说他已经有了精神失常的症状。大家纷纷来询问我，可我没有透露半点真情。但是我准备去探望他的时候，却始终被禁止，尤其是他的夫人。“是您把他弄得精神失常的，”她对我说，“他本来情绪就非常忧郁，最近一年来大家都发现他烦躁不安，常常有奇怪的举动。是您害了他，是您没完没了地给他念《圣经》，整整一个月他都没离开过您。”结果，不仅他夫人，连全城的人都纷纷责备我。“这都得怪他不好。”大家都这么说。我一声不吭，但心里很高兴，因为我看到这肯定是上帝对那个悔过自新、惩罚自己的人的恩赐。我不相信他精神失常。最后他们总算允许我去看望他，因为他自己也坚决要求我去跟他告别。我一进去就看出他留在人世间的时间不能用天数计算，只能用钟点计算了。他十分虚弱，脸色蜡黄，双手哆嗦，呼吸困难，但是眼神却显得和蔼快活。

“事情完成了！”他对我说，“早就盼望见到你了，可你怎么不来看我？”

我没有告诉他是人家不让我来探望他。

“上帝可怜我，召唤我到他身边去。我知道我要死了，但这么多年来我还是第一次感到高兴和安宁。我刚履行了应尽的责任，马上就感到天堂在我心中。现在我已经有勇气爱自己的孩子，去吻他们。大家都不相信我，谁都不相信，无论是我妻子还是法官，都不相信我。孩子们将来也绝不会相信的。从中我看到了上帝对我孩子的怜爱，我死后我的名字对他们来说是清白的。现在我预感到了上帝，心里快活极了，就像在天堂里一般……我履行了自己的义务……”

他喘着粗气说不出话。但他还是抓紧机会轻轻对我说：“你还记得那次我在半夜里重新回到你那儿的情形吗？我还吩咐过你要记住，是这样吗？你知道我为什么要再次到你那儿吗？我来是要杀死你！”

我不禁打了个寒战。

“当时我从你家出来，走进黑暗里，在街上徘徊，思想斗争非常激烈。突然我恨透了你。我想：‘现在只有他一个人掌握了我的把柄，他也是我的审判官，我已经无法逃避明天的处决，因为他知道了全部真相。’我倒不是怕你去告发我（这种念头根本就没有出现过），但我心里想：‘如果我不去自首，我还有什么脸面去见他？’即使你远在天涯海角，但只要你还活着，我一想到你还活着，你知道全部真相，你在审判我，那我就无法容忍。我恨你，好像你是这一切的总根子，都怪你不好。我回到你那儿的时候，记得桌子上刚巧放着一把匕首。我坐了下来，也请你坐下，考虑了整整一分钟。假如我杀了你，那么即使我把以前的罪行隐瞒起来，也会因为这次凶杀案而完蛋的。但在那一刻我根本没有考虑这一点，也不愿去考虑。我只是一味地恨你，拼命想对你报复。然而我的上帝终于战胜了我心中的魔鬼。不过你要知道，当时你离死亡再近也没有了。”

一星期之后，他死了。全城的人都为他送葬。大司祭的悼词充满了感情。大家为这种可怕的疾病中止了他的生命而痛惜万分。但葬礼过后，全城的人都跟我过不去，甚至不再接待我，当然，有些人相信他提供的证据是真实的。这样的人起初很少，后来却越来越多。他们纷纷拜访我，怀着极大的好奇心详细询问我：因为人们看到一个正人君子身败名裂总会感到幸灾乐祸的。但我守口如瓶，不久就彻底离开了那个城市，五个月以后蒙上帝恩准，终于踏上了一条坚实而庄严的光明大道，我衷心感谢那只无形的手为我指明了道路。直到如今，我每天都要在祈祷中提到上帝的仆人、饱经苦难的米哈伊尔。

三　佐西马长老谈话和训言摘录

1.关于俄罗斯教士及其可能的意义

诸位神甫和师父，教士是什么？在现代文明世界，教士这个名称在有些人嘴里已经带有嘲笑的意味，而另一些人简直把它当作骂人的话。这种现象越来越厉害。唉，事情也的确如此，教士中间的确有许多游手好闲、贪吃好色之徒和恬不知耻的流氓无赖。俗界中受过教育的人指着他们说：“你们都是些好逸恶劳的懒汉和社会的废物，你们不劳而获坐享其成，都是些鲜廉寡耻的乞丐。”但是在教士阶层却也有许多驯良温顺的人，他们渴望离群索居，渴望在宁静的气氛中进行热烈的祈祷。对于这些人，大家很少注意，甚至视而不见。假如我说俄罗斯的大地也许只有依靠这些驯良温顺、渴望潜心修炼的人才能重新获得拯救，那么人们肯定会感到惊讶！因为他们确实“每日每时、每年每月”在潜心提高自己的修养。目前，他们庄严而不加歪曲地独自维护着基督的形象，维护着古代神甫、信徒和殉难者所坚持的上帝真理的纯洁性，以便在需要的时候向尘世间已经动摇的真理显示基督的形象。这是一种伟大的思想。这颗明星将从东方发出熠熠光辉。

这就是我对教士的看法，难道这想法是虚妄而傲慢的吗？请你们看看那些俗界的人以及所有凌驾于上帝子民之上的人吧，他们不是把上帝的面貌和上帝的真理都给歪曲了吗？他们有科学，但科学中只剩下了属于感官的东西。至于精神世界，人的高尚的另外一半，则被他们以一种得意的甚至仇恨的心情完全排斥、摈弃了。世界宣告了自由，最近一段时期叫得特别响，但在他们宣扬的自由中我们究竟看到了什么呢？只有奴役和自杀！因为世界在说：“既然你有欲求，那就应该得到满足，因为你跟最有名、最富裕的人享有同样的权利。你别害怕去满足这些欲求，甚至还应该使欲求不断增长。”这就是目前世界上流行的理论。这就是他们所谓的自由。但是这种使需要不断增长的权利最后会造成什么结果呢？造成富人孤立和精神上的自杀，引起穷人嫉妒和残杀。因为权利是给了，但满足需要的办法却没有指明。人们宣称世界正越来越趋于一致，由于能缩短距离和利用空气传达思想，所以正在形成友好相处的局面。唉，请你们不要相信人们的这种团结一致。他们把自由理解为使需要不断增长并且尽快加以满足，从而扭曲了自己的本性，因为他们引发了自身的许多愚蠢无聊的愿望、习惯和极端荒唐的幻想。他们仅仅为了互相妒忌，为了纵欲和狂妄而活着。吃喝玩乐，马车进出，高官厚禄，奴仆成群，这已经被认为是必不可少的东西。为了满足这些需要甚至可以不惜牺牲性命、人格和仁慈之心。如果无法满足这些需要，甚至可以自杀。我们可以看到那些并不富有的人情况也一样。至于穷人，他们暂时只能用酗酒来掩盖无法满足自己需要的无奈和对他人的嫉妒。但是用不了多久，他们就要喝血，而不是喝酒。他们正被引导到这一条道路上。请问：这样的人自由吗？我认识一个“为理想而奋斗的人”，他亲口对我说，监狱里不让他抽烟，为此他痛苦不堪，以致只要有烟抽，他差点要出卖自己的“理想”。可他却口口声声说：“我要去为人类而奋斗！”这种人怎么能去斗争？又能干什么事情呢？也许能逞一时之勇，却无法持久。因此下述情况也就不足为怪了：他们不仅没有获得自由，反而陷入了奴役；不仅没有为博爱和平等效劳，反而陷入了**分裂**和孤立。就像我青年时代那位神秘的客人和导师对我说的那样。正因为如此，为人类服务的思想，博爱和人类团结一致的思想在这世界上越来越变得暗淡无光，甚至常常被人嘲笑，因为一个人既然已经完全习惯于满足自己挖空心思想出来的不计其数的种种需要，那么这个丧失了自由的人又怎能放弃自己的习惯？又能往哪儿去呢？既然他孤身独处，那整体跟他又有什么关系呢？结果是敛聚的钱财越多，得到的欢乐却越来越少。

教士走的路就完全不同了。人们对于修持、守斋和祈祷甚至加以冷嘲热讽，然而，这恰恰是通往真正的名副其实的自由的唯一途径。因为我只要放弃多余的无用的需要，克制自私傲慢的意志，通过修持来鞭策自己，那么就能靠上帝的帮助而获得精神上的自由以及随之而来的精神上的欢乐！究竟谁能够弘扬这伟大的思想并愿意为之效劳呢？是孤立的富人，还是摆脱了物质和习俗桎梏而**获得自由的人**？人们往往责备修士的洁身自好：“你为了拯救自己而在修道院里隐居，却忘记了以博大的爱心去为人类服务。”但是让我们再看一看，谁在为博爱尽心尽力？实际上隐居独身的不是我们，而是他们，只不过人们看不到这一点罢了。自古以来民众活动家都在我们教士中间产生，为什么现在不可能出现呢？这些同样驯良温顺、默默无闻的持斋者有朝一日也会奋勇而起，去创立伟大的业绩。俄罗斯的得救要靠人民。俄罗斯的修道院自古以来就和人民站在一起。如果人民孤身独处，那我们也孤身独处。人民像我们一样信奉上帝，不信上帝的活动家即使他心地诚实，才智出众，在我们俄罗斯也将一事无成。这一点你们要记住。人民一旦遇到无神论者就一定会制服他，那时候就会出现统一的东正教俄罗斯。请你们一定要热爱民众，启悟民心。这就是你们教士的义务，因为人民的心中有上帝。

2.论主仆关系以及主仆间能否成为精神上的兄弟

主啊，谁能否认人民中间也有罪孽？腐败的邪火眼看着越烧越旺，每时每刻都在自上而下地蔓延。人民中间同样出现了孤立的现象：富农和高利贷者应运而生，商人越来越希望得到别人的尊敬，虽然胸无点墨，却硬要附庸风雅，因而对古老的习俗不屑一顾，甚至为先辈的信仰而感到羞愧，自己不过是忘了本的庄稼汉，却偏要巴结王公贵族。老百姓染上了酗酒的恶习，已经难以自拔，对家庭、妻子甚至孩子十分残忍，这全是酗酒造成的。在许多工厂里我甚至见过十来岁的孩子，他们面黄肌瘦，弯腰曲背，可是已经学会了放荡。闷热的厂房，喧闹的机器，整天的工作，满口的脏话，不停地喝酒，难道这是小孩子的灵魂所需要的吗？他需要的是阳光，孩子的游戏，普遍的楷模，以及对他哪怕是点滴的爱。这一切不应该继续存在，修士们，也不应该再有折磨孩子的现象。你们应该挺身而出，赶快去宣讲这个道理，要赶快。但上帝会拯救俄罗斯的。因为普通老百姓虽然已经腐化堕落，而且还会去干那些肮脏的罪恶勾当，但是他们毕竟知道，他们那些罪恶勾当受到上帝的诅咒，他们的行为是恶劣的，有罪的。所以我们的人民依然信仰真理，承认上帝，在痛哭流涕。可是上层人物就不同了。他们遵循科学，企图只依靠理智来合理安排自己的生活，而不像从前那样依靠基督，而且已经公开宣布不存在犯罪现象，也没有罪孽。按照他们的观点这也是有道理的，因为既然你心中没有了上帝，那还有什么罪行呢？在欧洲，人民已经用暴力反对富人，人民的领袖带领他们到处杀人，并且教导他们说他们的愤怒是理所当然的。但是“他们的愤怒是残忍的，所以应该受到诅咒”[①]。但上帝一定能拯救俄罗斯，就像以前多次拯救过的那样。拯救来自人民，来自人民的信仰和驯顺。各位神甫和师父，请你们珍惜人民的信仰。这不是幻想。我们伟大的人民身上这种崇高而真诚的品格使我终生都感到惊奇，我已经亲眼看见过，我可以亲自做证。我已经见到过并且感到惊奇，虽然我们的人民罪孽深重，贫穷不堪，但我发现了他们这种品格。他们虽然做了两百年的奴隶，但身上没有奴性，他们的外表和举止是自由的，没有丝毫的心理羁绊。不记仇，不妒忌。“你有钱有势，你有聪明的才智——那好吧，愿上帝赐福给你。我尊敬你，但我知道自己也是人。我尊敬你但不嫉妒你，所以我在你面前也要显示自己的人格。”其实，虽然他们嘴上不说（因为他们还不善于说这些），但他们就是这样做的。我亲眼看到了并且亲身感受到了。你们信不信：我们俄国人越贫穷卑贱，这种高贵的真理在他们身上体现得越充分，因为他们中间那些有钱的富农和高利贷者大多数已经腐化堕落了，这主要是我们疏忽大意造成的！但上帝会拯救他的子民，因为俄罗斯的伟大就在于它的温顺。我希望能够看到，而且现在仿佛已经清楚看到了我们的前景，因为将来必定会出现这样的情形：即使我们那些最最荒淫无耻的富人在穷人面前最后也会为自己的富裕而感到羞愧，而穷人看到他们这样谦恭自然也会表现出谅解，愉快地做出让步并且用爱抚来回答他们庄严的羞愧。请你们相信，最后的结果肯定会这样，因为现在就有这样的趋势。平等只存在于人的精神品质之中，这一点也只有我们才能理解。假如人与人彼此成了兄弟，那就会有博爱。在博爱产生之前，永远无法公平合理地分配财富。只要我们保存基督的形象，那么他就会像珍贵的金刚石那样照耀整个世界……这一定会实现的，一定会实现的！

各位神甫和师父，有一次我遇到了一件感人肺腑的事情。我云游四方

① 详见《圣经·旧约·创世记》第 49 章第 7 节。

的时候有一天在某省K城见到了我原来的勤务兵阿法纳西。我跟他分别已经整整八年了。他在集市上偶然发现并认出了我，便急忙向我跑过来。天哪，他是多么高兴啊！他飞一般跑到我跟前说："老爷，真的是您吗？难道我真的见到了您吗？"他把我带到他家里。他已经退伍，娶了妻子，生了两个孩子。他们夫妻俩靠在集市上摆摊做小买卖谋生。他住的那个房间虽然狭小简陋，但收拾得干干净净，充满了欢乐的气氛。他让我坐下，沏上茶，打发人去叫妻子回来，好像我到他家里对他是个值得庆祝的节日。他把孩子们叫到我跟前说："老爷，请您替他们祝福。"我回答说："我不过是个普通的小修士，怎么能祝福呢？我会替他们向上帝祈祷的。自从那一天以来，我一直天天替你向上帝祈祷，因为一切都是你引起的。"我尽量把这事情的来龙去脉向他做了解释。结果他有什么反应呢？他直愣愣地看着我，无论怎样也想不到他从前的老爷，一名堂堂的军官，竟会这副模样、穿着这种衣服出现在他面前。他甚至哭了起来。"你哭什么呢？"我对他说，"你这个人是永远无法忘怀的，亲爱的，你应该打心底里为我高兴，因为我走的是一条令人高兴的光明大道。"他没有再说什么，只是一个劲儿唉声叹气，对着我直摇头。"您的财产呢？"他问。我回答说："都捐给了修道院，我们过着集体生活。"喝完茶，我就和他们全家告别。他突然拿出半个卢布给我，说是捐给修道院的，又拿出半卢布塞到我手里，急急忙忙说："这是给您的，给以四海为家的您，也许您今后用得着，老爷。"我接受了他的半个卢布，向他们夫妇鞠了个躬，高高兴兴地离开了。一路上我在想："瞧我们俩，他在家里，我在路上，也许都在感叹、发笑，心里都很高兴，一边点头一边回想上帝安排我们见面的情形。"从此以后我再也没有见过他。以前我是他的主人，他是我的仆人，而如今我和他十分友好地亲吻，内心深受感动，我们之间实现了伟大的人类的团结。这一点我想了很多，现在我在考虑：难道真的难以想象我们俄罗斯人中间有朝一日也会普遍地实现这种伟大而淳朴的团结吗？我相信一定会实现的，而且为期不远了。

关于仆人，我想再补充说几句。以前我年轻的时候常常对仆人发脾气，嫌厨娘端上来的菜太烫啦，怪勤务兵没把衣服刷干净啦，等等。但是我亲爱的哥哥的一种想法使我恍然大悟，那是我小时候听他说的："我有资格让别人服侍我吗？别人因为贫穷和愚昧就该受我任意支配吗？"当时我感到非常惊讶，这样一些最最简单、最最明白的想法为什么在我们头脑里出现得这么晚。这世界固然离不开仆人，但你应当使你的仆人在精神上比他当仆人之前更加自由。为什么我就不可以做我仆人的仆人，甚至让他也看到这一点，而且我这样做的时候没有丝毫的傲气，他也不会产生任何怀疑呢？为什么不可以让我的仆人跟我像亲兄弟一般，最后成为家庭的一员，并且为此而感到高兴呢？这一点甚至现在就可以做到，可以为人类未来的伟大团结打下基础，到那时候人们就不会再为自己寻找仆人，也不会像现在那样把自己的同类变成仆人，相反，他们会按照福音书的精神设法做大家的仆人[①]。让人们最终在教化和慈爱的功业中找到乐趣，而不是现在那样在花天酒地、荒淫无耻、妄自尊大、自吹自擂、互相妒忌、彼此倾轧这类残酷的游戏中找到自己的乐趣，难道这是幻想吗？我坚信这不是幻想，而且实现的时间也不远了。人们讥笑着问："这种时代究竟什么时候到来？真的会到来吗？"我认为，我们和基督会共同实现这项伟大的事业。在人类历史中，这世界上曾经有过多少理想，这在长达十年的时间内一直被认为是不可思议的，但当神秘的时刻来临的时候，这些理想突然出现，并且在全世界广为流传。我们这里也将出现这种情况，我们的人民将向世界显示自己的光辉，那时候人们都会这样说："一块被建筑师们遗弃的石头居然成了基石。"[②]我们要反问那些嘲笑我们的人：假如我们是在幻想，那么你们什么时候盖起自己的大厦，并且不依靠上帝而只凭自己的智慧公正合理地安排好生活？假如他们强调，只有他们正在走向团结，那么

① 详见《圣经·新约·马太福音》第 20 章第 25—26 节。

② 《圣经·圣诗》第 117 首第 22 节。

实际上他们中间只有那些最天真的人才会相信这一点，因此只能对他们的天真表示惊奇。其实他们比我们更耽于幻想。他们想公正地安排生活，但是因为他们抛弃了基督，结果只能使世界血流成河，因为流血只能招来流血，动剑的人将被剑戕害[①]。假如当初没有基督的约言，那么人们一定会相互残杀，一直杀到世界上只剩下两个人。而且这幸存的两个人也因为傲慢而无法容忍对方，互相残杀，最后同归于尽。如果不是基督要求为了驯顺而谦恭的人们而停止这类勾当，那么肯定会出现这样的悲剧[②]。当初在决斗之后，我还穿着军官制服，我在社交界谈起主仆关系的时候，我记得大家都对我的话感到奇怪："怎么，难道我们应该让仆人坐到沙发上，再替他端茶吗？"而我回答他们说："为什么不可以这样做呢？至少可以偶尔为之吗。"大家哄堂大笑。他们提的问题非常轻率，而我的回答也不够明确，但我想我说得多少有点道理吧。

3.论祈祷、爱以及与另一个世界的联系

年轻人，不要忘记祈祷。如果你的祈祷是真心诚意的，那么你祈祷的时候每次都会有一种全新的感觉，而这新的感觉会包含着新的思想，这新的思想你以前不了解，但今后会使你振作起来的。你将会明白，祈祷就是一种教育。你还要记住，只要有可能，你每天都必须反复诵祷："主啊，愿你宽恕所有今天向你祈祷的人。"因为每时每刻都有数以千计的人离开人世，他们的灵魂将来到主的面前。而其中许多人在悲伤和痛苦中告别尘世的时候，孤苦伶仃，默默无闻，没有人去怜悯他们，甚至根本不知道他们是否在这世界上存在过。但是你为他灵魂的安息所做的祈祷也许会从天涯海角传到上帝那儿，尽管你根本不认识他，他也不认识你。他那战战兢

---

① 详见《圣经·新约·马太福音》第 26 章第 52 节。

② 同上书，第 24 章第 22 节。

兢来到上帝面前的灵魂那时候将会深受感动，因为他感受到有人在为他祈祷，世界上还有爱他的人。上帝因此会更加慈悲地对待他们，因为连你也在怜悯他，那么大慈大悲、充满爱心的上帝就更加怜悯他了。上帝会看在你分上而宽恕他。

兄弟们，你们不要害怕人们的罪孽，你们也要爱那些有罪的人，因为这种近乎上帝般的慈爱是世上最崇高的爱。你们要爱上帝创造的一切，包括整体也包括每一粒沙子。你们要爱每一片树叶，每一道上帝之光。爱动物，爱植物，爱一切事物。如果你爱每一件事物，那么就能领悟事物中包含的上帝的秘密，一旦有了领悟，以后每天都有更加深入的领悟。最后，你将以一种无所不包的普遍的爱来爱整个世界。你们要爱动物，因为上帝赐予了它们初步的思想和恬静的欢乐。你们不要去招惹它们，不要折磨它们，不要夺走它们的欢乐。不要违背上帝的旨意。人啊，你不应该自以为比动物高明，动物没有罪孽，而你一降生到人间就堂而皇之地玷污了大地，死后又留下了肮脏的痕迹——唉，几乎人人都是如此！你们特别要爱孩子，因为他们也没有罪孽，像天使一般，他们的存在就是为了感动我们，净化我们的心灵，给我们以启示，欺负婴孩的人是可悲的。安菲姆神甫曾经教导我要爱孩子：他为人和蔼可亲，我们一起云游时他沉默寡言，往往用募捐来的钱买糕饼糖果分发给孩子们，从他们身边走过的时候他从来不会冷漠无情。他就是那么一种人。

面对有些想法，尤其看到人们作孽的时候你会感到困惑莫解，不禁要问自己："是用暴力制服他还是用温柔的爱去感化他？"你应该永远做出这样的决定：要用温柔的爱去感化他，如果你永远下定了这样的决心，那你就能征服整个世界。温柔的爱是一种所向无敌的力量，其威力无可比拟。你每时每刻都要注意自己，检点自己，保持你的崇高形象。如果你怒气冲冲地从一个小孩身边走过，你的模样十分凶恶，嘴里骂骂咧咧，你也许根本没有发现这孩子，可他却看见你了，你那丑恶的亵渎神明的形象就留在了他稚嫩的心中。你对此毫无觉察，但是你也许已经给他播下了恶劣的种子，这种子还会发芽生长。这都是因为你在孩子面前未加检点，因为你没有在自己身上培养一种积极而审慎的爱。兄弟们，爱是一位老师，但应该设法得到它，因为它是不容易得到的，需要付出很高的代价，花很多工夫，经过很长时间。因为需要的是一种始终不渝的爱，而不是偶然一时的爱。偶然地爱一下是任何人都可以做到的，即使凶手也能做到。我年轻的哥哥曾向小鸟请求宽恕，这样做似乎不可思议，其实是有道理的，因为世界就像一片海洋，一切都是流动的，相通的。你在这儿触动一下，世界的另一端就会做出反应。就算向小鸟请求宽恕是缺乏理智的举动，但如果你自己变得比现在更崇高些，那么无论小鸟还是小孩，或者你周围的任何动物，都会感到轻松些。我说世界万物就像一片海洋，这样你就会怀着无所不包的爱，怀着无比喜悦的心情向小鸟祈祷，祈求它们赦免你的罪孽。你一定要珍惜这份喜悦，尽管人们觉得它是多么不可思议。

我的朋友们，你们要向上帝祈求快乐。你们要像孩子，像天上的小鸟那样快活。如果你们这样做了，那么人们的罪孽也不会使你们感到难堪，你们不要担心人们的罪孽会干扰你们，使事业无法完成。你们不要说："罪孽是强大的，邪恶是强大的，恶劣的环境是强大的，而我们是孤立无援、软弱无力的，恶劣的环境会吞噬我们，会妨碍善行义举获得成功。"孩子们，你们不要灰心丧气！拯救自己的唯一办法就是要振作起来，为人间的所有罪孽担起责任。朋友，真的应该这样做，因为只要你真心诚意地为所有的事和所有的人负起责任，那么你马上就会看到事情确实如此，你对人间的所有罪孽负有责任。而如果你把自己的懒惰和无能归咎于他人，那么结果你会产生撒旦般的骄傲，并且会埋怨上帝。至于撒旦的骄傲，我认为我们在人世间是难以理解的，所以很容易产生误会，甚至沾染上这种傲气，还自以为正在完成一件美好的事业。我们的天性中有许多最强烈的感情和冲动是我们在人间暂时还不可能真正理解的，因此你不要受迷惑，也不要认为这可以成为你自我辩解的理由，因为永恒的裁判只要求你对理解的事情负责，而不要求你对不理解的事情负责。这一点你自己将来会深信不疑的，因为到时候你会正确看待一切，不会再争论不休了。我们在人世间的确像迷了路似的，要不是可贵的基督的形象在前面指引，那我们真的会完全迷失方向，遭到毁灭，就像当初人类在洪水面前一样。人世间的许多东西我们还茫然无知，幸好上帝赐予了我们一种神秘而宝贵的感觉，那就是我们与另一个世界，与天国之间有着密切的联系，我们的思想和感情的根源不在这里，而在另外一个世界。正因为如此，哲学家们才说事物的本质在人世间是无法理解的。上帝从另外的世界取来种子播撒到这个世界上，培育了自己的花园，长出了一切可以生长的东西，但他培育出来的东西全靠与另一个神秘世界具有密切联系的感觉而得以存在，获得生命。如果你内心的这种感情淡薄了或者被扼杀了，那么在你心中成长的一切也将随之消亡。那时候你就会对生活感到冷漠，甚至仇视。我就是这样考虑的。

4.是否能成为同类的裁判？论彻底的信仰

应该特别记住，你不可能成为任何人的裁判官。因为世界上任何人都不可能成为审判罪犯的法官，除非在此之前他已经意识到他跟站在他面前的罪犯同样是罪人，也许他的罪行比站在他面前的罪犯还要严重。只有意识到这一点，才能充当审判别人的法官。这话尽管表面上听起来显得不可理喻，但实际上又是千真万确的。因为假如我自己是非常虔诚的信徒，那也许就不会有站在你面前的这名罪人了。如果你能够承担起站在你面前、受到你良心的审判的这名罪人所犯的罪行，那么你应该马上主动承担下来，代他受过，不加责备地赦免他。即使法律本身要你做审判他的法官，那么你也要尽可能地按照这个精神去做，因为他离开你以后自己会惩罚自己的，而且比你的裁判更严厉。假如他受到了你的亲吻，但离开你的时候还是无动于衷，甚至嘲笑你，那么你也不要被这种表面现象所迷惑——这说明他觉悟的时间还没有到，但有朝一日他总要觉悟的，即使永远不觉悟，那也没关系：他不觉悟，总有别人替他认识，代他受苦，责备自己，承认自己有罪，所以真理终将昭示于天下。你要相信这一点，要坚信不疑，因为这是圣徒们的全部希望和全部信仰之所在。

你要孜孜不倦地这样做。如果晚上入睡前想起“我还没有完成该做的事情”，那就应该马上起床去完成。如果你周围都是些凶狠而麻木的人，他们不愿听你的话，那你就要跪在他们面前，请求他们宽恕，因为他们不愿听你其实也是你的过错。如果你无法跟那些凶狠的人说话，那就要忍气吞声，毫无怨言地替他们效劳，千万不能失去希望。如果大家离开你或者用暴力驱逐你，那么你独自一人的时候应该跪下来亲吻大地，用你的眼泪浸湿大地，大地由于你的眼泪会结出果实；虽然你一个人这样做的时候谁也不会看见，谁也不会听见。你要把你的信仰坚持到底，哪怕世界上所有的人都误入歧途，只有你一个人还在坚持自己的信仰，那么你也应该独自呈上自己的牺牲来赞美上帝。如果有你这样的两个人聚在一起，那就是一个完整世界，一个充满爱心的世界，你们要热烈地相互拥抱，要赞美上帝；因为虽然只有你们两个人，但是你们昭示了上帝的真理。

如果你自己犯下了罪孽，为自己的罪孽或偶然的过失而痛心疾首，那么你应该为另外一个人而高兴，为另外一个恪守教规的人而高兴，庆幸你自己虽然犯了罪，但他却是个恪守教规的人，没有犯过罪孽。

如果人们的暴行使你怒不可遏，悲痛欲绝，甚至产生了要报复的愿望，那么你应该首先为这种感情而感到惧怕，你应该立即去为自己寻找痛苦，就好像你自己对人们的这些暴行负有责任。你要心甘情愿地接受这些痛苦，耐心忍受，那么你的心会得到宽慰，你会明白你自己也负有责任，因为你本来可以作为唯一无罪的人为他们照亮前进的道路，可是你没有这样做。假如你这样做了，那就可以使他们走上正道，在你的指引下那个作恶的人就可能不做坏事。退一步说，即使你为他们照亮了道路，但你看到人们在你的指引下依然不去拯救自己，那么你还是不能动摇，不能怀疑上帝之光的力量。你应该相信，现在他们没有拯救自己，那么将来会拯救的。即使他们将来也不能得到拯救，那他们的子孙会得到拯救的，因为即使你死了，但你的光是不会死的。虔诚的信徒离开了人世，但他的光却永耀人间。人们总是在拯救他们的人死后才得到拯救，人类无法容忍自己的预言者而且加以残酷迫害，但是人们却总是爱他们的殉难者，尊敬被他们折磨而死的人。你是在为整体而工作，为未来而尽力。千万不要追求奖赏，因为你即使不去追求，那你在这世界上已经得到了很高的奖赏：精神上的愉快。这种愉快只有虔诚的信徒才能享受到。不要惧怕有名望的人，也不要惧怕有权势的人，但你要做聪慧灵悟、永远高尚的人，你要懂得分寸，要把握时机，你要学会这些。一人独处的时候，你也应当祈祷。你要乐于跪下来亲吻大地，要不停地不知餍足地爱，爱所有的人，爱所有的东西，要寻找那种狂喜的感觉。要用你喜悦的眼泪浸湿大地。要爱你的这些眼泪。不要为这种狂喜而感到羞愧，相反要倍加珍惜，因为这是上帝赐予你的伟大礼物，这份礼物不是人人都能得到的，只有经过选择的少数人才能得到。

5.论地狱与地狱之火——神秘的议论

各位神甫和师父，我在想："地狱是什么？"我认为："地狱就是不能再爱的痛苦。"有一次在无穷无尽、无法用时间和空间衡量的存在中，有一个生灵降临到人间的时候被赋予了一种能力，他可以对自己说："我在故我爱。"一次，也只有一次，他被赋予了一瞬间的积极而**富有生命力的爱**，为此他才获得了人间的生命，以及与生命相连的时间和期限。结果如何呢？这个幸运的生灵却抛弃了这份无价之宝，没有珍惜它、爱护它，反而加以嘲笑，并且变得冷漠无情。这个人离开尘世之后看到了天国并跟亚伯拉罕交谈，就像《圣经》中关于财主和拉撒路的寓言所说的那样[①]。他见到了天堂，甚至可以到上帝面前，但他感到痛苦的恰恰是他这个没有爱心的人可以见到上帝，他将接触那些富有爱心的人，而他曾经蔑视过他们的爱。他清楚地看到了这一点并暗自说道："现在我懂了，即使我渴望爱别人，但我的这种爱已经没有意义、无所贡献了，因为人间的生命已经结束，亚伯拉罕再也不会用哪怕点滴的活水（也就是重新赐予原来那种

---

① 详见《圣经·新约·路加福音》第16章第19—26节。

积极的人间的生命）来抑止对精神之爱的炽烈愿望，这愿望的烈火现在在我心头熊熊燃烧，但是我在人间的时候却对它嗤之以鼻。现在生命已经不存在，时间也不再存在！即使我乐意为别人献出自己的生命，现在也不可能了，因为能为爱而牺牲的生命已经消失。现在的存在与以前的生命之间有一条鸿沟。”人们经常谈起物质意义上的地狱之火，我不想探究也不敢探究这个奥秘，但是我想，假如确实存在物质意义上的地狱之火，那应该感到高兴才是，因为我想，受到物质折磨的人可以暂时忘却精神上的巨大痛苦。而要消除他们精神上的痛苦却是不可能的，因为这种痛苦不是外在的，而存在于人们的内心深处。即使能够消除这种痛苦，那么我认为人们会因此而更加不幸。因为即使天堂里那些虔诚的人看到他痛苦不已，从而宽恕他们，并且出于无限的爱而召唤他们到自己身边，那么这只能进一步增加他们的痛苦，因为这样反而会使他们内心的爱之火燃烧得更加炽烈，更加渴望一种积极的知恩图报的爱，而这种爱如今已是不可能了。不过我畏怯地认为，他们意识到这一点之后或许会感到轻松些，因为他们接受了虔诚的人们的爱，却又不可能回报，于是态度变得恭敬，行动变得温和，最后终将可能找到以前被他们所轻视的，积极的爱的某种表现形式，采取与这种爱相适应的行动……各位弟兄和朋友，可惜我没有本领把这个意思说清楚。但是世界上那些自己残害自己的人是不幸的，自杀的人是不幸的[①]！我认为再也没有比他更不幸的人了。人们对我们说，替他们向上帝祈祷是一桩罪孽，教会似乎也公开遗弃他们，但我内心深处却认为还是可以替他们祈祷的。基督绝不会为了爱而生气。我这一辈子始终都在心里为这种人祈祷，各位神甫和师父，我向你们承认这一点，就是现在我也每天在为他们祈祷。

唉，有些人在地狱里还是十分傲慢凶狠，虽然已经有所觉悟，并且看

① 基督教认为自杀是一件深重的罪孽。佐西马长老却表述了对自杀者的爱和宽恕。

到了无可辩驳的真理。有些人更可怕，他们全盘接受了撒旦和他的傲慢。对这些人来说，地狱已经成了他们心甘情愿和求之不得的归宿，他们已经成了自觉自愿的受难者。因为他们诅咒了上帝和生命，因而也就诅咒了自己。他们把恶毒的骄傲当作自己的养料，就像沙漠中饥渴难忍的人喝自己的血一样。但他们永远不知餍足，他们拒绝宽恕，诅咒召唤他们的上帝。他们永远怀着仇恨看待上帝，要求消灭创造生命的上帝，要求上帝毁灭自己以及他所创造的一切。他们将永远在愤怒的烈火中受煎熬，他们渴望死亡和虚无。但他们无法得到死亡……

阿列克谢·费奥多罗维奇·卡拉马佐夫的笔记到此为止。我再重申一遍，这笔记是不完整、不连贯的。例如传记材料只限于长老的青少年时代。他的种种教诲和意见看上去似乎浑然一体，其实显然是在不同时期、出于不同的动机而说的。长老在临终前最后几小时亲口说的那些话并不十分确切，如果与阿列克谢·费奥多罗维奇手稿中记录的以往那些训诫相比，那么只是对这次谈话的精神和性质提供了一个轮廓。长老的猝然去世完全出乎人们的意料，虽然最后那天晚上聚集在他身边的人们都十分明白，他的死期已经临近，但谁也没有想到它会来得这样突然。恰恰相反，他的那些朋友，正如我在前文已经提到的那样，看到他那天晚上非常精神，也非常健谈，所以大家还以为他的病情有了明显好转，尽管这仅仅是暂时的现象。事后人们还惊奇地说起，即使在他咽气前五分钟，还一点儿看不出死亡的迹象，他似乎突然感到胸口一阵剧痛，脸色发白，双手紧紧按住胸口。当时大家都立即从座位上跳起来，奔到他跟前。他虽然也觉得难受，但依然脸带笑容地看着他们，轻轻地从椅子上滑下来跪到地上。接着又把脸贴着地面，伸出双手，似乎在欣喜万分地亲吻大地，向上帝祈祷（就像他本人教导的那样），平静而愉快地把灵魂交给了上帝。他去世的消息立即传遍了隐修室，最后传到了修道院。那些与死者关系亲近的人以及按教职理应出面的人开始照古代的仪式收拾遗体，全体教士聚集在修道院的大教堂里。据传说，天亮之前，长老逝世的消息已经传到了城里。全城的人从一大早起都在议论这件事，许多人纷纷涌向修道院。不过这方面的情况我将在下一卷叙述，现在我只想预先补充一句：离长老逝世还不到一天的时间，就发生了一件大家料想不到的事情。从对修道院和全城的人所产生的印象来看，这件事情似乎非常可惜、令人忧虑、困惑莫解，以致过了许多年之后，直到如今还对那个令许多人惊恐不安的日子保留着生动的回忆……

卡拉马佐夫兄弟

下

БРАТЬЯ
КАРАМАЗОВЫ

Ф. М. Достоевский

〔俄罗斯〕陀思妥耶夫斯基◎著

徐振亚　冯增义◎译

民主与建设出版社

·北京·

图书在版编目（CIP）数据

卡拉马佐夫兄弟 . 下 /（俄罗斯）陀思妥耶夫斯基著 ；徐振亚，冯增义译 . -- 北京 ：民主与建设出版社，2025.6. -- ISBN 978-7-5139-4982-8

Ⅰ. I512.44

中国国家版本馆 CIP 数据核字第 2025B4P232 号

卡拉马佐夫兄弟（下）

KALAMAZUOFU XIONGDI（XIA）

著　　者　〔俄罗斯〕陀思妥耶夫斯基
译　　者　徐振亚　冯增义
责任编辑　唐　睿
版式设计　姚梅桂
出版发行　民主与建设出版社有限责任公司
电　　话　（010）59417749　59419778
社　　址　北京市朝阳区宏泰东街远洋万和南区伍号公馆 4 层
邮　　编　100102
印　　刷　长沙鸿发印务实业有限公司
版　　次　2025 年 6 月第 1 版
印　　次　2025 年 7 月第 1 次印刷
开　　本　870 毫米 × 1230 毫米　1/32
印　　张　16
字　　数　498 千字
书　　号　ISBN 978-7-5139-4982-8
定　　价　98.00 元（上下册）

卡拉马佐夫兄弟 下册

目 录

第三部

第七卷 阿廖沙

第八卷 米佳

第九卷　预审

第四部

第十卷　男孩子们

第十一卷　伊凡·费奥多罗维奇哥哥

第十二卷　错误的审判

尾声

第三部

第七卷
阿廖沙

一　腐臭的气味

司祭佐西马长老的遗体准备按规定的仪式下葬。众所周知，教士和隐修士死后遗体是不用洗的。《圣礼全书》上说：“凡教士升天后，由被选定的教士（即按规定担任此责者）先用海绵在死者额头、胸部、手足和膝盖画十字，再用热水擦拭其躯体，无须其他手续。”这一切都由巴伊西神甫亲自完成了。擦拭后还给他穿上修士服，外面再罩上修士长袍。长袍照例被稍稍剪开，形成十字状。死者头上戴修士帽，帽子上缀有八角形十字架。帽兜敞开着，死者脸部罩着一块黑布。给他手里置放了一尊救世主圣像。就这样在黎明前把他入殓了——棺材是早已准备好的。灵柩打算就停在修道室里，就是长老生前接待众修士和俗人的那个大房间，停放一整天。死者的职务是司祭，所以理应由司祭和助理司祭为他诵读福音书，而不是赞美诗。追荐仪式结束后，约瑟夫神甫立即开始诵读福音书。巴伊西神甫准备在约瑟夫神甫之后亲自为他诵读一昼夜，但是眼下他正在和隐修院住持一起忙别的事，因为在修道院的修士中间以及从修道院的客舍和从城里蜂拥而至的俗人中间，突然开始出现一种异乎寻常的、闻所未闻的，甚至“不合时宜的”激动而急切期待的情绪，而且这种情绪越来越激烈。住持和巴伊西神甫竭力安慰这些骚动不安的人们。天亮后，有些人竟然带着病人尤其是有病的孩子从城里陆续赶来。他们似乎特意在等待这个时刻，希望出现那种能够祛除百病的力量，而且相信这种力量很快就会出现。直到这时候才发现，原来长老还在世的时候我们这里的人就已经把他当作一位毫无疑问的伟大圣徒了。闻讯赶来的还远不止一般的普通老百姓。信徒们的这种期待心情表现得那么强烈、直露和急切，几乎成了一种要求。这在巴伊西神甫看来无疑是一种诱惑，尽管他对此早有预感，但还是大大出乎他的意料。巴伊西神甫遇到那些激动异常的教士的时候，他甚至责怪他们说："这样迫不及待地期待发生一件伟大的奇迹是一种轻率的行为，只有俗人才会这样，对我们来说是有失体面的。"但是大家都不听他的，而巴伊西神甫也惴惴不安地觉察到了这一点。不过说实话，虽然他对这种过于急切的期待感到生气，甚至认为是一种轻率的瞎起哄，但是连他自己也在内心深处暗暗期待着与那些激动异常的人们所盼望的几乎相同的东西，这是他自己也不得不承认的。尽管如此，他遇到的某些人还是使他感到特别不愉快，由于某种预感，甚至引起了他的极大怀疑。比如他在那些把死者的修道室挤得水泄不通的人中间发现了拉基京和那位至今还滞留在这里的奥勃多尔修士之后，心里感到特别讨厌（为此他马上责备自己）。不知为什么，巴伊西神甫突然认为他们两人十分可疑，尽管值得怀疑的远不止这两个人。那位来自奥勃多尔修道院的客人在所有激动不安的人们中间显得特别活跃，到处都可以看到他的身影：他一会儿问问这个，一会儿又去听听那个，一会儿又神秘兮兮地跟另一个人窃窃私语。他脸上的表情显得特别急不可耐，甚至因为盼望的奇迹久久没有出现而显得有点恼火。至于拉基京，后来才知道他是受了霍赫拉科娃太太的特意委托，早就来到了修道室。这个生性善良软弱的女人自己进不了修道室，因此她刚醒过来得知长老去世的消息之后，马上产生了强烈的好奇心，于是立即打发拉基京替她到修道室观察动静，并且及时用书面形式向她汇报那儿**发生的一切**，每隔半小时左右报告一次。拉基京在她眼里是个笃信上帝的年轻人，他特别善于跟各种人打交道，只要他看准了某人对他多少有点用处，他就会凑上去跟他套近乎。这天天气晴朗，许多前来祈祷的人挤在隐修院的墓地附近。这些坟墓散布在隐修院各处，但在隐修院的小教堂周围最集中。巴伊西神甫在巡视隐修院的途中突然想起了阿廖沙，想起好久没有见到他，几乎从昨天晚上起就一直没有见到他了。他刚想起阿廖沙，立即就在隐修院最远的一个角落里发现他正坐在栅栏旁边一位去世已久、曾经以苦行著称的修士的墓碑上。他背对着隐修院，脸朝着栅栏，好像故意躲在墓碑后面似的。巴伊西神甫走到他跟前，看到他双手捂着脸在哭泣，虽然没哭出声音，但非常伤心，浑身都在抽搐。巴伊西神甫在他跟前站了一会儿。

“别哭了，亲爱的孩子，别哭了，朋友。”他终于动情地劝说道，“你这是怎么啦？你不应该哭，应该高兴才对。难道你不知道今天是他一生中最伟大的日子吗？此时此刻他在哪里？你只要想到这一点就会明白的！”

阿廖沙看了他一眼，露出孩子般哭肿了的脸，但是一句话也没说，立即转过身，重新用双手捂住脸。

“这样也好，”巴伊西神甫若有所思地说，“你就哭吧，这眼泪是基督赐给你的。”他充满爱怜地离开阿廖沙的时候心里暗暗说道：“你这些伤感的眼泪能使你的精神获得抚慰，可以使你那可爱的心灵快活起来。”但他还是赶紧从阿廖沙身边走开了，因为他觉得看着他那模样说不定自己也会哭出来的。时间已经不早了，修道院的祈祷和悼念仪式正在按部就班地进行。巴伊西神甫接替约瑟夫神甫在灵柩旁继续读福音书。但是还不到下午三点钟，就发生了我在上一卷末尾提到的那件事。这件事我们大家都没有料到，甚至与大家普遍的愿望截然相反，因此我要再说一遍，有关这件事情的种种细节至今还栩栩如生地留在我们城里和四郊的人们的记忆里。我本人在这里还要补充一句：我几乎不愿意去回忆这件沸沸扬扬、令人迷惑、实际上却是十分无聊、极其自然的事情，本来我完全可以把它从我的故事里删去，只字不提，但是它对我这部小说中**虽然是未来的**却是最重要的主人公阿廖沙的心灵产生了极其强烈的影响，几乎使他内心发生了转折和激变，震撼并彻底巩固了他的思想，促使他终生去追求一个明确的目标。

现在言归正传。还在天亮之前，长老的遗体经过入殓前的一番整饰后放进了棺材，然后移到了第一个房间，也就是原先的接待室。这时候守在灵柩旁边的人们中间产生了一个问题：要不要打开房间里的窗户？但是这个不知由谁在无意间随便提出的问题没有得到回答，而且几乎没有被人注意。即使有几个在场的人注意到了，那也只是在心里暗自琢磨：期待这样一位死者的遗体腐烂发臭，这简直荒唐至极，对提出这个问题的人如此缺乏信仰如此轻率只能表示惋惜——如果不是轻蔑的话。因为大家所期待的恰恰是完全相反的情形。可是晌午后不久，就开始出现某种迹象。起先是进进出出的那些人觉察到了这种迹象。但他们也只是在心里嘀咕，不敢把自己正在形成的想法告诉别人。但是到了下午三点钟，那迹象已经相当明显，简直难以否定了。因此这消息一下子传遍了整个隐修院，传到了所有前来朝拜的人的耳朵里，接着又传到了修道院，使修道院里的人都感到十分惊讶，最后，在极短的时间内又传到了城里，令城里所有信教的和不信教的人激动万分。不信教的人听了不禁喜形于色，而有些信教的人比不信教的人更加高兴，因为“人们看到正人君子身败名裂总会幸灾乐祸的”，就像长老本人在一次训导中说过的那样。

事情是这样的：从棺材里渐渐发出阵阵腐烂的气息，而且越来越明显，到下午三点钟的时候已经变得十分强烈而且越来越难闻了。这件事甚至是在修道院的教士中间也立即引起了一种明目张胆的在别的场合绝对不可能出现的诱惑，这在我们修道院的历史上是前所未有的，甚至是很难想象的。直到许多年之后，有些通情达理的教士回想起这一天的种种细节的时候，对于这种迷惑居然会达到如此强烈的程度，还不免感到惊讶和后怕。因为在这之前也有敬畏上帝的长老、十分虔诚的教士（他们的虔诚是有目共睹的）去世，从他们简朴的棺材里也自然而然地曾经发出腐烂的气息，如同所有的遗体一样，但也并没有引起什么迷惑，甚至没有引起任何小小的骚动。诚然，从前我们这里也曾有过这样一些人，据说他们的遗体没有腐烂，修道院里的人们对此记忆犹新，并且对教士们产生了神秘的影响，在他们的头脑里这似乎成了一件伟大的奇迹，成了一种约言，预示着他们的坟茔将获得更大的名望，而且遵照上帝的意愿，这样的时候一定会来到的。人们念念不忘的是那位活到一百零五岁的约伯长老，著名的苦行者、伟大的持斋者和缄默者。他早在本世纪初就已经去世，但人们还是怀着极大的崇敬让初次前来朝拜修道院的人瞻仰他的坟茔（就是巴伊西神甫看到阿廖沙坐在上面的那个坟墓），同时还神秘地向他们暗示种种伟大的希望。除了这位早已作古的长老外，人们还清楚记得大司祭瓦尔索诺菲长老，相对而言，他死得较晚，佐西马长老就是在他死后才接替长老位置的。在他生前，前来修道院朝拜的人简直把他看成一名疯子。据传说，上面两位长老躺在棺材里几乎鲜活如生，下葬的时候一点没有腐烂，在棺材里依然容光焕发，神采奕奕。有些人甚至坚持说他们的遗体还散发出一阵阵可以明显觉察到的香味。但无论这些回忆具有多大的说服力，总是很难用来直接解释这样一个事实：为什么在佐西马长老的灵前会发生这种轻率而荒唐的甚至怀有恶意的现象？在我个人看来，我认为中间掺杂了许多其他的原因，各种各样的因素同时起了作用。譬如说，其中就有对长老制根深蒂固的仇恨，许多教士在内心依然认为长老制是一种有害的新花样。此外，也是主要的原因，是嫉妒长老的神圣地位。这种地位在死者生前就已经牢固确立了，几乎不容置疑。已故长老与其说是借助奇迹不如说是用一颗爱心把许多人吸引到自己身边，在自己周围形成了一个由一大批热爱他的人所组成的圈子，但同时也为自己制造了许多嫉妒者，继而又为自己树立了许多不共戴天的敌人，既有公开的也有隐蔽的，既有修道院的也有俗界的。譬如说，他没有害过任何人，但有人会问："为什么把他看得那么神圣？"单单这个问题经过再三重复之后就足以造成一种难以消弭的刻骨仇恨。所以我认为，许多人听说他的遗体腐烂发臭而且这又是在极短的时间里发生的——他死了还不到一天，准会高兴得手舞足蹈。与此同时，有些原来忠于长老、至今还崇敬他的人为这件事肯定会感到伤心不已，仿佛自己也受了侮辱。

事情的前后经过是这样的：刚出现腐烂迹象的时候，单凭人们走进死者修道室时的那副神态就可以断定他们为什么而来。他们走进去站一会儿，又马上出来向等在外面的人们证实这个消息。等待的人中间有的听了伤心地摇头，但也有的听了简直无法掩饰内心的喜悦，他们那种幸灾乐祸的心情可以从他们充满仇恨的目光中一览无遗。而且没有一个人去责备他们，也没有人为死者说一句好话，这简直令人纳闷，因为忠于长老的人在修道室里毕竟占多数。很显然，这是上帝本人让这少数人暂时占了上风。不久，来访的俗人中间有些多少有点文化的人也像密探似的走进修道室。隐修院大门口聚集了许多普通老百姓，但进去的不多。毫无疑问，俗人潮水般涌向修道院是在三点钟以后，是在这个富有迷惑力的消息传开之后。那些原来今天也许不会来也不打算来的人，现在也特意赶来了。其中还有些有头有脸的人物。不过，表面上大家还算守规矩。巴伊西神甫脸色严肃，坚定而清晰地在继续诵读福音书，好像什么事情也没有发生，虽然实际上他早已觉察到了某些异常情况。但是那些一开始很轻很轻，后来变得越来越响越来越放肆的说话声现在也传到了他耳朵里。“看来上帝的裁判和人的裁判不是一回事！”巴伊西神甫突然听到这样一句话。最先说出这句话的是一位世俗人士——一位上了年纪的本地官员，公认的虔诚教徒。他这句话实际上只是把教士之间的窃窃私语公开重复了一遍而已。教士们早已说出了这句放肆的话，更加糟糕的是他们说这句话的时候流露出扬扬得意的神色，而且这股得意劲儿时刻在增长。过了不久，人们连起码的礼节也不遵守了，似乎大家都觉得自己有权利加以破坏。“怎么会发生**这种事**呢？”有些教士起初还带着惋惜的口气说道，“他的躯体又瘦又小，皮包骨头，哪来这种臭味呢？”另外一些人赶忙接着说：“那是上帝有意要做出指示。”他们的意见没有经过任何争论就被大家接受了，因为他们指出，假如像一般的有罪之人死后自然而然地发出臭味，那也要过一段时间，不会那么快，至少要过一昼夜。“那一位却提前腐烂了”，这肯定是上帝之手在起作用，上帝要发出某种指示。这个意见令人信服。死者生前最喜欢的掌管图书的司祭、敦厚老实的约瑟夫神甫反驳那些诽谤的人说，“不见得哪儿都是这样看的”，正教没有规定虔诚的教徒死后不能腐烂，这只是一种意见而已，即使最正统的正教国家，譬如说在阿索斯，人们对尸体腐烂发臭并不觉得有什么不好意思，他们认为灵魂得救的人享受荣耀的主要标志不在于尸体不会腐烂发臭，而在于骸骨的颜色。“如果尸骨在地里埋了多年甚至腐烂之后变得像蜡一样黄，那才是上帝将荣耀赐予虔诚的教徒的主要标志。如果骸骨没有发黄，反而变黑了，那说明上帝没有赐予他这份荣耀。”“阿索斯的情况就是这样。而伟大的阿索斯自古以来都是正教保存得最完美最纯洁的地方。”——约瑟夫神甫最后说道。但是这位敦厚老实的神甫说的这番话并没有发生任何作用，反而遭到了讥笑。“这是迂腐之见和标新立异，别听他那一套。”教士们彼此这样议论。“我们这里还是照老规矩，现在各种新花样层出不穷，难道我们都要加以模仿吗？”另外一些教士补充说。“我们这里德行高尚的神甫并不比他们少。他们受土耳其人控制，什么事都忘本了。他们的正教早就乱套了，教堂里连钟也没有了。”那些最爱嘲讽的人也来添油加醋地说。约瑟夫神甫伤心地走开了，再说他表明自己意见的态度也不那么坚决，似乎缺乏自信。但他惴惴不安地发现，情况变得非常不成体统，甚至嚣张的气焰也开始抬头，所有理智的声音在约瑟夫神甫之后也渐渐沉默了。事情居然发展到如此严重的地步，以致所有热爱已故长老并且诚心诚意支持建立长老制的人不知为什么一个个突然显得非常心虚，互相遇见的时候彼此只是偷偷地看一看对方的脸。那些把长老制当作别出心裁的新花样而竭力加以反对的人一个个都显得趾高气扬。“瓦尔索诺菲长老死后不但没有发出臭味，反而透出阵阵幽香。”他们幸灾乐祸地提醒说。“那不是长老制的功劳，而是因为他非常虔诚。”接着，各种各样的责备甚至谴责的话纷纷落到尸骨未寒的长老头上。“他的布道是不对的，说什么生活是巨大的乐趣，而不是含泪的驯顺。”有些糊涂人这样说。“他按照流行的时髦方式信奉上帝，不承认真的存在地狱之火。”另一些更加糊涂的人附和道。“他不严格守斋，随意吃甜食，喝茶的时候吃樱桃酱，而且还特别爱吃。太太们经常给他送樱桃酱。一个苦行的修士能这样喝茶吗？”有些嫉妒他的人这样说。“他态度傲慢，”那些最最幸灾乐祸的人刻薄地回忆道，“自以为是圣徒，人们向他顶礼膜拜，而他认为这是理所当然的。”“他滥用忏悔礼。”反对长老制最激烈的人恶狠狠地补充说。就是辈分最大、最循规蹈矩的教士、真心诚意的持斋者和缄默者中间也有人这样说。他们在长老生前保持沉默，现在却大放厥词。这是十分可怕的，因为他们的话对那些思想尚未定型的年轻教士产生了强烈影响。那位来自奥勃多尔圣西尔维斯特尔修道院的小修士听了这些话唉声叹气地直摇头。“是啊，费拉蓬特神甫昨天的指责显然是有道理的。”他心里在想。正巧这时候费拉蓬特神甫走了过来，他好像是故意来加深人们的印象的。

我在前面已经提到过，他难得从蜂房旁边那间隐修木屋中出来，甚至很长时间不去教堂，大家都把他看成一个疯疯癫癫的人，对他相当宽容，并没有用一般人都要遵守的规矩去约束他。不过说实话，大家这样宽容他在某种程度上也是出于无奈，因为对他这样一位日夜祈祷（甚至睡着了也跪在那里）的伟大的持斋者和缄默者，既然他本人不愿意服从，那么硬要用一般的规矩去约束他也未免有点说不过去。“他比我们大家神圣得多，他修行的难度远远超出教律的规定。至于不去教堂的事，那他自己知道什么时候该去，什么时候不该去，他有自己的规矩。”教士们一定会这样说。正是为了避免这类议论和疑惑，大家才对费拉蓬特神甫采取听之任之的态度。众所周知，费拉蓬特神甫很不喜欢佐西马长老。现在有个消息突然传到了他的隐修室：“上帝的裁判和人的裁判不是一回事，他的遗体提前腐烂了。”可以想见，最先告诉他这消息的人中间就有那位来自奥勃多尔、昨天拜访过他、后来又吓得逃走的修士。我在前面也已经提到过，坚定不移地站在灵柩旁诵读福音书的巴伊西神甫虽然无法听到和看到修道室外面的动静，但他内心已经准确无误地猜到了外面的大致情况，因为他对自己周围的那些人了解得非常透彻。他没有慌张，他在静观动态，毫无畏惧地密切注视着骚动将有什么结局。其实，他心中早已有数。过道里突然传来一阵异乎寻常的、显然已经违反教规的喧闹声，这使他吃了一惊。门砰的一声打开了，费拉蓬特神甫站在门口。前面已经提到过，现在从修道室里望出去也可以清楚看到在他背后，在门廊的台阶下聚集了许多跟他一起来的教士，有些俗界人士也混迹其间。不过那些陪他一起来的人没敢进修道室，也没敢登上台阶，只是站在那里看费拉蓬特神甫会说些什么、做些什么。他们虽然壮着胆子跟随费拉蓬特神甫来了，但多少还有点担忧地预感到他不是平白无故来的。费拉蓬特神甫在门口站定，举起双手。从他右胳臂下面恰巧可以看到来自奥勃多尔的客人那双敏锐而好奇的眼睛正往这边张望。他是唯一按捺不住强烈的好奇心而跟随费拉蓬特神甫登上台阶的人。除他之外的其余人都在房门砰的一声打开的时候突然吓得往后退缩了。费拉蓬特神甫举起双手，突然大喝一声：

“魔鬼走开！”说着立即朝修道室的四面墙壁和四个角落一一画十字。陪同费拉蓬特神甫前来的人们一下子明白了他这个举动的用意。他们知道，他无论走到哪里都是这样的：坐下来说话之前总先要驱赶魔鬼。

“撒旦，走开，撒旦，走开！”他每画一次十字就重复一遍。接着他又大喝一声：“魔鬼走开！”他身穿粗布修士长袍，腰间系一根绳子，麻布衬衫下露出长满灰白胸毛的胸脯。双脚赤裸。他一挥动双手就牵动长袍里的沉重铁链发出哐啷的响声。巴伊西神甫停止诵读，走到他跟前，看他究竟要干什么。

“你来有什么事，正直的神甫？你为什么破坏教规？为什么扰乱驯顺的羊群？”他终于说道，目光严厉地盯着他。

“我来干什么？你问这干啥？你是怎样信奉上帝的？”费拉蓬特神甫疯疯癫癫地大喊大叫，“我是来驱赶你们这里的客人，那些可恶的魔鬼。我来看一看你们趁我不在的时候纠集了多少魔鬼。我要用桦树笤帚把它们统统赶走！”

“你说是要驱赶魔鬼，说不定实际上是为它们帮忙。”巴伊西神甫毫无惧色地说，“谁能说自己‘我是圣洁的’？你能说吗，神甫？”

“我是不洁的，我并不神圣，我不会坐到椅子上同偶像似的让人顶礼膜拜！”费拉蓬特神甫又大声吼叫起来。“现在有人在破坏神圣的信仰。死去的这个人，你们的圣者，”他转身对着人群，用手指着灵柩，“他不承认有魔鬼，他给人吃驱鬼的药，所以你们这里魔鬼多得像墙角里的蜘蛛。现在他自己腐烂发臭了。我们看出这是上帝的伟大指示。”

佐西马长老活着的时候确实发生过他说的那种事情。有一位教士老是梦见魔鬼，后来在大白天也见到魔鬼。他胆战心惊地把这件事告诉了长老。长老建议他不停地祈祷并更加严格地持斋。但这样做了还不见效，长老劝他继续祈祷和持斋，同时还服用一种药。当初许多人对此迷惑不解，纷纷摇头，其中最突出的就数费拉蓬特神甫，因为有些好事之徒立即把长老在这特殊情况下采取的“特殊办法”告诉了他。

“你出去吧，神甫！”巴伊西神甫用命令的口吻说道，“只有上帝才能裁判，人是无法裁判的，也许我们现在在这里看到的‘指示’谁也无法理解，无论是你还是我，都理解不了。你走吧，神甫，不要再去激怒羊群了！”他声色俱厉地重复了一遍。

“他没有遵照教规持斋，所以才会有这指示。这是明摆着的，隐瞒是罪孽！”这个脾气犟得不可理喻的人继续胡搅蛮缠，不肯罢休，“他爱吃甜食，太太们装在口袋里给他送来，他喝茶也吃甜食，肚皮里塞满了甜食，脑袋里装满了骄傲的思想……所以才会有这种丢脸的事……”

“你这些话太轻率了，神甫！”巴伊西神甫也提高了嗓门，“我对你的持斋和苦行十分钦佩，可你这些话太轻率了，好像是俗界中幼稚轻狂的少年说的。你给我出去，神甫，我命令你出去！”巴伊西神甫最后大声喊道。

“我会出去的！”费拉蓬特神甫有点尴尬，但还是恶狠狠地说道，“就你们有学问！你们这些聪明人瞧不起我这大老粗。我到这儿来的时候没什么学问，到了这里以后连原来知道的也忘了，是上帝亲自保护了我这小人物，使我免遭你们这些饱学之士的欺负……”

巴伊西神甫威严地站在他面前，坚决要求他出去。费拉蓬特神甫沉默了片刻，突然沮丧地用右手掌去抚摸脸颊，眼睛望着长老的灵柩，拉长了声音说：

“明天要为他唱美妙的颂诗《扶助者和保护者》，可等到我咽气了，只给我唱一首小小的雅歌《生活多么甜蜜》。”他噙着眼泪委屈地说，“你们骄傲得很，谁也瞧不起！”他突然发疯似的吼叫起来，又挥了挥手，迅速转过身，快步走下台阶。在下面等待他的人群开始骚动起来，有些人立即跟着他走了，有些人还迟疑不决，因为修道室的门还敞开着，而巴伊西神甫也在费拉蓬特之后走了出来，站在台阶上观察。情绪激动异常的老人还不肯罢休，又闹出了一个新花样，走出二十来步后又转身对着日落的方向，双手举过头顶，突然像被人砍倒似的，“啪”的一声趴倒在地上，声嘶力竭地喊道：“我的上帝赢了！基督打败了落日！”他双手指着落日拼命喊道。接着，又把脸贴在地上，张开双臂放声大哭，哭得像小孩那样浑身哆嗦。这时候所有的人都向他奔去，发出一阵阵惊叫或陪着他一起号啕大哭……大家都像发了疯似的。

“这才是神圣的人！这才是虔诚的人！”人们已经无所顾忌地大声喊

道。“他才有资格当长老。”有些人恶狠狠地附和道。

“他不会当长老的……他自己会拒绝的……他不会去为那些可恶的新花样卖力……不会学他们的样去干那种蠢事。”另一些人马上表示拥护。很难想象这情形会闹到什么地步，恰巧这时候响起了教堂的钟声，召唤大家去做弥撒。大家纷纷开始画十字。费拉蓬特神甫也从地上爬起来，一面画着十字，一面头也不回地朝自己的修道室走去。他嘴里还在不停地喊叫，但已经听不清他在喊什么了。有些人跟着他走了，但人数很少，大多数人分散开忙着去做弥撒了。巴伊西神甫把诵读福音书的事交给约瑟夫神甫，自己走下了台阶，他没有因为人们的骚动和狂呼乱叫而乱了方寸，但他的心情不知为什么突然变得忧伤起来。他感觉到了这一点。他停住脚步问自己：“怎么会出现这种近乎绝望的忧郁呢？”随后他又马上惊讶地发现，这种突如其来的忧伤显然是由一个小小的原因引起的：原来他刚才在修道室门口骚动的人群里看到了阿廖沙。他想起自从刚才看到阿廖沙的那一刻起内心就感到一阵痛楚。“难道这年轻人在我心中占有那么重要的位置吗？”他突然惊讶地问自己。这时候阿廖沙刚巧从他身边走过，似乎忙着要到什么地方去，但肯定不是去教堂。他们的目光相遇了。阿廖沙马上移开自己的目光，望着地下。巴伊西神甫根据他这副神色已经猜到他内心发生了巨大变化。

“难道你也受到了诱惑？”巴伊西神甫突然大声说道。“难道你也跟这些信仰不坚的人站到一起了吗？”他伤心地补充了一句。

阿廖沙站住了，惶惑地看了看巴伊西神甫，但又立即把目光移开，望着地下。他侧着身子站在那儿，没有转过身对着问话的人。巴伊西神甫目不转睛地注视着他。

“你匆匆忙忙地要上哪儿去？做弥撒的钟声响过了。”他问，但阿廖沙还是没有回答。

“是不是要离开修道院？怎么也不问一声，不领受祝福就走了呢？”

阿廖沙苦笑了一下，抬起眼睛，古怪地、非常古怪地看了看正在问他的巴伊西神甫，看了看他原来的师父、他心灵的主宰、他衷心爱戴的长老临终前将他托付给他的那个人，又突然摆了摆手，依然一句话也不回答，似乎连起码的礼貌也不顾了，快步向隐修院的大门走去。

“你还会回来的！”巴伊西神甫自言自语道，伤心而惊讶地望着他渐渐远去的背影。

二 那样的时刻

巴伊西神甫认为“他可爱的孩子”还会回来的。他的判断当然没有错，甚至把握了他内心世界的真实动向——虽然并不十分透彻，但毕竟非常敏锐。不过应该坦率地承认，现在我很难确切转达我所喜爱的这位年轻主人公此时此刻的真实感受。这是他一生中非常奇特而迷茫的时刻。对于巴伊西神甫向阿廖沙提出的“难道你也跟这些信仰不坚的人站到一起了吗？”这个问题，我当然可以斩钉截铁地替他回答：“不，他没有跟那些信仰不坚的人站在一起。”不仅如此，甚至恰恰相反：正因为他信仰坚定，才会有这种迷茫。但是，毕竟有过迷茫，产生过迷茫，而且又是那样地折磨着他。直到后来，过了许多年之后，阿廖沙还认为这令人伤心的一天是他一生中最难受最不幸的日子之一。如果有人直截了当地问：“他内心产生这种烦恼和忧虑难道仅仅是因为长老的遗体没有立即发生救治百病的奇效，反而提前腐烂的缘故吗？”那我可以毫不犹豫地回答：“是的，确实是这样。”我只想请各位读者不要急于嘲笑我这位年轻人纯洁的心灵。至于我本人，那么非但不打算替他请求原谅，或者因他年轻幼稚、读书太少、缺乏经验等理由为他开脱，也许我要做的恰恰相反，我要坚决表明：我衷心佩服他心灵的本质。毫无疑问，有些年轻人能够谨慎地对待内心的感受，已经善于表示温和的爱，不再流露炽烈的爱。他们虽然头脑冷静，但对于这个年龄来说似乎过于谨慎，因而显得有点庸俗。我承认，这类年轻人或许可以避免出现像我这位年轻人身上发生的情况。但是在某种情况下，一个人如果完全陶醉于某种激情，哪怕是不够理智的激情，但纯粹出于强烈的爱，那么老实说要比无动于衷的人更值得尊敬。而在青年时代更加如此。因为过于冷静谨慎的青年往往是靠不住，不值钱的——这是我的看法！也许聪明人马上会喊叫起来："总不至于让每个年轻人都相信这种偏见吧，你那位青年未必是其他人效法的楷模。"对此我还是这样回答：是的，我这位年轻人有信仰，他的信仰神圣而不可动摇，但我还是不想替他请求原谅。

你们瞧，虽然我做了上述声明（也许过于仓促），说我不会为我的主人公解释、辩白、请求别人原谅，但我发现，有些情况还需要说明一下，以便让读者进一步理解我讲的故事。我想说的是：这里的问题不在于奇迹，也不是急切而轻率地期待出现什么奇迹。当时阿廖沙不是为了某种信念的胜利而需要奇迹（根本不是那么回事），也不是为了使某种原有的早就确立的理想战胜另外一种理想，不，完全不是这样。这里最主要也是第一位的原因在于他眼前始终浮现着一个人的形象，仅仅是一个人的形象——他所衷心爱戴、佩服得五体投地的虔诚的长老的形象。原因在于他全部的爱，当时以及在此之前整整一年都深藏在他那年轻而纯洁的心灵中的对于"万事万物"的爱，有时候，至少在他情绪特别冲动的时候，统统倾注在一个人身上——他所爱戴的、如今已经去世的长老身上（也许这样做是不对的）。其实，这个人长期以来一直作为无可争辩的理想屹立在他面前，他把自己全部的青春活力和全部追求统统倾注在这个理想上，有时候简直到了忘记"万事万物"的程度。（后来他自己也经常回想起，在这个痛苦的日子他把德米特里哥哥忘得一干二净，而在前一天他还在时时刻刻关心他、思念他；他还忘了给伊柳沙的父亲送去两百卢布，而在前一天他还兴致勃勃地想完成这项任务。）但他需要的不是奇迹，而是"最高的公道"，因为他相信，这公道如今已经遭到了破坏，他的心也因此而受到严重伤害。如果阿廖沙所期待的这"公道"随着事态的发展演变成一种奇迹，使他所崇拜的长老的遗体不会腐烂，那么这又有什么值得奇怪的呢？修道院的所有人，包括阿廖沙所钦佩的那些聪明人，譬如巴伊西神甫，大家都是这么想的，都抱着这样的期望。所以阿廖沙并没有用种种怀疑来折磨自己，而使自己的理想也采取了与大家相同的形式。再说经过一年的修道院生活，这期望早已在他心目中固定下来，并且成了一种习惯。然而，他渴求的依然是公道，是公道而不是奇迹！可是现在，他所期望的那个理应比世界上任何人享有更高威望的人非但没有得到应有的荣耀，反而遭到了贬低和侮辱！为什么？是谁在裁判？谁能做出这样的裁判？这一连串的问题立即使他那颗处女般稚嫩纯洁的心灵痛苦万分。眼看这位最虔诚、最恪守教规的教徒遭到那些生性浅薄、品格远比他低劣的人讥笑和恶毒的嘲弄，他怎能不感到受了奇耻大辱，怎么不感到义愤填膺！就算根本没有出现奇迹，也没有出现奇迹的征兆，人们的期望落空了，这都无所谓。但是为什么要蒙受这样的耻辱？为什么要大丢面子？为什么他的遗体腐烂得那么快，像那些恶毒的教士所说的，“提前”腐烂了？为什么他们和费拉蓬特神甫一起得意扬扬地断定那是上帝的“指示”？为什么他们坚信自己有权利做出这样的推断？上帝和他那万能的手究竟在哪里？为什么在“最需要的时候”（按阿廖沙的想法）上帝却藏起了自己的手，甚至好像要服从那盲目失聪、残酷无情的自然规律？

这就是为什么阿廖沙的心在滴血的原因。当然，这里首要的原因还是他在这世界上最最崇拜的那个人的形象如今受到了玷污、遭到了损害！即使我这位年轻人的抱怨是轻率而缺乏理智的，但我还要再三重申（我得预先承认我这样做也许同样是轻率的）：在这样的时刻我这位年轻人如此缺乏理智反而使我感到高兴，因为一个人只要不是傻瓜，有朝一日总会变得有理智的。如果在这样一个不寻常的时刻年轻人的心中还没有爱，那什么时候才会有爱呢？即使这样，我也不想隐瞒在这不幸而迷茫的时刻在阿廖沙脑海中出现的某种奇怪的东西，虽然稍纵即逝，但毕竟出现过。这一闪而过的**奇怪的东西**就是萦绕在阿廖沙脑际的由昨天跟伊凡哥哥谈话而引起的那种痛苦的印象。而且恰恰在这时候出现了！这倒不是说阿廖沙内心某种根本的或者说自发的信仰发生了动摇。他还一如既往地热爱自己的上帝，毫不动摇地信奉上帝，虽然也曾情不自禁地抱怨过几句。昨天跟伊凡哥哥谈话引起的那种模糊、痛苦而憎恶的印象现在又突然在他心中活跃起来，而且越来越强烈地要冒出来。暮霭四合的时候，拉基京沿着林间小径从隐修院到修道院去。突然，他发现阿廖沙趴在一棵树底下，睡着了似的一动也不动。他上前喊他。

“你怎么在这儿，阿廖沙？难道你也……”他欲言又止，脸上露出惊讶的神色。他是想说：“难道你也**到了这种地步吗**？”阿廖沙看都没看他一眼，但拉基京根据他身体某些部位的动作立即猜到他听见并明白了他的话。

“你究竟怎么啦？”他脸上依然露着惊讶，但这种惊讶的表情已经开始被越来越带有嘲弄意味的微笑所代替。

“你知道吗，我已经找了你两个小时了。你突然从那里消失了。你在这里干什么？你犯什么傻劲？你倒是看一看我呀……”

阿廖沙抬起头，坐了起来，背靠着树。他没有流泪，但满脸的痛苦，目光喷射着怒火。不过他没有看拉基京，而是望着旁边。

“你知道吗，你的脸色全变了。以前那种出了名的温顺一点儿也没有了。你在生谁的气吧，是不是？有人欺负你了？”

“别烦我！”阿廖沙突然说道，目光依然没有看他，无力地挥了挥手。

“哟，瞧你这模样！完全跟一般人那样开始大喊大叫了。还说你是天使呢！阿廖沙，你真使我感到奇怪。你知道，这是我的心里话。对这里的一切我早就见怪不怪了。我还一直以为你是个有教养的人呢……”

阿廖沙终于看了他一眼，但显得漫不经心的样子，好像始终不明白他在说些什么。

“难道你只是因为那老家伙腐烂发臭才这样的吗？难道你真的相信他会显现什么奇迹吗？”拉基京大声问道，语气中又充满了发自内心的惊讶。

“我以前相信，现在还相信，我愿意相信，而且今后还要相信，你还要我怎么样？”阿廖沙怒气冲冲地吼道。

“得了吧，亲爱的。真是活见鬼了。这种事现在连十三岁的学生也不会相信的。不过嘛，鬼知道……原来你这是在生你上帝的气呀，你想造反了，因为没有给你升官，节日里也没有给你发勋章！唉，你们这些人也真是！”

阿廖沙眯缝着眼久久地看着拉基京。突然，他目光中闪过一道亮光……但那不是对拉基京的怒火。

“我没有反对我的上帝，我只是‘不能接受他创造的世界’。”阿廖沙苦笑着说。

“什么叫不能接受他的世界？”拉基京对他的回答略加考虑后说，“你胡说些什么呀？”

阿廖沙没有回答。

“好了，别说空话了，现在谈正经事。你今天吃饭了没有？”

“不记得了……好像吃过了。”

“看你的脸色就知道你该吃点东西了。看着你都让人觉得可怜。昨天晚上又一夜没睡，我听说你们在聚会。接下来又发生了这些乱七八糟的事……大概你只吃过一小片圣餐面包。我口袋里倒有香肠，是从城里带来的，以防万一，可你又不吃香肠……”

“把香肠给我。”

“好！这就对了！这样看来你真的造反了，动真格的了。我说，老弟，这件事根本用不到去多想。上我那儿去吧……我自己现在也真想喝点儿伏特加，我累坏了。伏特加恐怕你还不敢喝吧……或者也想喝一点儿？”

“伏特加也喝。”

“好！好极了，老弟！”拉基京诧异地看了他一眼，“不管怎么说，喝伏特加也好，吃香肠也好，反正都是好事情，挺带劲儿的，千万不能错过机会。咱们走吧！”

阿廖沙从地上站起来跟着拉基京走了。

“要是你哥哥伊凡看到了准会大吃一惊的！顺便告诉你，你哥哥伊凡今天早晨已经动身到莫斯科去了。这你知道吗？”

“我知道。”阿廖沙无动于衷地说。这时候他脑海中突然闪过德米特里大哥的形象，但只是一闪而过，虽然这使他想起了什么，想起了某一件刻不容缓的急事，想起某种义务和可怕的责任，但并未给他留下任何印象，没有深入到他心坎里，反而立刻从脑海里消失了，彻底忘记了。事后过了好久，阿廖沙还常常想起这件事。

“你哥哥伊凡有一次说我是个‘平庸的自由主义大草包’。有一次你也忍不住暗示我是个‘不诚实的人’……就算是吧！现在我倒要看一看你们的能耐和诚实。”这最后一句话拉基京是自言自语悄悄说的。“去他的！你听我说，”他又大声嚷道，“我们绕过修道院，沿小路直接上城里去……嗯，我还打算顺路到霍赫拉科娃太太家去一次。你想：我把这里发生的事情都写信告诉了她，她马上给我回了张便条，是用铅笔写的——这位太太特别喜欢写便条——说她怎么也没料到像佐西马长老这样令人尊敬的人会做出这样的行为，她确实写了**行为**这两个字。看来她也生气了。唉，你们这些人啊！等一等！”他突然叫了起来，停住了脚步，并且抓住阿廖沙的肩膀，让他也站住了。

“你知道吗，阿廖沙，”他那探究的目光死死盯着阿廖沙，完全被突然冒出来的一个新念头迷住了，虽然他表面上还在笑，但显然害怕公开说出这个突如其来的新的想法。他无论如何也没法相信阿廖沙会有这种奇怪的出乎意料的情绪。“阿廖沙，你知道我们现在最好上哪儿去？”最后他终于用一种畏怯而讨好的口气说道。

“反正都一样……上哪儿都行。”

“上格鲁申卡家怎么样？你去吗？”拉基京终于说了出来，由于紧张的期待而浑身在发抖。

“就上格鲁申卡家去吧。”阿廖沙立即平静地回答说。阿廖沙的回答如此干脆如此平静，这是拉基京万万没有料到的，他惊讶得差点没往后倒退几步。

“行！……好！”他差点没大叫起来，突然抓住阿廖沙的手，迅速拉着他沿小路向前走去，生怕阿廖沙会改变主意。一路上谁也没有说话，拉基京甚至害怕开口说话。

“她一定会非常高兴的，肯定会高兴的……”他喃喃地说，接着又马上沉默了。其实，他带领阿廖沙上格鲁申卡家完全不是为了让她高兴。他是个讲实惠的人，凡是没有好处的事情他是绝不会做的。现在他就抱着双重目的：第一是复仇，也就是想看一看“正人君子出丑”以及阿廖沙不可避免的“堕落”，“从圣徒变成罪人”。这些他都看到了，从中已经得到了乐趣。第二，他还有一个可以从物质上得到利益的目的，关于这一点将在下面谈到。

“看来这样的机会来了。”他幸灾乐祸地暗自想道，“我们一定要牢牢把握这个机会，这对我们太有用了。”

三　一根葱

格鲁申卡住在城里最热闹的地段，就在广场附近。她向商人莫罗佐夫的遗孀租了一间不大的木结构厢房。商人的房子很大，是用石头建造的，两层楼，房子已经陈旧，外观也很不漂亮，里面孤零零地住着年迈的女主人和她的两位侄女，全是老处女，也都上了岁数。她本来用不着把院子里的厢房租出去，她同意格鲁申卡成为她家的房客（那还是四年前的事）纯粹是为了讨好自己的亲戚——格鲁申卡的公开庇护人商人萨姆索诺夫。据说那爱吃醋的老头儿把自己“宠爱的女人”安排在莫罗佐娃家里，原来的意图是要借助太太这双敏锐的眼睛来监视新房客的行动。但是没过多久，这双敏锐的眼睛便显得多余了。结果她很少跟格鲁申卡见面，最后竟完全放弃监视，不愿再惹她讨厌了。当然，自从老头儿把这个畏怯害羞、苗条清瘦、忧郁寡言的十八岁少女从省城送到这座房子里以后，至今已有四年了，情况也发生了很大变化。但是我们城里的人对这位姑娘的身世了解得不多，说法也不一致。尽管四年后阿格拉费娜·亚历山德罗芙娜变成了一位“绝色美人”，引起了许多人的瞩目，但对她还是没有更多的了解。只有一些传闻，说她十七岁的时候受了某人的骗，好像是一位军官，后来又很快被抛弃了。那军官远走高飞，到别处结了婚，而格鲁申卡则陷入了屈辱和贫困的境地。据说，格鲁申卡被老头儿收留的时候确实穷得一无所有，但是她出生在一个正经的神职人员家庭，父亲是教堂的候补执事，或者诸如此类的人物。想不到这个多愁善感、被人糟蹋、际遇可怜的孤女四年后居然出落成面色红润、体态丰腴的俄国式美人，一个泼辣果断、高傲无耻的女人。她懂得用钱生财的奥秘，既吝啬又谨慎，不管用正常的或者非正常的手段，反正像人们所说的那样，已经积聚了一笔小小的资产。有一点是人所共知的：格鲁申卡这女人很难接近，除了那老头儿，她的保护人之外，四年来还没有一个男人敢夸口说已经博得了她的垂青。这是确凿无疑的，因为试图博取她青睐的猎艳者为数不少，尤其是最近的两年更是趋之若鹜。但所有种种尝试都是徒劳的，有些追求者由于这个性格刚强的女人断然拒绝和冷嘲热讽，最后不得不打起退堂鼓，甚至落得个可笑可耻的下场。大家还知道，这个年轻女人，尤其在最近一年，居然做起了所谓的“投机生意”。她在这方面还显得颇有才能，以致后来许多人干脆叫她“十足的犹太佬”。她倒是没有放高利贷，但大家知道她有一段时间确实跟费奥多尔·巴夫洛维奇·卡拉马佐夫合伙廉价收购期票，用十戈比买一卢布，然后再把这些期票卖出，一卢布赚十戈比。萨姆索诺夫有病，最近一年双脚肿得无法动弹。他妻子已死，对几个成年儿子十分“苛刻”，虽然腰缠万贯，却爱钱如命，毫无通融的余地。起初他把格鲁申卡紧紧拽在手里，百般虐待她，正如一些尖刻的人所形容的那样，“只给她吃素油”，但是到最后他还是被她控制在手里。格鲁申卡一方面求得了自身的解放，同时又使他无限相信她对他是忠贞不渝的。这个极其能干的老头儿（如今他早已去世）性格也很特别，主要是非常吝啬，心肠硬得像石头。虽然他被格鲁申卡征服了，离了她简直没法活（最近两年就是这样），但还是不肯分给她一份较大的财产，哪怕她威胁说要彻底脱离他，他也决不改变初衷。不过他最后还是给了她一小笔钱。这件事传出去以后，大家还是感到惊奇。他分给她七八千卢布的时候说：“你是个精明人，这笔钱你自己去处理吧，但我告诉你，除了每年照例付给你生活费之外，在我死前你再也不会从我手里拿到一分钱，而且遗嘱里也不会再分给你钱了。”他说到做到：他死后真的把全部财产留给了那几个连他们的妻子儿女都被他一辈子当婢仆的儿子，遗嘱里只字未提格鲁申卡。这些事大家都是后来才知道的。“对于如何使用这笔私房钱”，他给格鲁申卡出了不少主意，帮了她不少忙，教给她不少“路子”。费奥多尔·巴夫洛维奇·卡拉马佐夫起先因为一笔偶然的“投机生意”跟格鲁申卡有了往来，结果连他自己也没料到会不顾一切地，甚至发疯似的爱上了她。当时萨姆索诺夫老头儿已经奄奄一息，但还在暗地里对他大加嘲笑。需要指出的是，格鲁申卡自从和老头儿认识之后，始终对他十分坦率，甚至把心里话都告诉他，他也许是她在这世界上唯一能推心置腹的人。最近，当德米特里·费奥多罗维奇也爱上了她之后，老头儿却不再嘲笑了。相反，有一次他神情严肃、一本正经地劝格鲁申卡说："如果要在他们父子两人中间选择，那你应该选老头子，但有个条件，那就是一定要让那老东西娶你，至少预先要把一笔财产转到你名下。你别跟那中尉搅到一起，不会有好结果的。"这些话是那老色鬼亲口对格鲁申卡说的，那时候他已经预感到自己快死了，而且做了这番劝告之后果然不出五个月就死了。顺便还要说一句，虽然我们城里很多人都知道卡拉马佐夫父子俩为争夺格鲁申卡而闹得不可开交，但很少有人知道她对他们父子俩究竟抱什么态度。就连格鲁申卡的两名女仆（那是在惨剧发生之后，而有关这次惨剧的详细情况我们将在以后叙述）都在法庭上做证说，阿格拉费娜·亚历山德罗芙娜接待德米特里·费奥多罗维奇完全是出于害怕，他曾"威胁说要杀死她"。她有两名女仆：一名是年迈的厨娘，还是从娘家带来的，身体有病，耳朵几乎聋了；另一名是厨娘的孙女，二十岁左右，年轻活泼，是格鲁申卡的贴身侍女。格鲁申卡的日子过得十分节俭，屋里的陈设相当陈旧。她住的厢房共有三个房间，摆着房东的陈旧的红木家具，都是二十年代的老式样。拉基京和阿廖沙走进她房里的时候，天已经完全黑了，可房间里还没点灯。格鲁申卡独自躺在客厅里的沙发上。这沙发又大又硬，样子粗笨，仿红木靠背，蒙在上面的皮子早已磨出了窟窿。她头底下垫着两只从她床上搬来的白色鸭绒枕头。她朝天躺着，直挺挺地一动也不动，双手枕在头底下。她已经打扮好了，似乎在等什么人，身上穿着黑绸长裙，头上系着跟她十分般配的轻飘飘的花边发带，肩上披着花边头巾，用一枚沉甸甸的金别针固定着。她确实在等一个人，躺在那儿显得有些烦躁，脸色带点苍白，嘴唇和两眼燃烧似的熠熠发亮，右脚尖在不停地敲打着沙发扶手。拉基京和阿廖沙一进去就引起了一阵小小的慌乱：从外屋已经听到格鲁申卡从沙发上跳起来，神色慌张地大声问："是谁？"年轻的女仆已经迎了出来，马上向太太禀报说：

"不是他，是别人，不要紧。"

“她这是怎么啦？”拉基京一面拉着阿廖沙走进客厅，一面嘟囔着说。格鲁申卡站在沙发旁边，一副惊魂未定的样子。一绺浓密的深棕色头发突然从发带中掉下来落在她的左肩上，但是她未加注意，也没有去整理，只顾盯着来客看，想认出他们是谁。

“哎呀，是你吗，拉基京？你把我吓了一大跳，你和谁一起来了？你旁边这位是谁？天哪，你把谁给我领来了！”她认出阿廖沙后惊叫起来。

“你该吩咐她们把蜡烛拿来！”拉基京的口气十分随便，好像跟她十分熟悉，关系非常密切，甚至有权在她家发号施令似的。

“蜡烛……当然要点灯……费妮娅，快给他取蜡烛来……哎呀，你带他来得不是时候！”她朝阿廖沙点了点头，大声说了一句。接着，她转身对着镜子，双手迅速整理起辫子，显得有点不高兴的样子。

“难道我没巴结上吗？”拉基京问，似乎感到有点委屈。

“你把我吓坏了，拉基京，就是这么回事。”格鲁申卡面带笑容地转向阿廖沙，“你别怕我，亲爱的阿廖沙。见到你太高兴了，你是稀客，我没想到你会来。拉基京，你可把我吓了一大跳，我还以为是米佳闯了进来呢。你知道，刚才我骗了他，还硬逼他要相信我，可我对他撒了谎。我对他说，我要到我的老头儿库兹马·库兹米奇那儿去待一个晚上，要帮他一起算账，要一直算到半夜。我每星期都要到他那儿去一个晚上，帮他算账。我们锁上门，他打算盘，我在那儿帮他记账——他只相信我一个人。米佳肯定以为我在那里，可我却躲在家里——坐在这儿等一个消息。费妮娅怎么放你们进来了！费妮娅！费妮娅！你快点儿到大门口去，开了门往周围仔细看看上尉来了没有？说不定他正躲在哪儿监视呢。我怕得要命。”

“什么人也没有，阿格拉费娜·亚历山德罗芙娜，刚才我朝四下里张望过了，我还随时从锁眼里往外看看，我自己也害怕得发抖。”

“百叶窗关了没有，费妮娅？最好把窗帘也放下——就这样！”说着她亲自放下了窗帘，“不然他看到灯亮着就会立即闯进来的。阿廖沙，我今天真怕你哥哥米佳。”格鲁申卡大声说，显然显得慌张，但又几乎带着一份欣喜。

“为什么你今天这样怕米佳？”拉基京问，“你好像向来是不怕他的，他都听你的摆布。”

“我对你说，我正在等一个消息，一个宝贵的消息，所以这儿现在根本不需要米佳。再说他本来就不相信我会到库兹马·库兹米奇那儿，这我能预见到。也许他现在就待在自己家里，在费奥多尔·巴大洛维奇家花园的后门口守着我。要是他守在那儿，就不会到这儿来了，这样反而更好！至于库兹马·库兹米奇那儿，我确实去过，还是米佳送我去的呢。我说要待到半夜，让他半夜里一定来接我回家。他走了以后我在老头儿家只待了十来分钟，马上又回到了这儿。哎呀，我真害怕——我一路小跑，就怕遇见他。”

“你打扮得这样漂亮准备上哪儿呀？瞧你头上这顶压发帽多有趣！”

“你自己才有趣呢，拉基京！我对你说，我正在等待一个消息，只要这消息一到，我马上就跳起来展翅高飞，你们连影子也找不到。我这样打扮为的就是事先有所准备。”

“你要飞到哪儿去啊？”

“操心越多，老得越快。”

“嘿，瞧你喜气洋洋的……我还从来没见你这样高兴过。你打扮得这样漂亮就像要去参加舞会似的。”拉基京上上下下地打量着她。

“你对舞会知道得还真不少！”

“你又懂得多少？”

“我总还见过。前年库兹马·库兹米奇给儿子娶媳妇，我一直站在大厅的回廊里看他们跳舞。拉基京，我怎么只顾跟你说话而让这位公爵在一旁站着。他是贵客！阿廖沙，亲爱的，我看着你还不敢相信你真的来了。天哪，你真的上我家来了！说句实话，我没有想到，没有料到，而且从来不敢相信你真的会来。虽然你来得不是时候，但我还是高兴得要命！你坐到沙发上，坐这儿，这就对了，我的小月亮。说实话，现在我心里乱得很，连自己都不知道是怎么回事……唉，你啊，拉基京，要是昨天或者前天带他来就好了……不过我还是很高兴。你前天没来，现在来了，正巧在这个时候来了，这样也许更好……”

她动作麻利地紧挨着阿廖沙坐到沙发上，用欣喜的目光打量着他。

她确实非常高兴，她没撒谎。她两眼放光，嘴上荡漾着笑容，这是善意、快活的笑容。阿廖沙甚至没有料到她会有这样的笑容……在昨天之前他很少遇见她，在他印象中这个女人十分可怕，而昨天她对卡捷琳娜·伊凡诺芙娜的那些凶狠而狡猾的出格举动曾使他感到异常震惊，而现在突然看到她跟昨天判若两人。尽管苦恼像一块巨石压在他心头，但他的眼睛还是不由自主地被她吸引住了。她的言行举止似乎与昨天大相径庭：说话的时候昨天那种娇嗲的腔调几乎全没有了，那种搔首弄姿装腔作势的样子也不见了……一切都显得那么纯洁、朴实，动作是那么敏捷轻盈，充满了信任感，但她的心情却又十分紧张、亢奋。

“天哪，这些事今天怎么都凑到一块儿来了。”她又喋喋不休地说了起来，“为什么我见了你心里那么高兴，阿廖沙，连我自己也不知道，就是你问我，我也说不清楚。”

“你真的不知道为什么高兴吗？”拉基京冷笑着问，“前一阵你总不至于无缘无故地老缠着我：你一定要把他带来，一定要把他带来。你总有自己的目的吧？”

“以前嘛，我有另外的目的，可现在不同了，那些事情都过去了。现在我要招待你们好好吃一顿，就是这么回事。现在我的心肠变软了，拉基京。你也坐下，拉基京，干吗站着？你已经坐下来了吗？我说嘛，拉基京总不会亏待自己的。你瞧，阿廖沙，他就坐在我们对面生气呢：为什么我没在请你之前先请他坐下。唉，我的拉基京真爱生气，太容易生气了！”格鲁申卡笑了，“你别生气，拉基京，现在我心肠变软了。阿廖沙，你为什么坐在那儿一副闷闷不乐的样子，你怕我吗？”她看了他一眼，目光中流露出快活的嘲弄意味。

“他碰到了一件伤心事。没给他加官晋爵。”拉基京闷声闷气地说。

“什么加官晋爵？”

“他的长老发臭了。”

“怎么发臭了？你怎么净胡说八道！你是想说什么难听的话吧？闭上你的嘴，傻瓜。阿廖沙，你能让我坐你腿上吗？就这样！”说着她一跃而起，嘻嘻哈哈地坐到了阿廖沙两腿上，像一只撒娇的小猫，右手亲热地搂住他的脖子。“我要让你快活起来，我敬畏上帝的小乖乖！你说实话，真允许我坐你腿上吗？你不生气吗？只要你说一声——我就马上下来。”

阿廖沙一声不吭。他坐在那儿，一动也不敢动。他听到了她的话“只要你说一声——我就马上下来”，但他没回答，好像呆住了似的。然而他内心的感觉并非像坐在一旁用色眯眯的目光注视着他的拉基京所预料和想象的那样。他内心的巨大悲伤吞没了他心中可能产生的所有感觉，假如他此刻头脑清醒的话，那自己也会明白，现在他穿着非常坚固的盔甲，足以抵挡任何诱惑和挑逗。不过话也要说回来，尽管他的心灵处于麻木状态，尽管内心一直受到痛苦的折磨，但他对自己内心产生的一种新的奇怪的感觉还是情不自禁地感到惊讶：这个女人，这个“可怕的”女人现在不仅没有引起他的畏惧，而以前他脑海中偶尔闪过关于女人的遐想时总会产生这样的恐惧感，现在的情况恰恰相反，这个他最害怕的女人坐在他腿上，搂着他，突然在他心中引起的却完全是另一种出乎意料的感觉，一种异乎寻常的、极其纯洁而强烈的好奇，已经没有任何的担忧，没有任何的恐惧——这便是他现在最主要的感觉，也是不禁使他感到惊讶的原因。

“你们别尽说废话。”拉基京大声喊道，“最好拿香槟酒来，你还欠着一笔债呢，这你自己心里有数！”

“真的还欠着债呢。阿廖沙，我答应过他，要是他把你带来，首先要请他喝香槟酒。开香槟吧，我也喝！费妮娅，费妮娅，给我们拿香槟来，就是米佳留下的那一瓶，快去。我虽然吝惜，但一瓶还是要给的，不是给你，拉基京，你是个烂蘑菇，而他是大公爵！虽然我的心思现在不在这儿，但我无论如何要陪你们喝一杯，我真想放松一下！”

“你说的‘此刻’是什么意思？你要等待的是什么样的‘消息’？能告诉我吗？或者这是个秘密？”拉基京又插嘴说，竭力装出对一连串贬低他的话毫不在乎的样子。

“噢，不是秘密，这你自己也知道的。”格鲁申卡心事重重地说，她把脸转向拉基京，身体稍稍离开阿廖沙，虽然还继续坐在阿廖沙腿上，搂着他的脖子，“那军官要来了，拉基京，我那军官要来了！”

“听说他要来了，不过没那么快吧？”

“现在到了莫克罗耶，要从那儿派一个专人来，这是他自己在信里说的，这封信刚才接到。我现在坐在这儿就是在等那个人来。”

“原来是这么回事！为什么停留在莫克罗耶？”

“说来话长，你也别问了。”

“那米佳现在怎么办——哎呀呀！他知道不知道呢？”

“他怎么会知道！一点儿也不知道！要是知道了，准会杀了我。现在我也根本不怕了，现在不怕他动刀子。闭上你的嘴，拉基京，别跟我提起德米特里·费奥多罗维奇，他让我的心都碎了。现在我一点也不愿去想这件事。我只愿想阿廖沙，看着阿廖沙……你尽管笑我好了，亲爱的，你得乐一乐，你笑我傻吧，笑我瞎乐观吧……你笑了，真的笑了！你的目光也显得温柔了。你知道吗，阿廖沙，我一直在想，你一定为了前天的事，为了那位小姐在生我的气。当时我真像条疯狗……不过发生了这样的事也好，既是坏事，又是好事。”格鲁申卡若有所思地突然笑了笑，在她的笑容里突然掠过一丝残酷的影子，“据米佳说，她叫嚷着‘该用鞭子抽她！’那天我把她气坏了。她叫我去，想制服我，用巧克力哄我……是的，发生了这样的事也好。”她又笑了笑，“我就怕你生气……”

“这话一点儿也不假。”拉基京突然又一本正经地插了一句，“阿廖沙，她的确怕你，怕你这小雏鸡。”

“拉基京，对你来说他才是小雏鸡，就是这么回事……因为你没有良心，就是这么回事！你知道吗，我打心眼里爱他，就是这么回事！你信不信，阿廖沙，我打心眼里爱你？”

“咳，你这不要脸的女人！阿廖沙，她在向你表示爱情呢！”

“那又怎么样，我就是爱他。”

“那么军官呢？那来自莫克罗耶的好消息呢？”

“那完全是两码事。”

“这女人真会玩把戏！”

“你别惹我生气，拉基京，”格鲁申卡赶紧接茬说，“完全是两码事。我对阿廖沙是另一种爱。说句实话，阿廖沙，以前我曾打过你的主意。要知道我是个下贱的女人，脾气暴躁，不过有时候呢，阿廖沙，我把你当作自己的良心。我时常在想：‘像我这样的坏女人，他应该瞧不起我才对。’前天我离开那位小姐家的路上就这样想过。我早就注意你了，阿廖沙。米佳也知道，我跟他说过。米佳也能理解。你信不信，阿廖沙，有时候我看着你都感到惭愧，为自己感到惭愧……我对你怎么会有这样的想法，从什么时候开始有这样的想法，连我自己也不知道，不记得了……”

费妮娅端着盘子走进来，把手里的盘子放到桌子上，盘子里放着一瓶打开的香槟酒和三只斟满酒的杯子。

“香槟拿来了！”拉基京大声嚷道，“你太兴奋了，阿格拉费娜·亚历山德罗芙娜，你失去了控制。你一杯酒喝下去准会兴奋得要去跳舞。唉，他们连这种事也不会做。”他一边端详香槟，一边补充了一句，“老太婆在厨房里就把酒斟好了，端出来的时候瓶子也没盖上，而且也没有冰过。得了，将就着喝吧。”

他走到桌子旁边，端起酒杯一口气喝了下去，又斟满了一杯。

“香槟酒是难得喝到的，”他咂着嘴说，“来吧，阿廖沙，端起酒杯露一手，我们为什么干杯？为进天堂的门好不好？格鲁申卡，你也端起杯子，为进天堂的门干一杯。”

“什么天堂的门？”

她端起酒杯，阿廖沙也端起自己的酒杯，抿了一小口，又把酒杯放下了。

“不行，最好还是不喝吧！”他微微一笑。

“刚才还夸海口呢！”拉基京叫道。

“既然这样，那我也不喝了。”格鲁申卡接茬说，“再说我本来就不想喝。拉基京，你一个人把这瓶酒都喝了吧。等阿廖沙喝了我才喝。”

“这不是太肉麻了吗！”拉基京讥讽说，“自己还坐到他腿上！他是有伤心的事，可你呢？他起来造反了，反对他的上帝，还打算吃香肠呢……”

“怎么回事？”

“他的长老前天死了，神圣的佐西马长老。”

“佐西马长老死了！”格鲁申卡惊叫起来，“天哪，我还不知道！”她虔诚地画了十字，“天哪，我这是在干什么呀，这会儿还坐在他腿上！”她惊恐地一跃而起，马上从他膝头跳下来，坐到沙发上。阿廖沙用惊讶的目光看了她很久，脸上的表情似乎变得明朗起来。

“拉基京，”他突然态度坚决地大声说，“你别嘲弄我，说我起来反对我的上帝。我不想跟你结什么仇，所以请你也客气点。我失去了最宝贵的东西，那是你从来不曾拥有过的，所以你没有资格评判我。你最好还是看看她吧：你不是看到了她是怎样宽恕我的吗？我到这儿原来以为会遇到一颗邪恶的心灵——那是非常吸引我的，因为当时我自己也怀着卑鄙邪恶的心理，结果遇见的却是一位真诚的姐姐，找到了无价之宝——一颗充满爱的心灵……她立即宽恕了我……阿格拉费娜·亚历山德罗芙娜，我说的是你，你一下子就使我的灵魂复活了。”

阿廖沙嘴唇发抖，呼吸急促。他停住不说了。

“好像她把你拯救了似的！”拉基京恶狠狠地笑了起来，“她本来打算把你吃了，这你知道吗？”

“别说了，拉基京！”格鲁申卡突然跳起来，“你们俩都别说了。现在让我全说出来吧：阿廖沙，你别说了，因为你这些话使我惭愧，因为我是个邪恶的女人，心地并不善良——我就是这样的人。拉基京，你也给我闭嘴，因为你在撒谎。我原来确实有过卑鄙的想法，准备把他吃了，可现在你是在撒谎，现在根本不是那么回事……以后我再也不希望听到你这样说了，拉基京！”格鲁申卡异常激动地说出了这番话。

“咳，你们都发疯了！”拉基京尖叫着说，惊讶地打量着他们俩，“两个都是疯子，我好像进了疯人院。你们俩多愁善感，还互相影响，简直都快要哭出来了！”

“我真的想哭，真的想哭！”格鲁申卡说，“他叫我姐姐，这我永远不会忘记！不过有一点，拉基京，我虽然邪恶，但还是施舍了一根葱。”

“什么样的葱？见鬼，真的是发疯了！”

拉基京对他们俩所表现出的高度兴奋感到惊讶，同时又感到生气，虽然按理他应该明白，那种一生中很难遇到的能够强烈地震撼人心的东西恰巧在他们俩身上融会贯通了。拉基京固然善于敏锐地觉察涉及他自己的一切，但在理解亲近的人的感受和情绪方面，却显得极其迟钝——这一方面是因为他年轻缺乏经验，另一方面因为他太自私。

“你瞧，阿廖沙，”格鲁申卡转身对着他突然神经质地大笑起来，“我这是对拉基京夸口说施舍了一根葱，可决不敢在你面前夸口，我跟你说这件事另有用意。这是个寓言故事，而且是个很好的寓言故事。是我小时候听玛特廖娜，就是我现在的厨娘说的。这故事说的是：从前有一个很凶很凶的女人，后来她死了。她生前没有做过一件好事。她给鬼抓去扔进了火海。守护她的天使站在那儿，心里想：‘我总得替她想出一件好事去报告上帝。’最后他终于想起来了，就对上帝说：她在菜园里拔了一根葱施舍给一个要饭的女人。上帝回答他说：你就把这根葱伸到火海里，让她抓住葱从火海里爬出来，要是你能把她拉出火海，就让她到天堂里来，要是那根葱断了，那女人只能留在火海里。守护天使跑去把那根葱递给她，说你抓住，我拉你出来。他开始小心地拉她，差不多快把她拉上来了，可这时候火海里的其他罪人看到有人拉她，就全部拉住她，想跟她一起上来。这个女人很凶很凶，她用脚踢他们，嘴里说：‘人家是在拉我，又不是拉你们，这根葱是我的，又不是你们的。’她刚说完这句话，那根葱马上就断了。那女人掉进火海，直到如今还在受煎熬。守护天使只好哭着走了。这就是那个寓言故事，阿廖沙，我都能讲出来，因为我自己就是这样一个凶恶的女人。我在拉基京面前夸口说施舍过一根葱，可对你就要换另一种说法：我这一辈子总共才施舍过一根葱，我就做了这么一件好事。阿廖沙，你也别夸我，别把我当好人，我是个恶人，很凶很凶的人，你再夸我就羞愧难当了。所以我老是缠着拉基京，要他把你带来，还答应他事成之后给他二十五个卢布。别忙，拉基京，等一等！”她快步走到桌子跟前，打开抽屉，取出钱包，从中抽出一张二十五卢布的钞票。

“真是胡说八道！真是胡说八道！”窘迫的拉基京大声说道。

“收下吧，拉基京，这是欠你的债，总不至于拒绝吧，这是你自己要求的。”说着她把钞票扔给他。

“哪能拒绝呢。”拉基京闷声闷气地说，显然很不好意思，但又装出大方的样子来掩饰自己的窘迫，“这钱我能派大用场，世界上之所以有傻瓜，就是为了让聪明人得到好处。”

“现在闭起你的嘴，拉基京，下面我要说的话都不是说给你听的。你给我坐到角落里，别说话，你不爱我们，你别吱声。”

“我干吗要爱你们？”拉基京带着难以掩饰的恼恨顶了一句，他把二十五卢布的钞票塞进口袋。当着阿廖沙的面这样做，他确实感到不好意思。他原来指望事后再取报酬，不让阿廖沙知道，所以现在恼羞成怒了。在此之前，他尽管受到格鲁申卡的讥讽，但他认为最好还是别顶撞她，因为她对他拥有某种权威，可是现在他却生气了。

“总不能平白无故地爱别人吧。你们俩给我做过什么好事呢？”

“你要无缘无故地爱别人，就像阿廖沙那样。”

“他怎么爱你啦？他向你表示什么啦，居然让你这样心醉神迷？”

格鲁申卡站在房间中央慷慨激昂地说了起来，口气中流露出歇斯底里的味道。

“你给我闭嘴，拉基京，你什么也不懂！往后再也不许你对我称‘你’，我不允许你这样，你凭什么这样放肆！给我坐一边去，闭上嘴，就像我的仆人那样。现在，阿廖沙，我只对你一个人说我的心里话，让你看清我是个多么可恶的畜生！我这话不是对拉基京说的，而是对你说的。我想害你，阿廖沙，这是真的，我已经完全打定了主意。甚至用钱收买拉基京，让他把你带来。我为什么要这样做？阿廖沙，你是一点儿也不知道的，你一直在回避我，就是打我身边经过也低着头，可是到现在为止我已经观察了你一百遍，向所有的人打听你的情况，你的面容已经深深地留在我的心中。我想：‘他瞧不起我，连看都不想看一眼。’到最后连我自己都感到奇怪：干吗要怕这样一个孩子？我要把他整个儿一口吞下去，然后再尽情地讥笑一番。我简直气坏了。你信不信，这里的人谁也不敢打阿格拉费娜·亚历山德罗芙娜的坏主意，连想也不敢想，我只有老头一个人，只跟他在一起，卖给了他，撒旦把我们结合在一起，除了他，再也没有别的人。但是我一看到你就打定主意：非把他吃了不可，吃了他，再嘲笑一番。你瞧我真是条母狗，可你却叫我姐姐！现在那个欺负我的人又来了，现在我坐在这里等他的消息，你知道那个欺负我的家伙在我心中是什么角色吗？五年前库兹马把我带到这里的时候，我也常常这样坐着，躲开人们，不让他们看到我、听到我的声音，当时我人很瘦，傻乎乎地坐在那里直哭，整夜整夜地不睡觉，心里想：‘现在他在哪儿，这个欺负我的家伙？一定在跟别的女人一起取笑我，我只要见到他，什么时候遇到他，就一定要报复他，狠狠报复他！’夜里，我在黑暗中趴在枕头上痛哭，翻来覆去地想，故意折磨自己的心，使内心充满仇恨。‘我要报复，狠狠地报复！’我在黑暗中往往会这样大喊大叫起来。接着又突然想到自己对他毫无办法，而他却正在嘲笑我，甚至完全把我忘了，一点不放在心上，我就从床上滚下来趴在地上，无可奈何地流泪痛哭，浑身哆嗦，直到天明。早晨起来，我比母狗还凶，恨不得把整个世界都一口吞下去。后来你猜怎么着，我开始一点一滴积攒钱，变得冷酷无情，人发胖了——你大概以为也变得聪明了，是不是？不，完全不是这么回事，全世界没有人能看到或者知道，天一黑我就像五年前的那个黄毛丫头那样躺在那儿恨得咬牙切齿，整夜哭泣。我一直在想：我要报复他，狠狠报复他！我刚才说的你都听见了吗？好了，现在你该理解我的心情了：一个月之前我居然收到了这封信，说他又要来了，他死了妻子，想跟我见个面。天哪，当时我连气都喘不过来了，突然想：他一来只要向我吹一声口哨，叫一声，我马上会像一只挨了打的小狗，摇尾乞怜地爬到他面前！我这么想着，可连自己也怀疑起来，我到底是不是个下贱的女人？到底会不会去见他？这整整一个月来，我特别恨自己，脾气变得比五个月之前更坏了。现在你明白了吧，阿廖沙，我是个多么凶狠狂暴的女人，我把实情都告诉你了！我跟米佳闹着玩，就是为了不去找那个人。你给我闭嘴，拉基京，用不着你来说三道四，我不是跟你说话。刚才你们没来之前，我躺在这儿一面等消息，一面在考虑，在决定我的整个命运。我不说你们永远不会知道我心里在想些什么。阿廖沙，你要告诉你那位小姐，叫她别为前天的事生气！……全世界谁也不知道我现在的心情，而且也没法知道……所以今天我到那儿去的时候可能会带一把刀子，但我还没有最后决定……”

格鲁申卡说出了这句“伤心话”，突然再也控制不住自己，没等说完就双手掩面，扑到沙发的靠垫上，像小孩似的号啕大哭起来。阿廖沙从座位上站起来走到拉基京面前。

“米沙，”他说，“你别生气。你受了她的委屈，但不要生气。你刚才听到她的话了吗？对人的心灵不能要求过高，应该宽容些……”

阿廖沙怀着难以抑制的激动心情说了这些话。他感到非说出来不可，于是对拉基京说了。假如拉基京不在场，那他也会独自一个人喊叫的。但拉基京嘲笑地看了他一眼，阿廖沙便马上不再说下去了。

“昨天你的长老给你装了弹药，现在你就用长老的弹药朝我身上乱放，阿廖沙，你这上帝的人。”拉基京恶狠狠地笑着说。

“你不要笑，拉基京，不要嘲笑，不要谈论去世的长老。他比世界上任何人都要高尚！”阿廖沙带着哭声说道，“我不是以法官的身份来跟你说话，我自己就是一名罪孽深重的被告。跟她相比我算得了什么？我到这儿来完全是抱着自暴自弃的态度，所以才说：‘随他去！管他呢！’这都是因为我胆小。可她呢，受了五年的折磨之后，一旦有人主动来跟她说句真心话——她就什么都原谅了，什么都忘了，还感动得热泪盈眶！欺负她的那个人回来一叫她，她就什么都原谅他了，赶紧兴高采烈地去迎接他，她不会拿刀子的，绝不会带刀子去的！可我就做不到！我不知道你能不能做到，米沙，但我做不到！这是我今天，就是刚才得到的教训……她有一颗爱心，要比我们高尚……以前你听她说过刚才那些话吗？没有，你没有听她说过。假如你听她说过，那早就能理解一切了……但愿前天受了委屈的另一个女人也能原谅她！要是她知道了，肯定会原谅的……她会知道的……这颗心灵还没有平静下来，要怜悯它……这颗心灵里也许有宝藏……”

阿廖沙说不下去了，因为他激动得连气都喘不过来。拉基京虽然满肚子的怨气，但还是惊奇地望着他。他从来没有想到不声不响的阿廖沙会发表这么一大套议论。

“你简直像一个能言善辩的律师！你爱上她了，是不是？阿格拉费娜·亚历山德罗芙娜，我们这位吃素的人真的爱上你了，你把他征服了！”他无耻地笑着大声喊道。

格鲁申卡从靠垫上抬起头，看了看阿廖沙，她那因为泪水涟涟而显得有些浮肿的脸上闪耀着动人的笑容。

“你别理他，阿廖沙，我的小天使，你瞧他是什么人，跟他没什么好说的。米哈伊尔·奥西波维奇，”她对拉基京说，“我本想请你原谅，因为我骂了你一通，但是现在我又不打算这样做了。阿廖沙，你过来，坐到我这儿。”她笑嘻嘻地向他招手，“就这样，就坐这儿。你告诉我（她拉住他的手，微笑着看着他的脸），你告诉我，我爱不爱那个人？爱不爱欺负我的那个人？你们来之前我躺在黑暗里，一直在审问自己的心，我究竟爱不爱那个人？你帮我解答，阿廖沙。现在是关键的时刻。你说怎么样就怎么样。我究竟要不要原谅他？”

“你不是已经原谅了吗？”阿廖沙笑着说。

“真的已经原谅了他。”格鲁申卡若有所思地说，“唉，我这心是多么下贱啊！”她猛地端起桌子上的酒杯，一口气喝了下去，然后举起杯子，狠狠地摔在地上。酒杯砰的一声碎了。她那微笑的脸上掠过一丝残酷的阴影。

“也许还没有原谅吧。”她恶狠狠地说，眼睛望着地下，仿佛在自言自语，“也许我的心正打算原谅他。我还得跟自己的心苦斗一番。你瞧，阿廖沙，我深深地爱上了五年来流的泪……也许我爱的只是我受到的委屈，而绝不是他！”

“我真不愿意处在他那个位置！”拉基京嘟囔说。

“你不可能，拉基京，你永远不可能处在他的位置。你只配给我做鞋子，拉基京，我就派你这个用场。你永远没有资格看到我这样的人……也许连他也没资格见我……”

“他也没资格吗？那你干吗打扮得这么漂亮？”拉基京挖苦她。

“你别嘲笑我的打扮，拉基京，你还不完全知道我这颗心！只要我愿意，我就把这衣服撕了，马上就撕，现在就撕。”她大声嚷道，“拉基京，你不知道我为什么要打扮！也许我要走到他面前对他说：‘你以前见过我这样漂亮吗？见过没有？’当初他抛弃我的时候我才十七岁，瘦得像痨病鬼，动不动就哭鼻子。现在我要坐到他身边引诱他，逗得他火烧火燎的，我要对他说：‘你看我现在多漂亮！但没你的份，亲爱的先生。肉到了嘴边，但你吃不着！我这样打扮也许就是为了这个目的，拉基京。”格鲁申卡最后恶狠狠地笑着说，“阿廖沙，我这个人脾气暴，性子烈。我可以撕了我这身衣服，把自己弄成残废，毁坏自己漂亮的容貌，烧坏自己的脸蛋，用刀子割几条，然后去讨饭。我不愿意的话，我现在哪儿也不去，谁也不去找，要是我愿意，明天可以把库兹马给我的东西、给我的钱，统统还给他，我自己一辈子就去打零工！……你以为我做不到吗，拉基京？我没有这个胆量吗？我做得到，一定做得到。我可以立即做到，只是别惹我光火……那家伙我也可以把他赶走，羞辱他一番，不让他见我！”

最后几句话已经是歇斯底里大喊大叫了，但她还是忍不住用双手捂住脸，扑倒在靠垫上，哭得浑身哆嗦。拉基京从座位上站起来。

“该走了，”他说，“时候不早了，修道院要不让进了。”

格鲁申卡猛地从沙发上跳起来。

“阿廖沙，难道你要走了？”她又伤心又惊讶地喊道，“你现在到底要拿我怎么样？你搅得我热血沸腾，你把我折磨得痛苦不堪，现在又让我一个人整夜留在这儿！”

“总不能让他在你这儿过夜吧？不过要是他愿意——那就让他留下吧！我一个人先走！”拉基京挖苦说。

“给我闭嘴，你这混蛋。”格鲁申卡愤怒地对他吼道，“他来跟我说的这些话你就从来没有对我说过。”

“他对你说了些什么呀？”拉基京气呼呼地嘟囔说。

“他对我说了些什么，我不晓得，我不知道，一点儿也不知道，但这些话说到我心坎里了，他把我的心兜底翻了过来……他是第一个可怜我的人，也只有他一个人可怜我，就是这么回事！我的小天使啊，你为什么不早些来呀！”她突然跪在他面前，仿佛发了疯似的，“我一辈子都在期待像你这样的人，我早知道会有这样的人来宽恕我。我早就相信像我这样下贱的人也会有人爱的，而且也不单单是因为好色才爱我！……”

“我哪里有这么大的本领？”阿廖沙感动得微笑着回答说，俯身温柔地拉住她的手，“我只是递给你一根葱，一根小小的葱，仅此而已！……”

说完，他自己也哭了起来。正在这时候，过道里传来一阵响声，有人走进了外室。格鲁申卡惊恐万分地一跃而起。费妮娅吵吵嚷嚷地跑了进来。

“小姐，小姐，送信的人来了！”她气喘吁吁地大声说道，显得非常兴奋，“莫克罗耶的马车接你来了，车夫季莫费驾着三套马车，这会儿正在换新马呢……信，信，小姐，这是给您的信！”

信在她手里，她一面喊，一面不停地在空中挥舞着。格鲁申卡从她手里夺过来，凑到灯光前看。这是一张便条，没几行字，她一下子就看完了。

“他叫我去呢！”她喊道，一丝苦笑使她惨白的脸变了形，“他吹口哨了！爬过来吧，小狗！”

她似乎犹豫了一会儿，接着，她浑身的血液突然涌向头部，两颊通红，像在燃烧似的。

“我去！”她突然大声喊道，“我等了整整五年！再见了！再见了，阿廖沙，我的命运已经决定了……你们走吧，走吧，你们现在都给我出去，我再也不想见到你们了！……格鲁申卡要飞向新的生活……拉基京，我有什么对不起你的地方，请你别记恨，也许我是在走向死亡！唉，我好像喝醉了酒似的！”

她突然撇下他们，跑到自己卧室里去了。

“好了，现在她顾不上我们了！”拉基京嘟囔说，“咱们走吧，要不这女人又要大喊大叫了，她这样哭哭啼啼地大喊大叫已经令我讨厌了……”

阿廖沙身不由己地跟着他走了出去。院子里停着一辆四轮马车，车夫正在卸马，几名仆人提着灯在来回奔忙。从敞开的大门外牵来三匹精壮的马。阿廖沙和拉基京刚走下台阶，格鲁申卡卧室的一扇窗突然打开了，只听得她用清脆的声音朝阿廖沙背后喊道：

“阿廖沙，替我向你哥哥米佳问好，你告诉他，叫他别记恨我这坏女人。你要把我的原话转告他：‘格鲁申卡跟一个混蛋走了，而没有跟你这高尚的人走！’请你再对他说，格鲁申卡只爱过他一小时：总共才爱过一小时，叫他从今以后一辈子都记住这一小时。你就说：‘格鲁申卡嘱咐你一辈子都要记住！……’”

说到最后她已经泣不成声。窗子砰的一声关上了。

“哼！”拉基京笑着说，“捅了你米佳哥哥一刀，还要让他记住一辈子。真是杀人不见血！”

阿廖沙什么也没回答，仿佛根本没听到似的。他在拉基京身边走得很快，好像急着要赶到哪儿去。他好像昏昏沉沉似的，只是机械地移动着脚步。拉基京好像被什么东西突然扎了一下，好像有人用手指触动了他的新伤口，刚才他带领阿廖沙去见格鲁申卡的时候，根本没有料到会出现这样的情况，最后的结局跟他的期望大相径庭。

“她那位军官是波兰人。”他又开口说了，努力克制着自己，“现在他已经不再是军官了，在西伯利亚靠近中国边境的海关当差，说不定是个又瘦又小的波兰人。据说他丢了饭碗，现在听说格鲁申卡积了一笔钱，才回过头来找她了——全部的奥秘就在这里。”

阿廖沙依然仿佛没听见似的，拉基京按捺不住了。

“怎么，你改变了那个有罪的女人？”拉基京恶狠狠地嘲笑阿廖沙，“你使那个放荡的女人改邪归正了？你把附在她身上的七个魔鬼统统赶走了[①]，是吗？我们以前期待的奇迹都在这里出现了！”

“别说了，拉基京。”阿廖沙满心痛苦地说。

“现在你因为我刚才拿了二十五个卢布而‘瞧不起’我了吗？说我出卖了真正的朋友[②]。可实际上你不是基督，我也不是犹大。”

“哎呀，拉基京，说实在的，这件事我都已经忘了。”阿廖沙大声说道，“现在你自己提醒了我……”

拉基京已经怒不可遏了。

“你们统统给我见鬼去吧。”他突然大声吼道，“真是活见鬼，我怎么跟你扯到一块儿了！从今以后我再也不想见到你了，你一个人走吧，你走你的路！”

---

① 耶稣复活赶走了玛利亚身上的七个魔鬼。详见《圣经·新约·马可福音》第16章第9节。

② 拉基京出卖阿廖沙，类似情节见《圣经·新约·马太福音》第26章第14—15节。

他猛地一转身，朝另一条路走去，把阿廖沙孤零零地扔在黑暗中。阿廖沙出了城，穿过田野向修道院走去。

四　加利利的伽拿[①]

阿廖沙回到修道院的时候，按照修道院平时的习惯，已经算是很晚了。看门人是从边门放他进去的。时钟已经敲过九点——经过一天的纷扰之后大家该休息和平静下来了。阿廖沙小心地打开了门，走进长老的修道室——现在他的灵柩就停在里面。除了巴伊西神甫和年轻的修士波尔菲里，修道室里没别的人。巴伊西神甫孤零零地在灵柩边诵读福音书，而波尔菲里，因为昨天听长老谈话熬了一夜，今天又忙碌了一天，已经累得躺在另一间屋子的地板上熟睡。巴伊西神甫虽然听到阿廖沙走了进来，但连看都没有看他一眼。阿廖沙进了门，转身走到右面的角落里，跪下来开始祈祷。他百感交集，但又理不出一个头绪来，没有哪一种感觉鲜明突出，恰恰相反，它们彼此倾轧，互相替代，仿佛在那里悄悄地循环轮回。然而阿廖沙的心里却甜滋滋的，说来也怪，他对此并不感到惊讶。他眼前又看到了这灵柩，看到了这个被盖得严严实实的对他十分宝贵的死者，但内心再也没有像今天早晨那样撕心裂肺、痛苦不堪。他一进门就跪到灵柩跟前，像朝拜圣物一样，但在他的头脑和心灵中却涌动着喜悦之情。修道室的一扇窗开着，空气清新而凉爽。阿廖沙想：既然决定打开窗户，那说明臭味变得更浓烈了。关于臭味的想法，虽然前不久使他感到可怕和丢脸，现在却再也无法在他的内心勾起原来那种痛苦和愤慨。他开始轻轻地祈

① 据《圣经》记载，耶稣在加利利的伽拿显现奇迹，将水变成酒。

祷，但过了不久连他也感到自己几乎在机械式地祈祷。各种想法的零碎片段在他心里闪过，像星星那样闪烁，飘忽不定。但同时却有一种完整、坚固、令人宽慰的东西主宰着他的心灵，这一点他自己也意识到了。有时候他满怀激情地祈祷起来，渴望表示感谢和爱……但是刚一开始祈祷，又突然走神了，想起了别的事情，忘记了祈祷，忘记了究竟是什么东西打断了祈祷。他想听巴伊西神甫诵读《圣经》，但他实在太疲倦了，便渐渐打起盹儿来……

“第三日，在加利利的伽拿有娶亲的宴席，”巴伊西神甫在诵读，“耶稣的母亲在那里，耶稣和他的门徒也被请去赴宴[①]。”

“娶亲？这是怎么回事……娶亲……”这想法像旋风似的在阿廖沙脑海里掠过，“她也有幸福……去赴宴了……不，她没有带刀子，没有带刀子……这不过是句‘伤心话’……当然……伤心的话应该原谅，一定要原谅，伤心的话安慰心灵……不然人们太痛苦了。拉基京走进了死胡同，只要拉基京总是想着自己受到的委屈，他永远只能走进死胡同……可是路呢……路又宽又直，像水晶般明亮，路的尽头是太阳……啊？……在读什么？”

“……酒用尽了，耶稣的母亲对他说：他们没有酒了……”阿廖沙蒙眬中听到了这句话。

“哎呀，我刚才听漏了，我本来不想听漏的，我很喜欢这一段：这是讲加利利的伽拿，第一桩奇迹……啊，这是桩奇迹，这是件令人愉快的奇迹！耶稣第一次创造奇迹的时候，洒向人间的是欢乐，而不是痛苦，他增添了人间的欢乐……‘凡爱人者必爱其欢乐……’这是已故长老经常不离口的一句话，也是他最重要的思想……没有欢乐就无法生活，米佳说……是的，是米佳说的……凡是真实而美好的东西，始终充满宽恕一切的精神——这也是他说的。”

---

① 见《圣经·新约·约翰福音》第2章第1—10节。

“耶稣对他说：母亲，我与你有什么相干？我的时候还没有到。他母亲对仆人说：‘他告诉你们什么，你们就做什么。’”

“就做什么……赐予穷人欢乐，赐予很穷的人们欢乐……既然在娶亲的宴席上酒也不够喝，那当然是穷人……历史学家说，格尼萨莱斯湖沿岸及附近地区当时居住着一些最贫穷的人，要多穷有多穷……现在在场的另一个伟大的人——他的母亲——的那一颗伟大的心知道，他的降临并不是单单为了完成自己伟大而可怕的业绩，他的心也能体验那些愚昧憨厚，亲切地邀请他参加寒碜婚宴的人们那种天真无邪的欢乐。‘我的时候还没有到。’他带着安详的微笑说（他准是对她温顺地笑了一下）……他降临人间难道真的是为了使穷人的婚宴上增添一些酒吗？他是遵照她的请求去做这些事的……啊，他又在诵读了。”

“耶稣对仆人说：‘把缸倒满了水，他们就倒满了，直到缸口。’”

“耶稣又说：‘现在可以舀出来，送给管宴席的。’他们就送了去。管宴席的尝了那水变的酒，并不知道是哪里来的。只有舀水的仆人知道。管宴席的便叫新郎来。对他说：‘人都是先摆上好酒，待客喝足了，才摆上次的；你倒把好酒留到如今。’”

“但这是怎么回事，这是怎么回事？为什么这屋子变得越来越大……噢，对了……这是在娶亲，办喜宴……是的，当然是这样，这里有宾客，这里坐着一对新人，还有嬉闹的人们，还有……那位聪明的管宴席的人在哪儿？这人是谁？他是谁？这屋子又变大了……从大桌子后面站起来的那人是谁？怎么……他也在这儿？他不是躺在棺材里吗？……但他也在这儿……他站起来了，他看到我了，朝这儿走过来了……主啊！……”

是的，他走过来了，他走到他面前了，这干瘪瘦小的老人，满脸细小的皱纹，愉快而安详地笑着。棺材已经不见了，他还是穿着昨天客人们聚集在那儿跟他谈话时穿的那件衣服。他的脸全部露在外面，两只眼睛闪闪发亮。这是怎么回事，也许他也是来喝喜酒的，也是应邀来参加加利利的伽拿的婚礼……

“亲爱的，我也是他们再三邀请来的。”有一个很轻的声音在他头顶上说，“你为什么躲在这里，是不想让别人看见吗……你也到我们这儿来吧……”

这是他的声音，佐西马长老的声音……既然他在那儿叫他，怎么会不是他呢？长老伸手去扶阿廖沙。他站了起来。

“我们很快活。”干瘪瘦小的老人说，“我们在喝新的酒，新的、巨大的欢乐之酒。你看，那么多客人！这是新郎新娘，这是管宴席的聪明人，他在品尝新酒。你为什么这样奇怪地看着我？我施舍了一根葱，所以也到这儿来了。这里许多人也都只是施舍了一根葱，小小的一根葱……你问我们的事情怎么啦？你啊，我一声不响的乖孩子，你今天也把一根葱施舍给了一名饥渴难耐的女人。开始干吧，亲爱的孩子，开始做你的事情！……你看见我们的太阳了吗？你看见了没有？”

“我害怕……我不敢看……”阿廖沙轻轻地说。

“不要怕他。他的威严令我们害怕，他的崇高令我们敬畏，但是他仁慈无比，由于爱，他的形象跟我们相似，他跟我们一起欢乐，为了不让客人们扫兴，他把水变成酒，他等待着新的客人，不停地召唤新的客人，万世不息。你看，又添上了新酒，又端来了杯盘……”

阿廖沙只觉得内心有什么东西在燃烧，浑身被什么东西塞得满满的，感到发胀发疼，欣喜的眼泪从心中奔涌而出……他伸出双手，惊叫一声，醒了……

眼前又是灵柩、敞开的窗户，耳边又响起平静、庄重、悠扬的读经声，但阿廖沙不再去分辨在读什么了。说来也真奇怪，刚才他是跪在地上睡着的。现在醒过来的时候却站在那儿。突然，他离开原地，跨了三大步就走到了灵柩跟前，连肩膀碰到了巴伊西神甫也浑然不觉。巴伊西神甫抬起头朝他迅速看了一眼，但又立即把目光移开了，他知道这年轻人发生了奇妙的变化。阿廖沙朝那灵柩，朝那戴着缀有八角形十字架的修士帽、胸前放着圣像、浑身裹得严严实实、直挺挺躺在棺材里的死者看了大约半分钟。刚才他还听到他的声音，这声音现在还萦绕在他耳边，他还在仔细聆听，还在期待着他继续说下去……可是突然间他猛地一转身，走出了修道室。

他在门廊里也没有停留，快步走下了台阶。他那充满喜悦的心灵渴望着自由，渴望着广阔的天地。他头顶上方的天穹广漠寥廓，繁星点点。隐隐约约的银河幻化成两道光影从天顶一直绵延到地平线，清新、寂静的黑夜笼罩着大地。教堂的白色屋顶和金黄色的塔尖在蓝宝石般的夜空中闪闪发亮。房子周围花坛里那些绚丽多姿的秋花在沉睡中等待天明。地上的寂静似乎与天上的寂静融为一体，人间的秘密与群星的秘密彼此相通……阿廖沙站在那儿凝神细看。突然，他脚下像被人砍了一刀似的，直挺挺地扑倒在地上。

他不知道自己为什么拥抱大地，他也不明白为什么这样迫不及待地要亲吻它，巴不得吻遍整个大地。他一边吻一边哭，哭得泪流满面，他疯狂地发誓要爱它，永远爱它。“用你喜悦的眼泪洒满大地并且爱你的眼泪……”这句话在他心中回响。他哭什么呢？啊，他是因为狂喜而哭泣，他甚至为浩瀚无垠的天空中向他熠熠发亮的繁星而哭泣，而且对自己的疯狂也并不感到羞愧。来自上帝的大千世界的无数条线索一下子在他心灵中汇聚起来，这颗心灵因为“与另一个世界相沟通”而战栗不已。他渴望宽恕所有的人，宽恕万事万物，并且不是为自己，而是为所有人，为万事万物而请求宽恕。“别人也会为我请求宽恕的”——这句话又在他心中回荡。他越来越清晰而具体地感到，似乎有某种像这苍穹一样稳固而不可动摇的东西正在进入他的心灵，似乎有某种理想正在主宰他的头脑——将要主宰一辈子，直到永远。他倒地的时候还是个软弱的青年，而站起来的时候已经成了终生威武不屈的战士，而这一点他是在这喜不自胜的时刻突然意识到并感觉到的。阿廖沙今后一辈子都永远永远不会忘记这个时刻。“在那一刻有人走进了我的心灵。”后来他经常坚信不疑地这样说。

三天后他离开了修道院，这符合已故长老吩咐他“到俗界去生活”的遗言。

第八卷
米佳

一 库兹马·萨姆索诺夫

格鲁申卡飞向新的生活之前，“吩咐”阿廖沙转达她对德米特里·费奥多罗维奇最后的问候并要他永远牢记她一小时的爱情；而德米特里·费奥多罗维奇由于对格鲁申卡出现的新情况一无所知，此刻正焦躁不安，忙乱得像热锅上的蚂蚁一般。最近两天，他的心情简直难以想象，正像他以后所说的那样，真的可能得脑炎。阿廖沙昨天早上没有找到他，他的弟弟伊凡在那一天也未能和他在小酒店里见面。他住所的房东根据他的命令对他的行踪秘而不宣。这两天他确确实实在到处奔波，“在与自己的命运做斗争，寻求生路”，就像他以后所说的那样，甚至为了一件急事而离开了小城几个钟头，尽管他非常害怕离开，他不想让格鲁申卡哪怕有一瞬间脱离他的监视。所有这一切以后都会以文件的形式详细说明。这是他一生中可怕的两天，我们现在仅仅把这两天中发生的最主要的事情勾勒一下，这些事都发生在可怕的惨祸突然降临到他身上之前。

格鲁申卡虽然真心诚意爱了他一小时，这是事实，但同时她对他的折磨有时也真够残忍和无情的。关键是他捉摸不透她的意图。对她软硬兼施，哄她讲出来是不可能的：她无论如何不会就范，反而使她生气，完全不睬他，这一点他很清楚。当时他的猜测很正确，她自己正进行思想斗争，举棋不定，因此他虽然满心恐惧，却并非毫无根据地假设，有时她一定恨他和他的热情。也许确实是这样，但格鲁申卡究竟有什么伤心事，他还是百思不得其解。事实上对于他来说，使他痛苦的全部问题无非是有两种选择："或者选他，米佳；或者选费奥多尔·巴夫洛维奇。"这里顺便指出一件确凿无疑的事实：他完全相信费奥多尔·巴夫洛维奇一定会向格鲁申卡提议（如果他还没有提出的话）正式结婚，他从来都不相信这个老淫棍真的指望只用三千卢布就能敷衍过去。米佳因为深知格鲁申卡和她的性格才得出了这样的结论。这就是为什么有时造成一种印象，似乎格鲁申卡的痛苦和犹豫是因为她不知道在两人之中选择谁，选择谁对她更有利。说来奇怪，他在那几天里甚至一点都没有想到"军官"马上就会到来。这个军官就是决定了格鲁申卡命运的那个人，她正怀着激动和恐惧的心情期待着他的到来。确实，在最近几天里，格鲁申卡压根儿不与他谈及此事。但他从她本人那里完全知道她在一个月以前接到过去勾引她的那个人的来信，而且也了解这封信的部分内容。当时，格鲁申卡一气之下，把这封信给米佳看了，可是令她惊讶的是，他根本不把它当作一回事。个中原委也很难说清楚，也许只不过是由于自己与生身父亲为了这个女人争风吃醋而感到不成体统和可怕，因而他已经不能再为自己设想更加可怕、更加危险的情况了，至少当时是这样。他甚至根本不相信销声匿迹五年之后不知从哪里突然冒出来一个未婚夫，尤其不相信他马上就会来。而且在给米佳看过的"军官"的第一封来信中，谈到这位新的情敌即将回来是很不确定的：这封信非常含糊，辞藻华丽，充满了感伤的情调。应该指出，格鲁申卡那次向他隐瞒了信里谈到回来比较肯定的最后几行字。而且米坚卡后来还想起，他当时觉察到格鲁申卡本人对这封西伯利亚的来信似乎不知不觉地流露出一种傲慢和轻蔑的表情。此后，格鲁申卡一点儿也没有向米坚卡透露与这位新的情敌继续来往的情况。因此，他逐渐把这位军官完全忘记了。他只想到，无论出现什么情况，发生什么变化，与费奥多尔·巴夫洛维奇日益临近的最后搏斗已迫在眉睫，应该最先解决。他满怀恐惧，每时每刻都期待着格鲁申卡的决定，一直相信这种决定会像灵感一样突然出现。她会突然对他说："带我走，我永远属于你。"事情就此了结：他就赶紧搀着她，马上远走高飞。啊，马上带她到遥远的地方，如果不是天涯海角，那也一定到俄国的一个边远地区，在那里和她结婚，秘密[1]定居下来，任何人，无论是这里的也好，或是别处的也好，都不知道他们的情况。那时，啊，那时候一种崭新的生活便马上开始了！他时时刻刻疯狂地向往着另一种“情操高尚”的新生活（一定，一定要情操高尚的），他渴望复活和新生。他自己心甘情愿陷进去的那个泥潭使他太苦恼了，因而他像处于类似境遇中的许多人一样，非常相信只要改换地方，只要与这些人无关，只要摆脱这种环境，只要能冲出这种鬼地方——那么一切都会新生，完全改观。这就是他坚信和梦寐以求的理想。

但这不过是第一种可能——问题**顺利**解决。还有另一种可能，它会引出完全不同的，而且是非常可怕的结局。她会突然对他说：“你走吧，我决定和费奥多尔·巴夫洛维奇结合，嫁给他，不需要你了。”那样的话……那样的话又怎样呢，米佳确实不知道那时候会怎么样，直到最后一小时他都不知道，这是应该替他证明的。他没有明确的打算，也没险恶的阴谋。他无非是在监视、刺探情况和经受痛苦，但他毕竟在争取第一种幸福的结局，甚至一直在排斥任何别的想法。于是这又引起了另一种完全不同的痛苦，出现了另一种新的、但也是致命的、无法逾越的障碍。

这就是假如她对他说“我是你的，带我走”，那么他怎样带她走呢？他哪儿有钱这样做呢？费奥多尔·巴夫洛维奇多年来一直不断地支付给他的收入恰好在这个时候中止了。当然，格鲁申卡有钱，可是米佳在这方面却异常高傲：他想用自己的钱而不是用她的钱把她带走并与她一起开始新的生活。他甚至不能想象他会去拿她的钱。他因为这一想法而苦恼万分。关于这件事我这里就不多说了，也不对它进行分析，只是指出，那时他的心情便是这样。这种心理的产生可能是间接的，甚至下意识地出自内心深处的隐痛，因为像小偷一样占有了卡捷琳娜·伊凡诺芙娜的钱而受良心谴

---

①原文为拉丁文。

责：“在一个女人面前是卑鄙小人，在另一个女人面前还是卑鄙小人。”他当时想，后来自己也这样承认，“而且格鲁申卡要是知道了，那么她自己是决不会要这样的卑鄙小人的。”总之，上哪儿去搞钱？上哪儿去搞到这些要命的钱呢？不然全都完了，一事无成，“唯一的原因就是钱不够，啊，真丢脸！”

我提前说一下：问题在于，他也许知道从哪儿能搞到钱，也许他知道这笔钱放在哪儿。对此我不再多说，因为以后都会弄清楚的，但我还是要讲明他的难处究竟在哪里，虽然也未必能讲清楚。为了要拿到放在某处的钱，为了**有权利**得到它，必须先还给卡捷琳娜·伊凡诺芙娜三千卢布——不然“我就是扒手，是卑鄙小人，而我不愿以卑鄙小人的身份开始新的生活”，米佳这样决定了；因此他决心在必要的时候闹他个天翻地覆，无论如何**首先**要把三千卢布还给卡捷琳娜·伊凡诺芙娜。他最终做出这个决定可以说是在他生命的最后时刻，即两天前的晚上在路旁，与阿廖沙最后一次见面之后，就在格鲁申卡侮辱了卡捷琳娜·伊凡诺芙娜以后；当时米佳听完了阿廖沙的叙述后，承认自己是卑鄙小人，并要阿廖沙向卡捷琳娜·伊凡诺芙娜转达这层意思，“如果这多少能减轻她的痛苦的话”。就在那天晚上，与弟弟分手之后，他在盛怒之下感到即使“杀人越货，也要还清卡佳的债”。“与其让卡佳有权利说我背叛了她，偷了她的钱，用她的钱和格鲁申卡一起私奔，去过高尚的生活，还不如去杀人越货，让大家把我当成一个杀人凶手和小偷，流放西伯利亚！我决心这样做！”米佳咬牙切齿地这样说，他有时真的以为他将死于脑炎。但目前他还要挣扎一番……

实在非常奇怪：看来，下了这样的决心之后，除了绝望之外，他确实已经无路可走了；因为像他这样的穷光蛋一下子从哪儿去弄到这笔钱呢？可是他却一直抱有希望，认为他能搞到三千卢布，这笔钱自己会跑来或飞到他手里，甚至会从天上掉下来。所有像德米特里·费奥多罗维奇那样的人往往都是这样，他们一辈子只会白白挥霍浪费所得的遗产，至于怎样赚钱却一窍不通。两天前他与阿廖沙分手之后，离奇古怪的念头旋风似的在他的脑海里打转，搅得他的思想混乱不堪。结果，他走出了最荒唐的一步。是的，也许正是处于这等境地的人才会把最不现实和最荒唐的办法想象成唯一可行的办法。他突然决定去找商人萨姆索诺夫，格鲁申卡的保护人，向他提出一份“计划”，利用这个计划从他那儿一下子得到所需的全部款项。从交易的角度来看，他对自己的计划毫不怀疑，但如果萨姆索诺夫不仅从交易的角度去看，不知道他将会怎样对待他的不合情理的举动。米佳虽然见到过这个商人，但并不熟悉，甚至一次也没有和他交谈过。但不知为什么他早就形成了一个牢固的信念：这个年迈的、已经奄奄一息的好色之徒目前绝不会反对格鲁申卡清清白白地安排自己的生活，嫁给一个“可靠的人”。不仅不会反对，而且他本人也希望这样，如果有机会，说不定还会成人之美呢。不知是根据道听途说，还是格鲁申卡有什么说法，他还断定老人可能认为他对于格鲁申卡要比费奥多尔·巴夫洛维奇更为合适。也许，我们这部小说的许多读者会觉得，从德米特里·费奥多罗维奇方面来说，指望得到这种帮助以及从保护她的人手里夺取未婚妻的意图未免太不成体统和令人厌恶了。我现在只是指出，格鲁申卡的过去在米佳看来已经彻底结束。他对她的过去无限同情，并怀着强烈的热情断定，如果格鲁申卡向他说明她爱他并愿意嫁给他，那么她马上就脱胎换骨，而他，德米特里·费奥多罗维奇也将随之洗心革面，双双白璧无瑕，品格高尚：他们俩相互谅解并开始一种全新的生活。至于说到库兹马·萨姆索诺夫，那么他把他当作在格鲁申卡原先坎坷经历中她命中注定的孽障，可是她从未爱过他，而且最主要的是他已经“过去了”，结束了，因此他现在已不复存在。更何况米佳现在甚至根本不把他当作一个人，因为城里每个人都明白，他现在无非是一个卧床不起的废物，跟格鲁申卡可以说保持着一种父女关系，与原来的情况完全不同，而且早已如此，快要有一年了。总之，从米佳方面来说，这里有许多天真的想法，因为他尽管行为放荡，却是一个很天真的人。正由于自己的天真，他也就坚信年迈的库兹马在准备去见上帝以前，为了自己与格鲁申卡过去的一段经历而真心诚意地忏悔，她现在再也没有比这个与世无争的老人更为忠实的保护人和朋友了。

在路旁与阿廖沙谈话之后的那个晚上，米佳几乎整夜都没有睡；第二天早上十点钟左右，他来到萨姆索诺夫的宅邸，吩咐仆人通报他来访。这是一座古旧、阴森森的房子，占地很大，两层楼，与院子里的建筑和厢房连成一片。在底层住着萨姆索诺夫已成婚的两个儿子以及他们的家眷，他的一个老姊妹和一个没有出嫁的女儿。厢房里住着两位管家，其中一个家口众多。无论儿女或是管家都住得很挤，而整个二楼则由老人一人独占，甚至不许照料他的女儿去住，而她在规定的时间和听到他随时的召唤，就不得不每次从楼下奔到楼上，尽管她有哮喘的老毛病。这层“楼面”有许多讲究的大房间，家具布置完全是老式商贾气派，墙壁四周放着长长一排笨重的红木圈椅和凳子，顶上的玻璃枝形吊灯包着布套，窗户之间的墙壁上嵌着几面阴冷的镜子，这些房间都空着没有人住，因为病恹恹的老人只蜷缩在一个小房间里，在自己僻静的小卧室里，由一名包着头巾的老女佣和一个一直坐在前室的长木柜上的“小伙子”侍候。由于双脚浮肿，老人几乎完全不能行走，只是偶尔才从皮圈里站起来，由老女佣搀扶着在房间里走上几步。他很严厉，甚至对这个老女佣也不讲什么话。当向他禀报“上尉”来访时，他马上吩咐拒绝。但米佳坚持要见，仆人只好再次禀报。老人详细询问了小伙子：他看上去怎样？有没有喝醉？是不是胡搅蛮缠？结果他听到的回答是：“他没有醉，但不肯离开。”老人再次吩咐不见客。米佳早有预见，特意带上了纸和铅笔，以防万一。这时，米佳就在一小片纸上写了一行字“有要事商量，与阿格拉费娜·亚历山德罗芙娜密切相关”，便让仆人把这张条子送去给老人。老人稍加考虑以后，便吩咐小伙子带客人到客厅里去，再派女佣下楼叫小儿子立刻上楼来见他。他的小儿子身高二俄尺十二寸①，力大无比，不留须，穿着德国式的服装（萨姆索诺夫自己穿着长袍，留着胡须），马上俯首听命上来了。他们全部在他面前诚惶诚恐。父亲把人高马大的儿子召来并非害怕上尉，他根本不是胆小怕事的人，只是以防万一，有一个见证罢了。他由他的儿子和小伙子搀扶着，终于步履艰难地来到了客厅。可以想见，他感到了某种相当强烈

① 1 俄尺等于 16 俄寸。1 俄寸约合 4.4 厘米。2 俄尺 12 寸约合 1.936 米。

的好奇。米佳所在的大厅是一间阴森而使人感到压抑的大而无当的房间，上下两排窗户，带有厢座，墙壁用“人造大理石”砌成，顶上挂着用套子包着的三架玻璃枝形大吊灯。米佳坐在大门旁的椅子上，焦灼不安地等待着决定自己的命运。当老人出现在对面一个门口，距离他的座椅还有十俄丈左右时[1]，米佳一跃而起，迈开坚定的军人式的步伐，大步迎了上去。米佳穿戴整齐，常礼服紧扣着，戴了一副黑手套，手里拿着圆形礼帽，完全与三天前在修道院长老那里与费奥多尔·巴夫洛维奇和两个兄弟举行家庭聚会时一模一样。老人摆出一副傲慢和威严的样子站着等他，米佳立刻感到，当他走近他的时候，老人已经对他上下打量了一遍。库兹马·萨姆索诺夫近来特别浮肿的脸也使米佳大为惊讶：他那本来就很厚实的下唇现在像耷拉着的一块馅饼。他傲慢地默默向客人行礼，指了指沙发旁的圈椅请他坐下，自己则依撑着儿子的手臂，一面发出痛苦的呻吟，一面在米佳对面的沙发上缓慢地坐了下来。米佳一看到他痛苦费力的样子，便立刻为自己打扰了这位威严的老人以及在他面前显得猥琐卑微而感到后悔和羞愧。

“先生，您找我有何贵干？”老人坐下后问道，他说话很慢，吐字清楚，神情严肃，但还算客气。

米佳哆嗦一下，刚要跃身起立，转念又坐了下来。接着他马上大声说了起来，语速很快，神情激动，挥舞着手，简直像发疯似的。显然，这个人已经无路可走，回天乏术，急于找一条最后的生路，要是找不到，那就只有马上投河自尽。萨姆索诺夫老头儿大概一下子就明白他的处境，虽然他的脸部表情像泥塑木雕一样毫无变化和冷漠。

“高贵的库兹马·库兹米奇，您大概已经多次听说我与家父费奥多尔·巴夫洛维奇·卡拉马佐夫的冲突，他在家母去世以后，夺走了我的遗产……这件事已闹得满城风雨……因为这里的人对于不必张扬的事都

① 1 俄丈等于 2.134 米。

津津乐道……此外，也可能从格鲁申卡那儿听到……请原谅，从阿格拉费娜·亚历山德罗芙娜……从我非常尊敬和器重的阿格拉费娜·亚历山德罗芙娜那儿……”米佳刚开始说便结结巴巴。不过我们不必逐字逐句引出他的全部讲话，而只是转述它的内容。据说，事情是这样：他，米佳，还在三个月以前故意找了省城的律师咨询（他正是说了“故意”，而不是特意），“库兹马·库兹米奇，是一位著名的律师科尔涅普洛多夫，您大概也听说过吧？绝顶聪明，几乎是治国安邦之材……他也认识您，对您的评价极高……”米佳又说不下去了。但是他并没有因此而住口，他马上跳了过去，竭力继续说下去。据说，这个科尔涅普洛多夫详细询问和研究了他所提供的全部文件（米佳谈到文件时含糊其词，讲得也特别局促）之后，认为契尔马什尼亚田庄是母亲留给他的遗产，理应属于他米佳，关于田庄的归属完全可以提出诉讼，使这个荒唐的老头毫无办法……“因为并非所有的门都已关死，法律知道什么地方可以钻空子”。总之，可以指望从费奥多尔·巴夫洛维奇那儿获得六千卢布的补款，甚至是七千，因为契尔马什尼亚至少值二万五千卢布，也许，要值二万八千。“三万，三万，库兹马·库兹米奇，您想一想，而我，还没有从这个心狠手辣的人那儿拿足一万七千！……”但是，我，米佳，当即放弃了这个案子，因为我不会与法律打交道。但是，我一到这里，就碰上他要起诉，弄得我晕头转向（在这里米佳又说不清楚了，又是急急忙忙跳过去）：因此，高贵的库兹马·库兹米奇，您是否愿意接受我对这个恶棍的权利的转让，您只要付给我三千卢布就行了……我以我的名誉担保，您决不会吃亏，相反，您用三千能赚到六千……主要是这件事最好“今天立刻”了结。“我会替您向公证人，是这样叫的吧，或者那边还有别的叫法……总而言之，我什么都同意，我会交出您要的全部文件，在所有的文件上签字画押……我们马上可以完成这份文件，而且如果有可能的话，只要有可能，那么今天上午就可以……你最好把三千卢布给我……因为，这城里的资本家有谁能比得上您呢……您这样就使我摆脱了……总之，可以说，您为了最高尚的事业，为了最崇高的事业拯救了我这个可怜的人……因为我对某位女士怀有最高尚的感情，您对她太了解了，而且像慈父一样关怀她，不然的话，如果您不是像慈父那样对待他，我也不会来了。因此，也可以说三个人的脑袋撞在一起了，因为命运——是一头骇人的怪兽，库兹马·库兹米奇！要面对现实，库兹马·库兹米奇，只能面对现实！由于早就应该把您排除在外，那么只剩下了两个脑袋，我说话可能十分笨拙，不过我不是文学家。就是说一个是我的脑袋，另一个便是那个恶棍的脑袋。现在就请您选择吧：是我，还是那个恶棍？现在全部掌握在您手里——三个人的命运和两张签……对不起，我说话没有条理，但您能理解……我根据您的令人起敬的眼神看出您已经理解……如果您不理解，那么我今天只有去投河自尽了，就这么回事！”

米佳用“就这么回事”结束了自己的一席荒唐话，从座位上急忙站了起来，等待着对自己愚蠢的建议的回答。他说完最后一句话后就突然绝望地感到一切都完了，最糟的是说了一大堆荒唐透顶的话。“真奇怪，到这里来的时候感到一切都很有道理，而现在居然说了一大堆胡话！”在他已经绝望的头脑里突然闪现了这样的念头。在他讲话的时候，老人坐着纹丝不动，用一种冷若冰霜的眼光注视着他。库兹马·库兹米奇还是让他等了约有一分钟，然后才开口，语气十分坚决，毫无回旋余地。

“很抱歉，这类事我是不干的。”

米佳突然感到他的两条腿发软了。

“我现在怎么办呢，库兹马·库兹米奇，”他喃喃地说，露出了苍白的笑容，“我现在真的完了，您说呢？”

“对不起……”

米佳一直站着，直勾勾地瞪着眼睛，突然他发现老人的脸上动了一下。他不由得一阵哆嗦。

“您要知道，先生，我们干这类事不合适，”老人慢条斯理地说，“要开庭，请律师，真不好对付！要是您愿意，这里倒有一个人，您不妨找他去。”

“我的天，他是谁？您真是救了我，库兹马·库兹米奇。”米佳嘟嘟囔囔说了起来。

“他不是本地人，而且现在他也不在这里。他农民出身，做木材生意，外号叫‘猎狗’。一年前他就和费奥多尔·巴夫洛维奇谈判买你们契尔马什尼亚的树林，在价格上意见不一致，可能您已听说了。现在他恰好又来了，住在伊林斯基村的神甫家里，可能距离犍牛镇约十二俄里，在伊林斯基村。关于这件事他来过信，向我请教有关小树林的这宗交易。费奥多尔·巴夫洛维奇本人也想去见他。要是您赶在费奥多尔·巴夫洛维奇前面，并向‘猎狗’提出您对我讲过的想法，那么他说不定……”

“绝妙的主意！”米佳兴高采烈地打断了他，“正是他，正是他最合适！他做生意，人家向他要高价，可现在给他的正是产权文件，哈、哈、哈！”米佳突然笑了起来，笑声是那样短促、呆板，完全出人意料，甚至萨姆索诺夫的头都抖动了一下。

“我是多么感谢您，库兹马·库兹米奇。”米佳热情洋溢地说。

“没有什么。”萨姆索诺夫低下了头。

“可是您不明白，是您救了我，啊，是预感把我引到您这儿来的……好吧，我去找这位神甫！”

“不用谢。”

“我马上就去办。让您费心了。我永远不会忘记您，对您讲这句话的是一个俄罗斯人，库兹马·库兹米奇，一个俄罗斯人。”

“就这样吧。”

米佳刚要伸出手去拉住老人的手准备握几下，可是老人的眼睛里好像射出一道凶光。米佳赶紧把手缩了回来，但马上又责备自己多疑。“这是他累了……”他脑子里闪过了这种想法。

“为了她！为了她，库兹马·库兹米奇！您会明白的，这一切全是为了她！”他突然发出响彻整个大厅的一声叫喊，接着鞠了一躬，猛然转身，迈开急匆匆的大步，头也不回地直向门口冲去。他高兴得浑身打战。“真可谓到了山穷水尽的地步，但守护神来救了，”他的脑海在翻腾，“既然像这样一位干练的老人（最高贵的老人，多么有风度！）指点了这个方法，那么，那么……它肯定成功。现在得马上去。天黑以前我就回来，即使我深夜回来，但事情也一定办成了。难道这个老人会取笑我吗？”米佳在走回自己住所的路上不时惊呼，这也是必然的，他不可能有别的想法，就是说：要么这是一个有道理的建议（出自这样一个干练的人之口），非常在行，熟悉这个“猎狗”（多奇怪的叫法！），要么就是老人在嘲弄他！可惜，后面一个想法倒是唯一正确的。后来，这已经是很久以后了，惨祸已经完全发生，老萨姆索诺夫笑着承认，当时他嘲弄了“上尉”。这是一个狠毒、冷酷和好嘲弄的人，而且对人有一种病态的厌恶。也许是上尉狂热的样子，也许是因为这个“挥霍无度的败家子”居然愚蠢地相信萨姆索诺夫会被他那种荒谬绝伦的“计划”所吸引，也许是出于对格鲁申卡的妒忌，“这个好胡闹的人”竟以她的名义用这种莫名其妙的办法来向他要钱——我不知道是什么原因促使老人正好在米佳站在他面前，感到两腿发软，茫然叫着他完蛋了的瞬间——正好在这一瞬间老人恨之入骨地看了他一眼并想到要嘲弄他。米佳离开后，库兹马·库兹米奇气得脸色发白，命令儿子吩咐下去，以后不许这个穷光蛋上门，不要放他进院子，不然的话……

他没有说完他威胁的话，但连对他的狂怒习以为常的儿子都害怕得浑身哆嗦。一小时后，老人还气得浑身发抖，到了傍晚时分他就病倒了，吩咐去请“医生”。

二　“猎狗”

总之，必须“马上赶路”，可是要雇马车却连一个卢布也没有，就是说手里仅有两个二十戈比的钱币，这是他的全部钱财，是原先多年经济宽裕时所遗留下来的一切！但他家里还有一块旧银表，它早已不走了。他立即拿了表送到在市场上开了一个小铺子的犹太钟表匠那儿。钟表匠给了六个卢布。“我没有料到！”米佳十分满意地大叫（他一直保持着满意的心情），他拿了六个卢布就跑回家去了。回家后，他又向房东借了三个卢布，房东心甘情愿借给他，虽然这也是他们仅有的几个卢布，他们太喜欢他了。米佳在狂喜的心情下立刻向他们透露说，他的命运就可以决定了，并详详细细当然非常匆忙地告诉他们刚才他向萨姆索诺夫提出的几乎全部“计划”，还谈了萨姆索诺夫的决定，自己未来的希望，等等。以前房东也知道他的许多秘密，因而他们把他看作是“自己人”，而不是傲慢的老爷，米佳就这样凑了九个卢布，便派人去雇驿站马车到犍牛镇。不过这样一来，以下的事实也就成了确凿无疑的证据并被人们记住了：“在出事的前夜，中午时分，米佳身上一个戈比也没有，他为了搞到钱，卖掉了一块表，并向房东借了三个卢布，这一切都有人证。”

我预先指出这一事实，以后大家会知道我为什么要这样做。

在去犍牛镇的路上，米佳虽然由于乐观的预感而兴高采烈，因为他将最终了结和解决“那些问题”了，然而他还是害怕得浑身打战：他不在的时候格鲁申卡会不会出什么事情呢？会不会恰好在今天她最后下了决心去找费奥多尔·巴夫洛维奇呢？这就是为什么他没有把自己要离开这件事告诉她，并叮嘱房东决不能透露他的去向的原因。“今天傍晚，一定，一定要回来，”他在车里颠簸时不断念叨着，“而这个‘猎狗’，也许最好把他拖到这里来……签订合同……”米佳这样喜滋滋地幻想着，可惜他的幻想是注定不可能按照“他的计划”实现的。

首先，他离开犍牛镇以后走了乡间小道，因此去晚了。乡间小道其实不是十二俄里，而是十八俄里。其次，他到伊林斯基村的神甫家里没有见到他，神甫到邻村去了。米佳坐着由原先那几匹已经疲惫不堪的马拉的马车到邻村去找他时，天色已经黑了。神甫看上去是一个胆小、温和的人，他马上向他说明，这个“猎狗”虽然原先曾打算住在他家里，但现在却在苏霍依村，今天在护林人那里过夜，因为他在那里谈林子的生意。米佳再三请求神甫马上领他去见“猎狗”，“这样就可以救他一命”，神甫虽然起初犹豫不决，但还是答应陪他到苏霍依村，显然感到好奇；但糟糕的是他建议“步行”去，总共不过一俄里多的路程，米佳自然同意了，他迈着大步走了起来，而可怜的神甫跟在他后面几乎在奔跑。这是一个尚未老迈和异常谨慎的人。米佳马上和他谈起自己的计划，热情而激动地要他出主意对付“猎狗”，一路上讲个没完。神甫听得很专心，但很少谈自己的想法。对米佳的问题支支吾吾。“我不知道，哎哟，我不知道，我怎么会知道这类事”，诸如此类等等。当米佳谈到他与父亲在遗产上的冲突时，神甫甚至害怕起来，因为他在某些方面还依赖费奥多尔·巴夫洛维奇，不过他还是惊讶地询问了米佳为什么把这个做买卖的农民戈尔斯特金叫作“猎狗”，接着便向米佳做了必要的说明：即使他的外号真的叫“猎狗”，但他并不是也不能叫“猎狗”，因为这种称谓会使他非常气愤，一定要叫他戈尔斯特金，“不然的话，您根本无法和他打交道，他会不加理睬。”神甫说。米佳听了有点儿惊奇，便赶紧解释说，萨姆索诺夫就是这样叫他的。神甫一听到这种情况，马上就岔开去了。假如他当时能向德米特里·费奥多罗维奇说出自己的猜测——要是萨姆索诺夫本人让他去找这个“猎狗”那样的农民，那么他会不会出于某种动机在作弄人，会不会有什么问题？——那他就做了一件好事。但米佳根本顾不上这类“细枝末节”。他急急忙忙大步走着，只是到达苏霍依村时，他才发现，他们走了不是一俄里，不是一俄里半，而是三俄里；这使他十分恼火，但他还是忍住了。他们走进了一间农舍。神甫认识的护林人占了半间，过道那边另外干净的半间，是戈尔斯特金住的。他们进了这间干净的农舍，点燃了脂油蜡烛。房间烘烤得非常暖和，松木桌子上放着熄了火的茶炊，旁边有一个放着花碗的托盘，一只空的朗姆酒瓶，还有一瓶没有喝完的伏特加，以及吃剩的白面包。那位来客直挺挺地躺在长凳上，用皱巴巴的外衣当枕头垫在头下，打着闷鼾。米佳感到为难了。“当然要叫醒他：我的事太重要了，我急急忙忙赶来，今天还要赶回去。”米佳着急了。而神甫和护林人则默默地站着，也不表示自己的意见。米佳走上前去，开始唤他，而且使劲叫喊，但睡着的人仍然不醒。“他喝醉了，”米佳断定，“那我怎么办，天哪，我该怎么办呢！”他突然非常不耐烦地拉扯睡着的人的手脚，抓住他的头摇晃，把他架起来坐在长凳上。他花了好大的劲以后也只不过使那个人莫名其妙地哼了几声，接着就含糊不清地骂了起来。

“不行，您最好还是等一会儿吧，”神甫终于开口了，“因为他显然醒不过来了。”

“他喝了整整一天酒。”护林人附和说。

“我的天！”米佳叫了起来，“你们不知道我是多么需要找他，我现在是多么着急！”

“不，您最好等到明天早上。”神甫重复说。

“等到早晨！得了吧！这绝对不行！”走投无路的米佳几乎马上要扑过去弄醒这个酒鬼，但马上又停住了，因为他知道这是白费劲。神甫沉默着，睡眼惺忪的护林人满脸不高兴。

“现实给人们制造了多么可怕的悲剧！”米佳说道，他完全绝望了。汗珠从他脸上流淌下来。神甫乘机十分信服地劝说道，即使能把睡着的人唤醒，可是如果他醉了，仍然不能谈什么事，“而您的事又很重要，这样的话，还是等到早晨为好……”米佳双手一摊，只好同意。

“神甫，我就带着蜡烛留在这里，等待时机。他一醒过来，我就开始……蜡烛的钱我会付给你的，”他转向护林人说，“宿夜的钱也付，你会记得德米特里·卡拉马佐夫。只是您，神甫，我不知怎么办：您睡在哪儿呢？”

“不，我回家。我可以骑他的马回家，”他朝护林人指了指，“那么再见了，祝您愉快。”

他们就这样说妥了。神甫坐上马走了，很高兴终于得到了解脱，但还是不安地摇着头在想，要不要把这件奇怪的事明天预先通知他的保护人费奥多尔·巴夫洛维奇，“不然，万一他知道了会发火的，以后就不再给好处了。”护林人搔了搔头皮，一声不吭回到自己房间，而米佳就在长凳上坐了下来，像他所说的那样，等待时机。深沉的苦闷！像浓重的雾霭一样压在他的心头。深沉的、可怕的苦闷。他坐在那儿不断地想，但什么也没有想出来。蜡烛结起了烛花，一只蟋蟀嚯嚯叫了起来，炉火烧得很旺的房间变得异常闷热。突然他想象中出现了花园，花园后面的通道，他父亲家里的门神秘地打开了，格鲁申卡正跑进门去……他从长凳上跳了起来。

“惨啊！”他咬牙切齿地说，不知不觉走到酣睡的人跟前。这是一个枯瘦的、还没有衰老的庄稼人，长长的脸，一头灰褐色的鬈发，又长又细的浅红色胡须，穿着印花布衬衫和黑色背心，银挂表的链子露在背心口袋外面。米佳怀着无限的憎恨仔细打量这张脸，不知为什么他特别憎恨他有一头鬈发。最使他感到十分气恼的是：现在他，米佳，俯身站在他跟前，等着办急事，为此做出了多大的牺牲，丢下了多么重要的事，搞得筋疲力尽，而这个“掌握着我全部命运”的寄生虫，“似乎来自另外的星球，若无其事地呼呼大睡”。“啊，这是命运在作弄人！”米佳叫了一声，突然又扑过去叫唤喝醉了的庄稼人。他发狂似的扯他，推他，甚至打他，折腾了五分钟还毫无结果，他无可奈何地绝望了，回到原先的长凳上坐了下来。

“荒唐，荒唐！”米佳感叹说，“而且……这一切是多么丢人！”他不知为什么突然加了一句。他的脑袋开始剧烈胀痛：“难道就这样算了？干脆回去，”他闪过了这个想法，“不行，要等到早晨。我偏要留下来，偏要留下！我花了这么多精力到这儿来干吗？再说回去也没有马车了，现在怎样离开这儿呢，啊，真是荒唐透顶！”

他的脑袋越来越痛。他坐着不动，不记得怎样迷迷糊糊打起盹来，后来又突然睡着了。他大概睡了两小时，可能还不止。由于疼痛难忍而醒了过来，头痛得简直要大喊大叫。他的太阳穴怦怦地跳，脑门都快炸裂了。他醒来以后很长时间都不能完全清醒过来，他也不明白出了什么事。最后他才猜到，烤得暖烘烘的房间里充满了大量的煤气，他差一点因此而丧命，而喝醉了的庄稼人仍然躺着，打着呼噜。蜡烛熔化了，马上就快熄灭了。米佳大声呼叫起来，摇摇晃晃穿过过道，冲进护林人的房间。护林人很快就醒了，可是当他听说另一个房间里有煤气，虽然他也去张罗，却把这件事看得异常平淡，这使米佳恼火和惊讶。

“要是他死了，他死掉了，那时候……那时候怎么办？”米佳对着他疯狂地大叫。

门打开了，窗也打开了，烟囱管子也打开了，米佳从堂屋里拖来一桶水，先把水洒在自己头上，接着找了一块抹布，浸湿以后敷在“猎狗”头上。护林人继续对这件事表现出一种不屑一顾的神气，打开窗子以后，就闷声闷气地说了句“这样就行了”，便径自回去睡觉，给米佳留下了一盏铁制的提灯。米佳照料中了煤气的醉鬼约有半小时，一直用水淋他的头，他自己已经打定主意整夜不睡。但由于筋疲力尽，刚坐下想喘一口气，眼皮一合拢，便不知不觉伸开四肢，躺倒在长凳上，酣然入睡了。

他醒得非常晚。大约已经是早上九点钟了。明亮的阳光洒满了小屋的两扇小窗。昨天那个鬈发的庄稼人坐在长凳上，穿好了打褶的外衣。他面前的茶炉已经重新生了火，酒也换了一瓶。昨天的一瓶已经空了，而新的一瓶也已喝了一大半。米佳跃身而起，一下子猜到这该死的庄稼人又醉了，已是酩酊大醉，醒不过来了。他瞪着眼睛看了他片刻。庄稼人则不时对他瞅上一眼，一声不吭，神情狡黠。米佳觉得，他甚至带有一种侮辱人的镇静，目中无人的傲慢。米佳冲到他跟前。

“请允许，您要知道……我……您大概已从那屋里的护林人那儿知道：我是德米特里·卡拉马佐夫中尉，老卡拉马佐夫的儿子，您正想买下他的那片小树林……”

“你这是瞎说！”庄稼人突然一字一句说，坚决而又镇静。

“我怎么瞎说？您认识费奥多尔·巴夫洛维奇吗？”

“我不认识你的什么费奥多尔·巴夫洛维奇。”庄稼人拙笨地转动着舌头。

“您向他买小树林，小树林；您醒醒，该醒醒了。伊林斯基村的神甫巴维尔送我到这里……你给萨姆索诺夫写过信，他叫我来找你……”米佳都喘不过气来了。

“你瞎说！”“猎狗”又一字一顿说。

米佳的双腿一阵发软。

“您行行好吧！这可不是开玩笑！您也许喝多了。您总还能说话，还能听懂吧……不然……不然我可真的什么也不明白了！”

“你是染匠？”

“求您了，我是卡拉马佐夫，德米特里·卡拉马佐夫，我给您提一个建议……对您很有利的建议……十分有利……就是关于小树林的买卖。”

庄稼人煞有介事地捋捋胡须。

“不行，你不履行承包合同，你是坏蛋。你是坏蛋！”

“请您相信，您搞错了！”米佳在绝望中绞动着双手。庄稼人一直在捋胡须，突然狡黠地眯起眼睛。

“不，你指给我看，哪一条法律允许，你偷工减料？你听见了没有，你是坏蛋，你明白吗？”

米佳沮丧地往后退了一步，突然他似乎感到当头“挨了一闷棍”，就像他以后所说的那样。一瞬间，他豁然开朗，仿佛“亮起了一盏明灯，我大彻大悟”。他站着发愣，不明白他这样的聪明人怎么会干出这种蠢事，陷入如此奇怪的境地，还持续了整整一昼夜，照料这个“猎狗”，给他头上敷湿布……“瞧，这人醉了，醉得不可收拾，而且还要继续狂饮一个星期——那这里还有什么可指望的呢？假如萨姆索诺夫故意打发我到这里来，那究竟有什么用意？如果她……又将如何……啊，天哪，我干得多么蠢啊！……”

庄稼人坐在那儿瞅着他，还暗自嘲笑他。如果在别的场合，米佳也许会气得把他杀死，但现在他虚弱得像婴儿一样。他慢慢走近长凳，拿起大衣，默默地穿上，走出了小屋。在另一间小屋里他没有找到护林人，一个人也没有。他从口袋里掏出了五十戈比的零星小钱，放在桌子上，作为过夜、烛火和麻烦人家的费用。他走出小屋，看到周围全是森林，没有任何别的东西。他信步走去，甚至不知道从小屋里出来后该朝哪个方向拐弯，是向右还是向左；昨天夜里他和神甫一起急于赶到这里来，没有注意认路。现在他对任何人都没有报复心理，甚至对萨姆索诺夫也是如此。他在狭窄的林中小道上走着，没有目标，茫然若失，怀着“毫无希望的想法”，完全不考虑走向哪里。他现在无论在精神上或在体力上都非常虚弱，迎面而来的孩子都能打倒他。但是他好歹还是走出了森林：一望无际的收割后尚未播种的田野突然展现在他面前。“周围一片绝望，死气沉沉！”他反复说，跨着大步径直向前走去。

过路的人搭救了他。一位马车夫驾车载着一位年老的商人在小路上行进。当他们走到并排时，米佳向他问路，原来他们也是去犍牛镇。经过一番讨价还价，就把米佳作为同路人捎带上了。他们走了约三小时就到了。在犍牛镇米佳马上订好去城里的驿站马车，突然他发觉他饿得不行了。乘套马的时候，他要了一份油煎蛋，他一下子把煎蛋吃个精光，还吃了整整一大块面包，一段现成的香肠；喝了三小杯伏特加酒。吃了东西以后米佳来了精神，内心又开朗了。他坐着马车在大道上急驶，不断催赶着车夫并突然构想了一个“刻不容缓的计划”：在今晚之前怎样搞到“这笔该死的钱”。“想想吧，只要想一想，为了这微不足道的三千卢布居然要毁掉一个人的命运！”他鄙夷地感叹一声，“今天我一定解决！”如果不是一直惦记着格鲁申卡，那么他也许又将非常愉快了。但对她的思念像一把尖刀一样无时无刻不在刺戳他的心。最后终于到了，米佳马上向格鲁申卡的家跑去。

三 金矿

这就是格鲁申卡提心吊胆地向拉基京讲过的米佳那次来访。当时她正在等待自己的“专送函件”，庆幸昨天和今天米佳都没有来过，并且指望老天保佑，在她离开之前他不会再来，可是米佳突然从天而降。后来的发展我们都已清楚：为了摆脱他，她说服他送她到库兹马·萨姆索诺夫那里去，推说她非常需要到那里去“盘账”。米佳马上将她送去，格鲁申卡和他在库兹马家的门口分手时，要他保证在十一至十二点之间来接她回去。米佳很高兴这样的安排：“既然一直待在库兹马家里，那就意味着她不会去找费奥多尔·巴夫洛维奇……但愿她不要说谎才好。”他马上又做了补充。在他看来，她似乎没有说谎。他正是这样一种好妒忌的人，他一离开心爱的女人，马上就会臆想出天晓得怎样的可怕情景，诸如她会出什么事，她在那里“背叛”他啦等等，可是当他丧魂落魄，悲观绝望，确信她已经“背叛”了他，再次跑去找她时，一看到她的脸，看到这个女人喜悦、欢乐、温存的脸庞，他马上精神振奋，所有的怀疑全部消失，怀着高兴而又羞愧的心情责骂自己的妒忌。他把格鲁申卡送到后，马上就赶回家去。啊，今天他该有多少事要完成呀！但现在他至少已经放心了。“现在马上要尽快向斯梅尔佳科夫了解，昨天晚上有什么情况，她去过没有，恐怕她会去找费奥多尔·巴夫洛维奇，哎呀！”他脑海里又闪过这种想法。因此，还没有走到住地，妒忌心又在他不断翻腾着的内心深处涌现出来。

妒忌！“奥赛罗并不好妒忌，但他很轻信”，这是普希金讲的，仅仅这句话就足以证明我们伟大诗人不同凡响的睿智。奥赛罗的心真是破碎了，他对世界上一切事物的看法蒙上了阴影，因为**他的理想毁灭了**。但奥赛罗决不会躲躲闪闪，暗中监视，左顾右盼：因为他轻信别人。相反，要费很大的劲去开导、推动、激发他，才能使他意识到背叛。一个真正好妒忌的人可不是这样。好妒忌的人可以容忍种种奇耻大辱和伤天害理的丑行而不感到丝毫内疚，简直到了令人难以想象的地步。更何况他们并非都是卑鄙和下流的人。正相反，他们具有崇高的心灵，纯洁而富于自我牺牲精神的爱，与此同时，他们可以躲到桌子底下，可以收买卑鄙透顶的家伙并且容忍暗探、偷听之类令人恶心的肮脏勾当。奥赛罗无论如何也不会与背叛妥协——他不是不会原谅，而是绝不会妥协，虽然他的心像婴儿一样善良和淳朴。真正好妒忌的人便不同了：很难想象一个好妒忌的人有什么不能容忍、妥协和原谅的！好妒忌的人要比其他一切人都容易原谅，这一特点所有的妇女都清楚，好妒忌的人很快（当然，先要大闹一场）就会原谅，例如，证据确凿的背叛，亲眼所见的拥抱与接吻，如果他当时能相信这是“最后一次”，他的竞争对手从此就销声匿迹，远走天涯海角，或者他自己把她带到这个可怕的竞争对手再也到不了的地方的话。自然，妥协是短暂的，因为要是情敌真的销声匿迹，那么明天他马上就会再虚构出一个新的情敌，再去妒忌新的对手。人们似乎觉得：那种需要窥探的爱情有什么意思呢？需要严密监视的爱情又有多大价值呢？一个真正好妒忌的人是永远不理解这一点的，可是在他们中间确实有心灵高尚的人。有意思的是：正是这些心灵高尚的人站在斗室里偷听和窥探的时候，虽然他们通过“高尚的心灵”清清楚楚明白他们自己自愿陷入的那种耻辱，但是只要他们还站在这间斗室里，至少在这一刻是永远也不会感到内疚的。米佳一看到格鲁申卡妒忌心就消失了，一瞬间他变得轻信和高尚，他为了卑劣的感情甚至鄙薄起自己来。但是这只不过意味着，他对这个女人的爱情包含有某种远远比他自己所想象的更为崇高的感情，而不仅仅是情欲，不是像他对阿廖沙所解释的只是“肉体的曲线”。可是一旦格鲁申卡不在眼前，米佳马上开始重新怀疑她会干出所有的下流行为和阴险的背叛。在这种情况下他不会感觉到任何良心的责备。

因此，妒忌重新在米佳身上沸腾了。总而言之，一定要抓紧时间。首要的事是必须搞到一些哪怕是微不足道的暂时借款。昨天九个卢布全花在车费上了，大家知道，身无分文是寸步难行的。不过他在车上已经连同新的计划一起周密考虑好了上哪儿去搞到暂时借款。他有两支很好的、备有子弹的、决斗用的手枪，如果他至今尚未把它们抵押出去，那是因为这是他拥有的一切中最心爱的东西。在京都酒店他与一位年轻的官员早有点头之交，并在酒店中偶然了解到这个手头相当宽裕的独身官员酷爱武器，经常收购手枪、左轮手枪、匕首，挂在自己房间的墙壁上，向熟人炫耀，头头是道地讲解左轮手枪的构造，如何上膛、射击，等等。米佳也不多考虑，马上就去找他并向他提出，用十个卢布把两支枪抵押给他。官员听了很高兴，劝他干脆卖掉，但米佳不同意，官员就给了他十个卢布，声明他决不收利息。他们分手时成了朋友。米佳在赶时间。他迅速奔向费奥多尔·巴夫洛维奇后院的那座亭子，想尽早把斯梅尔佳科夫叫出来。这样就造成了以下事实：在我下面要讲到的那个事件发生以前的三四小时，米佳手头一个戈比也没有，他用心爱之物抵押了十个卢布，可是过了三小时，却突然有几千卢布在他手里……不过这是后话。

在玛丽娅·康德拉季耶芙娜（费奥多尔·巴夫洛维奇的女邻居）家里等待着他的是使他十分震惊和不安的消息。斯梅尔佳科夫发病了。他听说他先掉到了地窖里，接着又癫痫发作，然后医生上门，费奥多尔·巴夫洛维奇忙着照料等情况；他好奇地了解到，他弟弟伊凡·费奥多罗维奇今天一早去了莫斯科。“他经过犍牛镇的时间大概比我早。”德米特里·费奥多罗维奇想道，但斯梅尔佳科夫的情况使他很是不安。“现在怎么办？谁来监视，向我通风报信呢？”他迫不及待地开始盘问那两个女人：昨天晚上有没有发现什么情况？她们也非常清楚他想打听的是什么，并消释了他的疑虑：昨天没有人来过，伊凡·费奥多罗维奇睡在家里，“一切正常”。米佳沉思起来。毫无疑问，就是今天也要有人守候，但守在哪儿呢，在这里，还是在萨姆索诺夫家门口？他决定两边都去，都要见机行事，可是眼下，眼下……问题是他面前摆着这个“计划”，不久前构想的、新的、已经是非常可靠的计划，是在马车上想出来的，实施这一计划已刻不容缓。他决定为此花上一小时。“一小时之内解决问题、搞清一切情况，然后，然后……首先到萨姆索诺夫家去，打听格鲁申卡在不在，再立刻赶回，十一点以前都待在这里，然后再到萨姆索诺夫家去接格鲁申卡，送她回家。”他当即这样决定了。

他火速奔回家，洗了脸，梳好头发，刷净大衣，穿戴整齐后便去见霍赫拉科娃太太。啊，他的“计划”原来是这样！他决定向这位太太借三千卢布。主要是他似乎心血来潮，突然信心十足，以为她绝不会拒绝他。也许，有人会对下述情况感到惊讶：如果有这样的信心，为什么他不早一点儿到这儿来，到自己人的圈子里来，反而去找萨姆索诺夫，去找一个完全属于另一种类型的人，他甚至不知道该怎样和他说话。但问题在于他最近一个月内几乎停止了与霍赫拉科娃太太的交往，而且原先也并不太熟悉，此外，他非常清楚她很讨厌他。这位太太恨他的起因仅仅因为他是卡捷琳娜·伊凡诺芙娜的未婚夫，而她却不知为什么突然希望卡捷琳娜·伊凡诺芙娜抛弃他，嫁给“可爱的、具有骑士般教养、风度翩翩的伊凡·费奥多罗维奇”。她对米佳的作风十分痛恨。米佳甚至取笑过她，有一次竟说这位“太太不仅活跃放肆，而且没有教养”。可是就在今天早晨，在车上，一个非常清晰的想法使他恍然大悟：“如果她这样不希望我和卡捷琳娜·伊凡诺芙娜结婚，这一愿望又如此强烈（他知道，几乎到了要发作歇斯底里的地步），那么她又何必拒绝借给我三千卢布呢，这样正好使我利用这笔钱与卡佳分手，然后能永远离开这里。这些娇生惯养的贵族太太一旦执意要达到某种目的，便会不惜一切代价实现自己的意图。何况她还那样有钱。”米佳这样推论着。至于说到“计划”本身，也还是原来的那一个，即出让自己对契尔马什尼亚的权利，不过已经不带商业目的，像昨天对萨姆索诺夫那样，也不是用三千卢布能赚到双倍的钱，搞到六千或七千卢布来引诱这位太太，像昨天引诱萨姆索诺夫那样，而只是作为对借款的一种高尚的担保。米佳不断对自己这一想法引申发挥，到了神魂颠倒的地步。他常有这种情况，他开始干一件事，突然做出决定时总是这样。他往往对自己的任何一个新的想法心醉神迷，然而，当他踏上霍赫拉科娃太太宅邸的台阶，便突然感到自己背上一阵恐惧的寒战：只是在这一刻他才充分而精确得像数学那样意识到，这已经是他仅有的最后希望，除此之外再也没别的出路了，要是在这里碰壁，“那就只好为三千卢布去杀人越货，别无其他办法了……”当他拉响门铃时，正好是七点半。

开始进行得似乎挺顺利：主人接到通报以后，马上就接待了他，快得出奇。“好像在等我。”米佳脑子里闪过了这个想法，他刚被引入客厅，女主人几乎跑着进来，直截了当地对他说，她在等他……

“我一直在等您！我真想不到您会来找我，您自己得承认吧，可我还是在等您，德米特里·费奥多罗维奇，您对我的直觉也许会感到惊讶吧！我整整一个早晨都确信您今天一定会来。”

“夫人，这真令人惊讶。”米佳说，缓慢地坐定下来，“不过，我是为了一件非常重要的事才来的，是我自己的事，夫人，仅仅有关我个人，因而我急于……”

“我明白，为了一件最重要的事，德米特里·费奥多罗维奇，这倒不是什么预感，不是那种希望出现奇迹的落后心理（您听说佐西马长老的事了吗？），这是天意：您不能不来，在卡捷琳娜·伊凡诺芙娜遇上这些事情以后您不能不来，这是肯定无疑的。”

“现实生活的现实主义，夫人，就是这么一回事！不过请允许我说……”

“的确是现实主义，德米特里·费奥多罗维奇。我现在完全拥护现实主义。我接受有关奇迹的教训太深刻了。您听说佐西马长老去世的消息吗？”

“没有，夫人，我第一次听说。”米佳感到有点惊讶。在他的脑海里闪现出阿廖沙的形象。

“是在今天凌晨，您不妨想一想……”

“夫人，”米佳打断了她，“我只想到我已走投无路，如果您不帮助我，那么一切都完了，我首先完蛋。请原谅我言语粗俗，我很着急，心急如火……”

“我知道，我明白您心急如火，我全都明白，而且您也不可能处于另一种精神状态，无论您说什么，我都能预料到。我早就在考虑您的命运了，德米特里·费奥多罗维奇，我注视着并在研究您的命运……噢，请您相信，我是一个经验丰富的精神医生，德米特里·费奥多罗维奇。”

“夫人，如果您是经验丰富的医生，那么我是一个经验丰富的病人，”米佳的恭维实在勉强，“而且我预感到，如果您已经如此关注我的命运，那么您就会帮我免遭灭顶之灾，为此请允许我，总而言之，向您讲一讲我冒昧提出的计划……以及对您的期望……我来到这里，夫人……”

“你别说了，这是次要的。至于说到帮助，那么您也不是我帮助的第一个人，德米特里·费奥多罗维奇，您大概听说我的表妹别利梅索娃吧，她的丈夫已经濒临绝境，正像您刚才生动地形容过的那样，快完蛋了，德米特里·费奥多罗维奇，结果又怎么样呢，我指点他办养马场，现在他的事业兴旺发达。您对养马这行当有所了解吗，德米特里·费奥多罗维奇？”

“一窍不通，夫人，哎哟，夫人，一窍不通！”米佳以一种神经质的不耐烦口气大声说，甚至要离座站起来，“我只是恳请您，夫人，让我把话说完，只要给我连续谈两分钟，先让我把一切都告诉您，讲明我带来的计划。何况我非常需要抓紧时间，我的时间紧张得要命！……”米佳歇斯底里地叫喊，因为他感到，她马上又要开始说话了，指望能用吼声压住她，“我山穷水尽，走投无路，才来向您借三千卢布，是借款，有可靠的，最最可靠的抵押，夫人，有最最可靠的保证！只是请允许我说……”

“这些您以后，以后再说吧！”霍赫拉科娃太太也向他挥着手，“而且无论您讲什么，我都预先知道，我已对您说过了。您要借一笔款子，您需要三千卢布，可是我将给您更多，多出不知多少倍，我一定要救您，德米特里·费奥多罗维奇，不过您一定得听我的！”

米佳又从座位上跳起来了。

“夫人，您真太善良了！”他怀着一种特殊的感情大声说，“我的上帝，您救了我。夫人，您从凶暴的死神手里，从枪口下救出了一个人……我永远铭记在心……”

“我给您的将比三千卢布多得多，多不知多少倍！”霍赫拉科娃大声嚷着，露出高兴的微笑，瞧着大喜过望的米佳。

“多不知多少倍！不过太多了也不需要。对我来说，只需要决定我命运的三千卢布，从我这方面来说，我怀着无限感激的心情为这笔借款向您提供担保并提出一个计划，它……”

“别说了，德米特里·费奥多罗维奇，我说到做到。”霍赫拉科娃太太毫无顾忌地打断他，流露出乐善好施的人的得意神情，“我答应救您，就一定会救您。我会像救别利梅索夫一样救您。您对金矿有什么想法，德米特里·费奥多罗维奇？”

“关于金矿，夫人，我从未想过！”

“可是我替您想过了！我反复考虑过了！我已有整整一个月抱着这个目的注视着您。您走过时，我上百次打量您并不断对自己说：这个精力充沛的人应该上金矿。我甚至研究了您的步伐并得出结论：这个人会找到许多金矿。”

“根据步伐吗，夫人？”米佳微笑了。

“那又怎样，就是根据步伐。怎么，您难道否认根据步伐可以了解一个人，德米特里·费奥多罗维奇？自然科学确认了这一点。噢，我现在是现实主义者，德米特里·费奥多罗维奇。从今天开始，在经历了使我非常伤心的、修道院里所发生的那件事之后，我已经完全是现实主义者了，我想投入实际活动。我的病完全好了。够了！像屠格涅夫所说的那样。”

“不过，夫人，您如此慷慨地答应借给我的三千卢布……”

“您不会落空的，德米特里·费奥多罗维奇，”霍赫拉科娃马上打断他，“这三千卢布等于在您口袋里了，而且不是三千，而是三百万，德米特里·费奥多罗维奇，在最短期内就会有的！我来告诉您该拿定的主意：您去找金矿，赚上几百万，然后回来，成为实业家，再来推动指导我们行善。难道一切都让给犹太人吗？您将建造大厦和开办企业。您帮助穷人，他们将为您祝福。如今是蒸汽时代，德米特里·费奥多罗维奇。您会功成名就，成为我们十分困难的财政部必不可少的人物。我们的卢布纸币贬值使我夜不安眠，德米特里·费奥多罗维奇，在这方面人家还很少了解我……”

“夫人，夫人！”德米特里·费奥多罗维奇预感到情况不妙，重又打断了她，“我也许非常乐意听从您的意见，您的明智的意见，夫人，我也许会去那里……到矿上去……将来还会找您再谈这件事……甚至多次找您……现在您如此慷慨……那三千卢布……啊，它们将放开我的手脚，因此，如果今天可以……就是说，您要知道，我现在没有时间，一点儿时间都没有……”

“够了，德米特里·费奥多罗维奇，够了！”霍赫拉科娃一个劲儿地打断他，“问题是您去不去找矿，您是否下定决心，请确切地回答。”

“我，夫人，以后去……您要我上哪儿，我就去哪儿，夫人，但是现在……”

“您等等！”霍赫拉科娃太太叫了一声，跳起身来，扑向自己那张很有气派，里面有很多抽屉的书桌，开始挨个打开寻找东西，显得特别匆忙。

“三千卢布！”米佳想，屏住了气息，“马上兑现，不要字据，不签合同……啊，真有君子风度！一个出色的女人，如果她不这样啰唆就好了……”

“找到了！”霍赫拉科娃太太高兴得大叫起来，立即回到米佳身边，“这就是我要找的东西。”

这是系在带子上的一个银制小圣像，这类圣像有时与贴身的十字架一起佩挂。

“它来自基辅，德米特里·费奥多罗维奇，”她虔诚地继续说，“是从大殉难者瓦尔瓦拉的干尸上取下来的①，请允许我亲自给您挂在脖子上，祝福您走向新生活，干一番伟业。”

她真的把圣像套在他的脖子上并要将它塞进去。米佳很尴尬地俯下身

---

① 据传说，大殉难者瓦尔瓦拉生活在3—4世纪，其干尸于17世纪初移至基辅。她被奉为遭受火灾和海上遇难的人的庇护者。

子，开始帮她，终于将圣像塞到了领结和衬衫领子下面。

“现在您可以走了！”霍赫拉科娃太太说，得意扬扬地坐了下来。

“夫人，我太感动了……我简直不知道该怎样表示感谢……您的一番好意，不过，您要知道，我的时间是多么宝贵！我期待着您慷慨承诺的这笔款子……啊，夫人，要是您心肠这样好，对我如此厚爱，”米佳突然满怀激情地说，“那么请允许我向您表白……不过，您早已知道了……我在这儿爱上了一个人……我背叛了卡佳……我说的是卡捷琳娜·伊凡诺芙娜。啊，我对她太无人性和太不公道了，但我在这里爱上了另一个……女人，夫人，可能是您所蔑视的，因为您都了解，但我无论如何也不能离开她，无论如何不能，因此，这三千卢布……”

“您一切都别管吧，德米特里·费奥多罗维奇！”霍赫拉科娃的语气十分坚决，“什么都别管，尤其是女人。您的目的是金矿，将女人带到那里毫无意思。以后，当您发了财载誉归来，您会在上流社会中找到心灵的伴侣。这将是一位现代女性，阅历丰富，没有偏见。那时，现在刚提出的妇女问题正好成熟了，将会出现新型的女性……”

“夫人，不是那回事，不是那回事……”米佳马上要双手合拢哀求了。

“就是这么一回事，德米特里·费奥多罗维奇，这正是您所需要的，您所追求的，而您自己却不明白。我完全不反对目前的妇女问题，德米特里·费奥多罗维奇。妇女在不久的将来的发展和政治作用——这便是我的理想。我自己就有一个女儿，德米特里·费奥多罗维奇，在这方面大家对我的了解还不够。我曾就此问题给作家谢德林写过信。这位作家有关妇女使命的问题给了我许许多多的指点，因此我去年给他写了一封匿名信，不过两行字：‘为现代妇女拥抱您、吻您，我的作家，继续干吧。’具名是‘母亲’。我原先打算具上‘现代母亲’，犹豫了一阵，后来就只署名母亲——更具有道德美，德米特里·费奥多罗维奇，而且‘现代’这个词会使他们联想起《现代人》杂志，由于目前的检查制度，回忆对他们来说是痛苦的……啊，天哪，您怎么啦！”

“夫人，”米佳终于跳起来，在她面前双手合掌，无可奈何地哀求，“您要使我哭出来了，夫人，如果您拖延您如此慷慨地……”

“那您就哭吧，德米特里·费奥多罗维奇，哭吧，这是美好的感情……您前面的路是这样遥远！眼泪会使您轻松，以后您回来就会高兴的。您会从西伯利亚专程来找我，与我同享欢乐……”

“不过请允许我，”米佳突然吼叫起来，“最后一次求您，请告诉我，今天我是否能从您这儿拿到您答应的款子？如果不行，我该什么时候来取？”

“什么款子，德米特里·费奥多罗维奇？”

“你答应的三千……您如此慷慨……”

“三千？这是指卢布？噢，不是，我没有三千。”霍赫拉科娃带着若无其事的惊奇的表情说。米佳目瞪口呆了。

“那您怎么……刚才……您说……您甚至说，这些钱完全就像在我的口袋里一样……”

“噢，不是这样，您误解了我的意思，德米特里·费奥多罗维奇。如果这样的话，您没有理解我的意思。我指的是金矿……确实，我答应您的数字要比三千多，多出无数倍，但我只是指金矿。”

“那么钱呢？那么三千卢布呢？”德米特里·费奥多罗维奇莫名其妙地大声说。

“啊，如果您指的是钱，那么我没有钱。我现在完全没有钱，德米特里·费奥多罗维奇，我现在正和我的管家吵架，最近我自己还向米乌索夫借了五百卢布。不，不，我现在没有钱。而且您要知道，德米特里·费奥多罗维奇，即使我有钱，我也不会借给您。首先，我从不借钱给人家，借钱给人家意味着纠纷。可是您，尤其是您，我是决不借的，因为爱您而不借，为了拯救您而不借，因为您唯一需要的只是：金矿，金矿，最后还是金矿！”

“啊，真是活见鬼！”米佳突然咆哮着用拳猛击桌子。

“哎哟！”霍赫拉科娃太太吓得大叫起来，立刻躲到了客厅的另一端。

米佳啐了一口，立刻快步走出房间、宅院，到了街上，消失在夜色中！他像疯子一样走着，一边捶打自己的胸膛。两天前的那个晚上，他在夜色苍茫的路旁与阿廖沙最后一次见面时，他在阿廖沙面前也曾捶打胸膛的那个部位。捶打自己胸膛的**那个部位**意味着什么？他的这一举动想说明什么？——这暂时还是世界上无人知晓的秘密，他甚至在那时候都没有向阿廖沙透露，可是这个秘密对于他来说却比奇耻大辱更严重，他已经断定，如果他不能搞到三千卢布还给卡捷琳娜·伊凡诺芙娜，从自己的胸膛上，从“**自己胸膛的那个部位上**”洗净挂在他胸口并折磨着他良心的耻辱，那这个秘密就是毁灭和自杀。这一切以后都会向读者解释清楚，不过现在，他最后的希望破灭以后，这个身体如此健壮的汉子刚走出霍赫拉科娃的住地没有几步，突然像小孩一样眼泪扑簌簌滚了下来。他走着，迷迷糊糊用拳头擦着泪水。他就这样走到了广场。突然他感到他的身体和什么东西碰撞了一下。一个老太婆发出了尖叫声，他差一点儿没把她撞倒。

“我的天，差一点儿没把我撞死！干吗乱走，冒失鬼！”

“啊哟，原来是您？”米佳叫了起来，他在夜色中认出了这个老太婆。她就是侍候库兹马·库兹米奇·萨姆索诺夫的老女佣，昨天米佳看得很清楚。

“您自己又是谁啊，老爷？”老太婆完全用另一种声调说话了，“黑乎乎的，我看不清您。”

“您不就是库兹马·库兹米奇家的女佣吗？”

“一点儿也没有错，老爷，我刚才到普罗霍雷奇那儿走了一趟……奇怪，我怎么还是认不出您来？”

“老人家，请问阿格拉费娜·亚历山德罗芙娜现在在你们那儿吗？”米佳迫不及待地问，“刚才是我陪她去的。”

“她来过，老爷，来过的，坐了一会儿就走了。”

“怎么？她走了？”米佳叫了起来，“什么时候走的？”

“马上就走了，在我们那儿只待了一会儿，给库兹马·库兹米奇讲了一个故事，逗他笑了一阵就离开了。”

“你扯谎，该死的！”米佳大吼一声。

“哎——哟！”老太婆叫了起来，但米佳已经不见踪影了。他拼命朝莫罗佐娃的房子奔去。这时候格鲁申卡正在去莫克罗耶村的途中，她走了还不到一刻钟。费妮娅和她的奶奶，厨娘玛特廖娜坐在厨房里，突然“上尉”跑了进来。费妮娅一见到他就狂呼乱叫起来。

“你喊什么？”米佳暴跳如雷，“她在哪儿？”但吓得发愣的费妮娅还没有顾得上回答，他突然匍匐在她脚下。

“费妮娅，看在上帝的分上，告诉我她在哪儿？”

“老爷，我什么都不知道，亲爱的德米特里·费奥多罗维奇，我什么也不知道，哪怕打死我，我也不知道，”费妮娅赌咒发誓说，“您自己刚才和她一起去的……”

“她又回来了！”

“亲爱的，她没有回来，我以上帝的名义起誓，她没有来过！”

“胡说！”米佳叫喊说，“看你惊慌失措的样子，我就知道她在那儿……”

他马上冲了出去。吓得要命的费妮娅庆幸自己轻而易举地应付过去了，但她很清楚，他没有时间，不然的话，她大概要吃苦头。不过，他离开时，他的一个万万想不到的举动使费妮娅和玛特廖娜老太感到吃惊：桌上放着一个铜研钵，里面有一把杵槌，一把不大的，四分之一俄尺[①]长的铜杵。米佳奔出去的时候，一只手已经拉开了门，另一只手匆匆忙忙从铜研钵里抓起铜杵就塞进自己的侧袋里，带着它就走了。

“啊，天哪，他想要杀人了！”费妮娅双手一拍，说道。

四 在黑暗中

他跑到什么地方去了？事情是明摆着的：“她不在费奥多尔·巴夫洛维奇那里，又能在什么地方呢？她从萨姆索诺夫家里直接跑去找他了。现在事情已经很清楚。整个阴谋，全部欺骗现在都一目了然……”这一切

① 1俄尺等于0.71米。

像旋风一样在他的脑海里打转。他没有到玛丽娅·康德拉季耶芙娜家去："不用去那儿，完全没有必要……免得打草惊蛇……他们马上会通风报信，出卖……玛丽娅·康德拉季耶芙娜显然参与了阴谋，斯梅尔佳科夫同样如此，都被收买了！"在他的头脑里形成了一个新的想法。他穿过一条小巷，沿着费奥多尔·巴夫洛维奇的房子转了一大圈，再跑完德米特洛夫街，然后再过一座小桥，就径直闯进后门外那条僻静的小巷，小巷一面是邻居家菜园子的篱笆，另一面是围在费奥多尔·巴夫洛维奇花园四周的又高又结实的板墙。他在这里选好一处地方，似乎就是他从传说中听到的斯梅尔佳科娃当时爬进板墙的所在。"如果她能爬进去，"天知道为什么这时在他头脑里闪过了这个想法，"那么我怎么会爬不进去呢？"果然，他纵身一跳，很熟练地一把抓住了板墙的顶端，然后使劲抬起身子，一下爬了上去，坐到了板墙顶上。这里附近的花园里有间澡堂，但从板墙上可以看到正房的窗户都亮着灯光。"果然如此，老头儿的寝室有灯光，她在那里！"他从板墙上跳到园子里。虽然他知道格里戈里身体不好，斯梅尔佳科夫可能真的病了，谁也不会听到他的声响，但他本能地隐蔽起来，站着不动，开始侧耳细听。四周万籁俱寂，好像老天故意使一切都静了下来，连轻微的风声都没有。

"只有恬静在喁喁细语。"不知为什么他头脑里冒出一句诗来，"但愿没有人听到我翻墙过来，看来没有。"他站了一分钟，便沿着花园的草地悄悄向前走去。他绕着树林和灌木丛走了很久，尽量使每走一步都不发出响声，每走一步自己都要仔细倾听一下。他走到亮着灯光的窗下约莫花了五分钟。他记得紧贴着窗户长着几丛高大茂密的接骨木和绣球花。房屋正面左侧通向花园的门是锁上的，这是他经过时特意仔细察看好的。最后他走到灌木丛下，隐藏在那里。他屏住气息。"现在必须等一会儿，"他想，"如果他们刚才听到了我的脚步声，现在还在仔细倾听的话，那么为了使他们不再疑心……千万不要咳嗽，不要打喷嚏……"

他等待了两分钟左右，但他的心在剧烈跳动，有时候连气都喘不过来。"不行，心跳不会缓下来，"他想了一下，"我不能再等下去了。"他站在灌木丛的阴影里；灌木丛朝向窗户的一面被灯光照着。"红莓、浆果，多么鲜红啊！”他自己也不知道为什么低声说。他悄无声息地一步一步走近窗口，踮起脚尖。费奥多尔·巴夫洛维奇的整个寝室立即呈现在他眼前。这是一间不大的房间，中间横着一道屏风，费奥多尔·巴夫洛维奇称它是“中国式的”。“中国式的屏风”，米佳的头脑里闪过这几个词，“格鲁申卡就在屏风后面”。他开始仔细打量费奥多尔·巴夫洛维奇。他穿着米佳从未见他穿过的新的条纹丝长袍，腰间束了一根带有流苏的丝带。从长袍的领口里露出了干净漂亮的内衣，精致的、带有金扣子的荷兰衬衫。费奥多尔·巴夫洛维奇头上还是包扎着阿廖沙见过的那条红色包布。“他已换好了衣服。”米佳想。费奥多尔·巴夫洛维奇站在窗旁，好像在想心事，突然他仰起了头，用心听了片刻，结果什么也没有听到，便走到桌子跟前，从长颈玻璃瓶里倒了半小酒杯白兰地，一饮而尽。然后他长长叹了一口气，又站了一会儿，心不在焉地走近嵌在窗户之间墙上的镜子，用右手将红色包布从额头上稍微掀起，仔细察看自己尚未消退的青紫肿块和小伤口。“只有他一个人，”米佳想，“大概是一个人。”费奥多尔·巴夫洛维奇离开镜子，突然转向窗口朝他看了一眼。米佳立即闪进阴影之中。

“她也许在屏风后面，可能已经睡了。”他的心被刺了一下。费奥多尔·巴夫洛维奇从窗旁走开了。“这是他在窗口守望她，可见她不在：不然他干吗要瞅着黑乎乎的地方？……这表明他等得实在不耐烦了……”米佳马上跳出来，又朝窗里望去。老头儿已经坐在桌子跟前，显得闷闷不乐。后来他终于支起胳膊，将右手掌托着面颊。米佳贪婪地盯着他看。

“一个人，只有一个人！”他又说，“如果她在这里，他的表情便不同了。”真奇怪：因为她不在这里，他心里突然升起一股莫名其妙和古怪的懊恼。“不是因为她不在这里，”米佳马上明白过来并回答了自己，“而是因为我无论如何也不能确切了解她在不在这里。”米佳后来自己想起，他当时的思路非常清楚，而且考虑十分周到，抓住了每一个特征。但是苦闷，情况不明和犹豫不决的苦闷在他的心里急剧增长。“她到底在不在这里？”他心里燃起一股愤恨的怒火。他突然下定决心，伸出手去轻轻地在窗框上敲了几下。他敲了老头儿与斯梅尔佳科夫约定的暗号：前两下比较轻，后三下稍快一些：笃、笃、笃——表示“格鲁申卡来了”的暗号。老头儿浑身颤抖，仰起头来，马上一跃而起，扑向窗户。米佳跳回到阴影里。费奥多尔·巴夫洛维奇打开窗户，把整个头都伸了出去。

“格鲁申卡，是你吗？是你吗？”他用一种颤抖的、类似低声细语的声气说，“你在哪儿，心肝，宝贝，你在哪儿？”他异常激动，气都喘不过来。

“只有一个人！”米佳断定。

“你在哪儿呀？”老头儿又叫了一声，头探得更朝前了，连肩膀都露在外面，他朝四下张望，一会儿向右，一会儿向左，“你上这儿来；我准备了小礼品，来吧，我给你看……”

“这是指装了三千卢布的那只信封。”米佳的脑海里闪过这个想法。

“你在哪儿啊？……是不是在门口？我马上开门……”

老头儿几乎要从窗口爬出来了，他不停地朝右边，朝那扇通向花园的门的方向张望，竭力想在黑暗中辨认清楚。再过一秒钟，即使等不到格鲁申卡的回答，他也一定会跑出去开门的。米佳从侧面看着，一动也不动。令他十分厌恶的老头的整个侧影，他那松垂的喉结，在幸福的期待中微笑的鹰钩鼻子，他的嘴唇，全都被从房间左侧透出的一道斜射的灯光照得清清楚楚。突然，在米佳的心里翻腾起可怕的、狂暴的仇恨：“这就是他，他的情敌，就是折磨他的人，折磨他一生的人！”这是那种突如其来、渴求报复和狂暴的仇恨的喷发，米佳对它有所预感，因而四天前他与阿廖沙在亭子里谈话，在回答阿廖沙的问题“你怎么能说要杀死父亲？”时曾告诉过他。

“我不知道，不知道，”他当时说，“可能我不会杀他，也可能会杀他。我担心，**到那时候他的嘴脸**会突然引起我的仇恨。我恨他的喉结，他的鼻子，他的眼睛，他的无耻的嘲笑。我会对他个人感到极端厌恶。我怕就怕这一点，到那时候就会控制不住……”

对他个人的极端厌恶不断增强，达到了难以忍受的程度。米佳已经无法左右自己，突然从口袋里抽出了铜杵……

正像米佳以后讲的那样，“上帝当时守护着我”：正在这个时候，生病的格里戈里在床上醒了。那天傍晚他用我们已经知道的方法对自己进行治疗，就是斯梅尔佳科夫告诉伊凡·费奥多罗维奇的方法：他在自己老伴的帮助下用秘方配制的很浓的药酒擦遍全身，把剩下的伏特加喝完，由老伴替他小声做了“一阵祈祷”，然后躺下睡觉。玛尔法·伊格纳季耶芙娜也喝了酒。她本来滴酒不沾，因此在丈夫身旁睡得很死。可是格里戈里完全出人意料地突然在半夜里醒了，他考虑片刻，虽然马上又感到腰部剧烈疼痛，但还是从床上坐了起来。然后他又仔细考虑一番，起来匆匆穿好了衣服。也许，因为他自己在睡大觉，而宅院在“这样危险的时刻”却无人照应使他感到内疚。斯梅尔佳科夫躺在另一间小屋里因癫痫发作而不能动弹。玛尔法·伊格纳季耶芙娜也毫无动静。“老太婆太虚弱了。”他看了她一眼想。格里戈里呼哧着来到台阶上，当然，他只打算从台阶上看一看，因为他还不能行走，腰部和右脚痛得要命。但他恰好想起，花园小门从傍晚起就没有上锁。他是个一丝不苟、非常认真的人，严格恪守既定规矩和成年旧习。他痛得蜷缩着身子一瘸一拐地走下了台阶，朝花园的方向走去。确实，花园小门完全敞开着。他机械地走进花园：也许，他仿佛看到了什么，也许他听到了什么声音，他向左侧看了一下，就发现主人房里的窗户洞开，窗户空荡荡的，没有人从窗里向外张望。“为什么开着窗？现在又不是夏天！”格里戈里想了一下，突然，就在这一瞬间，在花园里，在他眼前闪过一样奇怪的东西。在他前面约四十步之外似乎有一个人在黑暗中跑动，一个黑影飞快移动着。“我的天！”格里戈里失声说道，接着便不顾一切，忘了腰上的疼痛，立即去拦截奔跑的人。他抄了近路，看来他比奔跑的人更熟悉花园；那个人向浴室跑去，过了浴室就扑向板墙……格里戈里紧紧盯着他，不让他在视野中消失，拼命奔跑。他正好在逃跑的人翻越板墙时跑到了板墙跟前。格里戈里不禁大叫着冲上去，双手抓住了他的一条腿。

果然没错，他的预感应验了；他认出了他，这是他，“弑父的坏蛋”！

“弑父凶手！”老人大声叫喊，声音响彻四方，但他只是叫喊了一声，便突然像被雷电击中似的倒下了。米佳又跳回花园，俯下身子察看倒在地上受到伤害的人。米佳手里拿着铜杵。他无意识地把它扔在草地上。

铜杵掉在离格里戈里两步远的地方，但不是在草地上，而是在小路上，在一处十分显眼的地方。他仔细察看躺在他面前的人，看了几秒钟。老人的头上全是血。米佳伸出手去抚摸老人的脑袋，他后来记得很清楚，当时他很想“完全弄清楚”他是打碎了老人的头盖骨，还是只用铜杵把他“打昏”了。但血不断在流，流了很多，一股热血一下子染红了米佳颤抖的手指。他记得，他从口袋里取出一块雪白的新手帕，那还是他去拜访霍赫拉科娃太太时准备的，把手帕按在老人的头上，徒劳地想擦掉额上和脸上的鲜血。结果手帕一下子浸透了鲜血。“天哪，我这是在干吗？”米佳突然明白过来，“如果真的打碎了脑袋，那么现在又怎么认得出呢……现在反正都无所谓了！”他突然又绝望地补充说，“杀了人就杀了人吧……老头儿是自己找的，那就躺着吧！”他大声说，随即冲上板墙，翻身跳进小巷拔腿就跑。那块浸透鲜血的手帕捏在右手，奔跑中他把手帕塞进了常礼服里面的口袋。他拼命向前跑去，偶尔在街上遇到几个在黑夜中行走的路人，他们后来还记得，那天晚上他们遇到一个狂奔的人。现在他又飞奔着回莫罗佐娃家。刚才费妮娅等他一离开，便立即去找管院子的头儿纳扎尔·伊凡诺维奇，以“基督和上帝”的名义央求他，“无论是今天或明天，都不要再放上尉进门”。纳扎尔·伊凡诺维奇听完后便同意了，但不巧的是他要上楼去见突然找他的一位太太，路上他遇到自己的侄子，一个刚从农村来的二十多岁的小伙子，便吩咐他在院子里待一会儿，却忘了交代有关上尉的事。米佳跑到大门口敲了几下。小伙子一下子就认出他：米佳已经不止一次给过他小费。他马上替他开门，放他进来，并且面带笑容地赶紧告诉他说：“阿格拉费娜·亚历山德罗芙娜现在不在家里。”

“她在哪儿，普罗霍尔？”米佳突然站住了。

“刚走不久，大约在两小时前和季莫费一起到莫克罗耶去了。”

“干吗去？”米佳大声问。

“这我就不知道了，去找一位军官，那边有人邀请她去，还派来了马车。”

米佳撇下他，发疯似的跑去找费妮娅。

五　突然的决定

费妮娅和奶奶一起坐在厨房里，两人都准备睡觉了。她们因为信赖纳扎尔·伊凡诺维奇，所以没有从里面把门锁上。米佳一下闯了进去，扑向费妮娅，紧紧掐住了她的脖子。

“快说，她在哪儿？在莫克罗耶跟谁在一起？”他疯狂地咆哮着。

两个女人尖叫起来。

“哎哟，我说，哎哟，亲爱的德米特里·费奥多罗维奇，现在我全说出来，我什么都不隐瞒，”吓得要命的费妮娅连声求饶，“她到莫克罗耶去见那位军官了。”

“哪一个军官？”米佳大声叫喊。

“原先的那位军官，就是她原来的那位，五年前把她抛弃后跑掉的那位。”费妮娅还是像爆豆子似的说得飞快。

德米特里·费奥多罗维奇松开了掐住她脖子的双手。他站在她面前，脸色像死人一样苍白，一声不吭，但根据他的眼神可以看出，他一下子全明白了，费妮娅一开口他就什么都明白了，连所有的细节都猜到了。当然，可怜的费妮娅当时看不出他是否能理解。她还像米佳冲进来时的那副模样，坐在柜子上，浑身打战，两只手挡在前面，似乎想要自卫，一直保持着这种姿势。她那双惊慌的、由于恐惧而瞳孔放大了的眼睛死死盯着他。而他的两只手恰恰又沾满了鲜血。刚才他在路上奔跑时，大概为了擦掉脸上的汗珠，两只手碰到过额头，因此额头上和右颊上留下了鲜血涂抹过的红色印记。费妮娅眼看就会发作歇斯底里，那年迈的厨娘霍地站了起来，像疯子似的瞅着，几乎完全丧失了理智。德米特里·费奥多罗维奇站了约莫有一分钟，突然身不由己地坐到费妮娅身旁的椅子上。

他坐在那里也不是在思考，而是仿佛完全吓呆了。不过一切都像白昼一样清楚：这个军官——他是知道的，他了解得非常清楚，是格鲁申卡亲口告诉他的。他知道他一个月以前还寄来过一封信。就是说，有一个月，整整一个月，直到这个陌生人来到以前为止，这件事是背着他秘密进行的，而他却从来没有想过他！但他怎么会，怎么会没有想到他呢？为什么他那时连这位军官也给忘记了呢？怎么能听到他的情况以后就马上把他置之脑后了呢？这就是问题，它像一头怪物似的出现在他面前。他在惊恐之中真的看到了这个怪物，不禁吓得手脚冰凉。

可是突然他又温柔小声地和费妮娅说起话来，像一个安静、可爱的小孩那样，似乎完全忘记了他刚才还使她饱受惊吓、委屈和折磨。他突然开始询问费妮娅，问得非常仔细，就他目前的处境而言简直令人惊奇。费妮娅虽然古怪地看着他沾满鲜血的双手，却也非常乐意马上回答他的每个问题，甚至似乎急于对他和盘托出“全部真情”。费妮娅逐渐地，甚至是兴致勃勃地开始叙述种种细节，不但毫无折磨之意，反而像是急于竭尽全力，真心实意替他效劳。她详详细细对他讲了今天一天的情况，拉基京和阿廖沙怎样来访，她，费妮娅如何望风，女主人怎样离开，她怎样对着窗户大声吩咐阿廖沙转达她对米坚卡的问候并要他“永远记住她曾爱过他一个小时”。米佳听到问候时，突然苦笑一下，苍白的脸上泛起红晕。就在这时候，费妮娅已经一点也不害怕流露自己的好奇，马上对他说：

“您的两只手是怎么一回事，德米特里·费奥多罗维奇，怎么都是血？”

“是的，”米佳机械地回答，心不在焉地看了一下自己的手，但马上就忘记了沾有血污的手和费妮娅的问题。他又沉浸在沉默中了。自他闯进来以后已经过了二十五分钟。他刚才的惊慌已经消失，而且他显然已经被一个新的不可动摇的决心完全控制了。他突然站起来，若有所思地笑笑。

“老爷，您出了什么事啦？”费妮娅说，再次指指他的手，充满了惋惜的口吻，似乎她现在是他痛苦中最亲近的人了。’

米佳又看了看自己的手。

“这是血，费妮娅，”他说，露出奇怪的表情看着她，“这是人的血，天哪，为什么要流血呢！不过……费妮娅，这里有一道围墙（他瞅着她，像是给她猜谜似的），一道高高的围墙，而且形状可怕，不过……明天黎明，当‘旭日东升’的时候，米坚卡就会越过这道围墙……你不明白，费妮娅，这是一道什么样的围墙，但没有关系……一切都无所谓了，明天你会听到，一切都会明白的……现在再见了！我不会妨碍别人了，我要退出，我会退出的。我的心肝，你过你的日子吧……她爱了我一小时，那就永远永远记住米坚卡·卡拉马佐夫吧……她确实一直叫我米坚卡，你还记得吗？”

米佳说完这番话便一下子从厨房里走了出去。费妮娅对他的离去比他刚才冲进来扑向她的时候更为害怕。

恰好十分钟以后德米特里·卡拉马佐夫到了那个刚才向其抵押手枪的年轻的官员彼得·伊里奇·佩尔霍金那里。已经是晚上九点半，彼得·伊里奇在家里喝完茶，刚穿好常礼服要上京都酒店打台球。米佳在门口截住了他。他一见到米佳满脸是血的样子，不禁叫了起来：

“我的天，您这是怎么啦？”

“是这样的，”米佳很快说，“我来赎我的手枪，给您送钱来了。非常感谢。我有急事，彼得·伊里奇，请快些。”

彼得·伊里奇越来越感到惊讶，他突然看到米佳手里拿着一大把钱，最主要的是他举着这一大把钱走了进来，没有谁是这样举着钱进门的：全部票子都捏在右手，好像展览似的把手举在前面。官员的仆人、在门厅遇见米佳的小厮事后回忆说，他就是这样举着钱进入门厅的。因此，他在街上显然也是这样将握着钱的右手举在前面的。钞票都是一百卢布一张，花花绿绿的，用沾有鲜血的手指轻轻夹住。后来彼得·伊里奇在回答有关人员事后的提问——总共有多少钱时，他声称当时很难一眼看出有多少，可能有两千，也可能有三千，总之是很大的一沓，“厚厚的”。他后来还做证说，德米特里·费奥多罗维奇本人“似乎情绪很不好，但没有喝醉，似乎很兴奋，完全心不在焉，同时又好像专心在考虑什么问题，尽量想解决，但又拿不定主意。他很着急，答话很生硬，很奇怪，有时似乎一点儿也不感到痛苦，反而感到高兴”。

“您究竟怎么啦，您刚才出了什么事？”彼得·伊里奇大声喊道，古怪地打量着客人，“您怎么会弄得浑身是血？摔了一跤，是吗？瞧您这模样！”

他抓住他的胳膊拉他到镜子跟前。米佳看到自己血迹斑斑的脸，哆嗦了一下，恼怒地皱起了眉头。

“哎，真见鬼！还有这种倒霉事。”他恶狠狠地嘟囔了一句，迅速把钞票从右手转移到左手，赶紧从口袋里抽出一块手帕。可是手帕也浸透了鲜血（他用这块手帕擦过格里戈里的头和脸）：没有一处是白的了，虽然还没有干透，但好像结成了硬块，舒展不开了。米佳恶狠狠地把它丢在地上。

“哎，真见鬼！您有没有抹布……最好擦一下……”

“那么您不过是弄脏了，没伤着？您最好洗一下，”彼得·伊里奇回答说，“脸盆就在这里，我拿给您。”

“脸盆？这很好……只是我把这些放到哪儿去呢？”他向彼得·伊里奇指了指自己那一沓一百卢布的钞票，露出一副极为奇怪的困惑的表情，用疑问的目光瞅着他，好像他自己的钱放哪儿应该由彼得·伊里奇决定似的。

“您塞进口袋吧，或者放在这儿桌子上，不会丢的。”

“塞进口袋？对，塞进口袋。这很好……不，您要知道，这都不重要！”他大声说，似乎突然摆脱了漫不经心的状态，“您瞧，我们先把手枪这件事了结，您把手枪还给我，这是给您的钱……因为我现在非常非常需要……而且没有时间，一点儿时间都没有……”

他从那沓钞票中取出最上面一张一百卢布的票子，递给了官员。

“我可找不开呀，”他说，“您有没有小票子？”

“没有，”米佳又看了一下钞票，似乎对自己的话没有把握，用手指翻了翻上面的两三张票子，“没有，都是一样的。”他补充说，又向彼得·伊里奇投来疑问的眼光。

“您这是在哪儿发了大财？”他问，“等一等，我让小厮到普洛特尼科夫店里去跑一趟，他们打烊很晚，兴许能兑开。哎，米沙！”他朝门厅喊了一声。

“到普洛特尼科夫店里去——那好极了！”米佳也叫了一声，似乎突然有了什么想法。“米沙，”他转身对走进来的小厮说，“我说，你到普洛特尼科夫店里去对他们说，德米特里·费奥多罗维奇吩咐向他们问好，他自己马上就来……你听好，听明白了：他来到之前他们要准备好香槟酒，要三打，像上次去莫克罗耶那样装好……那次我在他们店里要了四打，”米佳突然对彼得·伊里奇说，“他们都知道，不用担心，米沙，”他又转向小厮，“听好：要有干酪，鹅肝馅饼，黄桂鱼，火腿，鱼子酱，总之，店里有的东西统统都要，花上一百或一百二十卢布，就像上次那样……你再听好：叫他们不要忘记准备小礼品，糖果，梨，两三个西瓜，四个也行——噢，不用，一个也就够了，还有巧克力，水果糖，果汁糖块，牛奶糖，总之，上次我去莫克罗耶时装上的东西都要备齐，加香槟酒一共三百卢布左右……总之，这次要和上次完全一样。你要记住，米沙，如果你米沙……他是叫米沙吧？”他又问彼得·伊里奇。

“您等等，”彼得·伊里奇不安地听他说着并仔细打量他，突然打断了他，“您最好自己去说，他肯定会搞错的。”

“他会搞错的，我知道他会搞错的！哎，米沙，我本想为了托你办事而吻你一下……要是你不搞错，我赏你十个卢布，快去……主要是香槟酒，让他们把香槟酒拿出来，还有白兰地，红、白葡萄酒，像上次那样……他们知道上次要了什么。”

“您听我说！”彼得·伊里奇不耐烦地打断他，“我的意见：他只是去把钱换来并吩咐他们不要关门，然后您自己去说……您把钱给他。走吧，米沙，快去快回！”看来，彼得·伊里奇故意把米沙尽快支走，因为米沙站在客人面前，瞪大了眼瞅着他血迹斑斑的脸和抖抖嗦嗦握着一大沓钞票、沾满鲜血的那双手。他惊恐地一直张着嘴巴站在那儿，大概连米佳的吩咐也没有全部明白。

“行了，现在我们去洗吧。”彼得·伊里奇严厉地说，“您把钱放在桌子上或者塞进口袋……就这样，走吧，把常礼服脱下来。”

他开始帮他脱常礼服，突然又大叫起来：“您瞧，您的常礼服也全是血！”

“这……这不是常礼服上有血。只是袖子旁边有一点儿血。只是在这里，放手帕的地方有血。是从口袋里渗出来的。在费妮娅那里我坐在放手帕的地方，血就渗出来了。”米佳用一种非常信任的口气解释说。彼得·伊里奇听完他的解释不禁皱起眉来。

“您何苦干这种蠢事，大概和人打架了吧。”他喃喃说。

他们开始清洗。彼得·伊里奇端着水罐倒水。米佳很匆忙，没有往手上好好擦肥皂。（他的手在颤抖，正像后来彼得·伊里奇回忆的那样。）彼得·伊里奇马上要他多抹上一些肥皂，多擦几下。这时候他似乎在对米佳发号施令，越到后来越是明显。我们顺便指出：这个年轻人并不胆小怕事。

“您瞧，指甲下面还没有洗干净。好了，现在擦脸，在这儿，太阳穴，耳朵旁边……您就穿这件衬衫去吗？您上哪儿去？瞧，您衬衫的右袖口上全是血。”

“是的，全是血。”米佳说，一面仔细打量衬衫的袖口。

“那就换一件吧。”

“没有时间了。您看，我……”米佳还像原来那样用充满信任的口气说，一面用毛巾擦着脸和手，一面穿上常礼服，“我在这里把袖口折进去，它在常礼服里面便看不到了……您看！”

“您现在告诉我，您在什么地方倒了霉？莫非和人打了一架？像上次那样，又在酒店里？是不是像上次那样打了上尉，还拖着他走？”彼得·伊里奇似乎带着责备的意味重提旧事，“还打了谁……莫非杀了人？”

“胡说！”米佳说。

“怎么胡说？”

“别说了，”米佳说，突然笑了一下，“这是我刚才在广场上把一个老太婆压死了。”

“您压死人了？一个老太婆？”

“一个老头儿！”米佳大声说，直勾勾地看着彼得·伊里奇，一面笑，一面像跟聋子说话那样提高了嗓门。

“哎，真见鬼，一会儿是老头儿，一会儿是老太婆……是不是您打死人了？”

“我们和解了。打了一架以后就和好了。在某个地方。我们友好地分手了。一个傻瓜……他原谅了我……现在肯定已经原谅了……如果他能站起来，那是不会宽恕的，”米佳突然挤了挤眼，“不过您要知道，让他见鬼去吧，听见没有，彼得·伊里奇，让他见鬼去吧，别说了！现在我不想谈！”米佳坚决而又不客气地说。

“我无非是想说，您何必什么都去插一手……就像上次为了一些鸡毛蒜皮的小事就和上尉……您打完了架，如今您急于去花天酒地——您的性格就是这样。三打香槟酒——哪儿用得了这么多？”

“好极了！现在您把手枪给我。真的，没时间了。我很想和您谈谈，亲爱的，实在没有时间。而且现在也完全不必了，现在谈已经太晚。哎哟，我的钱在哪儿？我把钱放到哪儿去了？”他叫了起来，两只手去摸自己的口袋。

“您把钱放在桌子上……您自己放的……都在那儿。您忘了？您简直把钱当成了垃圾。手枪给您。奇怪，五点多钟的时候刚用手枪抵押了十个卢布，而现在您手上有好几千，也许有两三千吧？”

“也许三千。”米佳笑着把钱塞进裤子口袋。

“您这样会丢失的。您拥有金矿还是怎么的？”

“金矿？金矿！”米佳拼命大叫，接着便放声大笑，“佩尔霍金，您想去开金矿？只要您肯去，本地一位太太马上会送您三千卢布。她已经送给了我，她是多么爱金矿啊！您认识霍赫拉科娃吗？”

“不认识，但听说过，也见过。难道这三千真是她给您的吗？就这样白白送给您了？”彼得·伊里奇怀疑地瞅着他。

“那么您到明天，当太阳升起，当永葆青春的福波斯一面称谢、颂赞上帝[1]的时候，您去见她，去见霍赫拉科娃，您自己去问问她：她送了我三千卢布没有？您去打听好了。”

“我不了解你们的关系……如果您讲得如此肯定，那么她是送了……您钱到手了，可却不上西伯利亚，全部三千卢布都拿了……您现在究竟要上哪儿去呀？”

---

① 福波斯是希腊神话中的太阳神。“称谢、颂赞上帝”摘引自《圣经·旧约·历代志上》第25章第3节。

“我去莫克罗耶。”

“去莫克罗耶？天都黑了！”

“马斯特留克原来衣冠整齐，现在马斯特留克身上一无所有①！”米佳突然说。

“怎么一无所有？身上带着几千卢布，怎么还一无所有？”

“我不是指几千卢布。让这几千卢布见鬼去吧！我讲的是女人的天性：

> 女人天性太轻狂，
> 杨花水性，伤风败俗。

我同意尤利西斯②的说法，这是他说的。”

“我不明白您说的话！”

“我喝醉了，是吗？”

“您没有醉，但比醉更糟。”

“我精神上醉了，彼得·伊里奇，我精神上醉了，不说了，不说了……”

“您这是干吗，往手枪里装弹药？”

“我是在往手枪里装弹药。”米佳真的打开了装手枪的匣子，打开了火药口，认真地往枪膛里装火药，压结实。然后他取出一颗子弹，在把它放进去之前，用两个手指把它举在烛光上面查看。

“您干吗看这颗子弹？”彼得·伊里奇担心而又好奇地注视着。

“没有什么。一种想象。比如说，如果你心血来潮，要把这颗子弹射进自己的脑袋，那么在装子弹的时候，你看不看它呢？”

“为什么要看它呢？”

---

① 引自民间历史短诗《马斯特留克·捷姆留科维奇》。前两行为：“马斯特留克躺着昏迷不醒 / 他没发现人家剥光了他的衣裳。”

② 荷马史诗《奥德赛》中的人物。

“它将进入我的脑袋，因此看到它是什么样子也是很有意思的……不过这是荒唐，一时的荒唐。现在都结束了。”他又补充说，一面将子弹压上膛，用棉丝将它压紧，“彼得·伊里奇，亲爱的，荒唐，都是荒唐。你真不知道荒唐到了何种地步！现在请你给我一张纸。”

“给你。”

“这不行，要能写字的、平整的、干净的纸。这就行了。”米佳从桌子上拿起笔，很快写了两行字，将纸一折为四，并塞进了背心的口袋。他把手枪放进匣子，上了锁，把匣子拿在手里。然后看了看彼得·伊里奇，露出了延续很久的、若有所思的微笑。

“现在我们走吧。”他说。

“上哪儿？不，您等等……您这是，大概想把那颗子弹送进自己的脑袋吧……”彼得·伊里奇担心地说。

“子弹的话全是胡扯！我要活下去，我热爱生命！你该知道这一点！我爱金色鬈发的福波斯和他炽热的光芒……亲爱的彼得·伊里奇，你会退出吗？”

“退出是什么意思？”

“让路。给亲爱的人让路，也给仇人让路，为了使仇人变成可爱的人——这就叫让路！并对他们说：上帝保佑你们，走吧，从我身边走过去，而我……”

“您怎样？”

“不说了，我们走吧。”

“真的，我一定要告诉别人，”彼得·伊里奇看着他，“不让您上那里去。您现在去莫克罗耶干吗？”

“那里有一个女人，一个女人。你也别再问啦，彼得·伊里奇，走吧！”

“您听我说，您虽然粗野，但我一直还是喜欢您的，因此我才担心。”

“谢谢你，老兄。你说我粗野。大家都是野蛮人，野蛮人！我要反复说的只有一句话：都是野蛮人！瞧，米沙回来了，我却把他忘记了。”

米沙拿着一把兑开的钞票气喘吁吁地跑进来报告说，普洛特尼科夫店里人人都“忙开了”，他们在搬酒，还在搬鱼和茶——马上可以准备好。

米佳抓起十卢布的一张票子给彼得·伊里奇，而另一张十卢布的票子给了米沙。

“不行！”彼得·伊里奇喊了起来，“在我家里可不允许，这样做要惯坏的，把您的钱收起来，就放这里好了，何必乱花呢？明天会有用的，何况说不定您会再来向我借十个卢布。您怎么老是往裤袋里塞？哎，您会弄丢的！”

“听我说，亲爱的，我们一起去莫克罗耶吧？”

“我干吗要去那里？”

“听着，你愿意的话，我们现在就来开一瓶，为生命干杯！我很想喝一杯，特别是和你一起喝一杯。我和你还从来没有在一起喝过酒吧，是不是？”

“大概是吧，到酒店喝可以，我们走，我自己正打算上那儿去。”

“上酒店没有时间了，就在普洛特尼科夫店里，在后面那个房间里喝吧，要不要我现在给你猜一个谜？”

“猜吧。”

米佳从背心里掏出一张纸，打开来给他看。上面用清晰的文字写着：

“我惩罚自己，并惩罚我的一生！”

“好，我一定告诉别人，现在我就去。”彼得·伊里奇看完纸条说。

“你来不及了，亲爱的，我们去喝一杯，走吧！”

普洛特尼科夫的小店距彼得·伊里奇的住所只隔一幢楼，就在街道的拐角处。这是我们城里富商开的一家食品店，而且店本身也确实很不错。凡是京城任何一家食品店里有的货它都有，各种食品一应俱全：“叶利谢耶夫兄弟公司”的葡萄酒、水果、雪茄、茶、糖、咖啡，等等。三名店员坐镇在店里，两名学徒来回送货。虽然我们这地方已经衰落，地主纷纷四散到各地去了，商业不景气，但食品业照旧很兴旺，甚至一年比一年好。这些商品不愁没有买主。店里的人焦急地等着米佳。他们记得太清楚了，在三四个星期之前米佳也是一下子买了几百卢布的各种食品和酒，并用现金支付（赊账的话，当然是绝不会相信他的），他们记得他像现在这样，手里攥着一大把花花绿绿的钞票，信手乱扔，不讲价钱，没有考虑也不想考虑他要这么多商品和酒，以及诸如此类的东西有什么用。后来全城的人都在说，那次他和格鲁申卡一起到莫克罗耶，“一天一夜一下就花掉了三千卢布，狂欢豪饮回来之后便身无分文，像从娘胎里赤条条来到人间一样”。当时叫了一大群茨冈人（那时他们在我们这儿流浪），据说他们在两天内从他这个醉汉那儿偷走了数不清的钱和喝掉了数不清的名酒佳酿。大家取笑米佳，说米佳在莫克罗耶用香槟酒猛灌笨头笨脑的乡巴佬，用糖和鹅肝馅饼招待乡下姑娘和农妇。我们这里的人，特别在酒店里，还取笑米佳（当然不是当他的面，当面取笑他可有一点危险）曾经当众公开承认他通过这次“大胆的举动”，从格鲁申卡那儿得到的唯一收获便是她“允许他吻她的玉腿，超出这个范围便不允许了”。

当米佳和彼得·伊里奇走近店铺的时候，发现门口停着一辆准备停当的三驾马车，车上铺好了毯子，马身上挂着金属片和铃铛，等候米佳的马车夫安德烈已坐在那儿。铺子里正好“配齐了”一箱货，只等米佳一来就钉箱子装车。彼得·伊里奇感到很惊讶。

“您从哪儿搞来了三驾马车？”他问米佳。

“我跑来找你的路上遇见了安德烈，便吩咐他直接驾车到这里的店铺来等我。不能浪费时间了！上次是和季莫费一起去的，现在季莫费正赶路呢，和一名魔女先走了。安德烈，我们不会太晚吗？”

“他们最多比我们早到一小时，也许一小时也不到，顶多不过早一小时！”安德烈急忙回答，“是我给季莫费套的车，我知道他们是怎样驾车的。他们怎么能和我们比，德米特里·费奥多罗维奇，他们哪能比得上我们快。肯定不会早到一小时！”安德烈热心地抢着说。马车夫是个年纪不算老的精瘦汉子，头发略带棕黄色，穿着紧腰细褶长外衣，左手臂上搭着农民穿的一件厚呢上衣。

“要是只晚一小时，我就赏你五十卢布的酒钱。”

“一个钟头是有把握的，德米特里·费奥多罗维奇，他们半个钟头也早不了，甭说是一个钟头了。”

米佳虽然忙着张罗，可他说话和吩咐都很奇怪，杂乱无章，毫无条理，彼得·伊里奇认为有必要插手帮他一下。

“要四百卢布的东西，不能少于四百卢布，必须和上次完全一样。”米佳吩咐说，“四打香槟酒，一瓶也不能少。”

“你干吗要这么多，这是为什么？等一等！”彼得·伊里奇大声吼叫，“这是什么箱子？装了什么？难道这些东西值四百卢布？”

正在忙碌的店员用甜言蜜语向他说明，第一只箱子里只有半打香槟和“一些马上急需的”小吃，糖，果汁软糖，等等。至于最主要的“用品”立刻另外装运，像上次一样装在另外一辆车里，也是三驾马车，会准时到达的，“最多只比德米特里·费奥多罗维奇晚一小时送到”。

“不得超过一小时，一定不能超过一小时，尽量多装些果汁软糖和牛奶软糖，那里的姑娘喜欢吃这玩意儿。”米佳热烈地坚持。

“牛奶软糖多就多些罢。不过你干吗要四打香槟酒？一打就够了。”彼得·伊里奇快要发火了。他开始讲价钱，索取账单，他不愿就此罢休，可是他总共才挽回了一百卢布。最后商定，发货的总值不得超过三百卢布。

“哎，你们见鬼去吧！”彼得·伊里奇叫喊起来，好像突然明白过来似的，“和我有什么关系？要是这些钱来得容易，那就随手扔好了！”

“你过来，精明鬼，上这儿来，别发火。”米佳把他拉到铺子后面的一间屋里，“他们马上会给我们送一瓶酒来，我们就来喝几杯。哎呀，彼得·伊里奇，我们一起去吧，因为你是一个可爱的人，我喜欢这样的人。”

米佳在一张铺着肮脏台布的小桌子旁的藤椅上坐了下来。彼得·伊里奇坐到他对面。香槟酒立刻端了上来。还问两位老爷要不要牡蛎，“刚刚运到的上等货”。

“让牡蛎见鬼去，我不吃，什么也不要。”彼得·伊里奇几乎是恶狠狠地顶了回去。

“吃牡蛎没有时间了，”米佳说，“而且也没有胃口。你要知道，朋友，”他突然动情地说，“我从来也不喜欢这种乱七八糟的事情。”

“有谁会喜欢这样！三打香槟酒请乡巴佬，对不起，谁都会恼火。”

“我不是指这个。我是指高级的秩序。我身上就没有秩序，高级的秩序……但……这一切都完了，没有什么可伤心的。晚了，随它去吧！我的一生都是乱七八糟，现在应该恢复秩序了。我在说双关俏皮话，是吗？”

“你在说胡话，而不是说双关俏皮话。”

“光荣归于天国的上帝，
光荣归于我身上的上帝！

这一行诗发自我内心深处，这不是诗，而是眼泪……是我自己创作的，但不是在我揪住上尉的胡子拖他的时候……”

“为什么你突然讲到他？”

“为什么我突然讲到他？废话！一切都快结束了，一切差别都将消失，到了最后的界限——便什么都完了。”

“说真的，我老是想到你的手枪。”

“手枪也是胡扯！喝吧，别胡思乱想。我爱生命，我太热爱生命，爱得过分了，简直爱得令人恶心。不说了！为生命，亲爱的，我们干杯，我提议为生命举杯！为什么我对自己感到满意？我卑鄙，但我对自己满意。同时，我又为我卑鄙却又自傲而苦恼。我要赞美造物，现在我愿意赞美上帝和他的造物……但……要消灭一只发臭的虫子，让它不再爬行，不再损害别的生命……亲爱的兄弟，让我们为生命干杯！有什么能比生命更可贵！没有，没有！为生命和为一位女王中的女王干杯。”

“那就为生命，也许也为你的女王干杯。”

他们干了一杯。米佳虽然很兴奋，说话东拉西扯，但似乎很忧郁。总好像有一种难以消解的深重忧虑盘踞在他心头。

“米沙……这是你的米沙进来了吗？米沙，亲爱的，过来，你给我喝了这一杯，为金发的、明天的福波斯……”

“你干吗给他喝！”彼得·伊里奇气呼呼地叫了一声。

“那就请你同意，让他喝吧，是我要他喝的。”

“唉！”

米沙喝了一杯，行了礼就跑了。

“他会记得长久些。”米佳说，“我爱女人，女人！女人是什么？人间的女王！我很悲哀，很悲哀，彼得·伊里奇，你记得哈姆雷特的话吗：

‘我是这样悲哀，这样悲哀，霍拉旭……唉，可怜的郁利克！’[①]这是我，也许我就是郁利克，我现在就是郁利克，以后就成为颅骨。”

彼得·伊里奇听着，一声不响，米佳也沉默不语。

“你们这条狗是什么种？”他发现角落里有一条黑眼睛的小狮子狗，便突然漫不经心地问店员。

“这是老板娘瓦尔瓦拉·阿历克赛耶芙娜的，”店员回答说，“她刚才带来的，忘记在这里了，等一会要给她送回去。”

“我也见过那样的一条狗……那是在团里，”米佳沉思着说，“只不过那只狗的一条后腿跛了……彼得·伊里奇，我想顺便问问你：你一生中有没有偷过东西？”

“这算什么问题？”

“没有什么，我随便问问。我是说有没有从别人口袋里掏别人的东西。我不是指公家的，公家的大家都拿，当然，你也捞……”

“见你的鬼去吧！”

“我是指拿别人的东西：直接从口袋里，从钱包里偷，有过吗？”

“有一次我偷了妈妈的二十个戈比，我才九岁，从桌子上拿的。悄悄地拿了就紧紧攥在手里。”

“后来怎样了呢？”

“没有什么。我藏了三天，觉得害臊，便承认了，交了出去。”

“后来又怎样？”

“自然挨了一顿揍，你问这干吗，你自己就没有偷过？”

“偷过。”米佳狡猾地眨了眨眼睛。

“偷了什么？”彼得·伊里奇好奇地问。

“偷了母亲的二十个戈比，还只有九岁，三天以后交了出来。”米佳说完以后突然站了起来。

---

① 这里是指莎士比亚的《哈姆雷特》第5幕第1场，哈姆雷特在坟地上见到原国王的小丑郁利克的颅骨后讲到人生短暂的一番话。米佳的引文不准确。

“德米特里·费奥多罗维奇，该动身了吧？”安德烈突然在铺子门口大声说。

“都准备好了吗？走吧！”米佳开始慌乱起来，“还有最后一个故事……[1]马上给安德烈来一杯伏特加，喝了上路，除了伏特加，再给他一小杯白兰地！这匣子（装有手枪的）放到我座位下面。再见了，彼得·伊里奇，有什么对不起你的地方，请你原谅。”

“你明天不是要回来吗？”

“一定回来。”

“您是不是现在就把账结了？”店员凑上来说。

“啊，是的，结账！一定结掉！”

他又从口袋里抓出一把钞票，抽出三张一百卢布的票子，丢在柜台上，急急忙忙走出铺子。大家跟在他后面送行，向他鞠躬，祝他一路顺风。安德烈刚喝过白兰地，清了清嗓子就跳上了驾车的座位。可是米佳刚要坐进马车，费妮娅突然非常意外地出现在他面前。她气喘吁吁跑过来，在他面前把双手交叉叠在一起，喊叫着跪倒在他脚下。

“老爷，德米特里·费奥多罗维奇，亲爱的，请别去伤害小姐！我可全都对您说了……也别去伤害他，就是她原先那个情人！他现在来娶阿格拉费娜·亚历山德罗芙娜，特意从西伯利亚回来……老爷，德米特里·费奥多罗维奇，千万别去伤害别人的性命！”

“哎呀，原来如此！现在你到那里会闯祸的！”彼得·伊里奇嘟囔着，“现在我全明白了。还有什么会不明白呢。德米特里·费奥多罗维奇，现在你把手枪交给我，如果你还想堂堂正正做人的话。”他大声对米佳叫喊，“听见没有，德米特里·费奥多罗维奇！”

“手枪？且慢，亲爱的，我一定把它们丢进路上的水塘里，”米佳回

---

[1] 这里米佳引用普希金的悲剧《鲍里斯·戈都诺夫》中皮缅长老的话：“最后再说一个故事/我这个编年史就写完了。”米佳的引文不准确。

答说，“费妮娅，起来，不要跪在我面前，米佳不会去害人，从今以后这个愚蠢的人再也不会去害人了，费妮娅，听我说，”他坐进马车后对她大声说，“刚才我欺侮了你，请你原谅我吧，宽恕和原谅一个卑鄙的人……如果你不原谅，那也无所谓！因为现在一切都无所谓了！走吧，安德烈，快赶车！”

安德烈驱车出发，铃铛响了起来。

“再见，彼得·伊里奇！我的最后一滴眼泪将为你而流……”

“他还没有醉，可满嘴都是胡话！”彼得·伊里奇目送他远去后心里想。他原来打算留下来监督他们把其余的物品和酒装上车（也用三驾马车），因为预见到他们要耍手段和算计米佳，但是突然他对自己恼火起来，啐了一口，便到酒店去玩台球了。

“真是个傻瓜，虽然是一个挺不错的年轻人……”他一路上自言自语，“格鲁申卡原先的那位军官我也听说过。如果他来了，那么……哎，这两支手枪！咳，见鬼，我算什么，我是他的舅爷还是什么？随他们去！什么事情也不会发生的。他们只会大喊大叫，除此之外，什么都不会干。喝醉了就打架，打架以后再和好。难道这是干正事的人？什么‘我退出’，‘我惩罚自己’——这种事不会发生的！他以前在小酒店里喝醉后叫喊这种话已经有一千次了。可现在他没有醉。‘精神上醉了’——那些不要脸的人喜欢说漂亮的话。莫非我是他的舅舅？他不可能没有打架，满脸是血。可能跟谁打架呢？在酒店里我会了解清楚的。手帕上也都是血……呸，见鬼，它还留在我的地板上……管它呢！”

他到酒店时情绪很坏，马上开始打台球。打完一盘以后他情绪快活了。待第二盘结束他突然与他的一个对手谈起，德米特里·卡拉马佐夫又有钱了，竟有三千之多，这是他亲眼看见的；还说米佳又和格鲁申卡到莫克罗耶去寻欢作乐了。这消息使听到的人都感到格外好奇。他们纷纷议论起来，也不开玩笑，反而严肃得出奇。甚至停止了打台球。

“三千？他从哪儿弄到这三千卢布？”

他们开始追问。对有关霍赫拉科娃的说法表示怀疑。

“会不会抢了老头子的钱？”

“整整有三千卢布！总有点不太对头。”

“他扬言说要杀死父亲，这儿的人都听见过的。他谈到的恰好是三千卢布……”

彼得·伊里奇听着，突然他开始冷淡而简短地回答大家的盘问。他一句也没有提到米佳脸上和手上沾满鲜血的情况，而到这里来的路上他本来是打算要讲的。开始打第三盘台球，关于米佳的议论逐渐停了下来；第三盘台球结束后彼得·伊里奇不想再继续玩下去了，放下球杆，也没像原来打算的那样在这里吃晚饭，就离开了酒店。到了广场，突然他莫名其妙站住了，甚至连自己都感到惊讶。他突然意识到他现在是想到费奥多尔·巴夫洛维奇家去了解一下是否出了什么事。“犯不着为了微不足道的一件小事去吵醒人家并惹出麻烦来。咳，见鬼，我难道是他们的舅爷吗？”

他怀着非常恶劣的心情径直走回家去。突然他想起了费妮娅：“唉，见鬼，刚才应该详细问问她，”他懊恼地想了想，“那不就全清楚了。”他心中突然燃起了和她谈一谈并了解清楚的迫不及待而执着的愿望，因而在半路上一下子拐向格鲁申卡居住的莫罗佐娃家。他走到大门口敲了一阵。在万籁俱寂的深夜里响起的敲门声又似乎突然使他清醒过来并引起了他的恼怒。房子里的人都在睡觉，没有人出来开门。“这一下我可要惹出麻烦了！”他怀着痛苦的心情想道，但他没有一走了之，反而突然开始重新拼命敲门。敲门的声音响彻了整条街。“不行，我一定要敲开，一定敲开！”他嘟囔着说，他每敲一下，恼恨自己的感觉也增加一分，简直到了发狂的程度，但同时他又更加用力地敲打大门。

六　我亲自来了

德米特里·费奥多罗维奇的马车在大道上疾驰。到莫克罗耶有二十余俄里，但安德烈的三驾马车跑得飞快，只要一小时零一刻钟就可以赶到。全速行驶使米佳精神焕发。空气清新而凉爽，在洁净的天幕上闪烁着一颗颗巨大的星星。这就是阿廖沙跪倒在地，“狂热地发誓要永远热爱大地”的那个夜晚，也可能就是那个时刻。米佳心里很是不安，非常不安，虽然许多东西在撕裂着他的心，但此时此刻令他心驰神往的只有一个女人，只有他的女王，他要飞到她身边，想最后看她一眼。我只指出一点：他心里甚至从未出现过丝毫怀疑。如果我说这个好妒忌的人对新来的人，对这个从地下冒出来的新的情敌，对这个“军官”一点儿醋意也没有，大家也不会相信我。如果冒出了一个别的什么人，那么他马上会妒忌，说不定可怕的双手就会沾满鲜血。但是现在他乘着三驾马车疾驰的时候，他对这一个，对“她的第一个情人”不仅不感到妒忌的仇恨，甚至连敌意都没有——虽然他还从未见到过他。“这是无可争议的，这是她和他的权利，这是她的初恋；在五年之内她都没有忘记，就是说，在五年内她只爱他，可是我，我又何必掺和进去呢？我又算什么，这与我又有什么关系？退出吧，米佳，你该让路！再说现在我又是什么？就是没有这位军官一切也都完了，即使他根本没有来，那么一切也照样都已经结束了……”

如果他还能思考，那么他用这些话可以大体上表述出自己的情绪。但当时他已经无法思考。他现在的全部决心产生于一瞬间，没有经过思考，还是在不久前，在费妮娅那儿，从她讲出第一句话起，他已经下定决心并考虑到了可能引起的一切后果。但是，尽管已经下了决心，但他心里总感到不安，简直到了痛苦的地步。他的决心并没有给他带来平静。许许多多难忘的往事折磨着他。这种心情有时使他感到奇怪：难道他不是已经白纸黑字给自己写下了判决“我惩罚自己并惩罚我的一生”，而且这张纸就在身上，在他口袋里，早就准备好了的；手枪不是早已装上子弹，他早已决定怎样去迎接明天“金发福波斯”的第一道炽热的光芒，然而他无论如何还是无法与使他痛苦不堪的种种往事彻底决裂。他非常痛苦地感觉到这一点，这种想法使他内心深深感到绝望。途中有一瞬间他突然想叫安德烈停下来，从车上跳下，拿起上了膛的手枪了结一切，也不用等到黎明了。但这瞬间像小小的火花一样消逝了。而且三驾马车跑得飞快，“吞噬着大地”，随着目的地的临近，对她，只对她一个人的思念之情，越来越强烈地攫住了他的心，并驱散了他心头的种种可怕幻影。啊，他多么想看看她，哪怕是匆匆看上一眼，哪怕只是从远处！“她现在和他在一起，因此我才要看看她现在和他，和原先的情人在一起的情形，我需要的也仅此而已。”对这个他命中注定的女人，他心里从未涌现出如此强烈的爱，一种他从未体验过的、清新的感情，一种连他自己都意想不到的感情，一种近乎祈求、不惜在她面前死去的柔情。“我会死的！”他突然怀着某种狂热的激情说。

他们走了将近一小时。米佳沉默着，而安德烈虽然是个爱唠叨的汉子，也一声不吭，似乎不敢说话，只是拼命赶着他的“瘦马”——那三匹精瘦的、跑得飞快的枣红马。米佳突然惊慌失措地大喊：

“安德烈！要是他们睡了怎么办？”他突然冒出这个想法，而在这之前他一点也没有想到。

“他们肯定已经睡了，德米特里·费奥多罗维奇。”

米佳痛苦地皱起双眉：真的，他何苦赶来……还怀着这样的感情……而他们却在睡觉……可能，她也睡了……一股恼怒的情绪在他心里升腾起来。

“快赶，安德烈，加把劲，安德烈，快！”他疯狂地叫喊。

“说不定他们还没有睡，”安德烈沉默半晌后断定，“刚才听季莫费说，那里有很多人……”

“在驿站？”

“不是驿站，在普拉斯图诺夫的客栈里，那是个私人的驿站。”

“我知道，那你怎么说有很多人？哪儿来那么多人？他们是什么人？”米佳听到这个意外的消息后十分不安，紧紧追问。

“季莫费说，都是老爷，两个是城里来的，他们是什么人就不清楚了，季莫费只是说，两位是本地的老爷，还有两位好像是外地来的，可能还有别的人，我没有详细问他。他还说，他们在打牌。”

“玩牌？”

“要是在打牌，兴许他们还没有睡，我想，现在最多十一点，肯定不会超过十一点。”

“快赶，安德烈，快走！”米佳神经质地叫嚷。

“老爷，请问这是怎么一回事？”安德烈沉默了一会儿说，“您别生气才好，我怕惹您生气，老爷。”

“你怎么啦？”

“刚才费多西娅[1]·马尔科芙娜跪在您面前，求您不要去害女主人和另外一个什么人……可是，老爷，我却把您送到那里去……请原谅我，老爷，我是良心上过不去才这样说的，可能我说了蠢话。”

米佳突然从后面抓住了他的肩膀。

“你是不是马车夫？是马车夫吗？”米佳发疯似的说。

“是马车夫……”

“你知道应该给人家让路。要是不肯给人家让路，横冲直撞轧上去，说什么我要走，这还算什么马车夫！不行，马车夫，不能轧上去！千万不能轧死人，不能毁掉别人的生命；如果你毁了别人的生命，你就惩罚自己吧……如果你伤害、毁灭了别人的生命，你就应该惩罚自己并走开。”

米佳完全像歇斯底里发作那样一口气说出了这番话。安德烈虽然对老爷的话感到惊讶，但还是继续着谈话。

“这是真的，德米特里·费奥多罗维奇，您说得对，不能轧死人，也不能折磨人，对任何一个生灵都是一样，因为任何一个生灵都是上帝造出来的，就拿一匹马来说也是这样，有人就平白无故去伤害它，连我们赶车的也有人这样干……而且他可以不顾一切，横冲直撞，对着你直冲过来。”

“冲向地狱？”米佳突然打断了他，出人意料地咯咯干笑起来，“安德烈，你是直心肠，”他又紧紧抓住他的双肩，“你说，德米特里·费奥多罗维奇·卡拉马佐夫会不会下地狱？你看会吗？”

“我不知道，亲爱的，这取决于您，因为您是我们的……您瞧，老爷，上帝的儿子在十字架上钉死以后，他离开十字架就直接到了地狱，把

① 费妮娅的本名。

那里受折磨的罪人放了。地狱以为今后再也没有罪人到它那儿去了，便开始唉声叹气。那时主就对地狱说：‘别唉声叹气，地狱，因为从现在起，所有的大官，有权的人，主审法官和富人都要上你这儿来，你这儿一定会挤满了人，和过去一样，直到我下次再来。’[①]这是真的，这是他说的……”

“这是民间神话，太棒了！安德烈，给左面那匹马抽一鞭子！”

“很清楚，老爷，地狱就是为那些人准备的，”安德烈朝左面的那匹马抽了一鞭子，“可是您，老爷，简直就像一个孩子……我们是这样看您的……虽然您火气大，老爷，这是事实，但因为您直爽，主会原谅的。”

“那你原谅我吗，安德烈？”

“我原谅您什么，您又没有做过对不起我的事。”

“不，我是说你一人代表大家，就在现在，马上，就在这里，在路上，你能代表大家原谅我吗？你说吧，好心人！”

“唉，老爷！我替您赶车真有点儿怕，您的话是多么奇怪……”

但米佳没有听清楚。他拼命祈祷并发疯似的自言自语。

“主啊，接受我这个无法无天的人吧，但不要审判我。你别审判，放我过去吧……你别审判，因为我自己审判了自己；你别审判，因为我爱你，主啊！我卑鄙，但我爱你；要是你把我打入地狱，我在那里也将爱你，并从那里高喊我永远爱你……求你成全我的爱……就在这里，就在现在成全我的爱，在你射出炽热的光芒之前，不过五小时……因为我爱我心灵的女王。我爱，而且不能不爱。你自己完全了解我。我赶到以后，就跪倒在她面前说：你抛弃我是对的……永别了，忘了你的牺牲品吧，你千万不要感到不安！”

“莫克罗耶到了！”安德烈叫了一声，用鞭子指向前方。

---

① 这里安德烈所说的故事源于民间神话和宗教诗《圣母之梦》，当时流传颇广并有多种异文。

透过茫茫夜色，突然显现出散落在广漠大地上的一片轮廓分明的房舍。莫克罗耶村有两千人，但这时候都已睡了，只是有些地方偶尔还有稀疏的几盏灯光在黑暗中闪烁。

“快赶，快赶，安德烈，我来了！”米佳像发热病一样大叫道。

“还没有睡！”安德烈又说，用鞭子指着普拉斯图诺夫的客栈。客栈就在村口，六扇临街的窗户灯火通明。

“没有睡！”米佳高兴地接着说，“安德烈，快赶，让铃铛响起来，让车子轰隆隆开进去！要让大家都知道是谁来了！是我来了！我亲自来了！”米佳疯狂地大叫。

安德烈将筋疲力尽的三匹马赶得飞快，真的轰隆隆驾车来到了高高的台阶旁，勒住了浑身冒气、累得半死的马匹。米佳跳下车来，这时候正要打算去睡觉的客栈老板出于好奇站在台阶上张望，看看到底是谁这样驾车闯了进来。

“特里丰·鲍里瑟奇，是你吗？”

老板俯下身子仔细辨认了一会儿，飞也似的从台阶上跑下来，带着一副讨好的兴奋表情冲到客人跟前。

“德米特里·费奥多罗维奇，我的老爷！难道我们又见到您了吗？”

这个特里丰·鲍里瑟奇是个结实健壮的汉子，中等身材，脸胖胖的，神色严峻，不讲情面，对莫克罗耶的农民特别厉害，但是当他嗅出有利可图的时候，能迅速改变脸色，使自己脸上堆满竭力奉承的表情。他一身俄国式打扮，穿着一件斜领衬衫和紧身长外衣。他已经积聚了相当一笔钱，但一心妄想有更大的作为。此地一半以上的农民都捏在他的手心之中，欠了他大笔的债。他向地主租赁土地，有时自己也买进土地，但都让农民耕种，他们以耕抵债，而且永远也还不清他的债。他是一个鳏夫，有四个成年的女儿。其中一个是寡妇，带着两个小孩，住在他家里。她像帮工似的为他干活。另一个女儿嫁给了一个文书出身的公务员，在客栈一个房间的墙壁上挂着几张家庭的小相片，在其中一张上可以看到这个穿着制服，戴着肩章的小公务员。两个小女儿每逢教堂节日或外出做客时，就穿起天蓝色或绿色的时髦连衣裙，后面是紧身的，还拖着一俄尺长的裙裾，可是第二天早晨，就像平时一样，天一亮就起床，手里拿着白桦枝条扫把，打扫旅客走后的房间，倒掉脏水，清除垃圾。特里丰·鲍里瑟奇虽然已经赚了几千卢布，仍然非常喜欢从花天酒地的豪客身上变着法子弄钱。他记得，米佳带着格鲁申卡在他店里的纵酒玩乐还不到一个月，那一昼夜间他就从德米特里·费奥多罗维奇手里捞到如果不是整三百，那也有二百多卢布，因而他现在迎接他是那样高兴和麻利，他根据米佳把马车一直赶到台阶前的架势，就感到又有猎物上门了。

“德米特里·费奥多罗维奇老爷，我们又要接待您这位贵客了吗？”

“等等，特里丰·鲍里瑟奇，”米佳开始说，“首先，最重要的一件事是：她在哪儿？”

“阿格拉费娜·亚历山德罗芙娜？”老板警觉地注视着米佳的脸，马上明白了他的意思，“她是在这里……”

“跟谁，跟谁在一起？”

“跟过路的客人……一个是官员，从口音听来，应该是波兰人，正是他从这儿派了马车去接她来的，另一个是他的朋友，也可能是同路人，谁知道呢；他们都穿着便服……”

“怎么样，在大摆酒席吗？很有钱吗？”

“摆什么酒席！小家子气十足，德米特里·费奥多罗维奇。”

“小家子气吗？那么其他人呢？”

“两位老爷是城里来的……从切尔尼回来，就留宿在这儿了。一个是年轻人，可能是米乌索夫先生的亲戚，只是记不起叫什么名字了……另一位，您肯定也是认识的——地主马克西莫夫，据说，他顺道到你们那儿的修道院朝圣去了，现在就和米乌索夫先生的亲戚，这个年轻人同路。”

“就这几个人吗？”

“就这几个人。”

“行了，别说了，特里丰·鲍里瑟奇，现在你说最主要的：她在干什么？她怎么样？”

“她刚到不久，现在和他们坐在那儿。”

“她高兴吗？她笑吗？”

“不，她似乎不怎么笑……甚至坐在那里显得很无聊，给那个年轻人梳头发。”

“这是给波兰人，给那个军官梳吗？”

“他算什么年轻人，而且根本不是军官，不是，老爷，不是替他梳头发，而是替米乌索夫的侄子，替那个年轻人梳……只是我忘记了他的名字。”

“是卡尔加诺夫吗？”

“正是卡尔加诺夫。”

“好吧，我自己来确定。他们在玩牌吗？”

“玩过了，现在不玩了，茶也喝过了，那个官员还要了杯甜酒。”

“等等，特里丰·鲍里瑟奇，等等，宝贝，我自己来安排，现在你回答最主要的问题：有没有茨冈人？”

“茨冈人现在完全找不到了，德米特里·费奥多罗维奇，被官府撵走了，不过这里犹太人倒是有的，在罗日杰斯特文斯卡娅村，他们能演奏洋琴和小提琴，现在马上就可以叫他们来，他们会来的。”

“去叫，一定要去叫！”米佳高声说，“像上次那样，可以把姑娘叫来，特别是玛丽亚，斯捷潘妮达也要，还有阿琳娜。给合唱队二百卢布！”

“花这些钱我可以给您把全村的人都叫起来，尽管他们现在已经躺下睡大觉了。不过，德米特里·费奥多罗维奇老爷，这里的乡巴佬，还有这些姑娘配不配这种厚爱呢？为这些下流粗野的乡下佬花这么大的一笔钱值得吗！我们的乡巴佬哪里有资格抽雪茄，可是你却给他们抽。他们这些强盗身上都有一股难闻的臭味。而姑娘们，不管哪一个，都长着虱子。我可以把自己的几个女儿叫起来，不用花钱，不用花那么多的钱。她们现在刚睡下，我马上给她们背上踹一脚，让她们起来，让她们为您唱歌。您不久前还给乡巴佬灌香槟酒，唉，真不值得！”

特里丰·鲍里瑟奇替米佳惋惜是毫无道理的：那次他自己就扣下了半打香槟酒，在桌子底下捡到一张一百卢布的钞票，马上就攥在自己手里。这张钞票就一直留在他手里成了他的了。

“特里丰·鲍里瑟奇，那一次我在这里花了不止一千卢布吧？你记得吗？”

“您是花了，亲爱的，怎么会不记得呢，您在这里花了大约三千卢布。”

“好，我现在又带着同样的数目来了，你瞧。”

他抽出一沓钞票，在老板的鼻子前面晃了一下。

“现在你听明白了：一小时后，酒、凉菜、馅饼和糖马上就运到，你要立刻搬到楼上去。现在安德烈那儿有一只箱子你也马上搬上楼，把它打开，立刻把香槟送来……主要是要找姑娘，要找姑娘，尤其那个玛丽亚一定要给我找来……”

他转身走到马车跟前，把座位底下装着手枪的匣子取了出来。

“给你车钱，安德烈，拿去吧，给你十五卢布的车费，这五十卢布作酒钱……感谢你做事尽心尽力，感谢你的好意……别忘了卡拉马佐夫老爷！”

“我害怕，老爷……”安德烈犹豫了，“五个卢布的酒钱就够了，多了我不要。特里丰·鲍里瑟奇可以做证。请原谅我的蠢话……”

“你怕什么，”米佳打量他一眼，“要是这样，那就见你的鬼去吧！”他大声说，扔给他五个卢布。“特里丰·鲍里瑟奇，现在你悄悄领我进去，让我对他们所有的人先瞧上一眼，只是别让他们发现我。他们在哪里，在那间天蓝色的房间里吗？”

特里丰·鲍里瑟奇提心吊胆地看了看米佳，但马上乖乖地照办：他小心翼翼引他进了过道，自己先走进了与客人坐着的房间相邻的那个大房间，从里面取出一支蜡烛，然后他把米佳悄悄地领进去，让他待在一个很暗的角落里，从那里他可以随意地看清楚谈话的人而不被他们发现。但米佳没有看多久，而且他也无法细看：他一看到她，心就怦怦直跳，眼睛也模糊了。只见她侧身坐在桌子旁边的扶手椅里，在她身边的沙发上坐着年轻英俊的卡尔加诺夫：她拉着他的手，好像在笑，而他并不看她，却跟隔着一张桌子面对格鲁申卡坐着的马克西莫夫大声说话，他似乎在生气。马克西莫夫不知为什么在大笑。他坐在沙发上，而沙发旁边靠墙的椅子上坐着另一个陌生人。坐在沙发上的那个人懒洋洋地舒展着身躯和四肢，正在抽烟斗，米佳匆匆得到的印象是：这个人有点发胖，大脸盘，看来身材不高，好像为什么事正在生气。他的朋友，另一个陌生人，米佳却觉得身材特别高大，除此之外，他什么都看不清楚。他感到气都喘不过来。他简直一分钟都坚持不下去了，他把匣子放在五屉柜上，浑身哆嗦，屏住了呼吸，径直向在天蓝色房间里闲聊的那几个人走去。

“哎哟！”格鲁申卡首先发现了他，吓得尖叫起来。

七 无可争议的旧恋人

米佳大步流星走到桌子跟前。

“先生们，”他开始大声说道，几乎是在喊叫，但每个字都说得结结巴巴，“我……我真的没有什么，没有什么。”他突然转向格鲁申卡，她坐在扶手椅里偎依着卡尔加诺夫并紧紧抓住了他的手，“我……我也在赶路。我在这里只待到天亮。先生们，一个路过的旅客……可以和你们一起待到早晨吗？仅仅待到早晨，最后一次，就在这房间里？”

他最后一句话是对坐在沙发上叼着烟斗、有点发胖的人说的。那个人傲慢地从嘴里取下了烟斗，厉声说：

“先生，我们这里是私人聚会。还有别的空房间呢。”

“原来是您，德米特里·费奥多罗维奇！您干吗说这话？”卡尔加诺夫突然应声说，“请和咱们一块儿坐吧，您好啊！”

“您好，亲爱的……最宝贵的人！我一向敬重您……”米佳兴高采烈地赶紧回答，马上隔着桌子把手伸给他。

“哎哟，您握手的劲儿真大！手指都给您捏断了。”卡尔加诺夫笑着说。

“他总是这样握手，总是这样！”格鲁申卡愉快地应声说，露出了畏怯的微笑，根据米佳的神态，她突然断定他不至于撒野，因此怀着极大的好奇和不安仔细打量他。他身上有某种东西特别使她震惊，而且她完全没有料想到他会在此刻这样走进来和这样说话。

“您好。”地主马克西莫夫从左侧亲热地跟他打招呼。米佳向他奔去。

“您好，您也在这里啊，我多么高兴在这里见到您！先生们，先生们，我……”他又对叼着烟斗的波兰人说，显然把他当作这里的关键人物了，“我飞也似的赶来了……我希望在这个房间里度过我最后的一天和最后的时光，就在这个……我曾经热烈爱慕过……我的女王的房间里！……请原谅，先生！”他疯狂地叫了一声，“我赶来时发了誓……啊，请别害怕，这是我最后一个夜晚！先生，干一杯和解酒吧！葡萄酒马上就送来……我把这玩意儿也带来了。”他突然不知为什么把自己的那沓钞票掏了出来，“请允许我，先生，我要音乐，要热热闹闹，和上次一样……但一条蛆虫，一条毫无用处的蛆虫在世界上爬过以后，将不复存在！在我最后的一个夜晚我将记住我欢乐的一天……”

他几乎喘不上气来了；他想说许许多多，但说出来的只是一些令人纳闷的感叹。波兰人目不转睛地看着他和他的大把钞票，又看着格鲁申卡，显然感到迷惑不解。

“要是我的玉王同意……”他开始说。

“什么玉王，是女王吧？”格鲁申卡突然打断他，“听您说话我都感到好笑。坐下，米佳，你这是在说什么啊？请别吓唬人。你不会吓唬人，不会吓人了吧？要是你不再这样，我就非常高兴……”

“怎么，我还能吓唬人？”米佳突然举起双手大喊，“啊，你们从我身边走过去，走过去吧，我不会妨碍的！”他突然出乎大家意料，也出乎自己意料地扑到一把椅子上，转过脸对着另一面墙壁号啕大哭，两只手像拥抱似的紧紧抱住了椅背。

“瞧，瞧，瞧你这模样！”格鲁申卡带着责备的口气大声说，“他以前到我这儿也经常是这副样子，他会突然说些我一点儿也不明白的话。有一次也是这样哭了，现在是第二次——真不害臊！你干吗哭啊？**又有什么事值得你哭的**？”她突然神秘地补上一句，气呼呼地强调着每一个字。

“我……我没有哭……你们好！”他一下子从椅子上转过身，突然笑了起来，但不是平时那种干巴巴的、断断续续的笑，而是一种不易觉察的、神经质的和颤抖的长笑。

“瞧，又来了……好啦，你应该开心，应该开心才对！”格鲁申卡劝他，“你来了我很高兴，很高兴，米佳，你听见了吗，我很高兴？我要你和我们坐在一起，”她用命令的口气似乎对大家说，但她的这些话显然是针对坐在沙发上的那个人，“我要，我就要这样！如果他离开，那我就走，就这样！”她又说，两眼炯炯发光。

“我女王的意愿就是法律！”波兰人说，一面彬彬有礼地吻了吻格鲁申卡的手，“请这位先生加入我们一伙吧！”他殷勤地对米佳说。米佳跳起来，显然企图再次发表长篇宏论，但结果并非如此。

“咱们喝一杯，先生们！”他突然用一句话代替了长篇宏论。大家哄堂大笑。

“天哪，我以为他又要大发议论了。”格鲁申卡神经质地叫了一声。“听见吗，米佳，”她固执地说，“你不要再折腾了。你带来了香槟酒，这很好。我自己也要喝，我再也受不了甜酒啦。最高兴的是你亲自来了，要不太无聊了……你又要来大摆酒宴吗？你把钱放进口袋去！你从哪儿搞来这么多钱？”

米佳手里还攥着一沓钞票，引起了大家，尤其是两个波兰人的注意。米佳不好意思地迅速将钞票塞进了口袋。他的脸一下子变红了。正在这时候老板用托盘端来了一瓶已经打开的香槟酒和几只杯子。米佳抓起一瓶香槟，但他是那样慌张，居然不知怎么办才好。卡尔加诺夫从他手里接过酒瓶，代替他斟了酒。

“再去拿，再来一瓶！”米佳冲着老板大叫，忘记了和那个被他郑重其事邀请一起干一杯和解酒的波兰人碰杯，突然他不等别人，独自喝完了自己那杯香槟。他的脸色刷一下全变了。他脸上突然出现了一种童稚般的神态，他进来时的那种悲壮的表情消失了。他突然变得温和，谦恭。他畏怯而高兴地望着大家，常常神经质地嘿嘿窃笑，像一只做了错事的小狗因为重新被爱抚和允许进来而感激不尽。他似乎已经忘记了一切，满心喜欢，露出天真的微笑看着大家。他望着格鲁申卡，不断在笑，把椅子一直挪到她的扶手跟前。他逐渐地看清楚了那两个波兰人，虽然还不太明白他们的身份。使他感到惊讶的是坐在沙发上的波兰人，他的姿态，他的波兰口音，特别是他的那只烟斗。“没有什么关系，他抽烟斗也很好嘛。”米佳观察着。波兰人带点松弛的、近四十岁的脸盘，非常小的鼻子，鼻子下面两撇尖细的、抹上油膏和令人恶心的胡须暂时还没有引起米佳的反感，甚至他那两个鬓角难看地梳得向前翘起的、质地很差的西伯利亚假发都没有使米佳感到奇怪：“既然是假发，那么应该是这种样子。”他继续傻乎乎地在看。另一个靠墙而坐的波兰人比坐在沙发上的那个要年轻些，他用蛮横寻衅的眼光瞅着大家，他对大家的谈话不屑一顾，默不作声，使米佳惊讶的只是他的个子高得出奇，与坐在沙发上的波兰人很不相称。“如果站起来，准有两俄尺十一俄寸。”米佳的脑子里闪过这样的念头。他还猜想，这个高个子波兰人大概是沙发上那个波兰人的朋友和跟班，好像是“他的保镖”。叼着烟斗的波兰人当然能指挥高个子波兰人。米佳觉得这一切都非常之好和无可争议。一条小狗是不会产生竞争的愿望的。他完全不理解格鲁申卡的心态和她那几句话中包含的神秘意味。他由于内心非常激动，只知道她对他很亲热，她已经“原谅”了他，让他坐到她身边。他见到她呷了一口酒，简直欣喜若狂。大伙儿的沉默突然使他惊讶不已，他用期待的眼光扫视所有的人。“为什么我们这样干坐着，为什么你们什么都不玩，先生们？”他那欢快的目光似乎这样说。

“瞧他尽在胡说八道，惹得我们直笑。”卡尔加诺夫好像猜到了他的想法，突然指着马克西莫夫说。

米佳迅速把视线转向卡尔加诺夫，然后又马上瞅着马克西莫夫。

“胡说八道吗？”不知为什么他马上高兴起来，发出了短促干涩的笑声，“哈哈！”

“是的，您想想，他说，似乎我们的骑兵在二十年代都娶波兰女人。这完全是胡说八道，难道不是吗？”

“娶波兰女人？”米佳又接茬说，这时他已经欣喜若狂了。

卡尔加诺夫非常了解米佳与格鲁申卡的关系，也猜到了有关波兰人的情况，但所有这一切都没有引起他多大的兴趣，甚至根本不感兴趣，最使他感兴趣的是马克西莫夫。他和马克西莫夫来到这里是偶然的，在这儿的客栈里碰上波兰人也是他生平第一次。他原来就认识格鲁申卡，甚至和别人一起到格鲁申卡家里去过，当时她并不喜欢他。但在这里她对他很亲热；米佳到来之前她甚至对他百般温存，但他似乎无动于衷。他还是个青年，年龄不超过二十岁，穿戴讲究，有一张白皙的、非常可爱的脸，一头漂亮、浓密的淡褐色头发。但这张白净可爱的脸蛋上那双美丽的浅蓝色眼睛却露出聪明的、有时甚至是与其年龄很不相称的深刻表情，虽然他有时候说话的口气和眼神完全跟孩子一样，即使他自己意识到这一点，他也丝毫不觉得不好意思。总而言之，他很有个性，甚至很任性，虽然他总是和蔼可亲。有时候他脸上会闪现出一种呆板而执拗的表情：他瞅着你，听你说话，可自己却在专心致志地想自己的事。他一会儿萎靡不振，懒懒散散，一会儿又突然激动不已，而且往往是为了一些小事情。

“请您想想，我带着他已经有四天了，”他似乎有点儿懒洋洋地拉腔拉调说，但没有丝毫卖弄的意思，完全是自然的，“记得吗，是从您的兄弟把他推出马车，把他摔出去老远的那个时候开始的。他那时引起了我很大的兴趣，我带他去了乡下，可他却老是胡说八道，和他在一起都感到害臊。我现在送他回去……”

“这位先生没有见过波兰女人，因此讲的尽是些不可能的事。”叼着烟斗的波兰人对马克西莫夫说。

这个波兰人俄语说得不错，至少要比他现在装出来的水平要好得多。如果他说俄语，非得要改变成波兰语的腔调。

“可我自己真的是娶了波兰女人。”马克西莫夫嘻嘻笑着回答。

“那么，莫非您曾在骑兵队服过役？您刚才就在讲骑兵。您难道当过骑兵吗？”卡尔加诺夫马上加入谈话。

“是啊，当然喽，难道他是骑兵？哈，哈！”米佳喊道，他一直在专心地听并将疑问的目光迅速地转向每一个开口说话的人，似乎他想从每个人那儿听到些什么。

“不是的，你瞧，”马克西莫夫对他说，“我说的是那里的波兰女人……都很漂亮……只要和我们的骠骑兵跳玛祖卡舞……她和他跳完玛祖卡舞，她就像一只……雪白的……小猫一样，马上跳到他的膝上……她的父母看着也默许了……而骠骑兵第二天就跑去求婚……是的……去求婚，嘻，嘻！”马克西莫夫说完就嘻嘻笑了。

“真是个无赖！”坐在椅子上的高个儿波兰人突然嘟囔着说，跷起了二郎腿。映入米佳眼帘的是那只上了油的靴子和又厚又脏的靴底。总之，两个波兰人的衣着相当脏。

“咳，连无赖也骂出口了！干吗要骂人？”格鲁申卡突然生气了。

“阿格里比娜[①]小姐，他在波兰只见过女仆，没有见过贵族小姐。”叼着烟斗的波兰人对格鲁申卡说。

“这是意料之中的事！”坐在椅子上的高个儿波兰人轻蔑地说。

“居然还讲这种话！总得要让他说话嘛！人家说话为什么要干涉？和他们在一起很快活。”格鲁申卡顶了回去。

“我没有干涉，小姐。”戴假发的波兰人凝视着格鲁申卡强调说，接着就一本正经地沉默了一会儿，又开始抽烟斗。

“不，不，这位先生刚才讲的是实话，”卡尔加诺夫又激动了，似乎在谈什么了不起的大事，“他真的没有到过波兰，那么他怎么能谈论波兰呢？您真的不是在波兰结婚的吧，是不是？”

“不是，我是在斯摩棱斯克省结婚的。结婚前一个骠骑兵就把我的太太，即未来的太太，和她的妈妈和姨妈，还有一个带着成年儿子的女亲戚一起带出来了，是从波兰，从本土……来的，后来他把她让给了我。他是我们的中尉，一个非常好的年轻人。原先他自己打算娶她，结果没有娶，因为她是一个瘸子……”

“您就跟瘸子结婚了？”卡尔加诺夫惊呼起来。

“是跟瘸子结婚了。当时他们俩做了手脚，哄骗了我。我以为，她是跳跳蹦蹦的……她老是跳跳蹦蹦，我就以为她是因为高兴才这样……”

“嫁给您是因为高兴？”卡尔加诺夫用孩子那样清脆的声音大声嚷道。

“是啊，是因为高兴。但结果却发现完全是另一码事。后来，我们举

---

① 这个波兰人把“阿格拉费娜”念错了。

行了婚礼，她在当天晚上向我坦白，楚楚动人地求我宽恕，她说，在小时候有一次跳越一个水坑摔坏了脚，嘻，嘻！”

卡尔加诺夫像孩子那样笑得前仰后合，差一点儿跌倒在沙发上。格鲁申卡也眉开眼笑，而米佳简直是心花怒放了。

“您知道吗？知道吗？他现在说了实话，他现在不说谎了！”卡尔加诺夫冲着米佳大叫，“您知道，他真的结过两次婚，刚刚说的是第一个妻子，而他的第二个妻子跑掉了，现在还活着，您知道吗？”

“真的吗？”米佳迅速向马克西莫夫转过身子，脸上露出了惊讶不已的表情。

“是的，她跑了，我确实有过这种不愉快的事，”马克西莫夫老老实实承认，“跟一个法国人跑了。主要是她预先把我整整一座田庄转到了她的名下。她说，你是一个有教养的人，你会给自己找到一块面包的。她就这样弄得我毫无办法。有一次一位尊敬的主教也对我说：你的第一位太太是瘸子，而第二位太太却像‘飞毛腿’，嘻，嘻！”

“请注意，请注意！”卡尔加诺夫的情绪越来越兴奋，“如果他撒谎——他常常撒谎——那么他撒谎也无非是为了使大家开心，这真的不能算卑鄙，不能算卑鄙吧？你们知道吗？我有时很喜欢他。他很卑鄙，但卑鄙得自然，对吗？你们是怎样想的呢？有的人卑鄙是为了达到某种目的，想捞到好处，而他却很单纯，完全出自本性……你们想想，譬如说，他硬是认为（昨天一路上都在跟我争论）果戈理的《死魂灵》是在写他。你们记得吗？小说中有个地主马克西莫夫，诺兹德廖夫因为鞭打了他而受到指控：酒醉后用鞭刑使地主马克西莫夫人格受辱①，还记得吗？你们想想，他居然硬说那就是他，是他挨了鞭子！难道这可能吗？乞乞科夫旅行最迟也是在二十年代初，因此时间完全不对头，那时候他根本不可能挨打。真的不可能，绝对不可能，对吗？”

很难想象卡尔加诺夫为什么会如此激动，但他的激动是真诚的。米佳

① 参见果戈理《死魂灵》第1部第4章结尾部分。

毫无保留地随声附和他。

“他大概真是挨打了！”他笑着大声说道。

“不是挨了打，是这么回事……”马克西莫夫突然插话说。

“怎么回事？挨打了还是没有挨打？”

“几点了，先生？”叼着烟斗的波兰人露出兴味索然的表情，问坐在椅子上的高个子。对方耸耸肩膀作为回答：他们两人都没有表。

“为什么不聊一会儿？也得让别人说说话嘛。要是您感到乏味，难道就不许别人说话了吗？”格鲁申卡又气势汹汹地质问他，看来她故意在找碴子。有一个念头似乎在米佳的头脑中一闪而过。这一次波兰人的回答显然是生气了：“小姐，我不反对，我什么也没有说。”

“那就好。你说下去吧。”格鲁申卡对马克西莫夫大声说。“你们干吗都不吭声了？”

“其实也没有什么可说的，因为这全是胡扯。”马克西莫夫马上接着说，显然很得意，还有一点儿装腔作势，“果戈理在书里写的这些都是在影射，因为取的姓氏都是有所指的：诺兹德廖夫并非诺兹德廖夫，而是诺索夫，库夫申尼科夫——那就面目全非了，因为他是什克沃尔捏夫。费纳尔提倒真的是费纳尔提，只不过他不是意大利人，而是俄罗斯人，叫彼得罗夫。费纳尔提小姐很漂亮，腿上绷着紧身裤，两条腿很美，裙子短短的，缀满了闪光的彩片，这是她在旋转，不过并非四小时，总共也只有四分钟……她把大家都迷住了……”[①]

“那么他们为什么鞭打你，你挨鞭子是为了什么啊？”卡尔加诺夫大声叫嚷。

“为了皮龙。”马克西莫夫回答。

“为了哪个皮龙？”米佳大声问。

“为了法国著名作家皮龙。当时我们许多人在一起喝酒，在酒店里，

① 诺兹德廖夫、库夫申尼科夫都是小说《死魂灵》中的人物，费纳尔提是 19 世纪 20 年代著名的魔术师，也在小说中提到过。

就在集市上，他们也邀请了我，我一开始就念讽刺诗：‘这是你吗，布瓦洛？多么可笑的打扮。’布瓦洛回答说他正准备去参加化装舞会[①]，事实上是去澡堂，嘻——嘻，他们以为是讽刺他们。我赶紧又念了另外一首辛辣的讽刺诗，那是有教养的人都知道的：

你是萨福，我是法翁[②]，
我完全同意，
但是我痛苦的是：
你不知道通向大海的路。

他们听了更生气，便用难听的话骂我，而我也活该，为了缓和一下场面，我又讲了一个关于皮龙的很文雅的笑话，他未被选入法兰西学院，为了报复，他为自己写了墓志铭：

皮龙在此长眠[③]，
他一生低贱，
连院士都未能当选。

他们便揍了我一顿。”

“为什么呢？为什么？”

“因为我有教养。想要打人还怕找不到理由吗？”马克西莫夫简短而又带着教训的口吻说。

---

① 这里引用了克雷洛夫的讽刺诗《对长诗〈诗的艺术〉译本的讽刺诗》。

② 这里引用了巴丘什科夫的讽刺诗《致新萨福的短诗》。传说希腊女诗人萨福因对青年法翁的无望的爱情投海而死。

③ 原文是法文。皮龙的这首诗曾被卡拉姆辛在《一个俄国旅行家的日记》中引用过。

“唉，算了吧，这一切都叫人讨厌，我不想听了。我原来还以为一定会很有趣的呢。”格鲁申卡突然打断说。米佳一惊，马上不笑了。高个子波兰人从座位上站起来，似乎因为没有志趣相投的人而感到乏味，傲慢地背着手在房间里来回踱步。

“瞧，踱起方步来了！”格鲁申卡轻蔑地瞥了他一眼。米佳不安起来，同时发现坐在沙发上的波兰人正悻悻地看着他。

“先生，”米佳大声说，“先生们，我们来干杯。请那一位先生也一起来干一杯，干杯，先生们！”他一下子把三个杯子凑在一起，往里面斟满了香槟酒。

“为了波兰，先生们，我为你们的波兰，为波兰这个地方干杯！”米佳大声说。

“先生，对此我感到非常愉快，干杯。”坐在沙发上的波兰人郑重其事地附和道，举起了自己的杯子。

“那一位先生，他叫什么来着？喂，阁下，举杯吧！”米佳招呼着。

“佛鲁勃莱夫斯基。”坐在沙发上的波兰人提示说。

佛鲁勃莱夫斯基摇摇摆摆走到桌子跟前，站着接过了杯子。

“为了波兰，先生们，乌拉！”米佳举起杯子高喊。

三个人都一饮而尽。米佳抓起酒瓶，马上又斟满了三杯。

“现在为俄罗斯干杯，先生们，今后我们亲如兄弟了！”

“也给我们斟上，”格鲁申卡说，“我也要为俄罗斯干杯。”

“还有我。”卡尔加诺夫说。

“我也要……为了俄罗斯这个年迈的老奶奶干杯。”马克西莫夫窃笑着说。

“大家都来喝，大家喝！”米佳高声大喊，“老板，再来几瓶！”

米佳带来的另外三瓶酒都拿来了，米佳斟好酒。

“为了俄罗斯，乌拉！”他又举杯祝酒。除了波兰人，大家都喝了。格鲁申卡把自己的酒一口气喝完。波兰人连自己的杯子也没有碰。

“你们怎么啦，先生们？”米佳叫了起来，“你们这是干什么？”

佛鲁勃莱夫斯基拿了杯子，然后举杯高声说：

“为了一七七二年以前的俄罗斯干杯！”①

“这就对了！”另一个波兰人喊着，两人一下子喝完了杯中的酒。

“你们真是混蛋，先生！”米佳突然喊道。

“先生！”两个波兰人像公鸡一样冲着米佳摆开架势，大声威胁说。佛鲁勃莱夫斯基特别上火。

“难道可以不爱自己的故土吗？”他大声说。

“住口，不许吵！不要吵架！”格鲁申卡以命令的口吻大喝一声，一只小脚跺了一下地板。她满脸通红，双眼闪闪发亮。刚才喝的一杯酒的酒性上来了，米佳吓得要命。

“先生们，请原谅！是我不好，我再也不这样了。佛鲁勃莱夫斯基，佛鲁勃莱夫斯基先生，我不这样了……”

“你也闭嘴吧，坐下，真是傻瓜！”格鲁申卡又恨又气，冲着他吼道。

大家坐了下来，一声不吭，面面相觑。

“先生们，这全是我的错！”米佳又说了起来，一点也没有领会格鲁申卡那句话的含义，“唉，我们干吗坐着？那么，我们来玩什么呢……好让大家都快活，让大家再快活起来？”

“唉，实在太无聊了。”卡尔加诺夫懒洋洋地嘟囔说。

“像刚才一样来玩坐庄……”马克西莫夫突然嘻嘻笑着说。

“坐庄？太妙了！”米佳响应说，“要是两位波兰先生……”

“太暗了，先生们！”坐在沙发上的波兰人似乎很不乐意地回答。

“确实太暗。”佛鲁勃莱夫斯基随声附和。

“‘太暗了’？‘太暗了’是什么意思？”格鲁申卡问。

“意思是太晚了，小姐，太晚了，时间太晚了。”坐在沙发上的波兰人解释说。

“他们什么都觉得太晚，他们什么都不允许！”格鲁申卡气得尖声叫了起来，“他们自己坐在那儿感到无聊，也要别人无聊。在你来以前，米

---

① 1772年普鲁士、奥地利和俄国瓜分波兰。现白俄罗斯和拉脱维亚的一部分并入俄国。

佳，他们就是这样老不吭声，对着我使性子……”

“我的女神！”坐在沙发上的波兰人大声说，“就照你说的办，我看你不高兴才犯愁。我愿意玩牌，先生们。”他对米佳说。

“开始吧，先生们！”米佳接着说，从口袋里掏出钞票，将两张一百卢布的票子摆到桌子上。

“先生，我要输给你许多钱。拿牌，坐庄吧！”

“应该用老板的牌，先生。”小个子波兰人坚决而严肃地说。

“这是最好的办法。”佛鲁勃莱夫斯基也说。

“用老板的牌？好，我明白，就用老板的牌吧，你们做得对，先生们！拿牌来！”米佳吩咐老板。

老板拿来了一副没有开封的新牌，并告诉米佳说，姑娘们陆续来了，犹太人带着洋琴大概很快就到，而装运食品的三驾马车还来不及赶到。米佳从桌子后面嗍地站了起来，立即跑到隔壁房间去安排。但姑娘只来了三个，而且玛丽亚还没有来。他自己也不知该怎样安排，为什么跑出来：他只吩咐把箱子里的水果糖、奶糖等食品拿出来分给姑娘。“还要给安德烈一点儿伏特加，给安德烈喝一点儿伏特加！”他匆匆忙忙交代说，“我委屈了安德烈！”这时候跟着他跑来的马克西莫夫突然碰了碰他的肩膀。

“给我五个卢布”，他对米佳小声说，“我也想去冒险赌一下，嘻，嘻！”

“好，太好了！拿十个卢布去，给！”他又从口袋里掏出了所有的票子，从中拣出一张十卢布的票子，“要是你输了，你再来拿，再来拿……”

“行。”马克西莫夫高兴地小声说，跑进大厅去了。米佳也马上回来了，对大家等他表示歉意。波兰人已经入座并将一副新牌拆开了。现在他们的态度客气多了，几乎很亲热。坐在沙发上的波兰人抽起新装好的烟斗，正准备发牌；他脸上甚至出现了某种郑重其事的表情。

“坐下吧，先生们！”佛鲁勃莱夫斯基大声说。

“不，我不玩了，”卡尔加诺夫回答说，“刚才我已经输给他们五十卢布。”

“这位先生运气不好，不过可能会交上好运的。”在沙发上的波兰人对着他说。

“押庄要多少赌注？双方对等吗？”米佳兴奋起来。

“悉听尊便，先生，可以一百，也可以二百，随你下多少。”

“一百万！”米佳哈哈大笑。

“上尉先生，也许你听说过波德维索茨基先生的事情吧？”

“哪一个波德维索茨基？”

“在华沙随便什么人都可以押庄。波德维索茨基来了，看到庄家几千金币，便押了满注。庄家说：‘波德维索茨基先生，您押金币还是押信誉？’‘我押信誉，先生。’‘那再好没有了，先生。’庄家掷了骰子，波德维索茨基赢了几千金币。‘请等一等，先生，’庄家说，他拉开抽屉，拿出一百万，‘请收下，这是您赢的钱！’原来赌注是一百万。‘我原来不知道。’波德维索茨基说。‘波德维索茨基先生，’庄家说，‘你押的是信誉，我们押的也是信誉。’波德维索茨基就收下了一百万。”

“这是瞎说。”卡尔加诺夫说。

“卡尔加诺夫先生，体面人中间是不兴这样讲话的。”

“波兰赌徒哪能真的会给你一百万？！”米佳大声说，但马上发现说漏了嘴，“请原谅，先生，我错了，我又错了，凭信誉，凭波兰的信誉会给的，会给一百万的！瞧，我的波兰话讲得怎样，哈，哈！现在我押十个卢布，行，就押杰克。”

“我出一个卢布押皇后，押红心皇后，押漂亮的皇后，押波兰美女，嘻嘻！”马克西莫夫嘻嘻哈哈说，推出自己的一张皇后，接着又好像要瞒过大家似的，身体挨近桌子，匆匆忙忙在桌子下面画了一个十字。米佳赢了。押一个卢布的人也赢了。

“押二十五卢布！”米佳大声喊道。

“我再来一个卢布，我下的是孤注，小小的、小小的孤注。”马克西莫夫快活地嘟囔说，他因为赢了一个卢布而乐不可支。

“输了！”米佳大声说，“押七，加倍！”

加倍的押注也输了。

“别再押了！”卡尔加诺夫突然说。

“加倍，加倍。”米佳接连下了几次加倍的赌注，每次都输了。而一个卢布的赌注都赢了。

“加倍！”米佳发狠地吼叫。

“二百卢布已经输光了，先生。再来二百？”坐在沙发上的波兰人问。

“怎么，二百卢布输光了？那就再来二百！二百卢布加倍！”米佳从口袋里掏出钱，正要把二百卢布押在皇后上，卡尔加诺夫突然用一只手按住了那张牌。

“别玩了！”他用清脆的嗓音叫了一声。

“你这是干什么？”米佳瞅着他。

“别玩了！我不愿意这样。您不要再赌了。”

“为什么？”

“我自有道理。您啐一口唾沫就走开吧。这就是原因。我不许您再玩下去了。”

米佳惊讶地看着他。

“算了吧，米佳，他也许说得对，你已经输得够多的了。”格鲁申卡阴阳怪气地说。两个波兰人突然离开座位站了起来，摆出一副受到了极大侮辱的样子。

“不是开玩笑吧，先生？”小个子波兰人说，用严厉的目光打量着卡尔加诺夫。

“你怎么敢这样！”佛鲁勃莱夫斯基对卡尔加诺夫大吼大叫。

“不许嚎，不许大声嚷嚷！”格鲁申卡大声说，“唉，你们这些火鸡！”

米佳挨个儿看着他们。格鲁申卡脸上有一种表情使他震惊，一瞬间他头脑里闪过一个崭新的想法——一个古怪的新想法。

“阿格里比娜小姐！”小个子波兰人气得满脸通红，刚要说下去，突然米佳跑上来拍了一下他的肩膀。

“阁下，跟您讲两句话。”

“有什么事？先生？”

“到那个房间去，到那个房间，我要跟你说两句中听的、最好的话，你会满意的。”

小个子波兰人感到惊讶，担心地看了看米佳。但马上同意了，不过提出了一个必要的条件，就是佛鲁勃莱夫斯基必须跟他一起去。

“保镖吗？让他也去吧，应该让他去！他甚至非去不可！”米佳大声说，“走吧，先生们！”

“你们这是上哪儿？”格鲁申卡不安地问。

“我们马上回来。”米佳回答。他脸上焕发出一股勇气，一阵意想不到的振奋，这跟一小时以前走进房间时的表情迥然不同。他把波兰人领到右边一个小房间，不是合唱的姑娘们正在集合，正在摆餐桌的那个房间，而是一间卧室，里面放着箱柜和两张大床，每张床上的花布枕头堆得像小山似的。房间角落里的一张小木桌上燃着一支蜡烛。波兰人围着桌子面对面坐了下来，大个子佛鲁勃莱夫斯基背着手站在他们身边。波兰人的神情严肃，但显然十分好奇。

“您有何吩咐？”小个子波兰人喃喃地说。

“是这么回事，先生，我不想多说，这是给你的钱，”他掏出了自己的那沓钞票，“要是你想要这三千卢布，那就收下，然后你就走你的路。”

波兰人瞪大了眼睛刨根寻底似的瞅着，死死地盯住了米佳的脸。

“三千卢布，先生？”他和佛鲁勃莱夫斯基交换了一个眼色。

“是三千，先生们，三千！听着，先生，我知道你是聪明人。拿了三千卢布就滚你妈的蛋，把佛鲁勃莱夫斯基也带走，听见吗？不过要现在就走，马上就走，而且永远离开，懂吗，先生，就从这扇门里出去，再也不要回来。你在那边还有什么东西：大衣，皮大衣？我替你去拿。立刻给你套好马车——然后就再见了，先生，好吗？”

米佳信心十足地等着回答。他毫不怀疑。波兰人的脸上闪现出异常坚决的表情。

“那么卢布呢，先生？”

“卢布的事好办，先生。五百卢布马上给你付车费和作为定金，二千五百卢布明天在城里付清——我用名誉担保，钱一定会有的，哪怕是从地下也要挖它出来。”米佳大声说。

两个波兰人又交换了一下眼色。小个子波兰人的脸色越来越难看了。

“七百，七百，而不是五百，现在就交，马上交到你手里！”米佳感到情况不妙，立刻加码，“你怎么了，不相信吗？总不能一下子把三千都给你吧。我给了你，明天你却跑来找她……而且现在我手头也没有三千，钱在城里，在我家里放着呢……”米佳喃喃地说，越说越心虚，越说越泄气了，“真的，放在那里，藏着呢……”

小个子波兰人的脸上一下子露出了得意忘形的神气。

“你怎么不提别的条件呢？”他以讽刺的口吻问，“呸，真不要脸！”他啐了一口，佛鲁勃莱夫斯基也啐了一口。

“你所以啐唾沫，先生，”米佳知道一切都完了，于是不顾一切地说，“是因为你企图从格鲁申卡那里捞到更多的好处。你们俩都是阉鸡，就是这么回事！”

“我受到了极大的侮辱！”小个子波兰人突然满脸通红，活像只龙虾。他火冒三丈，立即从房间走了出去，似乎再也不想听下去了。佛鲁勃莱夫斯基摇摇摆摆跟在他后面，米佳也跟着他们走了出来，他感到羞愧和沮丧。他怕格鲁申卡，他预感到波兰人马上会大叫大嚷。事情果然如此。波兰人走进大厅，装腔作势地站在格鲁申卡面前。

“阿格里比娜小姐，我受到极大的侮辱！”他大声嚷着，但格鲁申卡突然似乎失去了耐心，好像有人触到了她的痛处。

“说俄语，说俄语，一句波兰话都不许说！”她冲着他大叫，“你以前是讲俄语的，难道过了五年都忘了吗！”她气得脸都红了。

“阿格里比娜小姐……”

“我是阿格拉费娜，我叫格鲁申卡，你讲俄语，不然我不想听！”波兰人由于自尊受到伤害而气急败坏，用笨拙的俄语迅速而又夸张地说：

“阿格拉费娜小姐，我到这里来是为了忘记过去并宽恕一切，忘记今天以前发生的一切……”

“怎么是宽恕？你是跑来宽恕我吗？”格鲁申卡打断了他的话并从座位上跳了起来。

“正是这样，小姐，我并不胆小怕事，我是宽宏大量的。但我看到你的情人后不免感到惊讶。米佳先生在那个房间里要给我三千卢布，让我离开。我往他脸上啐了一口。”

“什么？他给你钱买我吗？”格鲁申卡歇斯底里大叫起来，“这是真的吗，米佳？你竟敢这样！难道我是可以买卖的吗？”

“先生们，先生们，”米佳大声喊道，“她是清白的，她光明正大，我从来也不是她的情人！你这是在胡说……”

“谁让你在他面前为我辩护！”格鲁申卡吼叫着，“我清白不是为了讲道德，也不是因为怕库兹马，而是为了我能在他面前保持自尊，见到他时有权利骂他一声混蛋。难道他真的没有拿你的钱？”

“拿了，拿了！”米佳大声说，“只是他想一下子拿三千，而我只肯给他七百卢布的定金。”

“那就清楚了：他听说我有钱，这才跑来要跟我结婚！”

“阿格拉比娜小姐，”波兰人大喊道，“我是骑士，我是贵族，不是无赖！我是来娶你做我太太的，可是我见到了另一个女人，不是以前的那一个，而是一个任性乖僻、不知羞耻的女人。”

“你从哪儿来就滚回哪里去吧！我立刻叫人把你撵走，一定把你撵走！”格鲁申卡发狂似的叫着，“我真蠢，我真是一个傻瓜，居然折磨了自己五年！我折磨自己完全不是为了他，而是因为怨恨才折磨自己！再说他也完全变了！难道他是这样的吗？这倒像是他的父亲！你的假发是在什么地方定做的？那一个是雄鹰[①]，而这一个是呆鹅，那一个常常给我笑脸，给我唱歌……可是我呀我，流了五年的眼泪，我这个傻瓜真该死，我下流，我不要脸！”

她颓然倒在扶手椅里，用手掌捂住了脸。这时候从左侧的隔壁房间里突然传来了合唱声——一支热烈欢快的舞曲——莫克罗耶姑娘们终于到齐了。

“简直闹翻了天！”佛鲁勃莱夫斯基突然狂叫，“老板，把那些贱货赶走！”

老板听见叫喊声，知道客人们在吵架，早就在好奇地朝门里张望，于是马上走进房间。

“你叫什么，要扯破嗓子吗？”他对佛鲁勃莱夫斯基说，态度粗鲁得令人奇怪。

---

① 这句话是俄国民歌中对未婚夫常用的比喻。

“畜生！”佛鲁勃莱夫斯基开口就大骂。

“畜生？我问你刚才玩的什么牌？我给了你一副新牌，你把它藏起来了。你玩的是做了手脚的牌。因为你玩假牌，我可以把你送到西伯利亚去！告诉你，这跟造假钞是一样的……”他说着就走到沙发跟前，把手指伸进沙发背和靠垫中间，从里面掏出了一副没有拆封的牌。

“这就是我的那副牌，没有拆封！”他举起牌给周围的人看，“我在那儿看到他把我那副牌塞进缝里，偷换了自己的牌。你是骗子，不是老爷！”

“我也看到那位先生偷换过两次牌哩！”卡尔加诺夫大声说道。

“唉，真不要脸，真不要脸啊！”格鲁申卡惊讶得双手一拍，大声叫道，真的羞得脸都红了，“天哪，怎么变成了这样一个人！”

“我也是这样想过的。”米佳大声说道。但他的话音刚落，佛鲁勃莱夫斯基恼羞成怒，举起拳头威胁格鲁申卡，冲着她大声叫喊：

“你这臭婊子！”但他还没有来得及叫出来，米佳就扑了上去，双手抱住他举了起来，一下子就把他从大厅举到他刚才领他们俩去过的右面那个房间。

“我把他扔在那边地上了！”他一回来就通报说，激动得直喘气，“这坏蛋，居然敢打架，看样子他回不来了……”他关上一扇门，让另一扇敞着，对小个子波兰人喝道：

“阁下，你也上那儿去好吗？请！”

“德米特里·费奥多罗维奇老爷，”特里丰·鲍里瑟奇大声说，“你把输给他们的钱收回来吧！这笔钱等于是从你身上偷去的。”

“我不想收回自己的五十卢布！”卡尔加诺夫突然回答。

“我那两百卢布也不想要了！”米佳高喊，“我无论如何也不收回，这些钱留给他作个安慰吧。”

“好极了，米佳！你真行，米佳！”格鲁申卡大声喊道，她的叫喊声中露出切齿痛恨的声调。小个子波兰人气得脸色发紫，但一点也没有改变神气活现的架势，他刚要向门口走去，又突然停了下来，对格鲁申卡说：

“小姐，如果你还愿意跟我走——咱们一起走，要是不愿意——那就再见了！”

他因为恼羞成怒而不停地喘着粗气，大摇大摆地走了进去。此公颇有个性：发生了这一切以后他还指望格鲁申卡会跟他走——自我估计也实在太高了。米佳在他身后碰上了门。

“您把门锁上。”卡尔加诺夫说。但门锁咔嚓一响，他们自己把门锁上了。

“太好了！”格鲁申卡说，“太好了！活该！”

八　梦呓

一场类似狂欢、人人都可以参加的宴会开始了。格鲁申卡第一个大声嚷嚷着要喝酒：“我要喝酒，我要喝得酩酊大醉，像上次一样，你记得吗？米佳？我们上次是在这里交上朋友的！”米佳自己像在做梦一样，并预感到了“自己的幸福”。不过格鲁申卡一直要把他从自己身边赶走：“走吧，去乐一乐吧，去叫大家跳舞，尽情欢乐。‘小屋，你也跳吧，炉子，你也跳吧’①。和上次一样，和上次一样！”她不停地大声嚷嚷。她兴奋极了。米佳连忙去安排。参加合唱的人都集中在隔壁房间里。大家现在坐着的这个房间本来就不宽敞，而且还用花布帘子隔成两半，在帘子的那一边又放了一张大床，床上铺着鸭绒被褥，堆放着小山一般高的枕头。这幢楼里所有四个“干净”房间也都放着床。格鲁申卡就坐在门口，米佳给她搬来了扶手椅：她完全像“上一次”，即他们第一次在这里纵酒豪饮时那样坐在那里欣赏合唱和舞蹈。前来唱歌跳舞的就是原来的那些姑娘。演奏提琴和洋琴的犹太人也来了，盼望已久的、载着葡萄酒和食品的三驾马车也赶到了。米佳忙着张罗。走进房间里来看热闹的都是些农民和农妇，

① 俄罗斯民间短歌的一句。下一句为“主人躺的地方没有了”。

他们本来已经睡下，可是被吵醒了。他们猜到会有像一个月以前那样丰盛的招待。米佳不时和熟人打招呼，拥抱，努力回忆他们的脸，不断打开酒瓶，见到谁就给谁斟酒。姑娘们非常喜欢喝香槟，而男人们更喜欢朗姆酒和白兰地，特别是热乎乎的五味酒。米佳吩咐给所有的姑娘都煮可可茶，让三个茶炊整夜都烧得旺旺的，给每位来客准备好热乎乎的茶和五味酒：谁想喝什么，就喝什么。一句话，出现了乱哄哄的荒唐的场面，米佳则如鱼得水，越是荒唐他就越起劲。如果那时候有哪一个乡下人向他讨钱，他一定会掏出全部钞票，东一张西一张随手散发。正因为这样，大概是为了保护米佳，老板特里丰·鲍里瑟奇围着他寸步不离，似乎今天晚上他打定主意不想睡了，但他喝得很少（总共只喝了一杯五味酒），警觉地按自己的方式照顾着米佳的利益。在需要的时候他会亲切而讨好似的制止他、劝阻他，像上次那样，不让他随便把“雪茄和莱茵葡萄酒”分给农民，更不用说是钱了，他对姑娘们喝甜酒和吃糖果大为不满。“她们满身都是虱子，德米特里·费奥多罗维奇，”他说，“我常用脚踢她们，我还要她们把这看作荣幸——她们就是这样的贱货！”米佳又想到了安德烈，吩咐给他送一杯五味酒去。“我刚才委屈了他。”他轻轻地和动情地反复念叨说。卡尔加诺夫起先不想喝酒，也很不喜欢姑娘们的合唱，但是他喝过两三杯香槟以后竟然乐不可支了。他到各个房间里转来转去，笑个不停，对一切人和一切事物赞不绝口，夸奖歌唱得好，音乐也好听。乐呵呵、醉醺醺的马克西莫夫一步也不离开他。格鲁申卡也开始有醉意了，指着卡尔加诺夫对米佳说：“他是个多么可爱、多么出色的小伙子！”米佳听了马上跑过去跟卡尔加诺夫和马克西莫夫亲吻。啊，他已经预感到大有希望；她还没有对他讲过这方面的话，显然是故意拖延不说，只是偶尔用亲切而火辣辣的目光看他一眼。最后，她终于突然紧紧地抓住了他的手，用力把他拉到自己身边。当时她自己还坐在门口的扶手椅里。

“刚才你走进来的时候是什么样子，啊？你进来的样子真可怕！……简直把我吓坏了。你怎么会愿意把我让给他，啊？难道你真的愿意？”

“我不愿意毁掉你的幸福！”米佳高兴得嘟嘟囔囔回答她。其实她也不需要他回答。

“哦，你走吧……去乐一下吧，”她又要赶他走，“别难过，我会再叫你来的。”

他离开了。她又开始听唱歌，看跳舞，同时，不管他在哪里，她的目光始终追随着他。一刻钟以后，她又叫他，他便马上跑过来。

“好，现在你在我身边坐下，告诉我，你昨天怎么会知道我上这儿来了，是谁首先告诉你的？”

米佳开始详详细细讲了，他讲得颠三倒四，杂乱无章，但很有感情，不过他显得很奇怪，常常突然皱起眉头，不时停顿。

“你干吗皱眉头啊？”她问。

“没什么……我把一个病人留在那儿了，要是他已经痊愈了，要是知道他会痊愈……我宁愿自己少活十年！”

“如果他是个病人，那就让上帝保佑他。你难道真的想明天开枪自杀？你这傻瓜，又是为什么呢？我就喜欢像你这样冒冒失失的人。”她嘟囔说，舌头已经不太灵活了，“你真的愿意为我赴汤蹈火吗？啊？你这傻瓜，难道真想在明天开枪自杀？不行，暂时别着急，明天我也许要对你讲一句话……不是今天讲，而是明天。你希望今天讲？不，我今天不想讲……好，现在去吧，去乐一下吧。”

不过有一次，她把他叫来的时候，似乎显得有些困惑和担心了。

“你为什么发愁？我看你是在发愁……是的，我已经发现了。”她说，警觉地盯着他的眼睛，“虽然你在那里和乡下人亲吻，大声嚷嚷，可我发觉你有点不对劲。别这样，你应该快活，我很快活，那你也要快活……我现在爱一个人，你猜是谁？……哎，瞧，我的小家伙睡着了，他喝醉了，我的心肝。”

她指的是卡尔加诺夫：他真的醉了，坐在沙发上一会儿就睡着了，其实也不仅是因为喝醉了才睡着的，他突然感到一阵莫名的忧伤，或者用他的说法——“无聊”。姑娘们酒越喝越多，她们唱的歌也越来越变得猥亵和放肆，最后终于使他感到十分沮丧。她们的舞蹈也是如此：两个姑娘装扮成狗熊，而斯捷潘尼达，那个泼辣的姑娘，手拿棍子扮作耍熊的人，她立刻“耍起”她们来了。“加油，玛丽亚！”她大声叫喊，“不然我可要用棍子揍你了！”最后，在围得水泄不通的农民和村妇的一片哄笑声中，两头熊倒在了地板上，样子极不雅观。“随她们去吧，随她们去吧。”格鲁申卡脸上露出愉快的表情宽容地说，“大家难得有一天快活快活，他们怎么会不尽兴呢？”卡尔加诺夫看到这种场面，好像受了玷污似的。“这太下流了，这都是些民间陋习。”他边说边退到一旁，“这是他们在仲夏通宵达旦守候太阳的时候搞的春季节日游艺。”[①]他特别不喜欢那首舞蹈节奏强烈的“新”歌，歌词内容是一位老爷去试探姑娘：

老爷试探姑娘，
问她们爱他不爱？

但姑娘认为老爷是不能爱的：

老爷打人挺厉害，
这样的人我不爱。

后来茨冈人来了，他也试探：

茨冈人试探姑娘，
问她们爱他不爱？

不过茨冈人也是不能爱的：

茨冈人要偷盗，
我就会苦恼。

---

① 从谢肉节起，俄罗斯民间有一系列与远古多神教传统有关的春天的节日，具有狂欢、游戏的性质。迎接日出、化装都是“春季节日游艺”的内容，俄国一般在圣彼得节（6 月 29 日）进行。

还有很多人都来试探姑娘，甚至还有大兵：

大兵试探姑娘，
问姑娘爱他不爱？

大兵也遭到轻蔑的拒绝：

大兵成天背背包，
我也要跟着他跑……

接下来是几句极其猥亵的歌词，都不加掩饰地唱了出来，还引起了听众的喝彩。最后唱到商人便结束了：

商人试探姑娘，
姑娘爱他不爱？

原来姑娘都爱商人：

因为商人做买卖，
一切由我说了算。

卡尔加诺夫听到后来甚至发火了：

“这全是陈年老调。”他高声说，“不知道是谁替他们编的！就缺铁路工或犹太人没来试探姑娘了，不然他们准能战胜所有的人。”他像受了委屈，马上说他感到无聊，坐到沙发上一会儿就打起盹来。他那漂亮的脸蛋有点苍白，仰靠在沙发靠垫上。

“瞧，他多么漂亮！”格鲁申卡说着把米佳领到他跟前，“我刚才给他梳了头，他的头发像亚麻那样浓密……”

她亲切地向他俯下身去，吻了吻他的额头。卡尔加诺夫一下子睁开了眼，看了看她，欠起身子非常关切地问马克西莫夫在哪里。

“你瞧他需要的是谁？”格鲁申卡笑了起来，“你跟我一起坐一会儿吧。米佳，你去把马克西莫夫找来。”

这时候马克西莫夫已经离不开姑娘了，他只是偶尔才离开一会儿给自己斟一杯蜜酒，他已经喝了两碗可可茶。他脸色通红，鼻子发紫，眼睛变得湿润而愉快。他跑过来说，他马上要在“一支小曲的伴奏下”跳“萨博奇叶舞”[①]。

“我小时候就学会了这些高雅的舞蹈……”

“米佳，你去吧，跟他一起去，我从这里看他跳得怎样。”

“不，我也去，我也去看。”卡尔加诺夫大声说，以十分天真的方式拒绝了格鲁申卡要跟他一起坐一会儿的建议。大家都跑去看跳舞了。马克西莫夫真的跳了一个萨博奇叶舞，但除了米佳以外，几乎没有引起任何人的特别称赞。整个舞蹈从头到尾是双腿向外张开的跳跃，脚底朝上。马克西莫夫每跳跃一次就用手掌拍一下脚底。卡尔加诺夫一点也不喜欢，可是米佳却去亲吻这位舞蹈家。

“好，谢谢。跳累了吧？你在这儿找什么？要吃糖吗？兴许想抽一支雪茄？”

“来一支香烟吧！”

“不想喝一点酒吗？”

“我刚喝过蜜酒……您有没有巧克力糖？”

“桌子上有一大堆呢，随你挑，我的宝贝！”

“不，我要香草巧克力……老人吃的那种，嘻嘻。”

“没有，老兄。”

“你听着！”“老头儿”突然俯下身子凑近米佳的耳朵，“就是那个小姑娘，玛丽尤什卡，嘻，嘻，要是可以，我想认识一下，您帮个忙吧……”

“你居然动这个脑筋，不行，老兄，别胡来！”

“我真的对谁都没有坏心眼。”马克西莫夫灰心丧气地小声说。

---

① 法国民间舞蹈，跳时穿木屐。

“那好，那好。老兄，这里只唱唱歌跳跳舞，不过管它呢，见鬼！你等等……这会儿你先吃一点儿、喝一点儿、玩一会儿。要钱吗？”

“待会儿也许要钱的。”马克西莫夫笑着说。

“好，好……”

米佳感到头疼。他进入堂屋，来到这幢房子内侧的那条围绕庭院的木回廊上。新鲜的空气使他清醒过来。他独自一人站在阴暗的角落里，突然用双手捧住了脑袋。他那零乱的思想一下子连贯起来，种种感觉融为一体，内心豁然开朗。但这又是多么可怕、多么令人毛骨悚然啊！“如果要自杀，那现在不就是最好的时机吗？”他头脑里闪过这样的想法，“去拿手枪，把它拿到这里来，就在这个肮脏阴暗的角落里了结吧！”他站在那儿犹豫了约莫一分钟。刚才，当他赶到这里来的时候，他已经干下了可耻的勾当，已经有过偷窃行为，已经杀了人……但那时心里要好受些，啊，要好受得多！因为那时一切都已完了：他失去了她，已经让给别人，对于他来说，她已经死了，消失了——啊，那时的判决对他来说要轻松些，至少是无法避免的，必要的，因为还有什么理由再留在这世界上呢？可是现在！难道现在的情况跟那时一样吗？现在至少那个幽灵、那个怪物已经没有了：她那位“原先的”“无可争辩的”、命中注定的情人已经消失得踪影全无了。可怕的幽灵一下子变成了猥琐不堪、滑稽可笑的东西；他已经被关进卧室锁了起来。他再也不回来了。她感到惭愧，他从她的眼神里已经清楚地看出她爱的是谁。因此，现在才应当好好活下去……可是却又不能活了，不能活了，啊，真该诅咒！“上帝啊，你让那个倒在围墙旁的人复活吧！你把这场灾难从我头上驱散吧！上帝啊，你不是对像我这样的罪人显示过奇迹吗！假如老人还活着，那么会怎样，会怎么样呢？啊，那么我一定把另外一件丑事造成的耻辱洗刷干净，我一定把偷来的钱还回去，归还原主，哪怕上天入地也要搞到这笔钱……耻辱的痕迹一点儿也不会留下，只会永远铭记在心！但这不可能，绝不可能，啊，这不过是实现不了的胆怯的幻想罢了，唉，真该死！”

但是幸福的希望之光在黑暗中突然在他面前闪烁。他拔腿就跑，冲向房间——回到她身边，再回到她身边，回到他永恒的女王的身边！“她一小时、一分钟的爱不是也能抵上他那处于耻辱的折磨中的余生吗？”这个古怪的问题紧紧攫住了他的心，“去找她，去找她一个人，见到她，听她说话，别的什么也不想，忘记一切，哪怕只是在这一夜、一小时、一刹那！”在堂屋门口，还在回廊上，他和老板特里丰·鲍里瑟奇撞了个满怀。他发觉老板脸色阴沉，心事重重，好像是来找他的。

“你怎么啦，鲍里瑟奇，是要找我吧？”

“不，不是找您。”老板似乎突然慌了神，“我干吗要找您？可您……刚才在哪儿？”

“你怎么这样没精打采？你没有生气吧？你再等等，一会儿你就可以睡觉了……现在几点了？”

“快三点了。可能三点都过了。”

“我们快结束了，马上就结束。”

“说什么呀，没有关系。随便玩多久都可以……”

“他怎么啦？”米佳想了想，就跑进姑娘们跳舞的房间。但她不在那儿，天蓝色的房间里也没有。只有卡尔加诺夫一个人在沙发上打盹。米佳看了看帘子后面——原来她在里面。她坐在角落里的箱子上，双手和头趴在旁边的床上，正在伤心哭泣。她尽量克制自己，压低了声音不让别人听到。一看到米佳，她就招手叫他过去。他跑了过去，她便紧紧抓住了他的手。

“米佳，米佳，我真的爱过他！”她开始轻轻地对他说，“我深深地爱他，爱了整整五年，五年来我一直、一直爱他。我是爱他，还是爱我的怨恨呢？不，我爱的是他！唉，是爱他呀！我说我爱的是我的怨恨而不爱他，那是我在撒谎！米佳，我那时只有十七岁，那时他跟我在一起是那样亲热，那样快活，常常为我唱歌……也可能只是我这个傻姑娘才觉得他是这样的人……可是现在呢，天哪，一点儿也不像那一个，完全不是他，而且脸也不像他。我跟季莫费一起来的时候，一路在想：‘我怎样与他见面，说些什么，我们将怎样互相瞅着……’我紧张得心都快停止跳动了，可是想不到他好像把一盆脏水泼到了我的头上。他说话完全像一个教师爷：说的全是那些深奥的、一本正经的话，见面时架子十足，弄得我十分尴尬。连一句话都搭不上。我开始还以为他在那高个子波兰人面前感到不好意思。我坐在那儿看着他们，心里在想：为什么现在的他连一句话都不会讲了？你知道吗，这是他妻子使他变坏了，就是当初他抛弃了我再跟她结婚的那个女人……这是她改变了他。米佳，真丢脸啊！唉，我丢尽了脸，米佳，我为我的一生都觉得害臊。这五年真该诅咒，该诅咒！”她的眼泪又簌簌流了下来，但没有放开米佳的手，一直紧紧握着。

“米佳，亲爱的，你等一等，别走，我要对你讲一句话。”她低声说，突然向他仰起脸来，“听着，你告诉我，我爱的是谁？我爱着这里的一个人。这个人是谁？你就告诉我吧。”她那哭肿了的脸上绽开了笑容，两只眼睛在昏暗中闪闪发亮，“刚才雄鹰走了进来，我的心猛地往下一沉。‘你这傻瓜，你爱的就是这个人呀。’我的心马上悄悄对我说。你一进来，一切都变得明朗了。‘他怕什么呀？’我在想。你是害怕了，真的，害怕了，连话都不会说了。我想他绝不会怕他们——难道你还怕什么人吗？他是怕我，我想，他只怕我。费妮娅肯定已经对你这个傻瓜讲过，我对着窗子向阿廖沙大声说我爱了米坚卡一个小时，而现在我要去……爱另一个人了。米佳，米佳，我这个傻瓜怎么想得出来，爱了你以后再去爱另一个人！你原谅我吗，米佳？你原谅不原谅？你爱我吗？爱我吗？”

她一跃而起，用双手紧紧抓住了他的肩膀。米佳激动得说不出话来，呆呆地望着她的眼睛、脸孔，她的微笑，突然紧紧抱住了她，拼命吻她。

“我折磨过你，你原谅吗？我出于怨恨才折磨你们男人。我是因为怨恨才使那个老家伙神魂颠倒的……你记得吗，有一次你在我家里喝酒，摔了一只酒杯？我记住了，今天我也摔了一只酒杯，为‘我这颗卑鄙的心’喝了酒。米佳，我的鹰，你怎么现在不吻我了。吻了一次就松开了，只是看着我，听我说……我的话有什么好听的！吻我吧，紧紧地吻我，就这样。如果要爱，那就热烈地爱！我现在是你的奴隶，一辈子都做你的奴隶！做奴隶是美妙的！……吻吧！你揍我，折磨我，随你怎样摆布都行……唉，我真的也该受折磨……慢着！你等等，以后吧，我现在不愿意……”她突然把他推开，“你走开吧，米坚卡，我现在要去喝个痛快，直到喝醉为止，喝醉了去跳舞，我要这样，我就要这样！”

她挣脱了他，从帘子后面跑了出来。米佳像喝醉了似的跟着她。“算了，无论发生什么情况——为了这一分钟我愿意交出整个世界。”米佳闪过这样的念头。格鲁申卡真的一口气喝完了一杯香槟酒，很快就醉了。她坐在扶手椅里，还在原来的地方，脸上露出了幸福的笑容。她的两颊潮红，双唇灼热，原来闪闪发亮的眼睛变得慵倦，火辣辣的目光十分诱人。连卡尔加诺夫都觉得似乎有什么东西在他心上刺了一下。他走到她跟前。

“你知道吗，刚才你睡着的时候我吻过你？”她口齿不清地对他说，“我现在醉了，真的……你还没有醉？米佳为什么不喝酒呢？你怎么不喝，米佳？我喝过了，可是你不喝……”

“我醉了！我不喝也醉了……你使我醉了，而现在我还要用酒灌醉自己。”他又喝了一杯——他自己都觉得奇怪——正是喝了最后这杯酒他才醉了，突然醉了，而在这之前一直是清醒的，他自己记得很清楚。从这时候开始，他身边的一切像梦魇中一样旋转翻腾。他走来走去，笑声不断，和大家说话，这一切似乎都在神志不清的情况下进行的。他以后回忆起来，当时只有一种挥之不去的火辣辣的感觉在他心里不断涌上来，“好像心里有一团烧红的炭一样”。他走到她跟前，在她身边坐下，看着她，听她说话……她变得特别喜欢说话，把人家一一招呼过去，她突然会招手让某个参加合唱的姑娘走到她身边，那姑娘来了以后她就吻她，再放她回去，或者有时候也替姑娘画十字。可是过了一会儿，她又会哭起来。那个被她叫作“小老头儿”的马克西莫夫使她非常开心。他不停地跑来吻她的手，吻她的“每一个手指”。快要结束的时候，他自己还唱着一首古老的歌曲跳了一个舞。遇到歌词中的叠句便跳得格外起劲：

小猪儿咕咕咕，
小牛儿哞哞哞，
小鸭儿嘎嘎嘎，
小鹅儿呷呷呷，

小鸡儿穿堂走，
叽叽喳喳也开了腔，
哎哟，也开了腔呀！

“给他一些东西吧，米佳，”格鲁申卡说，“送些东西给他，他很穷。唉，那些穷苦受气的人呀！……你知道吗，米佳，我要进修道院。不，说真的，我总有一天要进修道院的。今天阿廖沙对我讲的那些话一辈子都忘不了……是的……今天就让我们一块儿跳舞吧。明天进修道院。今天咱们跳个痛快。我要闹着玩，善良的人们，这算不了什么，上帝会宽恕的。要是我是上帝，我会宽恕所有的人：'我可爱的有罪的人们，从今天起我宽恕大家。'我也要去请求宽恕：'善良的人们，宽恕我这个蠢女人吧。'我就这么说。我是野兽，这是真的，可是我想祈祷。我施舍了一根葱。像我这样狠毒的女人特别想祈祷！米佳，让他们跳舞吧，别去妨碍。世界上的人都是好的，全都是好的。活在世上是美好的。虽然我们坏，但活在世上是美好的。我们又坏又好，既坏也好……且慢，请问各位，请告诉我，你们全部走过来，我来问你们：请回答我一个问题，为什么我这样好？我真的是个好人，非常好的人……你们说吧：为什么我这样好？"格鲁申卡含糊不清地说，醉得越来越厉害了。最后她干脆宣布说现在她自己想跳舞了。她刚从扶手椅中站起来就身子一晃。"米佳，别再给我喝酒了。就是我要喝，你也不要给我。酒不会让人安宁的。我觉得一切都在旋转，连炉子也在旋转，什么都在旋转。我要跳舞，让大家看我跳舞，看我跳得多好，多美……"

她当真是这么想的：她从口袋里掏出一块雪白的麻纱小手绢，右手抓住手绢的一角，准备在舞蹈时挥动。米佳开始张罗，姑娘们安静下来，做好了一招手就为舞蹈伴唱的准备。马克西莫夫听说格鲁申卡要亲自跳舞，兴奋得尖叫着走到她面前一面跳一面唱：

腿儿细，腰杆硬，
小尾巴儿像弯钩。[1]

但格鲁申卡对他挥了挥手帕，把他撵走了：

---

① 谜语常为俄国民歌中的一个组成部分，这里的谜底可能是俄国茶炊。

“嘘！米佳，大家怎么不来呀。让他们都来……看。把锁在里面的两个人也叫来……干吗把他们关起来。告诉他们我在跳舞，让他们也来看我跳舞……”

米佳醉醺醺地走到锁着的门前，举拳敲门叫波兰人出来。

“喂，你们……这些波德维索茨基，出来，她要跳舞了，叫你们出来。”

“无赖！”只听到一个波兰人在大声叫骂。

“你是小无赖！你是卑鄙小人，你就是这么个东西。”

“你最好别嘲笑波兰人了。”卡尔加诺夫以教训的口吻说，他也醉得不能控制自己了。

“给我住口，你这小家伙！我骂他是卑鄙小人，并不等于波兰人都是卑鄙小人。一个无赖不等于波兰。住口，小白脸，吃糖吧。”

“唉，这是些什么人啊！他们好像不是人。为什么他们不想和解呢？”格鲁申卡说着就走过去跳舞了。合唱队一下子唱起了《哎哟，堂屋啊，我的堂屋》。格鲁申卡向后仰起了头，朱唇半启，绽开笑容，开始晃动手帕，突然，她的身子剧烈地摇晃一下，莫名其妙地在房间中央站住了：

“我没有力气了……”她用一种疲惫不堪的声音说，“请原谅，没有力气了，我不能跳了……对不起……”

她向合唱队鞠躬行礼，然后依次向四面八方行礼。

“请原谅，对不起……”

“你喝醉了，小姐，你喝醉了，漂亮的小姐。”大家说。

“她喝醉了。”马克西莫夫笑嘻嘻地向姑娘们解释说。

“米佳，把我带走……把我抱走，米佳。”格鲁申卡有气无力地说。米佳冲到她面前，双手抱起她，带着自己珍贵的猎物跑进帘子后面。“好了，现在我一定得离开了。”卡尔加诺夫想了想，就从天蓝色的房间里走了出来，随手掩上了两扇门。但大厅里的人喝得正来劲，还在继续狂饮，甚至更加热烈。米佳把格鲁申卡放在床上，紧紧吻着她的双唇。

“别碰我……”她含糊不清地恳求他，“别碰我，暂时我还不是你的……我已经说过我属于你，但现在你别碰……可怜可怜吧……当着那些人的面，在那些人身边可不能这样。他在这里。这里太肮脏下流了……”

“我听你的！我没有别的想法……我崇拜你！”米佳喃喃地说，“是的，这里肮脏下流，啊，这地方大家都讨厌。”他仍然把她搂在怀里，跪在床旁的地板上。

“我知道，你是野兽，但你是高尚的。”格鲁申卡费劲地说，“这应该是光明正大的……以后要光明正大……我们要做诚实的人，要做善良的人，不要做野兽，而要做善良的人……把我带走吧，走得远远的，你听见没有……我不愿留在这个地方，要走得远远的，远远的……”

“噢，是的，是的，一定！”米佳把她紧紧抱在怀里，“我带你走，我们远走高飞！……啊，我现在宁愿以一生换取一年，只要能知道那件流血的事情！”

“什么流血？”格鲁申卡困惑地反问一句。

“没有什么！”米佳把牙咬得咯咯直响，“格鲁莎，你要我诚实，可我是个贼。我偷了卡坚卡的钱……真可耻，真可耻啊！”

“偷了卡坚卡的钱？偷了那小姐的钱？不，你没有偷。把钱还给她。拿我的钱去还给她……你叫嚷什么呀？现在我的一切都是你的。钱对于我们有什么大不了呢？反正迟早都会花光的……我们这种人还能不乱花吗？咱们最好一起去种田。我就想用这双手挖地。要劳动，听见没有？这是阿廖沙吩咐的。我今后不再是你的情人，我将忠实于你，做你的奴隶，为你干活。我们俩一起去见那位小姐，向她鞠躬，求她宽恕，然后再离开。即使她不宽恕，我们也要离开。不过你把钱给她，把爱情给我……你别爱她，再也不要爱她了，要是你再爱她，我会把她掐死……我会用针把她两只眼睛挑出来……”

“我爱你，只爱你一个人，到了西伯利亚我也会爱你……”

“为什么要到西伯利亚呢？好吧，要是你愿意到西伯利亚也行，反正都一样……我们要在那儿工作……西伯利亚都是雪……我喜欢乘车在雪地里走……还要挂上铃铛……听到铃声了吗……什么地方铃声在响？有人来了……现在不响了。”

她娇弱无力地闭上了眼睛，似乎睡着了一会儿。远处真的传来了铃声，突然又不响了。米佳俯下身子把头枕在她的胸脯上。他没有觉察到铃声如何中止的，也没有发现歌声突然同时消失了，取代歌声和纵酒喧闹的是突然笼罩在整幢楼里的死一般的寂静。格鲁申卡睁开了眼睛。

“怎么回事？我睡着了？是的……铃铛的声音……我睡着了，做了个梦：好像我坐车在雪地上走……铃铛声不停地响着，而我在打盹。好像我和亲爱的人，和你一起坐在车里。走了很远很远……我拥抱你，吻你，紧紧偎依着你，我似乎感到有点冷，雪白得发亮……你知道吗，夜里白雪耀眼，月光照人的时候，我好像不是在人世间一样……我醒过来看到心上人就在身边，这有多好啊……”

“在身边。”米佳喃喃地说，吻她的衣服、胸脯和手。突然他感到有点纳闷：他觉得她直勾勾地望着前方，但不是看他，不是看他的脸，而是望着他头顶上方，神情是那么专注，简直到了令人奇怪的地步。突然她脸上露出了惊讶，甚至几乎是恐惧的表情。

“米佳，这是谁在那里向我们这儿张望？”她突然轻声说。米佳转过身子一看，只见真的有人撩起了帘子在仔细打量他们。而且好像还不止一个人。他一跃而起，朝那个张望的人走去。

“过来，请到我们这边来。”有一个人对他说，声音不大，但口气很坚决，很强硬。

米佳从帘子后面走了出来，一动不动站住了。整个房间挤满了人，但不是原先的那一伙人，完全是新来的。他感到背上一阵冰凉，打了个哆嗦。他一下子认出了所有在场的人。那个高高的胖老头儿，穿着大衣，戴着警徽帽子的是县警察局局长米哈伊尔·马卡罗维奇，而这个一副“病恹恹”的样子、穿着入时、“总是穿着刷得油光锃亮的皮靴”的人是副检察官。“他有一块价值四百卢布的高级手表，他给他看过。”这个年轻的小个子，戴眼镜的……米佳只是忘记了他的姓，但他也认识，见过面：他是侦查员，是法庭侦查员，毕业于“国立法律学校”[①]，刚到任不久。这一个

① 该校建于1835年，在彼得堡，不对外招生，只收世袭贵族子弟。

是区警察分局局长马弗里基·马弗里基耶维奇，他也认识他，是朋友。可那些挂着小铜牌的人，他们来干什么？还有两个乡下人……卡尔加诺夫和特里丰·鲍里瑟奇也站在那边门口……

“先生们……你们这是干什么，先生们？”米佳刚说了这句话，突然好像身不由己地，好像无法控制似的直着嗓子大声喊道：

“我明白了！”

戴眼镜的年轻人突然向前跨了一步，走到米佳跟前，威风凛凛却又有点仓促地说：

“我们有事找您……总之，请您到这边，到这边，到沙发这儿来……有个紧急情况需要您解释一下。”

“老人！”米佳疯狂地叫道，“老人和他的血！……我明白了！”

他像被砍倒似的颓然坐到身边的凳子上。

“你明白了没有？你明白了！弑父的混蛋，你老爹的血在控诉你！”年老的县警察局长走到米佳跟前，突然大喊道。他气得无法控制自己，满脸通红，浑身直打战。

“但这是不可以的！”小个子青年大声喊道，“米哈伊尔·马卡罗维奇，米哈伊尔·马卡罗维奇！不能这样，不能这样！……请让我一个人跟他说话……我怎么也想不到您会闹出这样的场面。”

“这简直是场噩梦，先生们，是噩梦！”县警察局长大声说，“瞧他这模样：深更半夜，醉醺醺地，和不正经的女人在厮混，而且还沾满了父亲的鲜血……噩梦！一场噩梦！”

“我千万求您，亲爱的米哈伊尔·马卡罗维奇，请你控制一下自己的感情吧，”副检察官迅速地轻轻对老人说，“不然我将不得不采取……”

但小个子侦查员没有等他说完，便对着米佳坚决而严肃地大声说：

“退伍中尉卡拉马佐夫先生，我必须向您宣布，您被指控于今晚杀害了您的父亲费奥多尔·巴夫洛维奇·卡拉马佐夫……”

他还讲了一些话，检察官也似乎插了几句，米佳虽然听着，却已经无法理解了。他用古怪的目光扫视着所有那些人……

第九卷
预审

一　佩尔霍金交上官运

我们现在回过来再说彼得·伊里奇·佩尔霍金。他拼命敲打女商人莫罗佐娃家紧闭的大门，当然，最后还是敲开了。费妮娅在两小时以前受到了严重的惊吓，由于忐忑不安和“放心不下”，还没有拿定主意要不要上床睡觉，现在一听到如此疯狂的敲门声，又吓得几乎歇斯底里发作：她还以为德米特里·费奥多罗维奇又来敲门了（虽然她亲眼看见他已离开了），因为除了他，谁也不会如此“鲁莽地”敲门。她急急忙忙跑去找看门人，看门人已经醒了，他听到有人敲门而正要去开门；她求他不要放人进来。但看门人盘问过敲门人之后，明白了对方是谁，知道他有急事要找费妮娅，最后终于决定给他开门。彼得·伊里奇来到上文提到过的那个厨房，见到了费妮娅，而她因为有“疑虑”就请求彼得·伊里奇同意让看门人也一起进来。彼得·伊里奇开始详细盘问她，一下子就接触到了问题的关键：那就是德米特里·费奥多罗维奇奔出去找格鲁申卡的时候，顺手从铜研钵里拿走了一个铜杵，但回来时铜杵已经不见了，两只手上沾满了血。“鲜血还在流淌，血就从手上一滴滴往下掉，一滴滴往下掉哪！”费妮娅大声说。显然，她在自己混乱的想象中制造了如此可怕的情景。不过那双沾满鲜血的手，彼得·伊里奇倒是亲眼见过，虽然鲜血并没有从手上淌下来，而且他自己还帮他擦洗干净：但问题不在于手上的鲜血是否很快就干了，而在于德米特里拿着小铜杵究竟到哪儿去了，是否一定是去找费奥多尔·巴夫洛维奇了，而且有何依据可以做出如此肯定的结论。彼得·伊里奇牢牢抓住了这一点。虽然最终也没有打听到任何确切的情况，但终究还是形成了类似这样的看法：除了到父亲家里，德米特里·费奥多罗维奇不可能跑到别处去，因此，那边肯定会出问题。“他回来后，”费妮娅紧张地说，“我向他坦白了一切，然后我开始详细问他：‘亲爱的德米特里·费奥多罗维奇，您的两只手上为什么都是血？’”他似乎这样回答她说，这是人的血，他刚才杀了人。“他就这样承认了，全向我承认了，并马上表示后悔，可是他突然像发了疯似的奔了出去。我坐定后就想：他现在像疯子似的跑到哪儿去呢？我想，他是要到莫克罗耶去杀我的小姐。我赶忙奔出去打算求他别杀害小姐，我跑到他住的地方，刚到普洛特尼科夫家的铺子那儿我看见他已经快要出发了，他手上的血迹也没有了。”（这一点费妮娅看见并记住了。）费妮娅的老奶奶也一口咬定孙女说的全是实话。彼得·伊里奇还问了些其他情况，接着就离开了，他的心情比他进来的时候更加焦虑不安。

看来，最简便可行的办法是他直接到费奥多尔·巴夫洛维奇家里去了解是否出了事，如果出了事，那么究竟是什么，只有在确信无疑之后，彼得·伊里奇才会按既定的计划去找警察局局长。但天是那么黑，费奥多尔·巴夫洛维奇家的大门又是那样坚实，还要重新敲门，而他与费奥多尔·巴夫洛维奇又不太熟悉——如果他敲门以后，人家给他开了门，却突然发现那里平安无事，那么好嘲弄人的费奥多尔·巴夫洛维奇明天就会当作笑料到全城各处去讲，说一个不相识的官员佩尔霍金深更半夜闯到他那里打听他是不是被人谋杀了。那就太丢人了！彼得·伊里奇在世上唯一感到可怕的便是丢脸。然而使他着了魔的感觉居然如此强烈，他恶狠狠地跺了跺脚，把自己臭骂一通以后，马上又踏上了一条新的路线，但已经不是去找费奥多尔·巴夫洛维奇，而是到霍赫拉科娃太太家里去了。他想，如果她能回答以下一个问题——刚才某时某刻她是否给过德米特里·费奥多罗维奇三千卢布，如果回答是否定的，他便立刻去找警察局长，也不必到费奥多尔·巴夫洛维奇家里去了。如果情况相反，他便把一切搁到明天再说，先回家去。当然不难想象，一个年轻人决定在深更半夜，将近十一点钟的时候，登门拜访一位他素不相识的上流社会太太，可能还要把她从床上叫起来，向她提出一个在那种情况下显得十分离奇的问题，这也许要比去找费奥多尔·巴夫洛维奇更有可能使自己丢脸。但有时候，特别是在类似目前的场合下，那些非常精明冷静的人也往往会做出这样的决定，何况彼得·伊里奇在那时候已经完全不是一个冷静的人了！他后来一辈子都记得，一种无法摆脱的不安心情逐步控制了他，最后在他身上达到了使他痛苦，甚至违背意志的地步。自然，他一路上还是为去拜访这位太太而痛骂自己，但“我要一不做，二不休！”这句话他咬着牙说了十遍，结果他终于完成了自己的计划——干到底了。

当他进入霍赫拉科娃太太家时，刚好十一点整。很快就放他进入院子，但管院子的人不能确切地回答他的问题：太太是已经睡了，或是还没有上床。他只是说按理这时候应该睡了。“您到那边楼上找人去通报一下，要是她愿意接待您，那么会接待的；要是不愿意，就不会接待了。”彼得·伊里奇上了楼，这里的事就比较难办了。仆人不想通报，最后叫了一个女仆出来。彼得·伊里奇彬彬有礼地，但也是非常坚决地要她向太太通报，说本地一位官员佩尔霍金有一件特别重要的事求见，如果事情不是那样重要，那么他也不会来打扰了——“你就用这几句话向她通报。”他请求女仆说。女仆走了，他就在前室等候。霍赫拉科娃太太本人虽然还没有睡，但已经进了卧室。自从刚才米佳拜访以来她一直心神不宁，她已经预感到今晚她必然会出现偏头痛，就像以往碰到类似情况一样。她听完女仆的通报感到十分惊讶，但还是生气地吩咐不见客，虽然一个不相识的“本地官员”这种时候突然来访特别引起了她一个女人常有的好奇心。但这次彼得·伊里奇却固执得像一头骡子：他听到拒不见客的回话之后，特别坚决地要求再次通报并用“他的原话”转达，他“有十分重要的事求见，如果现在不接待他，今后夫人可能会遗恨终生”。“我当时正像从山崖上掉下来那样不可阻挡了。”后来他自己都这样说。女仆惊讶地打量了他一番，便再次去通报。霍赫拉科娃太太感到震惊，她考虑了一下，详细询问了他的外表，知道这是一个“穿着十分得体、彬彬有礼的年轻人”。我们现在顺便提一下，彼得·伊里奇是一个相当漂亮的年轻人，他自己也知道这一点。霍赫拉科娃太太决定出来会客。她已经穿上了家常的睡袍和便鞋，但在肩上还是披了一块黑色的披肩。“官员”被请进了刚才接待过米佳的那个客厅。女主人出来见客时露出一种深深怀疑的神色，也不请客人坐下，直接就问：

“有何贵干？”

“我冒昧打扰您，太太，是为了我们两人都认识的德米特里·费奥多罗维奇·卡拉马佐夫的事情。”佩尔霍金开始说道，可是一提到这个名字，女主人的脸上突然露出了非常气愤的表情。她差点没尖声大叫起来，怒气冲冲地打断了他。

“我为这个可怕的人所遭的罪还不够吗，还不够吗？”她发疯似的叫嚷，“您，先生，怎么敢在这样的时候上门打扰一位您并不相识的太太，跟她讲一个刚才还在这里，就在这间客厅里，不过三个小时以前，跑来要杀害我的人。他跺着脚走了出去，从来还没有一个人像他那样离开上等人家的。请注意，先生，我会去告您的，我决不会原谅您，请马上离开这里……我是一个母亲，我现在就……我……我……”

“杀人！他也曾企图杀害您吗？”

“难道他已经杀了什么人吗？”霍赫拉科娃太太连忙问道。

“请您听我说，太太，只要半分钟就够了，我用两句话就能向您说明一切。”佩尔霍金回答得很干脆，“今天下午五点，卡拉马佐夫先生像朋友那样向我借了十个卢布，我可以肯定，他当时没有钱，可是今天九点他来见我的时候，手里竟然拿着一沓面额为一百卢布的钞票，大约有两千或者甚至有三千卢布。他的两只手上和脸上满是血迹，他本人似乎处于疯狂状态。我问他：你从哪儿搞来这么多的钱？他毫不含糊地回答说，他是临走前向您借的，是您提供了一笔三千卢布的借款，好像是为了去找金矿……”

霍赫拉科娃太太的脸上突然露出了异乎寻常的痛苦不安的表情。

“天哪！他这是把自己的老爷子杀死了！”她大叫起来，两手举起轻轻一拍，“我没有给他什么钱，什么钱也没有给！啊，您快去，快去吧！……不用多说了！快去救老人，快去看他的父亲，快去吧！”

“请问太太，您真的没有借给他钱吗？您清清楚楚记得没有借钱给他吗？”

“我没有借，没有借！我回绝了他，因为他不明事理。他大发雷霆，跺着脚走了出去。他向我扑过来，我躲开了……我还要告诉您，因为现在我什么也不想对您隐瞒了，他甚至还向我吐唾沫，您能想象得到吗？不过我们干吗站着？哎呀，坐下吧……对不起，我……要不您最好还是走吧，走吧，您应该去拯救不幸的老人，帮他逃脱可怕的死神！”

“如果他已经把他杀死了呢？”

“哎呀，我的天哪！是啊！那么我们现在怎么办？您看现在我们该怎么办？”

这时她让彼得·伊里奇坐下来，自己也坐在他对面。彼得·伊里奇简要地，但相当明确地对她讲了事情的始末，至少讲了他今天亲眼看见的情景，也讲了他刚才去找过费妮娅并通报了有关那把小铜杵的消息。所有这些细节使这位情绪激动的太太大为震惊，不时大声叫喊，还用手捂住了自己的眼睛……

“您想想，这一切我都预感到了！我有这样的天赋：凡是我预想的一切，最后总会发生的。我有多少次、多少次见到这个可怕的人，心里一直在想：这个人总有一天会把我杀死的。现在这件事果然发生了……我是说，如果他现在杀害的不是我，而是自己的父亲，那么，大概只是因为这里有上帝的一只有形的手指在保护着我，除了这个原因之外，他也不好意思杀害我，因为我在这里，就在这个地方，亲手把一个从大殉难者瓦尔瓦拉干尸上取下来的圣像挂到他脖子上……在那一刻我距离死神是多么近呀，因为我一直走到他跟前，紧挨着他，他还伸长了脖子让我挂呢！您知道吗，彼得·伊里奇（对不起，您似乎说过您叫彼得·伊里奇）……您知道吗，我不相信奇迹，但这个圣像以及我现在所遇到的这个明显的奇迹——这使我震惊，因此我现在又开始什么都信了。您听说过有关佐西马长老的事吗？……不过，我现在都不知道自己在说些什么……您瞧，他居然脖子上挂着圣像还向我吐唾沫……当然只是吐唾沫，而没有加害于我，然后……然后就上那儿去了！可我们上哪儿去呢，我们现在该上哪儿去呢，您有什么打算？”

彼得·伊里奇站起来说，他现在直接去找警察局长，向他报告一切，至于该怎么办，局长会安排的。

“哎哟，他是个好人，一个大好人，我认识米哈伊尔·马卡罗维奇。当然应该去找他。您真机灵，彼得·伊里奇，您想得多么周全；您知道，换了我是绝对想不出来的！”

“我跟警察局长本来就很熟悉。”彼得·伊里奇说，还一直站着，显然想尽快摆脱这位急性子的太太，她无论如何也不给他机会告辞和离开。

“您听我说，听我说，”她嘟嘟囔囔说着，“您一定要来告诉我，您在那边看到了什么，打听到了什么……还发现了什么……怎样处理他，判他流放到什么地方。请告诉我，俄国废除死刑了吗？您无论如何要来，哪怕是在半夜三点钟，哪怕是四点钟，甚至是四点半……如果我不起来，您就吩咐叫醒我，推醒我……啊，天哪，我也根本睡不着。听我说，我自己和您一起去好不好？”

“不必了，要是您现在亲笔写上两三行字以防万一，说明您没有借钱给德米特里·费奥多罗维奇，那倒可能不是多余的……有备无患……”

“我一定写！”霍赫拉科娃太太高兴地扑向自己的书桌，“听我说，您使我感到惊讶，您在处理这类事务方面的机智和干练简直使我万分惊愕……您在本地供职吗？听到您在本地供职我是多么高兴啊……”

她一面说着，一面匆匆忙忙在半张信笺上写了如下数行大字：

> 我一生中从未向不幸的德米特里·费奥多罗维奇·卡拉马佐夫（因为他终究是不幸的）提供过今天这笔三千卢布的借款，而且从未、从未提供过其他款项。对此我以我们世上的一切圣物起誓。
>
> 霍赫拉科娃

“这张便条您拿去吧！”她向彼得·伊里奇迅速转过身子，“去吧，去救人吧，从您这方面来说，这是伟大的功勋。”

接着她对他画了三次十字。她跑出来一直送他到前厅。

“我是多么感谢您！您简直不会相信，我现在是多么感谢您，因为您跑来找的首先是我。以前咱们怎么没有见过面呢？如果以后还能在舍间接待您，我将感到非常荣幸。听到您在本地供职我是多么愉快……而且您又是这样认真，这样机灵……不过他们应该器重您，他们终究会了解您的。要是我能为您效劳，那么请您相信……啊，我热爱青年！我爱上了青年。青年——这是当今我们受苦受难的俄罗斯的基石，是她的全部希望……啊，去吧，去吧！”

但是彼得·伊里奇已经跑了出去，不然她也不会很快就放他走的。不过霍赫拉科娃太太还是给他留下了相当好的印象，甚至稍稍缓解了他因为卷入这一极不愉快的事件而引起的忧虑。人所共知，人的趣味往往是多种多样的。“她还一点儿也不老，”他愉快地想，“相反，我简直会把她当作她的女儿。”

至于说到霍赫拉科娃太太本人，那么她简直被这个年轻人迷住了。“这样一个现代青年是多么干练、多么一丝不苟，而且还有这样的风度和外表。眼下大家都说现在的年轻人什么也不会干，这倒是给他们的一个反证”，等等。因此这个“可怕的事件”简直被她抛到了九霄云外，直到她躺下睡觉时才突然重新想起自己曾“离死神是那样的近”，于是她感叹说：“哎哟，这真可怕，可怕！”但她马上就睡着了，进入了香甜的梦乡。其实，我本来无须在这些无关紧要的细枝末节上多费笔墨，假如我刚才描写的年轻官员和一位还根本不算老的寡妇的奇遇后来没有成为这位认真而又一丝不苟的年轻人一生功名的基础的话。在我们的小城里，直到如今人们回忆起这件事的时候还不胜惊讶，而我们结束有关卡拉马佐夫兄弟漫长的故事的时候，也许还要专门对此做一个交代。

二 报警

我们的警察局长米哈伊尔·马卡罗维奇·马卡罗夫，改任七品文官的退伍中校，是一个鳏夫和好人。他来到我们这里不过三年，但已经赢得了普遍的好感，主要原因是他“善于团结人”。他家里宾客不断，好像缺少了他们，他自己就活不下去似的。每天总有人在他家里吃饭，哪怕只有两个，或者一个客人，不然便不会摆开桌子用餐。他常常假借各种名目，有时甚至是以出人意料的名目宴请宾客。菜肴虽然并不精致，却很丰盛，大烤饼做得非常可口，酒的品位不太高，但以量取胜。进门的屋里放着一张台球桌，陈设相当体面，墙上甚至挂着配有黑色镜框的英国赛马的图画，大家知道，这是单身汉台球房中必不可少的装饰品。每天晚上都要玩牌，哪怕只有一桌。我们城里最上等的人物经常带着妻子、女儿一起聚在这里跳舞。米哈伊尔·马卡罗维奇虽然丧偶，但还是过着家庭生活，因为他身边有一个早已守寡的女儿，并有两个外孙女。两个姑娘已经成年，完成了学业，外貌也不难看，生性活泼，虽然大家都知道她们不会有什么陪嫁，但姑娘们还是把我们上流社会的青年吸引到外公家里来了。在事务方面米哈伊尔·马卡罗维奇不太精明，但在恪尽职守方面却不比别的许多人差。如果说白了，那么他是一个文化修养相当差的人，甚至对自己职权范围的理解也是不明确的，有些随心所欲。他对目前政府所进行的一些改革不能说只是一知半解，但他的理解总是错误的，有时甚至是非常明显的错误，倒不是因为他特别无能，而是由于他生性疏懒，总是没有时间去深入研究。“先生们，我更适宜当军人，缺乏文职人员的修养。”——这是他的自我评价。甚至关于农奴制改革的细则，他似乎还没有一个完整而确切的概念，可以说，他只是年复一年地在实际生活中不自觉地积累知识，逐步加深理解，再说他本人还是个地主呢！彼得·伊里奇断定，他一定会在米哈伊尔·马卡罗维奇家里碰到一些客人，只是不清楚能见到的是谁。这时候恰好是检察官和县医生瓦尔温斯基在局长那儿打牌。瓦尔温斯基是一个年轻人，刚从彼得堡来到我们县里任职，是彼得堡医学院的高才生。检察官（其实是副检察官，但在我们这里大家都称他检察官）伊波利特·基里洛维奇在我们这里是个非常特别的人，岁数不大，不过三十五岁，但会染上痨病的征兆却十分明显，还娶了一个肥胖敦实和不能生育的太太；他很自负，容易生气，虽然很有头脑，心地也善良。看来，他性格的缺点全在于他对自己的估计稍稍超越了他实际具有的优点所能达到的程度。这就是经常使他心态失衡的原因。再加上他还奢望在最好、最完美的水平上施展一番，例如他的心理分析，对人的心灵的独到见解，分析罪犯及其罪行的特殊才能等等。在这个意义上他认为自己在职务上多少受了点委屈，没有得到重用，并且一直坚信，上司没能赏识他这个人才，有人在跟他作对。遇到情绪不好的时候他甚至威胁说要去当刑事律师。卡拉马佐夫家突发的弑父案件似乎使他精神振奋："这样的案子可能会轰动整个俄罗斯。"这本是后话，不过我现在却提前说了。

在隔壁房间里，和小姐们坐在一起的还有我们年轻的法庭侦查员尼古拉·帕尔费诺维奇·涅柳多夫。他从彼得堡来到我们城里才两个月。后来我们这里都纷纷议论这件事并且感到十分惊奇：所有这些人仿佛故意在"案发"的当晚聚集在执法机关长官的家里，但实际上事情却十分简单，而且也是极其自然的：伊波利特·基里洛维奇的夫人牙痛了两天，他需要找个地方躲避她的呻吟；医生除了打牌其实晚上已经不可能到别的地方了。而尼古拉·帕尔费诺维奇甚至在三天前就已经打算好在那天晚上装作偶然闯到米哈伊尔·马卡罗维奇家里，诡秘地使他的大外孙女奥尔加·米哈伊洛芙娜大吃一惊，因为他知道她的秘密，知道今天是她的生日，而她却故意向大家隐瞒了自己的生日，目的是可以不请全城的人来跳舞。到时候他会讲许多笑话，对她年龄做出种种暗示，好像她害怕别人知道她的年龄，现在他掌握了她的秘密，他将在明天向大家公开这个秘密，如此等等。这个可爱的年轻人在这方面很会捉弄人，我们这里的太太给了他一个"淘气鬼"的外号，他似乎也十分满意。其实，他出身于名门望族，受过良好的教育，具有美好的感情，虽然他爱寻欢作乐，却十分天真，而且总是彬彬有礼。从外表看他身材矮小，体质孱弱。在纤细苍白的手指上总是戴着几枚闪闪发亮的特别粗大的戒指。当他在执行公务的时候，他就变得异常庄重，几乎把自己的职责视为神圣。他在审讯老百姓中的杀人犯或其他坏人时特别善于提出一些难题，如果说这些难题没有使他们产生敬畏，那至少引起了他们某些惊讶。

彼得·伊里奇一进入警察局长的宅第，真是惊讶得目瞪口呆了：他突然看到大家好像全都知道了。确实，大家已经停止了玩牌，正站在那儿议论纷纷，甚至连尼古拉·帕尔费诺维奇也离开了小姐们跑了过来，而且摆出一副急于行动的战斗架势。彼得·伊里奇遇到的是一个令人震惊的消息：费奥多尔·巴夫洛维奇老头儿确实已于今晚在自己家里被杀了，被害后还遭到了抢劫。这件事刚才才知道，事情的经过是这样的：

玛尔法·伊格纳季耶芙娜，被打倒在围墙旁边的格里戈里的妻子，她在自己的床上睡得很熟，本来完全可能一觉睡到天亮，可是她突然醒过来了。原因是听到躺在隔壁房间里昏迷不醒的斯梅尔佳科夫羊痫风发作后在那里发出可怕的号叫，以前斯梅尔佳科夫一发羊痫风就会这样号叫，这种叫声始终使她十分害怕，她一听见就非常难受。她无论如何也受不了这种号叫。她睡眼惺忪地一骨碌下了床，迷迷糊糊冲向了斯梅尔佳科夫的小屋。但那里是一片漆黑，只听得病人在大口喘气和浑身打战。这时候玛尔法·伊格纳季耶芙娜自己也大声叫了起来，刚打算喊丈夫，但突然想起她起来的时候好像格里戈里不在床上。她跑到床边，重新把床摸了一遍，床果然是空的。这么说来他出去了。但会上哪儿去呢？她跑到台阶上，从台阶上小心翼翼地叫他。当然没有听到回答，但在万籁俱寂的黑夜中，她听到了似乎来自花园深处的呻吟声。她用心谛听；呻吟一再重复出现，显然是从花园里传出来的。“天哪，就像当时的丽萨维塔·斯梅尔佳科娃一样！”在她乱哄哄的头脑中闪现出这个念头。她畏畏葸葸走下台阶，看清了通向花园的小门开着。“对了，我老伴，一定在那里。”她想了想，便走到花园小门口，突然清清楚楚听见格里戈里在叫她，唤她：“玛尔法，玛尔法！”他的声音是微弱、可怕而痛苦的。“上帝啊，保佑我们免遭祸灾吧。”玛尔法喃喃地说，立刻应声找去，这样才找到了格里戈里。但不是在围墙旁边，不是在他被击倒的地方找到他的，而是在离围墙有二十步远的地方。后来才搞清楚，他醒过来后爬了一段路，大概他爬了很久，一再失去知觉，陷入昏迷状态。她马上发现他躺在血泊之中，便立刻拼命大叫起来。而格里戈里则轻轻地、断断续续地喃喃说：“他杀了人……杀死了父亲……叫喊什么呀，傻瓜，快去叫人……”可是玛尔法·伊格纳季耶芙娜却控制不住自己，一直在大声叫喊，突然，她看到主人房间的窗户开着，窗里有灯光，便跑近窗户，开始叫费奥多尔·巴夫洛维奇。不过她朝窗里一望，便看到了一个可怕的场面：主人仰面朝天躺在地板上，一动也不动。浅色的睡袍和洁白的衬衫的前襟上沾满了鲜血。桌子上的蜡烛把鲜血和费奥多尔·巴夫洛维奇僵死的脸映得非常清楚。魂飞魄散的玛尔法·伊格纳季耶芙娜马上离开了窗户，奔出花园，打开了大门的门闩，急急忙忙向邻居玛丽娅·康德拉季耶芙娜家的后门跑去。邻居家只有母女俩，当时都已经睡了，但被玛尔法发狂似的猛烈敲打护窗板的声音和她的大声叫喊惊醒了，她们一下子奔到窗口。玛尔法·伊格纳季耶芙娜语无伦次地大叫大嚷，不过总算说清楚了主要的事情，并且请求她们帮忙。恰好那天晚上流浪汉福马在她们家里宿夜。因此立刻把他叫了起来，于是三人一起奔向作案的现场。一路上玛丽娅·康德拉季耶芙娜想起刚才大约在八点多钟曾经听到从她家花园里面传出一阵响彻四周的尖厉可怕的号叫——这当然就是格里戈里的喊声，当时他双手正死死抓住已经骑在围墙上的德米特里·费奥多罗维奇的一只脚不放，喊着“弑父凶手”。“刚才有一个人在那儿号叫，后来突然又没有声音了。”玛丽娅·康德拉季耶芙娜一边跑，一边证明说。跑到格里戈里躺着的地方之后，两个女人在福马的协助下把他抬进了厢房。他们点上了灯，看到斯梅尔佳科夫在自己的小屋里还没有平静下来，浑身在抽搐，眼睛翻白，唇边流着白沫。他们用水掺了醋洗格里戈里的头，洗过以后他完全恢复了知觉，并立即问道：“老爷死了没有？”两个女人和福马这时候才向主人的屋子跑去。走进花园，他们看到不仅那扇窗户开着，就连从房子通往花园的门也敞开着，整整一星期以来，这道门从傍晚起每天都是由主人亲自关得紧紧的，而且连格里戈里也不允许用任何理由去敲他的门。见到敞开的房门，两个女人和福马都不敢进主人的房间了：“免得今后找来什么麻烦。”他们回来以后，格里戈里吩咐他们马上去见警察局长。这时候玛丽娅·康德拉季耶芙娜才跑来，惊动了警察局长家里的所有人。她比彼得·伊里奇只早到了五分钟，因此他带来的已经不再是一些猜测和推论，他已经成了一位目击的证人，他用自己更加详细的叙述进一步肯定了大家对于凶手的猜测（不过，在这之前的最后一分钟他内心深处还是不相信他是凶手）。

大家决定采取有力的行动。马上委派了本城副警察所长挑选四名证人，按照全部合法手续（这里我就不细说了）到费奥多尔·巴夫洛维奇的家里进行现场勘查。县医生是一个急性子的人，又是初来乍到，硬是要随警察局长、检察官和侦查员一起前去。我想简单地提一下：费奥多尔·巴夫洛维奇确实被打死了，脑袋也砸开了，不过是用什么砸的呢？最有可能的就是后来用以击倒格里戈里的那件凶器。他们听完了格里戈里有关他被击倒的叙述之后，恰好也找到了凶器。当时格里戈里已经得到了尽可能的治疗，虽然声音微弱，说话也断断续续，但他讲得相当有条理。大家提着灯到围墙旁边寻找，结果发现一个铜杵扔在花园小径最显眼的地方。在费奥多尔·巴夫洛维奇躺着的房间里没有发现特别凌乱的迹象，但在屏风后面，在他的床旁边的地板上，捡到一只用厚纸做的公函大小的信封，上面写着："如愿光临，即以三千卢布聊做薄礼献给我的天使格鲁申卡。"下面又加了几个字，大概是费奥多尔·巴夫洛维奇后来亲自添上的："给可爱的小鸡。"在信封上有三个大的火漆印，但信封已经撕开，里面是空的：钱已经被拿走了。在地板上还找到了一根扎信封的粉红色细缎带。彼得·伊里奇在证词中谈到的一个情况给检察官和侦查员留下了特别深刻的印象，这就是：估计德米特里·费奥多罗维奇一定会在黎明前自杀，那是他自己决定的，是他本人亲口告诉彼得·伊里奇的，还当着他的面将子弹装进了手枪，写下了字条，放在口袋里，等等等等。据说，当时彼得·伊里奇无论怎样都不愿相信，并且威吓说他要跑去告诉别人，以便制止他自杀，米佳听了便咧开嘴笑着回答他："你来不及了。"因此，必须及时赶到现场，到莫克罗耶去，以便在罪犯真想自杀之前把他捉拿归案。"这是明摆着的，这是明摆着的！"检察官异常兴奋地反复说。"这些亡命之徒确确实实总是这样：决定明天自杀，而在临死前还要花天酒地一番。"至于他在小铺子里购买了酒和食品的情况简直是火上浇油，使检察官更为兴奋。"先生们，还记得那个杀死商人奥尔苏菲耶夫的小伙子吗，他抢了一千五百卢布便立刻去烫了鬈发，后来连钱都没装好，也是差不多攥在手里，就去找姑娘了。"但是侦查、到费奥多尔·巴夫洛维奇家里搜查以及各种手续等耽误了大家。这一切都需要时间，因此派遣了昨天早晨进城来领薪水的区警察所长马弗里基·马弗里基耶维奇·施麦尔卓夫早两个小时先去莫克罗耶并给了他指令：到了莫克罗耶以后，不能打草惊蛇，在主管当局到达之前要对“罪犯”进行严密监视，同时准备好证人和乡村警察，等等。马弗里基一一照办，严守秘密，只有对特里丰·鲍里瑟奇一个人，自己的老朋友透露了部分秘密，那时候米佳恰好站在回廊上，他在回廊的暗处碰上了正在找他的老板，而且已经觉察到特里丰·鲍里瑟奇的脸色和话语突然起了变化。所以，无论是米佳或是别的人，都不知道他们已经被监视了；他那放着手枪的匣子也早已被特里丰·鲍里瑟奇偷偷拿走，藏到了隐蔽的地方。直到早上四点钟以后，天快要亮的时候，警察局长、检察官和侦查员等才分乘两辆三驾马车到达。县医生留在费奥多尔·巴夫洛维奇的家里，因为打算第二天就要解剖被害人的尸体，但他最感兴趣的还是仆人斯梅尔佳科夫的病情：“在两昼夜间不断反复发作，如此剧烈、如此长久的癫痫症状实为少见，这有待于科学进一步研究。”他兴奋地对即将离开的同事们说，而他们则笑着祝贺他有了新的发现。同时检察官和侦查员记得十分清楚，医生用非常坚决的语气补充说，斯梅尔佳科夫活不到早晨了。

现在，经过冗长的，但看来是必不可少的说明以后，我们又回到了我们的故事在前一卷里打住的地方。

三 灵魂磨难[1]的历程。第一次磨难

上卷讲到，米佳坐在那儿用奇怪的目光扫视在场的人，他不明白他们在对他说什么。突然他站了起来，双手高高扬起，大声喊道：“我没有罪！对这次流血事件我没有罪！我对我父亲的血没有罪……我曾经想杀

① 按基督教的说法，人死后灵魂离开尘世，与魔鬼相遇，共历尽磨难20次。

他，但我没有罪！不是我干的！”

他刚喊出这几句话，格鲁申卡就从帘子后面冲了出来，一下子跪倒在警察局长面前。

“这是我，是我，我该死，我有罪！”她用撕心裂肺的声音喊叫着，泪流满面，两只手伸向大家，“他这是因为我才杀了人！……这是我在折磨他，才弄出事来的！我也折磨了那个已经死去的可怜的老人，因为我恨，才弄出事来了！我是有罪的人，我是第一个罪人，是主要的罪人，我是有罪的！”

“不错，你是有罪的！你是主犯！你是个泼妇，你是个放荡的女人，你是主要的罪人。”警察局长咆哮如雷，举手威吓她，但这时候大家迅速而又坚决地把他制止了。检察官甚至双手抱住了他。

“这样就全乱套了，米哈伊尔·马卡罗维奇。”他大声说，“您确实妨碍了侦查……把事情搞糟了……”他几乎喘不过气来。

“采取措施，采取措施，快采取措施！”尼古拉·帕尔费诺维奇也异常激动，“不然简直无法进行下去！……”

“一块儿审判我们俩吧！”格鲁申卡继续疯狂地大叫，一直跪在那里，“把我们俩一块儿绞死吧，现在就是判他死刑我也要跟他一起去死！”

“格鲁莎，我的生命，我的血，我的宝贝！”米佳也扑到她的身旁跪下，紧紧把她抱在怀里。“你们别信她。”他大声喊道，“她什么罪也没有，她与流血无关，与任何事都没有关系！”

他后来记得，几个人把他从她身旁强行拖开，她也立刻被带走了。当他清醒过来时已经坐在桌子旁边了。他左右两侧和身后都站着佩戴警牌的人。隔着桌子面对他坐在沙发上的是法庭侦查员尼古拉·帕尔费诺维奇，他一直在劝米佳喝点桌上的茶水：“这会使您头脑清醒，使您平静下来，您别怕，别慌张。”他非常客气地补充说。米佳记得，他突然对他手上两只粗大的戒指产生了极大的好奇心，一只是紫晶石的，另一只呈鹅黄色，晶莹剔透。后来过了好久他想起这件事还不胜惊讶，即使在可怕的审讯过程中两只戒指居然还牢牢地吸引了他的注意力，也不知是怎么回事，他始终无法移开自己的视线，忘记那些跟他的处境完全不相称的东西。米佳的左侧，晚会开始时马克西莫夫坐着的地方，现在坐着检察官，米佳的右首，原来格鲁申卡坐过的那个位置上，现在坐着一个面色红润的年轻人，他穿一件相当陈旧的类似猎装的上衣，在他面前放着墨水瓶和纸张。原来这是侦查员带来的书记员。警察局长站在房间另一端的窗口旁边，紧挨着卡尔加诺夫。卡尔加诺夫就坐在那扇窗旁边的椅子上。

“喝口水吧！”侦查员已经是第十次这样温和地劝他。

“我喝过了，诸位，喝过了……但是……来吧，先生们，掐死我吧，绞死我吧，决定我的命运吧！”米佳大声喊着，可怕地瞪大了眼睛，直勾勾地瞅着侦查员。

“这么说来您绝对肯定您对令尊费奥多尔·巴夫洛维奇的死是无辜的？”侦查员温和而又坚定地问。

“我是无辜的！我对另一个人的血是有罪的，对另一个老人的血，而不是我父亲的血。现在我为他痛哭！我杀死了老人，我杀死了他，把他摔倒在地……可是如果因为我杀了人，所以也要对另外一件与我毫无关系的杀人案负责，那是非常痛苦的……这罪名太可怕了，先生们，简直是当头一棒！但到底是谁杀死了父亲？到底谁杀的呢？如果不是我，谁又能去杀他？真是怪事，不可思议，绝不可能的事！……”

“是啊，是谁去杀的呢……”侦查员刚要开始说，但检察官伊波利特·基里洛维奇（他是副检察官，但我们为了方便起见称他检察官）与侦查员交换了一下眼色，对米佳说：

“您不必为那老仆人格里戈里·瓦西里耶维奇担心。告诉您吧，他还活着，已经醒过来了，虽然根据他的证词和您的口供他遭到了您的毒打，但看来他活下来是不成问题的，至少医生是这样诊断的。”

“他还活着？那么他还活着！”米佳突然大声叫喊，惊讶得双手一拍，他满脸喜悦，“上帝啊，感谢你听了我的祈祷，为我这个罪人和坏蛋显现了伟大的奇迹！……是的，是的，是听到了我的祈祷，我祈祷了整整一夜！……”他连着画了三次十字，都快喘不过气来了。

“我们就是从格里戈里本人那里得到了有关您的十分重要的证词……”检察官刚要继续说下去，米佳突然从椅子上跳了起来。

“一分钟，先生们，看在上帝分上只要等一分钟，我去找她一下……”

“对不起！现在绝对不行！”尼古拉·帕尔费诺维奇差点没尖声大叫起来，也从椅子上跃身起立，米佳被几个胸前挂着小铜牌的人抱住了，不过米佳自己也已经坐到了椅子上……

“诸位，太遗憾了！我想到她那儿只待一会儿……我要告诉她，整夜使我痛心的血洗干净了，不留痕迹，我已经不是杀人凶手了！先生们，她真的是我的未婚妻！”他突然以兴奋而敬慕的口吻说，一面环视着所有的人，“啊，我感谢你们，先生们！啊，你们使我获得新生，一下子使我复活了！……这位老人，先生们，当我三岁遭到遗弃的时候，是他疼我，照顾我，在水盆里给我洗澡，他是我的亲生父亲啊！……”

“这么说来，您……”侦查员开始说。

“等一等，诸位，请再等一分钟，”米佳打断说，他把两肘支在桌上，用手掌捂住了脸，“让我稍稍考虑下，让我喘一口气，先生们。这一切太使人震惊了，简直可怕，人可不是鼓皮啊，诸位！”

“您还是再喝口水吧……”尼古拉·帕尔费诺维奇轻轻地说。

米佳把两只手从自己的脸上移开，接着便哈哈大笑。他的目光炯炯有神，他似乎一下子完全变成了另一个人。他的口气也完全变了：现在他坐在这里，跟在场的所有人，跟他原来的这些朋友又是平等的了，就像往日没出任何事情之前相聚在某个社交场合一样。不过我们要顺便说一下，米佳刚到我们城里的时候，在警察局长家曾经受到热诚款待，但后来，特别是最后的一个月，米佳几乎不去拜访他了，而警察局长有时在街上碰到他也总是皱起眉头，只是出于礼貌，才行礼致意，这种情况米佳显然是觉察到了。他与检察官的关系更加疏远些，但有时候却怀着最大的敬意前去拜访他的夫人，一位神经质而富于幻想的太太，甚至他自己也不完全明白为什么要去拜访她，而她则总是亲切地接待他，也不知是什么原因直到最近还关心他。他与侦查员还不熟悉，但也见过面，甚至还与他说过一两次话，谈的都是女人。

“尼古拉·帕尔费诺维奇，我看您是一位高明的侦查员，”米佳突然开心地大笑起来，“不过我现在亲自来帮助您。啊，先生们，我复活了……请不要因为我这样随便、这样直率地与你们讲话而责备我。再说我有点儿醉了，这一点我要坦白地告诉你们。我好像有幸……有幸见过您，尼古拉·帕尔费诺维奇，是在我的亲戚米乌索夫家里……先生们，先生们，我并不要求平等，我非常清楚，我现在是以什么身份坐在你们面前。你们对我……如果格里戈里只是提供了关于我的证词……那么你们对我……啊，你们肯定对我有了——很大的怀疑！真可怕！真可怕——我心里非常明白！不过我还是准备谈一谈这件事，先生们，我们现在一下子就可以把这件事说清楚，你们听着，你们听着，先生们。既然我知道自己是无罪的，当然一下子就可以了结这件事。是这样吗？是这样吗？”

米佳讲得又急又快，滔滔不绝，毫无保留，似乎真的把这几位听众当成了自己的密友了。

“好吧，我们暂时就这样记录：您坚决否认对您的指控。”尼古拉·帕尔费诺维奇煞有介事地说，然后转身对书记员悄声说明该记录哪些内容。

“记录？您想把这些话记录下来？好吧，记就记吧，我同意，我完全同意，诸位……不过嘛……请停一下，停一下，你们这样写吧：‘他对目无法纪的行为负有罪责，对毒打可怜的老人负有罪责。’另外，对我自己来说，在我心里，在内心深处我感到自己是有罪的——不过这些都不用记，”他突然转身对书记说，“这已经是我的私生活，先生们，这与你们已经毫无关系，这是心灵深处的东西……但对我老父亲的死——我是没有罪的！这是毫无道理的想法！这完全是毫无道理的想法！……我可以向你们证明，你们马上也会相信的。你们自己会感到好笑的，先生们，你们会对你们的怀疑哈哈大笑！……”

“您别着急，德米特里·费奥多罗维奇。”侦查员提醒说，显然想以自己的冷静来制服这个狂人，“在继续审讯之前，如果您愿意回答，那我希望听到您能确认以下事实，那就是您似乎不喜欢已故的费奥多尔·巴夫洛维奇，与他经常发生争执……至少在这里，就在一刻钟之前，您似乎说过，您甚至想杀死他。您曾经大声说过：‘我没有杀死他，但是想要杀死他的！’”

“我这样说过吗？哎哟，这是可能的，先生们！是的，不幸的是我曾想杀死他，好几次都想过要杀死他……真是不幸，真是不幸啊！”

“您想过。您能不能解释一下，究竟是什么原因使您对令尊这样仇恨呢？”

“有什么可解释的呢，先生们！”米佳愁眉苦脸地耸了耸肩，低下了头，“我可没有隐瞒自己的感情，全城的人都知道这一点——小酒店里的人也都知道。不久前在修道院佐西马长老的斋房里我还公开讲过——就在那天晚上我还打了父亲，差一点没把他打死，我还发誓说，我下次来就打死他，是当着众人的面说的——啊，可以找到上千个证人！我嚷嚷了一个月，谁都可以做证！……事实是明摆着的，事实本身可以说明，事实本身完全可以说明问题，但是感情，先生们，感情是另一码事了。先生们，”米佳皱起了眉头说，“我觉得，你们没有权利过问我的感情。你们虽然是执行公务，这我完全理解，但这是我的事，我的隐私，尽管……由于我以前也没有掩饰我的感情……譬如说，在小酒店里我对大家、对每个人都曾说过，那么……那么我现在也不再把它当作什么秘密。先生们，你们要知道我自己也明白这种情况构成了我的重大罪证：我以前对大家说过我要杀死他，现在他突然被杀害了，在这种情况下怎么会不是我干的呢？哈，哈！我谅解你们，先生们，完全谅解。连我自己都惊讶之极，因为在这种情况下，如果不是我杀的，那么究竟是谁杀的呢？是不是？如果不是我，那么是谁，究竟是谁呢？先生们，”他突然叫了起来，“我想知道，先生们：我甚至要求你们告诉我，他是在什么地方被杀害的？他是怎样被杀害的？用的什么凶器？请你们告诉我。”他急促地问，用目光打量着检察官和侦查员。

“我们发现他仰面躺在自己书房的地板上，头被打碎了。”检察官回答说。

“这真可怕，先生们！”米佳突然哆嗦一下，把臂肘支在桌子上，用右手捂住了脸。

“我们继续谈吧。”尼古拉·帕尔费诺维奇打断说，“那么，究竟是什么原因使您这样恨他呢？您好像公开声称是因为妒忌？”

“是的，是妒忌，不过也不仅仅是妒忌。”

“为了钱财而争吵？”

“是的，是为了钱。”

“好像有争议的是一笔三千卢布遗产，听说他没有付清。”

“岂止三千！多得多，多得多，”米佳气势汹汹地说，“超过六千，也许一万以上。我对大家都这样讲过，对大家嚷嚷过！但我决定只要三千就算了结，决不反悔。我急需这三千卢布……我知道他枕头底下的信封里藏有三千卢布，是准备给格鲁申卡的，我认为这笔钱简直是从我这儿偷去的，是的，先生们，我认为这是我的钱，等于是我的财产……”

检察官意味深长地与侦查员交换了眼色，还悄悄地向他眨了眨眼。

“这个问题我们回头再谈，”侦查员马上说道，“现在请允许我们指明并记下这一点，即您认为装在那只信封里的钱简直就等于是您自己的财产。”

“写下来吧，先生们，我也明白这又是我的一个罪证，但我不怕罪证，因此我自己揭露自己。你们听清楚了，是我自己！请注意，先生们，你们似乎把我当作了与我的实际情况完全不相符合的另一个人。”他突然忧郁地说，“现在和你们谈话的是一个高尚的人，一个非常高尚的人，主要的是——请你们不要忽视这一点——他做过许许多多卑鄙下流的事情，但无论以前还是现在始终是一个高尚的人，在内心、在心灵深处是个非常高尚的人，总之，我不会表达这个意思……我一辈子都感到痛苦的就是因为一方面我渴望高尚，可以说为高尚而受苦受难，在打着灯笼，打着第欧根尼的灯笼[①]寻找高尚，另一方面却一辈子都在干着下流的勾当，就像我们大家一样，先生们……啊，不对，只是我一个人，先生们，不是大家，只是我，我说错了，我一个人，一个人！……先生们，我现在有点头疼，”他痛苦地皱起了眉头，“你们要知道，先生们，我不喜欢他的外貌，恬不知耻，自吹自擂，亵渎神明，嘲弄挖苦，没有信仰。真可恶，可恶极了！不过现在他已经死了，我对他的看法也变了。”

① 第欧根尼（？—公元前320），古希腊哲学家，属犬儒学派。传说他在白天打着灯笼寻找诚实的人。

“怎么变了呢？”

“不是变了，而是我感到遗憾，我以前居然这样仇恨他。”

“您感到后悔吗？”

“不，不能说是后悔，这一点请不要记下来。我自己也并不好看，是的，我自己也没有很漂亮，因此我没有权利认为他讨厌，就是这么一回事！这一点请记下来好了。”

米佳说完这些话，突然变得非常忧伤。自从开始回答侦查员的提问以来，他的神色逐渐地越来越忧郁了。恰巧这时候忽然又出现了一个出人意料的场面。事情是这样的：虽然格鲁申卡刚才被带走，但离得并不太远，与现在进行审讯的天蓝色房间相距不过一个房间。这是一个只有一扇窗户的小房间，紧挨着夜里跳舞和张筵飨客的大房间。她就坐在小间里，和她在一起的只有马克西莫夫一个人，他吓得要命，怕得要死，紧紧地挨着她，好像要求她保护似的。门口站着一个胸前佩戴小铜牌的农民。格鲁申卡一直在哭，突然她克制不住内心的巨大悲痛，一下子跳了起来，双手一拍，高声哭喊着“我命苦啊，我命苦啊！”从房间里冲出来去找他，找她的米佳，事情来得非常突然，居然谁也来不及拦住她。米佳一听见她的哭叫声，便浑身打战，跃身而起，吼叫着，迎着她飞快冲过去，似乎丧失了理智。虽然他们已经互相可以看见对方，但还是没有能走到一起。他的手被紧紧抓住，他拼命挣扎，使劲挣脱，三四个人好不容易才把他拦住。她也被拦住，他看到她被带走时在哭喊着，向他伸出了双手。这个场面结束后，他又回到桌子旁边原来的地方，面对着侦查员，恢复了常态，并对他们不断叫喊：

“你们要把她怎么样？你们干吗要折磨她？她是无辜的，无辜的！……”

检察官和侦查员一直在劝他。就这样过了一段时间，约莫有十分钟；后来刚才离开了一会儿的米哈伊尔·马卡罗维奇又匆匆忙忙走了进来，他非常激动地对检察官大声说：

“她被带走了，现在在楼下。诸位，能否允许我对这个不幸的人讲一句话？就当着你们的面，先生们，当着你们的面！”

“请便吧，米哈伊尔·马卡罗维奇，”侦查员回答说，“目前情况下我们不会表示反对。”

“德米特里·费奥多罗维奇，你听我说，老弟，”米哈伊尔·马卡罗维奇开始对米佳说，他那神情激动的脸上流露出对这个不幸的人几乎慈父般的深切同情，“我亲自把你的阿格拉费娜·亚历山德罗芙娜领到楼下去了，并托付给了老板的女儿，现在那个小老头儿马克西莫夫和她待在一起，一步也不离开她，而且我也把她说服了。你听清楚没有？我说服了她，让她安静下来了，我告诉她你现在需要申辩，她不应干扰，不能引起你的烦恼，不然你会心慌意乱，提供对自己不利的供词，你懂吗？总而言之，我说了一番道理，她也懂了。老弟，她是个聪明人，她心肠好，还想要吻我这老头儿的手，是替你求情哪。她亲自派我来告诉你，要你对她放心，而且，亲爱的，一定要我跑回去对她说，你现在已经平静下来并对她放心了。因此，你别担心，你该理解这一点。我刚才对不住她。她是基督心肠，是的，先生们，这是一颗温柔的心，而且完全是清白的。那么该怎样对她说呢，德米特里·费奥多罗维奇？你能不能平静下来？”

这位好心人说了许多多余的话，但格鲁申卡的痛苦，人类的痛苦，却渗透进了他善良的心，甚至他的双眼都噙着泪水。米佳跳起身来，向他奔去。

“请原谅，先生们，让我说，啊，让我说！”他大声叫喊，“您有颗天使般的、天使般的心灵，米哈伊尔·马卡罗维奇，我替她感谢您！我一定，一定会平静下来，我会快活的，请您通过您那颗无比善良的心转告她，我现在很快活，非常快活，甚至开始笑了，因为我知道，有像您这样的守护天使和她在一起。我马上了结一切，只要我获得自由，我立刻去见她，她会见到我的，让她等着吧！先生们，”他突然对检察官和侦查员说，“现在我要向你们敞开我的心扉，把心里话都说出来，我们会很快了结这件事，高高兴兴地了结，最后我们真的会笑起来的。我们会笑吗？不过，先生们，这位女士是我心灵的女王！啊，请允许我这样说，这是我的心里话，非说不可……我确实看到，我是和最高尚的人在一起：她是光明，是我的宝贝，要是你们能理解这一点就好了！你们刚才不是都听见了她的话：‘哪怕和你一起去上绞架我也心甘情愿！’而我又给了她什么呢？我是一个穷光蛋，一无所有，她为什么这样爱我？我这个笨拙的、可耻的、丢尽了脸面的坏蛋，值得她这样爱吗？能让她跟我一起去流放吗？

她这个骄傲和清白无辜的女人刚才为了我居然跪下来向你们求情！我怎么能不爱她，怎么能不像刚才那样哭喊着扑到她面前呢？啊，先生们，对不起！但现在，现在我放心了！”

说着他倒在椅子上，双手捂住了脸，号啕痛哭起来。但这已经是幸福的泪水了。他很快就控制住了自己。上了年纪的警察局长非常满意，法官也很满意：他们感到审讯马上会进入一个新的阶段。米佳目送着警察局长出去以后，真的变得高兴起来了。

“好吧，先生们，现在我听你们的，完全听你们的。而且……要不是刚才纠缠那些琐碎的事情，那么我们一下子就可以达成一致了。我又提这些琐事了。我听从你们的吩咐，先生们，但是说实在的，这需要互相信任——你们信任我，我信任你们——不然我们永远不能了结。我这样说都是为了你们好。谈正事吧，先生们，来谈正事，最主要的是你们别去挖掘我的内心世界，别用鸡毛蒜皮的小事去折磨它，请你们问正事和事实，我马上会使你们满意的。让琐碎的小事见鬼去吧！”

米佳这样大声说着。审讯又开始了。

四　第二次磨难

“您不会相信，德米特里·费奥多罗维奇，您的这一承诺使我们受到多大的鼓舞……”尼古拉·帕尔费诺维奇摘下眼镜，兴高采烈地说，他那双又大又深度近视的浅灰色金鱼眼流露出明显的满意神色，“您刚才指出我们应互相信任是很正确的，在这种重大的事情上，如果怀疑对象愿意、希望而且能够证明自己无罪，那么缺少相互信任往往是无法办到的。从我们方面来说，我们将尽力而为，甚至现在您自己已经可以看到，我们是如何处理这件案子的……您赞成吗，伊波利特·基里洛维奇？”他突然对检察官说。

“噢，毫无疑问。”检察官表示赞同，虽然与尼古拉·帕尔费诺维奇的热情相比显得有点冷淡。

有个情况我要说清楚：新来我们这里的尼古拉·帕尔费诺维奇到我们城里就任之初便对我们的检察官伊波利特·基里洛维奇怀有一种异乎寻常的尊敬，跟他十分投机。唯独他才坚信我们这位“怀才不遇”的伊波利特·基里洛维奇具有非凡的心理分析和雄辩的才能，也完全相信他是受了委屈。他早在彼得堡的时候就听到了有关他的传闻。而年纪轻轻的尼古拉·帕尔费诺维奇则是我们这位“怀才不遇”的检察官在这世界上唯一的知音。他们俩在来此地的路上对即将审理的案子达成了某些共识和默契，因此现在审问的时候，思维敏捷的尼古拉·帕尔费诺维奇对这位老前辈的只言片语、一个眼神或一个眼色都能心领神会，理解他的任何指示和他脸上的任何表情。

“先生们，请让我自己来说，不要用鸡毛蒜皮的琐事打岔，我一下子就可以向你们全讲出来。”米佳激动地说。

“太好了。谢谢您。但在听取您的陈述之前，请允许我再确认一个对我们来说十分有意思的事实，那就是您在昨天五点钟左右，以您的手枪作为抵押，向您的朋友彼得·伊里奇·佩尔霍金借了十个卢布。”

“抵押了，先生们，押了十个卢布。这又有什么呢？我外出回来到城里就去抵押了，就是这样。”

“您外出了？您到城外去了？”

“去了，先生们，我到城外四十多俄里的地方去了一次，你们不知道吗？”

检察官和尼古拉·帕尔费诺维奇交换了一个眼色。

“总之，您最好能把您昨天从早上开始一整天的活动系统地说一说，行吗？譬如说，请您讲讲：为什么您要离开县城，什么时候离开，什么时候回来……以及诸如此类的事实……”

“你们一开始就应该这样问了。”米佳哈哈大笑，“要是你们愿意，那么不是从昨天开始讲起，而是应从前天的清晨开始，只有这样你们才会理解，我上哪儿去了、怎样去的、目的是什么等等。先生们，前天早上我上本地商人萨姆索诺夫家去向他借三千卢布，有最可靠的抵押做担保，我急需这笔钱，先生们，我急需这笔钱。”

“对不起，打断您一下，”检察官客气地打断他说，“为什么您突然急需这笔钱，又恰恰是这样一个数目，即三千卢布？”

“唉，先生们，用不着谈这些小事：怎样，什么时候，为什么，为什么恰好是这个数目，而不是那个数目，以及此类毫无意义的说明……真要是这样的话，三本书也写不完，还要加上一个尾声呢！”

米佳满心好意想道出全部实情，因此用一种十分随便却又不太耐烦的口气讲出了这一番话。

“先生们，”他似乎突然醒悟了，“请你们别怪我固执，我再次请求：请你们再相信一次，我十分尊敬你们并完全理解目前的处境。请别以为我喝醉了。我现在已经清醒了。就是喝醉了也不碍事。我这个人就是这样：

> 酒醒后变得聪明了——其实变得愚蠢了。
> 喝醉后变得愚蠢了——其实变得聪明了。

哈，哈！不过我知道，先生们，在事情没搞清楚之前，我在你们面前说俏皮话是不合适的。请允许我也保持个人的尊严。我明白眼下的差异：我在你们面前终究是一个案犯，因此，你我之间有很大差别，而你们是奉命监督我的。你们决不会因为格里戈里的事而夸奖我，打破了老人的头而不受惩罚是不可能的，为此你们会依法送我进监狱，蹲上一年半载，我不知道你们会怎样判，总不至于剥夺公民权，不会剥夺公民权吧，检察官？你们瞧，先生们，我是明白这种差别的……不过你们也得承认，如果你们问：这一步在哪儿跨出去的？怎样跨法？什么时候跨的？跨到哪儿去？那么这些问题可能会把上帝也弄得稀里糊涂。要是这样，我就会糊涂的，而你们也糊里糊涂地记下来，那会有什么结果呢？什么结果也不会有！如果我现在开始胡说八道，那么也得让我说完，而你们，先生们，作为有教养和高尚的人，也会原谅我的。现在我提出最后一个请求：请你们别搞这一套官僚形式的审讯吧，就是开始纠缠一些鸡毛蒜皮、微不足道的事情，诸如怎样起床的，吃了什么，怎样吐了一口唾沫等等，‘麻痹案犯的注意力’，出其不意地用一个吓人的问题使他就范：‘你杀了谁，抢了谁？’哈，哈！这就是你们那一套老办法，这是你们的老规矩，就是你们要的全套鬼把戏！不过你们要的这种把戏只能麻痹乡巴佬，对我可没有用。我懂得这一套，我自己也当过差，哈，哈，哈！请别生气，先生们，能原谅我的鲁莽吗？”他大声说，用一种几乎是令人惊讶的憨厚表情看着他们，“这是米坚卡·卡拉马佐夫讲的，因而可以原谅，因为对聪明人是不能原谅的，而米坚卡是可以原谅的！哈，哈！”

尼古拉·帕尔费诺维奇听着也笑了。检察官虽然没有笑，却目不转睛地，警觉地打量着米佳，似乎不愿漏掉他说的每句话、任何一个细小动作，以及脸上任何细小的表情。

“不过我们一开始也没有这样问你呀，”尼古拉·帕尔费诺维奇笑着回答说，“我们没有用这类问题为难您：诸如早上是如何起床的，吃了什么等等，我们从一开始就问您一些十分重要的问题。”

“我懂，我早就明白并十分珍惜，但我现在更珍惜你们目前对我的无比好意，这种好意说明你们的心灵是十分高尚的。现在我们三个高尚的人碰到一起来了，那就让我们把一切都建立在由高贵的门第和名誉联结起来的有教养的上流社会人士间互相信任的基础上吧。总之，请允许我在我一生中的这个时候，在我的名誉蒙受耻辱的时刻，把你们当作我的最好的朋友！对此你们不会觉得难堪吧，先生们，不会难堪吧？”

“相反，您说得太好了，德米特里·费奥多罗维奇。”尼古拉·帕尔费诺维奇一本正经赞许说。

“至于那些鸡毛蒜皮的小事情，先生们，让那些吹毛求疵的琐碎问题统统见鬼去吧。”米佳兴高采烈地大声喊道，“不然的话，鬼知道会闹出什么结果，难道不是这样吗？”

“我完全赞同您的明智的建议，”检察官突然插进来对米佳说，“不过我还是想问您一个问题。这问题对我们来说实在太重要了，我们必须了解您需要这笔款子干什么，恰好又是三千卢布？”

“干什么？要干这干那……嗯，要还债呗。”

“还给谁？”

“我坚决拒绝回答这个问题，先生们！你们要知道，并非我不能说，或者是不敢说，或者我害怕说，因为这完全是无足轻重、微不足道的琐事，我不愿说，这里还涉及一个原则：这是我的私生活，而我不允许我的私生活受干预。这就是我的原则。您的问题与案件无关，而与案件无关的一切都是我的私生活！我想还债，我想还清名誉上的债，至于还给谁——我不能说。”

“请允许我们把这些话记下来。”检察官说。

“请吧。就这样写：我不说，坚决不说。先生们，还要写上：我甚至认为讲出来是不名誉的。咳，反正你们有的是时间！”

“尊敬的先生，如果您只是不明白的话，我不能不警告您并再次提醒您，”检察官用一种非常严肃的口吻特别强调说，“您完全有权利不回答现在向您提出的问题，而我们也无权强迫您回答，要是您本人由于某种原因回避回答的话。这属于您个人考虑的范围。不过我们的责任在于：在类似目前的场合下提醒您注意并向您说明由于您拒绝提供证词将给自己造成危害的严重程度。请继续谈吧。”

“先生，我可没有生气呀……我……”米佳嗫嚅着说，他听了这些话显得有点尴尬，“你们知道，先生们，当时我去找的那个萨姆索诺夫……”

我们当然不必把他的叙述再详细重复一遍，因为读者早已知道了。供述人急不可耐地想说清楚，无一遗漏，但又希望尽快结束。但因为要不断地记录他的供词，所以，不得不经常打断他。德米特里·费奥多罗维奇对此表示不满，但还是服从了，虽然生气，态度暂时还算温和。虽然有时他会大喊大叫：“先生们，这样搞法使上帝也会火冒三丈。”或者说：“先生们，你们知道吗，你们这样惹我生气又有什么意思呢？”尽管他大声嚷嚷，但还没有改变友好热烈的情绪。因此，他讲述了前天萨姆索诺夫如何“哄骗”了他（现在他已经完全意识到他当时受骗了）。为了搞到车费把表卖了六个卢布的事是侦查员和检察官完全不知道的，这马上引起了他们的特别注意，却使米佳大为不满：他们居然认为需要详细记录这件事，作为一个旁证说明他昨天还几乎身无分文。米佳渐渐地变得闷闷不乐。然后，他描述了去找“猎狗”的那次旅行和在充满煤气的农舍里度过的一个夜晚等等……一直讲到怎样返回县城，讲到这里的时候他不等人家的特别请求，自己就开始详尽地描述自己为了格鲁申卡而经受的种种因忌妒而产生的痛苦。大家默默地聚精会神地听他讲，特别注意到了米佳早已在玛丽娅·康德拉季耶芙娜家设置了观察点，监视格鲁申卡在费奥多尔·巴夫洛维奇家“后院”的行动，还了解到是斯梅尔佳科夫向他传递消息：这一点他们很重视并记了下来。他讲到自己的忌妒时充满了热烈的感情，讲得也很全面，虽然他因为把自己隐秘的私情公之于众，让“大家耻笑”，心里不免感到羞愧，但为了真实起见，他显然克制了羞愧的感情。侦查员，特别是检察官在他讲述过程中向他投来的那种专注而又冷漠严厉的目光最后终于使他很不高兴：“尼古拉·帕尔费诺维奇这小子，几天前我还和他瞎扯了一通女人，还有这个病恹恹的检察官，他们根本没有资格听我谈论这类事。”他脑子里闪过这个伤心的念头，“真丢人！”“忍耐吧，驯服和沉默吧！”他以这句诗结束了自己的想法，但他又强打起精神，继续讲了下去。他谈到霍赫拉科娃的时候，他甚至又高兴起来了，甚至想讲一则有关这位太太最近的一桩趣闻，因为与案件毫无关系，所以被侦查员制止了，客气地建议他转到“更为实质性的事情上去”。最后，他详细叙述了自己的失望，以及离开霍赫拉科娃家的时候他甚至想过：“哪怕去杀人，也要搞到三千卢布。”这时又让他停下来，把他曾经“想杀人”这句话记录下来。米佳默默地听任他们记录。后来他讲到他突然发现格鲁申卡骗了他，他把她送到萨姆索诺夫家之后她立刻就离开了，可是她当时却对他说她要在老头子那儿待到半夜才走。说到这里，他忍不住脱口而出：“先生们，如果我当时没有杀死那个费妮娅，那么只是因为我没有时间。”连这句话也被详细记录下来了。米佳神色忧郁地等了片刻，接着便开始叙述他如何向父亲家的花园奔去，这时候侦查员突然制止他，打开了放在他身旁沙发上的一只大公文包，从里面取出了一个铜杵。

“您见过这件东西吗？”他给米佳看。

“噢，是的！”他苦笑了一下，“怎么会没有见过呢！给我看一下……唉，真见鬼，不必了！”

“您忘了提它了。”侦查员说。

“啊，见鬼！要是我知道非提不可的话，那我也是决不会瞒你们的，您说呢？只是遗忘了。”

“请详细说说，您是怎样得到这铜杵的。”

“可以，先生们，我来说。”

米佳便讲了他怎样拿走铜杵的情况。

“您拿了这件东西究竟有何目的呢？”

“有何目的？什么目的也没有！抓起它就走了。”

“如果没有目的，那为什么要拿？”

米佳真是恼火极了。他紧盯着“那小子”看了一眼，脸上露出恶狠狠的苦笑。原来他越来越感到羞愧了，因为他现在居然对“这些人”吐露了肺腑之言，讲了自己忌妒的经过。

“铜杵不值一提！”他突然脱口说。

“不尽然吧……”

“那也许是为了防狗。天很黑……总之，以防万一。”

“既然您这样害怕黑夜，那么您以前深夜出门时也带上什么武器吗？”

“唉，真见鬼，呸！先生们，和你们实在无法谈话！”米佳火冒三丈，大声叫了起来，他转过身子，面对书记员，气得满脸通红，以一种丧失理智的口气迅速对他说：

“你马上记下来……马上……‘我带上铜杵是要去杀害我的父亲……费奥多尔·巴夫洛维奇……砸他的脑袋！’怎么样，现在你们满意了吧，先生们！心里舒畅了吧？”他说道，挑衅地逼视着侦查员和检察官。

“我们非常理解，您是在对我们生气和对我们提出的问题不满的情况下说了现在这样的供词，您以为这些问题都是鸡毛蒜皮，其实却是十分重要的。”检察官冷冷地回答他。

“算了吧，先生们！是的，我拿了铜杵……那么在这种情况下手里为什么要拿东西呢？我也不知道为什么。我拿了就跑。就是这么一回事。真丢人，先生们，够了[1]，不然我真的要发誓不再讲下去了！”

① 原文为法文。

他用双肘撑在桌子上，手托着脑袋。他侧身对着他们，眼睛望着墙壁，极力克制着自己的恶劣情绪。他真的非常想站起来宣布，他连一句话也不想再说了，“立即被处死也不想说了”。

“你们瞧，先生们，”他突然说道，尽量克制着自己，“你们瞧，我听着你们说话，使我产生了一种幻觉……我睡着的时候往往会做梦，一个相同的梦，这个梦我经常做，不断重复：有人在追我，是一个我非常害怕的人，在黑暗中，在黑夜里追我，寻找我，而我在门背后或橱柜后面找一个地方躲着他，我有失体面地躲着，最主要的是他明明知道我躲在什么地方，但他似乎故意装作不知道我在哪儿，以便折磨我长久些，拿我的恐惧取乐……现在你们也在这样干！一模一样！”

“您常做这种梦？”检察官问。

“是的，经常做这种梦……你们是不是又想记录下来？”米佳撇着嘴苦笑了一下。

“不，不必记录，但您的梦还是挺有意思的。”

“现在可不是做梦！是现实，先生们，是活生生的现实！我是狼，你们是猎手，你们这是在捕狼。”

“您这样比喻毫无意义……”尼古拉·帕尔费诺维奇非常客气地说。

“不是毫无意义，先生们，不是毫无意义！”米佳又激动起来，虽然一阵突发的怒火发泄出来以后，心里感到轻松些，说话的口气也渐渐变得和气了，“你们可以不相信被你们的提问所折磨的犯人或被告，但他确是一个极为高尚的人，内心往往发出极其高尚的激情，先生们（我敢于大声说出这一点）！——是的，这样的人你们不能不相信……你们甚至没有权利不相信……不过

沉默吧，心儿，
忍耐吧，驯服和沉默吧！

怎么样，继续说下去吗？”米佳闷闷不乐地停住了。

“当然，请说下去。”尼古拉·帕尔费诺维奇回答说。

五　第三次磨难

米佳继续供述的时候虽然神情严肃，但尽量争取不忘记、不遗漏任何一个细节。他讲述了如何越过围墙跳入了父亲的花园，怎样走近窗户以及后来在窗下发生的全部情况。他明白、准确、清清楚楚地叙述了他在花园时无比激动的心情，当时他迫不及待地想知道，格鲁申卡是否也在父亲那里？但奇怪的是：无论是检察官，还是侦查员这时候都不露声色地听他说，目光冷淡，提问也少多了。米佳从他们的脸部表情上也捉摸不出什么名堂。“他们发火了，生气了。”他想，“随它去吧！”当他讲到他决定给父亲一个表示格鲁申卡来了的**暗号**，让他打开窗户的时候，检察官和侦查员根本没有注意“暗号”这个词，好像完全不懂这个词有多么重要的意义似的，米佳连这一点也注意到了。最后他讲到他一看见父亲从窗户里向外探出身子，满腔仇恨开始沸腾起来，于是他从口袋里掏出了铜杵，这时候他又突然故意似的停了下来。他坐在那儿望着墙壁，他知道他们正瞪大了眼睛，紧紧盯着他看。

“往下说，”侦查员说，“您拿出了凶器便……后来发生了什么事呢？”

“后来吗？后来我就杀了他……我对准他的脑袋，砸碎了他的天灵盖……照你们看来，就是这样，一定是这样！”突然他双眼闪闪发光。刚刚熄灭了的怒火突然异常迅猛地从他心里蹿了上来。

“在我们看来是这样，”尼古拉·帕尔费诺维奇重复说，“那么在您看来呢？”

米佳低下了头，沉默良久。

“我看，先生们，我看是这样的，”米佳轻声说，“不知是因为谁的眼泪，还是我的母亲祈求过上帝，也可能是光明的天使在那一瞬间吻了我——我不知道，但当时魔鬼是被制服了。我马上离开窗户，向围墙跑去……我父亲吓了一跳，他第一次看清楚是我，便大叫起来，赶紧从窗旁缩了回去——我记得很清楚，我正穿过花园向围墙跑去……就在我已经骑在板墙上的时候，格里戈里追上了我……”

这时他才抬起头望着听他叙述的人。他们完全不动声色地注视着他。米佳的心里不由得掀起一阵怒涛。

“先生们，此刻你们是在嘲笑我吧！”他突然停住了。

“为什么您这样想呢？”尼古拉·帕尔费诺维奇说。

“我的话你们一句也不相信，这就是为什么！我也知道我已讲到了关键的地方：现在老人躺在那里，脑袋砸开了花，而我详细讲了我怎样想杀死他，怎样把铜杵掏了出来，眼看一场悲剧就要发生的时候，我却忽然从窗前跑开了……简直像在编故事！简直像在写诗！哪能相信这样一个胡编乱造的家伙！哈，哈！先生们，你们都是好嘲弄人的啊！”

他整个身体在椅子上转动了一下，连椅子都嘎嘎作响了。

“您有没有注意，”检察官突然问他，似乎根本没有注意到米佳的激动情绪，“在您离开窗户的时候有没有注意，厢房另一端通向花园的门是否开着？”

“没有，没有开。”

“没有？”

“相反，是关着的，而且谁会把它打开呢？对了，那扇门，请等一等！”他似乎突然醒悟过来，几乎打了一个冷战，“难道你们发现门是开着的吗？”

“是开着的。”

“如果不是你们打开的话，那么又有谁会去开呢？”米佳突然感到非常惊讶。

“门是敞开的，杀害您父亲的凶手肯定是从这道门进去的，行凶以后，仍然从这道门出来。”检察官似乎要强调每一个词，缓慢而又清晰地说，“这一点我们很清楚。显然，凶杀发生在房间里，**而不是隔着窗子杀的**，现场的侦查、尸体的位置以及所有情况都可以充分说明这一点。对这个事实不会有任何怀疑。”

米佳大为震惊。

“这是绝对不可能的，先生们！”他大声叫喊起来，完全慌了神，

“我……我没有进去过……我可以肯定而确凿地告诉你们，我在花园里的时候，一直到我离开，这扇门都是关着的。我只是站在窗下，从窗子里看见他，情况就是这样，并无其他情况……直到最后一分钟的情景我都记得清清楚楚。即使我不记得，我还是了解情况的，因为这些暗号只有我和斯梅尔佳科夫知道，还有死者也知道，如果不敲暗号，他是绝不会给世界上任何一个人开门的。”

“暗号？这是什么样的暗号？”检察官怀着急切的、近乎神经质的好奇心说，一下子改变了原先那种镇静的态度，小心翼翼探问。他嗅到了他原来不知道的重要事实，因此非常害怕米佳不愿意讲出全部实情。

“啊，你们竟然还不知道！”米佳对他使了个眼色，嘲弄似的恶狠狠冷冷一笑，“要是我不说你们有什么办法呢？还能向谁了解？知道暗号的只有死者、我和斯梅尔佳科夫，没有其他人了，不过老天爷还是知道的，但他决不会告诉你们。可是这个细节挺有意思，鬼知道用它还能搞出什么名堂，哈，哈！放心吧，先生们，我会告诉你们的，你们是瞎担心。你们不知道是在跟谁打交道！跟你们打交道的这个被告自己会供出自己，会提出对自己不利的证词！是的，因为我是捍卫荣誉的骑士，而你们却不是！”

检察官听了这些带刺的话只能忍着，他因为急于了解有关这一新的事实而浑身哆嗦。米佳确切而详尽地对他们讲了费奥多尔·巴夫洛维奇为斯梅尔佳科夫想出来的暗号以及有关的一切，讲了每一种敲窗方法的含义，甚至在桌子上把这些暗号敲给他们听。尼古拉·帕尔费诺维奇问米佳，他敲老人窗户的时候用的是否就是那表示“格鲁申卡来了”的暗号——他确凿无疑地回答说，他敲的正是表示“格鲁申卡来了”的暗号。

“现在都告诉你们了，你们可以用它来造炮塔了！”米佳不说下去了，轻蔑地转过身子重新背对着他们。

“知道这种暗号的只有已经故世的令尊、您和仆人斯梅尔佳科夫吗？再也没有别的人了？”尼古拉·帕尔费诺维奇再一次问道。

“是的，仆人斯梅尔佳科夫和老天爷。把老天爷也写进去吧；这样记录不会是多余的，而且你们自己也需要上帝。”

他们当然要记下来，但正在记录的时候，检察官似乎完全出乎意料地突然产生了一个新的想法，于是说道：

“要是斯梅尔佳科夫也知道这种暗号，而您又坚决否认您与令尊被害有关的任何指控，那么会不会是他敲了约定的暗号以后，诱使令尊开门，然后便……作了案？”

米佳用满含讥讽和异常憎恨的目光看了他一眼。他默默地盯着他看了很久，以致检察官不由得眨起眼睛来了。

“您又逮住了一只狐狸！”米佳终于说道，“夹住了这个鬼东西的尾巴，哈，哈！我把您看透了，检察官！您肯定认为我马上会跳出来，紧紧抓住您对我的暗示，扯直嗓门大叫：‘哎哟，这是斯梅尔佳科夫干的，他是凶手！’您得承认，您就是这样想的，承认吧，不然我不讲下去了。”

但检察官没有承认。他默默地等着。

“您错了，我不会大喊大叫说是斯梅尔佳科夫干的！”米佳说。

“您根本没有怀疑他吗？”

“您怀疑他吗？”

“也怀疑过他。”

米佳垂下眼睛望着地板。

“不开玩笑了，”米佳忧郁地说，“您听我说，从一开始，差不多还在我从帘子后面跑出来见你们的时候，我就有过这个想法：‘是斯梅尔佳科夫！’后来我坐在这儿的桌子旁边大喊‘我对这次流血事件是无罪的’时候，我心里一直在想：‘是斯梅尔佳科夫干的！’斯梅尔佳科夫始终在我脑子里打转。刚才也这样想过：‘是斯梅尔佳科夫。’但只是一瞬间，不过马上又想：‘不，不是斯梅尔佳科夫！’这与他无关，先生们！”

“那么您没有怀疑别的人吗？”尼古拉·帕尔费诺维奇小心地问。

“我不知道是谁，是什么人，是上帝的手还是魔鬼的手干的，但……绝不是斯梅尔佳科夫！”米佳坚决地说。

“不过您为什么如此斩钉截铁地断定不是他干的？”

“根据我的信念。根据我的印象。因为斯梅尔佳科夫是一个卑鄙小人，而且是个胆小鬼。也不仅是胆小鬼，还是将世界上所有的胆怯集于一身的两足动物。他是母鸡生的。他和我谈话的时候，每次都吓得发抖，怕我会杀死他，其实我连手指头也不会动他一下。他向我下跪，痛哭流涕，吻我这双靴子，就是这双靴子，恳求我‘不要吓唬他’。听见没有，‘不要吓唬’他——这算什么话？我甚至还送给他东西。这是一只病态的母鸡，有羊痫风，智力迟钝，连八岁的小孩都能把他打倒。难道他能算得上人吗？不是斯梅尔佳科夫干的，先生们，再说他也不喜欢钱，他从来不肯收我送的东西……而且他干吗去杀害老头儿呢？何况他也许是他的儿子，他的私生子，你们不知道吗？”

“我们听到过这种传闻。但您也是您父亲的儿子，您不也是亲口对大家说过，您想杀死他吗？”

“您这话带刺啊，而且是根卑鄙龌龊的刺！可我不怕！啊，先生们，你们当着我的面说这种话未免太卑鄙了！说你们卑鄙是因为这是我自己告诉你们的。我不仅曾经想过，而且也有可能杀人，还把罪名揽在自己身上，说什么差一点杀了他！但我确实没有杀他，我的守护神拯救了我——而对这一点你们并没有加以考虑……因此说你们太卑鄙、太卑鄙了！因为我没有杀人，没有杀人，没有杀人！您听见了没有，检察官：我没有杀人！”

他差不多要喘不过气来了。在整个审讯过程中，他还从未如此激动过。

“他对你们说了什么，先生们，这个斯梅尔佳科夫？”他沉默了一会儿，突然说道，“我能问你们这个问题吗？”

“您什么都可以问我们，”检察官回答说，表情冷漠而又严厉，“凡是涉及本案事实的一切都可以问，而我们，我重申，有义务答复您的每一个问题。我们发现您说的那个仆人斯梅尔佳科夫躺在床上昏迷不醒，羊痫风发得非常厉害，可能连续发作了十次。随我们一起去的医生甚至诊断说，他可能活不到早上。”

“这样说来父亲是魔鬼杀的喽！”米佳突然脱口而出，似乎他直到此刻为止还一直在问自己：“究竟是不是斯梅尔佳科夫干的？”

“这件事我们以后再谈，”尼古拉·帕尔费诺维奇决定说，“现在请您继续提供口供？”

米佳请求休息一下。他们非常客气地同意了他的请求。休息以后，他又继续说下去。但他显然感到很痛苦。他精神上受到了很大的折磨、屈辱和震动。而检察官现在好像是故意似的，一刻不停地纠缠一些“鸡毛蒜皮之类的细节”去惹他生气。米佳刚说到他骑在板墙上用铜杵砸了抓住他左脚的格里戈里的脑袋，接着又立刻跳下来去看被打倒的那个人，这时候检察官便打断了他的话，请他更为详细地描述一下他坐在板墙上的姿势。米佳感到非常奇怪。

“瞧，就这样坐着，骑在板墙上，一条腿在这边，另一条腿在那边……”

“铜杵呢？”

“铜杵在手里。”

“不在口袋里吗？这一点您都记得这样具体吗？那么，您是使劲挥动手臂的喽？”

“应该说是很用力的，您问这干吗？”

“为了搞清真相，最好您就像当初骑在板墙上那样骑在椅子上，给我们直观地演示一下，您是怎样、向哪儿、往什么方向挥动手臂的？”

“您不是在嘲弄我吧？”米佳问道，傲慢地看了看审问者，而对方连眼睛都不眨一下。米佳猛然转过身来，骑在椅子上，挥动一下手臂：

“就是这样打的！就是这样杀了人！您还要什么？”

“我感谢您。现在劳驾您解释一下：您为什么跳下来，有什么目的，有什么用意？”

“唉，真见鬼……干吗跳下来去看受伤的人……我也不知道为什么！”

“可当时您慌慌张张想逃跑吧？”

“是的，是很慌张，是想逃走。”

“您想帮他一下吗？”

“帮什么……是的，也许想帮助他，我不记得了。”

“您当时糊涂了？也就是说您一度处于某种神志不清的状态？”

“噢，不是这样，神志完全清楚，我都记得。连细节都记得清清楚楚。我跳下来看了看，用手帕擦了他的血。”

“我们看到了您的手帕。您指望救活被您伤害的人吗？”

“我不知道我是否指望过。我无非想弄清楚，他是否还活着。”

“噢，您原来只想证实一下？那么后来呢？”

“我不是医生，无法断定。我离开的时候还以为他死了，而现在他却醒过来了。”

“很好。”检察官结束了对细节的追问，“谢谢您。我也只需要了解这些。请继续说下去吧。”

唉，米佳虽然都记得，却根本没有想到要讲清楚他跳下去是出于怜悯，而且还走到死者身旁，俯身讲了几句表示惋惜的话：“老头儿自己撞上了，活该倒霉，那就躺着吧。”而检察官仅仅得出这样一个结论：“在这个时候和这样激动的情况下”，他跳下来只是为了搞清楚，他犯罪的唯一的证人是否活着。到这种时候这个人还这样有魄力，这样果断、镇静、精明，真是不简单，等等。检察官很满意：“我用‘琐碎小事’刺激这个病态的人，他果然说漏了嘴。”

米佳痛苦地继续往下说，但马上又被打断了，这一次打断他的是尼古拉·帕尔费诺维奇：

“您两手沾满鲜血，事实上脸上也有血迹，怎么还能跑去找费多西娅·玛尔科芙娜呢？”

“我当时根本没有察觉我浑身是血呀！”米佳回答说。

“这种情况是可能的，常有的。”检察官和尼古拉·帕尔费诺维奇交换了一个眼色。

“真是没有察觉，您说得很对，检察官。”米佳突然表示赞同。但接下去米佳就开始讲他突然决定“让路”并“让幸福的人从自己身边走过去”的过程。这时候他已经无论如何也不愿意像刚才那样敞开自己的心扉，讲述“自己心灵的女王”了。这些冷漠的、像“臭虫一样死盯着他”的人使他讨厌。因此对他们一再重复的那些问题回答得非常简短而干脆：

“我已决定自杀。继续活下去还有什么意思？这是自然而然出现的问题。她原先的那个无可争辩的心上人来了，他虽然使她受了委屈，但五年以后他怀着深情厚谊跑来，以合法的婚姻弥补她受的委屈。于是我明白，我的一切都完了……我身后又背着耻辱，再加上这次流血，格里戈里流的鲜血……何必再活下去？我便去赎回抵押掉的手枪，装上子弹，打算在黎明前把一颗子弹送进自己的脑袋……”

“夜里就畅饮一番？”

“夜里畅饮一番。唉，先生们，快些结束吧。我真的打算自杀，就在这里不太远的地方，在村子后面，而且定在早上五点钟，并在口袋里准备了纸条，在佩尔霍金家里装子弹的时候我便写好了。这张纸条就在这里，你们看吧。我不是为你们写的！”他突然用轻蔑的口吻加上一句。他从背心口袋里取出纸条，往他们桌子上一扔；侦查员好奇地读了一遍，照例把它归入了卷宗。

“您甚至走进佩尔霍金先生家的时候，都没有想到要洗一下手吗？也许您不怕别人怀疑？”

“什么怀疑？怀疑也罢，不怀疑也罢，全都无所谓，我可以到这里来，在五点钟开枪自杀，你们什么也来不及做的。如果父亲没有出事，你们肯定什么都不了解，也不会到这里来。啊，这是鬼使神差，是魔鬼杀害了父亲，你们是通过魔鬼才如此迅速了解到了情况！你们怎么会如此迅速赶到这里的？真奇怪，简直难以想象！”

“佩尔霍金先生告诉我们，您去见他的时候，手里……沾满鲜血的手里抓着钱……一大笔钱……一大把一百卢布的票子，他那小男仆也见到了！”

“是的，先生们，记得是这样的。”

“现在碰到一个小问题。您能不能告诉我们，”尼古拉·帕尔费诺维奇非常客气地开始说，“您从哪儿突然搞到这么多的钱，因为根据案情的经过，按时间计算，您并没有回家吧？”

这样直截了当的提问使检察官皱起了眉头，但他没有打断尼古拉·帕尔费诺维奇。

“没有，没有回家。”米佳回答说，显得非常镇静，但眼睛却望着地上。

“这样的话，请允许再问一句，”尼古拉·帕尔费诺维奇继续说，似乎慢慢地在接近目标，“您从哪儿能一下子搞到这样一笔款子，何况根据您自己的说法那天五点钟还……”

“因为需要十个卢布而把手枪抵押给了佩尔霍金，后来去找霍赫拉科娃借三千卢布，而她又没有给等等，以及诸如此类的一套。”米佳猛然打断了他，“是的，你们瞧，先生们，我没有钱，可是忽然有了几千卢布，不是吗？要知道，先生们，现在你们二位在担心：万一他不交代钱的来源怎么办？真是这样，先生们，你们猜到了：我不会说的，你们也不会知道。”米佳突然非常坚决地一字一句说。侦查员沉默了一会儿。

“卡拉马佐夫先生，您应该明白，我们必须知道。”尼古拉·帕尔费诺维奇轻轻地、温和地说。

“我明白，但我无论如何不会说的。”

检察官也插嘴了，他再次提醒说：“受审人可以不回答问题，如果认为这样做对他有利的话，但也要注意，涉嫌对象也可能因为沉默而给自己造成损害，特别是由于这样重要的问题，它……”

“以及诸如此类等等，先生们，诸如此类等等！别说了，我早已听到这类告诫了！”米佳又打断说，“我自己明白问题的重要性，也是最关键的地方，但我还是不会说的。”

“这我们管不了，这不是我们的事，而是您的事，您会给自己找麻烦的。”尼古拉·帕尔费诺维奇生气地说。

“先生们，别开玩笑了。”米佳抬起眼睛严肃地看了他们俩一眼，“我从一开始就预感到，我们在这一点上会顶牛的。但一开始，当我开始提出供词的时候，这一切都在云里雾里，一切都还游移不定，而我甚至幼稚得一开始就建议‘我们之间要相互信任’。现在我们已看到，这种信任是根本不可能有的，因为到头来我们总会走到这堵该死的墙面前！瞧，我们不就已经撞上了吗！那是不可能的，算了吧！不过我真的不怪你们，你们确实不能听了我的话就信，我完全明白。”

他怏怏不乐地不作声了。

“在丝毫不违背您对关键问题保持沉默的决心的情况下，您能不能同时给我们提供哪怕是一点儿的暗示：现在，您的供述已经到了一个对您来说十分关键的时刻，究竟是什么样的强烈动机使您保持沉默呢？”

米佳神情忧伤，若有所思地苦笑一下。

“我比你们的想象要好得多，先生们，我可以告诉你们为什么，可以向你们提供这种暗示，虽然你们不配得到它。我之所以保持沉默，先生们，因为这对我来说是奇耻大辱。你们问我‘您从哪儿搞到这些钱’，对这个问题的答案中就包含着我的奇耻大辱，甚至连弑父、抢父亲的钱财都无法与之相比，假如我真的杀害并抢了父亲。这就是我为什么不能说的原因。因为耻辱我不能说。你们这是干什么，先生们，想记录下来？”

“是的，我们要记下来。”尼古拉·帕尔费诺维奇含含糊糊地说。

“这些话，有关‘耻辱’的话你们是不该记的。这是我出于好心才对你们说的，我也可以不对你们说。可以说我给你们送了一份礼物，可是你们却抓住不放。那就写吧，随便你们怎样写都行。”米佳鄙夷地说，“我不怕你们……在你们面前我感到自豪。”

“请问，这种耻辱属于什么性质？”尼古拉·帕尔费诺维奇小声说。

检察官皱紧了眉头。

“不，不，到此为止[①]，别费劲了。而且也不值得玷污自己。就是这样我也已经因为你们玷污了自己。你们不配，无论是你们，还是别人都不配……够了，先生们，我现在不想再说了。”

这番话讲得不留一点余地。尼古拉·帕尔费诺维奇不再坚持，但从伊波利特·基里洛维奇的眼神里一下子看出，他还抱有希望。

“请您至少说明一下：当您拿着钱去见佩尔霍金先生的时候，您手里的这笔款子有多少，就是说有多少卢布？”

“我这也不能说。”

“您好像对佩尔霍金先生讲过是三千卢布，是从霍赫拉科娃太太那里借的？”

“可能我说过。够了，先生们，我不会说出是多少的。”

“那么请您描述一下您是怎样到这里来的，以及您来以后所做的一切。”

“哎哟，关于这一切你们可以问这里所有的人。不过我也可以说一说。”

于是他说了。但我们不再重复他的讲述。他讲得很枯燥，很简单。

---

① 原文为法文。

他根本没有谈他自己爱情方面的高度兴奋的心情。但他讲到了他“由于新的情况”而打消了开枪自杀的念头。他的供述既不说明理由，也不描述细节。而且这一次侦查员也没有过分打扰他，显然，对于他们来说，现在主要的问题不在这里。

“我们对这一切都会核实的。这一切我们回头讯问证人的时候还要谈，当然，讯问将在您在场的情况下进行。”尼古拉·帕尔费诺维奇结束了审讯，“现在请您把您身上所有的东西全都放到桌子上，最主要的是您把剩下的钱都放到桌子上。”

“钱吗？先生们？可以，我明白需要这样做。我甚至感到惊讶，刚才你们怎么没想到。当然，我不会逃跑的，我就坐在大家面前。好吧，这是我的钱，数一下吧，拿去吧，大概都在这里了。”

他掏空了所有的口袋，连两个二十戈比的零钱也从背心侧袋里挖了出来。他们点了点，总共是八百三十六卢布四十戈比。

“就这些？”侦查员问。

“就这些。”

“您刚才提供证词的时候说，在普洛特尼科夫店里留下了三百卢布，给佩尔霍金十卢布，车夫二十卢布，在这里输掉二百卢布，后来……”

尼古拉·帕尔费诺维奇把全部支出核算了一遍。米佳非常乐意地帮助他核算。每一个戈比的用途都想了出来并列入了总数。尼古拉·帕尔费诺维奇迅速算出了总数。

“连同这八百卢布，您原先总共约有一千五百卢布？”

“大概是这个数。”米佳不客气地说。

“为什么大家都说远不止这个数目呢？”

“随他们去说好了。”

“而且您自己也说过。”

“我自己也说过。”

“我们还要通过尚未讯问过的其他人的旁证来核实这一切；您对这些钱不必担心，这些钱会妥善保存的，等到整个……案子了结……或者说最后等到查明您对这些钱拥有无可争辩的权利，那么这些钱仍由您支配。好吧，现在……”

尼古拉·帕尔费诺维奇突然站起来以强硬的口吻向米佳宣布，他“有义务”对“您的衣服以及其他一切”进行最细致严格的检查。

“好吧，先生们，我可以把所有口袋都翻过来，如果你们要看的话。”

他真的开始把口袋翻过来。

“甚至还必须脱掉衣服。”

“怎么？脱衣服？真见鬼！就这样搜吧！这样不行吗！”

“无论如何不行，德米特里·费奥多罗维奇。一定要脱衣服。”

“随你们的便，”米佳极不愉快地服从了，“只是请别在这里，而是到帘子后面去。谁来检查？”

“当然在帘子后面。”尼古拉·帕尔费诺维奇点头表示同意。他的脸上甚至显露出特别庄重的表情。

六　检察官捉住了米佳

完全出乎米佳预料并令他非常奇怪的场面开始了。在以前，甚至就在一分钟之前，他也决不会想到有人竟敢这样对待他，这样对待米佳·卡拉马佐夫！最主要的是伤害了他的自尊心，而从他们那方面来说，则完全是一副“傲慢无礼和蔑视他”的架势。脱去上衣倒也罢了，但他们请求他继续往下脱。而且也不是什么请求，实际上是命令；这一点他非常明白。他出于自尊和对他们的蔑视完全服从了，没有提出异议。大家走到帘子后面，除了尼古拉·帕尔费诺维奇，在场的还有检察官和几个农民。“当然是为了强制执行，”米佳想道，“也许还有别的意图。”

“怎么，难道衬衫也要脱掉？”他气呼呼地问，但尼古拉·帕尔费诺维奇没有理他，他和检察官一起正在专心检查上衣、裤子、背心和帽子，看来，他们俩对检查很感兴趣。“一点儿情面都不讲，”米佳闪过一个想法，“甚至连最起码的礼貌都不顾了。”

“我再一次问你们，要不要脱掉衬衫？”他更为粗鲁和恼火地说。

“您别忙，我们会告诉您的。”尼古拉·帕尔费诺维奇官腔十足地回答，至少米佳有这样的感觉。

侦查员和检察官正在小声地进行着紧张的磋商。原来在上衣上，特别在背后的左下摆上发现了一大片已经干硬，但尚未完全揉皱的血迹，在裤子上也有。尼古拉·帕尔费诺维奇还当着见证人的面亲自用手指摸了摸领子、袖口、上衣和裤子上的缝合处，显然在寻找什么——当然是钱。主要是他们对米佳并不隐瞒他们的怀疑，认为他可能会把钱缝在衣服里面。“这简直是像对待小偷一样，而不是对待一名军官。”他暗自嘀咕。他们公然当着他的面交换自己的想法，到了令人奇怪的程度。例如，也在帘子后面帮着张罗的书记员就提醒尼古拉·帕尔费诺维奇注意那顶摸过的帽子：“您还记得文书格里坚卡的事吗，”书记员说，“夏天他去领取全科室的薪水，回来后他声称喝醉后遗失了，后来在哪儿发现的呢？就在帽边里面，在帽子里面，几张一百卢布面额的票子卷成了细圆筒，缝在帽边里。”格里坚卡这件事检察官和侦查员记忆犹新，因而把米佳的帽子收了起来，决定以后再把这帽子连同全部衣服仔仔细细重新检查一遍。

“请问，”尼古拉·帕尔费诺维奇发现米佳衬衫的朝里面卷起的右袖口上全是血迹后，突然大声问道，“请问，这是怎么回事，是血吗？”

“是血。”米佳回答得十分干脆。

“这是什么血呢……为什么把袖子卷进里面了？”

米佳说他在替格里戈里擦去血的时候弄脏了袖口，后来在佩尔霍金家里洗手时就把袖口卷在里面了。

“您的衬衫也只好收掉了，这是个很重要……的物证。”米佳听了不由得满脸通红，火冒三丈。

“我可怎么办，光着身子吗？”他大喊道。

“别担心……我们总会想办法解决的，现在请您把袜子也脱下来。”

“您不是在开玩笑吧？真有这个必要吗？”米佳的眼里射出怒火。

“我们可没心思跟您开玩笑。”尼古拉·帕尔费诺维奇严厉地反驳说。

“好吧，如果需要……我……”米佳喃喃地说，他坐到床上，开始脱袜子。他感到非常难堪：大家都穿着衣服，而他却光着身子。而且奇怪的是：由于光着身子，他在他们面前似乎感到有罪似的，主要是他自己差不多已经承认他真的突然变得比所有的人都卑贱，现在他们已经完全有权蔑视他了。“如果大家都光着身子，那就不会感到难为情，要是一个人光着身子，别人都瞅着，这简直是耻辱！”他脑子里反复出现这种想法，“真像在做梦，我在梦里有时见到自己遭受这等耻辱。”他们要他脱掉袜子尤其使他感到十分痛苦：袜子太脏，内衣也脏，现在都被大家看到了。主要是他不喜欢自己这双脚，不知为什么他一辈子都认为两只大脚趾太难看，特别是右脚上那个又粗又扁、向下弯曲的大指甲更加难看，现在全部给他们看见了。由于难以忍受的羞愧，他突然变得越发粗鲁，甚至故意撒野了。他主动地从身上扯下了衬衫。

“你们要不要还在什么地方找一找，如果你们不害臊的话？”

“不，暂时没有必要。”

“怎么，我就这样光着身子吗？”他怒气冲冲说。

“是的，暂时必须这样……请您暂且坐在这里，您可以从床上拿条被子裹一裹，我……会妥善安排的。”

所有物品都给证人看过，也做了检查记录，最后，尼古拉·帕尔费诺维奇走了出去，衣服也由别人拿了出去。伊波利特·基里洛维奇也出去了。只留下几个农民和米佳在一起，他们站在那儿一声不吭，目不转睛地看着米佳。米佳用被子裹住身子，他开始觉得冷。他的两只光脚露在外面，他怎么也没法用被子盖住双脚。尼古拉·帕尔费诺维奇不知为什么好久不回来，“长久得使人心焦”。“他简直把我当成了一只小狗，”米佳恨得咬牙切齿，“检察官这个废物也走了，大概是瞧不起我的缘故，看着赤身露体的人感到恶心。”米佳一直以为他的衣服在什么地方检查过后总会送回来的。突然尼古拉·帕尔费诺维奇回来了，跟在他身后的农民捧着另一套衣服，米佳简直气坏了。

“给，这是给您的衣服。”他随便地说了一句，看来他对自己办事顺利而感到非常得意，“这是卡尔加诺夫先生为这次有趣的事件自愿提供的一套衣服，还给了您一件干净的衬衫。幸好这些东西在他的手提箱里都有。内衣和袜子您可以穿自己的。”

米佳一听肺都气炸了。

“我不要别人的衣服！”他恶狠狠地喊道，“把我的拿来！”

“不行。”

“把我的拿来，让卡尔加诺夫见鬼去吧，让他的衣服、他本人统统见鬼去吧！”

大家劝了他很久。最后好歹使他平静了下来。大家告诉他，他的衣服已经沾染了血迹，必须“收作物证”，“在案件了结之前，他们甚至无权……”让他穿原来的衣服。最后，米佳总算明白了。他板着脸不再吱声，开始匆匆忙忙穿上衣服。他一边穿衣服一边说，这套衣服的价钱比他的旧衣服要贵，他并不想“占便宜”。此外，“衣服太小了。难道让我穿了去扮演插科打诨的小丑……给你们取乐？”

大家又告诉他，他这样说未免有点夸大其词了，卡尔加诺夫先生虽然个子比他高，但高不了多少，也许只有裤子稍稍长一些。不过上衣的肩膀处确实是太窄了。

“真见鬼，连扣子也扣不上。”米佳又嘀咕起来，“劳驾，请代我立即去转告卡尔加诺夫先生，并非我要向他借衣服，而是别人要我打扮成小丑模样。”

“他对此非常理解并表示遗憾……就是说，他不是惋惜自己的衣服，而是对这件事表示遗憾……”尼古拉·帕尔费诺维奇刚开始喃喃地说。

“我才不需要他的遗憾！现在上哪儿去？还是一直坐在这里？”

他们又请他到“那一个房间”去。米佳走出来的时候，由于恼恨而阴沉着脸，竭力不看别人。他穿着别人的衣服，内心里感到自己受了侮辱，甚至在那些乡下人和特里丰·鲍里瑟奇面前也有这种感觉。特里丰·鲍里瑟奇不知为什么突然在门口露了露面，马上便不见了。“他来看我穿了别人衣服是什么模样。”米佳想道。他在原先的椅子上坐了下来。他仿佛产生了一种噩梦般的荒唐感觉。他觉得自己脑子有点糊涂了。

“现在你们还要做什么，是不是你们要用鞭子抽我了，此外再也没有别的招数了。”米佳咬牙切齿地对检察官说，对尼古拉·帕尔费诺维奇他几乎连转过身子都不愿意，似乎不屑于与他谈话。“他对我的袜子检查得也太仔细了，这混蛋还吩咐别人把袜子翻转过来，他这是故意要让大家看到我的内衣有多脏！”

“现在只能传讯见证人了。”尼古拉·帕尔费诺维奇说，似乎在回答德米特里·费奥多罗维奇的问题。

“是啊。”检察官若有所思地说，一面也似乎在考虑什么问题。

“我们，德米特里·费奥多罗维奇，已为了您的利益尽了最大的努力了，”尼古拉·帕尔费诺维奇继续说，“但是，您断然拒绝向我们说明您手上的这笔款子的来源之后，我们现在……”

“您这戒指镶嵌的是什么？”米佳突然打断他说，似乎从沉思状态中醒悟过来，用手指点着戴在尼古拉·帕尔费诺维奇右手的三只大戒指中的一只。

“戒指吗？”尼古拉·帕尔费诺维奇惊讶地反问了一句。

“是的，就是这一只……戴在中指上的那只，有花纹的，这是什么宝石？”米佳坚持问道，似乎很恼火，简直像一个不听话的孩子。

“这是烟晶，”尼古拉·帕尔费诺维奇微笑了一下，“您想看看嘛，我就摘下来……”

“不，不，您别摘！”米佳狂暴地大叫一声，突然他清醒过来，非常痛恨自己，“您别摘，不必了……见鬼……先生们，你们玷辱了我的灵魂！难道你们以为，假如我真的杀害了父亲，我会瞒着你们，耍花招，撒谎和躲躲闪闪吗？不，德米特里·卡拉马佐夫可不是这种人，他不能容忍这一套，假如我有罪，我敢发誓，我不会等到你们来了以后或者像原先打算的那样等到太阳升起以后，而是在天亮之前早就自杀了！我现在心里就是这样想的。在这该死的一夜里我学到的东西比我在二十年的生活中学到的还要多！……假如我真是弑父凶手，那么今天夜里，现在和你们坐在一起的时候会是这样的吗，是这种表现吗，我会这样说话，这样行动，这样对待你们和整个世界吗！即使我误杀了格里戈里，也使我彻夜不安——不是出于害怕，不仅仅是因为害怕你们的惩罚！真可耻啊！难道你们还指望我会对你们这些什么都看不见、什么都不相信、好嘲弄别人的人，对你们这些瞎眼鼹鼠和爱嘲弄人的家伙透露并详细叙述我另外的卑劣行为，新的耻辱吗？即使这能使我免受你们的起诉，我也不会这样做，我宁愿去服苦役！谁开了父亲房间的门，谁从这道门里进去，谁就是杀人抢劫的罪犯。这个人是谁——我不清楚，为此而感到苦恼，但这绝不是德米特里·卡拉马佐夫干的，你们该明白这一点，这就是我能告诉你们的一切，够了，别再纠缠了……你们判流放也好，判死刑也好，只是别再惹我生气。我不说了。你们把证人叫来吧！”

米佳说完了这段突如其来的独白，似乎下定决心从此以后彻底保持沉默。检察官一直注视着他，米佳的话音刚落，他突然用一种极其冷淡、极其镇静的口气，好像是在谈一件极其平常的事情似的说道：

“关于您刚才提到的那扇开着的门，我们现在恰好可以告诉您一段非同寻常的、对您和对我们都是非常重要的证词，那是被您打伤的格里戈里·瓦西里耶夫所提供的。他在醒来以后回答我们的提问时，明确而又坚定地告诉我们，当时他走到门口，听见花园里有声响，便决定通过敞开着的园门到花园里去。他一走进花园，首先发现的并不是您在夜色中从那扇敞开着的、您看见了令尊的窗户旁跑开（就像您告诉我们的那样），当时他，格里戈里，向左边看了一眼，确实发现那扇窗敞开着，同时还发现更靠近自己的那扇门也敞开着，而您却说您在花园里的时候，那扇门是一直关着的。我不瞒您说，瓦西里耶夫本人坚决认为并做证说，您肯定是从这道门里跑出来的，虽然，自然喽，他并没有亲眼看到您是怎样从那儿跑出来的，他发现您的时候，您离他有一段距离，您已经在花园中间，正朝围墙的方向跑去……”

米佳听到一半的时候，已经从椅子上站了起来。

“胡说！”他突然发疯似的大喊，“无耻的谎言！他不可能看到门是敞开的，因为当时门关着……他撒谎！”

“我有责任向您重申，他的证词说得十分肯定。他没有动摇过，一直没有改口。我们已经反复问过他好几次了。”

“是的，我反复问过他好多次！”尼古拉·帕尔费诺维奇也赶紧证实说。

“不对，不对！这是对我的诬陷，要不就是一个疯子的幻觉，”米佳继续大喊大叫，“他醒过来以后完全在胡说八道，因为失血过多，因为受了伤，他产生了幻觉……所以他才说胡话。”

“是啊，不过他发现门开着不是在醒过来以后，而是在这以前，是在他刚从厢房走进花园的时候。”

“不对，肯定不对，这不可能！这是他因为恨我才诬陷我……他不可能看见……我没有从那道门跑出来……”米佳气都喘不过来了。

检察官转向尼古拉·帕尔费诺维奇并威严地对他说：

“您给他看。”

“您见过这件东西吗？”尼古拉·帕尔费诺维奇突然把一只用厚纸做的公文大信封放到桌子上，信封上还保留着三个火漆印。信封里面是空的，但一面已经撕破了。米佳瞪大了眼睛看着信封。

“这……这一定是父亲的信封，”他喃喃地说，“就是那只放有三千卢布的信封……假使上面有字，请给我看：‘给可爱的小鸡’，瞧……瞧……三千卢布，”他喊道，“三千卢布，你们看到了吗？”

“我们当然看到了，但我们在信封里没有发现钱，它是空的，被扔在地板上，屏风后面的床旁边。”

米佳呆了几秒钟。

“先生们，这是斯梅尔佳科夫干的！”他突然拼命大叫起来，“这是他杀的，是他抢走了钱！只有他一个人知道老头子的信封藏在什么地方……这是他干的，现在事情清楚了！”

“但您不是也知道这信封的事，并且知道它就放在枕头底下吗？”

“我从来也不知道：我也从来没有见到过它，我现在是第一次看到，原先只是听斯梅尔佳科夫说起过……只有他知道老头子把它藏在什么地方，我却不知道。”米佳简直完全喘不过气来了。

“可是刚才您还亲口向我们供认，信封放在令尊的枕头底下。您确实说过是在枕头底下，因而您肯定知道放在什么地方。”

“我们就是这样记录的！”尼古拉·帕尔费诺维奇证实说。

“胡说！荒唐！我根本不知道放在枕头下面。是的，也许根本就不在枕头下面……我是随口说，在枕头下面的……斯梅尔佳科夫说什么？你们问过他没有，信封藏在什么地方？斯梅尔佳科夫是怎么说的？这是关键……我刚才是故意给自己瞎编的……我没加考虑就随随便便对你们说在枕头下面，可你们现在竟……你们知道吗，要是信口开河就会瞎说。只有斯梅尔佳科夫知道，只有他一个人知道，再也没有别人知道！……他没有告诉我放在什么地方！这是他，是他干的；这肯定是他杀了人，现在这件事对我来说就像白天一样清楚。”米佳越来越疯狂地大声叫嚷，不断重复，语无伦次，情绪越来越激动、暴躁，“你们应该明白这一点，应该赶快把他抓起来，赶快……他趁我离开以后，而格里戈里躺着昏迷不醒的时候，他杀了人，这件事现在清楚了……他敲了暗号，父亲就给他开了门……因为只有他一个人知道暗号，不敲暗号，父亲是不会开门的……”

“不过您又忘记了一个情况，”检察官说道，还是那样不动声色，但似乎已经流露出几分得意，“如果您在那儿的时候，即您还在花园里的时候门已经是敞开着的，那就不必敲什么暗号了……”

“门，门。”米佳喃喃自语，然后默默地盯着检察官，重新瘫倒在椅子里。大家一声不吭。

“是啊，门！……简直是场噩梦！这是上帝和我作对！”他大声说，双眼木然地凝视着前方。

“您瞧，”检察官一本正经地说，“现在请您自己想一想，德米特里·费奥多罗维奇，一方面，关于您从这道开着的门里跑出来的证词弄得您和我们都感到为难，另一方面，您对突然到您手里这笔钱的来历又令人不解地、坚决地、几乎是顽固地保持沉默，而在搞到这笔钱之前的三个小时，您自己也供认，为了得到区区十个卢布，您竟抵押了您的手枪！根据这些情况请您自己想一想：我们该相信什么，该得出什么结论呢？请您别抱怨我们是‘冷漠的无耻之徒和好嘲弄的人’，不相信您心灵的崇高激情……请设身处地替我们想想……”

米佳的情绪异常激动，脸色一下子变得刷白。

“好吧！”他突然大声说，“我向你们公开我的秘密，公开钱的来路！公开我的耻辱，以便将来既不怪罪你们，也不责备我自己……”

“也请您相信，德米特里·费奥多罗维奇，”尼古拉·帕尔费诺维奇以一种高兴而深受感动的口气附和说，“现在您真诚而彻底地交代，今后都会对您的命运产生无比有利的影响，甚至对……”

但检察官在桌子下面轻轻捅了他一下，他便及时停住了。其实，米佳也根本没有在听他。

七　米佳的重大秘密

“先生们，”他开始说，情绪还是那样激动，“这些钱……我愿意彻底承认……这些钱是**我的**。”

检察官和侦查员的脸都拉长了，这完全出乎他们意料之外。

“怎么会是您的，”尼古拉·帕尔费诺维奇嘟囔说，“您自己承认下午五点钟的时候还……”

“唉，管它五点六点，还是我自己承认不承认，现在这不是关键！这些钱是我的，是我的，就是说是我偷的……也就是说不是我的，是偷来的，是我偷来的，一共有一千五百卢布，放在我身边，一直在我身边……”

“那您究竟是从哪儿取出来的呢？”

“从脖子上，先生们，是从脖子上取下来的，就是从我脖子这儿取下来的……钱就在我的脖子这儿，用一块布缝好挂在脖子上，我怀着羞愧和耻辱已经戴了很久了，已经有一个月了！”

“您这是从谁那儿……挪用的呢？”

“您本来想说从谁那儿‘偷来的’吗？现在您就直说好了。是的，我认为这钱等于是偷来的，如果您愿意，确实也可以说是‘挪用’。但我看是偷来的。而到了昨天晚上那就完全是偷来的了。”

“昨天晚上？可是您刚才还说您拿到……这笔钱已经有一个月了！”

“是的，但不是在父亲那儿，不是在父亲那儿拿的，请放心，不是在父亲那儿偷的，而是在她那里。让我详细告诉你们，不要打断我。讲出来是很痛苦的。事情是这样的：一个月以前我原来的未婚妻卡捷琳娜·伊凡诺芙娜·韦尔霍夫采娃叫我去……你们知道她吧？”

“当然喽，那还用说。”

“我知道你们是知道的。她是个非常高尚的人，是高尚的人中间最最高尚的，但她早就恨我了，唉，恨我已经很久，很久了……她应该恨我，完全应该！”

“卡捷琳娜·伊凡诺芙娜？”侦查员惊讶地反问了一句，检察官也瞪大了眼睛看着他。

“啊，请你们不要随便称她的名字！[1]我是混蛋，把她也牵连进来了。是的，我发现她恨我，恨我很久了……从第一次见面开始，就是从那天在我寓所见面开始……不过不说了，不说了，这些事你们都不配知道，根本不必说的……要说的只是她在一个月以前叫我去，交给我三千卢布，叫我汇到莫斯科给她的妹妹和一个亲戚（好像她自己不会寄似的！），而我……那时我的命运正处在一个关键时刻，当时我……总之一句话，当时我刚爱上了另一个女人，就是**她**，现在这个，就是此刻你们让她坐在楼下的格鲁申卡……我当时把她带到莫克罗耶，就在这里痛痛快快玩了两天，花掉了这该死的三千卢布的一半，就是一千五百，而剩下的一半留在了身边，我把这些钱像护身香囊那样挂在自己脖子上，昨天才拆开，用来吃喝玩乐。现在余下的八百卢布在您手里，尼古拉·帕尔费诺维奇，这是昨天一千五百卢布中剩下的。”

“请问，这是怎么一回事，一个月前您在这里吃喝玩乐花掉了三千卢布，而不是一千五百卢布，这不是大家都知道的吗？”

“谁知道？谁点过？我让谁点过了？”

“话可不能这么说，您曾亲口对大家说过，您当时花掉了整三千。”

“是的，我说过，我向全城的人说过，全城的人也这样说，大家都这样认为，这里莫克罗耶的人也以为是花了三千，可是我毕竟只花掉一千五，而不是三千，另外的一千五缝进了香囊。事情就是这样，先生们，这就是昨天那些钱的来历……”

“简直不可思议……”尼古拉·帕尔费诺维奇嘟囔说。

“请问，”检察官终于开口说，“您以前有没有对人讲过这件事……就是您在那时，即一个月以前把一千五百卢布留在自己身边？”

“我对谁也没有说过。”

---

① 此话源自《圣经·旧约·出埃及记》第 20 章第 7 节，原文为：“不可妄称耶和华你上帝的名。”

“这真奇怪。难道真的对任何人也没有说过吗？”

“确实没有。对任何人都没有说过。”

“您为什么如此讳莫如深呢？什么动机使您把这件事变成了一个秘密？我把话说得更确切些吧：您终于向我们透露了您的秘密，照您的说法是非常‘可耻的’秘密，虽然实际上——当然，这无非是相对而言——这个行为，即指挪用别人三千卢布，而且无疑是暂时挪用——这个行为，至少在我看来，只是一种十分轻浮的行为，并不那样可耻，此外，如果考虑到您的个性……好吧，我们假定，就算这是非常不光彩的行为，这我同意，但不光彩还不等于可耻……我的意思是说，关于您花掉了韦尔霍夫采娃小姐三千卢布这件事，即使您自己不承认，这个月以来许多人也已经猜到了，我本人也曾听到过这种传闻……譬如说，米哈伊尔·马卡罗维奇也听说过。所以说到底，这已经不是什么传闻，而是全城都在议论的热门话题了。而且也有迹象表明，正是您自己，如果我没有搞错的话，曾对人承认了这件事，就是说这些钱是韦尔霍夫采娃小姐的……因此使我感到非常惊讶的是：您直到如今，直到此时此刻还把您所说的留下一千五百卢布当作一件异常了不起的秘密，甚至使这秘密带有某种可怕的意味……令人难以置信的是，承认这样的秘密竟然会使您如此痛苦……因为您刚才还在大喊什么宁肯服苦役也不愿承认……”

检察官停住不说了。他情绪激烈，毫不掩饰自己近乎愤恨的恼怒。把憋在心里的话全部说了出来，甚至不注意表达是否恰当，讲得缺乏连贯，几乎快要语无伦次了。

“耻辱不在于用了一千五百卢布，而在于我把这一千五百从那三千卢布中分出来了。”米佳坚决地说。

“那又怎么样呢？”检察官恼怒地冷笑一下，“既然您不光彩地，或者，像您说的那样，可耻地拿了三千卢布，而您又根据自己的考虑从中分出一半，这又有什么可耻的呢？更重要的是您挪用了三千卢布，而不是怎样支配。顺便问一下，为什么偏要这样安排？就是说，为什么您要分出一半来？您这样做是为了什么，有什么目的，您能向我们解释吗？”

“噢，先生们，关键全在于目的！”米佳大声说，“我留下一半有我自己的打算，也就是出于卑鄙的目的，因为在这种情况下我有这种打算就是卑鄙的行为……而这种卑鄙的行为竟延续了整整一个月！”

“不明白。”

“我对您不明白表示惊讶。不过我可以再解释一遍，也许你们真的不明白。请你们仔细听我说：我挪用了人家凭着我的信誉才托付给我的三千卢布，我用来花天酒地，花个精光，第二天早上去对她说：‘卡佳，我错了，我花光了你的三千卢布，这样好吗？不，不好——这是不诚实和意志薄弱的表现，是畜生行为，是像畜生那样不善于控制自己，是这样吗，是这样吗？但终究还不是贼吧？总还不是真正的贼，不是货真价实的贼，对吧！我只是乱花了钱，而不是偷窃！现在再说第二种更为有利的情况，请仔细听我说，不然我可能又会讲得颠三倒四——我似乎有点头晕。现在就说第二种情况：我从这三千卢布中只花掉了一半，即一千五。第二天我去见她并把余下的一半还给她。‘卡佳，把这剩下的一千五从我这混蛋和轻浮的下流手里收回去吧，免得我再作孽，因为一半我已经挥霍掉了，这一半我也会胡乱花掉的！’在这种情况下又怎么样呢？随你们怎么说，畜生也好，混蛋也好，反正总不能说是贼，绝对不是贼，因为要是贼，他决不会归还余下的一半，而是要占为己有的。她会马上明白既然我如此迅速地归还一半的钱，那么被挥霍掉的另外一半我也会归还的，我将一辈子去寻求，去工作，找到以后便会归还的。这样的话，虽然我是混蛋，但不是贼，绝不是贼，随您怎样想，反正不是贼！”

“就算这里存在着某种区别，”检察官冷笑一下，“但您把这种差别看得如此重大，毕竟令人奇怪。”

“是的，我认为差别是重大的！任何人都可能成为混蛋，也许事实上也都是混蛋，但不是任何人都可以成为贼，只有最坏的混蛋才可以。不过其中细微差别我说不清……但是贼比混蛋更卑鄙，这是我的观点。你们听我说：我随身带着这些钱已经有一个月了，明天我可以决定将它们交出去，这样我就不是混蛋了，但我却不能做出这样的决定，关键就在这里，虽然我每天都在下决心，虽然我每天都在催促自己：‘下决心吧，下决心吧，你这混蛋。’但整整一个月都下不了决心，就是这么一回事！这样好吗，你们认为这样好吗？”

“就算这样不太好，这我完全能理解，在这一点上我不打算争论。”

检察官冷淡地回答，“总之，让我们先撇开这类细微差别的争论，留到以后再说。如果您同意的话，现在我们来谈正事。虽然我们一再追问，但您没有向我们做出解释：为什么您一开始就对三千卢布做出了这样的安排，即一半挥霍掉，而另一半藏起来？究竟为什么要藏起来？想用这一千五百卢布干什么？我坚持要求您回答这个问题，德米特里·费奥多罗维奇。”

“啊，那倒也是的！”米佳拍了一下额头，大声说道，“对不起，我使你们厌烦了吧，我却还没有说明主要问题，不然你们一下子就明白了，因为可耻就可耻在目的上，就在这目的上！你们知道，这全怪那死去的老头儿，他老缠住阿格拉费娜·亚历山德罗芙娜不放，于是我妒忌，认为她在选我还是选他之间犹豫不决，因此我天天在想：如果她突然决定——她对折磨我已经厌倦了——对我说：‘我爱的是你，而不是他，你带我远走高飞吧！’而我全部财产只有两个二十戈比的硬币，用什么带她走呢，那时我怎么办，那我不就完了吗？况且我当时对她还不了解，也不理解，我还以为她需要钱，她不会原谅我的穷困。所以我便从三千卢布中不怀好意地分出了一半，用针从容地缝好，是有目的地在喝酒胡闹之前缝起来的，缝好以后才用另外的一半去吃喝玩乐！不，这是下流行为！现在你们明白了吧？”

检察官纵声大笑，侦查员也笑了。

“据我看，这甚至是明智的和讲道德的举动，因为您有节制，没有全部挥霍掉，”尼古拉·帕尔费诺维奇嘿嘿窃笑，“这又算得了什么呢？”

“这样我便成了贼，就是这么一回事！噢，天哪，您的理解力实在使我吃惊！自从我胸前挂上了这一千五百卢布以后，我每天每时每刻都在对自己说：‘你是贼，你是贼！’所以这个月我一直撒野，所以在酒店里打架，所以把父亲痛打一顿，因为我觉得自己是一个贼！我甚至对我的弟弟阿廖沙都下不了决心说出一千五百卢布的事情。我甚至深深地感到自己确实是个混蛋和骗子！但是你们要知道，我带着这笔钱的时候，我每天每时每刻都在对自己说：‘不，德米特里·费奥多罗维奇，你也许还不是贼。为什么？因为你明天可以把这一千五百卢布去还给卡佳。我直到昨天离开费妮娅去找佩尔霍金的路上才下定决心把我的护身香囊从脖子上扯下来，在这之前我还没有下这样的决心，但是一扯下来，我马上就成了一个彻头彻尾、不折不扣的贼，一辈子是一个贼和名誉扫地的人了。为什么？因为当扯下护身香囊的同时，我也毁掉了自己的幻想，我再也不能跑去对卡佳说：‘我是混蛋，但不是贼！’现在你们明白吗？明白了吗？”

“为什么您恰好在昨天晚上才下了这样的决心呢？”尼古拉·帕尔费诺维奇打断他。

“为什么？问得太可笑了：因为我给自己判了死刑，在早晨五点钟，是在这儿，快要天亮的时候。我想：‘卑鄙也罢，高尚也罢，反正都是死！’事实上并非如此，并不是一样的！先生们，你们信不信，今天晚上最使我痛苦的倒不是我伤害了老仆人，也不是面临流放西伯利亚的危险，而这件事又发生在什么时候？是在我的爱情获得了成功，天空中乌云散尽，变得明朗的时候！啊，这真使我痛苦，但还不是最痛苦的，还比不上那种感觉，那就是我最终还是把挂在胸前的那些可恶的钱摘下来挥霍掉了，所以我现在已经是一个彻头彻尾的贼了！啊，先生们，我心里淌着血，对你们再说一遍：今天晚上我明白了许多事情！我明白了不仅活着不能做一个卑鄙的人，就是死的时候也不能是一个卑鄙的人……不，先生们，死也要死得正直！……”

米佳脸色苍白。脸上露出十分疲惫憔悴的神色，虽然他的情绪极度亢奋。

“我开始理解您了，德米特里·费奥多罗维奇，”检察官温和地，甚至似乎同情地拖长声调说，“但所有这一切，恕我直言，依我看无非是神经……您过度敏感的神经造成的，就是这么一回事。譬如说，为了摆脱这些折磨了您几乎整整一个月的痛苦，您为什么不去把一千五百卢布还给那位把钱托付给您的小姐呢，既然您说您的处境十分可怕，那为什么不去向她解释清楚，然后不妨采取一个必然会想到的办法，就是向她光明正大地承认自己的错误，向她借一笔您所必需的款子，她既然那么慷慨大度，看到您情绪那样低落，她肯定不会拒绝您的，何况可以立下字据，或者以您曾向商人萨姆索诺夫或霍赫拉科娃太太提出过的抵押作为担保。您不是至今还认为这些抵押品是很有价值的吗？”

米佳的脸突然涨得通红。

“难道你们竟认为我卑鄙到了这种程度吗？您这话不是当真说的吧？”米佳气愤地说，看着检察官的眼睛，似乎不相信听到的这些话是从他口里说出来的。

“请您相信，我是当真说的……为什么您以为不是当真说的呢？”检察官自己也感到奇怪了。

“啊，那样做是多么卑鄙呀！先生们，你们知道吗，你们是在折磨我！好吧，我什么都对你们说了吧，我现在向你们坦白我的全部恶魔般的情欲，这也是为了使你们感到害臊，连你们自己也会感到吃惊，人类的感情纠葛居然能达到如此卑鄙的程度。你们要知道，我曾经有过这个打算，就是您检察官刚才讲到的那个想法！是的，先生们，在这该死的一个月里我有过这种想法，几乎要下决心去见卡佳，你们瞧，我竟卑鄙到了这等地步！但是去向她宣布我的背叛，而且为了这种背叛，为了实现这种背叛，为了实现这种背叛而需要一笔花费，竟然请求她，请求卡佳借我一笔钱（请求，你们听见没有，是请求！），钱到手以后就带着另一个女人，她的情敌，她的冤家对头和侮辱了她的人远走高飞——得了吧，您简直发疯了，检察官！”

“不管发疯不发疯，反正我一时冲动，没有考虑到……女人的妒忌心，如果像您强调的那样，这里果真有争风吃醋的事……是的，也许这里有这类因素。”检察官冷冷一笑。

“那样的话就太下流了，”米佳举起拳头猛击桌子，“那简直是臭不可闻了，我都不知道该怎样说！而且你们是否知道，她可能会给我这笔钱，会给的，一定会给的，为了对我进行报复，为了享受报复的乐趣，为了蔑视我，她会给的，因为她也是一个具有魔鬼般的心灵和生性暴烈的女人。我可能也会收下这笔钱。啊，我会的，我会收下的，那样的话我一辈子……啊，天哪！请原谅，先生们，我大喊大叫是因为我产生这样的念头还不太久，只不过在前天，就是我跟‘猎狗’打交道的那天晚上，以后便是昨天，是的，昨天一整天有这样的念头，我还记得，就是在这件事发生之前……”

“在发生什么事之前？”尼古拉·帕尔费诺维奇好奇地追问，但米佳没有听见。

“我对你们做了可怕的供认，”他阴沉地说，“请你们加以重视，先生们。这还不够，单单重视还不够，不是重视，而是要加以珍惜，如果不是这样，如果连这样的供认都打动不了你们的心，那你们简直就是不尊重我了，先生们，这就是我要对你们说明的，而且我会因为向你们这种人做了供认惭愧得无地自容！啊，我会去自杀的！我已经看出来了，已经看出来你们不相信我！怎么，你们连这些话也都要记录下来吗？”他惊恐不已地大声叫了起来。

“您刚才所说的，”尼古拉·帕尔费诺维奇惊讶地瞅着他，“就是您直到最后一刻还打算到韦尔霍夫采娃小姐那里去借这笔钱……请您相信，这对于我们是非常重要的供词，德米特里·费奥多罗维奇，就是有关这件事的全过程……特别对于您，特别对于您来说是非常重要的。”

“你们行行好吧，先生们，”米佳举起双手，轻轻一拍，“至少这些内容就别记了，你们真不害臊吗！何况我在你们面前真的可以说把我的心撕成了两半，而你们却乘机……啊，用手指在伤口上乱戳乱抠……啊，天哪！”

他绝望地用双手捂住了脸。

“请您别太担心，德米特里·费奥多罗维奇，”检察官说，“现在做的全部记录以后您可以亲自听一下，如有不同意的地方，我们将根据您的意见修改，现在我向您第三次重复一个小问题：莫非真的没有人，没有一个人听您说起过您把钱缝进护身香囊的事吗？这种情况，我要告诉您，几乎是难以想象的。”

“没有，没有人，我已经说过了，不然的话你们什么也不会明白的！你们让我安静一下吧。”

“好的。但这个问题应该说清楚，以后有的是时间，但现在请您考虑一下：我们也许有几十件证据可以证明，正是您自己散布，甚至到处大肆渲染您花掉了三千，是三千，而不是一千五百。即使刚才，您拿出了昨天那笔钱之后，您也已经使许多人知道您又带来了三千……”

“你们手里掌握的证据不是几十个，而是上百个，两百个证据，两百个人听到过，一千个人听到过！”米佳大叫起来。

“您瞧，大家，大家都能证明。大家这个词总还有点意义吧？”

“什么意义也没有，我胡说八道，别人也就跟着我乱说一通。”

“那么您为什么要这样‘胡说八道’，您如何解释呢？”

“鬼才知道。也许是为了炫耀……表示我挥霍了大量的钱……也可能为了要忘记这些缝好的钱……是的，正是由于这个原因……真见鬼……这个问题您问了多少次了？我就是撒了谎，没别的意思，既然撒了谎，也就不想再纠正了。一个人为什么有时会撒谎呢？”

“人为什么要撒谎这个问题是很难回答的，德米特里·费奥多罗维奇。”检察官严肃地说，“不过请告诉我，您所说的那个挂在脖子上的护身香囊大不大？”

“不，不大。”

“譬方说，有多大的尺寸？”

“一张一百卢布的票子折成两半，就这样大小。”

“您最好给我们看一下撕开的小布袋。它总在您身边吧？”

“唉，见鬼……真荒唐……我不知道放哪里了。”

“但是请问：您在什么地方、什么时候把它从脖子上摘下来的？您自己不是说没有回过家吗？”

“就在从费妮娅那里出来到佩尔霍金家去的时候，在路上从脖子上摘下来并把钱取出来的。”

“在黑暗中吗？”

“何必要点蜡烛呢？我用手指一下子就取出来了。”

“不用剪刀，就在大街上吗？”

“好像是在广场上，何必要用剪刀？一块旧破布，一下子就撕开了。”

“您后来把它放哪儿去了？”

“就地扔了。”

“具体在什么地方？”

“就在广场上，反正不出广场！鬼知道在广场的什么地方。您问这干吗？”

“这非常重要，德米特里·费奥多罗维奇，这是对您有利的物证，您怎么不明白呢？一个月前是谁帮您缝的呢？”

“谁也没有帮我，是我自己缝的。”

“你会缝吗？”

“军人都应该会缝补，再说这也不需要什么技巧。”

“您从哪儿搞到的材料，就是您用来缝钱的那块旧布片？”

“您不是在嘲笑我吧？”

“完全不，而且我们根本没有心思嘲笑，德米特里·费奥多罗维奇。”

“记不得在什么地方拿的，反正拿了就是了。”

“怎么连这一点也记不得了？”

“我真的记不起来了，也可能是从内衣上撕了一块。”

“这很有意思：明天可能会在您住所找到这件东西，也许是一件被您撕下一块的衬衫。这块布是什么质地，是棉布还是麻布？”

“鬼知道是什么料子。请等等……我好像什么也没有撕。那是块细棉布……我好像把钱缝在女房东的压发帽里了。”

“女房东的压发帽？”

“是的，我是从她那儿顺手拿走的。”

“怎么会顺手拿走？”

“是这样，我记得，有一次确实随手拿了一顶压发帽做抹布，也可能是为了擦笔尖。我是悄悄地拿的，因为那是一块毫无用处的破布，就扔在我房间里，当时恰好要把那一千五百卢布藏起来，于是我就拿来缝上了……好像就是用这块破布缝的。那是块旧的细棉布，已经洗过一千次了。”

“您记得很清楚吗？”

“我不知道是不是很清楚。好像是缝在压发帽里的，这又有什么大不了的！”

“这样的话您的女房东至少能想起她的这件东西丢失了？”

“绝对不会，她根本想不起来。那是块破布，我告诉你们，那是块破布，一文不值。”

“那么针是从哪儿拿的？还有线？”

“我现在停止回答，我再也不愿说了。够了！”米佳终于发火了。

“事情总还有点儿奇怪，您怎么连这只……香囊丢在广场的什么地方也都忘了呢？”

“你们明天可以下命令把广场清扫一遍，也许能找到的。”米佳冷笑一声，“够了，先生们，够了。”他疲惫不堪地说，“我看得很清楚，你们不相信我！一点儿也不相信！这要怪我自己，不怪你们，我根本不必多此一举。为什么，为什么我要谈出自己的秘密来作践自己呢？你们听了觉得好笑，我从你们的眼睛里已经看清楚了。检察官，这是您把我逼到这一步的！现在你们给自己高唱凯歌吧，如果能唱的话……你们这些折磨人的家伙真该死！”

他低下头，双手捂住了脸。检察官和侦查员沉默不语。过了片刻他抬起头来，似乎无意识地瞅着他们。他的脸上露出一种彻底的难以挽回的绝望，他坐在那里一声不响，似乎忘记了自己的存在。可是案件必须了结，应该立即转入对证人的讯问。时间已经是早上八点钟了。蜡烛早已熄灭。在审讯过程中不断进进出出的米哈伊尔·马卡罗维奇和卡尔加诺夫这次又从房间里走了出去。检察官和侦查员也是满面倦容。早晨是阴雨天气，天空布满了乌云，大雨如注。米佳茫然地看着窗外。

“我可以看看窗外吗？”他突然问尼古拉·帕尔费诺维奇。

“噢，请便。”他回答。

米佳站起来走到窗前。雨点猛烈地敲打着小窗的浅绿色玻璃。窗下就是一条泥泞的道路，在远处，在苍茫的雨色中可以看到黑压压一片破旧寒碜的农舍，在雨色中这些农舍似乎显得更加破旧和寒碜了。米佳想起了“金发福波斯”，想起他打算在旭日东升时要自杀的决定。“在这样的早晨也许更为合适。”他微微一笑，突然举起手向下一挥，转身对着那两个“折磨人的家伙”。

“先生们！”他大声说，“我看我是完了。但是她呢？请你们告诉我关于她的情况，我求求你们，难道她真要和我一起完蛋吗？她可是无辜的，她昨天是神志不清的情况下才大叫大嚷说‘一切都是我不好’。她没有什么错，什么错都没有！我跟你们坐了一夜，始终都在为她伤心……你们能不能，可以不可以现在告诉我：你们现在要拿她怎么办？”

“这方面您可以完全放心，德米特里·费奥多罗维奇，”检察官显然是非常匆忙地立即回答说，“暂时我们还没有什么理由去打扰您所关心的那位太太。我希望，随着案情的进展也不会有什么变化……相反，在这方面我们将尽力而为。您尽管放心好了。”

“先生们，我感谢你们，我本来就知道，不管怎么样，你们毕竟是正直公道的人。你们卸掉了我心上的一块石头……那么我们现在还要做什么呢？我听候吩咐。”

“是啊，该抓紧时间。应该马上转入对证人的讯问。这一切都必须在您在场的情况下进行，因此……”

“是不是先喝杯茶？”尼古拉·帕尔费诺维奇突然打断说，“好像是该歇一会儿了！”

他们决定，要是楼下有现成的茶水（因为米哈伊尔·马卡罗维奇肯定是去“喝茶”了），那么就喝一杯，然后再“连着干”。至于正正经经地喝茶和“小吃”，那就留待以后稍空的时候再说。楼下果然有茶水，很快就搬了上来。尼古拉·帕尔费诺维奇好意地请米佳喝一杯，他一开始拒绝了，但后来又主动要了一杯茶，贪婪地喝了下去。总之，他的神色显得异常疲倦。以他那样强壮的身体，饮酒作乐一个通宵，哪怕感情受到了强烈的震撼，又算得了什么呢？但他自己感到勉强才能坐稳，有时候一切东西似乎都在他眼前开始晃动和旋转起来。“再过一会儿，也许要开始说胡话了。”他暗自思忖着。

八 证人的证词。婴儿

开始传讯证人。但我们将不再像以前那样详细地继续我们的叙述。因而我们也略去了尼古拉·帕尔费诺维奇向每个被传讯的证人所做的种种提示，譬如应该凭良心如实做证啦，将来还要宣誓并复述这些证词啦，最后还要求每个证人在自己证词的记录上签字画押啦，等等等等。我们现在只指出一点：审讯人的注意力主要还是集中在三千卢布上，就是一个月以前德米特里·费奥多罗维奇在莫克罗耶第一次饮酒作乐究竟花掉了三千还是一千五百；昨天德米特里·费奥多罗维奇第二次饮酒作乐究竟花掉了三千还是一千五。唉，可惜一切证词全都跟米佳的陈述相反，都对他不利，而有些证词甚至提供了一些几乎令人震惊的否定米佳供词的新事实。第一个被传讯的人是特里丰·鲍里瑟奇。他站在审讯者面前不但毫无惧色，反而摆出一副对被告深恶痛绝的架势，因而无疑显得格外正直和可靠。他说话简明扼要，等着对方提问，回答得准确而又慎重。他明确而毫不含糊地证实，一个月以前米佳花掉的钱绝不少于三千卢布，这里的所有乡下人都可以证明，他们曾经听德米特里·费奥多罗维奇亲自说过花掉了三千：“单是那些茨冈女人他就花了多少钱啊。单单花在她们身上的钱可能就不止一千。”

“我给的钱也许还不到五百。”米佳脸色阴沉地说，“不过我当时没有数，我已经喝醉了，真可惜……”

这时候米佳侧身坐着，背对帘子，闷闷不乐地听着，一脸忧伤和疲倦的神色，那样子似乎在说：“唉，随便你们怎么说吧，反正现在都无所谓了！”

“花在她们身上的钱不止一千，德米特里·费奥多罗维奇。”特里丰·鲍里瑟奇坚决地反驳说，“您无缘无故地把钱扔出去，都被她们捡走了。她们那伙全是贼、骗子和偷马贼，她们从这里被撵走了，不然她们也许自己会供认，从您那儿捞了多少钱。我亲眼看见当时您手里有一大把钱——数倒是没有数过，您也没有要我这样做，这是对的，但我还记得，看上去远远不止一千五百……岂止一千五百！我们可也见识过钱的，我们能估计出……”

至于昨天那笔钱，特里丰·鲍里瑟奇直截了当地证明说，德米特里·费奥多罗维奇刚从马车上下来，就马上对他说带来了三千卢布。

“得了吧，是这样的吗，特里丰·鲍里瑟奇？”米佳反驳说，“难道真是那样明确地说过带来了三千吗？”

“您说了，德米特里·费奥多罗维奇。您当着安德烈的面说的。好在安德烈本人还在这里，他还没有离开，你们可以把他叫来。后来在大厅里您招待合唱队的时候，您干脆大声对大家说您打算在这里花掉六千卢布，就是连上次的加在一起，应该这样理解。斯捷潘和谢苗都听到的，而且彼得·福米奇·卡尔加诺夫当时和您站在一起，说不定他也还记得……”

关于总共花掉六千卢布的证词给审讯者留下了深刻的印象。他们非常欣赏这种算法：三加三等于六，那么当时的三千加上现在的三千一共是六千，事情一清二楚。

他们传讯了特里丰·鲍里瑟奇所提到的乡下人斯捷潘和谢苗，车夫安德烈和彼得·福米奇·卡尔加诺夫。两个乡民和车夫直截了当地肯定了特里丰·鲍里瑟奇的证词。此外，根据安德烈的证词，还特别记下了米佳跟他在路上的谈话：“我德米特里·费奥多罗维奇会落到哪里去，上天堂还是下地狱？另一个世界会不会原谅我？”“心理学家”伊波利特·基里洛维奇带着微妙的笑容听着这一切，最后他建议把德米特里·费奥多罗维奇会落到什么地方的这段证词也“记录在案”。

被传讯的卡尔加诺夫进来的时候，阴沉着脸，显得任性而不情愿的样子，同检察官和尼古拉·帕尔费诺维奇谈话好像是初次见面一样，尽管事实上他们早就认识，是天天见面的熟人。他一开始就说“他什么都不知道，也不想知道”。但关于六千卢布的说法却是听到过的，他承认他那时站在米佳身边。在他看来，米佳手上的钱“他说不清有多少”。对于波兰人玩牌做了手脚一事他证实确有其事。在一再盘问下他也证实说：赶走波兰人以后米佳和阿格拉费娜·亚历山德罗芙娜的关系确实好转了，她亲口说过她爱他。他谈到阿格拉费娜·亚历山德罗芙娜的时候很有分寸，很尊重她，似乎把她当作上流社会中的一位太太，而且一次也没有放肆地称她为“格鲁申卡”。尽管这位年轻人对做证表现出不加掩饰的厌恶，伊波利特·基里洛维奇还是详细盘问了他很长时间，而且只是从他那儿才了解到了米佳这一夜“浪漫史”的全部细节。米佳一次也没有打断卡尔加诺夫。最后他们终于让这位年轻人走了，他也怀着不加掩饰的恼怒离开了。

两位波兰人也受到了传讯。他们在房间里虽然已经躺下，但一夜都没有睡着，当地官员一来，他们赶紧穿上衣服，收拾整齐，因为他们自己也知道肯定会被传讯的，他们走进来的时候神态尊严，虽然不无几分畏怯。为首的那个小个子波兰人，是已经退职的十二等文官，曾在西伯利亚当过兽医，姓穆夏洛维奇。佛鲁勃莱夫斯基是自行开业的镶牙师，即俄国人所说的牙科医生。他们俩一进房间，尼古拉·帕尔费诺维奇便开始询问他们，可是他们却面对站在一边的米哈伊尔·马卡罗维奇回答问题，因为他们不了解情况，误以为他的官衔最大，是里面的首长，口口声声称他为“上校先生”。直到米哈伊尔·马卡罗维奇多次指出以后，他们才明白应该对尼古拉·帕尔费诺维奇回答问题。事实上他们会讲俄语，甚至讲得相当道地，只是有些词的发音不准。穆夏洛维奇谈到他与格鲁申卡过去和现在的关系时，显得激动而又傲慢，米佳听了不由得勃然大怒，叫嚷说他决不允许“这个混蛋”当着他的面这样讲话。穆夏洛维奇立即提醒大家注意“混蛋”这个词，并请求写进记录。米佳火冒三丈。

“就是混蛋，混蛋！把这记下来，记下，尽管记吧，我还是要大声说，他是混蛋，把我这话也记下来！”他大声嚷嚷。

尼古拉·帕尔费诺维奇虽然把这句话记了下来，但在这种不愉快的场合下却表现出非常值得称道的干练和善于应变的才能：对米佳严厉训诫之后他自己立即中止了对恋情的深入探究并赶紧转到主要问题上来。两位波兰人的一段实质性的证词引起了侦查员们特别的好奇：那就是米佳在那间房间里想收买穆夏洛维奇，答应给他三千卢布的补偿费，七百卢布现付，其余的两千三百卢布“明天早晨在城里”支付，而且赌咒发誓说他在莫克罗耶暂时还没有这笔钱，钱放在城里。米佳情急之下说他没有说过明天回到城里一定付给他，但佛鲁勃莱夫斯基却证实确有其事，而米佳自己想了想之后，也皱着眉头表示同意，说情况也许的确像波兰人所说的那样，他当时十分激动，所以确实可能那样说过。检察官牢牢抓住了这段证词：因为从侦查角度来看事实已经清楚（后来也真的下了这样的结论），米佳到手的三千卢布中间有一半或一部分确有可能藏在城里的什么地方，也许甚至就藏在莫克罗耶的什么地方，因此在米佳身上只找到八百卢布这样一个在侦查过程中显得颇为棘手的情况也就得到了解释。这个情况虽然微不足道，却是迄今为止唯一对米佳有利的证据。现在连这个唯一对米佳有利的证据也不能成立了。检察官追问：既然他自己一口咬定只有一千五百卢布，但同时又信誓旦旦地向波兰人保证他能支付，那么他从哪儿能搞到其余的两千三百卢布以便明天付给波兰人？米佳回答得很干脆，他打算明天付给“波兰佬”的不是现金，而是转让自己对契尔马什尼亚地产所有权的契约，也就是他曾经向萨姆索诺夫和霍赫拉科娃提示要转让的那项权利。检察官对这种“天真的奇谈怪论”报以一声冷笑。

“您以为他会同意取得这项权利而放弃两千三百卢布的现金吗？”

“一定会同意的，”米佳热切地说，“你们想一想，这样他能捞到不止两千，而是四千，甚至六千！他会立刻去雇几名律师，雇几名波兰佬和犹太佬，到时候就不是三千卢布，而是整个契尔马什尼亚都可以从老头儿手里夺走。”

当然，穆夏洛维奇的证词非常详细地写进了记录。然后便让他们离开了。关于偷换牌的事几乎提都没有提起：尼古拉·帕尔费诺维奇对他们已经感激不尽，不愿用这类小事找他们碴子，何况这也没有什么大不了的，无非是酒后打牌时无谓的争吵罢了。那天夜里纵酒狂饮后不成体统的事还会少吗……所以那两百卢布也就留在波兰人的口袋里了。

接下来传讯小老头儿马克西莫夫。他畏畏缩缩地踏着碎步走了进来，他衣衫不整，满脸愁云。他一直在楼下陪伴着格鲁申卡，不声不响和她坐在一起，“有时候会突然为她抽泣，用蓝色的小方格手绢擦眼泪”，就像后来米哈伊尔·马卡罗维奇所说的那样。结果反而要她去劝他、安慰他。老头儿一进来就马上含着眼泪承认他有罪，因为他“由于穷困”而向德米特里·费奥多罗维奇借了“十个卢布”，他愿意归还……尼古拉·帕尔费诺维奇直截了当地问他：他究竟看到德米特里·费奥多罗维奇手上有多少钱，因为他接受他的借款的时候，可以比任何人都更清楚地看到他手上有多少钱。马克西莫夫斩钉截铁地回答说：“有两万卢布。”

“您以前在什么时候、什么地方看到过两万卢布？”尼古拉·帕尔费诺维奇面带笑容地问。

“怎么没见过呢，我当然见过，不过不是两万，而是七千，是我太太把我的小田庄抵押出去的时候。她只让我从远处看了一眼，在我面前炫耀了一下。那是很大一沓钞票，都是一百卢布的。德米特里·费奥多罗维奇手里也都是一百卢布的……”

很快就放他走了。最后终于轮到了格鲁申卡。侦查员们显然担心她的出现可能对德米特里·费奥多罗维奇产生强烈的影响，因此尼古拉·帕尔费诺维奇甚至悄悄地安慰了他几句，但米佳只是默默地低下了头作为对他的回答，表示他“不会捅乱子的”。米哈伊尔·马卡罗维奇亲自把她领了进来。她进来时神情严肃而忧郁，表面看来几乎很平静，她轻轻地坐到指定给她的、位于尼古拉·帕尔费诺维奇对面的那张椅子上。她脸色非常苍白，似乎感到有点冷，因而她用她漂亮的黑色披肩紧紧裹住身子。当时她真的感到浑身一阵轻微的寒战——她后来患的那种长期的疾病就是从这天夜里开始的。她那严肃的样子、坦率而庄重的目光和镇定自若的风度给大家留下了极好的印象。尼古拉·帕尔费诺维奇甚至马上有点儿“被她迷住了”。后来他谈起这件事的时候自己也承认从这一次开始他才明白这个女人是多么“漂亮”，而以前他虽然多次见到过她，但总把她看作“县城艺妓”之类的人物。“她的风度完全和最上层的贵妇人一模一样。”有一次他在某些太太们中间曾经赞叹道。太太们听了他的话非常生气，马上骂他是“调皮鬼”，而他却颇为得意。格鲁申卡走进来的时候，好像很随便地看了米佳一眼，米佳也不安地看了看她，但她的神情马上使他放心了。尼古拉·帕尔费诺维奇一开始提了几个必不可少的问题并做了告诫，然后结结巴巴却又十分客气地问她：“您与退伍中尉德米特里·费奥多罗维奇·卡拉马佐夫是什么关系？”对此格鲁申卡轻声而又坚定地回答说：

“他是我的朋友，最近一个月我是把他作为朋友接待的。”

对于那些进一步寻根究底的问题她直截了当而又十分坦率地说，虽然她“有时候”喜欢他，但并不爱他，她是出于“自己卑劣的憎恨”才勾引他，就像勾引那个“老头儿”一样。她发现米佳为了她而非常妒忌费奥多尔·巴夫洛维奇和所有的人，她也只是以此取乐而已。她从来不愿意去找费奥多尔·巴夫洛维奇，只是取笑他罢了。“最近这个月我根本顾不上他们父子俩；我在等另一个人，一个有愧于我的人……不过我以为，”她最后说道，“你们对这件事没有什么可打听的，我也没有什么可以回答你们，因为这是我个人的私事。”

尼古拉·帕尔费诺维奇很快就照办了：他不再去追究“罗曼蒂克的”细节，直接转向正题，即有关三千卢布的这一要害问题。格鲁申卡证实，在莫克罗耶，在一个月以前，确实花掉了三千卢布，虽然她没有亲自点过钱，但她听德米特里·费奥多罗维奇本人说过是三千。

“他是对您一个人说过，还是别人也在场或者是当着您的面对别人说的？”检察官立刻问她。

对此格鲁申卡说，别人在场的时候她听到过，也听到他和别人说过，他也单独对她说过。

“您单独听他说过一次还是多次？”检察官追问，并终于知道了格鲁申卡曾听到过多次。

伊波利特·基里洛维奇对这份证词非常满意。深入的提问还表明，格鲁申卡知道这些钱的来历，是德米特里·费奥多罗维奇从卡捷琳娜·伊凡诺芙娜那儿拿的。

“您是否听到过，哪怕听到一次也行，一个月以前花掉的钱不是三千，而要比这少，德米特里·费奥多罗维奇从这笔钱中给自己留下了一半？”

“没有，从来没有听说过。”格鲁申卡证明说。

后来又进一步发现，米佳在这个月里常常对她说他身上一个戈比都没有了。“他一直盼望从父亲那儿得到一些钱。”格鲁申卡最后说。

“他有没有当着您的面说过……或者是顺便提起，或者是在气头上说过，”尼古拉·帕尔费诺维奇突然问道，“他打算谋害自己的父亲？”

“哎哟，他说过！”格鲁申卡叹了一口气说。

“一次还是多次？”

“他提到过多次，都是在气头上说的。”

“您相信他会那样干吗？”

“不，我从来都不信！”她坚定地回答，“我对他的高尚品格向来是信赖的。”

“先生们，请允许我，”米佳突然大声叫了起来，“请允许我当着你们的面对阿格拉费娜·亚历山德罗芙娜只讲一句话，就一句话。”

“说吧。”尼古拉·帕尔费诺维奇同意了。

“阿格拉费娜·亚历山德罗芙娜，”他从椅子上欠起身子，“你要相信上帝，相信我：在我父亲昨天被害的这件事情上，我是无辜的！”

说完米佳又坐到椅子上。格鲁申卡欠起身子，虔诚地对着圣像画了个十字。

“主啊，感谢你！”她以热情而诚恳感人的口气说，还没等坐定下来，就接着对尼古拉·帕尔费诺维奇说：“他刚才说的，你们应该相信他！我了解他：他会信口胡说，不是为了开玩笑，就是由于固执，但是他从来不会昧着良心骗人。他说的是实话，你们要相信他！”

“谢谢，阿格拉费娜·亚历山德罗芙娜，你给了我信心！”米佳用颤抖的声音说。

对于昨天的那些钱，她说，她不知道有多少，但她听到他昨天多次对人说他带来了三千。至于他这些钱的来历，那么他对她一个人说过，他是从卡捷琳娜·伊凡诺芙娜那里“偷来的”。她对他说，他没有偷，这笔钱明天就去归还。检察官穷追不舍地问：他所说的从卡捷琳娜·伊凡诺芙娜那里偷来的那笔钱究竟是指哪笔钱——昨天花掉的还是一个月以前在这里花掉的那三千卢布？她说他讲的就是一个月以前的那笔钱，她是这样理解的。

最后他们终于让格鲁申卡走了，而且尼古拉·帕尔费诺维奇还急急忙忙对她说，她甚至可以马上回城，如果需要他提供什么帮助的话，譬如说马车，或者她希望有人伴送等等，那么他……从他这方面……

“非常感谢您，”格鲁申卡对他鞠了一个躬，“我和那个小老头儿，和那地主一起走，把他送回家。如果您同意，我暂时在下面等着，看你们如何解决德米特里·费奥多罗维奇的问题。”

她走了出去。米佳很平静，甚至看起来挺精神，但那只是一会儿。一种奇怪的体力上的疲乏感越来越强烈了。由于疲劳他闭上了眼。对证人的传讯终于结束了。他们着手对记录进行定稿。米佳站了起来，离开椅子走到帘子旁边的一个角落里，在一张铺着毯子的主人的大柜子上躺下，一会儿就睡着了。他做了一个奇怪的、非常不合时宜的梦。他好像在草原上赶路，那个地方很久以前他当军官时曾经待过。一个农民驾着两匹马拉的大车，载着他在泥泞的路上行进。米佳似乎只感到冷，这是十一月初，下着湿漉漉的鹅毛大雪，雪花一落到地上，马上就融化了。那农民赶车的动作很麻利，潇洒地挥舞着鞭子，他的胡子是淡褐色的，很长，年纪不算老，五十左右，身上穿着一件乡下人穿的灰色无领上衣。前面不远处有一座村庄，可以清晰地看到一片黑乎乎的农舍，有一半已经焚毁，只剩下烧焦了的木头矗立在那里，在村口的路旁站有一排村妇，她们人数很多，整整一长溜，一个个骨瘦如柴，脸色灰褐。特别是最边上的那个高个子，看来有四十岁左右，也许只有二十岁，她的脸又瘦又长，手里抱着的婴儿在啼哭，大概她的乳房干瘪得连一滴奶水都挤不出了。这个婴儿哇哇哭个不停，伸出两只裸露的小手，握着的小拳头都冻得发紫了。

“她们为什么哭？她们为什么要哭？”米佳从她们身边疾驰而过时问道。

“娃子，”马车夫回答说，“是娃子在哭。”米佳感到惊讶的是车夫按自己的习惯，按农民的习惯叫“娃子”，而不是叫孩子。他很喜欢听农民把孩子叫“娃子”：似乎含有更多的怜悯。

“那么娃子为什么要哭呢？”米佳像傻瓜似的一味追问，“为什么两只小手光着，为什么不把他裹起来？”

“娃子身上冷。衣服都结了冰，不暖和。”

“为什么会这样？为什么？”愚蠢的米佳还是不肯罢休。

“穷啊，遭了火灾，没有吃的，只好乞求救济了。”

“不，不，”米佳似乎还不明白，“你说：为什么遭了火灾的母亲要站在那儿？为什么人们这么穷？为什么娃子那么可怜？为什么草原那么荒凉？为什么他们不相互拥抱接吻？为什么他们不唱欢乐的歌？为什么遭受可怕的灾难之后他们的脸都发黑了？为什么不给娃子吃奶？”

他自己感到他虽然问得毫无道理，而且也不会有什么结果，但他必然要这样问，而且也应该这样问。他还感到他的心底涌起一股前所未有的怜悯之情，他简直想哭，他想替大家尽力做点什么，让娃子不再啼哭，让那娃子的黝黑枯瘦的母亲不再哭泣，让大家从此以后再也不要流泪，这件事要立即去做，不能拖延，要不顾一切地献出卡拉马佐夫式的全部激情。

“我要和你在一起，我现在再也不离开你了，我一辈子都跟着你。”他耳际响起了格鲁申卡亲切而又充满真情的话语。他的心儿整个儿燃烧起来了，向往着光明，他迫切地想活下去，活下去，走上一条大道，永远前进，投向那诱人的光明的新天地，而且要赶快，越快越好，现在就去，马上就去！

“什么？上哪儿！”他惊叫着，睁开眼睛，从箱子上坐起来，完全像刚从昏迷中苏醒过来似的，脸上露出明朗的微笑。尼古拉·帕尔费诺维奇站在他面前，请他听一遍记录后在上面签字。米佳猜想自己已经睡了一个小时，也可能更长些，但他没有在听尼古拉·帕尔费诺维奇说话。突然使他感到惊讶的是发现脑袋下面有一只枕头，刚才他疲倦得躺倒在箱子上的时候枕头是没有的。

“谁给我脑袋下面垫了个枕头？谁这样好心啊？”他怀着欣喜和感激的心情用一种几乎要哭出来的声音大声说，仿佛别人给他做了件天大的好事似的。这位好心人以后也没有找到，可能是某个证人，也可能是尼古拉·帕尔费诺维奇的文书出于同情给他垫了个枕头，但他感动得热泪盈眶，连心灵都受到极大的震动。他走到桌子跟前宣布说，无论记录了些什么话，他都会签字的。

“我做了一个好梦，先生们。”他的口气有点儿奇怪，脸上露出焕然一新的、几乎是兴高采烈的神色。

九　米佳被带走了

记录签字以后，尼古拉·帕尔费诺维奇郑重地向被告宣读了“裁决书”，称某年、某日、某地、某区法院的法庭侦查员审讯了被控犯有某罪和某罪（所有罪行都详细列举）的被告某某（即米佳），鉴于被告拒不承认所控各罪，又未能提出辩白之证据，而人证（一一列出）和物证（一一列出）都足以证明被告所犯各项罪行成立，现依据《刑法》某条、某款，特做如下决定：为防止某某（即米佳）逃避侦查和审讯，将其拘押于某某监狱，上述裁决已向被告宣读，抄件送副检察长备案云云。总之，米佳被告知，从那时起，他成了一名囚犯，立刻押解进城，送入一个很不愉快的地方加以拘押。米佳仔细听完以后只是耸了耸肩。

“好吧，先生们，我不怪罪你们，我听候吩咐……我理解，你们也是例行公事。”

尼古拉·帕尔费诺维奇委婉地向他说明，他现在马上将被区警察所长马弗里奇·马弗里奇耶维奇带走，因为所长现在恰好就在这里……

“请等一等，”米佳突然打断了他，怀着一种难以抑制的感情对房间里所有的人说，“先生们，我们大家都很残酷，我们大家都是恶棍，总是使人们，使母亲们和吃奶的婴儿们哭泣，但在所有的人当中——现在就这样判定吧——在所有的人当中我是最卑鄙的坏蛋！就这样裁决吧！我这一辈子天天都在捶胸顿足，保证要改邪归正，而且每天都照旧干着肮脏的勾当。我现在明白了，像我这样的人需要打击，命运的打击，要用套索把他套住，利用外界的力量把他捆绑起来。要是单单依靠自己的力量，我将永远、永远不会改邪归正！雷声已经响了[①]。我愿意忍受被指控犯罪和当众受辱的痛苦，我愿意受苦，通过受苦来洗净自己！也许我真的能洗净自己，先生们，是吗？但是请你们最后一次听我说：我在我父亲被杀这件事上是无罪的！我愿意接受惩罚并不是因为我杀死了父亲，而是因为我曾经想杀死他，而且也可能真的会杀他……但是我还打算和你们做斗争，这一点我是要提醒你们的。我将与你们斗争到底，到时候上帝会做出裁决！别了，先生们，不要因为我在审讯时对你们大声嚷嚷而生气，啊，我当时真不开窍……一分钟以后我就是个囚犯，现在德米特里·卡拉马佐夫作为一个还有自由的人，最后一次向你们伸出自己的手。我跟你们告别，跟大家告别了！”

他的声音颤抖了，他真的把手伸出来，但离他最近的尼古拉·帕尔费诺维奇似乎突然用一种差不多是抽搐的动作把自己的手藏到背后。

米佳一下子就发现了，他不由得浑身打战。伸出去的手立即垂了下来。

“侦查尚未结束，”尼古拉·帕尔费诺维奇有点不好意思地嘟囔说，“我们到城里还将继续进行，我，当然，从我这方面来说，希望您辩护成功……至于对您本人，德米特里·费奥多罗维奇，我永远倾向于把您看作一个与其说是罪人，还不如说是不幸的人……我们这里所有的人，如果我能冒昧代表大家的话，我们都乐意承认您基本上是一个高尚的年轻人，可惜您太沉湎于某种强烈的情欲了……”

在说最后几句话的时候，个子瘦小的尼古拉·帕尔费诺维奇显然摆出了神气活现的架子了。米佳脑子里突然闪过一个念头：这个“毛孩子”马上会挽着他的胳膊把他带到另一个角落，然后和他一起继续他们不久以前有关“小妞儿”的那场谈话。但出现这种念头也不足为怪，即使快要上断头台的罪犯有时候也会闪过种种毫不相干、与案情无关的想法。

---

① 俄国有谚语：“雷声不响，庄稼人就不会画十字。”即事到临头才求神之意。这里指灾难已降临。

“先生们，你们很善良，你们很仁慈，能不能让我见她一面，与她做最后的告别？”米佳问。

“毫无疑问，但由于……总之，现在已经不得不有人在场了……”

“那么你们在场好了！”

格鲁申卡被带了进来，但告别的时间很短，话也不多，使尼古拉·帕尔费诺维奇感到颇不满足。格鲁申卡对米佳深深地鞠了一躬。

“我对你说过了，我属于你，将来也属于你，我要永远跟随你，不管把你判往哪里。再见了，平白无故毁了自己的人！”

她的嘴唇在颤抖，两行泪珠潸然而下。

“格鲁莎，原谅我吧，原谅我的爱情，我的爱情把你也毁了！”

米佳还想说些什么，但他自己突然打住，走出了房间。他周围立刻围上了许多人，他们目不转睛地瞅着他。他昨天乘着安德烈的三驾马车隆隆驶过来停靠的那个台阶下面，已经停着两辆待发的大车。马弗里奇·马弗里奇耶维奇，一个矮壮敦实、脸上皮肤已经松弛的汉子，正在为某种突然出现的混乱而恼火，他在气呼呼地大叫大喊。他用一种过于严肃的口气请米佳上车。“以前我在小酒店里请他喝酒的时候，这人完全是另一种面目。”米佳上大车时想。特里丰·鲍里瑟奇也从台阶上走了下来。大门口围了很多人，有农民、农妇、马车夫，大家都把目光盯着米佳。

“再见了，上帝的人们！”米佳突然从大车上向他们喊了一声。

“再见。”响起了两三个人的声音。

“跟你也再见了，特里丰·鲍里瑟奇！”

但特里丰·鲍里瑟奇甚至都没有转过身来，也许他太忙了。他也在嚷嚷和张罗。原来那第二辆大车，也就是马弗里奇·马弗里奇耶维奇的那辆应该有两名村警护送的车尚未准备就绪。那个被指定赶第二辆大车的农民，一面把一件无领上衣紧绷在身上，一面拼命争辩说不该他去，而是该阿基姆去。但阿基姆不在，已经派人去叫了。这个农民坚持不肯去，他要求等一会儿再说。

“马弗里奇·马弗里奇耶维奇，我们这里的人真是太不要脸了！”特里丰·鲍里瑟奇大声说，“前天阿基姆给了你二十五戈比，你喝酒把它喝光了，现在你又大叫大喊。马弗里奇·马弗里奇耶维奇，您对我们这些没羞没臊的人太好了，真叫我吃惊，这句话我不能不说！”

“我们何必要第二辆大车呢？”米佳插嘴说，“我们坐一辆车就行了，马弗里奇·马弗里奇耶维奇，我总不至于造反，从你手里跑掉，干吗要押送的人呢？”

“先生，如果您还不知道该怎样和我讲话，那请您好好学一学，您对我不能称‘你’，别跟我你呀你呀的，把您劝我的那些话收起来留到下次用吧。”马弗里奇·马弗里奇耶维奇突然恶狠狠地对米佳说，好像这样发泄一下感到很痛快似的。

米佳不再吭声了。他满脸通红。过了一会他突然感到浑身发冷。雨已经不下了。但浑浊的天空仍然布满了乌云。刺骨的冷风直扑脸上。“莫非我生病了，还是怎么的？”米佳扭动了一下肩膀，想道。最后马弗里奇·马弗里奇耶维奇也爬上大车，笨拙地坐了下去，占了很大一块地方，若无其事地用自己的身体把米佳挤到了一边。确实，他心情不佳，对于派给他的这份差事他非常不高兴。

“再见吧，特里丰·鲍里瑟奇！”米佳又叫了一声，他自己也感到现在这样叫喊并非出于善意的，而是出于怨恨，是情不自禁地喊出来的。而特里丰·鲍里瑟奇傲慢地倒背着手站在那儿，两眼紧盯着米佳，目光严厉而恼怒，对米佳不理不睬。

“再见了，德米特里·费奥多罗维奇，再见！”突然响起了卡尔加诺夫的声音，他不知从什么地方跳了出来。他跑到大车旁边，把手伸给了米佳。他没有戴帽子。米佳连忙抓住他的手紧紧握住。

“再见，亲爱的人，我永不忘记你的宽宏大量！”他热情地大喊。但大车已经启动，他们的手也只好分开了。铃铛响了——米佳被带走了。

卡尔加诺夫跑进外屋，坐在角落里，低下了头，两手捂住脸哭了起来，他这样坐着哭了很久，好像还是个孩子，而不是一个二十岁的年轻人。啊，他几乎完全相信米佳是有罪的！“这些人究竟是怎么一回事，这样一来，以后哪里还有好人呢！”他毫无逻辑地感叹着，心情沮丧痛苦到几乎绝望的地步。此刻他甚至不想再活在这个世界上。“值得活下去吗？值得活下去吗！”这位痛心疾首的青年人感慨说。

第四部

第十卷
男孩子们

一　科利亚·克拉索特金

十一月还刚刚开始，我们城里的气温已经降到零下十一度，地上结了一层薄薄的冰。在冰封的大地上，昨夜下了一些干雪，“冷硬刺骨的”风将我们小城冷冷清清的街道上，特别是集市广场上的雪吹得飞飞扬扬。早晨的天气是阴沉沉的，但雪已经停止了。离广场不远，在普洛特尼科夫家的铺子附近，有一幢不大的，但里外都非常整洁的，属于一位官员遗孀克拉索特金娜的房子。省府秘书克拉索特金本人早在十四年前就已经去世，但他的三十多岁的寡妻至今还健在，而且风韵依旧，一直住在这幢整洁的房子里，靠“自己的财产”维持生计。她生活正派，谨慎小心，性格温柔而开朗。丈夫死的时候她才十八岁，和他共同生活只有一年光景，刚为他生了一个儿子。自从她丈夫去世以来，她的全部精力都放在对这个宝贝儿子科利亚的培养上，虽然十四年来她对他万般钟爱，但她为了他而忍受的痛苦自然要比得到的欢乐多得多，因而她差不多天天都提心吊胆，唯恐他生病、感冒、闯祸、爬到椅子上摔下来，以及诸如此类等等。待到科利亚上了小学，后来又升入我们城里的初级中学之后，母亲便与他一起学习各门课程，以便帮助他，和他一起准备功课。她去结交教师以及他们的妻子，甚至对待科利亚的同学也非常亲热，在他们面前说尽好话，为的是不让他们欺负科利亚，不去嘲笑他，也不去打他。结果那些小男孩反而因为她而嘲笑他，说他是娇生惯养的宝贝儿子。但这个孩子善于保护自己。他是一个勇敢的孩子，“非常厉害”，这名声在他班里迅速传开而且很快得到了证实。他灵活机智，个性倔强，大胆而又能干。他学习优秀，甚至传说他在数学和世界史方面已经超过了教师达尔达涅洛夫。这孩子虽然十分骄傲，谁也瞧不起，但与同学处得很好，并不显得过分自负。他虽然把同学对他的尊敬看成是理所当然的，但对他们的态度倒也很友好。主要是他懂得分寸，必要的时候善于控制自己，在对待师长的态度上，他决不超越某种不得违反的最后界限，因为越过了这种界限就成了无法容忍的行为，成为捣乱、造反和无法无天了。不过，只要一有合适的机会，他绝不会放弃调皮捣蛋，就像世界上最坏的孩子那样，而且与其说是调皮捣蛋，还不如说想卖弄点小聪明，玩点新花样，给人家“一点儿厉害”瞧瞧，抖抖威风，炫耀一番。主要是他的自尊心太强。他居然把自己的母亲调理得服服帖帖，对她颐指气使，近乎专横。而她则对他百依百顺，而且早就是这样了。只有一个想法令她实在难以忍受，那就是这孩子“不太爱她”。她总以为科利亚对她“没有感情”，有时她流着神经质的眼泪，责备他冷漠无情。这孩子不喜欢这样，越是要求他流露内心的感情，他好像偏偏不愿意。其实他这样做不是故意的，而是无意的，因为他生来就是这样的一种性格。母亲想错了：他非常爱自己的母亲，他只是不喜欢那种他们小学生惯常说的“小牛犊的肉麻劲”罢了。父亲死后留下一只书柜，里面有一些书籍，科利亚喜欢读书，其中有几本他已经读过了。母亲并没有因此而感到不安，但有时候不免觉得奇怪，这孩子怎么不出去玩耍，而是捧着一本书在书柜旁一站就是几小时。这样，科利亚读了一些在他这个年龄还不应该读的书，不过近来这孩子虽然不愿意顽皮过分，但开始做出一些使母亲大吃一惊的淘气行为，当然，这不是什么道德败坏，然而却是无所顾忌的玩命。恰好那年夏天，在七月放暑假期间，母子俩到七十俄里以外另一个县城里的远房亲戚家里住了一星期，那远亲的丈夫就在火车站工作（就是离我们县城最近的那个车站，一个月以后伊凡·费奥多罗维奇·卡拉马佐夫就从这个站出发去了莫斯科）。在那里，科利亚先仔细观察了铁路的情况，研究了它的运行规则，他认为回去以后可以在自己的同学面前炫耀一下这些新鲜的见识。当时恰好那里还有一些男孩子，他和他们交上了朋友；他们有的住在车站上，有的住在邻近，全是些十二到十五岁的少年，一共有六七个，其中两个还是我们城里去的。他们一起玩耍，淘气，在车站上做客的第四或第五天，这些不懂事的孩子以两个卢布打了一个荒唐透顶的赌。事情是这样的：科利亚在所有这些孩子中间年龄几乎最小，因而年长些的有点不把他放在眼里，他出于自尊，也可能是出于玩命的勇敢，就提出他可以在夜里十一点钟那趟火车开过时俯身躺在铁轨中间，一动不动，让火车在他上面全速通过。当然，他事先进行了研究，发现确实可以伸直身子，紧贴地面躺在铁轨中间，火车经过时肯定不会碰到躺着的人，可是这样躺着是什么滋味啊！科利亚坚持说他能躺着让火车开过。起初大家取笑他，说他是吹牛大王，尽说瞎话，这就更加激怒了他。最主要的是，这些十五岁的孩子都瞧不起他，起初甚至因为他“小”而不愿把他当作同伴，这使他感到非常委屈。于是决定傍晚时到离车站一俄里的地方去，因为火车从站上开出后，到那里已经全速行驶了。孩子们都准时集合。这是个没有月亮的夜晚，不仅昏暗，简直是漆黑一片。时间一到，科利亚就卧倒在铁轨中间。其余五个打赌的孩子先是屏息静气，后来便怀着惊恐和后悔的心情等候在路基下面的树丛里。从站上开出的火车终于在远处轰隆隆开过来了。黑暗中亮起两盏耀眼的红灯，那个庞然大物呼啸着开了过来。“快跑，快离开铁轨！”吓得魂飞魄散的孩子们从树丛中向科利亚大声叫喊，但已经晚了：火车风驰电掣地压了上来，又飞驶而去。孩子们飞快地向科利亚跑去，只见他直挺挺地躺在那儿。他们开始拉扯他，要扶他起来。他突然站了起来，一声不吭地走下了路基。到了下面，他对大家说，他是故意装作失去知觉似的躺着，想吓唬他们。其实他真是吓昏了。过了很久以后，他自己才向母亲承认了这一点。这样一来，他就永远获得了“浑身是胆”的美名。他返回车站到家里的时候脸色白得像张纸。第二天他发了点轻度的神经性寒热，但情绪极为愉快、高兴和得意。这件事没有张扬开去，直到回城以后才在那所初级中学里传开来，也传到了校领导的耳朵里。这时候科利亚的母亲急急忙忙跑去找领导，替自己孩子求情，最后还是那位受人尊敬而有威信的教师达尔达涅洛夫出来保护他，为他说情，这件事也就不了了之，好像根本没有发生过一样。这位达尔达涅洛夫当时还是个单身汉，年纪也不算老，多年来一直热恋着克拉索特金娜太太，一年前，有一次他恭恭敬敬，非常策略而又惴惴不安地壮着胆子向她求婚，但她坚决拒绝了，因为她认为同意婚事便等于背叛自己的孩子，虽然根据某些隐秘的迹象，达尔达涅洛夫在某种程度上甚至有理由认为，这位温柔、美丽，但过于忠贞的年轻寡妇并不完全讨厌他。科利亚的淘气似乎打破了坚冰，她为了回报达尔达涅洛夫对科利亚的保护，已经向他做出了有希望的暗示。虽然这暗示非常含蓄，但达尔达涅洛夫本人就是一个少有的纯洁而温柔敦厚的人，因此这已经足以使他感到十分幸福了。他很爱这个孩子，虽然他认为讨好孩子是有失身份的，因而在课堂上对他非常严格，绝不含糊。而科利亚对他也是敬而远之，他功课准备得非常出色，成绩在班上是第二名，对达尔达涅洛夫态度冷淡，而全班同学坚信科利亚对世界史十分精通，甚至可以“难倒”达尔达涅洛夫本人。确实，科利亚有一次向他提了一个问题：“是谁建立了特洛伊城？”对这个问题达尔达涅洛夫只是笼统地谈了那几个民族，他们的活动和迁移，谈到年代的久远，以及神话等等，至于谁建立了特洛伊城，具体是指哪些人，他回答不出，甚至不知为什么认为这个问题是无聊的，不能成立的。但孩子们却仍然深信达尔达涅洛夫不知道是谁建立了特洛伊城。科利亚是从斯马拉格多夫的著作中读到了特洛伊城建造者的情况，那本书是在他父亲留下的书柜中找到的。结果使所有的孩子都对“是谁建立了特洛伊城”这个问题发生了兴趣，但科利亚·克拉索特金没有透露自己的秘密，于是知识渊博的美名又牢牢地落在了他身上。

铁路事件之后，科利亚对母亲的态度发生了某些变化。安娜·费奥多罗芙娜（即寡妇克拉索特金娜）听说了儿子的惊人举动以后，她差不多快要吓疯了。连续好几天，她犯了可怕的歇斯底里，惊恐万状的科利亚诚心诚意地向她保证，以后决不这样淘气了。他按照克拉索特金娜太太的要求跪在圣像面前发了誓，还向死去的父亲发了誓，而且这位具有“大丈夫气概”的科利亚也“伤感不已”，哭得像六岁的娃娃，那一整天母子俩紧紧拥抱在一起，哭得浑身打战。第二天科利亚醒来后又像原来那样“冷漠”了，但变得更加沉默、谦虚、严肃和深沉。诚然，大约一个半月以后，他又牵涉进了一桩淘气的事件，以致他的名字连本地的调解法官都知道了。但这次淘气事件完全是另一种性质，既可笑又愚蠢，而且后来查明，这事不是他本人干的，只是被牵连而已。不过关于这件事以后再谈吧。母亲一直胆战心惊，万般苦恼，而达尔达涅洛夫随着她不安的增长则越来越抱有希望。应该指出，科利亚领会并猜到了达尔达涅洛夫在这方面的意图，他理所当然地为他这样“多情”而十分瞧不起他；以前他也曾当着母亲的面不客气地流露过自己的轻蔑，隐隐约约向她暗示他完全理解达尔达涅洛夫追求的目标。但在铁路事件以后，他在这方面也一改以前的做法：他再也不做任何暗示，甚至是最隐晦的暗示，在母亲面前讲起达尔达涅洛夫的时候态度显得恭敬些了。敏感的安娜·费奥多罗芙娜马上就感觉到了，对此内心无限感激，可是，如果科利亚在场，哪怕只要有一位不相干的客人无意中稍稍提起达尔达涅洛夫，她会突然羞得像一朵玫瑰那样满脸绯红。遇到这种情况，科利亚不是皱着眉头向窗外观望，就是低头看自己的靴子是否开了口，或者恶狠狠地叫唤“佩列兹翁”，那是一条相当大的、长疥疮的长毛狗，约在一个月以前不知从哪儿突然捡来的。他把它带到家里，不知为什么秘密地关在房间里，也不给任何同学看。他在教它各种技巧和本领时，常常折磨它，结果把这条可怜的狗训练得服服帖帖，每当他去上学不在家时，它哀号不止，等他一回来，它高兴得汪汪乱叫，像疯了似的蹦蹦跳跳，听他差遣，躺在地上装死等等，总之，表演各种学会的玩意儿，而且不是奉命表演，而是出于高度的兴奋和由衷的感激。

顺便说一下：我忘了提到，科利亚·克拉索特金就是被那个读者已经熟悉的小男孩伊柳沙，退伍上尉斯涅吉廖夫的儿子用铅笔刀在大腿上刺了一下的孩子；伊柳沙刺他是因为小学生们骂他父亲是“树皮擦子”，他要替父亲报仇。

二　孩子们

在十一月的一个寒风凛冽的早晨，男孩子科利亚·克拉索特金待在家里。那是一个星期天，不上学。时间已经有十一点多，他本来要出去办“一件十分重要的事情”，可是眼下整幢房子里只留下他一个人，只有他在看守这幢房子，因为住在这幢房子里的所有大人为了处理一件紧急而又特殊的事情都出去了。在克拉索特金娜寡妇的那幢房子里，除了她自己居住的几间屋子外，过道对面还有两间小屋，是她唯一出租给别人的一套住房，里面住着一位医生妻子和两个年幼的孩子。医生的妻子与安娜·费奥多罗芙娜同年，也是她的好朋友。而医生本人约在一年前先是到了奥伦堡的一个什么地方，后来又去了塔什干，已经有半年杳无音讯了，要不是与克拉索特金娜太太的友谊多少缓解了医生妻子被遗弃的痛苦，那么她一定会痛苦得把眼泪哭干的。现在又发生了一件无异于雪上加霜的事情，就在昨天星期六夜里，医生的妻子的唯一女仆卡捷琳娜完全出乎女主人意外地突然向她宣布，她将于凌晨分娩了。事先谁也不知道这件事是如何发生的，对大家来说简直是一件怪事。大为震惊的医生妻子决定趁现在还来得及，立即把卡捷琳娜送到我们城里专门处理类似情况的接生婆那里去。由于她非常器重这位女仆，因此她立即将计划付诸实施，而且不仅亲自送她去，还留在那里照顾她。后来到了早晨，不知为什么又需要克拉索特金娜太太本人给予友好的关心和帮助，因为在这种场合她能找人办事并给予庇护。这样一来，两位太太都不在家，而克拉索特金娜太太的女佣阿格菲娅又到市场上去了，于是科利亚临时成了无人照看的两个“胖娃娃”——医生妻子的一个男孩和一个女孩——的保护人和看守人。科利亚并不害怕看守房屋，况且还有佩列兹翁和他在一起，他命令那条狗趴在前室的长凳下面，“一动也不许动”，因此当科利亚在几个房间之间来回走动，经过前室的时候，它就摇晃着脑袋，讨好地用尾巴在地板上使劲拍两下，但可惜的是科利亚始终没有吹口哨，往往只是严厉地朝这条不幸的狗看一眼，它也就老老实实待着不动了。如果说有什么使科利亚感到不安的话，那就只有两个“胖娃娃”。对于卡捷琳娜出了这种意外事件，他自然极为蔑视，但他非常喜欢两个失去父亲的胖娃娃，并已经拿给了他们一本儿童读物。大的那个小女孩娜斯佳已经八岁，会认字了，而七岁的小男孩科斯佳很爱听娜斯佳念书里的故事。自然喽，克拉索特金本来可以跟他们玩得更有趣些，比如让他们并排站好玩士兵的游戏，或者满屋子地捉迷藏。过去他曾不止一次这样玩过，而且也没有感到不好意思，以致班上的同学有一次也纷纷传说克拉索特金在自己家里和房客的小孩子玩跑马的游戏，他在一旁拉边套，低着脑袋不停地跑跳，但克拉索特金骄傲地驳斥了这类指责，他说在“我们的时代”再跟十三岁的同龄人玩跑马游戏确实是丢脸的，但他是为了“胖娃娃”才玩这样的游戏，因为他爱他们，至于他的感情，那么谁也无权刨根究底。可是两个“胖娃娃”却非常崇拜他，不过这一次他却顾不上游戏了。他要办一件非常重要的、显然是很神秘的私事，但时间在慢慢过去，而阿格菲娅还不想从市场上回来，她回来的话就可以照看孩子了。他已经好几次穿过外室，推开医生妻子家的门，关心地察看“胖娃娃”。他们按照他的吩咐在看书，每当他推开门的时候，他们总是咧开嘴，默默地向他微笑，期待着他走进来，做些美妙有趣的游戏。但科利亚当时心神不定，没有进去。时间过了十一点钟，他终于下了最后的决心：如果十分钟以后“该死的”阿格菲娅还不回来，那么他不等到她回来就要出去，自然他先要跟“胖娃娃”说好，让他们保证他不在时他们不害怕，不调皮捣蛋，不会吓得哭鼻子。他一边这样想，一边穿上了有海狗皮领子的冬季棉大衣，肩上挎了一只书包，尽管母亲以前多次恳求他在“这样的大冷天”出门时一定要穿上套鞋，可是他在穿过前室时，只是轻蔑地朝那双套鞋看了一眼，只穿着靴子出去了。佩列兹翁见到他穿好了衣服，便开始使劲地用尾巴拍打地板，神经质地扭动身体，甚至发出凄惨的号叫。但是科利亚看到这条狗是那么迫不及待，认为这违反纪律，因此硬是要它在长凳底下哪怕再坚持一分钟，直到推开通向外室的门以后，他才向它吹了一声口哨。这条狗像疯了似的一跃而起，兴奋得在他面前乱蹦乱跳起来。科利亚穿过外室打开了“胖娃娃”房间的门。只见他们俩还像原先那样坐在桌子旁边，但已经不再念书，而在热烈争论。这两个孩子常常争论日常生活中的各种有趣的问题，而且娜斯佳作为姐姐常常占上风，科斯佳如果不同意她的看法，几乎总是求助于科利亚·克拉索特金，他的决定对于双方来说便成了绝对的裁决。这一次“胖娃娃”的争论倒引起了他的一点儿兴趣，于是站在门口听他们争论。两个孩子看到他在听，便争吵得更加起劲了。

“我从来、从来都不相信，”娜斯佳热烈地嘟囔着说，“小孩子是接生婆在菜园子里的白菜地里捡来的。现在已经是冬天，什么菜都没有了，接生婆不可能给卡捷琳娜捡个女儿回来。”

“嘘！”科利亚暗自吹起了口哨。

“没准是这样：小孩子是从别的地方捡来的，但只送给那些出嫁的女人。”

科斯佳全神贯注看着娜斯佳，一脸认真地边听边想。

“娜斯佳，你真是个笨蛋，”他终于开口说，语气坚定而沉着，“卡捷琳娜还没有出嫁，怎么会有孩子呢？”

娜斯佳发急了。

“你什么都不懂，”她恼怒地打断了他，“没准她有丈夫，只是现在在坐牢，所以她生孩子了。”

“难道她丈夫真的在坐牢吗？”一向认真的科斯佳一本正经地问。

“要不是这样，”娜斯佳急忙打断他说，完全撇开并且忘记了自己的第一种假设，“她没有丈夫，你说得对，但她想出嫁，就开始想怎样嫁人，一直想呀想呀，想到最后，丈夫没有得到，反倒想出了一个孩子。”

“也许真是这样，”科斯佳理屈词穷了，只好表示同意，“可你以前没有说过呀，我又怎么会知道呢。”

“喂，孩子们，”科利亚一步跨进房间对他们说，“我看你们真是危险分子！”

“佩列兹翁跟您一起来了吗？”科斯佳咧着嘴笑了，开始用手指打榧子，召唤佩列兹翁。

“娃娃们，我现在挺为难，”克拉索特金一本正经开始说，“你们应该帮助我：阿格菲娅到现在还没回来，准是摔断了腿，这是一定的，而我又必须出门，你们放不放我走？”

孩子们担心地面面相觑，原先咧着嘴在笑的脸上立刻露出了不安的表情。不过他们还没有完全搞清楚到底要他们干什么。

“我不在的时候你们会不会调皮？会不会爬到柜子上去？会不会摔断腿？会不会吓得哭鼻子？”

孩子们马上露出一脸苦相。

“我要给你们看一件东西，一门小铜炮，装上火药还真能放呢！”

孩子们的脸豁然开朗。

“快把小铜炮给我们看吧。”眉开眼笑的科斯佳说。

克拉索特金把手伸进书包，从里面取出了一尊小铜炮，放在桌子上。

“急什么！瞧，还有轮子哩，”他让小炮在桌子上滚动了一下，“还可以放呢。装上霰弹便能放了。”

“会打死人吗？”

“只要瞄准好，就能打死人。”克拉索特金向他们解释，怎样装火药，怎样装霰弹，还指给他们看引爆的小孔，告诉他们打炮时炮身会自动后缩。孩子们非常好奇地听着。特别是炮身会自动后缩完全出乎他们的想象。

“您有火药吗？”娜斯佳问。

“有。”

“也给我看看火药。”她带着祈求的微笑说。

克拉索特金又把手伸进书包，从中取出一只小瓶子，里面果真装着一些真的火药，还有一些用纸包起来的霰弹粒子。他甚至打开瓶盖子，往手掌上倒了一点儿火药。

“注意，千万不能碰到火，不然会爆炸的，那我们都要炸死了。”克拉索特金为了吓唬他们而警告说。

孩子们胆战心惊而又津津有味地细细察看火药。但科斯佳更喜欢那些霰弹。

“霰弹不会烧起来的吧？”他问。

“霰弹烧不起来。”

“送给我一点儿霰弹吧。”他用恳求的语气说。

“我可以送你一点儿霰弹。给，拿去吧，只是在我回来之前不要给你妈妈看，不然她会以为这是火药，会吓死她的，你们也会挨一顿揍。”

“妈妈从来不打我们。”娜斯佳立即说。

“我知道，我只是说说罢了。你们千万不能欺骗妈妈，不过这一次——就瞒到我回来再说。好了，胖娃娃，我可以走了吗？我不在你们会吓得哭吗？”

“我们——会——哭的。”科斯佳拖长声音说，已经快要哭出来了。

“我们会哭的，一定会哭的！”娜斯佳也怯生生地赶紧附和说。

“唉，孩子们，孩子们，你们这个年龄真是麻烦得很。没有办法，小家伙，只好陪你们了，也不知道还要陪多久。可时间呀，时间呀，唉！”

“您让佩列兹翁装死吧。”科斯佳请求说。

“有什么办法呢，只好让佩列兹翁来帮忙了。来吧，佩列兹翁！”科利亚开始向狗发出命令，佩列兹翁表演了它所学会的全部本领。这是一条长毛狗，和普通的家犬一般大小，毛色灰中带紫，右眼瞎了，左耳不知什么缘故有一道伤口。它又叫又跳，做出各种动作，用后脚直立行走，四脚朝天仰面躺着，一动也不动，像条死狗。正在表演最后一个节目的时候，门开了，阿格菲娅出现在门口，克拉索特金娜太太的这名女佣胖胖的，满脸麻子，四十左右，她拎着一包买来的食品从市场回来了。她站在那儿，左手提着小草包，看起狗的表演来了。科利亚尽管急切地等待着阿格菲娅回来，但没有中断表演，他让佩列兹翁装死了，最后向它打了个呼哨：那条狗一跃而起，因为履行了自己的职责而高兴得蹦跳不止。

“瞧这条狗！”阿格菲娅以教训的口吻说。

“你这个女人，干吗回来这么晚？”克拉索特金厉声问道。

“女人？瞧你这胖小子说的！”

“胖小子？”

“就是胖小子。我回来晚了，关你什么事？就是来晚了，总是有原因的。”阿格菲娅嘟嘟囔囔说，开始围着炉子张罗，她的口气完全没有不满或生气的意味，相反，倒是非常满意，好像因为有机会能跟开心的小少爷斗斗嘴而感到高兴。

“听着，你这没有头脑的老太婆，”克拉索特金从沙发上站起来说，“你能不能用世界上神圣的一切再加上别的名义向我发誓，我不在的时候你一定尽心照管好两个胖娃娃？我要出去。”

“我为什么要向你发誓？”阿格菲娅笑了起来，“我不发誓也会照看的。”

“不行，除非你用永远拯救自己灵魂的名义起誓。不然我就不走。”

“你不走好了，跟我有什么关系。外面很冷，你就待在家里吧。”

“胖娃娃，”科利亚对孩子们说，“在我回来之前，或者在你们的妈妈回来之前，这女人和你们待在一起。你们的妈妈也早就该回来了。另外，她会给你们吃早饭的。你能给他们吃点东西吗，阿格菲娅？”

“这倒可以。”

“再见了，小家伙，我现在可以放心地走了。而你呢，大妈，”他从阿格菲娅身边走过时一本正经地小声说，“我希望你别跟他们瞎扯卡捷琳娜的事，你们女人平时最爱嚼舌头了，你要考虑到孩子们的年龄。来吧，佩列兹翁！”

“去你的吧。”阿格菲娅气呼呼地回敬一句，“真可笑！你讲这种话自己就该挨揍。”

三　一个小学生

但是科利亚已经不再听她唠叨了。他终于可以走了。他走出大门，朝四周看了看，耸了耸肩膀，说了声“好冷啊！”便径直沿着街道走去，然后向右拐进通向集市广场的小胡同。走到邻近广场的第二幢房子的大门口时他站住了，从口袋里取出哨子，使劲吹了一下，似乎在发出一个暗号。

他等了还不到一分钟，从便门里突然跳出一个脸色红润的小男孩，直向他奔来。小男孩约莫有十一岁，也穿着暖和、干净，甚至很漂亮的大衣。这孩子叫斯穆罗夫，预备班的学生（科利亚·克拉索特金比他高两个年级），是一个相当富裕的官员的儿子。他的家长似乎不准他和克拉索特金这样一个出了名的无法无天的调皮鬼交往，因此，斯穆罗夫现在显然是悄悄地溜出来的。如果读者还记得的话，这个斯穆罗夫就是在两个月前隔着水沟向伊柳沙扔石块的一群孩子中的一个，当时也就是他向阿廖沙·卡拉马佐夫讲了有关伊柳沙的情况。

“我已经等了您整整一小时，克拉索特金。”斯穆罗夫干脆利落地说。两个孩子朝广场走去。

“我来晚了。”克拉索特金回答，“有点事情。你和我在一起，不会挨揍吧？”

“得了吧，我怎么会挨揍？您把佩列兹翁也带来了吗？”

“佩列兹翁也带来了！”

“您也把它带到那儿去吗？”

“带它去那儿。”

“唉，要是带上茹奇卡就好了！”

“不可能带茹奇卡了。茹奇卡已经不存在了。茹奇卡已经消失得无影无踪了。”

“唉，能不能这样，”斯穆罗夫突然站住了，“伊柳沙不是说茹奇卡也是条长毛狗，毛色也是烟灰的，和佩列兹翁一样，能不能说这只狗就是茹奇卡，也许他会相信的吧？”

“小同学，不要撒谎，这是一；即使为了做好事也不能撒谎，这是二。而最主要的，但愿你没把我要去的消息告诉他们。”

“绝对没有说过，这一点我还是知道的。但是你用佩列兹翁还安慰不了他。”斯穆罗夫叹了一口气，“你知道吗，他的父亲，那个上尉，就是那个‘树皮擦子’，曾对我们说过，今天他要送给他一条小狗，正宗的黑鼻子米兰犬。他认为这样可以安慰伊柳沙。我看不一定吧？”

“他本人怎样？我是指伊柳沙的情况怎样？”

“唉，糟透了，糟透了。我看他得的是肺病。他很清醒，只是喘得厉害，呼吸很困难。前一阵子他想让人给他穿上靴子扶着他走一走，他刚走了一步，就栽倒了。他说：‘唉，我对你说过，爸爸，我原来的那双旧靴子不好，以前穿着就不舒服。’他还以为他跌倒是因为靴子不好，其实是他太虚弱了。他一个星期都活不了。赫尔岑斯图勃常去给他看病。现在他们可富了，他们有很多钱。”

“都是骗子。”

“谁是骗子？”

“那些医生，以及医学界的所有混蛋，我说的是全体，当然也包括个别医生。我否定医学。那是一套没有用处的东西。不过对它我要好好研究研究。你们是怎么搞的，怎么这样多愁善感？你们好像全班都去了？”

“不是全班，每次十个人左右，每天都去。这没有什么不好。”

“在这件事情上阿列克谢·卡拉马佐夫起的作用使我惊奇：他哥哥犯了那么大的罪，明天或者后天就要判刑了，他哪有这么多时间再跟孩子们做这种多愁善感的事情！”

“这根本不是什么多愁善感。你自己现在不是要去跟伊柳沙和好吗？”

“和好？可笑的说法。而且我也不允许任何人来分析我的行为。”

“伊柳沙见到你会多么高兴啊！他根本想不到你会去。为什么你好久一直不想去看他呢？为什么？”斯穆罗夫突然动情地大声说。

“你这可爱的孩子，这是我的事，跟你无关。我是自愿去的，这是我个人的决定，而你们大家都是阿列克谢·卡拉马佐夫拉去的，这就是区别。而且你怎么知道我要去讲和，也许我根本不是去讲和呢？愚蠢的说法。”

“根本不是卡拉马佐夫，完全不是他要我们去的。是我们自己要去的，当然，起先是跟卡拉马佐夫一起去的。这没有什么不好，也没有干什么蠢事。开始是一个人去，后来其他人也去了。他父亲见了我们非常高兴。你知道吗，如果伊柳沙死了，他简直就会发疯的。他知道伊柳沙快要死了。他看到我们跟伊柳沙和好心里很高兴。伊柳沙常常问起你，但也没有多说什么。他每次问过以后便不吱声了。他父亲肯定会发疯或者上吊自杀。他本来就像个疯子。你知道吗，他是个高尚的人，只不过当时闹了个误会。都怪那个打他的杀父凶手。”

“卡拉马佐夫这个人我总觉得是个谜。我本来早就可以和他认识了，但有时候我喜欢摆摆架子。再说我对他有看法，还需要进一步验证和弄清楚。”

科利亚煞有介事地沉默了，斯穆罗夫也一声不吭。斯穆罗夫自然非常崇拜科利亚·克拉索特金，根本不敢想跟他平起平坐，可是现在他却发生了强烈的兴趣，因为科利亚说他是“自己要去的”，而且现在突然想去，恰好是今天就要去；这里肯定有什么秘密。他们在集市广场上走着。这时候广场上有许多前来赶集的大车和许多赶来出卖的家禽。一些城里的女人在自己的敞篷下面出售面包圈、棉线等物品。这种星期天的赶集在我们城里被天真地称为集市，而这样的集市每年多得不可胜数。佩列兹翁欢快地奔跑着，不停地东闻闻西嗅嗅。遇到别的小狗它会喜出望外地按照狗的礼节与对方亲热一番。

“我喜欢观察现实，斯穆罗夫。”科利亚突然说，“你发现没有，狗互相碰见之后总要上上下下闻一番的。这方面它们保持了一种共同的自然法则。”

“是的，一种可笑的法则。”

“其实并不可笑，你这话讲得不对。自然界里不存在什么可笑的东西，尽管人们由于偏见而产生种种看法。如果狗也有判断和批评的能力，那么一定会在它们的主子——人们之间的社会关系中发现同样多的可笑之处，如果不是更多的话——如果不是更多的话，我反复强调是因为我深信，我们人干的蠢事要多得多。这是拉基京的见解，非常精辟。我是社会主义者，斯穆罗夫。”

“什么是社会主义者？”斯穆罗夫问道。

“那就是大家平等，财产公有，没有婚姻，对宗教和法律可以随心所欲，以及诸如此类的主张。你还小，这些事你还不懂。天气好冷啊。”

“是的。零下十二度。我父亲刚才看过寒暑表。”

“你注意到了没有，斯穆罗夫，在隆冬季节，气温降到零下十五度，甚至零下十八度，感觉上也不像现在这样冷，现在是初冬，气温才零下十二度，雪也很少，可还是觉得很冷。这就是说，人们还没有习惯。人们的习惯在一切方面都很重要，甚至在处理国家大事和政治问题上也起很大作用。习惯是主要的动力。瞧，这个乡下人多么可笑。”

科利亚指着一个农民说，那人穿着皮袄，身材高大，慈眉善目，站在自己的大车旁冷得不时拍打戴着手套的手。长长的淡褐色胡子上蒙着一层霜。

“乡下人的胡子都结冰了。”科利亚从他身边经过时候寻衅似的大声说道。

“胡子结冰的人还不少呢。”农民平静而劝喻似的回答说。

“别惹他。”斯穆罗夫说。

“没关系，他不会生气的，他是个好人。再见了，马特维。”

“再见。”

“你难道真叫马特维吗？”

“是马特维。你不知道吗？”

“我不知道，我是随便叫叫的。”

“你真行，没准你是学生吧？”

“是学生。”

“怎么样，常常挨揍吧？”

“不完全是，但有时也免不了。”

“痛吗？”

“那还用说！”

“唉，这日子啊！”乡下人动情地叹了一口气。

“再见，马特维。”

“再见。我说你这小伙子挺可爱。”

孩子们继续向前走。

“这是个好人。”科利亚对斯穆罗夫说，“我喜欢和老百姓说说话，总是乐意给他们说句公道话。”

“为什么你要对他扯谎，说我们挨揍？”斯穆罗夫问道。

“总得要安慰他吧？”

“这算什么安慰？”

“你瞧，斯穆罗夫，我最讨厌别人不能一听就明白，反而问个没完没了。有的人你就根本没法跟他说清楚。按乡下人的想法，学生总是挨揍的，而且也应该挨揍：如果学生不挨揍，那他还算什么学生？要是我突然对他说，我们在学校里是不挨揍的，那他会因此而生气。不过这些事你还不明白。跟老百姓说话要有技巧。”

“只是别招惹他们，不然又会闹出不愉快的，就像上次为那只鹅那样。”

“你害怕了？”

“你别笑话人，科利亚，我真害怕。我父亲会大发雷霆。他们坚决不让我跟你在一起。”

“放心吧，这一次什么事也不会发生。你好，娜塔莎。”他跟一个在敞篷下做买卖的女人打招呼。

“你怎么叫我娜塔莎，我是玛丽娅。”一个年岁还不大的女摊贩大声地回答。

“你是玛丽娅，这很好，再见。”

“嘿，你这淘气鬼，小小年纪也学会了这一套！”

“我没有工夫，没有工夫和你谈，下星期天我再听你说吧。”科利亚挥着双手，好像是她要纠缠他，而不是他去纠缠她。

“下星期天我有什么要对你说的？这是你自己来缠着我，又不是我来缠着你，你这捣蛋鬼。”玛丽娅大声嚷嚷，“真该把你好好揍一顿，就这么回事，你这出了名的捣蛋鬼，真该揍！”

与玛丽娅一起做买卖的那些女摊贩中间响起了一阵笑声，突然从城里人开设的铺子拱廊底下莫名其妙地跳出来一个怒气冲冲的人，好像是店铺里的伙计，但不是本地商人，而是外来的。他穿着蓝色的长襟外衣，戴着鸭舌帽，年纪还轻，一头灰褐色的鬈发，苍白的长脸上有些麻点。他正处于一种傻乎乎的激动状态，马上举起拳头威胁科利亚。

“我认识你，”他怒气冲冲地大声说，“我认识你！”

科利亚仔细地看了看他。他似乎记不起什么时候跟这个人打过架。但他在街上跟人家打架的事还少吗，不可能全部记得起来的。

“你认识？”他嘲笑地问他。

“我认识你！我认识你！”小市民像傻瓜似的不断重复说道。

“这样对你更好。我现在没有闲工夫，再见！”

“你干吗捣乱？”小市民大声叫嚷，“你怎么又捣乱了？我认识你！你怎么又捣乱了？”

“老兄，我捣乱也不关你的事。”科利亚说着站住了，继续打量他。

“怎么不关我的事？”

“是的，与你无关。”

“那跟谁有关？跟谁有关？你说，跟谁有关？”

“老兄，这是特里丰·尼基季奇的事，与你无关。”

“特里丰·尼基季奇是什么人？”小伙子紧紧盯着科利亚，尽管心情十分暴躁，可脸上却露出傻乎乎的惊讶神情。科利亚傲慢地把他从上到下打量了一番。

“你有没有去参加耶稣升天节的祈祷？”他突然厉声问。

“哪个耶稣升天节？去干什么？不，我没有参加。”小伙子有点心慌了。

“你认识萨巴涅耶夫吗？”科利亚更加严厉地紧紧追问。

“哪个萨巴涅耶夫？不，不认识。”

“既然这样，那就见你的鬼去吧！”科利亚突然斩钉截铁地说，猛地向右一转身，径直快步向前走去，似乎不屑与连萨巴涅耶夫也不认识的傻瓜谈话。

“喂，你站住，哪一个萨巴涅耶夫？”小伙子突然醒悟过来，情绪又变得十分激动，“他刚才说什么来着？”他突然转身对着女商贩说，傻呵呵地看着她们。

女商贩们大笑不止。

“这孩子真怪。”一个女人说。

“他说的是哪一个，哪一个萨巴涅耶夫？”小伙子依然怒气冲冲地挥动着右手反复问道。

“准是那个在库兹米乔夫家干过活的萨巴涅耶夫，肯定是他。”一个女人突然猜想说。

小伙子直愣愣地看着她。

“库兹米乔夫家的那个？”另一个女人反问道，“他怎么叫特里丰呢？那人叫库兹马，而不是特里丰，那小孩说的是特里丰·尼基季奇，肯定不是他。”

“看来，既不是特里丰，也不是萨巴涅耶夫，他说的是乞若夫。”突然第三个女人接上来说，在这之前她始终没有吭声，一直在仔细听她们说。“他叫阿列克谢·伊凡内奇，姓乞若夫，阿列克谢·伊凡内奇·乞若夫。”

“他确实姓乞若夫。”第四个女人肯定地证实说。

小伙子莫名其妙地一会儿看看这个，一会儿看看那个。

“那他为什么要这样问，他为什么要这样问呢，好心的人们？”他几乎绝望地大声说道，“‘萨巴涅耶夫你认识吗？’鬼知道萨巴涅耶夫是什么人！”

“你这人真是死脑筋，对你说不是萨巴涅耶夫，而是乞若夫，阿列克谢·伊凡内奇·乞若夫，就是这个人！”一个女人大声呵斥道。

“哪一个乞若夫？你说，是哪一个？既然你知道那就说出来呀。”

“就是那个个子高高的，头发长长的，夏天坐在市场上的人。”

“你说的那个乞若夫跟我有什么关系？好心的人们，你们说呀！”

“我怎么知道乞若夫跟你有什么关系？！”

“谁知道你跟他是什么关系，”另一个女商贩接上来说，“你这样大声嚷嚷，那你自己应该清楚找他干什么。他是对你说的，而不是对我们说的，你这笨蛋。难道你真的不认识他吗？”

“谁？”

“乞若夫。”

“让乞若夫和你一起见鬼去吧！我要揍他，等着吧！他取笑了我！”

“你要揍乞若夫吗？也许是他要揍你呢！你真是个傻瓜！”

“不是揍乞若夫，不是乞若夫，你这个恶毒的坏女人，我要揍的是那个小男孩，真的！叫他过来，叫他过来，他居然笑话我！”

女人们咯咯大笑。科利亚已经得意扬扬地走得很远了。斯穆罗夫跟在他身边，不时回头看看在远处喧闹着的那群人。他也非常开心，虽然他仍然担心跟着科利亚会卷入什么不愉快的事件。

“你问他的萨巴涅耶夫是谁呀？”他问科利亚，虽然他预先猜到了他会怎样回答。

“我怎么知道是谁？现在他们会一直吵到晚上。我喜欢触动社会各个阶层的傻瓜。这里还站着一个傻瓜，就是这个乡下人。你要记住，据说‘没有比法国人更蠢的了’，但俄国人的脸也会露出傻相。这乡下人的脸上不也写着他是个傻瓜吗？”

“别惹他，科利亚，咱们走过去算了。”

“无论如何我也不放过他，我现在就去。喂，你好，老乡！”

一个壮实的农民缓慢地在旁边走过，他有一张傻头傻脑的圆脸，一把灰白的胡子，显然已经喝了些酒。他抬起头来，看了看小青年。

“你好，你不是开玩笑吧！”他慢条斯理地回答说。

“要是我开玩笑呢？”科利亚笑了起来。

“要是你开玩笑，那就开吧，上帝和你同在。没关系，这是可以的。开一下玩笑总是可以的。”

“对不起，老兄，我开了个玩笑。”

“上帝会原谅你的。”

“那你原谅不原谅呢？”

“当然原谅。你走吧。”

“你真行，你大概是个聪明人。”

“比你聪明。”乡下人出人意料地，还像原先那样一本正经地回答。

“未必吧。”科利亚有点慌张。

“我讲的是真话。”

“也许是这样。”

“这就对了，老弟。”

“再见，老乡。”

“再见。”

“乡下人也是各种各样的。”科利亚沉默了一会以后对斯穆罗夫说，“我怎么知道会碰上一个聪明人呢。我始终认为老百姓中间有聪明人。”

远处塔楼上的钟敲了十一点半。男孩子们加快了脚步，到上尉斯涅吉廖夫住所剩下的那一段相当长的路他们走得很快，几乎没有说话。在离住所二十步远的地方科利亚停了下来，吩咐斯穆罗夫先进去把卡拉马佐夫叫出来。

“先要摸摸情况。”他对斯穆罗夫说。

“干吗叫他出来。”斯穆罗夫不同意，“进去就是了，他们见了你会非常高兴的。干吗要站在冰天雪地里会面呢？”

“我知道为什么要叫他到冰天雪地里来。”科利亚专横地说（他很喜欢这样对待这些“小男孩”），于是斯穆罗夫跑去执行他的命令了。

四　茹奇卡

科利亚神情严肃地靠在围墙上，开始等候阿廖沙出来。是的，他早就想和他见面了。他从那些男孩子那里听到了许许多多有关他的情况，但迄今为止，当别人谈到他时，他表面上总是装出一副不屑一顾的冷淡模样，甚至在听了别人向他介绍之后，他总爱对阿廖沙“批评”一番。但他心底里却非常非常想和他认识：在他听到的有关阿廖沙的所有介绍中，都有一种令人产生好感和吸引人的东西。因此现在这个时刻非常重要：首先不能丢面子，要表现出独立自主的精神：“不然他以为我只有十三岁，会把我和那些男孩子一样看待。这些男孩对他又有什么用呢？跟他熟悉以后我一定要问他。不过糟糕的是我的个子太矮小。图济科夫年龄比我小，但个子要比我高半个脑袋。可是我的脸是聪明的；我不漂亮，我知道我的脸难看，但是聪明。另外，感情也不必太直露，要是一上去就跟他拥抱，他会以为……呸，如果他那样想的话，那太丢人了！……”

科利亚的心情慌乱不安，竭力摆出一副独立不羁的架势。特别使他烦恼的是个子矮小，虽然说他的脸也“难看”，但令人烦恼的还是个子矮小。他家里的一个墙角上，从去年开始就用铅笔画了一道表示他身高的线，从此以后每隔两个月他便怀着激动的心情走过去量一下：他长高了多少？唉，太遗憾了！他长得非常慢，有时简直使他感到绝望。至于说到他的脸，那根本不“难看”，相反，倒挺招人喜欢，白白的，有点雀斑。一双不大但非常灵活的灰眼睛显露出大胆勇敢的神情，常常热情洋溢。颧骨宽宽的，两片小小的嘴唇不太厚，但色泽鲜红；鼻子也是小小的，明显上翘。“完全是翘鼻子，完全是翘鼻子！”科利亚照镜子的时候总是这样喃喃自语，而离开镜子的时候，总是满肚子的懊恼。“就是脸也未必是聪明的吧？”——他有时连这一点也怀疑起来了。但也不能说他一心只想着自己的脸和身高，情况恰恰相反，他照镜子的时候，心里无论多么难受，但过后就忘记了，甚至忘得一干二净，因为他“把整个身心全部献给了理想和现实生活”，就像他谈到自己的活动时所说的那样。

阿廖沙很快就出来了，急急忙忙向科利亚走去；相隔还有好几步的时候科利亚就看到阿廖沙似乎满脸高兴的神色。“难道他见了我真这样高兴吗？”科利亚愉快地想道。在这里我们顺便提一下，自从我们暂时把阿廖沙搁在一边以来，他已经有了很大的变化：他已脱下了修道服，现在穿着精工缝制的常礼服，戴一顶软呢礼帽，头发理得短短的。这一切大大增添了他的魅力，他看起来完全是一个美男子。他那秀气的脸上始终流露出快活的表情，但这种快活是平和而安详的。使科利亚惊讶的是阿廖沙没有穿大衣，只穿着室内的衣服就出来见他，显然有点仓促。他径直向科利亚伸出手来。

“您终于来了，我们一直在等您。”

“是有原因的，您马上就会知道。总而言之认识您我很高兴。我早就在等待这样的机会，也听到了很多有关您的情况。”科利亚有点气喘吁吁地低声说。

“我们本来早就应该认识了。我自己就听说了您的许多情况。但是您一直迟迟不到这儿来。”

“请问，这里情况怎样？”

“伊柳沙的情况很不好，他肯定会死的。”

“您说什么呀！卡拉马佐夫，您得承认，医学是卑鄙的玩意儿。”科利亚激烈地叫了起来。

“伊柳沙常常念叨您，您知道吗，甚至在梦中，在说梦话的时候也念叨您，可见以前……在发生那件事，在动刀子之前，您对于他来说是非常、非常珍贵的。这里还有一个原因……请问，这是您的狗吗？”

“是我的，它叫佩列兹翁。”

“不是茹奇卡？”阿廖沙惋惜地看着科利亚的眼睛，“那只狗就这样失踪了？”

“我知道，你们所有的人都希望找到茹奇卡，我都听说了。”科利亚诡秘地笑了笑，“听我说，卡拉马佐夫，我向您说明全部情况，我到这儿来并把你叫出来的主要目的就是想在进门之前，预先向您说清楚事情的来龙去脉。”他兴奋地开始说，“您知道，卡拉马佐夫，伊柳沙在春天进入了预备班。大家当然知道我们的预备班都是些小男孩，小孩子。他们马上开始欺负伊柳沙。我比他高两个年级，不用说我是从远处冷眼观察。我发现这小男孩很瘦弱，但他不肯屈服，甚至敢跟他们打架，他骄傲，两只小眼睛炯炯有神。我就喜欢这样的孩子。他们欺负他就更厉害了。主要是他当时穿的大衣太破了，裤子短得吊了起来，靴子也开了口。他们就笑话他，侮辱他。这样可不行，我不喜欢这样，我就马上出来保护他，狠狠教训了他们一顿。我揍他们，而他们却崇拜我，这您知道吗，卡拉马佐夫？”科利亚炫耀说，“一般说来我是喜欢孩子的。现在我家里就有两个小娃娃要我照管，甚至今天都把我耽误了好久。这样，他们就不再打伊柳沙了，我担起了保护他的责任。我发现这小孩很骄傲，这话我可以对您说，他很骄傲，但结果他像奴隶一样对我忠诚，执行我的一切命令，像服从上帝一样服从我，竭力模仿我。在课间休息的时候就来找我，我们一起进进出出。星期天也是这样。在我们中学里，高年级的学生和低年级的学生这样亲密交往是要被人笑话的，但这是偏见。我才不管这些呢，我就是要这样做，对吗？我教导他，培养他——您说，既然我喜欢他，为什么我不能培养他？卡拉马佐夫，您不是也跟这些娃娃们成了朋友吗？您不是也想对青年一代施加影响，培养他们，对他们有所帮助吗？说句实话，您这种性格特征我听许多人说起过，正是这种性格使我特别感兴趣。不过还是说正事吧：我发现这孩子身上滋生着某种温情脉脉、多愁善感的东西，您知道，我最反对那种小牛犊般的温情，我生来就是这样。同时又存在着矛盾：他骄傲，而对我却奴隶般忠诚，虽然对我奴隶般忠诚，但两只小眼睛会突然冒火，甚至不愿附和我的意见，与我争论，犟得要命，有时候我提出各种想法，他倒也不是不同意这些想法，我看他是对我这个人要表示反抗，因为他温情，我就冷淡。为了使他能经得住考验，他越是温情，我便越是冷淡，我故意这样做，这是我的信念。我的用意是磨炼他的性格，使它变得更好，培养人……然后嘛……自然我一说您就能明白。我突然发现，他一连三天心事重重，闷闷不乐，但已经不是为了什么温情，而是为了别的什么最强烈的、最高尚的感情。我心里想，究竟出了什么可悲的事情呢？我拼命追问才了解了事情真相：他不知怎么和您故世的父亲（当时他还活着）的仆人斯梅尔佳科夫交上了朋友，那家伙教这个傻瓜干一件蠢事，野蛮而卑鄙的蠢事——拿一块面包，软的面包，把一枚大头针塞在里面，扔给那种饿得连嚼也不嚼就一口吞下去的看家狗吃，看它有什么反应。他们备好了这样一块面包，扔给了一条长毛狗，就是现在大家都在谈论的茹奇卡，这是一条看家狗，那家人家根本不喂它，它就整天对着风吠叫。（您喜欢这种愚蠢的狗叫吗，卡拉马佐夫？我可受不了。）茹奇卡扑上去一口吞了下去，马上就尖叫着不停地打转，接着拔腿就跑，一边跑一边号叫。从此就消失得无影无踪了——这是伊柳沙亲口对我说的。他向我承认了这件事，他一面说一面哭，他搂着我，浑身颤抖着反复说：'一边跑，一边叫，一边跑，一边叫。'那情景使他惊呆了。我看他受到了良心的谴责。我把这件事看得十分严重。主要是为了以前的事我很想教训教训他，所以，说句老实话，我当时要了个花招，故意装出一副非常愤怒的样子，其实我根本就没有那么愤怒，我说：'你居然干出这种缺德事，你是个混蛋，当然我不会声张，但要暂时跟你断绝关系。我要全面考虑一下这件事，然后让斯穆罗夫（就是和我一起来的这个小男孩，他一直对他十分忠诚）转告你，我以后继续与你交往呢，还是永远跟你这个混蛋一刀两断。’我这话把他吓坏了。说实话，我当时已经感到我的态度也许太严厉了，但又有什么办法呢，当时我就是这样想的。过了一天，我派斯穆罗夫去转告他，我再也‘不跟他说话’了，我们中间如果两个人断绝关系，就是这样说的。其实我心底里只想用绝交来考验他几天，等他后悔了，我再向他伸出手去。这是我当时坚定不移的打算。但结果您知道怎么样：他听斯穆罗夫这么一说，两只眼睛突然露出凶光，大声说道：‘你去转告克拉索特金，现在我要把带针的面包扔给所有的狗，让所有的，所有的狗都吃！’我心想：‘啊，犯起犟脾气来了，那就非打掉不可。’从此我便对他表示出十足的蔑视，每次遇见时不是转身不理，就是露出含有讽刺意味的冷笑。后来又突然发生了他父亲的那件事，就是那个‘树皮擦子’，你还记得吗？这样一来，他早就准备大闹一场了。男孩子们看到我离开了他，马上开始欺负他，骂他：‘树皮擦子，树皮擦子。’这样他们马上打了起来，对这件事我感到非常遗憾，因为当时他可能挨了一顿打。有一次，大家放学以后，他在院子里居然一个人冲过去跟大家打了起来，我当时恰好站在十步之外在看着他。我敢起誓，我想不起来当时曾嘲笑过他，相反，我当时非常、非常可怜他，眼看着再过一会儿我就要跑过去保护他，这时候他一下子遇到了我的目光，他当时究竟是怎么想的我不知道，但他突然掏出了一把铅笔刀，向我扑了过来，朝我的大腿上扎了一刀，就在这儿，在右腿上。我一动也没有动，老实说，我有时很勇敢，卡拉马佐夫，我只是鄙夷地瞅了他一眼，那个意思是说：‘为报答我对你的一片好意，你要不要再扎一刀，我现在准备好了。’但他没有再用刀扎，他受不住了，他自己吓坏了，他扔掉了小刀，放声大哭，接着就跑掉了。我当然没有去告发他，还吩咐大家不要声张，免得传到校方的耳朵里。直到伤口愈合以后才告诉了母亲，再说伤口也不严重，只是擦破了一点儿皮。后来我听说，就在那一天他向同学们扔石块，还咬伤了您的一个手指——不过您应该体谅他当时的处境啊！有什么办法呢，我做了件蠢事：他生病以后，我没有去原谅他，就是没有跟他和好，现在我后悔极了。但现在我有另外的打算。事情的前后经过就是这样……只不过我这样做也许很蠢……”

“唉，真可惜，”阿廖沙动情地感叹说，“我不知道你们过去有这种关系，不然我早就来请您和我一起去看他了。您信不信，他在病中发高烧说胡话的时候还一直念叨您。我不知道他这样看重您！难道，难道您真的没有找到茹奇卡吗？他父亲和同学们找遍了全城。您信不信，他生病以后有三次当着我的面痛哭流涕地对他父亲说：‘爸爸，我生病，是因为我弄死了茹奇卡，这是上帝在惩罚我。’——无论如何也不能使他摆脱这个想法！假如现在能找到这只茹奇卡并让他看到它没有死，还活着，那么他也许会高兴得连病也会好的。我们大家现在全指望您了。”

“告诉我，为什么大家都指望我能找到茹奇卡？为什么偏偏是我能找到呢？”科利亚怀着特别的好奇心问道，“为什么你们就指望我而不指望别人呢？”

“听说您在寻找，找到以后，您会送来的。斯穆罗夫就讲过这类话。我们一直在尽量使他相信，茹奇卡还活着，有人在什么地方还见过它。孩子们不知从哪儿给他搞来了一只活的小兔子，他只是看了一眼，勉强笑了笑，请他们把它放回到野外。我们照办了。刚才他父亲回来的时候给他带来了一条米兰小狗，不知是从哪儿弄来的，想以此来安慰他，可是结果更糟……”

“还要请您讲讲，卡拉马佐夫，他父亲是个什么样的人？我认识他，但您看他是个什么样的人？小丑？故意装疯卖傻？”

“唉，不是的，有的人感情深沉，但心情很压抑。他们的小丑行为类似对某些人的恶毒嘲讽，由于长期在这些人面前奴颜婢膝，他们不敢当面说真话。请您相信，克拉索特金，这类小丑行为往往特别具有悲剧性。现在他把自己的一切，把世界上的一切都寄托在伊柳沙身上，如果伊柳沙死了，他会伤心得发疯，或者自杀。现在我看着他时对这一点几乎没有怀疑了！”

“我理解您的意思，卡拉马佐夫，我看得出，您能体察人心。”科利亚深情地说。

“我一看到您带了条狗来，还以为您是把那只茹奇卡带来了呢。”

“别着急，卡拉马佐夫，也许我们能找到它的。但这只狗是佩列兹翁。我现在把它放进屋去，也许比那只米兰小狗更能使伊柳沙快活些。别着急，卡拉马佐夫，有些事情您一会儿就知道了。哎哟，我的天哪，我怎么一直让您站在这儿呀！”科利亚突然着急地叫了起来，“大冷天的，您只穿一件常礼服，而我还要缠住您，您瞧，您瞧，我这个人多么自私。啊，我们全都是自私的人，卡拉马佐夫。”

“放心好了，虽然天气很冷，但我不会感冒的。不过我们还是进去吧。顺便请问您的尊姓大名。我知道您的名字叫科利亚，那么父名和姓呢？”

“尼古拉，尼古拉·伊凡诺维奇·克拉索特金或者打官腔的说法是克拉索特金少爷。”科利亚不知为什么笑了起来，但突然又加了一句：

“我当然恨我尼古拉这个名字。”

“为什么呢？”

“太俗气，还带点官腔……”

“您最多十三吧？”阿廖沙问。

“十四了，再过两星期就十四足岁了，很快就满了。我预先要向您承认我的一个弱点，卡拉马佐夫，这只是对您说的，因为是初次见面，希望您能马上了解我的脾气：我最恨别人问我的年龄，比什么都恨……而且，有人还诽谤我，例如说我上星期和预备班学生一起玩捉强盗的游戏。我玩过，这是事实，但说我做游戏是为了自己，是为了给自己找乐子，这可是彻头彻尾的诽谤了。我有理由认为，这件事已经传到了您耳朵里，但我做游戏不是为了自己，而是为了孩子们，因为他们没有我什么花样都想不出来。您看我们这里总是散布种种流言蜚语。我可以告您，这是一座拨弄是非的城市。”

“即使做游戏是为了给自己找乐子，那又有什么不好呢？”

“不过为自己吗……您总不至于去玩骑马的游戏吧？”

“您不妨这样考虑一下，”阿廖沙微笑着说，“譬如说，成年人到剧院看戏，而剧院里也演出各类人物的冒险经历，有时也有强盗和战争，难道这不是一码事吗？自然，只是形式有所不同罢了。而年轻人在休息时玩打仗游戏或玩捉强盗的游戏——这也就是萌芽状态的艺术，是年轻的心灵对艺术的初步需要，这些游戏有时编排得甚至比剧院的演出更好，区别只在于到剧院去是观看演员的表演，而这里年轻人自己就是演员。但这显得更自然。”

“您是这样认为的吗？您的观点是这样的吗？”科利亚凝视着他，

“您知道吗，您说出了一个相当有意思的思想。待会儿我回到家里要把这个问题好好想一想。说实话，我本来就期待着从您这儿可以学到一些东西。我是来向您学习的，卡拉马佐夫。”科利亚诚恳而坦率地说。

“我也要向您学习。”阿廖沙微笑着握了握他的手。

科利亚对阿廖沙特别满意。使他特别感动的是他对他的态度完全平等，跟他说话就像跟“真正的大人”一样。

“我现在给您表演一个节目，卡拉马佐夫，也是一场舞台演出。”他神经质地笑了，“这是我来的目的。”

“我们先到左边房东那儿去，您的同学都把大衣脱在那里，因为房间里又挤又热。”

“噢，我只待一会儿，我就穿着大衣进去坐一会儿。让佩列兹翁留在外屋装死。‘嘘，佩列兹翁，别动，装死！’您瞧，它死了。我先进去看看情况，然后，需要时便打个口哨：‘嘘，佩列兹翁！’您会看到，佩列兹翁马上会飞快地奔进来。只是别让斯穆罗夫忘了立即把门打开。我会安排好的，到时候您就可以看到一出好戏啦……”

五　在伊柳沙的病榻旁

在那个我们已经熟悉的、住着我们已经介绍过的退伍上尉斯涅吉廖夫一家的房间里，此刻聚集了许多人，因而非常闷热和拥挤。几个男孩子这时候正坐在伊柳沙身边，虽然他们全部像斯穆罗夫那样竭力否认是阿廖沙领他们来与他讲和的，但事实上都是阿廖沙安排的。这件事他处理得相当巧妙。他让孩子们陆续去跟伊柳沙讲和，也没有流露出“小牛犊般的温情”，好像完全不是故意的，而是出于偶然。这大大减轻了伊柳沙的痛苦。他看到所有这些原来与他作对的同学纷纷对他表示友好和同情之后，深为感动。只有克拉索特金一个人没有来，这成了他心头一个沉重的负担。在伊柳沙种种痛苦的回忆中，如果说有什么最痛心的事情的话，那就是跟他原来的朋友和保护人克拉索特金闹翻了，甚至用刀子扎了他。聪明的小男孩斯穆罗夫（他是第一个跑来与伊柳沙和解的）也是这样认为的。但是，当斯穆罗夫转弯抹角地告诉克拉索特金，说阿廖沙“有事”想找他时，他马上打断了他的话，毫无商量的余地，反而让斯穆罗夫立即通知“卡拉马佐夫”，说他自己知道该怎么办，不需要任何人为他出谋划策，如果他要去看病人，那么他自己知道该什么时候去，因为他“自有考虑”。这大概还是这个星期天之前两星期的事。这就是为什么阿廖沙没有按原来的打算亲自去找他的原因。不过，他虽然在等待，但还是两次派斯穆罗夫去找克拉索特金。但克拉索特金两次都极不耐烦地断然拒绝，他让斯穆罗夫转告阿廖沙，如果阿廖沙自己去找他，那么他就永远不会去看伊柳沙，他不希望别人再去烦他了。甚至就在昨天，斯穆罗夫也还不知道科利亚决定今天早晨去看伊柳沙，直到昨天傍晚与斯穆罗夫分手的时候，科利亚才突然向他断然宣布，要他明天早晨在家里等他，因为他要和他一起到斯涅吉廖夫家去，但不准他把这消息通知任何人，因为他想出人意料地到那儿去。斯穆罗夫听从了他的吩咐。斯穆罗夫认为科利亚会把失踪的茹奇卡送去的，他这样想是有依据的：有一次科利亚无意间曾说过：“如果那条狗还活着，而他们却无法找到它，那说明他们都是些蠢驴。”有一次斯穆罗夫找了个机会小心翼翼地向克拉索特金暗示了自己对这条狗的猜测时，他突然火冒三丈：“我有佩列兹翁，还要到全城去找别人的狗，我是蠢驴不成？难道可以幻想一条吞下了大头针的狗还能活吗？那是小牛犊般的温情，没有别的！”

这时候伊柳沙已经有两星期左右没有下过墙角里圣像旁边的那张小床了。自从遇见阿廖沙并咬了他的手指以来，他就没有上过学。而且就从那天起他就病了，虽然头一个月他偶尔还能下床在房间里和外室走走。后来他终于完全没有力气了，没有父亲的帮助根本无法活动。父亲成天为他提心吊胆，甚至彻底戒了酒，因为怕他的孩子会死去，几乎都快发疯了，特别是在搀扶伊柳沙在房间里走几步再把他安置到床上以后，他常常会突然跑到外室的阴暗角落里，用额头顶着墙壁，抽抽搭搭地哭得浑身哆嗦，一面又尽量压低声音，不让伊柳沙听见。

回到房间里以后，他往往总要想办法给宝贝儿子消遣解闷，安慰他，给他讲故事，讲滑稽的笑话，或者自己扮演他所见到过的各种可笑的人，甚至模仿动物可笑的号叫。但伊柳沙很不喜欢父亲装模作样和扮演小丑。小男孩虽然尽量不流露自己的厌恶，但他痛心地意识到他的父亲在社会上受尽了侮辱，而且永远忘不了“树皮擦子”那个绰号和那个“可怕的日子”。伊柳沙的姐姐，那个安静、温顺、腿有病而不能行走的尼娜奇卡也不喜欢父亲出洋相（至于瓦尔瓦拉·尼古拉耶芙娜，她早就回到彼得堡继续上学了），可是那疯疯癫癫的母亲，每当看到丈夫扮演什么角色或者做出一些滑稽动作的时候，居然高兴得发出由衷的笑声。也只有用这种办法才能使她得到安慰，在其余时间她不是没完没了地唠叨，就是哭哭啼啼，说什么现在大家都把她忘了，谁也不尊重她，大家欺负她，等等等等。可是最近这几天她突然似乎变了一个人。她常常盯着躺在角落里的伊柳沙看，陷入沉思。她变得不声不响，安静多了，即使哭泣，也是轻轻的，不让别人听见。上尉伤心而困惑地发现了她身上的这种变化。起先她不喜欢孩子们到家里来，甚至感到生气，但后来孩子们欢快的叫喊声和七嘴八舌讲的种种事情使她感到有趣，居然十分喜欢了。如果这些孩子不上门，她反而觉得非常烦闷了。当孩子们讲述什么或者做游戏的时候，她一边笑一边鼓掌。她还把一些孩子叫到身边亲吻他们。她特别喜欢斯穆罗夫这孩子。至于上尉，当这些孩子上他家替伊柳沙消愁解闷从一开始他就满心喜欢，甚至希望伊柳沙从此不再悲伤，也许会很快康复的。他尽管为伊柳沙日夜担忧，但直到最后都没有怀疑他的孩子有朝一日会突然康复。他诚心诚意接待小客人，围着他们打转，伺候他们，甘愿让他们骑在自己背上，甚至真的要驮他们，但伊柳沙不喜欢这种游戏，于是就不玩了。他为他们买了糖果、饼干、核桃，招待他们喝茶，亲自替他们往夹肉面包片上抹黄油。需要说明的是，近来他不缺钱。正如阿廖沙预料的那样，他接受了卡捷琳娜·伊凡诺芙娜赠送的两百卢布。后来，卡捷琳娜·伊凡诺芙娜更为详细地了解了他家的处境以及伊柳沙的病情，她亲自来到他们的住所，结识了他们全家，甚至博得了疯疯癫癫的上尉太太的喜欢。从此以后，她出手一直很大方，而上尉由于担心他的孩子不久于人世，也忘记了自己原来那种自负的心情，顺从地接受了施舍。在这期间赫尔岑斯图勃医生受卡捷琳娜·伊凡诺芙娜的邀请一直是隔天准时来给病人治疗，虽然没有什么效果，可给他开了许多药。但在这一天，即这个星期天的早晨，上尉家正在等候一位新的医生，来自莫斯科的一位名医。他是卡捷琳娜·伊凡诺芙娜花了一大笔钱特地发函从莫斯科请来的，倒不是为了伊柳沙，而是另有目的，关于这一点在适当的时候下面还要讲到，但是既然已经来了，她就请他顺便去看一下伊柳沙，上尉事先也已经得到了通知。关于科利亚·克拉索特金的来访，他事先一无所知，虽然他早就盼望这个使他的伊柳沙苦苦思念的男孩子能赶快来。当克拉索特金推开门进入房间的那一刻，上尉和孩子们都围在病床旁，正在仔细观看刚送来的米兰小狗。这条狗昨天刚生下，而上尉早在一星期前就已经定好了，他想排遣伊柳沙心头的悲伤，得到安慰，因为伊柳沙十分想念那条失踪、显然已经死去的茹奇卡。伊柳沙在三天前就听说了要送给他一条小狗，并且不是普通的小狗，而是真正的米兰犬（这当然非常重要），他虽然出于乖巧和礼貌装出很高兴的样子，但他父亲和他的同学们都看得很清楚，这条新的小狗也许会更强烈地在他心底触动对那不幸的、被他折磨至死的茹奇卡的回忆。小狗躺在他身边不停地蠕动，他脸上露出病态的微笑，用细瘦、苍白、干枯的手抚摸它；很显然，他喜欢这条小狗，但……茹奇卡毕竟不在了，这毕竟不是茹奇卡，要是茹奇卡和小狗在一起，那才是完美的幸福！

“克拉索特金！”首先见到科利亚走进来的一个小男孩突然叫了一声。出现了一阵明显的骚动，孩子们分散开来，站在床的两侧，这样就使克拉索特金一下子看清了伊柳沙。上尉迅速向科利亚迎了上去。

“欢迎，欢迎……尊贵的客人！”他对他喃喃地说，“伊柳沙，克拉索特金先生来看你了……”

克拉索特金匆匆与他握了握手，马上显得他对社交礼节十分熟悉：他立即首先转身向坐在扶手椅里的上尉夫人（此刻她心里非常不满，正在唠唠叨叨地抱怨孩子们挡住了伊柳沙的床，不给她看那条新来的小狗），彬彬有礼地并拢脚跟向她鞠躬，然后又转向尼娜奇卡，像对高贵的女士那样行了个相同的礼。这样客气的举动给有病的太太留下了特别愉快的印象。

“瞧，瞧，一眼就可以看出，这是受过很好教育的青年人，”她大声说，两手一摊，“至于别的那些客人，他们是一个骑着一个进来的。”

“怎么会呢，孩子他妈，怎么一个骑着一个，怎么会这样呢？”上尉轻轻说，语气虽然很温和，但多少还担心“孩子他妈”乱说。

“他们就是这样进来的，在过道里一个人骑在另一个人的肩上，他们就这样走进高贵的家庭。这算什么客人呀？”

“是谁，孩子他妈，是谁这样进来的？是谁呀？”

“就是这个男孩，他今天骑在那个男孩肩上走了进来，还有这个，他骑在那一个肩上……”

但这时候科利亚已经站在伊柳沙的床前了。病人的脸色显然变得更为苍白。他在床上微微抬起身子，全神贯注看了看科利亚。科利亚已经快两个月没有见到自己原先这位小朋友了，现在一见到他完全惊呆了：他无法想象会看到这样一张又瘦又黄的脸，这样一双因为发烧而变得通红、似乎大得可怕的眼睛，这样一双瘦骨嶙峋的小手。他怀着痛苦的惊愕心情再仔细一看，发现伊柳沙呼吸又短又急，两片嘴唇干瘪了。他向他跨近一步，伸出手去，几乎完全张皇失措地说道：

“喂，怎么样，老头儿，还好吗？”

但他的声音哽住了，实在难以保持满不在乎的神情，脸上似乎突然抽搐了一下，嘴角也有点儿哆嗦。伊柳沙病恹恹地向他露出微笑，依然没有力气说话。科利亚突然举起手，用手掌抚摩了一下伊柳沙的头发。

“没——关——系！”他对他轻声说，也许是鼓励他，也许连他自己也不知道为什么这样说。他们又沉默了片刻。

“怎么，你有了一条新的小狗？”突然科利亚不动声色地问。

“是——的！”伊柳沙喘着气，拖长了声音回答说。

“黑鼻子，这种狗很凶猛，要用链子拴住。”科利亚郑重而肯定地说，似乎问题全在于这条小狗以及它的黑鼻子。实际上他正在竭力克制自己的感情，以免像“小孩子”那样哭出来，但始终无法克制自己。“等它长大了就要用链条拴住，这我是知道的。”

“它会长得很大很大！”那些孩子中间有一个大声喊道。

“那还用说，米兰种就是很大的，差不多有小牛犊那般大。”突然响起了几个小孩的声音。

“跟小牛犊一样大，和真的小牛犊一样大，”上尉插进来说，“我特意找了这种最最凶猛的狗，它的父母也很大很凶，个子有这样高……请坐下吧，就坐这儿，在伊柳沙的床上，要不就坐在长凳上。欢迎，欢迎，您是贵客，我们盼您好久了……您是和阿列克谢·费奥多罗维奇一起来的吧？”

克拉索特金坐在床上，靠近伊柳沙脚的这一头。虽然他在路上也许想好了怎样开始毫无拘束的谈话，但现在却连一点儿头绪都没有了。

“不……我是和佩列兹翁一起来的……我现在有一条狗，叫佩列兹翁。起了个斯拉夫名字。它等在外面……我一打口哨，它马上就会飞跑过来的。我也有了一条狗，”他突然对伊柳沙说，“老头儿，你还记得茹奇卡吗？”他突然向伊柳沙提了这个问题。

伊柳沙的小脸抽搐了一下。他痛苦地看了看科利亚，站在门口的阿廖沙皱起眉头，悄悄地朝科利亚摇了摇头，要他别提茹奇卡，但他没有看到或者故意不看他。

“茹奇卡……在哪儿？”伊柳沙问，声音都嘶哑了。

“老弟，你的茹奇卡——没了！你的茹奇卡失踪了！”

伊柳沙沉默了一会儿，接着又全神贯注地看了看科利亚。阿廖沙遇到了科利亚的目光以后，再次朝他摇头，但他移开了目光，装作仍然没有看到的样子。

“它跑到了很远很远的地方，从此就不见了。吃了这种东西还能活吗？！”科利亚毫无怜悯地说，可是连他自己也不知为什么似乎喘不过气来了，“可是我有佩列兹翁……斯拉夫名字……我给你送来了……”

“我不要——要！”伊柳沙突然说。

“不，不，要的，你一定要看一看……你会开心的。我是特意送来的……也是长毛的，和那只一样……夫人，我可以把狗叫到这里来吗？”他突然对斯涅吉廖夫太太说，内心感到一阵难以名状的激动。

“不要，不要！”伊柳沙痛苦地扯着嗓子大叫起来，两只眼睛露出了责备的神情。

“您最好……”上尉突然从坐在靠墙的柜子上冲了过来，“您最好……下一次……”他喃喃说，但科利亚固执己见，赶紧对着斯穆罗夫大声叫道：“斯穆罗夫，把门打开！”斯穆罗夫一开门，他便吹响了哨子。佩列兹翁飞也似的冲进了房里。

“站起来，佩列兹翁，站起来！快站起来！”科利亚从座位上跳起来大声喊道。那条狗也就用后脚点地笔直地站在伊柳沙的床前。这时候出现了一个谁也预想不到的情况：伊柳沙愣了一下，突然又使劲把整个身子向前挪了挪，俯身看着佩列兹翁，似乎连呼吸也停止了。

“这是……茹奇卡！”他突然用悲喜交集的颤抖的声音喊了起来。

“你以为是哪一条啊？”克拉索特金高兴得大声嚷道，他弯下腰一把抱起狗，把它举到伊柳沙跟前。

“你瞧，老头儿，看见了吧，一个眼睛是瞎的，左耳上有刀痕，与你告诉我的特征完全一致。我就是根据这些特征找到它的。当时就找到了，很快就找到了。它无家可归，是条没主的狗！”他解释说，一会儿转向上尉，一会儿又很快转向他的夫人，阿廖沙，后来又转向伊柳沙。“它待在费道托夫家的后院里，连窝都做好了，但他们不喂它，它是条野狗，是从乡下跑出来的……你瞧，老头儿，它当时并没把你那块面包吞下去。假如吞了下去，那肯定就没命了，这是肯定的！也就是说，既然它现在还活着，那一定是把针吐了出来，可你当时根本没有发现它已经吐掉了。它吐了出来，但舌头还是被刺了一下，因此才汪汪乱叫。它一面跑，一面叫，而你还以为它把针全吞了下去。它肯定会汪汪乱叫的，因为狗嘴里的皮是很嫩的，比人的皮嫩，要嫩得多！”科利亚兴奋地大声说，满脸通红，神采飞扬。

伊柳沙连一句话也说不出来。他瞪大了眼睛直勾勾地瞅着科利亚，模样真有点吓人，嘴巴张着，脸白得像张纸。假如克拉索特金知道这样一个时刻会对这病人的健康产生多么难受而致命的影响，那么他无论如何也不会玩现在这种把戏的。但他根本没想到这一点。整个房间里能理解这一点的，可能只有阿廖沙一个人。至于说到上尉，他几乎完全变成了一个小孩子。

“茹奇卡？那么这就是茹奇卡？”他欣喜地叫起来，“伊柳沙，这就是茹奇卡，你的茹奇卡！孩子他妈，这就是茹奇卡！”他差一点快哭出来了。

“可我真没有想到！”斯穆罗夫伤心地叫了起来，“克拉索特金真行，我说他能找到茹奇卡的，现在他真的找到了。”

“他真的找到了！”又有一个孩子兴奋地应声说。

“克拉索特金真行！”响起了第三个孩子的声音。

“真行，真行！”所有的孩子都高喊着，鼓起掌来。

“别吵了，别吵了，”克拉索特金的声音比谁都响，“我来告诉你们事情的经过，重要的是事情的经过而不是别的！要知道是我把它找到的，找到以后就带回家，马上藏了起来，门上还上了锁，直到最后一天我都没有给任何人看过。只有斯穆罗夫一个人在两星期前才知道了这件事，但我告诉他这是佩列兹翁，他相信了，没有想到别的，而我在课余时间教会了茹奇卡玩各种花样，你们瞧瞧，一定要瞧瞧它能玩多少花样啊！我这样训练它就是为了让它驯服，让它养得肥肥的，然后再送给你，到时候就对你说，瞧，老头儿，现在你的茹奇卡多棒啊！你们这里有没有一小块牛肉，让它立即给你们表演一个有趣的节目，你们准会笑痛肚皮的——要牛肉，一小块就行，难道你们这儿没有吗？”

上尉赶紧跑了出去，他穿过前室，跑到房东家的小屋里，上尉家也在那儿做饭。为了不浪费宝贵的时间，科利亚迫不及待地对佩列兹翁吆喝了一声：“装死！”那狗突然翻身躺下，四脚朝天，一动也不动。孩子们都笑了，伊柳沙看着这场面，脸上依然带着原先那种痛苦的微笑，而看了佩列兹翁表现“装死”这个节目后显得比谁都高兴的则是“孩子他妈”。她看着那条狗哈哈大笑，弹着手指叫唤：

“佩列兹翁，佩列兹翁！”

“它说什么也不会起来的，绝不会起来的，”科利亚得意扬扬地大声喊着，其实他也理应感到自豪，“即使全世界的人都叫它也不会起来，可是只要我喊一声，它一下子就会跳起来！嘘，佩列兹翁！”

那条狗一跃而起，高兴得乱蹦乱跳，尖声狂叫。上尉拿着一块煮熟的牛肉跑了进来。

“不烫吗？”科利亚接过牛肉的时候匆忙而煞有介事地问。“不，不烫，狗可不喜欢吃烫的。大家都看着，伊柳沙，你看，看呀，看呀，老头儿，你怎么不看呢？我带来了，你却不看！”

新的把戏是让那条狗一动不动地站着，再伸出鼻子，然后往鼻子上放一块牛肉。这条可怜的狗的鼻子上顶着一块牛肉，必须一动不动站在那儿，主人要它站多久就得站多久，哪怕半小时也一点不能动弹。但佩列兹翁只坚持了短短的一分钟。

“接住！”科利亚叫了一声，那块牛肉一下子就从鼻子上落到佩列兹翁的嘴里。观众们自然惊叹不已。

“难道说，难道说您仅仅是为了训练这条狗才一直没有来吗？”阿廖沙不由得带着埋怨的口气大声说道。

“正是为了这个，”科利亚真心诚意地大声说，“我想展示它的全部本领！”

“佩列兹翁！佩列兹翁！”伊柳沙突然弹着瘦小的手指，召唤这条狗。

“你用不着这样！让它自己跳到你床上来好了。嘘，佩列兹翁！”科利亚用手掌拍了拍床，佩列兹翁像离弦的箭一样跳到伊柳沙身边。他赶紧用双手抱住它的头，而佩列兹翁立刻舔他的脸颊作为回报。伊柳沙紧紧依偎着它，在床上伸直了身子，把自己的脸藏到它浓密的长毛里，不让人家看到。

“天哪，天哪！”上尉惊叹道。

科利亚重新坐到伊柳沙的床上。

“伊柳沙，我还可以给你看一件东西。我给你带来一尊小炮。记得吗，以前我就跟你讲起过这尊小炮，你说：‘我真想看一看！’瞧，现在我把它带来了。”

科利亚赶紧从自己的书包里取出一尊小铜炮。他所以那样急于拿出来是因为自己也觉得非常高兴。要是在别的时候他会等到佩列兹翁所产生的效果消失以后再拿出来，但现在他等不及了：“你们这样高兴，那我就让你们更加高兴吧！”他自己也已经完全陶醉了。

“这件东西我早就在那个当官的马罗佐夫家里看上了，是为了给你，老头儿，为了给你。这尊小炮在他那里放着没有用，他是从他哥哥那儿得到的，我就用一本书跟他换了，那书是我父亲书柜里的，书名叫：《穆罕默德的亲戚，又名有益健康的胡闹》[1]，这本乱七八糟的书是一百年前在莫斯科出版的，那时还没有书刊检查制度，而马罗佐夫对这类书籍非常爱好。他还向我道谢呢……”

科利亚将小炮用手举在众人前面，让大家观看欣赏。伊柳沙欠起身子，右手继续抱着佩列兹翁，兴致勃勃地仔细打量着这件玩具。当科利亚宣布他有火药，“如果不会吓着女士们的话”，那马上就可以放炮，轰动效应会达到最高潮。“孩子他妈”马上要求把玩具拿到她跟前让她仔细瞧瞧，她的要求立即得到了满足。她非常喜欢这尊带轮子的小铜炮，把它放在膝盖上滚来滚去。至于请求她允许放炮的事，她满口答应，虽然她不明白向她请求的是什么。科利亚给大家看了看火药和霰弹。上尉是退役军人，因此，亲自动手装火药，往里放了小小的一份，至于霰弹，他要求下一次再装。小炮被安置在地板上，炮口对着空的地方，火门里塞进了三粒火药，然后用火柴点燃。只听得轰隆一声，像真的开炮一样，“孩子他妈”吓得愣住了，但马上就高兴得笑了。孩子们默默地看着，心里得意非凡，但最高兴的是上尉，他喜出望外地看着伊柳沙。科利亚把小炮举了起来，马上把它连同霰弹和火药一起送给了伊柳沙。

“这是我给你准备的，是给你的！我早就准备好了。”他反复地说，内心充满了幸福。

“喂，送给我吧！最好把小炮送给我吧！”“孩子他妈”像孩子似的请求说。她怕人家不送给她，脸上露出了焦虑不安的神色。科利亚感到左右为难。上尉变得十分紧张。

---

① 此书译自法文，出版于 1785 年。

“孩子他妈，孩子他妈！”他赶紧跑到她跟前说，“这小炮是你的，是你的，但先让它留在伊柳沙身边吧，因为这是送给他的，但也等于是你的，伊柳沙随时会给你玩的，就算是你们俩共有的吧，共有的……”

“不，我不愿意共有，我要完全属于我，而不属于伊柳沙。”“孩子他妈”不依不饶，她几乎快要放声大哭了。

“妈妈，拿去吧，快拿去吧！”伊柳沙突然大声说道，“克拉索特金，我可以把它送给妈妈吗？”他突然带着祈求的表情对克拉索特金说，似乎担心对方因为将他的礼物转送给别人而生气。

“完全可以！”克拉索特金马上同意了，他从伊柳沙手中接过小炮，亲自转交给了伊柳沙的妈妈，还向她恭恭敬敬行了一个礼。她感动得哭了起来。

“伊柳沙，亲爱的，你真是心疼妈妈的好孩子！”她快活地叫了起来，接着又立刻在自己的膝盖上把小炮滚来滚去。

“孩子他妈，让我亲吻你的手。”她丈夫一下子跑到她跟前，马上实现了自己的意图。

“要说还有谁是最可爱的年轻人，那就是这个好孩子！”感激不尽的女人指着克拉索特金说。

“至于火药嘛，伊柳沙，今后我可以给你送来，要多少都可以。我们现在自己可以制造火药。鲍罗维科夫知道了配方：二十四份硝石，十份硫黄和六份桦木炭，混在一起捣碎，加上水再搅成团，最后用鼓皮裹紧挤压出来——便成了火药。”

“斯穆罗夫已经向我讲过您的火药了，但是我爸爸说这不是真正的火药。”伊柳沙回答说。

“怎么不是真正的？”科利亚的脸都涨红了，“我们的火药能燃烧。不过我也不大清楚……”

“不，我什么也没说，”上尉突然带着歉疚的表情急忙跑了过来，“是的，我说过真正的火药不是这样做的，但这没有关系，这样做也可以。”

“我不太懂，您比我懂得多。我们放在装化妆品的石罐里点着了，烧得很好，全都烧光了，只留下了一小块油烟。再说那还只是软团，要是用鼓皮挤过，那就更加……不过您更在行，我不懂……你听说了吗，布尔金因为玩我们的火药还挨了父亲一顿打？”他突然对伊柳沙说。

“我听说了。”伊柳沙回答说。他津津有味听着科利亚介绍。

“我们做了整整一瓶火药，他把火药藏在床底下。他父亲看见了，说是会爆炸的，当场就揍了他一顿。还想到学校去告我的状。现在不准他和我在一起，现在不准任何人和我在一起了。也不准斯穆罗夫跟我来往，我在大家眼里出了名，都说我是‘玩命的人’。”科利亚鄙夷地冷笑一下，“这都是铁路上那件事引起的。”

“啊哟，我们也听说了您那件事！”上尉大声说，“您当时躺在那儿有什么感觉？您躺在火车下面，难道您真的一点儿也不害怕吗？您害怕吗？”

上尉在科利亚面前做出一副奉承讨好的样子。

“不太害怕！”科利亚若无其事地回答，“这方面主要是那只可恶的呆鹅败坏了我的名誉。”他又转身对伊柳沙说。虽然他说话的时候装出一副满不在乎的样子，但毕竟无法控制自己的感情，因此似乎常常会走调。

“哎哟，关于呆鹅的那件事我也听说了！”伊柳沙笑了起来，容光焕发，“有人对我讲过，但我没有搞懂，难道您真的被法官审讯过吗？”

“那是一件最愚蠢、最无聊的小事，可我们这里却照例把它吹成大事。”科利亚漫不经心地说，“有一次我在这里的广场上走着，恰好赶来一群鹅。我停下来看那些鹅。突然本地的一个小伙子，现在在普洛特尼科夫店里当伙计的维什尼亚科夫，看着我，他问：‘你干吗看这些鹅？’我看了看他：一张傻乎乎的圆脸，二十多岁，你们知道，我从来都不嫌弃人民。我喜欢和人民在一起……我们落后于人民——这是一条公理[①]——您好像在笑话我吧，卡拉马佐夫？”

“没有，绝对没有，我在专心听您说话。”阿廖沙非常诚恳地回答，敏感的科利亚一下子来劲了。

---

① 这是俄国19世纪六七十年代民主和自由主义报刊常用的语言。

“我的理论，卡拉马佐夫，是简单明了的，”他马上又高兴地急忙往下说。“我相信人民，我总是乐意给他们一个公正的评价[1]，但绝对不娇惯他们，这是先决条件……[2]噢，对了，我是在讲鹅的事情，当时我就转身对那个傻瓜说：‘我在琢磨鹅在想什么。’他傻乎乎地看着我说：‘你说那鹅在想些什么呢？’‘你瞧，一辆载着燕麦的大车停在那里。燕麦从麻袋里撒出来，一只鹅伸长了脖子在车轮底下啄麦粒，你看到了没有？’他说：‘我看得很清楚。’我说：‘要是这辆大车稍稍向前移动一下，车轮会不会碾断鹅的脖子呢？’他说：‘会轧断的。’说着他咧开嘴笑了，笑得十分开心。我说：‘小伙子，那咱们就试一试吧。’他说：‘好的。’我们一会儿就做好了准备：他悄悄地站到了马笼头旁边，而我就在一边赶鹅。这时候那乡下人走了神，正在跟另一个人说话，我也根本没有去赶那只鹅，它自动地伸长脖子去啄麦粒，那脖子刚巧就在大车车轮底下。我对那小伙子使了个眼色，他把马笼头一拉——只听得咔嚓一声，鹅的脖子就压成了两段！但要命的是恰好这时候其他乡下人都看见我们了，他们一下子嚷嚷起来：‘你这是故意的！’‘不，不是故意的。’‘是故意的！’大家起哄说：‘带他去见民事法官！’他们把我也带去了，说：‘你也有份，你是帮手，整个市场的人都认识你。’不知道为什么，整个市场上的人真的全认识我。”科利亚又自负地补充说，“我们一伙人都去见民事法官，鹅也带去了。我一看那小伙子害怕了，他开始大声嚷嚷，真的，像女人那样号叫。那个卖鹅人大声说：‘用这种办法再多的鹅也会轧死的！’当然，还有不少人做证。民事法官一下子就了结了这案子：赔一个卢布给卖鹅人，死鹅归小伙子，以后决不允许再这样胡闹。那小伙子还像女人似的大喊大叫：‘这不是我干的，这是他教我干的。’一边说一边还指着我。我镇定自若地回答说，我绝对没有教他干，我只是表示了基本的想

---

① 这是俄国19世纪六七十年代民主和自由主义报刊常用的语言。

② 原文为拉丁文。

法，我说的只是个初步设想。民事法官涅菲多夫一听就笑了，但过后又生气了，他说：‘我立即通知你们学校，今后您要好好读书、做功课，千万别再出这类馊主意。’后来他也没有向校方告我，那是开玩笑，但事情确实传开了，很快传到了校方的耳朵里：我们这里的人耳朵是很长的！语文教师卡尔巴斯尼科夫特别起劲，出来替我讲话的又是达尔达涅洛夫。现在卡尔巴斯尼科夫见到我们就发脾气，简直像头犟驴。伊柳沙，你听说了没有，他已经结婚了，从米哈伊洛夫家得到了一千卢布的陪嫁，可新娘却是天下第一号丑八怪。三年级的学生立即编了首打油诗：

> 三年级学生听到了惊人的新闻，
> 邋遢鬼卡尔巴斯尼科夫结了婚。

下面当然还有，非常好笑，我以后带给你看。关于达尔达涅洛夫我没有什么可说的：一个有学问的人，有真才实学的人。我尊敬这种人，倒不是因为他保护了我才尊敬他……”

“但在谁建立了特洛伊城这个问题上，你不是也把他难住了吗！”斯穆罗夫突然插嘴说，此刻他为克拉索特金而感到十分自豪。他很喜欢那个关于鹅的故事。

“难道您真的把他难住了吗？”上尉讨好地附和说，“就是谁建立了特洛伊这个问题吧？这件事我们已经听说过了，您难住了他。伊柳沙当时就对我说了……”

“爸爸，他什么都知道，比我们所有的人都强！”伊柳沙也附和说。“他只是故意装成这个样子的，其实他在我们学校里各门功课都考第一……”

伊柳沙无比欣喜地看着科利亚。

“关于特洛伊的问题全是胡扯，鸡毛蒜皮的小事。我本人认为这个问题毫无意思。”科利亚带着一种既自豪又谦逊的神情回答。他已经完全能够把握住自己了，虽然多少还有点不安：他感到自己过于兴奋，譬如，关于鹅的事情他已经讲得太投入，而阿廖沙在听他讲述的时候却一直保持沉默，神情非常严肃。这个自负的男孩渐渐感到忐忑不安起来：“是不是他蔑视我，以为我希望得到他的夸奖，因此才一声不吭吗？要是他竟敢这样想，那我就……”

“我认为这个问题确实是毫无意思的。”他再次傲慢地断言。

“我知道是谁建立了特洛伊。”一个至今几乎一句话都没有说过的小男孩完全出人意料地突然说道。他生来不爱说话，看上去很腼腆，长得很漂亮，十一岁左右，姓卡尔塔绍夫。他坐在门口。科利亚惊讶而傲慢地看了看他。事情是这样的：“是谁建立了特洛伊？”这个问题在各个班级真的成了秘密，要解开这秘密就必须读斯马拉格多夫的著作。但除了科利亚，谁也没有斯马拉格多夫的著作。可是有一次，趁科利亚转过身去的机会，卡尔塔绍夫连忙悄悄地打开放在他的许多书中间的那本斯马拉格多夫的著作，恰好翻到了叙述特洛伊城建立者的地方。这已经是很久以前的事了，但他似乎不好意思，下不了决心公开说出他知道是谁建立了特洛伊，因为他怕出事，怕科利亚使他难堪。而现在不知为什么他突然忍不住，竟说了出来。其实他早就想这样做了。

“那究竟是谁建立的？”科利亚傲慢地摆出一副居高临下的架势转身问他，但根据脸色他就猜到他真的知道，因此他马上做好了应付一切后果的准备，大家的情绪出现了一种所谓不协调的情形。

“建立特洛伊的是捷夫克尔、达尔丹、伊柳斯和特罗斯。”小男孩说得十分干脆利落，他的脸唰地涨得通红，连看着他都觉得可怜。但所有男孩子的目光都紧紧盯着他，盯了整整一分钟，然后这些紧盯着他的目光又突然一下子转到了科利亚身上。科利亚依然用那种轻蔑的镇定态度继续打量着那个大胆的小男孩。

“怎么说是他们建立的？”他总算开口说话了，“而且一般地说，所谓建立一座城市或一个国家是什么意思呢？他们干了些什么呢？他们跑来每人砌了一块砖，是不是这样？”

大家哄堂大笑。羞愧的小男孩的脸色由淡红变成了鲜红。他一句话也不说，眼看快要哭出来了。科利亚又考验了他约莫一分钟。

“要解释诸如建立一个民族这样的历史事件，首先应该弄明白这是什么意思。”他厉声教训说，“不过，我并不重视这类娘儿们编的神话，而且一般说来我也不太尊重世界史。”他突然又漫不经心地加了一句，这已经是对大家说的了。

"您说的是世界史吗？"上尉突然惊恐地问道。

"是的，世界史无非是研究人类一系列的愚蠢行为罢了，别无其他[①]。我只尊重数学和自然科学[②]。"科利亚一面夸夸其谈，一面对阿廖沙瞥了一眼：他在这里只害怕阿廖沙一个人的意见。但阿廖沙一直不吭声，还像原来那样一脸严肃。如果阿廖沙现在能说点什么，那么事情也就到此为止了，但阿廖沙保持着沉默，而"他的沉默可能表示蔑视"，于是科利亚真的生气了。

"现在我们还在学这些古典语言：简直是发疯，别无其他……看样子您又不同意我的意见喽，卡拉马佐夫？"

"不同意。"阿廖沙微微一笑说。

"如果您想知道我对古典语言的全部意见，那么它们是一种警察手段[③]，这是开设这些课程的唯一目的。"科利亚的呼吸又逐渐变得急促起来，"设置这些课程就是因为它们枯燥乏味，就是因为它们能使头脑愚笨。本来已经够枯燥乏味了，那怎样才能更加枯燥乏味呢？本来已经够糊涂的了，那怎样才能更糊涂呢？于是人们便想出了古典语言。这就是我对它们的全部见解，我希望我永远不改变这一见解。"科利亚干脆地说出了自己的结论。他的面颊上泛起了两点红晕。

"说得好。"认真地听着的斯穆罗夫突然以响亮而又坚决的声调表示同意。

"可他自己拉丁文的成绩却是第一！"一个小男孩从人群中突然叫道。

"是的，爸爸，他说是这样说，可他的拉丁文在我们班里学得最好。"伊柳沙也应声说。

"这又算得了什么？"科利亚认为需要防卫了，虽然这种夸奖使他感

---

① 这里影射持类似观点的西欧派历史学家格拉诺夫斯基（1813—1855）。

② 这是俄国 19 世纪六七十年代青年的普遍爱好。

③ 古典语言作为中学教学内容在俄国 19 世纪六七十年代的报刊上曾被广泛讨论。进步舆论认为这是使青年脱离现实问题的举措，加以抨击。作家不同意这种观点。

到非常愉快，“拉丁文我是死记硬背的，因为需要这样，因为我向母亲保证要完成学业。我认为，既然做了，那就得做好，但我心里对古文以及所有这些下流东西深恶痛绝……您不同意吗，卡拉马佐夫？”

“何必说成‘下流东西’呢？”阿廖沙又微微一笑。

“得了吧，古典作家的作品全都被译成了各种语言，因此学拉丁文根本不是为了研究古典作家，仅仅是一种警察手段，是为了扼杀学生的才智。这样做难道还不下流吗？”

“所有这些是谁教给您的？”阿廖沙终于惊讶地叫了起来。

“第一，我自己也能理解，不需要别人教；第二，您要知道，我刚才跟你们说的古典作家的作品已经全部翻译过来的话，卡尔巴斯尼科夫老师本人曾对三年级学生公开讲过……”

“医生来了！”一直沉默着的尼娜奇卡突然叫了起来。

果然，霍赫拉科娃太太的那辆马车已经驶到了大门口。整个早晨都在等候医生到来的上尉拼命向大门奔去迎接他。“孩子他妈”把身上收拾一下，故意做出一本正经的样子。阿廖沙走到伊柳沙跟前，替他整理枕头。坐在扶手椅里的尼娜奇卡不安地看着他整理床铺。孩子们开始匆匆告别，有几个答应晚上再来，科利亚朝佩列兹翁吆喝一声，它立刻从床上跳了下来。

“我不走，我不走！”科利亚赶紧对伊柳沙说，“我在前室等着，等医生走了以后，我再进来，和佩列兹翁一起进来。”

医生已经走了进来，他神气十足，穿着熊皮大衣，一脸深色的连鬓胡子，下巴刮得光光的。他跨过门槛，又突然站住，似乎呆住了，他大概以为走错了地方：“这是怎么一回事？我到了哪儿呀！”——他喃喃地说，既没有从肩上脱下大衣，也没有从头上摘下那顶带海狗皮硬帽檐的海狗皮帽子。嘈杂的人群，寒碜的房间，墙角里晾在绳子上的内衣，这一切把他弄糊涂了。上尉向他深深地鞠了个躬。

“就是这里，就是这里，”他谄媚地喃喃说道，“就是在这里，您就是来舍下的……”

“斯涅——吉——廖夫？”医生傲慢地大声说，“您就是斯涅吉廖夫先生吗？”

“就是我！”

“啊！”

医生再一次厌恶地打量了一下房间，从身上脱下了大衣。挂在脖子上的那个闪闪发亮的显赫勋章映入了大家的眼帘。上尉赶忙接过大衣，医生摘下了帽子。

“病人在哪儿？”他大声而又坚决地问。

六　早熟

“您认为医生会对他说些什么呢？”科利亚说得很快，“不过，他那副嘴脸真令人恶心，不是这样吗？我最讨厌医学！”

“伊柳沙会死的。我觉得这是肯定无疑的。”阿廖沙悲伤地回答。

“骗子！医学全是骗人的！不过我很高兴认识了您，卡拉马佐夫。我早就想认识您了。遗憾的是我们的会面竟是那么令人伤心……”

科利亚很想说一些更加热情，更加富有感情色彩的话，但似乎难于启口。阿廖沙觉察到了这一点，微微一笑，握了握他的手。

“我早就知道应该尊重像您这样一个难能可贵的人。”科利亚又喃喃说，已经有点语无伦次了，“我听说，您是神秘主义者，进过修道院，我知道您是神秘主义者，但……这并不能阻止我。接触现实就能使您摆脱……像您这样的人往往都是这种情况。”

“您所谓的神秘主义者是什么意思？摆脱什么？”阿廖沙有点儿惊讶。

“就是上帝以及诸如此类的东西。”

“什么，难道您不信上帝吗？”

“正相反，我一点儿也不反对上帝。当然，上帝只是一种假设[1]……但

① 这里科利亚重复了伏尔泰的话。

我承认，他是需要的，为了秩序……为了世界秩序，等等……如果他不存在，那也应该造一个出来[1]。”科利亚说，他的脸开始红了。他突然觉得阿廖沙马上认为他想卖弄自己的知识，装成一个“大人”。“可我根本不想在他面前炫耀自己的知识。”科利亚气愤地想道。突然他感到非常懊恼。

“老实说，我最讨厌参与这类争吵。”他断然说道，“即使不信上帝同样也可以爱人类，您说呢？伏尔泰不信上帝，他不是照样爱人类吗[2]？”（“又来了，又来了！”他暗自想了想。）

“伏尔泰是信仰上帝的，但好像不那么坚定，他爱人类好像也不那么深。”阿廖沙含蓄而又非常自然地轻声说道，似乎是在跟自己年龄相仿，甚至比自己年长的人交谈。最使科利亚感到惊讶的，正是阿廖沙在评价伏尔泰的时候似乎缺乏自信，以及他提出这个问题似乎就是要让他小科利亚去解决。

“莫非您读过伏尔泰的著作吗？”阿廖沙说。

“不，不能说读过……不过我读了《老实人》的俄译本……错误百出、蹩脚可笑的老译本……”（又来了，又来了！）

“您读懂了吗？”

“是的，全懂了……就是说……为什么您以为我可能读不懂呢？当然，那里有许多淫秽的内容……当然，我能够理解，这是一部哲理小说，是为了宣传一种思想而写的……”科利亚已经完全乱了方寸，“我是社会主义者，卡拉马佐夫，是一个无可救药的社会主义者。[3]”他突然莫名其妙地不说下去了。

“社会主义者？”阿廖沙笑了起来，“您怎么来得及成为社会主义者呀？您好像还只有十三岁吧，是吗？”

这么一说，科利亚凉了半截。

---

① 这里科利亚重复了伏尔泰的话。

② 科利亚的议论是别林斯基《致果戈理的信》中有关言论的迂回说法。

③ 这里科利亚引用了赫尔岑的话，参阅赫尔岑《致亚历山大二世的信》。

“首先，不是十三，而是十四，过两周就满十四了。”他的脸涨得通红，“第二，我一点儿也不明白，这跟我的年龄有什么关系？关键在于我的信念是什么，而不在于我多大岁数，不是吗？”

“等您年岁大一些，您自己就会明白年龄对于信念有多么重要。我还感到，您说的不是自己的话。”阿廖沙谦虚而平静地回答说，但科利亚激动地打断了他。

“得了吧，您需要的是修行和神秘主义。您总得承认，例如，基督教只是为富人和权贵服务，目的是使下层人民处于被奴役的地位，对不对①？”

“唉，我知道，您这是在什么书里读到的，肯定有人教过您！”阿廖沙大声说道。

“得了吧，为什么一定是我从书上读到的呢？也绝对没有人教过我。我自己就能……也可以说，我不反对基督。他是一个非常人道的人，假如他生活在我们这个时代，他简直会加入革命者的行列，也许还会起显著的作用……②这甚至是肯定无疑的。”

“您这一套是从哪儿，从哪儿学来的？您跟哪一个傻瓜有联系？”阿廖沙大声说。

“得了吧，真理是掩盖不了的。当然，由于某种原因我经常与拉基京先生交谈，但是……据说别林斯基老人也说过这样的话。”

“别林斯基？我不记得了。他从来没有写过这类言论。”

“即使他没有写过，那么据说他是讲过的。我是听一个人说的……不过，管它呢……”

“您读过别林斯基吗？”

“您瞧……没有……我不能说读过，但关于塔季雅娜那一段，为什么

---

① 科利亚在这里转述了别林斯基在《致果戈理的信》中的话。

② 这是别林斯基关于基督的言论。可参阅陀思妥耶夫斯基的《作家日记》中有关别林斯基的回忆：《老一代人》。

她不跟奥涅金走的那一段，我是读过的[1]。”

“怎么她没有跟奥涅金走？难道您已经……能理解了？”

“得了吧，您大概把我当作像斯穆罗夫那样的小孩子了。”科利亚恼怒地咧开嘴大笑，“不过请您别以为我已经是这样的革命者了。我常常与拉基京先生有分歧。如果我谈论塔季雅娜，那么我根本不主张妇女解放。我承认妇女是处于从属地位的生物，妇女应该听话。女人的事情就是编织[2]，就像拿破仑所说的那样。”科利亚不知为什么微微一笑。“至少在这个问题上我与这位假伟人的观点完全一致。我也认为，例如，离开祖国到美洲去是卑鄙行为，甚至比卑鄙更糟糕，简直是愚蠢[3]。既然在我们国内也可以为人类做出许多有益的贡献，何必要去美洲？尤其是现在，正可以做许许多多富有成果的工作。我就是这样回答的。”

“您是怎样回答的？回答谁？难道已经有人请您去美洲吗？”

“说实话，有人鼓动我，但我拒绝了。这当然只能在你我之间说说，卡拉马佐夫，您听见没有，千万不能对别人露半点风声。我只对您一个人说。我可不愿意落入第三厅的魔掌，到铁索桥旁边的大楼去上课[4]。

你应该永远记得，
铁索桥旁的那幢大楼！

您记得吗？太妙了！您笑什么呀？莫非您以为我都在对您瞎吹吗？”（“如果他知道我父亲的书柜里总共只有一期《钟声》，此外我什么也没有读过，那可怎么办？”这想法虽然在他脑海里一闪而过，却令他胆战心惊。）

---

① 别林斯基在论普希金的第九篇论文中谈到塔季雅娜最后对奥涅金的拒绝持否定态度。陀思妥耶夫斯基在这问题上的意见与别林斯基相左。

② 原文为法文。

③ 在19世纪七十年代从俄国移居美国的人较多。

④ 第三厅是俄国秘密警察机关，建于1838年，位于彼得堡铁索桥旁，方坦卡16号。

“噢，不，我没有笑，也根本不认为您在跟我瞎吹。我确实没有这样想，因为所有这一切，唉，都是大实话！请您告诉我，您读过普希金的《奥涅金》没有？……您刚才不是提到了塔季雅娜吗？”

“不，我还没有读过，但想读一读。我是没有成见的，卡拉马佐夫。我愿意听到正反两方面的意见。您为什么要这样问？”

“随便问问。”

“请您告诉我，卡拉马佐夫，您是不是非常蔑视我？”科利亚突然说，在阿廖沙面前挺直了身子，好像摆开了架势似的，“请您直说吧，不要转弯抹角。”

“我蔑视您？”阿廖沙惊讶地看了他一眼，“为什么要蔑视呢？我只是感到悲哀，因为像您这样的人还没有开始生活，您的美好的天性就已经被所有这些浅薄的谬论扭曲了。”

“对我的天性您倒不必操心，”科利亚不无自负地打断了他，“至于您说我多疑，这是事实。我多疑到愚蠢、粗俗的地步。您刚才笑了一下，我觉得您似乎……”

“哎哟，我笑的完全是另一件事。我笑的是这么一件事：不久前我读了一篇评论我国青年学生现状的文章，作者是一位在俄国待过的德国人。他写道：‘您给俄国学生看一幅星象图，虽然他对此一窍不通，但第二天还给您的时候这幅图已做了改动。’无知加狂妄——这就是德国人对俄国学生的评价。”

“啊，这话说得太正确了！”科利亚突然大笑起来，“简直好极了，一针见血！德国人真行！可是德国佬也忽略了好的方面，您说呢？狂妄——这也没什么，因为年轻嘛，如果需要纠正，是可以纠正的，但这体现了独立的精神，差不多从小就富有独立精神，体现了思想和信念上的勇敢精神，而不是他们那种在权威面前卡尔巴斯尼科夫式的卑躬屈膝的奴性……不过这个德国人还是说得好极了！德国人真棒！虽然还是应该把德国人掐死。尽管他们在科学方面很强，但还是应该掐死他们……”

“为什么要掐死他们呢？”阿廖沙笑了。

“好，我承认，也许我是信口开河。我有时候完全像孩子，我一高兴就忍不住要信口胡说。不过您听我说，咱们尽在这里闲扯，而那个医生在里面怎么待了这么久？也许他在顺便给伊柳沙的妈妈和尼娜奇卡看病。您知道吗，我很喜欢这个尼娜奇卡。我进去时，她突然悄悄对我说：‘为什么您不早些来？’口气中还带点责备的意思！我觉得她非常善良，非常可怜。”

“对，对！要是您以后常来，就会看到她是个怎么样的人。了解这些人对您大有好处，会使您珍惜许多其他的东西，而这些东西也只有结识这些人之后才能发现。”阿廖沙热情地说，“这是改造您的最好办法。”

“唉，可惜我没有早些来，这事只能怪我自己了！”科利亚伤心地感叹道。

“是的，非常遗憾！您亲眼见到了，您对这可怜的孩子产生了多么愉快的印象！他在等待您的过程中内心是多么痛苦啊！”

“请您别说了！您这样说使我心里更难受。不过我也是活该：我没有来是由于虚荣心，由于自私的虚荣心和卑鄙的蛮横，这是我一辈子都改不了的脾气，虽然我一辈子都在改正自己。刚才我看清楚了，我在许多方面是个卑鄙的人，卡拉马佐夫！”

“不，您天性美好，只是被扭曲了。我非常理解，为什么您能对这个高尚而过于敏感的孩子具有这么大的影响！”阿廖沙热烈地回答。

“您居然还对我说这种话！”科利亚叫了起来，“您要知道，我还以为您瞧不起我，这种想法已经出现过好多次，就是刚才到这里以后还这样认为呢！您要知道我是多么尊重您的意见啊！”

“难道您真是这样多疑吗？而且是在这样的年龄！您瞧，刚才在房间里看着您讲话的时候，我心里就在想，您肯定是非常多疑的。”

“您已经这样想过了吗？您瞧瞧，您瞧瞧，您的眼力多厉害！我可以打赌，这肯定是在我讲鹅的时候。恰巧也是在这时候我猜想您非常瞧不起我，因为我急于充好汉，当时我甚至突然因此而恨您，于是便胡说八道起来了。后来，就是刚才，在这儿，就是我讲到‘如果上帝不存在，那么要造一个出来’的时候，我就想我太急于卖弄自己的学问了，何况这句话我是从书本上读到的。但我向您起誓，我这样急于表现自己不是出于虚荣，而是情不自禁的，我不知出于什么原因，也许是由于高兴吧，真的好像是由于高兴……虽然一个人由于高兴而扑上去拥抱任何人是一种极为可耻的缺点。这我知道。但我现在确信，您没有蔑视我，所有这一切都是我自己臆想出来的。啊，卡拉马佐夫，我非常不幸。我有时天知道会想些什么，有时候会想到所有的人都在取笑我，全世界都在笑话我，那时候我简直就要想毁灭现存的一切。”

“您还折磨周围的人。”阿廖沙微笑着说。

“我是常常折磨周围的人，特别是我母亲。卡拉马佐夫，您说我现在很可笑吗？”

“您别去想这些，完全不要去想！”阿廖沙大声说，“究竟什么叫可笑？一个人显得可笑或者好像显得可笑的情况还少吗？何况现在一切有才华的人都非常害怕成为可笑的人，这是他们的不幸。使我感到惊讶的只是您小小年纪就有了这种感觉，虽然我早已发现了这种现象，而且也不止您一个。现在甚至连小孩子都开始犯这种毛病。这简直是疯了。魔鬼化为自负，附到了整整一代人身上。就是魔鬼附身。”阿廖沙补充了一句，根本没有嘲笑的意思，而专注地看着他的科利亚却以为他在嘲笑他。“您和大家一样，”阿廖沙最后说，“就是和许许多多人一样，但是恰恰不应该和大家一样，这才是最主要的。”

“即使大家都那样也不用管吗？”

“是的，即使大家都那样，您也别去管。您千万别那样。事实上您也已经和大家不一样了：您现在敢于承认自己卑劣，甚至可笑。现在有谁认识到这一点？一个人也没有，连自我谴责都认为没有必要了。您不该和大家同流合污，哪怕只有您一个人与众不同也没有关系，您决不能那样。”

“好极了！我没有把您看错。您善于安慰人。啊，我是多么想跟您交往呀，卡拉马佐夫，我早就在寻找与您见面的机会了！难道您也想过我吗？您刚才说您也曾经想到过我？”

“是的，我听说过您的情况，也曾经想到过您……即使在某种程度上您是出于自负才这样问我，那也没有关系。”

“您知道吗，卡拉马佐夫，我们的谈话简直像是表白爱情，”科利亚以一种柔声柔气而又羞怯的口气说，“这不可笑吗，不可笑吗？”

“一点儿也不可笑，即使可笑，那也没关系，因为这是件好事。”阿廖沙露出开朗的微笑。

“您知道吗，卡拉马佐夫，您得承认，现在您和我在一起连您自己也感到有点儿不好意思……我从您的眼神里可以看得出来。”科利亚笑着说，他的微笑中似乎藏有一丝狡黠，但又几乎充满了幸福。

“这有什么不好意思的呢？”

“那您为什么脸红了？”

“那是您的行为使我红脸了！”阿廖沙笑了起来，真的满脸通红，“是啊，是有些不好意思，天知道是什么原因，我真不知道是为什么……”他喃喃地说，简直显得非常尴尬。

“啊，此刻我是多么爱您，敬重您，因为您跟我在一起也感到有点害羞！因为您跟我一模一样！”科利亚欣喜若狂地大声说。他的两颊通红，双眼闪闪发亮。

“您听我说，科利亚，您在今后的生活中将是个非常不幸的人。”阿廖沙不知为什么突然说道。

“我知道，我知道。这些事您事先都知道的！”科利亚立即表示同意。

“但总体上说最后您还是会感谢生活的。”

“正是这样！乌拉！您是先知！啊，我们会合得来的，卡拉马佐夫。您知道吗，最使我赞赏的就是您对我的态度完全平等。而实际上我们不是平等的，不，我们不是平等的，您比我高尚！但我们一定合得来。您知道吗，最近这个月我一直在对自己说：‘或者是我与他一见如故，永远成为朋友，或者是初次见面就成为仇敌，直到进棺材！’”

“您这样说表明，您肯定是爱我的！”阿廖沙高兴地笑了。

“我是爱您的，非常爱，我爱您，我想您！您怎么连这些也能猜到！瞧，医生出来了。天哪，他会说什么呢？您瞧他那副样子！”

七　伊柳沙

医生走出小屋时已经重新穿上了大衣，头上戴着帽子。他脸上的表情几乎是生气而厌恶的，似乎总怕碰到什么脏东西。他匆匆朝外面打量了一下，严厉地看了看阿廖沙和科利亚。阿廖沙向门外的马车夫招了招手，刚才送医生来的那辆马车就驶到了大门口。上尉急急忙忙跟在医生后面跑出来，低头哈腰，几乎哀求似的拦住他，请他再说最后一句话。这个可怜的人满脸愁容，眼中充满了恐惧。

“阁下，阁下……难道真是？……”他刚开始说了一句就再也说不下去了，只是绝望地举起双手一拍，虽然他还是苦苦哀求看着医生，好像医生现在说一句话还能改变对这个可怜的孩子的判决。

“没有办法！我又不是上帝。”医生漫不经心地，但又像平时那样威严地回答说。

“医生……阁下……这快了吗？快了吗？”

“您要做好最——后——的——准——备。”医生一字一顿地说，然后垂下眼睛，准备跨过门槛，走向马车。

“阁下，请您看在基督的分上！”上尉惊恐地再次拦住了他，“阁下！……难道现在没有办法，真的没有办法，一点儿没有办法救他了吗？”

“现在不取决于我，”医生不耐烦地说，“不过嘛，嗯——”他突然稍稍停顿了一下，“如果您，譬如说，可以把您的病人……送到……马上送，一刻也不能耽误（“马上送，一刻也不能耽误”这句话医生说得不仅严厉，而且近乎愤怒，因此上尉不禁打了个哆嗦）送到锡——拉——库——萨——去，那么……由于新的、良——好——的——气——候——条件……可能会出现……”

“到锡拉库萨去！”上尉叫了起来，似乎什么也还没有听明白。

“锡拉库萨——这是在西西里岛。”科利亚突然大声地向他解释说。医生看了他一眼。

“到西西里去！老爷，阁下，”上尉不知所措了，“您不是都看到了吗！”他双手向周围比画了一下，指着自己的环境，“那孩子他妈怎么办？全家老小怎么办？”

“不，不是全家人都到西西里，您家里的人到高加索，要一开春就去……让您的女儿到高加索，至于您太太……因为她患关节炎，也要到高加索用矿泉水治疗，治完一个疗程以后……马上送到巴黎，进精神病医生列佩利列季耶的医院，我可以给您写一封信，那样……也许会……”

“医生，医生！您不都看到了吗！”上尉突然又摊开手，绝望地指着原木搭成的前室里光秃秃的墙壁。

“啊，这可不关我的事了，”医生苦笑着说，“您问我还有什么办法，我就讲了科——学所能提供的回答，至于其他……我很遗憾……”

“请放心，郎中先生，我的狗不会咬您的。”科利亚看到医生不安地望着站在门口的佩列兹翁，便大声说道，他的语气中流露出愤懑。他故意不叫他“医生”，而叫他“郎中先生”，后来他自己对别人说，那是“为了侮辱他才这样说的”。

“什——么？”医生抬起头来，注视着科利亚，“你是谁？”他突然问阿廖沙，似乎要他解说清楚。

“我是佩列兹翁的主人，郎中先生，对我个人的情况您就甭操心了。”科利亚又干脆地说。

“兹翁？”医生反问道，他不明白佩列兹翁是什么。

“他简直不知道自己在什么地方。再见了，郎中先生，到锡拉库萨我们再见面吧。”

“他是谁？是谁？谁？”医生突然火冒三丈。

“他是这里的一个学生，医生，他很顽皮，请别在意。”阿廖沙皱着眉头很快地说。“科利亚，别说了！”他对克拉索特金喊了一声。“不必在意，医生。”他又重复了一句，已经有点不耐烦了。

“应该揍他，揍他一顿，狠狠揍他！”医生不知为什么大发雷霆，跺着脚说。

“您知道，郎中先生，我的佩列兹翁也许真会咬人！”科利亚脸色刷白，眼睛发光，连说话的声音都在颤抖。“嘘，佩列兹翁！”

“科利亚，要是您再说一句话，那我就和您永远绝交！”阿廖沙威严地喝道。

“郎中先生，在全世界只有一个人才能够对尼古拉·克拉索特金发号施令，那就是这一位。”科利亚指着阿廖沙说，“我服从他，再见了！”

他一下子离开原地，推开门，很快走进房间。佩列兹翁紧跟着他。医生看着阿廖沙，犯傻似的又站了大约五秒钟，然后突然啐了一口，快步走向马车，一边走一边不断地大声说：“这个，这个，这个，我不知道这算什么！”上尉跑过去扶他上车。阿廖沙跟着科利亚走进了房间。科利亚已经站在伊柳沙的床前。伊柳沙抓住他的手，呼唤父亲。过了一会儿，上尉也回来了。

“爸爸，爸爸，你过来……我们……”伊柳沙喃喃地说，情绪特别激动，但显然无力继续说下去，突然伸出两只枯瘦的小手，竭尽全力地紧紧把科利亚和父亲两人抱在一起，把他们搂在自己怀抱里，自己也紧贴在他们身上。上尉由于无声的痛哭而突然浑身打战，而科利亚的嘴唇和下巴都开始哆嗦了。

“爸爸，爸爸！我是多么可怜您啊，爸爸！”伊柳沙痛苦地呻吟着说。

“伊柳沙……宝贝……医生说……你会好的……我们会幸福的……医生……”上尉开始说。

“唉，爸爸！我知道新来的医生是怎样讲我的病……我都看到了！”伊柳沙大声说，又用尽全力紧紧地抱住他们俩，把自己的脸埋在爸爸的肩膀上。

“爸爸，别哭……我死了以后，你就找一个好的男孩，另外一个……从他们所有的人中间亲自挑一个好的，管他叫伊柳沙，把他当作我一样爱他……”

“别说了，老头儿，你一定会好的！”克拉索特金突然生气似的大声说道。

“至于我嘛，爸爸，你永远也不要忘记我。”伊柳沙继续说，“你要常常到坟上来看我……还有，爸爸，你就把我埋在那块大石头旁边①，我们不是常到那里去散步的吗，你在傍晚时和克拉索特金一起来……把佩列兹翁也带上……我等着你们……爸爸，爸爸！”

他的声音中断了，三个人拥抱在一起，默默无言。尼娜奇卡坐在扶手椅里低声哭泣；看到大家都在哭，母亲也泪流满面。

“伊柳沙！伊柳沙！”她大声叫着。

---

① 这里及后文提到的这块石头被作者赋予了象征意义。它象征着阿廖沙及其学生日后建立的“未来和谐大厦”的第一块基石。

克拉索特金突然从伊柳沙的拥抱中挣脱出来。

“再见，老头儿，我妈等我回去吃中饭呢。”他很快说，“很可惜，我没有事先通知她！她会非常担心的……但吃完中饭我马上到你这儿来待一整天，待一个晚上，我还要给你讲许许多多事情！佩列兹翁我也带来，不过现在我把它带走，因为我不在它会乱叫的，妨碍你休息。再见！”

他说完就向前室跑去。他不愿意放声大哭，但到了前室他还是哭了起来。他这模样正好被阿廖沙出来看到了。

“科利亚，您一定要信守诺言来看他，要不然他会非常难受的。”阿廖沙再三强调说。

“我一定来！啊，我真恨我自己怎么没有早些来。”科利亚哭着喃喃说，他不再为哭泣而感到难为情了。这时候上尉突然从房间里跑了出来，随手关上了房门。他一脸发呆的表情，嘴唇在颤抖。他站在两个年轻人面前，双手向上一举。

“我不要好的男孩子！我不要别的男孩子！”他发狂似的咬着牙悄声说道，“如果我忘了你，耶路撒冷，就让我的舌头……”①

他似乎噎住了，没有把话说完，接着便颓然瘫倒在木长凳前面。他双手握拳，紧紧按住自己的脑袋，不禁放声痛哭，狂呼乱叫，同时却又拼命克制自己，尽量不让小屋里的人听到他的号叫。科利亚冲出了大门。

“再见了，卡拉马佐夫！您自己也来吗？”科利亚对阿廖沙生硬地愤然嚷道。

“晚上我一定来。”

“他说的耶路撒冷是怎么一回事……又有什么新的花样？”

“这是《圣经》上的话：‘如果忘记你，耶路撒冷’，意思是如果我忘记了自己最宝贵的东西，如果我用它来换取别的什么，那就惩罚我吧……”

“我懂了，您别说了！您自己一定要来呀！嘘，佩列兹翁！”他恶狠狠地对狗吆喝一声，大步流星回家去了。

---

① 参阅《圣经·旧约·诗篇》第137篇，原文为：“我若忘记你……情愿我的舌头贴于上膛……”

第十一卷
伊凡·费奥多罗维奇哥哥

一　在格鲁申卡家里

阿廖沙前往教堂广场商人寡妇莫罗佐娃家去见格鲁申卡。她一大早就派了费妮娅去找他，坚决要求他到她那儿去一次。他详细询问费妮娅之后才知道，小姐从昨天开始就特别惶恐不安。米佳被捕以来的两个月里，阿廖沙出于个人的动机或者根据米佳的委托常常去莫罗佐娃家。米佳被捕两三天以后格鲁申卡生了一场大病，病了差不多有五个星期。其中有整整一星期她躺着昏迷不醒。她的脸色有了很大变化，又瘦又黄，虽然将近有两星期她已经能够出来走动了。但在阿廖沙看来，她的脸似乎变得更加迷人了，每次进去见她时，他喜欢看到她的目光。她的目光中似乎有一种坚定的、大彻大悟的神情，显示了某种精神上的转变，透露出一种始终不渝的，温顺而美好的，毫不动摇的决心。前额上在两道蛾眉之间出现了一条细细的垂直的皱纹，给她那可爱的脸庞增添了一种沉思的、乍看起来甚至显得近乎严峻的神情。原先那种轻佻神色已经荡然无存。阿廖沙觉得奇怪的是：尽管所有的不幸都落到这个可怜的女人身上，就在她决心嫁人的时候，她的未婚夫却犯下了滔天大罪而遭逮捕，尽管接着她又生了一场大病，现在不可避免的法庭判决即将来临，即便如此，格鲁申卡仍然没有丧失原先那种青春活力。在她原来高傲的眼睛里现在闪现出一种平和的神采，虽然……虽然，这双眼睛，偶尔又会燃起一星不祥的火花，那是在原有的那种不仅没有减弱，反而不断增强的忧虑触动她内心的时候。她所忧虑的对象还是原来的那个人：卡捷琳娜·伊凡诺芙娜。格鲁申卡甚至在病中说胡话时都提到了她。阿廖沙明白，她是为了米佳，为了囚禁中的米佳吃她的醋，虽然卡捷琳娜·伊凡诺芙娜一次也没有到狱中去探望他，而她本来是随时都可以去探望的。所有这一切对阿廖沙构成了一道难题，因为格鲁申卡只对他一个人敞开自己的心扉，不断地征询他的意见，而他有时候却什么也不能对她说。

他忧心忡忡地走进了她的住所。她已经回家了，她探望米佳回来已经有半个小时了。根据她从桌子后面的椅子上跳起来迎接他的动作十分迅速来看，她正在急不可耐地等待他。桌子上摊着纸牌，看样子在玩“捉傻瓜”。紧靠桌子的皮沙发上铺着床褥，马克西莫夫穿着睡袍，头戴尖顶棉帽，半躺在那里，显然他有病，身体很虚弱，虽然露出了甜蜜的微笑。这个无家可归的小老头儿自从两个月以前和格鲁申卡一起从莫克罗耶回来以后，就一直住在她家里，一步也没有离开过。他当时和她一起冒着大雨和泥泞回到了这里，浑身都湿透了，又受了大的惊吓，坐在沙发上，默默地注视着她，脸带畏怯而央求的微笑。格鲁申卡当时伤心至极，已经开始发烧，回家后忙于张罗各种事情，在最初的半小时内几乎把他给忘了，最后才突然仔细地看了他一眼：他可怜而茫然地对她嘻嘻一笑。她吩咐费妮娅给他弄点儿吃的，他几乎一动也不动地在那里坐了整整一天；直到天黑关上了百叶窗之后，费妮娅才问女主人：

“怎么，小姐，难道他留在这里过夜吗？”

“是的，给他在沙发上铺上被褥。”格鲁申卡回答说。

格鲁申卡更为详细询问他以后，才知道他现在确实是无处可去了，“我的恩人卡尔加诺夫先生干脆对我说，今后不再收留我了，他给了我五个卢布。”“好吧，上帝保佑你，那你就留下吧。”格鲁申卡无可奈何地说，同情地向他微微一笑。她这一笑使老头儿深受感动，他的双唇颤抖着，感激得哭了起来。从此这个漂泊不定的食客便在她家里留了下来。甚至在她生病期间他也没有离开过。费妮娅和她的母亲[1]，格鲁申卡的厨娘，没有把他撵走，继续供他饭食，在沙发上给他铺上被褥。后来格鲁申卡对他也习惯了，每次从米佳那儿回来（她病稍好些，甚至还来不及完全好便去探望他），为了解闷，就坐下来跟“马克西摩什卡”闲扯，免得去想伤心事。事实上这小老头儿有时也很能讲，后来甚至成了她必不可少的一个人。除了阿廖沙，格鲁申卡几乎谁也不接待。阿廖沙也不是每天都来，而且陪她的时间总是不很长。那个年迈的商人当时已经病得很重，正如城里传说的那样，已经“气息奄奄”了。他果然在米佳被判决以后刚过一个星期就死了。在死前的三个星期，他感到自己将不久于人世，便把自己的儿子、媳妇和孙子孙女叫到楼上，吩咐他们再也不要离开他。他严格规定仆人们从此以后再也不要让格鲁申卡进门，如果她来，那么就对她说：“他祝愿您生活愉快，长命百岁，彻底把他忘掉。”但格鲁申卡几乎天天派人去打听他的病情。

“你终于来了！”她扔下牌，兴高采烈地和阿廖沙打招呼，“马克西摩什卡吓唬我说你大概不会来了。唉，我多么需要你呀！坐到桌子跟前来吧，想喝点什么，咖啡吗？”

“好的，”阿廖沙说着在桌子旁边坐下来，“我饿极了。”

“真是的，费妮娅，费妮娅，拿咖啡来！”格鲁申卡大声喊道。“我的咖啡早就煮好了，等着你来喝呢。把馅饼也端上来，要热的。你别着急，阿廖沙，为了这些馅饼今天还吵了一架。我今天带着馅饼到狱中去看他，可他呢，你信不信，把馅饼扔还给我，就是不肯吃。还把一张馅饼扔在地上，踩得稀烂。我便说：‘我把馅饼留在看守那里，要是你到晚上还不吃，那么你就把恶毒的恼恨当饭吃！’我说完就走。你信不信，我们又吵嘴了。我们一见面就吵。”

格鲁申卡激动地把所有这些事情一股脑儿都端了出来。马克西莫夫一

① 小说中另一个地方说格鲁申卡的厨娘是费妮娅的祖母。可能是作家的笔误。

听就害怕了，马上垂下眼睛赔着笑。

“这一次你们为什么吵架呢？”阿廖沙问。

“我完全没有料到！你想想，他居然为原来的那个人而吃醋，他说：‘为什么你要供养他？这么说，你开始供养他了？’他一直在吃醋，一直在吃我的醋！吃饭睡觉的时候也在吃醋。上星期有一次甚至为库兹马而吃醋了。”

“原来那位的情况他不是知道的吗？”

“你看怪不怪？从一开始直到今天的情况他都知道，可是今天他突然站起来就骂人。他说的那些话讲出来都嫌害臊。傻瓜！我刚出来，拉基京就进去看他了。也许是拉基京在从中挑拨，是吗？你说呢？”她好像漫不经心地加了一句。

“他爱你，就是这么回事，他非常爱你。现在他恰好在气头上。”

“他怎么会不恼怒呢，明天就要开庭了。我去就是为了跟他说明天的事，阿廖沙，我甚至都不敢想象明天会发生什么事。你说他在气头上，可你不知道我比他更加气恼。他却在那儿大谈那个波兰人！竟有这样的傻瓜！大概他只有对马克西摩什卡才不会吃醋。”

“以前我的太太吃醋也吃得厉害呢。”马克西莫夫插嘴说。

“怎么会吃你的醋呢，”格鲁申卡不由得大笑起来，“吃谁的醋？”

“那些年轻的女佣。”

“哎，别说了，马克西摩什卡，我现在没有心思开玩笑，我都快恨死了。你也别盯着那些馅饼，我不会给你吃的，这有损你的健康，药草酒也不会给你喝了。您瞧，现在还得为他的事情操心；我这里好像是个养老院，真的。”她大笑起来。

“我不配享用您的恩赐，我是个微不足道的人，”马克西莫夫几乎哭出来似的说道，“您不如把您的恩赐给予那些比我更有用的人吧。”

“唉，每个人都是有用的，马克西摩什卡，怎么知道这个人比那个人有用呢。即使根本没有那个波兰人，阿廖沙，他今天肯定也会大发醋劲的。我也单独去找过那个波兰人。你瞧，现在我还故意要把馅饼给他送去，我本来没有送，可米佳硬说我送了，我现在偏要送去，故意给他送去！唉，费妮娅拿着一封信进来了！果然不错，又是波兰人写的，又来讨钱了！”

穆夏洛维奇先生果真送来一封冗长的、照例又是辞藻华丽的信，他在信里请求借给他三个卢布。信里还附了一张收条，写明在三个月之内一定归还，和他一起签名的还有佛鲁勃莱夫斯基。格鲁申卡已经从她“原来那位情人那里收到了许多这样的信和收条。这还是两周以前，格鲁申卡刚病愈时开始的。不过她知道，在她生病期间，两个波兰人也常来打听她的病情。格鲁申卡收到的第一封信很长，是用大张信笺写的，还盖上了家族的纹章，内容极为晦涩，而用词却很华丽，因此格鲁申卡只读了一半就扔下了，一点也弄不明白是什么意思。再说当时她也没有心思看什么信。紧接着，第二天又来了另一封信，穆夏洛维奇在这封信里请求给他一笔两千卢布的短期借款。格鲁申卡对这封信也没有加以理睬。接着来信便接连不断，一天一封，全是那样一本正经，辞藻华丽，但借款的数额逐步下降，一直降到一百卢布，二十五个卢布，十个卢布，最后格鲁申卡突然收到一封信，两个波兰人只向她借一个卢布，还附了一张由两人共同签名的收条。这时格鲁申卡突然萌生了恻隐之心，于是她在黄昏时亲自去看了那个波兰人。结果她发现两个波兰人处于极度贫困之中，简直身无分文，没有饭吃，没有柴烧，没有烟抽，欠了女房东许多钱。在莫克罗耶从米佳那儿赢来的二百卢布早就花光了。但是格鲁申卡感到奇怪的是两个波兰人见了她仍然摆出一副无求于人的傲慢劲，而且讲究繁文缛礼，夸夸其谈。格鲁申卡只是付诸一笑，给了原来的那个情人十个卢布，当时她就把这件事告诉了米佳，一面说还一面笑，米佳也没有一点醋意。但是从此以后两位波兰人却死死缠住了格鲁申卡，天天向她写信借钱，而她也每次多少给一点。而今天米佳却突然醋劲大发了。

“我真傻，我去看米佳的时候，顺便也去看了看我原来的那个波兰人，只待了一分钟，那是因为他也病了。”格鲁申卡又开始匆匆忙忙说，“我一面笑，一面把这件事说给米佳听，我说：‘你想想，我那个波兰人要想一面弹吉他一面给我唱原先的那些歌，他以为我会大受感动而嫁给他。’可是米佳一听就跳起来破口大骂……这样可不行，我一定要给波兰人送馅儿饼去！费妮娅，他们是派那个姑娘送来的吗？这样吧，给她三个卢布和十只馅儿饼，用纸给他们包好，叫她带回去。而你，阿廖沙，一定要去告诉米佳，说我给他们送了馅儿饼！”

“我决不会说的。”阿廖沙微笑着说。

“唉，你以为他会痛苦吗？他这是故意装出吃醋的样子，实际上他根本不在乎。”格鲁申卡伤心地说。

“怎么是故意的呢？”阿廖沙问。

“你真笨，阿廖沙，就是这么回事，虽然你很有头脑，但对这类事情一窍不通，就是这么回事。他为我这样的女人吃醋，我是不会生气的，要是他一点也不吃醋，那我反而倒要生气了。我就是这样的一个人。我决不会因为吃醋而生气，我自己就心肠很硬，我自己也爱吃醋。使我生气的是他根本不爱我，现在他是故意装作吃醋的样子，就是这么一回事。难道我是瞎子，看不出来吗？他常常跟我提起那个卡佳，说她这样那样，说她特地从莫斯科请了一位医生出庭为他做证，打算救他，还请了一位第一流的、最有学问的律师。他既然当着我的面夸她，瞪着那双无耻的眼睛夸她，那说明他是爱她的！他自己做了对不起我的事，反而来纠缠我，说我早就对不起他了，然后一股脑儿把责任推到我一个人身上，他会说：‘在我之前你就跟波兰人有关系，所以现在我也可以跟卡佳来往。’就是这么一回事！他想把责任推在我一个人身上。他是故意要纠缠我，我告诉你，他是故意的，可是我……”

格鲁申卡没有说完她会怎么样，就用手帕捂住了眼睛，号啕大哭起来。

“他不爱卡捷琳娜·伊凡诺芙娜。”阿廖沙坚定地说。

“他爱不爱，我自己很快会弄清楚的。”格鲁申卡厉声说道，同时她把手帕从眼睛上移开了。她的脸变了样。阿廖沙伤心地看到，原来那张温顺而平和乐天的脸突然变得阴郁而充满了恶意。

“别说这些蠢事了！”她突然生硬地说，“我叫你来不是为了说这些事。阿廖沙，亲爱的，明天，明天会怎么样？我担心的就是这件事。也只有我一个人在担心！我发现大家谁也没有去想这件事，大家都认为与自己无关。你有没有想到呀？明天不就要开庭了吗！你告诉我，他们会怎样审判他？这是那个仆人，是那个仆人杀的呀，是仆人！天哪！难道要他代替那个仆人受审判，谁也不愿出来替他辩护吗？他们根本没有去触动那个仆人，是吗？”

“对他进行了严格的审问，”阿廖沙沉思着说，“但大家一致认为不是他干的。现在他病得很厉害。自从那次癫痫发作以后他一直生病。他也确实有病。”阿廖沙补充了一句。

“天啊，你最好亲自去找一下律师，当面给他谈一谈事情的来龙去脉。据说，是花了三千卢布才把他从彼得堡请来的。”

“我们三个人合在一起给了三千，我，伊凡和卡捷琳娜，那个医生是她花了两千卢布从莫斯科请来的。费丘科维奇律师本来要价更高，但这件案子已经轰动了全俄，所有的报章杂志都在议论，费丘科维奇多半是为了扬名才来的，这案子闹得太大了。我昨天已经见过他了。”

“怎么样？跟他说了吗？”格鲁申卡急忙追问。

“他听了什么也没有说。他讲他已经有了一定的看法。但他答应考虑我的话。”

“什么叫考虑！唉，他们都是些骗子！他们会把他毁掉的！但是那个医生，她干吗要请那个医生呢？”

“作为专家请的。他们想认定哥哥发疯了，在神经错乱的情况下杀了人，”阿廖沙平静地微笑了一下，“但是哥哥不同意。”

“唉，假如真的是他杀的，那肯定是那样！”格鲁申卡大声说，“当时他肯定疯了，完全疯了，这都是我这个下流女人造的孽！不过他确实没有杀人，没有杀人！现在大家都说他杀了人，全城的人都这样说。连费妮娅也这样做证，好像是他杀了人。还有小铺子里的那些人，还有那个官员，他们都这么说，以前在小酒店里大家也都听到他说过要杀人！所有的人都指控他，都在瞎嚷嚷。”

“是的，证词越来越多。”阿廖沙闷闷不乐地说。

“还有那个格里戈里，格里戈里·瓦西里耶维奇，他也一口咬定说门是开着的，硬说他亲眼看到的，怎么也不能使他改口，我去见过他，亲自和他谈过。他还骂人呢！”

“是的，这可能是指控哥哥的最有力的证据。”阿廖沙说。

“至于说米佳疯了，那么他现在确实是这样。”格鲁申卡突然带着一种特别担忧和神秘的神色说道，“你知道吗，阿廖沙，我早就想对你说了：我天天去看他，简直每次都感到惊讶。你告诉我，你是怎样想的：他现在都在说些什么？他说呀说呀——而我什么也不明白，我还以为他在说什么深奥的玩意儿，我想我这个人太笨，没法听懂。他突然无缘无故地谈起孩子的事，谈起一个小孩子。他说：‘为什么孩子那样可怜？为了孩子我现在愿意发配到西伯利亚去，我没有杀人，但我应该到西伯利亚去！’这是怎么一回事？那孩子是怎么回事？——我一点儿也不明白。他一说，我就掉眼泪，因为他讲得实在太好了，他自己也哭，我也哭了，他突然吻我一下，还用手画十字，这究竟是怎么一回事，阿廖沙？你告诉我，这‘孩子’是怎么回事？”

“这是因为拉基京时常去看他，”阿廖沙笑了笑说，“不过……这不是因为拉基京。我昨天没有去看他，今天要去。”

“不，这与拉基京无关，这是他弟弟伊凡·费奥多罗维奇在搅和，是他经常去找他，问题就在这里……”格鲁申卡突然停住了。阿廖沙惊讶地瞪大眼睛盯着她。

“怎么他去了？难道他去看过他了吗？米佳亲口对我说伊凡一次也没有去过。”

“唉……唉，我这个人也真是！我说漏了嘴！”格鲁申卡大声说，满脸绯红，显得十分尴尬，“别急，阿廖沙，你先别说，既然说漏了嘴，那我就把全部实情都说出来：他到他那儿去过两次，第一次是他刚回来的时候——他从莫斯科一回来就去看他了，当时我还没有病倒，而第二次是在一星期之前。他不让米佳把这件事告诉你，坚决不让说，对谁都不让说，他是秘密去的。”

阿廖沙坐在那儿陷入了沉思，他在考虑着什么。这消息显然使他大吃一惊。

“伊凡哥哥对米佳的案子从来没有跟我谈起过，”他慢吞吞地说，“最近这两个月来他很少和我说话，每次我去看他，他总是不高兴，因此我已经有三个星期没有去看他了。嗯……如果他在一个星期前去过，那么……在这个星期里米佳确实发生了某种变化……”

“变了，变了！”格鲁申卡赶紧接茬说，“他们之间有秘密，他们有秘密！米佳亲口对我说过他们之间有秘密，你知道吗，这个秘密使米佳坐立不安。他原先是个很快活的人，他现在还是快活的，但是你知道，一旦他开始摇晃脑袋，在房间里踱来走去，用右手指揉搓鬓角上的头发，我就知道，他一定有什么心事了……我太了解他了！以前他是个快活的人，就是今天他也是快活的！”

“可是你刚才不是说他在生气吗？”

“他是在生气，但又很快活了。他总是生气，但只是一会儿，接着又快活了，过一会儿又突然生气了。你知道，阿廖沙，我觉得他这个人真奇怪：眼前就有非常可怕的事在等着他，而他有时居然为了鸡毛蒜皮的事哈哈大笑，好像自己就是个孩子。”

“他真的不让你对我讲伊凡的事吗？他真的说过：‘你别讲’吗？”

“他是这样说的：你别讲。他主要是怕你，就是米佳怕你。因为这里有秘密，他自己说过有秘密……阿廖沙，亲爱的，去打听一下：他们有什么秘密，再回来告诉我。”格鲁申卡突然跳起来哀求说，“你让我这可怜的女人安下心来，让我知道自己可诅咒的命运！我就是为这件事才叫你来的。”

“你以为这个秘密跟你有关吗？这样的话，他就不会当着你的面谈这个秘密了。”

“我不知道。也许他想告诉我，但又不敢说。他事先发出了警告。他说有一个秘密，至于是什么秘密，他没有说。”

“你自己是怎样想的呢？”

“我怎样想？我完了，这就是我的想法。我这个结局是他们三个人一起准备的，因为卡佳牵扯在里面。这都是卡佳的主意，她是罪魁祸首。他总说她这样那样，这就是说，我不怎么样。这话他预先说给我听，预先警告我。他想抛弃我，这就是全部秘密！这是他们三个人——米佳、卡佳还有伊凡一起策划的。阿廖沙，我早就想问你了：一星期以前他突然向我透露说伊凡爱上了卡佳，因为他常到她那里去。他对我讲的是真话吗？你凭良心说，一定要说实话。”

“我不会对你撒谎的。伊凡没有爱上卡捷琳娜·伊凡诺芙娜，我是这样想的。”

“我当时也是这样想的。他对我在撒谎，这不要脸的东西，就是这么回事！现在他吃我的醋，想以后把罪名推在我身上。他是个傻瓜，他不会把尾巴藏起来的，他肚皮里放不下东西……不过我一定要给他点颜色看看！他说：‘你相信我杀了人。’他居然对我说这样的话，居然用这话来责备我！愿上帝保佑他！等着瞧吧，到法庭上我会给卡佳吃点苦头的！到时候在法庭上我要说出一句关键的话……到时候我会把什么都讲出来！”

她又伤心地哭了起来。

“我现在可以明确地告诉你，格鲁申卡，”阿廖沙说着站了起来，“第一，他爱你，这世界上他最爱的是你，只爱你一个人，这一点你要相信我。我是知道的。我知道得很清楚。第二，我要告诉你，我不想去向他打听什么秘密，如果他自己今天告诉我，那么我会直截了当对他说，我已经答应要告诉你，那样的话我今天就来告诉你。只不过……我觉得……这跟卡捷琳娜·伊凡诺芙娜根本没有关系，这秘密涉及别的事情。肯定是这样的。我觉得，这件事好像跟卡捷琳娜·伊凡诺芙娜毫无关系。现在我要告辞了！”

阿廖沙握了握她的手。格鲁申卡还在那里哭泣。他看出她不太相信他安慰她的话，好在她把内心的痛苦说了出来，得到了宣泄。这样离开她他感到于心不忍，但他急着要走。还有许多事情在等着他。

二 一条病腿

第一件事是要到霍赫拉科娃太太家，于是他匆匆赶到那里，想尽快把事情办完，然后再去见米佳。霍赫拉科娃太太已经病了三个星期了：她的一条腿不知怎么肿了。虽然她还没有卧床不起，但白天只能穿着漂亮、得体的便服[①]，斜躺在小客厅里的卧榻上。阿廖沙有一次注意到霍赫拉科娃太太尽管有病，却开始讲究打扮了：她戴起了头饰，打上了蝴蝶结，穿上了对襟衫，他不由得暗暗感到好笑，虽然他努力驱散这些无聊的想法，但他毕竟悟出了她这样做的道理。最近两个月里，除了其他客人之外，那个年轻人佩尔霍金也常常来拜访霍赫拉科娃。阿廖沙已经有四五天没有来了，今天他一进门便急于直接去见丽莎，因为他有事要找她。丽莎昨天就派了一名侍女到他家里，恳请他无论如何要立即去一次，说是有一件非常重要的事情需要商量。由于某些原因，这引起了阿廖沙的兴趣。但是在侍女进去向丽莎通报的时候，霍赫拉科娃太太已经从别人那里知道他来了，她便立即打发人来请他到她那里去"一会儿"。阿廖沙考虑了一下，认为还是先满足母亲的要求为好，要不然他到了丽莎那里，她也会不断打发人来叫他的。霍赫拉科娃太太半躺在卧榻上，好像过节似的打扮得非常漂亮，显然处于一种神经质的异常兴奋状态。她用欣喜若狂的喊叫迎接阿廖沙。

"有几个世纪，几个世纪，整整几个世纪没有见到您了！整整一个星期了吧，噢，对不起，四天前您还来过，在星期三那天吧？您是来找丽莎的，我相信您打算踮着脚尖悄悄地直接溜到她那儿，不让我听见。亲爱的，亲爱的阿列克谢·费奥多罗维奇，您真不知道她是多么使我担心啊！但这以后再说。虽然这是最主要的，但放在以后说吧。亲爱的阿列克谢，我把我的丽莎完全托付给您了。佐西马长老归天以后——愿上帝给他灵魂以安宁！（她画了十字）——在他之后我把您看作苦行修士，虽然您穿着这套新衣服非常漂亮。您这是从哪儿找到这样好的裁缝？不，不，这不是主要的，这以后再说。请您原谅，我有时叫您阿廖沙，我是老太婆了，我可以随心所欲地称呼您。"她娇媚地笑了笑，"不过这也以后说吧。主要是我别忘了主要的事情。要是我离题了请您提醒我，您就说：'而主要的是什么？'唉，我怎么知道现在什么是主要的呢！自从那天丽莎向您收回了她的许诺，阿列克谢·费奥多罗维奇，孩子气的许诺，说是要嫁给您

① 来自法文"déshabille"，指不在外人面前穿的便服。

的许诺，您当然已经明白所有这一切无非是一个长期坐在轮椅上的一个有病小姑娘的顽皮的幻想——不过谢天谢地，她现在已经能走路了。那位新来的医生，就是卡佳为不幸的米佳特地从莫斯科请来的那位，令兄明天就要……我干吗要提明天的事！我一想到明天的事就急死了。主要是我出于好奇……总之，那位医生昨天到我家来了，给丽莎检查过了……我给了他五十卢布的出诊费。不过这又离题了，又离题了……您瞧，我现在已经完全糊涂了。我很着急。为什么我要着急？我自己也不知道，我现在简直什么都不明白。我脑子里什么都乱成了一团。我真怕，您会觉得无聊而马上要离开我，可我才刚刚见到您。哎哟，我的天！干吗我们这样干坐着，首先得来一杯咖啡，尤莉亚，格拉菲拉，拿咖啡来！”

阿廖沙连忙表示感谢并声明他刚喝过咖啡。

“在谁那儿喝的？”

“在阿格拉费娜·亚历山德罗芙娜那里。”

“这么说来……是在那个女人家里！唉，是她把所有的人都害苦了，不过我不清楚，听说，她变成了圣女，但已经晚了。最好是在以前需要的时候，现在又有什么用处呢？您别说，别说，阿列克谢·费奥多罗维奇，因为我想说的事情太多了，可是好像一件事也说不清楚。那可怕的审判……我一定要去，我正在准备，让人用椅子抬我进去，而且我可以坐，有人陪我，您也知道，我是证人。我该怎么说呢，我该怎么说呢！我不知道该说些什么。不是还要宣誓吗，是不是？”

“是的，但我看您不一定去得了。”

“我可以坐在那儿，哎哟，您把我搞糊涂了！这次审判，这种野蛮行为，以后这些人都要发配西伯利亚，有些人还可以结婚，所有这一切很快，很快都会过去的，一切都在变化，最后是一场空，大家都成了老头老太，就快进棺材了。随它去吧，我也看够了。那个卡佳，那个漂亮的姑娘[①]，是她

① 原文是法文。

粉碎了我的一切希望。现在她要追随您的一位哥哥到西伯利亚去，您的另一位哥哥就跟在她后面，在邻近的一个城市里住下来，大家你折磨我，我折磨你，这简直要使我发疯，主要是这件事现在闹得满城风雨：彼得堡和莫斯科的所有报刊上都已经写了一千遍一万遍，唉，您想想，他们把我也写进去了，说我是令兄的'密友'，我真不愿意说出这个难听的字眼，您想想，您好好想想吧！"

"这绝不可能！刊登在什么地方？是怎样写的？"

"我马上拿给您看。我是昨天收到的——昨天我就读到了。就在这份彼得堡出的《传闻》报上，这份《传闻》报是今年开始出版的，我非常喜欢听传闻，就订了一份，结果传到了自己头上。您看看是些什么样的传闻。就在这一版上，在这里，您读吧。"

她把一份放在她枕头下面的报纸递给阿廖沙。

不能说她非常伤心，但好像心烦意乱，也许她头脑里的一切真的成了一团乱麻。报上这段报道很有特色，当然对她很有刺激，但幸亏她当时无法把注意力集中在一件事情上，因此一会儿她把报纸的事情给忘了，她的注意力完全转移到了别的事情上。至于这件可怕的案件的名声早已传遍俄国各地，这点阿廖沙早就知道，而且，天哪！在这两个月里，除了一些忠实的报道之外，他读到了多少有关他哥哥，卡拉马佐夫一家，甚至他本人的稀奇古怪的消息和报道啊！有一张报纸甚至说，他在他哥哥犯罪以后吓得接受了苦行戒律，闭门修行；另一张报纸否定了这种说法，反而说他和他的长老佐西马一起撬开了修道院的银箱，"携款而逃"。现在《传闻》报上这则新闻的标题是：《来自斯柯托普利郭尼耶夫斯克[①]的报道（唉，这就是我们这个小城的名称，我隐瞒了很长时间了）：关于卡拉马佐夫案件》。报道很短，也根本没有提到霍赫拉科娃太太，而且所有名字全都隐去了。报道只是说，这个轰动全国的大案的罪犯是一个退伍中尉，十足的

① 有"畜栏"的意思。

无赖，懒惰成性，还是一个农奴主，常常寻花问柳，对某些“孤寂难挨的太太具有特别的吸引力”。有一位“独守空房的富孀”，虽然她女儿已经成年却风流不减当年，被他迷得神魂颠倒，就在他作案前两小时，还答应给他三千卢布，要他立即与她一起私奔到金矿上去。但这个恶棍宁肯杀死父亲，抢走乃父的三千卢布，从此逍遥法外，也不愿带着那个空床难守的半老徐娘去西伯利亚受苦。这篇添油加醋的报道照例在行文结束时，对谋害父亲的这种丧尽天良的罪行以及早已废除的农奴制表示了高尚的愤慨。阿廖沙好奇地读完了这篇报道，把报纸折好，还给霍赫拉科娃太太。

“这还不是影射我吗？”她又嘟囔道，“这就是我吗？是我差不多在一小时之前向他建议去找金矿，结果突然冒出一个风骚的‘半老徐娘’。难道我是为了这个目的吗？这是他故意说的！如果永恒的裁判原谅他，但要知道这是……您知道这是谁干的吗？这是您的朋友拉基京干的。”

“也许是他。”阿廖沙说，“不过我一点也没有听说过。”

“是他，肯定是他，不可能是别人！要知道是我把他撵走的……这件事情的经过您不是知道了吗？”

“我知道您请他以后别再上门，但究竟是什么原因，这个嘛……至少我没听您说过。”

“这么说来，您是听他说的！他怎么说，骂我了吧，骂得很厉害吗？”

“是的，他骂人了，不过他什么人都骂。至于您为什么拒绝他上门——我倒没有听他说过。而且一般地说，我很少和他见面。我们并不是朋友。”

“那好，我把这件事全都告诉您，我现在也很后悔，但是没有办法，因为这里有一条界线，在处理这条界线方面也许我自己也有错。这条界线不明显，很不明显，因此，也许它根本就不存在。您要知道，我亲爱的阿廖沙，”霍赫拉科娃太太突然做出一副快活的样子，嘴角上闪过一丝迷人而诡秘的微笑，“您要知道，我怀疑……请您原谅我，阿廖沙，我像母亲那样对待您……啊，不，不，正相反，我把您当作是我的神甫……因为像母亲那样在这里就太不合适了……反正就像向佐西马长老忏悔那样，这样说最准确，也是最合适的，刚才我不是还说您是苦行僧吗。就是那个可怜的年轻人，您的朋友拉基京（噢，天哪，我对他简直无法生气！

我又气又恨，但不那么厉害），总之，您简直无法想象这个轻浮的年轻人突然心血来潮，好像爱上我了。我是在后来，直到后来才觉察到的，但开始时，也就是大约在一个月之前吧，他开始更为频繁地到我这儿来，几乎是天天来，虽然原来我们就认识。我还什么都不知道……可突然我恍然大悟，说来真奇怪，我竟开始觉察到了。您知道，在两个月以前我就已经开始接待那位谦虚、可爱、值得尊敬的年轻人，彼得·伊里奇·佩尔霍金，他是本地的一位官员。您自己也见过他好多次了。他是个严肃正派的人，是吗？他每三天来一次，并不是天天来（哪怕天天来也没关系），总是衣冠楚楚，阿廖沙，我就喜欢像您这样有才华而又谦虚的年轻人，而他几乎具有国务活动家的头脑，他讲话娓娓动听，我一定，一定要替他推荐。这是未来的外交家。他在可怕的那一天，深更半夜到我家里来，几乎把我从死神手里救了出来。可是您的朋友拉基京总是穿着那样的靴子进来，在地毯上蹭来蹭去……总之，他开始向我做出种种暗示，突然有一次临走时他拼命紧紧握住我的手，自从他握了我的手以后，我的一条腿就突然痛得要命。他原先在我家里也遇到过彼得·伊里奇，您信不信，他总是对他冷嘲热讽，一直是冷嘲热讽，一有什么便冲着他大声呵斥，我只是瞅着他们交锋，而心里却感到好笑。突然有一天，我正一个人坐在那里，不对，当时我已经躺下了，我一个人正躺在那里，米哈伊尔·伊凡诺维奇突然来了，您想想，他还带来了他写的一首小诗，非常短，题目就是我的那条病腿，就是用诗描写我的那条病腿。您等等，他是这样写的：

玉腿啊，玉腿，
稍稍有点疼痛……

下面还有，可我无论如何也记不住诗，这首诗还在我这里，我以后给您看，写得太美了，太美了，而且，您要知道，不仅写腿，还有道德教诲，美好的理想，不过我忘记了，总之，简直可以收入诗集。我自然表示感谢，他显得非常得意。我还没有来得及说完道谢的话，彼得·伊里奇突然走了进来，米哈伊尔·伊凡诺维奇的脸色一下子阴沉下来。我发现彼得·伊里奇妨碍了他，因为米哈伊尔·伊凡诺维奇献诗以后一定有什么话要对我说，这我已经预感到了，可是这时候彼得·伊里奇走了进来。我马上把这首诗给彼得·伊里奇看，但没有说是谁写的。我深信，我坚信他立刻就猜到了，虽然他至今还不承认，他说他没有猜到；这是他故意这样说的。彼得·伊里奇立刻哈哈大笑，接着就批评起来。他说这种蹩脚的歪诗是一个中学生写的，而且您要知道，他言辞是多么激烈，多么激烈呀！这时候您那位朋友不是一笑了之，相反，却暴跳如雷……天哪，我那时认为他们要打起来了。他说：'这是我写的。我是写着玩的，因为我认为写诗是下流的事情……不过我的诗写得很好。普希金写了赞美女人玉腿的诗，你们便要给他造纪念碑，而我的诗是有倾向性的。您自己是农奴制的拥护者，您没有一点人道主义精神，对现代文明毫无感受！社会进步对您毫无触动，您是个贪赃枉法的官僚！'这时候我提高嗓门，求他们别再争吵了。可是您要知道，彼得·伊里奇也不是那种胆小怕事的人，他突然显得彬彬有礼，一面嘲笑似的看着他，一面向他道歉说：'我不知道是您写的，知道的话就不说了，我还会夸奖您……诗人们都容易生气……'总之，表面上彬彬有礼，骨子里却在嘲笑他。后来他亲口对我说，这些话都是挖苦他的，而我当时还以为他真心向他道歉呢。当时我正躺在那儿，就像现在躺在您面前一样，心里突然想到，假如米哈伊尔·伊凡诺维奇在我家里对我的客人无礼地大声嚷嚷，我因此而把他赶走，这样做好不好呢？您信不信，我躺在那儿闭着眼睛在想：这样做究竟好不好？我一时拿不定主意，我反复琢磨，伤透了脑筋，心也怦怦直跳，我不知是不是应该喊出来？一个声音在说：你喊吧，而另一个声音说：别喊！这第二个声音刚说完，我一下子就喊了出来，接着就昏过去了。不用说这时候一片混乱，我忽然站起来对米哈伊尔·伊凡诺维奇说：'我伤心地向您宣布：我不愿意再在我的家里接待您了。'我就这样把他撵走了。唉，阿列克谢·费奥多罗维奇！我自己知道这样做很不好，我说的都是假话，其实我根本没有生他的气，但我突然想到，主要是突然感到，这样做有好处，这样的场面……不过您信不信，这样的场面终究还显得很自然，因为我甚至还痛哭了一场，连续哭了好几天，可是到了下午我突然把这件事忘得一干二净。

他已经有两个星期没有上我家来了，我心里在想：莫非他永远不来了吗？这还是昨天的事，突然傍晚时分收到了这份《传闻》报。我读了以后大吃一惊。这是谁写的？肯定是他写的。他一回家就坐下来炮制这篇文章，然后就寄了出去。人家就把它登出来了。前前后后恰好是两个星期。阿廖沙，我是不是扯得太远了，该说的没有说？唉，我真管不住自己的舌头！”

“我今天无论如何要抓紧时间到哥哥那儿去一次。”阿廖沙嗫嚅着说。

“对，对！正好您提醒了我！我问您，什么叫情感倒错？”

“什么情感倒错？”阿廖沙感到惊讶。

“司法上说的情感倒错。只要是情感倒错，什么罪行都不予追究。不论您犯了什么罪行，您都能得到宽恕。”

“您这是什么意思？”

“我是指那个卡佳……唉，那是个可爱的，非常可爱的人，可是我怎么也不明白她到底爱的是谁。不久前她到我这里，我问她，可什么也没有问出来。何况她现在只跟我表面上敷衍敷衍，总之，老是问我的身体状况，其他一概不谈，说话的口气也变了，我只好对自己说：随您便吧，愿上帝保佑您……哎哟，还是谈情感倒错吧：那个医生来了。您知道不知道来了一位医生？您怎么会不知道呢，那个能诊断是不是疯子的医生还是您请来的，噢，不是您，是卡佳。这都是卡佳的安排！您瞧，一个人根本没有疯，可是突然发生情感倒错。他神志清醒，也知道自己在干什么，但是他却处于情感倒错的状态。德米特里·费奥多罗维奇肯定也是情感倒错了。自从开设了新式法院之后，立即弄清楚了情感倒错是怎么回事。这是新式法院的功劳。这位医生来过，详细问了我那天晚上的情况，就是金矿的事，他当时的情绪怎么样。他一来就大喊大叫：钱，钱，三千卢布，给我三千卢布，后来突然就去杀了人。——这怎么不是情感倒错！他说我不想杀人，不打算杀人，可是突然又杀了人。他本来不想杀人，结果却杀了人，正因为这样才宽恕他。”

“他可没有杀人。”阿廖沙打断了她，口气不太客气。他越来越感到焦躁不安了。

“我知道，是格里戈里那老头儿杀的……”

“怎么会是格里戈里呢？”阿廖沙大声叫了起来。

“是他，是他，就是格里戈里。德米特里·费奥多罗维奇把他打倒在地，后来他爬了起来，看到门开着，就走进去杀死了费奥多尔·巴夫洛维奇。”

“为什么？为什么呀？”

“因为他情感倒错了。德米特里·费奥多罗维奇把他头打昏了，他醒过来后就情感倒错了，于是就去杀人了。他自己说没有杀人，他可能记不得了。不过您知道吗，如果是德米特里·费奥多罗维奇杀的，那就好了，要好得多。虽然我说是格里戈里杀的，但实际上是德米特里·费奥多罗维奇杀的，肯定是他杀的，这样要好得多，好得多！唉，我不是说儿子杀老子是件好事，我是不赞成的，相反，子女应该尊敬父母，不过假如是他杀的，那样倒好，那样您就没有什么可伤心的了，因为他是在神志不清的情况下杀了人，或者说他神志虽然清醒，但不知道怎么会做出这种事情。是的，让他们宽恕他吧；这样才合乎人道，而且让大家都能看到新式法院的德政。我本来还一点不知道，听说早就实行了。我昨天才知道，我听了非常惊讶，我立刻想派人来请您，等将来他被赦免以后，那就让他从法院出来后直接到我这儿来吃饭，我把亲朋好友请来，大家一起为新式法院干一杯。我并不认为他有什么危险，何况我要请许多客人来，因此即使他闹事，总能把他带走的。将来他可以到别的什么城市里当调解法官或做其他工作，因为自己遭受过不幸的人比其他人审判更加公正。主要的是：现在谁不是情感倒错呢？您，我，大家都情感倒错，这样的例子太多了：一个人坐在那儿唱情歌，突然有什么不称心，他就拔出手枪，见到谁就打死谁，过后大家都宽恕他。这件事我是不久前从报上看到的，所有的医生也都证实了。现在的医生都会证实的，什么都会证实。您看，我的丽莎就情感倒错，昨天我还为她哭过，前天也哭过，今天我才终于明白，她是情感倒错。唉，丽莎太使我伤心了！我想她是完全疯了。她为什么叫您来？是她叫您来的，还是您自己来找她的？”

“对，是她叫我来的，我这就去见她。”阿廖沙果断地站起来。

“啊，亲爱的，亲爱的阿列克谢·费奥多罗维奇，主要问题也许就在这儿。”霍赫拉科娃太太大声说道，突然哭了起来，“上帝可以做证，我把丽莎真心诚意托付给您，她背着母亲偷偷叫您来。这也没有关系。但是对不起，我不能随随便便把我的女儿托付给您的哥哥伊凡·费奥多罗维奇，虽然我还是认为他是个最有骑士风度的年轻人。您想想，他突然来看过丽莎，我居然一点儿也不知道。”

“怎么？什么？什么时候？”阿廖沙非常惊讶，他也不坐下来，站在那儿连声问道。

“让我来告诉您吧，也许我正是为了这件事才请您来的，因为我已经不知道到底为什么要请您来。是这么一回事：伊凡·费奥多罗维奇从莫斯科回来后到我家总共来过两次，第一次来属于朋友拜访的性质，而第二次是在不久前，当时卡佳在我这儿，他知道卡佳在我这儿就来了。当然，我并不指望他常来拜访，因为我知道他现在已经够忙的了，您知道的，这案子再加上您父亲的惨死[①]，但我突然听说他又来过一次，不过没有到我这儿，而是去找丽莎了，这是在五六天以前，他来坐了五分钟就离开了。过了三天以后我才从格拉菲拉那儿知道了这件事，我听了大吃一惊。我马上把丽莎叫来，可她笑着说：他以为您在睡觉，于是到我这儿来打听您的健康情况。当然，事情确实是这样。只是丽莎，丽莎，啊，我的天，她是多么使我伤心啊！您想想，突然有一天夜里——这是在四天以前，就是您最近一次来过以后，那天夜里她突然歇斯底里大发作，大叫大喊！为什么我从来也不发作歇斯底里呢？第二天又犯了，第三天也犯了，昨天还犯过，昨天就情感倒错。她突然对我大声说：‘我恨伊凡·费奥多罗维奇，我要求您以后别再接待他，不准他再进我家的门！’我被这些突如其来的话弄得呆住了，便对她说：我有什么理由拒绝这样一个值得尊敬的年轻人呢，况且他知识渊博，又碰上了这样的灾难，因为所有这些事情终究是一场灾难，而不是幸福，难道不是这样吗？她听了我的话突然哈哈大笑，而且您要知道，是那种侮辱人的笑。但我感到高兴，我想我使她开心了，现在不会再发病了，何况我自己也不想接待伊凡·费奥多罗维奇，因为他未经我

---

① 原文为法文。

的同意莫名其妙来访，我正想让他做出解释呢。可是今天早晨丽莎醒过来后突然对尤莉亚大发脾气，您想想，还打了她一个耳光。这也未免太野蛮了，我对我的侍女们向来都是以‘您’相称的。可是过了一小时以后她忽然拥抱尤莉亚并吻她的脚。她还派人来对我说，她绝对不来见我了，以后再也不愿到我这儿来。当我亲自拖着艰难的步子去看她时，她便扑上来吻我，还哭了，吻过以后又把我推出门外，一句话也没说，因此始终没弄清是怎么回事。亲爱的阿列克谢·费奥多罗维奇，现在我全指望您了，我一生的命运就掌握在您的手里。我请您到丽莎那儿，向她了解全部情况，这也只有您才能做到，然后再来告诉我，告诉我这个当母亲的，因为您要理解，照这样下去，那么我会死的，我简直就没法活了，或者索性逃离这个家。我再也受不了啦。虽然我是有耐心的，但我也可能失去耐心，到那时……那时候将发生可怕的事情。哎哟，我的天，彼得·伊里奇终于来了！”看到彼得·伊里奇走进来，霍赫拉科娃太太叫了起来，忽然眉开眼笑，容光焕发。“您来迟了，来迟了！怎么样，请坐下，决定命运吧，那位律师是怎么说的？您这是要上哪儿呀，阿列克谢·费奥多罗维奇？”

“我到丽莎那儿。”

“啊，是的！那您可别忘了，别忘了我求您的事。这涉及命运，命运！”

“我当然不会忘记，只要有可能……但我已经耽误了。”阿廖沙喃喃说，急着想脱身。

“不，一定，一定要来，而不是‘只要有可能’，不然我就会死的！”霍赫拉科娃太太在他身后大声叫喊，但阿廖沙已经走出了房间。

三　小魔鬼

他走进丽莎房间的时候，看到她正斜靠在她原先坐的那张轮椅上。她以前无法行走的时候，就坐在这张轮椅上由别人推来推去。她没有站起来迎接他，但她那敏锐的目光却紧紧盯着他。她的眼睛有点红肿，脸色灰黄。阿廖沙感到十分惊讶，三天来她有了明显的变化，人也瘦了些。她没有向他伸出手去。他主动伸手摸了摸她静静地搁在衣裙上的纤细的手指，然后默默地在她对面坐了下来。

“我知道，您急于去探监，”丽莎厉声说，“可妈妈耽误了您两个小时，刚才对您讲了我和尤莉亚的事。”

“您怎么知道的？”阿廖沙问。

“我偷听了。您干吗盯着我？我想偷听就偷听，这没有什么不好。我不会请求原谅的。”

“您有什么不愉快吗？”

“相反，我非常高兴。我刚才又想了一遍，这已经是第三十遍了：我拒绝了您，不想做您的妻子，这有多好啊。您当丈夫是不行的：如果我嫁给了您，突然我交给您一封信，让您把这信送给我在您之后爱上的另一个人，您会收下照送不误，甚至还会把回信也带回来。您就是到了四十岁，也还会替我送这类信的。”

她突然笑了起来。

“您的心真是既狠毒又天真。”阿廖沙对她笑了笑。

“您说的天真，那就是我在您面前不感到害臊，我不但不害臊，而且我也不想害臊，恰恰在您面前，对您，我不觉得害臊。阿廖沙，为什么我不尊重您呢？我非常爱您，但我不尊重您。要是我尊重您，那我就不会这样恬不知耻跟您说话了，是这样吗？”

“是这样。”

“您相信我对您不害臊吗？”

“不，我不信。”

丽莎又神经质地笑了；她说得又急又快。

“我给您狱中的哥哥德米特里·费奥多罗维奇送去了糖果。您知道吗，阿廖沙，您这个人太好了！您这样快就允许我不爱您了，因此我将更加爱您。”

“您今天叫我来有什么事，丽莎？”

“我非常想告诉您我的一个心愿。我希望有一个人来折磨我，娶了我，然后就折磨我，欺骗我，离开我，抛弃我。我不愿成为一个幸福的人。”

“您爱混乱？”

“是的，我希望混乱！我总想放火烧房子。我一直在想象我怎样跑过去，偷偷地放火，当然要偷偷地干。人们来灭火，而房子在燃烧。我知道是怎么回事，可就是不说。唉，我尽说蠢话。真无聊！”

她厌恶地挥了挥手。

“您生活太富有了。”阿廖沙轻轻说。

“当穷人是不是要好些？”

“要好些。”

“这都是您那位已故的修士灌输给您的。这话不对。即使我富，其他人穷，那我也照样吃糖果、乳脂，我不分给别人吃。哎，您别说，您什么也别说。”她挥了一下手，虽然阿廖沙根本没有开口，“您这一套以前早就跟我说过，我都能背出来。无聊透顶。如果我以后成了穷人，那我就要杀人——即使我以后富了，说不定也会杀人——干吗坐着无所事事！您知道吗，我真想去收割庄稼，收割黑麦。我嫁给您，您就去当农民，真正的农民，我们养一匹小马，您愿意吗？您认识卡尔加诺夫吗？”

“我认识。”

“他晃来晃去地尽在幻想。他说：何必过真实的生活，还是幻想的好。可以幻想最大的欢乐，实际生活就乏味了。而他自己快要结婚了，他还曾经向我表白过爱情呢。您会玩陀螺吗？”

“我会的。”

“他就像陀螺一样：让他旋转起来放到地上，再用鞭子抽打，不停地狠狠抽打：如果我嫁给他，我就一辈子抽得他团团转。您和我在一起不感到害臊吗？”

“不。”

“我不讲崇高的事情，您一定非常恼火吧。我不想做圣女。一个人犯了十恶不赦的大罪，到另一个世界会怎样处置他呢？您应该非常清楚的。”

“上帝会裁决的。”阿廖沙全神贯注地看着她。

“我就希望那样。我一到那儿就给我定罪，我会当着他们的面哈哈大笑。我真想放火烧房子，阿廖沙，就烧我们家的房子，您还不相信我吗？”

“为什么不相信呢？即使十一二岁的孩子，他们很想放火烧掉些什么，他们也真的放火。这是一种病。”

“不对，不对，即使有这样的孩子，但我说的不是这个意思。”

“您把恶当成了善：这是一种暂时的精神危机，这可能是您原先的病引起的。”

“您还是瞧不起我吗？我就是不想行善，我要作恶。这跟病毫无关系。”

“为什么要作恶呢？”

“为了毁灭一切。唉，如果什么都不存在了，那该有多好啊！您知道吗，阿廖沙，我有时真想干许许多多坏事，肮脏卑鄙的事，我要长期偷偷干下去，然后让大家突然发现。大家把我团团围住，对我点点戳戳，而我就瞪眼看着大家。那是非常舒服的事。为什么会这样舒服呢，阿廖沙？”

“是的。这是一种需要，要想毁掉或者像您所说的要放火烧掉一些美好的东西。这种情况也是有的。”

“我可不只是说说，我真的会干的。”

“我相信。”

“啊，就凭您‘我相信’这句话，我就非常爱您。您可真是一点儿，一点儿也不说谎。也许您以为我说这些是故意想刺激您吗？”

“不，我并不这样认为……也许您确实也有点这种需要。”

“有点儿。在您面前我从不说谎。”她说，眼睛里闪出一丝火花。

最使阿廖沙吃惊的是她那种严肃的态度：现在她的脸上丝毫没有嘲弄和玩笑的影子，虽然以前她最“严肃的”时候也总会带点快活和玩笑的神情。

“有时候人们喜欢犯罪。”阿廖沙沉思着说。

“对，对啊！您说出了我的想法，是喜欢，大家都喜欢，而且永远喜欢，而不是‘有时候’。您知道，不知在什么时候大家好像商量好了要撒谎，从此以后大家都在撒谎。大家口头上都说憎恨坏事，但内心却全都喜欢干坏事。”

“您还在看坏书吗？”

“还在看。妈妈也在看，还把书藏到枕头底下，我就偷来看。”

“您这样作践自己不感到惭愧吗？”

“我宁愿毁掉自己。这里有一个男孩子，他躺在铁轨之间，火车在他上面开过。真是幸运儿！您听我说，您哥哥因为杀死了父亲要判罪了，可大家都感到很高兴，因为他杀死了父亲。”

“他杀死了父亲，大家却高兴？”

“高兴，大家都高兴！大家嘴上都说这件事太可怕了，但心里却非常高兴。我就第一个感到高兴。”

“您对大家的评价有一定道理。”阿廖沙轻轻地说。

“哎哟，您居然有这种想法！”丽莎高兴得尖声大叫，“您还算是个修士呢！说来您也不会相信，我是多么尊重您，阿廖沙，因为您从来不说谎。啊，我要跟您讲一讲我做了一个多么可笑的梦：我有时梦见许多鬼，好像是在夜里，我拿着蜡烛待在自己房间里，突然发现到处都是鬼，墙角里，桌子底下都是鬼，它们把门也打开了，门外也有一大群鬼，它们想进来抓我。眼看着它们已经走到我身边，已经动手抓了。我突然画起十字来，它们都退了下去，害怕了，但不肯离开，站在门口，站在角落里，等待着。这时候我真想破口大骂上帝，后来我真的开始骂上帝了，它们突然又蜂拥着向我扑来，它们高兴得手舞足蹈，眼看着又要抓住我了，我突然又画了个十字，它们又退了下去。好玩极了，乐得我气都喘不上来。”

“我也常做这样的梦。”阿廖沙突然说。

“是真的吗？”丽莎惊讶地大声叫道，“您听我说，阿廖沙，别取笑，这非常重要：难道两个不同的人会做相同的梦吗？”

“也许可能。”

“阿廖沙，我对您说，这非常重要，”丽莎惊讶万分地继续说道，“重要的不是梦本身，而是您能做同我一样的梦。您从来也不对我说谎，现在您也别说谎：这是真的吗？您不是在取笑我吧？”

“是真的。”

丽莎不知为什么非常惊异，竟沉默了半分钟。

"阿廖沙，您要常来，要经常来看我。"她突然用一种哀求的语气说。

"我永远，一辈子都会来看您的。"阿廖沙坚定地回答。

"我只对您一个人说，"丽莎又开始说道，"我只对我自己说，还对您说，在这世界上我只对您一个人说。我对您说比对自己说更乐意。我在您面前一点儿也不感到害臊。阿廖沙，为什么我在您面前完全不害臊，一点儿也不害臊呢？阿廖沙，听说犹太人在逾越节的时候把人家的孩子偷来杀掉，真有这样的事吗？"

"我不知道。"

"我有一本书，里面讲到某地审判一件案子，说有个犹太人先把一个四岁男孩的两只手上的手指都砍掉，然后把他钉在墙上，用钉子钉住，再十字撑开，后来他在法庭上说那男孩过了四小时很快就死了。多么快啊！还说那小男孩在呻吟，不停地呻吟，而他却站在那儿欣赏。这很好！"

"很好？"

"很好。我有时想，这是我自己把孩子活活钉死的。他悬挂在那儿不停地呻吟着，而我坐在他面前吃菠萝蜜饯。我很爱吃菠萝蜜饯。您喜欢吗？"

阿廖沙默默地看着她。她那苍白泛黄的脸突然变了样，眼睛闪闪发亮。

"您知道，我读了这个犹太人的故事以后，一整夜都哭得浑身哆嗦。我想象着那个小孩怎样哭喊和呻吟（四岁的男孩已经懂事了），可是吃菠萝蜜饯这个想法我怎么也摆脱不掉。早晨我给一个人写了封信，要他一定要到我这儿来。他来了，我忽然对他讲了小男孩和菠萝蜜饯的事，我全都讲了，**全都说了**，我还说'这很好'。他突然笑着说，这确实很好，然后就站起来走了。总共坐了五分钟。他看不起我，是吗？您说，您说，阿廖沙，他是不是看不起我？"她在卧榻上挺直了身子，目光炯炯。

"请告诉我，"阿廖沙激动地说，"是您自己叫他来的，叫这个人来的吗？"

"是我自己。"

"您给他写了一封信？"

"写了。"

"就是问这件事，问这个孩子的事吗？"

“不，根本没有谈这件事，根本没有。但他一进来，我马上就问了这件事。他回答以后就笑了起来，然后站起来就离开了。”

“这个人对您的态度很诚实。”阿廖沙轻轻说。

“他是看不起我吗？是取笑我吗？”

“不，因为他自己说不定也相信菠萝蜜饯呢。他现在也病得很重，丽莎。”

“是的，他相信的。”丽莎的眼睛闪闪发光。

“他并没有看不起什么人，”阿廖沙继续说道，“他只是不相信任何人。既然他不相信，当然也就看不起别人了。”

“这么说来也包括我？包括我在内？”

“也包括您。”

“这很好。”丽莎似乎咬着牙说，“当他笑着走出去后，我就感到被人看不起是件好事。小男孩被砍掉手指也是好事，被人看不起也是好事……”

她对阿廖沙似乎有些恼恨，激动地笑了起来。

“您知道吗，阿廖沙，您知道吗，我想……阿廖沙，救救我！”她突然从卧榻上跳起来，向他跑过去，两只手紧紧抱住了他。“您救救我。”她几乎呻吟着说，“难道我会把对您说过的话跟世界上随便哪一个人说吗？我跟您说的是实话，实话，实话！我要自杀，因为我讨厌一切。我不想活了，我讨厌一切！我讨厌一切，我讨厌一切！阿廖沙，为什么您一点儿、一点儿也不爱我啦！”说到最后她几乎发疯了。

“不，我爱您！”阿廖沙热烈地回答。

“您会疼我吗？会哭吗？”

“会的。”

“不是因为我不愿意做您的妻子才哭，而是单纯地哭我，不为别的什么哭吗？”

“是的。”

“谢谢！我只需要您的眼泪。至于其他人，让他们尽管惩罚我，用脚践踏我，让所有的人，所有的人，没有一个例外。因为我什么人都不爱。您听见没有，任何人都不爱！相反，我恨他们！去吧，阿廖沙，您该到哥哥那儿去了！”她突然从他怀里挣脱出来。

“怎么能让您这样留下来呢？”阿廖沙近乎恐惧地说。

“到您哥哥那儿去吧！监狱快要关门了，去吧！这是您的帽子！请您替我吻吻米佳，去吧，去吧！”

她几乎强行把阿廖沙推出门外。阿廖沙苦恼而困惑不解地望着她，突然他感到她往他右手里塞了一封信，那信折得又小又紧，还封了口。他一眼就看清了收信人姓名：伊凡·费奥多罗维奇·卡拉马佐夫。他迅速地看了看丽莎。她的脸色变得近乎严厉了。

“请您转交给他！一定要转交！”她发狂似的命令道，浑身在颤抖，“今天就交给他，马上给他，不然我就服毒自杀！我就是为这件事才叫您来的！”

她迅速关上门，只听得门闩哐啷一声。阿廖沙把信塞进口袋里，径直向楼梯走去，并没有去见霍赫拉科娃太太，甚至把她给忘记了。阿廖沙刚离开，丽莎马上拔开门闩，把门开了一道小小的缝，把一只手指塞进门缝，然后关上门，拼命夹住那手指。大约十秒钟后，她才抽回手，悄悄地慢慢走回自己的轮椅跟前，挺直身体坐了下来，仔细看着发黑的小手指以及指甲里面挤出来的血。她的嘴唇在颤抖，她很快地小声自言自语说：

“我卑鄙，卑鄙，卑鄙，卑鄙！”

四　颂歌和秘密

阿廖沙拉响监狱门铃的时候已经很晚了（十一月份的白天怎会长呢）。天都黑了。但阿廖沙知道，他们会畅通无阻地放他进去看米佳的。这种情况无论在我们城里或别的地方到处都是一样的。预审结束以后，亲属和其他一些人要探望米佳起初自然要办理种种必要的手续，可是到了后来，不是说这类手续放松了，但至少对于某些来探望米佳的人来说似乎自然而然地形成了某些例外。有时候甚至可以到指定的房间里与囚犯单独见面。不过这样的人并不多：只有格鲁申卡、阿廖沙和拉基京三个人。警察局长米哈伊尔·马卡罗维奇本人对格鲁申卡就非常照顾。老头儿心里一直记着在莫克罗耶对她的严厉呵斥。后来他弄清了全部真相，于是便改变了对她的看法。事情也很奇怪，虽然他坚信米佳犯了罪，但自米佳入狱以来他对他的态度似乎越来越温和了："也许他是个心肠不坏的人，但是因为酗酒和胡闹，他像瑞典人那样彻底完蛋了！[①]"他原先的那种恐惧被怜悯所代替。至于阿廖沙，警察局长非常喜欢他，而且早就与他相识，而近来常去探望犯人的拉基京，按他的说法，则是"局长小姐"的知心朋友。他每天都在她们家里厮混。典狱长忠于职守，却是个和善的老人，他曾在典狱长家里授过课。阿廖沙更是典狱长的老朋友，关系非同一般，典狱长喜欢与他海阔天空地谈些"深奥的哲理"。对于伊凡·费奥多罗维奇这样的人，典狱长不仅尊重他，甚至有点怕他，当然主要是害怕他的观点，虽然他自己是一个大哲学家，当然是"无师自通"的哲学家。但是他对阿廖沙有一种无法遏制的好感。最近一年来老头儿恰好在钻研《福音外传》，还不时把自己的心得告诉这位忘年交。以前他甚至还到修道院找他，跟他和司祭们一谈就是几个小时。总之，如果阿廖沙去监狱晚了，只要他找一下典狱长，问题便立刻解决。何况监狱里上上下下的人对阿廖沙都已习惯了。至于看守，只要上级准许，自然也不会从中作梗。每当米佳听到传唤的时候，他就走出牢房，下楼来到指定会见的地方。阿廖沙走进房间时，恰好碰见拉基京，他正要离开米佳。他们俩说话声音很响。米佳一边送他，一边哈哈大笑，而拉基京则好像在嘟囔什么。拉基京一直不愿意见到阿廖沙，最近更加不想跟他见面，几乎不和他说话，甚至打招呼也显得很勉强。现在一看到阿廖沙进来，紧紧皱起了眉头，眼睛看着一旁，装作专

---

① 北方战争期间俄军与瑞典军队在波尔塔瓦附近展开决战，结果瑞典军队惨败，故有此说。

心致志地扣那件又大又厚的皮领大衣的纽扣。接着又立即装作要寻找自己的那把雨伞。

“可别忘了自己的东西。”他无话找话地说。

“别人的东西你也别忘记啊！”米佳打趣说，紧接着又为自己这句俏皮话哈哈大笑起来。拉基京一听马上就发火了。

“这句话跟你们卡拉马佐夫家那些农奴主的崽子说吧，别对我拉基京说！”他突然大声喊道，气得浑身发抖。

“你怎么啦？我是开个玩笑！”米佳叫了起来，“呸，真见鬼！您瞧，他们全是这样，”他对阿廖沙说，朝迅速离开的拉基京摆了摆脑袋，“刚才坐在这儿还嘻嘻哈哈挺快活，可一下子又发起脾气来了。他甚至没有和你点头打招呼，你们怎么啦，吵翻了吗？你怎么这样晚才来？今天整整一个上午我都在等你，渴望见到你。不过没关系。我们可以补回来的。”

“他怎么老上你这儿来？你和他成了朋友，是吗？”阿廖沙问，也朝拉基京走出去的门口摆了摆脑袋。

“和米哈伊尔成了朋友？不，没有的事。他算什么，是头蠢猪！他以为我……是个坏蛋。他们连开玩笑也不懂，他们的主要问题就在这里。他们绝不会懂得玩笑。他们的心灵干巴巴的，又肤浅又枯燥，好比我刚才走进监狱时看到的墙壁一样。但他是个聪明人，聪明。唉，阿列克谢，我的脑袋算是完了。”

他坐到长凳上，让阿廖沙坐在他身边。

“是的，明天开庭。怎么样，难道你完全不抱希望了吗，哥哥？”阿廖沙怯生生地说。

“你说什么？”米佳似乎茫然地看了他一眼，“噢，你说的是开庭！真见鬼！直到今天我和你尽在说些鸡毛蒜皮的小事，尽在谈这次开庭，可是最要紧的事却没有跟你谈过。是的，明天要开庭了。不过我说我的脑袋完了不是指开庭。脑袋倒是没有完蛋，可是脑袋里的东西全完了。你干吗脸上带着批评的神色看着我？”

“你指的是什么，米佳？”

“思想，思想，就是指这个！伦理学是什么？”

“伦理学？”阿廖沙惊讶地反问道。

“是的，是一门科学吗？”

“是的，有这样一门科学……不过……我得承认，我无法向你说清楚那是什么样的一门科学。”

“拉基京知道。他知道得很多，真他妈的见鬼！他不会去做教士的。他打算去彼得堡。他说，他要去写评论，不过要搞高尚的评论。他也许能做出点有益的事，给自己安排一个好的前程。嘿，他们是些猎取名利的好手！让伦理学见鬼去吧！我可完了，阿廖沙，我完了，我的好人！我爱你胜过所有的人。我一直为你牵肠挂肚的，就是这么回事。卡尔·贝尔纳是谁？”

“卡尔·贝尔纳？”阿廖沙又惊讶了。

“不，不是卡尔，等等，我说错了，是克洛特·贝尔纳[①]。他是什么人？化学家吗？”

“大概是个学者，”阿廖沙回答，“不过，我得跟你说实话，关于他的情况我也说不出多少。只听说他是学者，至于是什么学者我就不清楚了。”

“那就让他见鬼去吧，我也说不清楚。”米佳骂开了，“很可能是个混蛋，他们都是混蛋。拉基京能爬上去的。拉基京无孔不入，也是个贝尔纳。嘿，这些贝尔纳！现在这种人多得很！”

“你怎么啦？”阿廖沙固执地问。

“他想写一篇关于我和我的案子的文章，企图以此在报界露一手。他来看我就是为了这个目的，他自己这样说了。他想使文章具有某种倾向性，说什么‘他不能不杀人，他是受了环境的毒害’，以及诸如此类，他这样跟我解释。他说要带点社会主义色彩。真是见他妈的鬼！带色彩就带色彩，我才不管呢。他不喜欢伊凡弟弟，恨他，他也不喜欢你。我也不撵

① 克洛特·贝尔纳（1813—1878），法国自然科学家、生理学家、病理学家，他的著作在19世纪六七十年代曾风靡俄国。

他，因为他是个聪明人。不过他太狂妄了。我刚才还对他说过：‘卡拉马佐夫家的人不是混蛋，而是哲学家，因为真正的俄国人都是哲学家，你虽然上过大学，但不是哲学家，是一个平庸的人。’他听了只是恶狠狠地笑。我又对他说：关于思想是不必争论的[①]，这句俏皮话精彩吗？至少我也会引经据典的勾当。”米佳突然哈哈大笑起来。

“你怎么就完了呢？就是你刚才说的？”阿廖沙打断他。

“为什么完了？哼！其实……如果从总体上来说——我可怜上帝，就是这个原因！”

“怎么可怜上帝？”

“您想想：在神经里面，在脑袋里，就是说在大脑里有这样一些神经（真是见它们的鬼！）……这些神经都有尾巴，小小的尾巴，只要那些小尾巴一哆嗦……也就是说，只要我用眼睛去看什么东西，你瞧，就像这样，那些小尾巴便颤动起来……它们一颤动，便出现一个形象，不是马上出现，而要等一会儿，一秒钟过后会出现类似的情况，不，不是什么情况——去它的情况吧，而是一个形象，也就是一个物体或事件，还有其他的鬼名堂——所以我才能够观察，然后能够思考……因为有这些小尾巴，完全不是因为我有灵魂，灵魂里有形象和模型，那全是胡说。弟弟，是米哈伊尔昨天才告诉我的，我简直就像是被火烫了一下。这门科学真太妙了，阿廖沙！一种新人将会出现，这我明白……但我还是可怜上帝！”

“那也很好嘛。”阿廖沙说。

“指可怜上帝吗？是化学，老弟，是化学！没办法，教士大人，请您靠边站，化学来了！拉基京不爱上帝，他一点不爱！这是他们最大的弱点！但他们隐瞒，他们撒谎，装模作样。‘怎么，你想在批评栏目中宣传这种思想吗？’我问他。‘肯定是不会同意的。’他笑着说。我问：‘那么这样一来，人怎么办？既没有上帝，也没有来世的生活，人会怎么样

---

① 原文为拉丁文。

呢？难道说现在一切都是允许的，一切都是可以做了吗？’‘你还不知道吗？’他说着又笑了。他说：‘聪明人什么都可以干，聪明人会猎取种种好处，可是你呢，杀了人就完蛋了，只能烂在牢房里！’这话是他对我说的。真是头蠢猪！要是在以前，我早就把这种家伙赶走了。可现在我却听他说。他讲的许多话也有道理。他写的文章也很有见地。大约在一星期以前他给我读一篇文章，我特意从那里抄了三行，你等等，就在这里。”

米佳急急忙忙从背心的口袋里抽出一张纸，念道：

“‘为了解决这个问题，首先必须把自己的人格，与自己所处的现实分开。’你明白不明白？”

“不，我不明白。”阿廖沙说。

他好奇地一面仔细观察米佳一面听他说。

“我也不明白。晦涩，含糊不清，但很有见地。他说，‘现在大家都这样写，因为周围的环境是这样’……他们害怕环境。他还写诗，这个混蛋，赞美霍赫拉科娃的大腿，哈、哈、哈！”

“我听说了。”阿廖沙说。

“听说了？听过那首诗吗？”

“没有。”

“我这里有，我来读给你听。你还不知道，我没有对你说过，这件事说来话长。这个骗子！三个星期前他想惹我生气，他说：‘瞧你，为了三千卢布像傻瓜那样倒了大霉，我可要捞它个十五万，娶个寡妇，在彼得堡买一幢石头房子。’他还告诉我，他向霍赫拉科娃献殷勤，那女人年轻的时候就不那么聪明，而到了四十岁就完全没有头脑了。他说：‘而且太多愁善感，我就利用这一点来征服她。我娶了她，以后就把她带到彼得堡去，然后办一份报纸。’他说这话的时候嘴角上流出肮脏而贪婪的口水，这口水不是为霍赫拉科娃流的，而是为了那十五万卢布。他这些话我相信，我相信。他总来看我，天天来；他说，她快要上钩了。他高兴得忘乎所以。但忽然他被人家撵了出来：彼得·伊里奇·佩尔霍金占了上风，那家伙真行！真该好好吻吻这个蠢婆娘，因为她把他赶走了！当时他来看我，顺口编了这首歪诗。他说：‘这是我生平第一次玷污自己的手，写诗勾引女人，就是说，为了做一件有益的事，我拿了这个蠢婆娘的钱就可以为民众造福。’他们能为任何下流行为找到崇高的辩解！他说：‘我写的诗终究比你的普希金好，因为在这首打油诗中我还融进了公民的悲哀。’他说普希金的那些话我还明白。就算他真的是个有才华的人，可是只会去描写女人的大腿！他还为那首打油诗感到自豪呢！他们的自尊心特别重，这样的自尊心！‘愿我心上人的病腿早日痊愈’——这是他想出来的标题——真是个机灵鬼！

玉腿变了样，
稍稍起肿胀！
医生来治疗，
药物不见效！

玉腿非我好，
普希金写得妙。
我愁无头脑，
理想不知晓。

伊人刚解意，
病腿来干扰，
但愿快痊愈，
头脑早开窍。

他是猪，真正的猪，但这个混蛋编得还挺巧妙！而且真的把‘公民思想’硬塞了进去。他被撵出来后可真气坏了！简直恨得咬牙切齿！”

“他已经报过仇了。”阿廖沙说，“他写了一篇有关霍赫拉科娃的报道。”

阿廖沙匆匆给他讲了《传闻》报上的报道。

“这是他干的，肯定是他干的！”米佳皱着眉做了肯定，“这是他！

这些报道……我也知道……他写了多少下流的东西，例如，关于格鲁莎的事情！……对另一个，对卡佳也是……哼！”

他心事重重地在房间里走了一圈。

“哥哥，我不能久留，”阿廖沙沉默了一会儿以后说，“明天对你来说是个可怕的、重大的日子：上帝的裁判就要降临到你身上……可是我非常奇怪，你都还在踱步，不谈正事，天知道你在讲些什么……”

“不，你不必惊讶。”米佳激烈地打断他，“难道要我再谈那条臭不可闻的狗吗，是不是？谈杀人凶手？关于这个问题我和你谈得够多的了。我再也不想谈这条臭狗，斯梅尔佳夏娅的儿子①！上帝会处死他的，你等着瞧吧，别说了！”

他激动地走到阿廖沙跟前，突然吻了吻他。他的双目闪闪发亮。

“拉基京就无法理解，”他开始说，似乎处于非常兴奋的状态，“可是你，你都会明白的。因此我才渴望见到你。你要知道，我早就想在这间四壁剥落的牢房里把我的想法向你和盘托出，但最主要的一句话我一直没有说：因为好像时候还没有到。现在我终于等到了这最后的时刻，可以把心里话统统告诉你。弟弟，最近两个月来我感觉到在自己身上产生了一个新人，一个新人在我身上复活了！他在我身上本来就存在，但如果没有这次晴天霹雳，他永远也不会出现。太可怕了！至于我要在矿井里用镐子挖二十年的矿，对我来说也没有什么，我根本不用怕，我现在害怕的倒是另一件事：这个复活了的人千万别离开我！即使在那里，在地下的矿井里，在自己身边，在同样的苦役犯和杀人凶手身上，也可以找到一颗人的心，并和它亲密无间，因为那里也可以生活，可以爱，可以感受痛苦！可以使囚徒身上那颗枯萎的心再生和复活，可以成年累月照顾他，最终摆脱罪恶的深渊走向光明，培育出高尚的心灵，慈悲的胸怀，使天使再生，让英雄复活！这样的人很多，成百上千，我们大家都对他们有罪！为什么我在那

---

① 这里指斯梅尔佳科夫。

样的时刻会梦见了‘娃娃’呢？‘为什么娃娃那么可怜？’这是那时刻向我发出的预言！我要为‘娃娃’而去受苦。因为大家对所有人都有罪。对所有的‘娃娃’都有罪，因为有小的孩子，也有大的孩子。大家都是‘娃娃’。我为大家去受苦，因为总要有一个人为大家去受苦。我没有杀死父亲，但我应该去。我认罪！这个道理我是在这里，在四壁剥落的牢房里悟出来的……这样的人很多，成千上万，他们都在地下，手里拿着铁镐。是的，我们会戴上镣铐，我们将失去自由，但那时我们将通过巨大的痛苦重新复活，获得欢乐，没有欢乐人是没法活的，上帝也不可能存在，因为上帝赋予欢乐，这是他的特权，伟大的特权……上帝啊，就让人在祈祷中升华吧！如果没有上帝，将来我在地下怎么活呢？拉基京在胡说八道：如果把上帝从地上赶走，我们就在地下迎接他！犯人离开了上帝是无法生存的，甚至比自由的人更不可能生存！到那时候我们这些地下的人将从地球的深处给拥有欢乐的上帝唱悲壮的颂歌！上帝和他的欢乐万岁！我爱他！”

米佳发完这番古怪的宏论后几乎喘不过气来了。他脸色苍白，嘴唇颤抖，泪水从眼眶里滚了出来。

“不，生命是无所不在的，就是在地下也有生命！”他又开始说，“说来你也许不会相信，阿廖沙，现在我是多么想活下去，就在这四壁剥落的牢房里，对于生存和意识我心中产生了多么强烈的渴望！拉基京是理解不了的，他一心想着要造一幢房子，招徕房客。但是我一直在等你来。痛苦又算得了什么？即使有无穷无尽的痛苦，我也不怕了，以前怕，现在不怕了。你要知道，审讯时也许我不愿意回答问题……看来，我身上有足够的力量，我可以战胜一切，战胜一切痛苦，以便时时刻刻都能对自己说：我存在！在万千痛苦中我存在，在精神上痛苦得我浑身抽搐，但我存在！我坐在柱塔里苦修，但我存在，我能看到太阳，即使看不到太阳，那我也知道它是存在的。而知道太阳是存在的，这已经是全部生命了。阿廖沙，你是我的天使，各种各样的哲学使我苦恼不堪，让它们都见鬼去吧！伊凡弟弟……”

“伊凡哥哥怎样？”阿廖沙打断他说，但米佳没有听见。

“你瞧，我原来根本没有这些怀疑，但它们潜伏在我心里。也许正因为这些潜在的思想在作祟，所以我才酗酒，斗殴，发狂。斗殴是为了缓解这些思想，为了平息和抑止它们。伊凡弟弟不是拉基京，他对思想秘而不宣。伊凡弟弟是斯芬克斯，他沉默，一直沉默不语。而上帝的问题却使我痛苦不堪。只有这个问题使我精神上受到极大的折磨。如果上帝不存在，那怎么办？拉基京说——这是人类凭空臆造出来的一个观念——如果他的话是对的，那又怎么办？如果上帝真的不存在，那么人便成了世界的主宰、宇宙的主宰。真是太妙了！但是如果没有上帝，人怎能行善呢？这才是问题！我一直在想这个问题。因为那时候叫人去爱谁？叫他去感谢谁，向谁唱颂歌呢？拉基京听了直笑。拉基京说，没有上帝也可以爱人类。只有黄口小儿才会这样说，但我却无法理解。拉基京活得很轻松。他今天对我说：‘你最好关心怎样扩大人的公民权，或者不让牛肉涨价；这样就比用各种各样的哲学去爱人类更加直接简便。’我回敬他说：‘如果没有上帝，而你手里有牛肉的话，你自己就会提高它的价格，用一个戈比赚回一个卢布。’他生气了。什么是美德？你告诉我，阿廖沙。我有我的美德，中国人有中国人的美德，就是说，美德是相对的东西。是不是？是不是相对的？这个问题很促狭！如果我说这个问题使我两个晚上没有睡好觉，你不要笑话我。我现在感到奇怪的是人们活着而一点不去考虑这个问题。完全在空忙！伊凡心里没有上帝。他有思想。我这样的水平理解不了。但他不说。我想他是共济会会员。我问过他，但他不说。我想在他的泉眼里喝一点水——可他滴水不漏。只有一次他说了一句话。”

“说了什么？”阿廖沙急忙问。

“我对他说：如果是这样，那一切都可以做吗？他皱起眉说：‘费奥多尔·巴夫洛维奇，我们的爸爸，是头猪，但他的想法是对的。’他就是这样信口胡说的。他就说了这么一句话。这已经比拉基京更彻底了。”

“是的。”阿廖沙痛苦地承认，“他什么时候到你这儿来的？”

“这以后再说，现在谈别的。到目前为止关于伊凡的情况我几乎什么也没有告诉过你。我要等到最后再说。等我的案子结束并宣布判决之后我再告诉你一些情况，把一切都告诉你。这里有一件可怕的事……在这件事情上你将是我的裁判官。现在先不谈这件事吧，你什么也别说。你刚才说起明天的事，出庭的事情，你信不信，我什么也不知道。”

“你和那个律师谈过吗？”

“律师有什么屁用？我对他都说了。他是个圆滑的家伙，京油子贝尔纳！他一点儿也不相信我。他坚信是我杀的，你想想。我看得清清楚楚。我问他：‘既然这样，那你为什么还来为我辩护呢？’我才瞧不起他们呢！还请来了医生，想证明我是疯子。我决不允许！卡捷琳娜·伊凡诺芙娜想彻底尽到‘自己的责任’。真是费了很大的劲！”米佳苦笑了一下，“她是只猫！心肠可狠了！她也知道我当时在莫克罗耶说过她是个‘性情暴躁’的女人！这句话也传到了她耳朵里。是的，证词越来越多，就像海滩上的沙子！格里戈里死不改口。格里戈里是个老实人，但是个傻瓜。许多人所以老实就因为是傻瓜。这是拉基京的想法。格里戈里成了我的对头。有的人做你的对头要比做朋友更好。我这是指卡捷琳娜·伊凡诺芙娜。我害怕，啊，我害怕她在法庭上会讲出她借了四千五百卢布以后跪下来向我磕头的事。她会彻底还清欠债，最后一文钱都交出来[①]。我不需要她的牺牲！他们在法庭上会羞辱我的！我一定要经受住！你到她那儿去一次，阿廖沙，请她在法庭上别提这件事。不行吗？真见鬼，反正也无所谓，我会经受得住的！也不用可怜她。是她自己愿意。我这个贼是自作自受。阿列克谢，我也有话要说的。”他又苦笑了一下，“只是……只是格鲁莎，格鲁莎，天哪！现在她为什么要甘愿忍受这样的痛苦！”他突然含着眼泪大声喊道，“格鲁莎使我痛苦万分，一想到她我就痛苦万分，痛苦极了！她刚才在我这儿……”

“她对我说了，你今天使她非常伤心。”

“我知道。我的脾气真糟糕！我吃醋了！送她走的时候我就后悔了，吻了她。但我没有请求原谅。”

---

① “最后一文钱”源自《圣经·新约·马太福音》第5章第26节，米佳用《圣经》中的语言类比卡捷琳娜的行为，强调她在做出牺牲时的“激情”。

“为什么你不请求原谅？”阿廖沙叫了起来。

米佳忽然几乎是快活地大笑起来。

“上帝保佑你，可爱的小家伙，什么时候你为了自己的过失去向心爱的女人请求宽恕吧！无论你在心爱的女人面前有什么错，向心爱的女人请求宽恕是不行的！因为女人，老弟，鬼知道是怎么一回事，对她们我至少还是了解的！要是你试图在她面前承认错误，‘我错了，请原谅，对不起’，那么责备的话就会倾盆大雨般地向你袭来！她无论如何也不会直截了当和干干脆脆地原谅你，而要把你贬得像块抹布，连没有的事也要强加到你头上，什么事都要提起，什么也不会忘记，还要添油加醋，到了最后才会原谅你。这还是她们中间最好，最好的呢！她会把陈谷子烂芝麻都挖出来统统撒到你的头上——我对你说，她们恨不得扒掉你一层皮，所有的女人，所有的安琪儿都是如此，无一例外，而离开了这些安琪儿我们却无法生活！你瞧，亲爱的，我坦率而干脆地告诉你：任何一个正派的男人都应该怕一个女人。这是我的信念；唉，不是信念，而是感觉。男人应该豁达大度，这不会丢男人的脸。甚至不会丢一个英雄的脸，不会丢恺撒的脸！尽管如此，你还是不要请求原谅，永远不要求饶，不要求饶。你要记住这条规则：这是毁在女人手里的米佳哥哥教你的。不，我最好还是不去求饶，而是用其他方式来报答格鲁莎。我敬仰她，阿廖沙，我崇拜她！但她却看不到这一点，她总嫌我爱得不够。因此她折磨我，用爱情来折磨我。过去有什么可说的呢！过去折磨我的只是那些性感十足的曲线，而现在我把她的整个心灵都融合在自己的心灵里，并且通过她才变成了人！他们会让我们结婚吗？不然我会伤心死的。现在每天总是做这类的梦……关于我，她对你说了些什么？”

阿廖沙把格鲁申卡刚才讲的话复述了一遍。米佳听得很仔细，许多地方还反复问了，最后他感到满意。

“她没有因为我吃醋而生气。”他感叹地说，“她是个真正的女人！‘我这个人的心是残酷的’。嘿，我就喜欢这样残酷的女人，虽然我不能容忍吃我的醋，不能容忍！我们会打架的。但仍然爱她——我将无限地爱她。他们会让我们结婚吗？难道他们会让犯人结婚？这是一个问题。可是没有她我是无法活下去的……”

米佳神色阴郁地在房间里走了一圈。房间里几乎都快黑了。他突然变得焦躁不安。

“她说其中有秘密，是吗？我们三个人联合起来反对她，‘卡佳’也参加了，是吗？不，格鲁申卡，不是这么回事。你这是搞错了，犯了一个女人犯的愚蠢的错误！阿廖沙，亲爱的，唉，管它呢！我把我们的秘密告诉你吧！”

他朝四周张望了一下，迅速走到站在他面前的阿廖沙身边，带着神秘的表情悄悄地对他说了起来，虽然实际上谁也听不见他们的谈话：一个老年看守在角落里的长凳上打瞌睡，站岗的哨兵是连一句话也听不到的。

“我把我们的全部秘密都告诉你。”米佳赶紧悄悄地说，“我原想以后再说，因为离开了你难道我能做出什么决定吗？你是我的一切。我虽然说伊凡的水平比我们高，但你是我的天使。只有你的决定才算数。也许，你才是最高明的人，而不是伊凡。你瞧，这件事涉及良心，最高的良心——这个秘密事关重大，我一个人是应付不了的，因而一直拖着，等你来解决。但是现在决定还为时过早，因为要等判决。等判决下来了，你再来决定我的命运吧。现在你别决定；我现在告诉你，你听着，但别作决定，你站着别吭声。我向你透露的不是全部情况。我只告诉你总的思想，不谈细节，而你别作声。既不要提问题，也不要动，同意吗？不过，天哪，我怎么能躲过你的眼睛呢？我就怕你的眼睛会说出你的决定的，尽管你一声不吭。嘿，我真怕！阿廖沙，你听着，伊凡弟弟建议我**逃跑**。细节我不说了：一切都估计到了，一切都能事先安排好的。你别说，别作决定。和格鲁莎一起到美国去。我离开了格鲁莎就没法活！如果不准她到我那儿去又怎么办呢？难道犯人可以结婚吗？伊凡弟弟说是不可以的。如果没有格鲁莎，我在地下拿着镐子又有什么意思呢？我只能用镐子砸碎自己的脑袋！从另一方面说，良心又会怎样？我不是逃避了受苦吗！原来接受了上帝的旨意——我又否定了它，原来摆着一条净化自己的道路——我来了个一百八十度的大转弯。伊凡说，如果‘有良好的意向，在美国可以比在地下做更多有益的事’。可是我们地下的颂歌到哪儿去唱呢？美国算什么，美国无非又是无谓的瞎忙！我想，在美国也有许多坑蒙拐骗的事情。我逃避了上十字架！因此我对你说这件事情，阿列克谢，因为只有你一个人能理解，别人无法理解。我对你讲的关于颂歌的事情对别人来说都是蠢话、梦呓。人家会说，他不是疯了，就是傻瓜。我没有疯，也不傻。伊凡也能理解关于颂歌的想法。唉，他明白，只是他不作回答，保持沉默。他不相信颂歌。你别说，别说：我已经看到你的目光，你已经做出了决定！你现在先别作决定，可怜可怜我吧，我离开了格鲁莎是不能活的。等到宣判以后你再说吧！”

米佳发狂似的说完这些话。他双手抓住阿廖沙的肩膀，用如饥似渴的狂热的目光一个劲地盯着阿廖沙的眼睛。

“难道犯人可以结婚吗？”他用祈求的口吻第三次问道。

阿廖沙异常愕然地听着，他大为震惊。

“我只问一句话，”他说，“伊凡是不是非这样做不可？谁首先想出来的？”

“是他，是他想出来，他坚持要这样做！他一直没有来看我，一星期以前突然来了，一开头就谈这件事。他非常固执。他不是请求我，而是对我下命令。他毫不怀疑我会听他的，虽然我对他像对你一样把心都掏出来了，也谈到了颂歌。他告诉了我如何安排，所有信息都收集了，但这些以后再说。他迫不及待地想干。主要问题是钱：他说，一万卢布给你作逃跑用，二万卢布作去美国的路费，他说，我们用一万卢布可以安排一次万无一失的越狱逃跑。”

“他绝对不许转告我吗？”阿廖沙又重新问了一遍。

“绝对不许，对谁都别说，主要是不能对你说：无论如何不能对你说。他大概是担心你会像良心一样出现在我面前。你不要对他说我已经告诉你了。喂，你可不能说呀！”

“你说得对，”阿廖沙断定说，“在法庭判决以前是不可能做出决定的。判决以后你自己会做出决定；那时你会在自己身上发现一个新人，他会做出决定的。”

“一个新人，或者是贝尔纳，他就会用贝尔纳的方式做出决定。因为看来我自己就是卑鄙的贝尔纳！”米佳咧开嘴苦笑着。

“哥哥，难道你就一点儿也不指望能证明自己无罪吗？”

米佳痉挛似的耸了耸肩，摇了摇头。

“阿廖沙，亲爱的，你该走了！”米佳突然着急起来，“典狱长在外面叫了，马上就会到这里来的。太晚了，我们违反了规定。你赶快拥抱我，吻我，祝福我，亲爱的，为明天的十字架而祝福我……”

他们俩拥抱在一起，互相吻了一下。

“可是伊凡提出要逃跑，而自己却相信是我杀了人！”米佳忽然说。

他的嘴角上勉强露出伤心的苦笑。

“你问过他了？他信还是不信？”阿廖沙问。

“没有，我没有问过，我曾经想问他，但我没问，缺乏勇气。不过问不问也无所谓了，根据眼神我也能看出来。好，再见吧！”

他们又匆匆忙忙吻了一下，阿廖沙刚要走出去，突然米佳又叫住了他：

“你站在我面前，就这样。”

他又用双手紧紧抓住阿廖沙的肩膀。他的脸一下子变得煞白，因此在黑暗中也能看得清清楚楚。他的嘴唇扭歪了，眼光死死盯着阿廖沙。

“阿廖沙，你就像在上帝面前那样对我说句老实话：你相信我杀了人，还是不相信？你，是说你自己，信还是不信？说老实话，别扯谎！”他发狂似的对他吼道。

阿廖沙似乎打了一个踉跄，但他感到，他的心好像给一把尖刀扎了一下。

“别问了，你何必……”他不知所措地嗫嚅说。

“讲真话，别扯谎！”米佳重复说。

“我一分钟也没有相信过你是杀人凶手。”阿廖沙突然用颤抖的声音迸出了这句发自肺腑的话，他举起右手，似乎要召唤上帝来为他的话做证。米佳的脸上顿时洋溢出幸福的神采。

“谢谢你！”他拉长声调说，好像苏醒以后发出的一声长叹息，“现在你使我获得了新生……你相信吗，至今为止我很怕问你，因为问的是你啊，是你啊！好，走吧，走吧！你使我对明天充满了信心，愿上帝赐福予你！好，去吧。你要爱伊凡！”米佳突然又迸出了最后这句话。

阿廖沙走出来时泪流满面。米佳居然这样多疑，甚至对他，对阿廖沙也这样不信任——这一切突然使阿廖沙看到了他不幸的哥哥心灵深处无法摆脱的巨大痛苦和绝望，这是他过去从未想到的。一种深深的同情顿时控制了他，使他感到非常痛苦。他那颗被刺伤的心疼痛难耐。“要爱伊凡！”——他突然想起了米佳刚才讲的话。现在他就是要到伊凡那儿去。早晨要去见伊凡的时候他感到可怕，伊凡给他的折磨不比米佳少，而现在，在与米佳会面之后，这种折磨比以往任何时候都更加厉害了。

五　不是你，不是你

在去伊凡那儿的路上他经过卡捷琳娜·伊凡诺芙娜住的那幢房子。窗户里还亮着灯光。他忽然停了下来，决定进去看看。他已经有一个多星期没有见到卡捷琳娜·伊凡诺芙娜了。但他现在不禁想起，伊凡可能在她那里，特别是在这样一个关键日子的前夜。他拉响了门铃，登上了由一盏昏暗的中国灯笼照明的楼梯，看到从楼上走下来一个人，走近以后才认出是哥哥。他显然是刚从卡捷琳娜·伊凡诺芙娜那儿出来。

“哎哟，原来是你。”伊凡·费奥多罗维奇冷淡地说，“好，再见。你找她吗？”

“是的。”

“我劝你别去。她现在心里乱着呢，你会使她情绪更坏。”

“不，不！”从楼上骤然打开的房门里突然传来了叫喊声，“阿列克谢·费奥多罗维奇，您是从他那儿来吗？”

“是的，我刚去看过他。”

“他要你带什么话吗？请进来，阿廖沙，还有您，伊凡·费奥多罗维奇，一定要回来，一定要回来！听——见——了——吗！”

卡佳的话有一种命令的口吻，伊凡·费奥多罗维奇迟疑片刻之后，还是决定和阿廖沙一起再上楼去。

“她在偷听！”他恼怒地自言自语说，但阿廖沙还是听到了。

“请允许我不脱大衣吧。”伊凡进入客厅后说，“我不坐了，我最多待一分钟。”

“请坐，阿列克谢·费奥多罗维奇。”卡捷琳娜·伊凡诺芙娜说，自己却仍然站在那儿。在这段时间内她变化不大，但她那乌黑的眼睛闪烁着不祥的火花。阿廖沙后来记得，她在那一刻显得特别美丽。

“他有什么话要你转达？”

“只有一件事，”阿廖沙直率地看着她说，“请您怜惜自己，在法庭上一点儿也不要提……”他有点儿迟疑不决地说，“在那个城市里……你们初次相识的时候……在你们之间发生的事情……”

“噢，这是指为了他那笔钱我向他磕头的事吧！”她说着伤心地大笑，“怎么，他是替自己还是替我担心，啊？他要我怜惜——怜惜谁呢？怜惜他，还是我？您说呀，阿列克谢·费奥多罗维奇。”

阿廖沙全神贯注地看着她，力图理解她的意思。

“既怜惜您自己，也怜惜他。”他轻轻地说。

“原——来——是——这——样。”不知为什么她恶狠狠地一字一顿说，脸一下子涨得通红，“您还不了解我，阿列克谢·费奥多罗维奇，”她厉声说，“而且我对自己也还不了解。也许在明天的审讯之后您要用脚把我踩死。”

“您要如实地做证，”阿廖沙说，“这就够了。”

“女人常常是不诚实的。”她咬牙切齿说，“一小时以前我还觉得跟这个恶棍……跟这个像毒蛇一样的坏蛋……接触是件可怕的事……可现在却不同，他对我来说终究还是一个人！他究竟有没有杀人？是他杀的吗？”她突然迅速转向伊凡·费奥多罗维奇歇斯底里大叫起来。阿廖沙一下子明白了，这个问题她已经向伊凡·费奥多罗维奇提出过了，也许就在他来之前的一分钟，而且不是第一次，而是上百次了，最后他们两人还吵了一通。

“我找过斯梅尔佳科夫……这是你，是你使我相信他是弑父凶手。我只相信你一个人！”她一直对着伊凡·费奥多罗维奇说。而他似乎勉强地苦笑了一下。阿廖沙听到她用“你”称呼，浑身哆嗦了一下。他没有想到他们之间的关系已经这样亲密了。

“好了，够了，”伊凡断然说，“我走了，明天再来。”他马上转身走出房间，径直向楼梯走去。卡捷琳娜·伊凡诺芙娜突然以一种命令的姿势抓住了阿廖沙的两只手。

“您快跟着他！追上他！一分钟也不能让他单独行动，”她急促地轻声说，“他疯了。您不知他疯了吗？他有热病，神经性的热病！是医生告诉我的。您快走，快跟随着他跑……”

阿廖沙跃身而起，冲出去追赶伊凡。他还没有走出五十步。

“你要干什么？”伊凡看到阿廖沙在追他，突然转身问他，“她吩咐你跟着我，因为我疯了。这些话我都能背出来了。”他怒气冲冲补充了一句。

“她当然是搞错了，但她说你有病是对的。”阿廖沙说，“我刚才在她家里观察了你的脸：你的脸色很不好，非常不好，伊凡！”

伊凡径自走着，没有停下脚步。阿廖沙跟在他的后面。

“阿列克谢·费奥多罗维奇，你知道人是怎样发疯的吗？”伊凡问他的口气一下子变得平静了，已经完全没有恼怒，好像纯粹是出于一种最天真的好奇。

“不，我不知道，我想发疯的形式是多种多样的。”

“一个人能自己觉察自己要发疯吗？”

“我想在这种情况下是不可能觉察的。”阿廖沙诧异地回答。伊凡沉默了半分钟。

“如果你想和我谈话，那么就请你换个话题。”他突然说。

“这封信先给你，免得忘了。”阿廖沙有点畏怯地说，从口袋里掏出丽莎的信递给他，这时候他们恰好走到了路灯下。伊凡立刻认出了笔迹。

“啊，这是那个小鬼写的！”他恶狠狠大笑起来，连信封也不拆开就突然把信撕成碎片，迎风撒去。纸片飞散开来。

“好像还不到十六岁，就已经主动送上来了！”他轻蔑地说，又继续往前走。

“怎么主动送上来了？”阿廖沙惊讶地说。

“很清楚，就像荡妇那样主动送上门来。”

“你这是什么话，伊凡，你这是什么话？”阿廖沙伤心而又激烈地为她辩护起来，“她还是个孩子，你这是在侮辱一个孩子！她有病，她本身病得很重，也许她疯了……我不能不把她的信转交给你……我甚至还想向你打听……怎样救她……”

“你从我这儿什么也打听不到的。既然她是孩子，那我不是她的保姆。你别说了，阿列克谢。别再谈了。我甚至都不愿想这件事。”

他们又沉默了约莫一分钟。

“她今天整夜都会向圣母祈祷，求圣母指点她明天在法庭上应该怎么办。”他又突然生硬而恼怒地说。

“你……你是指卡捷琳娜·伊凡诺芙娜吗？”

“是的。不知道她是米佳的救星还是克星。她祈祷上帝给她启示。您瞧，她自己也还不知道呢，还来不及作好准备。她也把我当作保姆，希望我像哄孩子一样去哄她！”

“卡捷琳娜·伊凡诺芙娜是爱你的，哥哥。”阿廖沙伤感地说。

“可能。但我对她没有兴趣。”

“她很痛苦。为什么你对她说些……有时候说些……使她抱有希望的话呢？”阿廖沙用怯生生的责备口吻继续说，“我可是知道的，是你给了她这样的希望。请原谅我这样说。”他补充了一句。

“在这种情况下我不能采取正常的行动，不能断绝关系并直接告诉她！”伊凡气愤地说，“要等到对杀人凶手的判决下来以后才能行动。如果我现在和她断绝关系，她出于对我的报复心理会在明天的法庭上将那个恶棍置于死地，因为她恨他，而且她也知道自己恨他。一切都是虚伪，虚伪加虚伪！而现在，我尚未和她决裂，她总还抱有希望，便不会去加害于那个恶棍，因为她知道，我想把他从灾难中救出来。只是不知道这可恶的判决什么时候才宣布啊！”

“杀人凶手”和“恶棍”这些词语深深刺痛了阿廖沙的心。

“她怎么能危害哥哥呢？”他问道，想努力领会伊凡这些话的含义，“她能提出什么重要的证据使米佳就此完蛋呢？”

“你还不知道。她手上有一份材料，是米佳亲笔写的，可以数学般精确地证明是他杀死了费奥多尔·巴夫洛维奇。”

“这不可能！”阿廖沙惊呼起来。

“怎么不可能？我亲自读过了。”

“这样的材料不可能有！”阿廖沙激动地重复说，“不可能，因为杀人凶手不是他。不是他杀死了父亲的，不是他！”

伊凡·费奥多罗维奇突然站住了。

“依您看，杀人凶手是谁呢？”不知怎的他表面上不动声色地问，提问的口气甚至显得有点傲慢。

“你自己知道是谁。”阿廖沙真诚地轻声说道。

“谁？你说是那个神经错乱患癫痫的白痴？是他杀的？是斯梅尔佳科夫？”

阿廖沙突然感到浑身在打战。

“你自己知道是谁。”他无力地迸出这句话。他都喘不过气来了。

“是谁，谁？”伊凡几乎是狂怒地叫了起来。种种镇静沉着的神态顿时消失了。

“我只知道一点，”阿廖沙还是用近乎耳语的声音说，“杀死父亲的**不是你**。”

“‘不是你’！‘不是你’是什么意思？”伊凡愣住了。

“不是你杀死了父亲，不是你！”阿廖沙坚决地重复说。

沉默持续了约半分钟。

“我自己也知道不是我，你在说梦话吧？”伊凡惨淡一笑。他似乎双眼紧盯住阿廖沙。两人又在一盏路灯下站住了。

“不，伊凡，你有好几次对自己说过你是杀人凶手。”

“我什么时候说过？……我到莫斯科去了……我什么时候说过？”伊凡完全慌了神，嗫嚅着说。

“在这可怕的两个月里，当你一人独处的时候，你对自己说过好多次了。”阿廖沙依然一字一句地轻声说。但他说这些话似乎是身不由己的，似乎是无意的，而是屈从于某种无法抗拒的天意。“你责备自己并且承认杀人凶手就是你。但杀人的不是你，你错了，你不是杀人凶手，你听见我的话了吗，不是你！这是上帝派我来对你说这句话的。”

两人都不说话了。这沉默延续了足足有一分钟。两人站在那儿，互相看着对方的眼睛。两人脸色煞白。突然伊凡浑身哆嗦起来，紧紧抓住了阿廖沙的肩膀。

“你到我那儿去过！”他用咬牙切齿的耳语说，“夜里他到我那儿去的时候，你也去了……你说实话，你见到他了吗，见到了吗？”

“你说的是谁……是米佳？”阿廖沙困惑不解地问道。

“不是他，让那恶棍见鬼去吧！”伊凡疯狂地大叫，“你莫非知道他常来找我？你是怎样知道的，你说！”

“**他**是谁？我不知道你讲的是谁。”阿廖沙惊恐地喃喃地说。

“不，你是知道的……要不然你怎么能……你不可能不知道的……”

但突然他似乎镇静下来了。他站在那儿，仿佛在考虑什么问题。奇怪的苦笑扭歪了他的嘴唇。

“哥哥，”阿廖沙又用颤抖的声音说，“我对你讲这些是因为你会相信我的话，这我知道。我一辈子都可以对你讲这句话：**不是你**！你听见了吗？一辈子！这是上帝吩咐我一定要对你讲的，哪怕从此以后你永远恨我也不在乎……”

但是伊凡·费奥多罗维奇显然已经完全控制住自己了。

“阿列克谢·费奥多罗维奇，”他面带一丝冷笑说，“我无法容忍先知和癫痫患者，更不用说是上帝的使者，这您太清楚了。从此刻起我和您断绝关系，而且看来将是永远决裂。现在，就在这十字路口，请您离开我。再说您回家也该走这条路。今天您千万别到我那儿去！您听见了没有？”

他转过身子，迈开坚定的步伐，头也不回地径直向前走去。

“哥哥，”阿廖沙朝他身后喊道，“如果你今天有什么情况，你首先应该想到我……”

但伊凡没有回答。阿廖沙站在十字路口的路灯下，直到伊凡完全消失在黑暗中。然后他转过身来，慢慢地沿着一条小胡同回家。他和伊凡两人都单独租房，住在不同的地方：他们俩谁也不愿意住在费奥多尔·巴夫洛维奇留下的空房子里。阿廖沙在一户小市民家里租了一个备有家具的房间，而伊凡住在离他颇远的地方，在一幢漂亮的住宅里租了一间宽敞舒适的厢房，那幢房子是属于一个不算贫穷的官员的遗孀的。但在整个厢房里服侍他的只有一个年迈耳聋的老太婆，她浑身关节酸痛，晚上六时上床，早上六时起床。在这两个月里，伊凡·费奥多罗维奇生活上出奇的随便，非常喜欢一人独处。他甚至亲自收拾自己住的那个房间，而其余的房间则很少进去。他走到大门口，已经抓起了门铃的把手，却突然又停住了。他感到自己浑身还在哆嗦。突然他放开了门铃的把手，啐了一口，回过头来，快步朝着城市的另一端，相反方向的那一头走去。他要去的那地方离他住所约有两俄里，是一间用木头建成的、摇摇欲坠的小房子。费奥多尔·巴夫洛维奇原来的邻居，玛丽娅·康德拉季耶芙娜就住在这里。原先她常到费奥多尔·巴夫洛维奇家的厨房里讨汤吃，当时斯梅尔佳科夫还弹着吉他为她唱歌。她已经把原来的房子卖了，现在和母亲一起住在一间类似农舍的小屋里，而病得气息奄奄的斯梅尔佳科夫自从费奥多尔·巴夫洛维奇死后就马上搬到她们那儿去住了。现在，伊凡·费奥多罗维奇在一种突如其来的无法抑止的想法驱使下，就是去找他的。

六　与斯梅尔佳科夫的第一次会面

伊凡·费奥多罗维奇自从莫斯科回来以后这已经是第三次去找斯梅尔佳科夫谈话了。悲剧发生以后他第一次见到他并和他谈话是在他回来的当天。过了两星期，他又去看了他一次。但在第二次以后他不再去和斯梅尔佳科夫见面，因此他现在已经有一个多月没有见到他，也几乎没有听到他的任何消息。伊凡·费奥多罗维奇直到父亲死后的第五天才从莫斯科赶回来，因此他也没有见到父亲的灵柩：葬礼恰好是在他回来的前一天举行的。伊凡·费奥多罗维奇迟到的原因是阿廖沙不知道他在莫斯科的确切地址，为了发电报给他，就去找卡捷琳娜·伊凡诺芙娜，而她也不清楚，便给自己的姐姐和姑妈发了电报，她以为伊凡一到莫斯科便会去找她们的。不料他到莫斯科后直到第四天才去见她们。他一看到电报，自然心急火燎地马上赶回来了。回到我们这里以后，他第一个遇到的是阿廖沙，但与他交谈之后他感到非常惊讶，因为阿廖沙对米佳都不愿有什么怀疑，却直截了当地指出斯梅尔佳科夫是杀人凶手，这与我们城里的众多看法截然相反。后来他又见了警察局长和检察官，了解了起诉和逮捕的种种详细情况，他对阿廖沙更是感到奇怪，认为他的看法仅仅是出于极端强烈的手足之情和他对米佳的同情。伊凡知道阿廖沙非常爱米佳。顺便提一下，我们用两句话来概括伊凡对自己哥哥德米特里·费奥多罗维奇的感情：他绝对不喜欢他，至多也仅仅有时对他表示一点儿同情，但即使同情也掺杂着极大的蔑视，甚至近乎憎恶。米佳整个人，甚至连他的外貌都使他非常讨厌。即便卡捷琳娜·伊凡诺芙娜爱米佳这件事，他也感到气愤。不过他回来的当天就和正在受审查的米佳见了面。这次见面不仅没有扭转他认为米佳有罪的看法，反而使他更加确信了。他当时发现米佳焦躁不安，处于一种病态的激动之中。米佳的话很多，但显得心不在焉，东拉西扯。他的话非常尖刻，指控斯梅尔佳科夫是杀人凶手，但又语无伦次。他谈得最多的还是死者从他那儿“偷走”的三千卢布。“钱是我的，是我的钱，”米佳反复说，“即使我偷了，那我也有我的道理。”对于一切不利于他的证据他几乎不加争辩，即使对一些事实做出有利于自己的解释，也说得非常混乱和荒谬——总之，他似乎根本不想在伊凡或别人面前为自己辩白，相反，他只是生气，傲慢地蔑视对他的指控，一味光火、谩骂，对于格里戈里所提供的门是开着的证词，只是报以轻蔑的嘲笑，说那门是“鬼打开的”。对这一事实他提不出任何前后一贯的解释。他甚至在第一次与伊凡会面时还侮辱了他，粗暴地对他说，那些主张“一切都可以做”的人根本没有资格怀疑他和盘问他。总之这一次他对伊凡·费奥多罗维奇很不友好。这次跟米佳见面之后，伊凡就立刻去找了斯梅尔佳科夫。

还在从莫斯科回来的火车上，他就一直在琢磨斯梅尔佳科夫这个人以及离开前夕和他的最后一次谈话。许多事情使他不安，许多迹象令人生疑。但伊凡·费奥多罗维奇在向法院侦查员提供证词的时候，暂时没有提到那次谈话。他要等到与斯梅尔佳科夫见面以后再说。斯梅尔佳科夫当时住在市立医院里。赫尔岑斯图勃医生和在医院里接待伊凡·费奥多罗维奇的瓦尔温斯基医生针对他再三的提问断然回答说，斯梅尔佳科夫的癫痫病是确凿无疑的，对他提出的“他会不会在发生惨祸的那天假装发病”这个问题感到奇怪。他们向他解释，这次发病非同寻常，反复多次，持续了好几天，因此病人的生命一度非常危险，只是采取了种种措施以后，现在才可以肯定说病人能够活下来。赫尔岑斯图勃还补充说，他的智力很可能部分地受到了损害，“如果不是一辈子，那也将持续相当长的时间”。对于伊凡·费奥多罗维奇那个迫不及待的问题：“这么说来，他现在是疯了？”他们回答说：“还不完全是这样，但已经出现了某些不正常现象。”伊凡·费奥多罗维奇决定亲自去看一看他有哪些不正常现象。医院里立刻同意他进去会见。斯梅尔佳科夫住在隔离病房，躺在床上。他旁边还有一张病床，病人是一个气息奄奄的小市民，他生了水肿病，浑身发肿，看来活不过明天或者后天了。他是不会妨碍他们谈话的。斯梅尔佳科夫见到伊凡·费奥多罗维奇之后，不信任地咧开嘴笑了笑，在最初的一瞬间好像有点胆怯的样子。至少伊凡·费奥多罗维奇有过这样的感觉。但这只不过是在一瞬间，而在其余的时间里，斯梅尔佳科夫反倒十分镇静，这使他感到吃惊。伊凡·费奥多罗维奇一看到斯梅尔佳科夫就毫不怀疑地相信他的确病得很重：他很衰弱，说话缓慢，似乎连转动舌头都有困难；他的脸变得很瘦、很黄。在二十来分钟的探望时间内他一直抱怨头痛和四肢酸痛。他那阉人似的干瘦的脸变得好像小了许多，鬓发蓬乱，额头上的鬈发不见了，只剩下细细的一撮头发向上翘着。但是那微微眯缝、似乎有所暗示的左眼还表示他仍然是原先那个斯梅尔佳科夫。“跟聪明人谈谈也是很有趣的”，伊凡·费奥多罗维奇马上想起了这句话。他在他脚旁的凳子上坐了下来。斯梅尔佳科夫在床上吃力地挪动了一下身子，但没有先开口说话，沉默着，而且他的目光似乎也没有露出过于好奇的神色。

“可以和我谈谈吗？”伊凡·费奥多罗维奇问，“我不会累着你的。”

“完全可以。”斯梅尔佳科夫用微弱的声音没精打采地说，“您早就回来了吗？”他宽容地补充了一句，似乎在鼓励不好意思的来访者。

“今天刚回来……要应付你们这里的麻烦事。”

斯梅尔佳科夫叹了一口气。

“你有什么好叹气的，你不是都料到了？”伊凡·费奥多罗维奇开门见山地说。

斯梅尔佳科夫庄重地沉默了一会儿。

“怎么能不料到呢？事前已很清楚了。只不过谁能想到事情会闹成这样呢？”

“闹成这样？你别装傻了！你不是早就说过你一进地窖，马上就会犯癫痫吗？你说的就是地窖。”

“这件事在审讯时已经供认了吗？”斯梅尔佳科夫镇定地探问道。

伊凡·费奥多罗维奇突然发火了。

“没有，我还没有供认，但我一定要供认的。你呀，老弟，许多事情现在该对我说清楚了。你要知道，亲爱的，我可不允许你耍弄我！”

“我干吗要耍弄您呢，我一切都指望您了，就像指望上帝那样！”斯梅尔佳科夫说，还是那样镇静，只是稍稍闭了一会儿眼睛。

“首先，”伊凡·费奥多罗维奇开始说，“我知道什么时候犯癫痫是无法预先知道的。我查过了，你别耍花招。哪一天发作，什么时候发作，这都不能预料。怎么你当时对我预先说出了日期和时间，还知道是在地窖里呢？如果你不是故意装作犯癫痫，那你怎么能事先知道犯病后会跌到那个地窖里呢？”

“本来就应该到地窖去的，甚至每天都要去好几次呢。”斯梅尔佳科夫不慌不忙地拉长声调说，“就像一年前我从阁楼上跌下来一样。癫痫发作的日期和时间不能预先知道无疑是对的，但预感总是有的。”

“可是你预先指出了日期和时间！”

“关于我的癫痫病，先生，您最好去问问本地的医生：我这病是真的呢，还是假装的？这个问题我再也没有什么可对您说的了。”

“那么地窖呢？你怎么事先知道是在地窖里呢？”

“您怎么总是不放过这个地窖！当时一爬进地窖，我心里又害怕又怀疑；我最怕的是您一走，这世界上就再也没有人来保护我了。我爬进那个地窖的时候心里想：‘现在马上就要犯病了，眼看癫痫就要发作了，我会不会摔下去呢？’刚这么一想，那种无法避免的抽筋就突然发作……我就这样掉了下去。所有这一切以及您离开前的那天傍晚在大门口我跟您的全部谈话，当时我对您说了我的恐惧，还说了那个地窖的想法——所有这一切我都详详细细对医生赫尔岑斯图勃先生和侦查员尼古拉·帕尔费诺维奇说了，他们把这一切都记录在案。而这里的医生瓦尔温斯基先生当着大家的面特别强调说，这是因为有了那种想法才会犯病的，因为老担心‘我会不会跌下去’，这样一想病就发作了。他们就是那样记录的：说这种情况必然是这样的，纯粹是因为我害怕的结果。”

斯梅尔佳科夫说完以后，显得疲惫不堪的样子，深深地吸了一口气。

“那么你在证词中把这一切都说了？”伊凡·费奥多罗维奇有点着慌了。他本来想用公布他们那次谈话来吓唬他，不料他自己已经全部讲出来了。

“我怕什么？让他们把全部真实情况记下来好了。”斯梅尔佳科夫坚决地说。

“我和你在大门口的谈话也一字不漏地讲了吗？”

“没有，并没有一字不漏地说出来。”

“当时你对我吹嘘说你会假装癫痫发作，这事你也讲了吗？”

“没有，这件事也没有讲。”

“现在你告诉我，为什么你那时要我去契尔马什尼亚？”

“我怕你去莫斯科，契尔马什尼亚总要近一些。”

“你胡说，当时是你自己要我离开的。你说，您走吧，离罪恶远远的！”

“我当时那样说完全是出于对您的一片好意，出于一片忠心，我预感到家里会出事，我可怜您才那样说，但是我可怜自己胜于可怜您。所以我才说：您避开罪恶吧，目的是想让您明白，家里会出事的，您最好留下来保护父亲。”

“那你就该说得更明确些，傻瓜！”伊凡·费奥多罗维奇突然发火了。

“我当时怎么能说得更明确呢？我只是因为害怕才说的，说多了您可能生气。当然，我也许怕德米特里·费奥多罗维奇捅娄子，怕他拿走那笔钱，因为他总是认为那些钱是他的，谁能料到会闹出人命呢？我原以为他只会偷走那三千卢布，就是老爷藏在被褥底下，用信封装好的那三千卢布，可他却杀了人。您怎么能料到呢，先生？”

“既然你自己说无法料到，那我怎么能料到并且留下来呢？你不是前后矛盾了吗？”伊凡·费奥多罗维奇沉思着说。

“您能猜想到，因为我要您去契尔马什尼亚，而不去莫斯科。”

“这怎么能猜到啊！”

斯梅尔佳科夫显得非常疲劳，又沉默了约一分钟。

“您是能够猜到的，因为我劝您到契尔马什尼亚去，而不让你去莫斯科，那就是说，我希望您待在附近的地方，因为莫斯科太远了，而德米特里·费奥多罗维奇知道您就在附近，就不会那样放肆了。即使发生什么情况，您也可以迅速赶回来保护我，因为我当时就向您指出了格里戈里·瓦西里耶维奇有病，也担心我自己犯癫痫。我还对您说了那些暗号，根据那些暗号可以进入死者房间，而德米特里已经从我这儿知道了这些暗号。我原来以为您当时已经猜到他肯定会有所行动的，因此您不会到什么契尔马什尼亚去，而会打定主意留下来的。”

“他讲得头头是道，”伊凡·费奥多罗维奇想道，“虽然有些支吾其词，赫尔岑斯图勃怎么说他智力受到损害呢？”

“你跟我在耍花招，你这鬼东西！”他生气地大声说道。

“说实话，我当时还以为您完全猜到了。”斯梅尔佳科夫带着十分天真的表情争辩说。

“要是我猜到了，我就留下来了！”伊凡·费奥多罗维奇说着又发火了。

“可是我还以为您都猜到了呢，所以要尽快远离罪恶，躲到什么地方去，因为害怕而只顾保护自己了。”

“你以为大家都是像你一样的胆小鬼吗？”

“对不起，我还以为您和我都是一样的。”

“当然，应该猜到的，”伊凡很激动，“而且我也想过你会做出什么卑鄙的勾当……不过你这是在胡说，你又在胡说了。”他突然想起了什么，大声说道，“你记得吗，你当时走到马车跟前对我说：‘跟聪明人谈谈也是有趣的。’既然你夸奖我，那就是说，你对我离开这儿是高兴的，对吗？”

斯梅尔佳科夫一再叹气。他脸上似乎出现了红晕。

“如果我高兴的话，”他有点气喘吁吁地说，“那只是因为您不愿去莫斯科，而是同意去契尔马什尼亚，因为终究近一些；不过当时我说那些话并非是称赞您，而是责备您。您没有领会。”

“责备什么？”

“就是您预感到了要发生不幸，可是却抛开生身父亲，不愿保护我们，因为人家可以为了那三千卢布把我也牵扯进去，说是我偷的。”

“见你的鬼去吧！”伊凡又骂人了，“你等等，你对侦查员和检察官说了这些暗号，这些敲门的暗号吗？”

“我都如实讲了。”

伊凡·费奥多罗维奇暗暗感到奇怪。

“如果我当时想过什么的话，”他又开始说，“那就是只有你才会干出卑鄙的勾当。德米特里可能杀人，至于他会偷钱——当时我是不相信的……我料想你会干出种种卑鄙勾当。你自己对我说你会假装癫痫发作，你干吗要这样说呢？”

“就是因为我脑子简单。我一生中还从来没有故意假装发癫痫病，我这样说仅仅是为了在您面前夸耀自己。我干了一件蠢事。我当时非常喜欢您，因此对您十分坦率。”

“我哥哥直接指控你，说是你杀了人并抢走了钱。”

“他还能说什么呢？”斯梅尔佳科夫咧着嘴苦笑，“有了这些证据，有谁会相信他呢？格里戈里·瓦西里耶维奇看到门是开着的，那还有什么好说呢？随他去，让上帝保佑他吧！他急着拯救自己……”

他安静地沉默了片刻，突然似乎又想起了什么，补充说道：

“现在再拿这件事来说吧，他想把罪责推在我身上，说是我干的，这我已经听说过了。就算我会假装癫痫，装得很像，那么如果我当时真想谋杀您父亲，难道我会预先对您说我会假装的吗？如果我真的蓄意谋杀，总不至于愚蠢到事先透露作案的证据，而且还是对他的亲生儿子说的，能有这样的事吗？！这难道可能的吗？相反，这样的事是从来都没有的。现在我和您的谈话，除了幽灵之外，谁也听不到，如果您去告诉检察官和尼古拉·帕尔费诺维奇，这样您就最终保护了我：如果我一向是那样老实，那怎么会行凶杀人呢？他们肯定会这样想的。”

“你听着，”伊凡·费奥多罗维奇从座位上站了起来，他被斯梅尔佳科夫最后的论据镇住了，因此想中断这番谈话，“我一点儿也不怀疑你，甚至认为指控你是可笑的……，相反，我倒要感谢你，因为你使我放心了。现在我要走了，我会再来的。再见，愿你早日康复。你需要什么吗？”

“非常感谢！玛尔法·伊格纳季耶芙娜没有忘记我，我如有需要，她会尽力帮助我的，她还像原先一样善良。天天都有好人来探望我。”

“再见。顺便提一下，关于你会假装癫痫的话，我不会说的……我劝你也别供认。”伊凡不知为什么突然说。

“我很明白。如果这件事您不说出来，那么我和您在大门口的那次谈话我也不会说出来……”

事情的结果是这样：伊凡·费奥多罗维奇突然走了出去，沿着走廊刚走出十来步，才突然感到斯梅尔佳科夫最后一句话含有某种侮辱的意思。他几乎想折回去，但这只不过是一刹那间的念头，他说了声：“荒唐！”就赶紧离开了医院。主要是他感到确实放心了，而放心的原因就在于有罪的不是斯梅尔佳科夫，而是他的哥哥米佳，虽然似乎应该得出相反的结论。为什么会这样——他当时不愿意详细分析，甚至对深挖自己的感情感到厌恶。他似乎想尽快忘记一些东西。在后来的几天里，当他深入全面了解了使米佳困惑苦恼的全部证据之后，他已经完全确信他有罪了。有些证词是微不足道的人提供的，但却几乎是触目惊心的，例如费妮娅和她祖母的证词。至于佩尔霍金，小酒店、普洛特尼科夫铺子、莫克罗耶村的证人，就更不用说了。主要是那些细节令人震惊。侦查员和检察官听说了敲门的那些暗号之后，惊讶的程度并不亚于格里戈里关于门是开着的证词。格里戈里的妻子，玛尔法·伊格纳季耶芙娜，在回答伊凡·费奥多罗维奇的询问时直截了当地说，斯梅尔佳科夫整夜都躺在他们房间的隔板后面，“离我们的床还不到三步远”，虽然她睡得很死，但她醒过来好多次，一直听到他在呻吟，“他一直在呻吟，不断地呻吟”。他还跟赫尔岑斯图勃谈过话，对他说了他自己的怀疑，他觉得斯梅尔佳科夫没有疯，只不过是身体虚弱罢了。他这些话只是引起了老人的一丝微笑。“您知道他现在一门心思在干什么吗？”他问伊凡·费奥多罗维奇，“他在那里背法文单词；他枕头底下放着一个本子，不知是谁在法文词下面标上了俄文字母，哈——哈——哈！”伊凡·费奥多罗维奇终于打消了一切怀疑。他现在一想到米佳就不能不感到厌恶。不过有一件事总感到奇怪：阿廖沙固执地坚持认为杀人凶手不是米佳，“很可能”是斯梅尔佳科夫。伊凡一直认为阿廖沙的意见对于他来说是宝贵的，因而他现在觉得简直无法理解阿廖沙。同样感到奇怪的是，阿廖沙一直不跟他谈米佳的事，他从来不主动提起，只是回答伊凡的问题。伊凡·费奥多罗维奇也明显地觉察到了。不过，当时他正被一件与此完全无关的事情吸引住了：他从莫斯科回来以后的最初几天，完全沉湎于对卡捷琳娜·伊凡诺芙娜的强烈而又疯狂的爱情之中。这爱情对他以后的一生很有影响，现在来谈伊凡·费奥多罗维奇这次新的爱情还不是时候，这一切可以成为另一篇小说，另一部长篇小说的主要线索，我现在还不知道以后会不会去写它。尽管如此我现在不能不指出，当伊凡·费奥多罗维奇晚上和阿廖沙一起从卡捷琳娜·伊凡诺芙娜家里出来的时候，就像我已经描述过的那样，他对阿廖沙说：“我对她没有兴趣。”此刻他完全是在撒谎：他疯狂地爱着她，虽然有时候他也真的恨她，恨不得杀死她。这里有多种因素汇合起来了：米佳的事情使她受到很大的震动，她像扑向救星一样扑向重新回到她身边的伊凡·费奥多罗维奇。她在感情上受到了委屈、侮辱和伤害。现在这个以前本来就深深地爱着她的人——啊，她太了解了——又重新出现在她面前，她一直认为他的智慧和心灵远远胜过自己。但这位严肃的姑娘并没有为他做出全部牺牲，尽管爱她的这个人具有那种卡拉马佐夫式的不顾一切的狂热，对她具有巨大的魅力。同时她因为背叛了米佳而悔恨不已，在跟伊凡争吵的可怕时刻（这类争吵很多），她直截了当地对他说了。他在和阿廖沙谈话中说的“虚伪加虚伪”就是指这件事，这里确实有许多虚伪的成分，也最使伊凡·费奥多罗维奇感到恼火……不过所有这一切以后再说吧。总之，他暂时几乎把斯梅尔佳科夫忘记了。但是，在第一次探望他以后过了两个星期，原来那些奇怪的想法又像以前一样开始折磨他了。单单指出以下事实就足以说明他是多么痛苦。他不断地问自己：为什么在当时，在临走的前夕，在费奥多尔·巴夫洛维奇家里，他像小偷一样悄悄地走到楼梯口仔细倾听父亲在楼下的动静？为什么后来回想起来就感到恶心？为什么第二天早上在路上突然感到那么烦恼？而快到莫斯科的时候又对自己说：“我是下流坯！”前不久他还想过，所有这些令人痛苦的想法也许会使他打算把卡捷琳娜·伊凡诺芙娜忘掉，这些想法简直搅得他日夜心神不安。他正在这样想的时候，恰好在街上遇见了阿廖沙。他马上拦住他，突然向他提出了一个问题。

“你还记得吗，那天午饭以后德米特里冲进屋把父亲打了一顿，我后来在院子里对你说，我给自己保留‘希望的权利’，现在你说，你当时想过没有，我是盼望父亲死去，你想过没有？”

“我想过。”阿廖沙轻轻回答。

“确实是这样，连猜也用不着猜的。但你当时有没有还想过，我恰恰希望‘一条毒蛇咬死另一条毒蛇’，就是让德米特里杀死父亲，而且越快越好……而我自己甚至不惜促成其事？”

阿廖沙脸色微微发白，默默地看着哥哥的眼睛。

“说呀！”伊凡大声说，“我很想知道你当时是怎样想的。我需要知道，你要说真话，说真话！”他深深地吸了一口气，已经预先怀着某种恶意看着阿廖沙。

“对不起，当时连这一点我也想到了。”阿廖沙喃喃地说了这一句便沉默不语了，连一句“缓和的话”都没有。

“谢谢！”伊凡生硬地说完便扔下阿廖沙扬长而去了。从此以后阿廖沙就发现，伊凡哥哥似乎一下子开始疏远他，甚至好像恨他，因此后来他再也不去找他了。但在此刻，刚和阿廖沙相遇之后，伊凡·费奥多罗维奇并没有回家，突然又去找斯梅尔佳科夫了。

七 第二次走访斯梅尔佳科夫

那时斯梅尔佳科夫已经出院了。伊凡·费奥多罗维奇知道他的新住所：就是那幢摇摇欲坠的木头搭建的小房子，那里共有两间小屋，中间隔着一条过道。玛丽娅·康德拉季耶芙娜和她的母亲住一间，斯梅尔佳科夫单独住另一间。天知道他凭什么住进了她们家：他是白住呢还是付房租？后来有人以为，他是作为玛丽娅·康德拉季耶芙娜的未婚夫住进去的，暂时还不付房租。母女俩都非常敬重他，把他看作高出她们一头的人物。伊凡·费奥多罗维奇使劲敲开门后进入过道，根据玛丽娅·康德拉季耶芙娜的指点，直接走进左边斯梅尔佳科夫住的“最好房间”。这间小屋有一个瓷砖砌的炉子，烧得很暖和。四面墙壁上贴着天蓝色的糊墙纸，但都已破碎，裂缝下面蠕动着大量的小蟑螂，不时发出沙沙的声音。家具很简陋：两张长凳靠在两边的墙上，桌子旁边放着两张凳子。桌子虽然是木制的，但铺上了玫瑰花图案的桌布。两个小窗台上各放着一盆天竺葵。屋角里有一个神像龛。桌上摆着一个瘪痕累累的小铜茶炊和一只托盘，盘里放着两只茶碗。斯梅尔佳科夫已经喝过了茶，茶炊也已熄火……他坐在桌子后面的长凳上，一面看着一本簿子，一面用笔在勾画。他身边放着一瓶墨水，还有一个插着洋蜡烛的生铁矮烛台。伊凡·费奥多罗维奇根据斯梅尔佳科夫的脸色马上断定，他已经完全康复了。他的气色很好，胖了一些，额上的头发高高耸起，鬓角梳得光光的。他穿着一件条纹棉长袍，但已经很破旧了。他的鼻梁上架着一副眼镜，伊凡·费奥多罗维奇以前从来没有见他戴过。这件区区小事却使伊凡·费奥多罗维奇格外恼火：“这个畜生，居然还戴起了眼镜！”斯梅尔佳科夫慢慢抬起头，透过眼镜盯着走进来的人；然后轻轻地摘下了眼镜，在长凳上欠起身子，但并不那么毕恭毕敬，甚至有点懒洋洋的，仅仅是为了表示一种必不可少的起码的礼貌。所有这一切在伊凡眼前闪过，他也立刻都看清楚并注意到了，尤其是斯梅尔佳科夫的眼神充满了恶意、冷淡，甚至傲慢，好像在说：“你怎么又来了，上次不是都已经谈妥了吗，你又来干什么？”伊凡·费奥多罗维奇勉强克制着自己。

“你这里很热。”他站着说，解开了大衣的扣子。

“您把大衣脱了吧。”斯梅尔佳科夫表示允许。

伊凡·费奥多罗维奇脱下了大衣，把它扔在长凳上，用两只发抖的手端起一只凳子，迅速把它挪到桌子跟前，然后坐了下来。斯梅尔佳科夫在他之前已经坐到了长凳上。

“首先，是不是只有我们俩？”伊凡·费奥多罗维奇厉声急忙问道，“那边会不会听到我们说话？”

“谁也不会听到的。您自己不是看到了吗？中间隔着过道。”

“我问你，老兄，那次我到医院里看你，临走时你说假如我对你会假装癫痫的事情保持沉默，那么你也不向侦查员说出我和你在大门口的全部谈话，你这是什么意思？什么叫**全部**？你当时指什么？你是威胁我吗？我跟你是一伙的，是不是？我怕你，是不是？”

伊凡·费奥多罗维奇气势汹汹地说了这番话，显然是故意要让对方明白，他蔑视任何旁敲侧击、转弯抹角的做法，他要打的是明牌。斯梅尔佳科夫的眼睛里闪过一道恶意的寒光，左眼不停地眨巴着，仿佛马上做出了自己的回答，虽然还像平时那样显得从容不迫：“你要打明牌，那就让你看这张牌吧。”

“当时我说那些话的目的就是要告诉您：您明明事先就知道自己的生身父亲将被谋杀，却听之任之，让他成了牺牲品。我答应您不把这件事情供出来，目的是不让人们怀疑您有什么坏心眼，甚至别有用心。”

斯梅尔佳科夫说这些话的时候虽然不慌不忙，而且显然在竭力控制自己，但他的话音里仍然可以听出某种坚定而固执、恶毒而傲慢的挑衅意味。他放肆地盯着伊凡·费奥多罗维奇，以致后者在最初的一刻气得眼冒金星。

“怎么？什么？你的脑子正常不正常？”

“完全正常。”

“难道我当时**知道**谋杀的事？”伊凡·费奥多罗维奇终于大叫起来，用拳头狠砸桌子，“什么叫‘别有用心’？你说呀，你这混蛋！”

斯梅尔佳科夫沉默不语，仍然用放肆的目光看着伊凡·费奥多罗维奇。

“你说呀，你这条癞皮狗，‘别有用心’是指什么？”伊凡咆哮起来。

“我刚才说的‘别有用心’是指您自己当时也许就非常希望令尊大人死去。”

伊凡·费奥多罗维奇跃身而起，使尽全力对着他的肩膀打了一拳，竟使斯梅尔佳科夫往后一仰倒在墙上。他顿时泪流满面，说道：“先生，打弱者是可耻的！”接着又突然用一块脏兮兮的蓝格子布手帕捂住眼睛，轻轻啜泣。他哭了大约一分钟。

“够了！别哭了！”伊凡·费奥多罗维奇终于命令似的说，又坐到椅子上，“你不要使我失去最后的忍耐！”

斯梅尔佳科夫把那块破手帕从眼睛上挪开了。他那皱巴巴的脸上每根线条都在表示他刚才受到的屈辱。

“你这混蛋当时就认为我要伙同德米特里一起杀死父亲？”

“我并不知道您当时的想法，”斯梅尔佳科夫委屈地说，“因此您在进入大门的时候我才拦住了您，想在这个问题上试探您一下。”

“试探什么？什么？”

“就是试探您是不是盼望令尊早点被杀死。”

最使伊凡愤怒的是斯梅尔佳科夫坚决不肯放弃的那种固执、放肆的语气。

“这是你杀死他的！”他突然大声叫道。

斯梅尔佳科夫鄙夷地冷笑一声。

“他不是我杀死的，这您自己知道得一清二楚。我想，对一个聪明人来说，这件事已经没有什么可说的了。”

“但是为什么，为什么您当时对我产生了这样的怀疑？”

“就像您已经知道的那样，唯一的原因是害怕。因为我当时的处境使我害怕得要命，所以对什么人都怀疑了。我也决定试探您，我想，如果连您也和令兄想到一块儿了，那这件事就算已经完了，我自己也会像苍蝇那样完蛋的。”

“你听着，两星期以前你不是这样说的。”

“在医院里和您谈的时候，我就是这个意思，只是我以为，不用多说您也会明白，您这个绝顶聪明的人也不希望说得太露骨。”

“你真行啊！但是你回答我，一定要回答我：为什么，究竟为什么我会在你卑鄙的心里引起了对我如此下流的怀疑？”

“杀人——这种事您自己是绝对不会去干的，也不愿意干，但您想让别人去干，那是您愿意的。”

“瞧你说得多轻巧，多轻巧啊！为什么我愿意，凭什么我一定要那样想呢？”

“凭什么？那遗产呢？”斯梅尔佳科夫恶毒地，甚至报复似的反问道，“要是您父亲死了，你们三兄弟每人至少可以分得四万卢布，可能还要多些，要是费奥多尔·巴夫洛维奇娶了那位阿格拉费娜·亚历山德罗芙娜小姐，那么结婚以后她会把全部财产立刻转到自己的名下，她才绝对不会犯傻呢！这样一来，你们三兄弟在父亲死后连两个卢布都拿不到了，那时离结婚还远吗？那真是迫在眉睫的事：只要那位小姐用小指头向他做个手势，他马上就会乖乖地跟着她跑进教堂。”

伊凡·费奥多罗维奇痛苦地忍耐着。

“好，”他终于说，“你瞧，我没有跳起来，没有揍你，没有打死你。你继续说下去：在你看来，我是预先就让德米特里哥哥干这件事，我是指望他动手？”

“您怎么能不指望他呢？如果他杀了人，他就会失去贵族的一切权利，包括身份和继承权，还要去流放。这样的话他应得的那份遗产就留给您和阿列克谢·费奥多罗维奇两人平分了，就是说，你们每人得到的不是四万，而是六万。您当时肯定巴不得德米特里·费奥多罗维奇马上去动手！”

“我让你胡说八道！你听着，混蛋，假如我当时真的指望过什么人的话，那就是你，而不是德米特里，而且我可以发誓，当时我甚至预感到你会干出什么坏事的……当时……我现在还记得我的印象！”

“我当时也这样想过，虽然只有一瞬间，但我认为您也指望我，”斯梅尔佳科夫咧开了嘴嘲笑说，“因此这就使您在我面前更加暴露无遗，因为既然您预感到我会干坏事，同时自己又要离开，这无疑是明确地告诉我：你可以杀死父亲，我不加阻拦。”

“混蛋！你居然这样理解！”

“这都是从去不去契尔马什尼亚这件事看出来的。对不起！您打算去莫斯科，拒绝了令尊要您去契尔马什尼亚的请求！后来由于我的一句蠢话您突然同意去了！您当时为什么要同意去契尔马什尼亚呢？既然您不愿去莫斯科，只是凭我一句话，却又无缘无故地要去契尔马什尼亚，可见您肯定对我有所期待。”

“不，我发誓，没有那回事！”伊凡咬牙切齿地大声咆哮。

“怎么没有呢？如果不是这样的话，那我说了那些话以后，您这当儿子的应该首先将我送到警察局痛打一顿……至少当场扇我几记耳光，可是对不起，恰恰相反，您不但一点儿也没有发火，反而完全按照我一句十分愚蠢的话去做了，马上就离开了。您那样做是非常荒唐的。因为您本来应该留下来保护父亲的生命……我怎么能不得出这样的结论呢？”

伊凡阴沉着脸坐在那儿，双手握成拳头痉挛似的抵着膝盖。

“是的，可惜当时没有掴你耳光。”他苦笑了一下，“当时我不可能拉你上警察局：谁会相信我的话呢，我又能提供什么证据呢，但是掴耳光倒是可以的……唉，真可惜我没有想到这一层；虽然掴耳光也是禁止的，但我一定会把你的狗脸打得稀烂。”

斯梅尔佳科夫几乎得意扬扬地看着他。

“在一般情况下，”他用一种自以为是的学究口吻说，过去他伺候费奥多尔·巴夫洛维奇用餐的时候就是以这种口吻跟格里戈里·瓦西里耶维奇争论宗教问题并且惹他生气的，“在一般情况下，打耳光是法律明文禁止的，大家也都不打了，可是在特殊情况下，那么不仅在我们这里，而且在全世界，哪怕是最讲究法律的法兰西共和国，照样还在打耳光，就像在亚当和夏娃的时代一样，而且将来也永远不会停止。而在当时的特殊情况下您也没有这种胆量。”

“你为什么要学法文？”伊凡朝着放在桌子上的本子摆了摆脑袋。

“为什么我不能学呢，学法文可以提高我的修养，我想有朝一日也许我也会到欧洲那些幸福的地方去的。”

“你听着，恶棍，”伊凡双目圆睁，浑身发抖，“我不怕你控告，随你怎样指控我都可以，如果我现在没有把你打死，只是因为我怀疑这个罪行是你犯的，我要送你上法庭。我还要让你露出真面目！”

“依我看嘛，您最好还是保持沉默吧。我是完全清白无辜的，您能控告我什么？谁会相信您？不过如果您要说的话，那么我就统统抖搂出来，我干吗不为自己辩护呢？”

“你以为我现在怕你吗？”

“即使我现在对您说的话法官们不相信，但听众会相信的，那时您会没脸见人的。”

“你这又是想说：‘跟聪明人谈谈也是有趣的’——是吗？”伊凡恨得咬牙切齿。

“真是一针见血，您就放聪明些吧。”

伊凡·费奥多罗维奇站了起来，气得全身发抖，穿上了大衣，再也不搭理斯梅尔佳科夫，甚至都不看他一眼，匆匆走出了小屋。夜晚的新鲜空气使他精神为之一振。皓月当空，清晖四射。可他的心里却翻腾着各种噩梦般的想法。“马上就去告发斯梅尔佳科夫？可告发什么呢？他终究是无辜的。相反，他会控告我。说真的，我当时干吗要去契尔马什尼亚？为了什么，为了什么？”伊凡·费奥多罗维奇问自己。“是的，我当然有所期待，他的话是对的……”于是他又第一百次地回想起最后一个晚上他在父亲家里站在楼梯口偷听他动静的情景，但这一次心情竟如此痛苦，以致他不禁站住了，像被捅了一刀似的：“是的，我当时所期待的正是这件事，这是事实！我盼望，我确实盼望谋杀！我究竟是不是真的盼望谋杀呢？应该把斯梅尔佳科夫干掉！……如果我现在不敢干掉斯梅尔佳科夫，那活着也没意思了！……”伊凡·费奥多罗维奇没有回家，直接到了卡捷琳娜·伊凡诺芙娜那里，他的出现委实使她吓了一跳：他似乎丧失了理智。他把自己和斯梅尔佳科夫的谈话一五一十都告诉了她，连一个细节也不漏过。无论她怎样劝他，他都无法冷静下来，一直在房间里来回走动，断断续续地说些很奇怪的话。最后他坐了下来，双肘撑在桌子上，两只手支着脑袋，说出了几句奇怪的警句来。

“如果杀人凶手不是德米特里，而是斯梅尔佳科夫，那么，我当然与他是一伙的，因为是我唆使过他。我是否唆使过他，我还不知道。但假如是他杀了人，而不是德米特里，那么，我当然也是杀人凶手。”

卡捷琳娜·伊凡诺芙娜听了这些话以后，便默默地从座位上站起来，走到书桌跟前，打开放在书桌上的一只小盒，从里面取出一张纸，放到伊凡·费奥多罗维奇的面前。这张纸就是后来伊凡·费奥多罗维奇对阿廖沙讲的那份足以证明德米特里哥哥杀死了父亲的“像数学般精确的证据”。这是米佳在酒醉后写给卡捷琳娜·伊凡诺芙娜的一封信，写信的时间是米佳在田野里遇到回寺院去的阿廖沙的那个晚上，是在卡捷琳娜·伊凡诺芙娜家里发生了格鲁申卡侮辱她的场面之后。那天米佳与阿廖沙分手后便立即去找格鲁申卡，也不知道有没有见到她，但将近午夜的时候他已经到了京都酒店，在那里喝了很多酒。他在酩酊大醉的情况下要了一张纸和一支笔，稀里糊涂地写下了一份对自己极为不利的证据。这是一封疯狂的、废话连篇却又毫无逻辑的信，完全是“酒后狂言”。就像一个醉汉回家以后对自己的老婆或家里的什么人大谈他刚才如何受了侮辱，侮辱他的人又是如何卑鄙，而他又是多么的好，他又如何狠狠教训了那个卑鄙的人，他讲得很久很久，前言不搭后语，却又慷慨激昂，一边说还一边用拳头不停地敲打桌子，流着酒醉后的眼泪。酒店里拿给他那张纸是一小片脏兮兮的普通信笺，质地很差，反面已经记了什么账。这张纸片显然容纳不下一个醉汉的连篇废话，米佳不仅写满了所有空白的地方，最后几行都已经与写过的句子交叉重叠了。信的内容如下：

使人倒霉的卡佳！明天我一定搞到钱，把你的三千卢布还给你，从此以后便再见了，生性暴烈的女人！再见了，我的爱！我们从此了结吧！明天我将向所有的人要钱，如果从他们手里搞不到钱，那我向你保证，我去找父亲，敲碎他的脑袋，把他枕头底下的钱取出来，但愿伊凡离开，我才好下手！我宁愿去服苦役，但三千卢布一定会还给你。你原谅我吧。我要跪下来向你磕头，因为我在你面前是个下流坯！你原谅我吧。不，最好还是别原谅，这样你我都好受些！我宁愿服苦役也不想接受你的爱，因为我爱着另一个女人，今天你对她有了深入的了解，你怎么会原谅呢？我要杀死偷我钱的贼！我要离开你们所有的人到东方去，不想知道你们的事。对她同样如此，因此折磨我的不仅你一个人，还有她。别了！

又及：我写的是粗言恶语，但我崇拜你！我听得到我心中的声音。那儿还留着一根弦在发出铮铮的声音。最好把一颗心撕成两半！我要杀死自己，但先要杀死那条狗。从他那里夺回三千卢布再扔给你。虽然我在你面前是个下流坯，但绝不是贼！你等着那三千卢布吧。就在那条狗的褥子下面，用粉红色带子捆着。我不是贼，我要把偷我钱的贼杀死。卡佳，你不要鄙夷地看我，德米特里不是贼，而是杀人凶手。我杀死父亲，也毁灭自己，目的是能站稳脚跟，不再忍受你的傲慢。为了不再爱你。

又又及：我吻你的脚，别了！

又又又及：卡佳，请你祈求上帝让人们给我钱吧。那样我的手就不会沾上鲜血，如果人们不给，那我就会杀人！你杀了我吧！

你的奴隶和仇人
德·卡拉马佐夫

伊凡读完这份“文件”之后变得确信不疑。这就是说，杀人的是哥哥，而不是斯梅尔佳科夫。既然不是斯梅尔佳科夫，那也就不能是他伊凡。这封信在他的心目中突然具有了数学般精确的意义。对于他来说，米佳有罪已是无可怀疑的了。顺便提一下，伊凡从来也没有怀疑米佳可能与斯梅尔佳科夫合谋杀人，而且那也与事实不符。伊凡完全放心了。第二天早上他想起斯梅尔佳科夫和他的嘲笑时，心里只感到一种轻蔑。几天之后，他甚至感到惊讶，自己怎么会被他的怀疑弄得烦恼不堪呢。他下决心不去理会他。这样过了一个月。他再也不向别人打听有关斯梅尔佳科夫的情况，但有一两次偶尔听说他病得很厉害，神志不清。“他迟早会发疯的。”年轻的瓦尔温斯基医生有一次这样谈到他。伊凡记住了这句话。这个月的最后一个星期伊凡自己也开始感到很不舒服。他已经请教过那位受卡捷琳娜·伊凡诺芙娜所邀请、在开庭前不久从莫斯科赶来的医生。就在这个时候他和卡捷琳娜·伊凡诺芙娜的关系紧张到了极点。他们好像是两个互相爱恋着的仇人。卡捷琳娜·伊凡诺芙娜对米佳的恋旧情绪，虽然是短暂的，但非常强烈，已经使伊凡怒不可遏了。奇怪的是，直到我们前面提到过的、阿廖沙受米佳委托到卡捷琳娜·伊凡诺芙娜家里看见的那场冲突之前，在整整的一个月中，伊凡从来也没有听到她对米佳的罪行有过什么怀疑，尽管她多次对米佳表现出令他痛恨的“恋旧情绪”。还有一个情况值得注意：他虽然感到自己对米佳的憎恨与日俱增，但他心里明白，他恨米佳并不是因为卡佳对他产生了“恋旧情绪”，而恰恰是**因为他杀死了父亲**！他完全感觉到并且意识到这一点。然而，在开庭前十天，他又去探望米佳并向他提出了越狱逃跑的计划——显然，这计划是他早就想好的。在这件事情上，除了促使采取这一步骤的主要原因之外，他心里那个尚未愈合的伤疤也起了作用，那就是斯梅尔佳科夫的一句话：指控米佳行凶似乎对他伊凡有利，那样一来他和阿廖沙从父亲那儿得到的遗产将从四万增加到六万卢布。他决定自己拿出三万卢布来安排米佳越狱逃跑。那一次他从米佳那里回来，心里感到非常忧伤和惭愧：他突然觉得，他希望米佳逃跑并不仅仅是为了牺牲三万卢布和弥合伤痕，而是另有原因。“莫非我内心也是这样的杀人凶手？”他问自己。一种隐隐约约的但又灼人的东西刺痛了他的心灵。最主要的是在这整整一个月里，他的高傲受到了极大的挫折，但这话到以后再说……伊凡在与阿廖沙谈话之后，回到家里刚想要拉自己住所的门铃，突然又决定去找斯梅尔佳科夫。这时候伊凡·费奥多罗维奇完全被一种特别的、在他胸中突然翻腾起来的愤懑所控制。他突然想起，卡捷琳娜·伊凡诺芙娜刚才当着阿廖沙的面对他大声叫喊：“可是你，只有你一个人要我相信他（指米佳）是杀人凶手！”想到这里，伊凡甚至呆住了：他从来都没有要她相信米佳是杀人凶手，恰恰相反，他刚从斯梅尔佳科夫那儿回来的时候，他在她面前还怀疑过自己呢。相反，正是她，是她给他看了那份“文件”，证明米佳是有罪的！可现在她又突然说：“我亲自找过斯梅尔佳科夫！”什么时候去的？伊凡对此一无所知。这就是说，她并不完全相信米佳有罪！斯梅尔佳科夫会对她说什么呢？他究竟对她说了些什么呢？他的心里燃起了可怕的怒火。他不明白，半小时以前他怎么会把这些话放过了呢，当时为什么没有厉声呵斥呢。他不再拉门铃，立即动身去找斯梅尔佳科夫。“这一次我也许会杀死他。”他在路上想。

八　第三次，也是最后一次走访斯梅尔佳科夫

伊凡走到半路上，就刮起了跟那天清晨一样刺骨而又干涩的风，接着下起了又细又密的干雪。雪落在地上没有粘住，被风卷得满天飞旋，不一会儿便成了一场真正的暴风雪。在斯梅尔佳科夫住的那个城区几乎没有路灯。伊凡·费奥多罗维奇在黑暗中走着，也不顾风雪，凭直觉辨认着道路。他感到头疼，太阳穴怦怦直跳。他觉得他的手腕在痉挛。离玛丽娅·康德拉季耶芙娜那座房子不远的地方，伊凡·费奥多罗维奇突然遇到一个醉醺醺的农民，他孤身一人，个子不高，穿着一件打着补丁的无领上衣，踉踉跄跄地走来，嘴里骂骂咧咧的。突然他停止了谩骂，用嘶哑的醉汉的声音唱起歌来了：

唉，万卡去了彼得堡，
我不能再等他了！

但他老是唱到第二句就打住了，重新开始骂人，接着又忽然唱起这首歌。伊凡·费奥多罗维奇还没有十分注意到他的时候就已经对他恨得要命，现在突然明白了恨他的原因，立刻急切地想要一拳把他打翻在地。恰好这时候他们相遇了，那农民剧烈摇晃了一下，一头撞在伊凡身上。伊凡使劲一推。那人飞了出去，像一段粗木头似的啪哒一声倒在冻结的地上，只是痛苦地叫了一声："哎哟！"便没有声音了。伊凡走到他跟前。只见他仰面躺着，一动也不动，失去了知觉。"会冻僵的！"伊凡想了想，便又朝着斯梅尔佳科夫的住地走去。

还在过道里，手里拿着蜡烛跑出来开门的玛丽娅·康德拉季耶芙娜就悄悄对他说，巴维尔·费奥多罗维奇（即斯梅尔佳科夫）病得很厉害，不但卧床不起，差不多快要疯了，甚至吩咐把茶拿走，连茶也不想喝。

"怎么，他大吵大闹吗？"伊凡·费奥多罗维奇粗暴地问。

"哪儿的话，正相反，他很平静，不过您别跟他谈得太久……"玛丽娅·康德拉季耶芙娜请求说。

伊凡·费奥多罗维奇推开门，走进了那间小屋。

房间烤得和上次一样暖和，但里面明显地有了某些变化：靠壁的那条长凳搬走了，在它的位置上摆了一张很大的仿红木旧皮沙发，沙发上铺着床褥，放了几个十分干净的白色枕头。斯梅尔佳科夫坐在沙发上，还是穿着那件长袍。桌子移到了沙发前面，因此房间里显得很拥挤。桌子上放着一本厚厚的黄封面的书，但斯梅尔佳科夫没有在看书，他似乎坐在那儿什么也不干。他长久地、默默地看着伊凡·费奥多罗维奇走进来，对他的到来显然一点也不感到奇怪。他的脸色有了很大变化，又黄又瘦，眼睛深陷，下眼皮泛青。

"你真的病了吗？"伊凡·费奥多罗维奇站住了。"我只待一会儿，甚至连大衣也不用脱。我坐哪儿呀？"

他从桌子的另一端绕过来，搬了一张椅子放到桌子旁边坐了下来。

"你干吗看着我一声不响？我只有一个问题，我向你发誓，你不回答我就不走：卡捷琳娜·伊凡诺芙娜小姐到你这儿来过没有？"

斯梅尔佳科夫沉默了好久，依旧平静地看着他，但突然他挥了挥手，转过脸背对着他。

“你这是干什么？”伊凡大声说。

“没有什么。”

“什么叫没有什么？”

“她来过，这跟您没有关系。您别再问了。”

“不，我非问不可！你说，她什么时候来的？”

“我都把她忘了。”斯梅尔佳科夫轻蔑地冷笑一声，突然又转过脸对着伊凡，重新用一种疯狂而仇恨的目光盯着他，一个月以前的那次会面他也是用这种眼光看他的。

“您自己也好像有病，您的脸都瘪了下去，脸色难看极了。”他对伊凡说。

“别管我的健康，要回答问你的话。”

“您怎么眼睛都发黄了，眼白全黄了。您很痛苦，是吗？”

他轻蔑地撇了撇嘴，随后突然哈哈大笑起来。

“你听着，我已经说了，你不回答我的问题，我决不会走的！”伊凡十分恼怒地说。

“您为什么缠着我不放？为什么要折磨我？”斯梅尔佳科夫痛苦地说。

“唉，见鬼！你关我什么事。只要你回答了问题，我立刻就走。”

“我没有什么可回答您的！”斯梅尔佳科夫又低下了头。

“我告诉你，我一定要叫你回答！”

“您担什么心呀？”他突然盯着他看，那眼神不仅充满了轻蔑，而且已经近乎厌恶了，“是因为明天要开庭吗？您什么事情也不会有的，您彻底放心吧！您尽可回家，安安稳稳睡个好觉，什么也不用担心。”

“我不明白你的意思……明天我有什么好怕的？”伊凡惊讶地说，突然感到真的有一种恐惧像冷森森的冰块似的压在心头。斯梅尔佳科夫打量了他一眼。

“您——不——明——白——吗？”他拖长声调责备说，“一个聪明人何必要演这种闹剧呢？！”

伊凡默默地瞅着他。这个原来的仆人用那种出人意料的口气，用那种前所未有的傲慢态度来对待他是非同寻常的。这样的口气甚至在上次谈话时也未曾有过。

“我可以告诉您，您没有什么好怕的。我决不会告发您的，没有证据。瞧您的手在发抖。你的手指干吗抖得那么厉害？您回家吧，不是您杀的。”

伊凡打了个哆嗦，他不禁想起了阿廖沙。

“我知道，不是我……”他喃喃地说。

“您——知——道吗？”斯梅尔佳科夫接话说。

伊凡跳起来一把抓住他肩膀。

“你全都说出来，毒蛇，全说出来！”

斯梅尔佳科夫一点都不害怕。他只是怀着无比的憎恨死死盯着他。

“既然这样，那就是您杀的。”他恶狠狠地悄声对他说。

伊凡在椅子上坐下来，似乎做出了什么决定。他不怀好意地冷笑一声。

“你说的还是那件事？还是上次谈到的那件事？”

“上次您听我说了以后，全都明白了，现在您也明白我的意思。”

“我只明白你是一个疯子。”

“您真使人讨厌！我们干吗要面对面地互相欺骗，演什么闹剧呢？难道您想当着我的面把一切都推在我身上？是您杀了人，您是主犯，我不过是您的帮凶，忠实的奴仆理查德[①]，我是听了您的话才干这件事的。”

“您干了什么事？难道是你杀的？”伊凡浑身发冷。

他的脑子似乎受到了极大的震荡，他浑身微微打战。这时斯梅尔佳科夫惊讶地看着他：伊凡发自内心的恐惧终于使他大吃一惊。

“难道您真的一点儿都不知道吗？”他不信任地喃喃地说，当面嘲笑他。

伊凡一直瞪着他，他的舌头好像被割掉了。

---

① 理查德是俄国神怪故事《鲍瓦王子》中的一个人物，他“忠实地”为皇帝克维东效力，又同样“忠实地”为谋害皇帝的皇后米利特里萨·基尔比托芙娜效劳。

啊，万卡去了彼得堡，

我不能再等他了。

他的脑际突然响起了这句歌词。

“你知道吗：我担心你是一个梦，你在我面前是一个幽灵。”他喃喃说。

“这里没有什么幽灵，只有咱们俩，还有个第三者，毫无疑问，他现在就在这里，这个第三者就在我们两人之间。”

“他是谁？谁在这儿？谁是第三者？”伊凡·费奥多罗维奇惊恐地说，四下张望，用眼睛急急忙忙地在屋子的所有角落里搜索着什么人。

“这个第三者就是上帝。就是天神，他现在就在我们身边，不过您别找了，您是找不到的。”

“你说你杀了人，那是撒谎！”他疯狂地咆哮，“你不是发了疯，就是像上次那样在戏弄我！”

斯梅尔佳科夫和刚才一样毫无惧色，一直探究地注视着他。他无论如何也无法克服自己的不信任感，他总觉得伊凡“全都知道”，只是在装腔作势，想“当着他的面把一切都推在他一个人身上”。

“您等一等。”他终于用微弱的声音说，突然从桌子下面抽出左腿，卷起裤腿。他脚上穿着白色长筒袜和便鞋。斯梅尔佳科夫不慌不忙地解开袜带，将手指深深伸进袜子。伊凡·费奥多罗维奇看着他，突然感到非常恐惧，不由得浑身哆嗦起来。

“疯子！”他咆哮着迅速从座椅上跳起来，往后一仰，背撞到了墙上，整个身子挺得笔直，好像紧紧粘住了似的。他万分恐惧地看着斯梅尔佳科夫。斯梅尔佳科夫对他的恐惧毫不在意，一直在袜子里摸索，似乎竭力想在里面抓住什么并把它拉出来。最后他终于抓住了，开始往外拉。伊凡·费奥多罗维奇看到，那是几张纸或者是一沓纸。斯梅尔佳科夫取出后放在桌子上。

“都在这里！”他轻轻说。

“什么？”伊凡哆嗦着问。

“请您看一看。”斯梅尔佳科夫还是轻轻地说。

伊凡走到桌子跟前，刚拿起那沓纸，准备解开来，突然又把手缩了回去，好像摸到了一条令人憎恶、可怕的毒蛇。

“您的手指在发抖，抽筋似的。”斯梅尔佳科夫说着便不慌不忙地打开纸包。原来纸包里有三沓面额一百卢布的花钞票。

“全在这里，总共三千，也不必数了，您收下吧。”他朝钞票摆了摆脑袋，请伊凡收下。伊凡跌坐在椅子上，脸色像纸一样煞白。

“你把我吓坏了……这只袜子……”伊凡说，古怪地笑着。

“难道，难道您一直都不知道吗？”斯梅尔佳科夫再次问。

“不，我不知道。我一直以为是德米特里。哥哥啊，哥哥！唉！”他突然用双手抱住了自己的头，“我问你：是你一人杀的吗？哥哥没有插手？还是和他一起干的？”

“我都是跟您一起干的，跟您一起杀的。德米特里·费奥多罗维奇确实是无辜的。”

“好的，好的……我的事情以后再说。我怎么一直发抖……话都说不出来了。”

“您当时多勇敢，您常常说‘什么都可以干’，现在却吓成这样！”斯梅尔佳科夫惊奇地喃喃说道，“要不要喝点柠檬茶，这东西提神，我这就叫人去拿。不过先得把这遮盖一下。”

他又朝几沓钞票摆了摆头。他想站起来叫门外的玛丽娅·康德拉季耶芙娜冲好柠檬茶端上来，但为了不让她见到钱，便开始寻找能盖住钱的东西，他先拿出一块手帕，但它实在太脏，于是从桌子上拿起唯一的那本伊凡进来时看到的厚厚的黄皮书，把它压在钞票上面。那本书的书名是《圣父伊萨克·西林语录》。伊凡·费奥多罗维奇已经无意识地看到了这本书的书名。

“我不想喝柠檬茶。”他说，“我的事以后谈。你坐下来告诉我：你是怎样干的？全都说出来。”

“您最好把大衣脱了，不然会出汗的。”

伊凡·费奥多罗维奇似乎直到现在才想起要脱大衣，他也不站起来，就坐在椅子上脱下大衣，把它扔到长凳上。

“你说呀，请说吧！”

他似乎平静下来了。他充满信心地等着斯梅尔佳科夫马上把**全部情况**都说出来。

“说这件事是怎样干的吗？”斯梅尔佳科夫叹了口气，“用的是最最自然的办法，完全是根据您的那些话……”

“关于我的话——以——后——再——说，”伊凡又打断了他，但已经不像原来那样大喊大叫了，他清清楚楚地一字一句说，似乎已经完全控制住了自己，“你只要详细说一说你是怎样干的。把前前后后的情况都说出来，一点也不要遗漏。要讲细节，主要是讲细节。请说吧。”

“您离开以后，我就掉到了地窖里。”

“是癫痫发作还是假装的？”

“当然是假装的。一切都是假装的。我从扶梯上平平安安下去，一直走到底下，又平平安安躺下，躺下以后就立刻开始喊叫，不断地抽搐挣扎，这样一直到把我抬出去为止。”

“您等等！从头至尾，包括后来，在医院里你都是假装的吗？”

“绝对不是。第二天一大早，还没送医院之前，突然真的发病了，发得很厉害，这样厉害的癫痫已经好多年没有发过了。整整两天完全失去了知觉。”

“好，好，继续讲下去吧。”

“他们把我抬到了隔板后面的小床上，这是我早料到的，因为玛尔法·伊格纳季耶芙娜每逢我生病时都是让我睡在他们房间里的隔板后面。他们自从我生下来以后一直待我很好。夜里我不断地呻吟，当然声音很轻。我一直在等待德米特里·费奥多罗维奇。”

“你怎么会等他呢？等他到你这儿来？”

“怎么是到我这儿呢。我是等他到他们家里来，因为我毫不怀疑那天夜里他准会来的，因为没有我他什么消息都得不到，他肯定要亲自翻墙进来的，爬墙他很在行，而且一定会闹出点事儿来。”

“如果他不来呢？”

“那就什么事也没有了。他不来我就下不了这个决心。”

“好，好……说得更明白些，不用急，主要是——什么也别漏掉！”

“我等着他杀死费奥多尔·巴夫洛维奇……这是肯定的。因为那几天……我已经替他做好了准备……主要是那些暗号他都知道了。他那么多疑，那几天他又憋了一肚子气，他一定会利用暗号进入屋子的。这是肯定的。我就盼望他这样干。”

“你等等，”伊凡打断他说，“假如他杀了人，那就会把钱拿走的；你肯定是这样想的吗？他把钱拿去了，你还能拿到什么呢？我不明白。”

“他绝不会找到钱的。是我告诉他钱放在褥子底下。其实我这话是骗他的。钱原先放在小匣子里，确实是这样。后来我又让费奥多尔·巴夫洛维奇把装钱的信封转移到圣像后面的角落里，因为谁也想不到钱会放在那里，如果来得匆忙的话，那就更想不到了。在这世界上他只相信我一个人，因此他照办了。钱就一直放在他房间里圣像后面的角落里。把钱藏在褥子下面是很可笑的，放在小匣子里起码还可以上锁。而现在这里的人都相信似乎钱是放在褥子下面的。真是愚蠢的想法。因此假如德米特里·费奥多罗维奇真的杀了人，那么由于什么也找不到，他不是害怕发出声响而仓促逃走，像杀人凶手通常所做的那样，就是被抓住。因此到时候我总可以在第二天，甚至当夜就到圣像后面把钱取走，一切都推在德米特里·费奥多罗维奇身上。这是我始终所指望的。”

“但是如果他不杀人，只是揍一顿呢？”

“如果他不杀人，那么我当然是不敢把钱取走的，一切都白操心了。但我曾还这样设想过，如果把他打昏了，那时候我就及时把钱取走，然后我就向费奥多尔·巴夫洛维奇报告说，这是德米特里·费奥多罗维奇把他打昏以后才偷走了钱。”

“等等……我搞糊涂了。说不定是德米特里杀了人，而你只是拿了钱？”

“不，不是他杀的。我现在都可以对您说他不是杀人凶手……但我现在不想对您撒谎，因为……因为如果您确实始终都不明白，也并没有为了把自己明显的罪责推到我身上而在我面前装模作样，那么这一切还得由您负责，因为您知道会发生凶杀，您派我去杀人，您明明知道这一切，自己却又离开了。因此今天晚上我要当面向您证明，在这件事上您是唯一的主要凶手，而我只是个小小的从犯，虽然人是我杀的。您才是不折不扣的杀人凶手。”

“为什么，为什么我是杀人凶手？啊，我的天哪！”伊凡终于忍不住了，忘记了要把自己的事放到最后再谈，“还是因为去契尔马什尼亚的事吗？你等一等，你说说，既然你已经把我去契尔马什尼亚看作我同意了，那你为什么还要我表示同意？你现在又怎样解释呢？”

“因为我确信您是同意的，所以我知道，即使由于某种原因当局不去怀疑德米特里·费奥多罗维奇，而怀疑到我头上，或者怀疑我是德米特里·费奥多罗维奇的同谋，那么您回来以后也就不会为丢失了三千卢布而大叫大闹的；相反，您会在别人面前替我辩护……等到您获得遗产以后，肯定会奖励我的，今后一辈子都要奖励我，因为毕竟由于我才得了这笔遗产，要是他娶了阿格拉费娜·亚历山德罗芙娜，您就什么也不会得到。”

“啊！你居然打算以后折磨我一辈子！”伊凡咬牙切齿地说，“如果我当时不走，反而去告发你，那会怎样呢？”

“当时您又能告发我什么呢？说我怂恿您去契尔马什尼亚？这不是太荒谬了吗？何况我们那次谈话之后您或者是离开，或者是留下。如果您留下，那么什么事情也不会发生，我也会知道您并不希望发生这样的事，我就不会采取任何行动。如果您离开，那就等于您告诉我，您不敢上法庭去告发我，也会原谅我拿了三千卢布。而且您以后也不能追究我，因为到时候我会在法庭上全都抖出来，不是讲我偷了钱或者我杀了人，这些我是不会讲的，我要说是您亲自唆使我去偷钱，去杀人，可是我没有同意。因此当时我才需要您的同意，使您没有办法来逼我，因为您没有证据，而我却随时可以逼您，因为我发现您是多么盼望父亲死去，我还要告诉您——大家都会相信的，那样您就一辈子没脸见人。”

“我真的有这种想法吗？真的有吗？有吗？”伊凡又咬牙切齿地说。

“您肯定有的，而且当时您默许了这件事。”斯梅尔佳科夫坚定地看着伊凡。他很虚弱，说话声音很轻，显得很疲劳的样子，但是某种内在的、隐秘的东西在支撑着他，他显然有什么打算。伊凡已经预感到这一点。

“说下去，”他对他说，“继续说那天晚上的事。”

“后来的事情有什么好说的！我躺在那儿听见老爷好像叫了一声。而格里戈里·瓦西里耶维奇在这之前突然从床上起来走了出去，突然他大声叫了起来，接着一切都静了下来，一片漆黑。我躺在那儿等待着，心怦怦直跳，我再也忍不住了。最后我终于起来走到外面，看见老爷房间左面对着花园的一扇窗户开着，我又朝左边走了几步，想仔细听听他是不是还活着，结果我听到老爷在房里团团乱转，唉声叹气。显然他还活着。唉，我走近窗户，向老爷喊了一声：‘这是我呀！’而他对我说：‘他来过了，来了又跑了！’就是德米特里·费奥多罗维奇来过了。‘格里戈里被他杀死了！’‘在哪里？’我轻轻问他。‘在那边角落里。’他指了指，也轻轻地回答。‘您等着。’我说。我到角落里去寻找，就在围墙底下突然看到格里戈里躺在那儿。他浑身是血，昏迷不醒。这么说来德米特里·费奥多罗维奇确实来过了，我脑子里马上冒出了这个想法，于是立刻决定干脆一下子了结这件事，因为格里戈里·瓦西里耶维奇如果还活着，那也肯定失去了知觉，什么也不会发现的。只有一个危险，那就是玛尔法·伊格纳季耶芙娜可能会突然醒过来。当时我就感到了这一点，但那个强烈的欲望牢牢地控制了我，甚至连气都喘不过来了。我又走到老爷的窗下说：‘她在这里。她来了，阿格拉费娜·亚历山德罗芙娜来了。她要求进来。’他像小孩那样浑身哆嗦了一下。‘她在哪儿？在哪儿？’他连连喘气，但还不相信。我说：‘就在那儿，您开门！’他从窗里看着我，将信将疑，不敢开门，我想他连我都不放心了。说来可笑：当时我突然想到有暗号敲窗框，就当着他的面敲了那些表示格鲁申卡已经来了的信号，我的话他似乎不信，但我敲了暗号以后，他马上跑去开门了。他打开了门。我刚要进去，他却站在那儿用身体挡住了我。‘她在哪里？她在哪里？’他看着我浑身直哆嗦。我想，如果他这样不放心我，那就糟了！这时候我吓得两条腿都软了，就怕他不放我进去，或者大声叫喊起来，或者玛尔法·伊格纳季耶芙娜跑过来，或者发生别的什么情况。当时我已经不记得了，我站在他面前，自己的脸色肯定煞白。我悄声说：‘就在那儿，就在那儿窗下，您怎么没看见呢？’‘你把她带来，你把她带来！’我说：‘她害怕，刚才的叫喊声把她吓坏了，她躲进树丛里去了，您亲自从书房里叫她一声。’他转身就跑到窗前，把一支蜡烛放在窗台上。他喊道：‘格鲁申卡，格鲁申卡，你在这儿吗？’尽管他亲自叫了，但还不愿从窗里探出身子，他由于害怕而不想离开我，因为他对我也不放心，所以才不敢离开我。我走到窗前，把整个身子都探出去，说道：‘那不就是她吗，她在树丛里朝您笑呢，看见了吗？’他突然相信了，竟浑身哆嗦起来，他太爱她了。他把整个身子都探出窗外。这时候我马上抓起铁镇纸，您记得吗，就在他书桌上，约有三磅重，我从他身后用棱角对准他的太阳穴使劲砸了下去。他都来不及叫喊一声，就突然坐了下去，我又给了他第二下、第三下。第三次砸下去的时候我感到他的脑袋已经砸碎了。他突然仰面倒了下去，脸上全是血。我仔细看了一下：我身上没有血，没有溅上，我把镇纸擦干净，放回原处，走到圣像那儿，从信封里掏出了钱，把信封扔在地板上，粉红色的带子也扔在旁边。我走进花园，浑身打战。一直走到那棵有窟窿的苹果树下，您是知道那窟窿的，我早就物色好了，里面已经放好了旧布和纸，是我早就准备好的。我把那笔钱用纸包好，再裹上旧布，深深地塞到里面。这笔钱在那里放了两个多星期，就是这包东西，我是在出院以后才掏出来的。我回到自己床上躺下，忐忑不安地想：‘要是格里戈里·瓦西里耶维奇真的被杀死了，那么事情就很糟糕，如果他没有死，一会儿苏醒过来，那就太好了，因为他可以证明德米特里·费奥多罗维奇来过，肯定是他杀了人抢走了钱。’当时我由于怀疑和着急而开始呻吟，想让玛尔法·伊格纳季耶芙娜尽快醒过来。最后她终于起来了，刚要跑过来看我，突然发现格里戈里·瓦西里耶维奇不在，便奔了出去，接着我听到她在花园里大喊大叫。大家为这件事折腾了整整一夜，我感到完全放心了。”

他讲到这里停了下来。伊凡从头至尾在静静地听他说，一动也不动，两只眼睛紧紧盯着他。斯梅尔佳科夫讲的时候只是偶尔看他一眼，大部分时间眼睛看着一旁。讲完以后，他自己显然很激动，深深地喘着气。他脸上沁出了汗珠。但是猜不透他是不是感到后悔。

“你等等。”伊凡边想边接话说，“那扇门呢？如果他只给你开了门，那么格里戈里怎么能在你之前看到它是开着的呢？因为格里戈里不是在你之前看见的吗？”

需要指出的是：伊凡问他的口气十分平静，甚至好像完全换了一种口气，毫无恶意，因此如果现在有人开门进来看一看他们，那么肯定以为他们俩坐在那儿正在心平气和地谈论一件虽然有趣但很平常的事情。

“关于这扇门，格里戈里·瓦西里耶维奇似乎看到它开着，那只不过是他的错觉而已。”斯梅尔佳科夫撇着嘴笑了笑，“我对您说，他不是人，简直就是头犟驴：他没有看到，但他觉得自己看到了，现在说什么也改变不了他的想法了。他臆想出了这个情况，真是你我的大幸，因为这样一来全都归咎于德米特里·费奥多罗维奇了。”

“你听我说，”伊凡·费奥多罗维奇说，似乎又开始有点沉不住气，在竭力考虑着什么，“听我说……我还有许多东西要问你，但我忘记了……我老是忘记，老是搞不清楚……噢，对了！你对我说说这件事吧：为什么你撕开了信封，立刻就把它扔在地板上？为什么不直接连信封一起拿走……你刚才说的时候，我觉得你好像讲到这只信封的，好像应该这样做……为什么要这样做——我不明白……”

“我这样做是有原因的。因为如果是了解情况，熟悉内情的人，就是像我这样的，事先亲眼见到过这些钱，也许亲自把钱放进信封，亲眼看着把它封好，题上字，那么这个人如果杀了人，在杀了人以后又是那样匆忙，而且本来就知道钱一定藏在信封里，那他为什么还要打开信封呢？相反，如果这个偷钱的人，是像我这样的，那么这个人绝对不会去拆开信封，一定会直接把信封塞进口袋，然后赶紧溜之大吉。德米特里·费奥多罗维奇便完全不同了：关于信封的事他只是道听途说，没有见到过实物，现在就算他从褥子底下找到了信封，那么马上会尽快拆开看看里面究竟有没有这些钱，而信封随手就扔了，因为他来不及去考虑他走后会留下罪证。他不是偷东西的老手，过去显然从来没有偷过，他是世袭贵族嘛，即使现在决定去偷，那也似乎不是偷，而是来取回自己的财产，这件事他向全城的人预先都说过，甚至预先在大家面前公开夸口说他要从费奥多尔·巴夫洛维奇手中夺回自己的财产。在审问我的时候，我向检察官谈了这个想法，但说得不明确，相反，是用暗示的方式加以诱导，装作我自己也不太明白，像是他自己想到的，而不是我向他暗示的，因此检察官先生听了我的这个暗示后，兴奋得连口水都流出来了……”

“难道说，难道说，这一切都是你当场想出来的吗？”伊凡·费奥多罗维奇惊讶得不禁大声问道。他又惊恐不安地盯着他。

“得了吧，在那样匆忙的情况下怎么可能想得那么周全呢？都是预先周密考虑好的。”

“那么……那么，这是魔鬼亲自在帮助你！”伊凡·费奥多罗维奇又大声说道，“不，你不笨，比我想象的要聪明得多……”

他站了起来，显然想在房间里走动走动。他处于极度的痛苦之中。但由于桌子挡了道，在桌子和墙之间几乎只能勉强挤过去，他只好在原地转了一圈，又坐了下去。他也许因为无法走动而突然生气了，因此他又像原来那样疯狂地咆哮起来：

“你听着，你这混蛋，卑鄙小人！难道你不明白，如果我直到现在还没有杀死你，那只是想留你到明天去向法庭招供。上帝圣明，”伊凡举起一只手，“也许我有罪，也许我确实暗中盼望……父亲死去，但我向你起誓，我的罪孽并非像你所想象的那样严重，也许我根本就没有唆使你。不，不，我没有唆使你！但不管怎样，我会自首的，就在明天，当庭自首，我已决定了！我把一切都讲出来，一切！但我要拉你一起去自首！无论你在法庭上说我什么，无论你怎样做证，我都承认，我不怕你；我自己会供认一切！但你必须在法庭面前认罪！你必须，必须认罪，我们一起去！就这么办！”

伊凡这番话说得庄重而有力，只要看他那闪闪发亮的目光就可以知道他一定会这样做的。

“我看您有病，病得很厉害。您的眼珠全黄了。”斯梅尔佳科夫说，完全没有嘲笑的意思，甚至似乎很同情。

“我们一起去！”伊凡重复说，“要是你不去，我一个人照样会供认出来的。”

斯梅尔佳科夫沉默了一会儿，似乎在沉思。

“决不会的，您也不会去的。”他终于断然说。

“你不了解我！”伊凡用责备的口吻大声说。

“如果您自首，那您就根本没有脸见人了。更何况不会有什么好处，一点儿好处也没有，因为我可以直截了当地说，我从来没有对您讲过这类话，您不是有病（确实很像有病），就是由于可怜哥哥而牺牲自己，把我当替罪羊，因为您一向把我看作一只小虫子，而不看作人。可是有谁会相信您呢？您拿得出一个证据吗？”

“你听着，你刚才给我看的这些钱当然是为了使我相信喽。”

斯梅尔佳科夫把《圣父伊萨克·西林语录》从钞票上拿开，放在一边。

“这些钱您收下拿走吧。”斯梅尔佳科夫叹了一口气。

“我当然带走！如果你是为了钱杀人，为什么又把钱交给我呢？”伊凡看了看，感到非常惊讶。

“我根本不需要钱，”斯梅尔佳科夫声音颤抖地说，挥了一下手，“原来有过这样的想法，想带了这笔钱到莫斯科去谋生，甚至到国外去，这样的幻想的确有过，但是更主要是因为‘什么都可以做’。这的确是您教我的，因为您当时对我讲了许多这样的话，既然没有永恒的上帝，那就无所谓什么道德，根本不需要道德了。您说得对。我也是这样想的。”

“是你自己想出来的吗？”伊凡撇着嘴冷笑了一声。

“在您的指导之下。”

“现在，你把钱交了出来，一定是信仰上帝了吧？”

“不，我不信。”斯梅尔佳科夫轻声说。

“那么你何必交出来呢？”

“算了吧……没有什么好说的！”斯梅尔佳科夫又挥了挥手，“您那时不是一直说，什么都可以做，可现在您自己又为什么这样紧张不安呢？甚至都想去自首……但是这等事是绝不会有的！您决不会去自首！”斯梅尔佳科夫又坚决而肯定地说。

“你会看到的！”伊凡说。

“绝不可能！您太聪明了。您爱钱，这我知道，您也爱名，因为您非常骄傲。您喜爱美色，贪图安逸，又不求任何人，这是最主要的。您决不愿意彻底毁掉自己的一生，在法庭上接受这等耻辱。您最像费奥多尔·巴夫洛维奇，在所有的子女中您最像他，你们的心灵是相通的。”

“你不笨，”伊凡说，似乎感到十分惊讶，浑身的血骤然涌到了脸上，“我原先还以为你很笨。你现在很深刻！”他说，似乎突然对斯梅尔佳科夫刮目相看了。

“您由于骄傲才以为我笨。您把钱收下吧。”

伊凡拿起了三沓钞票，也不用什么包一下，就塞进了口袋。

“明天我拿到法庭上去。”他说。

“谁也不会相信您的，您现在钱也不少，您拿到法庭上的钱可能是从自己的钱箱里取出来的。”

伊凡站了起来。

“我对你再说一遍，如果我没有杀死你，那么唯一的原因是我明天需要你，你记住这一点，别忘了！”

“好吧，您就杀死我吧。现在就杀。”斯梅尔佳科夫突然古怪地说，用古怪的神色看着伊凡。“您不敢杀的，”他补充了一句，苦笑一声，“您原来胆子挺大，可现在什么也不敢做！”

“明天见！”伊凡大声说道，然后动身离开。

“您等一下……您把钱再给我看一下。”

伊凡把钞票掏出来给他看。斯梅尔佳科夫看了十来秒钟。

“好了，您走吧。”他说，挥了挥手。“伊凡·费奥多罗维奇！”他突然又在他身后叫了一声。

“你怎么啦？”伊凡一面走，一面回头说。

“别了！”

“明天见！”伊凡又说了一声，走出了小屋。

暴风雪还在肆虐。他开始几步走得很有精神，但突然变得踉跄起来。“这大概是体力不支的缘故。”他心里想，笑了笑。他现在心里似乎洋溢着某种欢乐。他感到自己无比坚定：近来一直折磨着他的种种犹豫结束了。决心已下：“再也不会改变了”，他幸福地想道。就在这时候他突然绊到了什么，差一点儿摔倒。他停下了脚步，发现脚下就是那个被他撞倒的农民，他还躺在原地，失去了知觉，一动也不动。他的整个脸几乎都被雪盖住了。伊凡突然抓住他，把他背了起来。他看到右边的小屋里亮着灯光，便走过去敲百叶窗。那房主是个小市民，他听到声音走了过来，伊凡请他帮忙把农民抬到警察局，答应给他三个卢布。小市民穿好衣服就出来了。这里我就不再详细描述当时伊凡·费奥多罗维奇是如何到达目的地并把农民安顿在区警察局，请医生马上对他进行检查，以及他在“花销”上出手又是多么大方等情况。我只讲一点，那就是处理这件事几乎花了整整一个小时。但伊凡·费奥多罗维奇感到非常满意。他的思绪飘忽不定，迅速转动。“假如我对明天的事还没有拿定主意，”他突然愉快地想道，“那我就不会为了照顾他而花去整整一小时，我肯定从他身边走过，我才不去管他会不会冻死呢……不过我还是能够把握自己的呀！”他这样想的时候心里更加高兴了。“可是他们竟认为我发疯了！”走到家门口的时候，他突然站住了，产生了一种意想不到的问题：“要不要现在马上就去找检察官说明一切？明天一起解决吧！”他自言自语地说。问题已经解决，于是他又继续向自己家里走去。说来真是奇怪，几乎全部的欢乐，所有那种洋洋自得的情绪顿时消失得无影无踪。当他走进自己的房间以后，内心突然产生了一种冷冰冰的感觉，好像使他回忆起，说得更确切些，是提醒他这个房间里有一种令人苦恼和厌恶的东西，不仅现在有，以前也存在。他疲惫不堪地倒在自己沙发上。老妇人替他端来茶炊，他煮好了茶，但没有去碰它；他把老妇人打发走了，让她明天再来。他坐在沙发上只感到头昏脑涨。他觉得浑身不舒服，四肢乏力。他刚要入睡，但又心神不定地站起来，为了驱散睡意而在房间里走了一圈。有时他仿佛觉得自己在做梦。但他最关心的不是生病；他再一次坐下来，不时朝四下张望，好像在窥探什么似的。这样张望了好几次。最后他的目光集中到一点上。伊凡笑了笑，可是他气得满脸通红。他久久地坐在原先的位置上，双手紧紧地捧住脑袋，而眼睛却依然凝视着原来的那一点，就是靠在对面墙上的那张沙发。那边显然有什么东西正惹他生气，使他不安，令他痛苦。

九 魔鬼。伊凡·费奥多罗维奇的噩梦

我不是医生，但我觉得现在已经到了我非常必要向读者交代一下伊凡·费奥多罗维奇病情的时候了。我只想预先说明一点：今天晚上他恰好处于脑炎发作的前夜。其实他早就有病，但他的机体对疾病做了顽强的抵抗，最后终于被脑炎完全控制了。我对医学一窍不通，只能冒昧提出假设，也许他以惊人的毅力确实暂时延缓了病情，当然他也幻想能彻底根除它。他知道自己不舒服，但是在这个时候，在即将来临的决定他一生的关键时刻，在他应该出场，勇敢和果断地说出自己的意见，并且亲自“向自己证明自己无罪”的时候，他特别讨厌自己生病。不过话还要说回来，有一次他还是去找了那位刚从莫斯科来的医生，就是卡捷琳娜·伊凡诺芙娜为了实现自己的幻想而特地请来的那位医生，这在前面我已经提到过。医生听了他的自述对他进行了检查，断定他的脑子有点失常，而且对他怀着厌恶的心情所作的自述丝毫不感到奇怪。“您在目前情况下产生幻觉是非常可能的，”医生肯定地说，“虽然还需要进一步检查……总之，必须开始认真治疗，刻不容缓，不然后果是严重的。”但伊凡·费奥多罗维奇从他那里出来以后，没有听从他的明智的劝告，根本没有把要他躺下治疗的话当作一回事：“我现在能走动，暂时还有力气，要是我倒下了，那就是另一回事了，到那时候谁愿意给我治就让谁来治吧。”他手一挥就这样决定了。因此，他现在坐在那儿，几乎清楚地意识到自己处于梦魇状态，正如我说过的那样，他正在目不转睛地注视着对面靠墙的沙发上的那个东西。突然发现那里坐着一个人，天知道他是怎样走进来的，因为伊凡·费奥多罗维奇从斯梅尔佳科夫那儿回来走进房间的时候，他还不在。那是一位老爷，或者不如说是某种类型的俄国绅士，年纪已经不轻，“年近半百”[1]，正如法国人

---

① 原文为法文。

说的那样，那一头浓密的黑发和那把山羊胡子中间夹杂着缕缕银丝。他穿着一件咖啡色的上衣，显然出自高级裁缝之手，但已经穿旧了，大概还是三年前做的，式样早就不时兴了，这种衣服在富裕的上流人物中间已经有两年没人穿了。至于衬衫、围巾式的长领带，全都跟衣着入时的绅士一模一样，可是近看的话，那就会发现衬衫有点儿脏，宽阔的围巾式领带也是十分破旧。客人那条方格子长裤非常合身，但颜色显得太浅，也太狭小，所以现今也没有人穿了，就像客人戴的那顶白色绒帽一样太不合时令了。总而言之，这是囊中羞涩的情况下维持的那种体面外表。这位绅士很像那种在农奴制时代盛极一时的游手好闲的地主。他虽然见过世面，与上流社会有过交往，交游甚广，可能至今还有联系，但是度过了青年时代优裕欢乐的生活之后，加上不久前农奴制又被废除，渐渐家道中落，变成了一名到处打秋风的上等食客，人家之所以接待他，是因为他性格随和，易于相处，也还因为他怎么说也还是一个体面的人，无论招待什么来客都可以让他作陪入席，当然只能作为一个小小的陪客。这类性格随和、不失绅士风度的食客善于言谈，可以入局玩牌，但决不喜欢强加给他们的任何委托。他们通常是孤身一人，或者是终身未娶的光棍，或者是鳏夫，也可能有子女，但他们的子女总是寄养在远处的姑妈或姨母的家里，他们在上流社会中几乎从不提起自己的子女，似乎为这种亲缘关系而感到害臊。他们和子女们逐渐完全疏远了，只是偶尔在生日和圣诞节收到他们的贺信，有时甚至也会给他们回上一两封信。不速之客的容貌不但敦厚随和，而且可以适时做出种种和蔼可亲的表情。他身上没有表，但始终备着一副系在黑丝带上的玳瑁夹鼻眼镜。右手中指上醒目地戴着一枚又粗又重、镶有普通猫眼石的金戒指。伊凡·费奥多罗维奇气呼呼地沉默着，他不想先开口说话，客人坐在那儿等着，完全像一个刚从楼上专门为他安排的房间里下来陪主人喝茶的食客，但因为主人皱着眉头在想心事，他只好静默着，但只要主人一开口，他准备随时开始亲切友好的谈话。突然他脸上流露出类似一种关切的表情。

“你听我说，”他开口对伊凡·费奥多罗维奇说，“对不起，我无非是提醒你：你去找斯梅尔佳科夫原是为了打听卡捷琳娜·伊凡诺芙娜的情况，结果却一无所获回来了，你一定是忘记了……”

“啊，是的！”伊凡突然脱口而出，脸上蒙上了忧虑的阴影。“是的，我忘记了……不过现在反正都一样，一切都到明天再说吧。”他自言自语地说。“至于你嘛，”他恼怒地对着客人说，“这是我自己应该马上想起来的，因为我正在为此而苦恼！现在你突然闯了进来，难道我就会相信，这是你提醒的，而不是我自己想起来的吗？”

“那你就别信好了。”绅士亲切地笑笑，“强制性的信仰算什么？而且在信仰方面任何证据都不起作用，特别是物质上的证据。多马获得信仰并非因为他见到了复活的基督[①]，而是他本来就渴望有信仰。举例来说吧，那些相信招魂术的人……我就非常喜欢他们……你想想，他们自以为对树立信仰是有益的，因为他们看到魔鬼从另一个世界向他们露出了犄角。他们说：‘这就是证据，所谓物质的证据，足以证明另一个世界是存在的。’你瞧，不仅有另一个世界，而且还有物质的证据，真是太棒啦！不过最后还有个问题，如果证明了魔鬼的存在，但是还不知道是否已经证明了上帝的存在。我想报名加入唯心主义协会，与他们对着干：‘我是现实主义者，但不是唯物主义者，哈——哈！’”

“你听着，”伊凡·费奥多罗维奇突然从桌子后面站了起来，“我现在好像是在说梦话……肯定是在说梦话……你尽管胡说八道吧，我却无所谓！你无法像上次那样使我发狂。我只是感到有点害臊……我想在房间里走动走动……我有时看不见你，甚至也听不到你的声音，就像上次那样，但我总能猜到你在胡诌些什么，因为**这是我，我自己在说，而不是你**！我只是不知道，上次见到你的时候，我在睡觉，还是醒着。现在我就要用毛巾浸了冷水敷在头上，也许你会立刻化为乌有。”

伊凡·费奥多罗维奇走到墙角里，拿了块毛巾，就像他说的那样浸到冷水里，然后敷在额头上，开始在房间里来回踱步。

---

① 参阅《圣经·新约·约翰福音》第20章第19—29节。

“我很高兴，我们之间已经直接用‘你’来称呼了。”

“笨蛋，”伊凡笑了起来，“难道我还会客气地用‘您’来称呼你吗？我现在很快活，只是太阳穴很痛……后脑勺也痛……我请你别再像上次那样大谈哲理。如果你不肯马上滚蛋，那就聊点开心的吧。你可以瞎编一通，你不就是个食客吗，那就编吧。你总能编出种种可怕的故事！不过我不怕你。我能制服你。总不至于把我送进疯人院的！”

“食客，这太妙了[①]。这正是我的本来面目。我在这世界上不是食客又是什么呢？顺便说一下，我听你这样说感到有点儿奇怪：你似乎渐渐地把我当作某种实体，而不再像上次那样硬把我当作你的幻想……”

“我从来没有把你当作真实的存在。”伊凡几乎怒吼道，“你是谎言，你是我的疾病，你是幻影。我只是不知道怎样消灭你，而且看样子暂时还得要忍受一段时间。你是我的幻觉。你是我的化身，但是只体现了我的一个方面……体现了我部分的思想感情，而且是最卑鄙愚蠢的思想感情。从这方面来说，我觉得你很有意思，如果我有时间的话可以跟你周旋一番……”

“等一等，等一等，让我来揭穿你吧：刚才在路灯下你冲着阿廖沙大叫：‘你是从他那儿知道的！你怎么知道他到我这儿来过？’你这是想起了我吧。所以，你在一瞬间确实是相信的，你相信我是真实的存在。”绅士温和地笑了起来。

“是的，这是天生的弱点……但我不能相信你。我不知道上一次我是在睡梦中还是醒着。也许那时我只是梦见你，根本不是真的见到你……”

“那你刚才为什么对阿廖沙那么严厉？他很可爱，在佐西马长老的事情上我对不起他。”

“你别提阿廖沙！你好大胆，食客！”伊凡又笑了起来。

“你一面骂一面笑——这是个好兆头。不过你今天比上次对我客气多

---

① 原文为法文。

了，我也知道是什么原因：是那个重大的决定……”

“你别提那个决定！”伊凡愤怒地大叫。

“我理解，我理解，这很高尚，这很好[1]，你明天要去为令兄辩护，牺牲自己……这是骑士风度[2]。”

“住口，不然我踹你几脚！”

“那样的话我还有点高兴，因为我的目的就达到了：如果踹我几脚，那就意味着你承认我的存在，因为总不能踹幻影吧。别再开玩笑了：你想骂就骂，我反正无所谓，不过对我也还是客气一些为好。不然又是笨蛋又是食客的，像什么话呀！”

“我骂你也就是骂自己！”伊凡又笑了起来，“你就是我，就是我自己，只不过面孔不同罢了。你所说的正是我心里想的……你根本讲不出什么新的内容！”

“如果我跟你在思想上完全一致，那只能使我感到荣幸。”绅士彬彬有礼而庄重地说。

“你专门挑我的坏思想，尤其是那些愚蠢的想法。你既愚蠢又庸俗。你太愚蠢了。不行，我简直受不了！我怎么办，我怎么办呢？”伊凡恨得咬牙切齿。

“我的朋友，我还是想当一名绅士，也希望别这样看待我。”客人开始说，突然流露出一种强烈的、纯粹食客式的自尊，虽然这种自尊是温和而事先留有余地的，“我很穷，但……我不想说我很诚实，但是……社会上普遍公认我是一个堕落的天使，其实我无法想象自己原先怎么会是个天使。如果说我曾经是个天使，那也是陈年往事了，不妨把它忘了吧。现在我珍惜的只是一个正派人的名声，我随遇而安，尽量做个讨人喜欢的人。我真诚地热爱人们，可是他们大肆诽谤我。当我偶尔在这儿栖身的时候，

---

① 原文为法文。

② 同上。

我的生活似乎变得实在了。这是我最喜欢的。我自己像你一样，也苦于不切实际的幻想，所以才喜欢你们尘世的现实主义。你们这里的一切都是明白的，有定理，有几何学，而我们那里都是一些不定方程式！我在这里走来走去，不停地幻想。我喜欢幻想，而且我在尘世间变得迷信了——请你别见笑；我变得迷信了，而这恰好是我所喜欢的。我在这里接受了你们的一切习惯：我喜欢上公共浴室，你想得到吗？我喜欢跟商人和神甫们一起洗蒸汽浴。我的理想就是彻底地一劳永逸地化为一个七普特重的肥胖的商人太太，相信她所相信的一切。我的理想是走进教室，诚心诚意献上一支蜡烛，这是我的真心话。那样我的痛苦也就结束了。我也喜欢在你们这儿治病：春天流行天花，我就到育婴堂去给自己种了牛痘。你不知道那天我是多么满意：我捐了十个卢布给我们的斯拉夫兄弟！……啊，你不在听我说话。你知道吗，你今天情绪好像不太好。”绅士略做停顿后说，“我知道，你昨天去找过那位医生……你身体怎么样？医生对你说了什么？”

“笨蛋！”伊凡粗鲁地说。

“你真聪明。你又骂人了？我并不是出于同情，只是随便说说罢了。你可以不回答。现在又流行起风湿病来了……”

“笨蛋！”伊凡又骂了一句。

“你总是老一套。我去年得了风湿病，至今记忆犹新。”

“鬼也会生风湿病？”

“为什么不呢，既然我有时化身为人。我化身为人，就要承担其后果。魔鬼说我是撒旦，但人间的一切并不陌生。[1]”

“怎么，怎么？魔鬼对人间的一切……鬼能说出这种话倒还算聪明！”

“我很高兴，我终于使你满意了。”

“你这话可不是从我这里搬去的，”伊凡似乎大吃一惊，突然停住了，“我从来都没有想到过这一点，真奇怪……”

---

① 原文为拉丁文。引自古罗马喜剧家泰伦斯的喜剧《自我折磨者》。

“这很新鲜，不是吗？[①]这一次我不要滑头，让我给你解释一下。你听着：在梦中，特别是噩梦里的时候，由于肠胃不舒服或别的什么原因，有时会梦见种种美妙动人的场面，栩栩如生的情景，跌宕起伏的事件，甚至一连串离奇曲折的事情，中间巧妙地穿插了种种出乎意料的细节，从你最高尚的表现直到胸衣上最后一颗纽扣，无所不有，我可以向你赌咒，就连列夫·托尔斯泰都编不出来，而且做这种梦的有时根本不是什么作家，而是最普通的人，小公务员、小品文作者、神甫……这简直是个难解的谜：一位大臣甚至亲口对我说，他所有的好主意都是在睡梦中想出来的。这不，现在就是这样，我虽然是你的幻觉，但是就像在噩梦中一样，我说的全是你从来没有想到过的新鲜想法，因此我完全不是在重复人的思想，但我只是你的噩梦，仅此而已。”

“你胡说。你的目的恰恰是要使我相信你是独立存在的，而不是我的噩梦，所以你现在硬要说自己是梦。”

“我的朋友，我今天采取了一个特别的方法，我以后再来告诉你。你等等，我刚才说到哪儿了？噢，对了，我说我当时着了凉，不过不在你们这儿，还在那边……”

“那边是什么地方？我问你，你是不是要在我这儿待很久，你不愿离开吗？”伊凡几乎绝望地叫了起来。他停止了踱步，坐在沙发上，又用两肘撑在桌子上，双手紧紧抱着头。他从头上扯下湿毛巾，懊丧地把它扔在一边：它显然不起作用。

“你的神经不正常，”绅士漫不经心地说，但态度完全是友好的，“你甚至因为我也会着凉而生气，其实那是很自然的事。我当时急于去参加一个外交晚会，要见一位觊觎大臣位置的彼得堡贵妇人。不用说，要穿上燕尾服，系白领带，戴手套，可当时我还不知道在什么地方，为了到你们人间来，我还要飞越广阔的空间……当然那也只是一瞬间的事，但是

---

① 原文为法文。

要知道太阳光照到这里还要整整八分钟呢，但是你不妨想象一下穿着燕尾服和敞口背心的滋味。精灵是不会着凉的，可当时我已经化为人形，所以……总之，我心血来潮就匆匆上路了，可是在茫茫空间，在以太里，在空气上面的水里[①]——要知道那儿很冷很冷……其实那里已经不能称之为冷了，你想想，零下一百五十度！大家知道乡下姑娘的恶作剧吧：在零下三十度的大冷天让一个不明情况的人舔一下斧头；舌头一下子粘在斧头上，那个傻瓜被血淋淋地粘去一层皮；但这只不过是零下三十度，而现在是零下一百五十度，我想只要手指碰一下斧头，那手指就没有了，如果……那里也有斧头的话……”

“那里有斧头吗？”伊凡·费奥多罗维奇突然漫不经心而又厌恶地打断他说。他拼命挣扎，尽量不让自己相信自己的梦呓并陷入完全的疯狂。

“斧头？”客人惊讶地反问道。

“是呀，斧头在那里会怎样呢？”伊凡·费奥多罗维奇突然以一种蛮不讲理和紧追不放的执拗口气大声问道。

“斧头在太空里会怎样？多妙的想法！[②]如果掉下来，我想，它会莫名其妙地像一颗卫星那样绕着地球转。天文学家会计算出斧头在地平线上的起落时间，格特楚克[③]会载入历书，就是这样。”

“你真蠢，你实在太蠢了！”伊凡固执地说，“你吹牛也该吹得巧妙些，不然我就不愿听了。你想用现实主义压服我，让我相信你是存在的，但我不愿相信你的存在。我决不相信！”

“我可没有胡说，说的全是实话；不过很遗憾，真话几乎永远不会是花哨动听的。我看你一定希望我说出什么豪言壮语或者美妙动听的话。那我只能表示遗憾，因为我只能做我力所能及的事……”

---

① 参阅《圣经·旧约·创世记》第1章第7节：“神造出了空气，将空气以下的水，空气以上的水分开了……”

② 原文为法文。

③ 格特楚克（1832—1891），莫斯科的历书出版商。

“别说空话，蠢驴！”

“这怎么是空话呀，当时我整个右半身都已经瘫痪，在那里抱怨和痛苦地呻吟。我找遍了所有的医生：他们只善于诊断，对你讲起病来如数家珍，但就是治不了病。还遇到过一位热心的大学生；他说，即使您要死了，但您会知道自己死于什么病！他们都是老一套，把病人送到专家那里。他们说我们只会诊断，现在您去找某某专家，他一定会治好你的病。我可以告诉你，原先那些能治百病的医生完全绝迹了，现在只有那种专家，他们在报纸上大登广告。要是你的鼻子出了毛病，他们就打发你去巴黎：说那里有位欧洲的鼻科专家能治。你到了巴黎，他检查了你的鼻子；他说我只能治好您的右鼻孔，左鼻孔我是不治的，那不是我的专业范围，我给您治好右鼻孔后您再去维也纳，那里有专家可以治好您的左鼻孔。你怎么办呢？我只好去找民间偏方，一位德国医生建议我在澡堂洗蒸汽浴，用蜂蜜和盐擦身。我想这无非是再多去一次澡堂，我便去了，浑身上下都擦遍了盐和蜂蜜，却毫无效果。绝望之余我向米兰的马捷伊伯爵写了一封信：他寄来了一本书和药水，愿上帝保佑他，你想得到吗，最后还是霍夫的麦芽糖浸膏治好了我的病！我是偶然买到的，喝了一瓶半病就完全好了，简直跳舞都可以，真是药到病除。我决定要登报向他‘致谢’，感激之情要求我这样做，可是你想得到吗，又搞出新的麻烦来了；居然没有一家报纸肯登！他们说：‘这太反动了，谁也不会相信的，现在已经没有魔鬼了[1]。’他们劝我说：‘您就别署名了吧。’如果不署名字，那又算什么感谢呀。我笑着对办事员说：‘在我们这个时代，相信上帝是反动的，而我是个魔鬼，相信我总可以吧。’他们说：‘这我们理解，谁不相信魔鬼呢，但还是不能登，那样会损害报纸的倾向性。是否可以用笑话的形式刊登？’我想，作为笑话刊登就没有意思了。结果就没有登。你信不信，对这件事我一直耿耿于怀。我那些最美好的感情，如感激之情被禁止流露仅仅是由于我的社会地位。”

---

①原文为法文。

“你又要讲那套大道理了！”伊凡恨得咬牙切齿。

“怎么会呢，不过有时难免要发发牢骚。我这个人受到的诽谤也够多的了。你就不停地说我愚蠢。一看就知道是个年轻人。我的朋友，关键不仅在于聪明不聪明！我天性善良而乐观，‘我还编过各式各样的通俗喜剧哩’[①]。看来，你完全把我当作白了头的赫列斯达科夫了，但是我的遭遇要艰难得多。自从混沌初开就硬给我加了一项永远无法理解的使命，那就是‘否定’，但我的心地十分善良，并不擅长否定。可是他们说不行，你一定要去否定，没有否定也就没有批评，如果没有‘批评栏’，那还算什么杂志？没有批评便只剩下一片‘赞美’声，但对于生活来说仅有一片‘赞美’声是不够的，应该使这种‘赞美’经过怀疑熔炉的考验，如此等等。不过这一切我都没有插手，不是我创造的，我也不负任何责任。可是他们选了我这头替罪羊，硬要我为批评栏写文章，结果就有了生活。我们懂得这出喜剧：譬如说我吧，我就直截了当地要求消灭自己，但他们说不行，你应该活下去，因为如果没有你，那就一无所有了。假如世界上一切都合理，那就什么问题都没有。没有你也就不会发生任何事情了，但是这世界上理应发生一些事件的。于是我只好违心地为制造事件而效劳，奉命干些荒唐事。尽管人们具有不容置疑的智慧，却把这出喜剧当作一件严肃的事情。他们的悲剧也就在这里。他们当然也感到痛苦，但……他们仍然活着，实实在在地，而不是虚幻地活着，因为痛苦就是生活。如果没有痛苦，生活还有什么乐趣呢——一切都变成了没完没了的感恩祈祷，这固然很神圣，但未免有点儿枯燥。至于我呢，我也感到痛苦，但我毕竟没有生活。我是不定方程式中的X。我是生活的一种幻影，无始无终，最后连怎样称呼自己都忘记了。你在笑？……不，你没有笑，你又生气了。你总是在生气，你念念不忘的只有智慧，我要向你再说一遍，只要我能化为七普特重的商人太太的灵魂并向上帝献上一支蜡烛，我甘愿放弃整个天上的生活，放弃一切职位和荣誉。”

---

① 这是果戈理的《钦差大臣》中主人公赫列斯达科夫讲的一句话。

“难道连你也不信上帝了吗？”伊凡恶狠狠地冷笑一声。

“怎么对你说呢，假如你是认真的……”

“有没有上帝？”伊凡又用那种蛮不讲理和紧追不放的固执态度大声说。

“啊，那你是认真说的了？我亲爱的，我真的不知道。你瞧我可说了一句了不起的话。”

“既然你不知道，那你怎么能见到上帝呢？不，你不是独立的存在。你就是**我**，你就是**我**，别的什么也不是！你是下贱的东西，你是我的幻想！”

“要是你愿意，也可以说我和你信仰的是同一种哲学，这是句公道话。‘我思故我在’[①]，这一点我知道得很清楚，至于我周围的其他一切，包括这世界，上帝，甚至魔鬼本身——这一切对于我来说都尚未得到证实，它们究竟是否独立存在，或者只是我的衍生物，是混沌之初就独立存在的我的逻辑发展……一句话，我马上就结束，因为看样子你马上要跳起来跟我打架了。”

“你还是讲个笑话吧！”伊凡痛苦地说。

“笑话倒是有的，而且恰好切合我们的话题，其实也不是笑话，而是神话。你责备我没有信仰：‘你见到了，但又不相信。’但是，我的朋友，其实并非我一个人这样，我们那儿现在大家都给搞糊涂了，而且全是你们的科学造成的。以前还只知道原子、五种感觉、四种元素，那一切都还马马虎虎过得去。原子在古代就已经有了。可是我们听说你们发现了‘化学分子’和‘原生质’以及鬼知道什么东西，我们大家就夹紧了尾巴。简直是一片混乱，主要是迷信，谣言。我们那儿的谣言和你们这儿一样多，甚至还要多些，最后还有告密，我们那儿也有这样一个机构，专门收集‘某种情报’，这个荒唐的神话还是我们中世纪——不是你们的中世纪，而是我们的中世纪，即使我们那儿也没有人相信这神话，除了那里

---

① 法国哲学家笛卡儿（1596—1650）的名言，原文为法文。

七普特重的商人太太，这里说的还是我们的、而不是你们的商人太太。你们这儿有的一切，我们那儿都有，这是我出于友情才向你透露我们的这个秘密，虽然这是禁止的。这神话说的是天堂里的事。据说，你们人间有这样一位思想家和哲学家，他‘否定一切，包括法律、良心、信仰’，最主要是来世的生活。他死了，他以为，他将直接进入黑暗和死亡，结果在他面前出现了来世的生活。他感到既惊奇又愤怒，他说：‘这一切跟我的信念是矛盾的。’他因此而受到了处罚……就是说，你瞧，请原谅，我只是转述了我所听到的一切，这只是神话而已……你瞧，他们罚他在黑暗中走完一千万兆公里（现在我们那儿也改用公里了），他走完一千万兆公里之后，天堂之门便向他打开，一切都会得到宽恕……”

“你们那个世界上，除了走一千万兆公里之外，还有什么样的惩罚吗？”伊凡带着一种奇怪的兴奋神情打断说。

“什么样的惩罚？唉，你就别问了：以前还有种种惩罚，现在越来越主张道德上的惩罚了，什么‘良心的谴责啦’，全是这类胡说八道。这也是从你们这儿搬来的，因为‘你们的风尚变得敦厚了’[①]。可是谁沾了光呢，沾光的只是那些无耻之徒，因为他们根本就没有良心，良心的谴责又从何谈起，倒霉的却是那些良心尚未泯灭，还保留着荣誉感的正派人，所以基础尚未打好的改革，而且还是从别人的制度中抄袭过来的改革，有百弊而无一利！还不如古时候的火刑更好些。再说那个被罚要走完一千万兆公里的人，他站了一会儿，看了看，便在路中央躺下了：‘我不愿走了，根据原则我不走了！’你把有教养的俄国无神论者的灵魂和在鲸鱼肚子里生了三天三夜闷气的先知约拿[②]的灵魂糅在一起——就成了那个躺在路上的思想家的性格。”

① 18世纪启蒙思想很注意人类进步与道德风尚的关系。伏尔泰对这问题做了肯定的回答。他在《美学》一书中曾表示过这一思想。

② 参阅《圣经·旧约·约拿书》第2章第1节。

“那他躺在什么东西上面呢？”

“那儿总有什么东西可以让他躺的。你不是在嘲笑吗？”

“好样的！”伊凡大声说，依然带有那种古怪的兴奋心情。现在他已经怀着一种出乎意外的好奇心在听对方说话了。“怎么，现在他还躺着吗？”

“问题就在于他没有坚持下去。他躺了将近一千年，后来他就站起来走了。”

“真是头蠢驴！”伊凡大声叫了起来，一面神经质地哈哈大笑，似乎拼命在想什么，“永远躺着，或者走完一千万兆公里不是一回事吗？那不是要走十亿年吗？”

“甚至还要多得多，可惜现在没有笔和纸，不然可以算出来。不过他早已走到了，所以才有了这个笑话。”

“他怎么会走到呢！他哪儿来的这十亿年？”

“你只想到我们现在的这个地球！现在的这个地球可能已经重复出现过十亿次了：衰亡，冷却，爆裂，粉碎，化为各种元素，空气上面似乎又是水，然后又出现彗星，又出现太阳，又从太阳中生出地球——这样的循环往复也许已经轮回过无数次了，而且总是一个样子，丝毫不差。实在是太乏味了……”

“得了吧，他走到以后又发生了什么？”

“刚给他打开了天堂之门，他便走了进去，还没有待上两秒钟——这是按表上的时间算的（虽然依我看来，他口袋里的表一路上早就化为元素了）——他待了还不到两秒钟，便感叹地说，为了这两秒钟他不仅可以走完一千万兆公里，而且可以走完一千万兆公里乘上一千万兆的距离，甚至再乘上千万兆次方！总之，他不但唱了‘赞美诗文’，而且还添油加醋，因此有些思想方式比较纯正的人一开始甚至都不愿意和他握手：因为他摇身一变成了保守派，这速度也实在太快了。俄国人的天性嘛。我要再说一遍：这是神话。贩来什么，就卖什么。这就是我们那儿对这些问题的见解。”

“我可把你逮住了！”伊凡带着一种近乎孩子气的欢乐叫了起来，似乎他终于想起了什么，“这则关于一千万兆年的笑话是我自己编出来的！

我当时十七岁，我在念中学……当时我编了这则笑话并讲给了一个同学听，他的名字叫科罗夫金，那还是在莫斯科的时候……这则笑话可以说别出心裁，不可能是从什么地方抄袭的。我快把它忘了……但现在我又不知不觉地想起来了——是我自己想起来了，而不是你讲的！许多事情往往会在无意之间想起来，甚至在被押往刑场的时候也会回想起来……在梦中想起来。你现在就是这样的梦。你是梦，实际上并不存在！”

“从你否定我的这种激情看来，”绅士笑了起来，“我确信，你还是相信我的。”

“一点也不！连百分之一都不相信！”

“那么总有千分之一你是相信的。所占的比例极小极小，但也许很起作用，你得承认你是相信的，哪怕只有三分之一……”

“永远不会相信！”伊凡怒不可遏地吼道，“不过话又说回来，我倒是很愿意相信你的！”突然他又奇怪地补充一句。

“咳！这下你承认了！但我心肠好，这件事情上我也可以帮助你。你听着：这是我逮住了你，而不是你逮住了我！我是故意对你讲了你自己编的但早已被你忘记了的笑话，目的是要让你彻底不相信我。”

“你扯谎！你来的目的是要我相信你是存在的。”

“正是这样。但是犹豫、不安、信仰和无信仰之间的斗争，对于像你那样有良心的人来说，有时实在太痛苦，还不如去上吊自杀的好。我正是因为知道你有点儿相信我，我才讲了这则笑话，让你彻底不相信。我让你在信仰和无信仰之间游移不定，我这样做有我的目的。这是一种新方法：等到你彻底不相信我的时候，你立刻就会当着我的面要我相信我不是梦，我是真实的存在，我已经看透你了；这样我便会达到目的了。而我的目的是高尚的。我只是把一粒小小的信仰的种子撒在你身上，这粒种子就会长成一棵橡树——而且还是参天大树，你坐在上面就会希望成为‘苦行修士和圣女’；因为你内心深处非常非常希望这样，你将以蝗虫和野蜂蜜充饥，到沙漠中去拯救自己的灵魂。”

“这么说来，你这混蛋一心想拯救我的灵魂？”

“有时候总要做点好事嘛！你又生气了，我看出你又生气了！”

“小丑！你有没有诱惑过那些靠蝗虫充饥，一连十七年在荒漠中祈祷，全身长满苔藓的人？”

“我亲爱的，我就是专干这一行的。你可以忘记整个地球和花花世界，但你一定会迷上这样的人，因为这是一块非常贵重的宝石；这样的一颗灵魂有时抵得过整个星座——我们有自己的计算办法。这样的胜利是太珍贵了！他们中间有些人论修养真的不比你差，尽管你不会相信：他们能在一瞬间洞察信仰和无信仰的深度，有时候会使你感觉到只差一点点就会‘摔个倒栽葱’，就像演员戈尔布诺夫[①]所说的那样。”

“结果怎样，碰了一鼻子灰吧？”

“我的朋友，”客人以一种教谕的口气说，“碰了一鼻子灰有时总比完全没有鼻子好，不久前有一位生病的侯爵（肯定是由专家治疗过的）在向耶稣会神甫作忏悔时就是这样说的。当时我在场，简直妙极了。他说：‘请您把我的鼻子还给我吧。’一边说还一边捶打自己的胸膛。‘我的孩子，’神甫搪塞说，‘一切都会按照不可预测的天命得到补偿，有形的不幸有时会带来无形的好处。如果严峻的命运使您失去了鼻子，那么您的好处就在于您这一生再也没有谁敢对您说：‘您碰了一鼻子灰。’‘神甫，这可不是安慰呀！’这个绝望的人叫了起来，‘相反，只要我的鼻子在原来的位置上，我宁愿天天碰一鼻子灰！’‘我的孩子，’神甫叹了口气说，‘不能一下子要求得到全部好处，这已经是在埋怨上帝了，即使这样上帝也没有忘记您；因为如果您像刚才那样大喊大叫，说什么您乐意一辈子碰一鼻子灰，那么您的愿望已经间接地达到了：因为您失去鼻子就好像等于碰了一鼻子灰……’”

“呸，一派胡言！”伊凡叫了一声。

“我的朋友，我只是想让你乐一乐，但我发誓，这是真正的耶稣会士

① 戈尔布诺夫（1831—1896），俄国演员、作家、即兴说书人，是陀思妥耶夫斯基的朋友，陀氏很欣赏他的才能。

式的诡辩，而且我敢发誓，这件事跟我对你讲的完全一模一样。这件事发生在不久前，还给我添了很多麻烦。这个不幸的年轻人回到家里，当夜就开枪自杀了；直到最后一刻我都寸步不离地陪在他身边……至于那些耶稣会的忏悔室，那是我在生活中碰到忧伤的时刻消愁解闷的最好去处[①]。我再给你讲一件事，就在最近发生的。一位二十岁的诺尔曼金发女郎去找老神甫。她的美貌，身段，性格——简直使你口水直流。她弯下身子，对着一个小孔向神甫悄悄地说出自己的罪孽。'您怎么啦，我的孩子，难道您又堕落了？'神甫惊叹说。'哦，圣母玛利亚[②]，我听到了什么？又换了个男人了。这要继续到什么时候呀，您怎么不害臊呢！''哎哟，我的神甫，'有罪的女人流着忏悔的泪水回答说，'这样能使他非常快活，而我又不花什么力气！'[③]你看她竟然这样回答！这时候我也让步了：这就是本能的呼声，这可以说比贞节更好。我立即饶恕了她的罪过，我刚要起身离开，但又不得不马上回来：我听到神甫对着小孔在约她今晚幽会，而这老头儿原是个坐怀不乱的人，如今一下子便堕落了！[④]本能，自然的本能占了上风！怎么，你又扭过脸去了？又生气了？我真不知道怎样才能讨你喜欢……"

"你给我走开，你就像讨厌的噩梦那样把我的脑子搅得一片混乱，"伊凡痛苦地呻吟说，在自己的幻象面前完全束手无策了，"跟你在一起我感到无聊而痛苦，简直难以忍受！如果我能把你撵走，我愿意付出极大的代价！"

"我重申，你得降低要求，别要求我说出什么'豪言壮语和美丽动听的话'，那样你就会看到，我和你能和睦相处的。"绅士强调说，"你的确在恨我，因为我出现在你面前时头上没有美丽的光环，没有'雷鸣和闪

---

① 在中世纪，教士常利用忏悔诱骗妇女，这类感情上的欺骗行为常在忏悔之中发生。

② 原文是法文。

③ 同上。

④ 魔鬼讲的这个故事类似法国诗人帕尔尼（1753—1814）宣传无神论的长诗《新旧神祇之战》中描写忏悔的第五首歌中的故事。

电’，没有烧焦的翅膀，而是一副寒酸相。你觉得受了侮辱，首先是不符合你的美感，其次是伤了你的自尊，你会说，这样一个庸俗的鬼怎么能来见我这个大人物呢？不，你身上有一种浪漫主义气息，别林斯基早就对它狠狠地嘲笑过了。有什么办法呢，年轻人嘛。我在不久前动身到你这儿来时还想开个玩笑，化身为一个曾在高加索任职的退休四等文官，礼服上佩戴‘狮子和太阳’金星勋章，但我确实担心你会揍我一顿，因为我在礼服上竟敢只佩戴‘狮子和太阳’勋章，没有戴上‘北极星’或者‘天狼星’勋章①。你总说我愚蠢。可是我的天哪，我并不奢望在智力上和你平起平坐。靡菲斯特去见浮士德的时候，曾说明自己想干坏事，但实际上做的都是好事。但是随他去吧，我可完全相反。我也许是整个宇宙间唯一热爱真理和真诚地希望行善的人。当死在十字架上的基督怀中揣着钉死在右边的强盗的灵魂升天的时候②，我恰好在场。我听到了小天使们的欢呼声，他们一边唱歌，一边大喊：‘和散那！’③也听到了六翼天使雷鸣般的欢呼声，那欢呼声震撼了天庭和整个宇宙。现在我可以用一切圣物起誓，我当时想参加合唱，和大家一起高喊：‘和散那！’我的话已经到了嘴边，已经冲出了胸膛……你知道我很容易动感情，富于艺术感受力。但健全的理性——啊，我天性中最不幸的特征——立即阻止了我逾越应有的界限，于是我错过了时机！我当时心里想，我喊了‘和散那’之后将会发生什么情况呢？那么世界立即归于寂灭，什么事件也不会发生了。仅仅因为忠于职守和我所处的社会地位，我才不得不压制自己身上善的因素，继续干伤天害理的事。有人把善的美名全归了自己，留给我的全是坏事。但我并不

---

① “北极星”是瑞典勋章。这里是文字游戏。魔鬼以“北极星”暗示十二月党人于1823—1825年出版的和赫尔岑在19世纪五六十年代在国外出版的《北极星》，以“天狼星”暗示伏尔泰的哲理小说《米克洛美加斯》中的主人公。这句话的意思是，伊凡想把对方当作革命家和叛逆者是徒劳的。

② 关于基督升天的事可参阅《圣经·新约·路加福音》第23章第39—43节。

③ “和散那”是对上帝的赞美词。

羡慕欺世盗名的勾当，我不爱虚荣。为什么世界上所有生灵中只有我一个注定要受到正派人的诅咒，甚至还要被他们践踏呢？莫非我化身为人以后有时候就理应承受这样的后果吗？我知道其中自有秘密，但这个秘密他们无论如何也不会告诉我的，因为我一旦猜到了事情的真相，也许就会高喊‘和散那’，那么必不可少的阴暗面便马上消失，理智将主宰整个世界，随之而来的自然是一切都完蛋，包括报章杂志，因为那时还会有谁来订阅呢？我知道，最后我总会妥协的，我将走完那一千万兆公里的路程，并解开这个秘密。但在这些事情完成之前我将做出乖戾行为，违心地完成我的使命：为使一人得救而毁掉成千上万的人，譬如说，需要毁掉多少人和使多少正直的人声誉扫地才能造就一个正义的约伯来①，为了他当时大家都狠狠地嘲弄我！不，在秘密还没有揭开之前，对我来说存在着两种真理：一种是那边的，他的，是我暂时还完全不了解的；另一种就是我的。究竟哪一种更纯洁现在还不清楚……你睡着了吗？”

“那还用说，”伊凡愤愤地呻吟说，“你把我天性中一切愚蠢的东西当作什么新鲜货又塞给了我，其实，它们早已被我反复体验和琢磨过了，并像腐尸一样被抛弃了！”

“我又没有投你所好！可是我还想用富于艺术性的描述来讨好你呢：天上的这一声‘和散那’的欢呼场面也许我描述得还精彩吧？现在又何必用海涅式的辛辣讽刺口吻，难道不是这样吗？”

“不，我从来也没有做过这样的奴才！为什么我的灵魂能产生出像你这样的奴才来呢？”

“我的朋友，我认识一位非常可爱迷人的俄国少爷：年轻的思想家，文学和高雅艺术的爱好者，一部很有希望的史诗的作者，那史诗的名字叫《宗教大法官》……我指的就是他！”

“我禁止你议论《宗教大法官》。”伊凡叫了起来，惭愧得满脸通红。

---

① 参阅《圣经·旧约·约伯记》。

“那么《地质学上的激变》呢？你记得吗？那也是一篇史诗呀！”

“住口，不然我要杀了你！”

“你要杀死我吗？不行，对不起，我还要说。我到这儿来的目的就是要使自己享受这种乐趣。啊，我喜欢我那些朋友的幻想，他们热情、年轻、渴望生活！‘有些新人，’去年春天你准备到这里来的时候就断定说，‘他们打算毁灭一切，先从吃人做起，这些笨蛋，他们也不来问问我！依我看，什么都不需要毁灭，只要毁掉人类关于上帝的观念就行，应该从这一点着手做起！应该从这一点，从这一点开始做起——啊，这些一窍不通的睁眼瞎！只要人类全都抛弃上帝（我相信，这个与地质学上的时代相同的时代是会来临的），那么也不用吃人，旧的世界观，尤其是一切旧道德将自然而然地彻底垮掉，而各种新事物必然出现。人们将联合起来，攫取生活所能提供的一切，这样做的目的纯粹是为了得到人世间的幸福和快乐。人由于具备了神一般的、泰坦[①]式的傲气而显得伟大，成为人神。人凭着自己的意志和科学每时每刻都在无节制地战胜自然，因此他每时每刻都感受到极大的快乐，取代他原来到天国享乐的希望。任何人都知道，人皆有死，不能复活，因而他会像上帝那样高傲而安详地迎接死神。由于骄傲他会理解，没有必要去抱怨生命的短暂，他会热爱自己的兄弟而不要任何补偿。爱无非是满足生命的瞬间，但唯有对生命短暂的认识才能使生命之火燃得更旺，可是以前它却消耗在对于来世的永恒之爱的向往中了……’还有许多诸如此类的话。真是妙极了！”

伊凡坐在那儿，双手捂住了耳朵，眼睛望着地下，但开始浑身打战。只听得那个声音还在继续说下去：

“我这位年轻的思想家以为：现在的问题在于这样的时代究竟会不会在某个时候出现？有无可能？如果能出现的话，那一切都会解决，人类也会彻底走上正轨。但由于人类根深蒂固的愚蠢，也许再过一千年也无法走

---

① 希腊神话中的巨神。

上正轨，所以凡是现在已经认识到真理的人，都可以按照自己的意愿，根据新的原则来安排自己的生活。从这个意义上说，他‘一切都可以做’。不仅如此，如果这样的时代永远不会出现，而且也不存在上帝和灵魂不朽，那么新人是可以成为人神的，哪怕全世界只有一个人，但他凭着自己新的地位，在需要的时候也可以轻松地越过原来那道奴隶所必须遵循的道德界限。对上帝来说法律是不存在的！上帝站到哪里，哪里就是圣地！我站到哪里，哪里就立刻成为最重要的地方……‘什么都可以做’，这就完了！所有这一切都很好。如果你想骗人，何必还要真理的批准呢？但我们现代的俄国人就是这样的脾气：不经批准就不敢去干骗人的勾当，爱真理居然爱到了这等地步……”

客人滔滔不绝，显然，被自己的口才陶醉了，嗓门越来越高，不时用嘲弄的目光看看主人；但他未能讲完，伊凡从桌子上抓起一只杯子，使劲向演说家身上砸去。

“唉，这不是太愚蠢了吗？”[①]他大声喊道，从沙发上跳了起来，用手指掸掉身上的茶渍，“我想起了路德的墨水瓶！[②]你自己把我当作梦，却又向梦掷杯子！这是娘儿们的做法！我本来就怀疑你把耳朵捂起来只是装装样子，其实你在听……”

突然从外面传来有人用力敲打窗框的声音。伊凡·费奥多罗维奇从沙发上跳了起来。

“既然你听见了，最好去开门吧。”客人大声说，“这是你的弟弟阿廖沙要来告诉你一个最最意想不到的和有趣的消息，我可以向你保证！”

“闭嘴，你这骗子，我比你早知道这是阿廖沙，我预感到是他，他当然不会无缘无故来，当然有‘消息’！”伊凡狂怒地大叫。

“去开门呀，给他开门。外面风雪交加，他可是你的弟弟。先生，你

---

① 原文为法文。

② 马丁·路德（1483—1546），德国宗教改革家。曾向梦幻中的“鬼”掷墨水瓶。

知道天气有多糟吗？这样的天气人们连狗都不让出门的……[1]”

敲窗的声音在继续响着。伊凡想跑到窗口看一看。但好像有什么东西突然捆住了他的手脚。他拼命挣扎，似乎想要摆脱束缚，但毫无效果。敲窗的声音越来越响，越来越急。绳索终于突然断了，伊凡·费奥多罗维奇从沙发上跳了起来。他古怪地环视四周。两支蜡烛差不多快点完了，他刚才砸客人的杯子还摆在他面前的桌子上，而对面的沙发上什么人也没有。敲打窗框的声音虽然持续不断，但完全不像他刚才在梦中听到的那么响，反倒是非常谨慎。

“这不是梦！不，我敢发誓，这不是梦，刚才的一切都是真的！”伊凡·费奥多罗维奇大声叫喊，冲向窗口，打开了气窗。

“阿廖沙，我不是吩咐过你不要来了！”他怒气冲冲地对弟弟说，“说简单些，你要干什么？说简单些，你听到了吗？”

“一小时以前斯梅尔佳科夫上吊死了。”阿廖沙在院子里说。

“你到门口去，我马上给你开门。”伊凡说着就去给阿廖沙开门。

十　“这是他说的”

阿廖沙一进门便告诉伊凡·费奥多罗维奇，一个多小时前玛丽娅·康德拉季耶芙娜跑到他住地说，斯梅尔佳科夫已经自杀身亡了。“我到他房里收拾茶炊，见他已吊死在墙上的铁环上了。”阿廖沙问她：“你有没有去报案？”她回答说，还没有向任何人报过案，她“首先跑来找您，一路跑来的”。据阿廖沙说，她简直像个疯子，浑身哆嗦，像风中一片颤动的树叶。阿廖沙和她一起跑到她们的小屋，只见斯梅尔佳科夫还吊在那

① 原文为法文。

里。桌子上放着一张字条："我毁灭自己的生命是自觉自愿的，与他人无关。"阿廖沙仍然把字条留在桌子上，自己径直去找警察局长，向他报告了全部情况，"从那儿便直接上你这儿来了。"阿廖沙最后说，仔细地打量着伊凡的脸。阿廖沙在讲话的时候，目光一直紧紧盯着他，对他脸上的表情似乎感到非常奇怪。

"哥哥，"他突然叫了起来，"你肯定病得很厉害！你眼睛看着我，可是好像不明白我在说什么。"

"你来了，这很好，"伊凡说，似乎在思考着什么，好像根本就没有听见阿廖沙的叫声，"我已经知道他上吊死了。"

"你听谁说的？"

"我不知道是谁说的。不过我知道。我真的知道吗？对了，是他跟我说的。他刚才还跟我说话呢……"

伊凡站在房间中央，眼睛看着地下，一副若有所思的样子。

"他是谁？"阿廖沙问，不由得向四周看了一下。

"他溜走了。"

伊凡抬起头来，微微一笑。

"他怕你，怕你这鸽子①。你是'纯洁的小天使'。德米特里管你叫小天使。小天使……六翼天使雷鸣般的欢呼声！六翼天使是什么？也许是整个星座。也许这星座整个儿只是化学分子……有狮子和太阳星座，你不知道吗？"

"哥哥，你坐下！"阿廖沙惊恐地说，"看在上帝的分上，你坐到沙发上！你在说胡话，你还是靠到枕头上吧。好，就这样。要不要给你头上敷一块湿毛巾？也许会舒服些？"

"把毛巾给我，就在椅子上，我刚扔在那里。"

"这里没有毛巾。你别着急，我知道毛巾在哪里，瞧，就在这儿。"阿廖沙说，他在房间的另一个角落里，在伊凡那张梳洗台旁找到了一块折叠着没有用过的干净毛巾。伊凡奇怪地对毛巾看了一眼：他的记忆似乎一

---

① 按基督教的说法，鸽子是圣洁的象征。

下子恢复了。

“你等等，”他从沙发上欠起身子，“刚才一小时以前，我拿的就是这块毛巾，还用水浸湿了呢。我把它敷在头上，后来就扔在这里……怎么会是干的呢？我没有第二块毛巾呀。”

“你曾经把这块毛巾敷在头上吗？”阿廖沙问。

“是的。我在房间里走来走去，在一小时以前……为什么蜡烛已经烧完了？现在几点了？”

“快十二点了。”

“不，不，不！”伊凡突然叫了起来，“这不是梦！他来过，刚才他就坐在这里，就坐在对面沙发上。你敲窗的时候，我向他掷了一只杯子……就是这一只……你等等，我以前也做过这样的梦，但这个梦并不是梦。以前也有类似情况，阿廖沙，我现在经常做梦，但那不是梦，而是真实的：我能走动，我说话而且还看见……可人却是睡着的。他就坐在这儿，他来过了，就坐在这只沙发上……他蠢得要命，阿廖沙，蠢得要命。”伊凡突然笑了起来，开始在房间里走来走去。

“谁愚蠢？你讲的是谁呀，哥哥？”阿廖沙又忧愁地问。

“鬼！他老是来找我。来过两次，甚至差不多是三次了。他逗弄我，说我生气是因为他是一个普通的小鬼，不是烧焦了翅膀、在雷声和闪电中出现的撒旦。但他不是撒旦，这是他在扯谎。他是一个冒名顶替的家伙。他只是个普通的鬼，一个恶劣透顶的小鬼。他常去澡堂。如果把他脱个精光，肯定可以找到一条尾巴，长长的、光光的，像丹麦狗的尾巴一样，有一俄尺长，棕色的……阿廖沙，你冻僵了，你刚才在雪地里，要喝茶吗？什么？冷的吗？要不要吩咐去煮？这样的天气，人们连狗也不让出门的……”

阿廖沙赶紧跑到洗脸盆旁边，浸湿了毛巾，劝说伊凡重新坐下，把湿毛巾敷到他头上。他自己也在他身边坐下。

“你前不久跟我谈起丽莎，说了什么？”伊凡又开始说（他变得非常饶舌），“我喜欢丽莎。可我对你讲了她几句坏话。我说的不是真话，我喜欢她……我担心卡佳明天不知会怎样，这是我最担心的。为未来担心。她明天会抛弃我，用脚踩我。她以为我出于嫉妒才陷害米佳！是的，她是这样想的！但事实并非如此！明天是十字架，但还不是绞刑架。不，我不会上吊的。你知道吗，我永远也不会自杀，阿廖沙！是不是因为我卑鄙？我不是胆小鬼。这是因为我渴望生活！我怎么会知道斯梅尔佳科夫上吊死了？是的，这是他对我说的……”

“你确实相信刚才有人坐在这里吗？”阿廖沙问道。

“就在对面沙发上，在墙角里。换了你会把他撵走的。事实上也是你把他撵走的：你一来，他就消失了。我喜欢你的脸，阿廖沙。你知道吗，我喜欢你的脸？可是他就是我，阿廖沙，是我自己。他集中了我身上的全部下流、卑鄙和可恶的东西！是的，我是‘浪漫主义者’，他看出来了……虽然这是诽谤。他蠢得要命，但他以此取胜。他很狡猾，狡猾得像野兽，他知道怎样激怒我。他一直逗我，说我相信他，用这种手法迫使我听他说话。他像哄孩子那样哄我。不过他说我的那些话倒是给他说对了，我对自己是永远不会说的。你知道吗，阿廖沙，知道吗，”伊凡非常认真地，似乎是推心置腹地说，“我真希望他确实就是**他**，而不是我！”

“他把你折磨苦了。”阿廖沙说，满怀同情地看着哥哥。

“他逗我。你知道吗，他说得巧妙极了，非常巧妙：‘良心！良心算什么？良心是我自己做的。为什么我要受它折磨？那是因为习惯。七千年来全世界人类的习惯就是如此。只要抛弃了这个习惯，我们就可以成为上帝。’这是他说的，这是他说的！”

“不是你吗，不是你说的吗？”阿廖沙坦然地看着兄长，忍不住叫了起来，“那就随他去吧，别管他，忘掉他吧！让他把你现在所诅咒的一切统统带走，永远不再回来！”

“是的，他很刻毒。他嘲笑我。他很放肆，阿廖沙。”伊凡气得发抖地说，“他诽谤我，大肆诽谤我。他当着我的面造我的谣：‘啊，你要去完成一件舍身忘我的高尚行为，你要宣布是你杀死了父亲，仆人是受了你的唆使才杀了你父亲……’”

“哥哥，”阿廖沙打断说，“别胡说了：不是你杀的。这不是真的！”

“这是他说的，是他说的，他知道这件事。‘你要去完成一件舍身忘我的高尚行为，可是你又不相信善——这就是你烦恼和痛苦的原因，也是你报复心重的根子。’这是他当面说我的话。他知道他在说些什么……”

“这是你说的，而不是他说的！”阿廖沙伤心地感叹说，“而且你是在病中说的，在睡梦中说的，你是在折磨自己！”

“不，他知道他在说些什么。他说，你是因为高傲才要去自首，你会站出来说：‘这是我杀的。为什么你们吓成这样，你们都在瞎说！我才不在乎你们的看法，也不在乎你们的恐惧。’这是他在说我。他还突然说：‘你知道吗，你希望人家夸奖你：一名罪犯，一名杀人凶手，但是他的心是多么善良啊，他想救自己的哥哥，所以才供认了！’真是胡说八道，阿廖沙！”伊凡突然大声叫了起来，眼睛里冒着怒火，“我不愿让那些坏蛋夸奖我！这是他在造谣，阿廖沙，我可以向你起誓，他在造谣。就为这些话我刚才用杯子砸他的狗脸，杯子也砸碎了。”

“哥哥，你安静点，别说了！”阿廖沙恳求他。

“不，他很会折磨人，他很残忍，”伊凡没有听从他的劝告，继续往下说，“我每次都能预感到他来的目的。他说：‘即使你由于高傲而去自首，但还是希望法庭能揭露斯梅尔佳科夫的罪行，判处他去流放，宣告米佳无罪，而你只受到**道德上**的谴责（请注意，说到这里他笑了！），别人会对你大加称赞。但现在斯梅尔佳科夫死了，上吊自杀了——现在法庭上有谁会相信你一个人的话呢？可是你还是会去的，会去的，你一定会去的，你打定主意要去的。到了现在你去又是为了什么呢？’这真可怕，阿廖沙，我无法忍受这样的问题。谁敢向我提出这样的问题！”

“哥哥，”阿廖沙打断说，吓得气都喘不过来了，但好像还希望伊凡能恢复理智，“在我来到之前，谁也不知道斯梅尔佳科夫已经死了，而且谁也没有来得及知道这件事，他怎么会说他已经死了呢？”

“他说了，”伊凡坚决而不容置疑地说，“也可以说他来就是要讲这件事，他说：‘假如你相信道德就好了：即使人家不相信你，那你也会为了原则而去自首的。可你是头小猪，跟费奥多尔·巴夫洛维奇完全一样，对你来说道德算得了什么？如果你的牺牲毫无意义，你干吗还要到那儿去？因为你连自己都不知道为什么要去。啊，为了弄清楚为什么要去，你真愿意付出很大代价！你以为你已经决定了吗？你还没有决定。你将整夜坐在那儿考虑：去，还是不去？但你终究是要去的，而且你知道会去的，你自己知道不管做出什么决定，但这决定已经不取决于你了。你会去的，因为你不敢不去。至于为什么你不敢不去——这就要你自己去猜了，这是给你猜的一个谜！’说完他站起来就走了。你一来，他就走了。他叫我胆小鬼，阿廖沙！谜底[1]——我是胆小鬼！‘在天空中展翅翱翔的绝不是这类鹰！’这句话是他补充说的，这是他补充说的！斯梅尔佳科夫也说过这样的话。应该杀死他！卡佳瞧不起我，这我发现了已经有一个月了，连丽莎也开始瞧不起我了！‘你去自首是为了让人家夸奖你’——这是卑鄙的谣言！现在你也瞧不起我，阿廖沙。现在我又恨你了。我也恨那个恶棍，我也恨那个恶棍！我不想去救那恶棍，就让他在苦役中受罪吧！他唱起颂歌来了！啊，明天我一定要去，我要站在他们面前，当面啐他们！”

他疯狂地跳起来，扯下头上的毛巾，又开始在房间里踱步。阿廖沙想起了他刚才说的话：“我好像在做白日梦……我能走动，能说话，眼睛还看得见，可的确是在睡觉。”眼前的情况就是这样。他突然想跑出去请医生来，但他不放心让哥哥一人留下：没法托人照顾他。伊凡终于渐渐地完全失去了知觉。他一直在说话，不停地在说，但已经语无伦次了，甚至连吐字都不清楚了。突然，他剧烈地摇晃了一下。阿廖沙赶紧把他扶住。伊凡听任阿廖沙把他扶到床上，胡乱给他脱了衣服，让他躺下。阿廖沙陪了他两个小时。病人睡得很熟，一动也不动，呼吸缓慢而平稳。阿廖沙拿了个枕头，和衣躺在沙发上。入睡前，他为米佳和伊凡祈祷。他渐渐明白了伊凡的病因：“高傲的决定所引起的痛苦，深刻的良心谴责！”他所不相信的上帝和上帝的真理正在战胜那颗仍然不愿屈服的心。“是的，”已经躺下的阿廖沙在想，“是的，如果斯梅尔佳科夫已经死了，那么谁也不会相信伊凡的证词；但他会去自首的！”阿廖沙静静地微笑了一下：“上帝会胜利的！”他想，“他不是在真理之光照耀下站起来，就是……在仇恨中毁灭，因为，他曾效力于他所不相信的东西，为此他要向自己和大家报复。”阿廖沙痛苦地继续想道，然后再次为伊凡祈祷。

---

① 原文为法文。

第十二卷

错误的审判

一 致命的一天

就在我上文所描述的那些事情发生后的第二天早上十点，我们的区法院开庭审理德米特里·卡拉马佐夫的案子。

我要预先说明，而且我要坚持说明：我并不认为自己有能力传达法庭上所发生的一切，不仅无法传达得十分完整，而且无法传达得有条有理。我总感到，如果一切都记下来并加以必要的说明，那就需要写整整一本书，甚至是一大部书。因此请大家别埋怨我只介绍使我个人感到震惊和我特别牢记的内容。我可能主次不分，甚至完全忽略最明显、最必要的特点……不过我看最好还是不要道歉吧。我将尽力而为，读者自己也会明白，我只能尽我所能去做。

首先，在我们进入法庭大厅之前，我要提一下这一天使我特别惊讶的那些事情。其实，感到惊讶的不仅我一个人，正像后来发现的那样，而是所有的人都很惊讶。原因就是：大家都知道关注这案子的人实在太多了，大家都迫不及待地等候开庭，社会上有许多议论、假设、感叹和猜测，而且已经持续了两个月了。大家都知道这案子在整个俄国闹得沸沸扬扬，但毕竟没有想到这案子会在我们这里，甚至在全国各地，对所有的人都产生了像那天法庭上所表现出来的那种强烈的震撼。这一天到我们这儿来的客人不仅来自本省省城，而且来自俄国的其他城市，甚至来自莫斯科和彼得堡。来的人中间有律师，甚至有几位名人，也有一些贵妇人。旁听证全部发完。法官席后面甚至划出了一块特殊的地方专门安排特别有名望的男宾，那里一长溜椅子上坐着各种重要人物，这种情形在我们这里从前是不允许的。妇女特别多，有我们本地的，也有外地的，我看至少占旁听人数的一半。单单来自各地的律师就很多，简直不知道把他们安排在什么地方，因为所有的旁听证早就发完，被大家软磨硬泡统统要走了。我亲眼看到在大厅尽头的审判台后面，匆忙地用一道特别的栅栏临时围了一块地方，把来自四面八方的律师都放了进去，而他们还认为能够站在那里已经非常幸运，因为要腾出地方，事先把所有椅子都从栅栏里搬走了，于是聚在里面的那一大堆人紧紧地挤成一团，摩肩接踵地一直站在那里听完“案件”的审理。有些太太，特别是外地来的，刻意打扮一番之后，出现在大厅的厢座里，但大多数太太都顾不上衣着打扮。她们的脸上流露出一种神经质的、贪婪的、差不多是病态的好奇。必须指出，聚集在大厅里的各界人士中间有一个重要的特点，那就是根据多方面的观察，几乎所有的妇女，至少是她们中的绝大多数都站在米佳一边，认为对他应判无罪。也许，主要是因为大家都把他想象成一个善于征服女性心灵的人。她们知道，将有两个争风吃醋的女人出场。其中之一便是卡捷琳娜·伊凡诺芙娜，她特别引起大家的兴趣；关于她的稀奇古怪的传闻特别多，说她对米佳特别痴情，尽管他成了一名罪犯，却不改初衷，流传着种种奇谈怪论。特别提到她的傲慢（她几乎从未拜访我们城里的任何人），她的种种“贵族关系”。据说她打算请求政府准许陪伴犯人一起流放，并在矿井下面和他结婚。她们也怀着同样激动的心情期待卡捷琳娜·伊凡诺芙娜的情敌——格鲁申卡在法庭上出现。她们怀着折磨人的好奇心期待着两个情敌在法庭上见面——一个是傲慢的贵族小姐，一个是“轻佻放荡的女人”；不过我们的太太们对格鲁申卡的了解比卡捷琳娜·伊凡诺芙娜要多些。我们的太太们过去也曾见过这个坑害了“费奥多尔·巴夫洛维奇和他不幸儿子的女人”，她们几乎人人都感到奇怪，父子俩怎么会对这样一个“极平常的、毫无姿色的俄罗斯市井女人”入迷到如此程度。总之，有各种各样的议论。我确切知道，在我们城里为了米佳曾发生了几起严重的家庭龃龉。许多太太与自己的丈夫激烈争吵，因为双方对这一可怕的案件意见不一。经过争吵以后，这些太太的丈夫们进入法庭大厅时不但对被告没有好感，甚至十分恨他。总之可以肯定地说，与太太们相反，男士们在情绪上是与被告对立的。可以看到一张张严厉、阴沉的脸，有些人的脸色简直是恶狠狠的，而且这是大多数。米佳在我们城里逗留期间确实得罪过其中的许多人。当然有些旁听者的心情几乎是愉快的，对米佳的命运根本不关心，但对将要审理的案子本身却并非毫不在意；大家都关心它的结果，大部分男士迫切希望惩处犯人，大概只有律师除外，因为他们所重视的不是案情的道德因素，而仅仅是所谓现代法学精神。著名的费丘科维奇的光临使大家激动不已。他的才能闻名遐迩，他到外省为那些轰动一时的刑事案件出庭辩护已经不是第一次了。经过他辩护的这类案件总是闻名全俄，而且经久不忘。关于我们检察官和首席法官也流传着几个笑话，据说我们的检察官非常害怕碰上费丘科维奇，他们俩早在彼得堡开始干这个行当时便是宿敌。我们这位十分自负的伊波利特·基里洛维奇从彼得堡时起一直认为自己受了委屈，他的才能没有得到应有的赏识，现在卡拉马佐夫家族的案件使他精神振奋，指望通过这一案件使自己暗淡的生涯重放异彩，但他唯一担心的是费丘科维奇。至于害怕费丘科维奇的说法其实不完全正确。我们的检察官并非那种在危险面前灰心丧气的人，正相反，危险越大他的自尊心越强烈。总而言之，应该指出，我们的检察官过于急躁和病态的敏感。他往往全身心地投入某个案子，审理案子尤其认真，好像他的前程和家业全都取决于他的最后裁决似的。法学界对他的态度不免加以嘲笑，因为我们的检察官正是靠这种品质获得了某种知名度，虽然远非闻名全国，但与他在我们法院中所处的微不足道的地位相比，可以说他的名声已经相当大了。人们特别嘲笑他对心理分析的偏爱。依我看，大家都错了：我们的检察官，作为一个人和一种性格，我觉得他要比许多人想象的严肃得多。但这个过分敏感的人从自己的法律工作开始之初就未能摆正自己的位置，以后一辈子也改不了。

至于我们的首席法官，那只能说他是一个有教养的、仁慈的、务实的、具有现代思想的人。他相当爱虚荣，但对自己的前程并不太关心。他生活的主要目的是成为进步人士。他有种种关系，也有财产。对卡拉马佐夫家这个案子，正如后来知道的那样，他的态度相当激烈，但仅仅是从一般意义上而言。他感兴趣的只是这个案子为什么出现，属于哪一类，为什么把它看成是我们社会基础的产物，是俄罗斯气质的特征等。他对案子涉及的个人性格，它的悲剧，对于被告以及有关人员的个性，他的态度相当冷漠并很不现实，不过话说回来，也许应该这样。

早在法官们出现之前，大厅里已经挤得水泄不通。我们的法院大厅是全城最好的，宽敞、高大、音响效果很好。法官席设在略微高出地面的平台上，它的右侧安放了一张桌子和两排供陪审员坐的扶手椅。左侧是被告席和辩护律师的席位。在大厅中央，靠近法官席的地方有一张放“物证”的桌子。桌子上放着费奥多尔·巴夫洛维奇沾满血迹的白色丝睡衣；一把不祥的、被认为是凶器的铜杵；米佳那件袖子上沾有血污的衬衫；他那件因为当时把血淋淋的手帕塞进口袋、如今背面口袋处带有血斑的常礼服；那块原来沾满鲜血，如今已经发黄了的手帕；那把米佳在佩尔霍金家里装上子弹准备自杀、后来在莫克罗耶被特里丰·鲍里瑟奇悄悄拿走的手枪；那只原来装了三千卢布准备给格鲁申卡的、题了词的信封，一条原来扎在信封上的粉红色绸带；还有其他许多东西，我无法一一记住。稍远一些，在大厅深处便是旁听席，但在柱形栏杆前面还放了几把扶手椅，供已经作过证词，但尚需留在大厅里的证人用。十点整，由首席法官、一位法官和一位荣誉民事法官组成的审判人员入席。不用说，检察官也马上出来了。首席法官是个粗壮结实的人。偏矮的中等身材，一副似患有痔疮的灰黄色的面孔，五十岁左右，一头修剪得短短的均已经花白的黑发，挂着一条红绶带，但我记不得戴的是什么勋章了。我觉得，也不仅是我，大家都觉得，检察官似乎非常苍白，脸色几乎发青，不知为什么似乎一夜之间突然消瘦了，因为我在前天看到他时气色还很正常。首席法官首先问法警：陪审员都到齐了吗？……不过我看不能再这样继续讲下去了，因为有许多东西我没有听清楚，有些东西没有详细注意，有些东西又忘了，而最主要的是因为，就像我在前面讲过的那样，如果把所有的讲话和发生的事情全部记下来，那我确实既没有那么多时间，也没有那么多的篇幅。我只知道，辩护律师和检察官双方对陪审员资格提出异议的不太多。那十二名陪审员的情况我还记得：四名是我们本地的官员，两名是商人，六名是本城的农民和小市民。我记得早在开庭以前，我们上流社会的有些人，特别是太太们，颇为惊讶地问道："这些微妙、复杂、涉及心灵世界的案子怎么可以交给几个官员，甚至农民去做出生死攸关的决定呢？这些官员，尤其是这几个庄稼汉能懂得什么呢？"确实，这四个进入陪审团的官员职位低微，而且都已白发苍苍，只有一个稍稍年轻些，他们在社会上默默无闻，靠着菲薄的薪俸勉强度日，他们的妻子年老色衰，多半上不了场面，还有一大堆说不定是光着脚的子女，公务之余常常用打牌来消磨时光，自然从来也没有读过一本书。两名商人样子体面，但都出奇地寡言少语和呆板；其中一个剃光了胡子，穿着德国式的衣服；另一个留着灰白胡子，在脖子上挂着红绶带，上面别着一枚勋章。至于那几个庄稼汉和小市民，那就更没有什么可说的了。我们城里的那些小市民几乎与农民一模一样，他们甚至还种地呢。其中两个也穿着德国式的服装，因此看上去比其他四个更肮脏、更丑陋。人们确实会产生这样的想法，拿我自己来说吧，刚对他们打量一下，马上也产生了这样的想法："这些人怎么能理解案情呢？"然而他们板着脸，表情严肃，给人一种异常严峻乃至威武的印象。

首席法官终于宣布开始审理退职九等文官费奥多尔·巴夫洛维奇·卡拉马佐夫被杀案，我记不得他当时的原话了。法警奉命带上被告，于是米佳走了进来。大厅里一下子安静下来，连苍蝇飞过的声音都能听到。我不知道别人怎样想，米佳的模样给我的印象却非常不好。主要原因是他出现在法庭上的时候打扮得像个花花公子，那件崭新的常礼服刚赶制好。我后来了解到，这是他特意为这一天向原来在莫斯科还保留着他尺寸的裁缝定做的。他手上戴着一副崭新的细软羊皮黑手套，身上穿着时髦的衬衫。他迈着大步走进来，眼睛一眨不眨地正视着前方，毫无惧色地坐到自己的被告席上。这时，辩护律师，大名鼎鼎的费丘科维奇也进来了，大厅里随之响起了一阵似乎是压抑着的嘈杂声。他身材瘦长，两条腿又细又长，苍白纤细的手指也特别长，脸上胡须刮得精光，头发很短，梳理得十分朴素，两片薄薄的嘴唇不时撇上一撇，也不知是微笑还是嘲弄。他看起来有四十左右，要不是他的那双眼睛，他的脸还算得上是端正的，可惜他两只眼睛本来就不大，也缺乏表情，又靠得特别近，中间只隔着隆起在鹰钩鼻上的那根细小的鼻梁骨。总之，这张脸分明呈现出鸟儿般的轮廓，不免使人惊讶。他身穿燕尾服，系着白领结。我记得首席法官开始审问时向米佳提出的第一个问题便是问他的姓名、身份等。米佳回答的口气很生硬，声音大得出人意料，首席法官的脑袋不禁哆嗦一下，大惑不解地看了他一眼。接着宣读了被传来参加法庭调查的人员名单，即证人和专家的名单。名单很长，四位证人未能到庭：米乌索夫现在正在巴黎，但他在预审时就提供了证词；霍赫拉科娃太太和地主马克西莫夫因病缺席；斯梅尔佳科夫突然自杀身亡，警察局已经出具证明。有关斯梅尔佳科夫猝死的消息在大厅里引起了一阵强烈的骚动和窃窃私语。当然，许多旁听者还根本不知道他已突然自杀身亡。但特别令人吃惊的是米佳突然的出格举动——刚宣布关于斯梅尔佳科夫的消息，他突然从自己座位上向整个大厅大声吼道：

“恶狗有恶狗的报应！”

我记得，辩护律师冲到他跟前，而首席法官则威胁说要对他采取严厉措施，如果再有这类出格举动的话。他不时地点头，但似乎毫无悔改之意，多次压低嗓门对辩护律师说：

“我不说了，我不说了！刚才是脱口而出的！我再也不说啦！”

当然，这个小小的插曲在陪审员和旁听者的心目中造成了对他极为不利的印象。从中可以看出他的性格，自己暴露了自己。就在这种印象之下，书记官宣读了起诉书。

起诉书相当简短扼要，但很有说服力。其中仅仅列举了几条主要理由，说明为什么要对某人起诉，为什么要将他提交法庭审判等。但这文件却给我留下了强烈的印象。书记宣读的时候声音洪亮，吐字清楚。这个悲剧似乎从头至尾重新展现在大家面前，处于那不祥的、无情的光照之下，显得那么集中，那么触目惊心。我记得，一读完起诉书，首席法官威严地大声问米佳：

“被告，您承认自己有罪吗？”

米佳突然从座位上站了起来。

“我承认自己在酗酒和放荡方面是有罪的，”他又用一种出人意料的、几乎是发疯似的语气高喊道，“在游手好闲和惹是生非方面是有罪的。正当我决心永远成为一个诚实的人的时候，却遭到了命运的打击！但对于老人的死，对于既是我仇人又是我父亲的死，我是无罪的！对于他的钱被抢劫这件事，不，不，我是无罪的，而且也不可能有罪：德米特里·卡拉马佐夫是卑鄙小人，但不是贼！”

他大声说完以后便坐了下来，显然浑身在颤抖。首席法官又对米佳做了简短的训诫，要求他针对问题回答，不要横生枝节和发疯似的叫嚷。然后他下令进行法庭调查。所有证人被领进来宣誓。这时候我才一下子见到了他们所有的人。不过，被告的两位弟弟被准许无须宣誓便可出庭做证。经过神甫和首席法官一番训诫以后，证人被领走了，尽可能让他们分散坐开。然后开始单独地传讯他们。

二 危险的证人

我不知道首席法官是否将检察官的证人和辩护律师的证人分成了小组并规定了传讯他们的程序。这一切大概都有安排。我只知道首先传讯的是检察官的证人。我要重申，我并不打算逐一描述审讯过程。何况我的描述在某种程度上可能是多余的，因为检察官和辩护律师辩论时的发言中，提供和听取证词的整个过程和全部含义似乎都归结为一点并且做了鲜明而突出的说明，而这两篇精彩的发言，至少有个别段落，我做了完整的记录，我将在适当的时候向读者转述。此外我还要向诸位转述审讯中一段非同寻常，完全意想不到的插曲，它突然发生在法庭辩论之前，并且对严峻的、生死攸关的审理结果无疑产生了影响。我只想指出：从审讯一开始，这件“案子”所具有的某种异乎寻常的特点鲜明地表现出来并为大家所觉察到了，那就是：与辩护方面所拥有的手段相比，起诉方面异常强大。当各种事实在这座森严的法庭上开始集中归纳起来，令人毛骨悚然的鲜血淋淋的全部罪行开始揭露出来的时候，大家一下子明白了这一点。也许从一开始大家就明白了，这完全是一件无须争议的案子，这里面没有任何疑问，实际上任何辩论都无必要，即使要辩论，那也无非是过过场罢了，犯人确实有罪，肯定有罪，绝对有罪。我甚至以为，即使太太们无一例外地迫切希望证明那个有趣的被告无罪，但她们却又深信他确实有罪。不仅如此，我还觉得，如果他的罪行不能得到证实，她们可能会失望，因为如果证明了犯人无罪，那结局便不会有这样的轰动效应了。至于他将被证明无罪，那么说来也怪，所有的太太直到最后一分钟几乎还都深信不疑："他有罪，但是出于人道精神，按照现在流行的新思想、新感情，会证明他无罪"，等等。就为了这一点她们才迫不及待地聚集到这儿。男人们更感兴趣的是检察官和大名鼎鼎的费丘科维奇之间的斗争。大家惊讶地问自己：即使像费丘科维奇那样有才华的人，对这件毫无希望的案子，对一个空蛋壳能有什么作为呢？因此他们全神贯注地注视着他的每一步骤。但费丘科维奇直到最后，直到演说之前，在大家的心目中还是个谜。有经验的人预感到他有自己一套办法，他已经有了某种设想，他为自己确立了一个目标，但究竟是什么目标，简直无法猜透。但是他的信心和自信十分明显。此外，大家立即欣喜地发现，他来到我们这儿的时间非常短暂，也许总共不过两三天，却已经惊人地熟悉了案情，连"它的微妙之处都做了研究"。后来大家津津有味地谈起他怎样及时地使检察官方面的所有证人"上钩"，尽量迷惑他们，更重要的是给他们的道德名誉抹黑，从而自然而然地使他们的证词变得不可信。不过大家认为，他这样做在很大程度上是为了卖弄，可以说是为了显示律师的才华，表明他丝毫也没有忽略律师惯用的手法，因为大家确信，他通过"抹黑"的办法不可能得到什么重大的、实质性的好处，其实他比谁都清楚这一点，但他还储备某种思想，拥有某种暂时深藏不露的辩护武器，只要时机一到，他就会马上亮出来。尽管如此，由于他意识到自己有力量，所以暂时始终好像是在表演和嬉闹。例如，在审问格里戈里·瓦西里耶维奇时，辩护律师利用提问的机会穷追不舍，紧紧抓住他不放，他是费奥多尔·巴夫洛维奇贴身的仆人，曾提供了"通向花园的门是开着的"这个有分量的证词。需要指出的是，格里戈里·瓦西里耶维奇出庭做证的时候，面对法庭的威严气势和众多的听众，他丝毫没有惊慌，神态相当平静，甚至显出凛然不可侵犯的样子。他提供证词的时候充满了自信，就好像正跟玛尔法·伊格纳季耶芙娜私下交谈，无非态度稍为恭敬一些而已。要打乱他的方寸是不可能的。开始时检察官对卡拉马佐夫家的详细情况向他盘问了很久。一幅家庭生活的图画非常鲜明地展现在人们面前。大家听到并看到，证人忠厚老实，没有任何偏见。尽管他对已故的主人非常尊敬，但他还是声称，譬如说，主人对待米佳的态度有失公允。“没有负起教育孩子的责任，要是没有我，这小孩早被虱子咬死了，”他在讲述米佳童年时补充说，“当父亲的在处理孩子母亲遗留的田产方面也不该欺侮孩子。”检察官问他有什么根据可以证明费奥多尔·巴夫洛维奇在账目上使儿子吃了亏，使大家奇怪的是，格里戈里·瓦西里耶维奇丝毫提不出任何有说服力的材料，但仍然坚持说老子与儿子的账算得“不对”，他确实“应该再付给儿子几千卢布”。我要顺便说一下，这个问题——费奥多尔·巴夫洛维奇是否真的克扣了米佳的应得财产，检察官后来念念不忘地向所有能做证的证人全都提过，连阿廖沙和伊凡也未能例外，但证人中谁也提不出确凿的证据；大家都证实有这样的事实，但谁也无法提供哪怕是一点点确凿的证据。格里戈里详细描述了吃午饭时德米特里·费奥多罗维奇闯进来狠狠揍了父亲并威胁说还要回来杀死他的这个场面之后，在场的人都产生了极坏的印象，更何况老仆人讲得很平静，没有添油加醋，用的是自己特有的语言，结果却显得非常有说服力。至于米佳凌辱他，打他耳光，把他打倒在地，他说他并不生气，早已原谅他了。对于死去的斯梅尔佳科夫，他一边画着十字，一边说他是个能干的小伙子，但是有些傻里傻气，被病折磨得好苦，最糟的是他不信上帝，那都是费奥多尔·巴夫洛维奇和他的大儿子教的①。对于斯梅尔佳科夫的诚实，他几

① 这里“大儿子”指伊凡，而不是德米特里。格里戈里、检察官都把伊凡称为“长子”。作者以民间故事中的一个模式为依据，“一个父亲三个儿子，老大聪明，老二一般，老三是傻瓜，最后老三命最好”。将序数词倒置，使其具有象征意义。即卡拉马佐夫三兄弟与民间故事中的三兄弟性格、命运相类似。

乎是热情地做了肯定并立即讲了一件事：有一次，斯梅尔佳科夫捡到了老爷丢失的钱，他没有藏起来，立即交给了老爷，老爷为此“赏了他一个金币”，从此以后老爷什么事都相信他了。老仆人固执地坚持说通向花园的门是开着的。他们盘问他的事情特别多，我无法全部记住。最后终于轮到辩护律师提问了，他首先问信封的事——就是费奥多尔·巴夫洛维奇“好像”为了“给某个女人”三千卢布的那只信封。“您作为多年来一直服侍老爷的仆人是否亲眼见过这只信封？”格里戈里回答说，他没有见过，而且“一直到现在大家开始谈论之前”，他根本没有听到谁说起过这笔钱。关于信封这个问题，费丘科维奇问了凡是可以做证的所有证人，其穷追不舍的精神就像检察官盘问田产分割的事一模一样，而且从所有的人那儿只听到一种回答——谁都没有见过那只信封，虽然许多人都听说过。大家从一开始就发现了辩护律师对这一问题穷追不舍的态度。

“如果您允许的话，现在我能否向您提一个问题。”费丘科维奇出人意料地突然问道，“预审中表明，那天晚上，在临睡之前，您用来擦拭您疼痛的腰部、指望用来治好病的那种镇痛剂，或者说那种药酒是用什么做的？”

格里戈里莫名其妙地看了看发问者，沉默片刻后喃喃地说道：

“放了洋苏叶。”

“只有洋苏叶吗？您记不记得还有其他东西吗？”

“还放了车前草。”

“也许还有辣椒吧？”费丘科维奇好奇地问。

“辣椒也放了。”

“还放了其他东西。全浸泡在酒里吗？”

“泡在酒精里。”

大厅里传出一种轻微的笑声。

“您瞧，甚至用了酒精。您擦了背部，您太太念了只有她一个人知道的虔诚的祷词。大概瓶子里剩下的部分都喝掉了吧，是这样吗？”

“我喝掉了。”

“您喝了很多吧？大概多少？有一酒杯吧？”

“大概有一茶杯。”

“甚至有一茶杯。也许有一杯半吗？”

格里戈里不作声了。他似乎有点明白了。

“一杯半的纯酒精——那可真不赖，您以为怎样？不用说通向花园的门，就是‘天堂的门敞开着’[1]也可以看见了？”

格里戈里还是不吭声。大厅里又传出一阵轻轻的笑声。首席法官挪动了一下身子。

“您是否确切知道，”费丘科维奇步步紧逼，“你看到通向花园的门是开着的那一刻，您是不是睡着了呢？”

“我站在那儿。”

“这还不能证明您没有睡着（大厅里又是一阵轻笑声）。那时如果有人问您，譬如说现在我们这儿是公元什么年份，您能回答吗？”

“这我可不知道。”

“现在我们这儿是公元什么年份，耶稣降生后的第几年，您不知道吗？”

格里戈里带着迷惑不解的表情站在那儿，两只眼睛呆呆地盯着自己的折磨者。说来也很奇怪，他居然真的不知道现在是公元几年。

“您或许还知道您手上有几个手指吧？”

“我是奴才，”格里戈里突然响亮而清楚地说，“要是长官想取笑我，我也只好忍受。”

费丘科维奇听了不由得愣了一下，这时首席法官也做了干预，训诫式地提醒辩护律师，应该提出更为恰当的问题。费丘科维奇听完以后，不失庄重地鞠了一个躬，声明他的提问已经结束。当然，旁听的人和陪审员心中不免留下一丝怀疑，怀疑一个处于某种治疗状态中甚至能够看到“天堂的门”，而且连今年是耶稣降生以后多少年都不知道的人所提供的证词是

---

① 这里费丘科维奇引用了《圣经·新约·启示录》第4章第1节中的“此后，我看见，天上有门开了……”文字略有改动。

否可信。因此，辩护律师还是达到了自己的目的。在格里戈里离开之前还出现了一个插曲。首席法官问被告：他对提供的证词有什么话要说?

“除了门以外，他讲的全是实话。”米佳大声地说道，“他替我捉过虱子，我感谢他，他原谅了我殴打他的事，我感谢他；老人一生老老实实，对我父亲忠心耿耿，抵得上七百条哈巴狗。”

“被告，说话用词要有分寸。”首席法官严肃地说。

“我不是哈巴狗。”格里戈里嘟囔着说。

“那么我是哈巴狗，我是！”米佳大声说，“要是你听了感到委屈，那么就由我自己来承担，并请求他原谅：我是禽兽，以前对他太残忍了！我对伊索也太残忍了。”

“哪一个伊索？”首席法官又厉声问道。

“就是对彼埃罗……我父亲，对费奥多尔·巴夫洛维奇。”

首席法官一再庄重而严厉地告诫米佳说话要谨慎些。

“您这是自己在损害您在法官心目中的形象。”

在向证人拉基京发问时，辩护律师提出的问题同样非常巧妙。我要指出，拉基京是最重要的一个证人，检察官无疑是重视他的。原来他什么都知道，知道的事情特别多。他到所有人的家里都去过，什么都看到，跟所有的人都谈过话，对费奥多尔·巴夫洛维奇的身世和卡拉马佐夫一家人了解得一清二楚。其实，关于装有三千卢布的那只信封的事他也只是听米佳本人说起过。然而他都详细地描述了米佳在京都酒店里所干的那些好事和有损他声誉的言谈举止，也讲述了绰号叫“树皮擦子”的斯涅吉廖夫上尉的故事。至于费奥多尔·巴夫洛维奇在田产分割上是否算计米佳这个特殊的问题，连拉基京本人都说不出什么来，只能用轻蔑的口气泛泛而论，搪塞过去。他说：“在乱七八糟的、都不明白自己是怎么一回事的卡拉马佐夫性格中间，谁能搞清楚他们谁对谁错，谁欠谁呢？”他把眼前正在审理的这件罪行的全部悲剧说成是根深蒂固的农奴制的流俗和由于缺乏相应制度而陷于无序状态的俄罗斯的产物。总之，让他发表了一些意见。这次诉讼使拉基京先生初露头角并受到人们的注意。检察官知道这位证人正在给杂志写一篇关于这个犯罪案件的文章，后来他在自己的演说（我们在下面可以看到）引用了该文的一些观点，这就是说他已经读过这篇文章了。证人所描绘的那幅阴暗而不祥的图画为“公诉状”提供了强有力的证明。总之，拉基京的陈述以其独立不羁的思想和非凡高尚的气势折服了听众。就在他谈到农奴制和苦于混乱的俄罗斯的时候，甚至突然响起了两三起掌声。但拉基京到底还是一个年轻人，犯了一个小小的错误，马上被辩护律师巧妙地利用了。他在回答有关格鲁申卡的某些问题时，由于正陶醉在自己无疑已经意识到的成功以及勃发的崇高激情之中，居然用带点轻蔑的口吻说阿格拉费娜·亚历山德罗芙娜是“商人萨姆索诺夫豢养的情妇”。他事后甘愿付出昂贵的代价来赎回这句话，因为费丘科维奇马上利用这句话抓住了他。这是因为拉基京完全没有料到辩护律师会在短时间内对案情了解得一清二楚，连那些隐私他都知道。

“请问，”当轮到辩护律师提问时，他非常客气，甚至是恭敬地微笑着说，“您就是拉基京先生吧，您写过一本由教区当局出版的小册子，书名叫《已故长老佐西马的修隐生活》，里面充满了深刻的宗教思想，书里还有献给主教的美好而虔诚的题词，我不久前曾愉快地拜读过了。”

“我不是为了发表而写的……后来他们却发表了。”拉基京嘟囔说，似乎由于某种原因突然心虚了，甚至感到羞愧。

“啊，这太妙了！像您这样的思想家，可以甚至应该广泛地关注任何一种社会现象。由于主教的庇护，您那本很有教益的小册子广为流传并产生了相应的效应……不过我现在主要向您请教一个问题：您刚才说您和斯韦特洛娃女士相当熟悉，是这样吗？”（按[①]：格鲁申卡的姓原来是“斯韦特洛娃”。我仅仅是在开庭审理的这一天才初次知道。）

“我不能对我所认识的人全都负责……我是一个青年人……而且谁能为他所遇到的每个人负责呢……”拉基京的脸唰地涨得通红。

“我理解，我太理解了！”费丘科维奇大声说道，好像自己都感到不

① 原文为拉丁文。

好意思，赶紧道歉似的，“您和其他任何人一样，乐于结识一位年轻、漂亮的女性，而这位女性也乐于接待本城的优秀青年，不过……我只想了解一个情况：据我们所知，大约在两个月前斯韦特洛娃非常希望与卡拉马佐夫的小儿子阿列克谢·费奥多罗维奇认识，如果您让他就穿着那套修士服去见她，只要您把他带去，她答应给您二十五个卢布。众所周知，这件事恰好就在构成本案的那件惨祸发生的那天晚上。您把阿列克谢·卡拉马佐夫带到斯韦特洛娃女士家里，我想问您的就是当时您有没有收到斯韦特洛娃女士奖赏的二十五个卢布？”

“那是开玩笑……我看不出为什么这件事会使您感兴趣。我收下这钱只是为了开个玩笑……准备以后归还……”

“所以您收下了。但您至今都没有归还，或者已经归还了？”

“这太无聊了……”拉基京嘟囔着说，“我不能回答这类问题……我当然会归还的。”

首席法官开始干预了，但辩护律师宣布，他对拉基京先生的提问已经结束。拉基京先生离开证人席时形象已经不那么好了。他那番高尚的发言留给人们的印象已经被破坏了。费丘科维奇目送他下去，似乎指着他向听众说：“瞧，你们的原告有多高尚！”我记得，这时候米佳也免不了要闹些名堂：他被拉基京议论格鲁申卡的口气所激怒，从自己的座位上突然大叫：“贝尔纳！”首席法官向拉基京提完了全部问题，接着问被告：他有没有想要说明的地方，米佳便响亮地喊道：

“他向我这个被告还借过钱呢！他是个可耻的贝尔纳和争名逐利的家伙，不信上帝，欺骗主教！”

米佳自然因为说话粗鲁而再一次受到告诫，但拉基京先生却彻底完了。斯涅吉廖夫上尉的做证也不顺利，但完全是另有原因。他出庭时褴褛不堪，穿着肮脏的衣服和靴子。尽管采取了一切预防措施，并事先做了“专门检查”，但还是突然发现他完全喝醉了。关于米佳侮辱他的问题，他突然拒绝回答。

“上帝保佑他。伊柳沙不让说。将来上帝会给我补偿的。”

“谁不许您说？您指的是谁？”

“伊柳沙奇卡[1]，我的儿子。‘爸爸，爸爸，他是怎样侮辱你的啊！’这是他在一块大石头旁说的。现在他快要死了……”

上尉突然号啕大哭，扑过去跪在首席法官脚下。在听众的哄笑声中，法警很快把他带走了。检察官预先指望的那种印象根本就没有产生。

辩护律师继续运用各种手段。他对案情了解得那么深入细致，使大家越来越感到惊讶。举例说，特里丰·鲍里瑟奇的证词本来可以产生相当强烈的印象，对米佳极为不利。他几乎扳着手指算出，米佳在惨祸发生前一个月第一次到莫克罗耶期间花费不可能少于三千卢布，或者说“差不了多少，单是花在茨冈女人身上的钱就不知有多少！他赏给我们那些长满虱子的乡巴佬的钱不是什么在街上随手扔给每人半个卢布，而至少每人要送一张二十五卢布的票子，再少是不会给的。直接从他那儿偷走的钱不知有多少！人家偷了，哪里还会留下什么把柄。再说他自己就随随便便胡乱扔钱，哪里还会抓小偷呢！而我们那些乡下人全是强盗，全都不讲良心。而姑娘们，我们乡下的那些姑娘又得到了多少钱！我们那儿的人从此都发了大财，确实是这样，而以前都是穷光蛋”。总之，每一笔花费他都记起来了，并且做了精确的计算。因此，所谓只花掉一千五百卢布，而其余的钱藏在香囊里的说法越发显得不可思议了。“我亲眼看见，看见他手里拿着三千卢布就像拿着一个戈比一样，是我亲眼看见的，难道我们都不识数了吗？”特里丰·鲍里瑟奇大声说道，想尽量讨好“长官”。当轮到辩护律师提问的时候，他几乎没有打算反驳证词，却突然谈起了一件事：米佳被捕前一个月，在他第一次纵酒狂饮的时候，马车夫季莫费和农民阿基姆在莫克罗耶客栈前室的地上捡到过米佳喝醉后掉下来的一百卢布，他们将这笔钱交给了特里丰·鲍里瑟奇，他为此给了每人一个卢布。“那么您当时是否将这一百卢布还给了卡拉马佐夫先生呢？”特里丰·鲍里瑟奇无论怎样支吾其词，但在盘问了农民之后他只好承认曾捡到一百卢布，但他说

① 伊柳沙的爱称。

当时就原封不动地全部还给了德米特里·费奥多罗维奇，“老老实实地交到他手里，不过他自己当时完全醉了，未必能想起来”。但毕竟因为他在传讯农民做证之前曾经否认过捡到一百卢布，那么他说已经把那笔钱还给了醉醺醺的米佳的证词自然非常值得怀疑。这样一来，由检察官提供的一个最危险的证人在退庭时受到了怀疑，他的名誉遭到很大的损害。两个波兰人也发生了相同的情况：他们出庭时态度傲慢，神情泰然。他们大声地做证说，首先，他们俩都是“为沙皇陛下”效劳，而“米佳先生”却要用三千卢布收买他们，而且他们亲眼看见他手上有一大笔钱。穆夏洛维奇说话时夹杂了许多波兰话，他看到这样反而在首席法官和检察官的眼里抬高了自己的身份，因此更加来劲了，最后完全用波兰语说话了。但费丘科维奇还是张开了自己的网抓住了他们：再次被传讯的特里丰·鲍里瑟奇无论怎样躲躲闪闪，到头来也只好承认他的一副纸牌被佛鲁勃莱夫斯基偷换了，而穆夏洛维奇在坐庄时做了手脚。卡尔加诺夫在做证时也证实了这一点，因此两个波兰人甚至是在听众的哄笑声中带着羞辱离开的。

随后所有最危险的证人几乎都碰到了同样的情况。费丘科维奇居然有本领使他们每个人在道德上露出了破绽，最后让他们灰溜溜地离开。一些好事之徒和法学专家只是在那里一味地欣赏，却总不明白这一切究竟能起什么重大的决定作用，我要再次说一遍，因为大家都感到指控是无法反驳的，而且越来越变得具有说服力和悲剧性了。但大家从那位“伟大的魔术师”的自信心中发现，他非常镇静，因此大家都在期待着：“这样的人”绝不会无缘无故地离开彼得堡到这儿来，这样的人绝不会无功而返。

三　医学鉴定和一磅胡桃

医学鉴定对被告也没有帮上多大的忙。正如后来证实的那样，费丘科维奇本人似乎对它也没有抱太大的希望。之所以要进行医学鉴定，主要是卡捷琳娜·伊凡诺芙娜坚持，她特地从莫斯科请来了一位名医。辩护方面当然也不会因为医学鉴定而有什么损失，搞得好的话也可能有好处。不过由于医生们产生了某些分歧，其结果多少有点滑稽。出场的几位专家是：从京城请来的著名医生、本城的医生赫尔岑斯图勃，以及年轻的医生瓦尔温斯基。后面两位也属于检察官传讯的一般证人。首先以专家身份被传讯的是赫尔岑斯图勃。这是一个七十岁的老人，头发雪白，已经谢顶，中等身材，体格健壮，在我们城里大家都很重视他，尊敬他。他是一位尽心尽职的医生，一个好人和虔诚的教徒，属于赫恩胡特派或“摩拉维亚兄弟会”[①]——我也不太清楚。他在我们城里已经住了很久，平时举止特别庄重。他心地善良，富有爱心，免费为穷人和农民治病，亲自到他们简陋的小屋去，留下钱让他们买药，但他的脾气固执得像一头骡子。如果他有了什么想法，要他改变是不可能的。顺便提一下，城里的人几乎都知道，这位外地的名医到我们这里总共待了短短的两三天，却对赫尔岑斯图勃的才能已经说了一些非常难听的话。虽然这位莫斯科医生每次出诊收费至少要二十五个卢布，但我们城里有些人还是对他的到来感到高兴，不惜重金，纷纷去请他治疗。在他没有来之前，这些病人自然都是由赫尔岑斯图勃治疗的，而现在这位名医却到处尖锐批评他的治疗方法，到后来他一进病人家就干脆问：“您这病原来是谁给看的，是赫尔岑斯图勃吗？哼，简直瞎胡闹！”这些话自然传到了赫尔岑斯图勃的耳朵里。现在这三位医生一一出庭做证。赫尔岑斯图勃医生直截了当地声称：“被告智力失常是显而易见的。”他提出的种种理由我在这里就省略了，最后他又补充说，这种不正常的情况不仅可以从被告以前的行为中看出来，更主要的是现在，甚至目前都可以看出来。法庭请他说明现在，此时此刻这种失常现象表现在什么地方的时候，这位老医生天真而直率地指出，被告一进入大厅，“就有一种不合时宜的、非常特别和古怪的表情，他像一个军人那样迈着大步，

① “摩拉维亚兄弟会”是基督教的一个派别，赫恩胡特是该派教徒的聚居地。

两只眼睛直视前方，其实他本来应该看左面，那边旁听席上坐着不少太太，他是女性的热烈爱好者，照理应该非常关心现在太太们对他会有什么看法”，老人以自己独特的语言结束了发言。这里还需要补充说明一点，那就是他常说俄语，而且很喜欢说，但不知为什么他说的每句话都带有德国腔，而且他从来也不感到有什么不好意思，因为他一辈子都有个毛病，便是他自以为俄语说得最标准，“甚至比俄国人还好”，他还非常喜欢引用俄国谚语，每次都要人相信，俄国谚语是世界上最精彩、最富于表现力的谚语。我还要指出，他在谈话时，也许是因为思想不集中，常常会忘记最普通的词，这些词他掌握得很熟练，但不知为什么突然在他脑子里卡住了出不来。不过即使他讲德语，往往也会发生这种情况，这时候他总是在自己面前不停地挥手，好像在寻找并要抓住那个丢失了的词语，在他没有找到丢失的词语以前，谁也无法迫使他把已经开始的谈话继续下去。他刚才所说的被告进入大厅后照理应该把目光投向太太们的一番话在听众中引起一阵轻轻的嬉笑声。我们这里的太太们非常喜爱这位老人，她们知道他一辈子都没结婚，是个虔诚和纯洁的人，在他眼里女人都是些高尚的理想人物。因此他这番出人意料的话使大家都感到非常奇怪。

莫斯科来的那位医生在出庭做证时断然声称被告的头脑不正常，“甚至到了极为严重的程度”。他巧妙地大谈特谈“感情倒错”和“躁狂”并得出结论说，根据收集到的全部证据，被告还在被捕前几天无疑已经处于感情倒错的病态之中，尽管他犯了罪，甚至意识到在犯罪，但几乎是身不由己的，他完全没有能力克服当时控制着他的病态的精神冲动。除了感情倒错之外，医生还发现了躁狂症状，据他说这预示着将来会直接导致完全的精神错乱。（注意：我现在用自己的话加以转述，而当时医生是用科学的专门术语解释的。）“他的全部行为违背了常理和逻辑，”他继续说，“且不说我没有看到的那些事情，也就是作案过程以及这件惨祸的来龙去脉，可是就在前天和我谈话时，他的目光也莫名其妙地呆滞。不该笑的时候他会突然笑起来，经常无缘无故地发火，说一些奇怪的话：什么‘贝尔纳’啦，‘伦理学’啦，还说些不该说的话。不过医生认为最能说明这种躁狂症状的是：一提到他认为自己受了蒙骗的那三千卢布时，被告就怒不可遏，可是在谈到或想到其他的种种挫折或自己所受的委屈时却又相当平静。此外，还有证据表明，只要一涉及三千卢布，他完全像过去一样会暴跳如雷，可是证人们又说他没有私心，也不那么贪婪。至于说到我那位学识渊博的同行的意见，”莫斯科的医生在结束发言时讥讽地补充说，“他认为被告出庭时目光应该看着那些太太而不该直视前方，那我只想指出，类似结论不仅显得滑稽可笑，而且也是根本错误的。虽然我也完全同意被告进入决定他命运的大厅时不应该直视前方，这确实可以看作是他此刻精神不正常的征兆，但同时我却要肯定地说，他不该去看左边的那些太太，相反，他应该向右看，应该用目光去寻找辩护律师，因为他的全部希望都寄托在律师的帮助上，他的全部命运取决于律师的辩护。”医生将自己的意见表达得非常果断和坚决。但最后出庭做证的瓦尔温斯基医生所得出的出人意料的结论却使两位学识渊博的专家的分歧显得特别滑稽可笑。在他看来，无论是现在还是过去，被告的精神状态完全正常，虽然在被捕前他确实应该处在一种神经质和过度兴奋的状态，但发生这种情况可以有多种非常明显的原因：譬如妒忌，愤怒，不断酗酒等。但这种神经质的状态不包括前面所说的那种特殊的“感情倒错”的成分。至于说到被告进入大厅时该向左看还是向右看，“依鄙人之见”，被告进入大厅时，正应该直视前方，就像他实际上做的那样，因为他对面坐着首席法官和法官，他的全部命运取决于他们，“因此，他直勾勾地看着前面，恰恰足以此证明这时候他的脑子完全正常”。年轻的医生带着几分激烈的情绪结束了自称为“鄙见”的证词。

“太棒了！医生！”米佳从自己座位上叫了起来，“正是这样！”

米佳的插话自然被法庭制止了，但年轻医生的意见无论对法官还是听众都产生了决定性的影响，因为正如后来表明的那样，大家都同意他的见解。不过，赫尔岑斯图勃后来以证人身份做证时，却完全出乎意外地突然提供了对米佳有利的证词。作为本城的老居民，他很久前就认识卡拉马佐夫一家，在提供了几项对“公诉”很有意义的证词后，突然似乎想起了什么，补充说道：

“不过这位可怜的青年人本来可以得到比现在要好得多的命运，因为无论在童年时代还是以后，他的心地一向非常善良，因为我知道这一点。但俄罗斯谚语说：‘如果一个人有头脑，那很好，如果再有一个聪明人来做客，那就更好，因为那时就有两个头脑，而不是一个……’”

“一人聪明好，两个聪明更加妙。”首席法官不耐烦地提示他，他早知道老人有个习惯——说话慢慢吞吞，拖腔拉调，一点不在乎人家对他的印象，也不在乎人家等得多么着急，相反他很看重那种生硬、平淡无奇，而又洋洋自得的德国式的俏皮话。这小老头儿可是非常喜欢说俏皮话的。

“啊，是的，我也是这么说的，”他固执地接过话，“一人聪明好，两人聪明好上加好。但另一个聪明人没有去找他，他却把自己的聪明放走了……这话是怎么说的，他将它放到哪儿去了？那个词儿——他把自己的聪明放走了，可是放到哪儿去的那个词我忘记了，”说着他用手在自己的眼前比画了一下，“噢，对了，是什帕齐连[1]。”

“游荡？”

“对，对，游荡，我也是这么说的。他的聪明溜出去游荡了，跑到了遥远的地方，连自己也迷路了。不过话得说回来，他是个高尚而很重感情的青年，啊，我还记得他很小的时候被丢在他父亲后院里的那模样，光着脚在地上乱跑，小裤子只吊在一个扣子上……”

这个正直的小老头儿的口气里突然可以听出一种多愁善感、诚挚感人的声调。费丘科维奇猛地哆嗦了一下，似乎有了某种预感，赶紧集中思想听他讲下去了。

“啊，是的，我自己当时还是一个年轻人……我嘛，唉，对了，那时候我才四十五岁，我刚到这里。当时我觉得这孩子挺可怜，我就问自己：为什么我不能给他买一磅……是啊，一磅什么呢？我忘了那东西叫什么了……一磅孩子们非常喜欢吃的那种东西，叫什么来着，叫什么来着……”医生又用手比画着，“是那种长在树上，采下来送给大家的……”

---

① 德语“游荡”的音译。

"是苹果吗？"

"哦，不——不——是的！论磅，论磅秤的，苹果是按十个计算的，不论磅，不，数量很多，个儿很小，放进嘴里，咔啦一响……"

"是胡桃吗？"

"对了，就是胡桃，我说的也就是胡桃，"他心安理得地肯定说，仿佛刚才根本不在搜索枯肠要找出这个词，"我给他送去一磅胡桃，因为从来也没有人给这孩子送过一磅胡桃，我举起了一只手指对他说：'孩子，圣父'[①]，他笑了起来，跟着我说：'圣父——圣子'[②]。接着他又笑了，含糊不清地说：'圣子——圣灵'[③]。最后他又笑了，尽量学着说'圣灵'。后来我就离开了。第三天我经过那里，他大声叫住我：'叔叔，圣父，圣子，'只是忘记了圣灵这个词儿，不过我提醒了他，我又非常可怜起他来了。可是他被带走了，从此以后我再也没有见到过他。一转眼过了二十三年，一天早晨我坐在诊疗室里，我已经是个白头老翁了，突然走进来一个容光焕发的青年人，我怎么也认不出他来，但他举起一只手指，笑着说：'圣父，圣子和圣灵！我刚到这里，就来感谢您送了我一磅胡桃：因为当时从来没有人给我买过一磅胡桃，只有您给我买了一磅胡桃。'这时候我想起了我幸福的青年时代和那个光着脚在院子里乱跑的可怜的小男孩，我的心被感动了，我说：'你是一个知恩图报的青年人，因为你一辈子都还记得我在你童年时期给你的一磅胡桃。'我拥抱了他并为他祝福。我哭了。他笑了，后来也哭了起来……因为俄罗斯人在该哭的时候常常会笑。但他是哭了，这是我亲眼看见的。可是现在，唉！……"

"现在我也在哭，德国人，现在我也在哭，你这个好人啊！"米佳突然从自己座位上大声喊道。

---

① 原文为德文。

② 同上。

③ 同上。

不管怎么说，这件可笑的小事给听众留下了某种良好的印象。但对米佳最有利的要数卡捷琳娜·伊凡诺芙娜提供的证词了，现在我马上就来谈她的证词。一般说来，在*被告方面*[①]的证人，即被辩护律师召来的证人出场时，命运之神似乎突然真的向米佳微笑了——而最有意思的是——连辩护律师都感到非常意外。不过在卡捷琳娜·伊凡诺芙娜之前，法庭先传讯了阿廖沙。他突然想起了一件事，似乎是否定公诉方面一个主要论点的有力证据。

四　幸福向米佳微笑

这件事即使对阿廖沙来说也纯属意外。他被传唤，免于宣誓。我记得，从询问一开始各方面对待他都十分客气和充满好感。显然在这之前他有好名声在外。阿廖沙做证时的态度谦虚而谨慎，但他的证词中明显地流露出对自己不幸的哥哥的热烈同情。他在回答一个个问题时，勾画出了哥哥的个性：他也许既是一个暴躁而迷恋情欲的人，同时又是个高尚、骄傲、慷慨、豁达的人，必要的话，甚至可以牺牲自己。不过他承认，他的哥哥近来因为迷上了格鲁申卡，因为跟父亲争风吃醋，所以处于一种万分难受的境地。但是他断然否定了对哥哥杀人越货的指控，虽然他承认这三千卢布几乎成了米佳的一块心病，米佳认为这笔钱是父亲用欺骗的手段少付给他的遗产，虽然他并不贪婪，但是一谈到这三千卢布就暴跳如雷。对于检察官所说的两位“女人”，即格鲁申卡和卡佳争风吃醋的事，他有些闪烁其词，对其中一两个问题甚至完全不予回答。

---

① *原文为法文。*

“您的哥哥至少是否对您讲过他打算杀死自己的父亲？”检察官问，“如果您认为必要的话，您可以不回答。”他补充说。

“他没有直接说过。”

“怎么？间接说过？”

“有一次他对我说过他恨父亲并且担心……在忍无可忍的时候……在极端厌恶的时候……也许会杀死他。”

“您听了以后相信他了吗？”

“我不敢说是相信了。但我一直坚信，某种崇高的感情在紧急关头会拯救他，事实上已经拯救了他，因为杀死我父亲的不是他。”阿廖沙用全大厅都能听到的洪亮的声音坚定地说出了最后一句话。检察官哆嗦了一下，像一匹战马听到了号角声。

“请您相信，我完全相信您的想法是非常真诚的，我丝毫也没有把您的这种想法看成为由于您爱您不幸的哥哥而引起的，也没有把它们混为一谈。您对您家里发生的悲惨事件的独特看法，在预审过程中我们已经知道了。不瞒您说，您的看法非常独特，并且跟检察机关获得的所有其他证词相矛盾。因此我认为有必要再一次问您：究竟是哪些事实支配了您的思想并使您坚决认为您哥哥是无辜的，有罪的是另一个人？您在预审中已经直接把这另一个人指出来了。”

“在预审中我只是回答了几个问题，”阿廖沙小声而又平静地说，“我自己并没有指控斯梅尔佳科夫。”

“您总还是指出来了吧？”

“我是根据德米特里的话才那样说的。还在审讯以前我就听说了他被捕的情形，他当时就指出凶手是斯梅尔佳科夫。我完全相信哥哥是无罪的。如果杀人的不是他，那么……”

“是斯梅尔佳科夫？为什么恰好是斯梅尔佳科夫呢？为什么您坚信您哥哥是无罪的呢？”

“我不能不相信哥哥。我知道他绝不会对我说谎。我根据他脸上的表情看出他没有对我说谎。”

“只是根据他脸上的表情吗？这是您的全部证据吗？”

“我没有更多的证据了。”

“除了您哥哥的话和他脸上的表情，您再也没有任何一点细小的证据来证明斯梅尔佳科夫有罪吗？”

“是的，没有别的证据。”

检察官的提问到此为止。阿廖沙的回答使听众大失所望。还在开庭以前我们这儿已经对斯梅尔佳科夫议论纷纷了，有人听到了什么消息，有人指出了什么事实，还说阿廖沙收集了许多有利于哥哥、说明仆人有罪的过硬证据，可是到头来却什么也没有，除了一些道德观念，什么证据都没有，而那些观念对于被告的亲兄弟来说是十分自然的。

接着费丘科维奇开始提问。他问阿廖沙：被告在什么时候对他说他恨父亲，有可能会杀死他；在惨祸发生前最后一次见面时是否听到他讲过这些话。阿廖沙在回答这些问题时，似乎突然哆嗦了一下，似乎直到此刻才想起并明白了什么事情。

“我现在回忆起了一个情况，我自己都差不多完全忘记了，不过那时候我很不理解，而现在……”

阿廖沙显然直到现在才恍然大悟，他兴奋地回忆起他和米佳最后一次见面的情形。那天傍晚，在回修道院的路上，在一棵树下，米佳捶打着自己的胸膛，“胸膛的上部”，再三对他说，他有恢复自己名誉的办法，办法就在这里，就是这儿，在胸脯上……“我当时以为他捶打胸膛就是指自己的内心，”阿廖沙继续说，“是说他在内心可以找到一种能使他摆脱眼前面临的，甚至不敢向我吐露的奇耻大辱的方法。我得承认，我当时以为他说的是父亲，他一想到要去找父亲并对他施加暴力便羞愧得浑身发抖，其实他所指的好像就是胸前的什么东西，因此我还记得当时我脑子中曾经闪过一个念头，就是心脏根本不在那个部位，而在下面，而他捶打的那个地方在心脏上面，是在这儿，离脖子很近，他一直指着这个位置。当时我觉得我的想法很愚蠢，可是他当时指的也许就是那个里面缝了一千五百卢布的香囊！……”

“正是这样！”米佳突然从被告席上大声喊道，“正是这样，阿廖沙，是的，我当时用拳头捶打的就是香囊！”

费丘科维奇赶紧跑到他跟前，请他安静下来，随后又立刻紧紧盯住阿廖沙不放。阿廖沙为自己的回忆所陶醉，热烈地讲出了自己的假设，他认为哥哥所说的耻辱很可能就是指他身上带的那一千五百卢布，这笔钱本来可以抵作欠卡捷琳娜·伊凡诺芙娜的一半债务，但是他没有给她，最后还是决定做了别的用途，就是作为带走格鲁申卡的费用，如果她同意的话……

“是这样，肯定是这样，”阿廖沙突然兴奋地大声说道，“当时哥哥对我说的就是一半，一半的耻辱（一**半**这个字！他说了几遍）他本来可以立即洗刷自己的耻辱，但不幸的是他性格太软弱，他无法做到这一点……他预先知道他不可能这样做，也没有力量能这样做！”

“您确切而清楚地记得，他捶打的正是胸部的那个部位吗？”费丘科维奇急切地追问。

“我记得很清楚、很确切，因为我当时就是这样想的：为什么他要捶打上面那个部位，心脏的位置在下面，我当时觉得我的想法是愚蠢的……我脑子里曾经闪过这个想法。所以我现在一下子想起来了。我怎么一直把它给忘记了呢！他指的就是那个香囊，他说他有办法，但他不愿交出这一千五百卢布！在莫克罗耶逮捕他的时候，他曾经大喊大叫——这我知道，是人家转告我的，他认为一生中最可耻的一件事就是他本来可以归还卡捷琳娜·伊凡诺芙娜一半的债务（正好是一半！）不是以贼的身份站在她面前，但他最终还是没有下定决心归还，宁肯被她当作一个贼，而不愿放弃这笔钱！他被那笔债务折磨得非常痛苦，非常痛苦！”阿廖沙感叹万分地结束道。

不用说，检察官也很感兴趣。他请求阿廖沙把这件事的详细经过再叙述一遍，再三问阿廖沙：被告在捶打自己胸膛时是否真的确有所指？也许他不过是一般地用拳头捶打自己的胸部。

“不是用拳头！”阿廖沙大声说，“他是用手指指的，指着这儿，很高的部位……我怎么一直都把它忘记得干干净净呢！”

首席法官问米佳，对这个证词他有什么话说。米佳肯定地说，事情就是这样，他指的就是他放在胸前、就在脖子底下的一千五百卢布，当然，这是耻辱。“是我无法否认的耻辱，是我一生中最最可耻的行为！”米佳大声喊道，“我能还而没有还。宁愿被她看成一名贼，却坚持不还，而最可耻的是我事先知道我是不肯归还的！阿廖沙说得对！谢谢你，阿廖沙！”

对阿廖沙的传讯就这样结束了。重要而又值得注意的是：总算发现了一个事实，尽管是一个微不足道的证据，仅仅是类似证据的一点迹象，但它毕竟多少能证实这只缝有一千五百卢布的香囊是确实存在的，而被告在莫克罗耶预审时声称这一千五百卢布是“我的”这些话也不是扯谎。阿廖沙很高兴，他满脸通红地走到给他指定的座位上，他不断地在心里重复说：“我怎么把这件事给忘记了！我怎么会把这件事忘记了！怎么到现在才突然想起来！”

开始传讯卡捷琳娜·伊凡诺芙娜。她刚一进来，大厅里迅速出现了某种非同寻常的气氛。太太们迅速拿起了带柄眼镜和望远镜，男士们纷纷交头接耳，也有人从座位上站了起来，想看得清楚些。后来大家都证实说，她刚走进来，米佳的脸突然变得“像纸一般白”。她穿着一身玄色衣服，矜持地、几乎是怯生生地走到给她指定的座位上。从她脸上很难看出有什么慌张的样子，但她那阴郁的目光却显露出果断的神色。应该指出，后来有相当多的人都证实，她当时的容貌特别美丽。她说话的声音很轻，但很清晰，整个大厅都听得见。她的语气特别平静，至少尽量显得平静。首席法官开始向她提问时十分谨慎，特别客气，似乎生怕触动“某根心弦”，十分体谅她的巨大不幸。但卡捷琳娜·伊凡诺芙娜本人在回答向她提出的一个问题时坚决声明她是被告正式订过婚的未婚妻，“直到他自己抛弃她为止……”她轻轻地补充说道。当问到她委托米佳到邮局给她亲戚汇三千卢布时，她毫不含糊地说：“我给他钱并不是要他马上汇出去；我当时预感到他正非常需要钱……在那个时候……我给他这三千卢布时讲好他在一个月之内寄出就可以了。他根本犯不着后来为这笔债苦苦折磨自己……”

我不想转述所有的问题和她的详细回答，我只是转达她证词的主要意思。

“我坚信，他只要收到父亲的钱，总会汇出这三千卢布的，”她在回答问题时说，“我始终相信他的诚实……高度的诚实……在钱财方面他坚信可以从父亲那儿得到三千卢布，这件事他跟我讲过好多次。我知道他和父亲有纠纷，我一直相信，而且至今还相信他受了父亲的欺负。我不记得他对父亲说过什么威胁的话。至少他在我面前没有说过任何威胁的话。假如他当时来找我，我一定会马上劝慰他，让他不再为欠我的那倒霉的三千卢布而忧虑不安，可是他后来一次也没有来找我……而我……又是那样一种处境……不便叫他来见我……而且我也没有任何权利为了这笔债务而对他提出什么要求，”她突然补充说，她的口气中流露出一种坚定的决心，“我自己有一次向他借的钱远远超过三千卢布，我拿了这笔钱，虽然当时我无法预料什么时候才能归还这笔债……”

在她语气中似乎可以感到一种挑战的意味。就在这时候轮到费丘科维奇提问了。

“这件事不是在这里，而是在你们刚认识的时候发生的吗？”费丘科维奇马上接过话头，小心翼翼地探问，他一下子预感到出现了某种有利的情况。我附带说明一下，虽然在某种程度上说他是由卡捷琳娜·伊凡诺芙娜亲自从彼得堡请来的，但他根本不知道米佳曾在另一座城市借给她四千五百卢布和她曾向他“磕头跪拜”。这件事她瞒着他，没有对他说过！这是很奇怪的。完全可以有把握地猜想：她自己直到最后一刻还不知道她在法庭上是否要把这件事说出来，到时候只能由灵感来决定。

不，我永远也不会忘记这个时刻。她开始详细讲这件事，把一切都讲出来了，把米佳对阿廖沙说过的这件事全都讲出来了，包括她向他“磕头跪拜”，事情的起因，她父亲的处境，她到米佳那儿去的情形，但是一句话也没有提到甚至没有暗示过那是米佳通过她姐姐亲自提出“让卡捷琳娜·伊凡诺芙娜到他那儿取钱”的。她宽容大度地隐瞒了这个情节，不惜当众承认是她一时心血来潮主动跑到一位青年军官那儿，抱有某种希望……去向他借钱。这太令人惊讶了。我听了直冒冷汗，浑身打战，整个大厅的人都屏住了呼吸，仔细聆听每一句话。她说的这件事是没有先例的，即使像她那样刚愎自用、目空一切的姑娘也很难提供这样坦率的证词，把一切揽在自己身上，做出这种牺牲和糟蹋自己。为了什么？为了谁？为了拯救一个背叛并侮辱了她的人，为了拯救他而出点力，使他在人们的心目中留下一个良好印象！确实，一个青年军官拿出了他一生中仅有的五千卢布，向一位纯洁的姑娘恭恭敬敬鞠了一个躬，这形象相当可爱和迷人，但是……我的心却好像狠狠地被揪了一把！我感到以后会出现种种流言蜚语（后来果然谣诼蜂起）！后来全城的人会带着恶毒的嘲笑说她的叙述并不完全确切，就是说军官不能仅仅“恭恭敬敬地鞠了个躬”以后就放走了那姑娘。人们暗示说，这里有“遗漏”。“即使没有遗漏，即使全是事实，”连我们的最受尊敬的太太都这样说，“那么一个姑娘家为了救自己的父亲而做出这种事情很难说是一种高尚行为。”难道像卡捷琳娜·伊凡诺芙娜这样聪明，这样富有洞察力的小姐竟然不能预料到人们会这样议论吗？她肯定是预料到的，可是她还是下决心全都讲了出来。自然，所有这些对其叙述是否真实的卑鄙怀疑是到后来才产生的，而在最初的一刹那大家都被深深地感动了。至于那几位法官，更是带着一种虔诚的，甚至可以说是带有几分惭愧的心情静静地听完了卡捷琳娜·伊凡诺芙娜的证词。检察官没有就这个问题做进一步的提问。费丘科维奇向她深深地鞠了一个躬。啊，他几乎得意扬扬了！他很有收获：一个人出于崇高的激情把自己最后的五千卢布给了别人，后来，还是这个人，却在深夜为了三千卢布杀死父亲——这很难自圆其说。现在费丘科维奇至少可以排除抢劫的动机。“案情”突然有了新的转机。出现了有利于米佳的某种气氛。可他自己呢……后来大家都说，他在卡捷琳娜·伊凡诺芙娜做证时一再想从座位上跳起来，但又马上颓然倒在长椅上，用两只手掌捂住了脸。但当她结束了自己证词后，他又突然向她伸出双手，用号哭般的声音喊道:

“卡佳，你干吗要毁掉我！”

说着他真的号啕大哭起来，哭声响彻整个大厅。不过他马上又控制住了自己，再次大声喊道:

“现在我的罪名已经定了！”

接着，他像木头似的坐在那儿一动不动，咬紧牙关，两手交叉着放在胸前。卡捷琳娜·伊凡诺芙娜留在大厅里，坐到了给她指定的椅子上。她脸色苍白，低垂着头坐在那儿。据那些坐在她旁边的人说，她像发热病似的哆嗦了很久。这时候，格鲁申卡出庭接受传讯。

现在我快要讲到那件突然发生的，也许真的毁了米佳的灾难了。因为我相信，而且大家也都这样深信不疑，连所有的律师后来也这么说，假如不出现这个情节，罪犯至少可以得到宽大处理。但这件事我等一会儿再说。现在简单地说一下格鲁申卡的表现。

她出现的时候也是一身玄色打扮，肩上披着漂亮的玄色长围巾。她步履轻柔，像一些丰满的女人那样微微摇晃着身子，无声无息地走到栅栏前面，她的目光紧紧盯着首席法官，一次也没有左顾右盼。据我看，此刻她显得很美丽，根本不像后来太太们所说的那样苍白。她们还说她的脸上露出一种专注而凶狠的神色。我只是认为她很生气，不堪忍受那些喜欢看热闹的听众投向她的轻蔑而又好奇的目光。她生性高傲，不能容忍别人对她的轻蔑，只要怀疑有谁瞧不起她，马上就会怒火中烧，渴望报复。与此同时，她当然不免胆小，因为胆小而内心感到羞愧，因此也就不难理解为什么她说话有些喜怒无常——她一会儿愤怒，一会儿轻蔑而特别粗鲁，一会儿又突然流露出真诚的发自内心的自我谴责和自我控诉调子。有时候她说话的口气就好像正在坠入万丈深渊："一切都无所谓，无论出现什么情况，我还是要说……"关于跟费奥多尔·巴夫洛维奇来往的事情，她生气地说："都不值一提，他来纠缠我，难道这是我的错吗？"而一分钟后她又补充说："全是我的错，我取笑了他们父子俩——既取笑了老头儿，又取笑了这一位，把他们俩弄到这种地步。这一切全是因为我才发生的。"不知为什么还提到了萨姆索诺夫。"管什么闲事，"她马上以一种放肆的挑衅口吻反驳说，"他是我的恩人，当我被赶出家门的时候，他收留了我这个光着脚的苦命人。"不过首席法官相当客气地提醒她，要针对问题回答，不要扯到无关的细节上去。格鲁申卡的脸上泛起了红晕，两只眼睛闪闪发光。

装钱的那只信封她没有见过，只是听"那个坏蛋"说过费奥多尔·巴夫洛维奇有一只装着三千卢布的信封。"不过那是蠢话，我一笑了之，我无论如何也不会去……"

"您刚才提到的'坏蛋'是指谁？"检察官探问道。

"就是那个仆人，斯梅尔佳科夫，他杀死了自己的主人，昨天又上吊自杀了。”

当然，法官马上又问她：她有什么根据做出这样肯定的指控，但是她也提不出任何证据。

“德米特里·费奥多罗维奇亲口对我这样说的，你们应该相信他的话！那个与他分手的女人毁了他，就是这么回事，她是祸根，就是这么回事。”格鲁申卡说，似乎恨得浑身发抖，她的话里开始露出凶狠的调子。

法官问她究竟指谁。

“指一位小姐，就是这个卡捷琳娜·伊凡诺芙娜。那时她叫我上她家去，请我吃巧克力，想讨好我。她是个不知羞耻的人，就是这么回事……”

这时首席法官严厉地制止了她，请她用词要注意些。但这个女人的妒忌心已经如火如荼，她甚至不惜破釜沉舟了……

“在莫克罗耶村逮捕他时，”检察官想起了当时的情形便问，“大家都看到并听到你从另一个房间里冲出来大声叫喊：‘全是我的错，让我跟他一起去服苦役！’这么说来，那时您已经确信他是杀父凶手了吗？”

“我已记不清我当时的心情了，”格鲁申卡回答，“当时大家都说他杀死了父亲，于是我感到这是我的错，他是为了我才杀人的。可是他说他没有罪，我也就立刻相信了他，我现在还相信，而且将永远相信：他不是那种说谎的人。”

轮到费丘科维奇提问了。我记得，他顺便问到了拉基京和“因为他把阿列克谢·费奥多罗维奇·卡拉马佐夫带到您这儿来”而赏给他二十五卢布的事。

“他拿我的钱，这有什么可大惊小怪的，”格鲁申卡带着轻蔑而气恼的口气冷笑说，“他经常到我这儿来要钱，每次三十卢布左右，通常是一个月一次，多半花在玩乐上：吃喝的钱他是够的，用不着我帮助。”

“您为什么对拉基京先生如此慷慨呢？”费丘科维奇接着问，虽然首席法官已经显得很不耐烦了。

“他是我的表兄弟啊。我母亲和他的母亲是亲姊妹。不过他一直求我在这里不要对任何人说，怕我给他丢脸。”

这个新的事实对于所有人来说都十分意外，城里，甚至修道院里至今都没有人知道他有这种关系，连米佳也不知道。据说，拉基京当时坐在椅子上羞得满脸通红。格鲁申卡出庭之前就已经知道，他提供了不利于米佳的供词，因而她非常生气。拉基京先前的发言，连同他的义愤，他对农奴制和俄国混乱局面的抨击——所有这一切现在在公众的印象中被一笔勾销了。费丘科维奇很是得意：这又是上帝的意外恩赐。总的说来，讯问格鲁申卡的时间不太长，再说她当然也无法提供什么特别新的内容。她给听众留下的印象相当不好。当她做证完毕，在大厅里离卡捷琳娜·伊凡诺芙娜很远的地方坐下来以后，几百双充满鄙夷的眼睛盯住了她。在讯问她的时候，米佳一直一声不吭，好像呆住了似的，眼睛望着地下。

伊凡·费奥多罗维奇以证人的身份出庭了。

五　突如其来的灾难

我要说明一下，还在阿廖沙之前就要传讯他了。但法警当时向首席法官报告说，证人由于突然身体不适或者说突然犯病，现在不能出庭，但只要身体稍有好转，他准备随时出庭做证。不过这些话不知怎么的当时谁也没有听到，都是在后来才知道的。他的出现一开始几乎没有引起人们的注意。主要的证人，特别是两位情敌，都已传讯过了，人们的好奇心暂时得到了满足。听众都显得有些倦怠了。接下去还要听取几位证人的陈述，鉴于大部分情况已经讲过，估计他们也谈不出什么特别的内容。时间已经不早了，伊凡·费奥多罗维奇出庭时似乎走得特别慢，对谁也不看一眼，甚至低着头，好像正在皱着眉头思考什么问题。他的穿着无可挑剔，但他的脸色，至少我觉得有一种病态：这张脸上似乎涂上了一层土色，有点儿像是即将断气的人的脸。他的目光是浑浊的；他抬起眼，慢慢地扫视了一下大厅。阿廖沙突然从椅子上跳起来，随即发出一声呻吟：唉！我记得这个情景。但很少有人注意到。

首席法官说，证人免予宣誓，他可以提供证词也可以沉默，但是提供的证词应该是诚实的，如此等等。伊凡·费奥多罗维奇听着，浑浊的目光看着他。突然他的脸慢慢地舒展开来，露出了笑容，惊讶地看着他的首席法官的话音刚落，他突然出声笑了起来。

“还有什么吗？”他大声问。

大厅里一下子安静下来，好像预感到会出什么事似的。首席法官惶惶不安了。

“您……也许还不太舒服吧？”说着他用目光寻找法警。

“别担心，阁下，我相当健康并能告诉您一些有趣的东西。”伊凡·费奥多罗维奇突然非常平静而恭敬地回答说。

“您有什么特别的情况要说吗？”首席法官还是不放心地说。

伊凡·费奥多罗维奇低下了头，迟疑了几秒钟，然后抬起头来，似乎结结巴巴地回答说：

“不，我没有……我没有什么特别的事要说。”

开始向他提出问题。他好像不太乐意回答，话特别简短，甚至带着一种厌烦的情绪，而且这种情绪越来越强烈，尽管如此，他回答得还是有条有理。许多事情他都说不知道。至于父亲和德米特里·费奥多罗维奇之间账务上的纠纷他一无所知。“我也没有关心这类事。”他说。关于威胁说要杀死父亲的话，他曾听被告说过，关于信封里的钱他是听斯梅尔佳科夫说的……

“都是老一套，”他突然带着疲乏的神色中止了回答，“我没有什么特别的东西向法庭报告。”

“我看您身体不舒服，我也理解您的感情……”首席法官开始说。

他向检察官和辩护律师双方说，如果他们认为有必要的话，请他们提出问题，这时候伊凡·费奥多罗维奇突然用疲惫不堪的声音请求道：

“请放我走吧，阁下，我感到身体很不舒服。”

说着他也不等到获准，突然转身向大厅外走去。但走了三四步又停了下来，似乎突然想起了什么，轻轻地冷笑了一下，又回到了原来的位置上。

“阁下，我就像那个乡下姑娘……你知道她是怎么说的吗？‘我愿意——我就站起来，我不愿意——我就不站起来。'[①]她后面跟着几个捧着无袖长袍或者丝绸裙子的人，他们让她站起来，准备给她打扮好了送到教堂去举行婚礼，而她说：'我愿意——我就站起来，我不愿意——我就不站起来'……这是我们民间的风俗……"

"您说这话是什么意思？"首席法官厉声问道。

"是这么回事，"伊凡·费奥多罗维奇突然掏出一沓钞票，"这是钱，就是放在那只信封里的，"他朝着放物证的桌子扬了扬脑袋，"父亲就是为了这些钱被杀死的。把它们放在哪儿？法警先生，请您转交上去。"

法警接过这沓钞票就交给了首席法官。

"这些钱怎么会到您手里的……如果这就是那笔钱？"首席法官惊讶地说。

"我是昨天从杀人凶手斯梅尔佳科夫那里拿到的。在他上吊自杀以前，我到他那儿去过。杀害父亲的是他，而不是哥哥。是他杀死的，而我是教唆犯……谁不希望父亲死呢？……"

"您头脑是否清醒？"首席法官不禁脱口而出。

"问题就在于头脑是清醒的……而且是卑鄙的头脑，完全和您、和你们这些……家伙一模一样！"他突然转身对听众说，"父亲被杀了，可是大家都装出一副十分惊恐的样子，"他愤恨而轻蔑几乎咬牙切齿地说，"大家相互装腔作势。全是骗子！大家都盼望着我父亲死。一条毒蛇咬死另一条毒蛇……假如没有这桩弑父案件，大家会非常恼火，愤愤地走散的……简直是一出戏！'要面包，要看戏！'[②]不过我也可以让你们乐一乐！你们有水没有，请让我喝个够[③]，看在上帝分上！"——他突然捧住了自己的头。

---

① 这是俄罗斯民歌中的歌词，结婚时演唱的民歌。

② 原是罗马平民向罗马帝国政府的呼吁，现用来表示某种强烈的要求。

③ 这里的"水"有象征意义，与物质的"面包"相对立，表示基督真理和爱的活水。参阅《圣经·新约·约翰福音》第4章第10、14节和第7章第37、38节。

法警马上走到他跟前。阿廖沙突然跃身而起，大声叫喊：“他有病，别相信他！他得了震颤性谵妄症！”卡捷琳娜·伊凡诺芙娜猛地从椅子上站起来，吓得一动也不动，愣愣地看着伊凡·费奥多罗维奇。米佳站了起来，脸上挂着一丝古怪的笑容，目不转睛地看着弟弟，听他说话。

“请放心吧，我不是疯子，我只是杀人凶手！”伊凡又开始说，“总不至于要求杀人凶手说得娓娓动听吧……”不知为什么他突然补充了一句，不自然地笑了起来。

检察官显然慌了神，赶紧俯身跟首席法官商量。几位法官在忙乱中相互窃窃私语。费丘科维奇竖起了耳朵在仔细倾听。整个大厅在期待中一片寂静。首席法官似乎突然醒悟过来了。

“证人，您的话无法理解，也无法成立。可能的话，请您安静下来。如果您真的有话要说……那您请说吧。您用什么来证实您的供词……如果您确实不是在说梦话？”

“问题就在于我没有证人。斯梅尔佳科夫那狗东西是不会从另一个世界上……把证词用信封装好给您寄来的。您不是念念不忘信封吗？一只也就够了。我没有证人。或许还有那么一个。”他若有所思地冷笑了一下。

“谁是您的证人？”

“带尾巴的，阁下，不太雅观！*鬼是不存在的*[①]！请您不必在意，那是个下贱的小鬼。”他突然收敛起笑容，显得很神秘的样子，“他肯定就在这里的什么地方，就在放着物证的桌子下面，他不待在那里又能待在哪儿呢？您听我说，我告诉他：我不想沉默，可他却大谈什么地质大变动……真荒唐！好了，您把这恶棍放了吧……他唱起了赞歌，那是因为他感到轻松！就好比一个醉鬼直着嗓门唱‘万卡去了彼得堡’一样，跟我为了得到两秒钟的欢乐甘愿走上亿万公里的路也是一回事。您不了解我！啊，您这儿的一切是多么荒唐！得啦！你们把我抓起来，把他放了！我到这里来总

---

① 原文为法文。

是有目的的……为什么，为什么所有这一切都是那么荒唐……”

他又慢慢地，若有所思地环顾全场。

但全场已经骚动起来。阿寥沙要从自己座位上跑到他那儿去，但法警已经抓住了伊凡·费奥多罗维奇的手。

“这是干什么？”伊凡大喊大叫，眼睛死死盯着法警的脸，突然抓住他的肩膀，猛地把他推倒在地。这时候卫兵们已经赶到，把他抓住了，他立刻发出疯狂的尖叫。[①]卫兵把他架走的时候，他一直尖叫着，说了些不连贯的话。

全场顿时一片混乱。我无法记住所有事情的先后顺序，我本人也非常激动，未能密切注意事态的发展。我只知道，当一切平静下来，大家明白了事情的真相以后，法警还是挨了训斥，虽然他向上司做了充分的解释，说证人一直很健康，一小时以前他稍稍感到有点不舒服，医生曾经检查过，而在出庭之前，他说话一直有条有理，因此根本无法预见会出现这种情况；相反，他自己也坚持一定要出庭做证。可是还没等大家稍稍平静和完全清醒过来，紧接着又闹出了一场新的戏：卡捷琳娜·伊凡诺芙娜歇斯底里发作了。她大声尖叫，号啕大哭；但她又不想离开，拼命挣扎，求他们不要把她带走，最后她突然对首席法官喊道：

“我还有一个证据必须告诉你们，马上……马上告诉你们！……这里有一张纸，是一封信……拿去吧，赶快念一下，快念！这封信是这个恶棍写的，就是他，是他写的！”她指着米佳说，“是他杀死了他父亲，您马上会看到，他写信告诉我要杀他父亲。而那一位有病，是病人，得了震颤性谵妄症！我发现他生这病已有三天了！”

她不顾一切地大声叫嚷。法警接过她递给首席法官的那张纸。她倒在自己的椅子上，手捂着脸，痉挛似的无声地呜咽，浑身哆嗦，竭力不让

① 这是作家暗示伊凡也是属于被“污鬼附着”的人，鬼从附着的人身上出来，便大声呼叫。参阅《圣经·新约·使徒行传》第8章第6、7节。

自己发出呻吟，生怕把她带出法庭。她交上去的那张纸就是米佳从京都酒店发出的那封信，就是被伊凡·费奥多罗维奇称为“数学般精确的”重要文件。唉，可惜大家都认为这封信真的具有数学般的精确性。如果没有这封信，米佳还不会完蛋，至少他的结局不会这样惨！我再说一遍，要掌握各种细节是很困难的。直到现在这一切在我的头脑中还是混乱不堪。首席法官大概当时就把这份新的证据给法官、检察官、辩护律师和陪审员们看了。我只记得接下来就开始向这位女证人质询。首席法官客气地问她：她的情绪是否平静下来了？卡捷琳娜·伊凡诺芙娜急忙大声回答说：

“我准备好了！准备好了！我完全能够回答您的问题。”她补充了一句，唯恐人们由于某些原因不愿听她做证。接着请她做出详细的说明：这是一封怎么样的信？她是在什么情况下收到这封信的？

“我在案发前夕收到了这封信，而他在小酒店里写这封信比这还要早一天，所以说就是在作案的前两天——您看，这封信写在一份账单上！”她气喘吁吁地大声说，“他当时恨我，因为他自己做了卑鄙的事情，去追求那个贱货……还因为他欠了我那三千卢布……啊，他为这三千卢布感到难堪，因为他自己做了这种丢人的事情。这三千卢布是这样的——我请求您，恳求您让我把话说完。还在杀死他父亲的三星期以前，有一天早晨他来找我。我知道他需要钱，也知道做什么用——就是为了引诱那个贱货，把她带走。我当时就知道，他已经背叛了我，想抛弃我，于是我自己当场给了他这笔钱，推说是要寄给莫斯科的姐姐，我交给他的时候，看着他的脸，告诉他随便什么时候寄都可以，‘哪怕再过一个月也行’。他怎么会不明白，怎么会不明白那简直是我当面对他在说：‘你需要这笔钱是为了背叛我，与那个贱货私奔，现在我把这些钱给你，我亲手交给你，你拿去吧，如果你无耻到这种地步，那就拿走吧！……’我曾想当场揭穿他，而结果又怎样呢？他居然拿走了，而且在一夜之间和那个贱货一起把这些钱花光了……但他明白，他明白我全都知道，请您相信，他当时也明白我给他这些钱只是为了试探他，看他是否无耻到这等地步，居然会拿我的钱？我看着他的眼睛，他也看着我的眼睛，他全都明白，全都明白，但还是拿走了我的钱！”

“是这样，卡佳！”米佳突然吼叫起来，“我看着你的眼睛，心里也明白你是在羞辱我，但我还是拿了你的钱！你们蔑视我这个下流坯吧，大家都蔑视我好了，我是罪有应得！”

“被告，”首席法官厉声喝道，“您再说一句——我就下令把您带走。”

“这些钱折磨着他，”卡佳心急慌忙地抢着往下说，“他想还给我，他想还，这是事实，但他也需要钱来供养这个贱货。因此他杀死了他父亲，可还是没有把钱还给我，反而和她一起去了乡下，在那里你们把他逮捕了。在那里他又把从被他杀害的父亲那儿抢来的钱花光了。在杀害父亲的前一天他给我写了这封信，是喝醉了酒写的，我当时立即看出，他写这封信是出于仇恨，而且知道，肯定知道我不会给任何人看这封信，哪怕他真的杀了人。不然他就不会写了。他知道我不想报复并毁掉他！可是您读一读吧，仔细读一下，请读得更仔细些，您就会发现他在信里把什么都写到了，事先都估算好了：怎样去杀死父亲，他的钱放在哪儿。您看，请别漏掉，信里有这样一句话：‘只要伊凡一走，我就动手。’这说明他事先对如何杀害父亲已经做了周密的考虑。”卡捷琳娜·伊凡诺芙娜狠毒而幸灾乐祸地向法庭提示道。很显然，她已经仔细读过这封倒霉的信，对每句话、每个词都做了研究。“他不喝醉是不会给我写的，但是您请看，信里预先都写到了，跟后来他杀人的情形一模一样，简直是一整套计划！”

她发疯似的喊叫着，当然，已经全然不顾这一切会给她带来什么后果，早在一个月以前她也许就已经预见到这样的后果，因为当时她也许恨得咬牙切齿在想：“这封信要不要向法庭宣读呢？”现在也就好像从山崖上跳下来，再也控制不住了。我记得，这封信似乎立刻由书记官当众宣读，产生了令人震惊的印象。接着便问米佳：“你是否承认这封信？”

“是我写的，我写的信！”米佳大声说，“我不喝醉的话是不会写的！……为许多事我们俩互相仇视，卡佳，但我起誓，我起誓，我在恨你的时候还是爱你的，可是你对我——却不是这样！”

他颓然倒在自己的椅子上，绝望地绞着手。检察官和辩护律师开始交叉提问，主要是：“什么原因促使您刚才隐瞒了这样重要的文件而做出与以前截然不同的证词呢？”

“是的，是的，我刚才做了伪证，说的全是谎话，违背了人格和良心，但我刚才想救他，因为他是那样恨我，那样蔑视我。”卡佳像发疯似的大喊大叫，“啊，他太蔑视我了，一直蔑视我，你们要知道，要知道——从我为了那些钱向他下跪的那一刻起，就瞧不起我。这一点我看出来了……我当时马上感觉到了，但我很长时间都不相信自己。有多少次我从他的眼神里看出：‘当时你毕竟是自己找上门来的。’啊，他不明白，他一点也不明白我当时为什么要去，他只会怀疑到下流行为上去！他以自己的尺度衡量别人，他以为大家都和他一样。”卡佳恶狠狠地咬牙切齿说，好像已经完全发疯了。“他想和我结婚只是因为我得到了一笔遗产，就因为这个，就因为这个！我总怀疑是这个原因！啊，他是个衣冠禽兽！他一辈子都认为当时是我主动去找他，因此我一辈子在他面前羞愧得无地自容，为了这种事他可以永远瞧不起我，而且永远高我一等，所以他才想和我结婚！就是这样，完全是这样！我试图以我的爱，无限的爱去改变他的想法，甚至准备忍受他的背叛，可是他一点也不理解，一点也不理解。他确实不理解！他是一个恶棍！这封信我是第二天傍晚才收到的，是他派人从小酒店里给我送来的，可是就在那天早上，在那天早晨我还想原谅他的一切，甚至他的背叛！”

当然，首席法官和检察官都没法使她平静下来。我相信他们也许连自己都觉得趁她失去理智的机会听取这种口供实在有点不好意思。我记得，我听到他们对她说：“我们理解您现在很痛苦，请您相信，我们是能体会得到的，”以及诸如此类的话——可是毕竟从这个歇斯底里的疯女人口里掏出了口供。最后她详细叙述了伊凡·费奥多罗维奇这两个月为了拯救那个“恶棍和凶手”，为了拯救自己的哥哥，急得差不多快要发疯的情形，她的叙述清清楚楚，有条有理。一个人即使处在高度紧张状态，有时候头脑也会非常清楚的。

“他自己折磨自己，”她大声说，“他一直想减轻哥哥的罪名，他向我承认，他自己也不喜欢父亲，说不定他自己希望父亲早点死。啊，这是一颗深刻的，深刻的良心！他的良心折磨得他痛苦不堪！他什么都告诉我了，毫无保留，他每天来看我，和我说话，把我当作自己唯一的朋友。

我有幸成了他唯一的朋友！”她突然大声说道，似乎带着一种挑衅的神气，两眼闪闪发亮，“他找过斯梅尔佳科夫两次。有一次他来对我说：如果杀人的不是哥哥，而是斯梅尔佳科夫（因为这里大家都在传说是斯梅尔佳科夫杀了人），那么，也许我也有罪，因为斯梅尔佳科夫知道我不喜欢父亲，也许他以为我希望父亲死。于是我就拿出这封信给他看，于是他确信是哥哥杀的，这使他大为震惊。他无法接受他的亲哥哥是弑父凶手这个事实！还在一星期以前我就发现他为这件事而生病了。这几天他坐在我家里尽说胡话。我发现他神经出了毛病。他连走路也在说胡话，人家看见他走在街上也是这样。外地来的那位医生根据我的请求替他做了检查，医生告诉我，他快要得震颤性谵妄症了——这都得怪他，全是这个恶棍造成的！昨天他听说斯梅尔佳科夫自杀了，这消息使他震惊万分，以致他发疯了……这全是因为这个恶棍，全是为了要拯救这个恶棍！”

啊，自然，这样直言不讳，这样坦诚相告，在一生中只能有一次，譬如说，在临上断头台的那一刻。但卡佳就恰好在这样的时刻，充分显示了自己的性格。这还是那个勇往直前的卡佳，她为了拯救自己的父亲而奔向一个年轻的浪子，这还是那个为了多少能改变米佳的厄运，不惜牺牲自己，不顾姑娘家的脸面，大谈“米佳的高尚行为”的高傲而纯洁的卡佳。现在她又同样做出了自我牺牲，但已经是为了另一个人了，不过也许直到现在，直到此刻，她才第一次感到并且完全明白这另一个人对她是多么珍贵！她因为担心他才做出自我牺牲，因为她突然明白，他供认了杀人的不是哥哥，而是他，他这样就毁了自己，因此她宁愿牺牲自己来挽救他，挽救他的声誉！但这时候又闪过一个可怕的想法：她在讲自己过去对米佳的态度时，是否诬陷了他——这倒是一个问题。没有，没有，她在说到米佳因为她曾下跪而蔑视她时，她并不是有意诽谤！她自己相信这一点，她深信，也许从她下跪的那一刻起，心地善良的、当时还热爱她的米佳就在嘲笑她和蔑视她了。只是出于自尊，她在当时才用一种歇斯底里的和硬装出来的爱情把自己和他联结在一起，这完全是出于一种受到伤害的自尊心，因此这种爱情不像爱情，倒像报复。啊，这种硬装出来的爱情说不定会变为真正的爱情，也许这正是卡佳所梦寐以求的，但米佳的背叛侮辱了她，伤透了她的心，她的心无法原谅。报复的时机突然从天而降，于是，在这个被侮辱的女人的胸中长期积聚起来的痛苦也一下子突然迸发出来了。她背叛了米佳，同时也背叛了自己！因此，她刚把话说完，紧张的心情刚松弛下来，她就羞愧得无地自容。她又开始发作歇斯底里，又是哭，又是喊，最后倒了下来。她被抬走了。就在她被抬出去的时候，格鲁申卡哭喊着从自己的座位上扑到米佳跟前，甚至阻拦她都来不及。

“米佳，”她哭喊着，“你的这条毒蛇把你给害了！她让你们看到了她的真面目！”她恨得浑身发抖，对着法官们大喊大叫。遵照首席法官的命令，人们抓住了她，把她架出大厅。她不服，拼命挣扎着要回到米佳那儿。米佳也大喊大叫地向她冲过去。他被拦住了。

是的，我想我们那些看热闹的太太们总该满意了：这出戏够热闹的。接着，我记得那位从莫斯科来的医生出庭了。看来首席法官在这之前就已派法警去照顾伊凡·费奥多罗维奇。医生向法庭报告，病人正处于谵妄症极其危险的发作阶段，应该立即把他送走。医生在回答检察官和辩护律师的问话时证实说，病人在前天曾亲自上他那儿看病，当时他就警告病人谵妄症即将发作，但他不愿意接受治疗。“他的脑子肯定不正常，他自己对我承认说他醒着的时候也见到各种幻影，在街上碰到已经故世的各式各样的人，每天晚上有魔鬼上他那儿做客。”医生最后这样说。这位名医做证完后便离开了。卡捷琳娜·伊凡诺芙娜提供的那封信作为物证留下。法官商议后决定继续调查，而两份意外的供词（卡捷琳娜·伊凡诺芙娜和伊凡·费奥多罗维奇的证词）记录在案。

我不再继续描述法庭调查的详细过程。其余几名证人的证词无非是重复和证实原先的证词，虽然每份证词都各有特色。但我要再说一遍，这一切将归纳到下面我就要叙述的检察官的演说中。大家的情绪都很兴奋，都受到最后这个悲惨的大转折的强烈刺激，迫不及待地想尽快看到结果，看到双方的唇枪舌剑和最后的判决。费丘科维奇显然被卡捷琳娜·伊凡诺芙娜的证词所震撼。而检察官却得意非凡。法庭调查结束后便宣布休庭，休庭持续了约一小时。最后首席法官宣布法庭辩论开始。当我们的检察官伊波利特·基里洛维奇开始发表起诉演说的时候，大约是晚上八点整。

六　检察官的演说。性格分析

伊波利特·基里洛维奇开始发表起诉演说，他浑身神经质地颤抖不止，额头和两鬓渗出病态的冷汗，全身一阵阵忽冷、忽热。后来他自己就是这样描述的。他认为这次演说是他的杰作[1]，一生的杰作，是他的天鹅之歌。九个月以后他真的由于严重的肺病死了，因此假如他当时真的预感到了自己的末日，他倒确实有资格将自己比作临死前唱出最后一支歌的天鹅。他为这篇演说词呕心沥血，绞尽脑汁，他出人意料地证明，至少在我们可怜的伊波利特·基里洛维奇身上力所能及地保留着公民的感情和“难以解决的”问题。他的演说主要以真诚取胜：他真诚地相信被告有罪；他提起公诉并不是奉上级之命，也不是履行公事。他在呼吁“报复”的时候，确实满怀着“拯救社会”的强烈愿望。连那些旁听的太太们，虽然最后对伊波利特·基里洛维奇抱着敌视的态度，也不能不承认他的演说产生了特别深刻的影响。开始时他的声音嘶哑、断断续续，但后来很快变得坚强有力，响彻了整个大厅，一直保持到演说结束。不过他刚演说完，差一点昏过去。

“各位陪审员先生，”起诉人开始说，“本案轰动了整个俄国。可是究竟有什么值得奇怪，有什么特别令人可怕的呢？尤其是对我们，对我们这些人！我们不是都已经对这类案子习以为常了吗！可怕的是这类骇人听闻的案件对我们来说几乎不再是可怕的了！应该感到可怕的正是我们这种习以为常的态度，而不是这个或那个人所犯下的个别恶行。对这类案件，对这些预示着我们前景不容乐观的时代特征采取冷漠甚至温情脉脉的态度，其原因何在？在于我们的犬儒主义吗？在于我们这个十分年轻、

---

[1] 原文为法文。

却又未老先衰的社会的智慧和想象力已经过早地枯竭了吗？在于我们的道德原则彻底动摇了吗？或者说这些道德原则我们这里也许就根本不存在了吗？我无法解答这些问题，然而它们是令人痛苦的，因此每一个公民不但应该，而且有义务为这些问题而痛苦。我们刚起步的、谨小慎微的新闻界却已经向我们社会提供了某些帮助，因为如果没有新闻界，我们便永远不可能比较完整地了解那些恣意妄为、道德败坏的耸人听闻的现象，这些现象被新闻界不断地在自己的报章杂志上向公众披露，而不仅仅局限于让在当今圣上恩准的新式法庭的旁听席上的诸位知道。我们现在几乎每天读到的是些什么呢？啊，我们每时每刻都能读到的那些东西甚至可以使眼下这个案件黯然失色，几乎成为一件平常小事。但最重要的是，许多我们俄国的、具有民族特色的刑事案件恰恰证明了某种普遍的倾向，某种普遍的灾难，它和我们相伴相随，无处不在，对它就像对普遍存在的恶一样，已经很难与之作斗争了。有一位上流社会出身的、年轻、优秀的军官，刚开始生活和踏上仕途，却丧尽天良，在一个僻静的地方，卑鄙地谋杀了一个以前曾经多少帮助过他的小官员和他的女仆，以便窃取自己立下的那份借据，顺便抢走那官员的钱财：‘这些钱对我在上流社会的享乐和日后的仕途大有用处。’他杀死了主仆两人，临走还在死者的头底下垫了枕头。还有一个年轻的好汉，胸前挂满了英雄勋章，竟在大路上像强盗那样杀死了自己上司和恩人的母亲，而且在怂恿自己的同伙下手时对他们说：‘她像爱亲生儿子那样爱他，因此她会听从他的一切劝告，不会有所防备的。’就算他是个恶棍，但是现在，在我们这个时代，我不敢说这只是个绝无仅有的恶棍。别的人也许不会去杀人，但他们的思想感情完全和他一模一样，在心灵深处完全和他一样寡廉鲜耻。在孑然一人的时候，独自面对良心，他们也许会问自己：‘荣誉又算得了什么，流血还不是一种偏见吗？’也许大家会齐声反对我，说我过分敏感和神经质，我在恶意诽谤，胡说八道，夸大其词。让他们说吧，让他们去说吧——天哪，我首先会感到高兴的！啊，你们可以不相信我，以为我有毛病，但还是请你们记住我的话吧：如果我的话里哪怕只有十分之一，甚至二十分之一是对的，那也是够可怕的了。请你们看一看，先生们，看一看我们的年轻人**是怎样自杀**

的吧。啊，他们决不会提出哈姆雷特的那个问题：‘在另一个世界上将会怎样？’连这类问题的影子都没有。在我们的心目中，关于我们的精神以及死后的一切似乎早已一笔勾销，入土为安了。最后，请你们看一看我们的荒淫无耻，看一看我们那些好色之徒。比如费奥多尔·巴夫洛维奇，本案不幸的牺牲品，跟有些好色之徒相比简直是一个纯洁的婴儿。我们大家都了解他，‘他曾经生活在我们中间’[①]……是的，俄国和欧洲的第一流的天才学者有朝一日也许会研究俄国人的犯罪心理，因为这个课题值得研究。但这种研究要等到将来有闲工夫的时候，要等到目前这种悲剧性的混乱状态远离我们之后才能进行，那时候可以研究得比我们这样的人更加理智和客观。可现在呢，我们不是感到害怕，就是假装害怕，而实际上却像爱看热闹的观众，在津津有味地欣赏这种有刺激性的，能满足我们卑劣、懒散心理的奇怪场面，或者像小孩一样挥舞双手驱赶可怕的幽灵，在可怕的幻影消失之前一直把头埋在枕头底下，随后在嬉戏娱乐中把它忘得一干二净。但将来我们总应该清醒而深思熟虑地开始我们的生活，我们总应该用观察社会的眼光来审视自己，我们总应该对我们的社会事业有所了解，或者尽量了解。前一个时代的一位伟大作家在自己最伟大的那部作品[②]的结尾中将整个俄罗斯比作一辆向着未知的目的地疾驰的三驾马车，他赞叹道：‘啊，三驾马车，飞鸟似的三驾马车，是谁创造了你！’接着又怀着喜悦和自豪的心情补充说，在一往无前，疾驰飞奔的三驾马车前所有的民族将恭恭敬敬地让路。先生们，就算是这样，就算大家为它让路，不管恭敬与否，但以鄙人之见，这位天才的艺术家采用这样结尾或者是出于童稚般天真的美好想法，或者只是因为害怕当时的书刊检查制度。如果他的三驾马车上只套着他笔下的人物，如索巴开维奇、诺兹德廖夫和乞乞科夫之流，那么无论谁去当马车夫，靠这样几匹马是绝不会拉到什么好地方的！

---

① 这是普希金于1843年献给密茨凯维奇的一首诗的第一句。

② 指果戈理的《死魂灵》。

那是以前的马，比现在的马好得多，而我们现在的马简直是……”

这时候伊波利特·基里洛维奇的演说被掌声打断了。对俄国三驾马车的自由主义的解释受到了大家欢迎。诚然，捧场的掌声只有两三下，因此首席法官并不认为需要向听众发出“清场”的威胁，只是严厉地向喝彩的人的方向瞪了一眼。但伊波利特·基里洛维奇深受鼓舞：因为迄今为止还从来没有人为他鼓过掌！一个多年没人理睬的人突然有了向整个俄国发表宏论的机会。

“其实，”他继续说，“居然在全俄国获得了如此可悲名声的卡拉马佐夫一家是怎么一回事呢？也许，我过于夸张了，但我以为在这个家庭的写照中似乎透露出我们当代知识界某些共同的基本特点——哦，倒不是所有的特点，而仅仅是一种极其微小的形式，就像‘一滴水中见太阳’[①]那样，但总还是有所表现，有所反映。请大家看一看那个不幸的、放荡不羁、道德败坏的老人，他是‘一家之长’，十分悲惨地结束了自己的生命。他是一位世袭贵族，从充当一名可怜巴巴的食客起家，通过偶然的意想不到的婚姻获得了一笔嫁妆，从而积累起一笔不大的资产。他本来是个小小的骗子和阿谀奉承的小丑，有点小聪明，而且相当有头脑，但更重要的是他放高利贷。随着岁月流逝，也就是说随着资本的扩大，他越来越神气了。低三下四和阿谀奉承的那副模样在他身上消失了，只剩下一个好嘲弄人的、凶狠的无耻之徒和色情狂。精神方面的一切均已泯灭，而求生的欲望却异常强烈。最后的结果是：除了情欲的享受，他看不到生活中还有什么别的东西，他也这样教育自己的孩子。他不承担任何做父亲的道义上的责任。他嘲笑这类义务，他把自己的孩子放在后院教养，他为自己孩子被人领走感到高兴。他甚至完全忘记了他们。老人的道德原则便是*我死后哪怕它洪水滔天*[②]。他的所作所为都与公民的概念背道而驰，他置身于社

① 引自杰尔查文的颂诗《上帝》。

② 原文为法文，据说是法国国王路易十四的话。

会之外，甚至对社会抱着敌对的态度，‘哪怕全世界都着火，只要我一人舒服就行。’他确实感到十分自在，心满意足。他希望这样再活上二三十年。他克扣亲生儿子应得的财产，而且就用儿子的这笔钱，即用儿子从母亲的遗产中应得的钱，去争夺他自己亲生儿子的情妇，不，我不想把为被告辩护的权利让给来自彼得堡的才华过人的辩护律师。我自己能够说出全部实情，我自己也能理解他在儿子身上引发的满腔怒火。但是够了，关于这个不幸的老人说得够多的了，他已经遭到了报应。但是我们要记住，他是个父亲，是当代父亲中的一个。我说他是为数众多的当代父亲中的一个，是不是侮辱了社会呢？唉，当代父亲中的许多人只不过还没有像这个人那样说出种种厚颜无耻的话而已，因为他们的教养要好些，比较文明一些，而实质上却几乎和他奉行同样的哲学。就算我是个悲观主义者，就算是这样吧，我们已经有言在先，你们会原谅我的。让我们预先约定，你们可以不相信我，你们别信我，我说了你们别相信为好。但你们总得让我把话说完，我的有些话你们是永远不会忘记的。现在不妨来谈谈这个老人——这位一家之长的几个儿子：有一个就坐在我们面前的被告席上，关于他的情况以后再谈，其余两个我只是一笔带过。其中年长的那个是一位现代青年，受过良好的教育，脑子相当聪明，但他已经没有任何信仰，否定和抹杀了生活中许许多多的东西，就像他的父亲一样。我们大家都听过他的讲话，他在我们上流社会中受到友好的接待。他不隐瞒自己的见解，恰恰相反，完全相反，这就使我此刻有勇气比较坦率地谈一谈他的情况，当然，不是作为个人，而是作为卡拉马佐夫家族中的一个成员。昨天在这儿，在城郊，有一个与本案有很大牵连、有病的白痴自杀身亡。他就是费奥多尔·巴夫洛维奇的仆人斯梅尔佳科夫，也许还是他的私生子。他神经质地流着眼泪在预审时告诉我，这位年轻的卡拉马佐夫，伊凡·费奥多罗维奇，在精神方面简直无所顾忌，这使他感到害怕。‘在他看来，世上的一切都是允许的，将来什么都不加禁止，他就一直教我这类东西。’看样子，这个白痴正因为受到这种教育，才彻底发疯了，虽然癫痫和他们家里突然发生的这场可怕的灾难也对他的精神失常产生了影响。但这个白痴也说过一句意味深长的话，这句话本来是应该由比他聪明些的观察者说的，这就是所以现在我也要谈到这一点。他告诉我：‘如果说几个儿子中有谁在性格上最像费奥多尔·巴夫洛维奇，那就是伊凡·费奥多罗维奇！’我就用这句话来结束我对他的性格分析，因为我以为再说下去就不太礼貌了。啊，我不愿做出进一步的结论，就像乌鸦对一个年轻人的命运一味报丧一样。我们今天在这法庭已经看到，他那颗年轻的心还保留着真理的纯真力量，对家庭的眷恋之情还没有被他的无信仰和道德上的犬儒主义所消灭，这些东西多半来自遗传，而不是通过真正痛苦的思考得来的。现在再来说他的另一个儿子——啊，他还年轻，他笃信上帝，性格温和，与他哥哥阴暗腐朽的世界观截然相反。他在探索，力求依附到所谓‘人民的根基’上来，或者说是依附到我们有思想的知识分子在艰深的理论文章中用这个深奥的字眼所表示的那种东西上。你们知道吧，他最后依附了修道院；他自己差一点就削发当了修士。在他身上，我觉得，似乎是不自觉地而且是过早地表现了一种胆怯的绝望。在我们这个可怜的社会里现在有许多人因为害怕犬儒主义及其腐蚀作用，错误地把一切罪恶都归咎于欧洲文明，于是抱着这种绝望心理迫不及待地依附到他们所说的‘祖国的根基’上，可以说是投入故土的慈母般的怀抱，他们像受了幽灵惊吓的孩子，渴望能在孱弱的母亲的干瘪的胸前安安稳稳睡一觉，甚至睡上一辈子，只要能不看到使他们毛骨悚然的恐怖景象就行[①]。从我这方面来说，我祝愿这位善良而有才能的青年人一帆风顺，希望他那种年轻人的善良心愿和对人民根基的向往将来不要在精神上转化为蒙昧的神秘主义，在政治上变为顽固的沙文主义——这两种东西对民族的危害也许比曲解地抄袭欧洲文明而造成的危害更加严重，他的哥哥就受了这种毒害。”

当他说到沙文主义和神秘主义的时候又有两三个人为他鼓掌喝彩。于是，当然喽，伊波利特·基里洛维奇显然有点得意忘形了，但这些话几

① 检察官对阿廖沙的议论涉及斯拉夫派的理论和作者自己的“根基论”，是作者自我讽刺性模仿的特殊形式。

乎与本案没有多大关系，何况表达出来的思想相当含糊，但这个患肺病和愤世嫉俗的人太想发表观点了，哪怕一生中有一次也好。后来我们这里有人说，在分析伊凡·费奥多罗维奇的性格时，他出于一种不那么体面的动机，因为伊凡有一两次在争论时当众使他下不了台，因此伊波利特·基里洛维奇一直耿耿于怀，现在想乘机报复一下。但我不知道能否下这样的结论。总之，这一切还仅仅是开场白，后来的发言才比较直接涉及案子本身。

“现在来谈谈这个现代家庭的家长的另一个儿子，”伊波利特·基里洛维奇继续说，“他现在坐在被告席上，他就在我们面前。他的业绩，他的一生和他的事业也都在我们眼前：时间一到，一切都抖搂出来了，一切都暴露出来了。他和他两个兄弟奉行的‘欧化’和‘人民的根基’的思想迥然不同，他所代表的是地道的俄罗斯，噢，当然不是整个俄罗斯，不是全部，上帝保佑，要是全部那才糟哩！但出现在我们面前的就是我亲爱的俄罗斯，我们的母亲，可以闻到她的气息，可以听到她的声音。啊，我们都是些直爽的人，我们是善与恶的奇妙的混合体，我们是文明和席勒的爱好者[①]，同时我们又在小酒店里胡闹，揪断我们酒友的胡子。啊，我们有时也很善良、很好，但那是在我们自己感到舒服和快活的时候。我们的心中甚至翻腾着——正是翻腾着——崇高的理想，但要有一个条件，那就是那些理想必须自然而然地实现，必须从天而降，主要是不必付出代价，唾手可得。我们最不愿意奉献，我们喜欢索取，在所有的事情上都是这样，啊，请给我们各种各样的人生乐趣，能给的都要给，少了可不行，特别是在各方面都要合乎我们的胃口，那时我们才会证明，我们可以成为很善良、很好的人。我们并不贪婪，不，但要给我们钱，多多益善，那样你们就会看到，对可恶的金钱我们是多么慷慨，是多么鄙视，一夜之间在狂欢豪饮中将它们挥霍殆尽。如果不给我们钱，那么我们将证明，当我们非常需要它们的时候，我们又十分善于搞到手。但关于这一点以后再说，我

① 这里的席勒被作者当作高尚和美好的象征。

们要按部就班地来讲。最初出现在我们面前的是一个可怜的被遗弃的小男孩，‘光着脚在后院乱跑’，像刚才我们这位尊贵而受人尊敬的同胞所形容的那样，可惜，他是外国出身！我再次说一遍——我决不将为被告辩护的权利让给任何人！我既是公诉人，也是辩护人。是的，我们是人，我们也是通情达理的人，我们能够考虑到童年和可爱的家庭留下的最初印象会对性格产生怎样的影响。不过这个小男孩后来成了少年，成了青年，成了军官，由于他的蛮横行为和挑起决斗而被放逐到我们美好俄罗斯的一个遥远的边境小城。他在那里服役，也在那里寻欢作乐，当然——船大，航程也远。他需要钱，钱是第一位的，经过长期的争吵他父亲决定最后给他六千卢布，了结账务上的纠纷，他把这笔钱寄给了他。请注意，他立了字据，还写了封信，这封信还在，在这封信里他实际上声明不再要求其他款项，就以这六千卢布彻底了结与父亲在遗产上的纠纷。这时候他遇到了一位品性高尚、教养有素的姑娘。啊，我没有勇气重复那些细节，你们刚才都已经听到了：这里有人格，这里有自我牺牲精神，我也不说了。一个轻浮荒唐，却又崇拜真正的高尚情操和崇高思想的年轻人的形象非常可爱地浮现在我们眼前。但在这之后，我在这法庭上完全出人意料地突然展现了事物的另一面。我同样不敢妄加猜测，也不想去分析其中的原因——为什么出现这种情况，但是出现这种情况总是有原因的。就是这位小姐，流着久藏在心头的愤怒的眼泪，告诉我们，正是他，是他首先因为她做出了考虑不周、冲动急躁，但毕竟是高尚慷慨的那种事情而瞧不起她。也是他，这位姑娘的未婚夫，脸上首先露出了讥笑，唯独他的这种讥笑才是她无法忍受的。她知道他已经背叛了她（他坚信她将来必须对他逆来顺受，甚至容忍他的背叛，因此他才背叛了她），正因为她知道这一点，所以才故意给他三千卢布，同时又再清楚不过地向他暗示，她给他这些钱是供他背叛用的：‘怎么样，你接受不接受，你是否无耻到这等地步？’她用谴责和试探的目光默默地对他说。他看着她，完全明白她的意思（他自己刚才在这里当着你们的面承认他什么都明白），但他心安理得地收下了这三千卢布，带着新欢在两天之内就把这笔钱挥霍一空！究竟相信什么呢？是相信第一个神话——相信拿出仅有的一笔生活费、崇拜美德的那种高尚的一时冲动？还是事情的另一面，而且是如此可恶的另一面呢？在生活中常常是这样，在两个互相矛盾的事物之间必须寻找折中的办法，可是在这件事上绝不能这样做。最大的可能是，在第一种场合他确实是非常高尚的，而在第二种场合确实是极其卑鄙的。为什么？就是因为我们的心胸相当宽阔，是卡拉马佐夫式的性格——我恰恰就要谈到这个话题——我们善于兼收并蓄互相对立的东西，并且一下子看到两个深渊，一个在我们上面，是高尚理想的深渊，一个在我们脚下，是极其卑劣、极其丑恶的堕落的深渊。请回忆一下那位年轻的观察家对卡拉马佐夫一家曾作过深入细致的观察，拉基京先生刚才谈到的一个精彩的思想：'对于这些恣意妄为，放荡不羁的天性来说，道德卑鄙堕落的感觉和崇高正直的感觉同样都是必不可少的。'他说得对：他们就是经常而不断地需要这种不自然的混合物。先生们，在同一瞬间看到两个深渊，一定是两个深渊——不然我们便感到不幸，感到不满足，我们的生存便不完整。我们豪放豁达，胸襟广阔，像我们的俄罗斯母亲一样，我们能兼收并蓄，随遇而安！顺便提一下，陪审员先生，我们刚才提到了三千卢布，让我稍稍超前说一下。你们只要想一想，他这样的人，当时拿到了这笔钱，而且是通过这种方式，经受了这样的羞辱，丢尽了自己最后的体面——只要想一想，他居然能在当天分出一半的钱缝入香囊，然后有决心整整一个月把它挂在自己的脖子上，全然不顾种种诱惑和迫切需要！无论是在小酒店里纵酒狂饮，还是不得不离开城市，不知向谁去搞到一笔急需的款子，以便把自己的新欢带走，摆脱情敌——他父亲的诱惑的时候，他都不敢去碰一下这只香囊。即使只是为了不让自己心爱的人受到他所嫉恨的老人的诱惑，他也应该打开自己的香囊，留在家里牢牢守住自己的心上人，等待着她最终向他说'我是你的'，然后便与她远走高飞，离开现在这种不幸的环境。可是不，他没有去碰自己那只护身香囊，理由是什么呢？我们已经说过，最初的一个理由是：如果人家对他说，'我是你的，随你把我带到哪儿去吧。'那么他有钱可以带她走，但据被告自己说，这第一个理由在第二理由面前就显得黯然失色了。据他说，只要我带着这些钱，'我是卑鄙小人，但不是贼'，因为我任何时候可以去见被我侮辱过的未婚妻，把从她那儿骗取的一半的钱放到她面前之后，任何时候都可以对她说：‘你瞧，我挥霍了你一半的钱，这说明我是一个意志薄弱、不讲道德的人，如果你愿意，也可说是一个卑鄙的人（我用被告的话来说），虽然我是个卑鄙的人，但不是贼，如果我是贼，我就不会将这余下的一半钱带来给你了，而会像侵吞另一半那样侵吞掉。’这真是令人惊讶的解释！这个性格狂暴、意志薄弱、蒙受了这样的耻辱都还不能抵制接受三千卢布诱惑的人——这个人居然有如此坚定的决心在自己脖子上挂着几千卢布，却不敢去碰一碰它！这难道与我们所分析的性格有丝毫相似之处吗？不，我要斗胆告诉大家，真正的德米特里·卡拉马佐夫在这种情况下会怎样行动的，假如他确实决心要把自己的钱缝在香囊里。一旦遇到第一个诱惑，譬如说要再次博得那个新欢的欢心，而他和她已经一起花掉了这笔钱的一半，他就一定会解开自己的香囊，从中取出就算第一次仅仅一百卢布，因为何必一定要归还一半即一千五百卢布呢，有一千四百卢布也够了——反正结果是一样的：‘我是卑鄙的人，但不是贼，因为我毕竟归还了一千四百卢布，如果是贼，那就会全拿走，一个卢布也不还。’然后再过一些时候，他又会解开香囊，再取出第二个一百卢布，接着第三次再取一百，然后第四次再取一百，于是在月底之前最终便会取出倒数第二个一百卢布，他会说，归还一百卢布，结果还是一样：‘我是卑鄙的人，但不是贼。二千九百卢布花完了，可还是归还了一百卢布，是贼的话就连一百卢布也不还了。’到最后，花光了倒数第二个一百卢布之后，他看一看最后的那一百卢布，会对自己说：‘干脆连这一百卢布也不必归还了——我把这一百卢布也花了吧！’我们所知道的真正的德米特里·费奥多罗维奇肯定会这样做的！关于香囊的神话——那简直与实际情况矛盾到无法想象的地步。什么情况都可以设想，但就是不能设想这种情况。但这个问题我们回头还要谈的。”

伊波利特·基里洛维奇逐一说明了法庭调查所了解到的有关父子间的财产争论和家庭关系，一而再，再而三地推断说，根据现有材料丝毫无法断定在遗产分割的问题上谁欺骗了谁或谁侵吞了谁，继而又谈到米佳念念不忘的三千卢布，这时候他提到了医生的鉴定。

七 历史的回顾

“医生的鉴定力图向我们证明，被告神经不正常，患了躁狂症。我认为他神经完全正常，但是这样更糟。假如他神经不正常，那么他的行为可能要理智些。至于说到他患躁狂症，那么我还可以表示同意，但也只限于这一点——医生的鉴定也指出过的这一点，那就是被告认为他父亲似乎还欠他三千卢布。不过也许还可以找到比说他有发疯的趋向更加接近事物本质的观点，以便解释为什么一提到这笔钱被告总是那么怒不可遏。从我这方面来说，我完全同意那位年轻医生的意见，他说被告的头脑无论现在或过去都完全正常，他无非是处在异常激动和狂怒的状态中罢了。问题也就在这里：被告经常狂怒的对象根本不是三千卢布，不是那笔钱，而是另有原因，那个引起他愤怒的特殊原因便是妒忌。”

讲到这里，伊波利特·基里洛维奇详详细细描绘了被告格鲁申卡的所有招灾惹祸的强烈感情。他从被告到“年轻女士”那儿想“狠狠揍她一顿”的那一刻开始谈起，接着伊波利特·基里洛维奇借用被告自己的原话解释说：“结果不但没有揍她，反而拜倒在她的脚下了——这便是爱情的开端。就是这个时候，被告的老父亲也将目光投向了那个女人——这是一种惊人的命中注定的巧合，因为两颗心突然在同一时间内燃烧起来了，虽然父子俩从前都认识并见过这个女人——于是这两颗心燃起了难以抑制的卡拉马佐夫式的欲火。我们有她这方面的自供。她说，我同时‘取笑他们父子俩’。是的，她突然要想把他们俩捉弄一番；以前没有这样想，现在突然心血来潮，头脑里冒出了这样的打算，结果两个人同时成了她的俘虏。这个把金钱奉若神明的老人马上准备了三千卢布，只求她来拜访他就给她，但很快又进了一步，只要她同意成为他的正式妻子，他情愿把他的名誉和财产呈献到她的脚下，还以为这是他的无上幸福。在这方面我们有确凿的证据。至于说到被告，他的悲剧是明显的，我们大家都看到了。这个年轻女人玩的就是这种‘把戏’。这个勾引男性的女人甚至不肯给这位不幸的青年一点希望，因为直到最后的一刻，当他跪在折磨他的那个女人面前，向她伸出沾满了自己父亲和情敌的鲜血的双手的时候，才给了他希望，真正的希望。就在这种情况下他被捕了。‘你们把我，把我和他一起送去服苦役吧，是我把他弄到这种地步的，我是最大的罪人！’这个女人自己大声喊道，在他被逮捕的时候已经真诚地忏悔了。上面我已经提到过那位才华横溢的青年拉基京先生着手描述本案时，用几句简单而又富于特色的话指出了这位女主人公的性格：‘早年的失望，早年的受骗和堕落，勾引她的那个未婚夫的背叛和抛弃，然后是贫困，遭到清白家庭的诅咒，最后是一位富翁的保护，她至今还把他当作自己的恩人。这位少女的心里原来也许曾经有过许多美好的东西，现在却过早地积聚了愤怒，形成了一种精于敛财的性格，形成了嘲弄社会、伺机报复的性格。’经过这样的分析之后，事情变得很清楚，她取笑他们父子俩仅仅为了玩弄，为了恶作剧。被告在这一个月里经历了无望的爱情，道德的堕落，对未婚妻的背叛，侵吞了别人相信他的人格才交付给他的钱款，这一连串事件，再加上他在持续不断地妒忌，而且妒忌的不是别人，恰恰是他的父亲，因此他几乎到了暴怒甚至疯狂的地步！特别是这个失去了理智的老人用来勾引和诱惑他热恋对象的恰恰又是这三千卢布，而他的儿子认为这笔钱是母亲留给他的遗产，他指责父亲侵吞了他的钱。是的，我也同意，这是难以忍受的！这种情况下可能患上躁狂症的。问题不在于钱，而在于他的幸福被别人用这笔钱如此令人厌恶地、厚颜无耻地破坏了！”

然后伊波利特·基里洛维奇转而分析被告的弑父想法是怎样在被告身上逐步产生并根据事实对这个想法进行了层层剖析。

“起初我们只是在小酒店里叫嚷，叫嚷了整整一个月，啊，我们喜欢生活在人们中间，喜欢把一切事情，甚至最可怕、最危险的想法都告诉人家，我们喜欢和人们谈心，而且不知为什么马上就要求他们完全同情我们，了解我们的烦恼和忧虑，随声附和我们，顺着我们的性子。不然我们就大发雷霆。把小酒店闹个天翻地覆（接着讲了上尉斯涅吉廖夫的不愉快事件）。在这个月里凡是见过被告并且听过他说话的人终于都感到，这里已经不仅仅是对父亲的叫嚷和威胁，在躁狂的情况下口头的威胁可能转变为实际的行动。（这时检察官描述了修道院里的那次家庭聚会和阿廖沙的谈话，以及被告饭后闯入父亲家里向他施行暴力的不成体统的场面。）我不想把话说死，”伊波利特·基里洛维奇继续说，“在发生这一场面之前被告事先已经有了周密考虑，决定杀害父亲。然而这一想法已经多次出现在他脑子里，他也对这个想法进行了深入仔细的研究，这方面我们有事实、证人和他本人的供认。我承认，各位陪审员先生，”伊波利特·基里洛维奇补充说，“我甚至直到今天之前还拿不准被告是否完全自觉地事先有预谋地犯下了罪行。我坚信，他内心已经多次想过未来的这个不幸时刻，但仅仅是想想而已，仅仅把它当作一种可能性，但无论是实行的时间还是条件，他都还没有确定。然而我只是在今天以前，在韦尔霍夫采娃小姐今天向法庭出示这份决定命运的文件之前才犹豫不定，诸位先生，你们自己都听见了她的叫喊：‘这是计划，这是谋杀的计划！’这就是她替不幸的被告‘酒后写的’这封不幸的信所确定的性质。确实，这封信具有计划和预谋的含义。信是案发前两天写成的，因此我们现在确切地知道，早在实行这个可怕的阴谋的前两天，被告发誓赌咒地声称，如果他明天搞不到钱，那么他要去杀死父亲，抢走枕头底下装在‘系着红绸带的信封中的那笔钱，只要伊凡一离开就下手’。请听清楚了：‘只要伊凡一离开就下手’，可见他都已经全面考虑过了，充分估计了各种情况——结果怎样呢？后来事态发展果然与信里一模一样！犯罪无疑是有预谋的，并进行了周密的计划，目的肯定是为了抢劫，这一点他直言不讳地说过，写在信上，还签了名。被告并没有否认自己的签名。人们会说：这是他酒醉之后写的。但这丝毫也不能减轻他的罪责，反而更加说明问题：醉后吐真言嘛。如果清醒的时候没有想过，酒醉之后也就不会写了。也许有人会说：他为何要在小酒店里大肆宣扬自己的打算呢？一个人要预谋干这类事，他就一定会秘而不宣，深藏心底。这话确实有道理，但是在大声嚷嚷的时候还没有计划和打算，只存在着一种希望，正在形成一种意向。后来他就叫嚷得比较少了。在写这封信的晚上，他在京都酒店里喝得酩酊大醉，可是却反常地沉默不言，也没有玩台球，坐在一旁，和谁也不说话，只是撵走了本地商人的一名伙计，但这几乎是无意识的，出于吵架的习惯，他只要一进酒店，那就非吵架不可。诚然，被告做出最后决定的时候，头脑里肯定会产生一种担忧，他怕自己在城里预先叫嚷得太多了，在完成自己的预谋之后，这很可能成为揭露和指控他的证据。但有什么办法呢，事情已经张扬出去，再也无法挽回了，再说以前命运之神曾帮助他过关，这次他也会走运的。先生们，我们都希望福星高照！我应该承认，为了避开那不幸的时刻，他做了许多事情，为了避免流血的结局，他做出了极大的努力。‘明天我要向所有的人借三千卢布，’他曾经用自己独特的语言写道，‘如果大家不给，那就只好流血了。’这是在酒醉后写的，却在清醒的情况下按照信上写的做了！”

伊波利特·基里洛维奇接着便开始详细描述米佳为了避免犯罪而去借钱所做的种种努力。他描述了他在萨姆索诺夫家里的经历，去找“猎狗”的那次旅行——一切都有根有据。他疲惫不堪，受尽嘲笑，忍饥挨饿，卖掉了表去旅行（可是据说他身上藏着一千五百卢布——据说，啊，据说！），他醋劲十足，生怕留在城里的那位热恋对象趁他不在的时候去找费奥多尔·巴夫洛维奇，最后他终于回到了城里。上帝保佑！她总算没有到费奥多尔·巴夫洛维奇那里去过。他亲自把她送到她的保护人家里。（说来也怪，他对萨姆索诺夫竟毫无妒意，这是本案一个相当典型的心理特点！）然后他急匆匆赶到“后门”的监视点，到了那里他才了解到斯梅尔佳科夫癫痫发作，另一个仆人也在生病——障碍扫清了，“暗号”又掌握在他手里，这是多大的诱惑啊！然而他当时还在抵制这种诱惑；他去找受到我们大家尊敬的在本地小住的霍赫拉科娃太太。这位太太早就同情他的遭遇，向他提出了一个最明智的建议：彻底抛弃花天酒地的生活，放弃这种不成体统的爱情，不再到小酒店里闲逛，不要虚度青春年华，而应该到西伯利亚去寻找金矿：“那里才是您旺盛的精力，你渴求冒险的浪漫性格的出路。”伊波利特·基里洛维奇描述了谈话的结果以及被告突然听说格鲁申卡根本不在萨姆索诺夫家里之后的瞬间反应，也描述了这个满脸醋意，神经过敏的不幸的人想到她欺骗了他，而她现在却在费奥多尔·巴夫洛维奇那里之后勃然大怒的情景，最后他又想请大家注意一个偶然情况造成的致命后果：“假如女仆能及时告诉他，他的心上人正在莫克罗耶村，跟‘以前的’和‘无可争议的’那一位在一起，那就什么事也没有了。

但她吓得魂不附体，只是一个劲儿地赌咒发誓。如果被告没有当场把她杀死，那也只是因为他当时心急火燎地要去追赶那个背叛了他的女人。不过请注意：尽管他气得发狂，但还是拿了一个铜杵带在身边。为什么偏偏拿了一个铜杵，而没有拿别的凶器呢？如果这件事我们已经酝酿了整整一个月，心里有了准备，那么我们只要看见有什么像凶器的东西突然出现在眼前，我们就一定会拿它当作凶器的。至于哪一类东西可以用作凶器——我们已经设想了整整一个月了。正因为这样，我们立即不容置疑地把它当作凶器！因此他抓起这个致命的铜杵毕竟不是无意识的，不是随便拿的。现在他来到了父亲的花园里——真是天赐良机，夜深人静，一片漆黑，周围没有人，只有妒火在熊熊燃烧。他怀疑她在这里，在他情敌的怀抱里，也许此刻正在取笑他——这使他喘不过气来。何况也不仅仅是怀疑——现在怎么还仅仅是怀疑呢，显然是一场骗局，这是明摆着的：她就在这里，在那间亮着灯光的房间里，就在屏风后面——于是这个不幸的人悄悄地靠近窗户，恭恭敬敬地向窗里窥视，老老实实地认输，然后明智地走开，尽快远离是非之地，免得发生什么危险而不道德的事情——有人要使我们相信事情就是这样，但是我们了解被告的性格，也可以根据事实了解他当时的心情，尤其知道他掌握了可以马上开门进屋的暗号！”谈到这些暗号的时候，伊波利特·基里洛维奇暂时中止了自己的指控，认为有必要详细谈谈斯梅尔佳科夫，把怀疑斯梅尔佳科夫谋财害命的这段插曲分析透彻，彻底消除这种想法。他的分析相当全面，因此大家都明白了，虽然他口头上一直说对这种假设可以不予理睬，但实际上他还是认为相当重要的。

八　关于斯梅尔佳科夫的专题研究

“首先，这类怀疑怎么会产生的？”伊波利特·基里洛维奇从这个问题开始说起，“第一个高喊斯梅尔佳科夫杀人的是被告本人，在他自己被捕的时候。但从他发出第一声叫喊，直到法庭开审的这一刻为止，没有提出任何事实来证实自己的指控，不仅没有事实依据，甚至连多少合乎常理的对事实的暗示都没有。接下来确认这一指控的只有三个人：被告的两个兄弟和斯韦特洛娃小姐。但被告的二弟直到今天，在身体有病的情况下，在肯定无疑的神经错乱和热病发作的情况下，才提出自己的怀疑，而在这以前两个月里，据我们所知，他完全同意他哥哥是有罪的观点，甚至都不想去反驳这种观点。关于这一点，我们以后还要专门来谈。接着，被告的三弟刚才自己向我们声称，他没有任何一点点事实可以证实自己认为斯梅尔佳科夫有罪的想法，他得出这样的结论仅仅是根据被告本人的话以及'他的脸部表情'。是的，这个了不起的证据被他的弟弟重复了两次。不过斯韦特洛娃小姐的说法也许更加了不起：'被告告诉你们什么，你们相信他好了，他不是那种撒谎的人。'这就是十分关心被告命运的三个人指控斯梅尔佳科夫有罪的全部证据。然而关于斯梅尔佳科夫有罪的说法曾经广为流传，至今还有人支持这种看法——但这种观点能相信吗？能想象吗？"

说到这里，伊波利特·基里洛维奇认为有必要稍稍勾勒一下"在痛苦的神经错乱和癫狂发作中结束了自己生命"的斯梅尔佳科夫的性格。他把他描绘成低能儿，有一点儿一知半解的文化知识，但是被那些他无法理解的哲学思想搞糊涂了，被那些论述责任和义务的现代学说唬住了。这些学说既从现实方面对他产生广泛的影响，即已经故世的主人，也可能是他的父亲费奥多尔·巴夫洛维奇荒淫无耻的生活对他的潜移默化，而理论方面则受到了主人的长子伊凡·费奥多罗维奇的各种奇怪的哲学谈话的影响。伊凡非常乐意用这种奇谈怪论来消磨时间，也许是出于无聊，也许是需要嘲笑，但又找不到合适的对象。"他亲口对我说过他在主人家里最后几天的心理状态，"伊波利特·基里洛维奇解释说，"其他几个人也提供了相同的供词：比如被告本人，他的弟兄，甚至仆人格里戈里，也就是所有那些理应对他相当了解的人。此外，被癫痫折磨得痛苦不堪的斯梅尔佳科夫'胆小得像只母鸡'。'他向我下跪，吻我的脚'，被告本人在尚未意识到自己的供词对他有些不利的时候告诉我们说，'他是一只患羊痫风的母鸡'，他用自己富有特色的语言这样评价他。被告自己供认，他就是挑选了这样一个人作为自己的心腹，用恫吓的方式迫使他同意充当他的密探并且为他通风报信。作为暗藏的家庭密探，他背叛了自己的主人，把主人有一包钱的事以及进入主人房间的暗号统统告诉了被告。他又怎么敢不告诉他呢！‘他会杀死我的，我看他会杀死我的。’他在预审时说，甚至在我们面前也吓得浑身哆嗦，颤抖不止，虽然那个吓唬他，折磨他的人当时已被捕，已经不可能再去惩罚他了。‘他时时刻刻都在怀疑我，而我一直吓得提心吊胆，为了不让他发火，我只好赶紧向他报告一切秘密，好让他知道我对他是忠心耿耿的，让他给我一条活路。’这是他自己的原话，我把这些话都记录下来并且记住了。‘往往是这样，他一对我大声吼叫，我便马上跪倒在他面前。’斯梅尔佳科夫是一个本性非常诚实的青年，并以此博得了主人的信任，——主人在斯梅尔佳科夫把他丢失的钱还给他时发现了他的诚实的品质。显然，不幸的斯梅尔佳科夫因为背叛了自己所敬重的恩人而悔恨交加，痛不欲生。据经验丰富的精神病医生说，严重的癫痫病患者往往总是进行不断的，当然也是病态的自我谴责。他们常常觉得自己在某人面前，在某件事情上有‘罪’而苦恼。备受良心的折磨，常常无缘无故地夸大，甚至臆想自己犯了种种过错。这样的人确实会由于恐惧和受到别人的恫吓而做错事，犯下罪行。除此之外，他强烈地预感到，目前正在逐步形成的局面很可能导致一场灾祸。当费奥多尔·巴夫洛维奇的次子伊凡·费奥多罗维奇在惨祸发生前动身到莫斯科去时，斯梅尔佳科夫恳求他留下来，但是由于他生性怯懦，不敢明确而坚决地向他说出自己全部的担忧。他只满足于做出各种暗示，但他的这些暗示没有被对方理解。应该指出，他把伊凡·费奥多罗维奇看作自己的保护人，似乎只要他在家，就肯定不会发生灾祸。请大家回想一下德米特里·费奥多罗维奇‘酒后’写的那封信里的话吧：‘一旦伊凡离开这里，我要杀死老头儿。’由此可见，伊凡·费奥多罗维奇的存在似乎被大家看成了这个家庭平静和秩序的保障。可是现在他要离开了，而斯梅尔佳科夫几乎就在二少爷离开后刚过了一小时，马上便癫痫发作，跌了下来。这是完全可以理解的。这里我们要提醒各位注意，斯梅尔佳科夫由于受到恐惧和绝望的折磨，最近几天特别感到自己很可能马上会犯癫痫，过去也遇到精神过度紧张或者受到重大刺激的时候他就会犯羊痫风。当然，发作的日期和时间是无法预测的，但每个癫痫患者都可以预感到癫痫发作的倾向。医学上就是这样说的。因此伊凡·费奥多罗维奇刚刚离开院子，斯梅尔佳科夫便在一种所谓孤苦无援的情绪支配下到地窖去干家务活了，他一边顺着梯子往下走，一边在想：‘我会不会犯病？要是马上癫痫发作那怎么办？’正是由于这种情绪，由于这种猜疑，由于这些问题，他的喉咙里突然痉挛起来，这是癫痫发作前的征兆，接着他一下子摔到地窖底下，失去了知觉。可是就在这非常自然的偶然事件中竟有人挖空心思地想发现某个疑点，某种迹象，某种暗示，说他是故意装病！如果是装病，马上就会出现一个问题：为什么？出于什么考虑？有什么目的？我已经不想再谈医学了；据说科学是胡扯，科学会闹出错误，医生不会区分真假——即使是这样，即使是这样，但请回答我的一个问题：为什么他要装病呢？总不见得预谋要杀人，却偏要用癫痫发作来尽早尽快地引起家里人的注意吧？你们要知道，各位陪审员先生，在费奥多尔·巴夫洛维奇家里，在案发的那个晚上，先后总共有五个人：第一个是费奥多尔·巴夫洛维奇，但他总不会自己杀死自己，这是显而易见的；第二个是他的仆人格里戈里，但他自己也几乎被打死；第三个人是格里戈里的妻子玛尔法·伊格纳季耶芙娜，但是设想她是杀死自己主人的凶手简直可耻。这样，就只剩下两个人：被告和斯梅尔佳科夫。但因为被告硬说他没有杀人，那么，肯定是斯梅尔佳科夫杀的，别无其他解释，因为不可能找到另外一个人，你举不出别的凶手。因此，这就是对昨天那个不幸自杀身亡的白痴的‘巧妙’而了不起的指控的由来！唯一的根据是因为找不出别的人！假如对另外一个什么人，对第六个人哪怕有一点嫌疑的影子，那么我相信，甚至连被告本人都会认为指控斯梅尔佳科夫是件可耻的事，必定会指控第六个人，因为指控斯梅尔佳科夫犯有杀人罪实在是荒唐透顶。

“先生们，现在让我们撇开心理学、医学甚至撇开逻辑，只谈事实，只谈事实本身，让我们来看看，事实会对我们说些什么。斯梅尔佳科夫杀了人，但他是怎样杀的呢？单独干的？还是跟被告一起干的？我们先来分析一下第一种情况，即斯梅尔佳科夫是单独干的。当然，如果他杀了人，那总有目的，总是为了某种利益。但是既然斯梅尔佳科夫不具备被告所具有的那些杀人动机，比如仇恨、妒忌，等等，那么他杀人无疑只是为了钱，为了占有他亲眼看到主人放进信封的这三千卢布。既然为了谋财害命，他为何要预先对另一个人——而且偏偏是最有切身利害关系的被告——说出有关钱和暗号的全部情况：信封放在哪里，信封上题了什么字，用什么包扎，而主要的、最主要的是说出了可以进入主人的房间的那些暗号。难道他这样做完全是为了暴露自己吗？或者是为了给自己找一个自己也很想进去得到那个信封的竞争对手？是的，人们会对我说，他是出于害怕才讲出来的。不过这是怎么回事？一个连眼睛都不眨一下就策划了这件胆大包天的野蛮罪行、日后一定要实行的人，竟会把全世界只有他一个人知道，只要他秘而不宣，那么在全世界永远也没有人能猜到的事情说给别人听吗？不，一个人无论怎样胆小，如果事先计划好了干这类事，那么无论如何也不会向任何人讲的，至少是不会说出信封和暗号的事，因为这意味着预先暴露自己。如果硬逼着他说出什么情况，那他会故意胡编一些瞎话，胡乱敷衍几句。但这些情况是决不会讲的！相反，我要重复这一点，只要他不谈钱的事，即使后来抢了钱，那么全世界永远也不会有人去指控他，至少不会去指控他为了钱而杀人，因为除了他谁也没有见过这笔钱，谁也不知道家里放着这笔钱。即使有人指控他，那也一定认为他是出于别的动机才杀人的。既然谁也没有预先发现他有这类动机，相反，大家都看到他受到主人的宠信，所以最不容易怀疑到他，而首先怀疑的是那个具有这类动机、自己大肆叫嚷怀有这类动机，毫不隐瞒地在所有人面前公开自己有这种动机的人，总之，首先会怀疑被害人的长子，德米特里·费奥多罗维奇。假如谋财害命的是斯梅尔佳科夫，而受到指控的却是死者的儿子——这对杀人凶手斯梅尔佳科夫不是很有利吗？可是策划了谋杀案的斯梅尔佳科夫现在却事先把有关钱、信封和暗号的情况偏偏告诉了德米特里——这合乎逻辑吗？这能自圆其说吗！

“斯梅尔佳科夫预谋杀人的日子到了，他却假装癫痫发作，摔倒在地窖里，为什么呢？当然首先是为了让原来打算治病的仆人格里戈里看到无人看守房子后，可能会推迟治病而坐下来亲自看守；其次，当然是为了让主人加深疑虑，愈加小心，因为他看到没有人保护他，非常害怕儿子跑来，这一点他从不隐瞒。最后，也是主要的，当然是为了让人们立即把被羊痫风折磨得死去活来的斯梅尔佳科夫从他一直单独居住、另有出入通道的厨房里转移到厢房的另一端，转移到格里戈里那间小屋的隔板后面，距离他们的床铺只有三步远的地方，以前只要他的病一发，主人和好心肠的玛尔法·伊格纳季耶芙娜总是这样安排，历来如此，他躺在板壁后面，很可能是为了装病装得更像，他当然要呻吟，也就是吵得他们一夜不得安宁（格里戈里和他妻子的证词就是这样说的）。所有这一切，所有这一切都是为了更加便于他突然从床上起来，然后去杀死主人！

“有人会对我说，也许他确实是在装病，目的是使人家把他当作病人而不去怀疑他，他所以把钱和暗号的情况告诉被告，是为了使被告受到诱惑，亲自跑去杀人。等到他杀了人抢了钱逃跑以后，这时候也许闹得鸡犬不宁，把证人都吵醒了，这时候斯梅尔佳科夫乘机从床上起来，走了出去——他出去干什么呢？他出去是要把主人再杀死一次，把已经被抢走的钱再抢一遍。先生们，你们觉得好笑吗？进行这样的假设连我自己都感到脸红，但是请你们想象一下，被告硬说情况就是这样。他说：在我之后，在我打倒了格里戈里，惊动了大家，离开了家里以后，他从床上起来，出去杀人劫财。我也不必去说斯梅尔佳科夫如何能未卜先知，对一切能了如指掌，换句话说，就是愤怒而疯狂的死者儿子来的唯一目的是恭恭敬敬向窗里张望一下，尽管知道暗号，却还是退了出去，把全部收获拱手让给了斯梅尔佳科夫！先生们，我现在严肃地提出一个问题：斯梅尔佳科夫作案的时机在哪里？请你们指出来，因为没有作案的时机，指控便不能成立。

“也许，羊痫风是真的。病人突然醒了过来，听到了叫喊声，就走了出来。——接下去又怎么样呢？他看了看，对自己说：让我去杀死主人？可是他怎么能知道出了什么事，发生了什么情况呢？他不是一直躺在那儿不省人事吗？不过，先生们，想象也总不能漫无边际吧。

“‘是的，’细心的人会说，‘要是两人合谋，两人一起杀人分赃，那又怎么说呢？’

“是的，这的确是个很大的疑问，第一，马上可以拿出几个支持这个疑问的重要证据：一个动手杀人，承担一切，另一个同谋躺在床上假装羊痫风就是为了预先引起大家的怀疑，引起主人和格里戈里的警惕。有意思的是出于什么动机两个同谋者居然能想出这种疯狂的计划？但是，从斯梅尔佳科夫这方面来说，也许这种合作根本不是积极的，而可以说是消极、痛苦的合作。吓得胆战心惊的斯梅尔佳科夫也许只同意不阻挠凶杀，因为他预感今后人们会指控他纵容谋杀，没有叫喊，没有阻止，所以他事先请求德米特里·卡拉马佐夫允许他到时候躺在那儿假装发羊痫风，'你可以随心所欲地杀人，这事与我无关。'如果真是这样，那么这种羊痫风必定会在家里引起混乱和惊慌，德米特里·卡拉马佐夫事先一定会估计到这一点，他无论如何也不会同意这样做的。退一步说，就算他同意了，那么结果还是一样：德米特里·卡拉马佐夫是杀人凶手，是直接的杀人凶手和主犯，而斯梅尔佳科夫则是一个被动的参与者，甚至连参与者也算不上，只是出于害怕才违心地成了姑息者，法庭一定能够区别这种情况的。可是我们现在又看到了什么呢？被告刚刚被捕，就立刻把一切都推到斯梅尔佳科夫身上，**只**指控**他一个人**。他不是指控他是同谋，而只指控他一个人。他说，这是他一人干的，他谋财害命，是他一手干的！倘若两人马上相互指控，这又算什么同谋呢？——这种事是从来都没有的。请大家注意，被告冒着多大的危险：他是主要的杀人凶手，斯梅尔佳科夫是从犯，只是知情不报，一直躺在板壁后面，他却把罪名推在躺着的那人身上。这样一来，那个躺着的人可能会发火，仅仅为了自卫就会赶紧讲出实情。他会说，我们两人都参与了这件事，可是我没有杀人，我仅仅是因为害怕才同意并纵容了他。斯梅尔佳科夫完全明白，法庭会立刻分清他犯罪的程度，因此他可以指望，即使要受到惩罚，那也比那个企图嫁祸于人的主犯轻得多。那样的话：他肯定会把一切都供出来。然而我们没有看到这种情况。斯梅尔佳科夫丝毫没有透露过合谋的事，尽管凶手坚持指控他并始终咬定他是唯一的凶手。不仅如此，斯梅尔佳科夫也向法庭供认，关于装有钱的信封和暗号的情况是**他本人**告诉被告的，如果他不说，被告便什么都不知道。如果他果真参与了谋杀，犯下了罪行，他能这样轻易地向法庭承认所有这些情况都是他主动告诉被告的吗？相反，他肯定会矢口抵赖，歪曲事实，推卸罪责。但他没有歪曲事实和推卸罪责。只有清白的人，不怕别人指控他是同谋犯的人才会这样做。现在他由于羊痫风引起的病态的忧郁和这一突发的惨祸，已于昨天上吊自杀了。死后他留下了一张用自己特有的语言写的字条：'我自觉自愿地毁灭自己，与他人无关。'那字条上最好再加上这么一句话：杀人凶手是我，而不是德米特里·卡拉马佐夫。但他没有添上。为什么他有勇气做这件事情，而另一件事情却又不敢了呢？

"这又是怎么回事呢？刚才有人将三千卢布交给了法庭——据说，'这就是后来装在那只信封里的钱，那信封里现在放在物证台上，这些钱是斯梅尔佳科夫昨天给我的。'但是，诸位陪审员先生，你们自己一定还记得刚才那可悲的一幕。详情我不再重复，但我要选择两三件最不起眼的情节来谈谈我的想法，正因为它们不重要，因此不是每个人都能想到的，很可能会忘记。首先，还是那句话：斯梅尔佳科夫由于受到良心谴责，昨天交出了钱并上吊自杀了。（如果不是良心发现，他是不会把钱交出来的。）当然，直到昨天晚上他才第一次向伊凡·卡拉马佐夫承认自己犯了罪，就像伊凡·卡拉马佐夫自己说的那样。不然的话，他又何必沉默至今呢？所以说，他承认了。那我还要再问一遍，为什么他在临终前留下的那张字条中不向我们说出全部实情呢？他不是明明知道明天将对无辜的被告进行严厉的审判吗？仅仅这些钱还证明不了什么。譬如说，我和这大厅里的另外两个人一星期前完全偶然地了解到一件事实，那就是伊凡·费奥多罗维奇·卡拉马佐夫寄到省城兑换两张五分利率的期票，每张面额五千卢布，总共一万卢布。我这句话的意思只是想说明，现在大家手里都可能有一笔钱，交出三千卢布并不一定能证明这就是那一笔钱，就是从那个抽屉里或从那个信封里拿出来的那笔钱。最后，伊凡·费奥多罗维奇昨天从真正的杀人凶手那里获得如此重要的消息后，居然十分平静。他为什么不立即告发呢？为什么他一直拖延到早晨？我以为，我有权利猜测个中原因：他得病已经一个星期，自己也曾经向医生和身边的人承认他常发生幻觉，看到已经故世的人；在震颤性谵妄症发作的前夕——这症状今天集中爆发，他突然得知斯梅尔佳科夫自杀身亡的消息，突然产生了以下这个想法：'这个人已经死了，可以把事情推到他身上，这样就可以拯救兄长了。钱我有，我只要拿出一沓来，就说是斯梅尔佳科夫临死时交给我的。’你们会说，这是诬陷；即使是死人，冤枉他也是不对的，哪怕是为了拯救兄长也不行。是这样，但如果他是无意识地说谎，如果仆人猝然死亡的消息使他丧失了理智，他自己认为事情确实这样，那又怎么办呢？你们已经看到了刚才的场面，看到他处于怎样一种状态。他站在那儿说话，但他有头脑吗？就在这位震颤性谵妄症病人刚才做证以后，紧接着就出现了另一份书面证据，就是案发前两天被告给韦尔霍夫采娃小姐的一封信，他在信里把犯罪的详细计划事先都告诉她了。因此我们何必去寻找计划和它的作者呢？作案的情况与这份计划完全一致，而罪犯不是别人，正是它的作者。是的，各位陪审员先生，‘完全是照章办事’！而且他根本没有恭敬而胆怯地从父亲的窗户底下跑开，反而坚信他的心上人就在父亲房间里。是的，这很荒唐，简直不合情理。他走了进去，一下子就把事情干了。很可能，他一看见不共戴天的情敌便怒火中烧，一气之下杀死了父亲。也许他挥起手中的铜杵一下子把他打死的，接着又仔细搜索了一番，确信她不在那里，可是他却没有忘记伸手到枕头底下拿出那只装有钱的信封，这只撕开了的信封现在就和其他物证一起放在桌子上。我这样说是为了使你们注意一个在我看来是非常典型的情况。如果这是一个有经验的杀人凶手，杀人是为了抢劫，那么他会把信封留在地板上，就像我们在尸体旁边发现时那种样子吗？假如这是斯梅尔佳科夫为抢劫而杀人，那他就会干脆把信封也带走的，根本不必在尸体旁边打开信封，因为他肯定知道信封里装着钱——死者当初可是当着他的面把钱装入信封并封好的，要是他把信封连钱一起拿走，那不就没有人知道究竟有没有发生过抢劫的事了吗？请问陪审员先生，斯梅尔佳科夫会这样做吗？他会把信封留在地板上吗？不，只有失去了理智的狂暴凶手才会这样做，这凶手不是贼，在这以前还从来没有偷过东西，现在他从床褥底下掏走钱也不像一名贼在偷东西，而像是从偷东西的贼那里取回自己的东西——因为德米特里·卡拉马佐夫对这三千卢布就是这样想的，他的这种想法达到了偏执的程度。现在他一拿到从未见过的这个信封，就马上撕开了，他想知道里面究竟有没有钱，然后把钱塞进口袋就跑了出去，甚至都忘了去想一想，他在地板上留下的那个撕碎的信封将会构成他的重要罪证。原因全在于那是被告，而不是斯梅尔佳科夫，他没有想到，没有考虑到，他哪里还顾得上这些事！他逃出去的时候听见了快要追上他的仆人在喊叫，仆人抓住了他，阻拦他，但被铜杵击倒了。被告出于对他的怜悯才从围墙上跳到他身边。请想想，他突然要我们相信，他当时跳下来去看他是出于怜悯，出于同情，是想看看能否救护他。难道这是表示同情的时刻吗？不，他跳下来就是为了弄清楚：目睹他罪行的唯一证人是否还活着？任何别的感情，任何别的动机都是不自然的！请注意，他在格里戈里身边忙乎了一阵子，用手帕擦去他头上的血，等到确信他已经死了以后，这才张皇失措地带着满身血迹夺路而逃，逃到他的心上人的家里去了——他怎么想不到自己身上血迹斑斑，他的真面目马上会被揭露呢？但被告本人硬要我们相信，他甚至都没有注意到自己身上满是血迹；这是可能的，完全有可能的，罪犯在这种时候往往都是这样的。在有些事情上——非常精明，在另外一些事情上——极端糊涂。当时他一心一意想的只是她在哪儿。他需要尽快知道她在哪儿，因此立刻就到她的家里去，到了那里他才知道一个意外的惊人消息：她和自己‘以前的’‘无可争辩的’情人去了莫克罗耶！”

九　淋漓尽致的心理分析。飞奔的三驾马车。检察官演说的结尾

伊波利特·基里洛维奇显然选择了严格的历史叙述方法，这种方法是所有神经质的演说家非常喜欢使用的，他们故意严格规定范围，克制自己按捺不住的狂热。伊波利特·基里洛维奇演说到这里的时候，对那位“以前的”“无可争辩”的人物做了特别的发挥，就这个问题发表了一些相当有趣的观点：“本来醋劲十足的卡拉马佐夫，在那位‘以前的’‘无可争辩’的人物面前仿佛突然一下子倒下去消失了。尤为奇怪的是：他以前几

乎完全没有注意到这种新的危险——突然冒出一个他意想不到的情敌。他总以为，那是遥远的事情，而卡拉马佐夫永远只生活在现在。也许他认为他只是一种虚构。可是他怀着一颗痛楚的心终于一下子明白了，这个女人之所以隐瞒了这个新的情敌，之所以一直在哄骗他，就是因为这个从天而降的情敌对于她来说绝非幻影，也非虚构，而是她的一切，她一生的希望——他恍然大悟之后一下子变得心平气和了，有什么办法呢，各位陪审员先生，我不能对被告突然出现的一个心理特点避而不谈。本来他无论如何也不会表现出这个特点，可是现在他突然流露出一种强烈的需要——坚持真理，尊重女性，承认她有爱的权利。而且在什么时候呢？就在他为了她而双手沾满父亲鲜血的时候！说实话，这时候死者流的鲜血已经开始要求报复了，因为他毁掉了自己的灵魂和自己在人世间的前途，此刻他必然会情不自禁地向自己提出这样一个问题：**现在**对于她来说，对于这个他爱得胜于自己灵魂的人来说，他有什么价值，他怎么还能与这个“以前的”“无可争辩”的人相比，这个人已经忏悔，如今怀着新的爱情、诚恳的建议以及对幸福的新生活的山盟海誓，重新回到了以前被他凌辱过的女人身边，而他这个不幸的人**如今**又能给她什么，提出什么建议呢？这一切卡拉马佐夫心里都清楚，他知道自己犯下的罪行断送了他的前程，他只是一个被判了死刑的囚犯，而不是一个有权利生活的人！这个想法把他压垮，把他摧毁了。他突然选择了一个疯狂的计划。根据卡拉马佐夫的性格，这项计划在他心目中是他摆脱可怕处境的唯一的、命中注定的出路。这条出路——就是自杀。他赶紧跑去赎回抵押给官员佩尔霍金的手枪，在路上，一面跑一面从口袋里掏出所有的钱，为了这些钱他的双手刚才沾满了父亲的鲜血。啊，他现在最需要的是钱；卡拉马佐夫快要死了，卡拉马佐夫即将开枪自杀，但这一点大家都会记住的！难怪我们是诗人，难怪我们像从两头燃烧的蜡烛那样燃尽了我们的一生。‘到她那儿去，到她那儿去——啊，我要在那里举行空前的盛大宴会，让大家永远记住，永远议论。在粗野的欢呼声中，在茨冈人的劲歌狂舞中，我们举杯祝酒，祝贺我所崇拜的女人获得新的幸福，然后，就在她的脚下，在她面前砸碎自己的脑袋，结束自己的生命！有朝一日她总会想起米佳·卡拉马佐夫的，她会看到米佳是多么爱她，她会可怜米佳的！’这里有许多矫揉造作的东西，许多浪漫的疯劲，粗野的卡拉马佐夫式的狂放和伤感，当然还有别的什么东西，各位陪审员先生，那就是充塞灵魂、萦回脑际、钻心浃髓的东西；**这种东西**就是良心，各位陪审员先生，这就是良心的审判，这是良心的严厉谴责！但手枪能平息一切，手枪是唯一的出路，而且也没有其他出路。至于死后呢？我不知道卡拉马佐夫当时有没有想过‘死后会怎样’。卡拉马佐夫是否能像哈姆雷特那样去考虑死后会怎样？不，陪审员先生，人家有哈姆雷特，而我们暂时还只有卡拉马佐夫！”

这时伊波利特·基里洛维奇详细叙述了米佳出发前的准备情况，在佩尔霍金家的那一幕，在小酒店里的情景，和马车夫的谈话。他引用了许许多多的由证人确认的话语、谈话片断和情态手势——这种描述对听众的观点产生了极大的影响。特别是这些事实的总和发生了强烈影响。这个丧失了理智的亡命之徒的罪行已经昭然若揭，毋庸置疑了。“他已经用不到珍惜自己的生命了，”伊波利特·基里洛维奇说，“他有两三次几乎完全承认了，几乎点明了，无非是没有讲出来而已（说到这里他又引用了几位证人的证词）。在路上他甚至对马车夫说：‘你知道吗，你拉的是一个杀人犯！’但他毕竟不能一股脑儿全说出来：他必须先到莫克罗耶村，然后在那里结束这个故事。可是那儿等待着这个不幸的人的又是什么呢？主要是后来，他一到莫克罗耶就已看到，而且不久他就完全明白，他的那位‘无可争辩的’情敌，也许并不见得是那么无可争辩了，人家也并不希望，事实上也没有接受他对新的幸福的祝愿和敬酒。不过，各位陪审员先生，你们从法庭调查中已经知道了全部事实。卡拉马佐夫战胜了情敌当时就成了一个无可争辩的事实——这时候他内心开始了一个全新的阶段，这是他内心曾经经历过和将来可能经历的最可怕的一个阶段！我们可以肯定地说，各位陪审员先生，”伊波利特·基里洛维奇大声感叹道，“遭受过玷污的天性和犯了罪的心灵会进行自我报复，比任何人间的法律制裁更全面！不仅如此，法律的裁判和人间的刑罚甚至可以减轻天性的惩罚，在这种时刻罪犯心灵非常需要这种裁判和惩罚，这样可以使心灵从绝望中解脱出来，因为我简直无法想象，当卡拉马佐夫知道她爱他，为了他而拒绝了‘以前的’那个‘无可争辩’的情人，她召唤米佳和她一起去过新的生活，答应给他幸福的时候，他是多么震惊，精神上是多么痛苦，而且这又是什么时候呢？恰巧是在他的一切已经完蛋，一切都已无法挽回的时候！为了说明被告当时的真实处境，我要顺便提一下那个对于我们来说相当重要的情况：这个女人，他热恋的对象，直到最后一刻，直到他被捕前的一分钟，对于他来说始终是高不可攀，可望而不可即的人。那么为什么，为什么他当时不开枪自杀？为什么放弃了已经决定的打算，甚至连自己的手枪放在哪儿都忘记了呢？原因恰好是这种对爱情的强烈渴望和立刻满足这种渴望的希望阻止了他。在狂欢豪饮的过程中，他紧紧靠在自己心上人的身上，和她一起开怀畅饮，在他心目中，现在她比任何时候更加妩媚动人——他寸步不离地跟着她，欣赏她，在她面前他神魂颠倒。这种强烈的渴望短时间内不仅能压抑他对被捕的恐惧，而且还能抑制良心的谴责！是暂时的，啊，只能是暂时的！我可以想象，当时罪犯的心理状态无疑处于三种因素的绝对控制之下：第一，醉意浓重，嘈杂吵闹，狂舞劲歌，还有她，醉态可掬，两颊绯红，载歌载舞，频频向他微笑！第二，使人振作的朦胧的幻想，似乎离不幸的结局还很遥远，至少不是在眼前——也许要到明天，明天早上才会来抓他。因此还有好几个小时呢，时间已经够多的了，甚至太多了！在几小时之内可以想出许许多多办法。我设想，他的情形有点像一个囚犯正被押赴刑场，送上绞架：还需要通过一条漫长的街道，而且是缓慢地，在成千上万的人群面前经过，然后再拐到另一条街上，在另一条街的尽头才是那个可怕的刑场！我觉得，坐在囚车里的罪犯在刚出发的时候，一定会感到在他面前还存在着无限的生命。可是两边的房屋向后退去，囚车一直向前移动——这不要紧，离拐进第二条街还远着呢，因此他还精神抖擞地左顾右盼，看着成千上万冷漠而又好奇的人用目光盯着他。他总觉得，他是和他们一样的人。但现在已经拐到了另一条街上了。哦！没有关系，没有关系，还要走完整整一条街呢。而且不管走过了多少房屋，他总想：‘还有许多房屋在前面呢。’这样一直到走完全程，直到广场为止。我想卡拉马佐夫当时也是这样。‘他们还来不及赶到，’他想，‘还可以想点办法，哦，还有时间想出一套辩护的计划，抵挡一阵，而现在——现在她是多么迷人啊！’他心里感到慌乱和害怕，但他还是从容地留下了一半的钱，放在一个地方隐藏了起来。不然我就无法解释，他刚才从他父亲枕头底下拿走的三千卢布的整整一半又到哪儿去了呢。他不是初次到莫克罗耶村，他曾经在那里玩过两天。这所旧的、木结构的大房子，连同那些板棚回廊，他都很熟悉。我总认为，一部分钱就是在那时候，在被捕前隐藏起来的，而且就藏在这房子里，藏在某个缝隙里，在地板下面，或者在某个角落里，或者在顶棚下面——为什么呢？那还用问吗？灾难马上可能降临，当然他尚未考虑好对策，而且也没有时间，他脑袋里嗡嗡直响，尤其他还一心想着看见她，至于钱嘛——钱在任何情况下都是必不可少的！人有了钱到哪里都是人。也许你们觉得，在这样的时刻如此深思熟虑是极不自然的吧？可是他自己不就要我们相信，早在案发前的一个月，在一个对他来说同样是危险而至关紧要的时刻，他从三千卢布中分出了一半，缝进了香囊，尽管这不是事实，我们即将加以证明，但是这个想法总还是卡拉马佐夫所熟悉的，他曾经考虑过。不仅如此，如果他对侦查员说，他曾分出了一千五百卢布放进了香囊（其实这只香囊从未有过），那么这香囊也许是他临时想出来的，因为就在两小时以前他灵机一动，分出一半的钱藏到了莫克罗耶的某个地方，而不是保存在自己身边，免得早上以前发生什么意外。两个深渊，各位陪审员先生，你们要记住，卡拉马佐夫能看到两个深渊，一下子看到两个！那所房子我们搜查过，但没有找到。也许这些钱现在还在那里，也许，到第二天就消失了，现在就在被告那里。总之，逮捕他的时候他就在她身边，跪在她面前，她躺在床上，他向她伸着双手，他当时忘记了一切，甚至都没有听见逮捕他的人已经走了进来。他脑子里还来不及想好怎样回答问题。无论是他，还是他的头脑，都猝不及防地被抓住了。

“现在他就站在法官面前，站在决定他命运的人面前。各位陪审员先生，在履行职责的时候，我们自己往往会在别人面前感到害怕，为这个人而害怕！当一个罪犯发现自己已经走投无路，他还要挣扎，还打算与你们进行斗争的时候，你们可以看到那种兽性的恐惧。这时候他的自我保护的本能一下子都被调动起来，为了拯救自己，他用锐利的、充满疑问和痛苦的目光观察和研究你们，研究你们的脸部表情、你们的思想，猜测你们的打击方向，在自己纷乱的头脑里迅速想出几千个方案，但还是不敢讲出来，生怕说漏了嘴！这些有失人性尊严的时刻，这种心灵的苦难历程，这种本能的自我拯救的渴望是多么可怕，有时候甚至可以使侦查员感到不寒而栗，对罪犯产生同情！而这一切我们都亲眼看到了。起初他惊呆了，在慌乱中漏出了几句对他十分不利的话：‘杀了人！我罪有应得！’但他很快控制了自己。说什么，怎样回答——一切他都还没有准备好，只有一句矢口否认的话才是现成的：‘对父亲的死我是无罪的！’这就是他筑起的第一道围墙。在这道围墙后面，他也许还要筑一道壁垒。为了防止我们进一步追问，他赶紧对一开始漏出来的几句不利于他的话进行解释，说他认为自己对仆人格里戈里的死是有罪的。‘我对他的死是有罪的，但杀死父亲的是谁呢，诸位，谁杀了父亲？谁又能杀害他，如果不是我的话？’你们听见没有：他反而来问我们，我们来找他不就是要问他这个问题吗！你们有没有听见这句他抢在前面说的话：‘如果不是我？’有没有注意到野兽般的狡猾，这种天真的口气和这种卡拉马佐夫式的迫不及待的心情？不是我杀的，不能认为是我杀的：‘我本来想杀的，先生们，我本来想杀的，’他赶紧承认说（他很匆忙，哦，他太匆忙了），‘但我没有罪，不是我杀的！’他对我们做出了让步，承认他本来是想杀的。他的意思是：你们瞧，我是多么老实，那么你们就该赶快相信不是我杀的。唉！在这种场合罪犯往往会变得难以置信地鲁莽和轻信。就在这时候，调查人员好像完全是不经意地突然向他提出了一个非常天真的问题：‘会不会是斯梅尔佳科夫杀的？’我们预料之中的事情发生了：他火冒三丈，因为我们赶在他前面，猝不及防地点穿了他，而他还没有准备好，还没有选好和抓住抬出斯梅尔佳科夫的最有利时机。出于本性他马上走到了另一个极端，他拼命要我们相信斯梅尔佳科夫是不会杀人的，没有能力杀人。但请别相信他，这无非是他耍的滑头：他根本还没有放弃斯梅尔佳科夫，相反，他以后还会把他抬出来，因为除了斯梅尔佳科夫他又能抬出谁呢，但他要找另外的时机，因为现在这件事暂时搞僵了。他也许要到明天，甚至几天以后，等找到了合适的机会，他才会把他抬出来，那时他自己会对我们叫嚷：‘你们瞧，我比你们更倾向于否定斯梅尔佳科夫，你们自己应该记得的，但现在连我也相信了：这是他杀的，肯定是他杀的！’正当他恼怒而忧郁地和我们一起否定的时候，一种急躁和愤怒的心情又促使他做出了最拙劣的、最不可信的解释，似乎他只是朝父亲房间的窗户看了一眼，然后便恭恭敬敬从窗下离开了。主要原因是他还不了解情况，不知道苏醒后的格里戈里提供了什么样的证词。我们开始搜查。搜查使他愤怒，但也使他振奋：我们没有搜到全部的三千卢布，只找到一千五百卢布。不用说，就在他愤怒地沉默和矢口否认的时候，他脑子里才生平第一次出现了有关香囊的念头。毫无疑问，他自己也感到这种谎话实在太离奇，因此他绞尽了脑汁，力求编得更合情合理，最好编成一大部真实可信的长篇小说。在这种情况下，侦查最要紧的一件事，最重要的任务就是攻其不备，出其不意，迫使罪犯谈出隐秘的思想，暴露其天真、荒唐和矛盾。要迫使罪犯开口只有一个办法，就是突然地，似乎是漫不经心地告诉他某个新的事实，某种具有重大意义而他至今怎么也无法预料、无法认清本质的情况。这样的事实我们已经掌握了，是的，早就准备了，那就是仆人格里戈里苏醒过来做证说门是开着的，被告是从这扇门里跑出来的。关于这扇门他完全忘记了，至于格里戈里看到它开着，他根本没有估计到。结果，产生了惊人的效果。他跳了起来，突然向我们叫嚷说：‘这是斯梅尔佳科夫杀的，是斯梅尔佳科夫！’他这样就泄露了自己最隐秘的最本质的思想，而且泄露的方式又极其离奇荒唐，因为斯梅尔佳科夫只有在他打倒格里戈里并逃走以后才可能杀人。当我们告诉他，格里戈里在自己被击倒以前就看到了门开着，他在离开自己卧室时还听到斯梅尔佳科夫在板壁后面呻吟——卡拉马佐夫听了真像当头挨了一记闷棍。我的同事，可敬而机智的尼古拉·帕尔费诺维奇后来告诉我，那时候感到非常可怜他，简直想掉眼泪。就在这时候，为了挽回局面，他便赶紧给我们讲了这只臭名昭著的香囊的事情。意思是说，那么好吧，你们就听听这个故事吧！各位陪审员先生，我已经向你们谈了我的一些想法，为什么我认为在案发前一个月把钱缝入香囊的这套鬼话不仅荒唐之极，而且编得过于离谱，也只有在这种情况下才会这样胡编乱造。即使打赌要说出或编出什么离奇的故事，那么怎么也比不上这个故事更拙劣了。最主要是可以用一些细节使这位洋洋自得的小说家哑口无言，驳得他体无完肤，这样的细节在现实生活中比比皆是，它们往往显得毫无意义，微不足道，没有用处而被这些倒霉的身不由己的胡编乱造者所忽视，甚至从来也不会想到。啊，他们这时候心无旁骛，一心想着创造一个宏伟的整体——谁敢向他们提出这类琐碎的小事！但是他们恰好在这些微不足道的小事情上露出了马脚！人家向被告提出一个问题：‘那么请问，您做香囊的材料是哪儿拿的？谁替您缝的？‘我自己缝的。’‘布哪儿来的？’被告开始生气了，他认为这简直是用鸡毛蒜皮的小事使他难堪，你们信不信，他真的生气了！他们全都是这样。‘我是从自己衬衫上撕下来的。’‘好极了，这么说，我们明天就可以在您的替换内衣中找到那件撕去一块的衬衫。’请想象一下，各位陪审员先生，要是我们真的能找到这件衬衫（在他的箱子或五斗橱中怎么会找不到呢，如果确实存在这样一件衬衫），那就成了一件物证，可以证明他的证词是可靠的！但这一点他是想不到的。‘我记不清了，也许不是从衬衫上撕下来的，我是用女房东的包发帽缝的。’‘是什么样的包发帽？’‘我从她那儿拿来的，她乱扔在那里，是一顶旧的细棉布帽子。’‘您记得很清楚吗？’‘不，我记得不太清楚……’他还光火哪，火得要命，可是你们想一想：这种事情怎么会不记得呢？在人生最可怕的时刻，例如在被押往刑场的时候，就是这些琐事也会记得一清二楚。他会忘记一切，但途中在他面前一闪而过的绿色屋顶，十字架上的寒鸦——这些他都能记住。况且他在缝制香囊的时候背着家里人，他应该记得，他手里拿着针线，因为担心有人闯进来撞见而多么害怕；一听到敲门声，他就跳起来躲到板壁后面（他房间里有一道板壁）……但是，各位陪审员先生，为什么我要把这一切，把所有这些细节，把这些琐事都告诉你们呢？”伊波利特·基里洛维奇突然感叹说，“就是因为被告至今还在顽固地坚持那套荒谬绝伦的说法！在这两个月里，从那个决定他命运的夜晚至今，他对原来自己荒唐的证词没有做出任何令人信服的说明，没有补充任何可以说明问题的事实。他说，所有这些都是些鸡毛蒜皮，你们应该相信我的人格！啊，我们乐于相信，我们非常乐于相信，哪怕是单凭他的人格也该相信！怎么，莫非我们是嗜血成性、贪婪残暴的豺狼吗？请你们向我们提供或者指出哪怕一种有利于被告的事实，我们会感到高兴的——但必须是具体的、确凿的事实，而不是被告弟弟根据他的脸部表情做出的结论或者指出他的捶打自己的胸膛就说他一定是在指那只香囊，何况还是在夜幕之中。我们非常乐意得到新的事实，我们将首先撤回指控，我们可以马上撤回。而现在需要伸张正义，因此我们坚持自己的立场，我们没有什么可以从指控中撤回的。”这时候伊波利特·基里洛维奇快要结束自己的演说了。他像得了热病似的激动异常，大声疾呼为流的鲜血，为那位被儿子出于卑鄙的抢劫目的而杀死的父亲主持公道。他毫不犹豫地一一指出所有令人发指、触目惊心的事实。“无论你们从那位以才气闻名遐迩替被告辩护的律师那儿听到什么，”伊波利特·基里洛维奇按捺不住了，“无论这里的言辞多么雄辩、动人和富有感染力，你们千万要记住，此刻你们是站在正义的殿堂里。请记住，你们是我们的真理的维护者，是我们神圣的俄罗斯及她的基础、她的家庭、她所有神圣事物的维护者！是的，此刻你们代表俄罗斯，你们的判决不仅响彻这个大厅，而且响彻整个俄罗斯，整个俄罗斯将聆听你们，把你们当作自己的保护人和法官，你们的判决不是使他们振奋，就是使他们沮丧。请你们不要折磨俄罗斯，不要辜负她的期望，我们不幸的三驾马车正在向前飞驰，也许正在奔向死亡。在俄罗斯到处都有人伸开双手，大声疾呼要阻止这种疯狂的、不顾一切的飞奔。如果说现在其他民族还对横冲直撞的三驾马车退避三舍的话，那也许根本不是像诗人所希望的那样出于尊敬，而仅仅是出于恐惧——这一点你们可要注意。是由于恐惧，也可能是出于对它的厌恶，好在现在大家还给它让路，只怕他们一时性起，不再躲闪，而像一道坚实的墙那样挡住这个向前飞奔的幽灵，甚至动手制止我们这种疯狂的、不顾一切的飞奔，以便拯救自己，拯救教育和文明！我们已经听见了这些来自欧洲的令人担忧的呼声。这些呼声已经开始回荡。请你们不要用那种证明亲子弑父有理的判决去挑逗它们，不要去加深那日益增长的仇恨！……”

总而言之，伊波利特·基里洛维奇虽然陶醉在自己滔滔不绝的演说中，欲罢不能，但最后还是充满激情地结束了自己的发言，给大家留下异常深刻的印象。演说一结束，他连忙走出大厅，容我再说一遍，在另一个房间里他几乎晕了过去。全场没有鼓掌，但那些严肃的人们还是满意的，唯独太太们不那么满意，但她们还是十分赏识他的口才，更何况她们完全不担心其后果，她们期待着费丘科维奇能改变局面：“他总会发言的，他肯定会驳倒所有的人！”大家不时地朝米佳看一眼；检察官演说的时候，他自始至终默默地坐在那里，紧握拳头，咬着牙，低着头。他偶尔抬起头仔细倾听。在讲到格鲁申卡的时候他听得特别仔细。当检察官转述拉基京对她的看法的时候，他脸上露出了鄙夷而愤恨的笑容，还相当响亮地说了一声：“贝尔纳！”当伊波利特·基里洛维奇讲到在莫克罗耶怎样审问他折磨他的时候，米佳抬起了头，怀着极大的好奇心仔细聆听。检察官说到某件事的时候他似乎想跳起来大声说些什么，但他终于控制住了自己，只是轻蔑地耸耸肩。对这篇演说的结尾，就是检察官在莫克罗耶审讯罪犯的种种业绩，后来社会上曾经有过议论，还嘲笑伊波利特·基里洛维奇说：“这个人最后还是忍不住要炫耀一番自己的才能。”接着法庭宣布休庭，但时间很短，只有一刻钟，最多二十分钟。只听得人们在议论纷纷，感叹不已。有的我记住了：

“一篇严肃的演说！”一堆人中间有位先生皱着眉头说。

“心理分析他用得太多了。”一个声音说。

“他说的全是事实，是无法驳倒的真理！”

“是的，这是他的拿手好戏。”

“他做了总结。”

“他也给我们大家都做了总结，”第三个声音附和着，“在演说刚开始的时候，他说大家全跟费奥多尔·巴夫洛维奇一模一样，你们记得吗？”

“结尾时也这样说了。不过他这是在胡说。”

“有些地方说得也不明确。”

“有点忘乎所以了。”

“有失公正，有失公正。”

“不，毕竟说得很巧妙。人家等了好久，终于一吐为快，哈——哈！”

“辩护律师会说什么呢？”

另一堆人在议论：

“他刚才挖苦彼得堡的律师，我看大可不必。你们还记得他说‘富有感情’的那句话吗？”

“是的。他这样说不太讲究策略。”

“他太着急了。”

“他是个神经质的人。”

“我们现在说说笑笑，可被告是什么心情呢？”

“是啊，米佳心里是什么滋味？”

“且看辩护律师怎么说吧！”

第三堆人在议论：

“那位太太是谁？拿着长柄眼镜，胖胖的，坐在边上的那一位。”

“那是将军夫人，跟丈夫离了婚，我认识她。”

“怪不得还拿着长柄眼镜哩。”

“是个贱货！”

“不，还多少有点魅力。”

“她旁边隔两个座位坐着的那位金发女郎比她漂亮。”

“他们当时在莫克罗耶抓他的时候干得漂亮，是吗？”

“干得倒是挺利索。不过他又吹了一通。这件事他已经在这里挨家挨户讲过不知有多少遍了。”

“刚才又按捺不住了，虚荣心嘛。”

“他这个人一直不得志，嘿——嘿！”

“他动不动就生气。还喜欢卖弄口才，爱用长句子。”

“而且尽吓唬人，你们注意到没有，尽吓唬人。还记得他评价三驾马车的话吗？‘人家有哈姆雷特，我们这里暂时还只有卡拉马佐夫！’这句话他讲得巧妙。”

“他这是在讨好自由派。他怕他们！”

“他也怕律师。”

“是啊，费丘科维奇先生会说些什么呢？”

“无论他说什么，要说服我们这些乡下人是不可能的。”

“您这样认为吗？”

第四堆人的议论：

“关于三驾马车的那些话，就是谈到其他民族的那些话说得相当精彩。”

“你记得吗，他在有个地方讲到别的民族是不会等待的，这句话很有道理。”

“那又怎样？”

“上星期在英国议会里已经有一位议员就虚无主义问题站起来质问内阁：现在是不是该对野蛮民族进行干预，以便教化他们。伊波利特指的就是他，我知道他指的就是那位议员。他在上星期讲过这件事。”

“鹬鸟要孵出小鹬还远着呢。”①

“什么鹬鸟？为什么还远着呢？”

“我们可以关闭喀琅施塔得，不给他们粮食。他们到哪里去弄粮食？”

“不能到美国去买吗？现在已经买美国的粮食了。”

“这是胡说。”

这时候铃声响了，大家回到座位上。费丘科维奇登上了讲台。

十　律师的演说。两头都能打人的大棒

著名的演说家刚开始讲话，全场便鸦雀无声。全场的人都目不转睛地看着他。他说话开门见山，语气随和而自信，毫无盛气凌人的架势。他一点儿也不想卖弄口才，也不用慷慨激昂的语调和感情色彩强烈的语句。他好像在跟志同道合、亲密无间的朋友说话。他的嗓音很好听，响亮而亲

---

①俄国谚语，意为：离成功还远呢！

切，甚至这嗓音本身似乎就带有坦诚和憨厚。但大家立刻明白，这位演说家可以突然之间变得十分慷慨激昂，并“以一种神秘的力量拨动人们的心弦”。他的语言也许没有伊波利特·基里洛维奇那么规范，但他不使用冗长的句子，倒反而更加贴切。只有一点不受太太们欢迎：他老是躬着背，特别是在演说刚开始的时候，并不是在鞠躬行礼，却好像是要扑向听众似的，而且几乎是在背脊的中间弯下来，在他细长的背脊中间部位似乎安装了一副铰链，因而它差不多可以弯成九十度的直角。在演说开始时他讲得比较零乱，似乎没有系统，孤立地举出一个个事例，但最后却形成了一个整体。他的演说可以分为两部分：第一部分是批评，是对指控的反驳，有时很刻薄，充满了辛辣的讽刺。但在第二部分他似乎突然改变了语调，甚至连说话的方式也变了，一下子变得激越慷慨。这正是全场的人所盼望的，大家高兴得战栗起来。他开门见山，进入正题。一开始他就说，虽然他在彼得堡当律师，但到俄罗斯的其他城市去为被告辩护却并非初次，他所辩护的那些被告，不是确信他们无罪，就是预感到他们无罪。“现在我遇到的也是这样的情况，”他解释说，“在最初的新闻报道里我就已经觉察到一种使我特别惊讶的、有利于被告的东西。总之，首先使我感兴趣的是某种法律事实，虽然这种事实在司法实践中屡见不鲜，但我觉得像本案这样完整，这样富有特色却从未有过。这种事实本来应该在我讲话的最后部分，在我演说结束时再加以明确的表达，但是现在我想一开始就说出我的想法，因为我有个弱点，说话开门见山，不喜欢故弄玄虚，以期制造轰动效果和印象。从我这方面来说，这样做也许划不来，但可以看出我是真诚的。我的想法，我的提法，是这样的：绝大多数事实对被告不利，但如果分开来看，那就没有一个事例能经得起推敲！根据各种传闻和报纸的报道，我越来越认为自己的想法是正确的。这时候我突然接到了被告亲属要求替他辩护的邀请。我马上赶到这里，到了这里以后，我更加坚信自己的想法是正确的。为了打破所有这些事实构成的可怕的总体，为了指出据以指控的每个单独的事实缺乏根据和不符合实际，我现在承担了为这案子辩护的责任。”

辩护律师做了这番开场白，然后突然宣布：

“各位陪审员先生，我是新来乍到的人，我所获得的印象都不带偏见。性格暴烈、放荡不羁的被告以前也没有得罪过我，而他在这座城市里也许已经得罪了上百人，因此许多人早就对他抱有成见了。当然，我也承认，大家的义愤是理所当然的，因为被告性格暴躁放荡。尽管如此，这里的上流社会依然接待他，即使在才气横溢的公诉人家里他也受到了款待。（按[1]：这时候听众中响起了两三声笑声，虽然很快就忍住了，但是大家都听到了。我们这儿的人都知道，检察官允许米佳进入自己家门是违心的，唯一的原因是检察官的夫人不知为什么觉得米佳是个很有趣的人。她是一个道德高尚、受人尊敬的太太，但爱好幻想，脾气固执，在有些场合下，尤其在一些小事情上喜欢跟丈夫抬杠。不过米佳很少拜访他们家。）然而我要冒昧说一句，即使像我的对手那样善于独立思考和正直的人，也可能对我不幸的委托人抱有某种错误的偏见。啊，这是很自然的，人家对他有成见，这是他自己一手造成的。道德的感情，尤其是审美的感情受到伤害之后伤口往往是难以愈合的。不用说，在检察官才气横溢的公诉词中我们听到对被告的性格和行为进行了严格的分析，对他的罪行进行了严格的甄别，更主要的是在为我们解释案情本质的时候进行了深刻的心理分析，假如对被告个人多少抱有一种先入为主的仇视态度，那就不可能达到这样的心理深度。但在某种场合，有些东西要比先入为主的仇视态度更加糟糕，甚至更加有害。譬如说，我们醉心于某种所谓艺术的表演，需要进行所谓艺术创造，编写一部长篇小说，如果上帝赋予了我们丰富的心理分析能力，那就更加糟糕。我还在彼得堡的时候，在准备到这里来之前，就有人告诉我，其实即使没有人预先告诉我，我自己也知道，我在这里将遇到一位以深刻而又细腻的心理分析见长的对手，他的这个特长使他在我们年轻的法学界小有名气。不过，诸位，心理学虽然是一门深刻的学问，但它总还是像一根两头能打人的大棒（听众发出笑声）。啊，你们当然会原谅我这个粗俗的比喻；我不是那种能言善辩的高手。但我可以从检察官的演

① 原文为拉丁文。

说中随便找一个例子。那天夜里，在花园里，被告正要翻墙逃走时，用铜杵把拉住他腿的仆人打倒在地。接着他又立即从墙上跳下来，回到花园，在那被打倒的人身边忙碌了五分钟之久，竭力想弄清楚，他是不是被打死了。可是公诉人无论如何也不愿相信被告的供词，不相信从墙上跳下来回到格里戈里老人身边是出于怜悯。他说：‘不，在这样的时刻一个人会这样多情善感吗？这是违反常理的。他跳下来只是为了弄清楚：他罪行的唯一见证人还活着还是被打死了，他的这个举动恰恰也证明他确实犯下了罪，因为他跳回花园不可能有别的原因，不能出于别的动因和感情。’这就是心理分析；但如果我们也把这种心理分析拿来应用到这件案子上，只是从另一个角度，结果也同样会合情合理。凶手跳下来是出于一种防范心理，他想弄清楚证人是否还活着，可是据公诉人自己说，被告刚才在他被害父亲的房里，留下了重要的罪证——一只被撕破了的信封，上面注明内有三千卢布。‘只要他带走了这只信封，那么全世界谁也不知道曾经有过一只装着钱的信封，不知道钱被被告抢走了。’这是公诉人自己说的话。瞧，一会儿说人家不够谨慎，惊慌失措，吓得夺路而逃，却把罪证留在地板上，但两三分钟以后又打死了另一个人，这时候他为了讨好我们又马上表现出冷酷而精明的谨慎。好吧，就算事情果真这样：心理学的奥妙就在这里，在前一种情况下我像高加索的苍鹰那样嗜血成性，目光敏锐，而过了一分钟却又变得像一只小鼹鼠那样目光短浅，胆小谨慎。但如果我真的那么残忍而狡猾，杀了人以后还要跳下来看一看我的证人是否活着，那么又何必在我的新牺牲品身上忙活了整整五分钟，而且很可能还会招致新的见证人呢？为什么还要用手帕擦去受害者头上的血，弄脏手帕，莫非是为了让这块手帕日后成为我的罪证吗？不，如果我真是那样狡猾和残忍，那么跳下来以后何不用原来的铜杵朝仆人头上再猛砸几下，干脆把他打死，彻底消灭证人，除掉我的心病呢？最后，如果我从墙上跳下来是为了检查我的证人是否活着，那为何又立即在小径上留下了另一名‘证人’——那把铜杵呢？那铜杵是我从两个女人那里拿的，她俩以后总能认出这把铜杵是她们的东西，并且能证明是我从她们那儿取走的。这铜杵不是无意间忘在小径上，也不是因为粗心或张皇失措而掉在那里的，不，我恰恰是故意把凶器扔掉的，因为它是在离格里戈里受害的地方约有十五步远的小径上找到的。现在要问，我这样做究竟为什么呢？我之所以这样做，就是因为我杀死了老仆人而感到难过，因此在懊恼中，一面诅咒一面把杀人凶器扔掉，只能是这样，不然为什么要使这么大的劲扔掉呢？既然杀了人以后感到痛苦和怜悯，那么自然我没有杀死父亲。如果杀死了父亲，那就不会因为怜悯而从墙上跳下去看另一个被害的人，那样的话就会有另一种心情，那就根本不会产生怜悯，而只会想到怎样拯救自己，这是必然的。我要再说一遍，那样的话就会彻底砸烂他的脑袋，而不会去照料他达五分钟之久。怜悯和美好的感情之所以占一席之地完全是因为在这之前他的良心是洁净的。所以，这又是另一种心理分析。我刚才特意使用了心理分析的方法，各位陪审员先生，目的是要清楚地表明，从心理分析中可以随心所欲引出任何结论。关键是要看掌握在谁的手里。心理分析甚至可以诱使最严肃的人去编造故事，而且这是身不由己的。我指的是多余的心理分析，各位陪审员先生，指的是滥用心理分析。”

这时候听众中又发出赞赏的笑声，这全是针对检察官而发的。我不打算详细引述辩护律师的全部演说，只想从中选出一些地方，几个最最主要的段落加以叙述。

十一　不存在这笔钱。也没有发生抢劫的事

辩护律师的演说中有一个使大家都感到十分惊讶的论点，那就是他完全否认这倒霉的三千卢布的存在，因而也就否定了抢劫的可能性。

“各位陪审员先生，”辩护律师开始说，“在本案中有一个典型的特殊情况使任何一个新来的、不抱成见的人感到惊讶，这就是一方面指控抢劫，但同时却又无法具体指明被抢劫的是什么。据说，被抢走的是钱，恰好是三千卢布。但这笔钱是否确实存在——这一点谁都不知道。请你们想

一想：首先，我们是怎样知道有这三千卢布的？谁看见过这笔钱？看到过这笔钱，而且还指出钱是放在一只注明了收信人的信封里的只有仆人斯梅尔佳科夫。还在惨祸发生之前，他就把这一信息告诉了被告和他的二弟伊凡·费奥多罗维奇。此外，还告诉了斯韦特洛娃小姐。但是这三个人都没有亲眼见过这些钱，只有斯梅尔佳科夫一人见过，这里自然而然出现一个问题：假如真的有这笔钱，斯梅尔佳科夫也确实见到过，那么他最后一次是在什么时候见到的？如果主人又从被褥下面把这笔钱重新取了出来并把它们再放回到了钱箱里，但是没有告诉斯梅尔佳科夫，会不会是这种情况呢？请注意，据斯梅尔佳科夫说，钱放在床上的褥子下面，被告本来应该把钱从褥子底下取出来，但是现在被褥一点也没有弄皱。这一点在记录中写得清清楚楚。被告怎么可能一点儿不弄皱床铺？尤其是他那沾满鲜血的双手怎么没有弄脏那天特地新铺上的薄床单呢？也许有人会说：那么地板上的信封又如何解释呢？关于这只信封，确实值得谈一谈。刚才我感到有点吃惊：才气横溢的公诉人提到了这只信封，就在他指出怀疑斯梅尔佳科夫杀人是十分荒谬的时候，他自己亲口说，诸位请听清楚了，是他自己亲口说的：‘假如没有这只信封，假如这只信封没有留在地板上作为物证，假如盗贼把它带走，那么全世界没有人会知道有这只信封，信封里还装着钱，所以，钱肯定是被告抢走的。’因此，连公诉人本人也承认，这张上面写了几行字的碎纸片成了指控被告抢劫的唯一依据，‘不然的话，谁也不知道抢劫的事，也许就根本不知道有这笔钱’。但是难道就这么一张掉在地板上的纸片就能证明里面装着钱，而且，这些钱被抢走了吗？人们会回答说：斯梅尔佳科夫不是看见过信封里装有钱吗？但是他在什么时候，最后一次是在什么时候见到的？这就是现在我要提出的问题。我和斯梅尔佳科夫谈过话，他告诉我，他是在惨祸发生的前两天见到这些钱的！可是我为什么就不能设想这样一种情况呢，譬如说，费奥多尔·巴夫洛维奇老人把自己关在家里，怀着焦急而狂热的心情等待自己心爱的女人，由于闲得发慌，突然想到要把信封拿出来拆开，他心里想：一只信封算得了什么，她还不一定相信呢，如果我给她看一沓三十张一百卢布的钞票，可能效果会更好些，她口水都会流出来，于是他就撕开信封，把钱取出来，随手把信封扔在地板上，作为这些钱的主人，他当然不用担心这信封会构成什么罪证。请注意，各位陪审员先生，这种假设，这种情况不是很可能的吗？为什么不可能呢？要是类似的假设能成立的话，那么对抢劫的指控便不攻自破了：本来就不存在这笔钱，所以也没有发生抢劫的事。如果留在地板上的信封是罪证，说明信封里装着钱，那么我为什么不能提出相反的观点，即信封之所以丢在地板上，就是因为里面已经没有钱了，钱早已被主人自己取了出来？‘有道理，但是既然费奥多尔·巴夫洛维奇自己已经从信封中取出这笔钱，在他家里搜查时又没有找到，那么这笔钱究竟到哪儿去了呢？’第一，在他的钱箱里找到了一部分，第二，他可能在早晨，甚至在前一天就已经把钱拿了出来，做了别的用处，支付给别人了，寄走了，或者改变了主意，彻底改变了行动计划，他这样做的时候，认为根本没有必要预先告诉斯梅尔佳科夫。如果这种假设可以成立，那怎么可以一口咬定说被告要谋财害命而且肯定确实有抢劫的事呢？这样一来，我们不就等于进入了小说创作的领域吗？既然肯定某件东西被盗，那就应该指出这件东西，至少应该确凿地证明它是存在的。可是这件东西谁也没有看见过。不久前在彼得堡有一个年轻人，几乎还是个孩子，只有十八岁，是一个街头小贩，在光天化日之下提了一把斧子闯进一家钱庄，胆大包天地砍死了老板，抢走了一千五百卢布。五小时以后他被捕了。除了他已经花掉的十五卢布以外，从他身上搜出了全部钱款。此外，一名在凶杀案发生以后回到店里的伙计不仅向警方报告了一共被抢走了多少钱，而且还说出了这笔钱有哪几种票面，即有多少张一百卢布、五卢布、十卢布，多少金币，而在被捕的凶手身上搜出的恰好就是这些钞票和金币。不仅如此，凶手也彻底坦白了他杀人并抢走这笔钱的事实。各位陪审员先生，我认为这才是真正的罪证！因为我能知道、看到并触摸到这些钱，我不能说现在或者过去根本就没有这笔钱。本案的情况是这样吗？要知道这事情关系着一个人的生死，一个人的命运。也许有人会说：‘有道理，但他在那天晚上花天酒地，挥金如土，在他身上搜出一千五百卢布——这些钱他是从哪儿搞来的呢？’可是正因为只发现了一千五百卢布，而另外的一半却无论如何也找不到，查不出，这恰好证明这根本不是那些钱，也从来没有装进过任何信封里。根据时间推算（而且非常精确），预审中已经查明并证实，被告离开女佣去找佩尔霍金的途中并没有回家，也没有到别的地方去过，在其后的所有时间里一直在众目睽睽之下，所以他不可能从三千卢布中分出一半隐藏到城里的什么地方。而公诉人却认为这些钱被藏在莫克罗耶村的某个缝隙里。诸位，莫非藏到了尤道弗孤堡①的地下室里了吗？这种假设不是荒诞不经，不是太浪漫离奇了吗？请大家注意，只要这种假设，即把钱隐藏在莫克罗耶的假设不能成立——对抢劫的全部指控便化为泡影，因为要是那样的话，这一千五百卢布究竟在哪里？究竟到哪里去了呢？既然已经证实，被告没到什么地方去过，那么这些钱怎么会奇迹般地消失了呢？我们居然打算用这种虚构的故事毁掉一个人的生命！有人会说：'他终究无法说明在他身上发现的那一千五百卢布是从哪儿来的，况且大家都知道，在那天晚上之前他并没有钱。'可是谁知道这件事呢？被告本人提供了明确而始终如一的证词，说明了钱的来历，如果你们愿意，各位陪审员先生，如果你们愿意，那我可以说，再也没有，也不可能有什么比这一证词更加可信而且更加符合被告性格和心理了。公诉人很喜欢自己虚构的故事：一个意志薄弱、决定收下未婚妻为了羞辱他而向他提供的三千卢布的人，绝不可能分出一半的钱缝入香囊，相反，即使缝了进去，那也会每隔两天拆开一次，每次用掉一百卢布，在一个月之内统统花光。请记住，这一切都是用不容反驳的语气讲的。可是如果根本不是这么回事，那怎么办呢？如果你们编了一个故事，而故事的主人公完全是另一个人，那怎么办呢？问题就在于你们确实编造出了另一个主人公！大概有人会反驳：'有人可以证明他在莫克罗耶村，在惨祸发生前的一个月，一下子就像花掉一个戈比那样把韦尔霍夫采娃给他的三千卢布挥霍殆尽，因此，他不可能从这笔钱中分出一半来。'可是这些证人是什么人呢？这些证人的可靠程度在法庭上已经暴露无遗了。此外，别人手里的那块面包看上去总要大

① 指英国女作家拉德克利夫（1764—1823）的小说《尤道弗的秘密》（1794）中描写的一个孤堡。

一些。最后，证人之中没有一个人亲自数过这些钱，而只是凭目测估计的。证人马克西莫夫不是做证说被告手里有两万卢布吗？你们瞧，各位陪审员先生，由于心理学是根两头都能打人的大棒，那么请允许我使用一下这根大棒的另一端，让我们来看看结果是否相同。

"在悲剧发生前的一个月，韦尔霍夫采娃小姐委托被告到邮局去汇出三千卢布，但这里有个问题：委托他办这件事是否像刚才说的那样完全是为了羞辱他、贬低他？在韦尔霍夫采娃小姐对这个问题的第一次证词中并没有这样说，完全不是这样说的；在第二次证词中我们只听到怨恨、报复的呼声，长期隐藏在内心的仇恨的呼声。既然证人在第一次做证时的说法是不正确的，那么仅此一端就足以使我们有权断定，第二次的证词可能也是不正确的。公诉人'不愿意，也不敢'（这是他的原话）涉及这一浪漫史。那么好吧，我也不去涉及，但请允许我指出，如果一位纯洁而又道德高尚的女性（受人崇敬的韦尔霍夫采娃小姐无疑是这样的人），如果这样的一位女性居然会突然在法庭上一下子推翻自己的第一次证词，企图将被告置于死地，那么很清楚，她的第二次证词也不可能不带有偏见，也不可能是冷静的。难道可以剥夺我们断定一个复仇的女人言过其实的权利吗？是的，她过分夸大了她交给他那笔钱时他所蒙受的羞辱。相反，她给他这笔钱的方式恰好是可以接受的，特别是对于像我们的被告那样一个轻率的人来说完全是可以接受的。主要是，他当时指望很快会收到父亲欠他的那三千卢布。这是轻率的，但正因为他的轻率才坚信父亲一定会付给他那笔钱，他也会收到这笔钱，因此，他随时都可以把韦尔霍夫采娃小姐委托的那笔钱汇出去，从而还清这笔债务。但公诉人无论如何也不愿意相信，被告能在当天，在受到指责的那天从拿到的钱中分出一半缝入香囊。他说：'他不是这样的人，他不可能有这种感情。'可是您自己不是也大声宣扬卡拉马佐夫心胸开阔，说卡拉马佐夫可以同时看到两个对立的深渊。卡拉马佐夫的天性就是具有这两个方面，能体察两个深渊，因此即使纵酒狂饮的欲望十分强烈，但如果有什么东西从另一面打动他，他就会马上改弦易辙。这另一面就是爱情，而且正是这种干柴烈火般的爱情，为了这种爱情他迫切需要钱，其迫切的程度甚至大大超过与心爱的人一起纵酒作乐的需要。她只要对他说‘我是你的，我不要费奥多尔·巴夫洛维奇’，他就马上带着她远走高飞——有了钱他才能这样做。这当然比纵酒狂饮更加重要。卡拉马佐夫能不理解这个道理吗？这正是他的心病，正是他所担忧的，因此他分出这一半的钱藏起来以防万一，这又有什么不可能的呢？但时间在一天天过去，而费奥多尔·巴夫洛维奇不仅没有把三千卢布付给被告，反而听说他想用这笔钱去引诱他的心上人。他想：‘如果费奥多尔·巴夫洛维奇不愿把钱还给我，那我在卡捷琳娜·伊凡诺芙娜面前岂不成了一名贼吗？’于是他产生了一个念头，就是要把一直藏在香囊里的那一千五百卢布放到韦尔霍夫采娃小姐面前，对她说：‘我是卑鄙小人，但不是贼。’所以，这是他像爱护自己眼珠那样爱护这一千五百卢布，绝对不会拆开香囊，一百卢布、一百卢布地逐渐把钱花光的双重原因。为什么你们要否定被告的荣誉感呢？不，荣誉感在他身上是存在的，就算它是畸形的，就算它常常是错误的，但它毕竟是存在的，甚至达到了狂热的程度，而且他已经证明了这一点。可是情况越来越复杂，妒忌的痛苦达到了极限，在被告狂热的头脑里原先的那两个老问题越来越折磨着他：‘要是我把钱还给卡捷琳娜·伊凡诺芙娜，那我用什么钱来带格鲁申卡走呢？’如果说这一个月来他这样胡作非为，纵酒狂欢，在小酒店里惹是生非，可能就是因为自己心里苦闷，简直无法忍受。这两个问题最后终于尖锐到了使他绝望的境地。他派了他的三弟到父亲那儿最后一次催讨那三千卢布，但没等到回音，就自己闯到父亲家里，当着众人的面把老人痛打了一顿。这样一来，他当然再不可能从任何人那儿拿到钱，挨了揍的父亲决不会给他了。就在那天晚上他捶打自己的胸膛，就是捶打胸前挂香囊的那个部位，还向弟弟发誓说他有办法不做卑鄙小人，但实际上他终将成为一个卑鄙小人，因为他预见到他不会利用这个办法，他缺乏精神力量，缺乏坚强的性格。为什么公诉人不相信阿列克谢·费奥多罗维奇所提供的那么纯洁，真诚，没有事先准备，合情合理的证词？为什么硬要我相信藏在旮旯里、藏在尤道弗孤堡地下室里的那笔钱呢？就在那天晚上，在与三弟谈话之后，被告写了那封倒霉的信，于是这封信便成了被告抢劫的最主要、最重大的证据！‘我要向所有的人借钱，如果他们不给，那么只要伊凡一走，我就杀死父亲，从被褥下面拿走他装在用红绸带扎好的信封里的钱。’——这就是完整的凶杀计划，怎么会不是他呢？‘完全是按计划行事！’——公诉人惊呼道。但是，第一，信是醉后写的，而且是在非常气愤的情况下写的；第二，关于信封的那些话都是听斯梅尔佳科夫说的，他自己没有亲眼见过那只信封；第三，写是写了，但是不是照写的做了呢？凭什么可以证明呢？被告在枕头底下有没有拿到那信封？有没有找到钱？这钱究竟存在不存在？被告真是去抢钱吗？请你们想一想、想一想吧！他不顾一切地跑去不是为了抢劫，而只是想知道她在哪儿，这个使他伤透了心的女人在哪儿——所以他不是根据计划，不是按照信上写的那样，也就是说，不是为了预谋的抢劫才跑到那儿去，而是突然地、偶然地、在疯狂的妒忌中跑到那儿去的！有人会说：‘不错，但他毕竟跑去杀了人，抢了钱。’但他到底杀了人没有呢？我怀着愤懑的心情否定抢劫的指控：如果不能确切地指明被抢去了什么东西，那就不能指控抢劫，这是明显的道理！但他杀了人没有呢？他是否杀了人而没有抢劫呢？这一点是否已经证明了呢？这会不会是虚构的故事呢？”

十二　也没有发生谋杀

“请听我说，各位陪审员先生，这事关系到一个人的生命，需要格外谨慎。我们刚才听到公诉人自己承认，直到最后的一天，直到今天开庭之前，对于是否指控被告完全是蓄意谋杀一事还犹豫不定，直到今天向法庭出示了那封倒霉的‘酒后写的’信之后才不再犹豫。‘白纸黑字，铁证如山！’但我要再说一遍：他是跑去找她，跟踪她，一心想了解她在哪儿。这是不容置疑的事实。假如她在家，他就什么别的地方也不会去，会留在她身边，也就不会去履行自己信中的承诺。他是突然跑去的，完全出于偶然，至于酒后写的那封信，当时他也许早就忘得一干二净了。‘据说他抓了把铜杵拿在手里’——你们应该记得，就是从这把铜杵引出了一连串的心理分析：为什么他要把这铜杵当作凶器，为什么把它当作凶器带在身边，等等。这里我产生了一个非常寻常的想法：如果这把铜杵不是放在显眼的地方，不是放在被告能拿到的架子上，而是收在柜子里，那么被告也不会一眼就看到，他就不会带凶器，而是空手跑出去，那样也许就不会杀死任何人。因此我怎么能断定铜杵就是预谋杀人的证据呢？是的，他曾经在小酒店里扬言要杀死父亲，而在两天前，在喝醉了酒写信的那天晚上，他却很安静，在小酒店里只跟一个商店的伙计吵了架，‘因为卡拉马佐夫不能不吵架’。对这一点我是这样认为的，假如他事先想好了要杀人，而且要按计划进行，照写的那样去做，那么他肯定不会去跟那个伙计吵架，很可能根本不会进小酒店，因为一个人如果打定了主意要干这种事情，他总要让自己平静下来，尽量不去抛头露面，尽量避开人家的耳目，‘最好忘掉我这个人’，这不仅仅是出于什么心计，而是出于本能。各位陪审员先生，心理学是根两头能伤人的大棒。我们也能掌握心理学的奥妙。至于说到这个月他在小酒店里大声嚷嚷的那些话，那么即使孩子争吵或者那帮游手好闲的酒鬼吵吵嚷嚷走出酒店的时候也免不了威胁说，‘我杀了你’，但实际上他们是不会去杀人的。就是那封倒霉的信本身，不也就是醉后的气话，不就是酒鬼走出酒店时叫嚷的‘我要杀人，我要把你们统统都杀死’之类的气话吗？为什么不是这样，为什么不可能这样呢？为什么这封信是那么重要？为什么它并不可笑？就是因为发现他父亲被杀害了，因为有一位证人看到被告手拿凶器正要逃出花园，而且他自己也被那人打倒在地，一切都是按照书面计划执行的，因此这封信不是可笑的，而是至关紧要的了。谢天谢天，我们总算谈到了要害：‘既然他在花园里，那就是他杀的。’‘既然他去过，那一定就是他’，这句话就包括了一切，全部指控可以归结为‘既然他去过，那一定就是他’这一句话。可是如果他去过，但不一定就是他呢？啊，事实的总和，事实的巧合胜于雄辩，这我同意，但是请把这些事实个别地加以考察，不要迷恋于它们的总和：被告说他从父亲的窗下跑开了，可是公诉人为什么无论如何也不愿承认被告供词的真实性呢？你们一定还记得公诉人刚才大肆嘲弄凶手居然会大发慈悲心。如果确实有过这类感情，虽然不能说大发慈悲，但毕竟有过虔诚的感情，那又会怎样呢？‘一定是母亲在此刻替我做了祈祷’，被告在预审时做了这样的供述。因此，等到他确信斯韦特洛娃不在父亲家里之后他就跑了。‘可是他隔着窗户不可能看清楚。’公诉人反驳我们说。为什么不可能呢？要知道窗户是根据被告发出的暗号打开的。这时候费奥多尔·巴夫洛维奇可能说过一句什么话，可能发出过什么喊声，因此被告可以立即断定斯韦特洛娃不在那里。为什么一定要根据我们的想象，想当然地加以推测呢？在现实生活中可能会出现上千种连最精细的小说家都无法发现的情况。‘是的，但格里戈里看见门开着，因此，被告一定到过房间里，因此是他杀了人。’关于这扇门，各位陪审员先生……你们注意到没有，只有一个人证明这扇门开着的，而且这个人当时又处于那种状态……好吧，即使门开着，就算被告撞开了门，就算他出于一种自我保护的意识而说了谎，这在他的处境中是完全可以理解的，就算他溜进了房间，在房间里待过——那又能说明什么呢，为什么在房间里待过就一定是他杀了人呢？他可能闯进去，可能到各个房间找过，可能把父亲推倒了，甚至可能打了父亲，但是当他证实了斯韦特洛娃不在父亲那里之后，他就离开了，而且因为她不在，因为他没有杀死父亲就离开而感到庆幸。也许正因为如此，过了一会儿他才会从板墙上跳下来去看被他失手打倒的格里戈里，因为他还能产生纯洁的感激之情，还能产生同情和怜悯，因为他摆脱了杀父的诱惑，因为他还能意识到自己有一颗纯洁的心，因为他还能为没有杀害父亲而感到庆幸。公诉人把被告在莫克罗耶村的可怕心情向我们描绘得淋漓尽致，非常令人信服，这时爱情再次呈现在他面前，新的生活在向他召唤，但他却已经不能再爱了，因为在他身后有一具他父亲的鲜血淋淋的尸体，在这尸体后面就是死刑。可是公诉人毕竟还是承认了这种爱情，虽然他用自己的心理分析进行解释：‘酒醉状态，罪犯被押赴刑场，期待着还有很长时间……’公诉人先生，容我再次问您，您是不是创造了另外一个人？被告真是这样，真是这样粗笨，这样没有人性，以致在身上沾满父亲鲜血的情况下还能考虑爱情以及在法庭上怎样抵赖吗？不，不，绝不！假如他身后确实躺着父亲的尸体，那么只要一发现她爱他，在向他发出召唤，要给予他新的幸福，那我能起誓，他当时肯定会双倍地甚至三倍地感到应该自杀，而且一定也会自杀的。不，他绝不至于忘记自己手枪放在什么地方！我了解被告：公诉人硬栽到他头上的那种粗野而麻木的冷酷无情是与他的性格不相容的。他会自杀，这是肯定无疑的；他之所以没有自杀就是因为‘母亲为他做了祈祷’，他在父亲被杀这件事上是问心无愧的。那天晚上在莫克罗耶他只是为受到他伤害的格里戈里老人而感到非常痛苦和难过，他暗自祷告上帝，希望老人苏醒后站起来，希望老人受到的打击不至于是致命的，因而免得自己为他而受到惩罚。为什么不能接受对于这些事情作这样的解释呢？我们又有什么确凿的证据说明被告在扯谎呢？可是人们又会马上向我们指出：那他父亲的尸体是怎么回事呢？他跑出房间，没有杀人，那么老人是谁杀的呢？

“我要再说一遍，公诉人的全部逻辑便是：不是他杀的，那又是谁杀的呢？除了他再也找不出别人了。各位陪审员先生，是这样吗？果真是，确实是找不出别的人了吗？我们听到公诉人扳着手指头算了那天夜里在这幢房子里和到过那里的人。总共有五个人。其中三个，我同意，完全不应该受怀疑的，那就是死者本人，格里戈里老人和他的妻子。其余两人就是被告和斯梅尔佳科夫。公诉人慷慨激昂地大声说，被告之所以指控斯梅尔佳科夫，因为他不可能指控别的人，只要有第六个人，甚至是第六个人的影子，那被告马上会放弃对斯梅尔佳科夫的指控，因为那样太说不过去了，而会指控这第六个人。但是，各位陪审员先生，为什么我不能得出完全相反的结论呢？现在只有两个人：被告和斯梅尔佳科夫。为什么我不能说，你们所以指控我的当事人，只是因为你们没有别的人可以指控呢？所以没有人可以指控也仅仅是因为你们抱有成见，预先就把斯梅尔佳科夫排除在一切嫌疑之外。是的，指控斯梅尔佳科夫的只有被告本人，他的两个兄弟和斯韦特洛娃，再也没有别人了。但总还有人在指控他，这就是社会上隐隐约约流传的某种疑问，某种怀疑。可以听到一些隐隐约约的传闻，可以感觉到人们在期待着什么。最后，把各种事情稍加对照，也可以说明一些问题。当然我也承认，这未必十分准确：首先，恰巧在发生惨祸的那天癫痫发作，而公诉人不知为什么千方百计维护并坚持这种说法。其次，斯梅尔佳科夫在开庭前夕突然自杀身亡。接着是被告的二弟今天在法庭上做出了同样出人意料的证词，在这之前他一直相信他的哥哥有罪，今天却突然出示了那笔钱，同样声称杀人凶手是斯梅尔佳科夫！我跟法官和检察官一样，完全相信伊凡·卡拉马佐夫是一位病人，犯有震颤性谵妄症，他的证词确实可能是一种把罪责推到死者身上、拯救哥哥的冒险尝试，而且是在梦呓中想出来的。但是不管怎么说，他毕竟提到了斯梅尔佳科夫的名字，毕竟可以感到颇费猜测的东西。各位陪审员先生，这里似乎有某种东西还没有说出来，没有说完。也许以后会说出来的，但是这一点我们现在姑且不谈，以后再说。法庭刚才决定继续审理，现在趁大家等待判决的机会，我想谈一些看法，譬如谈谈死者斯梅尔佳科夫的性格特征，因为公诉人刚才对他的性格做了非常细腻、非常有才气的鉴定。我虽然佩服公诉人的才华，但是对他鉴定的实质却不敢完全苟同。我到斯梅尔佳科夫那儿去过，我见过他，与他谈过话，他给我的印象完全不同。他身体很虚弱，这是事实，可是就性格、就精神而论——他绝不像公诉人所说的是那种非常软弱的人。特别是我在他身上并未发现胆怯，就是公诉人向我们突出地描写过的那种胆怯。他根本没有那种忠厚诚朴的心地，相反，我发现他的天真中间隐藏着一种极端的不信任感，以及善于观察的智慧。公诉人说他智力低下，这未免太天真了。他给我的印象是十分明确的：我离开他的时候确信，他是一个十分狠毒、异常虚荣、报复心和妒忌心都极其强烈的人。我收集了一些材料：他憎恨自己的出身，为自己的出身感到羞耻，想到自己是'臭烘烘的女人生的'就恨得咬牙切齿。对童年时代的恩人格里戈里和他的妻子并不尊敬。他咒骂俄国并嘲笑它，他的理想是到法国去当个法国人。他以前常说他没有钱实现这理想。我觉得，除了自己他不爱任何人，他又极端地自高自大。他认为文明就是穿漂亮、整洁的衣服和擦得锃亮的皮靴。他自认为是费奥多尔·巴夫洛维奇的私生子（这也有事实依据），跟主人的几位合法子女相比，他憎恨自己的地位：他们拥有一切，而他却一无所有，他们拥有一切权利，可以获得遗产，而他只不过是一个厨子。他告诉我，他亲自跟费奥多尔·巴夫洛维奇一起把钱装进信封。这笔钱的用途他当然是痛恨的，因为如果他有这笔钱，就可以创立自己的事业。再加上他看到了这崭新的花花绿绿的三千卢布（关于这一点我故意问过他）。唉，你们千万不要在妒忌而自私的人面前一下子显露大笔的钱，而他恰恰是第一次看到一个人手里有这么多钱。这一大沓一百卢布的钞票可能在他的头脑中产生了强烈的影响，尽管一开始暂时还没有引起什么后果。才气横溢的公诉人精细入微地向我们勾画了种种赞成和反对[1]指控斯梅尔佳科夫的假设，尤其是提出了这样一个问题：为什么他要假装癫痫发作？是的，其实他大可不必假装癫痫发作，癫痫可以自然而然地发作，但也可以自然而然地消失，病人可以苏醒过来。假定这病无法治愈，但病人总会恢复知觉，苏醒过来，癫痫发作的症状一般都是这样。公诉人问：斯梅尔佳科夫哪有时间去实行凶杀？要指出这种时机是很容易的。他可从沉睡中苏醒过来（因为他只不过在熟睡罢了；癫痫病人犯病之后总是昏睡不醒），就在格里戈里老人抓住翻墙逃跑的被告的一条腿，厉声大喝'弑父凶手'的时候。在万籁俱寂的深夜，这非同寻常的叫喊声，可能吵醒斯梅尔佳科夫，因为这时候他也许睡得不太熟，也许一小时前他已经开始渐渐苏醒了。他从床上爬起来，他几乎是无意识地，没有任何目的地循声走去，想看看出了什么事。他脑子还迷迷糊糊的，神志不太清楚，但他已经到了花园里，朝着亮有灯光的窗户走去。老爷见到他当然很高兴，于是就把这可怕的消息告诉了他。他的思维一下子异常地活跃起来。他从惊恐万状的老爷那儿了解到一切细节。于是渐渐地，在他混乱而有病的头脑中产生了一个想法——一个非常可怕却又非常诱人，完全合乎逻辑的想法：杀人，拿走这三千卢布，再嫁祸于大少爷；除了大少爷还能怀疑谁呢？除了大少爷还能指控谁呢？罪证俱在，他不是到过这里吗？对金钱的贪婪、攫取这笔钱的强烈欲望以及可以不受惩罚的想法简直使他激动得喘不过气来。遇到合适的机会，这种突发的和难以抗拒的冲动是经常会出现的，尤其是突然出现在那些在一分钟以前自己还不知道要杀人的杀人犯身上！因而斯梅尔佳科夫可以进入主人的房间，实现自己的计划。用什么办法？用

---

① 原文为拉丁文。

什么凶器？——就用他在花园里随手捡到的第一块石头。但为什么要这样做？有什么目的？要知道这是整整三千卢布啊，这就是他的前途。啊！我并没有自相矛盾：这笔钱也许是有的，是存在的。也许只有斯梅尔佳科夫一个人知道在什么地方可以找到这些钱，这钱放在主人房间的什么地方。‘那么装钱的封套，地板上那个撕开的信封是怎么回事呢？’刚才公诉人提到这只信封的时候谈出了一个特别的想法：他认为只有像卡拉马佐夫这样初次作案的贼才会把信封遗留在地板上，而像斯梅尔佳科夫这样的人无论如何也不会给自己留下罪证的。各位陪审员先生，刚才我听他这样说的时候突然感到有点耳熟。你们能想得到吗，就在两天之前，我听斯梅尔佳科夫说过这样的想法，他对卡拉马佐夫将会怎样处理这只信封做过这样的猜测。不仅如此，使人更加惊讶的是，我觉得他故作天真，把话讲在前面，把这种想法强加给我，让我自己产生同样的想法，他好像是在向我做某种暗示。他有没有向侦查人员暗示这种想法呢？他有没有让才气横溢的公诉人也接受了这种想法呢？人们会说：那位老妇人，格里戈里的妻子是怎么回事呢？要知道她听到病人在她身边呻吟了整整一夜。是的，她听见了，但这种印象是经不起推敲的。我认识一位夫人，她痛苦地抱怨院子里一条杂种狗吵得她整夜不得安宁，不让她睡觉。但是，后来搞清楚了，这条可怜的小狗整整一个晚上不过叫了两三声。这种情况是很自然的；一个人在睡觉，突然听到了呻吟声，他醒了过来，因为被吵醒而很恼火，但一会儿睡着了，过了两小时又听了呻吟声，他又醒过来，然后又睡着了，后来又一次听到呻吟声，而且也是相隔两小时，一夜之间一共只有两三次。这个人第二天早上起来抱怨说，有人呻吟了整整一个晚上，不断地把他吵醒。他必然会有这样的感觉：每隔两小时熟睡的那些时间他不记得了，他只记得被吵醒的那几分钟，因此他觉得被吵得一夜没睡着。公诉人大声问道：为什么，为什么斯梅尔佳科夫在临死前写的字条中没有承认呢？‘这件事情是凭良心做的，而另一件事不是凭良心做的’。不过要知道：良心——这已经是忏悔了，但凶手也许就没有忏悔之心，他只有绝望。绝望和忏悔是完全不同的两码事。绝望可能是狠毒的、不可克服的，凶手自杀的时候，也许加倍地仇恨那些他所妒忌了一辈子的人。各位陪审员先生，请你们当心错判案子！我现在向你们提供和说明的一切究竟有什么不合情理的呢？能找出我叙述中的错误吗？能找出不可能的荒谬的东西吗？如果在我的假设中哪怕有一点可能的影子，哪怕有点合情合理的影子——那你们就暂且不要做出判决吧，更何况这里难道仅仅是影子吗？我以一切圣物起誓，我完全相信我现在向你们提供的有关凶杀的一切解释。最最使我不安和愤慨的还是这样一种想法，即公诉人用来指控被告的大量事实中没有一件是确凿而不可辩驳的，这个不幸的人仅仅由于这些事实的总和而将遭到毁灭。是的，这总和实在太可怕了；这鲜血，这从手指上滴下来的鲜血，血染的衬衣，这黑暗的夜晚，这回荡在黑夜中的'弑父凶手'的喊叫，这打破了脑袋、号叫着栽下去的老人，再加上这一大堆片言只语、证词、手势和叫喊声——啊，这一切对一个人会产生多大的影响，多么能够左右他的看法，各位陪审员先生，难道你们也会被别人牵着鼻子走吗？请记住，你们被赋予了无限的权力，你们握有生杀大权。但是权力越大，行使权力的后果越是可怕！我一点儿也不放弃我刚才所说的话，即使退一步说，即使我暂时同意公诉人的意见，说我不幸的当事人杀害了父亲。我再说一遍，这无非是一种假设，我从来也不怀疑他的清白，即使退一步说，假定我的当事人犯了杀父大罪，即使我同意做出这种假设，那也请你们听完我的话。我心里还有话要对你们说，因为我预感到你们的心里和头脑里正在进行一场激烈的斗争……请原谅我这句话，各位陪审员先生，它涉及了你们的心和头脑。但我想做一个完全公正和真诚的人，让我们大家都开诚相见吧！……"

讲到这里的时候，一阵相当热烈的掌声打断了辩护律师。确实，他最后几句话讲得非常诚恳，大家都觉得他也许真有话要说，他现在要说的那些话一定是最重要的。可是首席法官听到了掌声以后，大声威胁说，如果再次发生"类似情况"，就要"驱逐出庭"。大家安静下来，费丘科维奇开始以一种新的、充满感情的、跟刚才不同的语气继续他的演说。

十三　诲淫诲盗的评论家

“各位陪审员先生，毁了我的当事人的不只是事实的总和，”他大声说，“不，真毁了我的当事人的只有一件事实，这便是老父亲的尸体！假如这是一般的凶杀，那么由于它的微不足道、缺乏根据、荒诞不经——如果不是从总体上，而是对每个事实单独地逐一加以分析的话——那么你们一定会驳回指控，至少不会只凭对他的偏见下狠心而毁掉他的一生，虽然人家对他抱有成见是他自己一手造成的。但现在不是一般的凶杀案，而是弑父案！这案件本来就令人发指，因此即使据以指控的种种事实不足为凭，缺乏根据，也显得那么可信，那么有根有据，连不带偏见的人也是这样想的。怎么能为这样的被告辩白呢？既然他杀了人，怎么能让他逍遥法外呢——这是每个人心里都有的那种不由自主的、本能的想法。是的，弑父是件骇人听闻的事情——杀死生我养我爱我的人，为了我不惜牺牲生命的人，从我孩提时代起为我的疾病提心吊胆，为我的幸福而受了一辈子苦，把我的欢乐、我的成就当成唯一的生活乐趣的人！啊，杀害这样的父亲——简直是不可思议的事！各位陪审员先生，什么叫父亲，真正的父亲？这个崇高的字眼有什么意义？这个称呼包含着多少伟大的思想？我们刚才只是部分地指出了真正的父亲是怎样的和应该怎样的。现在我们大家所关注、担心的这个案件中，目前这个案件中的这位父亲，已故的费奥多尔·巴夫洛维奇·卡拉马佐夫，却跟我们心目中父亲的概念是格格不入的。这肯定是一场灾难，是的，有的父亲确实像一场灾难。让我们进一步分析一下这场灾难——各位陪审员先生，鉴于即将做出的生死攸关的判决，其实什么也不用害怕。现在我们尤其不应该害怕，按照才气横溢的公诉人精彩的说法，我们不应该像孩子或者胆怯的女人那样，回避某些思想。可是我的尊敬的对手（在我讲出第一句话以前就是对手了），在他激昂慷慨的演说中再三高喊：‘不，我决不让任何人来为被告辩护，我不会把为他辩护的权利让给来自彼得堡的律师——我是公诉人，也是辩护律师！’这就是他喊过多次的话，但是他却忘了提醒，如果可怕的被告，小时候在父亲家里从唯一爱抚他的一个人那里接受了一磅胡桃，他因此而感恩戴德整整二十三年，那么反过来说，这样的人二十三年绝不会不记得，就像充满爱心的赫尔岑斯图勃医生听说的那样，他光着脚在父亲的‘后院里’乱跑，没有小鞋子，穿着吊在一粒扣子上的裤子的情景。啊，各位陪审员先生，我们又何必要进一步考察各种‘灾难’，重提众所周知的事情呢！我的当事人来到父亲家里后又是什么遭遇呢？为什么，为什么要把我的当事人描绘成无情自私的怪物呢？他放荡，粗野，暴躁，现在我们为此而审判他。但是谁应该对他的命运负责呢？他本来有很高的天分，有一颗高尚、敏感的心，可是却受到了如此荒唐的教育，这又是谁的过错呢？有谁开导过他？谁教过他科学知识？他童年时代有谁又多少爱过他？我的当事人是在上帝的庇护下长大的，就是说像一头野兽那样缺乏照料。在长期的离别之后，他也许渴望见到父亲，而在这之前，在回忆梦幻般的童年的时候，也许曾千百次地驱散过他在童年时代梦见的丑恶的幽灵，一心渴望原谅父亲，拥抱父亲！结果怎样呢？他遇到的只是厚颜无耻的嘲笑、怀疑以及为争夺钱财而施展的种种阴谋诡计；他听到的只是每天酒足饭饱之余的唠叨，令人恶心的处世之道，最后，眼看着父亲用儿子的钱夺走儿子的情人，啊，各位陪审员先生，这不是太可恶太残酷了吗！而这个老人还向大家抱怨儿子不孝和残忍，在众人面前往他脸上抹黑，糟蹋他，诽谤他，收买他的借据，以便把他送进监狱！各位陪审员先生，像我的当事人那样表面上残忍、粗野、放荡不羁的人，往往心肠特别软，只是没有表现出来罢了。请你们不要笑，不要笑我的这个想法！天才的公诉人刚才无情地嘲笑了我的当事人，揶揄他喜欢席勒，喜欢‘优美和高尚’，假如我处在他的地位，处在公诉人的地位，我是不会嘲笑的！是的，这些心灵——啊，请允许我为这些很少被人理解而且常常被人曲解的心灵说句公道话吧——这些心灵往往跟他们表面上的粗暴残忍相反，他们强烈地渴望温柔、美好和公正——这种渴望虽然是不自觉的，但确实是在热烈地渴望着。他们表面上放纵和粗暴，但是却能够矢志不渝地爱，譬如说，爱一个女人，而且一定是一种高尚的精神上的爱。还是请你们别笑话我：这种天性的人往往都是这样的。他们只是不善于掩饰自己强烈的，有时甚至是非常粗野的激情，正是这一点常常使人们惊讶，受到人们的注意，但是人们却看不到他的内心世界。相反，他们的种种激情往往会很快消解。但在一个高尚、美好的人身边，这个外表粗野、残酷的人也会追求新生，努力改过自新，争取做一个好人，成为一个高尚而正直的人——‘高尚和美好’的人，尽管这几个字多么受人嘲笑！刚才我说过，我不允许自己涉及我的当事人和韦尔霍夫采娃小姐的浪漫史，但一言半语还是可以说的：我们刚才听到的不是证词，而只是一个疯狂而一心想报复的女人的叫喊，她也没有资格责备别人背叛，因为她自己已经背叛了！假如她有时间仔细想一想，她就不会做出这样的证词了！你们不要相信她，我的当事人并非像她所说的那样是一个恶棍！那位被钉在十字架上的仁爱者在准备上十字架的时候说：‘我是好牧人，好牧人为羊舍命，一只羊也不会死的……’[①]我们也不要去毁掉一个人的心灵！我刚才问：父亲是什么？我说过这是个伟大的字眼，珍贵的称呼。但是，各位陪审员先生，用词也应该实事求是，我要用名实相符的词语和名称来命名事物：像被害的卡拉马佐夫老人那样的父亲不能也不配称作父亲。爱一位不值得爱的父亲，这是荒唐的，也是不可能的。不能从虚无中去制造爱，从虚无中能造物的只有上帝。使徒怀着热烈的爱心写道：‘你们做父亲的，不要惹儿女的气。’[②]我现在引用这句神圣的话不是为了我的当事人，我是为了提醒所有当父亲的人。谁给了我权力教训那些当父亲的人呢？谁也没有给。但作为一个人和一个公民，我要大声疾呼——*我召唤生者！*[③]我们活在世界上的时间不长，我们会干许多坏事，说许多坏话。因此让我们大家抓住相互交流的合适时机，以便彼此善言相勉。现在我就要这样做：只要我在这个位置上，我就要利用这个机会。上

① 参阅《圣经·新约·约翰福音》第 10 章第 11 节。

② 参阅《圣经·新约·哥罗西书》第 3 章第 21 节。

③ 原文为拉丁文，是席勒的诗歌《钟之歌》的题词，也是赫尔岑和奥加廖夫办的杂志《钟声》（1857—1867）的题词。

帝赐予我们这个讲坛不是无缘无故的——我们在这讲坛上说的话，整个俄国都能听到。我现在不仅向这里的父亲们，而是向所有的父亲大声呼吁：‘你们做父亲的，不要惹儿女的气！’是的，我们自己首先要履行基督的遗训，然后才允许自己向我们的儿女提出要求。不然我们不是儿女的父亲，而是儿女的敌人，他们也不是我们的儿女，而是我们的敌人，而且是我们自己使他们成为我们的敌人！‘你们用什么量器量给人，人也必用什么量器量给你们。’[①]——这不是我说的，这是福音书上的指示：用量给您的量器去量给人。如果儿女用我们的量器量给我们，那怎么能责怪他们呢？不久前在芬兰有一名少女，是一名女仆，她被怀疑偷偷地生了孩子。人家开始监视她，后来在顶层的阁楼上，在墙角的一堆砖头里发现了她的一只谁都不知道的箱子，打开箱子一看，里面有一个被她扼杀的新生婴儿的尸体。在那只箱子里还发现了两具遗骸，那是她以前生的两名婴儿，一生下来就被她扼杀了。对此她供认不讳。各位陪审员先生，能说她是孩子们的母亲吗？是的，她生了他们，但她能算他们的母亲吗？我们中间有谁敢把母亲这个神圣的称号加到她头上？我们应该理直气壮，各位陪审员先生，甚至应该无所畏惧，此时此刻我们必须这样，不要怕闲言碎语和某些思想，不要像莫斯科女商人那样[②]，连听到‘金属’和‘焦油’之类的字眼都感到害怕。相反，我们要证明，近年来时代的进步已经促进了我们的发展，我们可以直截了当地说：光把孩子生出来还不能算是父亲，生出来后能担起父亲的责任才是真正的父亲，当然，父亲这个字眼还有别的含义和解释，有人认为即使我父亲是个恶棍，即使对自己儿女来说他是个坏蛋，但毕竟还是我的父亲，因为他生了我。但这种含义可以说是神秘性的，我无法用理智去理解，只能用信念去接受，更确切些说，要靠信仰去接受，就像许多东西我并不理解，但宗教要我理解一样。遇到这种情况，那就只

---

① 参阅《圣经·新约·马太福音》第7章第2节。

② 指奥斯特洛夫斯基的戏剧《艰难时日》（1863）中的人物。

能把它留在现实生活之外。现实生活不仅拥有自己的权利，而且本身提出了重大的责任，在现实生活这个领域里，如果我们想成为富有人道精神的人，最后成为基督徒，我们应该并且必须贯彻那些为理性和经验所证实的、经受过分析的熔炉考验的信念，总之，要采取有理智的行动，而不能像在睡梦和梦呓中那样，无理性地行动，危害别人，折磨别人和戕害别人。这才是真正的基督教的事业，不仅仅是神秘主义的，而且是合乎理性的，名副其实的仁爱事业了……”

说到这里，从大厅的许多角落里发出了热烈的掌声，但费丘科维奇却连连摆手，似乎在恳求大家不要打断他，让他把话说完。大家立刻安静下来。讲演的人接着说：

“各位陪审员先生，你们是不是以为我们的孩子，譬如说我们那些成了青年的孩子，我们那些已经懂事的孩子就不考虑这些问题呢？不，他们不能不考虑的，我们也不会要求他们克制自己，不去考虑这些问题！一位不合格的父亲的所作所为，尤其是与别的同龄孩子的名实相符的父亲相比较的话，自然而然地会在这年轻人心中引起种种痛苦的疑问。对于这些问题往往用些套话去敷衍搪塞一番：‘他生了你，你是他的亲骨肉，因此你应该爱他。’青年人不由自主地深入思考：‘他在生我的时候难道是爱我的吗？’他问道，内心越来越感到惊讶，‘难道他是为了我而生我的吗？在那个时刻，在他酒后情欲勃发的时刻，他既不知道我，甚至不知道我是男是女，他只是把嗜酒的爱好传给了我——这就是他的全部恩德……为什么只是因为他生了我，却一辈子不爱我，我就应该爱他呢？’啊，也许你们认为这些问题是粗鲁而又残酷的，但你们千万不能要求年轻人的头脑不去考虑这些问题，因为‘即使把自然逐出门外，它也会从窗子里飞进来’，而主要的，主要的是我们不要怕‘金属’和‘焦油’，让我们根据理智和仁爱，而不是根据神秘主义的观念来解决问题。那么怎样来解决这个问题呢？就用下面这个办法，让儿子站到自己的父亲面前，合乎理智地问他：‘父亲，请你告诉我，为什么我应该爱你？父亲，请你向我证明，为什么我应该爱你？’——如果这位父亲能够回答并向他提出充分的证据，那么这是一个真正的正常的家庭，它不是建立在神秘主义的偏见之上，而建立在理智的、负责的、完全合乎人道精神的偏见之上。相反，如果父亲不能证明，那么这个家庭马上就完蛋！他不再是他的父亲，儿子今后就有了充分自由和权利，可以把自己的父亲看作陌路人，甚至是自己的敌人。我们的讲台，各位陪审员先生，应该成为宣传真理和健康思想的场所！”

这时候演讲者被一阵无法阻挡的、近乎疯狂的掌声打断了。当然，不是全场都在鼓掌，但毕竟有半数听众鼓了掌。那些父亲们和母亲们都鼓了掌。太太们坐的楼座里响起了尖叫声和呼喊声。她们不停地挥舞着手帕。首席法官拼命摇铃，他显然被听众的行为激怒了，但绝对不敢像刚才那样用“驱逐出庭”威胁他们：因为向演讲者鼓掌并挥舞手帕的人中间，有坐在后面专席上的要员以及胸前戴着勋章的老者。因此，当喧闹平息以后，首席法官也只是重复了“驱逐出庭”那句威胁的话之后就作罢了。而得意扬扬和激动不已的费丘科维奇重又继续自己的演说。

“各位陪审员先生，你们都该记得那个可怕的夜晚——那天晚上的情况今天谈得够多了——儿子悄悄溜进父亲的房子，最后终于面对面地站在那个生了他，同时又是跟他作对、欺负他的人跟前。我还是竭力坚持自己的意见——当时他不是去抢钱的，指控他抢劫是荒谬的，这在前面我已经说过了。他闯进去也不是为了杀人，啊，不是的，如果他有预谋，至少他事先要准备凶器，而那把铜杵是无意识地随手拿的，连他自己也不知道要它干什么。即使他用暗号骗了父亲，即使他潜入了他的房间——我已经说过，我绝对不相信这种神话，但就算是这样吧，暂时让我们作这样的假设！各位陪审员先生，我可以用神圣的名义向你们起誓，如果他不是他的父亲，而是另一个曾经欺负过他的人，那么在他跑遍几个房间并且证实这个女人不在屋里之后，一定会飞快跑开的，不会给自己的情敌造成任何伤害，也许会打几下，推一把，但仅此而已，因为他当时还顾不上他，他没有时间，他需要知道她在哪里。但那是父亲，他的父亲——啊，就是他从小憎恨的那个人，他的敌人，欺负他的人，现在又是他可怕的情敌！仇恨的感情不由自主地、无法抑制地控制了他，他已经无法思考了：怒火一下子蹿了上来！这是疯狂和失去理智的冲动，也是本能的冲动，本能因为自己永恒的法则遭到破坏而无法抑制地、不自觉地在进行报复，就像自然界的任何东西一样，但凶手这时候也没有杀人——我要强调这一点，我要大声疾呼这一点——他没有杀人，他只在极度厌恶和愤怒中挥了一下铜杵，并不想杀人，也不知道会杀人。如果手里没有这把倒霉的铜杵，他也许会把父亲痛打一顿，但不会打死他。他离开了以后也不知道被他打倒的老人死了没有。这样的杀人不是凶杀。这样的杀人也不是弑父。不，杀死这样的父亲不能称为弑父。只有出于偏见才会把这件杀人案看作大逆不道的弑父案！但事实上究竟杀了人没有？是不是确实存在这件凶杀案呢？这是我再三的发自肺腑的呼吁！各位陪审员先生，我们现在给他定罪，他会对自己说：'这些人并没有为我的命运、为我的教养和教育、为使我变得更好、为使我成为一个人而做过任何事情。这些人，这些人没有给我吃过，没有给我喝过，也没有到监狱来探望过我，可是他们却把我送去服苦役。我欠的债已经还清了，我现在什么也不欠他们，而且永远也不欠任何人。他们狠毒，我也要狠毒。他们残忍，我也要残忍。'这就是他要说的，各位陪审员先生！我敢起誓：你们的指控只会使他感到轻松，使他的良心感到轻松，他将诅咒他所犯的命案，但不会感到遗憾。同时你们也剥夺了他重新做人的可能性，因为他一辈子都将成为狠毒而糊涂的人。但是你们是否愿意用人们所能想象的最可怕的刑罚狠狠地、严厉地惩罚他，但同时又能使他的灵魂永远得到拯救与新生呢？如果是这样，那么就请你们用你们的仁慈征服他！你们将会看到、将会听到他心灵的战栗与恐惧：'我哪能承受这样的宽大处理，我哪能享有这么多的爱，我哪配得上呢？'——他会这样感叹的！啊，各位陪审员先生，我了解这颗心，我了解这颗粗野而又高尚的心，这颗心会向你们的高尚行动顶礼膜拜，渴求爱的伟大行动，它将燃烧并获得永久的新生。有些心灵因为狭隘而埋怨整个世界。但是只要你们用仁慈去征服它，给予它爱，它就会诅咒自己的过错，因为他身上有许多善良的萌芽。心胸变得开阔以后便会看到，上帝是多么仁慈，人们是多么美好和公正。忏悔和今后他将履行的不计其数的义务会使他感到惶恐，使他感到沉重。那时他再也不会说：'我欠你们的债还了。'反而会说：'我对不起所有的人，或不如所有的人。'他会流着忏悔和无限感动的泪水大声说：'人们比我好，因为他们不想毁掉我，而要拯救我！'是的，你们可以轻而易举地做出这个仁慈的行为，因为如果缺乏任何确凿的证据，你们也很难说出这样一句话：‘是的，他有罪。’宁肯放走十个罪人，决不错罚一个无辜——你们是否听到，是否听到上个世纪我们光荣历史的伟大声音？[①]难道还要由我这个微不足道的人来提醒你们，俄国法庭不仅应该惩罚罪犯，而且应该拯救堕落的人？让别的民族去死抠法律条文严惩罪犯吧，我们这里应该重视精神和实质，使沉沦的人得到拯救和新生。如果正是这样，如果俄罗斯和它的法庭确实是这样，那么俄罗斯啊，你就勇往直前吧，你们也不必用疯狂的、使别的民族厌恶地躲避的三驾马车来吓唬我们！那不是疯狂的三驾马车，而是一辆雄伟壮丽的俄罗斯巨型马车，它将威严而平静地驶达目的地。在你们的手里掌握着我的当事人的命运，在你们的手里也掌握着我们俄罗斯真理的命运。你们一定能拯救它，保卫它，你们一定会证明有人在维护它，它掌握在好人手里！”

十四　庄稼汉固执己见

费丘科维奇的辩护词就这样结束了。这一次听众发出的欢呼声犹如暴风骤雨，势不可当。再要阻止它已经毫无意义了：女人们都哭了，许多男人也哭了，连两位要员也流下了眼泪。首席法官只能听之任之，甚至迟迟不敢摇铃。“冒犯这样的激情等于亵渎神圣。”我们的太太们后来这样叫喊。演说者本人也真诚地大受感动。可是就在这样的时刻我们的伊波利特·基里洛维奇居然再次站出来“进行反驳”。大家用憎恨的目光看着他：“怎么？这是怎么回事？他居然还有胆量反驳？”太太们窃窃私语。但是哪怕是以检察官伊波利特·基里洛维奇的太太为首的全世界的太太们

① “宁肯放走十个罪人……”这是彼得一世讲过的话，略有改动。

都在窃窃私语，那么此刻也无法阻止他发言。他脸色苍白，激动得浑身哆嗦；他一开始说的几个词儿，他一开始说的几句话，大家简直无法理解；他气喘吁吁、口齿不清，逻辑混乱。不过他很快恢复了常态。但从他第二次的公诉词中我只摘引几个片段：

“……有人指责我们，说我们编了许多离奇的故事。可是辩护律师又怎样呢，他的话不也是故事加故事吗？只是没有写诗罢了。费奥多尔·巴夫洛维奇在等待情人的时候撕开信封并把它扔在地板上。甚至还引用了他在这种奇怪的情况下所讲的那些话。难道这不是叙事诗吗？有什么证据说他取出了钱，谁又听到了他讲的话？呆头呆脑的白痴斯梅尔佳科夫竟变成了拜伦笔下的主人公，为了自己私生子的身份而向社会进行报复——这难道不是具有拜伦风格的长诗吗？儿子闯进老子房间杀死老子，可是他又没有杀人，这已经不是离奇的故事，不是长诗，而是专让人捉摸不透的斯芬克斯之谜了，当然连他自己也猜不出。他杀了就是杀了，他杀了人，怎么又说他没有杀人呢——这谁能理解呢？然后又向我们宣告，我们的讲坛是传播真理和健康思想的场所，于是从这座健康思想的讲坛上信誓旦旦地发表了一条公理，说把杀害父亲定作弑父罪仅仅是一种偏见！但如果说弑父是一种偏见，如果每个小孩都来追问父亲：‘父亲，为什么我应该爱你？’——这还成什么体统！还有什么社会基础？还成什么家庭呢？你们瞧，杀父也无非是莫斯科女商人心目中的‘焦油’。为了达到目的，为了开脱无法开脱的罪名，居然轻率地歪曲俄国法庭的使命和前途中那些最宝贵、最神圣的信条。辩护律师大声呼吁：你们要用仁爱征服他。这正中犯人下怀，明天大家就会看到他被征服得怎样！辩护人只要求宣告被告无罪，这不是太谦虚了吗？为什么不要求设立弑父奖学金，让他在后世和年轻一代的心目中永远成为一个功勋盖世的英雄呢？福音书和宗教也遭到了歪曲：据他说，那是神秘主义，只有我们这儿才是真正的经过理智和健康思想检验的基督教。这就在我们面前树立了一个冒牌的基督形象！‘你们用什么量器量给人，人也必用什么量器量给你们。’辩护律师大喊大叫，接着又马上下结论说，基督在宣扬用别人量给你的量器去量给人——而且这话又从真理和健康思想的讲坛上讲出来的！我们只是在演说的前夜浏览了一下福音书，为的是炫耀一下我们熟知这部独特的作品，因为需要的时候这方面的知识可能有用，可能起到某种效果，一切都按需要的尺度行事！可是基督恰好是嘱咐我们不要这样做，切忌这样做，因为只有邪恶的世界才这样做，而我们应该宽容，把自己的面颊伸过去[1]，不要用欺负我们的人量给我们的量器去量给别人。这就是上帝教导我们的，他并没有说禁止儿女弑父是偏见。我们也不必去纠正来自真理和正确思想讲坛上的我们上帝的福音书，辩护律师只是称上帝是'钉在十字架上的仁爱的人'，这跟俄罗斯全体东正教徒截然不同，他们对上帝说：'因为你是我们的上帝！……'"

这时候首席法官出来干预了。他制止了这位陶醉在辩论中的公诉人，请他不要夸张，保持应有的分寸，等等，说了些首席法官们通常在类似场合该说的话。旁听席上也不太平静，听众在交头接耳，甚至愤怒地大声叫喊。费丘科维奇甚至没有加以反驳，只是走到台上，把手按在心口，用受了委屈的语气讲了几句颇为自尊的话。他只是嘲讽地稍稍提了一下"离奇的故事"和"心理分析"，顺便在一个地方插了一句："丘比特，你发怒了，所以你不对。"这句话在听众中引起一阵赞许的笑声，因为伊波利特·基里洛维奇已经完全不像丘比特了。对于指责他允许年轻一代去弑父的话，费丘科维奇郑重地说他简直不想反驳。至于"冒牌的基督形象"以及他没有尊称基督为上帝，只称他是"钉在十字架上的仁爱之人"，与他"违背了东正教教义，这些不应该在真理和健康思想的讲坛上讲出来"——费丘科维奇则暗示这是"诽谤"，并说他动身到这里来的时候，还指望这里的讲台上至少不会对他作为公民和忠实臣民的名誉进行攻击……讲到这里的时候首席法官出来制止了他，于是费丘科维奇行了一个礼，结束了自己的答辩，听众们发出了赞同的低语声。据女士们说，伊波利特·基里洛维奇被彻底打垮，"永世不得翻身了"。

接下来由被告发言。米佳站了起来，但没说几句话。他无论在体力上或精神上都异常疲劳。他早晨进入大厅时那副独立不羁和精力充沛的样子

---

① 参阅《圣经·新约·马太福音》第5章第39节。

几乎看不到了。他今天所经历的似乎都难以忘怀，使他学到并懂得了非常重要的、他过去并不理解的东西。他的声音有气无力，已经不像刚才那样大声叫嚷了。他的话里可以感到某种崭新的、驯顺的东西。

“我有什么可说的呢，各位陪审员先生！审判我的时候到了，我感觉到上帝惩罚的手降临到了我身上。一个放荡的人走到末路了！但我要像向对上帝忏悔那样对你们说：‘在杀害我父亲这件事上——我是无辜的！’我最后一次重申：‘不是我杀的！’我放荡，但我乐善。我每时每刻都在想改过自新，可还是像一头野兽那样活着。谢谢检察官，他对我做了详细分析，许多是我过去不了解的，但他说我杀了父亲，那是不对的，检察官搞错了！也要谢谢辩护律师，听他讲话的时候我哭了，但说我杀了父亲，这不符合事实，也不应该做这样的假设！请你们不要相信医生的话，我神志完全清醒，只是内心非常难受。如果你们宽恕我，释放我，我将为你们祈祷。我一定要做好人，我可以起誓，我在上帝面前起誓。如果你们判我有罪——我将自己折断我头上的佩剑，然后亲吻断剑的碎片！请饶恕我吧，不要夺走我的上帝。我了解自己：将来我会埋怨你们的！我内心很痛苦，先生们……请你们饶恕吧！”

他几乎瘫倒在自己的座位上。他的声音哽咽了，勉勉强强说完了最后一句话。法官们着手提问题，请两方面发表最后的意见。不过我不准备细写了。最后，几位陪审员终于站起来离开座位出去商议。首席法官已经非常疲劳，因此有气无力地对他们说了几句无关痛痒的提醒的话，“你们应该公正无私，不要受辩护方那些娓娓动听的言辞的影响，你们要仔细衡量，要记住你们肩上责任重大”，等等。陪审员们离开了，法庭宣告休庭。可以站起来走一走，彼此交换一下各自的印象，在小吃部吃点东西。时间已经很晚了，将近凌晨一点，但没有一个人离开。大家的情绪是那样紧张和亢奋，根本顾不上休息。大家都在屏气敛息地等待，当然也不是所有的人都这样。太太们一个个都是神经质地急不可耐，但心里却很平静：“宣判无罪是确凿无疑的了。”她们都在准备迎接那个皆大欢喜的动人时刻。我得承认，大厅里有许多男人也坚信一定会宣告无罪。有些人高兴，有些人皱眉，有些人简直是垂头丧气：他们不希望宣告无罪！费丘科维奇本人则坚信会获得成功。他被团团围住，不停地接受大家的祝贺，也有人竭力奉承他。

“在辩护人和陪审员之间，”他在一堆人中间说，就像后来有人转述的那样，“存在着那种将他们联结起来的无形的线索。还在演说的时候这些线索已经联结上，我已经预感到了。我能感觉到它们，它们是存在的。这案子我们一定会赢，请大家放心吧。”

“我们那些农民现在会说什么呢？”一位郊区地主走到一群正在议论的人面前说道，他愁眉苦脸，身材肥胖，满脸麻子。

“也不只是农民。那里还有四位官员。”

“是的，还有官员。”一位地方自治局的成员走过来说。

“您认识普罗霍尔·伊凡诺维奇·纳扎里耶夫吗？就是那个佩戴勋章的商人，那个陪审员？”

“怎么啦？”

“非常聪明。”

“他一直不吭声。”

“一声不吭倒是一声不吭，这样更好，用不着彼得堡的人来教训他，他自己可以教训整个彼得堡。他有十二个孩子，你想一想吧！”

“对不起，难道不可能宣告无罪吗？”我们的一位年轻官员在另一堆人中大声嚷嚷。

“肯定会宣告无罪的。”另一个声音断然说。

“不宣告他无罪简直是可耻的！”那官员大声说，“即使他杀了人，但父亲和父亲可不一样啊！再说，他当时处于发狂的状态……他也许真的只是挥了一下铜杵，对方就倒下了。糟糕的是把那仆人也牵连了进去。这简直是个可笑的场面。要是我处在辩护律师的位置上，那就干脆说：他杀了人，但没有罪，见你们的鬼去吧！”

“他就是这样说的，只是没有说见你们的鬼去吧。”

“不，米哈伊尔·谢苗内奇，他几乎也说了。”第三个声音接上去说。

“得了吧，诸位，一个女演员割断了她情人的合法妻子的喉咙，在大斋期中我们不是宣告她无罪了吗？”

“她没有真正割断。”

“一码事，一码事，反正她割了！”

“关于儿女的那些话他讲得怎么样？太精彩了！”

“很精彩！”

“还有，关于神秘主义，关于神秘主义的那些话怎么样？”

“您别提什么神秘主义了，”又一个人大声叫了起来，“您还是设身处地为伊波利特想一想吧，想想他今后的命运吧！检察官夫人为了米佳的事明天会把他的眼珠子都抠出来的。”

“她在这里吗？”

“能在这里吗？她要是在这里，当场就会把他的眼珠子挖出来。她待在家里，闹牙疼呢。嘻，嘻，嘻！”

“嘻，嘻，嘻！”

在第三堆人中。

“米坚卡大概会被宣告无罪的。”

“有什么好，那他明天就会把京都酒店闹个天翻地覆，纵酒狂饮十天十夜。”

“唉，这鬼东西！”

“鬼东西归鬼东西，可没有这鬼东西又不行，他不在这儿又能上哪儿呢？”

“诸位，尽管讲得头头是道，但总不能用铜杵去砸父亲的脑袋吧。不然我们会落到什么地步呢？”

“巨型马车，巨型马车，你们记得吗？”

“是的，用板车改成了一辆巨型马车。”

“明天再把巨型马车改成板车，‘根据需要，一切都根据需要’。”

“现在人都变得狡猾了。诸位，我们俄罗斯到底有没有真理，或者说根本就没有真理？”

铃声响了。陪审员们商议了整整一小时，不多也不少。听众刚坐定，全场便鸦雀无声。我至今还记得陪审员们是怎样进入大厅的。关键时刻终于到了！我不想把所有的问题逐一列出，况且我也忘记了。我只记得首席法官提出的第一个也是主要的问题："他是否预谋杀人抢劫？"（原话我不记得了）大家都屏息静气。首席陪审员，就是那个最年轻的官员，在全场死一般的寂静中大声而明确地宣布："是的，他有罪！"随后对所提出的各个问题都一一做了同样的回答：有罪，是的，有罪。毫不留情！这种情况谁都没有预料到，几乎所有的人都确信至少会从轻发落。大厅里依然笼罩着死一般的寂静，所有的人听了都目瞪口呆——无论是希望判罪的，还是希望宣告无罪的，全都呆住了。但这只是最初的几分钟情形。接着全场一片混乱。许多男听众非常满意。有的人甚至不时地搓着手，毫不掩饰自己的得意。不满意的人似乎都怔住了，他们耸耸肩膀，交头接耳，但好像都还没有明白过来。可是我的天哪，我们那些太太们是怎么回事啊！我真的以为她们会起来造反的。起初她们似乎不相信自己的耳朵。突然，只听见她们的叫喊声响彻整个大厅："这是怎么一回事？怎么会有这样的事？"她们纷纷从座位上跳起来。她们肯定还以为这一切是马上可以改变，重新审理的。这时候米佳突然站了起来，伸出双手，撕心裂肺地大声说道：

"我以上帝和他严厉的审判的名义起誓，对我父亲的死我是无辜的！卡佳，我原谅你！兄弟们，朋友们，请你们宽恕另一个女人吧！"

他没有说完便放声大哭，哭声在整个大厅回荡，令人毛骨悚然。他的声音仿佛不是他自己的，而是新的，出人意料的，天知道从什么地方突然发出来的。从楼上最后一个角落的旁听席上传来了一个女人的尖厉的哀号：那是格鲁申卡的声音。刚才她求了人才允许她在法庭辩论开始前重新进入大厅。米佳被带走了。宣判推迟到明天进行。整个大厅一片混乱，但我已经不想再等下去，也不想再听下去了。我只记得走到门前台阶上的时候听到几个人在感叹。

"这一次他要尝尝二十年苦役的滋味了。"

"不会少于二十年。"

"是啊，我们那几位庄稼汉坚持自己的观点。"

"这可把我们的米坚卡给坑苦了！"

尾声

一 营救米佳的计划

审判米佳后的第五天，一清早，八点多钟光景，阿廖沙就到卡捷琳娜·伊凡诺芙娜家里，他要跟她最后商定一件对于他们俩都很重要的事，此外，他这次去找她也是受人之托。她就坐在曾经接待过格鲁申卡的那个房间里和他交谈；而隔壁房间里躺着伊凡·费奥多罗维奇，他正在发烧，不省人事。卡捷琳娜·伊凡诺芙娜在法庭上那场风波之后立即吩咐把犯了病、失去知觉的伊凡·费奥多罗维奇抬到她自己的家里，全然不顾今后社会上必然会出现的种种议论和责难。和她住在一起的两个女亲戚，有一个在那场法庭风波之后立刻就回了莫斯科，另一个留了下来。但即使她们两人都走，卡捷琳娜·伊凡诺芙娜也不会改变自己的决定，仍旧会照顾病人，日日夜夜守着他。替他治疗的是瓦尔温斯基和赫尔岑斯图勃；莫斯科来的那位医生已经回莫斯科去了，他拒绝对病情发展的可能结局进行预测。留在这里的两位医生虽然安慰卡捷琳娜·伊凡诺芙娜和阿廖沙，但显然他们也无法保证一定能治愈。阿廖沙每天两次去探望生病的哥哥。但这次他有一件特别的，非常麻烦的事，他也预感到这件事很难开口，可是他的时间又很紧迫：今天上午在另一个地方他还有另一件刻不容缓的事要办，因而要抓紧时间。他们已经交谈了将近一刻钟。卡捷琳娜·伊凡诺芙娜脸色苍白，疲惫不堪，但同时又处于一种病态的亢奋状态：她已经预感到了阿廖沙现在来见她的意图。

“关于他的决定您不用担心。”她斩钉截铁地对阿廖沙说，“无论怎样考虑，他最后总会选择这条出路：他应该逃跑！这个不幸的人，这位荣誉和良心的英雄——我不是说那一个，不是指德米特里·费奥多罗维奇，而是指躺在隔壁房间里为哥哥做出自我牺牲的那个。”卡佳补充说，她眼睛闪闪发亮，“他早就把逃跑的全部计划告诉了我。您知道吗，他已经接上了关系……有些情况我已经对您说过了……您瞧，这件事大概要等那批流放西伯利亚的苦役犯被押解到第三站的时候才能实行。离现在还早着呢。伊凡·费奥多罗维奇已经去找过第三站的站长。只是现在还不知道谁是押解这批犯人的队长，这消息无法预先打听到。也许明天我可以给您看详细计划，那是伊凡·费奥多罗维奇为了防止出现什么意外而在开庭前夕留在我这儿的……就是那一次，您还记得吗，就是您看见我们在争吵的那天晚上：他刚要下楼梯，我看到您来了，又把他叫了回来——您还记得吗？您知道我们当时为什么争吵吗？”

“不，我不知道。”阿廖沙说。

“当然，他那时还瞒着您：就是为了这个逃跑计划。他在三天之前就向我透露了主要内容——从那时起我们开始争吵，一直吵了三天。我们争吵的原因是这样的：他告诉我，如果德米特里·费奥多罗维奇被判刑，他就和那个贱货一起逃往国外。我一听就火了——我不告诉您为什么，我自己也不知道为什么……当然，我当时恨那个贱货，恨她居然跟德米特里·费奥多罗维奇一起逃往国外！”卡捷琳娜·伊凡诺芙娜突然提高了嗓门，气得嘴唇直哆嗦，“伊凡·费奥多罗维奇当时一看到我这样恨那个贱货，马上以为我是因为德米特里而妒忌她，所以我一定还在继续爱着德米特里。这样就引起了第一次争吵。我不想解释，也不能请求原谅；我心里很难受，像他这样的人竟然还怀疑我仍旧爱着那个……况且在这之前，我早就直截了当地告诉他我不爱德米特里，只爱他一个人！我只是因为恨那个贱货才生他的气！三天以后，就是您来的那个晚上，他给我送来一封信，信口封着，如果他出了什么事，要我立刻拆开看。唉，他已经预见到自己的病！他向我透露说，信封里装着逃跑的详细计划，万一他死了或者生了重病，他要我一个人营救米佳。他当场给我留了一笔钱，将近有一万卢布，就是检察官不知从谁那里听到他曾派人去兑换现钞，在演说中提到的那笔钱。突然使我感到非常惊讶的是，伊凡·费奥多罗维奇虽然坚信我还爱着米佳而醋劲大发，却没有放弃营救哥哥的念头，而且把这一件事偏偏托给了我！啊，这是多大的牺牲！不，阿列克谢·费奥多罗维奇，您不可能充分理解这样的自我牺牲！我真想恭恭敬敬地跪在他脚下，可是转眼一想，他一定以为我这样做是因为有人营救米佳而感到高兴（他一定是这样想的！），一想到他可能会生出这种不公正的念头，我的火气又冒了出来，我不仅没有去吻他的脚，反而与他大闹了一场！啊，我是多么不幸！我的性格就是这样——真是可怕的、不幸的性格！啊，您以后还会看到：我一定会干的，我一定会闹到使他为了别的女人抛弃我，他会爱上另一个容易相处的女人，就像德米特里那样，但到那时候……不，那时我会承受不了的，我就自杀！那次您来，我把您叫住，我吩咐他回来，接着他和您一起进来的时候，我看到他用一种憎恨的、轻蔑的眼光看我，他这种眼光顿时使我火冒三丈，您还记得吗，我突然对您大叫大喊，我说就是他，**就是他**使我相信了他哥哥德米特里是杀人凶手！我那是故意诽谤他，我想再一次气气他，其实他从来没有说过他哥哥是杀人凶手，相反，倒是我，我自己对他这样说的！啊，所有这一切都是因为我气疯了！是我，是我造成了法庭上那该死的场面！他想向我证明，他是高尚的，即使我爱他的哥哥，他也不会出于报复和妒忌去害他。于是他就出庭做证……我是祸根，都怪我不好！”

卡佳还从来没有向阿廖沙做过这样的表白，他感到她现在正处于万分难受的痛苦之中，这种时候即使一颗最高傲的心也会痛苦地失掉自己的傲气并且完全被悲哀所降服。唉，阿廖沙还知道她现在这样痛苦的另一个可怕原因，尽管米佳被判刑以后的这些日子里她一直向他隐瞒这个原因。但是如果她真的不顾自己的脸面，现在主动向他吐露这个原因，那他不知为什么会更加感动难受的。她为自己在法庭上的“背叛行为”而痛苦，阿廖沙已经预感到，良心在迫使她认错，正是在他面前，在阿廖沙面前，痛哭流涕，捶胸顿足，倒在地上，歇斯底里发作，表示悔过。但是他害怕这个时刻，他巴不得宽恕这个受苦的女人。这就使他完成那个使命变得更加困难了。他只好再谈米佳的事。

“没有关系，没有关系，您不必替他担心！”卡佳固执而激烈地说道，“他这个情况是暂时的，我了解他，我太了解他这颗心了。您放心，他会同意逃跑的。再说，又不是现在就干，还有时间让他决定。到时候伊凡·费奥多罗维奇的病也好了，他会亲自安排一切的，因此也不用我做什么了。请别担心，他会同意的。其实他已经同意了：难道他能离开那个贱货吗？又不准她一起去流放，他怎么能不逃跑呢？他主要是怕您，怕您从道德角度不赞成逃跑，但您应该宽宏大量，**同意**他逃跑，如果这里确实需要得到您批准的话。”卡佳恶狠狠地补充说。她沉默了一会儿，冷笑了一声。

“他还在那里大谈什么赞美诗，”她又说了起来，“说什么他应该背负十字架，还说什么责任之类，我记得，伊凡·费奥多罗维奇当初曾经向我谈过许多这方面的事情，您真不知道他是怎样说的呀！”卡佳突然怀着无法抑制的感情大声说，“您不知道他向我谈起这个不幸的人的时候是多么爱他！同时又是多么恨他！可是我呢，我是带着傲慢的讥笑听完了他的讲述，看着他痛哭流涕！啊，畜生！我才是畜生，我是畜生！这是我害他得了谵妄证！而那个人，那个被判了刑的囚犯——难道他愿意受苦吗？”卡佳愤怒地结束道，“这样的人能受苦吗？像他这样的人从来也不会感到痛苦的！”

这些话已经流露出一种仇恨和极端厌恶的感情。但实际上却是她出卖了他。“也许是因为她感到自己有愧于他，所以偶尔会恨他。”阿廖沙暗自想道。他真希望这种仇恨的感情是“偶然”的。在卡佳最后几句话里他听出了挑战的味道，但他没有应战。

“我今天请您来，就是要您答应我去说服他。也许在您看来，逃跑也是不诚实的、不光彩的，或者是不符合基督教义的，是吗？”卡佳补充了一句，挑战的口气更强烈了。

“不，没什么。我会把一切都告诉他的……”阿廖沙轻轻地说。“他今天要请您去。”他突然脱口而出，神情坚定地注视着她的眼睛。她哆嗦了一下，身子猛地在沙发上稍稍往后退缩了一点。

“请我……难道这可能吗？”她喃喃说，脸色变得刷白。

“这是可能的，也是应该的！”阿廖沙浑身来了劲，十分肯定地说，“他非常需要您，尤其是现在。如果没有必要，我是不会谈这件事的，不会让您过早地受折磨。他病了，他现在像疯了一样，他一直要见您。他不是要您去和解，他只要您去一下，在门口露一露面。从那天以后他发生了许多变化。他现在明白了，他对您做了数不清的错事。他并不要您原谅。他自己说：‘我是不能原谅的。’他只是要您在门口露一面……”

“您突然使我……”卡佳轻轻地说，“这几天我一直预感到您会来提出这件事……我就知道他会叫我去的！……这是不可能的！”

“即使不可能，您也得去。请记住，这是他第一次为侮辱了您而感到震惊，生平第一次，过去他从来没有这样充分地理解这一点！他说：如果她拒绝来，那我‘一辈子将会是个不幸的人’。您听见了吗：一个判了二十年苦役的犯人还想成为幸福的人——难道这还不可怜吗？请您想一想：您去探望的是个无辜的受害者，”阿廖沙脱口说出这句有挑战意味的话，“他的手是干净的，他的手上没有血！为了他将来要经受无数的痛苦，您现在也要去看他！您去吧，您去送他踏上生死未卜的旅程吧……您只要在门口站一下就可以了……事实上您也应该，**应该**这样做！”阿廖沙结束时特别有力地强调了“应该”这个词。

“应该去，但是……我不能去，”卡佳呻吟似的说，“他会看着我……可我做不到。”

“你们的眼光应该相遇。如果您现在下不了决心，那您以后一辈子怎样生活呢？”

“情愿痛苦一辈子。”

“您应该去，您**应该**去。”阿廖沙再次坚决地强调。

“为什么要今天，为什么要马上去？……我不能丢下病人不管……”

“您可以去一会儿，只要一会儿。如果您不去，他到晚上会发热病的。我不会说假话，您可怜可怜他吧！”

“您也可怜可怜我吧。”卡佳伤心地责备说，接着又哭了起来。

“这么说来，您会去的！”阿廖沙一看到她流泪，便坚决地说，“我去告诉他，您马上就来。”

“不，您无论如何也别说！”卡佳惊慌地叫了起来，“我一定来，但您事先别对他说，因为我去了不一定进他房间……我还不知道……”

她的声音哽住了。她喘着粗气。阿廖沙起身离开。

“如果我碰上了什么人呢？”她突然轻声说，脸又变得刷白。

“所以要马上去，免得在那里遇到什么人。不会有人的，我说的是实话。我们等您。”他坚决地说完了这句话，然后离开了房间。

二　谎言一时成了真理

他急急忙忙地到米佳现在住的那家医院去。在法庭判决后的第二天他就犯了神经性寒热病，被送进我们市立医院的囚犯诊疗部。但瓦尔温斯基医生根据阿廖沙和其他许多人（霍赫拉科娃、丽莎等）的请求，没有把米佳跟囚犯安排在一起，而是单独让他住在原来斯梅尔佳科夫住过的那个小房间里。当然，在过道的尽头站着一名哨兵，窗子也装着栅栏，因此瓦尔温斯基不必为自己不完全合法的优待做法感到担忧。他是个善良而富有同情心的年轻人，他知道像米佳这样的人一下子突然跨入杀人犯和骗子的行列有多么痛苦，他知道应该有个适应过程。至于亲朋好友的探望，医生、看守所长，甚至警察局长都一口答应了。但是这几天来探望米佳的也只有阿廖沙和格鲁申卡。拉基京已经有两三次要想和米佳见面，但米佳坚决请求瓦尔温斯基不要放他进来。

阿廖沙进去时他正坐在病床上，穿着医院的病员服，有一点儿发烧，头上裹着用醋和水浸湿的毛巾。他茫然地看了看走进来的阿廖沙，但在他的目光里好像还是露出了一种惊慌的神色。

自从审理案子以来他就常常陷入沉思。有时他整整半小时不说话，好像在紧张而痛苦地思考什么，忘记了在场的人。如果他脱离了沉思，开始说话，那么他的话总是让人摸不着头脑，而且一定不是他心里真正想讲的话。有时候他痛苦地凝视着弟弟。他跟格鲁申卡在一起似乎比跟阿廖沙在一起要感到轻松些。虽然他几乎不跟她说话，但只要她一走进来，他脸上就会露出高兴的神色。阿廖沙默默地在他身边坐下。这一次他焦虑不安地等待着阿廖沙开口，但他什么也不敢问。他认为要卡佳答应到这儿来是不可思议的，同时他又感到如果她不来，那会发生简直难以想象的事。阿廖沙理解他的这种心情。

“听人说，”米佳急急忙忙说，“特里丰·鲍里瑟奇这家伙把自己的客栈拆得七零八落，又是撬地板，又是翻板壁，把整个‘回廊’都拆成了一堆碎木片——他一直在寻找宝藏，就是那些钱，就是检察官说我隐藏起来的一千五百卢布。听说他一回家就闹了个天翻地覆。这骗子也是活该！这里的看守昨天都告诉我了，他是那里的人。”

“听我说，”阿廖沙说，“她会来的，但不知道什么时候来，也许是今天，也许过几天，这我说不准，但她会来的，一定会来的。”

米佳愣了一下，想要说什么，但没有说。这消息对他产生了可怕的影响。显然，他很想知道谈话的细节，但他又不敢马上就问：要是卡佳说过什么狠心的和轻蔑的话，那就无异于此刻捅了他一刀。

“她还说了这样的话：关于逃跑的事，她让我一定要叫你放心。如果到时候伊凡的病还没有好，那她自己会亲自安排的。”

“这件事你已经对我说过了。”米佳若有所思地说。

“你已经把这件事告诉格鲁莎了吧？”阿廖沙说。

“是的。”米佳承认，“她今天上午不会来了。”他怯生生地看了看兄弟，“她要到晚上才来。昨天我告诉她卡佳在活动，她一声不吭，只是撇了撇嘴。她只是轻轻地说了一句：‘让她去吧！’她知道事关重大。我没敢再追问下去。她现在好像也已经明白了，那女人爱的不是我，而是伊凡。”

“是这样吗？”阿廖沙脱口而出。

“也许不是这样。不过今天上午她是不会来了，”米佳又赶紧说，“我托她去办一件事……听我说，伊凡弟弟比所有的人都有出息，他应该活下去，而不是我们。他的病会好的。”

“您要知道，卡佳虽然为他担惊受怕，但几乎毫不怀疑他会痊愈。”阿廖沙说。

“这就是说，她相信他一定会死的。她因为害怕才相信他的病会好的。”

“二哥的体质很好。我也非常希望他早点恢复健康。”阿廖沙忧心忡忡地说。

“是的，他的病一定会好的。可是那个女人相信他会死的，她太悲伤了……”

接下来是一阵沉默。有一件非常重要的事在折磨着米佳。

“阿廖沙，我太爱格鲁申卡了。”突然他用一种颤抖的、饱含泪水的声音说。

“不会允许她到你那里去的。”阿廖沙马上接着说。

“我还有句话要对你说，”米佳用一种突然变得清脆的嗓音继续说，“如果在路上，或到了那里他们要打我，那我决不屈服，我会杀人，他们也会枪毙我。更何况要熬整整二十年！这儿彼此已经开始用‘你’来称呼了。看守们对我用‘你’相称。昨天晚上我躺在床上想了整整一夜：我没有做好这样的准备！我无法忍受！我本来想要唱‘赞美诗’，但我不能容忍看守们用‘你’称呼我！为了格鲁莎我什么都能忍受，忍受一切，就是不能忍受拷打……可是又不允许她到**那里**去。”

阿廖沙微微一笑。

“哥哥，我干脆对你直说了吧，”他说，“我把自己对这个问题的想法告诉你。你也知道，我决不会骗你。你听我说：你没有这个准备，而且这十字架也不是为你准备的。也不该由你这样没有准备的人去背这样沉重的十字架。假如父亲是你杀的，而你想逃避自己的十字架，那我将感到遗憾。但你没有罪，这样的十字架对你来讲实在是过于沉重了。你想用痛苦来使自己成为另一个人；依我看，无论你逃到哪里，只要你一辈子永远记住这另一个人——对你来说这已经是足够了。至于你没有接受那过于沉重的十字架，那只会使你感到自己负有更大的责任，而这种持续一辈子的责任感也许比你到**那里**去更加有助于你的新生。因为你到了那里会忍受不了。你会产生抱怨，也许最后会说：‘我已经还清了欠债。’律师在这个问题上讲得很对。沉重的负担并不是所有的人都能胜任的，对有些人是无法忍受的[①]……如果你真想听听我的意见，这就是我的想法。如果你的逃跑要连累别人，譬如军官和士兵，那么我就不会‘允许’你逃跑的，”阿廖沙笑了笑，“但是他们担保说（站长亲自对伊凡说的），只要安排得巧妙，也许不会有什么严厉的惩罚，可以随便找些借口搪塞过去。当然，就是在这种情况下贿赂也是不光彩的事，但我无论如何也不来指责，因为如果伊凡和卡佳真的委托我去替你打点的话，那我知道我是会去贿赂的；这是我应该告诉你的全部实情。所以我也无须来评判你的行动。但是你要知道，我永远也不会谴责你。而且说来也怪，在这件事情上我怎么能当你的裁判官呢？好吧，现在我似乎把各个方面都已经分析过了。”

“但是我却要谴责我自己！”米佳大声说，“我一定要逃跑的，这件事你不说也已经决定了：米佳·卡拉马佐夫哪能不逃跑呢？但是我要谴责自己，永远祈求神明宽恕我的罪过！耶稣会会士都是这么说的，是吗？咱们现在也这么说，对吗？”

“是这样。”阿廖沙淡淡一笑。

“我爱你，因为你总是一股脑儿把实话全讲出来，一点也不隐瞒！”米佳高兴地笑着大声说，“这么说来，我的阿廖沙竟是个耶稣会会士！单凭这一点我就得好好吻吻你，就是这么回事。好，你现在听听我的其他想法，我把我的另一半心也袒露给你看。我想好了，决定这样做：即使我逃跑了，甚至带着钱和护照，甚至逃到了美国，那么还有一个想法可以鼓励我，那就是我不是去寻欢作乐，不是去寻求幸福，而是去服另一种苦役，也许不比这里的轻松！不轻松，阿列克谢，我说的是真话，不比这里轻松！我现在就已经恨他妈的那个美国了。就算有格鲁莎跟我一起去，但是

① 阿廖沙的话“沉重的负担……”类似基督对文士和法利赛人讲的话，见《圣经·新约·马太福音》第23章第4节。

你瞧瞧她：她像美国人吗？她是俄罗斯人，彻头彻尾的俄罗斯人，她会苦苦思念故土的，我将每时每刻看到她因为我而害思乡病，为了我才背上这样沉重的十字架，可她又有什么罪呢？我又怎能容忍那里的平庸之辈，虽然他们也许个个都比我强。现在我已经憎恨那个美国了！即使他们那里人人都是杰出的机械师，或者别的什么师——让他们统统见鬼去吧，他们跟我不一样，不是我喜欢的人。我爱俄罗斯，阿列克谢，我爱俄罗斯的上帝，虽然我自己是个卑鄙小人！我在那里会憋死的！”他突然大声说话，眼睛闪闪发亮。他的声音因为哭泣而颤抖了。

“阿列克谢，你听我说，我就这样决定了！”他抑制着自己的激动，又开始说，“我带了格鲁莎到那儿去，找一个远离人烟的僻远地方，马上开始耕种，干活，和野熊在一起。据说那里有红种人，他们住在天涯海角，我们就到那里去，到最后的莫希干人那儿去。立刻开始学语法，我和格鲁莎一起学。一边工作一边学语法，就这样干它三年。这三年里学好英语，就像地道的英国人。我们只要一学会——那就跟美国再见了！我们以美国公民的身份回到这里，回到俄罗斯。你别担心，我们不会回到这个小城。我们会躲得远远的，到北方或者到南方去。到那时候我的模样也变了，她也变了，那里，在美国，医生会给我脸上装一个假疣子，他们那些机械师可不是吃干饭的。或者我就弄瞎自己一只眼睛，留起一俄尺长的大胡子，雪白雪白的（因为想俄国胡子都想得白了）——没准大家都认不出我。即使认出来，那就把我流放好了，反正无所谓，命该如此！回到这里以后我们也要找个偏僻的地方开荒种田，我就一辈子装成一个美国人。但我们毕竟可以死在故乡的土地上。这就是我的计划，而且是决不改变的。你赞成吗？”

“我赞成。”阿廖沙说，因为不想扫他的兴。

米佳沉默了片刻，突然说道：

“他们审判的时候搞了些什么鬼名堂？简直是捉弄人！”

“即使不搞什么名堂，你还是要被判刑的。”阿廖沙叹了口气说道。

“是的，这里的人都讨厌我了！愿上帝保佑他们，可是这太痛苦了！”米佳哀叹道。他们俩又沉默了一会儿。“阿廖沙，你干脆把我杀了吧！”他突然叫了起来，“你说，她现在到底来不来？她说了什么？怎样说的？”

“她说她要来的，但我不知道是不是今天来。她也是很为难的！”阿廖沙怯生生地看看哥哥。

“那还用说吗，怎么会不为难呢！阿廖沙，我为这件事会发疯的。格鲁莎一直在看着我。她心里明白。天哪，我的上帝，你让我平静下来吧：我究竟要什么？我要卡佳！我是不是知道自己要什么呢？这就是卡拉马佐夫式的放纵，这是罪过！不，我吃不了苦！卑鄙小人，这几个字把一切都概括了！”

“她来了！”阿廖沙叫了起来。

这时候卡佳突然出现在门口。她停了一会儿，用慌乱的目光打量着米佳。他猛地站了起来，脸上露出惊恐的神色，脸色煞白，但嘴角上立即掠过一丝羞怯的、祈求的微笑，他突然情不自禁地把双手伸给卡佳。她一见到这个情形，立即飞快地向他奔去。她紧紧抓住了他的双手，硬把他按到床上，自己也在他身边坐下来，紧紧地、痉挛般地握着他的手不放。他们俩好几次都想说些什么，但每次都忍住了，重新默默地，专注地，呆住了似的，带着奇怪的微笑互相对视着；就这样足足过了两三分钟。

“你原谅了没有？”米佳终于轻声说，随即转向阿廖沙，高兴得眉开眼笑，对着他大叫：

“你听见吗，我在问什么，你听见了吗？！”

“我以前爱你，就因为你的心是宽宏大量的！”卡佳突然脱口说了出来，“而且你也不需要我的原谅，我也不需要你的宽恕；你宽恕不宽恕反正都一样，你一辈子都是我心头的一个伤疤，而我也是你心头的一个伤疤，这也是理所当然的……”她停下来喘了口气。

“我为什么来？”她狂热而急忙地说，“我来是要拥抱你的脚，紧握你的手，直到你叫疼为止，你还记得吗，就像在莫斯科的时候那样紧握你的手。我要告诉你，你是我的上帝，我的欢乐，我要告诉你，我爱你爱得发疯。”她似乎痛苦地呻吟了一声，突然把她的嘴唇紧紧地贴在他的手上。泪水从眼眶里涌了出来。

阿廖沙站着一声不响，显得十分尴尬；他怎么也没有料到会见到这种情景。

“爱情已经结束了，米佳！”卡佳又开始说，“但过去的一切对我来说珍贵得心疼。这一点你要永远记住。但现在就让那本来可以出现的东西暂时出现一下吧。”她苦笑着轻声说，快活地看着他的眼睛，“你现在爱着另一个人，我也爱着另一个人，但我还是要永远爱你，你也要爱我，你明白吗？你听见了没有，你要爱我，你要一辈子爱我！”她大声说，声音里几乎有一种威胁性的战栗。

“我会爱的，卡佳……你知道吗，”米佳说道，几乎每说一个词都要喘口气，“你知道吗，五天前，在那个晚上我是爱你的……就是你晕倒了被抬出去的时候……我要爱一辈子！一定是这样，永远这样……”

他们俩就这样互相悄声地诉说着一些毫无意义的、狂热的，也许甚至是不真实的话，但此刻一切都是真实的，而且他们自己都相信自己说的是真心话。

“卡佳，”米佳突然大声说道，“你相信是我杀的吗？我知道你现在不信了，但那时候……你做证的时候……难道，难道你真的相信吗？”

“那时候也不相信！从来就没有相信过！当时我恨你，所以突然硬使自己相信了，就在那一瞬间……就在我做证的时候……硬使自己相信，自己也就相信了……但做证结束后，立刻又不相信了。这情况你该知道。啊，我忘了我是来惩罚自己的！”她突然用另一种完全不同的口气说，一点不像刚才那种情意绵绵的样子。

“作为一个女人，真为难你了！”米佳情不自禁地说道。

“你让我走吧，”她低声说，“我会再来的，现在实在太难受了！……”

她刚站起来，又突然大叫一声，向后直退。格鲁申卡突然悄无声息地走了进来。谁也没有料到她会来。卡佳赶紧朝门口走去，但走到格鲁申卡身边时，突然停了下来，脸色白得像张纸，轻轻地、几乎耳语般地对她说：

“请您原谅我！”

格鲁申卡直勾勾地看了她一眼，等了片刻，用刻毒的、充满仇恨的语气回答：

“我们俩都有一肚子怨气！双方都一样！你我又怎么能原谅呢？要是你能救他，那我一辈子都为你祈祷。”

“你居然不肯原谅她！”米佳对格鲁申卡大声说道，口气里带着严厉的责备。

“你放心吧，我会给你救他的！”卡佳匆匆说道，便跑出了房间。

“既然她对你说了‘请原谅’，你怎么能不原谅她呢？”米佳又伤心地大声说道。

“米佳，你不能责备她，你没有这种权利！”阿廖沙激动地大声对哥哥说。

“是她傲慢的嘴在说话，而不是心在说话，”格鲁申卡怀着厌恶的心情说，“要是她能救你，我一切都原谅……”

格鲁申卡不再说了，似乎把心里的话压了下去。她还没有回过神来。后来才知道，她走进来完全是偶然的，她一点儿也没有怀疑到什么，她没有料到会遇见她，结果却遇到了。

“阿廖沙，去追上卡佳！”米佳急忙对弟弟说，“去告诉她……我并不知道……别让她就这样走了！”

“我在傍晚前再来看你！”阿廖沙说着就去追卡佳了。他在医院的围墙外面才追上她。她走得很快，步子很急，阿廖沙追上她以后，她就很快对他说：

“不，在这个女人面前我不能惩罚自己！我对她说‘请原谅我’，那是因为我想彻底惩罚自己。她没有原谅……这样我反而爱她了！”卡佳补充了一句，她的声音都变了，她的眼睛里射出凶狠的光。

“哥哥完全没有料到，”阿廖沙喃喃地说，“他相信她不会来的……”

“这是毫无疑问的，我们不谈这些。”她不客气地打断他，“您听我说：现在我不能和您一起去参加葬礼了。我已经派人把鲜花送到灵柩前。钱他们好像还有。如果需要的话，请您告诉他们，将来我决不会不管他们的……好了，请您离开我吧，请走吧。您已经迟到了，晚祷的钟声已经响了……请您离开我吧！”

三 伊柳沙的葬礼。巨石旁的演说

他真的迟到了。大家都在等他，甚至已经决定即使他不来也要把那口铺满鲜花的漂亮的小棺木抬到教堂去。这是可怜的小男孩伊柳沙的棺木。他是在米佳审判后的第三天死的。阿廖沙在大门口便听见了那些孩子们，伊柳莎的同学的叫喊声。他们大家都在焦急地等候他，看见他终于来了，显得非常高兴。他们总共来了十二个人①，肩上背着各式各样的书包。“爸爸会哭的，请你们陪陪爸爸。”伊柳沙在临终前这样嘱咐他们，孩子们记住了这句话。科利亚·克拉索特金是他们的头儿。

“您来了我多么高兴呀，卡拉马佐夫！”他说着向阿廖沙伸出了手，“这里太可怕了。真的，看着都难受。斯涅吉廖夫没有醉，我们知道得很清楚，他今天一点儿酒都没有喝，可是好像喝醉了一样……我向来是很坚强的，但这情形太惨了。卡拉马佐夫，如果我不会耽搁您的话，在您进去之前，可以问您一个问题吗？”

“怎么回事，科利亚？”阿廖沙停了下来。

“您哥哥有没有犯罪？杀了父亲的是他，还是那个仆人？您说是怎么回事，就一定是怎么回事。我已经有四个晚上没有睡了。一直在想这个问题。”

“杀人的是仆人，我哥哥没有罪。”阿廖沙回答。

“我也是这么说的！”小男孩斯穆罗夫突然大声说道。

“这么说来，他是为真理做出了无辜的牺牲！”科利亚大声嚷道，“他虽然做出了牺牲，但他是幸福的！我真羡慕他！”

“您说什么呀，怎么能这样，为什么？”惊讶不已的阿廖沙大声说。

“啊，要是我也有机会为真理做出牺牲，那有多好！”科利亚热情洋

---

① 作者暗示十二个男孩子象征着十二圣徒。

溢地说。

“但不是在这种事情上，也不能蒙受这样的耻辱，经受这样的痛苦！”阿廖沙说。

“那当然……我情愿为全人类而死，至于耻辱嘛，那是无所谓的：我们的名字也会消亡①。我尊敬你的哥哥。”

“我也是！”一个小男孩突然出人意料地从人群中叫道，他就是那个当时声称自己知道是谁建立了特洛伊城的小男孩，他大声说这句话以后，就像当时一样，羞得满脸通红，像一朵芍药，一直红到了耳根。

阿廖沙走进房间。那天蓝色的、四周缀着白边的棺材里躺着伊柳沙，他的双手交叉放在胸前，眼睛闭着。他那消瘦的脸庞几乎一点没有改变，而且奇怪的是，尸体几乎没有发出异味。脸上的表情是严肃而沉思的。两只交叉放着的手特别美，好像是大理石雕成的一般。他手里放着鲜花，整个棺材的里里外外都铺满了鲜花，那是丽莎·霍赫拉科娃一清早派人送来的。卡捷琳娜·伊凡诺芙娜也派人送来了鲜花。阿廖沙推门进去的时候，上尉颤抖的手里拿着一束鲜花，正在把它们撒在自己珍爱的男孩子身上。他朝走进来的阿廖沙稍稍瞥了一眼，他不想看任何人，甚至不想看哭哭啼啼、疯疯癫癫的妻子，那当母亲的竭力支起那两条病腿站起来，想走近点看一看自己死去的孩子。孩子们把尼娜奇卡连同她的椅子移到了棺材跟前。她坐在那儿，头紧紧贴着棺材，大概也在轻轻地哭泣。斯涅吉廖夫脸上的神色是兴奋的，但又是迷茫而冷酷的。他的一举一动，他随口说出的那些话都带点神经错乱的味道。“小当家，亲爱的小当家！”他一面看着伊柳沙，一面不时呼喊着。伊柳沙还活着的时候，他就习惯于亲昵地叫他：“小当家，亲爱的小当家！”

“孩子他爹，也给我几朵花儿，从他手里拿过来，喏，就是这朵小白花，给我呀！”疯疯癫癫的“孩子他妈”一边啜泣，一边恳求。她一会

---

① 科利亚引用了法国大革命时的政治家、吉伦特派领袖之一维尼奥（1753—1793）的话。

儿看中了伊柳沙手里的一朵白玫瑰，一会儿又想从他手里拿一朵花留作纪念，老是不停地折腾，伸着手要拿那朵花。

“谁也不给，什么也不给！”斯涅吉廖夫狠心地大声说，“这是他的花，又不是您的。全是他的，你一朵也没有！”

“爸爸，给妈妈一朵花吧！”尼娜奇卡突然抬起了满是泪痕的脸庞。

“我什么也不给，尤其不能给她！她不爱他。她上次要夺他的小炮，他就送给了她。”上尉一想到伊柳沙上次把小炮让给妈妈的事就突然放声大哭。可怜的疯女人双手捂住了脸也在轻轻地啜泣。孩子们终于发现那父亲一直抓住棺材不放，可是时间已经到了，该抬走了，于是一下子将棺材紧紧围住，开始把它抬起来。

“我不愿把他葬在墓地里！”斯涅吉廖夫突然号叫起来，“我要把他葬在那块石头旁边，在我们喜欢的那块石头旁边。伊柳沙是这样嘱咐的。我不让你们抬走！”

在这之前他就连续三天说要把他葬在石头旁边；这时候阿廖沙、克拉索特金、女房东和她的妹妹，以及所有的男孩们都来劝他。

“真亏他想得出来，哪能葬在不洁的石头旁边，又不是勒死的。”房东太太厉声说，“墓地才是埋葬人的地方。那里可以为他祈祷。听得见教堂里唱赞美诗，教堂执事诵经又清楚又好听，每句话都能传到他那儿，就好像在他坟上诵经一样。”

上尉最后挥了挥手：“抬走吧，随你们抬到哪儿！”孩子们抬起棺材，经过他妈妈身边的时候，在她面前停了一会儿，把棺材放下来，让她和伊柳沙作最后告别。三天来她只能隔着一段距离看儿子，现在一下子很贴近地看到这张可爱的小脸蛋，她开始浑身哆嗦，那白发苍苍的脑袋俯在棺材上面歇斯底里地前后摇晃起来。

“妈妈，替他画十字，祝福他，吻他。”尼娜奇卡对着她叫喊。但她像架自动机器似的，不停地摇晃着脑袋。突然她脸上露出异常悲伤痛苦的神色，开始默默地用拳头捶打自己的胸脯。孩子们抬起棺材继续往前走。经过尼娜奇卡身边时，她最后一次将自己的嘴唇贴在已经死去的弟弟的嘴上。阿廖沙走出屋子的时候，请求房东太太照看留下的人，但她不等他说完就说道：

“那还用说吗，我会照看他们的，我们也是基督徒呀。”老太太说着就哭了。

棺材从家里抬到教堂并不远，约三百步光景，不会再多了。这一天天气晴朗，没有风，已经开始结冰，但不很厚。教堂钟声还在响着。斯涅吉廖夫惊慌失措地跟在棺材后面跑，他穿着那件大衣又破旧又短小，几乎像是夏天穿的外衣，光着个脑袋，手里拿着一顶旧的宽边软帽。他好像忙得不可开交，一会儿突然伸出手扶棺材的头部，结果却妨碍了抬棺材的人，一会跑到棺材一侧，想跟他们一起抬。一朵花掉在雪地上，他赶紧跑过去把它捡起来，似乎掉一朵花是件大事情，会引起什么严重后果似的。

“面包皮！面包皮忘记拿了！”他突然惊恐万分地叫了起来。孩子们马上提醒他说，面包皮他刚才已经放进口袋里了。他连忙从口袋里掏出一块面包皮，看了看，这才放心了。

“伊柳沙吩咐过，伊柳沙……”他赶紧向阿廖沙解释，“那天夜里他躺在床上，我守在他身边。突然他叮嘱我：‘爸爸，我的墓填上土以后，你在上面撒些面包皮，让麻雀来吃，我一听到它们飞来了，心里会高兴的，因为我不是孤零零一个躺着。’”

“这很好，”阿廖沙说，“应该经常去撒。”

“每天去，每天都去！”上尉低声说，似乎又来了精神。

大家终于来到了教堂，把棺材停在教堂中央。所有的孩子围在棺材的四周并庄重地一直站到祈祷结束。这座教堂年代久远，已经相当破旧，许多圣像完全没有衣饰，但在这样的教堂里做祷告似乎更好。做弥撒的过程中斯涅吉廖夫似乎变得安静些了，虽然他总还要常常流露出那种不自觉、莫名其妙的忙乱：一会儿走到棺材跟前去掖平盖棺布或放正花圈，看到蜡烛从烛台上掉了下来的时候，又赶紧跑去把它插好，而且要摆弄很长时间。然后才平静下来，安安稳稳地站在棺材前头，脸上露出一副心事重重、似乎困惑不解的神情。读完使徒书之后，他突然悄悄地对站在身边的阿廖沙说，使徒书读得不对，但又说不清不对在什么地方。他开始跟着大家唱天使颂歌，但是还没有唱完就跪下来，用额头贴着教堂的石板地，就这样一直趴了很久。最后，开始举行安魂祈祷，向大家分发了蜡烛。失去理智的父亲又开始忙乱起来，但是那亲切而动人的安魂曲惊醒并震撼了他的心灵。他的整个身体好像突然蜷缩了，并开始频繁而短促地呜咽，起先还强忍着，到后来就失声痛哭了。当大家开始向死者告别并盖上棺材的时候，他双手抱住棺材，好像不许别人把伊柳沙盖起来，不停地狂吻那已经死去的男孩的嘴，久久不愿放开。最后大家终于把他劝住了，扶他走下台阶，突然他又急忙伸出一只手，从棺材里抓了几朵花。他看着这几朵花，好像突然产生了什么新的想法，因而心里暂时忘记了主要的事情。他渐渐陷入了沉思。当大家抬起棺材向坟地走去时，他已经不再阻拦了。坟地不远，就在教堂的围墙旁边，是卡捷琳娜·伊凡诺芙娜花了一大笔钱替他购置的。例行的仪式完毕以后，掘墓人把棺材放入坟墓。斯涅吉廖夫手里拿着鲜花，探身望着敞开的墓穴，他身体倾斜得那么厉害，以致孩子们吓得赶紧抓住他的外衣，拼命把他向后拉。但他却几乎一点也不明白出了什么事。掘墓人开始往墓穴里填土的时候，他突然不放心地指着撒下去的泥土，甚至还说了些什么，但谁也不明白他说的是什么，况且他自己也突然闭口不说了。这时候有人提醒他应该撒面包皮了，他又显得非常慌乱，连忙掏出面包皮，把它掰碎了撒到坟上："飞来吧，鸟儿，飞来吧，麻雀！"他心事重重地喃喃说。有个孩子对他说，手里拿着花掰撒面包皮不方便，让他暂时把花交给别人。但他没有同意，甚至为这几朵花担心起来，生怕人家要从他手里夺走这几朵花似的。他看了看坟墓，确认一切都已办妥，面包皮也已经撒完，突然出人意料地，甚至若无其事地转身回家去了。他的步子越来越快，越来越急，显得非常匆忙，几乎在一路小跑。孩子们和阿廖沙紧紧跟着他。

"这几朵花要给他妈妈，这几朵花交给他妈妈！他妈妈刚才受委屈了。"他突然开始大喊大叫。有人大声对他说现在天气冷，要把帽子戴上，可是他一听就恶狠狠地把帽子往雪地上一扔，说："我不要戴帽子，我不要戴帽子！"斯穆罗夫把帽子捡了起来，拿着帽子跟在他后面。所有的孩子一个个都哭了，哭得最伤心的是科利亚和那个知道谁创建了特洛伊的孩子，斯穆罗夫手里拿着上尉的帽子，虽然也哭得很伤心，但还是随手捡了一块露出在雪地里的红色碎砖，朝着一群飞过的麻雀扔去。当然，他没有打中目标，继续一面哭一面跑。走到半路，斯涅吉廖夫突然停住了，在那儿愣了半分钟，突然又转过身，朝着教堂旁边那个被人遗弃的坟墓跑去。但孩子们一下子追上了他，从前后左右抓住了他。这时候他像被人撂倒似的，无力地瘫倒在雪地上，一边挣扎号哭，一边使劲大喊："小当家，伊柳沙，我亲爱的小当家！"阿廖沙和科利亚走过去扶他起来，安慰他，劝他。

"上尉，别这样，男子汉大丈夫应该挺住。"科利亚喃喃说。

"你会把这些花弄坏的，"阿廖沙也劝他，"'孩子他妈'在等这些花呢，她正坐在家里伤心地哭呢，因为您刚才不肯把伊柳沙的花给她。伊柳沙的床还放在那儿……"

"是的，是的，应该回到孩子他妈那儿！"斯涅吉廖夫突然又想起来了，"小床会给搬走的，会搬走的！"他补充说，好像真的害怕小床会被搬走似的。他猛地一跃而起，飞快地朝家里跑去。不过离家已经不远，大家同时跑到了。斯涅吉廖夫急急忙忙推开门，对着刚才还被他痛骂过的妻子大喊大叫。

"孩子他妈，亲爱的，伊柳沙让我把这些花给你送来，你的腿有病！"他一面喊一面把那束已经冻坏、已经被他刚才在雪地里打滚的时候压坏了的花递给她。就在这一刹那间，在伊柳沙床前的墙角里，他看到了伊柳沙的那双靴子，两只靴子并排放着——那是房东老太太刚才收拾在一起的。那是一双褪了颜色、上面打满补丁、皮子变硬了的旧靴子。他一见到这双靴子就举起双手冲了过去，然后跪下来抓起一只靴子，把嘴唇贴在上面，开始狂吻它，嘴里不断地大声喊着："小当家，伊柳沙，亲爱的小当家，你的那双脚到哪儿去了？"

"你把他抬到哪儿去了？你把他抬到哪儿去了？"疯女人用凄厉的声音号叫起来。这时候尼诺奇卡也开始号啕大哭。科利亚从房间里跑了出来，几个孩子也跟着他走了出来。最后阿廖沙也在他们后面走了进来。"让他们痛痛快快地哭个够吧，"他对科利亚说，"这种时候要安慰他们当然是不可能的。我们过一会儿再回来。"

“是的，是不可能的，太惨了。”科利亚附和道，“您知道吗，卡拉马佐夫，”他突然压低声音，不想让别人听见，“我很伤心，如果可以使他复活，我愿意献出我的一切！”

“唉，我也是这样。”阿廖沙说。

“您看怎么样，卡拉马佐夫，今天晚上我们要不要来？他准会喝醉的。”

“也许会喝醉的。只要咱们两个人来就够了，可以陪他们坐一个小时，陪陪尼诺奇卡和她母亲，要是我们一下子都来，他们会触景生情的。”阿廖沙建议说。

“现在女房东在他们家里往桌子上搬吃的，说不定是要举行葬后宴，神甫也会来的；我们现在要不要回到那儿去呢，卡拉马佐夫？”

“当然要回去。”阿廖沙说。

“这种事情多奇怪，卡拉马佐夫，这样悲伤的时候，突然又要吃什么煎饼，我们的宗教仪式太不自然了！”

“一会儿他们还要吃鲑鱼呢。”那个知道特洛伊城历史的孩子突然大声说。

“我严肃地请求您，卡尔塔绍夫，再也不要用您那些蠢话来乱插嘴，特别是人家不跟您讲话，甚至根本不想知道世界上有没有您这个人的时候。”科利亚生气地打断他说。那男孩一下满脸通红，但他一点也不敢顶撞。这时候大家都在小路上慢慢走着，突然斯穆罗夫大声嚷道：

“这就是伊柳沙的那块石头，原来打算把他埋葬在这里的！”

大家默默地在这块大石头旁边停住了脚步，阿廖沙看了看，脑海里不由得一下子回想起斯涅吉廖夫所说的那些情景——伊柳沙拥抱着父亲哭喊着：“爸爸，爸爸，他太欺侮你了！”

他心底里好像有什么东西在剧烈地颤动。他带着严肃庄重的神情扫视了一下伊柳沙的同学们可爱明朗的脸庞，突然对他们说：

“诸位，我想在这里，就在这个地方，对你们讲几句话。”

孩子们围住他，马上用专注、期待的目光看着他。

“诸位，我们很快就要分别了。我现在暂时还要陪我两个哥哥住一些时间，其中一个就要去流放，另一个正处在死亡的边缘。但我很快也要离开这所城市，也许长久地离开。现在我们就快要分别了，诸位。让我们在这里，在伊柳沙的石头旁边约定，第一，我们永远不要忘记伊柳沙；第二，我们彼此不要忘记。无论以后我们的生活中发生什么情况，哪怕将来我们二十年不见面，但我们一定要记住我们埋葬这可怜的孩子的情景，过去我们曾向他扔过石块，就在小桥旁边，大家还记得吗？而后来我们大家又非常爱他。他是一个非常好的孩子，善良而勇敢的孩子，他因为父亲的名誉和人格受到了侮辱而感到痛苦，因此才起来反抗。所以，第一，我们大家一辈子都要记住他。即使我们忙于最重要的大事，获得了崇高的声望，或者遭到了巨大的不幸——你们永远都不能忘记，我们在这里时是多么和谐，我们齐心协力，被一种美好和善良的感情联结在一起，正是这种感情使我们在热爱这可怜的孩子的时候也许变得比实际上更加高尚。我的小鸽子们——请允许我这样称呼你们——因为你们大家都很像鸽子，很像这些可爱的灰蓝色小鸟。此时此刻，我看着你们一张张善良、可爱的脸庞，我亲爱的孩子们，也许你们还听不懂我要对你们说的话，因为我的话往往不太好懂，但你们还是要记住，将来有朝一日会同意我的话的。你们一定要知道，再也没有比美好的回忆，尤其是童年生活，在父母身边时留下的回忆更加高尚、更加强烈、更加健康、对日后的生活更加有益的了。现在人们对你们大谈教育你们的事，可是童年时代保存下来的那种美好而神圣的回忆，也许就是最好的教育。如果一个人能把这许许多多美好的回忆带到生活中去，那这个人就一辈子得救了。即使我们的内心只保留着一个美好的回忆，那么也许今后也会使我们得到拯救。也许我们以后会成为凶恶的人，甚至保不住干些伤天害理的坏事，嘲笑人们的眼泪，嘲笑那些像科利亚刚才所说的‘我要为所有人受苦’的人，也许会对这些人狠狠地加以挖苦和讽刺。可是不管我们有多么凶恶——愿上帝保佑我们千万别成为这样的恶人，但只要我们想起我们是怎样埋葬伊柳沙，在他最后的日子里我们怎样热爱他，我们现在一起站在这块石头旁怎样友爱地谈话，那么即使我们中间最残忍的人，最爱嘲弄的人——如果我们变成了这样的人，也总还不敢在内心对他在此刻曾经是多么美好善良这一点加以嘲笑的！不仅如此，也许正是这种回忆会阻止他去干出罪大恶极的勾当，也许会使他幡然醒悟，也许他会说：‘是的，我曾经是非常善良、勇敢和诚实的人。’即使他暗自嘲笑，那也没有关系，一个人往往会嘲笑善良和美好的东西；这只是因为他轻狂；但我要告诉你们，诸位，他嘲笑之后，马上就会在心里说：‘不，我这样嘲笑是很不好的，因为这是不允许嘲笑的！’”

“一定会这样的，卡拉马佐夫，我理解您，卡拉马佐夫！”科利亚大声说道，眼睛闪闪发亮。孩子们都很激动，大家都想说点什么，但忍住了，只是全神贯注而又充满感情地看着这位演讲的人。

“我这样说是因为我担心我们将来可能变成坏人，”阿廖沙继续说下去，“为什么连我们也要变成坏人呢，诸位？我们首先应该善良，这是第一位的，其次应该诚实，最后应该永远互相记住。这是我要反复强调的。我要向你们保证，诸位，你们中间的任何人我决不会忘记，此刻看着我的每一张脸我都会记住的，哪怕是在三十年以后。刚才科利亚对卡尔塔绍夫说，似乎我们不想知道‘世界上有没有他这个人？’难道我能够忘记世界上有这个卡尔塔绍夫吗？他现在不会再像当初说出特洛伊城创建者的时候那样脸红了，而是用他那双非常美丽、善良而快活的眼睛看着我。诸位，亲爱的先生们，让我们大家像伊柳沙那样宽容和勇敢，像科利亚那样聪明、勇敢和宽容（他长大以后会更加聪明的），还要像卡尔塔绍夫那样羞怯，但是聪明而可爱。干吗我只讲他们俩啊！诸位，从此以后你们大家对我来说都是可爱的，我会把你们大家都装在我的心里，我也请你们把我装在你们心里！那么，是谁用这种善良美好的感情把我们联结在一起的，使我们准备一辈子铭记不忘并且也一定不会忘记的呢？那就是善良、可爱、我们永远珍惜的伊柳沙这个孩子！我们永远不能忘记他，他的美好形象将永远铭刻在我们心里！”

“对！对！永远！永远！”所有的孩子都用清脆的嗓音喊着，脸上露出了大为感动的神情。

“我们会记住他的脸，他的衣服，他那双可怜的靴子，他的棺材，他那不幸而有罪的父亲，以及他为了父亲而勇敢地起来反抗全班的同学！”

“我们会记住的，会记住的！”孩子们又是大声喊道，“他是勇敢的，他是善良的！”

“啊，我是多么爱他！”科利亚叫道。

“孩子们啊，亲爱的朋友们，你们不要害怕生活！如果你做了什么高尚、正义的事，那生活显得多么美好啊！”

“是的，是的。”孩子们热情地附和说。

“卡拉马佐夫，我们爱您！”有一个声音忍不住喊了出来，好像是卡尔塔绍夫。

“我们爱您，我们爱您。”大家都跟着说。许多孩子的眼睛里闪烁着泪花。

“乌拉！卡拉马佐夫！”科利亚欣喜若狂地喊道。

“伊柳沙永垂不朽！”阿廖沙动情地补充说。

“永垂不朽！”孩子们又附和说。

“卡拉马佐夫！”科利亚喊道，“宗教说我们死后都能重新复活，彼此能重新见面，重新看见所有的人，也能重新见到伊柳沙，难道这是真的吗？”

“我们一定能复活的，彼此一定会见面的，大家一定会高高兴兴地互相诉说过去的一切。”阿廖沙半是打趣，半是兴奋地回答。

“啊，那有多好啊！”科利亚脱口而出。

“好了，现在我们结束谈话，一起去参加他们的葬后宴吧。你们也不要因为吃煎饼而感到不好意思。这是一种古老、永恒的习俗，这中间也有美好的东西！”阿廖沙笑着说，“好，我们走吧！让我们手拉着手一起走吧！”

“让我们永远这样，一辈子手拉着手！乌拉，卡拉马佐夫！”科利亚再一次欣喜若狂地大声欢呼，所有的孩子也跟着他欢呼起来。

陀思妥耶夫斯基关于《卡拉马佐夫兄弟》的论述

徐振亚　译

……这是第五卷，名为《赞成与反对》，但并非全文，仅仅是其中的二分之一。第五卷的其余部分将在以后（及时）寄出，供六月号刊登。篇幅为三印张。我之所以将长篇第五卷在《俄国导报》上分两期刊载，其原因是：第一，即使我竭尽全力，也只能在五月底完稿（由于忙于移居旧鲁萨——时间耽搁得太久了），这样我就来不及看校样，对我来说这比什么都重要；第二，在我看来这第五卷是小说的高潮，应该写得特别仔细。这一卷的宗旨，从所寄文稿中您可以看到，就是要描绘存在于脱离现实的俄国当代青年中那种极端的渎神行为和进行破坏的思想苗子，在表现渎神行为和无政府主义的同时，我目前准备在佐西马长老——小说的主人公之一——的临终遗言中对此加以驳斥。我承担这一任务的困难是显而易见的，因此，尊敬的尼古拉·阿列克谢耶维奇，您当然会理解，并且原谅我为什么情愿把这一卷分两期刊出，而不愿意由于我的仓促而破坏这一高潮部分。就总体来说，这一章充满了变化，在我所奉寄的文稿中，我描绘的仅是小说主要人物之一的性格，反映了他的基本信仰。这些信仰恰恰就是我所说的现代俄国无政府主义的**大杂烩**。它所否认的不是上帝，而是上帝造物的意义。整个社会主义的由来从否认历史现实的作用开始，发展到破坏和无政府主义的纲领。无政府主义的骨干对自己的信仰在许多情况下是矢志不渝的。我的这位主人公选择的问题依我看是无可辩驳的：小孩子受罪是荒谬的，从而得出整个历史现实是荒谬的结论。我不知道有没有写好，但我确信这个人物的面目极其真实……

——1879年5月10日给尼·阿·柳比莫夫的信

……这一卷是我小说的高潮部分，标题是《赞成与反对》[①]。这一卷的主题是：亵渎上帝以及批驳这种亵渎行为。渎神的内容已告完成并已寄出，而批驳的内容将于六月号发表。据我自己的体会和理解，我选取的渎神行为比较激烈，即正如目前我们俄罗斯**整个**上层（几乎是整个上层），尤其是青年中发生的那种情况，也就是他们已经放弃从科学上和哲学上否定上帝的存在，如今**实干的社会主义者**已经不再从事这方面的工作（犹如上世纪和本世纪上半叶所做的那样）。但是他们千方百计地**否认**上帝的创造、上帝的世界**及其意义**。现代文明认为这方面才是荒谬的。因此，我感到欣慰的是，即使在这种抽象的命题方面我也没有背离现实主义。对它的批驳（不是直接的，即不是面对面的驳斥）将出现在长老弥留之际的遗嘱中。许多批评家指责我的小说选取的题材不当、不现实等等。我的意见倒恰恰相反，我不知道还有什么比这些题材更加现实……

——1879年5月19日给康·彼·波别多诺斯采夫的信

前天我已将《卡拉马佐夫兄弟》的续稿寄给《俄国导报》编辑部，供六月号发表（第五章[②]，《赞成与反对》的结尾），其中“**渎神狂言**”的那部分已告结束。现代**虚无主义者**，那些狂热之徒，直言不讳地宣称自己赞成魔鬼的诱惑，并且试图证明它对于人类的幸福比基督更加可靠。我们愚蠢的（由于青年加入，因而也是可怕的）俄国社会主义得到强有力的指示（我看很起作用）是：面包，巴比伦塔[③]（即未来的社会主义王国）和彻底践踏良

① 即第五卷。

② 应为第五卷。

③ 相传原先天下的人讲一种语言，日子越过越好，他们感到自豪，于是决定修建一座通天高塔，扬名天下。此事被上帝得知，他想，既然人们说一样的语言就能建起这样高的塔，那么以后他们无论干什么事都能成功。于是上帝便使天下的语言发生混乱，人们彼此语言不通。这样，人们只好中止“渎犯上帝”的建塔壮举，投奔世界各地。

心的自由——这就是狂热的虚无主义者和无神论者的归宿！区别在于我国的社会主义者（他们不只是一些非法的虚无主义分子——这您知道）是一些自觉的骗子和吹牛家，他们不承认自己的理想就是强奸人类的良心并使人类沦为畜生，而我的那位社会主义者（伊凡·卡拉马佐夫）是一个诚实的人，他公开承认自己赞同"宗教大法官"对于人类的看法，承认信仰基督（似乎）使人远远超出于他的实际地位。问题提得非常尖锐："究竟是蔑视还是尊重人类，你们这些未来的人类救星？"

而他们的这一切又似乎出于对人类的爱，他们说"基督的教义太严厉，太抽象，弱者难以忍受"，于是给弱者带来了锁链和受面包奴役的教义，以取代自由和文明的教义。

下一卷将是佐西马长老之死及其临死前跟朋友们的谈话。这并非布道，倒像一篇自述，叙述自己一生的故事。倘若成功的话，我就做了一件好事：我要**迫使**大家意识到，纯洁的理想的基督教徒并非是抽象的，而是非常现实的，活生生的，能办到的，看得见摸得着的，基督教是俄罗斯大地摆脱一切罪恶的唯一避难所。愿上帝保佑我成功，这将是一篇打动人心的作品，但愿我有足够的灵感。而主要的是这个尚未被现代的作家和诗人们考虑过的主题，或许是完全独特的。这部长篇小说就是为此而创作的。

——1879年6月11日给尼·阿·柳比莫夫的信

……我把第六卷冠以《俄罗斯教士》这样一个大胆的、挑衅性的标题，不喜欢我们的那些批评家都会大叫大喊起来："俄罗斯教士是这样的吗？你怎么胆敢把他捧得这么高？"如果他们叫喊，那就更好，可不是吗？（我可知道他们会沉不住气的。）而我认为并没有背离现实：不仅作为理想是真实的，即使作为现实也是真实的。

能否做到这一点，我心中无数。我自认为连十分之一想说的话也没有说出来，不过我还是把这第六卷看作全书的高潮。当然，我那位佐西马长老的许多训言（或者说是这些训言的表述方式）属于他这个人物亦即他的艺术形象。尽管我的思想与他所表达的思想完全一致，但假如要我**自己**表达这些思想，那我会用另一种形式，另一种语言。他**不可能**用任何别的语言，任何

别的方式表达，只能以我赋予他的那种语言和方式，否则就塑造不了艺术形象。譬如长老的那些议论：**什么是教士**，或者主仆关系，或者**能否评判别人**，如此等等。我的人物都来自古俄罗斯教士和圣徒：他们温顺、谦让，他们对俄国的未来，对它在道德方面甚至政治方面的使命寄予无限的、天真的希望。圣徒谢尔盖[①]、彼得[②]和阿历克赛大主教[③]不就是始终这样看待俄国的吗?

尊敬的尼古拉·阿列克谢耶维奇，我恳请您（**央求您**）把校样稿委托给一个可靠的校对者，因为我不在，无法亲自校对这一卷。请特别注意第十至十七张稿纸的校样（这一节的标题是《〈圣经〉与佐西马长老的一生》）。这一章充满热情，富有诗意，原型取自扎顿斯克修道院居士吉洪的某些训言，而叙述的基调取自巴尔菲尼教士的游记。

——1879年8月19日给尼·阿·柳比莫夫的信

您看了《卡拉马佐夫兄弟》之后的意见（关于所写内容的实质和力量）令我非常愉快，但是您马上提出一个**十分必要**的问题：对所有这些无神论的观点我暂时没有回答，而回答是必要的。问题就在这里，现在我关心的和始终感到不安的也正是这个问题。因为我打算用八月三十一日即将出版的第六卷《俄罗斯教士》来回答这些**虚无主义观点**。因此我内心感到忐忑不安，不知这一卷的答复是否**充分**。况且这并不是直接逐一回答过去阐述的（“宗教大法官”以及从前的文章）几个论点，而仅仅是间接的回答。这里就出现了与上述观点相对立的东西，这种东西也不是逐条出现的，而是用所谓艺术的画面表示的。正是这一点使我感到不安，也就是说我是否能被大家所理解，

① 谢尔盖·拉多涅日斯基（1314—1392），俄国谢尔盖圣三一修道院的创建者。

② 彼得（？—1326），首先在莫斯科定居的俄国大主教之一。

③ 阿历克赛（？—1378），俄国大主教，在巩固莫斯科公国方面起的作用与彼得大主教相同。

是否能达到哪怕一部分目的。此外还有一个艺术上的要求；必须塑造一个谦逊而伟大的人物，他的一生同时又充满了滑稽可笑事例，他之所以伟大是指内心而言。因而由于艺术上的需要，我不得不在我的教士的生平中也涉及最庸俗的方面，这样才不至于破坏艺术上的现实主义。接下来还有教士的几段训言，对此大家肯定会大喊大叫说这是无稽之谈，因为激情过多了。当然，一般说来这些训言是荒唐的，可是从另一种内在的意义来说，它们又是真实的。不管怎么说，我心里非常担忧，非常想听听您的意见，因为我珍视并佩服您的高见。我是怀着极大的爱写的。

——1879年9月13日给康·彼·波别多诺斯采夫的信

昨天已将《卡拉马佐夫兄弟》第八卷的结尾部分寄给您了，想必编辑部已经收到。再次请求原谅，我耽误了时间。在第八卷中突然出现了许多新的人物，尽管他们一闪而过，可是每一个人物都应该刻画得尽量完整，因此这一卷的篇幅超出了我原来的设想，所花的时间也多一些，于是这一次我完全误期了，我自己也没有料到。尊敬的尼古拉·阿列克谢耶维奇，请您像已往几次那样仔细审阅校样。

我曾经写信告诉您，十一月份告一段落，到明年之前暂时搁笔。但情况有变。因为我还要**将第九卷寄上供十二月号发表**，以此结束第三部。我这第九卷的产生也很突然，出乎意料。原因是，起初我想只局限于**法庭调查**，已经到了法庭上。后来跟一位检察官商量（他有非常丰富的实际经验），我突然发现这样一来我小说中这个完整的、非常有趣的、胡断滥判的刑事诉讼部分（刑事诉讼的弱点）将消失得无影无踪了。诉讼的这一部分标题就是《预审》，即墨守成规，又带有最时髦的抽象议论，其代表就是几位年轻的法院侦查员等。为了结束这一部，我就要增写以《预审》为题的第九卷，并且争取在十二月份尽早寄给您。再说，我要把米佳·卡拉马佐夫的性格刻画得更鲜明些。在不幸和误判的暴风雨中他的灵魂和良心受到洗刷。他内心接受惩罚并非因为他所做的事情，而是因为他如此不成体统，以致可能并且企图犯下法庭将要误判的种种罪行。他的性格纯粹是俄罗斯式的：响了雷声，才求雷神。他道德上的忏悔在预审前几小时就已经开始，我准备在第九卷中写这件事。这一点对作者我来说是极为宝贵的。

——1879年11月16日给尼·阿·柳比莫夫的信

谢谢您的来信。您的结论是正确的，我确实认为没有宗教信仰是万恶之源，不过否定人民性的人也会否定宗教信仰。我们这里的情况就是如此，因为我们的人民性建筑在基督教之上。农民，东正教罗斯——这几个字实际上是我们的根基。在我们这儿，否定人民性的俄国人（他们人数很多）肯定是无神论者，或者是冷漠无情的人；反过来说，凡是不信教的或者冷漠无情的人，根本无法理解也永远不会理解俄国人民和俄国的人民性。现在最重要的问题是：怎样使我们的知识界赞同这一点？您一谈这个问题，他们会把您一口吞下或者把您看作叛徒。可是背叛了谁呢？背叛了他们吗？换句话说是背叛了飘荡于空中，甚至很难给它取个名称的东西吗？他们自己也无法给自己取个名字。或者说是背叛了人民？不，最好我还是跟人民在一起，因为只能寄希望于人民，而不能寄希望于否定人民、没有知识的俄国知识界。

然而，一支新型的知识分子队伍正在形成，他们希望与人民一起。而与人民密切联系的第一个征候便是爱人民之所爱，尊人民之所尊——亦即他们在世上最为崇敬的上帝和信仰。

这些新型的俄国知识分子似乎现在才刚开始抬头。现在，共同的事业正需要他们，他们自己也开始意识到这一点了。

这里，由于我宣传上帝和人民性，有人千方百计要把我从地球上消灭。对于《卡拉马佐夫兄弟》中的那个章节（有关幻觉），您作为医生感到满意，可是人家差点把我叫作反动分子和残忍之徒，说我居然写起“鬼”来了。他们天真地认为，大家都会惊讶得大叫：怎么？陀思妥耶夫斯基写起“鬼”来了？“哎呀，他多么卑鄙！多么无知！”可是看来他们失算了！您作为一名医生告诉我，我十分准确地塑造了此人心理上的疾病，因此我要感谢您。专家的意见对我是一种支持。

——1880年12月19日给阿·费·布拉贡拉沃夫的信